ZONDER GEZICHT & HET NEGENDE GRAF

Ook verschenen van Stefan Ahnhem bij The House of Books:

IN DE FABIAN-RISK-SERIE
Motief X
X manieren om te sterven

Stefan Ahnhem

Zonder gezicht & Het negende graf

Vertaald uit het Zweeds door
Bart Kraamer en Tineke Jorissen-Wedzinga

thb

the house of books

Deze uitgave is tot stand gekomen in overeenkomst met Salomonsson Agency, Zweden.

Oorspronkelijke titels: *Offer utan ansikte* & *Den nionde graven*
Oorspronkelijk uitgegeven door: Bokförlaget Forum, Stockholm 2014 & 2015

Omslagontwerp: Margo Togni, Renkum
Omslagbeeld: © Magdalena Żyźniewska / Trevillion Images
Auteursfoto: © Thron Ullberg

ISBN 978 90 443 6667 9
ISBN 978 90 443 6668 6 (e-book)
NUR 332

www.thehouseofbooks.com
www.overamstel.com

OVERAMSTEL
uitgevers

The House of Books is een imprint van Overamstel uitgevers bv

Zonder gezicht

I

30 juni-7 juli 2010

In de herfst van 2003 voerde de psycholoog Kipling D. Williams een experiment uit waarbij hij zijn proefpersonen blootstelde aan sociale uitsluiting door ze Cyberball te laten spelen – een virtueel balspel waarin drie spelers elkaar de bal onderling toespelen. Na een tijdje gingen twee van hen ertoe over de bal uitsluitend naar elkaar te schieten. De derde, die zich er niet van bewust was dat hij tegen computers speelde, kreeg direct het gevoel buitengesloten en in de steek gelaten te zijn. Dat gevoel was zo krachtig dat ze met behulp van een MRI-scanner een verhoogde activiteit konden meten in exact hetzelfde gebied van de hersenen als bij fysieke pijn.

Proloog

OVER DRIE DAGEN

Hij werd wakker van de kraaien die op zijn blote buik landdden en hun scherpe klauwen in zijn huid drongen. De eerste keren dat hij wakker was geworden, waren ze weggevlucht en hadden hem met rust gelaten. Maar nu lieten ze zich niet meer zo gemakkelijk wegjagen, ze bleven onverschillig over hem heen lopen, steeds ongeduldiger en steeds hongeriger. Het was slechts een kwestie van tijd voordat ze op hem in zouden beginnen te pikken. Hij schreeuwde zo hard als hij kon, waarop ze hun klauwen introkken en krassend wegvlogen.

Hij was de tel kwijtgeraakt hoeveel dagen er waren verstreken. In het begin had hij gedacht dat hij een nachtmerrie had en dat hij alleen maar wakker hoefde te worden en dat alles dan weer goed zou zijn. Maar toen hij zijn ogen had geopend, was er alleen maar duisternis geweest.

Er was een lap voor zijn ogen gebonden. De zwakke, zwoele bries had verraden dat hij zich in de buitenlucht bevond en naakt op iets hards en kouds lag, uitgespreid als op een tekening van Leonardo da Vinci. Dat was alles wat hij wist. Verder waren er alleen zich opstapelende vragen. Wie had hem hier neergelegd? En waarom?

De hoop ooit antwoord op die vragen te krijgen, had hij opgegeven.

Hij deed nog een poging zich los te rukken, maar hoe meer hij zich inspande hoe dieper de riemen in zijn polsen en enkels sneden. De pijn was als een scherpe discanttoon en herinnerde hem aan de pijn die hij had gevoeld nadat hij er als negenjarige niet in was geslaagd de tandarts ervan te overtuigen dat de verdoving nog niet werkte.

Maar dat was niets vergeleken bij de pijn die één keer per dag kwam en meestal een paar uur aanhield, die als een lasvlam in hem drong en langzaam over zijn naakte lichaam kroop. Soms hield de pijn plotseling op, om even plotseling weer terug te keren. Soms kwam hij helemaal niet. Hij had geprobeerd erachter te komen wat het was, of iemand hem martelde, maar ten slotte had hij alle pogingen om het te begrijpen opgegeven en al zijn kracht ingezet om het te doorstaan.

Hij schatte dat er weer een uur was verstreken en riep zo hard als hij kon om hulp. Hij hoorde zelf hoe armzalig het klonk en deed een nieuwe poging, waarbij hij zijn best deed zijn stem krachtiger en lager te laten klinken. Maar in de wegstervende echo kon hij horen hoe de schrille frequenties van de wanhoop erdoorheen schemerden. Hij gaf het op. Er was toch niemand die hem hoorde. Niemand behalve de vogels.

Hij deed nog een poging te reconstrueren wat er was gebeurd, hij wist niet voor de hoeveelste keer. Misschien had hij een klein detail gemist dat hem antwoorden kon geven?

Hij was iets na zes uur 's ochtends van huis gegaan, meer dan drie kwartier voordat hij op zijn werk moest zijn. Hij had besloten de auto te laten staan, wat hij altijd deed als het weer het toeliet. De wandeling door het Bibliotekspark nam toch nooit meer dan twaalf minuten in beslag, dus hij had tijd genoeg.

Zodra hij zijn huis had verlaten, had hij zich onrustig gevoeld. Dat gevoel was zo sterk dat hij was blijven staan en zijn blik door de wijk had laten gaan. Maar hij had niets gezien wat anders was dan normaal. Dat wilde zeggen, niets anders dan de buurman die problemen had met het starten van zijn roestige oude Fiat Punto, en een vrouw met mooi blond haar die voorbij was gekomen op haar fiets. Haar jurk wapperde in de wind en haar fietsmand was versierd met plastic margrieten. Het leek of ze alleen maar rondfietste om vreugde om zich heen te verspreiden.

Maar zelf was hij er totaal niet ontvankelijk voor. De onrust had hem in zijn greep en hij was met gejaagde passen de straat overgestoken hoewel het stoplicht op rood had gestaan. Iets wat hij normaal gesproken nooit deed. Maar deze ochtend was anders, zijn hele lichaam was gespannen als een veer, en na een kort stukje door het park was hij er zeker van geweest. Iemand volgde hem. De stappen in het grind achter hem klonken als gympen. Zelf droeg hij zijn leren schoenen, die veel meer geluid maakten.

Hij had gemerkt dat hij sneller was gaan lopen en zijn best gedaan zijn pas weer te vertragen. De stappen achter hem waren steeds dichterbij gekomen en hij had de impuls onderdrukt om over zijn schouder te kijken. Zijn hartslag versnelde en het koude zweet brak hem in steeds nieuwe golven uit. Het voelde alsof hij elk moment flauw kon vallen en ten slotte had hij het opgegeven en zich omgedraaid.

De man die op hem af kwam had inderdaad gympen gedragen. Een paar zwarte Reeboks. Hij had donkere kleren met veel zakken aan. Om zijn schouders hing een volgepakte rugzak en in een hand droeg hij een lap. Maar pas toen de man opkeek en hun blikken elkaar kruisten, zag hij zijn gezicht.

Daarna was alles heel snel gegaan. De pijn was alle zenuwen van zijn lichaam in geschoten toen de vuist hem recht in zijn maag trof. Hij had naar adem gehapt, was op zijn knieën gezakt en had gevoeld hoe de lap tegen zijn gezicht werd gedrukt.

Het volgende dat hij zich herinnerde, was dat hij wakker werd van klauwen die in zijn buik drongen.

Hoog boven hem schoof een eenzaam wolkenplukje voor de zon. Een redding die even vluchtig was als een kasteel in het zand. Toen het plukje ten slotte verder dreef en verdween, was de hemel perfect blauw, zoals hij alleen op een Zweedse hoogzomerdag kan zijn. De zon kon nu met volle kracht recht op de zorgvuldig geplaatste lens schijnen, die op zijn beurt de stralen op een brandpunt naast de uitgespreide man richtte. De rest nam de rotatie van de aarde voor haar rekening.

Het laatste wat hij hoorde was het venijnige knetteren van zijn brandende haar.

1

Fabian Risk had het traject al ontelbare keren gereden. Maar nog nooit had het zo licht en goed gevoeld als deze keer. Precies zoals ze hadden gepland, waren ze vroeg in de ochtend vertrokken en ze hadden tijd genoeg voor een lange lunchpauze in Gränna.

De onrust over hoe de verhuizing zou gaan, was toen al aan het verdwijnen. Sonja was vrolijk geweest, bijna sprankelend, en had aangeboden het laatste stuk door Småland te rijden zodat hij een biertje kon nemen bij de Oostzeeharing. Het was bijna te gezellig geweest en de gedachte had hem bekropen dat het uiteindelijk allemaal alleen maar uiterlijke schijn was. Als hij heel eerlijk was, had hij diep vanbinnen zijn twijfels gehad of het wel echt zou werken om eenvoudig weg te vluchten van je problemen en opnieuw te beginnen.

De kinderen hadden precies zo gereageerd als ze hadden verwacht. Matilda zag het als een spannend avontuur, al zou ze op een nieuwe school en in een compleet nieuwe klas naar groep 7 gaan. Theodor was wat minder positief geweest en had zelfs gedreigd dat hij in Stockholm zou blijven. Maar na de lunch in Gränna was het alsof hij besloten had het allemaal een kans te geven en tot ieders verbazing had hij een paar keer zijn koptelefoontje van zijn oren gehaald en met de anderen gepraat.

Maar het beste van alles was dat het gegil was opgehouden. Het gegil en de smekende kreten die hem het laatste halfjaar hadden achtervolgd, zowel in zijn dromen als wanneer hij wakker was. Eindelijk hadden ze het opgegeven.

Hij had het ter hoogte van Södertälje voor het eerst gemerkt, maar was ervan uitgegaan dat het inbeelding was. Pas nadat ze Norrköping waren gepasseerd, was hij er echt zeker van geworden, en met elke kilometer die ze achter zich lieten, hadden de stemmen aan kracht ingeboet. Nu ze er waren aangekomen, 556 kilometer verderop, waren ze helemaal verstomd.

Het was alsof er een tijd bestond van voor en na hun periode in Stockholm en de gebeurtenissen in de herfst. En eindelijk, eindelijk bevonden ze zich in de tijd erna, dacht Fabian, en hij stak de sleutel in het slot van hun nieuwe huis – een van de Engelse rijtjeshuizen van rood baksteen op de Pålsjögatan. Tot dit moment was hij als enige van het gezin in het huis geweest, maar hij maakte zich totaal geen zorgen over wat de anderen ervan zouden vinden. Zodra hij had gezien dat het te koop stond, had hij zeker geweten dat ze daar en nergens anders hun nieuwe leven zouden beginnen.

Pålsjögatan 17 in Tågaborg, op een steenworp afstand van de stad en met het Pålsjöbos om de hoek. Daar zou hij 's ochtends joggen en het tennissen weer oppakken op de gravelbanen. Als je naar zee wilde, hoefde je alleen de Halalidbacken maar af te lopen en dan was je bij Fria Bad, waar hij als kind altijd gezwommen had. In die tijd had hij gefantaseerd dat hij in deze wijk woonde in plaats van in de gele huurkazernes in Dalhem. Nu, dertig jaar later, was de droom uitgekomen.

'Papa, waar wacht je op? Moet je niet opnemen?' vroeg Theodor.

Fabian werd uit zijn geluksroes gerukt en besefte dat de rest van zijn gezin op de stoep stond te wachten tot hij het mobieltje zou pakken dat in zijn zak overging. Hij haalde het eruit en zag dat het Astrid Tuvesson was, zijn nieuwe, of liever gezegd toekomstige chef op de rechercheafdeling van de politie van Helsingborg.

Op papier werkte hij de komende zes weken nog in Stockholm. Naar buiten toe had het geleken of het zijn eigen beslissing was geweest om op te stappen. Maar het leed geen twijfel dat zijn meeste oud-collega's precies wisten hoe het werkelijk gegaan was en dat hij daar nooit meer een voet zou kunnen zetten.

Zes onvrijwillige vakantieweken, die steeds verleidelijker begonnen te worden. Hij kon zich niet herinneren dat hij zo lang vrij had gehad sinds hij van school was. Of het lang genoeg was, zou nog moeten blijken. Het plan was om zich eerst in alle rust in het huis te installeren. Daarna zouden ze hun nieuwe thuisstad leren kennen en afhankelijk van het weer en of ze er zin in hadden, zouden ze een reisje maken naar een plek waar het warm was. Het laatste wat ze van plan waren te doen was stressen. Van dat alles zou Astrid Tuvesson op de hoogte moeten zijn.

Toch belde ze.

Er moest iets gebeurd zijn en hij stond op het punt uit te vinden wat. Maar hij en Sonja hadden elkaar iets beloofd. Deze zomer zouden ze weer een gezin zijn en de verantwoordelijkheid delen. Misschien zou ze zelfs de energie vinden om de laatste schilderijen af te maken voor de tentoonstelling in de herfst. Bovendien waren er toch wel anderen bij de politie van Helsingborg die geen vakantie hadden?

'Nee, dat kan wachten,' zei hij en hij stopte het mobieltje terug in zijn zak, draaide de sleutel om en hield de deur open voor Theodor en Matilda, die vochten om als eerste naar binnen te gaan. 'Als ik jullie was, zou ik met de tuin beginnen!' Hij draaide zich om naar Sonja, die naar hem toe kwam lopen met een iPod-luidspreker in haar armen.

'Wie was dat?'

'Niet belangrijk. Kom, dan gaan we het huis bekijken.'

'Het was toch niet...'

'Nee, die was het niet,' zei Fabian. Maar hij kon aan haar ogen zien dat ze hem niet geloofde en dus hield hij het mobieltje omhoog om het haar te laten zien. 'Het was mijn toekomstige chef, die ons waarschijnlijk alleen welkom wilde heten. Kom.' Hij nam de luidspreker van haar over en leidde Sonja met zijn handen voor haar ogen het huis binnen. 'Tada!' Hij haalde zijn handen weg en ze keek om zich heen door de ongemeubileerde woonkamer met de open haard en de keuken, die uitkeek op de kleine tuin aan de achterkant van het huis, waar ze Theodor en Matilda op een grote trampoline konden zien springen.

'Jee... Het is helemaal... Helemaal fantastisch.'

'Is het goedgekeurd? Bevalt het je?'

Sonja knikte. 'Heeft het verhuisbedrijf gezegd wanneer ze zouden komen?'

'Alleen dat het ergens tegen de avond zou zijn. We kunnen dus hopen dat ze vertraagd zijn en pas morgen komen.'

'Waarom dan, als ik vragen mag?' vroeg Sonja en ze legde haar armen om zijn nek.

'We hebben hier alles wat we nodig hebben. Een schone vloer, kaarsen, wijn en muziek.' Fabian plaatste de luidspreker op het keukenblok, drukte zijn oude bekraste iPod Classic erin en zette Bon Ivers *For Emma, Forever Ago* op – sinds enige weken zijn lievelingsplaat. Hij had Bon Iver pas laat ontdekt. Had de plaat bij de eerste luisterbeurt saai gevonden, maar hem nog een kans gegeven en toen ingezien wat voor meesterwerk het was.

Hij pakte Sonja beet en begon te dansen. Ze lachte en deed haar best om zijn geïmproviseerde passen te volgen. Hij keek in haar groenbruine ogen en zij maakte de haarklem los en liet haar bruine haar vallen. De sportschool, zoals de therapeut haar had voorgeschreven, had zichtbaar resultaat opgeleverd. Zowel lichamelijk als geestelijk. Ze was zeker vijf, zes kilo afgevallen. Ze was nooit dik geweest, eerder het omgekeerde. Maar haar gezichtstrekken waren duidelijker geworden, wat haar goed stond. Hij maakte plotseling een draai en liet haar in zijn armen vallen. Ze lachte weer, en hij besefte hoezeer hij dat had gemist.

Ze hadden verschillende oplossingen besproken. Alles van verhuizen uit het appartement bij Södra Station om een huis te kopen in een van de buitenwijken van Stockholm tot het kopen van een klein appartement om op proef uit elkaar te gaan en om de beurt voor de kinderen te zorgen. Maar geen van de alternatieven had goed aangevoeld. Of dat kwam doordat de angst om te scheiden te groot was of doordat ze ergens diep vanbinnen echt van elkaar hielden, zou de tijd uit moeten wijzen.

Pas nadat hij het huis aan de Pålsjögatan had gevonden, was alles op zijn plaats gevallen. De baan als brigadier bij de politie van Helsingborg, de vrije plekken op de Tågaborgsschool en de grote zolderkamer, die met zijn dakramen een perfect atelier was voor Sonja. Het was alsof iemand zich over hun lot had ontfermd en had besloten hun een laatste kans te geven.

'En de kinderen? Waar moeten zij slapen?' fluisterde Sonja in zijn oor.

'Er is vast wel plaats in de kelder, waar we ze op kunnen sluiten.'

Sonja wilde antwoord geven, maar hij onderbrak haar met een kus en begon weer te dansen toen de deurbel ging.

'Zijn ze er al?' Sonja verbrak de kus. 'Misschien kunnen we dan toch in onze bedden slapen.'

'Terwijl ik me zo op de vloer had verheugd.'

'De vloer is er toch nog? Bovendien zei ik slapen. Verder niets.' Ze kuste hem, liet haar handen over zijn buik gaan en onder zijn broekband glijden.

Dit gaat lukken en we zullen de rest van ons leven gelukkig zijn, kon hij nog net denken voordat ze haar hand weer omhoogtrok en naar de deur liep.

'Hallo. Mijn naam is Astrid Tuvesson. Ik ben een van de nieuwe collega's van uw man.' De vrouw in de deuropening stak haar hand uit naar Sonja. Met haar andere hand duwde ze de zonnebril omhoog in haar blonde, krullende haar, dat er samen met de kleurige jurk, de dunne, bruine benen en de sandalen voor zorgde dat ze er tien jaar jonger uitzag dan haar tweeënvijftig jaar.

'Ja? Hallo?' Sonja draaide zich om naar Fabian, die aan kwam lopen en Tuvesson de hand schudde.

'Je bedoelt toekómstige collega. Ik begin tenslotte pas op 16 augustus,' zei Fabian en het viel hem op dat het oorlclletjc van haar linkeroor compleet ontbrak.

'Toekomstige chéf, als we gaan muggenziften.' Ze lachte en schikte haar haar zo dat het over haar oor viel, en Fabian betrapte zich erop dat hij zich afvroeg of het door een verwonding kwam of dat het aangeboren was. 'Sorry, ik wil jullie echt niet storen midden in jullie vakantie en jullie zullen wel doodmoe zijn van de reis, maar...'

'Maakt niet uit,' onderbrak Sonja haar. 'Kom binnen, kom binnen. Maar we kunnen u helaas niets aanbieden, omdat we nog steeds op de verhuiswagen wachten.'

'Dat geeft niet. Het enige wat ik nodig heb, is een paar minuten met uw man.'

Sonja knikte en Fabian leidde Tuvesson naar het terras aan de achterkant en sloot de deur achter hen.

'Uiteindelijk ben ik ook gezwicht en heb een trampoline gekocht.

De kinderen zeurden er al jaren om voordat ik toegaf en toen waren ze er eigenlijk te oud voor.'

'Neem me niet kwalijk, maar waar gaat het om?' Fabian had helemaal geen zin om zijn vakantie te besteden aan gebabbel met zijn toekomstige chef.

'Er is een moord gepleegd.'

'Ja? Tja, dat soort dingen gebeuren nu eenmaal. Helaas. Ik wil me nergens mee bemoeien, maar is het niet beter als je dit met je collega's bespreekt die geen vakantie hebben?'

'Jörgen Pålsson. Komt die naam je bekend voor?'

'Is dat het slachtoffer?'

Tuvesson knikte.

Fabian herkende de naam, maar was niet in de stemming om er verder over na te denken. Het laatste wat hij wilde was werken. Hij voelde zich als een volgeladen olietanker die gekaapt was door piraten en gedwongen werd weg te varen van zijn paradijselijke eiland.

'Misschien helpt dit?' Tuvesson stak hem een plastic hoesje met een foto toe. 'Dit lag op het lichaam van het slachtoffer.'

Fabian pakte de insteekhoes aan, keek naar de foto en besefte meteen dat hij het paradijselijke eiland kon vergeten. Hij herkende de foto, al kon hij zich niet herinneren wanneer hij er voor het laatst naar had gekeken. Het was een klassenfoto van zijn laatste schooljaar. De laatste foto waarop ze allemaal verzameld waren. Zelf stond hij op de tweede rij en schuin achter hem stond Jörgen Pålsson.

Doorgekruist met zwarte inkt.

2

Een uur lang had hij in het huis mogen zijn. Een uur voordat er werd aangebeld. Natuurlijk begreep hij waarom Tuvesson contact met hem had opgenomen. Dat niet doen, zou bijna een ambtsovertreding zijn geweest. Misschien herinnerde hij zich iets wat het onderzoek kon versnellen en uiteindelijk zelfs levens kon redden? Maar Fabian kon zich bijna niets van zijn schooltijd herinneren en eerlijk gezegd had hij er ook totaal geen zin in om die tijd weer tot leven te wekken.

'Het is die witte Corolla daar,' zei Tuvesson en Fabian stak achter haar aan de straat over. Ze had aangeboden hem zowel erheen als weer terug naar huis te brengen, zodat Sonja in alle rust de auto uit kon laden. 'Dat je het maar weet, ik waardeer het echt dat je de tijd neemt mee te gaan terwijl je midden in je vakantie zit.'

'Die is nog maar nauwelijks begonnen.'

'Ik beloof dat dit niet langer dan een uur zal duren.' Tuvesson stak de sleutel in het slot en draaide hem om. 'De auto heeft centrale vergrendeling. Maar het portier klemt, dus je moet een beetje kracht zetten.'

Fabian rukte het portier open en zag een passagiersstoel die in beslag genomen werd door lege koffiebekertjes, geopende Marlboropakjes, sleutels, etensresten, gebruikt keukenpapier en een doosje tampons.

'Sorry. Wacht even, dan zal ik...' Ze schoof alles op de vloer behalve de sleutels en de sigaretten. Die stopte ze in haar tas. Fabian ging zitten en Tuvesson startte de auto en reed weg. 'Is het oké als ik er een opsteek?' Voordat Fabian had kunnen antwoorden, had ze al een sigaret aangestoken en het raampje omlaag gedraaid. 'Ik moet eigenlijk stoppen. Ik weet het, dat zegt iedereen altijd en in plaats van het te zeggen en te beloven, moet je het gewoon doen. En dat ga ik ook doen. Alleen niet nu,' ging ze verder en ze nam een diepe teug terwijl ze linksaf de Tågagatan insloeg.

'Maakt niet uit,' zei Fabian met zijn blik gericht op de klassenfoto en het doorgekruiste gezicht van Jörgen. Waarom kostte het hem zoveel moeite om zich te herinneren wie Jörgen Pålsson was? Als hij zich iemand zou moeten herinneren, was het Jörgen wel. Hij had hem op zich nooit gemogen en misschien was dat wel de reden? Hij had hem gewoon verdrongen. 'Waar is hij gevonden?'

'In de Fredriksdalsschool. Ik heb begrepen dat hij daar als handenarbeidleraar werkte.'

'En hij heeft er op school gezeten.'

'Ja, niet iedereen vertrekt naar Stockholm... Trouwens, wat weet je van hem?'

'Niets eigenlijk. We zijn nooit met elkaar omgegaan.' Fabian dacht terug aan de lamswollen Lyle & Scott- en Lacoste-truien en hoe de tv naar binnen werd gerold en de les werd onderbroken zodra Ingmar Stenmark zich van de heuvel zou storten. 'Als ik heel eerlijk ben, mocht ik hem niet.'

'Nee? Waarom niet?'

'Hij was de stoere jongen van de klas en altijd vervelend. Je kent ze wel, deed precies wat hem inviel.'

'Zo een hadden wij er ook. Hij verstoorde alle lessen en pakte dienbladen met eten af en dat soort dingen. En niemand durfde hem tegen te spreken. Zelfs de leraren niet.' Tuvesson trok de laatste nicotine uit de sigaret en schoot de peuk uit het raam. 'Dat was in de tijd dat er nog geen ADHD bestond.'

'Bovendien luisterde hij alleen naar Kiss en Sweet.'

'Wat is er mis met Kiss en Sweet?'

'Niets. Integendeel. Maar dat ontdekte ik een paar jaar geleden pas.'

Fabian stapte uit de auto en keek naar de Fredriksdalsschool, die zich met zijn twee verdiepingen en rode bakstenen muren achter het verlaten schoolplein uitstrekte. Twee baskets, met versleten netjes, staken omhoog uit het asfalt als een herinnering aan het feit dat dit normaal gesproken een plek voor kinderen was. Hij liet zijn blik langs de lange rij gevangenisachtige raampjes gaan en kon moeilijk begrijpen hoe hij drie jaar in dit gebouw door had kunnen brengen zonder compleet de weg kwijt te zijn geraakt. 'Wie heeft hem gevonden?'

'Zijn vrouw belde eerst om hem als vermist op te geven, maar we konden niet veel doen.'

'Wanneer belde ze?'

'Woensdag een week geleden. De dag ervoor was hij naar Duitsland gereden om bier te kopen voor het midzomerfeest en hij zou 's avonds weer terug zijn.'

'Bier kopen in Duitsland? Levert dat nog steeds iets op?'

'Als je maar genoeg koopt. Veertig kronen voor een volle laadbak en je krijgt het geld van het veerbootkaartje terug als je er niet langer dan drie uur blijft.'

Het hele eind naar Duitsland rijden om de auto tot de rand te vullen met bier. Hoe langer Fabian erover nadacht, hoe beter het bij Jörgen paste, die langzaam weer tot leven begon te komen in zijn hoofd. Jörgen en misschien ook Glenn. 'Maar hij is nooit in Duitsland aangekomen, of wel?'

'Jawel, hij is er geweest. We hebben het gecheckt bij de Sontbrug. Hij keerde zoals gepland dinsdagavond terug. Maar daarna houdt elk spoor op. We zijn gisteren pas weer verder gekomen toen een glasbedrijf belde dat er een auto weggesleept moest worden die in de weg stond van hun hefkraan.'

'Zijn auto?'

Tuvesson knikte en ze liepen de hoek om naar de achterkant van het schoolgebouw. Zo'n twintig meter verderop stond een Chevrolet-pick-up naast een hefkraan. Het afzetlint was al aangebracht met een ruim bemeten straal en twee agenten in uniform hielden de omgeving in de gaten.

Ze werden begroet door een man van middelbare leeftijd met dun haar, gekleed in een blauwe overall voor eenmalig gebruik en met zijn bril voor op zijn neus geschoven.

'Dit is Ingvar Molander, onze forensisch onderzoeker, en dit is Fabian Risk, die eigenlijk vakantie heeft en pas in augustus begint,' zei Tuvesson.

'Ach... Een vakantie meer of minder. Wat maakt het uit als er zich een onderzoek voordoet waar je echt je tanden in kan zetten. Of wat zeg jij?' Molander schoof de bril nog verder op de punt van zijn neus en keek Fabian nieuwsgierig aan terwijl hij hem een hand gaf.

'Je wordt in elk geval nieuwsgierig,' loog Fabian terwijl hij Molander de hand schudde.

'Daar zul je helemaal gelijk in krijgen. Je zult niet teleurgesteld worden, dat kan ik je beloven.'

'Ingvar, hij is hier alleen om even een kijkje te nemen.'

Molander wierp haar een blik toe die, al was het dan schoorvoetend, Fabians nieuwsgierigheid wekte. Molander leidde hen het schoolgebouw in en reikte hun blauwe overalls aan. 'Als jullie zo goed willen zijn.'

Het was voor de eerste keer in dertig jaar dat Fabian zich in de school bevond. Hij zag er precies hetzelfde uit als hij hem zich herinnerde. De rode bakstenen muren in de gang en de geluiddempende platen aan het plafond die eruitzagen als samengeperste pulp. In de gang achter in het gebouw was het handenarbeidlokaal. Een vak waarin hij totaal niet geïnteresseerd was, tot hij had bedacht dat je je eigen skateboards kon maken. Na één semester had hij zoveel multiplexplaten verwarmd, gebogen en uitgezaagd dat hij ze had kunnen doorverkopen en een paar echte Tracker Trucks bij elkaar had kunnen sparen.

'Sta mij toe u welkom te heten op een moordplek die zonder enig probleem in de top tien komt van de ergste moordplekken die ik ooit heb gezien.' Molander leidde Fabian en Tuvesson door een deur. 'Gelukkig heeft de dader de centrale verwarming op de laagste stand gedraaid. Anders was het de top vijf geweest, aangezien het lichaam hier al langer dan een week ligt.'

Het was inderdaad koud in het handenarbeidlokaal. Fabian had het gevoel dat hij in een ijskast stapte, al gaf een thermometer aan dat het tussen de 12 en 13 graden was. Achterin waren drie mannen in overalls bezig foto's te nemen en technisch bewijs te onderzoeken en te verzamelen. De bekende geur van hout en zaagsel was vermengd met een bedompte zoete stank. Fabian liep naar het lichaam van Jörgen Pålsson, dat onbeweeglijk in een grote poel opgedroogd bloed vlak bij de deur lag. Het slot en de deurkruk waren besmeurd met bloed. Het grote, afgetrainde lichaam was gekleed in een versleten, los zittende spijkerbroek en een met bloed doordrenkt wit T-shirt zonder mouwen.

Fabian herinnerde zich niet dat Jörgen zo groot was. Stoer en sterk, maar niet groot. Hij moest zo sterk als een os zijn geweest. Toch was het de dader gelukt de handen van allebei zijn getatoeëerde armen bij de polsen af te zetten. De stompen waren bloederig en rafelig en Fabian kon zich niet eens beginnen voor te stellen hoeveel pijn het moest hebben gedaan. Waarom juist de handen?

'Zoals jullie aan de bloedsporen op de grond kunnen zien is hij van de werkbank daar naar de deur gegaan waardoor we binnen zijn gekomen,' zei Molander. 'Die kan weliswaar niet op slot, maar hij kon niet weten dat hij aan de andere kant geblokkeerd was met banken, stoelen en tafels. Daarna is hij hiernaartoe gegaan en heeft geprobeerd door die deur naar buiten te komen. Maar hoe makkelijk is het om een deurknop om te draaien als je geen handen hebt?'

Fabian bestudeerde de bloederige deurknop.

'Hebben jullie het slot al onderzocht?' vroeg Tuvesson.

'Vastgelijmd met superlijm. Wat dit verklaart.' Molander haalde een medische tang tevoorschijn en tilde Jörgens bovenlip op om te laten zien dat zijn voortanden gebroken waren.

'Dus hij heeft de deurknop om proberen te draaien met zijn mond?' vroeg Tuvesson.

Molander knikte. 'Over overlevingsdrang gesproken. Zelf zou ik ongetwijfeld gestorven zijn met onbeschadigde tanden.'

'Maar... Ik begrijp het niet. Hij moet zich toch verweerd hebben?' vroeg Tuvesson.

'Dat is een goede vraag. Misschien heeft hij dat ook wel gedaan? Misschien was hij gedrogeerd? Ik weet het niet. We zullen moeten afwachten waar Vlecht mee komt.'

'En hoe lang heeft dit geduurd?'

'Drie, vier uur.' Molander leidde hen door het lokaal naar een van de werkbanken, die ook besmeurd was met opgedroogd bloed. 'Met deze lijmtang heeft de dader zijn armen vastgezet en met deze handzaag zijn zijn handen afgezet.' Hij wees met de medische tang naar de bloederige zaag die op de grond was gegooid.

'Hebben jullie trouwens het glasbedrijf gecheckt dat belde om de auto weg te laten halen?' vroeg Fabian.

Tuvesson draaide zich naar hem toe. 'Hoezo? Bedoel je dat ze er iets mee te maken kunnen hebben?'

'Als je het mij vraagt, ziet dit er niet uit als het werk van iemand die iets van het toeval af laat hangen.'

Tuvesson en Molander wisselden een blik uit en knikten.

'Ik heb het nummer hier.' Tuvesson pakte haar mobieltje, toetste het nummer in en belde met de luidsprekerfunctie aan. Het toestel verzond het signaal, maar dat ging na een tijdje over in een foutmelding. 'Het ziet ernaar uit dat je gelijk hebt. We moeten checken wie de hefkraan heeft ingehuurd, en Ingvar, jij zult ook daar sporenonderzoek moeten doen.'

Molander knikte.

'En de handen?' ging Tuvesson verder.

'Zoeken we nog steeds naar.'

Tuvesson knikte en wendde zich tot Fabian. 'Nou? Wat zeg jij ervan? Gaat er een belletje rinkelen?'

Fabian liet zijn blik over de werkbank en de bloederige handzaag gaan en volgde het bloedspoor naar het lichaam met de afgezaagde handen. Daarna keek hij naar Tuvesson en Molander en schudde zijn hoofd. 'Helaas.'

'Helemaal niets? Niet eens een vermoeden of het iemand uit de klas kan zijn, of waarom iemand dit juist Jörgen Pålsson heeft aangedaan?'

Fabian schudde zijn hoofd.

'Nou ja, het was in elk geval een poging waard.' Tuvesson bewoog zich in de richting van de uitgang. 'Maar als je iets te binnen schiet, wat dan ook, dan moet je me beloven dat je me belt of langskomt op het bureau. Oké?'

Fabian knikte en liep achter Tuvesson het handenarbeidlokaal uit met een vraag in zijn hoofd die hem niet met rust zou laten voordat hij er een antwoord op had gekregen.

Waarom juist de handen?

◆

18 augustus

Dit is de eerste keer dat ik je schrijf hoewel ik je twee kerstmissen geleden van mama heb gekregen en ze heeft gezegd dat het goed is om te kunnen schrijven om niet te vergeten dus nu doe ik dat. Gisteren heb ik mijn hele kamer opgeruimd en een hele zwarte vuilniszak met rotzooi gevuld. Mama was hartstikke blij en toen vond ik het c3po-mannetje dat ik van papa heb gekregen en dat al langer dan een jaar weg was helemaal achterin onder het bed.

Vandaag was iedereen terug op school. Iedereen behalve Hampus. Alle anderen waren vrolijk over het nieuwe klaslokaal en de nieuwe boeken. Maar ik niet want nu is het mijn beurt en het begon al in de eetzaal. Ze keken naar me terwijl ik niets had gedaan. Ik probeerde gewoon net als anders te zijn en niet op te vallen. Maar ze bleven naar me staren en ik weet wat dat betekent. Iedereen weet het.

Ik wist dat het zo zou worden. Ik heb het de hele tijd geweten. Toen Hampus vertelde dat hij ging verhuizen wist ik het meteen. Ik hoopte dat ik het fout zou hebben, maar dat is niet zo. De hele zomer heb ik alleen maar hieraan gedacht.

Bij Engels ging ik helemaal vooraan zitten zodat ik het niet zou zien als ze staarden. Maar ik weet dat ze het de hele tijd deden en dat ze papiertjes naar me gooiden. Ik deed alsof ik het niet merkte. Ik heb me niet omgedraaid. Niet één keer.

Jesper las een van de papiertjes en er stond dat ik lelijk was en stonk. Ik was mezelf altijd heel erg goed en het afgelopen jaar heb ik deodorant gebruikt omdat het zweet sterker rook maar mama heeft gezegd dat dat bij iedereen zo is.

Heb geprobeerd te ruiken of ik stink. Geloof het niet.

Maar ik weet dat ik lelijk ben. Afschuwelijk lelijk.

ps: Morgen is Laban jarig dus ik ga vandaag zo'n rad, een nieuwe drinkbeker en nieuw zaagsel kopen.

3

Toen Fabian Risk thuiskwam was het verhuisbedrijf druk bezig hun huisraad naar binnen te brengen. Een blik in de verhuiswagen maakte duidelijk dat ze al iets meer dan de helft gedaan hadden. Over was nog een wand met verhuisdozen, oude vloerlampen, hockeysticks, de vlekkerige Klippanbanken, de ellipstafel met zijn replica-Mierstoelen, de oude beeldbuistelevisie die ze op Theodors kamer hadden gezet maar waar hij nooit naar keek, ski's, fietsen, nog meer lampen, de vitrinekast waarvan blijkbaar een ruitje was gebroken en overal propvolle zwarte vuilniszakken.

Was dit echt alles wat hij in zijn drieënveertig levensjaren had weten te verzamelen? Een paar versleten banken en stoffige lampenkappen. Fabian had zin om tegen de verhuizers te zeggen dat ze konden ophouden de spullen naar binnen te brengen en de hele vracht naar de stortplaats konden rijden. Het was alsof hij net een dure nieuwe computer had gekocht en als eerste alle oude bestanden met virussen en al overzette. Hij wilde echt opnieuw beginnen. Voor één keer maling hebben aan het geld en nieuwe dingen kopen. Het plastic lostrekken en de geur van ongebruikte dingen ruiken.

Hij knikte naar de verhuizers, die een van de oude avocadogroene ladeblokken uit de wagen tilden die hij had gekregen toen hij twaalf was. De afgelopen twintig jaar hadden ze op zolder gestaan. Het zag er zwaar uit en er waren twee verhuizers voor nodig. Wat woog er zoveel? Hij dacht na over wat er in de ladeblokken kon zitten en kon zich niet herinneren wanneer hij ze voor het laatst had geopend.

Toen hij een uur later, nadat hij Sonja had geholpen om een paar verhuisdozen naar de keuken te verplaatsen, bedacht wat er in de ladeblokken zat, kon hij niet wachten. Sonja had ze in de kelder laten zetten en op weg ernaartoe besefte Fabian dat hij nog nooit een voet in de kelder van het huis had gezet, terwijl het de eerste ruimte zou moeten zijn die elke serieuze koper bezocht.

Zelf had hij blind op de makelaar vertrouwd, die hem had gegarandeerd dat het huis in een prima staat verkeerde. *Prima.* Alsof het een patiënt was die hersteld was van een zware ziekte. Maar hij maakte zich toch geen zorgen. Dit was tenslotte een oud huis met dikke bakstenen muren en natuurlijke ventilatie, niet zoals de pas gebouwde woningen met gevelisolatie in Mariastaden, of Schimmelstad zoals het tegenwoordig in de volksmond werd genoemd.

Hij had de verkoper van het huis ook nooit ontmoet. Otto Paldynski, blijkbaar een echt pietje-precies die voor het huis had gezorgd alsof het zijn eigen kind was gedurende de dertig jaar dat hij er met zijn gezin had gewoond. Vanwege privéomstandigheden had hij het snel af willen handelen en hij was bereid geweest een flink stuk onder de prijs te gaan. Iets wat volgens de makelaar een lot uit de loterij was. Een kans die je nooit meer zou krijgen.

Nu moest Fabian toegeven dat hij niet echt overgehaald hoefde te worden. Maar hij kon het toch niet laten om te speculeren over die 'privéomstandigheden'. Hij was zelfs zover gegaan het aan de makelaar te vragen, die had geantwoord dat het niet zijn gewoonte was zich te bemoeien met het privéleven van zijn cliënten en soepel verder was gegaan over de voordelen die het voor Fabian als koper met zich meebracht. Hij had het antwoord met een glimlach en een hoofdknikje geaccepteerd en besloten zich er niet meer mee bezig te houden.

Hij liep naar het avocadokleurige ladeblok, trok de bovenste la eruit en vond direct waar hij naar zocht – het jaarboek van de negende klas. Hij ging op het ladeblok zitten en zocht zijn klas op. Het was dezelfde foto die de dader achter had gelaten op de moordplaats, met dit verschil dat er geen hoofden waren doorgekruist.

De kapsels waren de duidelijkste tijdsmarkering. 1982. In die tijd kamde iedereen zijn haar. Seth Kårheden met zijn donzige snor en Stefan Munthe en Nicklas Bäckström, die op dezelfde binnenplaats woonden als hij en zich net als hij helemaal thuis voelden op hun skateboard. Om nog maar te zwijgen van Lina met haar blonde lokken. Zelfs Jörgen zag er pasgekamd uit met zijn middenscheiding. Ze leken een groepje echte nerds. Vooral hij zelf met zijn in zijn broek gestopte overhemd, de te hoog zittende broek en het thuis geknipte haar dat weigerde zich te voegen zoals het moest.

Hij bedacht dat hij met niemand van zijn klas contact had gehad sinds hij naar Stockholm was verhuisd. Zelfs niet met Lina. Het was alsof hij zijn hele jeugd in een verhuisdoos had gestopt en die had achtergelaten in Helsingborg, waar hij al die jaren had gestaan, vergeten en bedekt met spinnenwebben.

Tot nu toe.

'Dus hier heb je je verstopt?'

Fabian schrok en zag dat Sonja voor hem stond.

'Sorry, ik wilde je niet laten schrikken.'

Hij sloeg het jaarboek dicht alsof hij op heterdaad betrapt was. 'Ik had alleen niet gehoord dat je er was.'

'Wat zou je ervan zeggen als we een pauze hielden en een pizza of zo gingen eten? De kinderen hebben razende honger.'

Fabian legde het jaarboek weg en kwam overeind. 'Ja, dat is een goed idee. Er is in elk geval een heel goede pizzeria maar een paar straten hiervandaan.' Hij draaide zich om en wilde naar de trap lopen, maar Sonja pakte hem bij zijn arm.

'Lieverd, gaat het?'

Fabian draaide zich om en knikte, maar kon aan haar ogen zien dat ze hem niet geloofde.

Met elk een pizza van Tågaborgs Pizzeria liepen ze naar de strandpromenade en gingen op de door de zon verwarmde muur met uitzicht op de Sont en Denemarken zitten. Het was mooi. Veel mooier dan hij zich herinnerde. De strandpromenade was verbreed en gevuld met flanerende mensen die genoten van de avondbries. Verderop bij het strand waren de kleedhuisjes omgebouwd tot restaurants en het complete oude spoorterrein was vervangen door grasmatten met jeu-de-boulesbanen en barbecueplekken. Nog iets verder weg kon je de palmen onderscheiden die er tijdens de woonbeurs van 1999 waren neergezet. Dat was, zo had Fabian begrepen, inmiddels een attractie geworden en wat ooit een vergeten strandje was geweest was nu een van de populairste stranden van Helsingborg en werd Tropical Beach genoemd. Het was of hij terug was verhuisd naar een compleet nieuwe stad.

'Dit is de beste pizza die ik ooit heb gehad,' riep Matilda uit en Fabian was geneigd het met haar eens te zijn. Nog nooit had een pizza zo goed gesmaakt.

Ze bleven naar de boten zitten kijken die heen en weer voeren op het traject tussen Helsingborg en Helsingør, dat met zijn Kronborg Slot het bewijs leverde dat ze zich nu dichter bij de rest van Europa bevonden. Fabian nam zich voor nooit meer ook maar een meter naar het noorden te verhuizen en draaide zich om naar Theodor, die met een lege blik naar de Sont staarde. 'En hoe smaakte jouw pizza? Was die ook de beste die je ooit hebt gehad?'

'Nee, maar hij was prima.'

'Een 4 of een 5?'

'3,5.'

'Dan moet je de mijne proeven. Die was op z'n minst een 6,' zei Matilda en ze gaf hem een stuk.

Theodor nam een flinke hap en knikte. 'Oké, die kan ik een 4 geven. Maar meer ook niet.'

'God, wat ben je zuinig! Dat is hij toch, mama?'

Sonja knikte en keek Fabian aan. Hij had zijn best gedaan om het te vermijden en tot nu toe had ze niet gevraagd wat Tuvesson had gewild. Er was evenwel geen twijfel aan dat ze begreep dat niet alles was zoals het hoorde. Zoals gewoonlijk had ze dwars door zijn zielige pogingen heen gekeken om aanwezig te lijken, ook al had ze er vanavond voor gekozen mee te spelen en te doen alsof ze zich gewoon op de verwarmde muur van de strandpromenade bevonden en genoten van de rode avondzon en het geluid van de golven die over de stenen spoelden.

Die nacht bedreven ze de liefde precies zoals hij had gefantaseerd toen hij hier in de auto naartoe gereden was.

De vloer.

Wijn en kaarsen.

For Emma, Forever Ago...

4

Fabian en Sonja werden wakker van Matilda, die over hen heen klom en vroeg waarom ze op de woonkamervloer sliepen. Ze redden zich eruit door te beweren dat de bedden nog aangepast moesten worden. Zelfs Theodor kwam even later meehelpen om de tafel op het terras te dekken, terwijl Sonja en Matilda gauw naar de supermarkt gingen om boodschappen te doen voor het ontbijt. Even later zaten ze samen in de ochtendzon te eten. Het enige wat ontbrak was de ochtendkrant, die Sonja was vergeten, zoals ze zei.

'Wat gaan we vandaag doen?' vroeg Matilda.

'We gaan verder met uitpakken en...'

'De bedden aanpassen! Zodat jullie niet meer op de grond hoeven te slapen!'

'Ja, dat ook,' lachte Sonja. 'En ik dacht dat we vanmiddag kunnen gaan zwemmen.'

'Jaaa!'

'Papa, gaan wij dan eerst een snorkel en een duikbril kopen?' vroeg Theodor.

'Het spijt me. Jullie zullen vandaag zonder mij moeten gaan zwemmen.'

'Wat? Waarom?' riep Matilda uit. 'We hebben toch vakantie?'

'Ja, maar papa moet wat dingen regelen,' zei Sonja. 'En dat vindt hij even vervelend als wij. Hopelijk duurt het niet zo lang.' Ze keek hem aan, en hij kon aan haar blik zien dat ze in de winkel de krant had gelezen.

Fabian stapte het pasgebouwde witte politiebureau binnen, dat vlak bij de E4 en op maar een steenworp afstand van de oude kasteelachtige gevangenis in Berga lag. Hij liep naar de man die achter de receptiebalie zat, waar het *Helsingborgs Dagblad* en de *Kvällsposten* naast de *Dagens Nyheter* en het *Svenska Dagbladet* lagen.

HANDENARBEIDLERAAR DOODGEMARTELD IN ZIJN KLASLOKAAL

Een typische kop voor de *Kvällsposten*. Had Sonja die gelezen? Het *Helsingborgs Dagblad* had een iets getemperde formulering gekozen, maar met ongeveer dezelfde foto als in de *Kvällsposten*. Allebei de foto's waren van een afstand genomen en lieten de hefkraan en Jörgens auto zien, die voor het schoolgebouw stonden. Het kenteken van de auto was weliswaar weggepoetst, maar het bloedrode gebouw, met zijn lange rijen met celramen, maakte direct duidelijk om welke school het ging. En hoeveel handenarbeidleraren werkten er?

Fabian stelde zich voor aan de man achter de receptie en legde uit dat hij eigenlijk pas halverwege augustus zou beginnen maar dat Tuvesson hem gisteren al had ingeschakeld bij de zaak van de vermoorde handenarbeidleraar en dat hij langs kon komen als er iets was. De receptionist, die in de dertig was en een politie-uniform droeg, begon op het toetsenbord te ratelen. Fabian vond dat het kapsel van de man aan het Duitsland van de jaren dertig deed denken en was ondanks alles onder de indruk van zijn rechte houding.

'Neem me niet kwalijk, wat is uw naam?'

'Risk. Fabian Risk. Maar ik denk niet dat je me daar kunt vinden. Mijn dienstverband begint zoals ik zei pas in augustus.'

De receptionist negeerde hem en worstelde met de muis, toetste het commando in, staarde naar het scherm en zag er steeds gestrester uit. 'Het spijt me, maar ik kan je naam niet vinden.'

'Nee, dat zei ik net. Maar als je Tuvesson belt, dan...'

'Astrid Tuvesson zit in een vergadering en dan wil ze niet gestoord worden.'

'Dat is de vergadering waar ik bij moet zijn. Ze zit nu vast op me te wachten,' loog Fabian en hij besefte dat hij onnodig kwaad klonk. 'Denk je dat het helpt als ik haar probeer te bellen?'

'Ik ga er niet over wie jij belt. Maar ik kan je verzekeren dat ze niet zal opnemen. Dat doet ze nooit als ze in vergadering is.'

Fabian dacht dat de man gelijk had. Hij had al geprobeerd haar te bellen maar er werd niet opgenomen. 'Oké, hoe lossen we dit dan op? Ik moet tenslotte naar binnen.'

'Ja, dat weet ik ook niet. Dat moet je niet aan mij vragen, ik heb geen idee. Ik kan niet iedereen zomaar binnenlaten. Toch? Daar kun je je wel iets bij voorstellen.'

'Jij moet Fabian Risk zijn,' klonk een vrouwelijke stem achter hem.

Fabian draaide zich om en zag een vrouw van een jaar of vijfendertig. Ze was goed getraind en gekleed in een geruit overhemd met korte mouwen en een versleten spijkerbroek die ter hoogte van de knieën was afgeknipt. Haar donkere haar was kortgeknipt en ze droeg minstens twintig oorbellen in haar ene oor.

'Tuva zei dat je hier waarschijnlijk zou staan en binnen probeerde te komen, als ze je een beetje kende. Ik dacht dat je pas in augustus zou beginnen.'

'Dat dacht ik ook,' antwoordde Fabian en hij vroeg zich af hoeveel Astrid Tuvesson eigenlijk over hem te weten was gekomen.

Ze gaven elkaar een hand.

'Irene Lilja.'

'Kun jij deze man er misschien van overtuigen dat hij me binnen moet laten?'

'Hij staat niet in het register en ik heb uitgebreide instructies gekregen om onder geen enkele omstandigheid iemand binnen te laten die niet...'

'Het is in orde. Hij gaat met mij mee naar binnen, dan zorg ik dat hij wordt ingeschreven.' Lilja knikte naar Fabian dat hij haar door de gesloten glazen deur moest volgen naar de lift. 'Je hebt geluk dat ik laat was. Florian is meestal nogal overijverig.'

Ze stapten in de lift en Lilja drukte op het knopje van de bovenste verdieping.

'Nou? Heb je iets ontdekt?'

'Nee, helaas niet!'

'Wat doe je hier dan? Ik heb begrepen dat je hier net naartoe bent verhuisd en het dus heel druk moet hebben.'

Fabian zocht naar een antwoord, maar voordat hij dat gevonden had gingen de liftdeuren open.

Lilja leidde Fabian de vergaderruimte binnen – een ruime kamer met een weids uitzicht over Helsingborg, de Sont en het hele stuk naar Denemarken. Midden in de kamer stond een ellipsvormige tafel en de muren eromheen waren verlicht en fungeerden als whiteboards en als schermen voor de projectoren aan het plafond. Fabian had nog nooit zo'n moderne vergaderruimte gezien. Zelf was hij gewend vergaderingen te houden in raamloze kamers zonder ventilatie.

'Nee, hij heeft niet ontdekt wie de dader is, dus jullie kunnen weer ademhalen,' zei Lilja.

'Ik wil alleen graag horen wat jullie hebben ontdekt en er even bij komen zitten. Als dat tenminste goed is?' zei Fabian.

'Absoluut. Natuurlijk. Kom erbij zitten,' zei Astrid Tuvesson en ze stelde hem voor aan de rest van de groep. Behalve Astrid Tuvesson, Irene Lilja en Ingvar Molander was er nog Sverker 'Rots' Holm, een stevige man van iets over de vijftig. 'We moeten het zonder Hugo Elvin stellen. Hij is net naar Kenia vertrokken en komt pas over vier weken terug.'

'Kenia,' mompelde Rots. 'Daar moet je dus naartoe om vrij te krijgen.' Hij draaide zich om naar Fabian. 'Fabian. Je heet toch Fabian?' Fabian knikte. 'Ik waarschuw je. Als je op die stoel gaat zitten, kun je elke gedachte aan vakantie vergeten. Als je vakantie wilt zul je naar Kenia moeten. Of nog verder weg. Zelf moest ik genoegen nemen met het huis van mijn schoonouders op Koster en kijk waar ik nu zit.' Rots spreidde zijn armen.

'Het was je eigen keuze om je vakantie uit te stellen en hiernaartoe te komen. Waar ik je trouwens erg dankbaar voor ben,' zei Tuvesson terwijl ze een portretfoto van Jörgen Pålsson boven de foto's van de moordplaats op de muur hing.

'Keuze? Denk je dat ik op een steiger aan mijn navel kan liggen peuteren terwijl er een dader vrijloopt die hiertoe in staat is?'

'Je klaagt anders altijd over dat huis en zegt altijd dat het eerder werk dan vakantie is om daar te zijn,' zei Lilja.

'Ik ben natuurlijk honderd keer liever bij mijn familie dan hier en daarom zou het volgens mij verboden moeten worden om in vakantietijd ernstige misdaden te begaan.'

'Ja, ik zou een motie voor een wetsvoorstel indienen als ik jou was,' zei Tuvesson op een toon die aangaf dat het gepraat over koetjes en kalfjes voorbij was. 'En Fabian, je hoeft je geen zorgen te maken. Hoe graag ik het ook zou willen, ik kan je vakantie niet uitstellen, omdat je nog in Stockholm in dienst bent.'

Fabian knikte en ging zitten.

'Maar zeg straks niet dat ik je niet gewaarschuwd heb,' zei Rots.

'Neem me niet kwalijk, maar ik wilde iets vragen. Hebben jullie misschien de handen gevonden?' vroeg Fabian.

'Daar wilden we het net over hebben.' Tuvesson knikte naar Molander, die overeind kwam en op een afstandsbediening drukte. Een projector aan het plafond ging aan en liet een foto zien van de twee afgezaagde handen die op een witte, maar nu bloederige vloer lagen.

'Deze foto is genomen in de doucheruimte voor de jongens, die naast de gymnastiekzaal ligt.'

'We hebben het over dezelfde school?' vroeg Rots, en Molander knikte.

'Zijn jullie al aan een daderprofiel begonnen?' vroeg Fabian.

'Nou, wat zei ik,' merkte Rots op. 'Hij is zonder dat hij het zelf doorheeft al aan het werk.'

'Nog niet,' zei Tuvesson. 'Het enige wat we weten is dat bijna alles erop wijst dat we te maken hebben met het ergste type dader – een alleen werkende gek die iets wil zeggen, een plan heeft en bovendien slim genoeg is om dat ten uitvoer te brengen.'

'Waarom is het zo zeker dat hij of zij alleen werkt?' vroeg Lilja terwijl ze een kop koffie inschonk.

'Dit is zo extreem.' Tuvesson wees naar de foto's van de moordplaats. 'Tegelijkertijd is het zo goed gepland en uitgevoerd dat het niet meer dan één persoon kan zijn geweest. Wanneer zo'n krankzinnige daad door een groep wordt gepleegd, gebeurt dat bijna altijd in een opwelling en onder invloed van drugs. Er worden fouten gemaakt en ze laten een boel sporen en technisch bewijs achter. Hier zijn geen fouten begaan. Er zijn geen vingerafdrukken gevonden. Geen haren. Niets. En trouwens, Fabian, je had gelijk over het glasbedrijf. Dat bestaat niet en de hefkraan was in werkelijkheid verhuurd aan het bouwbedrijf Peab, die er geen idee van hadden dat hij weg was. Met andere woorden. De moord op Jörgen Pålsson was geen ongelukkig toeval maar tot in het kleinste detail voorbereid. Waar hij plaats zou vinden, hoe hij zou worden uitgevoerd en wanneer.'

'De vraag is alleen: waarom?' zei Molander.

'Ja, dat is een goede vraag,' zei Lilja. 'Waarom hak je iemands handen af?'

'Misschien had hij iets gestolen?' stelde Rots voor. 'Volgens de islamitische wet is dat de straf voor diefstal.'

'Je bedoelt dat de dader moslim zou kunnen zijn?'

'Waarom niet?' zei Rots en hij pakte de klassenfoto op en wees. 'Deze hier ziet er behoorlijk moslimachtig uit. Wat vind jij, Fabian?' Hij gaf de foto aan Fabian. 'Herinner je je hem?'

Fabian knikte. 'Jafaar Umar. Hij werd Jaffe genoemd en was een erg grappige jongen, een beetje de lolbroek van de klas. Er was niets waar hij geen grapje van kon maken.'

'Klinkt niet meteen als onze man,' zei Lilja.

'Het afhakken van handen komt in meerdere culturen voor,' zei Molander. 'Neem de oorlog in Rwanda. Daar hakken ze de handen van hun krijgsgevangenen af zodat ze niet meer kunnen vechten.'

'Ze hakten van hele dorpen de handen af,' onderbrak Rots hem. 'Mannen, vrouwen en kinderen, alleen maar om te voorkomen dat ze vinger- en handafdrukken op de stembiljetten kunnen zetten.'

'Hoezo handafdrukken?' vroeg Lilja. 'Stemmen is toch juist iets dat je anoniem doet?'

Fabian geloofde niet dat de moord een islamitische straf voor diefstal was. Hij kon zich niet herinneren dat Jörgen Pålsson diefachtig was. Herrieachtig, maar niet diefachtig. De vraag was dus wat het kon betekenen. Afgehakte handen die in de doucheruimte waren gelegd. Het was duidelijk dat de moordenaar er iets mee wilde zeggen.

'Risk. Waar denk jij aan?'

Hij keek op en zag de vragende blik van Tuvesson. 'Wat wil de dader hiermee zeggen? Betekent het iets dat de moord plaatsvond op Jörgens werkplek of is het toeval dat hij op de plek werkte waar hij naar school is gegaan?'

'Je bedoelt dat het een leerling geweest kan zijn?'

'Ik weet het niet. Of een leraar. Iemand aan wie hij zich heeft vergrepen.'

'Vergrepen? Wat bedoel je daarmee? In de zin van verkracht?' vroeg Rots.

'Dan hadden ze wel iets anders dan zijn handen afgehakt,' zei Lilja.

'Nog één ding,' ging Fabian verder terwijl hij zich afvroeg waar hij in godsnaam het woord *vergrepen* vandaan haalde. 'Als Jörgen Pålsson echt de Sontbrug over is gegaan, dan zouden er beelden van moeten zijn, toch?'

'We weten dat hij de brug is overgestoken,' zei Rots en hij schoof een uitdraai naar hem toe. 'Hier heb je de exacte tijdstippen van zowel de aankomst als het vertrek bij de tolpoort van Lernacken.'

'Maar aan de andere kant kan het geen kwaad om het op een foto bevestigd te zien. Als je wilt, kun je contact met ze opnemen,' zei Tuvesson.

'Doe ik. Oké,' zei Fabian en hij besefte dat Rots helemaal gelijk had gehad. De vakantie zakte steeds verder weg in zijn gedachten.

'Rots en Irene, ik wil dat jullie informatie over iedereen in de klas verzamelen zonder direct contact met hen op te nemen. Omdat de dader een van hen kan zijn, wil ik dat we het zoveel mogelijk voor onszelf houden tot we meer weten. Oké?'

Lilja en Rots knikten.

'En Fabian dan? Wat doen we met hem?' vroeg Lilja. 'Hij zat tenslotte ook in de klas.'

De anderen draaiden zich om naar Fabian.

'Ik zorg wel voor hem,' zei Tuvesson.

'Oké,' zei Lilja en ze ontweek Fabians blik.

'En dan is de vrouw van het slachtoffer er nog,' zei Rots. 'Of de weduwe. Wie neemt contact met haar op?'

'Je bedoelt Lina Pålsson,' zei Tuvesson.

'Lina? Heet ze zo?' vroeg Fabian en Tuvesson knikte. 'Dan is zij het misschien?' ging hij verder en hij wees het blonde meisje met krultangkrullen op de foto aan die naast de doorgekruiste Jörgen stond. 'Ze waren toen al bij elkaar. Ongelooflijk. Als jullie willen, kan ik contact met haar opnemen?'

'Ik begrijp waarom je dat wilt,' zei Rots en hij keek naar de klassenfoto. 'Ze zag eruit als een lekker ding.' Hij sloeg Fabian op zijn schouder.

'Hoe ze er daar uitzag zegt niets over hoe ze er nu uitziet,' zei Molander. 'Helaas.'

'Nee, kijk maar naar Fabian,' zei Lilja. De anderen barstten in lachen uit, pakten hun papieren bij elkaar en liepen de kamer uit. Iedereen behalve Tuvesson.

'Ik weet niet hoe jij erover denkt. Maar als je werkelijk zin hebt om mee te werken aan het onderzoek, zou ik je buitengewoon dankbaar zijn. Al zou ik het echt begrijpen als je liever vakantie met je gezin wilt vieren. Dus de keuze ligt helemaal bij jou.'

'Ik help graag mee,' zei Fabian en hij bedacht hoe verkeerd Tuvesson het zag. Hoe zou hij een keuze kunnen hebben als je dacht aan wat er was gebeurd? Dit was niet de eerste keer dat hij met een zaak te maken had waarin de dader zich minutieus had voorbereid. Maar dit was anders. Een van zijn oude klasgenoten uit de bovenbouw was bruut vermoord en een paar dagen later gevonden, precies op de dag dat hijzelf met zijn gezin in de stad was aangekomen. Dat kon natuurlijk toeval zijn. Maar iets zei hem dat het even weinig met toeval te maken kon hebben als de afgezaagde handen.

'Heel goed. Ik wil alleen dat je één ding goed beseft.' Ze keek hem aan. 'Ik weet niet hoe jullie in Stockholm werkten. Maar hier zijn we een team en werken we samen, en dat geldt ook voor jou.'

Fabian knikte.

'Prima. Je salaris is al uitonderhandeld, ik zorg ervoor dat je het vanaf vandaag krijgt.'

'En je moet me in het systeem zetten zodat die Florian me in het vervolg binnenlaat.'

'Natuurlijk. Bovendien moet je een pasje krijgen. Om voor de hand liggende redenen is je werkplek nog niet gereed, maar je kunt zolang die van Hugo Elvin gebruiken. Zoals ik zei blijft hij toch nog een paar weken weg. Kom, dan laat ik het je zien.'

Fabian volgde Tuvesson door de afdeling. Maar hij verstond geen woord van wat ze zei. Zijn gedachten waren heel ergens anders. Vanaf het moment dat hij had gehoord dat Jörgen Pålsson was vermoord, had er iets aan zijn onderbewuste geknaagd dat weigerde naar de oppervlakte te komen. Maar tijdens de vergadering was dat toch gebeurd. Dat hij het woord vergrepen had gebruikt, was geen toeval geweest. De herinneringen uit zijn schooltijd begonnen steeds duidelijker te worden en versterkten het gevoel dat bij hem op was gekomen sinds Tuvesson contact met hem had opgenomen.

Het gevoel dat Jörgen Pålsson precies had gekregen wat hij verdiende.

5

In het begin had Lina Pålsson niet eens begrepen wie hij was. Hoewel hij zich met zijn voor- en achternaam had voorgesteld en haar eraan had herinnerd dat ze de hele basisschool lang in dezelfde klas hadden gezeten, had ze zo weinig respons gegeven dat Fabian er ten slotte aan begon te twijfelen of ze echt wel Lina uit de klas was. Pas toen hij zich voorstelde als Fabbe had ze het begrepen en hem direct uitgenodigd om dezelfde dag nog rond één uur koffie te komen drinken, wat hem genoeg tijd gaf om zich op zijn nieuwe werkplek te installeren en contact op te nemen met de Sontbrug.

Hugo Elvins bureaustoel zag er weliswaar uit als een geavanceerd experiment uit de toekomst, met een heleboel wieltjes en hendels, mooi was hij helaas niet. Hij zat ook niet comfortabel, en Fabian begon aan de hendels te draaien terwijl hij aan de centrale van de Sontbrug uitlegde waarvoor hij belde. Hij werd doorgeschakeld en tussendoor lukte het hem om de perfecte instelling van de stoel te vinden. Hij kon het niet laten zich af te vragen wat Hugo Elvin eigenlijk voor lichaam had.

'Ben je er net zo een als Kurt Wallander?' vroeg een vrouw plotseling aan de andere kant van de lijn en Fabian, die niet had gemerkt dat het overgaan van de telefoon was opgehouden, legde uit dat Wallander commissaris was en geen inspecteur. Als hij tenminste werkelijk had bestaan. 'Maar zijn jullie in het echt ook zo slim?'

Vijf minuten later lukte het Fabian het gesprek zo om te buigen dat hij de vragen stelde en de vrouw antwoord gaf. Ze vertelde dat alle voertuigen die de tolpoort in Lernacken passeren door twee camera's gefotografeerd worden. Een van voren, om het nummerbord erop te krijgen, en een recht van boven om de lengte van het voertuig te meten. Dit alles om de juiste prijs van het kaartje vast te kunnen stellen en bewijs te hebben als ze er eventueel vandoor probeerden te gaan.

Fabian vertelde dat het om een Chevrolet-pick-up met het kenteken BJY-509 ging, die de tolpoort op dinsdag 22 juni vlak voor halfzeven 's ochtends gepasseerd moest zijn in de richting van Denemarken. De vrouw beloofde dat ze de foto's zou verzamelen en vroeg om zijn e-mailadres. Fabian, die er zelf nog geen had, gaf haar dat van Tuvesson, bedankte voor de hulp en verliet het gebouw.

Lina Pålsson had hem haar adres gegeven en zijn gps vertelde hem dat hij moest afslaan naar Ödåkra en leidde hem verder door de villabuurt, die er net zo uitzag als alle villabuurten, tot aan de Tögatan, waar hij stopte voor het huis met nummer 9. Hij stapte uit de auto en liep naar de villa met twee verdiepingen die in hetzelfde rode baksteen was gebouwd als de Fredriksdalsschool. Jörgen en Lina... Hij kon niet begrijpen dat ze meer dan dertig jaar bij elkaar waren gebleven. Toentertijd had hij niet eens gedacht dat ze het een semester lang vol zouden houden.

Fabian belde aan en moest denken aan de eerste keer dat hij bij haar aan had gebeld. Hij zat toen in de vierde en had niet durven wachten, maar was weggerend en had zich een verdieping hoger verborgen voordat haar vader open was komen doen. Later had hij elke ochtend aangebeld wanneer ze naar school moesten en hij had de wandeling ernaartoe als het hoogtepunt van de dag beschouwd. Dan had hij haar helemaal voor zichzelf en ze hadden gepraat en gelachen, en hij had er alles aan gedaan om zo langzaam mogelijk te lopen zodat het langer duurde.

Rots had gelijk gehad. Lina was zonder meer de knapste van de klas geweest, en Fabian kwam tot zichzelf door zich vlak voordat de deur openging af te vragen of ze nog steeds even knap zou zijn.

Een stevige vrouw, op de grens van dik, stond in de deuropening. Ze was gekleed in een bruine, wijde jurk en haar haar was zwartgeverfd, op de uitgroei na die grijs oplichtte. Ze zag er moe en versleten uit. Ze zag er vooral ouder uit dan haar drieënveertig jaar, dacht Fabian en hij constateerde dat Molander ook gelijk had gehad.

'Jij moet Fabian Risk zijn,' zei ze en Fabian knikte, waarop ze elkaar de hand schudden. 'Agneta. Lina's nicht. We zijn om de beurt bij haar, zodat ze niet alleen hoeft te zijn. Kom binnen.'

Fabian volgde haar naar binnen en liet zijn blik door de woonkamer gaan, die mooier was dan de buitenkant van het huis deed vermoeden. Lina was nergens te bekennen.

'Wacht hier, dan ga ik koffie halen,' zei de vrouw en ze verdween naar de keuken.

Fabian liep naar de boekenkast. Zelfs in het digitale downloadtijdperk was de boekenkast nog steeds een van de plekken in huis waar de meeste geheimen te vinden waren.

Deze boekenkast bevatte precies wat je kon verwachten. Een verzameling gekleurde drankflessen met kristallen glazen in verschillende groottes en een paar souvenirs uit Griekenland en de Canarische Eilanden vulden de planken in het verlichte vitrinegedeelte. De platenverzameling bestond uit verschillende verzamel-lp's en de dvd-verzameling voor de ene helft uit Disney en de andere helft uit Zweedse politieseries. De spaarzame boekenverzameling bestond voor op zijn minst drie vierde uit titels die geschreven waren door Guillou, Mankell en Grisham en verder uit plichtmatige banden van Strindberg, Shakespeare en Dickens. Het enige wat het beeld verstoorde, of verlichtte zo je wilde, waren Paul Auster, Cormac McCarthy en Jonathan Franzen.

Fabian concludeerde dat die van Lina moesten zijn en ontdekte een paar fotoalbums op de onderste plank. Het eerste bevatte foto's van Jörgen en Lina's bruiloft en Fabian kon het niet laten te denken aan wat voor slechte keuze hij vond dat ze had gemaakt. Het volgende album was gevarieerder en bevatte allerlei soorten foto's, van kerstavonden en verjaardagen tot zomerfeesten en kinderdopen. Op een aantal foto's poseerde Jörgen met ontbloot bovenlijf terwijl hij zijn getatoeëerde en getrainde spieren liet zien.

'Heb je iets interessants gevonden?'

Fabian keek snel op van het album en zag Lina. 'Daar ben je.' Hij legde het album neer en aarzelde of hij haar moest omhelzen, maar besloot ten slotte haar een hand te geven, hoewel de binnenkant van zijn hand vochtig aanvoelde. 'Hoi.'

'Krijg ik geen knuffel?'

'Jawel, sorry. Ik wilde niet...' Hij omhelsde haar voorzichtig.

'Ik herken je nauwelijks. Ik hoorde dat je naar Stockholm was verhuisd.'

'Ja, maar ik ben nu terug. En jou herken ik wel. Je bent niets veranderd.'

'Dank je.'

Fabian besefte dat hij geen idee had hoe hij de stilte moest verbreken en voelde zich als het jongetje dat net had aangebeld maar niet op tijd was weggerend om zich te verbergen. Agneta kwam terug uit de keuken met een blad met koffie en zette dat op het salontafeltje.

'Lina, wil je dat ik erbij blijf?'

'Nee, Agge, het is oké. Het gaat prima.'

Agneta verdween weer en Lina en Fabian namen op de bank plaats.

'Zo, dus je bent agent en je houdt je met dit onderzoek bezig?' vroeg Lina terwijl ze de koffie in begon te schenken. Maar haar handen trilden en het ging bijna niet.

'Wacht, laat mij het doen,' zei Fabian en hij nam de koffiekan van haar over en schonk in.

'Sorry. Sorry.' Lina begon geluidloos te huilen. 'Ik begrijp het niet. Ik begrijp niet hoe iemand zoiets kan doen. Iedereen mocht hem graag. Ik begrijp er niets van.'

Hij wilde dichter bij haar gaan zitten en een troostende hand op haar bevende schouder leggen, maar besloot dat hij beter kon blijven zitten. Hij was hier namens de politie en dat was alles. 'Lina. Ik begrijp dat dit heel erg moeilijk voor je is. Maar heb je enig... ook maar enig idee wie hier achter kan zitten?'

Lina schudde haar hoofd. 'Nee, totaal niet. Zoals ik al zei was hij enorm geliefd. De leerlingen op school verafgoodden hem. Hij wist hoe hij ze aan moest pakken. Vooral de lastigen. Hij wist het precies.'

'Ja, dat kan ik me voorstellen. Hij was zelf tenslotte een beetje... Hoe moet ik het zeggen, druk in zijn schooltijd.'

Lina hief haar hoofd op en keek Fabian aan. 'Wat bedoel je?'

Ze heeft het verdrongen of ze kan het niet aan, dacht Fabian en hij zette het kopje op de glazen tafel. 'Lina. Als we ook maar enige kans willen maken om degene die dit gedaan heeft te pakken, dan zal ik bepaalde stenen om moeten draaien.'

Lina wendde haar blik af. Fabian deed niets om de stilte te verbreken en ten slotte gaf ze toe en knikte.

'Ik heb begrepen dat hij naar Duitsland is gegaan om bier te kopen. Weet je of hij er samen met iemand naartoe is gegaan?'

'Nee, hij ging altijd alleen.'

'En hij kan deze keer geen uitzondering hebben gemaakt?'

Lina schudde haar hoofd. 'Als hij de laadvloer zou moeten delen, zou het niets opleveren.'

'Ik dacht misschien alleen als gezelschap?'

Lina schudde haar hoofd. 'Wie zou dat moeten zijn? Heen en

terug naar Duitsland in een auto zonder dat je iets kan kopen.'

Ze heeft gelijk, dacht Fabian, die nog steeds niet begreep waarom iemand er überhaupt naartoe ging. 'Ik weet het niet. Een vriend misschien? Had hij trouwens contact met iemand uit de klas? Behalve dan met jou.'

'Nee, alleen met Glenn. Je kent Glenn Granqvist nog wel.'

Fabian knikte. Er kwam steeds meer boven. Glenn en Jörgen waren al voordat ze naar school gingen beste vrienden geweest en ze waren, voor zover Fabian zich kon herinneren, van hetzelfde laken een pak. Een gesprek met Glenn zou het volgende punt op zijn lijstje zijn.

'In dat album daar. Hij zag er enorm goed getraind uit.'

'Ja, hij deed altijd zijn best om in conditie te blijven. Toen de kinderen klein waren, leek het alsof hij meer tijd in de sportschool doorbracht dan bij ons.'

'Dus hij trainde veel,' zei Fabian en hij bedacht dat het er nu op aankwam. 'Je weet niet of hij iets nam om sterker te worden?'

Lina keek hem aan alsof dit de allerlaatste vraag was die ze had verwacht. 'Ik begrijp niet waar je het over hebt. Anabole steroïden?'

Zelf wist Fabian zeker dat Jörgen steroïden gebruikte. Maar dat was niet waar het om ging. Het ging erom wat Lina antwoordde, en ze loog.

'Heeft hij je ooit geslagen?'

Lina was nu beter voorbereid. Kalm en afstandelijk. Ze haalde haar neus op en schudde haar hoofd. 'Ik begrijp eerlijk gezegd niet waar je naartoe wilt. Jörgen was een van de fijnste mensen die je je maar kunt voorstellen en hij zou mij nooit iets aandoen, een ander ook niet trouwens.'

'Lina. Ik wil Jörgen niet zwartmaken. Maar we weten allebei hoe hij op school was en het enige wat ik wil weten is of hij...'

'Ik denk dat je nu moet gaan.' Ze kwam overeind. 'Ga alsjeblieft.'

'Lina. Sorry. Het was niet mijn bedoeling om...'

'Agge! Je kunt komen! We zijn klaar!'

6

Fabian ging in zijn auto zitten en stak de sleutel in het contact. Het leed geen twijfel dat hij precies had gekregen waar hij op uit was, en het gevoel waarmee hij had rondgelopen was niet langer alleen maar een gevoel. Jörgen Pålsson had zijn eigen graf gegraven. Maar Fabian wist dat hij haar veel te hard had aangepakt, zonder er rekening mee te houden dat ze net haar man had verloren.

Wat zat hem dwars? Dat Lina van iedereen net met Jörgen was gegaan en dat ze nog steeds bij elkaar waren geweest? Wat had hij voor recht om vraagtekens te zetten bij haar keuze? Alsof hij wist wat het beste voor haar was.

Hij deed het handschoenenkastje open, trok het laatste keuringsbewijs eruit en schreef achterop dat het hem enorm speet dat hij haar gekwetst had en verzekerde haar dat ze meer dan welkom was om contact met hem op te nemen wanneer ze maar wilde. Hij schreef ten slotte zijn adres en mobiele nummer op het briefje, ondertekende het, vouwde het op en stopte het in haar brievenbus. Terwijl hij dat deed had hij de hele tijd het gevoel dat ze achter een dun gordijn naar hem stond te kijken en vlak voor hij in de auto ging zitten en wegreed, keerde hij zich om en glimlachte en wuifde naar haar.

Een paar minuten later ging de telefoon. Het bleek echter Tuvesson te zijn.

'De foto's uit Lernacken zijn er.'

'Is er iets op te zien?'

'Ik denk dat het het beste is als je hiernaartoe komt.'

Er waren vier foto's van de tolpoort. Tuvesson had ze op de server van het politiebureau gezet zodat ze er in de vergaderruimte naar konden kijken, waar ze op de muur werden geprojecteerd.

'Vertel me nou niet dat de melk alweer op is,' zei Lilja met een kop net gezette koffie in haar hand.

'Er is toch koffiemelk,' zei Rots terwijl hij een paar druppels in zijn kopje deed. 'Nog maar een paar jaar geleden had niemand daar problemen mee...' Hij werd onderbroken doordat zijn mobiel afging, haalde hem tevoorschijn en keek erop.

'Moet je niet opnemen?' vroeg Lilja.

Rots zuchtte en nam op. 'Hoi schat. Ik zit in een vergadering... Wat? Nee, alweer?' Hij zuchtte weer. 'Maar Berit, ik heb het toch al zo vaak gezegd. Je kan niet zoveel wc-papier gebruiken. Dan...' Berits stem was nu in de hele kamer te horen. 'Jaja, oké, ik regel het en bel... Nee, niet nu meteen. Zo snel als ik kan. Schat, ik moet nu ophangen. Dag.' Rots legde zijn mobieltje weg en spreidde zonder iets te zeggen zijn handen.

'Zullen we beginnen?' vroeg Tuvesson en ze zette de projector aan.

De eerste foto was van voren genomen. Je zag Jörgen Pålssons Chevrolet staan voordat hij de brug naar Denemarken op ging. Onder in de ene hoek stond de tijd en datum: 06.23 22-06-10, en je kon duidelijk zien dat Jörgen Pålsson achter het stuur zat. De volgende foto was van bovenaf genomen en daarop zag je Jörgen zijn getatoeeerde arm uitsteken met een creditcard in zijn hand.

'Daar zat zijn hand in ieder geval nog op de goede plek,' zei Rots.

'Nu wordt het pas interessant.' Tuvesson liet de derde foto zien: 23.18 22-06-10. Deze was veel donkerder dan de eerste foto's en Jörgens gezicht was in duisternis gehuld. Maar het leed geen twijfel dat hij achter het stuur zat. Zijn schone witte T-shirt lichtte op in het donker.

Maar het was de man die naast Jörgen in de passagiersstoel zat die hun aandacht opeiste. De man die donkere kleren droeg en een pet over zijn hoofd had getrokken zodat zijn hele gezicht in de schaduw lag. Daar zat hij – de dader die ze zochten en die als een contourloze geest met de rest van het donker samenvloeide.

'Ik kan proberen de foto te bewerken om te kijken of we de contrasten duidelijker kunnen maken,' zei Molander.

'Goed genoeg om hem naar buiten te brengen?' vroeg Rots.

Molander haalde zijn schouders op. 'Dat betwijfel ik. Maar we zullen zien.'

'Maar weten we echt honderd procent zeker dat dat de dader is?' vroeg Lilja.

'Nee, maar er is een boel dat erop wijst,' zei Tuvesson. 'En natuurlijk brengen we niets naar buiten voordat we meer hebben.'

'Het kan heel goed zomaar iemand zijn,' zei Lilja.

'Hoezo zomaar iemand?'

'Een lifter bijvoorbeeld.'

'Wie neemt er tegenwoordig nog lifters mee?' zei Rots. 'Je kan trouwens bijna nergens stoppen.'

'Ik. De wereld is echt niet zo verschrikkelijk als je binnen deze muren zou kunnen gaan denken,' zei Lilja.

'Nee, hij is nog erger,' zei Molander.

'Ook als het de dader niet is, is het waarschijnlijk de laatste persoon die Jörgen in leven heeft gezien. Dus we willen hem hoe dan ook vinden. Maar laten we er even van uitgaan dat de man op de foto werkelijk de dader is,' zei Tuvesson. 'Dan is het de vraag waarom Jörgen Pålsson hem heeft opgepikt?'

'En waar?' zei Lilja.

'Kunnen ze hebben afgesproken?' vroeg Tuvesson.

'Nee, volgens Lina ging hij altijd alleen,' antwoordde Fabian.

'Dat denkt ze ja. Maar wie zegt dat ze gelijk heeft?' zei Rots. 'Mijn vrouw weet in ieder geval niet alles van mij.'

'Daar mag ze de hemel voor danken,' merkte Molander op.

'Maar als we bedenken hoe goed de moord gepland was, mogen we ervan uitgaan dat de dader er tamelijk zeker van moet zijn geweest dat hij werd opgepikt,' ging Fabian verder en de anderen knikten. 'En wat Rots zei klopt. Vrijwel het hele stuk is snelweg en daar kun je niet stoppen. Dus vraag ik me af of we Jörgens creditcardnummer niet moeten laten checken om te zien wat hij voor aankopen heeft gedaan.'

'Precies, hij heeft de man opgepikt op een plek waar hij toch gestopt zou zijn,' zei Tuvesson.

'Niet slecht,' zei Rots en hij richtte zich tot Tuvesson. 'Hij is niet achterlijk, die nieuwe. Helaas zal dat even duren. De banken houden ervan om dat soort dingen eindeloos te vertragen.'

Fabian wist dat Rots gelijk had. De oplossing heette Niva Ekenhielm van het Nationaal Radio-Instituut van Defensie. Als geen ander kon ze zich door de dikste firewalls heen hacken om de juiste informatie te vinden. Niva had hem heel goed geholpen bij het laatste onderzoek waarbij hij betrokken was. Maar de hulp had een prijs gehad en Fabian had zichzelf beloofd dat hij nooit meer contact met haar zou opnemen.

De vrouw van de centrale van de Sontbrug herkende Fabians stem direct en vroeg hoe het met de zaak ging en of ze de moordenaar al hadden gevonden. Fabian antwoordde ontwijkend dat het onderzoek vorderingen maakte en dat ze alles in het werk stelden om de zaak zo snel mogelijk op te lossen.

'Ah, ik begrijp het. Je hebt zwijgplicht en mag geen details onthullen die met het onderzoek te maken hebben,' zei de vrouw met een vet Skåns accent. 'Maar het is vast de man die naast hem in de passagiersstoel zit? Niet?'

'Zoals je vast wel zult begrijpen, kan ik niet alles vertellen wat we weten,' zei Fabian en hij hoopte dat het genoeg zou zijn. Hij had haar hulp nodig en wilde liever niet onaardig tegen haar zijn.

'Dat vat ik op als een ja. Maar je hoeft je geen zorgen te maken, ik ga er niet mee naar de kranten. Nog niet in elk geval.'

Fabian bedacht dat het misschien beter zou werken als ze zich een ingewijde zou voelen.

'Ik verwachtte ook niet dat je dat zou doen. Daar ben je te slim voor en we willen tenslotte niet dat de dader uitvindt hoeveel we weten, toch?'

'Nee, natuurlijk niet.'

'En juist omdat je al zoveel van deze zaak weet, heb ik je hulp nog ergens bij nodig.'

'Jaaa?'

'Denk je dat je achter het nummer kunt komen van de creditcard waarmee de bestuurder heeft betaald?'

Pas na een lange stilte gaf ze antwoord. 'Je weet dat we dat soort gegevens niet door mogen geven. Niet zonder toestemming van de officier van justitie.'

Ze is niet dom, dacht Fabian. Het probleem was dat er geen tijd was om te wachten op een officier van justitie.

'Maar alleen omdat jij het bent, Fabian Risk, mijn eigen kleine Wallander, zal ik een uitzondering maken. Op één voorwaarde.'

'Wat dan?'

'Dat je de volgende keer dat je oversteekt gedag komt zeggen.'

Met de headset van zijn mobieltje in zijn oor zocht Fabian het keukentje op, waar een groot koffieapparaat stond met een lange rij keuzeknoppen. Hij drukte op de cappuccinoknop en hoorde hoe het apparaat begon te werken terwijl hij op zijn telefoon drukte. Ze zag dat hij belde, dat wist hij zeker. Ze zat vast op dit moment naar het mobieltje in haar hand te kijken.

'Hoe durf je me in godsnaam te bellen?'

Fabian was helemaal van zijn à propos en zocht naar woorden.

'Hallo? Denk je dat ik niet weet dat jij het bent? Dus verdomme...'

'Niva. Het was niet de bedoeling dat...'

'We zijn klaar met elkaar. Ben je dat alweer vergeten?'

'Nee, dat ben ik niet en daarom bel ik je ook niet.'

'Nee, je belt zeker om te vertellen wat een gelukkig gezinnetje jullie zijn, nu jullie het veld hebben geruimd en naar Skåne zijn geëmigreerd?'

'Ik bel omdat ik je hulp nodig heb bij een onderzoek en het belangrijk is dat het snel gebeurt,' zei Fabian en hij vatte de stilte positief op. Ze was een beetje tot rust gekomen. 'Ik ben bezig met een onderzoek naar de moord op een oud-klasgenoot. Je hebt er vast over gelezen in de krant. De handenarbeidleraar van wie de handen zijn afgezaagd.'

'O dat, ja, zo Skåns... Dus het is een oud schoolvriendje van je?'

'Vriendje is misschien wat veel gezegd. We zaten in dezelfde klas en ik moet uitzoeken welke aankopen hij heeft gedaan op 22 juni.'

'Sms zijn creditcardnummer maar en ik kom erop terug.'

'Oké. Dank je wel. Heel lief van je. En dat je het maar weet, het was helemaal niet de bedoeling dat...'

'En verder?'

'Nou, we zijn net verhuisd, dus het gaat een beetje op en neer. Maar het voelt... Ik denk dat het wel goed komt. En jij?'

'Net als anders, rottig en eenzaam. Volgens de therapeut zal het nog wel even duren voor ik weer verder kan.'

'Het zal wel snel beter gaan, dat zul je zien, nu ik verhuisd ben en je heel Stockholm voor jezelf hebt.'

'Wat schiet ik daarmee op als je de hele tijd blijft bellen?'

Fabian wilde antwoord geven, maar hij kreeg de tijd niet. Ze had opgehangen. Hij pakte de cappuccino, proefde ervan en goot de rest in de gootsteen.

7

'Papa, weet je wat we hebben gedaan?' riep Matilda en ze rende naar Fabian toe, die net binnenkwam. 'We hebben gezwommen! Er waren superhoge golven en het was hartstikke koud! En morgen gaan we weer en mama heeft beloofd dat ik dan een nieuw badpak krijg!' Ze sprong in zijn armen. 'Kun je dan niet mee? Alsjeblieft?'

'Ik weet het niet. Denk je niet dat het veel te koud voor me is?' Hij liep de keuken in met Matilda in zijn armen.

'Alsjeblieft, papa. Alsjeblieft.'

Fabian liep naar Sonja toe, die de tafel aan het dekken was, en gaf haar een kus.

'Het eten is net klaar,' zei ze met een glimlach. 'Hoe ging het? Heb je gedaan wat je moest doen?' Ze deed haar schort af en keek hem aan.

'Lieveling. Het...'

'Oké, ik begrijp het. Vergeet dat ik het heb gevraagd. Vergeet dat je eigenlijk vakantie zou moeten hebben.'

'Lieveling...'

'We praten er niet meer over. Ga Theo maar halen.'

'Goed, waar hangt hij uit?'

'In zijn kamer.'

'Daar heeft hij de hele dag gezeten,' zei Matilda.

'Dus hij was niet mee zwemmen?'

'Nee, hij had gehoopt dat jij mee zou gaan en dat jullie samen een snorkel en een duikbril zouden kopen,' zei Sonja.

'Papa, beloof dat je morgen meegaat. Alsjeblieft, beloof het.'

'Oké, ik beloof het. Ik zal mijn uiterste, uiterste...'

'O, je bent zo stom.' Matilda wurmde zich uit Fabians greep.

Fabian wilde naar de trap lopen toen de telefoon ging. 'Is hij al aangesloten?'

'Blijkbaar.' Sonja liep naar de telefoon en nam op. 'Hallo, dit is Sonja Risk... Aha. Ja, hij is hier. Voor jou.'

Fabian begreep door de bitse toon meteen wie het was. Die achterbakse slang, dacht hij voordat hij de hoorn overnam en naar de woonkamer liep.

'Ja, dit is Fabian Risk,' zei hij met zijn meest formele stem.

'Ha schatje,' zei Niva aan de andere kant van de lijn. 'Ik dacht dat het beter was om je thuisnummer in plaats van je mobiele nummer te bellen, zodat het niet verdacht overkomt. Want er valt niets te verbergen aan dit gesprek, toch?'

'Nee, absoluut niet.' Fabian haalde zijn schouders op naar Sonja. 'Heb je iets gevonden?'

'Altijd zo heetgebakerd. Eerlijk gezegd begrijp ik niet hoe Sonja het volhoudt. Als het eindelijk zover is, is het alweer voorbij.'

'Niva. We wilden net gaan eten.'

'Wat ben je toch aardig. Het benzinestation in Lellinge, 22.22 uur, 739 Deense kronen. Verder alleen de grenswinkel in Puttgarden, waar hij genoeg bier moet hebben gekocht voor een Oktoberfest.'

'Oké, dank je wel voor je hulp.'

'Geen dank.'

Fabian legde de hoorn neer en ging aan de eettafel zitten. Sonja was duidelijk nieuwsgierig. En terecht.

Maar ze moest wachten.

Wachten tot hij weer thuiskwam.

Het was over tienen toen Fabian het huis verliet, de auto startte en het donker in reed. De benzinepomp in Lellinge lag ter hoogte van Køge, enkele tientallen kilometers ten zuiden van Kopenhagen, en hij verwachtte dat hij er vlak voor middernacht zou zijn.

Hoewel Theodor had geweigerd de deur van zijn kamer open te doen en Matilda nog steeds kwaad op hem was, om nog maar te zwijgen van Sonja, had hij besloten om niet tot de volgende dag te wachten. Hij had wat tijd gewonnen en kon het zich niet veroorloven die te verspillen door een nacht voorbij te laten gaan.

De dader kon niet weten waar en hoe vaak Jörgen zou stoppen.

Maar hij moest erop hebben gerekend dat hij minstens één keer moest stoppen om te tanken. Volgens Molander had er in de benzinetank van de Chevrolet 88 liter 95-octaanbenzine gezeten. Er kon in totaal 120 liter in, wat betekende dat Jörgen 32 liter had verbruikt voordat hij zijn noodlot tegemoet ging in het handenarbeidlokaal. De benzinepomp waar hij had getankt lag daar, inclusief de brug, 144 kilometer vandaan. 32 liter in 144 kilometer betekende dat de volgetankte Chevrolet 0,22 liter per kilometer liep, wat heel waarschijnlijk was en op zijn beurt betekende dat hij geen onnodige omwegen had gemaakt maar rechtstreeks naar het handenarbeidlokaal was gereden.

Jörgen Pålsson had zijn creditcard maar één keer gebruikt in Denemarken. Om 22.22 uur had hij 739 Deense kronen betaald, wat overeenkwam met ongeveer 75 liter benzine. Als je ervan uitging dat hij zijn reis in Ödåkra met een volle tank was begonnen en pas in Lellinge, 380 kilometer verderop, had getankt, dan klopte 75 liter vrij goed. 56 minuten later, om 23.18 uur, was hij de tolpoort in Lernacken gepasseerd. Een rit die niet langer dan 40 minuten zou hoeven duren. Dat betekende dat hij tussen de 15 en 20 minuten bij de benzinepomp was gebleven voordat hij weer vertrok.

Dit keer met een passagier naast zich.

De man in het hokje gaf de creditcard terug aan Fabian en de boom voor hem ging omhoog. Hij drukte het gaspedaal in en liet de automatische versnellingsbak voor de rest zorgen terwijl hij naar een van zijn favoriete liedjes op de radio luisterde. Hij draaide het volume omhoog zodat Kate Bush de hele auto met haar stem vulde.

Dit was de eerste keer dat hij over de brug reed. Het uitzicht was bijna magisch. De hemel glinsterde met donkerblauwe en gouden tinten in het schijnsel van de halve maan, en ver daaronder vormde het rustige water van de Sont een gigantische spiegel.

And if I only could
Make a deal with God
And get him to swap our places
Be running up that road
Be running up that hill

8

Glenn Granqvist ging aan de keukentafel zitten, draaide de deksel van de glazen pot en keek naar de stukjes haring die rondzwommen in het troebele vocht. De pot was een overblijfsel uit de tijd dat hij met Anki samenwoonde, zelf hield hij niet van haring. Het had met de consistentie te maken en hij moest ze daarom in één keer doorslikken, en om te voorkomen dat ze weer naar boven kwamen het liefst wegspoelen met een koud biertje.

Maar nu was het bier op. In feite was bijna alles op waar Glenn van hield en hij maakte nu conservenpotten op waarvan de houdbaarheidsdatum allang was overschreden. Olijven, augurken, mosterd, remouladesaus en al die verdomde haringen van Anki. Hij viste er een van de stukjes uit, drukte dat in zijn mond en spoelde het weg met het vocht van ingeblikte ananas.

Sinds hij het nieuws over Jörgen had gehoord, kon hij zich niet meer ontspannen. Hij kon moeilijk stilzitten en was voortdurend in beweging. Zijn hele lichaam was tot het uiterste gespannen en hij had het gevoel dat zijn hart twee keer zo snel sloeg. Zijn beste vriend was dood. Niet door een tragisch ongeval of een snel ziekteverloop. Iemand had hem willens en wetens van zijn leven beroofd op een zo berekende en wrede manier dat alleen de gedachte eraan al koude rillingen over zijn lichaam joeg.

Hij dacht aan al het plezier dat ze in de loop van de jaren hadden gehad. Zevenendertig waren het er geweest. Een heel leven. Het was een duizelingwekkende gedachte. Ze hadden elkaar voor het eerst in de eerste klas ontmoet. Al na een paar minuten waren ze in een vechtpartij verzeild geraakt. Sindsdien waren ze de beste vrienden geweest en hadden elkaar door dik en dun gesteund.

Ze hadden ook domme dingen gedaan. Heel wat eigenlijk, nu hij erover nadacht. Het meeste hadden ze achter zich gelaten en af en toe hadden ze elkaar geholpen door elkaar ervan te overtuigen dat ze zich nergens voor hoefden te schamen. En dat had gewerkt. Al die jaren had hij vrijwel perfect geslapen en een even schoon geweten gehad als mensen in een reclamespotje. Tot nu.

Het was meer dan twee dagen geleden dat Lina hem had gebeld en het had verteld en hij was nog steeds in shock. Hij had direct begrepen wat er aan de hand was en sindsdien waren de herinneringen in een constante stroom op blijven duiken. Oude, vergeten herinneringen, die platgetrapt waren tot een harde, onherkenbare korst die geasfalteerd werd om nooit meer het daglicht te hoeven zien.

Toch was dat precies wat nu gebeurde.

Het kwam door die afgezaagde handen.

Als dat detail van die handen er niet was geweest, had hij vast nog steeds goed geslapen. Hij had om Jörgen kunnen rouwen en Lina kunnen steunen. Nu durfde hij niet eens iets van zich te laten horen. De handen waren Jörgens specialiteit geweest. Met zijn vuisten te slaan. Niets anders, alleen zijn vuisten. Het maakte niet uit hoe bloederig en kapotgeslagen ze werden. Dat was altijd zijn ding geweest. Pas na de laatste klas was hij boksbeugels gaan gebruiken. Zijn eigen specialiteit was schoppen met zijn roodgelakte en met metaal versterkte Dr. Martens-schoenen.

Achteraf kon hij niet begrijpen waarom ze er zo lang mee waren doorgegaan. In de schooltijd was het anders geweest. Daar hadden ze zich doodverveeld en ze hadden iets nodig gehad om de tijd mee te verdrijven. En waarom geen slachtoffer vinden dat alles deed wat je zei en van angst begon te beven zodra je je liet zien. Maar daarna? Het was alsof ze verslaafd waren geraakt en er niet mee op konden houden voordat het slachtoffer doodging. Wat ze ook dachten dat gebeurd was na hun laatste ontmoeting met hem. Zo noemden ze het.

Een ontmoeting.

Die meer dan vijf uur duurde.

Elf jaar nadat ze van de basisschool af waren.

Na de basisschool hadden ze hem met rust gelaten en zich met anderen beziggehouden. Eigenlijk hadden ze genoeg van hem en ze waren hem ook min of meer vergeten. Maar jaren later op een dronken avond in Kopenhagen was Jörgen plotseling op het idee gekomen om het contact weer op te pakken en nog een laatste ontmoeting te hebben.

Er waren tabellen waarop je kon zien hoeveel een lichaam verbrandde wanneer je hardliep, seks had of gewoon lag te slapen. Maar er was geen tabel die vertelde hoeveel het lichaam tijdens een vechtpartij verbrandde. Het moest in elk geval veel zijn geweest, want na drie uur was zowel hij als Jörgen volledig uitgeput geweest.

Hij had geschreeuwd, gehuild en om genade gesmeekt. Had gezegd dat ze zijn geld mochten hebben, dat hij alles wilde doen, als ze maar ophielden. Maar er was niets wat hij kon doen. Alleen sterven. Het opgeven.

Maar dat had die klootzak geweigerd. Ze hadden natuurlijk een mes in hem kunnen steken. Maar dat zou geknoei zijn geweest. Handen en voeten, that's it. Verder niets.

Ze hadden het appartement verlaten en waren naar de Tre Hästar gegaan om biefstuk met frites en bearnaisesaus te eten met een grote cola erbij. Glenn kon zich nog steeds herinneren hoe goed het had gesmaakt. Het was alsof hun lichamen schreeuwden om nieuwe bloedsuikers. Daarna hadden ze geflipperd. Hij had meerdere extra ballen verdiend en zou zijn persoonlijke record hebben verbeterd als het spel niet op tilt was geslagen. Ondertussen hadden ze geen woord gezegd over de mishandeling. Maar er had een stilzwijgende afspraak in de lucht gehangen. Ze zouden ermee doorgaan tot hij het op zou geven. Tot hij het echt opgaf. Voor eens en altijd.

Toen ze terugkeerden bleek dat hij erin geslaagd was zich naar de hal te slepen en de telefoon van de tafel te trekken. Hoe had hij ook kunnen weten dat ze de kabel hadden doorgeknipt?

Twee uur later gaven ze het op. Het was voor de eerste keer in hun leven dat ze er genoeg van kregen om te slaan. Het laatste halfuur was vooral eentonig en saai geweest en hij herinnerde zich hoe ze hadden beredeneerd dat hoewel hij nu nog niet dood was, hij binnen een paar uur vanzelf dood zou gaan.

De weken daarop hadden ze de kranten uitgespeld op zoek naar een overlijdensadvertentie of een berichtje over de moord. Maar ze hadden niets gevonden. Zelfs geen politiebericht. Na twee maanden waren ze teruggegaan naar zijn appartement en hadden ontdekt dat het helemaal leeg was. Hij was verdwenen. In rook opgegaan.

Een knagende onrust had de kop opgestoken. Onrust over waar hun slachtoffer naartoe was gegaan. Zat hij op wraak te zinnen? Ze hadden er meerdere keren over gesproken en waren tot de conclusie gekomen dat het niet iets was om je echt zorgen over te maken en na nog een paar jaar hadden ze er geen gedachte meer aan gewijd.

Beide handen afgezaagd. Allemachtig!

Betekende dat dat ook hij snel aan de beurt zou zijn? Zouden zijn voeten worden afgezaagd?

Hij ging op de keukenbank liggen en sloot zijn ogen. Over een paar uur waren er drie hele dagen verstreken en hij had nauwelijks een oog dichtgedaan. Het was alsof de vermoeidheid hem langzaam van binnenuit opat. Maar hij durfde niet in slaap te vallen en bovendien waren de paar uur waarin hij wel had geslapen een nog ergere ervaring geweest dan wakker te liggen. De dromen waren vreemder dan ooit geweest. Verdrongen herinneringen die weer tot leven kwamen en werden verwrongen tot de natte droom van elke horrorfilmregisseur.

Hij had gelezen over een onderzoeker die het gelukt was elf dagen wakker te blijven. Na vier dagen was hij begonnen te hallucineren en had zich in zijn hoofd gehaald dat hij Diego Maradona was. Na zes dagen had hij zich hersteld en was er zelfs in geslaagd zijn assistenten te verslaan bij het flipperen voordat hij ten slotte in slaap was gevallen.

Elf dagen. Dat betekende nog zeven dagen erbij, dat zou hem nooit lukken.

Het was belangrijk om helder te denken en zijn focus niet te verliezen. Scherp te blijven. Hij ging rechtop zitten, wreef in zijn ogen, stopte nog een stukje haring in zijn mond en probeerde het door te slikken, maar dat ging niet. Het ananasvocht was op en de stukjes haring bleven maar naar boven komen, tot hij zich vermande en begon te kauwen. Hij moest eten. Hij moest zijn lichaam aan de gang houden als hij een kans wilde maken wanneer het erop aankwam. Want hij was van plan zich te verdedigen. Wat er ook gebeurde, hij zou zich verzetten.

Niemand kon hem verwijten dat hij de laatste dagen had liggen luieren. Bijna alle voorbereidingen waren klaar. Hij had zich bewapend, sloten op alle ramen van het huis gemonteerd en alle lampen aan elkaar gekoppeld, zodat hij ze uit kon zetten met één druk op de afstandsbediening die hij altijd bij zich droeg. Op het gazon achter het huis had hij prikkeldraad gelegd, dat hij met vislijn verbonden had aan het windklokkenspel dat aan het raam op de bovenverdieping hing.

Het enige wat hij nog moest doen was de deurspion op de buitendeur monteren, maar dat moest tot morgen wachten wanneer het weer licht was. De oude deur had er een gehad. Toen de deur vervangen moest worden, had hij het een onnodige uitgave gevonden. Al na een paar weken had hij spijt gekregen en er een gekocht die hij er zelf in kon zetten. Dat was drieënhalf jaar geleden. Maar morgen zou hij erin gemonteerd worden.

Eigenlijk was het hartstikke stom van hem dat hij in het huis was blijven wonen nadat Anki ervandoor was gegaan. Het was alleen maar om haar dwars te zitten. Hij hield niet eens van het huis. Niet dat hij er in het algemeen iets op tegen had om in huizen te wonen. Maar dit huis voelde als speculatiebouw, met zijn dunne gipsen muren die naar schimmel roken hoewel ze nog maar tien jaar oud waren. Om nog maar te zwijgen over de buitendeur, die hij al had moeten...

Glenns gedachten werden onderbroken door de deurbel. Het was halftwaalf 's nachts. Wie kon dat in godsnaam zo laat nog zijn? Er werd weer gebeld.

Hij had erop gerekend dat de aanvaller via de tuin aan de achterkant zou komen, vanwaar er geen inkijk was. Dan zou hij maar één keer over het gespannen prikkeldraad hoeven struikelen en Glenn zou boven op hem springen en hem het huis in slepen. Als de aanvaller tegen alle verwachtingen in helemaal tot bij het huis zou kunnen komen, zouden de grote glazen deuren gemakkelijk te forceren zijn. Maar daar was Glenn op voorbereid. Hij had er niets op tegen als de aanvaller zijn werkkamer binnenkwam. Hij zou er namelijk niet meer uit kunnen.

In ieder geval niet voordat Glenn rustig de politie had gebeld en de deur had opengemaakt. Hij keek er al naar uit om in de krant te komen als de held die de moordenaar gevangen had genomen. Dat zou Anki in haar zak kunnen steken.

Het probleem was dat er aan de deur werd gebeld, wat niet in zijn plan paste. Hij kon tenslotte niet naar de voordeur lopen en gewoon aanbellen. Dat kon niet. Dus wie kon het dan zijn?

Het klokkenspel had gisternacht al alarm geslagen. Rond twaalf uur had hij alle lichten in het huis uitgedaan en was naar de tuin gerend. Maar het bleek een verdwaalde hond te zijn die vast was komen te zitten in het prikkeldraad en voordat hij erbij had kunnen komen om hem te helpen, had de hond zich los weten te rukken en was weggerend.

Misschien was het de eigenaar van de hond die aanbelde? Glenn vroeg zich af of het verboden was om prikkeldraad in je tuin te spannen. Het was tenslotte zijn eigen grond.

Gefocust blijven en helder nadenken.

Hij pakte de honkbalknuppel en liep voorzichtig naar beneden om open te doen.

Er werd weer gebeld. Lang en aanhoudend.

Verdomme, had hij die stomme deurspion er nu maar ingezet. Hij haalde de deur van het slot en deed open.

9

Het was nog geen halftwaalf toen Fabian Risk vaart minderde op de Ringstedvej in Lellinge en de gps meedeelde dat hij bijna bij zijn eindbestemming was. De rit was sneller gegaan dan hij had gedacht. Er was bijna geen verkeer geweest en geïnspireerd doordat 'Running Up That Hill' op de radio was geweest, had hij naar de cd *Hounds of Love* geluisterd, wat op zijn beurt zijn gedachten terug in de tijd had geleid.

Hij had Jörgen Pålsson nooit gemogen. De hele basisschool lang had hij ervoor gezorgd dat hij zo ver mogelijk uit zijn buurt bleef. Niet omdat hij bang voor hem was. Nee, om de waarheid te zeggen was het meer uit lafheid geweest, om de mishandeling niet te hoeven zien en gedwongen te worden partij te kiezen. Het was het makkelijkst geweest om het je rug toe te keren, wat zou kunnen verklaren waarom zijn herinneringen zo vaag, zo armzalig waren.

Nu herinnerde hij zich in elk geval dat het Jörgen Pålsson en Glenn Granqvist waren geweest die de klas angst aan hadden gejaagd en wie ze als slachtoffer hadden uitgekozen.

Claes Mällvik.

Het was al begonnen in de eerste klas, toen de namen van alle leerlingen werden afgeroepen, en daarna had het helemaal tot aan de negende en laatste klas geduurd. Iets waar iedereen in de klas zich heel goed van bewust was. De leraren ook. Toch had niemand iets anders gedaan dan zijn blik afwenden.

Maar er was één gebeurtenis waar Fabian zijn ogen niet voor had kunnen sluiten. Een gebeurtenis die hij had verdrongen, maar die tot leven was gewekt door de afgehouwen handen in de doucheruimte. Een gebeurtenis waarover hij zich even schuldig voelde als Jörgen en Glenn.

Ze hadden net lichamelijke opvoeding gehad en liepen naar de kleedkamer. Claes douchte nooit. De leraren waren daarachter gekomen en dreigden Claes een onvoldoende te geven als hij er niet mee zou beginnen. Douchen na de lichamelijke opvoeding was een hygiënische aangelegenheid, niet alleen voor jezelf maar ook voor je omgeving, vond de leraar, die waarschijnlijk geen idee had waar hij Claes op dat moment aan blootstelde.

De doucheruimte had witte kalkmuren en in totaal acht douches langs twee van de wanden. Iedereen had aangevoeld wat eraan zat te komen en was snel gaan douchen. Iedereen behalve Jörgen en Glenn. *Waar kijk je naar? Ben je een flikker of zo? Nee, hij is een travestiet. Moet je zijn lul zien! Zo klein dat-ie eruitziet als een kut!*

Fabian kon zich nog steeds herinneren dat Claes met een smekende blik naar hem had gekeken en dat hijzelf had gedaan alsof hij zeep in zijn ogen had en ze had dichtgeknepen. Op dat moment had hij de eerste klap gehoord en toen hij weer had gekeken had Claes in foetushouding op de harde tegelvloer gelegen en geprobeerd zich te beschermen tegen de trappen van Glenn tegen zijn geslacht en de klappen van Jörgen tegen zijn hoofd.

Laf als hij was, was hij er samen met de anderen vandoor gegaan. Claes had geen kik gegeven. Hij schreeuwde niet en zei niets. Hij smeekte niet eens dat ze moesten stoppen. Het enige wat hij had gedaan was stilletjes de klappen en de trappen in ontvangst nemen. Pas toen ze de douche op zijn heetst hadden gezet was hij begonnen te schreeuwen.

Nu meer dan dertig jaar later had de dader de handen van Jörgen afgezaagd en ze in exact dezelfde doucheruimte gelegd.

Als iemand een goed motief had dan was het Claes Mällvik.

De benzinepomp was een door asfalt omringd gebouw. Nadat hij een rondje had gereden, parkeerde Fabian in een hoek naast een vuilniscontainer en stapte uit de auto. Hij vulde zijn longen met de nachtlucht, die nog steeds verzadigd en warm was. Als het zo doorging zou hij binnenkort in de krant kunnen lezen dat het de warmste julimaand in honderd jaar was.

Hij liep rond en keek om zich heen en besefte na een poosje dat hij totaal geen idee had waar hij naar zocht, hoewel het gevoel dat hij onder het rijden had gekregen er nog steeds was. Een vaag gevoel dat het belangrijk was dat hij er nu naartoe ging en niet wachtte. Hij doorzocht de omgeving rond de pomp en het gevoel werd steeds sterker. Hoewel hij het niet zeker kon weten, raakte hij er steeds meer van overtuigd dat de dader hier en nergens anders contact had gelegd met zijn slachtoffer.

Maar dat Jörgen Pålsson had besloten juist hier te tanken, had de dader niet van tevoren kunnen plannen. Het enige waar hij rekening mee had kunnen houden, was dat hij onderweg naar huis ergens zou moeten stoppen. Daarom moest hij achter hem aan hebben gereden in zijn eigen auto. Een auto die hij hier achter had moeten laten en als hij hem nog niet was komen ophalen, was er een kans dat hij er nog steeds stond.

Fabian liep om de pomp heen terwijl hij zich een beter beeld probeerde te vormen van Claes Mällvik. Hij herinnerde zich hem als buitengewoon verlegen en voorzichtig. Iemand die in de klas zijn hand nauwelijks op durfde te steken om antwoord te geven op een vraag. En nu zou hij dus zover zijn gegaan om zijn plaaggeest op een zo brute en berekenende manier om het leven te brengen dat het vrijwel nergens mee te vergelijken was? Fabian wist niet goed wat hij ervan moest denken. Aan de andere kant waren er bijna geen grenzen aan wat geweld en psychische terreur met een mens konden doen. Eigenlijk was dit precies de manier om een monster te creëren.

Aan de achterkant stonden vijf auto's en niet een ervan leek bij een van de klanten in het winkeltje te horen. Drie ervan stonden op de parkeerplekken voor het personeel en waar de andere twee stonden waren helemaal geen parkeervakken. Op de ene auto zat een dikke laag vuil en opgedroogde bladeren. Fabian liep naar de laatste auto, een Peugeot 206, en bekeek hem. Behalve Zweedse nummerborden had hij een dun laagje stof, dat aangaf dat hij er een paar dagen of maximaal een week onaangeraakt had gestaan.

Hij zou Tuvesson moeten bellen, maar het risico was te groot dat ze kwaad zou zijn omdat hij op eigen houtje had gehandeld. In plaats daarvan belde hij Lilja.

'Ja, met Irene Lilja.'

'Hoi, met Fabian Risk, je nieuwe...'

'Ik weet wie je bent.'

'Ik hoop dat ik je niet wakker heb gebeld.'

'Nee hoor. Ik ben nog steeds op kantoor en probeer een leerlingenlijst van je klas te pakken te krijgen, wat compleet onmogelijk lijkt te zijn. Het was toch 9C?'

'Ja, maar met wat geluk is dat misschien helemaal niet nodig. Het is voorlopig nog maar een wilde gok. Maar als je JOS 652 na zou kunnen zoeken, dan zou dat...'

'Ik bel je terug.'

Fabian haalde diep adem, stopte het mobieltje in zijn zak en liep naar de nachtwinkel. Als Claes Mällvik de eigenaar van de Peugeot zou blijken te zijn, was er concreet bewijs voor zijn vermoeden en dan zou het onderzoek in één klap in zijn eindfase terechtkomen: lokalisatie en het oppakken zelf.

Een fase die weliswaar nog een tijd zou kunnen duren. Maar hij zou zijn deel hebben geleverd, en nog wel meer dan dat, en met een goed geweten vakantie kunnen gaan vieren. Morgen zou hij meteen na het ontbijt met Theodor naar het warenhuis gaan om een snorkeluitrusting te kopen en daarna zou hij met het hele gezin naar zee gaan, waar ze zouden zonnen en snorkelen tussen de rotsen voordat hij ze mee uit eten zou nemen naar het Grand Hôtel van Mölle.

In het winkeltje kocht hij een koffie verkeerd uit het apparaat, een Daim-reep en een flesje mineraalwater, of sodawater zoals de Denen het water uit Helsingborg bleven noemen. Achter de kassa stond een jonge verkoopster. Ze zag er niet ouder uit dan twintig jaar en had drie gepiercete ringen in haar onderlip. Veel te jong om hier alleen de nachtdienst te doen, dacht Fabian en hij zette zijn spullen neer.

'Is dat jouw auto?' Ze knikte naar de Peugeot.

'Nee, maar weet je hoe lang hij er al staat?'

'Iets langer dan een week.'

'Stond hij er afgelopen dinsdag al, op 22 juni?'

'Geen idee.' Ze haalde haar schouders op en begon zijn aankopen te scannen. 'Ik werk niet op dinsdagen en woensdagen. Ik zag hem donderdag pas. Het is achtenzeventig kroon.'

Fabian gaf zijn betaalkaart en stelde vast dat de Peugeot er heel goed sinds vorige week dinsdag kon staan. Hij tekende de bon en verliet de winkel op het moment dat zijn mobieltje begon te trillen.

'Met Irene Lilja. Zijn naam is Rune Schmeckel.'

'Sorry? Wat zei je?' Fabian bleef staan bij de water- en luchtinstallatie, waar het druppelde en siste. Hij had zich er zo op ingesteld dat ze Claes Mällvik zou zeggen dat hij ervan uitging dat hij het verkeerd had verstaan.

'Rune Schmeckel. Rottige achternaam, hè?'

Fabian zuchtte. Als het nu tenminste nog een huurauto of zoiets was geweest, iets wat houvast gaf. Ze hadden in elk geval geen Rune Schmeckel in de klas gehad.

'Is hij als gestolen opgegeven?'

'Nee, daar dacht ik ook als eerste aan.'

Verdomme, schold Fabian bij zichzelf. Dan was het misschien toch niet de auto van de dader? Of zat hij op het verkeerde spoor? Ging het helemaal niet om de wraak van een slachtoffer dat gepest was?

'Fabian, ben je er nog?'

'Ja, het was alleen niet het antwoord dat ik had verwacht.'

'Zijn huisadres is in elk geval Adelgatan 5 in Lund en hij werkt bij het ziekenhuis in Lund.'

'Oké. Maar ik moet nu ophangen. We spreken elkaar later.'

'Oké. Tot morgen.'

Fabian hing op. Hij had geen zin meer om te praten. Had tijd nodig om te denken.

Zich te herbezinnen.

10

Het was iets na twee uur 's nachts, maar het begon al licht te worden en op de terugreis naar Zweden had Fabian vast kunnen stellen dat het uitzicht over de Sont zichzelf had overtroffen. Maar hij had er niet van kunnen genieten. Hij had niet eens zin om naar muziek te luisteren. Hij bleef maar denken aan Claes Mällvik en alles wat hij in zijn schooljaren door had moeten maken. Er waren meer herinneringen bovengekomen, de ene nog erger dan de andere, die het motiefverhaal sterker maakten. Het probleem was dat hij niets concreets had dat naar hem wees. Hij had alleen een paar vage herinneringen uit een verdwenen tijd.

Hij remde voor de tolpoort van Lernacken en stopte voor de gesloten slagbomen, waar hij zijn creditcard aan de man in het hokje gaf. Hij hoopte dat Sonja al zou slapen wanneer hij thuiskwam. Anders zou het gesprek over waarom Niva had gebeld hen de hele nacht wakker houden.

'Zou u zo vriendelijk willen zijn achteruit te rijden en naar het gebouw daar te gaan,' zei de man in het hokje terwijl hij hem zijn creditcard teruggaf.

'Is er een probleem? Ik heb nog een andere kaart als het daarom gaat.'

De man schudde zijn hoofd en wees naar het barakachtige gebouw. Fabian had geen idee wat er aan de hand was. Zelfs niet toen hij de zwaarlijvige vrouw op zich af zag komen lopen.

'Fabian Risk. Je wilde er toch niet tussenuit knijpen, hè? Je hebt me een date beloofd de volgende keer dat je hierlangs zou komen,' zei ze.

Fabian stapte uit de auto, schudde haar hand en wou dat hij heel ver weg was. De vrouw stelde zich voor als 'Kickan' en trok hem mee de barak in, waar ze de oude koffie uit het koffieapparaat gooide en nieuwe zette. Fabian telde het aantal scheppen dat ze in het filter deed en besefte dat Sonja net zo goed wakker kon zijn als hij thuiskwam. Van slapen zou toch niets meer komen.

'Je bent echt mooi! Nog mooier dan ik dacht,' zei Kickan terwijl ze de zwarte koffie in twee koppen schonk. 'Single? Of is dat te veel gevraagd? Ik houd van lange wandelingen en romantische etentjes. Al moet ik eerlijk zeggen dat ik de voorkeur geef aan de etentjes.'

'Het spijt me, maar ik ben getrouwd,' stamelde Fabian en hij vroeg zich af wat hij had gedaan om dit te verdienen.

'Daar hoef je je niet voor te verontschuldigen. En ik heb de ring gezien. Ik ben niet achterlijk. Maar je moet het proberen, anders ga je dood. Of hoe was het ook alweer?'

'Eten.'

'Wat?'

'Je moet eten, anders ga je dood.'

'Precies. Wat me eraan doet denken: wil je een koekje?'

'Nee, dank je, ik hoef niets,' zei Fabian en hij kwam meteen overeind nadat hij de koffie naar binnen had gewerkt. 'Ik moet weer verder naar huis, maar het was gezellig om je te ontmoeten en dank je wel voor de koffie.'

'Geen dank. Ik hoop dat je niet geschrokken bent van mijn gebabbel. Het kan hier een beetje eenzaam zijn. Maar daar denkt niemand aan. Iedereen is op weg ergens naartoe. Iedereen behalve wij.'

'Ja, ik begrijp dat het hier eenzaam kan zijn. Maar heb het goed.' Fabian draaide zich om in de richting van de deur.

'Hé, ik had nog iets bedacht over die zaak waar je aan werkt.'

'Ja?' Het lukte Fabian niet om een gaap te onderdrukken.

'Stel dat het de dader was die in de passagiersstoel zat, op die foto die je van mij hebt gekregen, en dat hij ook Zweeds is. Dan moet hij in een andere auto over de brug zijn gereden, die hij later in Denemarken achterliet. Toch?'

'Dat klopt. Maar er zijn nog steeds veel te veel vraagtekens om iets concreets op te leveren. Helaas,' zei Fabian op een toon waaruit duidelijk bleek dat hij er niets meer aan toe te voegen had, al was hij onder de indruk van het vermogen van de vrouw om conclusies te trekken.

'Maar wacht nu even. Als we er nu van uitgaan dat het zo is gegaan, dan moet hij hier ongeveer gelijktijdig met het slachtoffer langs zijn gekomen. Toch?'

Fabian zag in dat hij deze volkomen logische conclusie die Kickan nu naar voren bracht volledig had gemist. 'Daar heb ik eigenlijk niet aan gedacht. Maar zo moet het geweest zijn, ja. Is er een mogelijkheid om foto's te vinden van de auto's die ervoor of erachter reden?'

De vrouw hield glimlachend een bruine envelop op en zwaaide ermee, daarna maakte ze hem open en spreidde de zwart-witfoto's van de bewakingscamera uit op de koffietafel. 'Ik dacht eerst dat hij vlak achter het slachtoffer in dezelfde rij langs zou komen. Maar ik denk niet dat het een van deze is.' Ze legde haar wijsvinger op een paar foto's. 'Daarom zocht ik de auto's in de andere rijen op.' Ze legde nog meer foto's neer. 'En toen bleef ik op deze hangen. Ik kan het natuurlijk verkeerd hebben. Maar wat denk jij?' Ze legde de laatste foto voor hem neer, waarop een Peugeot met het kenteken JOS 652 stond.

'Waarom bleef je juist bij deze hangen?'

'Zie je hoe hij wegduikt? Dat gebeurt bijna nooit. Mensen staan er niet bij stil dat ze worden gefotografeerd. Maar deze man was zich ervan bewust en had totaal geen zin om op de foto te komen. Bovendien betaalde hij contant.'

Fabian bestudeerde de foto waarop de bestuurder van de auto zijn gezicht verborg door naar voren te buigen. Kickan had gelijk en niet alleen dat. Ze had ook een groot deel van zijn werk gedaan. Hij bedankte haar, nam de foto's mee en beloofde dat hij de volgende keer dat hij langskwam niet zou vergeten om koffie te komen drinken.

'Koffie? Nee, nee, nee. De volgende keer is het een andere date. Dan moeten we proberen wat verder te komen.' Ze knipoogde overdreven en lachte.

Onzeker of ze echt een grapje maakte, ging Fabian in de auto zitten en reed terug over de brug.

Terug naar Denemarken.

Hoewel het halfdrie 's nachts was ging de telefoon maar twee keer over voordat Tuvesson opnam.

'Waarom heb je me niet laten weten dat je op een solotour in Denemarken bent?'

'Het spijt me, maar ik wilde je niet voor niets wakker maken.'

'Voor niets?'

'Ja, voordat ik wist waar het toe zou leiden.' Hij hoorde zelf hoe dom het klonk en besloot maar gewoon door te gaan. 'Heeft Lilja niet gebeld over de eigenaar van de auto? Ene Rune Schmeckel die in Lund schijnt te wonen.'

'Jawel, en de politie van Lund is er al geweest. Maar er was niemand thuis.'

Hij kon horen dat ze een trek van haar sigaret nam.

'Jullie weten van het ziekenhuis? Misschien heeft hij dienst?'

'Hij is met vakantie. Fabian, nu wil ik weten waar je ergens bent.'

'Op weg naar huis,' loog Fabian. 'De vraag is wat we met de auto moeten doen. Die staat nog steeds bij het benzinestation en zou onderzocht moeten worden. Is Molander trouwens op de hoogte?'

'We kunnen toch niets doen voordat we toestemming hebben gekregen van onze Deense collega's en in dit soort gevallen laten ze er graag een paar dagen overheen gaan. Je weet hoe het gaat als de grote broer de kleine broer om een dienst vraagt.'

'Dan kan het te laat zijn.'

'Hij heeft hem er al meer dan een week laten staan. Waarschijnlijk gaat hij hem helemaal niet meer ophalen.'

'En de woning? Wanneer kunnen we daarin?'

'Het is midden in de vakantietijd, maar ik zal aandringen.'

'Oké. We zien elkaar morgen.'

'Laten we dat hopen. En Fabian?'

'Ja?'

'Zoals ik eerder vandaag al zei ben ik enorm dankbaar dat je midden in je vakantie meehelpt. Maar vergeet verdomme niet dat we een team zijn!'

Ze had opgehangen voordat Fabian de kans kreeg om antwoord te geven.

Veertig minuten later draaide hij het terrein bij de benzinepomp in Lellinge weer op en reed een rondje om te controleren of er geen pottenkijkers waren. Niemand anders behalve hijzelf en het gepiercete meisje in de winkel. Hij had precies bedacht wat hij ging doen en de voordelen tegen de nadelen afgewogen, en was zich er volledig van bewust dat het tegen bijna alle regels inging die hij kon bedenken. Als hij ooit ter verantwoording werd geroepen voor zijn handelwijze zou hij niet veel argumenten hebben. Toch was hij ervan overtuigd dat dit het enige juiste was wat hij kon doen.

Om geen tijd te verliezen parkeerde hij naast de Peugeot, pakte de krik uit de kofferbak, zette die onder de Peugeot en draaide tot het achterwiel van de grond kwam. Met behulp van de kruissleutel maakte hij de vier wielmoeren los en haalde het wiel eruit.

Het gepiercete meisje achter de toonbank keek op van een krant.

'Hallo, mijn naam is Fabian Risk en ik ben van de politie in Helsingborg.' Hij liet zijn legitimatie zien.

'Oké?' Er verscheen meteen een vragende bezorgdheid in haar blik.

Het maakte niet uit op wiens deur hij klopte. Zolang het een onverwacht bezoek was, hoefde hij zich alleen maar voor te stellen om die blik op te zien doemen. *Wat heb ik gedaan?*

'Het gaat over die Peugeot met het Zweedse nummerbord buiten. Zodra al het papierwerk tussen onze landen klaar is, moeten we hem meenemen voor een technisch onderzoek in verband met een Zweedse moordzaak.'

'Oké. Oké. Geen probleem.' Het meisje haalde haar schouders op en knikte met een geforceerd glimlachje.

'Maar daar heb ik jouw hulp voor nodig,' ging Fabian verder en hij zag hoe de glimlach verdween en de bezorgdheid terugkeerde. 'Waarschijnlijk heeft de eigenaar de auto hier voorgoed achtergelaten. Maar als hij tegen alle verwachting in terug zou komen om hem op te halen, wil ik dat je direct contact met me opneemt. Oké?' Hij schreef zijn naam en mobiele nummer op een briefje.

Het meisje keek naar het briefje en zoog aan de piercings in haar lip. 'Hoe kan ik weten dat hij het is? Wat als hij er gewoon vandoor gaat?'

'Dat kan hij niet, want jij hebt het achterwiel.' Fabian deed de deur open en rolde het wiel de winkel in. Het meisje nam hem over, zij het met tegenzin, en rolde hem achter de toonbank.

'Ik moet echt mijn chef bellen.'

'Dat is prima. Hij mag me bellen als hij wil.'

Fabian stopte het handgeschreven briefje in een insteekhoes en stopte die achter de ruitenwisser van de Peugeot, ging in zijn auto zitten en reed naar huis.

DEZE AUTO STAAT OP PRIVÉTERREIN. NEEM ALSTUBLIEFT CONTACT OP MET HET PERSONEEL.

◆

20 augustus

Ik haat school. Haat het er! Iedereen ziet het. Ik weet dat ze dat doen. Toch is er niemand die iets doet. Of jawel, lachen en wegkijken.

Wilde blijven zitten in de pauze, maar het mocht niet van de juf. Ze zei dat iedereen naar buiten moest, de frisse lucht in. Ik zei dat ze stom waren. Zij zei dat er twee voor nodig waren om te dansen. Maar moest je dat überhaupt. Verborg me op de wc en hoorde hoe ze zochten en riepen dat ik een homo was als ik niet tevoorschijn kwam. Maar ik bleef toch zitten want ik weet dat ik geen homo ben. Ik houd van meisjes. Ik weet dat ik dat doe. Hoewel ik nog nooit met een meisje ben geweest, weet ik het zeker. Bijna iedereen die ervoor uitkomt en durft te vertellen dat ze homo zijn zeggen dat ze het al wisten vanaf dat ze klein waren en dan zou ik het nu geweten moeten hebben, wat ik niet doe. Dus kan ik geen homo zijn.

Op weg naar huis stonden ze voor het schoolplein op me te wachten. Hampus zei altijd dat je niet moest rennen omdat dat was wat zij wilden. Ik wilde rennen maar liep net als anders. Ze gingen voor me staan. Ik probeerde om ze heen te lopen maar ze hielden me de hele tijd tegen. Ik zei dat ze uit de weg moesten gaan maar zij zeiden dat ik te lelijk was en stonk en dat ik hun tassen moest dragen. Ik zei dat ik helemaal niet stonk. Toen stompten ze me in mijn buik en zeiden dat het mijn eigen schuld was. Dat ik een grote mond had.

Beloof hierbij:

1. Om nooit meer een grote mond te hebben.

2. Om nooit meer iets tegen iemand op school te zeggen.

3. Nooit meer.

ps: Laban heeft zijn looprad niet één keer gebruikt. Verdomde klotehamster.

II

De kreten echoden door het meer dan honderd meter lange magazijngebouw. Zielige, hulpeloze kreten. Hoewel hij een plek had gekozen aan het andere eind van het gebouw bleven de kreten een weg vinden tussen de hoge magazijnkasten door. Als een speenvarken.

Hij hield niet van gegil. Vooral niet als het van een man was. Het was een teken van zwakte en gebrek aan zelfcontrole. Hij had op dit moment al in moeten zien dat het voorbij was. Dat hij er geen invloed meer op had. Dat hij ongeacht wat er zou gebeuren, zou sterven. En waarom zou je dat dan niet waardig doen? Dat was het minste wat je mocht verwachten.

Het was halfvier op vrijdagochtend en Åstorps Bouwartikelen, dat gesloten was voor de vakantie, zou pas op maandag na het weekend opengaan. De plek die hij had uitgekozen, lag er iets van afgezonderd, ingeklemd tussen twee magazijnkasten. Daar had hij zijn deken op de betonnen vloer uit kunnen spreiden en plaats kunnen nemen met zijn zakje van McDonald's.

Het afgelopen etmaal had hij niet gerust en niet gegeten. Niet omdat hij geen trek had of moeilijk in slaap kon komen. Hij had geen tijd gehad. Toch lag hij nu een etmaal achter. Een klein incident had hem vertraagd en het hele plan in gevaar gebracht. Maar nadat hij de situatie grondig door had genomen, had hij kunnen constateren dat er geen groot gevaar dreigde. Hij had speling en morgen zou de orde weer zijn hersteld.

Dan zou hij de auto op gaan halen in Lellinge en hem in de haven buiten Ishøj parkeren. Als hij daar stond, zou het lang genoeg duren voor hij werd gevonden. De auto zou waarschijnlijk toch pas worden ontdekt als hij al lang klaar was. Maar hij zag het als een extra veiligheidsmaatregel en bovendien hoorde het bij het plan.

Over iets meer dan een week zou hij klaar zijn. Dan zou hij achterover kunnen leunen en konden de anderen op gaan ruimen. De stukjes verzamelen en het proberen te begrijpen. Analyseren en zich verbazen over wat hij tot stand had gebracht. Ze zouden er jaren werk aan hebben en zijn naam zou op ieders lippen liggen.

Hij scheurde de vochtige papieren zak open en propte de koude, sponsachtige hamburger en de bijna zoutloze frites naar binnen. Het appelgebak bewaarde hij, dat zou zijn ontbijt worden. Hij likte het frituurvet van zijn vingers en zette de timer op vier uur. Als er daarvoor tegen alle verwachting in iemand zou komen, zou hij wakker worden van het geluid en op zijn minst een minuut hebben om zijn deken te pakken en door het raam naar buiten te klimmen. Dat ging weliswaar naar boven toe open, wat een nadeel was, maar hij had de haakjes al losgemaakt en er een stok tussen gezet die hij van buitenaf makkelijk kon verwijderen.

Als hij íéts was, dan was het wel voorbereid. Hij had alle denkbare scenario's keer op keer doorgenomen en was even gefocust als Björn Borg in zijn tijd moest zijn geweest. Hij was er heilig van overtuigd dat juist in de minutieuze voorbereidingen en het totale gefocust zijn de sleutel tot succes lag. Daarom had hij zich de afgelopen drie jaar uitsluitend gewijd aan de voorbereiding.

In de lente van 2007 had hij het besluit genomen. De gedachte eraan was er op zich al aanzienlijk langer geweest. Zolang hij zich kon herinneren had hij met die woede rondgelopen. Een wond die niet wilde helen en met elke dag die verstreek ontstokener raakte. Hij had zich als een wandelende snelkookpan gevoeld, iemand die vriendelijk probeerde te zijn en er alles aan deed om aardig gevonden te worden. Nu walgde hij van zijn vleierige, kleffe gedrag en kon niet begrijpen hoe hij dat zo lang had volgehouden.

Maar dat zou nu gauw voorbij zijn. De wond zou eindelijk opengemaakt worden en ontdaan worden van zijn pus, en iedereen die schuld droeg zou ter verantwoording worden geroepen. Al die klerelijers die dachten dat ze zich nergens voor hoefden te schamen en die 's nachts goed sliepen, zou het betaald worden gezet.

De rekening lag nu eindelijk op tafel.

Hij moest denken aan Fabian Risk, die onverwacht op het toneel was verschenen. Hij had Risk altijd een laffe klootzak gevonden. Braaf en tegelijkertijd stiekem, altijd met een eigen agenda en voortdurend bezig anderen tevreden te stellen terwijl hij nooit durfde te zeggen wat hij eigenlijk vond. Dat hij bij de politie was gegaan, hoefde dus niemand te verbazen.

Het was wel verrassend dat hij weer hiernaartoe was verhuisd. Daar had hij geen rekening mee kunnen houden en dat had een aantal aanpassingen bij de start van het plan noodzakelijk gemaakt, al was het niets ingrijpends geweest. Hij zag het juist als een onverwachte bonus en nadat hij kennis had genomen van Risks carrière in de hoofdstad was de laatste bezorgdheid verdwenen.

Een paar moordzaken, een aantal waardetransportovervallen en een pedofiliezaak, waarbij iedereen werd vrijgesproken op grond van onvoldoende bewijs. En van de winter was hij min of meer de laan uit gestuurd nadat hij op een even onbegrijpelijke als onwettige manier de Israëlische ambassade was binnengedrongen. Nee, Fabian Risk vormde geen grote bedreiging, niet voor hem en niet voor waar hij mee bezig was. Bovendien spaarde het de twee dagen uit die hij uit had getrokken om naar Stockholm te reizen.

In tegenstelling tot Risk was Jörgen Pålsson buitengewoon voorspelbaar geweest. De afgelopen drie jaar was hij in de dagen voor het midzomerfeest naar Duitsland gereden om bier te kopen. Dus dit jaar ook. Het plan had niet beter kunnen verlopen. Hij hoefde hem alleen maar in zijn opzichtige pick-up naar Malmö te volgen en daarna over de brug naar Rødby, en vlak nadat hij op de terugweg gestopt was om te tanken had hij gedaan alsof hij hem toevallig tegen het lijf liep.

Het enige waarover hij zich zorgen had gemaakt, was of het lichaamsvolume een probleem zou kunnen worden, en toen hij oog in oog met hem stond, had hij gedacht dat het lichaam er zo opgepompt uitzag dat het bij de minste aanraking uit elkaar zou kunnen spatten. Maar het was te laat geweest om het nog af te blazen, en bovendien waren bodybuilders zelden zo sterk als ze eruitzagen.

Jörgen had hem niet herkend en hij had niets gedaan om daar verandering in te brengen. Hij had verteld dat zijn auto het had begeven en dat hij nu terug moest zien te komen naar Helsingborg. Jörgen had meteen gehapt en hem een lift aangeboden.

Daarna was het een enorme opgave geweest om de hele terugweg naast Jörgen te zitten en naar zijn amoebegebabbel te moeten luisteren. Het was een beproeving zonder weerga en hij had een paar keer op het punt gestaan om de doordrenkte lap uit de zak te pakken en die in zijn tronie te drukken, alleen maar om die idioot zijn mond te laten houden. Maar hij had zich beheerst en het juiste moment afgewacht: de Larmvägen in Fredriksdal, waar hij had beweerd te wonen.

Jörgen had erop gestaan hem helemaal naar huis te brengen en toen ze er waren had hij eindelijk de lap tevoorschijn kunnen halen. De rest was op rolletjes gegaan. Jörgen had door de hele operatie heen geslapen en was, als je de kranten mocht geloven, op het juiste moment wakker geworden en er niet in geslaagd om eruit te komen. De superlijm in het slot was de kroon op zijn werk geweest en hij werd nog steeds vrolijk als hij eraan dacht.

Met Glenn Granqvist was het minder soepel gegaan. Hij had er rekening mee gehouden dat het nieuws over Jörgens lot hem waakzaam en onrustig had gemaakt omdat hij wist dat hij nu aan de beurt was. Hoe had hij de afgehouwen handen anders op moeten vatten? Maar dat hij zover was gegaan in zijn beveiligingsmaatregelen was een totale verrassing voor hem geweest en had de hele operatie in gevaar gebracht. Hij moest het toegeven. Hij had Glenn onderschat en was recht in zijn val gelopen.

Het plan was geweest om zijn Eksjö-huis Villa Harmoni binnen te komen via de terrasdeur aan de achterkant en daarna naar de bovenverdieping te gaan waar Glenns slaapkamer was. De overval zelf zou eenvoudig zijn. Maar zover kwam hij nooit. Hij was al in de tuin blijven steken, die vol bleek te liggen met uitgerold prikkeldraad dat op zijn beurt gekoppeld moest zijn aan een soort alarm.

In minder dan vijftien seconden had Glenn in de tuin gestaan, gewapend met een honkbalknuppel. Hij had geen andere keuze dan zich op de grond te laten vallen en zich te verschuilen achter een paar bessenstruiken en zijn best te doen om niet te schreeuwen van de pijn door het prikkeldraad dat in zijn keel was gedrongen. Op dat moment was hij er zeker van geweest dat het voorbij was en dat drie jaar werk teniet zou worden gedaan. Wat ook zeker het geval zou zijn geweest zonder de hond, die uit het niets kwam en ook in het prikkeldraad bleef steken. Glenn was ernaartoe gelopen en had geprobeerd hem te helpen, maar de hond had zich losgerukt en was jankend weggerend.

Vijf minuten later was Glenn teruggekeerd in het huis en hij had voorzichtig het prikkeldraad uit zijn keel kunnen halen. Hij had hevig gebloed en moest zich terugtrekken. Thuis had hij vastgesteld dat de wonden zo diep waren dat ze gehecht moesten worden. Wat hij zelf voor de spiegel in de badkamer had gedaan. Het was niet fraai geworden. Maar het was schoon en het bloeden was gestopt.

Hij ging met zijn vingers over de bobbelige hechtingen in zijn keel en besloot dat de littekens een constante herinnering moesten zijn aan het feit dat hij zijn tegenstander nooit meer moest onderschatten. Hij ging op de deken liggen en stelde vast dat het gegil eindelijk was opgehouden. Alles was nu onder controle en wanneer hij morgen de Peugeot had verplaatst zou de orde zijn hersteld en kon hij in alle rust verder gaan met de volgende stap.

Hij sloot zijn ogen en dacht aan hoeveel mensen zijn puzzel probeerden op te lossen en erachter probeerden te komen hoe het allemaal in elkaar stak. Terwijl hij nog maar net was begonnen. De laatste gedachte spoelde als een warme, behaaglijke golf door zijn lichaam voordat hij in slaap viel.

Binnenkort zou de hele klas wakker liggen.

12

Fabian Risk sloot de deur zo zachtjes mogelijk achter zich, trok zijn Converses uit en liep de woonkamer in. Die zag eruit alsof er net een autobom was ontploft. Zwarte vuilniszakken lagen verspreid door de kamer en overal stonden verhuisdozen, geopend en voor de helft geleegd. Het was bijna vier uur en de schemering was zover gevorderd dat het meer dag dan nacht was. Om niemand wakker te maken poetste hij zijn tanden en waste zich in de keuken en na een paar minuten naar een handdoek te hebben gezocht, gaf hij het op en droogde zich met zijn overhemd af voordat hij naar boven liep.

Sonja sliep languit aan de rand van het bed en had haar rug naar zijn kant gewend. Dat was een slecht teken. Ze was nog kwaad geweest toen ze in slaap viel. Hij kroop voorzichtig onder het dekbed en ze reageerde door diep adem te halen en zich op haar rug te draaien, een beweging die opgevat kon worden als een uitgestoken hand en het was aan hem om er iets mee te doen.

Hij besloot een poging te wagen en zocht haar been met zijn ene hand, die hij voorzichtig over haar dij liet glijden. Ze reageerde niet en bleef diep slapen. Hij liet zijn hand verder omhooggaan en constateerde bij haar heupen dat ze geen slipje aanhad. Hij was er nu zeker van dat hij de beweging goed had geïnterpreteerd, trok het dekbed weg en spreidde haar benen. Ze werkte niet mee, maar bood ook geen weerstand. Hij dook neer en liet zijn tong zo lichtjes als hij kon over de binnenkant van haar dij gaan. Eerst aan de ene kant en daarna aan de andere. Elke keer liet hij zijn tong dichterbij komen.

Hij hoorde hoe haar ademhaling veranderde en toen het puntje van zijn tong haar schaamlippen bereikte, reageerde ze door haar onderlichaam tegen hem aan te drukken. Hij antwoordde door een vinger binnen te leiden terwijl hij haar tegelijkertijd met zijn tong bleef strelen. Haar lichaam kronkelde van genot en een paar minuten later begroef ze haar gezicht in het kussen en kermde terwijl ze klaarkwam.

Toen ze zich hersteld had, schoof ze zijn hoofd van zich af en werd haar ademhaling steeds langzamer. Alsof ze niet eens wakker was geworden. Fabian voelde zich gefrustreerd, maar hij wist dat het geen zin had en sloot zijn ogen.

De beelden die hij zo lang had weten te verdringen kwamen nu recht op hem af als een volleybal. Hoe iedereen zijn naam had geroepen en hoe hij zonder na te denken op was gesprongen en met al zijn kracht tegen de bal had geslagen. Hoe Claes in het andere team was geraakt en hoe zijn bril kapot was gegaan. Hoe het bloed uit zijn neus liep en hoe iedereen had gelachen. Zelfs de gymnastiekleraar. Zelfs hij. Hoe Jörgen naar hem toe was gekomen en een high five had gemaakt. *Netjes Fabbe!* En hoe hij de high five had beantwoord. Hoe Claes had gehuild en geprobeerd had naar huis te gaan, maar hoe de leraar hem had tegengehouden. *Hier douchen we na de les!* De witte tegels en de douches langs de muren. *Waar kijk je naar!* Claes' smekende blik en zijn verraad toen hij deed alsof hij zeep in zijn ogen had gekregen.

'Hé papa! Mama zei dat je heel erg moe was en moest slapen.'

Fabian kwam de trap af lopen en tilde Matilda op. De herinneringen hadden hem de hele nacht achtervolgd. Uit hun samenhang gerukt waren ze overgegaan in steeds onbegrijpelijkere nachtmerries en hij was doorweekt van het zweet wakker geworden en had gezien dat het al bijna halftien was.

'Matilda, ga boven je tanden poetsen, dan kunnen we zo weg,' hoorde hij Sonja roepen.

'We gaan naar Denemarken!'

Fabian liet Matilda los, die de trap op rende, en liep naar de keuken, waar Sonja het ontbijt afruimde.

'Goedemorgen. Goed geslapen?'

Fabian knikte.

'Zoals je hoorde gaan we vandaag naar Denemarken. Naar het Louisiana Museum.'

'Aha, wat leuk. Wat is het voor tentoonstelling?'

'Maar Theo wil niet mee.'

'Nee? Waarom niet?'

Sonja haalde haar schouders op. 'Hij wil blijkbaar sowieso niets doen als jij niet mee gaat.'

'Sonja. Niemand had liever gewild dan ik dat...'

'Ik weet het. Je doet wat je moet doen. Wat zou je anders moeten doen?' Ze keek hem aan. 'Maar als die Niva nog één keer durft te bellen, kun je je spullen uitpakken en hier in je eentje intrekken.'

'Lieveling. Het is helemaal niet wat je denkt.' Hij liep naar haar toe en pakte haar handen. 'Ze belde alleen om...'

'Je hebt geen idee wat ik denk.' Ze trok haar handen terug en begon de vaatwasmachine te vullen.

Fabian wist precies wat Sonja dacht. Net zoals hij wist dat hij daar nooit van zijn leven iets aan kon veranderen. Na een paar mislukte pogingen had hij de gedachte opgegeven dat hij uit zou kunnen leggen wat er echt was gebeurd. Of vooral wat er niet was gebeurd.

'Sophie Calle.'

'Wat? Sorry, maar...'

'Je vroeg wat voor tentoonstelling het was. Je weet wel, die Française die kunst maakte van een mailtje waarin haar vriend het uitmaakte.'

Tuvesson, Molander, Lilja en Rots waren al aan de gang toen Fabian zich bij hen aansloot, en te oordelen aan de geplunderde fruitschaal waren ze al een tijdje bezig. Fabian ging op een vrije stoel zitten en voelde direct dat de stemming bedrukt en ernstig was. Er was iets gebeurd.

'Nu je er eindelijk bent, zou een verklaring misschien op zijn plaats zijn,' zei Tuvesson.

Iedereen aan tafel keerde zich met een vragend gezicht naar hem toe en Fabian besefte dat het om hem ging.

'Sorry, maar ik geloof niet dat ik het begrijp?'

'Ik heb het over je solotoer van vannacht.'

'Ja? Oké.'

'Je hebt blijkbaar gedachten en ideeën waar je ons om een of andere reden buiten wilt houden. Klopt dat?'

'Ik wilde wachten tot ik meer had. Tot ik er zeker van was.'

'Fabian, zoals ik zei, ik weet niet hoe jullie daarboven in Stockholm werken,' zei Tuvesson en ze drukte twee nicotinekauwgompjes uit de knarsende verpakking. 'Ik weet alleen dat we hier in groepsverband werken. Of we ergens zeker van zijn of niet. Dat maakt niet uit.' Ze stopte de kauwgompjes in haar mond en kauwde erop alsof de nicotine niet snel genoeg kon komen.

Fabian had het gevoel dat hij weer in de schoolbanken zat en voor de rest van de klas de les werd gelezen. 'Ik dacht dat ik een goed motief had, maar het houdt helaas geen stand.'

'En als het dat wel doet?'

'Aangezien we toch niets anders hebben,' zei Lilja.

Fabian besefte dat het te laat was om zich eraan te onttrekken en stond op, liep naar het whiteboard en zette een cirkel om de foto van Jörgen. 'Ik denk dat Jörgen Pålsson in zekere zin precies heeft gekregen wat hij verdiende.' Vanuit zijn ooghoek zag hij hoe de anderen blikken uitwisselden. 'Ik weet niet hoe hij in zijn latere leven was, maar toen we op school zaten was hij een pestkop van het ergste soort. Het was zijn specialiteit om met zijn handen te slaan, of liever gezegd met zijn vuisten. Hij kon ermee doorgaan tot zijn knokkels bloederig waren.'

'En waarom vertel je dat nu pas?' vroeg Tuvesson.

'Ik was zelf niet een van de slachtoffers en deed hetzelfde als alle anderen. Ik keek weg en probeerde te doen alsof er niets aan de hand was. Uiteindelijk was het alsof het nooit was gebeurd en gisteravond herinnerde ik me pas dat hij iemand in precies die doucheruimte heeft mishandeld.' Hij trok een pijl naar een van de foto's waarop de afgezaagde handen op de tegelvloer lagen.

'Wie mishandelde hij?' vroeg Tuvesson.

'Claes Mällvik.' Hij omcirkelde Claes op de vergrote klassenfoto en de anderen kwamen kijken.

'De enige met een bril,' zei Lilja.

'Meer is ook niet nodig,' zei Rots terwijl hij de laatste peer uit de fruitmand pakte.

'Dus je bedoelt dat de moord op hem wraak kan zijn geweest?' vroeg Tuvesson.

Fabian knikte.

'Ging hij zomaar iedereen te lijf?' vroeg Lilja.

'In het begin waren er ook anderen, maar uiteindelijk hielden ze het alleen bij Mällvik.'

'Ze? Waren er meer dan Jörgen Pålsson?' vroeg Tuvesson.

'Ja. Glenn Granqvist ook.' Fabian omcirkelde Glenn op de klassenfoto. 'Ze waren altijd samen en Glenn gaf altijd gehoor aan de kleinste wenk van Jörgen.'

'Had hij ook een specialiteit?' vroeg Molander.

'Schoppen.'

'Dus als je theorie klopt, is hij ook in gevaar.'

Fabian knikte. 'Ik had gehoopt dat de Peugeot in Denemarken van Mällvik zou zijn.'

'Maar dat was niet zo,' zei Molander.

'Nee, hij staat op naam van ene Rune Schmeckel. En voor zover ik weet hadden we geen Schmeckel in de klas.'

'Oké, dit is nog een spoor dat we moeten onderzoeken,' zei Tuvesson en ze nam de laatste slok uit haar kopje. 'Irene, jij zoekt alles bij elkaar wat je kunt vinden over Mällvik en Schmeckel, en Rots, hoe gaat het met de rest van de klas?'

'Matigjes, als ik eerlijk moet zijn. Het hele land ligt in een hangmat. We zijn er niet eens in geslaagd een goede klassenlijst in handen te krijgen.'

'Misschien heeft Fabian er een?' vroeg Tuvesson.

'Nee, het enige wat ik heb gevonden is het jaarboek uit de negende klas. Maar ik kan vragen of Lina Pålsson er een heeft?'

Rots lachte en sloeg Fabian op zijn schouder. 'Ik kan me voorstellen dat je dat kan, maar dat heb ik al gedaan.'

'Oké, en wat zei ze?'

'Dat ze er geen had. Maar ik heb in ieder geval een paar namen en telefoonnummers gekregen, waarvan de meeste uit het stenen tijdperk lijken te komen.'

'Zei ze verder nog wat?'

'Nee, wat zou dat moeten zijn?'

'Ik dacht dat haar misschien nog iets te binnen was geschoten nadat ik met haar heb gesproken,' zei Fabian en hij besefte dat hij zich in een hoek liet drijven. 'Hoe dan ook... op de school moeten ze toch wel een klassenlijst hebben?'

'Dat zou je denken,' zei Rots. 'Maar volgens de conciërge kunnen ze niet verder terug in de tijd dan 1988. Wat klassenlijsten betreft en zo.'

'Waarom juist 1988?' vroeg Lilja.

'Toen werd hun computersysteem geïnstalleerd. Daarvoor waren het stencils in een papierarchief.'

'En dat is zeker niet bewaard?'

'Nee, ze hebben alles al lang geleden naar het Stadsarchief gestuurd.'

'Heb je dan geïnformeerd bij het Stadsarchief?' vroeg Tuvesson.

'Nee, maar het staat op mijn lijstje.'

'Goed,' zei Tuvesson en ze draaide zich om naar Fabian. 'En jou wil ik over vijf minuten in mijn kantoor zien.'

Het kantoor van Tuvesson zag er compleet anders uit dan Fabian had verwacht. Na de rit in haar doorrookte auto had hij alles verwacht behalve deze spaarzaam gemeubileerde kamer met een groot, opgeruimd bureau in het midden, een leren bank in de hoek en een paar ingelijste affiches van Lunds kunstgalerij aan de witgeverfde muren.

Hij scande de rij met boeken op de plank langs de korte muur. Behalve een aantal studieboeken stond er een solide verzameling misdaadromans met alles van Josephine Teys *Een koninkrijk voor een moord* tot Graham Greenes *Derde man*.

Hij liep naar het raam en bewonderde het uitzicht. Aan de overkant van de snelweg kon hij het gebouw van het *Helsingborgs Dagblad* zien en een paar kilometer verder lag de Fredriksdalsschool. Hij probeerde vast te stellen welke van de rode gebouwen het was, maar het was te laag en werd aan het oog onttrokken door de huizen ervoor.

Een blik op de klok liet zien dat Tuvesson nu anderhalve minuut te laat was en Fabian vroeg zich af of dat expres was. Nog een halve minuut later kwam ze binnen met twee net gekochte bekers latte die ze op het bureau neerzette. Ze rook naar sigarettenrook en Fabian vroeg zich af of zijn uitstapje naar Denemarken de reden was van haar toegenomen nicotinebehoefte.

'Ik weet niet of je de koffie hier al geproefd hebt?'

'Ja, helaas wel,' zei Fabian terwijl hij in de bezoekersstoel ging zitten.

'Dat apparaat heeft een klein vermogen gekost en heeft zeker dertig verschillende knoppen en displays en god weet wat. Het enige wat het niet heeft is goede koffie. Als je dat wilt hebben, moet je met de auto naar Café Bar Skåne op de Bergavägen.'

Fabian nam een slok van de koffie en kon niet anders dan het met haar eens zijn dat dit een bijna perfecte latte was. Niet te warm en niet te melkachtig.

'Fabian. Nu wil ik weten wat je op de vergadering niet begreep.' Haar glimlach was compleet verdwenen.

'Sorry? Ik weet niet of ik...'

'Wat was er niet duidelijk toen ik zei dat alles wat we hier doen groepswerk is? Teamwork.'

'Niets.'

'Jawel. Er moet iets zijn geweest, aangezien je het nog steeds niet lijkt te begrijpen.' Ze zweeg en gaf hem de ruimte om iets te zeggen, maar hij wist niet wat. 'Je bent hier weliswaar in terechtgekomen zonder duidelijke introductie over hoe ik wil dat we werken. Ik bedoel, we kennen elkaar nauwelijks. Wat op zich een geldig excuus is. Maar ik had gehoopt, of ik had eigenlijk verwacht, dat je vandaag op de vergadering de kans aan zou grijpen om alles te vertellen. Maar dat deed je niet. Vannacht bijvoorbeeld, toen we elkaar over de telefoon spraken, zei je dat je op weg naar huis was. Maar dat was niet zo, hè?'

Hoe kon ze dat weten?

'Je bent teruggegaan naar de benzinepomp. Waarom?'

'Ik werd gesterkt in mijn geloof dat de auto met de dader te maken heeft en wilde voorkomen dat hij hem weg zou kunnen halen.'

'Hoe dan?'

'Ik heb er een achterwiel uit gehaald en in de winkel afgegeven.'

Tuvesson keek alsof ze even na moest denken om te begrijpen wat hij eigenlijk had gezegd. 'Je hebt dus het wiel eruit gehaald en aan het personeel van de benzinepomp gegeven?'

'Ja. En ze hebben beloofd het me te laten weten als iemand ernaar vraagt.'

Tuvesson zag eruit alsof ze niet kon beslissen hoe ze erop moest reageren. Ze verkeerde in tweestrijd. Welke kant ze ook koos, het zou hun werkrelatie nog lange tijd beïnvloeden.

'Oké. Laten we hopen dat hij de auto met rust laat tot de Denen er vaart achter zetten.'

'Heb je ze benaderd?'

Tuvesson knikte. 'En voordat ik het vergeet. Hier is je pasje.' Ze schoof het plastic kaartje naar Fabian toe. 'De code is 5618. Oké?'

Fabian knikte, pakte het pasje en verliet de kamer.

'Heb je op je kop gekregen?'

Fabian bleef staan en stak zijn hoofd door de deuropening van Irene Lilja's kamer. 'Een beetje.'

'Dan had je het vast verdiend. Eigenlijk houd ik niet van vrouwelijke chefs. Maar zij is goed, dat je dat weet. Als ik in haar positie had gezeten, had ik je niet eens in de buurt laten komen van dit onderzoek. Kom binnen, ik heb een cadeautje voor je.'

Fabian stapte het kantoor binnen, dat precies het tegenovergestelde van dat van Tuvesson was. Het kamertje stond vol met op elkaar gestapelde spullen, zo hoog dat hij zich afvroeg of ze aan elkaar vastgelijmd waren om niet om te vallen. Het raam was bedekt met een oranjegele Indiase stof, met gouden olifanten en spiegeltjes erop genaaid, en op de grond lag in een hoek een uitgerolde slaapzak op een matje. De ene muur zag eruit als één groot prikbord, met daarop foto's en aantekeningen die zich door middel van pijlen in verschillende richtingen vertakten en vreemde symbolen, en te midden van dat alles zat Lilja achter een opvallend klein bureautje.

'Mag ik vragen waarom?' zei Fabian en Lilja lachte.

'Spreekt dat niet vanzelf? Ik begrijp waarom Tuvesson het doet. Je beschikt zeker over waardevolle informatie. Maar er is niets wat jou minder verdacht maakt dan iemand anders in de klas. Behalve je theorie over Mällvik.'

'Ja, daar heb je natuurlijk helemaal gelijk in,' zei Fabian terwijl hij naar iets zocht om zijn blik op te vestigen. 'Je zei iets over een cadeautje?' Lilja begon te stralen en klikte met haar muis, waarop een printer begon te brommen.

'Daar.' Ze knikte naar de printer die verborgen stond achter boeken en ordners.

Fabian trok het document er zo voorzichtig mogelijk uit om niet alles in elkaar te laten storten en keek ernaar. 'Glenn Granqvist?'

'Jörgen Pålssons rechterhand, als we jou mogen geloven. Er zijn er maar drie met die naam en de ene woonde in Älvsbyn en de andere in Örebro, dus ik ging ervan uit dat het degene in Ödåkra was. Hij komt niet over als het scherpste mes in de la. Zijn laatste les kreeg hij in de negende klas, daarna ging hij in militaire dienst en hij kan binnenkort zijn vijfentwintigjarig jubileum vieren als vrachtwagenchauffeur voor een bouwmagazijn in Åstorp.'

'Waarom verbaast dat me niet?' zei Fabian en hij maakte aanstalten om te gaan. 'Ik ga proberen hem te pakken te krijgen, misschien kunnen we daarna lunchen?'

'Ja, waarom niet?'

'En als je net zoiets over Rune Schmeckel vindt, kan ik me zelfs voorstellen dat ik trakteer.'

Lilja glimachte en Fabian wist precies wat ze dacht.

'Maak je geen zorgen, je mag me evengoed blijven verdenken.'

Fabian ging in Hugo Elvins geavanceerde toekomststoel zitten, die nu heel comfortabel was, en begon het nummer van Glenn in te toetsen op zijn mobieltje.

'Je hebt je draai gevonden zie ik.'

Fabian keerde zich om en zag dat het Molander was.

'Ik wilde vragen of jij en je gezin misschien zin hadden om vanavond te komen barbecueën?'

'Vandaag al?'

'Ja, ik begrijp het als jullie andere plannen hebben. Maar als jullie die niet hebben, het is tenslotte vrijdag en de zon schijnt en zo. En alle anderen komen, dus...'

'Het klinkt hartstikke gezellig. Ik moet even overleggen met mijn vrouw.'

'Natuurlijk. Geen probleem.' Molander verdween weer en Fabian vroeg zich af of hij nu paranoïde was of dat hij ook in Molanders ogen een potentiële dader was en dat dat de eigenlijke reden voor de uitnodiging was. Hoe dan ook zou hij moeten gaan.

Vijf minuten later kwam Molander terug met een volle beker

koffie. 'En? Heb je al groen licht van je vrouw?'

'Nee, maar je kunt in ieder geval op mij rekenen.'

'Leuk,' zei Molander en hij maakte aanstalten om weer door te lopen.

'O, trouwens, die Hugo Elvin, die hier eigenlijk zit, wat is dat voor type?'

'Hugo?' Molander schoot in de lach. 'Die man is onmogelijk te beschrijven. Je moet hem in het echt meemaken. Maar als ik jou was zou ik niet te veel aan zijn spullen rommelen. Vooral niet aan de instellingen van zijn stoel. Elvin is niet iemand die je onnodig op stang moet jagen, om het maar zo te zeggen. Tot vanavond.' Molander verdween.

Fabian richtte zijn blik op de vele hendels van de stoel, besefte dat het te laat was en richtte zijn aandacht weer op zijn mobieltje en belde Glenn. Nadat de telefoon zes keer was overgaan hoorde hij de stem van Robert de Niro: '*You talking to me?*'

13

Elke seconde dat hij geslapen had was een puur genoegen geweest gedurende de vier uur die hij op de deken had gelegen voordat hij wakker werd van het lawaai. Hij had diep geslapen. Dieper dan hij had gewild, wat inhield dat hij zich had ontspannen en zich veilig had gevoeld. Te veilig, zo zag hij een paar minuten later in toen hij zijn spullen inpakte en zag dat hij bezoek had gehad.

De verpakking van het appelgebak was kapotgescheurd en op een paar kruimels na was het gebak verdwenen en vervangen door rattenkeutels. Ze waren hongeriger geweest dan hij had verwacht. Hij had opnieuw geluk gehad en moest zichzelf inprenten dat geluk niet iets was waar je op kon rekenen.

Hij verliet het magazijngebouw door het raam en wandelde naar zijn auto, die verborgen achter struiken aan de overkant van de weg stond. Geen levende ziel te bekennen. Alleen hij en de ochtend. Hij trok rustig zijn schoenen en de donkere werkkleren uit, waste zich met water uit de jerrycan in de kofferbak en trok een zandkleurige korte broek aan met grote zijzakken, een lichtblauwe tennistrui, een geel petje van Bubba Gump Shrimp Co. en ten slotte een paar groene Crocs.

Hij voelde zich een clown in die nieuwe kleren, maar het ging erom dat hij eruit moest zien als een doodgewone Zweed die naar Denemarken rijdt om bier te drinken. In zijn rugzak stopte hij nog een extra roze trui, een flesje met water, handschoenen, een systeemcamera, een touw, de autosleutels van de Peugeot, een zaklamp en een stanleymes, en een spuit met Propofol. Dat laatste was een veiligheidsmaatregel en zou waarschijnlijk niet gebruikt worden.

Hij kwam ruim op tijd aan bij het centraal station van Helsingborg en op de reis over de Sont kon hij dat bier nemen en een groot broodje garnalen met veel te veel mayonaise. Hij propte alles naar binnen. Het zou even duren voor hij weer tijd had om te eten. Om 10.55 uur nam hij de trein uit Helsingør en om 11.41 uur kwam hij aan in Kopenhagen. Daar had hij negentien minuten om een toilet te bezoeken dat zo smerig was dat hij bijna de S-trein naar Ringsted miste. Vierendertig minuten later kwam hij aan op het station van Ringsted en ging vandaar te voet verder naar het busstation.

De zon had bijgeschakeld en duwde de temperatuur omhoog naar 35 graden en hij was blij dat hij dunne kleren aan had getrokken. Zelfs de Crocs waren verrassend comfortabel. Om 13.00 uur stapte hij de bus in en ging zo ver mogelijk voorin zitten. Hij hield er niet van om achterin te zitten. Vooral niet als het zo warm was en de bus vol zweterige medepassagiers zat.

Om 13.28 uur stapte hij de bus uit voor de Lellinge-school en kon eindelijk een paar keer diep inademen zonder de collectieve zweetgeur op de koop toe te krijgen. Het benzinestation, waar hij de auto anderhalve week geleden geparkeerd had, lag minder dan driehonderd meter van de school en het zou hem niet meer dan twee minuten kosten om ernaartoe te lopen. Maar hij nam een omweg en liep via verschillende kleine straatjes in een wijde boog om het benzinestation heen om zich ervan te vergewissen dat er geen politie stond.

In het begin voelde hij zich opgelucht, maar toen hem na een tijdje opviel dat hij helemaal niemand tegenkwam en dat het hele dorp onnatuurlijk verlaten leek, werd zijn onrust sterker. Waar was iedereen? Had hij iets gemist? Pas toen hij een huis met geopende ramen passeerde en het geluid van een televisie hoorde, vielen de dingen op hun plek. In tegenstelling tot Zweden had Denemarken zich geplaatst voor het WK-voetbal in Zuid-Afrika en ze speelden nu een poulewedstrijd.

Het was met andere woorden het ideale moment om de auto op te halen. Hij liep verder langs een tuin met tuinkabouters en verborgen achter een paar bomen haalde hij de systeemcamera tevoorschijn en zoomde in op het benzinestation een meter of vijftig verderop. Er waren geen mensen te zien en de Peugeot stond precies waar hij hem had achtergelaten. De enige verandering was een briefje achter de ruitenwissers. Dat was niet vreemd.

Hij stopte de systeemcamera weg en liep met vlugge passen over het asfaltterrein naar de auto. Zijn hartslag nam met elke stap toe, maar hij wist dat die weer rustig zou worden zodra hij het contactsleuteltje had omgedraaid en wegreed. Het betekende alleen maar dat zijn lichaam adrenaline aanmaakte en dat hij gefocust was.

Maar hoe dichter hij bij de auto kwam, hoe sterker het gevoel werd dat er iets niet klopte. De auto helde vreemd voorover, alsof hij om dreigde te vallen. Pas toen hij ervoor stond, zag hij wat er aan de hand was en rukte het briefje naar zich toe. DEZE AUTO STAAT OP PRIVÉTERREIN. NEEM ALSTUBLIEFT CONTACT OP MET HET PERSONEEL.

14

Irene Lilja had voorgesteld dat ze elkaar rond één uur bij Olsons aan het Mariatorget zouden ontmoeten. Fabian kende de plek en was er meerdere keren geweest in de laatste jaren voordat hij naar Stockholm verhuisde. In die tijd was het net geopend en hip. Nu was het oud en klassiek.

Terwijl hij over de Hälsobacken liep kreeg hij Sonja te pakken, die met Matilda zat te lunchen op het buitenterras van het Louisiana

Museum met een uitzicht dat blijkbaar de hele reis waard was. Hij vertelde over de uitnodiging voor de barbecueavond bij Molander en tot zijn verbazing zei ze dat het haar een goed idee leek. Ze moesten tenslotte toch nieuwe mensen leren kennen en als hij nu aardige collega's had, waarom niet? Fabian dacht eerst dat ze het ironisch bedoelde. Sonja was er nooit erg in geïnteresseerd geweest om zijn vrienden te ontmoeten. Laat staan zijn collega's. Maar daarna besloot hij het te interpreteren alsof ze alleen maar deed wat ze overeen waren gekomen – hun nieuwe leven een eerlijke kans te geven. Ze spraken af om elkaar rond vijf uur thuis te zien en hij zou voor de wijn zorgen.

Hij vond een leeg parkeervak op de Hästmöllegränden tegenover de drankwinkel, waar hij langs de schappen liep in de hoop een creatieve ingeving te krijgen. Zoals altijd eindigde hij met een paar verschillende rioja's, op goed geluk gepakt. Maar wel van de dure plank.

Tot voor een paar jaar geleden had zijn gebrekkige kennis van wijn als een irritante wasinstructie in zijn nek geschuurd. Zodra de wijnkaart bij hem terechtkwam, met de verwachting dat hij zou kiezen, werd hij bevangen door paniek. Hij had geprobeerd ervan af te komen door mee te doen aan een wijnproefgroepje. Maar al na een paar bijeenkomsten, waarin hij geprobeerd had enthousiast te worden over wijn gorgelen en discussiëren over jaren en druivensoorten, had hij geaccepteerd dat zijn wijnkennis nooit iets zou worden waarmee hij kon pronken.

Hij stapte Olsons binnen en zag dat Irene Lilja al zat te wachten aan een tafel bij het raam in de hoek.

'Wat zou je zeggen van Skåns ree met cantharellen, pastinaakpuree en aardappelblini met kalfsjus die op smaak is gebracht met vossenbessen?'

Fabian knikte en ging zitten.

'Prima, want ik heb al voor ons allebei besteld. Bovendien was het het duurste,' ging ze verder terwijl ze een map op tafel legde.

'Schmeckel?'

Lilja knikte.

'En?'

'Ik heb tot dusver alleen op internet gekeken, maar hij is absoluut interessant en lijkt nogal wat te verbergen te hebben. Net als jij is hij van '66. Hij is alleenstaand zonder kinderen en werkt in het ziekenhuis van Lund als, en nu wordt het interessant, chirurg.'

'Chirurg? Een speciale richting?'

Lilja knikte en nam een hap van het brood. 'In 1997 begon hij in het ziekenhuis van Lund en werd al snel een van de besten in het opereren van prostaatkanker. Maar in 2004 vond er een incident plaats en hij kreeg een werkverbod van twaalf maanden.'

'Wat voor incident?'

'Hij liet twee plastic klemmen achter in een patiënt.'

'Je bedoelt dat hij ze vergat in de...'

Lilja knikte en nam een slok mineraalwater. 'In de urineblaas. De patiënt Torgny Sölmedal moest ze uitpissen en hij schijnt gezegd te hebben dat het een van de ergste dingen was die hij ooit heeft meegemaakt. Ironisch met het oog op Runes achternaam, vind je niet?'

'Hield het daarna op?'

'Nee, naar ik heb begrepen kwam er een afschuwelijk onderzoeksrapport. Het werd vreselijk opgeblazen. Er bleek sowieso uit dat hij aan slaapgebrek leed en evenveel pillen slikte als Michael Jackson om zijn baan aan te kunnen. Wat hij blijkbaar evengoed niet kon. Maar de ziekenhuisleiding steunde hem de hele tijd en een jaar later kon hij zijn scalpel weer oppakken en nu houdt hij zich in hoofdzaak bezig met liesbreuken en blindedarmen.'

'Nog meer incidenten?'

'Zover ik weet niet.'

'Oké, en wat weet je over zijn jeugd?'

'Vrijwel niets en hier begint het fishy te worden. Vanaf 1994 ziet alles er over het algemeen normaal uit. Zijn opleiding en betrekkingen, verschillende huisadressen, telefoonabonnementen, welke auto's hij had enzovoort. Hij heeft bijvoorbeeld elk jaar de Springtimeloop hier in Helsingborg gedaan.'

'Vanaf wanneer?'

'Vanaf 1994, en dat is het hem juist. Van daarvoor is er vrijwel niets. Het enige wat ik kon vinden, stond op Wikipedia, waar je kunt lezen: "Rune Schmeckel groeide op in Malmö, waar hij zijn eindexamen haalde met de hoogst mogelijke cijfers in de natuurwetenschappelijke richting. Daarna bracht hij zijn diensttijd als groepscommandant door in Kristianstad." That's it. Behalve dat is het alsof hij niet eens bestond.'

'Dus je gelooft die informatie niet?'

'Hij heeft in ieder geval niet in Kristianstad in dienst gezeten. Het is alsof hij een paar gegevens heeft verzonnen om het goed te laten klinken.'

'Waarom zou je zoiets doen?'

Lilja begon te stralen en boog zich naar hem toe.

'Om te verbergen dat er eigenlijk niets staat.'

Lilja had een punt. Op zich stond internet in de kinderschoenen in de jaren negentig. Maar over het algemeen was er toch genoeg informatie te vinden om je een beeld te kunnen vormen van de persoon in kwestie. Gaten hadden de neiging opgevuld te worden. Maar blijkbaar niet als het ging om Rune Schmeckel.

'Heb je een foto van hem gevonden?'

'Op de derde pagina.' Lilja gaf de map aan Fabian, die voelde hoe iets in hem reageerde toen hij de foto van Rune Schmeckel zag. Hij had de man nooit eerder gezien. Toch was er geen twijfel aan dat er iets bekends aan hem was. Hij probeerde te bedenken wat dat kon zijn, maar gaf het op toen het eten kwam.

Een paar minuten later verbrak Irene de stilte. 'Hand op je hart. Jij en je gezin. Verhuizen jullie naar Helsingborg of vluchten jullie uit Stockholm?'

Fabian moest het stukje Skåns ree dat hij net in zijn mond had gestopt eerst fijnkauwen voordat hij kon antwoorden. 'Ik begrijp het niet. Wat bedoel je?'

'Jij en je vrouw.'

'Sonja, ze heet Sonja.'

'Jij en Sonja, gaat het goed met jullie samen of is het net als bij de meeste anderen.'

Fabian voelde geen enkele twijfel over wat het antwoord moest zijn. Des te moeilijker was het om te bedenken hoe hij moest reageren.

'Sorry, het was niet mijn bedoeling om tegen een zeer been te schoppen.'

'Maakt niet uit. Ik was alleen even overrompeld. Maar ik zou toch zeggen dat we naar Helsingborg zijn verhuisd. Al hebben we net als de meeste anderen onze toppen en dalen. En jijzelf? Hoe lang woon je al op het bureau?'

'Sinds vorige week. Het is heel stom. Hij weigert te verhuizen terwijl het eigenlijk mijn woning is.'

'Misschien hoopt hij dat je terugkomt?'

Lilja snoof. 'Dat kan hij vergeten. Je hebt geen idee wat voor stomme idioot het is en nu is het godverdomme voorbij, al moet ik de rest van de zomer op het bureau slapen.' Ze at zwijgend verder en keek hem aan. 'Trouwens. Wat er afgelopen winter in de Israëlische ambassade is gebeurd, waren dat geen collega's van je?'

Fabian had zitten wachten tot de vraag kwam en knikte zonder iets te zeggen.

'Wat is er eigenlijk gebeurd?'

'Tja, wie zal het zeggen. Ik heb eigenlijk geen idee.'

'Het wordt nog steeds onderzocht. Maar heeft er niet merkwaardig weinig over in de kranten gestaan? Ik bedoel, er zijn toch twee agenten omgekomen. Of wat vind jij ervan?'

'Ik weet het niet,' zei Fabian en hij haalde zijn schouders op. 'O, ik heb geprobeerd Glenn Granqvist te pakken te krijgen...'

'Het lijkt bijna alsof de hele zaak in de doofpot is gestopt. Vind je niet?'

'Zoals ik zei, ik heb geen idee.'

'Sorry. Je mag het misschien niet eens vertellen. Het gaat me ook niets aan. Vergeet het. Koffie?'

Fabian knikte en Lilja liep weg. Hij kon haar nieuwsgierigheid goed begrijpen. Waarschijnlijk zou hij in haar situatie precies dezelfde vragen hebben gehad. Met dit kleine verschil dat hij ze nooit gesteld zou hebben. Maar Lilja wilde antwoorden hebben en durfde er ook naar te vragen, en ondanks dat ze zich als een dolle wesp tegenover hem gedroeg mocht hij haar.

'Je hebt geprobeerd Granqvist te pakken te krijgen.' Lilja zette de koffiekopjes neer.

'Ja, maar hij nam niet op, dus ik ben van plan naar hem toe te rijden.'

'En ik ben van plan contact op te nemen met het bevolkingsregister om te zien wat ze over Schmeckel hebben,' zei Lilja en ze dronk haar koffie in één teug op.

'We moeten zo snel mogelijk een kijkje in zijn woning gaan nemen.'

'Ja, Tuvesson heeft beloofd om te doen wat ze kan, maar de vakantie gooit roet in het eten en als het slecht uitpakt kan het pas eind volgende week worden.'

'Oei. Laten we hopen dat het er eerder van komt.'

'Hoezo hopen?' zei Lilja terwijl ze overeind kwam.

Een politieagent hóópt niet. Een politieagent handelt en werkt methodisch verder tot de dader gepakt kan worden en zorgt ervoor dat er voldoende bewijs is om hem veroordeeld te krijgen. Hopen is de taak van de familie, niet van de politie. Toch had hij zich net zo uitgedrukt. Hij vroeg zich af waarom, draaide het contactsleuteltje om en draaide de Drottninggatan op.

Had hij het al opgegeven en ingezien dat de slag verloren was? Dat hij, wat er ook gebeurde, geen invloed meer op de uitkomst had en dat het enige wat hij nog overhad de kleine hoop was dat alles op het eind goed zou komen. Alsof het een film was. In werkelijkheid had hij geen idee hoe het zou aflopen. Het enige wat hij zeker wist, was dat iets aan deze zaak hem angst aanjoeg. Voor de eerste keer in lange tijd was hij bang.

Voor het feit dat het nog lang niet voorbij was.

Voor de consequenties als zou blijken dat hij had gefaald.

Opnieuw.

Fabian drukte het gaspedaal in om de laatste druppel uit de groene golf te persen die hem al vanaf Hälsobacken volgde. Hij kwam langs het politiebureau met een snelheid van 145 kilometer per uur en ter hoogte van Våla belde Tuvesson.

'Ik heb net met Sten Hammar gesproken over de huiszoeking bij Schmeckel.'

'En?'

'Helaas. Hij vond dat er onvoldoende redenen waren en dat verbaast me niet. Het enige wat we hebben is een auto die ongeveer tegelijkertijd met het slachtoffer over de Sontbrug is gereden en nu op een benzinestation in Denemarken staat. Dat is niet voldoende. We hebben iets concreters nodig.'

Tuvesson had gelijk. Het probleem was dat er waarschijnlijk in de woning *iets concreters* te vinden was.

Hij stopte Radioheads *Hail to the Thief* in de cd-speler en draaide het volume omhoog. Op de laatste maten van '2+2=5' sloeg hij af naar Ödåkra en kon al snel op de Jupitervägen op de rem trappen voor het huis van Glenn Granqvist. Hij stapte uit de auto en keek om zich heen. De omgeving was even verlaten als na een kernramp.

Granqvists huis zag er net zo uit als de andere: witgestuukte voorgevel, twee verdiepingen met een schuin dak en een vrijstaande garage. Het grootste deel van het perceel lag aan de achterkant van het huis.

Fabian liep naar de voordeur en het viel hem op dat de buitenverlichting brandde, hoewel de zon nog steeds hoog aan de hemel stond. Hetzelfde gold voor de plafondlamp in de woonkamer. Betekende dat dat hij te laat was gekomen? Had Glenn zijn straf al gekregen? Of zou het hele plaaggeestenspoor een doodlopende steeg blijken te zijn?

Hij belde aan en liet het signaal lang en krachtig klinken. Hij keek op zijn horloge en volgde de secondewijzer. Hij had besloten zestig seconden te wachten.

Hoewel hij hoopte dat Glenn zou komen opendoen en tiptop in orde zou zijn, kon hij niet ontkennen dat een klein deel van hem duimde om het tegenovergestelde. Dan zou alle twijfel over het motief zijn verdwenen.

De deur bleef dicht.

Hij belde opnieuw aan. Deze keer nog langer.

Op straat liep een vrouw met een kinderwagen voorbij, die wantrouwend naar hem keek. Hij glimlachte naar haar.

'Hallo! Degene die hier woont, Glenn Granqvist. Je weet niet toevallig of hij thuis is?'

De vrouw schudde haar hoofd.

'Er brandt namelijk licht. Heb je hem de afgelopen dagen misschien gezien?'

Ze schudde haar hoofd weer en haastte zich verder.

'Nee dus, oké.' Hij haalde zijn mobieltje uit zijn zak en toetste het nummer van Glenns huistelefoon in. Hij kon duidelijk horen hoe de telefoon overging.

Vanaf het mobieltje...

Vanuit het huis...

'You talking to me?'

Deze keer sprak Fabian een bericht in, waarin hij zich voorstelde en Glenn vroeg zo snel mogelijk iets van zich te laten horen. Daarna belde hij Glenns mobieltje en sprak exact dezelfde mededeling in terwijl hij naar de achterkant van het huis liep.

De tuin bestond uit een groot gazon, omringd door een heg die nog niet hoger dan een meter was gegroeid. Aan de andere kant van de heg begon een open akker. Perfect voor iemand die onverwacht op bezoek wilde komen. Maar daar ging het niet om. Het ging om het prikkeldraad.

Fabian begreep het niet. Waarom zou je in godsnaam prikkeldraad over je hele gazon leggen? Hij ging op zijn hurken zitten en voelde voorzichtig aan het scherpe draad, dat in lange spiralen over het gazon kronkelde. Op dat moment hoorde hij een klokkend geluid. Hij draaide zich om, maar het hield zo snel op dat hij het niet kon lokaliseren. Hij pakte het prikkeldraad met zijn wijsvinger en duim vast en trok eraan. Weer was het klokkende geluid te horen en deze keer was het luid genoeg om te kunnen deduceren dat het van achter een van de ramen kwam die op een kier stonden op de bovenverdieping. Hij stond op en zette een paar stappen in de richting van het huis om het beter te kunnen zien en liep recht tegen een vislijn aan, die gespannen was tussen het prikkeldraad en wat een bamboeklokkenspel bleek te zijn dat voor het raam hing.

Glenn had dus dezelfde conclusie getrokken als hijzelf. Nu met Jörgen was afgerekend, was hij aan de beurt en hij was blijkbaar niet van plan geweest om even onvoorbereid te zijn als Jörgen. Het was echter de vraag of zijn vermoedens klopten. En of hij zich in dat geval had weten te verdedigen.

Fabian werd uit zijn gedachten gerukt door zijn mobieltje. Hij haalde het tevoorschijn en zag dat het Glenn Granqvist was.

'Ja, met Fabian Risk.' Hij probeerde zo kalm en neutraal mogelijk te klinken. Maar er kwam geen antwoord. Alleen een afwachtende stilte. Hij kon horen hoe iemand aan de andere kant van de lijn ademde. 'Hallo? Met wie spreek ik?'

'Je hebt me gezocht.'

'Spreek ik met Glenn Granqvist?'

'Ja.'

'Ik weet niet of je je mij herinnert, maar we zaten in dezelfde klas op de basisschool.'

'Fabbe? Ben jij het?'

'Ja, precies. Hoe gaat het met je?'

'Ach, je weet hoe het is. Het gaat. En met jou? Ik heb gehoord dat je een smeris bent en in Stockholm woont.'

'Ja, dat klopt. Maar ik ben nu terugverhuisd en werk bij de recherche hier in Helsingborg.'

'Aha, kijk eens aan. Dan kan ik me maar beter gedragen.'

Fabian lachte en besloot het gesprek een andere richting in te sturen. 'Ik ga ervan uit dat je begrijpt waarom ik je zocht?'

'Jögge.'

'Precies.'

'Ja, dat is klote. Ik heb er in de kranten over gelezen en... Jezus. Hebben jullie enig idee wie erachter zit?'

'We werken aan... meerdere parallelle sporen.' Fabian had op het punt gestaan antwoord te geven, maar had zich ingehouden. Hij kon er de vinger niet op leggen wat het was. Maar iets maakte hem onzeker en zorgde ervoor dat hij op zijn hoede was.

'En ben ik er een van?'

'In zekere zin. Jullie waren tenslotte beste vrienden, dat herinner ik me tenminste van school. Dus ik dacht dat jullie misschien nog steeds wel contact hadden?'

'Ja, Jögge was absoluut mijn beste vriend.'

'Ja, ik begrijp het. Het moet afschuwelijk voor je zijn. Maar ik dacht dat we elkaar misschien zouden kunnen ontmoeten. Ik heb een paar vragen waar je me mogelijk mee zou kunnen helpen.'

'Natuurlijk kunnen we elkaar ontmoeten. Maar niet nu. Als je tenminste niet van plan bent om hiernaartoe te komen.'

'Waar is dat?'

'Sunny Beach, Bulgarije. Ik heb nog nooit zoveel mooie meisjes op één strand gezien.'

Verdomme. Die vervloekte vakantieperiode maakte het onmogelijk om je werk te doen. Hij kon net zo goed zelf vakantie nemen en wachten met het oplossen van de zaak tot 16 augustus, wanneer de meeste mensen weer terug waren. Aan de andere kant had de reis naar Sunny Beach waarschijnlijk Glenns leven gered.

'Wanneer ben je vertrokken?'

'Gisteren, 1 juli. Ik blijf twee weken, tot de vijftiende.'

Gisteren. Dat was dezelfde dag waarop de kranten met de moord waren gekomen. Als hij het nieuws daarin had gelezen, zoals hij beweerde, had hij niet voldoende tijd gehad om prikkeldraad over het hele gazon te spannen.

'Wanneer heb je voor het eerst van de moord gehoord?'

'Lina belde een paar dagen geleden om het te vertellen. Waarom? Word ik ergens van verdacht of zo?'

'Voelde je je bedreigd toen je van de moord hoorde? Ben je daarom weggegaan?'

'Waarom zou ik me bedreigd voelen?'

Glenn loog, of het was iemand anders, stelde Fabian vast. 'Ik dacht dat de manier waarop hij vermoord is en de keuze van de plek je misschien ongemakkelijk hadden doen voelen.' Hij had nu meer onthuld dan hij hoorde te doen. Dat moest wel. Hij wilde een reactie uitlokken. Wie hij ook aan de lijn had zover krijgen dat hij kleur bekende.

'Neem me niet kwalijk, maar waar heb je het in godsnaam over?'

Fabian besloot de duimschroeven nog wat meer aan te draaien.

'Waarom zou je anders allemaal prikkeldraad achter je huis hebben neergelegd en het verbonden hebben aan een windklokkenspel op de bovenverdieping?'

Afwachtende stilte.

Lang genoeg om Fabians twijfel weg te nemen.

Het gesprek werd verbroken.

◆

18 oktober

Heb hun tassen nu een paar weken gedragen. In het begin lachte iedereen, maar nu zijn ze eraan gewend dat ik hun slaafje ben.

Hoorde niet wat de juf vandaag zei. Zag dat haar mond bewoog maar hoorde alleen dat iedereen lachte. Het was alsof het echode in mijn hoofd. Toen klopte Jonas die achter me zat op mijn schouder. Eerst wilde ik me niet omdraaien en doen alsof er niets aan de hand was maar toen deed ik het toch want ik weet dat hij meestal een van de aardigen is. Hij spuugde me in mijn gezicht en zei dat het een groet was van 'je weet wel wie'. Aan zijn ogen was te zien dat hij het eigenlijk niet wilde doen. Ik zou hetzelfde hebben gedaan.

Vandaag vroeg mama waarom ik blauwe plekken had. Ik zei dat ik gevallen was met gymnastiek. Denk dat ze me geloofde. Ik heb het aan niemand verteld. Aan helemaal niemand. Zal dat ook nooit doen.

Ze deden het vandaag evengoed weer in de pauze. Ze zeiden dat ik gekletst had, al had ik dat niet gedaan. Ik liep een bloedneus op en toen pakten ze mijn pet en pisten erin en dwongen me hem weer op te zetten. Ik weet dat Hampus zei dat je het niet moest doen maar ik rende weg ook al hadden we nog een paar lessen. Ik rende en rende en toen ik thuiskwam douchte ik en waste de pet en droogde hem met mama's föhn.

Denk niet dat ze iets gemerkt heeft. Hoop het niet.

Ik zou iets terug moeten doen maar durf het niet. Zij zijn met z'n tweeën en ik ben alleen. Bovendien slaan ze met gebalde vuisten hoewel dat niet mag. In een film gaat het zo. Maar niet in het echt.

Over mijzelf:

1. Laf.

2. Onnozel.

3. Zwak.

4. Lelijk.

ps: Als ik in dezelfde klas als mezelf had gezeten had ik mij ook gepest. Ik ben het laagste van het laagste. Een misgeboorte. God wat haat ik mezelf.

15

Iets meer dan een halfuur geleden had Fabian thuis moeten zijn om Sonja en de kinderen op te halen voor de barbecueavond bij Molander. Toch was hij allesbehalve op weg naar huis. Hij mocht nu geen kostbare tijd verspillen. Hij had Tuvesson gebeld en een kort bericht op haar antwoordapparaat achtergelaten. Waarschijnlijk deed ze haar best om groen licht van de Denen te krijgen om de Peugeot op te kunnen halen. Ze kon tenslotte niet weten dat de informatie die hij nu had haar taak veel eenvoudiger zou maken. Terwijl hij wachtte tot Tuvesson terug zou bellen, was hij, via de tuindeur, Glenns huis in gegaan en had het doorzocht, zonder iets interessants te vinden.

Toch wist Fabian heel zeker dat het motief dat hij eerder naar voren had gebracht klopte. Glenn Granqvist was niet ergens op Sunny Beach in Bulgarije. Glenn Granqvist was dood. Even zeker was hij ervan dat hij met de dader had gepraat. Ze hadden hun rol goed gespeeld, al was er geen twijfel aan dat ze allebei precies hadden begrepen hoe het eigenlijk in elkaar zat.

Fabian parkeerde voor het politiebureau en ging gauw naar binnen. De receptie was verlaten en hij moest voor het eerst zijn pasje gebruiken. Tot zijn eigen verbazing herinnerde hij zich de code en op weg naar boven in de lift maakte hij van de gelegenheid gebruik om naar huis te bellen.

'Hé papa. Mama zegt dat je hier al een halfuur geleden had moeten zijn.'

'Ja, kleintje, mama heeft helemaal gelijk.' Hij stapte uit de lift. 'Er zijn wat dingen gebeurd op het werk waar papa voor moet zorgen.'

'Dat was precies wat zij zei. En toen zei ze dat de barbecueavond waarschijnlijk niet door zou gaan en dat jij het ongetwijfeld was die belde.'

'Zei ze dat? Hoe kon ze dat allemaal weten?'

'Ik weet het niet. Maar jij en die ene vrouw die niet mag bellen zijn de enigen die ons nieuwe nummer hebben, en als je met mama had willen praten had je haar mobieltje wel gebeld. Nu had je kans dat ik of Theo op zou nemen.'

Ze zou een goede agent zijn, dacht Fabian en hij vroeg aan zijn dochter om door te geven dat de barbecueavond vrijwel zeker was afgelast omdat Molander ook de hele nacht door zou moeten werken.

Hij liep de afdeling in, die ook verlaten was. Waar was iedereen? Het was weliswaar vrijdag, maar ze zaten midden in een onderzoek dat zich heel goed kon ontwikkelen tot een van de ergste zaken die de politie van Helsingborg ooit had gehad. Hij deed de deur van Astrid Tuvessons kantoor open, dat even leeg en verlaten was als de rest van de afdeling. Hij liep naar het panoramaraam en haalde zijn mobieltje tevoorschijn om haar te bellen. Maar voor hij de kans kreeg, begon het mobieltje in zijn hand te trillen. Het was Molander.

'Hallo. Waar ben je?'

'Eh? Op het bureau?'

'Wat doe je daar in vredesnaam?'

'Er zijn wat ontwikkelingen in het onderzoek, dus ik denk dat we vanavond af moeten lasten en...'

'Hoezo aflasten? De barbecue is al aangestoken. Er wordt niets afgelast,' zei Molander zonder enige interesse in wat er gebeurd zou kunnen zijn met het onderzoek.

'Het spijt me, Ingvar, maar ik moet helaas werken. We moeten het een andere keer doen. Weet je trouwens waar Tuvesson is?'

'Hier. Waar zou ze anders moeten zijn?'

Fabian keek naar zijn mobieltje alsof dat van een andere planeet kwam.

'Hallo en welkom! Jullie moeten de nieuwen zijn,' riep de vrouw, die heel erg trots leek te zijn op haar iets te gebruinde huid. 'We wachtten alleen nog op jullie. Ik ben Gertrud Molander. Kom binnen, kom binnen! Wat willen jullie drinken?'

Sonja en de kinderen volgden Gertrud het huis in en Fabian voelde zich al wat opgelucht. Het autoritje had meer dan een kwartier geduurd, maar het was opvallend en bijna ondraaglijk stil geweest. Hij had naar het Louisiana gevraagd. Of het zo mooi was als iedereen beweerde en of ze er nog een keer naartoe wilden. Sonja had niet de moeite genomen ook maar op een van zijn vragen antwoord te geven. Maar nu waren ze er en hij kon al horen dat ze in een beter humeur was. Blijkbaar hadden ze precies iemand als Gertrud nodig.

Fabian volgde de anderen door het huis en constateerde dat Ingvar Molander met een echte verzamelaar was getrouwd. Aan de ene muur in de woonkamer hing een van de grootste bordenverzamelingen die hij ooit had gezien en in de verlichte vitrinekast stonden geen glazen of flessen maar kristallen uilen in alle denkbare vormen, kleuren en groottes.

'Zijn ze niet mooi?' riep Gertrud uit en ze liep naar hem toe.

Fabian knikte, al had hij de charme van kristallen prullen nooit begrepen. 'Verzamel jij ze?'

'Nee, maar ik ben er wel mee begonnen tijdens mijn eerste treinreis.'

'Dus Ingvar verzamelt ze?'

'Ingvar? Denk je dat hij zich bezighoudt met kristal?' zei ze alsof het een van de domste dingen was die ze ooit had gehoord. 'Nee, als ik eerlijk ben weet ik niet wie het doet. Maar ik denk dat de meesten van mijn vrienden eraan hebben bijgedragen. Je weet wel, van tijd tot tijd duikt er ineens een nieuw uiltje op.'

'Dus mensen kopen ze en zetten ze er neer zonder iets te zeggen?'

'Dat moet je niet aan mij vragen. Kom, we gaan iets te drinken voor je halen.'

Gertrud bracht hem naar de tuin achter het huis. Een tuin die er precies zo uitzag als Fabian had verwacht nadat hij het huis had gezien. Een gazon dat zo minutieus was geknipt dat het computergeanimeerd leek en met hier en daar tuinkabouters, kleine windmolens en fonteinen. Er was zelfs een vijvertje met een brug erover. Voor Matilda was het een paradijs en ze rende rond alsof ze overal tegelijk wilde zijn.

'Papa! Er zitten allemaal vissen in de vijver! Kom eens kijken!'

'Straks misschien! Kun je het niet aan Theodor laten zien?' riep hij terug en hij kreeg een vermoeide blik van Theodor, die blijkbaar toch in staat was om zijn blik van zijn mobieltje te halen.

Iedereen van het bureau was er. Zelfs Florian Nilsson, die ter ere van de avond een rood overhemd met knopen aan de zijkant aan had getrokken, waardoor Fabian aan Midge Ure moest denken en hoe lang het geleden was dat hij naar 'After a Fashion' had geluisterd. Molander zelf stond bij de barbecue en leek zijn taak bloedserieus te nemen.

'Daar ben je! Fabian, je moet hier komen!' riep Irene Lilja, die naast een kortgeknipte, gespierde man met een versleten spijkerbroek, een roze overhemd en een grote portie pruimtabak onder zijn lip stond. Fabian liep naar ze toe om hen te begroeten.

'We vroegen ons al af waar je bleef,' zei Lilja. 'Dit is Fabian, mijn nieuwe collega, en dit is Hennep.'

'Aha, zit je ook bij de politie?' vroeg Fabian terwijl hij de hand van de man schudde.

'Nee, ik ben haar vriend,' antwoordde de man met een zo brede glimlach dat meer dan de helft van de dot pruimtabak zichtbaar was.

'Aha. Zo zie je maar.' Fabian wierp Lilja een blik toe, maar kreeg geen enkele hulp.

'Dus je blijft met je vingers van haar af. Anders krijg je hiermee te maken,' ging de man verder en hij spande zijn biceps.

'Wow,' zei Fabian en hij schoot in de lach, maar voelde hoe hol het klonk. 'Ik denk dat ik maar iets te drinken ga halen.' Hij liep naar het tafeltje waarop de drank stond, maakte een biertje open en vroeg zich af of eentje wel genoeg zou zijn.

Sonja leek al aan haar tweede glas rode wijn bezig te zijn en was verwikkeld in een discussie met Gertrud over haar kunst, zodat Fabian van de gelegenheid gebruikmaakte om naar Astrid Tuvesson en Rots te lopen, die allebei een gin-tonic in hun hand hadden, om te vertellen dat hij vermoedelijk door de dader was gebeld.

'En waarom denk je dat?' vroeg Rots.

'Hij belde met Glenn Granqvists mobieltje en ik ben ervan overtuigd dat Glenn dood is.'

'Hoezo, bedoel je dat hij is vermoord?' Tuvesson nam een flinke slok van haar drankje.

Fabian knikte. 'Zijn tuin zat vol met prikkeldraad en alarmsystemen, alsof hij erop voorbereid was dat de dader achter hem aan zou komen. En dat is precies wat er volgens mij gebeurd is.'

'Allemachtig, wat zei hij toen hij belde?' vroeg Tuvesson.

'Ik had hem geprobeerd te bellen en hij belde terug.'

'Met Glenns mobieltje?' vroeg Rots.

Fabian knikte.

'Hij beweerde dat hij op vakantie in Sunny Beach in Bulgarije was, en dat hij donderdag was vertrokken. Dat wil zeggen op de dag dat de moord op Jörgen Pålsson in de kranten stond.'

'Nee, het lijkt me inderdaad vrij zinloos om energie te stoppen in het neerleggen van allemaal prikkeldraad om vervolgens naar Bulgarije te gaan,' zei Rots.

'We moeten navraag doen bij de luchtvaartmaatschappijen,' zei Tuvesson.

'Dat ga ik morgen meteen doen,' zei Rots.

'Goed.'

'Maar moeten we niet in het huis gaan kijken?' zei Fabian.

'Absoluut,' zei Tuvesson en ze dronk haar glas leeg. 'Ik moet alleen eerst contact opnemen met Högsell en om toestemming vragen.'

'Wil iemand anders nog een drankje?' Rots hield zijn lege glas omhoog.

'Ik zeg geen nee tegen nog een glas,' antwoordde Tuvesson en ze liep samen met Rots weg.

Fabian wist niet of hij moest lachen of huilen. Ze zaten midden in een zaak met allemaal touwtjes waaraan getrokken kon worden. En in plaats daarvan hielden ze zich bezig met geroosterd vlees en alcohol. Hij begon met de gedachte te spelen er zelf naartoe te rijden om een kijkje in het huis te nemen, maar werd onderbroken door Lilja.

'Ah, hier sta je te filosoferen.' Ze gaf hem een geopend bierflesje aan. 'Kom, ik wil je iets laten zien.'

'Ik weet niet of ik wel durf.'

'Ach, maak je geen zorgen om Hennep. Hij maakte maar een grapje. Bovendien blijft hij altijd in de buurt van de barbecue.'

'Ik neem in elk geval aan dat jullie elkaar terug hebben gevonden in de afgelopen uren?'

'Dan neem je te veel aan. Om een of andere reden, vraag me niet waarom, heeft Molander hem ook uitgenodigd. Dus toen ik hier aankwam, was hij er al. Maar genoeg daarover,' zei ze en ze trok Fabian mee het huis in en liep naar de kelder. 'Als Molander mijn collega niet was geweest en ik hem niet had gekend, zou ik totaal geflipt zijn.' Ze deed het spotje aan het plafond aan en toen begreep Fabian pas waar ze het over had.

Ze bevonden zich in een ruimte die volgepakt was met planken, uitstalkasten en vitrinemeubels, die op hun beurt gevuld waren met allerlei voorwerpen die in verschillende groepen waren ingedeeld. Als in een verzamelmuseum. Fabian moest denken aan een plek ergens op Gotland, waar iemand een museum had gemaakt van zijn eigen verzamelwoede. Maar dit was luxer, mooier. Bovendien was de verzameling niet onevenwichtig als die op Gotland, die uit alles had bestaan van toverstokjes tot schrijfmachines. Hier was er één overheersend thema: moord. Maar met een hele reeks onderverdelingen, zoals de jacht en visserij, giftige stoffen en wapens, alles van handvuurwapens tot messen en doodgewone werktuigen.

Na een nader onderzoek kwam Fabian tot de conclusie dat er naast moord een ander hoofdthema was: visserij. Bijna de helft van de verzameling bestond uit aan de visserij gerelateerde spulletjes. Blinkers en hengels, visnetten en schepnetten en een enorme hoeveelheid opgezette vissen. In een uitstalkast was zelfs een verzameling gedroogde vliegen in rijen opgeprikt op een kussen.

'Hij heeft zonder meer gevoel voor detail,' zei Fabian terwijl hij een verzameling scalpels bestudeerde.

'Daarom is hij ook een van de beste forensisch onderzoekers. Juist door dat nerderige.' Lilja trok een la open die was bekleed met rood fluweel, bedoeld om sieraden in te tonen, maar die in plaats daarvan een verzameling kogels bevatte, waarvan elke voorzien was van een nummer. 'Ze hebben allemaal iemand gedood.' Ze trok nog een la met kogels open. 'En deze hebben alleen maar iemand verwond.'

Fabian keek naar de rijen kogels, die allemaal in meer of mindere mate vervormd waren. In de eerste la telde hij achtendertig gedoofde levens. Hoeveel rouwende nabestaanden er waren achtergebleven, kon niemand weten.

'Vraag je niet of ik iets te weten ben gekomen over Claes Mällvik?'

'Ben je dat? Ik wist niet of ik tot maandag moest wachten. Het lijkt of iedereen hier vrij heeft genomen.'

Lilja schonk hem een venijnig glimlachje, dat werd onderbroken door haar mobieltje.

'Ja, wat is er? Wat? Ik laat Fabian alleen even Molanders verzameling zien… Hou toch op. Je hoeft alleen maar naar beneden te komen als je me niet gelooft.' Ze drukte het gesprek weg en sloeg haar ogen ten hemel. 'Sorry, waar waren we?'

'Mällvik.'

'Precies. Na de basisschool volgde hij een vierjarige technische opleiding aan de Tycho Braheschool. Topcijfers. Daarna studeerde hij medicijnen aan de universiteit van Lund en in 1990 begon hij hier in Helsingborg te werken als huisarts.'

'Was Rune Schmeckel ook geen arts?'

'Jawel, maar op een aanzienlijk hoger niveau. Rune is chirurg en een van de beste van het land op zijn vakgebied. Hoe dan ook, in 1993 gebeurt er iets. Dan wordt Claes binnengebracht op de eerste hulp hier in Helsingborg en luister hier eens naar.' Lilja haalde een opgevouwen papiertje uit de zak van haar spijkerbroek, vouwde het open en las het voor: 'Gebroken kaakbeen, zwaar hoofdletsel na harde slagen op het hoofd, waarschijnlijk schoppen. Vijf gebroken ribben, inwendige bloedingen, enzovoort enzovoort. Kijk hier eens naar.' Ze gaf hem een foto, waarop een kapotgeslagen, opgezwollen en een dermate mishandeld gezicht stond dat het pijn deed om ernaar te kijken.

'Dus iemand heeft hem mishandeld.'

'Ik zou het kwalificeren als een poging tot moord. Hij heeft zesendertig operaties ondergaan. Het is een klein wonder dat hij het heeft overleefd.'

'Staat er iets over waar de verwondingen vandaan kwamen?'

Lilja schudde haar hoofd.

'Ze hebben het hem gevraagd, maar hij weigerde antwoord te geven.'

'En daarna?'

'Niets.'

'Hoezo niets?'

'Dat is het laatste wat ik over hem kan vinden. Natuurlijk kan ik verder zoeken en misschien vind ik nog wat. Maar op dit moment is dit het enige.'

'Kan hij dood zijn gegaan?'

Lilja haalde haar schouders op. 'Misschien. Of het land uit?'

Fabian zette zijn tanden in een kotelet en realiseerde zich hoe hongerig hij was.

'Deze kotelet is de beste die ik ooit heb gegeten,' zei Sonja en ze kreeg bijval van de andere gasten.

'Dank je wel, Sonja,' zei Molander. 'Maar dat je het weet. Dit is geen kotelet.'

'Nee?'

'Nee, het is varkensrib.'

'Ingvar, begin daar nu niet weer over,' zei Gertrud.

'Maar het is varkensrib. Waarom zou je het anders noemen?'

'Omdat het niet even aangenaam en smakelijk klinkt.' Gertrud richtte zich tot Sonja. 'Let maar niet op hem. Maar als je het geheim wilt weten waardoor het zo goed smaakt, dan is het zijn marinade. Niemand kan marinade maken zoals Ingvar. Ik zeg altijd dat hij een kookboek zou moeten maken met alleen maar marinades.' Ze hief haar glas. 'Proost, en bedankt dat jullie zijn gekomen.'

Ze toostten en de avond schreed voort. Hoe meer ze dronken, hoe gezelliger het werd en de gesprekken gingen van de ene oppervlakkigheid naar de andere. Het ene moment konden ze het hebben over hoe schuldig de dokter eigenlijk was aan de plotselinge dood van Michael Jackson om het volgende moment het WK-voetbal te bespreken, waar Zweden niet eens aan meedeed.

'Ongelooflijk mooi,' riep Rots uit, die vertelde dat dit de eerste eindronde in lange tijd was waarbij hij geen last van zijn maag kreeg.

Sonja had het ook naar haar zin en glimlachte voortdurend over de tafel naar Fabian.

'Wat voor soort schilderijen maak je?' vroeg Tuvesson.

'Onderwaterafbeeldingen van vissen, krabben, verschillende scholen enzovoort.'

'Ik houd van vissen,' zei Molander en hij hief zijn glas.

'Nee, jij houdt ervan om vissen te vermoorden,' zei Gertrud.

'En het verkoopt goed?' vroeg Tuvesson, die echt geïnteresseerd leek.

'Iets te goed zelfs. Ik heb geen tijd om iets nieuws te ontwikkelen. Iedereen wil alleen maar die verdomde vissen hebben.'

'Ik heb een vriend die in dezelfde situatie terechtkwam,' zei Tuvesson. 'Hij is ook kunstenaar en maakte een bank van beton waarop in het midden met uitgehouwen letters *leugenbank* stond. Dat is inmiddels jaren geleden, maar die maakt hij nog steeds het meest. En de koper mag zelf beslissen wat er moet staan. Hartstikke slim en hij kan de huur betalen. Ik geloof dat hij er zelfs een paar voor het huwelijk van prinses Victoria en Daniel heeft gemaakt. Maar de vraag is: is hij nu kunstenaar of betonwerker?'

'Voor het antwoord daarop is op zijn minst een uitgebreide lunch nodig,' zei Sonja en ze hield haar lege wijnglas omhoog. 'En nog een glas wijn.'

'Daar wordt voor gezorgd,' zei Tuvesson en ze schonk Sonja's glas vol.

'Waarom zijn jullie eigenlijk hiernaartoe verhuisd?' vroeg Lilja. 'Stockholm is tenslotte een geweldige stad.'

'Stockholm is een enorme klotestad als je het mij vraagt,' zei Hennep. 'Ik ben er drie keer geweest en ik zou bij god niet weten waarom je er zou willen wonen. De Stockholmers zijn zo gestrest dat ze niet eens stil kunnen staan op de roltrap. Ze rennen zelfs naar de metro, terwijl er een minuut later altijd een andere komt.'

'Goed, Hennep, maar ik vroeg het niet aan jou maar aan Sonja.'

Hennep dronk zijn bier leeg en iedereen richtte zijn aandacht weer op Sonja, alsof ze een duidelijk en beknopt antwoord van haar verwachtten. Terwijl Fabian heel goed wist dat zij dat niet had. Hij had erop aangedrongen en zij was gezwicht. Hij maakte aanstalten om het antwoord voor zijn rekening te nemen, maar werd tegengehouden door Lilja, die het van Sonja wilde horen en van niemand anders.

'Tja, ik heb altijd van Skåne gehouden. De lente komt een maand eerder en de herfst een maand later. En ik hoopte dat de wisseling van omgeving mij zou helpen met mijn schilderen en toen dook die baanmogelijkheid voor Fabian op, en daarna was er eigenlijk geen twijfel meer.' Ze hief haar glas. 'Proost! Op Skåne!'

Ze toostten en Fabian wierp Sonja een handkus toe. Ze had het er goed afgebracht. Zo goed dat hij haar bijna zelf geloofde.

'Zo makkelijk leid je me niet om de tuin,' zei Lilja met een glimlach en Sonja keek haar vragend aan. 'En als ik eerlijk ben, denk ik dat dat ook voor de rest van het gezelschap geldt. Zoals je weet werken we bij de politie en zijn we eraan gewend om de ene uitvlucht na de andere te horen.'

'Maar ik moet zeggen dat ik deze best goed vond,' zei Tuvesson.

'Ja, absoluut. Vooral dat over het belang van een wisseling van omgeving. Daarmee had ze me te pakken en als ze op dat moment niet weg had gekeken, was het een tien geweest. Nu zou ik niet meer dan een zeven geven.'

De anderen lachten.

'Oké, oké, oké!' onderbrak Sonja hen en Fabian kon merken dat ze dronken begon te worden. 'Willen jullie de waarheid horen?'

'Jaaa!' riepen de anderen.

'Oké, het zit zo. Het huwelijk van Fabian en mij is de laatste jaren meer en meer op een latrelatie gaan lijken, hoewel we hetzelfde bed delen.' Sonja liet haar blik rondgaan langs de anderen, die zonder iets te zeggen op het vervolg zaten te wachten. 'Maar omdat we ondanks alles nog steeds van elkaar houden, besloten we een paar belangrijke veranderingen door te voeren. Opnieuw beginnen en proberen elkaar terug te vinden... Proost.' Ze hief haar glas en werd beloond met applaus en gejuich.

'Dat zou ik een vijftien willen geven,' zei Lilja en Fabian voelde hoe gelijk Sonja had gehad. Hoeveel hij van haar hield.

Toen Fabians mobieltje overging was hij compleet vergeten dat ze midden in een ingewikkeld onderzoek zaten en hij was eerst niet eens van plan op te nemen.

Tot hij zag dat het een Deens nummer was.

'Hallo, je spreekt met Mette Louise Risgaard. Van het benzinestation,' legde de stem aan het andere eind van de lijn uit en Fabian zag direct haar piercings voor zich. 'Hij is er nu,' zei ze, waarna de verbinding werd verbroken.

16

Kim Sleizner voelde zijn mobiele telefoon in zijn zak trillen. Maar hij wilde niet opnemen. Niet nu. Hij had de hele week naar dit moment uitgekeken en was niet van plan om alles te laten verpesten door een of ander onbenullig telefoongesprek. Het moment was te waardevol. Het leven te kort. Hij kon zich net zo goed in een tunnel of in een lift met een slechte ontvangst bevinden. Dit was zijn beschermde zone. Zijn eigen bubbel waar niemand iets mee te maken had.

Hij moest aan Viveca denken en of hij zich schuldig moest voelen, maar besloot dat dat het laatste was wat hij moest doen. Het enige waar zij zich om bekommerde was haar yoga en of er geld was, en als je bedacht hoeveel hij de laatste tijd op zijn bordje had gehad, was het überhaupt een wonder dat hij 's ochtends zijn bed nog uitkwam. Niet alleen Viveca was ervan afhankelijk dat hij functioneerde en zich enigszins in orde voelde, maar alle Deense staatsburgers.

Het alternatief, zoals hij zelf altijd zei, was anarchie. Hij leunde achterover en genoot van de beloning die hij aan zichzelf had gegeven.

17

Morten Steenstrup zat op het politiebureau in Køge en stopte zijn politieoverhemd in zijn broek en deed de riem goed rond zijn middel. Hij zat ongemakkelijker dan anders. Alsof hij scheef zat en er op een of andere manier iets schuurde. Hij had al gecontroleerd of zijn pistool, zaklamp en radio zaten zoals ze moesten, dus dat was het niet. Dat wist hij.

Eigenlijk wist hij heel goed wat er schuurde.

Er was nu precies een maand verstreken sinds Else hem had verlaten en hoe graag hij ook wilde, hij kon zichzelf niet wijsmaken dat het beter met hem begon te gaan. Het was eerder andersom. De druk op zijn borst was nog steeds niet afgenomen en hij was er bijna aan gewend geraakt om rond te lopen met een constant gevoel van ademnood.

De dokter had hem aangeraden een vriend in vertrouwen te nemen. Maar hij kende niemand die het zou begrijpen. Hij had een poging gedaan met Niels. Maar de enige reactie die hij had gekregen was het voorstel om mee te gaan naar een prostituee. Niels had zelfs aangeboden dat hij het zou betalen als hij mee mocht doen.

Hij had met de gedachte gespeeld om haar terug te winnen, maar ingezien dat hij er nooit in zou slagen. Else bevond zich op een heel andere golflengte. Daar waren ze zich allebei van bewust geweest. De hele tijd. In een stilzwijgende afspraak hadden ze ervoor gekozen hun ogen ervoor te sluiten en te doen alsof ze gelijkwaardig waren. Af en toe was het gelukt. Dan had hij zich de gelukkigste mens op aarde gevoeld. Maar dat duurde nooit lang en elke keer drong het inzicht zich weer op en bleef voortdurend op de achtergrond aanwezig als een dreigend gerommel in de verte. Ten slotte was hij eraan gewend geraakt en dacht er bijna niet meer aan. Had zich het geloof eigen gemaakt dat er geen bedreiging was. Dat ze gelijkwaardig waren. Dat hij even goed als zij was en dat zijn aandoeningen er niet toe deden. Ze hielden tenslotte van elkaar.

Nu beleefde hij nergens meer vreugde aan. Alles kostte moeite.

Bij alles moest hij tegen de stroom in zwemmen. Zelfs ademen kostte wilskracht. Hij zou nooit iemand anders kunnen vinden. Else was de vrouw van zijn leven. Zijn hazenlip en fibrotische huid hadden haar niets uitgemaakt. Ze had hem over zijn schrale lichaam gestreeld alsof het de zachtste babyhuid was, hoewel zijn huid ruw en schilferig bleef, en ze had hem gekust alsof ze hem en niemand anders wilde.

Hij leunde achterover in zijn stoel en twijfelde of hij een kop koffie of een kop thee zou nemen. Hij besloot koffie te nemen, liep naar het keukentje en schonk een bodempje in zijn ongewassen kopje. Niels zat aan de koffietafel te treuren over de verloren WK-wedstrijd en Morten wist dat het geen zin had om met hem te praten voordat hij eroverheen was.

Zelf had hij nooit enige interesse in voetbal gehad. Laat staan in het Deense voetbal. Zijn enige zorg was of het verlies tot onlusten zou leiden. De statistieken wezen uit dat het beide kanten op kon gaan. A: het wordt extra stil, of B: de alcoholconsumptie stijgt en daarmee de vrouwenmishandelingen en vooral het vandalisme. In tegenstelling tot wat je zou denken werd het altijd alternatief B bij eventuele winst.

Hij ging weer op zijn plek zitten met het kopje in zijn hand en kon niet verhinderen dat zijn gedachten weer teruggingen naar Else. Ze vond dat hij te conflictvermijdend en bangelijk was. Exact zo had ze het gezegd. Alsof hij laf was. Daar zat natuurlijk wel wat in. Hij had geprobeerd minder conflictvermijdend te zijn, maar dat lag niet in zijn natuur. Hij had nooit van ruzie gehouden en zo belangrijk was zijn eigen mening niet.

Hij knoopte zijn pistoolholster open, haalde het pistool eruit en hield het in zijn handen. Wat kreeg hem elke keer zover dat hij opstond, douchte, zich aankleedde en naar zijn werk ging? Waar wachtte hij eigenlijk op? Het zou zo eenvoudig zijn. Even druk zetten met zijn wijsvinger en het lijden zou voorbij zijn. Zijn verdriet en ademnood zouden zijn verdwenen. De eenzaamheid. Maar hoe hij het ook wendde en keerde, het zou niets anders zijn dan een pathetisch einde van een pathetisch leven en niemand zou meer doen dan zijn schouders ophalen.

De telefoon ging. Op het schermpje zag hij dat het een Zweeds nummer was en toen hij opnam begreep hij meteen dat dit hetgene was waarop hij had zitten wachten.

Zeven minuten later deed Morten Steenstrup zijn autogordel om, stak het sleuteltje in het contact en draaide het om. De motor begon te brommen en hij overwoog of hij de sirene aan zou zetten, maar hij besloot te wachten tot hij een eindje van het bureau verwijderd was. Hij wilde niet dat Niels aan zou komen rennen en zich af zou vragen wat er aan de hand was. Hij had alleen tegen hem gezegd dat hij even naar buiten ging. 'De politie zichtbaar maken', zoals dat zo mooi heette. In plaats daarvan zette hij zijn favoriete uitvoering van Vivaldi's *Vier jaargetijden* op en draaide het volume omhoog. Niemand kon het zo mooi uitvoeren als Carlo Chiarappa. Vooral het eerste allegro-deel van de lente, dat hem om een of andere reden altijd positieve energie gaf.

Het telefoontje kwam uit Zweden. Helsingborg om precies te zijn. Hij kon Zweeds nooit goed verstaan en om een of andere reden vond hij Skåns nog onbegrijpelijker. Een vrouw had zich voorgesteld als Astrid Tuvesson, hoofd van de rechercheafdeling in Helsingborg, en verteld dat ze er niet in was geslaagd Kim Sleizner te pakken te krijgen, haar collega in Kopenhagen. Daarom had ze nu direct maar het politiebureau in Køge gebeld. Tot zover had hij het begrepen.

Daarna werd het moeilijker. Er was iets met een auto die geparkeerd stond op het benzinestation in Lellinge en eventueel toebehoorde aan een verdachte achter wie de Zweedse politie aan zat. Ene Mette Louise Risgaard had hen gebeld en beweerd dat hij er nu was om de auto op te halen.

De rest van het gesprek kon hij zich totaal niet herinneren. Maar dat maakte niet uit. Hij had toch niet meer hoeven horen om in te zien dat dit zijn kans was. Hij wist precies wie Mette Louise was. Hij tankte vaak in Lellinge wanneer hij nachtdienst had en dan werkte zij altijd. Een jaar geleden had ze haar onderlip laten piercen en hij had de stoute schoenen aangetrokken en haar gevraagd waarom ze dat gedaan had. Waarom zou je zo'n mooie lip verpesten? Hij kon zich nu nog herinneren hoe ze gereageerd had, met één enkele blik en daarna had ze niet eens meer zijn kant op gekeken. Zelfs niet toen hij haar nieuwe haarkleur had geprezen.

En nu was ze misschien in gevaar? Hij begreep niet waarom ze de Zweedse politie had gebeld in plaats van hem. Terwijl hij zelfs zijn visitekaartje had achtergelaten zodat ze in elk geval het nummer van het bureau had. En hoe kon ze weten dat de man gezocht werd in Zweden?

Hij was nu ver genoeg van het bureau om de sirene aan te kunnen zetten en de snelheid op te voeren. Hij voelde hoe de adrenaline door zijn lichaam begon te pompen. Eindelijk gebeurde er iets. Eindelijk had hij een kans om het aan Else te laten zien. Te laten zien dat hij helemaal niet bangelijk was.

Hij zette de muziek zachter, die net overging in het largo-deel van de lente, en draaide het benzinestation van Lellinge op, waar alles precies even rustig leek als normaal. Sommigen noemden het doods. Zelf noemde hij het vredig, ook al was hij op dit moment een beetje teleurgesteld. Hij reed langzaam om het winkelgebouw heen en constateerde dat het zelfs rustiger was dan normaal. Het enige wat hij zag was een man met een zandkleurige korte broek, een lichtblauwe tennistrui en een gele pet die op zijn knieën bij een Peugeot zat, die omhoog gehouden werd met een krik. Op het asfalt ernaast lag een autowiel en in zijn hand had hij een kruissleutel.

Kon dat de man zijn die hier was om zijn auto op te halen en die er de reden van was dat Mette Louise gevaar liep? Mette Louise was in elk geval niet te zien en de man zag er niet bijzonder gevaarlijk uit, leek eerder een suffe toerist. Maar Morten had één ding geleerd in zijn jaren bij de politie: je moest altijd het zekere voor het onzekere nemen.

De man zou nog minstens vijf minuten bezig zijn voordat hij kon vertrekken, en Morten besloot om eerst te gaan kijken of alles in orde was met Mette Louise. Hij reed door en parkeerde aan de andere kant, om rustig uit de auto te kunnen stappen zonder dat de man hem zag. Hij voelde aan zijn riem of zijn pistool en wapenstok er nog zaten en liep naar de winkel.

Zodra hij naar binnen stapte wist hij dat er iets niet klopte. De ruimte was verlaten. Er stond zelfs niemand achter de toonbank. Hij riep Mette Louise, maar kreeg geen antwoord en liep vlug langs de toonbank naar achteren. Dit was de eerste keer dat hij in de personeelsruimte kwam, die veel kleiner was dan hij had gedacht. Een keukentje, een tafel met een stapel beduimelde kranten, een paar stoelen, aan de muur een kalender van Michelin en een toilet waarvan de deur gesloten was. Hij klopte op de deur en vroeg of er iemand binnen was.

Door de stilte begonnen steeds meer alarmbellen bij hem te rinkelen. Waar was ze? Hij liep snel de winkel weer in en keek om zich heen en vond een schroevendraaier waar hij het slot van de wc mee open kon draaien. Hij trok de deur open en zag dat het toilet leeg was. Hij probeerde zijn gedachten te ordenen en had plotseling dorst, alsof zijn mond veranderd was in schuurpapier. Hij pakte een cola uit de koeltoonbank en liet de bruisende, suikerige drank zijn mond vullen voordat hij slikte en hij voelde hoe hij weer energie kreeg.

Mette Louise zou de benzinepomp nooit onbeheerd achterlaten, wat inhield dat ze bij de man in de Peugeot moest zijn. Hij had haar daar niet gezien, maar aan de andere kant had hij alleen maar in het voorbijgaan een snelle blik geworpen.

Morten Steenstrup verliet de winkel en liep naar de man, die nog steeds op zijn hurken bij de Peugeot zat met zijn rug naar hem toe. Toen hij dichterbij kwam, kon hij zien dat de man de wielmoeren aandraaide met de kruissleutel en dat hij zich totaal niet bewust leek te zijn van zijn aanwezigheid.

'Neem me niet kwalijk. Wil je overeind komen? Benen spreiden en handen boven je hoofd.'

Nog steeds kwam er geen reactie van de man, die onbekommerd de volgende moer aandraaide. Is hij doof? Of verstaat hij niet wat ik zeg?

'Hallo. Dit is de politie! Ik wil dat je nu overeind komt!' zei hij en hij probeerde de Zweedse uitspraak na te doen die hij van tv kende. Hij was nu vlak bij de man en kon in de auto kijken en vaststellen dat die leeg was. Daar was Mette Louise dus ook niet.

In zijn bijna twintigjarige carrière had Morten Steenstrup drie keer zijn pistool getrokken, het ontgrendeld en op iemand gericht. Eén keer had hij een schot afgevuurd. De man was onder invloed van drugs geweest en had zich bedreigend gedragen met een mes en hij had hem in zijn been geschoten en zijn handen achter zijn rug geboeid. Helemaal volgens het boekje.

Dit zou de vierde keer worden.

De beweging was zijn tweede natuur geworden, hij had haar ontelbare keren thuis voor de spiegel uitgevoerd. Zijn rechterhand langs zijn heup bewegen en de holster openen, zonder de man voor zich uit het oog te verliezen. Het pistool gleed zonder problemen tevoorschijn en hij kon het met zijn linkerhand ontgrendelen.

'This is the police! I order you to stand up! Right now!'

Hierna ging alles zo snel dat hij zich achteraf het exacte verloop niet meer kon herinneren.

De man kwam snel overeind terwijl hij tegelijkertijd om zijn as draaide met zijn rechterarm uitgestrekt. Morten Steenstrup begreep niet wat er gebeurde tot hij het kon horen kraken bij zijn rechteroor op het moment dat de kruissleutel hem met volle kracht trof. Alles werd zwart voor zijn ogen en een vlammende pijn sloeg over hem heen met een hoge, woedende toon. Vlak voordat zijn hoofd tegen het asfalt sloeg, trof de gedachte hem dat hij nooit meer in stereo van *De vier jaargetijden* zou kunnen genieten.

Het getuut in zijn oor ging onverminderd door en hij kon zijn eigen hartslag horen. Hij leefde nog. Hij voelde met zijn hand aan zijn oor. Het was nat en kleverig. Zijn zicht kwam langzaam terug, maar het duurde nog een paar seconden voordat hij begreep wat hij eigenlijk zag. Alles was negentig graden gedraaid. Een paar decimeter voor zich zag hij wat de binnenkant van een autowiel moest zijn en ernaast een Crocs-sandaal.

Vanuit zijn ooghoek kon hij zien hoe de ene arm van de man rondjes draaide en nu besefte hij pas dat de man bezig was de auto te laten zakken met de krik. Hij zag hoe de kruissleutel het asfalt raakte en hoe de Crocs-sandaal uit het zicht verdween. Vlak daarna schudde de uitlaat en hij hoorde een dof gerommel.

Bescherm je hoofd. Bescherm je hoofd, bleef hij in gedachten herhalen toen de auto achteruit begon te rijden.

Eerst het achterwiel.

Hij spande zijn rug- en borstspieren zoveel als hij kon, maar voelde toch hoe zijn ribben een voor een knakten en hoe de pijn zich als gloeiende lava vanaf zijn borst naar de rest van zijn lichaam verspreidde.

Daarna het voorwiel.

Hij zag de achterkant van de Peugeot verdwijnen en links afslaan op de Ringstedvej. Zijn hoofd was er dus goed van afgekomen. Gesterkt door het besef dat hij nog niet dood was, dat hij zowel kon zien als denken, registreren en besluiten nemen, trotseerde hij de pijn in zijn borst en ging op zijn knieën zitten zodat hij zijn pistool kon pakken, dat nog op het asfalt naast de kruissleutel lag. Daarna krabbelde hij overeind en probeerde bij zijn auto te komen.

Zijn linkerbeen weigerde dienst en hij moest het met allebei zijn handen vooruithelpen. De brandende pijn in zijn borst veranderde langzaamaan in een dof kloppende pijn en hij kon zien hoe steeds meer bloedvlekken zich over zijn politieoverhemd verspreidden. Eigenlijk zou hij contact op moeten nemen met Niels zodat hij het kon afhandelen en een ambulance kon sturen. Maar dat zou niet alleen betekenen dat de Zweed vrijwel zeker zou ontsnappen, maar ook dat Else gelijk zou krijgen.

In een uiterste krachtsinspanning draaide Morten Steenstrup het contactsleuteltje om, reed achteruit en was al snel onderweg naar het oosten over de Ringstedvej. Hij drukte het gaspedaal in en dankte God dat hij een automaat had. Als dat niet zo was geweest, had hij nu nooit kunnen rijden. Niet met zijn linkerbeen. De pijn in zijn borst was nu bijna helemaal verdwenen. Het enige wat hij voelde was een dof bonzen. Zijn overhemd was roodgekleurd en kleverig van het bloed en hij nam zich voor om niet meer omlaag te kijken.

Het was beter zich op de weg voor hem te concentreren en te bedenken hoe de Zweed gereden kon zijn. Hij had iets minder dan twee minuten voorsprong, maar was al uit het zicht verdwenen. Omdat er geen reden was om verder te rijden naar Køge besloot hij de E55 te nemen en noordwaarts naar Kopenhagen en de brug naar Zweden te gaan.

Hij voelde hoe hij langzaam weg aan het zakken was en deed de sirene en de zwaailichten aan om wakker te blijven. De auto's voor hem minderden direct vaart en verplaatsten zich naar de binnenste baan, en hij trapte het gaspedaal zo ver mogelijk in en zag dat de snelheidsmeter de 200 passeerde en naar de 220 ging. Hij was totaal niet bang meer. Het was alsof hij zijn angst in Lellinge achter zich had gelaten. Alles kon nu gebeuren. Het maakte niet uit. Hij zou het halen. Iedereen laten zien dat hij best wel durfde. Als hij maar bij bewustzijn kon blijven.

De rode naald wees 230 aan, maar de auto schudde niet erger dan zijn eerste auto, een Simca 1000, had gedaan als hij 85 kilometer per uur reed. Als hij deze snelheid vast kon houden, zou hij hem over een paar minuten in moeten kunnen halen, ervan uitgaande dat de Zweed zich aan de snelheidslimiet hield. Tien kilometer verder kon hij de Peugeot zien en hij zette de zwaailichten uit.

Maar te laat.

De Zweed had hem gezien en verhoogde zijn snelheid terwijl hij de eerstvolgende afslag nam. Morten reed achter hem aan en voelde dat zijn lichaam instinctief reageerde met een golf koud zweet – het besef dat het nu snel voorbij zou zijn. De auto voor hem slipte met gierende banden rechts de Cementvej op. Zelf deed hij het iets rustiger aan. Wilde niet riskeren dat hij in de greppel reed nu hij zo ver was gekomen.

De Peugeot sloeg onverwacht krachtig rechts af een grindweg in. Een blik op de gps leerde dat die naar een akker op de boshelling leidde om eromheen te gaan en weer terug te keren. Had de Zweed zich in een hoek gemanoeuvreerd of had hij hetzelfde op zijn gps gezien en wilde hij een hinderlaag leggen?

Morten zette de motor uit en draaide het autoraampje naar beneden. Het geluid van de motor van de Peugeot, aan de andere kant van de boshelling, was duidelijk te horen. Hij weerstond het verlangen om zijn ogen te sluiten en in slaap te vallen, stapte de auto uit en liep de grindweg op, met zijn linkervoet achter zich aan slepend en een tak als kruk. Het overhemd kleefde aan zijn buik en borst, maar hij gaf niet toe aan zijn instinct om naar beneden te kijken.

Zo'n vijftig meter verder zag hij de Peugeot ogenschijnlijk verlaten tussen een paar struiken staan met een stationair draaiende motor. Met het pistool in zijn hand hinkte hij naar de auto. Hij ging er met een boogje naartoe, maar zag niets anders dan bomen en een open akker, dus liep hij het laatste stukje naar de auto. Hij leunde naar voren en hield zijn handen bij zijn ogen om in de auto te kunnen kijken.

Het laatste wat hij meekreeg was dat de auto leeg was.

Daarna werd alles zwart.

18

Op het moment dat Fabian Risk het telefoontje van Mette Louise Risgaard had aangenomen was de feestelijke stemming verdwenen. In één klap was de barbecueavond bij Molander veranderd in een politievergadering. Zij het in aanwezigheid van echtgenoten en met heel wat alcohol in het bloed.

Astrid Tuvesson had meteen haar Deense collega Kim Sleizner in Kopenhagen gebeld, maar omdat hij niet had opgenomen, had ze een bericht op zijn voicemail ingesproken, waarin ze hem had geïnformeerd over de ontstane situatie en hem had laten weten dat ze nu zelf contact op zou nemen met het lokale bureau in Køge. Daarna had ze de chef van de Zweedse rijkspolitie gebeld, die op zijn beurt had beloofd direct contact op te nemen met zijn Deense collega Henrik Hammersten.

De bal was aan het rollen gebracht. Het enige wat ze nu konden doen was afwachten en verder eten. Sonja zei niets, maar Fabian kon duidelijk zien dat haar goede humeur verdwenen was. En hij begreep haar. Hij probeerde nieuwe gespreksonderwerpen te vinden, maar behalve Gertrud Molander ging niemand erop in. Iedereen wachtte tot Tuvessons mobieltje over zou gaan.

Een uur later was het zover.

Het was Kim Sleizner en Tuvesson zette de luidsprekerfunctie aan zodat iedereen het kon horen. 'Jens-Ove Ries zegt dat je me gebeld hebt. Maar ik heb er genoeg van om te zeggen dat ik geen telefoontje van je heb ontvangen.'

'Ja, ik heb gebeld. Ongeveer een uur geleden,' zei Tuvesson. 'Maar je nam niet op en daarom heb ik een bericht ingesproken.'

'Als je dat had gedaan, zou ik een onbeantwoorde oproep en een bericht moeten hebben, toch? En die heb ik dus niet. Misschien ben je vergeten 0045 in te toetsen? Ik weet het niet.'

Tuvesson wierp de anderen een blik toe en schudde haar hoofd.

'Maar ik weet wel dat Morten Steenstrup, een van mijn dienders in Køge, de jacht op de dader heeft ingezet.'

Mijn dienders, dacht Fabian en hij vond dat het klonk alsof Sleizner de agenten als zijn bedienden zag.

'En dat ondanks dat hij zwaargewond was en een heleboel bloed verloren had. Als ik niet zo kordaat was geweest om aan de bel te trekken en er een paar auto's op af te sturen zodra ik hoorde wat er aan de hand was, was hij nu dood geweest.'

Fabian vroeg zich af of er verder niets te vertellen was of dat Sleizner een pauze inlaste om Tuvesson te dwingen iets te vragen. Tuvesson moest hetzelfde hebben gedacht. Ze leek niet van plan te zijn de stilte te verbreken, die op de grens van ondraaglijk werd totdat Sleizner het kruis op zich nam en zelf verderging.

Het bleek dat Morten Steenstrup overreden was door de dader en nu op de intensive care lag en op het randje van de dood balanceerde. Hij had klaarblijkelijk een echte heldendaad verricht, waarbij hij er tegen alle verwachtingen in in geslaagd was beslag te leggen op de Peugeot. De dader was echter ontkomen en het enige spoor dat hij had achtergelaten was een paar Crocs-sandalen in de buurt van de auto.

Het feit dat ze de auto hadden, was op zich een groot succes en vast en zeker een even grote tegenslag voor de dader. Maar Fabian bleef maar denken aan wat er met Mette Louise was gebeurd. Voorlopig was er nog geen spoor van haar te vinden. Had hij haar meegenomen als gijzelaar? Maar waarom dan?

Het was na middernacht toen ze thuiskwamen. Theodor, die de hele avond in een hoek had gezeten met zijn mobieltje, verdween direct naar zijn kamer en Matilda beweerde dat ze nog heel fris was en wilde niet naar bed. Na drie hoofdstukken uit Harry Potter sliep ze nog niet.

'Papa, is het een seriemoordenaar of een massamoordenaar of alleen maar een gewone moordenaar?' Matilda keek hem met klaarwakkere ogen aan. Hij wilde eigenlijk niet begrijpen waar ze het over had, maar vond toch dat ze een eerlijk antwoord verdiende.

'Lieveling, ik weet het niet. Voorlopig gaat het maar om één moord, al ben ik er vrij zeker van dat hij er op zijn minst twee heeft begaan.'

'Hoe kun je daar zo zeker van zijn?'

'Omdat het mijn baan is.'

'Betekent dat dat hij een seriemoordenaar is?'

'Nee, dan moeten er op zijn minst drie doden zijn. Maar ik denk toch niet dat ik hem als seriemoordenaar zou categoriseren.'

'Waarom niet?'

'Een seriemoordenaar moordt om het moorden zelf. Deze moordenaar heeft een heel andere reden waarom hij moordt,' legde Fabian uit en hij praatte verder over de zaak, hoe hij dacht te weten dat de dader wraak wilde nemen op degenen die gemeen tegen hem waren geweest, maar dat hij het nu niet meer zeker wist, tot hij ontdekte dat Matilda als een blok in slaap was gevallen.

Hij liet haar alleen, liep naar de keuken en trok de kurk uit een van de wijnflessen die hij vergeten was aan Molander te geven.

Sonja was boven in haar atelier bezig haar schilderijen uit te pakken en maakte geen aanstalten zelfs maar Fabians kant op te kijken toen hij binnenkwam met de wijn, twee glazen en de iPod. Eigenlijk moesten ze praten, maar ze waren te moe. Bovendien was er niets wat niet al gezegd was. In plaats daarvan ging hij op de grond zitten, schonk de wijn in en zocht 'I Would Die 4 U' op – het liedje waarop ze hadden gedanst toen ze elkaar voor het eerst ontmoetten, en dat daarna hun liedje was geworden.

Die nacht bedreven ze de liefde in het atelier.

De volgende ochtend kreeg Fabian toestemming van Astrid Tuvesson om in het weekend thuis te blijven, zolang hij maar beloofde zijn mobieltje binnen handbereik te houden. Tuvesson beloofde op haar beurt hem alleen te bellen als er iets was waarbij zijn aanwezigheid absoluut vereist was.

De hele zaterdagmiddag ging voorbij en ze konden rustig verhuisdozen uitpakken, de laatste plastic zakken legen, planken vastschroeven en hij had zelfs tijd om samen met Theodor de stereo-installatie aan te sluiten. En na een late lunch in de schaduw van de parasols op het terras stapten ze in de auto om een snorkeluitrusting voor Theodor te kopen en koffie te drinken bij Fahlmans aan het Sortorget. Daarna maakten ze een wandeling langs de nieuwe jachthaven en vonden een paar vrije vierkante meters op Tropical Beach.

Op zondag hingen ze de schilderijen op, zetten de boeken in alfabetische volgorde, hielpen Matilda om haar kamer op orde te brengen en slaagden er tot Theodors grote vreugde in om de router van het draadloze netwerk aan de gang te krijgen. Ze hielpen allemaal mee en kregen eindelijk het gevoel dat ze nu echt in de woning waren getrokken. 's Avonds vierden ze het met een etentje bij café Pålsjö.

Het hele weekend ging voorbij zonder dat Fabians mobieltje ook maar één keer was gegaan. Er was niet eens een sms'je gekomen. Maar Fabian had de hele tijd aan de gebeurtenissen van de afgelopen dagen moeten denken. Aan wat er met Mette Louise was gebeurd en aan wat Molander in de Peugeot zou vinden. Aan Lina, die nog steeds niets van zich had laten horen, en of hijzelf zou moeten bellen om zijn excuses aan te bieden, aan hoe hij met haar had gedanst op 'Rivers of Babylon' op het feestje van zijn twaalfde verjaardag en zeker had geweten dat zij tweeën de rest van hun leven samen zouden blijven.

Op maandagochtend werd de stilte pas verbroken en ging zijn mobieltje over.

'Je moet hiernaartoe komen. Nu meteen...'

19

Gusten Persson hield van de vroege ochtend. Bovendien scheen de zon alsof hij er nooit mee op zou houden. Toch was Gusten al in een slecht humeur toen hij vanaf de Gruvgatan afsloeg en naar de achterkant van het hoofdgebouw reed, waar hij parkeerde op een van de plekken met het bord: ALLEEN PERSONEEL – ÅSTORPS BOUWARTIKELEN.

Deels kwam het omdat de vakantie voorbij was, deels omdat hij het hele weekend bezig was geweest met het timmeren van de veranda en niet eens een glimlach van Inga had gekregen. Van zijn vaste grap *geen ingang bij Inga* had hij al lang geleden genoeg gekregen. Van vrienden had hij gehoord dat de menopauze voor sommige vrouwen een moeilijke periode kon zijn. Maar niemand had het erover hoe vervelend het voor mannen kon zijn.

Hij stak de sleutel in het slot en duwde de deur open, liep het grote magazijngebouw binnen en sloot de deur achter zich. Het duurde nog een kwartier voordat ze opengingen na twee weken vakantie en als hij de deur niet op slot deed, liep hij het risico dat het gebouw een kwartier voor openingstijd al volliep met klanten.

Hij moest aan Thailand denken en dat Glenn had gevraagd of hij van de winter niet mee wilde. Blijkbaar waren er gewillige en vooral goedkope meisjes in overvloed. Hij had ervoor bedankt en een vieze smaak in zijn mond gekregen van het idee. Hij had nooit betaald voor seks en was ook niet van plan dat te gaan doen.

Maar na dit weekend wist hij het niet meer zo zeker. Waarom zou hij niet af en toe een nummertje mogen maken? Wat was er zo vreselijk verkeerd aan? Zijn lust was toch precies even natuurlijk als Inga's menopauze? Als het andersom was geweest – dat de mannen in een menopauze kwamen en de vrouwen almaar geiler werden – was prostitutie vast en zeker volledig geaccepteerd geweest. Dan zouden de yogaweekends seksweekends zijn geweest en de roddelblaadjes pornoblaadjes.

Als het al de menopauze was. De laatste tijd had hij steeds meer de indruk gekregen dat Inga dat eigenlijk alleen als excuus gebruikte.

Nee, hij zou bij Glenn informeren of er toch nog niet een mogelijkheid was dat hij mee kon gaan, dacht hij terwijl hij de alarmkast opende.

Je had vijfenveertig seconden om het alarm uit te zetten nadat de deur was geopend. Als je het niet haalde, ging het alarm af en dan kreeg je te maken met een stortvloed van telefoongesprekken en codes voordat de orde weer was hersteld. Hij durfde er niet eens aan te denken hoeveel zo'n grap kostte. In het begin was hij altijd bang geweest dat hij het niet zou halen en was hij naar de kast gerend om het alarm uit te zetten. Inmiddels wist hij precies hoe lang vijfenveertig seconden duurden en kon hij op zijn gemak naar de kast lopen. Het was bijna een sport voor hem geworden om zo dicht mogelijk bij de vijfenveertig seconden te komen.

Het vreemde was dat het alarm al uitstond. Gusten begreep niet hoe dat kon. Was hij zelf vergeten het aan te zetten toen ze voor de vakantie afsloten? Of was er al iemand voor hem geweest die had opengedaan? Hij had in elk geval geen auto gezien en in al de jaren dat hij daar verantwoordelijk voor was, was het hem alleen gelukt om het door iemand te laten overnemen toen hij een maand ziek thuis lag na zijn bypassoperatie.

Gusten liep de ruimte binnen en maakte zijn gebruikelijke ochtendronde, die neerkwam op het aanknippen van de tl-buizen aan het plafond, het starten van presentatiefilms en het op hun plek leggen van artikelen. Hij kon bij god niet begrijpen waarom het zo moeilijk voor klanten was om de artikelen terug te leggen op de plek waar ze ze hadden gepakt. Het was bijna even onbegrijpelijk als Inga's slechte humeur.

Hij bleef staan en richtte zijn blik op het raam. Dat was weliswaar gesloten, maar de haken zaten niet dicht. Hij liep ernaartoe en voelde aan het raam, dat naar buiten opensloeg. De kabel naar de alarmcontactdoos zag eruit zoals het hoorde. Stond het alarm daarom uit? Er was vaker ingebroken dan Gusten zich kon herinneren, maar niet één keer nadat ze bijna drie jaar geleden het nieuwe alarmsysteem hadden geïnstalleerd. Het had honderdduizenden kronen gekost en hij herinnerde zich nog hoe sceptisch hij geweest was en had gedacht dat een paar incidentele diefstallen goedkoper zouden zijn. Maar in het voorjaar hadden ze de kosten eruit gehad en sindsdien hadden ze in de plus gezeten, los van wat er nu was gebeurd.

Hij onderbrak zijn ronde en liep rechtstreeks naar zijn kantoor, waar hij het koffiezetapparaat aandeed terwijl hij wachtte tot het computersysteem op was gestart. Daarna logde hij in en klikte verder naar de plek waar hij direct kon constateren dat Glenn Granqvist het alarm donderdagnacht om 02.33 uur had uitgezet. Gusten begreep er niets van. Glenn?

'*You talking to me?*'

Gusten Persson luisterde naar de voicemail, maar hij sprak niets in. Glenn lag vast nog gewoon te slapen en had meer belsignalen nodig om wakker te worden. Hij deed een nieuwe poging en telde het aantal signalen. Bij het zevende gaf hij het op en legde neer. Had hij een verkeerd nummer ingetoetst?

Het nummer stond in zijn eigen mobieltje, maar hij had gebeld van de vaste telefoon van het werk. Het was tenslotte een zakelijk gesprek en er was geen reden waarom hij voor de kosten op zou moeten draaien. Hij toetste het nummer nog een keer in en controleerde het cijfer voor cijfer. Maar hij kwam niet aan het laatste toe. Zijn blik bleef op de monitor hangen, die nu tot leven was gekomen en afwisselend de verschillende bewakingscamera's liet zien.

In de afdeling voor ramen en deuren stond een heftruck die het hele middenpad blokkeerde. Wat deed die daar? Die hoorde helemaal achter in gang C te staan. Bovendien was er iets met de hoek wat niet klopte. Hij boog zich dichter naar de monitor toe om het beter te kunnen zien, maar toen kwam er al een andere camera in beeld.

Gusten kon zich niet herinneren wanneer hij voor het laatst gerend had. Ze hadden elektrische karretjes, maar hij was er nooit handig mee geweest en had er de voorkeur aan gegeven om te lopen, had gedacht dat het goed was voor zijn conditie. Nu wou hij dat hij het niet zo makkelijk had opgegeven. De ramen- en deurenafdeling lag helemaal achter in het gebouw en hij was nu al buiten adem.

Er schoot een rat voor hem langs over de cementen vloer. Er waren een boel ratten, dat wist hij. Maar zo openlijk als nu lieten ze zich nooit zien. Er kwam er nog een onder een pallet met gipsen platen vandaan, die in dezelfde richting liep als hijzelf. Wat was er gebeurd? De gedachte aan een verborgen camera kwam bij hem op, maar hij verwierp die bijna meteen weer. Dit was geen practical joke. Wat het ook was, het was serieus.

Zijn hartslag ging tekeer als een mitrailleur en zijn ademhaling leek op die van een hond bij veertig graden warmte. Eindelijk kwam hij de hoek om en kon hij de heftruck zien, die inderdaad midden in de gang stond. Er was dus ingebroken. Ja, waarom niet? Deuren en driedubbel beglaasde ramen behoorden tot de duurste spullen die ze hadden. Nog vier ratten kwamen uit verschillende richtingen en verdwenen naar de andere kant van de heftruck.

Hij kon nu duidelijk zien wat hij in het kantoor al had vermoed. De heftruck steigerde. De voorwielen hingen vijftien centimeter boven de vloer vrij in de lucht. De vork was tot aan de bodem omlaag gelaten en tussen de vork en de cementen vloer zag hij Glenns kapotgedrukte schoenen. Er was geen twijfel mogelijk. Hij herkende de Dr. Martens met de stalen punten waar Glenn zo vaak propaganda voor had gemaakt meteen. Maar tegen zoveel druk waren zelfs de Dr. Martens niet bestand. De gedachten wervelden door Gustens hoofd, even chaotisch als een kompasnaald op de Noordpool.

Het geluid hielp hem om zijn focus terug te krijgen. Het kwam van de andere kant van de heftruck en hij begreep in het begin niet wat het was. Het klonk alsof er iets piepte of tjilpte. Een zwerm... Hij besefte dat de vloer vol ratten was, die heen en weer liepen naar iets aan de andere kant van de heftruck. Hij verzamelde moed en liep ernaartoe om te kijken. De aanblik zou hem de rest van zijn leven achtervolgen. Dat Glenn dood was had hij diep vanbinnen al begrepen en daar had hij zich op voorbereid. Wat hem choqueerde, was wat de ratten hadden gedaan.

◆

26 november

Vorige week speelden we volleybal met gym. Ik werd als laatste gekozen hoewel ik net zo goed ben en niemand speelde de bal naar me toe. Toen we douchten zeiden ze dat ik een homo was en naar hun lul keek. Ik zei niets maar ze gingen maar door en zeiden dat ik aan hun lul wilde zuigen. Hoorde daarna hoe ze lachten in de kleedkamer maar durfde er niet uit te komen voordat ze weg waren en toen was mijn jas er niet. Een bijna gloednieuwe gewatteerde jas waarvan mama zei dat hij veel te duur was. Hij lag in het toilet en ik probeerde hem eruit te halen maar hij was hartstikke vies.

Vond er net zo een bij de JC. Liep naar de kassa en ze haalden het alarm eraf en stopten hem in een zak en zeiden wat ik moest betalen maar ik rende gewoon weg. Ze riepen en kwamen achter me aan maar ik was sneller en rende maar door zonder ook maar één keer om te kijken.

Ben nu al een paar dagen niet naar school gegaan en vanavond belde die stomme klotejuf om het te vertellen. Papa was niet thuis maar mama werd heel erg kwaad. Ik wist niet wat ik moest zeggen en zweeg alleen maar. Ze vroeg waarom ik geen antwoord gaf. Maar ik zei niets. Ben heel goed geworden in stil zijn.

Maar alleen daarom zei ze dat ze volgende week mee naar school zou lopen en een paar lessen bij zou wonen. Ik zei dat ik dat niet wilde maar toen was zij het die geen antwoord gaf. Verdomme, ze zullen denken dat ik gekletst heb en me er ongenadig van langs geven. Ik weet het. Dat is precies wat er zal gebeuren.

Bovendien hadden we koolrolletjes met gehakt. Ik haat koolrolletjes en dat weet ze. Toch zei ze dat ik alles op moest eten en toen kwam papa en die begon te zeuren over hoe belangrijk het is dat je naar school gaat. God, wat haat ik ze. Ze begrijpen er helemaal niets van.

ps: Goot mijn eigen pis in Labans drinkflesje. Eerst weigerde hij te drinken, maar daarna deed hij het toch. Heel weerzinwekkend.

20

Het afzettingslint hing er al toen Fabian Risk aan kwam rijden en voor Åstorps Bouwartikelen parkeerde. Een paar nieuwsgierigen, waarschijnlijk personeelsleden, stonden in een groepje toe te kijken. Rots stond een beetje afzijdig en hield een eerste verhoor met Gusten Persson, die nog niet was bekomen van wat hij op de afdeling deuren en ramen had gezien.

'Hij doet hier blijkbaar elke ochtend open,' zei Molander toen hij Fabian op kwam halen en onder de versperring door liet.

'Waar is Tuvesson? Moet zij hier niet zijn?'

'Ze moest naar Malmö komen.'

'Malmö?'

'Een crisisvergadering over hoe ze het conflict met de Denen aan moeten pakken. Ze zijn daar blijkbaar chagrijnig omdat we de bazen hebben gepasseerd en onze eigen mensen ernaartoe hebben gestuurd zonder hen in te lichten.'

'We hebben toch gebeld? Maar ze namen niet op.'

'Niet volgens hen.' Molander haalde zijn schouders op en liep het gebouw binnen. Fabian volgde hem tussen de overvolle magazijnrekken door die zich tot aan het dak uitstrekten. Ze kwamen bij een lang middenpad dat door het hele gebouw heen liep. Molander bleef staan en knikte met zijn hoofd naar het eind van de gang. 'Daar is het.'

De heftruck stond een tiental meter verderop en zijn voorwielen staken in de lucht. Molanders assistenten liepen in hun blauwe overalls rond om foto's te nemen en monsters te verzamelen. Het lichaam lag op zijn rug met de voeten vastgeklemd onder de vork van de heftruck en naar wat Fabian kon zien was er niet veel van over. De rest van het lichaam was verborgen achter de patholoog-anatoom en zijn assistenten.

'Gaat het goed daar?'

'Ja, maar het zal nog wel even duren voordat hij geïdentificeerd is.'

'Ik kan hem identificeren.' Hoewel Fabian geen recente foto's van Glenn had gezien, zou het hem geen enkele moeite kosten om hem te herkennen.

'Ik denk het niet.' Molander legde zijn hand op Fabians schouder. 'Ik wil er sowieso niet meer mensen dan noodzakelijk is bij hebben voordat mijn mannen en Vlecht klaar zijn. De ratten hebben het al moeilijk genoeg gemaakt.'

'De ratten?'

Molander knikte. 'Maar ze hebben ook iets nuttigs gedaan. Kom, dan kun je het zien.' Fabian volgde Molander van de moordplek naar het andere eind van de ruimte.

'Ze worden aangetrokken door eten en als je hun sporen volgt, dan wordt duidelijk dat ze een hele hoop lekkers hebben gehad.' Molander verliet het middenpad en liep verder tussen twee rekken door en bleef staan bij een verborgen plek achterin, onder een raampje dat openstond. 'Ik denk dat hij hier heeft overnacht, en vooral heeft gegeten.'

Fabian keek naar de betonnen vloer maar kon geen sporen van etensresten ontdekken. 'Maar de ratten hebben alle resten opgegeten, zeker?'

'Alles behalve dit.' Molander stak hem een plastic zakje toe met McDonald's-papier erin. 'Als ik me niet vergis is dit een Chili McFeast Deluxe. Erg lekker voor McDonald's en het bijzondere ervan is dat het slechts een dag in de week wordt verkocht en alleen in bepaalde zaken. Met een beetje geluk heeft hij het in een van de zaken hier in de buurt gekocht.'

'Hallo, komt u maar, belgerinkel!' liet een knarsende stem in Molanders walkietalkie weten, waarna ze terugkeerden naar de steigerende heftruck.

'Die patholoog-anatoom. Hoe is hij?'

'Einar Greide? Hij ziet eruit als een doorgewinterde hippie die niets anders uitvoert dan high zijn en roken, maar hij is een van de beste pathologen die er in dit land zijn. Alleen al dat hij erop stond om hiernaartoe te komen voordat we het lichaam zouden verplaatsen, zegt een hele...'

Molander raakte de draad kwijt toen hij zag dat de patholoog-anatoom op hen af kwam lopen. Zijn lange zilvergrijze haar zat in twee vlechten en zijn puntbaard in één. Om zijn keel hingen meerdere amuletten en de gehaakte, gekleurde broek onder de plastic overjas deed aan twee Twist-ijsjes denken.

'Hij is in elk geval een van de beste.' Molander liep weg met een van zijn assistenten.

'Hallo, Einar Greide. En jij moet Fabian Risk zijn.' Greide stak zijn hand uit, waarvan om elke vinger minstens één ring zat, en schudde Fabians hand. 'Er staat ons een spannende tijd te wachten,' vervolgde hij en hij trok aan zijn puntbaardje. 'Deze dader weet godsamme precies waar hij mee bezig is.'

'Wat heb je ontdekt?'

'Eén ding tegelijk en deze staan als eerste op de lijst.' Greide hield een paar verfrommelde blauwe schoen- en haarbeschermers op. Fabian deed de schoenbeschermers over zijn Converses, zette de haarbeschermer op en volgde de patholoog-anatoom naar de andere kant van de heftruck, waar het levenloze lichaam op zijn rug lag.

Beide armen lagen dicht tegen het lichaam aan, vastgesnoerd met spanband bij de dijen. De kuiten verdwenen onder de vork van de heftruck en van de voeten en schoenen was niet veel meer over dan heel veel bloed dat uitgelopen en gestold was op de betonnen vloer. Fabian liet zijn blik omhoog glijden over het lichaam en begreep nu waarom Molander het over ratten had gehad en vooral waarom hij dacht dat Fabian het lichaam niet zou kunnen identificeren.

Niet alleen de voeten waren weg, het gezicht ook. Opgegeten. Alles was weg. De ogen, net als de lippen en de mond. Er was alleen een vlezige rode massa over en behalve aan het haar eromheen kon je alleen aan het neusbeen, de jukbeenderen en de tanden die eruit staken zien dat het toch echt om een mens ging. Het leek zo weinig op een gezicht dat het er niet eens weerzinwekkend uitzag.

Fabian kwam overeind en voelde geen enkele twijfel. Al was het onmogelijk om te zien, hij was er zeker van dat het Glenn was. Dit was zijn werkplek, hij was verdwenen en hij had zijn voeten gebruikt wanneer hij en Jörgen Claes te grazen namen.

Alles klopte.

Einar Greide knikte naar zijn mannen, die het lichaam voorzichtig op zijn zij rolden, waarna hij op zijn hurken ging zitten en naar een wondje in de nek wees.

'Zoals je ziet heeft hij een harde klap achter op zijn schedel gekregen, wat zo goed als altijd een behoorlijke bloeding tot gevolg heeft.' Greide wees naar het gestolde bloed in het haar rond de wond. 'Maar als je hier op de grond onder de wond kijkt is er nada. Helemaal geen bloed.' Hij keek Fabian aan.

'Dus hij heeft die klap eerder gekregen?'

Greides gezicht klaarde op. 'Hij is goed, die nieuwe,' riep hij naar de anderen in de ruimte terwijl hij tegelijkertijd naar zijn mannen gebaarde dat ze het lichaam in een lijkzak moesten tillen. 'Kom. Mijn dokter zegt dat ik veel te weinig beweeg.'

Fabian volgde Greide op een wandeling door het troosteloze gebouw met de rekken vol dromen over een nieuw mooi huis.

'Er is dus een kans dat hij al dood was voordat hij hier kwam?'

'Nee, alleen de wond op zijn achterhoofd is eerder ontstaan,' zei Greide en hij pakte een handvol toffees uit de schaal die op de toonbank van de verfafdeling stond. 'Maar zo uit de losse pols zou ik zeggen dat hij drie, vier dagen geleden is overleden.'

'We hebben het dus over donderdag of vrijdag?'

Greide knikte. 'En hoewel het voorlopig nog giswerk is, ziet het ernaar uit dat de doodsoorzaak bloedverlies is. In zijn gezicht.' Hij peuterde het papiertje van een toffee en stopte hem in zijn mond. 'Door de ratten is de wond in zijn gezicht open gebleven, anders had hij vermoedelijk nog geleefd.'

'Dus hij moet dankbaar zijn?'

'Dat hangt ervan af hoe je het ziet.'

'Dus als we ervan uitgaan dat de dader wilde dat het slachtoffer dood zou gaan, zijn de ratten geen toeval?'

'Ik heb meer tijd nodig, maar het zou me niets verbazen als er iets op het gezicht is gesmeerd dat de ratten heeft gelokt.'

'Zoals wat?'

'Honing? Kaviaar? Leverpastei? Ze eten praktisch alles.'

Fabians mobiele telefoon ging. Het was Tuvesson.

'Ze hebben het meisje gevonden.'

21

WAAROM? VRAAG FABBE.

Fabian zat tegenover Tuvesson in haar kantoor en staarde naar het met de hand geschreven briefje en las de drie woorden steeds opnieuw. 'Waarom? Vraag Fabbe.'

De vraag was meer dan gerechtvaardigd. Hoe kon hij zo dom zijn geweest? Hij had een onschuldig meisje bij een zaak betrokken en haar in levensgevaar gebracht. Nu was ze dood, en de dader kon het niet duidelijker hebben gezegd. Mette Louise Risgaard maakte geen deel uit van zijn plan.

'De Denen hebben haar in de kofferbak van de auto gevonden,' zei Tuvesson en ze deed haar best om haar woede in bedwang te houden.

'En het briefje?'

'Zat in haar mond gepropt.'

Fabian sloot zijn ogen en voelde hoe hij steeds dieper naar beneden werd getrokken. Waar hij het hele weekend bang voor was geweest, was nu dus een feit.

'Fabian. Het lijdt geen twijfel dat het onderzoek een grote en in veel opzichten waardevolle stap vooruit heeft gemaakt. Maar de prijs daarvoor... Er is niets wat daar tegen opweegt. De Denen hebben nu een agent die op het randje van leven en dood zweeft en een vermoord jong meisje. Ze geven ons de schuld – het Zweedse politiewezen.'

'Het Zweedse politiewezen? Maar dit is mijn fout.'

'Daar heb je helemaal gelijk in. Maar ik kom op voor mijn mannen.' Ze keek hem recht in de ogen. 'Ondanks dat ze op soloavonturen gaan zonder het te laten weten en om mijn toestemming te vragen. Maar het is absoluut jouw fout en dat is iets waar je mee moet leren leven.'

Fabian knikte. Hij kon het alleen maar met haar eens zijn en dacht erover na of hij er ooit beter in zou worden om de gevolgen van zijn daden te overzien.

'Ik kom net uit Malmö, waar ze net als wij een klacht van de Denen hebben ontvangen. Ik en Bengt-Åke Persson hebben besloten één lijn te trekken om onze handelingen te verdedigen. We hebben tenslotte geprobeerd Sleizner te pakken te krijgen en toen die agent er in zijn eentje op uittrok, was dat op eigen initiatief, tegen alle denkbare regels in. Wat niet iets is waarvan wij de schuld kunnen krijgen.'

Fabian begreep precies waar Tuvesson naartoe wilde. Ze zou zijn identiteitsplaatje en pasje vragen en hem uit het onderzoek zetten. Dat was een logische stap. Het probleem was dat het voor hem te laat was om eruit te stappen. De zaak was voor hem meer dan alleen een zaak. Het was persoonlijk geworden.

Waarom? Vraag Fabbe.

'Eigenlijk zou ik je uit het onderzoek moeten zetten en je weer op vakantie moeten sturen. Maar...' Ze zweeg alsof ze nog een keer na moest denken. 'Helaas geloof ik dat het onderzoek je nodig heeft.' Ze kwam overeind. 'De anderen wachten.'

Rots, Molander en Lilja zaten er al toen Fabian en Tuvesson de vergaderruimte binnenkwamen. Niemand zei iets, maar het was duidelijk dat iedereen wist dat er een derde slachtoffer was, een jonge Deense vrouw die niets met de zaak te maken had behalve dat Fabian haar een opdracht had gegeven.

'Nu we hier met zijn allen zijn wil ik beginnen met te vertellen dat Fabian ondanks de recente gebeurtenissen door zal gaan.'

Rots en Molander knikten en glimlachten vaag naar Fabian. Lilja verroerde daarentegen geen vin.

'Irene? Heb je er iets tegen in te brengen?' vroeg Tuvesson en Lilja schudde haar hoofd. 'Goed. Want het is nu belangrijker dan ooit dat we als een groep optreden en voor elkaar opkomen.' Ze richtte haar blik op iedereen behalve op Fabian. Maar het was duidelijk genoeg. De woorden waren tegen hem en tegen niemand anders gericht. 'Oké, dan beginnen we.'

Ze liepen de laatste ontwikkelingen na. Foto's van Glenn Granqvist op volwassen leeftijd werden samen met foto's van de moordplaats en van de twee verdachten Claes Mällvik en Rune Schmeckel op het whiteboard gehangen.

'Ingvar, ik weet dat jullie nog niet klaar zijn. Maar hebben jullie nog iets anders gevonden dan de verpakking van McDonald's?' vroeg Tuvesson.

'Jawel,' zei Molander en hij hield een plastic tasje omhoog met een dikke zwarte viltstift erin. 'Helaas is hij natuurlijk helemaal schoon en moet hij vooral worden gezien als een bewijs dat de dader een zekere mate van humor bezit. Of hij vindt het een onnodig grote belasting voor het milieu om voor elk slachtoffer een nieuwe foto uit te printen.' Molander haalde de viltstift uit het plastic zakje, liep naar het whiteboard en zette een kruis over Glenn op de uitvergrote klassenfoto.

Tuvesson zuchtte en schudde haar hoofd. 'Hij speelt met ons.'

'Hoe zit het met de Peugeot?' vroeg Fabian. 'Komt die hiernaartoe?'

'Helaas zal dat nog wel even duren,' zei Tuvesson. 'Als ik Sleizner een beetje ken, zal hij er alles aan doen om het uit te stellen zodat zijn eigen afdeling de zaak op kan lossen.'

'Hoezo, dit is toch ons onderzoek?' zei Rots.

'In hun ogen is het hun onderzoek. Ze hebben zowel de moord op een jong meisje als een agent die op sterven na dood is, en blijkbaar heeft *Extra Bladet* hem al uitgeroepen tot de held van dit decennium.'

'Welk decennium dan? De jaren tien zijn net begonnen,' zei Molander.

'We hebben niet de hele dag. Hoe gaat het met het McDonald's-spoor?'

'Er zijn acht vestigingen binnen een straal van twintig kilometer vanaf Åstorp,' zei Rots. 'Maar slechts zes ervan werken met verschillende dagmenu's. Een in Ängelholm, drie in Helsingborg, een in Ödåkra en een in Hyllinge.'

'En wanneer wordt de Chili McFeast Deluxe verkocht?' vroeg Molander.

'Op donderdag. Dus dat klopt.'

'We zouden dus rond moeten gaan om te zien of een van de medewerkers Mällvik of Schmeckel herkent. Doe jij dat, Rots?' vroeg Tuvesson.

'Alrighty mighty.'

'En ik dacht dat jij en Fabian dit konden doen.' Tuvesson hield een document in de lucht en gaf het aan Lilja.

'Und was ist das?'

'Een huiszoekingsbevel voor Schmeckels woning.'

'Hoe is dat je gelukt?' vroeg Rots. 'We hebben geen duidelijk motief en geen technisch bewijs. Voorlopig is zijn auto het enige dat naar hem verwijst.'

'Die waarschijnlijk is gestolen,' zei Molander.

'Maar hij heeft hem niet als gestolen opgegeven,' zei Tuvesson.

'Dat zou nooit overeind blijven in de rechtszaal,' ging Rots verder. 'En als ik Stina Högsell een beetje ken, zal ze dat ook precies hebben gezegd.'

'Dat klopt. Maar ze heeft blijkbaar een Deense ex-man.'

Fabian ging in Hugo Elvins stoel zitten en voelde zich compleet leeg. Hij was verward. Niets in het onderzoek leek samen te hangen. Hij had gelijk gehad wat Glenn en zijn verpletterde voeten betrof en samen met Jörgens afgezaagde handen wees alles op Claes Mällvik. Als iemand een motief had, was hij het. Maar waar was hij gebleven? Na 1993 had Lilja niets meer over hem kunnen vinden. Het was alsof hij volledig in rook was opgegaan.

En wie was Rune Schmeckel eigenlijk? Was zijn auto alleen maar gestolen terwijl hij op vakantie was of had hij ook iets te maken met Jörgen en Glenn? Iets buiten de klas om. Misschien had het helemaal niets met de klas te maken? Misschien was de klassenfoto alleen maar een poging om hen in de verkeerde richting te leiden? Hij leunde achterover in zijn stoel en besefte dat hoe meer hij nadacht en probeerde te begrijpen hoe alles samenhing, hoe verder hij bij de oplossing vandaan leek te raken.

Hij besloot een pauze te nemen en trok de bovenste la van Hugo Elvins bureau open, die leeg bleek te zijn. Verbaasd over het feit dat er helemaal niets in de la zat, trok hij de volgende open. Die was ook helemaal leeggeruimd en hetzelfde gold voor de derde. De vierde en vijfde bleken daarentegen op slot te zitten, een duidelijk signaal van de heer Elvin dat hij niet wilde dat iemand in zijn spullen snuffelde, dacht Fabian.

'Het huis van de Risks. U spreekt met Matilda Risk.'

'Hoi Matilda. Met papa. Ik wilde alleen even horen hoe het met jullie gaat?'

'Weet je? Het spookt in de kelder.' Matilda klonk alsof het over leven en dood ging. 'Ik en mama waren er om haar penselen te zoeken en toen ging een van de lampen kapot en daarom verwisselden we hem, maar toen ging die ook kapot.'

'Het is vast alleen maar kortsluiting.'

'Nee, we hebben de stoppen bekeken en daar was niets mis mee en mama zegt dat er echt spoken zijn.'

'In dat geval zijn het vast aardige spoken. Is mama er trouwens?'

'Maaamaaaa! Het is papa! Hij gelooft niet dat het spookt!'

'Hé...'

Fabian probeerde Sonja's toon te peilen, maar er viel niets uit af te leiden. Hij had eigenlijk gebeld om haar te vertellen hoe het onderzoek onder zijn huid begon te kruipen en dat hij nu bovendien het leven van een jonge vrouw op zijn geweten had. Hij moest met iemand praten, vertellen hoe hij zich voelde. Maar niet nu. En absoluut niet met Sonja.

'Dus jullie hebben de spoken in de kelder begroet? Waren ze aardig?'

'Ik weet dat je niet in dat soort dingen gelooft. Maar dat je het maar weet, de kelder is te klein.'

'Hoezo te klein?'

'Hij is kleiner dan hij zou moeten zijn. Het is alsof er een extra kamer is, maar geen deur.'

'Misschien hoort het bij het huis van de buren? Ik weet het niet.'

'Ja. Misschien. Maar we hebben een oven gevonden. Wist jij dat die er was?'

'Nee? Wat voor oven?'

'Zo'n op hout brandende broodoven, een soort gat in de muur. Best wel groot eigenlijk. Matilda en ik wilden proberen of hij werkt.'

'Dat lijkt me geen goed idee. Ik kan me vergissen, maar ik geloof dat de makelaar zei dat de schoorsteenpijp geblokkeerd was.'

'Aha, wat jammer.'

Fabian begreep precies wat voor oven het was. Zijn grootouders hadden er net zo een gehad in hun huis in Värmland en hij had het altijd heerlijk gevonden wanneer ze hem aanstaken. Behalve dat ze er brood en pizza's in bakten verwarmde die een grote stenen bank in de woonkamer. Dat was de grote trots van zijn grootvader geweest. Hij had de oven zelf bedacht en gemetseld, en ervoor gezorgd dat de warme rook door de bank werd geleid voordat die door de schoorsteen verdween.

Hij was een keer in de oven gekropen en had zich erin verborgen toen hij en zijn zus verstoppertje speelden met hun neven en nichten. Ze maakten geen kans om hem daar te vinden en hij had er een tijd gelegen en genoten van de vage warmte van de dag ervoor. Hij was zelfs in slaap gevallen en werd een uur later bij toeval gevonden toen zijn grootmoeder de oven aan wilde steken. Pas toen hij volwassen was, had hij begrepen hoe gevaarlijk het eigenlijk was geweest.

'Heb je vandaag trouwens nog met Theo gepraat?'

'Ik kreeg de kans niet. We hebben een nieuw slachtoffer.'

'Hoezo, uit de klas?'

'Ja. Glenn Granqvist, de beste vriend van Jörgen Pålsson.'

'Mijn god... Is er kans dat er meer...'

'Sonja, we weten het niet. Op dit moment kan het onderzoek nog alle kanten op gaan.'

'Oké, ik begrijp het,' zei ze en ze zuchtte. 'Ik hoop echt dat jullie het oplossen.'

'We hebben geen keus.'

'Nee, dat hebben jullie ook niet. En niet om nog meer op je schouders te leggen. Maar probeer alsjeblieft de tijd te nemen om Theo vandaag een keer te bellen. Nu hij internet heeft weigert hij zijn kamer uit te komen en zit vastgenageld voor de computer.'

'Ik beloof dat ik het zal proberen.'

'Ik hou van je.'

'Ik hou ook van jou.'

Ze hingen op en Fabian dacht na over wat de oorzaak zou kunnen zijn van Theodors gedrag. Hij had weliswaar niet zoveel gezegd en zich voornamelijk teruggetrokken in zijn kamer, en toen ze waren gaan zwemmen had hij een eindje bij hen vandaan gelegen en in zijn eentje gesnorkeld. Maar was dat niet volkomen natuurlijk gedrag voor een vijftienjarige? Was hij zelf niet op precies dezelfde manier met zijn ouders omgegaan?

Volgens Sonja was het precies andersom. Zij was van mening dat Theo zijn vader miste en een enorme behoefte had aan een, zoals ze zo vaak zei, mannelijk voorbeeld dat voor tien uur 's avonds thuiskwam. Waar ze natuurlijk gelijk in had. Maar het schoot tekort als verklaring. Zelf vermoedde hij dat Theodor zich nog meer had afgesloten door de verhuizing.

Hij toetste het nummer van zijn zoon in en terwijl de telefoon overging begon hij in het jaarboek te bladeren dat hij van huis had meegenomen. Klas na klas met rijen puisterige leerlingen met kapsels waardoor je je afvroeg aan wat voor experiment ze blootgesteld waren geweest.

'*Ja,*' klonk een vermoeide stem aan de andere kant van de lijn.

'Ha Theo. Wat ben je aan het doen?'

'Niets bijzonders. CoD'en.' Wat Theodor altijd deed. Dagen achter elkaar rende hij rond in platgebombardeerde steden op jacht naar andere soldaten. Fabian was ervan overtuigd dat de meeste jongeren onderscheid konden maken tussen computerspelletjes en de werkelijkheid. Maar over het aantal uur dat Theo voor het scherm zat, begon hij zich toch een beetje zorgen te maken.

'Hé, ik begrijp dat het niet zo makkelijk voor je is nu al je vrienden in Stockholm zitten. Maar ik kan je verzekeren dat het zodra je in augustus met school begint...'

'Heeft mama je gevraagd om te bellen?'

'Nee, maar ze heeft me verteld dat je alleen maar in je kamer zit en niets wilt doen.'

'Er is hier nu eenmaal niet zoveel te doen.'

'Dat is er wel. Helsingborg is meer dan alleen een gat met een snackbar op een winderig plein.'

'Oké, wat moet ik dan doen?'

Fabian besefte dat hij geen idee had. Er waren vast een heleboel dingen. Maar wat? Helsingborg was niet meer de stad die hij had verlaten. Het was van karakter veranderd en van een grauwe Zweedse doorsneestad een pareltje geworden dat zijn gezicht naar de Sont had gekeerd en had ingezien dat terrassen en wandelboulevards de weg naar succes waren. Het probleem was dat Theodors belangstelling voor terrassen en wandelboulevards zo goed als nihil was. Bovendien was hij vast nog steeds teleurgesteld dat hij niet naar het Sweden Rock Festival had mogen gaan.

'Wat zou je ervan zeggen als jij en ik vanavond samen iets gingen doen?' hoorde hij zichzelf zeggen en hij had het gevoel dat hij zonder parachute van een rots sprong.

'Wat dan?'

'Ik weet het niet. We kunnen iets gaan eten en dan naar de film, zoiets. Of we kunnen kijken of er een concert is waar we naartoe kunnen gaan.'

'Dat heb ik al gedaan en het enige wat hier is, is het Kasteel van Sofiero.'

'Aha, wie treden er daar op?'

'Niets. Alleen The Ark, Kent en Robyn en zo.'

'We kunnen naar Kent gaan? Toch? Ze hebben ook een stuk of wat stevigere liedjes gemaakt.' Fabian hoorde hoe belachelijk hij klonk en hij beet op zijn tong.

Lilja kwam langslopen en knikte naar Fabian dat hij mee moest komen.

'Maar ik moet nu ophangen. Je kunt er even over nadenken en dan sprcken we elkaar later?'

'Tuurlijk.'

Meer kwam er niet en Fabian hing op.

22

Om inbraak tegen te gaan was de cilinder voorzien van een aantal vergrendelingen van gehard staal en de verende stiften waren gecoat met extra hard chroom. Dit was niet zomaar een cilinderslot. Dit was een slot met een extra hoog beveiligingsniveau. Om het open te maken moest de sleutel de stiften niet alleen naar de juiste hoogte schuiven. De sleutel moest ook in exact de juiste richting draaien. Maar er was geen sleutel. In plaats daarvan werkte een zes millimeter dikke watergekoelde diamantboor zich door het slot heen, met een precisie van een honderdste millimeter om de vergrendelingen te ontwijken, en versplinterde stift na stift.

Een paar minuten later kon de slotenmaker de boor uit het cilinderslot trekken, een haakje in het gat steken, dat omdraaien en de deur opendoen.

Fabian Risk en Irene Lilja stapten de kleine hal binnen, waarvan de vloer bedekt was met een hoop post, reclame en kranten. Bovenop lag het kerstnummer van *National Geographic* met een aangetaste doodskop op het omslag en de kop '*4 Million Year Old Woman*'. De hal mondde uit in een open ruimte met de woonkamer aan de linker- en de keuken aan de rechterkant. Recht voor hen leidde een trap naar de bovenverdieping. Het huis, dat in de oudere wijk van Lund lag en ergens in de achttiende eeuw was gebouwd, was met zachte hand gerenoveerd en voelde zowel fris als modern aan.

Fabian was eigenlijk liever alleen als hij voor de eerste keer het huis van een slachtoffer of in dit geval van een mogelijke dader bezocht. De kamers moesten tegen hem spreken, niet iemand anders. Alles kon een spoor zijn dat hen verder kon brengen. Het kleinste detail was misschien net het puzzelstukje dat ze misten om het hele plaatje te zien. Lilja leek op precies dezelfde manier te werken. Zonder een woord te zeggen liep ze de trap op naar de bovenverdieping.

Zoals Rots had gezegd, waren er geen concrete bewijzen dat Rune Schmeckel de man was die ze zochten. Maar nu hij hier midden in de woonkamer stond en langzaam om zijn as draaide, voelde hij dat er iets met Schmeckel was wat bleef zeuren. Iets wat niet klopte. Wie was Rune Schmeckel eigenlijk?

De kamer was spaarzaam gemeubileerd met een klassieke Newport-bank van lichtbruin, vintageachtig versleten leer en een doorgezeten Bruno Mathsson-fauteuil met een voetenbankje bij het raam. Er was geen tv. Wel een Bang & Olufsen-stereo-installatie. Aan de muren hingen een paar ingelijste zwart-witfoto's van een heuvelachtig landschap rond een oudere stad met een opeenhoping van huizen. De foto's waren niet in Zweden of Denemarken genomen, dat kon hij zien. Waarschijnlijk ergens in Zuid-Europa. Maar of het Spanje, Italië, Portugal of misschien wel Griekenland was, daar had hij geen idee van.

Er stonden geen planten op de vensterbanken en hij zag nergens iets wat op huisdieren wees. Op een dun laagje stof na was het er opgeruimd en schoon. Alles zag eruit alsof het op zijn beoogde plek lag. Had Schmeckel zijn verdwijning voorbereid of was hij gewoon ordelijk en had hij schoongemaakt voordat hij met vakantie ging?

Fabian liep naar de Bang & Olufsen-stereo-installatie die aan de muur hing en zette hem aan. Hij hoorde een cd draaien en al snel kwam er klassieke muziek uit de kleine luidsprekers. Fabian wist hoegenaamd niets van klassieke muziek. Niet omdat hij het geen kans had gegeven. Dat had hij ontelbare keren gedaan, maar elke keer was hij tot de conclusie gekomen dat het niets voor hem was. Net als golfen en jagen. Of kwaliteitswijnen.

Op het hoesje, dat boven op de stereo-installatie stond, kon hij lezen dat het *Berlioz – Symphonie Fantastique: Witches' Sabbath* was.

Hij ging voorzichtig in de Bruno Mathsson-fauteuil zitten, leunde achterover en verbaasde zich erover dat het geluid even breed als diep was. Hij kon alleen de kleine satellietluidsprekers zien, maar besefte algauw dat er een flinke subwoofer achter de bank stond. Zelf had hij in de loop der jaren een beangstigend groot bedrag aan zijn hifi-installatie uitgegeven en Sonja was zelfs in huilen uitgebarsten toen hij haar de nieuwe luidsprekers had laten zien – een paar Bowers & Wilkins 802 Diamond. Achteraf moest hij haar gelijk geven dat het niet de allermooiste boxen waren. Maar ze klonken fantastisch.

Hij legde zijn voeten op het voetenbankje, sloot zijn ogen en bedacht dat je op deze manier naar klassieke muziek moest luisteren. Een mooie fauteuil, een goede installatie en vooral... in totale eenzaamheid. Zo zat het in elkaar. Hij deed zijn ogen open. Schmeckel was alleen. De hele kamer straalde eenzaamheid uit. Waarschijnlijk had hij geen familie en geen vrienden. In plaats daarvan bracht hij zijn vrije tijd door met lezen en naar muziek luisteren. Met kennis opdoen.

Fabian kwam overeind uit de fauteuil en liep naar de tegenover gelegen muur die van de vloer tot aan het plafond bedekt was met een ingebouwde boekenkast. Een gedeelte bevatte cd's, voornamelijk opera en klassiek en een beetje jazz. Maar het grootste deel van de boekenkast werd ingenomen door boeken en nog meer boeken. Het literaire deel nam twee planken met klassieken in beslag. De andere planken waren gevuld met non-fictieboeken, die op thema gerangschikt waren, zoals 'Medicijnen', 'Zelfverdediging & Vechtsporten' en 'Natuurkunde & Biologie' – allemaal met kleine dymo-etiketten. Onder 'Psychologie' waren meerdere titels als: *Ik wil niet sterven, ik wil alleen niet leven*, *Het was mijn schuld niet: over de kunst om verantwoordelijkheid te nemen*, *Krenkingen en vergeving* en *Anger Management: The Complete Treatment Guidebook for Practitioners*.

Fabians eerste indruk was geweest dat hier een eenzaam maar enigszins harmonisch persoon woonde. Een man die genoot van de aangename dingen des levens. Maar hoe meer titels hij in de boekenkast zag, hoe sterker een ander beeld opkwam. Het beeld van een persoon met een laag gevoel van eigenwaarde. Onderworpen. Misschien zelfs mishandeld.

Hij trok een fotoalbum uit de kast en sloeg het open. Eerst waren er foto's van een reis naar een of ander land in Zuid-Europa. Daarna volgden foto's van een Halloween-feest op de afdeling in het ziekenhuis van Lund waar Schmeckel werkte. Op een van de foto's was hij verkleed als een bloedige beul, terwijl hij een afgehouwen vinger van marsepein opat. Geen foto die je naar buiten wilde brengen na het schandaal met de achtergelaten plastic klemmen. Daarna was het album leeg. Fabian bladerde verder, maar er kwamen geen foto's meer.

Dat was het probleem van de nieuwe techniek. Niemand ontwikkelde zijn foto's nog. In plaats daarvan stonden ze op een harde schijf in een of ander onleesbaar formaat. Tegenwoordig vond je alleen nog oude foto's in de boekenkasten van mensen. Keurig in een album geplakt met handgeschreven commentaar. Hier was het precies andersom.

Nu drong het pas tot hem door.

Fabian liet zijn blik door de kamer gaan en besefte dat er niets was wat uit Schmeckels kindertijd of jeugd kon komen. Geen oude nostalgieplaten van Kiss of The Who of, zoals bij hemzelf, Duran Duran. Hier waren alleen 'volwassenenplaten' voor gerijpte luisteraars met een goede smaak. Hetzelfde gold voor de boekenkast. Geen *Transgalactisch liftershandboek* of *Het geheime dagboek van*

Adrian Mole. Het was alsof Schmeckels hele jeugd was uitgewist.

Alsof die nooit had bestaan.

Fabian verliet de woonkamer en liep naar de keuken en keek daar om zich heen. Er stond een wijnkoeler met Franse wijnen, gesorteerd naar regio. Rune was werkelijk een pietje-precies tot in zijn vingertoppen. Hij deed de roestvrijstalen koelkast open.

De stank kwam als een totale verrassing en zette direct een braakreflex in werking. Hij had verwacht dat de koelkast leeg en schoongemaakt zou zijn. Het tegendeel was het geval. Behalve verrotte groente en oude melk lag er een halve krab op een bord. Een krab die er ondanks zijn overlijden uitzag alsof hij iedereen om het leven zou kunnen brengen. Een verse krab in de koelkast achterlaten was niets voor Schmeckel. Hij had het met andere woorden niet gepland dat hij niet thuis zou zijn.

Onzeker of het echt iets betekende of alleen maar een vals spoor was dat moedwillig was achtergelaten, zocht Fabian verder in de keuken naar aanwijzingen. De planken in de kast onthulden niets. De provisiekast en de vriezer ook niet. Ten slotte liep hij de laden door. In de eerste la lag bestek. In de tweede verschillend keukengereedschap. De derde was gevuld met spullen waarvan je niet weet waar je ze anders moet laten. Pennen en gummen, munten van verdwenen valuta, elastiekjes, plakband, een leeg notitieboekje en een paar sleutels, waarvan een eruitzag als een autosleutel. Hij pakte hem op en bekeek hem.

In de kop van de sleutel stond Peugeot gegraveerd.

Hij kreeg een idee en stopte hem in zijn zak.

23

De koude stalen wanden drukten tegen de linkerkant van haar naakte lichaam. Aan de rechterkant was niet veel meer plek. Hoogstens drie, vier centimeter. De ruimte waarin ze lag was op de rand van te krap. Bovendien was het donker. Zelfs als iemand een lamp aan zou doen zou het geen fractie lichter worden. Koud was het er ook. Om precies te zijn tweeëntwintig graden onder nul. Maar hoewel ze naakt op haar rug lag had ze het totaal niet koud.

Dunja Hougaard haatte het om te wachten. Voor haar was het het toppunt van respectloosheid om andere mensen te laten wachten. Om de tijd van anderen te verspillen alsof die niet even waardevol was als die van jezelf. Oscar Pedersen was zoals gewoonlijk te laat en Dunja was daarom op eigen initiatief naar de wand met koellades gelopen en had de lade met het handgeschreven bordje 'Mette Louise Risgaard' eruit getrokken. Ze keek naar de jonge vrouw die naakt op haar rug lag met het donkere haar als een waaier rond haar hoofd uitgespreid. Ze was mooi en op de gepiercete lip en de getatoeëerde diamant op haar rechterschouder na was ze op een of andere manier onbedorven. Het leven was nog niet begonnen in te teren en zijn sporen na te laten. De dood was het voor geweest.

Toch zag ze er zo levend uit. Alsof ze alleen maar diep lag te slapen. Wat een verspilling. Dunja kon niet begrijpen wat de Zweedse politie had bezield toen ze verzuimd hadden contact met hen op te nemen, terwijl ze toch wisten dat er zich een levensgevaarlijke misdadiger bij de benzinepomp bevond.

De deur achter haar ging open en Oscar Pedersen kwam binnen met zijn gebruikelijke arrogante glimlach. Een glimlach die liet zien dat hij wist dat hij te laat was en dat het hem niets kon schelen.

'Hé spetter. Ik dacht wel dat je je handen niet in bedwang zou kunnen houden. Heb je iets ontdekt?'

'Ik ben hier om te horen wat jij te zeggen hebt.'

'Wat een verspilling van zo'n mooi meisje, vind je niet? Denk aan hoeveel vreugde ze nog had kunnen verspreiden.' Hij lachte om zijn grapje en klapte de zijkanten van de lade omlaag.

Dunja had Oscar nooit gemogen en ze was ervan overtuigd dat hij om heel verkeerde redenen patholoog-anatoom was geworden. Zodra er een vrouwelijk slachtoffer op zijn tafel belandde was hij in een extra goed humeur. Vooral als ze jong waren. Helaas was hij een van de beste pathologen in Denemarken en in zijn bijna dertig jaar lange carrière had hij nooit een spoor gemist of een doodsoorzaak niet kunnen vaststellen.

'Deze dader weet hoe je iemand van het leven berooft. Kijk hier.' Hij legde het hoofd van het slachtoffer naar achteren zodat de keel bloot kwam te liggen, waarna hij het hoofd eerst naar de ene en daarna naar de andere kant draaide. 'Zie je?'

Dunja knikte. Twee kleine blauwe plekken aan weerszijden van de keel.

'Hij heeft haar gewurgd met de zogenaamde tanggreep, waarbij je alleen de duim en de wijsvinger gebruikt. Zo.' Hij illustreerde het met zijn eigen vingers voor Dunja's gezicht. 'Het is een van de effectiefste manieren om iemand met de hand te wurgen.'

'Oké.' Dunja moest haar best doen om niet achteruit te deinzen voor zijn klauwachtige hand.

'Veel beter dan om, zoals de meeste amateurs doen, de hele keel te omklemmen. Niet alleen heb je daar allebei je handen voor nodig. Het duurt op zijn minst een kwartier voordat het slachtoffer de handdoek in de ring werpt. Als iedereen zijn lesje even goed uitvoerde als deze man, zou ons veel lijden in de wereld bespaard blijven.'

Dunja wist niet goed of hij een grapje maakte, maar besloot zijn woorden serieus op te vatten. 'Bedoel je dat de dader geschoold kan zijn in verschillende technieken om te doden?'

'Dat kan hij natuurlijk zijn. Maar eigenlijk is het voldoende om anatomisch enigszins op de hoogte en vooral koel genoeg te zijn.'

Dunja stapte in de lift en drukte op de groene knop. Ze voelde hoe ze omhoogging en hoe het meteen makkelijker werd om adem te halen. Ze had er nooit van gehouden om onder de grond te zijn en kon niet begrijpen waarom de forensisch-geneeskundige afdelingen zich daar altijd moesten bevinden. Voor de overledenen maakte het niet uit. Maar wel voor iedereen die er werkte. Zelf hield ze het nooit langer dan dertig minuten vol.

Ze zou graag nog een paar verdiepingen hoger zijn gegaan om met Morten Steenstrup te praten. Maar hij lag nog steeds onder narcose op de operatietafel en de artsen konden voorlopig nog geen prognose geven. Ze kon alleen maar hopen. Niet alleen voor hemzelf en zijn verwanten, maar ook voor het onderzoek. Op dit moment was de gewonde politieman haar enige kans om uit te vinden wat er nu eigenlijk was gebeurd op het benzinestation in Lellinge.

Ze liep langs de kiosk van het Rijksziekenhuis en stelde vast dat zijn gezicht nu op alle aanplakbiljetten van de kranten stond. In de loop van het weekend was hij de grote held geworden. De kleine agent uit Køge die geweigerd had op te geven en was blijven strijden, hoewel hij alleen en ernstig gewond was. In Dunja's ogen was het het toppunt van domheid. Zijn gedrag ging niet alleen in tegen alles wat ze op de politiehogeschool hadden geleerd. Het ging tegen elk gezond verstand in. Maar wat gaven de mensen daarom? Ze wilden een held en dat hij nu tussen leven en dood zweefde maakte het er niet slechter op. Misschien was de aandacht nog groter geworden als hij een nijlpaardjong was geweest, dacht Dunja en ze liep het ziekenhuis uit.

Ze reed op haar fiets langs de Ravnsborggade en het Nørrebro-theater en ging linksaf de Nørrebrogade in toen ze haar mobieltje hoorde. Ze nam zonder te stoppen op.

'Je zocht me.' Het was Kjeld Richter, hun forensisch onderzoeker.

'Ja, hoe gaat het met de Peugeot?' vroeg Dunja.

'Dat gaat goed. Hij zou nu bij het politiebureau moeten zijn. En ik heb contact opgenomen met Peugeot en een sleutel besteld met behulp van het chassisnummer, maar die zal in deze vakantieperiode minsten twee weken op zich laten wachten.'

'Dus je bent nog niet begonnen de auto te onderzoeken?'

'Wanneer had ik dat moeten doen? Ik ben nog steeds in Lellinge. Ben je hier weleens geweest? Wat een gat. Bovendien heb ik in het weekend niet kunnen werken omdat zowel Agnes als Malte buikgriep heeft en Sofie kan ze niet de hele tijd hebben.'

Dunja dankte god dat ze geen kinderen had en fietste over de Dronning Louise-brug, die zich over de meren uitstrekte, waar mensen nog steeds hun hardlooprondjes hielden, hoewel een rondje overeenkwam met een half pakje sigaretten door de uitlaatgassen.

'Oké, maar dan moeten we hem toch doorsturen naar Zweden? Zoals ik het begrijp kunnen ze hem daar niet snel genoeg krijgen.'

'Dat is precies wat ik tegen Sleizner zei. Maar zolang het conflict met Zweden niet is opgelost, krijgen ze blijkbaar niets. En je weet hoe hij is als hij zo'n bui heeft.'

Dat wist Dunja. Maar al te goed. Als je een aanvaring met Sleizner had, kon je net zo goed inpakken en emigreren. Niemand was zo goed in dwarsliggen als hij. Hij was als een nijdige das die weigert je been los te laten tot hij het geluid van verbrijzeld bot hoort. Al op de politiehogeschool had ze verhalen over hem gehoord. Toen had ze gedacht dat het wel mee zou vallen. Nu hij haar chef was wist ze wel beter.

'Maar we kunnen hem hier toch niet zomaar twee weken laten staan. Dan is het beter als de Zweden hierheen komen om hem te onderzoeken.'

'Daar bemoei ik me niet mee. Als je zin hebt om Sleizner uit te dagen, ga je gang. Als je maar niet op mij rekent when the shit hits the fan.'

Ze beëindigden het gesprek en Dunja's slechte humeur was nu zo mogelijk nog slechter. Ze overwoog of er, naast Sleizners obstinate persoonlijkheid, nog een argument was waarom ze niet moesten samenwerken en besloot, terwijl ze over het Kultorvet reed, om zodra ze op het politiebureau was aangekomen contact op te nemen met de Zweedse politie in Helsingborg. Er was daar vast iemand die er hetzelfde over dacht als zij.

24

'Dus hier ben je. Iets interessants gevonden?' Fabian Risk liep de slaapkamer op de bovenverdieping binnen. Irene Lilja stond achter het eenpersoonsbed gebogen over een stapel boeken op het nachtkastje. Ook hier was een Bang & Olufsen-stereo-installatie en aan de ene muur hingen nog een paar uitvergrote foto's van hetzelfde landschap als in de woonkamer.

'Ik weet het niet.' Ze spreidde haar armen. 'Als ik heel eerlijk ben, word ik niet wijs uit hem. Aan de ene kant lijkt hij heel... Wat zal ik zeggen. Bedaard, alsof hij zijn leven onder controle heeft. Goede smaak. Belezen en bijna ziekelijk precies.'

Fabian knikte. Lilja was tot dezelfde verwarde conclusie gekomen als hijzelf.

'Maar dan vind je dit.' Ze reikte hem een blauw notitieboekje aan met de handgeschreven titel: MIJN SLAAPDAGBOEK.

'Slaapdagboek? Wat is dat voor iets?'

'Open het maar, dan zie je het.'

Fabian sloeg het boekje open waarvan elke pagina van boven tot onder met de hand volgekrabbeld was, van kaft tot kaft. Boven in de rechterhoek stonden op elke bladzijde de datum en tijd. Fabian las een stukje voor.

> Twintig mei 1994, 03.12 uur. Rende zo hard als ik kon, maar het ging evengoed in slow motion. Ze kwamen steeds dichterbij. Wolven met vlijmscherpe tanden. Kwam bij een lift en drukte op de knop. Maar er gebeurde niets. Bonsde er zo hard als ik kon tegenaan. De deuren gingen open. Veel te langzaam. Ze haalden me in. Ik deed niets. Wilde wel maar kon het niet. Was als verlamd. Stond er alleen maar en liet het op me neerkomen. Wilde hen in hun gezicht spugen, durfde dat niet eens. De kleinste van misschien acht jaar kwam naar me toe en gaf me een duw. Ik was er totaal niet op bedacht en verloor mijn evenwicht en viel recht omlaag de afgrond in.

Fabian stopte met lezen en keek op. 'Dus het zijn opgeschreven dromen?'

Lilja knikte, pakte het boekje weer en bladerde naar het eind. 'Luister hier eens naar, van 12 december 2001, 05.38 uur.'

> Hij lag op de grond, en ik sloeg en schopte zodat mijn witte Nikes rood kleurden. Toch ging ik door tot zijn gezicht geen gezicht meer was.

Ze keek hem aan. 'Je hoort het zelf. Helemaal normaal is hij in elk geval niet.'

Fabian moest het er wel mee eens zijn en vertelde over de zelfhulpboeken die hij in de woonkamer had gevonden, en ze waren het erover eens dat Molander het over moest nemen en een grondig onderzoek door het hele huis moest doen. Ze verlieten de slaapkamer en onderweg naar de hal bleef Fabian plotseling staan en draaide zich om naar Lilja. 'Heb je de zolder bekeken?'

'Nee, er lijkt nergens een zolder te zijn. Ik heb in alle kamers gekeken.'

'Waar gebruikt hij dit dan voor?' Fabian pakte een lange, smalle witgeverfde stalen pen met een haak aan het ene uiteinde, die aan een spijker aan de deurpost hing.

Lilja haalde haar schouders op en Fabian begon rond te lopen door de bovenverdieping en keek naar de plafonds. Lilja had gelijk. Er was in geen van de kamers een zolderluik. Pas toen hij op een stoel ging staan en de plafondlamp in de hal onderzocht, die deed denken aan een omgekeerde paraplu, vond hij het verborgen luik. Met behulp van de stalen pen kon hij het omlaag trekken, waarna een steile ladder naar beneden kwam.

Ze klommen de ladder op en kwamen op een donkere zolder, waar het plafond zo laag was dat ze gebukt moesten lopen. Toen Lilja het licht aandeed, besefte Fabian dat hij nog totaal geen grip had op wie Schmeckel was. Net als in zijn eigen huis aan de Pålsjögatan werd deze zolder als atelier gebruikt, al was hij aanzienlijk kleiner dan die van Sonja en waren er geen dakramen. Bovendien stonden de penselen schoongemaakt in potten met de borstel naar boven en de verftubes lagen gesorteerd op kleur. Überhaupt was er niets te merken van de kunstzinnige chaos die hij gewend was van Sonja.

'Gatver. Kijk hier eens naar.' Lilja tilde een van de schilderijen op en zette het op de ezel. Hoewel het schilderij abstract was uitgevoerd met dikke penseelstreken in sterke kleuren was het niet moeilijk om te zien dat het een kapotgeslagen mensenhoofd voorstelde. Sonja zou vast en zeker zeggen dat Schmeckel begaafd was en het schilderij interessant. Voor Fabian was het alleen maar weerzinwekkend. Het hoofd zweefde vrij tegen een witte achtergrond. Van de schouders gerukt. Vanaf de nek hingen eindjes van de keel, pezen en aderen. De neus was ingeslagen en de huid op grote delen van de linker gezichtshelft was afgepeld, zodat de pezen, het skelet en delen van de linkeroogkas ontbloot werden.

'Je kunt zeggen wat je wilt. Maar hij heeft in ieder geval talent.' Lilja hield een paar van de andere schilderijen op. Ze stelden allemaal mishandelde en kapotgeslagen lichaamsdelen voor. Een paar afgezette voeten naast een bloedige bijl. Een torso met een twintigtal verschillende messteken en in een ervan zat het mes nog, een kwartslag gedraaid. Enzovoort.

'Ik weet niet wat jij denkt, maar ik vind dat dit beter bij het beeld past van de man waar we jacht op maken,' zei Lilja.

'Het is zelfs maar de vraag of het een en dezelfde persoon is,' zei Fabian.

'Wat bedoel je daarmee?'

'Ik weet het niet goed, maar hij daarbeneden lijkt de harmonie zelve te zijn, terwijl alles tegelijkertijd zo oppervlakkig lijkt dat je je wel moet afvragen wie hij diep vanbinnen is. En dan hebben we hem hier.'

'Misschien woont er iemand bij hem? Iemand die zijn auto heeft gebruikt?'

'Er was toch niet meer dan één slaapkamer boven?'

Lilja schudde haar hoofd.

Ze zwegen en liepen allebei een andere kant op. Het was alsof ze allebei behoefte hadden om na te denken, samenhang te vinden. Ze keken rond tussen de verftubes, de ezels en de bizarre schilderijen. Achter de potten met penselen stond een oud metalen kistje, waar de blauwe verf aan de randen af was gebladderd. Fabian tilde het voorzichtig op en maakte het kistje open. Er zat een vijftigtal polaroidfoto's in, en zodra hij het kapotgeslagen gezwollen gezicht zag begreep hij precies hoe alles in elkaar stak.

◆

16 december

Gister was ik in het ziekenhuis.

Ze stonden me op te wachten op mijn binnenplaats. Ik rende weg maar ze pakten me en brachten me naar de speelplaats. Probeerde me te beschermen maar viel en toen bleven ze me maar trappen. Ik hield mijn hoofd vast maar ze gingen gewoon door. Eerst deed het enorm veel pijn. Later was het alsof het niet meer uitmaakte. Hoorde hoe ze lachten en elkaar verschillende manieren van trappen lieten zien. Maar toen kwam er een oudere man die schreeuwde en toen renden ze weg.

Probeerde overeind te komen maar dat ging niet. Alles draaide. De man hielp me en vroeg hoe ik heette en zei dat mijn hoofd bloedde en dat ik naar het ziekenhuis moest. Ik zei mijn naam niet al bleef hij erom zeuren. Ten slotte ging hij weg en toen kon ik naar huis gaan al was het moeilijk en duurde het heel erg lang.

Mama begon te huilen. Heb haar nog maar één keer eerder zien huilen, toen ze ruzie had met papa. Maar niet zoals nu. Ik zei dat ik in een vechtpartij was beland en dat het mijn eigen schuld was. Ze wilde weten met wie, of het iemand uit de klas was. Ik zei dat ik ze nooit eerder had gezien.

Denk dat ze me geloofde.

Wat goed is, is dat twee ribben waren gebroken en dat ik een hersenschudding en meerdere diepe wonden had want nu mag ik helemaal tot aan de kerstvakantie thuisblijven :)

ps: Toen ik thuiskwam lag Laban stil in zijn kooi alsof hij sliep, maar hij sliep niet. Ik stak een naald in zijn rug en eerst piepte hij en probeerde weg te komen, maar ik hield hem heel stevig vast. Daarna rende hij rond door de kooi alsof iemand hem achternazat. Erg grappig.

25

'Weet je het zeker?' Tuvesson keek naar de polaroidfoto's die verspreid over de tafel lagen en het kapotgeslagen gezicht lieten zien.

'Ja.' Fabian wist het heel zeker. Op het moment dat hij de foto's op de zolder in Lund had gezien, had hij het begrepen. Claes Mällvik en Rune Schmeckel waren een en dezelfde persoon. 'Dan hebben we een duidelijk motief en een verband met zowel de auto als de moorden op Jörgen en Glenn. Ik begrijp niet waarom ik er niet eerder aan heb gedacht.'

Ze waren met zijn tweeën. Tuvesson zou de anderen inlichten zodra ze uitgepraat waren.

'Oké, dus Claes Mällvik heeft zijn identiteit veranderd naar Rune Schmeckel.' Tuvesson keek op van de foto's en richtte haar blik op Fabian. 'Waarom?'

'Waarschijnlijk om voor eens en altijd te vluchten voor zijn plaaggeesten en dat niet nog een keer mee te hoeven maken.' Fabian knikte naar de polaroidfoto's van het kapotgeslagen gezicht. 'In 1993 werd hij opgenomen in het ziekenhuis van Helsingborg, meer dood dan levend volgens het rapport. Zesendertig operaties waren er nodig om hem te redden en dan zijn de cosmetische operaties niet eens meegeteld.'

'En met plaaggeesten bedoel je Jörgen en Glenn.'

Fabian knikte en liep naar de twee portretten die naast elkaar aan de whiteboardmuur hingen en die Claes Mällvik en Rune Schmeckel voorstelden. Hij kon nu zien dat het dezelfde persoon was. Schmeckel had duidelijk plastische chirurgie gehad en zag er anders uit. Maar als je je er maar bewust van was, kon je het niet missen.

'Hij heeft dus niet eens aangifte gedaan?' ging Tuvesson verder.

'Nee, hij ging ondergronds en nam een andere identiteit aan om in alle rust zijn wraak te kunnen plannen.'

'Dat is zonder meer een sterk motief,' zei Tuvesson. 'De vraag is of hij nu klaar is. Of kunnen er nog meer uit de klas in gevaar zijn?'

'Je bedoelt of er meer waren die hem hebben mishandeld?'

Tuvesson knikte. Fabian dacht na en keek naar de uitvergrote klassenfoto, waarop hij zelf stond en Jörgen en Glenn waren doorgekruist. Maar hij kon niemand bedenken die Claes iets had gedaan. Zelf had hij hem nooit iets anders misdaan dan zijn blik afwenden en doen of er niets aan de hand was. Hij schudde zijn hoofd.

Tuvesson knikte en keek door het panoramaraam uit over Helsingborg. 'Ik ga een persconferentie houden, daar brengen we het opsporingsbericht naar buiten.'

Fabian ging aan Elvins bureau zitten met het jaarboek uit de negende klas voor zich en bladerde door de oude klassenfoto's. Hij had al meerdere keren gekeken, maar wilde er zeker van zijn dat hij niets had gemist. Hadden echt alleen Jörgen en Glenn Claes gepest? In zekere zin droeg de hele klas er schuld aan omdat ze het met zijn allen hadden laten voortduren. Om het niet over de leraren te hebben.

Hij richtte zijn blik op Lina. Ze had nog steeds niets van zich laten horen en zou dat waarschijnlijk ook niet doen. Hij moest denken aan hoe ze samen aan de Dalhemsvägen hadden gewoond. Hij op 143C en zij in het huis ertegenover op 141B, en aan de keer dat hij haar voor het eerst had ontmoet.

De zomer voordat ze naar de eerste klas zouden gaan. Hij had met zijn Tennis Trainer op de parkeerplaats gestaan en had geprobeerd de bal zo lang mogelijk in het spel te houden. Hij had niet gemerkt dat ze aan was komen lopen. Opeens had ze daar op de stoeprand toe zitten kijken. Als een openbaring met haar lange blonde vlechten, groene rok en kniekousen. Ze had zelfs een eigen tennisracket bij zich.

Geen van hen had iets gezegd, en hij had zijn best gedaan om niet te kijken en te doen alsof hij niet wist dat zij er was. De gedachte om haar het te laten proberen was niet eens bij hem opgekomen en de poging om een nieuw record te vestigen was plotseling totaal onbelangrijk geworden. Het enige waar het nu om ging was zo hard mogelijk te slaan.

Ten slotte was het blauwe elastiek dat op meerdere plekken aan elkaar was geknoopt gebroken en de bal was in een lange boog weggevlogen en een paar seconden later ver weg in de Dalhemsvägen geland. Ze hadden hem een tijdje na staan kijken. Ze hadden allebei niets gezegd en hij herinnerde zich hoe sullig het had gevoeld om daar te staan. Hij deed tenslotte nog steeds alsof hij niet had gezien dat zij er was en had geen idee hoe hij zich hieruit moest redden.

'Wil je dat ik je help om de bal te zoeken?'

Hij herinnerde zich elk woord alsof het het lottorijtje was dat hem miljonair had gemaakt. De stilte was verbroken en hij had zich eindelijk naar haar toe kunnen draaien.

'Nee. Ik ben toch van plan om een nieuwe te kopen,' had hij geantwoord en hij had haar en de Tennis Trainer de rug toegekeerd en was weggelopen. Pas uren later was hij teruggeslopen om hem te halen. Maar toen was hij weg geweest.

Zijn mobieltje ging en Fabian schrok en stootte een glas water om. Een stroompje water liep over het bureau en Fabian haalde gauw het jaarboek en de stapel met documenten weg terwijl hij opnam.

'Risk.'

'Mijn naam is Dunja Hougaard en ik bel van de rechercheafdeling van de politie van Kopenhagen.'

'Ja?'

'Het gaat om de moord op Mette Louise Risgaard en de poging tot moord op politieagent Morten Steenstrup. Als ik het goed begrepen heb, zijn we op zoek naar dezelfde dader.'

'Dunja, ik stel het op prijs dat je belt. Maar ik denk dat het het beste is als je met mijn chef spreekt, Astrid Tuvesson.'

'Dat is nu precies wat ik wil vermijden.'

Fabian had de meeste documenten kunnen redden van de overstroming, die nu een kleine geul gevormd had die op zijn beurt overging in een kleine waterval die vanaf de rand van de tafel op de grond stortte.

'En waarom, als ik mag vragen?' Hij kroop onder de tafel en offerde het *Helsingborgs Dagblad* op.

'Mijn chef Kim Sleizner heeft mijn afdeling duidelijke richtlijnen gegeven om geen contact met jullie op te nemen. Vraag me niet waarom.'

'Dus dit is met andere woorden een informeel gesprek.' Fabian zag hoe de eerste pagina van de krant, waarop een vage foto stond van de schuin staande heftruck in Åstorps Bouwartikelen, donkerder werd naarmate het water zich verspreidde.

'Precies. Misschien kunnen we elkaar helpen?'

'Hoe gaat het met de auto? Hebben jullie iets gevonden?' Fabian wilde net opstaan toen zijn oog op een vastgetapete sleutel aan de onderkant van het bureau viel.

'Ik wil het er liever niet door de telefoon over hebben. Het is beter als we elkaar kunnen ontmoeten.'

'Oké. Ik moet er even over nadenken en dan kom ik erop terug.'

'Natuurlijk. Je weet waar je me kunt vinden.'

Fabian drukte het gesprek weg en dacht na. Als hij Tuvesson nog een keer zou passeren, zou dat consequenties hebben. Ze had hem een tweede kans gegeven en tegelijkertijd volkomen duidelijk gemaakt dat het de laatste was.

Hij maakte de tape voorzichtig los, pakte de sleutel en hield hem in zijn hand. Hij stond op, controleerde of niemand naar hem keek en stak de sleutel in het slot van de la die hij niet open had kunnen krijgen. De sleutel gleed er probleemloos in en toen hij hem omdraaide, hoorde hij een klik. Hij keek nog een keer over zijn schouder en trok de la voorzichtig open. Die zat tot de rand toe vol.

Bovenop lag een kalender en ernaast een pennendoosje. Hij tilde het doosje op om te kijken wat eronder lag en voelde meteen hoe zwaar het was. Hij overwoog of hij toe moest geven aan zijn nieuwsgierigheid en het moest openmaken, maar besloot het te laten zitten, waarna hij de la weer dichtschoof en afsloot en de sleutel weer op zijn plek onder de tafel vasttapete.

26

De camera's klikten, de neergezette stoelen werden bezet en de microfoons werden op Astrid Tuvesson gericht, die samen met de hoofdaanklager Stina Högsell achter een overdekte tafel op een podium zat. Fabian stond aan de zijkant tegen de muur geleund en stond versteld van wat een witte, pas gestreken blouse, wat gepruts aan je haar, een beetje lippenstift en wat poeder op de wallen onder je ogen voor het uiterlijk van een vrouw konden doen. Een metamorfose die weinig mannen was vergund.

'Kalm! Iedereen kan naar binnen,' riep een bewaker, hoewel de zaal al tot barstens toe vol zat. Er waren niet alleen journalisten en fotografen uit Zuid-Zweden, maar uit het hele land en zelfs flink wat uit de buurlanden. Zowel TV4 als SVT waren er, maar ook DR en TV2 uit Denemarken en NRK uit Noorwegen. De belangstelling was enorm en Fabian kon begrijpen waarom. De zaak was in hoge mate spectaculair. Dit was niet zomaar een lichaam dat verkracht en vermoord in een bos was gevonden. Nee, dit was een zaak die goed doordacht en zorgvuldig voorbereid was.

'Ik wil beginnen met u allen welkom te heten op deze persconferentie,' riep Tuvesson te midden van het geroezemoes, dat snel afnam. 'Voor degenen die niet weten wie ik ben, mijn naam is Astrid Tuvesson en ik ben verantwoordelijk voor de rechercheafdeling van de politie van Helsingborg. Naast me zit Stina Högsell, hoofdaanklager.'

'Klopt het dat een van jullie agenten in dezelfde klas heeft gezeten als de twee slachtoffers?' riep iemand in het publiek.

'Er zal straks tijd zijn om vragen te beantwoorden,' zei Tuvesson. 'Sinds de moord op Jörgen Pålsson en vlak daarna op Glenn Granqvist zijn we voornamelijk bezig geweest met het vinden van een steekhoudend motief en een mogelijke dader. Nadat we ons eerst met meerdere parallelle sporen bezighielden, springt er nu een uit als het meest interessante. Daarom komen we vandaag met een opsporingsbericht voor deze man.' Tuvesson pakte de afstandsbediening en richtte hem op de projector aan het plafond. Achter haar was nu een grote portretfoto van Rune Schmeckel te zien. 'Deze foto kan van onze website worden geplukt en meteen na de persconferentie zullen we een telefoonlijn openen, waar mensen vierentwintig uur per dag terecht kunnen met tips.'

'Hebben jullie een naam?'

'Hij heet nu Rune Schmeckel, een naam die hij in 1993 heeft aangenomen. Daarvoor heette hij Claes Mällvik. Hij zat in dezelfde klas als de twee slachtoffers, die hem gedurende de hele basisschool hebben blootgesteld aan mishandelingen. Er zijn zelfs tekenen die erop wijzen dat dit tot lang na de schooljaren heeft voortgeduurd.'

'Dus u bedoelt dat het motief wraak is omdat hij werd gepest?'

'Dat is een van de motieven die momenteel onderzocht worden.'

'Zal hij opnieuw toeslaan?'

'Dat is iets waar we om begrijpelijke redenen onmogelijk antwoord op kunnen geven. Maar op het moment gaan we uit van de theorie dat hij klaar is en zich schuilhoudt. Misschien zelfs wel buiten de grenzen van Zweden. Daarom brengen we ook een internationaal opsporingsbericht uit. Ik wil van de gelegenheid gebruikmaken om te benadrukken dat zelfs als hij klaar is met wraak nemen op zijn twee plaaggeesten, hij extreem gevaarlijk is en er niet voor terugdeinst meer levens te nemen als dat zo uitkomt. Zoals we in Denemarken hebben kunnen zien.'

'Maar is het niet jullie schuld dat het zo is gelopen?' vroeg een Deense journalist. 'Hadden jullie de politie van Kopenhagen niet moeten bellen om hen te informeren dat de dader zich in Denemarken ophield?'

'Ik vind niet dat we in deze kwestie fout hebben gehandeld. Meer kan ik er echter niet over zeggen omdat het onderzoek nog loopt. Op dit moment zetten we al onze krachten in om de dader te vinden en te grijpen en dat is ook waar deze persconferentie om draait.'

Fabian kon het niet laten onder de indruk te zijn van Tuvessons vermogen om het roer in handen te houden en de gebeurtenis in Denemarken terzijde te schuiven en hem tegelijkertijd te verdedigen zonder zelfs maar zijn naam te noemen.

'Ik heb een vraag die eigenlijk voor Fabian Risk is! Hoe goed kende hij de verdachte?'

'Ja, Fabian Risk is hier nu niet. Dus ik moet jullie verzoeken jullie vragen...'

'Hij staat daar!' zei iemand en wees naar hem.

Tuvesson draaide zich naar Fabian toe, die knikte en zijn hand opstak. 'Ja, het klopt. Ik ben hier! En mijn antwoord is dat ik hem in feite totaal niet kende.'

'Wist je dat hij gepest werd?'

Fabian dacht even na voordat hij knikte. 'Ja, dat wist ik. Ik denk dat de hele klas het wist.'

'En jullie deden er niets aan? Hadden jullie toen al niet...'

'Zoals jullie begrijpen kunnen we niet op alle details ingaan,' onderbrak Tuvesson hem. 'Maar we hebben dus een verdachte die zich op dit moment op vrije...'

'Het geeft niet. Ik wil best antwoord geven,' zei Fabian.

Tuvesson knikte en leunde achterover in haar stoel.

'Natuurlijk hadden we iets moeten doen. Ik evengoed als alle anderen. Maar de angst om je nek uit te steken en het risico te lopen dat je het volgende slachtoffer werd was te groot. Ik denk dat het iets is waar de meesten van ons zich in kunnen herkennen. Ik ben er niet trots op. Het is juist een van de redenen geweest dat ik bij de politie ben gegaan. Ik kon mezelf niet zien als iemand die zich afwendt en zijn ogen sluit. Het is dus de ironie van het lot dat ik hier nu zit.'

Tuvesson liet de woorden bezinken en boog zich toen naar de microfoon toe. 'Zijn er nog meer vragen?'

'Ik heb een vraag over de auto die jullie in Denemarken hebben gevonden,' riep iemand vanuit het gedrang. Maar het was duidelijk dat het een Deen was die Zweeds probeerde te praten.

'Op het ogenblik is de auto in het bezit van de Deense politie. En omdat er een onderzoek gaande is naar de gebeurtenissen in Denemarken kunnen we er geen commentaar op geven.'

'Alright. Ik vraag het evengoed, dan zien we wel of jullie er antwoord op kunnen geven of niet. Was het in opdracht van jou dat Fabian Risk een wiel van de auto haalde en daarna de hele verantwoordelijkheid daarvoor overdroeg aan de jonge vrouw die er later met haar leven voor moest betalen?'

Fabian probeerde te zien wie de vraag stelde, maar de man zat verborgen achter de andere journalisten. Hij richtte zich tot Tuvesson, die vragend keek.

'Neem me niet kwalijk, wie stelde de vraag?'

'Dat was ik!' Er kwam een man overeind, die zijn hand omhooghield. 'Mijn naam is Svend Møller en ik werk voor de *Sjællandske*.' De man was blond, had een roodachtige baard, een ronde bril en was gekleed in beige Fjällrävenkleren.

'En wat was je vraag precies?' ging Tuvesson verder.

'Ik heb informatie dat de auto van de verdachte een achterwiel miste en dat er een briefje op het raam zat waarop stond dat het wiel opgehaald kon worden in het benzinestation,' zei de man in gebrekkig Deens-Zweeds. 'Naar ik begrijp was dat om de dader te verplichten contact met het personeel op te nemen, die de opdracht hadden om de politie te alarmeren. Mijn vraag is of dit door jou gesanctioneerd was? Het heeft tenslotte een onschuldig Deens meisje het leven gekost.'

De stilte duurde niet langer dan een paar seconden. Toch verraadde die overduidelijk dat Tuvesson geen antwoord had. Fabian begreep niet hoe de journalist zo goed op de hoogte kon zijn. Was er een lek? Ze waren hun grip op de situatie aan het verliezen en hij besloot het heft in eigen handen te nemen.

'Neem me niet kwalijk, maar waar heb je die informatie vandaan?'

De journalist met de baard richtte zich tot Fabian en zag er tevreden uit.

'Die heb ik van de twee collega's van Mette Louise Risgaard. Zij beweren dat er een autowiel in bewaring was van donderdag de eerste tot vrijdag de tweede, toen de dader ernaartoe moet zijn gekomen. Ze gaven me dit als bewijs.' De man hield het geplastificeerde briefje omhoog, zodat iedereen het kon lezen: DEZE AUTO STAAT OP PRIVÉTERREIN. NEEM ALSTUBLIEFT CONTACT OP MET HET PERSONEEL.

Alle aandacht was nu op de journalist gericht die het briefje glimlachend voor de camera's hield en de vragen van zijn collega-journalisten beantwoordde met de aanbeveling het volgende nummer van de Sjællandske te kopen, of, nodig beter, een abonnement te nemen.

Een van de journalisten van het *Helsingborgs Dagblad* richtte zich tot Tuvesson, die nog steeds niet in Fabians richting had gekeken. 'Kun je bevestigen dat deze informatie klopt?'

'Ik kan in de huidige situatie niets bevestigen wat te maken heeft met details in het werk van de politie. Dat heeft deels te maken met onderzoekstechnische redenen, maar ook met het nog lopende onderzoek in Denemarken. Maar ik wil van de gelegenheid gebruikmaken om te benadrukken dat ik de volledige verantwoordelijkheid voor het optreden van de politie op me neem, dat nu tot de identificatie van de verdachte heeft geleid. Dat het een onschuldige het leven heeft gekost is natuurlijk zeer betreurenswaardig. Al moeten we niet vergeten dat de dader haar van het leven heeft beroofd. En niet de politie.'

'Maar de dader heeft de schuld volledig bij Fabian Risk gelegd in zijn bericht! Dat is toch zo?'

De inlichting dat de dader zich rechtstreeks tot Risk zou hebben gewend, sloeg in als een bom bij de journalisten in de zaal. De Fjällrävenman had gewonnen door middel van knock-out en al de andere journalisten roken nu bloed en overstelpten Tuvesson met vragen.

'Geen commentaar!' herhaalde Tuvesson en ze verklaarde de persconferentie voor gesloten.

Fabian wrong zich door de menigte van journalisten, die elkaar allemaal probeerden te overstemmen met vragen, naar de plek waar de Deense journalist had gestaan. Maar toen hij er aankwam was de plek leeg en de man was nergens te zien. Fabian klom op de lege stoel en liet zijn blik over de mensenmassa gaan. Kon hij het lokaal echt zo snel hebben verlaten? Hij keek naar het podium en zag dat Tuvesson al op weg naar buiten was.

27

Dunja Hougaard stond te wachten tot de liftdeuren open zouden gaan. Haar hartslag was nog steeds hoog en ze voelde hoe het zweet door haar poriën drong en haar overhemd aan haar rug liet kleven. Zweten op een verkeerd moment was een van de ergste dingen die ze kende. Toch bleef ze de fout herhalen om te hard te fietsen. Het was alsof ze haast kreeg op het moment dat ze op haar fiets stapte.

Deze keer was ze op weg naar Morten Steenstrup, wiens toestand een staatsaangelegenheid was geworden en door de media gevolgd werd alsof hij van koninklijken bloede was. Experts uit zowel Duitsland als Engeland waren ingevlogen en na een lange reeks gecompliceerde operaties waren ze erin geslaagd de inwendige bloedingen te stoppen en zijn situatie kon nu bestempeld worden als redelijk stabiel. Wat haar een kleine kans bood om hem te spreken voordat hij klaargemaakt zou worden voor de volgende operatie.

De liftdeuren gingen open en ze stapte de lift in en drukte op het knopje van de vierde verdieping. Maar de lift bleef al op de tweede etage staan en twee mannen in operatiekleding met kapjes om hun nek stapten naar binnen en drukten op het knopje van de derde etage.

'Hoe oud zei je dat ze was?'

'Tweeënveertig.'

'Kinderen?'

'Drie. En dat is het hem. Ik reageer er meestal niet op. Maar juist door haar leeftijd en het feit dat ze drie kinderen had, en ze waren perfect.'

'Waren ze echt?'

'Ik denk het wel.'

'Je denkt het?'

'Dat is het probleem juist. Je kon het niet zien.'

'Je kan het altijd zien.'

'Geloof me, ik heb goed gekeken.'

'Dan blijft er nog maar één ding over.' Hij kneep met zijn handen in de lucht. 'In welke zaal zei je dat ze lag?'

Ze barstten in lachen uit en verlieten de lift op de derde verdieping.

Dunja stond op het punt om achter de mannen aan te lopen en naar hun namen te vragen, maar ze bedacht zich en liet de lift verder gaan naar de vierde etage. Ze was al laat.

Ze stapte uit de lift en schudde de gedachte van zich af of Steenstrup zonder zijn glorie dezelfde medische zorg zou hebben gekregen. Ze moest nu gefocust zijn en haar tijd goed gebruiken. Drie minuten had de behandelend arts haar na herhaaldelijk aandringen gegeven. Drie minuten. En geen seconde meer, had hij haar duidelijk gemaakt. Steenstrup was pas kortgeleden ontwaakt en kon geen lang verhoor aan. Hij besefte nauwelijks waar hij zich bevond. En al helemaal niet wat een opschudding zijn optreden had veroorzaakt. Maar dat maakte Dunja niet uit. Ze wist precies wat ze moest vragen en daar had ze maar een halve minuut voor nodig.

Ze liep door een lange gang die uitmondde in een wachtkamer die vol journalisten zat. Een paar zaten op hun notebooks te tikken en anderen waren aan het schaken. Ze kon zien dat het de *Jyllandsposten* tegen *Politiken* was en constateerde teleurgesteld dat de *Jyllandsposten* de overhand had.

Een van de journalisten zag haar en haastte zich naar haar toe met een bombardement aan vragen, waardoor de andere journalisten ook tot leven kwamen. De camera's begonnen te klikken alsof zij de dader was en de vragen werden in het rond geworpen en troffen haar als natte sneeuwballen die langs haar rug omlaag gleden. Haar blouse was doorweekt van het zweet. Toch had ze het koud. En niemand leek te horen dat ze de hele tijd zei dat ze op dit moment geen enkel commentaar kon geven.

Ten slotte gaf ze het op en draaide zich naar de groep journalisten en hun camera's toe en vertelde dat ze voor het eerst een heel kort gesprek met Morten Steenstrup zou hebben, die zojuist wakker was geworden. Daarna legitimeerde ze zich voor de dienstdoende agent en liep de afdeling op. Pas toen de deur achter haar werd gesloten, kon ze weer ademhalen.

De behandelend arts ontving haar en keek haar zonder een spier te vertrekken aan. 'Dunja Hougaard?'

Ze knikte.

'Als ik stoppen zeg, is het stoppen, niet doorgaan maar stoppen. Oké?'

Dunja had nu al een hekel aan hem en liep verder door de gang zonder hem antwoord te geven.

'Ik hoop dat je begrijpt dat dit een uitzondering is en dat de verantwoordelijkheid voor het leven van de patiënt bij mij en bij niemand anders ligt,' ging de arts verder en hij sloeg links af weer een andere gang in. 'En wat je er ook van vindt, ik ben van plan die verantwoordelijkheid te nemen.' De arts bleef voor een deur staan die werd bewaakt door twee geüniformeerde agenten, en keek Dunja recht aan. 'Ik hoop dat je nu de ernst van de situatie inziet en dat ik erop kan rekenen dat je ervoor zorgt dat je mijn patiënt een hoop onnodige uitweidingen bespaart.'

'Ik stel voor dat je de deur opent voor hij alzheimer krijgt.'

Morten Steenstrup lag achter in de kamer en zag er allesbehalve uit als een held. Allebei zijn benen zaten in het gips. Om zijn nek zat een steunkraag en een groot deel van zijn haar was weggeschoren. Hij lag aan een infuus en een bliepend apparaat dat zijn waarden in de gaten hield. Zijn mond stond half open en zijn blik was schuin omhoog op het plafond gericht en hij reageerde niet toen Dunja de kamer binnenkwam.

Haar eerste gedachte was dat hij dood was. Dat hij een seconde voordat ze de kamer in kwam was overleden en dat ze door die irritante arts niet kon doen waarvoor ze gekomen was. Ze pakte een stoel en ging naast zijn bed zitten.

'Hoi Morten. Mijn naam is Dunja Hougaard en ik werk als rechercheur bij de politie van Kopenhagen.' Ze wachtte op een reactie en negeerde de arts, die zijn keel schraapte en vast naar zijn horloge wees. Maar er kwam geen reactie.

'Ik heb maar een paar minuten en wil je niet onnodig vermoeien. Het enige wat ik wil weten is of dit de man is die je heeft overvallen?' Ze haalde de opsporingsfoto van Rune Schmeckel tevoorschijn en hield die voor het gezicht van de agent, maar ook nu bleef een reactie uit.

'Morten. Zie je de man op deze foto?'

'Ja,' antwoordde de politieman met een zwakke, fluisterende stem.

'Is dit dezelfde man die je heeft overvallen?'

'Nee.'

Het antwoord kwam als een volslagen verrassing. De mogelijkheid dat hij de dader niet zou herkennen, was niet eens bij Dunja opgekomen.

'Weet je het zeker. Ik wil dat je nog een keer heel goed kijkt.'

'Ik weet het zeker. Het is hem niet.'

'Ik wil je nu niet onder druk zetten, maar ik kom over twee dagen terug. Dan kunnen we...'

'Het is hem niet.'

'Oké, Morten. Kun je zeggen wat er anders aan hem is? Is het zijn haar of iets anders wat makkelijk te veranderen is? Neem alle tijd die je nodig hebt om erover na te denken. Het heeft geen zin om een antwoord te forceren.'

De arts schraapte zijn keel, deed een stap naar voren en tikte op zijn horloge.

'Alles,' fluisterde Morten.

'Alles? Ik weet niet of ik begrijp wat je bedoelt.'

'Alles is anders. Het is hem niet. Jullie hebben de verkeerde persoon.'

28

De aanplakbiljetten van de kranten waren vervangen door foto's van Rune Schmeckel.

GEZOCHT

Fabian Risk dronk zijn espresso op, nam een hap van de pecannotenvlaai en begon de homepages van de kranten op zijn mobieltje te bekijken. Hij had de auto bij het politiebureau laten staan en een lange wandeling naar de stad gemaakt, waar hij in de hoek achter in lunchroom Fahlmans plaats had genomen. Daar kon hij rustig zitten terwijl alle anderen elkaar verdrongen onder de luifel op het terras.

Na de persconferentie was hij direct naar Tuvessons kantoor gegaan. Ze was er niet geweest en dus was hij gaan zitten wachten – in de overtuiging dat ze vast met hem zou willen spreken en hem waarschijnlijk uit het onderzoek zou willen zetten. Maar toen hij na een uur begreep dat Tuvesson niet van plan was te komen, had hij het politiebureau verlaten en was naar de stad gewandeld.

Onderweg had hij gezien dat de aanplakbiljetten van de kranten waren verwisseld en dat het allemaal steeds meer op een drijfjacht begon te lijken. Zijn ambtsovertreding was bijna even groot nieuws als het feit dat de moordenaar nu was geïdentificeerd. Meerdere kranten hadden foto's van hem afgebeeld en sommige gingen zelfs zover om hem van moord te beschuldigen. Hij kon niet zeggen dat hij verbaasd was. De persconferentie was op de klippen gelopen en alle aandacht was op hem gericht geweest.

Hij dacht na over wat hij zou moest doen als hij eruit werd gezet. De geplande vakantie weer oppakken of op eigen houtje verdergaan? Hij koos voor het eerste, al wist hij diep vanbinnen dat het op het laatste zou uitdraaien.

De *Kvällsposten* was zonder meer de krant die de meeste pagina's aan hem had gewijd. Indrukwekkend snel waren ze erin geslaagd zijn verleden in kaart te brengen met oude foto's en interviews met mensen die hem kenden. Het was niet voor het eerst dat hij dacht dat de politie zou moeten rekruteren onder nieuwsreporters. Ze hadden onder meer een gepensioneerd oud-voetbaltrainer gevonden die beweerde dat hij hem getraind had en die zei dat Fabian nooit een teamspeler was geweest maar altijd geprobeerd had helemaal in zijn eentje doelpunten te maken.

Zelf kon hij zich niet herinneren dat hij ooit langere tijd gevoetbald had. Balspelen hadden hem nooit echt geïnteresseerd. Maar dat hij geen teamspeler was kon hij niet ontkennen. Voor hem was het doel altijd belangrijker geweest dan de weg ernaartoe.

VERLIEFD OP VROUW VAN SLACHTOFFER

De kop trof hem als een zweepslag. Het artikel ging erover hoe Lina Pålsson zijn grote jeugdliefde geweest zou zijn en stelde de vraag of die gevoelens nog steeds bestonden en of dat er de reden van kon zijn dat hij zijn beoordelingsvermogen was kwijtgeraakt. Hoe waren ze daarachter gekomen? Zelf had hij het nooit tegen iemand gezegd, en tot voor een paar dagen geleden had hij er geen moment meer aan gedacht.

De enige verklaring was dat ze met Lina hadden gesproken. Hij kon zich niet herinneren dat hij haar ooit had verteld wat hij voor haar voelde. Ze had Jörgen gekozen en hij had er op zijn beurt voor gekozen om zijn gevoelens zo diep te begraven dat niemand ze ooit meer zou kunnen vinden. Hoe dan ook was het nu publiek gemaakt en hij kon er niets meer aan veranderen.

Het was niet verbazingwekkend dat *Aftonbladet* ervoor had gekozen het zo groot te brengen. Het risico dat het hem in zijn onderzoekswerk beïnvloedde was levensgroot aanwezig. Hoe zou hij niet beïnvloed kunnen zijn door het feit dat het slachtoffer samen was geweest met zijn grote jeugdliefde? Hij pakte zijn mobieltje en toetste haar nummer in, maar bedacht zich zodra hij de telefoon over hoorde gaan. Hij had toch geen idee wat hij zou moeten zeggen.

Toen hij klaar was met de kranten wandelde hij langs Helsingborgs stadstheater en verder naar het noorden langs de strandpromenade. De wind was aangewakkerd en het koele zoute water van de golven die over de muur sloegen raakte hem in zijn gezicht. Hij besefte hoezeer hij Helsingborg had gemist, en om nog natter te worden klom hij op de muur en liep er de rest van de weg overheen.

Pas toen hij de hal in stapte en zijn natte kleren uittrok, voelde hij hoe moe hij eigenlijk was. De dag die was begonnen met het bericht van Glenns dood en er na een chaotische persconferentie mee was geëindigd dat hij in ongenade was geraakt, voelde als een hele week en toch was het pas zeven uur 's avonds.

Hij liep verder het huis in en werd verwelkomd door een compacte stilte en drie lege pizzadozen op de aanrecht. Ze hadden zonder hem gegeten. Dat was niet vreemd. Hij wist tenslotte zelf niet eens wanneer hij thuis zou komen. Hij wist niet eens of hij honger had. En of hij zin zou hebben gehad om te eten, als hij honger had gehad. Het was alsof de vlaai als een zware deksel op hem drukte en alle gevoelens tegenhield. Zowel honger als angst.

Hij liep de trap op naar de tweede verdieping, keek in Matilda's kamer en verbaasde zich erover hoe ze al was opgeschoten. De posters van *Grease*, *Highschool Musical* en *Dirty Dancing* hingen en de boekenplank was gevuld met haar boeken en alle kleine plastic spulletjes die ze verzamelde. Het bureau stond met pennendoos en gum te wachten op de start van de school in augustus. Het bed was opgemaakt en op het plafond had ze lichtgevende stickers van haar sterrenbeeld Vissen geplakt.

Het enige wat ontbrak was Matilda zelf. Hij keek in de slaapkamer, maar die was ook leeg, en nadat hij droge kleren had aangetrokken liep hij naar Theodors kamer en klopte op de deur, zonder een reactie te krijgen. Maar toen hij de deur opendeed en naar binnen keek zag hij Theodor op zijn buik op het bed liggen, zo goed als onbeweeglijk, en ergens kwam een fluitend geluid vandaan.

'Theo? Hallo? Theo, hoor je me?' zei hij zonder zijn stem te veel te verheffen, maar Theodor gaf nog steeds geen teken van leven. 'Hallo?! Theodor?!' Hij liep naar het bed en legde zijn hand op Theodors schouder. Theodor draaide zich met een ruk om en trok een van de koptelefoontjes uit zijn oor.

Gripping your pillow tight...

'Wat is er?'

'Hoorde je me niet roepen?'

'Nee.'

Exit light...

Theo haalde zijn schouders op en drukte het oortelefoontje terug. Fabian trok het weer uit zijn oor en het andere ook.

Enter night...

'Wat wil je verdomme?!'

'Waar zijn de anderen?'

'Hoe moet ik dat weten?'

Take my hand...

Het was niet zo dat Fabian er niet op voorbereid was dat de tienertijd moeilijk zou worden. Hij had alleen meer schreeuwerige conflicten verwacht, gesmijt met deuren en laat thuiskomen na een avondje uit. Deze stilte was iets heel anders en hij had geen idee hoe hij ermee om moest gaan.

We're off to never never-land...

'Hoe gaat het eigenlijk met je?'

Theodor zuchtte en zette de muziek stil.

'Mis je je vrienden uit Stockholm? Ik kan me voorstellen dat je dat...'

'Welke vrienden?'

'Weet ik veel. Waar je mee speelde?'

Theo sloeg zijn ogen ten hemel.

'Of mee optrok of hoe noemen jullie dat?' ging Fabian verder en hij voelde zich als een blinde op een koord. 'Maar je zult hier nieuwe vrienden krijgen. Nou ja, misschien niet precies hier. Je moet natuurlijk wel je kamer uit komen en naar buiten gaan en... en...'

'Ben je klaar?'

Fabian knikte en besefte dat als hij zichzelf als vader had gehad hij waarschijnlijk precies hetzelfde had gereageerd als Theodor. Hij liep de kamer uit en kon er niets aan doen dat hij zich een beetje opgelucht voelde.

Sonja vond hij boven in het atelier, waar ze aan een groot nieuw schilderij werkte met brede, agressieve penseelstreken. Hij liet zijn blik op haar rusten, hoewel hij wist dat ze er niet van hield om bekeken te worden als ze schilderde. Maar hij hield ervan, vond dat zij dan op haar mooist was – onopgemaakt, verfvlekken op haar gezicht en die volledige concentratie, die alles om haar heen afschermde.

Ze stond met haar zij naar hem toe en had in elke hand een penseel. Haar haar was opgestoken met een paar penselen en ze was gekleed in haar overall, waar zoveel verfvlekken op zaten dat het een kunstwerk op zich was. Eronder droeg ze de rode bh die ze tweeënhalf jaar geleden van hem met de kerst had gekregen.

'Hé, lieveling.'

'Hoi,' antwoordde ze met een glimlach. Maar haar blik sprak boekdelen. Ze ging verder met verf uitsmeren over het schilderij.

'Mag ik binnenkomen?'

Ze gaf geen antwoord, en dus liep hij de kamer in en ging achter haar staan. 'Wat goed dat je weer begonnen bent.'

Het schilderij leek op niets wat ze eerder had gemaakt. Hij wist dat ze naar iets nieuws zocht nadat ze al die jaren met vissen had gewerkt. Het was een succesvolle tijd geweest met inkomsten die zijn loon verre hadden overstegen, hoeveel overuren hij ook maakte. Het was alsof iedereen haar onderwaterschilderijen van scholen vissen, inktvissen en krabben wilde hebben.

Het was de grote droom van elke kunstenaar. Maar voor Sonja was het ten slotte een nachtmerrie geworden. Toen het op zijn ergst was, had ze een wachtlijst van meer dan een jaar gehad. De klanten hadden de grootte bepaald, evenals de kleuren omdat die bij de inrichting moesten passen. Sonja had zich totaal geen kunstenares meer gevoeld en was ten slotte ingestort.

Dat was iets meer dan een halfjaar geleden en sindsdien had ze gezocht en geëxperimenteerd. Een tijdje had het ernaar uitgezien dat vogels de rol van de vissen over zouden nemen. Ze had vogelnestjes geschilderd, eieren en zwermen in de lucht. Maar dit was dus iets heel anders. Een heftige kakofonie waarin de ene nuance nog roder was dan de andere.

'Lieverd. Ik ben aan het werk.'

'Ik ga ervan uit dat je de kranten hebt gelezen?'

'Je moet niet alles geloven wat je leest.'

'Dat jonge meisje. Daar was ik verantwoordelijk voor. Het is mijn fout.'

'En die Lina Pålsson?'

Fabian had erop gewacht dat de vraag zou komen, en hij kon het haar niet kwalijk nemen. Na wat er met Niva was gebeurd, was haar vertrouwen in hem kapotgegaan en het hing nu aan een dun draadje. Als het dat al deed.

'Ja, ik was verliefd op haar en ja, ik wilde niets liever dan dat we samen zouden zijn. Maar, Sonja, dat was toen. In de bovenbouw. En het is nooit iets geworden. Waar ik nu heel erg blij om ben.'

Sonja draaide zich naar hem toe en keek hem in de ogen. De verf van de penselen druppelde op de vloer. 'Dus ze betekent nu niets meer voor je?'

'Niet meer dan dat ze een oud-klasgenote is, wier man net bruut vermoord is.'

'Oké.' Sonja keerde terug naar het schilderij en hij bleef staan en overwoog of hij naar haar toe moest gaan om haar te omhelzen toen zijn mobieltje ging.

'Ja, hallo?'

'Hoe is het met je?' Het was Irene Lilja.

'Tja, zoals ik verdien, zou mijn moeder zeggen.' Fabian ging een paar passen achteruit om niet geraakt te worden door de verfspetters van Sonja, die weer was begonnen te schilderen. 'Maar het komt nu niet zo goed uit. Kan ik je terugbellen?'

'Maar, zeg eens? Klopt het echt?' onderbrak ze hem. 'Dat met Lina Pålsson?'

'Ja.'

Het werd stil en Fabian kon horen dat Lilja precies hetzelfde dacht als hijzelf. *In welke mate had het hem beïnvloed bij het onderzoek?* Hij ging het atelier uit en liep de trap af.

'Maar dat je het weet, ik was me er zelf in het begin niet eens bewust van. Het is alsof ik mijn hele jeugd heb verdrongen.' Hij voelde de behoefte om het uit te leggen. Te zorgen dat ze het begreep. 'Daarom zei ik niets en later...'

'Zeg, dit kun je beter met Tuvesson bespreken. Je hebt vast een heel goede verklaring.' De ironie in haar stem was onmogelijk te missen. 'Maar daarom belde ik niet. We hebben een nieuw sterfgeval.'

Fabians gedachten werkten op volle toeren om erachter te komen wie het kon zijn. Wie had hij over het hoofd gezien?

'Het is niemand uit de klas.'

'Nee? Oké, wie...?'

'Monika Krusenstierna. Jullie klassenlerares.'

Het weinige dat Fabian zich van Monika Krusenstierna kon herinneren was dat ze altijd knielange rokken droeg die vaak geruit waren en dat ze nooit lachte. Haar lessen moesten volgens een bepaald schema verlopen. Wiskundesommen moesten worden berekend, blinde landkaarten ingevuld en boeken hardop voorgelezen, hoofdstuk na hoofdstuk. Discussie en reflectie kwamen nooit aan bod. Hoe meer hij erover nadacht, hoe meer de jaren met Monika Krusenstierna aanvoelden als één lang dictee.

'Thuiszorg vond haar in haar appartement. In een fauteuil om precies te zijn. En het heeft blijkbaar een tijdje geduurd voordat ze doorkregen dat ze dood was, omdat ze geen zichtbare verwondingen had.'

'Dus ze zat er gewoon? Hebben ze de doodsoorzaak al vast kunnen stellen.'

'Hartstilstand. Vlecht belde net met een voorlopig rapport en blijkbaar waren haar aderen erger dichtgekalkt dan een oud koffiezetapparaat.'

'Het was dus geen moord?'

'Nee. Ik wilde alleen dat je ervan zou weten voordat het in de kranten staat. We weten tenslotte hoe ze het zullen interpreteren. Een pikant detail is dat de *Kvällsposten* van vandaag opengeslagen op haar knie lag.'

'Welke pagina?'

'Die waarop ze zich afvragen hoe het mis heeft kunnen gaan.'

Fabian wist precies om welke pagina het ging. De kop luidde: DE LERARES DIE HAAR OGEN SLOOT.

Het artikel ging over hoe Claes Mällvik stelselmatig door Jörgen en Glenn was mishandeld en dat niemand er iets aan had gedaan. Zelfs de volwassenen had het niets kunnen schelen, en ze vroegen zich af waarom Monika Krusenstierna geen alarm had geslagen en waren van mening dat ze moest hebben vermoed dat er iets niet goed zat in de klas. Fabian leed met haar mee. De aanklacht in het artikel moest vreselijk voor haar zijn geweest om te lezen en was ongetwijfeld de indirecte oorzaak van haar dood.

'Oké. Bedankt voor het bellen.'

'Dat was niets. Tot ziens. Mister loverboy.'

29

Hij had te laat ingezien hoe verkeerd hij Fabian Risk had ingeschat. Het incident in Glenns tuin, dat hem een dag had gekost, had Risk genoeg tijd gegeven om de auto in Denemarken te vinden. Hij had nagedacht, alles wat er gebeurd was van alle kanten bekeken, maar hij had nog steeds geen idee hoe het in zijn werk was gegaan. Dat Risk bovendien het ene achterwiel eruit had geschroefd, was als een volslagen verrassing gekomen. Risk was een aanzienlijk grotere bedreiging gebleken dan hij ooit had kunnen vermoeden en van hoe diep het ook moest komen, hij moest toegeven dat hij onder de indruk was.

Wat hij zich had voorgenomen – het verplaatsen van de auto – was mislukt. Hij had het op moeten geven, de auto achter moeten laten en moeten vluchten. Nu was hij in bewaring bij de Deense politie. Wat op zich beter was dan wanneer hij bij de Zweden was geweest. De Denen zouden niet veel interessants vinden. Het was alleen de vraag hoe lang hij daar zou blijven.

Hij had serieus overwogen om het plan af te breken en nu al de boot te nemen, die volgetankt en bevoorraad in Råå lag te wachten, maar had toch besloten om de mogelijkheid te onderzoeken om het plan gedeeltelijk aan te passen. Voorlopig had het hem weer een dag vertraging opgeleverd. Maar hij had geen keus. Het alternatief – om ermee te stoppen – was een zo grote nederlaag dat het hoogst onwaarschijnlijk was dat hij ermee zou kunnen leven.

In het oorspronkelijke plan had Risk maar een kleine bijrol gehad, te vergelijken met die van een figurant. Als nog iemand in de rij. Maar nadat duidelijk was geworden dat hij met zijn gezin zou verhuizen, had hij een iets actievere rol toebedeeld gekregen. Maar het was anders gelopen en hij had aanzienlijk meer plek ingenomen dan oorspronkelijk de bedoeling was. Risk moest onder controle worden gebracht en op zijn plaats worden gezet voordat het uit de hand liep. Hoe hij dat precies voor elkaar moest krijgen, wist hij nog niet. Maar hij had eerder nadelen in voordelen veranderd en er was geen reden om eraan te twijfelen dat het deze keer ook niet zou lukken.

De laatste uren hadden hem bovendien in de kaart gespeeld. Zijn gastoptreden als Deense journalist was boven verwachting goed gelukt. Het had Risk in het middelpunt van de belangstelling geplaatst, wat het hele politieonderzoek zou bemoeilijken en waarschijnlijk ook vertragen. Dat de Denen daarna zowel zichzelf als de Zweden beentje hadden gelicht, was iets wat je alleen maar dankbaar kon accepteren. En als kers op de taart reed vlak voor hem een auto weg die recht voor Risks rijtjeshuis een lege parkeerplaats achterliet.

Hij bevestigde de kleine webcamera met een zuignapje aan de binnenkant van het zijraampje, draaide de antenne erop en sloot de stroomvoorziening aan op de kabel die hij uit de accu had getrokken. Hij zette hem aan, zodat het ledlampje begon te knipperen als een autoalarm, pakte zijn mobieltje en stuurde een zescijferige code in een sms naar een specifiek nummer. Een seconde of tien later kwam het beeld van zijn mobieltje tot leven en kon hij de camera op de deur van Risks woning richten en de scherpte instellen.

Hij stapte uit de huurauto en deed hem op slot. Zijn handschoenen had hij de hele tijd aangehouden. Die vergissing zou hij niet nog een keer maken. Hij liep naar links over het trottoir en telde vier opritten voordat hij naar rechts de hoek omsloeg naar de Brommagatan. Meteen na de verlichte etalage van Skandia-makelaars, die gevuld was met objecten die alleen naar Helsingborg verhuisde Stockholmers zich konden veroorloven, liep hij naar rechts een grindweg op en kwam langs een paar vuilnisbakken en een bordje dat meldde dat toegang alleen bedoeld was voor inwonenden.

Aan de achterkant van de rijtjeshuizen verdrongen de tuintjes elkaar, het ene nog opgesmukter dan het andere. Hij telde tot hij bij Risks huis was en stelde vast dat de vorige eigenaars ervoor hadden gekozen zich buiten de tuinenrace te houden. Hij stapte over het half verrotte hek heen en verschool zich achter een gereedschapsschuurtje. Vanaf daar kon hij recht het huis in kijken.

Fabian kon zijn ogen nauwelijks openhouden. Toch zou hij niet kunnen slapen. Zijn gedachten weigerden hem met rust te laten, en hij kon het gevoel niet kwijtraken dat alles wat hij ondernam barsten kreeg en in elkaar aan het storten was.

Hij zat aan de keukentafel met zijn laptop en keek op Mette Louise Risgaards blogsite. In het begin had hij gedacht dat die nergens over ging en vooral uit een hoop nietszeggende korte bijdragen bestond waarin ze beschreef wat ze moest doen of wat ze had gedaan. In een enkel geval zat er een gedachte of een reflectie tussen.

Maar hoe meer bijdragen hij las, over naar de benzinepomp gaan om te werken, vrienden ontmoeten, nadenken over nieuwe tatoeages en dvd's, hoe meer hij in haar leven werd getrokken. Er kwam een beeld naar voren van een intelligent jong meisje dat vol gedachten en ideeën zat, maar er niets mee kon in het gat waar ze opgroeide. Mette Louise Risgaard haatte Lellinge meer dan wat dan ook en zou liever zelfmoord plegen dan daar oud te moeten worden.

Er viel niet uit op te maken of ze een vriendje had. En Fabian kon over zichzelf lezen, als de Zweed die een autowiel kwam brengen en daarmee voor de spannendste gebeurtenis van de week zorgde. Twee bijdragen verder, een over een koffiezetapparaat dat kapot was gegaan en een over de buurman die pornofilms kocht, hield de blog abrupt op. Als je niet wist wat er was gebeurd, zou het een paar dagen duren voordat je begreep dat de blog verlaten was.

Dood.

Fabian klikte verder naar een andere site die meldde dat de begrafenis overmorgen om 13.00 uur in de kerk van Lellinge zou worden gehouden. Hij besloot dat hij erbij aanwezig moest zijn, ongeacht of Tuvesson hem verder liet werken aan de zaak of niet. Dat was het minste wat hij kon doen.

Hij sloot de computer af en ging zijn tanden poetsen in de extra badkamer toen er aan de deur werd gebeld. Hij keek op zijn horloge en zag dat het iets na middernacht was. Hij draaide de kraan dicht. Misschien had hij het verkeerd gehoord? Hij ging verder met tandenpoetsen en spuugde de tandpasta uit toen er weer werd gebeld. Deze keer was het niet te missen. Er belde iemand aan.

Fabian veegde zijn mond af en ging opendoen. Op weg naar de buitendeur dacht hij erover na wie het kon zijn, maar hij kon niemand bedenken die zo laat nog aan zou kunnen bellen. Hij besloot zodra hij tijd had een deurspion te monteren.

Waarna hij het slot opendraaide en de deur opendeed.

30

Hij moest het bericht een paar keer lezen om te begrijpen wat er was gebeurd. De eerste keer was hij niet in staat om het in zich op te nemen. Het voelde alsof het niets met hem te maken had. Een bericht uit een andere parallelle werkelijkheid. Maar na het nog twee keer gelezen te hebben trof het bericht hem als een emmer koud water. Kon het echt waar zijn? Hij zocht op andere nieuwssites en zag hoe het nieuws steeds groter werd. Het was echt gebeurd.

Monika Krusenstierna was dood.

'Verdomme,' brieste hij bij zichzelf. Alles met Risk was gegaan zoals gepland en hij had net de tweede huurauto gehaald en was onderweg om haar op te halen toen hij de laatste nieuwtjes op zijn mobieltje had doorgenomen. Hij moest aan de rand van de weg blijven staan om het korte artikel voor de derde keer te lezen. Kon het een andere Monika Krusenstierna zijn? Hij had haar naam in een telefoonboek op internet opgezocht en maar één treffer gevonden. En dat was in Helsingborg op een adres dat hij tegen was gekomen tijdens zijn research. Toch had hij zich gedwongen gevoeld erheen te rijden om het met zijn eigen ogen te zien. Zich ervan te verzekeren dat het niet weer een van Risks trucjes was.

Monika Krusenstierna woonde op Dalhelmsvägen 69, op de vijfde verdieping in de laatste van de vier flats die net nieuwe plaatijzeren gevels hadden gekregen. Geel was vervangen door grijs. Hij had de auto bij de Dalhemsschool geparkeerd en het laatste stukje gelopen. Op de loopbrug over de Dalhemsvägen had hij gezien hoe de zwaailichten weerspiegeld werden boven de huizen en dat de parkeerplaats vol stond met politieauto's. Het was wel degelijk zijn Monika.

De voorbereiding met betrekking tot de oude klassenlerares had niet alleen kostbare tijd en middelen gekost, ze zou bovendien de kroon op zijn werk worden. Het laatste puzzelstukje waardoor alles op zijn plek viel. Nu zou niets ervan werken, en hij zou weer gedwongen zijn om terug te keren naar de tekentafel.

Het grootste probleem was tijd. De marges waren overschreden en hij kon zich niet nog meer dagen permitteren om nieuwe plannen te maken. Morgen was al helemaal ingevuld. Dan zou hij teruggaan naar Denemarken en afronden wat hij was begonnen. Hij wist ook niet waarom hij het niet meteen had gedaan. Bij zijn plan was het doden van onschuldige buitenstaanders niet inbegrepen en hij was eerst door het meisje en later door de politieman overrompeld. Hij had geaarzeld en besloten te vluchten in plaats van het af te maken. Maar dat was de laatste keer geweest. Van nu af aan zou niets hem meer in de weg staan.

Zijn mobieltje bromde en het schermpje lichtte op. Hij pakte het op en constateerde dat de camera in de huurauto voor de ingang tot leven was gekomen. Hij had een vertraging ingeprogrammeerd op de bewegingsdetector zodat die niet op elke voorbijganger zou reageren maar alleen als iemand het trapje van het huis op liep. Hij toetste de code in en wachtte af.

Toen de beelden tevoorschijn kwamen op het schermpje, en hij kon zien hoe Risk de deur opendeed en zijn late bezoek binnenliet, viel alles op zijn plaats. In plaats van Monika Krusenstierna zou Fabian Risk de hoofdrol krijgen. Van nu af aan zou hij het centrale en beslissende onderdeel in het hele bouwsel zijn. De oplossing was even simpel als geniaal en nu achteraf kon hij niet begrijpen waarom hij er niet meteen aan had gedacht.

31

Lina Pålsson zat naast Fabian Risk op de bank. Haar gezicht was opgezwollen en haar ogen zagen rood van het huilen. Hij gaf haar een zakdoek en schonk thee in. Toen hij zag dat Lina Pålsson voor de deur stond had hij, met het oog op Sonja's reactie op het krantenartikel, geaarzeld of hij haar binnen moest laten. Hij had gevraagd wat ze wilde en zij had gevraagd of ze binnen mocht komen. Hij had zijn vraag herhaald en zij had sorry gezegd en was in huilen uitgebarsten en hij had haar omhelsd.

Nu zaten ze hier elk met een kop dampende thee op een tijdstip dat volgens de dvd-speler 01.33 uur was. Fabian liet de stilte over de kamer neerdalen, vond dat het aan haar was om die te verbreken. Een halfuur daarvoor had hij gehoord hoe Sonja naar beneden was gekomen vanuit haar atelier en hoe ze de trap af liep, maar was blijven staan en weer naar boven was gegaan. Twintig minuten later was ze naar beneden gekomen, alleen gekleed in haar Japanse kimono, waarvan ze wist dat hij ervan hield. Ze had Lina gedag gezegd en haar gecondoleerd, waarna ze hem goedenacht had gekust en terug naar boven was gegaan. Hij had haar nageroepen dat hij zo zou komen en zij had geantwoord dat ze alle tijd moesten nemen die ze nodig hadden.

'Eerlijk gezegd weet ik eigenlijk niet eens waarom ik huil. Ik denk dat ik nooit van hem gehouden heb.'

'Ooit moet je toch wel van hem gehouden hebben?' zei Fabian en hij had er direct spijt van. Dit was een gesprek dat ze niet moesten voeren. Lina schudde haar hoofd.

'Ik begrijp echt niet waarom ik iets met Jörgen heb gekregen. Als ik heel eerlijk ben, dacht ik de hele tijd dat wij iets zouden krijgen.' Ze lachte en nam een slokje van de hete thee.

'Waarom dan toch Jörgen?' Hij wilde het niet, maar kon het niet laten.

'Herinner je je dat klassenfeest? Dat we in het begin van de zevende klas hadden in een van de lokalen in de buurt waar we woonden?'

Fabian herinnerde het zich maar al te goed. Het was een gekostumeerd feest en hij en Stefan Munthe hadden gezwoegd om hun eigen gevangeniskostuums te maken. Ze hadden oude lakens genomen en er strepen op geverfd met een spuitbus en afplaktape en daarna genaaid, genaaid en genaaid. Het had alle avonden en de hele zaterdag in beslag genomen en ze waren helemaal bezeten geraakt. Ze moesten de mooiste kostuums hebben en het was of het om leven en dood ging. Bovendien had hij besloten Lina om verkering te vragen. De tijd was er rijp voor en hij zou eindelijk vertellen wat hij voor haar voelde.

Maar toen ze op het feest waren aangekomen, bleken ze de enigen te zijn die zich hadden verkleed en ze hadden beseft dat iedereen hen achter hun rug uit stond te lachen. Alles voelde verkeerd en een kwartier later waren ze naar huis gefietst om hun gewone kleren aan te trekken.

'In elk geval heeft hij me toen gekust,' ging Lina verder. 'En hij zei dat hij en ik nu met elkaar waren en ik weet het niet. Ik had gehoopt dat jij het zou zijn. Maar jij leek je er niet echt druk om te maken. Je ging weg en kwam pas veel later weer terug en... Ja, en toen gebeurde er wat er gebeurde.' Ze haalde haar schouders op en zweeg.

Fabian knikte zonder iets te zeggen, volledig in beslag genomen door de herinnering aan hoeveel pijn het had gedaan. 'Lina... Is er iets wat je wilt vertellen dat ons kan helpen met het onderzoek?'

Lina reageerde niet op de vraag. Ze dronk van haar thee en nam de tijd om het kopje terug te zetten. 'Ze hebben heel veel domme dingen gedaan, hij en Glenn. En soms was ik echt bang voor hem.'

'Sloeg hij je?'

'Nee, maar hij kon behoorlijk hardhandig zijn.'

'Op welke manier was hij hardhandig?'

'Bijvoorbeeld wanneer we seks hadden. Dan kon hij heel ver

gaan, als je dat zo zegt. Ik probeerde het er met hem over te hebben, maar hij zei alleen dat hij kon zien dat ik ervan genoot en dat het maar voor de grap was. Voor hem was bijna alles alleen maar spel.' Ze zweeg en dronk het laatste restje thee op.

'Lina. Ik begrijp dat je er behoefte aan hebt om te praten. Maar ik weet niet of ik daar de juiste persoon voor ben.'

Lina knikte en legde een goudkleurige sleutel op de salontafel. 'Die is van een kluis bij Glenn thuis.'

Fabian pakte hem op en bestudeerde hem. Molander en zijn mannen waren al in Glenns huis geweest en hadden een eerste inspectieronde gedaan. Omdat er niets echt interessants was opgedoken, had een grondigere doorzoeking minder prioriteit gekregen. Als ze een gesloten kluis hadden gevonden, zou hij er absoluut van hebben gehoord.

'Hij moet ergens in de keuken zijn. Ik heb geprobeerd uit te zoeken waar, maar heb hem niet kunnen vinden.' Lina hief haar hoofd op en keek hem aan. 'Maar ik weet dat hij daar ergens moet zijn.'

'En hoe ben je aan de sleutel gekomen?'

'Glenn durfde hem niet in zijn huis te bewaren. Hij vond het al genoeg dat hij de kluis had.'

'Hoe weet je dat allemaal? Ik kan me niet echt voorstellen dat Jörgen erover heeft verteld?'

'Ze waren niet altijd even nuchter en oplettend en voor mij was het een verzekering voor het geval dat Jörgen het in zijn hoofd zou halen om te ver te gaan.'

'Weet je wat erin zit?'

Lina antwoordde met een vermoeide glimlach en kwam overeind. 'Dank je voor de thee en dat je de tijd hebt genomen om te luisteren. Ik kom er zelf wel uit.'

'Wacht, ik breng je naar huis.'

'Nee, dat hoeft niet. Ik ben met de auto gekomen.'

'Dan loop ik in ieder geval tot daar met je mee. Dat is het minste wat ik kan doen.' Fabian stond op en volgde haar naar de hal.

'Fabbe, het hoeft echt niet. Bovendien staat hij hier een eindje vandaan.'

'Des te meer reden dat ik…'

'En als ik heel eerlijk ben, geloof ik niet dat je vrouw het zal kunnen waarderen.'

'Nee, daar heb je op zich een punt,' zei Fabian met een glimlach. Hij deed de deur open en liep toch met haar mee.

Hij pakte haar bij haar arm en ze liepen over de lege stoep. Ze zeiden geen van beiden iets en de stilte voelde op alle mogelijke manieren natuurlijk aan. Pas toen ze bij de auto waren gekomen, draaide Lina zich om en keek hem aan.

'Herinner je je de keer nog dat we in de pauze aan het knikkeren waren en dat jij al je knikkers had verloren en mijn laatste mocht lenen?'

Fabian knikte. Dat was een van zijn eerste grote momenten geweest. Met behulp van Lina's knikker was hij erin geslaagd de ene na de andere piramide om te gooien. Hij begreep nu nog steeds niet hoe het mogelijk was geweest. Het was alsof hij op dat moment een magische hand had. Bijna al zijn klasgenoten waren erbij komen staan, en al snel ook leerlingen van de andere klassen, om naar zijn uitzonderlijke vaardigheid te kijken. Of was het gewoon geluk? Hoe dan ook had hij een grote zak met knikkers gewonnen, die hij aan haar had gegeven.

'Ik heb die knikkers nog altijd, weet je.' Ze omhelsde hem en gaf hem een kus op zijn wang voordat ze het portier opende en in de auto stapte.

Fabian kroop zo voorzichtig als hij kon onder het dekbed om Sonja niet wakker te maken. Maar ze was al wakker, draaide zich naar hem toe, legde haar arm over zijn borst en tilde haar hoofd op zodat hij zijn arm onder haar kon steken. Ze was warm en naakt. Hij was te moe.

'Fabian, houd je van me?'

'Ja, natuurlijk doe ik dat.'

'Weet je het zeker?'

Hij drukte haar naakte lichaam tegen zich aan en boog zich over haar heen voor een kus. Maar ze legde een hand op zijn mond.

'Ik heb ergens over nagedacht.'

Hij zuchtte en rolde op zijn zij. 'Sonja. Ik weet dat dit helemaal niet zo...'

'Lief, laat me uitpraten. Ik heb er lang over nagedacht en ik denk dat het het beste is als ik en de kinderen voor een poosje teruggaan naar Stockholm. Anders raak ik hier alleen maar verbitterd en dat is het laatste wat onze nieuwe start nodig heeft. Dus stel ik voor dat we die even op pauze zetten tot dit allemaal voorbij is.'

Hij wilde protesteren. Haar op andere gedachten brengen en beloven dat alles vanaf nu veel beter zou gaan als ze maar bleef.

'Ik heb al met Lisen gepraat en we kunnen het gastenhuis op Värmdö de rest van de zomer gebruiken en dan kan Matilda met haar neven en nichten spelen.'

Maar het enige wat hij kon doen was knikken.

'En zodra je klaar bent en tijd voor ons hebt, komen we en dan doen we dit hier samen. Je weet wel, zoals we het eigenlijk van plan waren.'

'En dan, wanneer alles klaar is, vind ik dat we samen ergens naartoe moeten gaan. Alleen jij en ik. Ver weg.'

'Oké.'

32

Het gedruppel van de bladeren maakte de stille regen kenbaar, die het feit in herinnering bracht dat het mooie weer van de afgelopen week eigenlijk niet normaal was. Helsingborg was normaal gesproken een winderige en regenachtige stad. Aan de andere kant was er niet veel dat deze week als normaal bestempeld kon worden, dacht Fabian terwijl hij samen met Astrid Tuvesson door het Pålsjöbos wandelde.

Ze had hem 's ochtends gebeld en voorgesteld dat ze een wandeling zouden maken en tot dit moment hadden ze het over van alles gehad behalve over waar ze elkaar eigenlijk voor hadden ontmoet. Ze had hem gevraagd hoe het zijn gezin beviel in hun nieuwe woonplaats en hoe de kinderen het vonden om naar een andere school te gaan. Fabian had zo eerlijk mogelijk antwoord gegeven op alle vragen, maar er wel voor gezorgd dat hij niet te veel uitweidde.

Het beukenbos opende zich en ze kwamen bij het Pålsjöslot. Het waren een paar stille minuten geweest en Fabian had het gevoel dat de stilte een eigen leven ging leiden. Ze liepen naar de andere kant van het slotspark, langs het labyrint, en staken het natte gras over naar de lange laan, waarvan de bomen samen een donkere looptunnel vormden. Fabian herinnerde zich hoe ze hier tikkertje hadden gespeeld en hoe vreemd hij het had gevonden dat de bomen precies zo groeiden dat ze een tunnel vormden, tot hij een tuinman met een motorzaag bezig zag.

'Fabian... Zonder jou en je inhaalmanoeuvres was dit onderzoek nergens geweest, daar ben ik me heel goed van bewust. Maar zoals het zich allemaal ontwikkeld heeft, kan ik als verantwoordelijke niet langer verdedigen wat er in Lellinge is gebeurd. Dat zou betekenen dat ik ook zou moeten vertrekken en dat het hele onderzoek naar Malmö zou worden verplaatst en dan weten we hoe het zal eindigen.'

Fabian begreep waar ze op doelde. Malmö stond jaar in jaar uit bovenaan in de statistieken van onopgehelderde onderzoeken.

'Net als jij wil ik deze zaak zo snel mogelijk oplossen. Maar niet ten koste van alles.'

'Je hebt een zondebok nodig.'

'En in dit geval is het niet zo moeilijk om er een te vinden.' Voor de eerste keer tijdens de wandeling veroorloofde ze zich een glimlach. 'En dan hebben we het nog niet eens gehad over je vermeende tienerverliefdheid.' Hij wilde het uit gaan leggen, maar hield ermee op toen ze afwerend een hand opstak. 'Wat we niet gaan doen ook.'

Ze liepen de bomentunnel uit, het licht in. De regen was opgehouden en de hemel werd al lichter. Tuvesson bleef bij het uitzichtpunt staan en keek uit over de druk bevaren Sont, waar het Kronborg Slot al baadde in het zonlicht.

'Ik stel voor dat je weer vakantie gaat houden en zoals de bedoeling was begint op 16 augustus. En als ik in jouw schoenen stond zou ik met mijn gezin optrekken en er zoveel mogelijk van genieten. Dit weer duurt hoogstens nog een paar weken en dan is het alweer herfst. Zoals altijd.'

Fabian knikte en Tuvesson maakte aanstalten om weg te gaan.

'Als ik vakantie ga houden, is het misschien beter als jullie deze voor jullie rekening nemen.' Fabian hield het messingsleuteltje tussen duim en wijsvinger omhoog en liet het in haar hand vallen. 'Die past op een kluis in het huis van Glenn.'

Tuvesson keek hem vragend aan.

'Ergens in de keuken. Meer weet ik niet.'

Ze knikte kort en liep met snelle passen weg.

Fabian richtte zijn blik op Denemarken en dacht na over wat er was gezegd. Hij had niet anders verwacht dan dat Tuvesson hem eruit zou zetten. Het was het enige wat ze kon doen in de ontstane situatie. Het probleem was dat er aanzienlijk meer nodig was dan het gebruikelijke formele politiewerk wilden ze een kans maken om te slagen.

◆

24 december

Hoi dagboek en goede kerst.

Heb geprobeerd gewoon te doen maar zowel mama als papa merkte dat er iets was en dachten dat ik niet blij was met de cadeautjes hoewel ik zei dat ik er hartstikke blij mee was. Had een keyboard met statief gekregen. Papa wilde hem aansluiten maar ik kon het niet. Zei dat ik moe was en ging naar mijn kamer hoewel het nog niet eens elf uur was.

Las over iemand die voor de trein gesprongen was. Ze was even oud als ik en ze hadden net zo tegen haar gedaan als tegen mij. Alles wat ze in haar brief had geschreven gold ook voor mij. Echt alles.

Kan het aan niemand vertellen maar dat je het weet; ik heb ook aan springen gedacht. Meerdere keren, maar ik durf het niet. Nog niet. Maar ik heb er zo ongelooflijk genoeg van om bang te zijn. Ben het nu al een halfjaar. Bang om naar de eetzaal te gaan en te eten. Bang voor de pauze. Bang om mezelf belachelijk te maken in de les. Bang voor hen die ooit mijn vrienden waren. Bang om naar huis te gaan. Bang omdat de vakantie voorbij zal gaan.

En toen kwam mama binnen hoewel ik gezegd had dat ik met rust wilde worden gelaten en ze vroeg waarom ik niet op het keyboard wilde spelen. Ik wilde geen antwoord geven maar ze bleef maar doorgaan en toen begon ik te huilen. Ik probeerde te stoppen maar dat ging niet en toen zei ik dat ik niet terug naar school wilde omdat ze allemaal zo stom waren en toen vroeg ze of er iemand was die me pestte en ik zei dat het daar niet om ging en toen zei ze dat zij vond dat het zo leek en toen vertelde ze dat ze de juf tegen was gekomen en erover had gepraat maar dat de juf niets had gemerkt behalve dat ik afwezig en stil was en het bij de proefwerken slechter deed en toen ik niets zei ging ze.

Ik kan niet begrijpen dat ze achter mijn rug om zijn gegaan. Allemaal onzin over me hebben verteld. Over twee weken begint die verdomde kloteschool weer en ik was eerst van plan om te spijbelen, maar nu heb ik me bedacht. Nu heb ik eindelijk een besluit genomen. Heb er ik weet niet hoe vaak over nagedacht en ben er voor de eerste keer heel zeker van. Heb niets te verliezen. Het kan me niet verdommen wat er gebeurt. Het kan toch niet erger worden.

Goedenacht.

ps: Heb geen kerstcadeau voor Laban gekocht. Het leek hem niet uit te maken. Hij begint op meerdere plekken zijn vacht te verliezen. Misschien van alle pis die hij heeft gedronken? Hij is zo stom en lelijk en vies. God wat haat ik hem.

33

Astrid Tuvesson ging samen met Lilja, Molander en Rots in de vergaderruimte zitten en zette een blad met lekker ruikende bekers latte neer en een zak met croissantjes. De vermoeide mondhoeken gingen direct omhoog en Rots maakte een grapje over hoeveel hij zou aankomen als ze de zaak niet snel oplosten.

'Ik wil om te beginnen vertellen dat Fabian Risk vanaf nu geen deel meer uitmaakt van het onderzoek,' zei Tuvesson terwijl ze de bekers uitdeelde.

'Jammer. Hij was best goed, vind ik,' zei Rots.

'Dat is hij zeker, en ik zou niets liever willen dan dat hij er nog bij kon zijn. Maar het was onhoudbaar.'

'Dat spreekt toch vanzelf,' zei Lilja. 'Hij zat in de klas en we kunnen geen verschil maken tussen hem en de anderen.'

'Maar je verdenkt hem toch niet?' vroeg Molander.

'Verdenken, verdenken. Als je het concreet bekijkt, dan...'

'Ik denk dat we het onderwerp nu maar moeten laten rusten,' onderbrak Tuvesson hen terwijl ze Lilja strak aankeek. 'Oké?'

Lilja en de anderen knikten, waarna ze de actuele stand van zaken door begonnen te nemen. Lilja vertelde dat ze contact had opgenomen met alle luchtvaartmaatschappijen, maar dat niemand de afgelopen dagen een Rune Schmeckel aan boord had gehad. Of laat staan een Claes Mällvik.

'Maar hij kan net zo goed gewoon in een andere auto vanuit Denemarken zijn doorgereden en al lang door Duitsland heen zijn,' zei Rots en hij nam nog een croissantje.

'We hebben het opsporingsbericht ook internationaal uit doen gaan, maar voorlopig werken we vanuit de theorie dat hij zich nog in Zweden bevindt. Hoe gaat het trouwens met het in kaart brengen van de klas?'

'Ja, dat is min of meer klaar. Of wat zeg jij, Irene?' zei Rots.

'Zo goed als,' zei Lilja. 'Ik had het het liefst willen checken met een echte klassenlijst, maar het lijkt onmogelijk te zijn om daar aan te komen.'

'Hoezo, hebben ze er dan ook niet een op het Stadsarchief?' vroeg Tuvesson en ze draaide zich naar Rots toe.

'Dat hebben ze zeker wel. Maar de digitale archiefcatalogus is blijkbaar gecrasht.'

'Hoezo gecrasht?'

'Herinneren jullie je die cyberattack tegen Helsingborg waarover in mei zoveel te doen was?'

'Ja, hadden ze toen niet een e-mailbombardement uitgevoerd?'

'Ja, en er zaten ook een boel virussen en trojans tussen. Ze hebben in elk geval onder andere de servers lamgelegd waar ook de catalogus van het Stadsarchief was opgeslagen.'

'Dat is toevallig.' Tuvesson zuchtte.

'Iets te toevallig, als jullie het mij vragen.'

'Maar ik begrijp het niet. Als de klassenlijsten toch in het fysieke archief zijn, dan zouden ze ze er toch gewoon uit moeten kunnen pakken,' zei Lilja.

'Ja, maar zonder de archiefcatalogus heb je geen archiefnummer en als je dat niet hebt is het zoeken naar een naald in een hooiberg, maar dan moeilijker. Ze hebben beloofd het te proberen, maar het zal weken duren. Als we geluk hebben.'

Tuvesson zweeg even en schudde toen haar hoofd. 'Het is absurd, maar we kunnen niet veel anders doen dan gewoon doorgaan.' Ze wendde zich tot Lilja. 'Van degenen die jullie getraceerd hebben. Weten we hoeveel er nog in Skåne wonen?'

'De meesten eigenlijk, behalve eentje die in Oslo woont.'

'Maar op het moment zijn er een boel op vakantie naar het buitenland,' zei Rots.

'We moeten een prioriteitenlijst maken voor in welke volgorde we contact met ze moeten opnemen. Het is belangrijk om er zo snel mogelijk achter te komen of er nog iemand in gevaar kan zijn.'

'Ik ben al begonnen en heb er al een paar gevonden,' zei Lilja.

'En?'

Lilja schudde haar hoofd. 'Nee, voorlopig beschrijven ze elkaar allemaal als heilige boontjes, die niets anders dan warmte en liefde om zich heen verspreidden.'

Rots lachte en schudde zijn hoofd.

'Laten we hopen dat het alleen Jörgen en Glenn waren,' zei Tuvesson en ze richtte haar blik op Molander. 'Ben je klaar met het onderzoeken van Schmeckels woning?'

'Min of meer. En nee, behalve wat vingerafdrukken en zo heb ik niets interessants gevonden. Ik had op zijn minst op een extra sleutel van zijn auto gehoopt, maar zelfs die heb ik niet kunnen vinden.'

'Misschien heeft hij een tweede huis?' zei Rots.

'Er staat niets op zijn naam,' zei Lilja.

'Over een tweede huis gesproken,' zei Molander en hij liet kopieën rondgaan van de ingelijste zwart-witte landschapsfoto's uit Rune Schmeckels woning. 'Misschien heeft hij er daar een? Als het in het buitenland is, is het helemaal niet zo vanzelfsprekend dat het geregistreerd staat in Zweden.'

De anderen keken naar de foto's, die het heuvelachtige landschap met de dichtbebouwde stad lieten zien.

'Weet je waar het is?' vroeg Rots en Molanders gezicht begon te stralen.

'Ik dacht eerst dat het Carcassonne was. Ik heb daar altijd naartoe gewild, het is een van mijn absolute lievelingsspelletjes.'

De anderen keken hem niet-begrijpend aan.

'Hebben jullie nooit Carcassonne gespeeld?'

De anderen schudden hun hoofd.

'Is dat dan een spel?' vroeg Rots.

'Ach lieve heer. Jullie weten niet veel,' zei Molander en hij schudde zijn hoofd.

'Maar het is Carcassonne dus niet,' zei Tuvesson.

'Nee, precies. Het is Grasse, ook in Zuid-Frankrijk, maar iets meer naar het oosten. En daar ben ik feitelijk geweest. Heeft een van jullie misschien van *Het parfum* gehoord?'

'Ja, maar wacht even,' zei Rots. 'Was dat niet die... Jullie weten wel, die...'

'Die was het vast, maar kunnen we het daar een andere keer over hebben?' onderbrak Tuvesson hem. 'Probeer liever uit te zoeken of hij daar een vakantiehuisje heeft. En we hebben deze.' Ze hield de sleutel op die ze van Fabian had gekregen. 'Ik heb hem van Risk gekregen en volgens hem moet hij op een kluis in de keuken van Glenn passen.'

'Ik heb die keuken al doorzocht en er is geen kluis,' zei Molander.

'Ik wil toch dat jij en Irene nog een keer gaan kijken. Voor de zekerheid.' Tuvesson schoof de sleutel over de tafel naar Lilja toe en wendde zich tot Rots. 'En hoe gaat het met het McDonald's-spoor?'

'Ik heb contact met alle vestigingen opgenomen, maar voorlopig heeft niemand hem nog herkend.'

'Voorlopig?'
'Ze werken in ploegendienst, dus ik heb nog niet iedereen gesproken.'
'Oké. Wat hebben we nog meer? O ja, is er iets interessants binnengekomen na het opsporingsbericht?'
'Niet direct,' zei Rots.
'Hoezo niet direct?'
'Om een lang verhaal kort te maken hebben we niets binnengekregen wat het waard is om aan onze kleinkinderen te vertellen,' zei Rots.
'Oké, maar op dit moment wil ik graag het hele verhaal horen.'
'Okidoki,' zuchtte Rots en hij wierp een blik op het laatste croissantje. 'Behalve de gebruikelijke kletskousen die hem in Farsta, Bollmora en Grums hebben gezien, om maar een paar plaatsen te noemen, hebben twee van zijn patiënten iets van zich laten horen. De ene beweerde dat Schmeckel een gps-zender in zijn buik had aangebracht zodat hij hem altijd zou kunnen vinden als hij behoefte had aan mensenvlees.'
'Aardig.'
'Ja, toch?'
'En de tweede?'
'Die is eigenlijk best grappig. Hij beweert dat Schmeckel hem heeft verkracht terwijl hij onder narcose was.'
'Zei je grappig?' vroeg Lilja en ze pakte het laatste croissantje voor zijn ogen weg.
'Ik ben nog niet klaar.' Rots volgde Lilja's croissantje met zijn blik. 'Dit zou ergens in 1998 geweest moeten zijn. Ik vroeg hem waarom hij de aanranding toen niet heeft aangegeven en hij antwoordde dat hij na de verkrachting aambeien had gekregen. Wat hij te pijnlijk vond om aan de politie te vertellen.' Rots lachte zo hard dat zijn buik op en neer ging.
Lilja wisselde een blik uit met zowel Tuvesson als Molander en ze moesten alle drie hun best doen om niet mee te lachen.
'En waarom durfde hij het nu wel te vertellen?' vroeg Tuvesson.
'Als ik het goed heb begrepen, beginnen ze nu pas een beetje af te nemen.'

'De aambeien?' vroeg Lilja en toen Rots knikte kon ze zich niet langer inhouden.

'En Linkert Pärsson, heeft hij niets van zich laten horen?' vroeg Molander.

'Linkan? Ik wilde net over hem beginnen. Hij beweert exact te weten waar de moordenaar zich bevindt.'

'Nee, meen je dat nou?'

'Zei hij ook hoe hij erachter is gekomen?'

'Jawel. Zoals altijd heeft hij zijn eigen, unieke theorie, die er in grote lijnen op neerkomt dat Claes zijn wraak al tijdens zijn schooltijd plande en dat alles te lezen staat in het gekrabbel op de muren. Hij vindt daarom dat we alle krabbels op de verschillende toiletten van de Fredriksdalsschool moeten laten verzamelen en ontcijferen.'

Het werd stil. Niemand leek te weten wat hij moest zeggen. Iedereen in het politiebureau van Helsingborg kende Linkert Pärsson. Achtenzestig jaar oud en met een aandoening die nooit gediagnosticeerd was. Hij werd onder meer *Linkan* en *Pärssons syndroom* genoemd. Linkert Pärssons grote droom was om politiecommissaris te worden, maar na vijf mislukte pogingen om op de politiehogeschool te komen, was hij maar conciërge geworden op juist de Fredriksdalsschool, waar hij werkte tot hij werd aangeklaagd wegens overtreding van de grenzen van eerbaarheid nadat hij een kijkgat in de doucheruimte van de meisjes had geboord. Hoewel de aanklager een gevangenisstraf had geëist, was het vonnis een geldboete en klinische zorg. Hoeveel goed de zorg hem had gedaan, was iets waar de meesten in het bureau een eigen mening over hadden.

Tegenwoordig betitelde hij zichzelf als detective met zelfgemaakte visitekaartjes. LINKERT PÄRSSON – LOST HET ONOPLOSBARE OP

In de afgelopen vijf jaar hadden Tuvesson en haar groep niet één onderzoek uitgevoerd zonder dat Linkert met een theorie kwam. De ene nog vergezochter en merkwaardiger dan de andere. Iedereen mocht hem en om de stemming in de groep te verbeteren nodigden ze hem af en toe uit om zijn theorieën te komen vertellen en koffie te drinken.

Maar deze keer was er niemand die lachte. Het was op meerdere manieren een typische Linkan-theorie, even gek en onwaarschijnlijk als gewoon. Toch kon niemand van hen de theorie van zich af zetten. Misschien omdat ze allemaal het gevoel hadden dat in dit onderzoek alles mogelijk was? Dat de dader aanwijzingen zou hebben achtergelaten tussen het gekrabbel was net zo'n goed idee als alle andere.

'Wat wil hij hebben?' vroeg Tuvesson.

'Hetzelfde recept. Koffie en mergpijpjes,' zei Rots.

'Wil hij niet altijd een amandelgebakje?' vroeg Molander.

'Dat was voordat hij het in zijn hoofd kreeg dat het Feministische Initiatief ze vergiftigde met vrouwelijke geslachtshormonen om het patriarchaat in te laten storten.'

'Hadden ze dan niet juist de mergpijpjes moeten nemen?'

34

Toen hij in Helsingør in de trein stapte had hij de hele wagon voor zichzelf, maar naarmate ze dichter bij Kopenhagen kwamen stapten er steeds meer passagiers in en bij het station van Hellerup waren alle zitplaatsen bezet. De meesten zaten met oortelefoontjes aan hun mobieltjes gekoppeld in gratis kranten te bladeren, die meerdere pagina's wijdden aan de zoektocht van de Deense politie naar hem. HIER IS DE ZWEEDSE MOORDENAAR! ZIJN NAAM: RUNE SCHMECKEL.

Hij pakte een achtergelaten krant en bladerde naar de artikelen die uitvoerig beschreven hoe hij Jörgen en Glenn en als laatste het Deense meisje Mette Louise Risgaard van het leven had beroofd.

De pagina's die over het ontstane conflict tussen de Deense en Zweedse politie gingen maakten hem zo hard aan het lachen dat de vrouw naast hem verbaasd opkeek. Op het laatste kwartier na had hij de hele treinreis langs de Deense Goudkust gebruikt om zijn nieuwe plan uit te denken en te verfijnen en hoe meer hij erover na had gedacht hoe meer stukjes op hun plek waren gevallen. Het idee was afgelopen nacht tot hem gekomen. Op het moment dat Risk de deur voor Lina Pålsson had geopend, had de oplossing zich in hem uitgekristalliseerd en was even duidelijk als vanzelfsprekend geworden.

Waarom het idee juist op dat moment tot hem was gekomen kon hij niet verklaren. Het had helemaal niets met Lina Pålsson te maken. Misschien kwam het doordat hij met twee grote en schijnbaar onoplosbare problemen had geworsteld? Monika Krusenstierna's onverwachte hartstilstand en Fabians op zijn zenuwen werkende politiewerk. Het zou in dat geval niet voor het eerst zijn dat hij het voordeel ervoer van het hebben van twee problemen in plaats van één. Eerder als regel dan als uitzondering losten die twee elkaar op. Dus ook deze keer zou het weer zo blijken te zijn.

Hij kwam boven vanaf het Østerportstation en het trof hem hoe groot en breed de straten van Kopenhagen waren. Drie, vier banen in elke richting, brede fietspaden en stoepen. Er waren niet veel straten in Stockholm die zo breed waren. Toch had Stockholm de titel *The Capital of Scandinavia* voor de neus van de Denen weggekaapt. Logisch dat ze chagrijnig waren. Die klote-Denen.

Hij liep verder over de Dag Hammarskjölds Allé naar Østerbro en kon vaststellen dat min of meer alle aanplakbiljetten van de kranten over de jacht op hem en Risks misstap gingen en dat hij nu bovendien internationaal gezocht werd. Niet slecht, helemaal niet slecht, dacht hij en hij ging aan een lege tafel op het terras van Café Dag H zitten.

Hij nam de laatste hap van de kipsalade en dronk het glas sodawater leeg. De serveerster kwam zijn tafel leegruimen en hij maakte van de gelegenheid gebruik om een dubbele espresso te bestellen. Hij had niets te klagen. Op dit moment ging bijna alles zoals het moest, dacht hij en hij liet zijn blik over de andere gasten glijden. Terwijl zijn naam op ieders lippen lag herkende niemand hem. Vroeger zou hij daar misschien genoegen mee hebben genomen. Een paar dagen in de schijnwerpers op alle voorpagina's. Maar nu niet meer. Nu wilde hij meer. Als hij klaar was zou niemand hem ooit nog over het hoofd kunnen zien of vergeten.

Hij dronk de espresso op en keek op zijn horloge. Het was bijna halfdrie en volgens de gps was het een kwartier lopen. Hij liet een flinke fooi achter en zette koers naar het Rijksziekenhuis.

Het was tijd om nog iemand van het leven te beroven.

Nog een onschuldige.

35

'After you.' Ingvar Molander tilde het afzettingslint op en liet Irene Lilja voor hem het terrein voor Glenn Granqvists huis op lopen. Ze stak de sleutel in de tong van het slot, draaide hem om en deed de deur open.

'Ik weet het niet helemaal zeker, maar ik denk dat hij hem hier heeft gepakt.'

Lilja keek om zich heen in de langwerpige hal en liep verder het huis in. 'Hier?'

Molander knikte. 'Waarschijnlijk heeft hij aangebeld en gewacht tot zijn slachtoffer kwam opendoen. En toen hij dat ten slotte deed, heeft hij hem gedrogeerd tot hij bewusteloos was.'

'Net zoals hij met Jörgen had gedaan.'

'Precies,' zei Molander duidelijk geïrriteerd omdat hij werd onderbroken. 'Hoe dan ook zakte hij in elkaar en stootte zijn hoofd hiertegen.' Hij wees naar de scherpe hoek van een gietijzeren schoenenrek. 'Wat de wond op zijn achterhoofd verklaart.'

Lilja leunde voorover, maar zag niets meer dan een doodgewoon schoenenrek.

'Daarna heeft hij hem verder de hal in gesleept en door het hele huis naar de achterkant, waar niemand naar binnen kan kijken.'

'Maar als hij een wond op zijn achterhoofd had en door de hal is gesleept, zou er hier toch een bloedspoor moeten zijn?' Lilja liet haar blik over de linoleumvloer glijden, maar zag niets wat op bloed leek.

'Kijk hier eens naar.' Molander haalde zijn wijsvinger over de hoek van het schoenenrek en hield hem op voor Lilja, die nog steeds niets zag en ongeduldig begon te worden. Molander negeerde dat en haalde zijn vinger over een andere plek op het schoenenrek en hield zijn nu stoffige vingertop voor Lilja. 'Zie je? Hij heeft erna schoongemaakt. In alle andere kamers ligt een laagje stof. Maar niet in de hal.

Die is helemaal schoongemaakt.' Hij wees naar de vloer van de hal, kwam overeind en liep verder het huis in. Lilja volgde hem.

'Maar waarom zou je de moeite doen om wat bloedsporen weg te vegen wanneer de vindplaats er vol mee ligt?'

Molander draaide zich met een glimlach om naar Lilja.

'Ik heb mezelf precies hetzelfde afgevraagd en het enige antwoord dat ik kon bedenken is dat het niet bij zijn plan hoorde. Hij had er niet op gerekend dat zijn slachtoffer tegen een schoenenrek aan zou vallen en een gat in zijn hoofd zou krijgen. En deze dader doet er ongetwijfeld alles aan om zich aan zijn plan te houden. Niet dat wij er iets aan zouden hebben wanneer we het bloedspoor in de hal zouden zien. Maar hij heeft geen tijd om de consequenties te overzien en kiest er daarom voor het spoor zo snel als hij kan weg te halen. Alles om zich aan het plan te houden.'

'En als dat niet gaat? Wat doet hij dan?'

'Een nieuw plan.'

'En de zwabber? Heb je die gevonden?'

'Hij heeft een dweil gebruikt.' Molander opende de deur van een washokje onder de trap. 'Hij heeft hem zelfs schoongespoeld en goed uitgewrongen.'

Lilja keek in het washokje, waarin zich naast een stofzuiger, een emmer en een paar flessen met reinigingsmiddelen een roestvrijstalen gootsteen bevond. Ze voelde aan de dweil, die aan een haak hing, bekeek de vloer er recht onder en vond inderdaad niets wat erop wees dat hij had gedruppeld.

'Oké, we kunnen maar beter beginnen voordat Tuvan belt.' Molander liep door naar de keuken. Lilja bleef nog even staan. Het was alsof iets binnen in haar in het washokje wilde blijven om het nauwkeuriger te onderzoeken. Ze probeerde zich te concentreren.

'Irene!'

Ze gaf het op en liep naar Molander toe.

'We kunnen het altijd navragen bij Risk, maar ik ben er vrij zeker van dat Glenn spijbelde bij huishoudkunde.' Molander deed de keukendeur open. 'After you, dear.'

Lilja stapte de keuken in en besefte direct dat Molander een punt had. Op de aanrecht lag een stapel aangekoekte afwas en op de eettafel een kleine berg van pizzadozen en half opgegeten pizza's – allemaal Hawaï. Op de oven stond een pan met groenachtige pasta en nog een met oude gehaktsaus waarin kleine wormpjes rondkropen. In de lucht zoemde een zwerm vliegen in opgewonden extase rond alsof ze niet wisten waar ze aan hun feestmaal moesten beginnen. Elke ademteug in de dikke lucht voelde als een stap dichter bij de dood en Lilja probeerde ze tot een absoluut minimum te beperken terwijl ze snel naar het raam liep en dat wijd openzette.

'Oké, laten we even goed nadenken.' Molander liet zijn blik door de kamer gaan. Lilja deed voorzichtig de koelkast open en sloeg hem snel weer dicht.

'Omdat je niet meteen een kluis ziet, zouden we ervan uit kunnen gaan dat hij ergens verstopt zit.'

'Nee, meen je dat nou?' Lilja wierp hem een quasi-verbaasde blik toe.

'Ik ben nog niet klaar, oké? Waar ik naartoe wil is dat ook al is de kluis verstopt, je evengoed niet wilt dat hij al te moeilijk bereikbaar is als je hem open wilt doen. Toch?'

'Nee, dat klopt. Kom, laten we gaan zoeken.' Lilja trok de koelkast van de muur, zodat ze er met de zaklamp achter kon schijnen en stelde vast dat er zich niets interessants bevond.

'Daarom zit hij bijvoorbeeld niet achter de koelkast,' ging Molander verder. 'Als hij er tegen alle verwachtingen in toch had gezeten, zouden er in elk geval duidelijke sporen op het linoleum moeten staan.'

Lilja keek naar beneden en zag de kras die ze op de vloer had gemaakt. Ze gaf het met een zucht op. Het was niet voor niets dat Molander werd beschouwd als een van de allerbeste technische rechercheurs van het land. Tot nu toe had ze nooit meegemaakt dat hij iets over het hoofd had gezien en ze had geleerd de glimlach die nu rond zijn lippen speelde te duiden. Dit was alleen maar spel voor hem. Een spel waarin hij kon uitblinken en ze gunde het hem graag en begon te lachen.

'Oké, waar is hij? Zeg het maar. Je weet het, hè?'

'Nee, ik weet niet waar hij is. Ik heb geen idee.' Hij spreidde zijn armen en zweeg betekenisvol. 'Maar als ik mij aan een intelligente gok zou moeten wagen, zou het een plek zijn die zowel verstopt als makkelijk toegankelijk is.'

Lilja keek om zich heen. Er waren geen schilderijen waar je achter kon kijken, alleen een poster van Thai Airways met een foto van een mooi strand. Ze trok hem van de muur, maar daar zat ook geen kluis achter. Toen kreeg ze een idee en draaide zich om naar de pannenkast.

'Waarom niet,' zei Molander en Lilja liep naar de hoekkast en haalde de steel- en braadpannen, een vergiet en een paar ovenvaste schalen uit de twee carrousels. Daarna ging ze op haar hurken zitten en richtte haar zaklamp naar binnen. Als ze niet precies had geweten waarnaar ze zocht, had ze het nooit ontdekt.

Het deurtje was net als de muur witgeverfd en het enige wat zijn bestaan verraadde was het zwarte sleutelgat. Lilja stak haar arm tussen de carrousels naar voren, stopte de sleutel in het slot en draaide hem om, waarna het kleine maar dikke deurtje openging.

De kluis was min of meer leeg, op een donker vierkant kistje na. Lilja ging op een paar handschoenen zitten, tilde het zware kistje voorzichtig op en hield het in het licht. Een dunne lichtstreep strekte zich rond het kistje uit en verraadde dat het een deksel had. Molander trok de deksel voorzichtig omhoog, die zo strak sloot dat de verstikkende keukenlucht er nauwelijks in binnendrong.

Het kistje was gevuld met zelfgebrande dvd's. Lilja haalde er een uit en las de tekst die met viltstift op de dvd stond geschreven. *Thailand – 97*. Op een andere stond: *Dronken vrouw – 01*.

'Kijk hier eens naar,' zei Molander en hij hield een schijfje omhoog. *Bezoek aan Mjälle – 93*.

36

'Nou, wat vond je ervan?' vroeg Fabian zodra ze op waren gestaan uit hun fauteuils en naar de uitgang schuifelden. Hij had er meteen spijt van. Om zelf direct na een filmervaring dezelfde vraag in je gezicht geworpen te krijgen was een van de ergste dingen die hij kende. Hij kon nog steeds een kleur krijgen als hij dacht aan de keer dat hij net uit een niet ondertitelde premièrevertoning van Quentin Tarantino's *Reservoir Dogs* op het Stockholms Filmfestival kwam en TV4 een microfoon in zijn gezicht had geduwd met de vraag wat hij ervan vond. Hij had bijna niets verstaan van de snelle dialogen en geantwoord dat de muziek in elk geval goed was en dat laten volgen door een *ouga shaga ouga shaga*.

'Hij was wel oké,' antwoordde Theodor en hij haalde zijn schouders op. Fabian had aan Theodor gezien hoe hij van de film genoten had, maar zei er niets over. Zelf wist hij al dat hij hem erg goed vond. *Inception* was dan ook een film waar hij al meer dan een jaar naar had uitgekeken.

Hij had zo lang als hij zich kon herinneren al een zwak voor actiefilms. Actiefilms die meer wilden dan alleen maar actie laten zien. Een paar van de beste filmervaringen die hij ooit had gehad, waren dat soort films geweest. Zoals de eerste *Star Wars*-film. Hij had met open mond naar de intro zitten kijken, waarin ze langs een schijnbaar eindeloos ruimteschip vlogen. Hij had nog nooit zoiets gezien. Daarna was het alleen maar beter en beter geworden en toen de jacht rond de Death Star op het eind afgelopen was, was hij, twaalf jaar oud, op trillende benen de bioscoop uit gewankeld, voor altijd veranderd.

Fabian keek verbaasd om zich heen voordat het tot hem doordrong dat ze zich in de Smedjegatan aan de achterkant bevonden in plaats van dat ze door de ingang op de Södergatan naar buiten waren gegaan. Hij had nooit begrepen waarom je je klanten zou behandelen alsof ze het vuilnis van de lagere klasse waren dat zo snel mogelijk afgevoerd moest worden voordat het zou gaan stinken.

'Wat zou je zeggen van een toertje?'

Theodor keek hem vragend aan, wat precies de reactie was waarop Fabian had gehoopt. Hij legde uit dat een toertje een van de dingen was die Helsingborg tot een van de beste steden van de wereld maakte. Het kwam er in grote lijnen op neer dat je met een enkeltje op de veerboot naar Helsingør stapte en dan belastingvrij bleef zitten eten en drinken tot je niet meer wist in welk land je je bevond. Theodor wist een ongeïnteresseerd 'oké' uit te brengen.

Fabian en Theodor werden in het restaurant naar een van de tafels bij het raam geleid, met een wit tafellaken en witte servetten, mooi bestek en brandende kaarsen. Fabian liet Theodor precies bestellen wat hij wilde en nam zelf hetzelfde. Een hamburger met patat en een grote cola. Hij probeerde een gesprek op gang te brengen en vroeg hoe het met Theodor ging en hoe het was om naar een andere stad te verhuizen. Maar de antwoorden die hij kreeg waren even eenlettergrepig als nietszeggend en voelden als nagels aan de kist waarin hun relatie lag, levenloos en de redding voorbij.

Toen ze klaar waren met eten lag de stilte als een natte deken over de tafel en zoog de meeste zuurstof uit de lucht. De serveerster kwam naar hen toe, vroeg of ze klaar waren en begon af te ruimen.

'Willen jullie een dessert?'

'Theo? Wat zeg jij?'

'Nee, dat hoeft niet. Ik heb genoeg gehad.'

'Oké, ook niets meer te drinken? Nog een cola misschien?'

'Nee, ik hoef niets.'

'Oké, ik neem in ieder geval een biertje.'

De serveerster knikte en verdween. Ze begreep het vast wel, dacht Fabian en hij keek door het raam. De haven van Helsingør kwam dichterbij. Veel te langzaam. Daarna moesten ze het hele eind nog terug.

Hij had er spijt van dat hij aan de druk van Sonja toe had gegeven. De hele opzet was haar idee geweest – praten over moeilijke dingen in een gezellige omgeving. Het was gedoemd te mislukken. In Theodors plaats had hij waarschijnlijk precies hetzelfde gedaan en was hij ook dichtgeklapt.

'Theo, het is toch niet zo dat je nog steeds kwaad bent over dat met Sweden Rock?'

Theodor rolde met zijn ogen en keek om zich heen alsof hij een plek zocht om naartoe te vluchten.

'Je moet weten dat het alleen maar uit bezorgdheid was en volgend jaar, of het jaar daarna, mag je zeker gaan.'

'Vast.' Theodor hield zijn blik strak gericht op het lege colaglas.

'Ja ja. Maar hoe voel je je nu?'

'Hoezo?'

'Ja, je weet wel... Met de verhuizing en zo?'

'Dat heb je al gevraagd.'

'Ja, maar ik heb niet echt een antwoord gekregen. De kamer bijvoorbeeld, ben je daar tevreden over?'

Theodor haalde zwijgend zijn schouders op.

'Je hebt je er de laatste tijd zo'n beetje in opgesloten, dus zo heel erg slecht kan die niet zijn en...' Hij zuchtte en dacht na hoe hij verder moest gaan. 'Ik begrijp dus hoe moeilijk het is met vrienden en zo, dat doe ik echt. Maar ik ben ervan overtuigd dat...'

'Maar wat zit je toch te zeuren. Heb ik gezegd dat het moeilijk is? Nou? Heb ik dat gezegd?'

'Theo, maak je niet druk. Zo bedoelde ik het helemaal niet.'

'Nee nee, wat bedoel je dan wel? Jij en mama hebben het moeilijk. Daarom zijn we verhuisd. Denk je dat ik dat niet heb begrepen?'

Het geluid van het bierglas, dat drie minuten later op tafel werd gezet en de stilte verbrak, voelde als een klap in zijn gezicht. Als het definitieve bewijs van zijn mislukte vaderschap. Een rol waar hij blijkbaar niet toe in staat was zonder alcohol. Hij besloot het bier niet aan te raken en zich voor te bereiden op de lange reis naar huis.

37

Het was eenvoudiger geweest dan hij had durven hopen om uit te vinden waar Morten Steenstrup zich bevond. De politieman weigerde te sterven. Hij had het niet eens bij de receptie hoeven vragen. Daar had een journalist van *Politiken* vlak voor hem voor gezorgd. Daarna had hij hem alleen maar hoeven volgen en in de wachtkamer tussen de andere journalisten plaatsnemen. Drie uur later had hij alles gehoord wat hij moest weten om zijn taak uit te voeren. In welke kamer Steenstrup lag, hoe hij eraan toe was, welke behandeling hij kreeg en het belangrijkste van alles – wat voor bewaking hij had.

Er was een agente gekomen en iedereen was als een zwerm vliegen op haar af gedoken zodat hij ongemerkt het medische tijdschrift dat hij de laatste uren zogenaamd had zitten lezen kon wegleggen op hetzelfde moment dat het rode bezetteken van de wc op groen werd gedraaid. Hij stond op en liep naar de wc-deur, die werd geopend door de journalist van *Politiken*. Hij ging naar binnen, deed de deur op slot en constateerde dat de maag van de journalist niet in orde was.

Hij maakte van de gelegenheid gebruik om zijn blaas te legen en zijn vochtgehalte met een paar glazen koud water aan te vullen en stelde vast hoe slecht het kraanwater was zodra je ook maar een stap buiten Zweden zette. Hij stopte zijn broekspijpen in zijn sokken, trok de veters van zijn schoenen strak en haalde een touw met een haak aan het eind uit zijn rugzak. Ten slotte pakte hij een paar dunne handschoenen, deed ze aan en trok ze strak tot alle vouwen eruit waren en ze als een tweede huid om zijn handen zaten.

Hij was zover.

Hij pakte de bezem, die in de hoek tegen de muur stond, deed de wc-deksel met zijn ene schoen omlaag en klom op de handvaten voor gehandicapten, waar hij wijdbeens op ging staan. Met behulp van de bezem drukte hij een van de platen in het plafond weg en bevestigde de haak aan een kabelbrug, sprong op de grond, zette de bezem terug en deed de deur open, zich ervan bewust welk gevaar dat inhield. Maar hij ging ervan uit dat het risico dat een gesloten wc-deur onnodige aandacht zou trekken nog groter was.

Het harde trainen van de afgelopen twee jaar kwam nu goed van pas want het kostte hem geen enkele moeite om zich aan het touw omhoog te trekken. Aanzienlijk moeilijker was het om zich het laatste stukje door het gat te wringen. De ruimte naar het echte plafond was krapper dan hij had gedacht en om in de kabelbrug te passen moest hij de rugzak afdoen.

Hij trok het touw omhoog en stopte het in het buitenvak, legde de plafondplaat terug, deed een mondkapje voor en begon zich voorzichtig naar voren te bewegen met zijn handen langs de stoffige kabelbrug, die ondanks zijn gewicht geen teken gaf dat hij het zou begeven.

Hij liet het toilet achter zich en kwam boven de wachtkamer. Daar was de hoogte van het plafond aanzienlijk genereuzer en hij kon overeind komen en op handen en voeten langs de kabelbrug kruipen, langs ruisende ventilators. Onder zich hoorde hij de opgewonden stemmen van de journalisten, die protesteerden tegen de karige informatie die ze van de arme agente kregen, die niets anders kon doen dan het antwoord herhalen dat ze van haar chefs had gekregen. 'Met het oog op het onderzoek kunnen we op dit moment geen commentaar geven, maar we zullen een persconferentie houden zodra we...' Hij wist precies wat dat betekende.

Ze wisten helemaal niets.

Hij kroop verder door de een centimeter hoge stoflaag op de kabelbrug en kwam bij een punt waar die zich negentig graden naar links en naar rechts vertakte. Hij pakte zijn zaklamp – een Neofab Legion II, die met zijn 742 lumen de sterkste zaklamp ter wereld was. Ondanks het ronddwarrelende stof dat het meeste licht weerspiegelde kon hij zo'n vijftig, zestig meter naar rechts kijken en zo'n dertig meter naar links. Hij was met andere woorden bij de gang aangekomen die rechts naar de uitgang leidde en links naar de bewaakte afdeling.

Hij volgde de kabelbrug in de richting van de afdeling en toen de deur ervan recht onder hem was haalde hij een rol visdraad tevoorschijn die hij met behulp van stukjes plakband in verschillende lengtes had verdeeld tot aan een halve meter. Hij bevestigde het einde van de lijn ter hoogte van de deur en hoorde hoe er vlak onder hem twee agenten aan kwamen.

'Hallo? Waar blijven jullie verdomme?'

'Effe dimmen, we zijn onderweg! Idioot,' klonk er een stem uit een krakerige walkietalkie.

Hij liet de agenten achter zich en ging verder de afdeling in. Soms moest hij zich door een nauwe passage heen wringen of over een ventilator heen klimmen. De hele tijd liet hij de vislijn vieren en hield de plakbandmarkeringen in de gaten. Bij de 23-metermarkering hield hij halt, deed de zaklamp aan en zag een wirwar van kabels, slangen en buizen in verschillende maten voor zich, die zich door het plafond vertakten als een klimplant die zich ongehinderd uit kon breiden. Hij wist niet of het betekende dat hij op de juiste plaats was aangekomen. Het probleem was dat de kabelbrug zich niet naar de linkerkant afsplitste, wat hij had moeten doen als er een nieuwe gang of een onderzoekskamer was. Het enige wat hij door de glazen deuren van de wachtkamer had kunnen zien was hoe de agenten en artsen ergens op dit punt naar links gingen. Hij had hun stappen geteld vanaf de deur van de afdeling en was tot de conclusie gekomen dat het ongeveer drieëntwintig meter de gang in moest zijn.

Hij deed de zaklamp uit en klom over een ventilator en kon vanaf daar bij de behuizing van een tl-buis komen. Hij probeerde de kap op te tillen maar die zat vastgeklonken. Waarom had hij geen blikschaar meegenomen? Hij zuchtte diep en voelde hoe het vocht in het mondkapje begon te druppelen en over zijn kin liep. Hij moest nadenken en zijn keuzemogelijkheden nalopen. Hij keerde terug naar de kabelbrug, ging op zijn rug liggen en sloot zijn ogen.

Pas toen hij weer stemmen van politieagenten onder zich hoorde besefte hij dat hij in slaap was gevallen. Hij volgde hen en hij bleek zich te hebben verrekend, pas zo'n twee, drie meter verder was het tijd om naar links te gaan. Daar vertakte de kabelbrug zich ook en hij kon hen, opgelucht, nog ongeveer tien meter volgen tot ze bleven staan. Onderweg kon hij horen hoe de agenten het over Morten Steenstrups heldendaad hadden en het erover eens waren dat het eerder onbezonnen en dom was dan iets anders.

'Maar god, hij kan heel veel wijven krijgen als hij terug is. Als hij wil kan hij zwemmen in de wijven.'

De agenten waren hoogstwaarschijnlijk onderweg om de ingang te bewaken van de kamer waar Morten Steenstrup lag. Maar er waren meer kamers en hij kon onmogelijk weten welke het was. De kabelbrug splitste zich in meerdere richtingen en het enige wat hij kon doen was afwachten.

De oplossing kwam in de vorm van de politievrouw, die er blijkbaar voor de tweede keer tegen de wil van de arts was. De agenten vroegen haar zich te legitimeren, waarna ze de deur opendeden en haar samen met de arts binnenlieten, onwetend van het feit dat ze op datzelfde moment het doodvonnis van hun collega tekenden.

38

Op wie joegen ze eigenlijk? Op de dader of op het slachtoffer? Irene Lilja droogde haar tranen en keek haar aantekeningen door terwijl ze op weg was naar de vergadering met de anderen. Ze wilde ergens op inslaan. Op iemand. Haar vingers in haar keel stoppen en overgeven. Maar in plaats daarvan was ze gedwongen haar tranen te drogen en haar gevoelens weg te stoppen. Zich professioneel te gedragen.

> Midden jaren tachtig. Overgenomen van videoband. Slechte kwaliteit, handcamera. Glenn en Jörgen hebben seks met verschillende vrouwen. Voornamelijk normale seks. Vriendinnen of prostituees? Spelen pornofilmpje. Groepsseks met Glenn en Jörgen + Jörgens vrouw Lina. Allemaal dronken. Giechelig. Voor de grap. Verschillende standen. Jörgen duwt zijn lid in Lina's mond. Braakreflex. Klap in gezicht. Glenn lacht, masturbeert. Meer seks. Meer geweld. Betere camera, op statief. Thailand, minderjarigen. Anaal. Urine. Gedrogeerde jonge vrouw, verward, vastgeketend. Vuilniszak over hoofd. Sigaret tegen tepel.

'En zo gaat het maar door,' zei Lilja en ze keek op van haar aantekeningen.

'Dus Glenn en Jörgen verkrachtten en mishandelden vrouwen structureel?' vroeg Tuvesson.

Lilja knikte.

'Wat zijn het voor vrouwen?' vroeg Rots. 'Prostituees?'

'Ik weet het niet. Aan een paar van de eerste films uit het begin van de jaren negentig doet Jörgens vrouw, Lina, mee. Maar nadat hij haar mishandelde en dwong tot orale seks voor de camera is ze er niet meer bij. Het lijkt alsof ze erop uit gingen om willekeurige vrouwen mee naar huis te nemen, te drogeren en daarna waarschijnlijk ergens te dumpen.'

'En dat hebben ze dus allemaal gefilmd?' zei Rots en Lilja knikte.

'En daarna hebben ze het ook nog van de videobanden overgezet op dvd.'

'Dat is hartstikke ziek,' zei Rots en hij schudde zijn hoofd.

'Wat is er ziek aan?' zei Molander. 'Het is alleen maar een manier om iets opnieuw te beleven en je te herinneren. En bovendien werkt het als een verzameling trofeeën.'

Rots wendde zich tot Molander. 'Ingvar, dit is ziek.'

'Hoe dan ook wil ik dat jullie deze bekijken,' onderbrak Lilja hen en ze hield een van de dvd's omhoog. 'Deze is anders dan de andere.'

'Op welke manier?' vroeg Tuvesson.

'Hier staan geen vrouwen op. Alleen onze slachtoffers en... onze dader.' Ze schoof het schijfje in de dvd-speler en drukte op play. Op de witte muur verscheen een trillerig, korrelig beeld, gefilmd met een handcamera.

Een trappenhuis met kale flikkerende tl-buizen aan het plafond en graffiti op de muren. In de rechter onderhoek een tijdsmarkering: 13-04-1993 18.17. Jörgen komt in beeld. Hij is gekleed in een spijkerbroek en een sweater met capuchon, duidelijk dronken. In zijn ene hand heeft hij een biertje, waarmee hij naar de camera proost, terwijl hij aanbelt bij een van de deuren. Zijn lippen bewegen zich, maar er is geen geluid te horen.

Hij slaat het laatste restje bier achterover en wijst naar de grond. De camera volgt zijn vinger en zoomt in. In onscherp beeld is te zien hoe Jörgen zijn gulp opent en zijn penis tevoorschijn haalt.

De scherpsteller focust afwisselend op het etiket op de fles en Jörgens penis, die in de fles urineert.

'Wat een zwijnen.' Tuvesson schudde haar hoofd.

'Wacht maar, het is nog niet eens begonnen.'

'Waarom is er geen geluid?' vroeg Molander.

'Ik denk dat ze het vergeten zijn aan te zetten. Wat ze na een tijdje doorhebben.'

Jörgen houdt de fles grijnzend op naar de camera. Glenns hand verschijnt in beeld en pakt de fles aan terwijl Jörgen een boksbeugel over zijn vingers schuift en opnieuw aanbelt, deze keer houdt hij de bel langer ingedrukt. Na een tijdje wordt de deur geopend door Claes

Mällvik. Zijn mond beweegt en zijn blik gaat heen en weer tussen de camera en Jörgen. Uit zijn ogen spreekt angst. Zijn mond beweegt weer. Jörgen antwoordt door hem in zijn gezicht te boeren en hem het appartement in te duwen.

De beverige handcamera volgt hem mee naar binnen. Het beeld beweegt zich in verschillende richtingen terwijl de buitendeur wordt dichtgedaan en afgesloten. De camera wordt op een halspiegel gericht en Glenn verschijnt helemaal in beeld terwijl hij zichzelf filmt. Hij proost glimlachend met het gevulde bierflesje. De glimlach verdwijnt en hij zet het flesje op een tafel en drukt op een knop van de camera.

Op hetzelfde moment werd het geluid ingeschakeld en de gevoelsmatige afstand die Tuvesson en de anderen tot nu toe in stand hadden kunnen houden was gelijk verdwenen. Nu waren ze erbij.

Bij Glenn, Jörgen en Claes.

Uit de verborgen luidsprekers in het plafond en de subwoofer onder de tafel kwam het geluid van wat niet in beeld te zien was – Claes' steeds zwakkere stem, die smeekte en bad of ze op wilden houden, tussen Jörgens harde slagen door, die klonken alsof een hamer tegen een watermeloen sloeg.

De camera verlaat de hal en baant zich een weg het appartement in tot bij Claes, wiens gesmeek dat ze moeten stoppen is opgehouden. Hij ligt nu levenloos op de vloer en ontvangt klap na klap van Jörgens boksbeugel. Zijn gezicht is rood van het bloed en slijm en ziet er meer en meer uit als één grote open wond. Jörgen houdt op met slaan. Hij is buiten adem en bezweet en droogt zijn bebloede hand af aan Claes' overhemd.

'Verdomme, zo makkelijk mag hij niet opgeven,' zegt Jörgen grijnzend. 'Ik denk dat hij dorst heeft. Geef hem wat te drinken!'

De camera zakt omlaag tot bij Claes' bloederige gezicht en Glenns hand verschijnt in beeld met het bierflesje. Hij giet de urine in de mond van Claes, die ontwaakt en begint te hoesten. Een groot deel komt op zijn gezicht terecht.

'Zo ja, brave jongen. Drink het maar op.' Hij drukt de flesopening in zijn mond en giet het flesje leeg. 'Zo ja.'

13-04-1993 20.03. Met zijn armen boven zijn hoofd uitgestrekt hangt Claes nu als een bokszak aan de lamphaak in het plafond. Zijn polsen zijn aan elkaar gebonden met gaffertape dat op zijn beurt is vastgemaakt aan de haak. Hij probeert zijn kapotgeslagen hoofd omhoog te houden, maar dat geeft de hele tijd toe aan de zwaartekracht en zakt op zijn borst. Voor hem danst Glenn, alsof hij aan een karatewedstrijd bezig is. Af en toe springt hij omhoog en trapt tegen Claes' hoofd, dat met volle kracht opzij slaat.

'Houd je hoofd recht, zeg ik! Je moet je hoofd recht houden!' roept Jörgen van achter de camera. Hij loopt naar Claes toe en geeft hem een paar oorvijgen. 'Jezus, wat ben je toch walgelijk! Vieze teringlijer!'

Claes probeert het, maar kan zijn hoofd niet meer overeind houden. Zijn mond beweegt, maar er komt geen woord uit. In het begin niet. Dan is een gefluister te horen.

'Alsjeblieft... Dood me... Alsjeblieft...'

Glenn verschijnt in beeld.

'Kom. We gaan bikken.'

13-04-1993 22.28. Claes ligt levenloos op de vloer in de hal met de telefoon naast zich. Zijn polsen zijn nog steeds aan elkaar geplakt.

'Hoe is hij in godsnaam hier gekomen?'

De camera zoomt in op Jörgen, die zijn schouders ophaalt.

'Je kan je afvragen waarom, aangezien de kabel was doorgeknipt.' Jörgen laat grijnzend de doorgeknipte telefoonkabel zien. 'Maar daar dacht je niet aan, hè, kleine stomme teringlijer! Toch? Daar dacht je niet aan!' Jörgen pakt de telefoon op en geeft er een paar dreunen mee tegen Claes' hoofd.

'Hé! Alleen handen en voeten,' klinkt Glenns stem. Waarop Jörgen de telefoon weggooit, Claes bij zijn voeten pakt en hem de kamer weer in sleept.

Lilja drukte op stop en draaide zich om naar de anderen. 'En zo gaat het nog meer dan een uur lang door.'

Niemand zei iets. Het was alsof alle energie uit ze was weggestroomd.

'Allemachtig,' wist Rots ten slotte uit te brengen. 'Op deze manier begin je je af te vragen aan welke kant je eigenlijk staat.'

'Ik begrijp niet hoe hij dat heeft kunnen overleven,' zei Tuvesson en ze kwam overeind. 'Neem me niet kwalijk, maar ik heb even pauze nodig.'

'Zullen we een tijd afspreken wanneer we weer bij elkaar komen?' vroeg Lilja.

'Nee,' zei Tuvesson en ze verliet de kamer.

39

Hij werd wakker van de pijn. De pijn in zijn borst. Het voelde als een getand mes dat zich in hem boorde. Recht in zijn borst. Steeds dieper naar binnen bij elke ademhaling. Hij stak zijn hand uit naar de knop waarmee de dosis morfine werd verhoogd en drukte erop, maar voelde geen verschil. Hij drukte nog een keer.

Ergens dook een vage herinnering op van in het wit geklede mannen. Waarschijnlijk artsen. Ze hadden zijn geval besproken. Hij had eruit opgemaakt dat hij het zou redden, maar dat het jarenlange revalidatie zou kosten als hij kans wilde maken ooit weer te lopen. Of was het andersom? Dat geen revalidatie ter wereld hem ooit weer op de been zou krijgen.

Hij had geprobeerd de dagen te tellen dat hij wakker was geweest, maar dat was moeilijk. Alles had de neiging in elkaar over te lopen tot één waas van dagen, verpleegsters, onderzoeken en maaltijden. Hij had begrepen dat hij ernstig gewond was en zich in het ziekenhuis bevond. Vermoedelijk het Rijksziekenhuis in Kopenhagen.

Hij herinnerde zich delen van wat er was gebeurd. De beelden van toen hij naar de dader toe liep die bezig was het wiel op de Peugeot te schroeven hadden zich in hem gegrift. Hoe hij naar zijn pistool had gegrepen maar te laat was om het te trekken en verrast werd door de kruissleutel die hem op zijn oor had geraakt. De herinneringen waren alleen maar beelden. Stills. Fragmenten.

Er was vandaag een vrouw op bezoek geweest. Hij had gehoopt dat het Else was. Elke keer als hij wakker werd was zij het eerste waar hij aan dacht. Had ze gehoord wat er was gebeurd? Miste ze hem? Was er überhaupt iemand die hem miste? Maar toen de vrouw dichterbij kwam had hij gezien dat het iemand anders was. Ze was ook mooi, echt mooi. Maar niemand was mooier dan Else.

De vrouw was van de politie geweest, al droeg ze burgerkleding, en ze had beweerd dat ze hem twee dagen geleden al had bezocht. Ze zat blijkbaar achter de dader aan en dacht dat ze wist wie hij was. Ze had hem een foto laten zien. Maar het was hem niet geweest. Hij dacht in elk geval niet dat hij het was. Maar nu wist hij het plotseling niet meer zeker. Wist niet meer goed wat hij had gezegd en wat hij had gezien.

Hij probeerde zich te concentreren op waar hij heel zeker van was. Wat hij eigenlijk gezien had, kleine details die de rest van zijn geheugen misschien tot leven konden brengen. Maar de enige conclusie die hij kon trekken was dat hij nergens helemaal zeker van kon zijn.

Stel je voor dat niets van dit alles echt was gebeurd. Stel je voor dat het allemaal maar een droom was. Een droom die elke seconde op zou kunnen houden wanneer zijn wekkeralarm afging. Dat vreselijke alarmsignaal. Hij had er al vaker over nagedacht maar nu had hij een besluit genomen. Als dit allemaal een droom zou blijken te zijn, zou hij zijn wekker verruilen voor een klokradio.

Hij drukte weer op de morfineknop. De pijn was er nog steeds, maar een stuk doffer nu. Die scherpe, snijdende discanttoon was bijna helemaal weg. Wat over was gebleven was een kloppende, zeurende pijn. Zijn gedachten dobberden een vormeloze zee in. Misschien moest hij gewoon ophouden met ademen? Zijn adem lang genoeg inhouden. Kon dat? Else... Hij hield van Else... Wist ze wat er was gebeurd? Had ze er spijt van dat ze hem had verlaten? Dacht ze aan hem? Kon het haar ook maar iets schelen?

Een van de platen in het plafond verdween en er bleef een gat achter. Of was er nooit een geweest? En zijn collega's? Had hij zich in hun ogen belachelijk gemaakt? Hij haalde diep adem en voelde hoe het mes om werd gedraaid op een plek ergens diep binnen in hem. Een donkergeklede gestalte liet zich langs een touw door het gat in het plafond zakken en kwam naar hem toe en voor de eerste keer in lange tijd was al zijn twijfel verdwenen. Hij hoefde zijn gezicht niet eens te zien. Hij was er compleet zeker van. Hij was er zeker van dat de man die nu een injectienaald leegspoot in het infuuszakje dezelfde man was die hem met de kruissleutel had geslagen en met de auto over hem heen was gereden. Een Peugeot. Een Zweed. Wat was het kenteken ook al weer? Zou hij zich dat ook nog kunnen herinneren? De man trok de injectienaald eruit en kneep in het infuuszakje.

JOS 652... Precies.

Een golf van voldoening spoelde over hem heen en het laatste wat hij zich herinnerde was het geluid van de apparaten waarvan het alarm begon te krijsen. Hij vond dat het klonk als waanzinnige apen in een te kleine kooi.

40

De klokken luidden al in Lellinge toen Fabian Risk aankwam. Een monotoon verdovend geklingel. Dat je in herinnering bracht dat alles eindig was. Hij had zijn zwarte kostuum niet kunnen vinden en daarom maar zijn zwarte spijkerbroek en een donkergrijs wollen colbert, dat nu veel te warm aanvoelde, aangetrokken. De kerk was tot de rand toe vol en hij moest zich een weg banen naar een lege staanplaats aan de zijkant. Zij die dacht dat ze geen vrienden had.

De dominee had Mette Louise Risgaard zowel gedoopt als geconfirmeerd en sprak over haar als een fantastisch meisje vol vreugde en levenskracht. Veel van de toehoorders huilden openlijk en zelfs de dominee kostte het moeite om zijn tranen te bedwingen. Hij vertelde hoe Mette Louise had gehuild, of beter gezegd geschreeuwd, tijdens de doopceremonie. Zo luid dat zelfs het kerkorgel haar niet kon overstemmen. Maar op het moment dat het gewijde water op haar hoofdje was gevallen, was ze stil geworden, had haar blik omhoog gewend en de verzamelde gemeente een glimlach geschonken die al het poolijs had kunnen doen smelten.

De dominee wist zeker dat ze God had gezien en dat God haar had gezien. Een wetenschap die volgens hem kon werken als een uitgestrekte hand, en hulp kon bieden in het rouwproces dat iedereen nu te wachten stond.

'God heeft een doel met alles. Zelfs deze keer. We begrijpen het niet altijd. Maar alleen je daarvan bewust te zijn kan hulp bieden.'

Als het de bedoeling was dat de klomp in zijn borst moest groeien dan was God daarin geslaagd, dacht Fabian. De dader had gelijk gehad. Het was helemaal zijn schuld.

Na de ceremonie in de kerk verwees de koster iedereen naar het gebouw ernaast voor koffie met cake. De meesten leken elkaar te kennen en na een kwartier was het geroezemoes in volle gang. Fabian stond alleen met zijn espresso en wilde alleen maar zo snel mogelijk weg. Maar iets zei hem dat het belangrijk was dat hij bleef en niet wegvluchtte. Dat hij bleef, zo schuldig als hij was.

Hij vond het moeilijk om stil te blijven staan en begon rond te lopen tussen de rouwenden. Een paar kinderen stonden rond een mobiel, en aan een ronde tafel zaten een paar oudere heren in pak. Naar wat hij begreep hadden ze het over de warme zomer en beweerde een van de mannen dat het niets was vergeleken bij de zomers in de jaren dertig.

Een kleine ronde vrouw van zijn eigen leeftijd stond een beetje achteraf in het gezelschap en richtte haar blik met regelmatige tussenpozen op hem en elke keer beantwoordde hij die met een glimlach en een kort knikje. Maar hij kreeg geen glimlach terug. Terwijl ze met de anderen in het gezelschap praatte, begon de vrouw er steeds ontdaner uit te zien.

Fabian begreep dat het Mette Louise Risgaards moeder moest zijn en overwoog of hij naar haar toe moest gaan. Maar hij hoefde niet lang na te denken omdat de vrouw al op hem af kwam lopen. Hij stak zijn hand uit, maar die wilde ze niet aannemen. In plaats daarvan vroeg ze wie hij was en hij stelde zichzelf voor en beloofde alles te zullen doen wat in zijn macht lag om de dader te grijpen.

'De dader? Jíj bent de dader! Het is jouw schuld!' schreeuwde de vrouw. 'Jij hebt haar doodgemaakt. De dood in gezonden!' De vrouw sloeg met gebalde vuisten op zijn borst en bleef roepen dat hij de moordenaar was en het verdiende om in de hel te branden.

Fabian nam de slagen in ontvangst zonder zich te verweren. De rest van het gezelschap was stil geworden en keek naar hen. Een man met kortgeknipt haar en bretels kwam naar hen toe.

'Wat is hier in vredesnaam aan de hand? Ben jij die Zweedse politieman?'

Fabian knikte en voordat hij de kans kreeg om te reageren gaf de man hem een duw waardoor hij zijn evenwicht verloor en viel en koffie over zijn witte overhemd morste. De man ging schrijlings op hem zitten en wilde hem nog een keer slaan. Maar Fabian was hem voor en greep de arm van de man, trok hem naar de grond toe en gebruikte de kracht van de beweging om zichzelf omhoog te helpen, waarna hij de arm van de man op zijn rug kon wringen.

'Rustig aan nu. Oké?' Hij oefende druk uit op de arm van de man om hem te laten begrijpen dat hij het meende. Meer kon hij niet doen voordat hij achteruit werd getrokken door drie andere mannen, die hem aanraadden dat hij maar het best zo snel mogelijk kon verdwijnen. Fabian volgde hun raad op en liep snel weg. Achter zich hoorde hij dat er werd geroepen hoe belangrijk het was om Denemarken schoon te houden en die klote-Zweden tot de grens te volgen.

Ontdaan ging hij achter het stuur zitten, sloot de centrale deurvergrendeling en probeerde de sleutel in het contact te steken. Maar zijn bevende hand weigerde hem te gehoorzamen en pas na een paar keer diep in- en uitgeademd te hebben lukte het hem om de sleutel er met beide handen in te steken en om te draaien.

Terwijl hij het parkeerterrein voor bezoekers van de kerk af reed, dacht hij na over de rede van de dominee en kwam tot de conclusie dat als er nu werkelijk een bedoeling achter Mette Louises dood school het moest zijn dat de dader werd gepakt voordat er nog meer onschuldige slachtoffers vielen. En hij kon er zijn vinger niet op leggen, maar iets zei hem dat hoe hard zijn collega's ook werkten, het toch van hem afhing.

Hij schakelde, liet de koppeling los en reed weg in de richting van Kopenhagen.

41

Dunja Hougaard schrok wakker van het geluid van een wc die werd doorgetrokken. Ze verloor bijna haar evenwicht, maar kon nog net met haar linkerhand tegen de muur steunen. Het duurde een paar seconden voordat ze begreep dat ze zich in een van de toilethokjes op de rechercheafdeling van het politiebureau van Kopenhagen bevond.

Morten Steenstrups dood had alles op zijn kop gezet. Het bericht had haar dinsdagnacht vlak na halfdrie bereikt en dinsdag was altijd haar avondje uit. Haar enige avondje uit van de hele week. Dat was het geweest sinds ze Carsten had verlaten, op zomaar een dinsdagavond bijna acht maanden geleden.

Om hem te verrassen was ze naar Stockholm gereden, waar hij samen met andere Nordea-werknemers op een trading-seminar was, en als in een slechte film had ze haar levenspartner-aanstaande-man-en-vader-van-haar-toekomstige-kinderen in bed aangetroffen met een van zijn Zweedse collega's.

Zonder een woord te zeggen had ze rechtsomkeert gemaakt en zich rechtstreeks in de Stockholmse nacht begeven met een wraakzucht die aan het kookpunt zat. Uiteindelijk was ze in de Kvarnen beland – een oude kroeg in het hart van Stockholm. Daar was het geen probleem geweest om iemand te vinden. Hoe hij heette kon ze zich niet herinneren. Misschien had hij zijn naam niet eens genoemd? Het enige wat ze zich herinnerde was dat hij roodharig was en groter dan Carsten.

Iets meer dan een week later had het haar verbaasd hoe snel ze over hem heen was. Sinds de roodharige Zweed had ze geen gedachte meer aan hem gewijd en ze had ingezien dat dat precies was wat een man in haar situatie zou hebben gedaan. En het had gewerkt. Ze had zich vrolijker en opgewekter gevoeld dan in lange tijd en besloten er een traditie van te maken. Elke dinsdag zou ze uitgaan om bevestiging te zoeken.

Tot aan vandaag was ze maar drie keer niet gegaan. Twee keer kon ze aan de griep wijten. De derde aan haar vaders nieuwe vrouw, die overleed na een lange en moeilijke strijd tegen longkanker. Ze had al een paar drankjes op toen haar vader haar had gebeld en ze had direct spijt gehad dat ze had opgenomen toen ze begreep dat hij het was. Maar ze had het niet over haar hart kunnen verkrijgen om op te hangen en had ermee ingestemd hem gezelschap te houden hoewel ze zijn vrouw nooit had ontmoet en ze het contact jaren geleden verbroken hadden.

Twintig minuten later was ze aangekomen in het Rijksziekenhuis, waar hij had gewaakt. Ze was naast hem gaan zitten en had zijn handen in de hare genomen. Geen van hen had iets gezegd. De hele nacht geen woord. Pas toen de zon op was gekomen, had hij zijn handen teruggetrokken en gezegd dat ze kon gaan. Vanaf nu zou hij haar hulp niet meer nodig hebben.

Sindsdien hadden ze geen contact meer gehad. Ze wist dat hij nog steeds leefde en waar hij woonde en af en toe dacht ze erover na hoe ze op zijn dood zou reageren. Ze hoopte dat het haar koud zou laten en dat ze haar schouders op zou halen, al wist ze diep vanbinnen dat ze toch van streek zou zijn. Om alles wat ze nooit hadden kunnen uitpraten. Om alles wat ze zo vaak in haar gedachten had gezegd dat ze nu elk woord ervan uit haar hoofd kende.

Deze dinsdag had ze in Kødbyen doorgebracht, waar ze een zwarte Amerikaan had ontmoet die als reclamefilmregisseur werkte. Zijn Amerikaansc Dcens had haar in een goed humeur gebracht en na een paar mojito's waren de problemen op het werk even vaag geworden als de muntblaadjes achter het beslagen glas.

Het telefoontje was net gekomen toen de Amerikaan haar blouse had opengeknoopt en bezig was haar borsten te kussen, en toen ze vijfentwintig minuten later in het ziekenhuis was aangekomen, was het er een complete chaos. Niemand wist iets. Wat was de doodsoorzaak? Had hij zich van het leven beroofd of had iemand hem vermoord? En in dat geval wie en hoe? De hele afdeling had tenslotte onder strenge bewaking gestaan. Bovendien was ze nog steeds aangeschoten geweest, of als ze heel eerlijk was dronken. Wat ze trouwens nog steeds was.

Een blik op haar mobieltje leerde haar dat ze zevenenveertig minuten geslapen had. Ze kwam overeind van de wc-pot, deed haar haar goed en werkte haar lippenstift bij voordat ze het toilethokje verliet. Op de weg terug naar haar werkplek dacht ze er nog een keer over na hoe de dader het aangepakt zou kunnen hebben. Tot nu toe hadden ze geen enkel technisch spoor kunnen vinden dat haar theorieën in een bepaalde richting kon leiden. Richter was trouwens nog steeds ter plekke met zijn team. Voor de tweede keer, nadat ze duidelijk had gemaakt dat ze als ze niets vonden opnieuw moesten beginnen. En opnieuw.

Haar dronkenschap begon nu eindelijk af te nemen en ze had nu voornamelijk last van een kater. Ze blies in haar hand om haar adem te ruiken en besloot dat ze moest proberen haar adem de rest van de dag in te houden, toen Jan Hesk naar haar toe kwam en vertelde dat de patholoog-anatoom Oscar Pedersen net had laten weten dat hij de doodsoorzaak had vastgesteld.

'Verstikking.'

'Verstikking? Er zijn toch geen tekenen van verstikking?'

'Geen zichtbare. Maar hij heeft een hoge dosis botuline in zijn bloed.'

Dunja kende botuline, dat in feite hetzelfde zenuwgif was dat in Botox werd gebruikt en in sterkere doses de borstspieren kon verlammen met verstikking als gevolg.

'Hebben ze het infuuszakje onderzocht?'

Hesk knikte. 'Blijkbaar zat er genoeg gif in om half Denemarken te laten stikken. En trouwens...' Hij stak haar glimlachend een zakje Fisherman's Friend toe. Ze had beledigd moeten zijn, maar pakte er zonder te protesteren een uit het zakje.

'Neem er nog een, of twee.'

Ze nam er nog twee en liep verder naar haar kantoor.

'Het is misschien het beste als je het hele zakje neemt,' riep hij haar na en ze stak over haar schouder haar middelvinger op zonder zich om te draaien.

Ze stopte de pastilles in één keer in haar mond en liep naar haar werkplek. Er zat een man in de bezoekersstoel die zich naar haar toe draaide. Ze had hem nog nooit eerder gezien, maar begreep meteen wie het was.

42

Tuvesson, Lilja en Molander zaten aan de ellipsvormige tafel en aten alle drie een in plastic verpakte kipsalade van de ICA Maxi terwijl ze wachtten tot Rots, die de vergadering bij elkaar had geroepen, op zou duiken. Tuvesson keek in haar salade en stelde vast dat de drie kleine stukjes kip die ze allang op had gegeten blijkbaar genoeg waren om de droge ijsbergsalade, met wat maïs uit blik en olijven, te verkopen als *luxe kipsalade*. Ze besloot de ellende op haar bord goed te maken met een sigaret na de lunch.

'Heeft iemand wat van Risk gehoord?' vroeg Molander.

Tuvesson schudde haar hoofd. 'Nee, en waarom zouden we ook. Hij is tenslotte met vakantie.'

Molander knikte zonder iets te zeggen.

'Ingvar, wat had ik moeten doen. Ik had geen keus.'

'Nee, ik weet het. Ik weet het. Het is alleen... zonde.'

'Ja, je bent niet de enige die dat vindt.'

'Dat jullie het weten, ik heb de vrijheid genomen om wat dingen op te zoeken over Risk,' zei Lilja. 'Wisten jullie dat hij de laan uitgestuurd is bij de recherche in Stockholm?'

Molander schudde zijn hoofd.

Tuvesson zuchtte. 'Heb je niet genoeg te doen aan dit onderzoek?'

'Ik dacht alleen dat als je met iemand samen moet werken, het misschien goed is om te weten wat je aan elkaar hebt.'

'Irene, waar wil je eigenlijk naartoe? Ja, hij was zijn beoordelingsvermogen kwijt en is te ver gegaan. Wat jij misschien ook had gedaan in zijn situatie.'

'Je bedoelt als ik verliefd was geweest op de vrouw van het slachtoffer?' vroeg Lilja.

'Dat was een tienerverliefdheid. We hebben geen idee hoe het nu zit.'

'Nee, precies. Dat is precies wat ik bedoel. We weten het niet. En het gaat erom dat het geen eenmalig verschijnsel lijkt te zijn. Ik heb het Stockholmse onderzoek van afgelopen winter gezien en als je tussen de regels door leest, blijkt dat hij daar ook zijn eigen gang ging zonder de anderen op de hoogte te stellen.'

'Wat had hij dan gedaan?' vroeg Molander.

'Ten eerste...'

'Irene, we houden er nu over op,' zei Tuvesson en ze besloot minstens twee sigaretten te nemen.

'Maar...'

'Jullie zijn er al, zie ik. Heel goed,' zei Rots toen hij binnenkwam.

Tuvesson bedankte hem in gedachten. Maar Lilja had zeker een punt, en dat was precies waar Stockholm haar voor had gewaarschuwd toen ze naar Risk informeerde. Bijna iedereen was het erover eens geweest. Risk was een goede agent, een van de beste. Maar hij ging zijn eigen gang en je wist nooit waar dat toe leidde of welke consequenties het kon hebben.

Wat precies was waar ze op uit was. Ze zou het nooit hardop tegen de anderen zeggen, maar haar medewerkers waren te gemakzuchtig geworden. Ze waren weliswaar zowel professioneel als betrouwbaar. Maar het was alsof ze zich niet meer hoefden te bewijzen en daardoor nooit het risico namen om met een onverwachte inval te komen. Niemand van hen deed iets verkeerd en marges werden over het algemeen ruim in acht genomen. Nooit bevonden ze zich eens op de grens. Iets wat er misschien goed uitzag in alle rapporten en onderzoeken. Maar de werkelijkheid vroeg om iets anders, die vereiste soms dat ze zich juist daar moesten bevinden.

Op de grens. Soms zelfs aan de verkeerde kant ervan.

Op dat punt kwam Risk in beeld.

Rots liet een getekende compositietekening rondgaan terwijl hij tegelijkertijd vertelde dat een meisje van de McDonald's in Åstorp hem had benaderd. 'Ze werkte op donderdagavond en herkende Schmeckel noch Mällvik.'

Zo keken ze ernaar, dacht Tuvesson. Schmeckel en Mällvik. Alsof het twee personen waren. Twee verschillende daders. En nu ging er een compositietekening van een derde dader de tafel rond. Met hoeveel daders zouden ze zich nog bezighouden voordat de zaak zou zijn opgelost?

'En wie is dit?' vroeg Molander terwijl hij de compositietekening omhooghield.

'Hij zou donderdag vlak na middernacht naar het restaurant zijn gekomen en daar een Chili McFeast Deluxe-menu hebben besteld. Het probleem was dat dat alleen op donderdag werd geserveerd en donderdag was net overgegaan in vrijdag.'

'Dus toen weigerden ze hem een Chili McFeast te geven,' zei Lilja en Rots knikte.

'Ze volgen gewoon orders op,' zei Molander.

'Maar deze man was het daar niet mee eens,' ging Rots verder. 'Volgens hem was hij in de rij gaan staan toen het nog donderdag was en hij stond erop dat hij zijn menu zou krijgen. Het meisje achter de kassa probeerde uit te leggen dat zij de regels niet bepaalde en er helaas niets aan kon doen, waarna ze de volgende klant begon te helpen, en toen had hij haar gewaarschuwd.'

'Gewaarschuwd voor wat?' vroeg Tuvesson.

'Omdat ze hem negeerde.'

De anderen wisselden een blik uit.

'Dus hij werd kwaad omdat ze hem oversloeg en de volgende klant hielp?'

Rots knikte.

'En toen? Wat gebeurde er toen?'

'Ja, toen kreeg hij zijn menu.'

'Dus zo moet je het aanpakken,' zei Molander met een grijns.

'Ze zag het absoluut niet als een loze bedreiging. Er was blijkbaar geen twijfel over dat hij het serieus bedoelde.'

Tuvesson pakte de compositietekening en bestudeerde die. Zoals gewoonlijk had Rots Gudrun Scheele ingeschakeld, een half blinde, aan een rolstoel gekluisterde, oude tekenlerares die meer dan vijftien jaar geleden met pensioen was gegaan. Ze woonde in hetzelfde tehuis als Rots' moeder en tijdens een bezoek had hij een paar van haar portretten gezien en gevraagd of ze hen niet kon helpen met een compositietekening. Die keer hadden ze achter een verkrachter aan gezeten die het Pålsjöbos onveilig maakte met zijn jacht op joggende vrouwen. Drie uur nadat ze Gudruns tekening uit hadden doen gaan was de man geïdentificeerd en kon hij worden opgepakt. Sindsdien hadden ze regelmatig gebruik van haar gemaakt en het feit dat ze elk moment kon overlijden was iets wat ze elkaar hielpen verdringen.

De compositietekening was zoals gewoonlijk met houtskool gemaakt en Tuvesson was opnieuw onder de indruk van haar talent. Het zou fysiek al onmogelijk moeten zijn om een krijtje vast te houden met die trillende handen. Maar tekenen kon ze en meestal waren een paar strepen genoeg om een persoonlijkheid neer te zetten die gebaseerd was op een paar uiterst beknopte getuigenbeschrijvingen.

Maar er was iets wat deze compositietekening anders maakte dan al haar eerdere. Behalve de blik die haar recht aanstaarde en buitengewoon bedreigend was, ontbrak een duidelijke persoonlijkheid. Een geheel. Het uiterlijk was zo alledaags dat ze de man niet eens herkend zou hebben als hij recht tegenover haar had gezeten. Meestal was dat sowieso het probleem met compositietekeningen. Net als een voorspelling pasten ze op bijna iedereen. Maar dit was de eerste keer dat ze dit gevoel had bij een van Gudruns tekeningen.

'Wat willen jullie doen? Willen jullie deze tekening naar buiten brengen?' vroeg Molander.

'Ik moet met Högsell overleggen,' zei Tuvesson. 'Maar zelf neig ik ertoe om nog even te wachten. De tekening is zo algemeen dat hij op bijna iedereen past. Bovendien zijn er te veel x'en in de vergelijking. De kassamedewerkster heeft Schmeckel noch Mällvik herkend, maar kwam in plaats daarvan met een compleet nieuwe persoon die haar een bedreigende blik toewierp. Dat is bij lange na niet genoeg.'

'Het hoeft geen nieuwe persoon te zijn,' zei Molander. 'Hij heeft zijn uiterlijk eerder veranderd en misschien ziet hij er nu zo uit?'

Het werd stil rond de tafel en na een paar minuten drong het tot Tuvesson door dat deze compositietekening precies overeenkwam met het gevoel waar ze al een tijdje mee rondliep. Ze jaagden op een fantoom, een ongrijpbaar wezen dat zich het ene moment vlakbij leek te bevinden om de volgende seconde in rook op te gaan. Misschien was dit precies hoe hij eruitzag?

Als wie dan ook.

Een Claes of een Rune.

Of hoe hij zich ook mocht noemen.

43

'Hebben jullie het plafond gecontroleerd?'

'Gecontroleerd?'

'Ja, onderzocht.'

'Bedoel je dat hij zich omhoog heeft getrokken en via het dak is gekomen?'

'Is er een andere manier? Behalve dan door de deur.'

Dunja Hougaard schudde haar hoofd en probeerde te begrijpen hoe ze zoiets voor de hand liggends had kunnen missen. Ze voelde zich dom en wilde niets liever dan door de grond zakken. Ze probeerde iets slims te bedenken om te zeggen, maar haar gedachten stonden compleet stil. Ze voelde dat ze rood werd. God, kon ze zich gênanter gedragen? Zeker, hij zag er goed uit. Maar hij was getrouwd en bovendien wist ze nog niet wat ze van hem vond.

De eerste indruk was negatief geweest, zoals met de meeste Zweden. Hij had zich gedragen alsof de wereld van hem was. Hoe dit zijn zaak was en hoe hij, ondanks dat hij officieel uit het onderzoek was gezet, van plan was verder te gaan en het op te lossen. Maar hij kon zich indenken dat hij haar zou kunnen helpen als zij hem op haar beurt zou helpen.

'Je ziet eruit alsof je wat moet eten,' zei hij en ze besefte dat hij misschien toch niet zo kortzichtig was. 'En als ikzelf niet gauw iets binnenkrijg, ben ik het volgende slachtoffer.'

Ze lachte. 'Het lijkt me dat je in de eerste plaats een nieuw overhemd nodig hebt.'

De frisse lucht deed haar goed. Het was alsof ze alleen maar even uit moest waaien. Na een bezoek aan Ilum, waar een overdreven behulpzame verkoper Fabian Risk een van hun duurste overhemden had verkocht, besloot Dunja hem mee te nemen naar Café De Diamant aan het Gammel Strand. Het was maar een steenworp bij hen vandaan en het was er meestal niet zo druk, hoewel het maar een paar straten van het winkelcentrum lag. Om een of andere reden vonden de toeristen nooit de weg naar het Gammel Strand, al was er gegarandeerd zon en waren er meerdere, naast elkaar gelegen restaurants. De Diamant was het minst pretentieuze en haar favoriet.

Ze gingen aan een tafeltje in de schaduw van een parasol zitten. Risk bestelde een caesarsalade en mineraalwater en zij een hamburger en een extra grote cola. Na een paar slokken voelde ze hoe ze weer tot leven kwam. Tot nu toe hadden ze het alleen over koetjes en kalfjes gehad, over het weer, het Deense voetbalfiasco en waarom Denen het zo moeilijk vonden om Skåns te verstaan. Ze hadden als twee katten om de hete brij heen gedraaid en Dunja besloot de eerste stap te zetten.

'Ik hoop dat je begrijpt dat ik veel op het spel zet door hier nu samen met jou te zitten. Ik heb strenge orders gehad om de Zweedse politie zo ver mogelijk bij het onderzoek vandaan te houden.'

'Dan komt het heel goed uit dat ik uit het onderzoek ben gezet en hier alleen maar op vakantie ben.' Risk hief zijn water op en zij haar cola. Dunja kon het niet laten om te glimlachen. Ze begreep niet waarom, maar op de een of andere manier was hij erin geslaagd haar in een goed humeur te brengen.

'Je chef, Kim Sleizner. Heeft hij uitgelegd waarom we niet moeten samenwerken?'

'Kim is niet het type dat de moeite neemt om dingen uit te leggen. Dat laat hij aan anderen over. Ik denk dat hij jullie een tik op jullie vingers wil geven, omdat jullie op zijn teentjes hebben getrapt. Er zijn twee dingen die hij het meest van alles haat: gepasseerd worden en Zweden. Jullie hadden hem eerst moeten bellen.'

'Dat hebben we gedaan. Ik was er zelf bij en geloof me, hij nam niet op.'

'Beweer je dat hij liegt?'

'Ik beweer niets anders dan dat we hebben gebeld en dat hij niet opnam. Toen hebben we een boodschap op zijn voicemail achtergelaten. De situatie was acuut en we konden niet wachten.'

Dunja wist niet wat ze moest geloven. Kim had zich uitgesloofd om zich schoon te wassen, zowel op internet als in de media. Hij had er veel ophef van gemaakt dat niemand contact met hem had opgenomen en dat de verantwoordelijkheid voor de dood van Mette Louise Risgaard volledig bij de Zweedse politie lag.

Het was zijn woord tegen dat van hen.

'Hier is het nummer van Astrid Tuvesson, mijn chef,' ging Fabian verder en hij schreef het nummer op een servet.

Dunja keek naar het Zweedse mobiele nummer. 'Wat moet ik daarmee? Als ik haar bel, zal ze natuurlijk hetzelfde zeggen als jij,' zei ze terwijl ze een patatje in de ketchup op haar bord doopte.

'Je moet haar niet bellen maar de mobiele provider die het gesprek heeft doorgekoppeld.'

Nu begreep ze het. Ze was buitengewoon traag van begrip vandaag. Met behulp van het nummer kon ze controleren of Sleizner werkelijk was gebeld, het exacte tijdstip nagaan en hoe lang het gesprek had geduurd. Ze dacht erover na wat het zou betekenen. In haar ogen niet zoveel. Uiteindelijk. Het meisje en nu ook de politieman waren dood en het zou het beste zijn als ze samen zouden kunnen werken om de dader te pakken te krijgen.

'En wat staat er voor mij tegenover?'

'Toegang tot de auto.'

'Nee, dat gaat niet. We zijn nog steeds met het onderzoek bezig.'

'Ik wil alleen even kijken. Hooguit vijf minuten.'

'En wat krijg ik daarvoor?'

'Behalve het telefoonnummer van mijn chef?'

Ze knikte en hij lachte.

'Nog een cola en alles wat ik weet.'

Ze deed alsof ze even nadacht voordat ze glimlachte. 'Wat weet je van hem?'

'We zaten in dezelfde klas op de basisschool. In die tijd heette hij Claes Mällvik en hij werd gepest en verstoten.'

'Sloegen jullie hem?'

'Ik niet, maar anderen. Twee in het bijzonder.'

'De twee slachtoffers?'

Fabian knikte. 'Maar ik was eigenlijk niet veel beter. Net als alle anderen keek ik weg.'

'En waarom Claes Mällvik?'

'Als ik heel eerlijk ben, weet ik het niet. Hij droeg een bril en had een achternaam waar je grapjes over kon maken. Maar eigenlijk denk ik dat het voornamelijk toeval was. Ze moesten iemand hebben en toevallig werd hij het.'

'En je weet zeker dat hij het is?'

'Wie zou het anders kunnen zijn?'

Dunja haalde haar schouders op. 'Morten Steenstrup herkende de man op de foto die jullie naar buiten hebben gebracht in elk geval niet.'

'Daar kunnen verschillende verklaringen voor zijn. Had hij morfine in zijn lichaam? Heeft hij het gezicht van de dader überhaupt wel gezien? Kan zijn geheugen aangetast zijn door het ongeluk?'

'Hij was er heel zeker van.'

'Kon hij beschrijven hoe hij er wel uitzag?'

'Helaas niet. Hij was te moe. Dat wilde ik hem vandaag laten doen.'

'Dat betekent dat hij waarschijnlijk weer een andere identiteit aan heeft genomen.'

Dunja knikte. 'Wat nog iets anders betekent.'

Risk keek haar aan.

'Hij is nog niet klaar. Hij heeft nog meer namen op zijn lijst staan,' zei Dunja en ze kwam overeind.

Fabian keek haar na terwijl ze het restaurant in liep en dacht na over wat ze net had gezegd. De afgelopen dagen had hij een knagend gevoel gehad. Hij had geprobeerd het te negeren, maar het was steeds teruggekeerd. En nu Hougaard het openlijk had gezegd, was er geen twijfel meer mogelijk. Rune, Claes of hoe hij zich ook noemde was nog niet klaar.

Nog lang niet.

Met Jörgen en Glenn, de twee voor de hand liggendste slachtoffers, was afgerekend. Maar wie was er nog over? Waren er meer die hem gepest hadden? Op zijn werk misschien? Hij had gelezen dat volwassenen die als kind waren gepest vaak ook op hun werk werden gepest. Het was alsof mensen de geur van zwakte konden ruiken, een stigma dat je hele leven bij je bleef. Hij besloot contact op te nemen met Tuvesson en haar te vragen of ze iemand naar Schmeckels collega's kon sturen om te horen hoe de situatie op zijn werk in het ziekenhuis in Lund was geweest. Vooral na het schandaal toen hij een paar klemmen in de urineblaas van een patiënt had laten zitten. En er was nog iemand met wie hij contact op moest nemen.

Maar eerst ging hij een kijkje bij de Peugeot nemen.

Dunja had duidelijk gemaakt dat het het beste zou zijn als niemand te weten kwam dat ze een Zweedse politieagent bij zich had en ze waren daarom het politiebureau via de achterdeur binnengegaan. De auto bevond zich vier verdiepingen onder de grond. De opslagruimte besloeg een hele verdieping en stond vol met in beslag genomen spullen die of op een technisch onderzoek wachtten of als bewijs moesten worden gebruikt bij een eventuele rechtszaak. Alles was er: van auto's tot kapotgetrokken slipjes.

Achter een raam van plexiglas, met gaten op gezichtshoogte, zat een oudere man in een rolstoel aan iets wat donker en van plastic was te frunniken ter hoogte van zijn middel. Achter hem lieten naakte pin-ups uit de vroege jaren tachtig zien dat hij hier al heel wat jaren zonder daglicht zat. Dunja klopte op het raam, maar de man keek niet op. Ze klopte nog een keer, deze keer zo hard dat het raam ervan rammelde, en schoof haar legitimatie door het luikje.

'Hallo! Ik heb niet de hele dag! Ik ben hier voor de Peugeot die een paar dagen geleden is binnengebracht.'

'De Zweedse auto,' zei de man. 'Ik moet alleen even mijn katheter op zijn plaats doen.'

Dunja knikte.

'En wie is dat?' De man knikte naar Fabian.

'Mijn naam is Fabian Risk.' Hij pakte zijn portemonnee om zijn legitimatie tevoorschijn te halen.

'Hij is een potentiële getuige en we zijn hier om te kijken of hij de auto herkent,' onderbrak Dunja hem en ze duwde Fabians portemonnee weg.

De man liet zijn blik heen en weer gaan tussen Dunja en Fabian, alsof hij overwoog om all-in te gaan bij een partijtje poker. Ten slotte gaf hij zich met een diepe zucht gewonnen.

Fabian en Dunja volgden de man, die zijn elektrische rolstoel zo effectief door de opslagruimte stuurde dat ze bijna moesten rennen om niet achterop te raken. Af en toe stopte hij om een hek open te doen. Fabian begreep niet hoe de man de weg kon vinden in dit schijnbaar eindeloze labyrint van gangen, tussen rekken door die even hoog waren als in een Ikea-magazijn, of wist welke sleutel op welk slot paste. Maar dat deed hij blijkbaar, en ten slotte werd hun een garage gewezen die vol stond met auto's. Sommige leken nog het meest op een stapel schroot, andere maakten de indruk compleet ongebruikt te zijn. De Peugeot stond in een hoek achterin.

Fabian trok zijn plastic handschoenen aan, ging achter het stuur zitten en sloot het portier. Hij wilde alleen zijn en Dunja leek het te begrijpen en bleef op een afstandje staan. Ze had gezegd dat de auto nog steeds onderzocht werd. Maar hij zag helemaal geen markeringen van plekken die al onderzocht waren of plekken waar zich vingerafdrukken, haren of dat soort dingen bevonden. Niets. De enige mogelijke verklaring was dat het onderzoek nog niet eens begonnen was. Hij kon niet beweren dat hij Ingvar Molander goed kende, maar uit het weinige dat hij gezien had kon hij wel opmaken dat het onderzoek inmiddels al af zou zijn geweest.

Hij deed het handschoenenkastje open en maakte het leeg. Een balpen met het logo van het ziekenhuis van Lund, een paar AAA-batterijen, een reservelamp voor de koplampen, de handleiding en verzekeringspapieren, waarin Rune Schmeckel als eigenaar van de auto stond vermeld. Niets bijzonders. Hij bladerde door het serviceboekje en zag dat elke servicebeurt keurig was uitgevoerd. De geautoriseerde stempels stonden precies waar ze moesten staan. Schmeckel was een nauwkeurige man en niet iemand die slordig was en zich overal doorheen improviseerde. Zelf bracht hij de auto pas naar de garage wanneer zich een verontrustend geluid kenbaar maakte. Dan was het meestal te laat, in elk geval voor de portemonnee.

In de achteruitkijkspiegel zag hij dat Dunja op haar horloge keek en ongeduldige blikken om zich heen wierp. De oude man was nergens te zien.

Het was tijd om te doen waarvoor hij gekomen was.

Kim Sleizners hoofdpijn begon af te nemen en hij voelde hoe zich eindelijk een innerlijke vrede door zijn lichaam verspreidde. Hij stond bij het raam van zijn kantoor en keek uit over het water. Aan de overkant kon hij Islands Brygge zien liggen en het spectaculairste gebouw aan de kade: Gemini Residence. Twee grote cilinders, samengegroeid als een Siamese tweeling, waarbij de binnenste kern het trappenhuis vormde dat je onwillekeurig aan *A Clockwork Orange* deed denken. Daar woonde hij met zijn vrouw en dochter in een fantastisch appartement. Het grootste van het gebouw.

Maar de afgelopen dagen had hij helemaal geen kans gehad om ervan te genieten. Zijn oude maagzweer was door de stress de kop weer op gaan steken en hij had zich zorgen gemaakt of ze er überhaupt nog wel konden blijven wonen als hij gedwongen zou worden te vertrekken. Maar dat zag hij dan wel weer. Op dit moment leken zijn zorgen van de aardbodem verdwenen te zijn en hij voelde zijn maagzweer bijna niet. Zelfs zijn nek en schouders begonnen zich te ontspannen.

De moord op Morten Steenstrup had hem in de kaart gespeeld. De hele storm over wie er schuld droeg aan de moord op Mette Louise Risgaard was in één keer bedaard. De aandacht die was gericht op het feit of hij of de Zweedse politie had gefaald, was nu verlegd naar de dader zelf. Dat was beter voor het onderzoek, maar vooral beter voor hemzelf. Als zijn afdeling er bovendien in zou slagen de zaak voor de neus van de Zweden op te lossen, zou de overwinning voor hem zijn.

MC Hammers 'Can't Touch This' echode door de kamer en hij draaide zich om naar zijn bureau, waarop zijn mobieltje lag te trillen. Het was zijn dochter die zijn mobiel geruïneerd had door het liedje erop te zetten en alle andere ringtonen te wissen. 'Can't Touch This' was ccn van de liedjes waar hij de grootste hekel aan had en zodra hij het hoorde kreeg hij een slecht humeur. Het probleem was dat hij niet wist hoe je de ringtoon moest veranderen en er was nu al bijna een jaar verstreken.

Stop! Hammer Time! Woo-o-oo Woo-o-oo...

Hij nam op, alleen maar om dat ding stil te krijgen. 'Ja, hallo?'

'Hallo, u spreekt met Niels Pedersen.'

'Ja?' Sleizner had geen idee wie Niels Pedersen was en hij voelde louter weerzin om het te weten te komen.

'Je weet wel, van de opslagruimte beneden.'

'Je moet me verontschuldigen, maar ik zit midden in een vergadering en...'

'Dit kost maar een tel. Ik wil alleen checken of ik het goed heb begrepen.'

'Wat dan?' snauwde Sleizner en hij voelde hoe zijn maagzweer weer tot leven begon te komen.

'Dat er zonder jouw toestemming niets aan de Zweedse politie mag worden afgegeven in de Peugeot-zaak.'

'Wacht even. Met wie spreek ik eigenlijk?'

'Niels Pedersen van de bewijsafdeling beneden. We zaten tegenover elkaar bij het kerstdiner in 2003.'

'Hoezo, hebben ze contact met je opgenomen?'

'Ze zijn hier nu.'

'Wie dan? De Zweden?' Verdomme. Hoe hadden ze daar in vredesnaam kunnen komen zonder dat hij het wist?

'Zijn naam is Fabian Risk en hij is hier met Dunja Hougaard.'

Dunja... Natuurlijk was het Dunja. Wie kon het anders zijn. Het was niet voor het eerst dat ze zijn bevelen niet opvolgde. Toen hij chef van de afdeling was geworden had hij het meteen duidelijk gemaakt: als zij aardig tegen hem was zou hij aardig tegen haar zijn. Eenvoudiger kon het niet. Vooral niet voor iemand als Dunja Hougaard.

Toen ze elkaar bijna vijf jaar geleden voor het eerst ontmoetten, had hij al geweten wat zij er voor eentje was. Hij had in haar ogen gekeken en direct begrepen waar ze op uit was. Het was alsof ze zelf niet wist hoe geil ze eigenlijk was. Maar nu, nadat het uit was gegaan met haar vriendje, had ze het blijkbaar begrepen. En alle anderen in het korps ook. Het gerucht over haar had zich als een virus verspreid naar elk gehucht waar een politiebureau was. Hoe ze geil als een konijn man na man verslond.

Toch had ze hem ook op het laatste kerstfeest de rug toegekeerd. Hij die drie dagen in de week intensief trainde en het lichaam van een vijfendertigjarige had, geld verdiende en de macht had om haar carrière op het goede spoor te zetten. Of te doen verleggen.

Lange tijd had hij gezocht naar een oplossing waarmee hij van haar af kon komen. Haar ergens naar een uithoek overplaatsen. Het probleem was dat ze een verdomd goede agente was. Hoe hij het ook probeerde, hij zou zijn zaak nooit kunnen beargumenteren.

'Moet ik ze tegenhouden?' vroeg Niels Pedersen.

'Nee, laat ze hun gang maar gaan,' zei Sleizner en zijn blik volgde een sleepboot die op weg was door het kanaal. 'Maar houd ze in de gaten. Vooral als ze iets belangrijks vinden.'

Fabian keek naar de sleutel in zijn hand en drukte op het metalen knopje zodat het sleutelblad naar buiten kwam. Het zag er ongebruikt uit. Hij draaide het lichtknopje om, zodat de koplampen niet automatisch aan zouden gaan, duwde de sleutel in het contactslot en draaide hem om. Langzaam. De motor mocht in geen geval aan gaan.

Het instrumentenpaneel lichtte op, wat precies was wat hij wilde. Niet meer en niet minder. Ook het schermpje boven de radio ging aan en liet het startscherm van de gps zien. De seconden regen zich aaneen als koude honing voordat er een kaart verscheen. Hij kwam dichterbij en zag dat de ingezoomde plek ongeveer tien kilometer ten noorden van Køge op de Cementvej lag bij een merkwaardig weggetje dat recht een akker in leidde, waar het om een bosheuvel heen liep. Daar was de jacht dus geëindigd. Een jacht die twee onschuldige mensen het leven had gekost.

Maar daar was Fabian niet naar op zoek. Hij ging naar het hoofdmenu en drukte op MIJN FAVORIETE PLEKKEN. Een lijst van drie ingeprogrammeerde plekken verscheen op het scherm.

THUIS – ADELGATAN 5, LUND.

WERK – KLINIKGATAN 20, LUND.

WEG – RUE DU THOURON NR. 15, GRASSE.

Hij maakte een mentale aantekening dat hij bij Tuvesson moest informeren of ze iets interessants in Grasse hadden gevonden en drukte op de knop in de linker bovenhoek van het scherm. Hier was hij naar op zoek geweest en dit was de enige reden voor zijn bezoek aan Kopenhagen.

EERDER BEZOCHTE PLEKKEN.

Op het scherm verscheen een lijst van verschillende adressen en tijdstippen. Hij keek hem door en kon al snel constateren dat het tot 19 juni voornamelijk heen en weer tussen thuis en werk was gegaan met uitzondering van een enkel uitstapje naar ICA Kvantum aan Tunavägen 39.

Pas op maandag 21 juni werd het patroon doorbroken en begon het interessant te worden. Op 22 juni, de dag voordat Jörgen Pålsson werd vermoord, was de auto zowel bij het tolstation van de Sontbrug als in Duitsland geweest om ten slotte tot stilstand te komen bij het benzinestation in Lellinge. Maar dat bevestigde alleen maar wat hij al wist. Het was de eenentwintigste waarin hij geïnteresseerd was.

Om 10.23 uur had de auto zich op een plaats bevonden die geen straatnaam had. Fabian drukte erop, waarna de gps de positie op de kaart liet zien. Hij stelde vast dat de auto een flink uitstapje had gemaakt naar Sönderåsen, ongeveer een kilometer ten noorden van Stenestad. De weg leek plotseling in het niets op te houden. Pas uren later had de auto de afgelegen plek verlaten en was verder gereden naar de Tögatan. De straat waar Jörgen Pålsson woonde. Fabian noteerde de coördinaten. 56.084298,13.09021.

Hij had precies gevonden waarop hij had gehoopt.

Dunja keek om zich heen om zich ervan te verzekeren dat geen van haar collega's haar zag terwijl ze de deur opende van de rustkamer, die ze twee jaar geleden hadden gekregen maar die niemand ooit durfde te gebruiken, en naar binnen sloop. Ze ging op de brits liggen en sloot haar ogen. Risk had meer dan tevreden geleken toen ze afscheid namen, al had hij niets interessants gevonden. Dat had hij in elk geval beweerd. Natuurlijk had hij iets gevonden. Maar het enige wat ze uit hem had weten te krijgen was dat hij terug moest naar Zweden en iets moest uitzoeken en als het van belang zou zijn had hij beloofd contact met haar op te nemen.

Ze dacht na of ze ergens geïrriteerd over moest zijn en kwam tot de conclusie dat zij waarschijnlijk hetzelfde zou hebben gedaan. Zij wilde ook nooit iets zeggen in een te vroeg stadium en zweeg erover tot ze het helemaal zeker wist, terwijl ze zich realiseerde dat meerdere van haar collega's zich aan haar ergerden en vonden dat je elke gedachte en inval met de anderen moest delen en dat ze net zo lang besproken moesten worden tot ze tot nul gereduceerd waren. Voor haar was dat niets anders dan ondoordacht geklets dat haar concentratie alleen maar verstoorde.

Haar mobieltje begon te trillen en op het scherm las ze *De Eikel.*

'Met Dunja Hougaard.'

'Je hoeft niet te doen alsof je niet weet wie er belt.'

'Hoi Kim. Altijd goed je stem te horen. Wat kan ik voor je doen?'

'Kom hiernaartoe. Ik moet met je praten.'

'Ik ben bezig met...'

'Nu.'

Dunja sloot de deur achter zich en ging in de bezoekersstoel voor Kim Sleizners opgeruimde bureau zitten. Zijn glimlach voorspelde weinig goeds. Ze voelde zich altijd meer op haar gemak als hij kwaad of chagrijnig was. Dat kon ze aan. Het was anders wanneer hij die zelfingenomen glimlach op zijn gezicht had. Dat betekende meestal dat hij op een idee was gekomen dat volgens hem uitermate geniaal was en nu uitgevoerd moest worden door zijn voetknechten. Dat kon van alles zijn, van een morsdood idee, dat gedwongen opgevolgd zou moeten worden, tot een nieuwe koffieregel, waarbij iedereen één dag verantwoordelijk was voor de koffiebroodjes. Dat wil zeggen iedereen behalve de Eikel zelf.

'Je ziet er moe uit. Is het gisteren laat geworden?'

'Niet zo laat als ik had gehoopt. Zoals je weet kregen we een nieuwe moord op ons bord.' Ze deed haar best er zo onaangedaan mogelijk uit te zien.

'Ja, hoe gaat het daarmee? Is er vooruitgang?'

'Nog niet. Maar Richter is bezig het plafond te onderzoeken. Waarschijnlijk is de dader op die manier binnengekomen.'

'Met andere woorden: op dit moment hebben jullie niets?'

'Zo zou je het kunnen omschrijven.'

'Nog iets anders wat je met me wilt delen?'

Dunja probeerde te bedenken waar hij nu eigenlijk op uit was. Was er een mogelijkheid dat hij op de hoogte was van haar ontmoeting met Risk? Ze nam een besluit en schudde haar hoofd.

'Dus je beschouwt het feit dat je de halve dag hebt doorgebracht met een Zweedse politieman en hem de in beslag genomen Peugeot hebt laten onderzoeken, niet als iets wat je met me moet delen?'

Hoe kon hij dat in vredesnaam weten?

'Vind je dat zelf ook niet een beetje vreemd?' Hij zweeg, wachtte op een reactie die niet kwam. 'Of laten we het anders zeggen,' ging hij verder. 'Wat heb je precies niet begrepen van mijn richtlijn dat niets van het onderzoek naar buiten mag komen, indien het niet door mij persoonlijk is goedgekeurd. En al helemaal niet als het de

Zweden betreft. Waar ben je precies de draad kwijtgeraakt?'

Het moest die ouwe vent zijn geweest. Het kan niemand anders dan hem zijn geweest die het verteld heeft. Dunja stelde zich voor hoe ze zijn katheter losrukte en in zijn bek propte. 'Kim, ik begreep je richtlijn wel. Maar ik vind dat het belangrijkste is dat de dader wordt gepakt, ongeacht wie...'

'Maar niemand heeft je naar je mening gevraagd. Tegelijkertijd is er voor mij ook geen aanleiding om rond te gaan bazuinen dat je over de schreef bent gegaan.'

'Ik ben het er niet mee eens dat ik over de schreef ben gegaan. Ik vind juist dat...'

'Houd je mond! Het maakt niet uit wat jij vindt, je hebt de geheimhoudingsparagraaf in het contract verbroken!'

Dunja begreep niet over welk contract Sleizner het had tot hij haar oude arbeidscontract op tafel legde, zijn nicotinegele nagel op de paragraaf zette en die uit zijn hoofd voorlas.

'*Het verbod om als vertrouwelijk aangemerkte informatie openbaar te maken, naar buiten te brengen of te gebruiken geldt voor de werknemer in even grote mate als voor de overheidsinstantie waarbij deze in dienst is.*' Hij keek op van het contract en richtte zijn blik op haar. 'Ik hoop dat je beseft dat dit meer dan genoeg is om je te laten vertrekken.'

Hij moet een grapje maken, dacht Dunja, ook al wist ze diep vanbinnen dat het niet het geval was. 'Dat kun je niet doen,' zei ze en ze vervloekte zichzelf dat ze zo zielig klonk. Haar façade was ingestort. 'Je kunt niet zomaar...'

'Ik doe precies wat ik wil met jou. Als het toiletpapier op is, heb ik het volste recht om jou ervoor in de plaats te gebruiken. Je begrijpt zelf toch ook wel dat ik geen onbetrouwbare lekken in mijn team kan gebruiken?'

'Het enige wat ik heb gedaan is dat ik een van onze Zweedse collega's die aan dezelfde zaak werkt...'

'Ik weet precies wat je hebt gedaan! Je hebt een onbevoegde binnengelaten en hem kennis laten nemen van ons technisch bewijs, zonder ook maar enig idee te hebben van zijn eigenlijke motieven.'

'Hij wil verdomme toch alleen maar de zaak oplossen, net als wij! Of ik in elk geval!'

'Wat de zaak betreft, kan die Fabian Risk net zo goed als een ander de dader zijn. Ze zaten tenslotte naar ik heb begrepen in dezelfde klas.'

'Je meent toch niet serieus dat...'

'Het enige wat we zeker weten is dat Morten Steenstrup de man op het opsporingsbericht niet herkende, waar Fabian Risk zelf zo'n ophef over heeft gemaakt. Kort daarna wordt hij vermoord en dan blijkt Risk "toevallig" in de stad te zijn. We weten ook dat hij verliefd was en misschien nog wel is op de vrouw van het eerste slachtoffer. Zijn het misschien allemaal toevalligheden? Of niet? Jou kan het in elk geval niet schelen hoe het zit, je rolt de rode loper uit en geeft hem vrije toegang tot de auto, zelfs voordat we hem zelf hebben kunnen onderzoeken. Heb je trouwens enig idee wat hij daar deed? Wie zegt dat hij geen bewijs achterover heeft gedrukt?'

Dunja besefte dat het geen zin had om hem tegen te spreken. Ze zat al diep genoeg in het drijfzand en hoe meer ze spartelde, hoe harder ze zonk. Ze richtte haar blik op hem en bleef hem aankijken. Ze wisten allebei heel goed dat Sleizner uit zijn nek zat te lullen. Maar niemand was er beter in dan hij om volslagen onzin compleet logisch en zinvol te laten klinken. Dat was ook de reden dat hij zover gekomen was. Een goede politieman was hij nooit geweest.

Sleizner stopte het arbeidscontract weg en produceerde een glimlach. 'Gelukkig ben ik zo niet. Ik kan me voorstellen dat we dit akkefietje een tijdje laten marineren, dan zullen we zien hoe de zaken en dingen zich ontwikkelen. Misschien kun je me helpen met een kleine tegenprestatie?'

44

Fabian sloeg de E6 af en reed oostwaarts verder over de 110 die langs Saxtorp kwam. Hij had de coördinaten 56.084298,13.09021 uit de Peugeot ingevoerd in zijn eigen gps en liet zich nu door de vrouwelijke stem door het Skånse landschap voeren.

Hij kwam langs Markhög en een paar grote boerderijen en de

vrouwelijke stem vroeg hem rechts af te slaan op de Eslövsvägen om na honderd meter linksaf de Hedvägen in te slaan. Het zou geen problemen opleveren om er te komen. De vraag was wat hem bij de eindbestemming te wachten stond. Op de kaart zag het eruit als bos en nog meer bos.

Nadat hij de omgeving op Google Maps had bekeken en gezien had dat er een boerderij met twee grote gebouwen stond, had hij geprobeerd te achterhalen van wie de boerderij was, maar toen hem dat niet gelukt was, had hij Irene Lilja maar gebeld en haar verzocht of zij het wilde doen. Ze had zo nadrukkelijk gevraagd waarom hij geen vakantie hield en wat er voor interessants was aan de boerderij dat hij ten slotte had verteld dat hij een reservesleutel van de Peugeot had gevonden, toen ze bij Rune Schmeckel waren, en nu in Kopenhagen was geweest en de auto had onderzocht, die zich volgens de gps op deze boerderij had bevonden op de dag voordat Jörgen werd vermoord.

Het was stil geworden aan de andere kant van de lijn en Fabian had moeten vragen of ze er nog was. 'Noem je dat vakantie,' had ze gezegd en ze was verdergegaan met te zeggen dat hij niet goed snik was dat hij het risico nam om er helemaal alleen naartoe te rijden. Hij had geprobeerd haar gerust te stellen door te zeggen dat het vast een lege, verlaten boerderij zou zijn, maar ze had hem doorzien. 'Is dat eigenlijk niet de reden dat je belde? Je bent bang en wilt dat wij weten waar je bent. Waar was hij eigenlijk op weg naartoe?'

Na Kågeröd veranderde het landschap. De open velden werden vervangen door bos en de wegen werden smaller en slingerden omhoog over de rug van de Söderåsen. De weg was op het eind zo smal dat een tegenligger onmogelijk had kunnen passeren en een plek om uit te wijken was nergens te zien. Op zich geen reëel probleem omdat hij het laatste kwartier niet één auto had gezien.

De weg kronkelde verder naar een boerderij en Fabian keek of de gps hem verkeerd had geleid. Maar volgens de gps ging de weg verder door de boerderij heen, zodat hij het gevoel een ongenode gast te zijn negeerde en het erf tussen de huizen op reed, waar hij vaart minderde en om zich heen keek.

De deuren van de schuur stonden wijd open maar er was nergens iemand te zien. Het was alsof de boerderij verlaten was. Aan zijn lot overgelaten. Een verzameling roestige grasmachines, een paar oude tractorbanden, een badkuip en een stapel besmeurde, naakte etalagepoppen. Hij bedacht dat Laurie Andersons uitspraak – dat mensen in de grote steden over de hele wereld meer met elkaar gemeen hadden dan met hun eigen landgenoten op het platteland – wat hem betrof klopte. Hij wist precies even weinig van het leven op het platteland als van de mensen die er woonden.

Hij zag iets bewegen in zijn rechterspiegel, iets met een samengeklitte vacht dat uit de schuur schoot. Een grote, blaffende herdershond die een meter of tien naast de auto meerende om plotseling uit beeld te verdwijnen. Fabian trapte op de rem en de auto slipte en kwam tot stilstand. Instinctief sloot hij het centrale deurbeveiligingssysteem en wachtte tot de hond tevoorschijn zou komen, maar er gebeurde niets. Hij reed een paar meter achteruit en toeterde, maar hij zag geen spoor van de herder.

Hij vroeg zich af of hij er al was en keek op de gps, die van mening was dat het nog een kilometer verderop was. Zijn mobieltje ging en hij nam op met zijn blik op de achteruitkijkspiegel gericht.

'Urs Brunner.'

Maar hij zag nog steeds geen hond.

'En wie is dat?'

'De eigenaar van de boerderij waar je naartoe gaat.'

'Een Duitser?'

'Blijkbaar. Hij heeft het in 2001 gekocht. Maar je kunt je afvragen of het niet weer een van Schmeckels vele identiteiten is.' De verbinding begon te haperen en Lilja's stem was steeds slechter te horen.

'Ja, waarom niet,' zei Fabian en hij bleef stapvoets rond de hoek van het ene gebouw rijden. 'Heb je gekeken of hij een echt adres in Duitsland heeft of dat het alleen maar een postbus is? Hallo? Irene, hoor je me?'

'En ik moet van Tuvesson doorgeven dat je moet wachten... tot wij...'

Toen hij aan de andere kant kwam, viel Lilja's stem weg, waarna het gesprek werd verbroken. Fabian gooide zijn mobieltje op de passagiersstoel en reed verder, met of zonder hond. Aan de rechterkant van de weg lag een bos en aan de andere kant een open veld.

'Over driehonderd meter links afslaan,' droeg de gps hem op en Fabian sloeg rechts het laatste eindje in.

Ongeveer honderd meter verder hield de weg op en Fabian stapte uit de auto en keek om zich heen. Een paar wolken onttrokken de zon aan het zicht en wekten een misplaatst gevoel van herfst op. De stilte werd verbroken door het geluid van drie zwanen die voorbijvlogen alsof de zwaartekracht voor iedereen gold maar niet voor hen. Door hun enorme vleugels gierde de lucht. Maar al snel was de stilte weer terug. Geen verkeersgeruis, geen gekabbel in de verte, geen wind in de bomen. Het was stil.

Onrustbarend stil.

Achter een paar van de bomen was een meer te zien. Een boerderij zag hij niet. Hij liep verder naar een brievenbus die eenzaam in de schaduw van een paar verwilderde seringen stond. De deksel was bedekt met groen mos. Fabian pakte een stok en veegde het mos eraf. 'Brunner' stond er met dymo-letters op een verbleekt blauw plastic strookje.

Een paadje leidde hem verder bij de brievenbus vandaan door de seringen en aan de overkant kon hij iets zien wat glinsterde in de lucht boven de bomen. Pas toen hij ernaartoe liep, zag hij dat het een grote ronde, blinkende lens was, die vastgezet was op een paal, die op zijn beurt bevestigd was aan de nokken van een huis.

Na een tijdje gaf hij het op om proberen te begrijpen waar de lens voor diende en liep hij over het overwoekerde paadje naar de boerderij en dacht erover hoe het moest zijn om op een boerderij in deze uithoek te wonen. Zelf zou hij het waarschijnlijk niet langer dan een paar dagen uithouden voordat het ontbreken van stadslucht hem tot waanzin zou drijven. Als je daarentegen met rust gelaten en niet gestoord wilde worden, dan was deze plek zo goed als perfect. Geen buren zo ver als het oog reikte. Geen weg die voorbijkwam. Geen inkijk. Niets.

Was dat wat Urs Brunner hier zocht?

In elk geval was het lang geleden sinds hij hier was geweest. Misschien meerdere jaren?

Fabian waadde door het hoge gras naar het huis toe, waarvan de voorgevel uit grijze, met mos bedekte eternietplaten bestond, en liep verder om de hoek van het huis heen, waar hij midden in een stap bleef staan en probeerde te begrijpen wat hij zag. Maar hoe hij zijn best ook deed, hij kon het beeld dat op zijn netvlies werd geprojecteerd niet heel krijgen. Of hij droomde of de dader was een nog veel groter raadsel dan hij ooit had kunnen vermoeden.

Een meter of twintig verder stond een tweelinghuis van het eerste huis. Even groot en met dezelfde grijze eternietfaçade. Maar het was de ruimte tussen de huizen die verbluffend was. Het gras was er kortgeknipt als op een golfgreen voordat Tiger Woods zijn beslissende putt moest maken. Geen grasprietje dat boven de andere uit stak. Midden op de grasmat groeide een paar decimeter hoge heg die een rechthoekig gebied omlijstte dat bedekt was met aangeharkt grind. Als een begraafplaats. Fabian schatte dat de afmetingen ervan drie bij vier meter waren.

Hij liep verder over de grasmat naar het grafachtige gebied en door wat hij zag besefte hij dat het onderzoek in één klap wezenlijk veranderd was. Alles wat ze wisten was nu omvergegooid en ze zouden helemaal opnieuw moeten beginnen. Er met andere ogen naar moeten kijken. Hij had geen idee wat het betekende en welke kant het onderzoek nu uit moest gaan.

De zon kwam weer van achter de wolken tevoorschijn en het werd meteen een paar graden warmer. Fabian stapte over de heg heen, ging in de begrinde rechthoek staan en keek naar de drie centimeter dikke glasplaat die op vier metalen poten een paar decimeter boven de grond rustte. Boven op de glasplaat lag Rune Schmeckel op zijn rug. Hij was naakt en zijn benen en armen waren uitgestrekt naar de vier hoeken van de glasplaat, die elk voorzien waren van een gat, zodat de handen en voeten vast konden worden gebonden met tie-wraps.

Zijn haar was weg en op zijn hoofdhuid zaten grote brandwonden. Op sommige plekken was zijn schedel te zien. Fabian probeerde zijn gedachten te ordenen, te begrijpen wat er eigenlijk was gebeurd, maar de verwarring bleef overheersen. Langgerekte brandwonden die zich kriskras over zowel zijn gezicht als zijn lichaam uitstrekten. Alsof iemand hem gemarteld had met een lasvlam. Maar de brandwonden waren veel te recht om met de hand uitgevoerd te kunnen zijn.

Fabian voelde zich duizelig en misselijk door al zijn gedachten die als vliegen boven een kadaver rondvlogen. Het zweet parelde op zijn voorhoofd en liep in zijn ogen, die pijn deden van het zout. Waarom had hij er niet aan gedacht wat water mee te nemen? Hij probeerde het kleverige gevoel in zijn mond weg te slikken, maar dat riep alleen maar nieuwe braakneigingen op. Hij moest iets drinken. Misschien was er ergens een put met water? Hij liet zijn blik rondgaan toen er vlak achter hem iets begon te knetteren. Een geur van rook en steeds grotere hitte. Hij draaide zich snel om, maar zag niets wat een verklaring bood. Kon het echt zo zijn dat hij droomde? Dat hij in werkelijkheid in zijn bed lag te slapen? Het knetterende geluid klonk nu vlak achter zijn oor, waarin hij een woedende, scherpe pijn voelde.

Nu pas drong het tot hem door dat hijzelf in brand stond.

II

7 juli-10 juli 2010

'Het is niet de dood op zich die ons angst aanjaagt wanneer we op ons sterfbed liggen, maar de kans dat we vergeten worden.' O.M.

8 januari

Zoals gewoonlijk stonden ze allemaal grijnzend te kijken toen ik het schoolplein op kwam. Het schaafde een beetje in mijn ene hand onder de want en ik wou dat ik niet zo nerveus was, maar dat was ik wel. En bang. Bang dat ze iets nieuws hadden bedacht voor het nieuwe semester. Iets nieuws dat vernederend en heel erg was en waar de rest van de idioten om zou moeten lachen.

Maar net als gewoonlijk riepen ze iets over dat ik een homo was en stonk als een pissoir. Ik zei niets en liep ook niet sneller. Ik draaide me alleen om, liep naar de ene toe en sloeg hem in zijn gezicht met de boksbeugel onder de want. Het deed meer pijn aan mijn hand dan ik had verwacht. Maar ik sloeg toch nog een keer omdat ik wist dat één klap niet genoeg was. Hij probeerde terug te slaan maar miste en toen pakte ik hem bij zijn hoofd en trok hem naar de grond en begon zijn hoofd tegen het asfalt te slaan, steeds opnieuw. Ik herinner me niet of hij het was of ik die schreeuwde. Ik denk allebei.

Dat was het beste wat ik heb meegemaakt. Het beste sinds ik voor het eerst in het Gröna Land-park was. Het was alsof ik de angst in de ogen kon kijken en dat maakte me alleen nog maar kwader en kwader terwijl ik me tegelijkertijd sterker en sterker voelde. Hij lag daar maar onder me en verweerde zich niet en niemand deed iets om me tegen te houden. Zelfs zijn vriend niet. Als ik had gewild had ik door kunnen gaan tot zijn schedel was gebarsten. Echt.

ps: Toen ik thuiskwam was Laban dood. Weet niet waarom, maar ik begon te huilen.

45

Fareed Cherukuri had lang nagedacht en was nu zeker van zijn zaak. Hij had ongetwijfeld een van de saaiste banen ter wereld. Als hij had kunnen kiezen had hij liever Tsjernobyl helpen saneren dan op de klantendienst van de TDC te zitten en antwoord te moeten geven op de ene nog idiotere vraag dan de andere. *Mijn abonnement is ermee gestopt. Heb je geprobeerd het opnieuw te vullen?*

Hoewel hij overgekwalificeerd was geweest, had hij de betrekking geaccepteerd om tenminste een baan te hebben. Iets wat bijna onmogelijk was als je Cherukuri heette in een land als Denemarken. Zodra ze zagen wat hij kon, hadden ze hem carrièremogelijkheden voorgespiegeld. Er is altijd behoefte aan goede programmeurs, hadden ze gezegd. Dat was bijna drie jaar geleden en hij zat nog steeds hier in de bunker en voelde hoe de afdruk van de headset steeds dieper werd. *Ik heb mijn mobieltje in de wc laten vallen en nu kan ik er niet meer mee bellen. Je had ook ons onderwaterabonnement moeten nemen.*

Maar vandaag was er voor het eerst een vraag gekomen die hem wakker had geschud. Toen het gesprek even bezig was merkte hij dat hij rechtop was gaan zitten en hij had zelfs zijn eigen hartslag kunnen horen. Hij was opgewonden.

De vrouw die toevallig aan hem was doorverbonden had zich voorgesteld als Dunja Hougaard. Ze werkte bij de recherche in Kopenhagen. Ze had gezegd dat ze eigenlijk de mobiele-zoekdienst-afdeling van de TDC had moeten bellen, maar dat het papierwerk te veel tijd zou kosten en dat ze het liefst wilde vermijden dat ze een hele rompslomp in gang zette.

Zijn functiebeschrijving was overduidelijk. Dit was een klantendienst en geen afluistereenheid, en als ze geen probleem met haar TDC-abonnement had kon hij haar niet helpen. Hoe graag hij het ook wilde, hij had niet de bevoegdheid om bij de informatie te komen waarom ze vroeg.

Die hoorde hij tenminste niet te hebben.

In de jaren in de bunker had hij zijn hersenen en zijn programmeringskunsten getraind door het tdc-systeem te hacken. Door de ene firewall na de andere heen tot in het heilige der heiligen – de gesprekken, de sms'jes en het dataverkeer. Sinds een jaar had hij elk gesprek dat door het tdc-net werd doorverbonden af kunnen luisteren. Het maakte niet uit of het koningin Margrethe, de komiek Casper Christensen of de politicus Søren Pind was.

De gesprekken hadden zijn dagen een paar maanden lang opgefleurd, maar al snel was hij teruggezonken in de doodsaaie mist. Hij had gehoopt dat hij een paar sappige schandalen tegen het lijf zou lopen, maar hij had niet één misstap ontdekt. Het was of iedereen zich ervan bewust was dat ze werden afgeluisterd.

Deze keer was het anders.

De politieagente had gevraagd om een bepaald nummer uit Zweden dat ergens op vrijdagavond 2 juli een bepaald nummer in Denemarken had gebeld. Hij had gevraagd van wie het nummer was, maar daar had ze geen antwoord op willen geven. Hij had haar beloofd om te zien wat hij kon doen en haar zo snel mogelijk terug te bellen.

Hij had meteen kunnen vaststellen dat het Zweedse nummer van ene Astrid Tuvesson was, de chef van de recherche in Helsingborg, en dat het Deense nummer van Kim Sleizner, de chef van de politieagente, was. Hij begreep nu waarom ze geen rompslomp in gang wilde zetten. Het werd steeds interessanter. Sleizner was een soort van beroemdheid. Zodra iemand van de politie zich ergens over uit moest spreken was het Kim Sleizner. Het opzoeken van de informatie was totaal geen probleem geweest en hij had Dunja Hougaard al na een paar minuten terug kunnen bellen.

'Het klopt. Het Zweedse nummer belde het Deense op vrijdag om 17.33 uur.'

'Nam het Deense nummer op?'

'Nee, maar de voicemail ging aan en er is een bericht ingesproken. Wil je dat ik het afspeel?' Fareed Cherukuri kon horen hoe de politieagente twijfelde en hij begreep haar. Welk recht had zij om naar de berichten van haar chef te luisteren?

'Oké.'

Fareed Cherukuri drukte op de spatiebalk waarna het geluidsbestand werd afgespeeld:
'Dit is Astrid Tuvesson van de politie van Helsingborg. Er is sprake van een acute situatie in jullie regio. Een uiterst gevaarlijke misdadiger bevindt zich op het benzinestation in Lellinge en we vrezen dat hij misschien iemand van het personeel in gijzeling heeft genomen. Hij heeft zich op zijn minst schuldig gemaakt aan twee moorden in Zweden en moet worden gestopt voordat hij er meer begaat. Bel me meteen als je dit bericht hoort. In de tussentijd zal ik contact opnemen met het bureau in Køge.'

Precies wat Fabian Risk had verteld, dacht Dunja. Er was een acute situatie ontstaan en de Zweedse politie had geprobeerd contact op te nemen met Sleizner, die om een of andere reden niet had opgenomen.

'Heeft het Deense nummer het Zweedse teruggebeld?'

'Nee, en hij heeft het bericht pas een dag later afgeluisterd en gewist.'

'Gewist?'

'Ja, maar we bewaren het evengoed een jaar.'

Hij zei 'hij', dacht Dunja en ze begreep dat hij had uitgezocht van wie het Deense abonnement was. Maar ze was niet van plan daar iets van te zeggen. Ze had antwoord gekregen op haar vraag en nu hoefde ze alleen maar na te denken hoe ze het verder aan zou pakken.

'Nog één ding,' zei hij net toen ze hem wilde bedanken voor zijn hulp en op wilde hangen.

'Ja? Wat?'

'De geografische positie van het mobieltje toen de voicemail in werking werd gezet.'

'Oké.'

'De hoek Halmtorvet-Lille Istedgade.'

Dunja kende het adres goed, dat een van de bekendste prostitutiegebieden van Denemarken was. 'Dat is vast toeval,' antwoordde ze en ze bedankte hem voor zijn hulp en hing op.

46

De gloeiend hete straal raakte de naakte buik vlak onder de navel. Een dun rookpluimpje steeg op vanaf de plek waar de straal de huid raakte en er was een zacht sissend geluid te horen. Alsof iemand een eitje bakte. Het was al over zessen, maar de zon scheen nog alsof het midden op de dag was.

De lucht trilde.

Het rook aangebrand.

Dus zo ruikt verbrande mensenhuid, dacht Fabian en hij keek omhoog naar de gemonteerde lens. Ongeveer als gebraden spek. Helemaal niet als verbrand haar. Die geur had hij leren kennen toen zijn jasje en daarna zijn haar in brand waren gevlogen.

Er waren een paar kostbare seconden verloren gegaan voordat hij had beseft dat hijzelf in brand had gestaan. Hij was op zijn rug gaan liggen in een poging het vuur te doven, maar het had zich niet gewonnen gegeven. Zijn nekhaar was blijven branden en hij was in paniek geraakt. Achteraf vond hij dat de stank bijna even ondraaglijk was geweest als de pijn en pas toen het hem was gelukt om zijn jasje over zijn hoofd te trekken was het vuur helemaal gedoofd.

Er was nu bijna een uur verstreken en hij kon zien hoe dezelfde straal een centimeter op Rune Schmeckels buik had verbrand. Hij had overwogen om het lichaam te verplaatsen, maar de pijn aan zijn rug maakte het bijna onmogelijk om zich te bewegen. Bovendien wilde hij eigenlijk niets aanraken voordat Molander en de anderen er waren. Lilja's verdenkingen tegen hem zouden alleen maar erger worden, zodra ze besefte dat hij er had rondgelopen en sporen had achtergelaten. Hij negeerde de pijn en stapte over de heg, trok zijn schoenen en sokken uit en ging voorzichtig in het gras liggen.

De stilte was nog steeds onwerkelijk. Er was geen vogel te horen en zelfs geen wind in de bomen. Het was alsof de hele plek zijn adem inhield en hij het enige was dat nog leefde. Hij kon zijn ogen niet langer openhouden en gaf ten slotte toe aan de slaap, die hem in zijn grip kreeg en steeds dieper naar beneden trok. Een droomloos zwart gat in.

47

Dunja Hougaard stapte in de lift en drukte op het knopje van de derde etage. Ze voelde nog steeds hoe het in haar rug prikte na het halve uur op de spijkermat. Ze had besloten af te wachten voordat ze gebruik zou maken van de informatie die ze van de TDC-man had gekregen. Voor één keer was ze van plan niets overhaast te doen en voordat ze ook maar iets deed wilde ze er zeker van zijn dat alle informatie klopte.

Het stond in elk geval vast dat Sleizner door de Zweden was gebeld. Maar of hij zich op dat moment werkelijk in Vesterbro op de hoek van de Lille Istedgade bevond en wat hij daar in dat geval deed, was niet even duidelijk. Dat de Eikel naar prostituees ging verbaasde haar niets. Maar als het bleek te kloppen dat hij het onder werktijd deed, zou de hel losbreken als het uitkwam.

De liftdeuren gingen open en ze liep in de richting van de verkeerspolitie. Daar was ze niet op weg naartoe, maar naar de IT-afdeling, die achter in de hoek weggemoffeld zat. Ze wilde nog één ding uitzoeken voordat ze naar huis ging.

'Hé sexy! Je ziet eruit alsof je jezelf hebt verkocht en je drugs bent verloren,' riep Mikael Rønning, vandaag gekleed in een strakke witte spijkerbroek en een heel laag uitgesneden T-shirt met zilverkleurige applicaties.

'Zo voelt het ook ongeveer.'

'Wat is er aan de hand? Naar porno gesurft en weer herpes in de computer gekregen?'

'Zo kun je het ook uitdrukken.' Ze leunde op zijn bureau. Als Mikael hetero was geweest, was ze natuurlijk kwaad geworden. Ze wist niet hoe het kwam, maar van homo's kon ze veel meer hebben. Mikael Rønning kon min of meer tegen haar zeggen wat hij wilde zonder dat ze het zich aantrok. Iets wat hij ten volle uitbuitte. Als er niet iets mis was met haar kleren was het wel met haar haar. Of adem. *Ben je nu alweer vergeten om je tanden te poetsen? Hoe vaak moet ik nog zeggen dat je altijd je tanden moet poetsen na een blow job. Je weet dat ze naar binnen zwemmen en vast blijven zitten tussen...*

'Ik heb een print nodig van het personeelslog van 2 juli.'

'Deze vrijdag?'

Dunja knikte met een gezichtsuitdrukking die duidelijk maakte dat ze er verder niets over wilde zeggen.

'Mag ik vragen waarom?'

'Vragen mag, maar je hoeft niet op een antwoord te rekenen.'

Mikael Rønning mompelde iets onverstaanbaars, ging achter de computer zitten en gaf een paar snelle commando's, waarop de printer pagina na pagina uit begon te spugen met alle in- en uitloggegevens van de werknemers in het gebouw. Dunja pakte de vellen voordat ze af hadden kunnen koelen en keek ze door in hetzelfde tempo als de printer ze afdrukte.

Op het vierde vel vond ze Sleizners inloggegevens. Om 11.43 uur had hij zijn inlogkaart tevoorschijn gehaald en zijn code ingetoetst bij de zuidelijke personeelsingang vanaf de parkeerplaats. Daarna was hij naar de rechercheafdeling gegaan waar hij op zijn computer had ingelogd. Daarna kon ze niets vinden tot 22.46 uur, toen hij had uitgelogd en het gebouw had verlaten.

Om 17.33 uur had hij zich volgens de TDC-man opgehouden in de Lille Istedgade. Op zich niet heel ver van het politiebureau. Het probleem was dat hij het gebouw niet had verlaten. Niet volgens het log tenminste. Dus ze had of foute informatie gekregen of Sleizner was erin geslaagd het gebouw te verlaten zonder dat het werd geregistreerd.

'Ik neem het mee naar huis,' zei ze en ze maakte dat ze wegkwam.

'You owe me,' riep Mikael Rønning haar na.

'Je mag me hebben wanneer je maar wilt! Laat maar weten!' Ze gaf zichzelf een klap op haar kont voordat ze verdween. Mikael lachte en dacht dat als hij ooit het ongelooflijk domme idee in zijn hoofd zou krijgen weer in de kast te kruipen, het met Dunja zou zijn.

48

Hij zat in 'het hart'. Zo noemde hij zijn controlekamer. Eigenlijk zou 'het brein' een toepasselijkere naam zijn geweest. Maar hij had een voorkeur voor het hart, vond dat het aangenamer klonk. Het hart was maar een van de vele kamers die hij gedurende meerdere jaren in het geheim onder zijn bungalow had gegraven, tweeënhalve meter onder de grond. De afgelopen maanden was het permanent zijn woning geweest en hij was maar sporadisch boven in het huis gekomen. Als het nodig mocht zijn, zou hij letterlijk ondergronds kunnen gaan en het meer dan een jaar uithouden.

Er was een keukentje met stromend water en een goed voorziene voorraadkast met conservenblikjes en gedroogd vlees. In de slaapkamer was een verwarmd waterbed dat zelfs mooier was dan zijn gewone bed. Omdat er geen ramen waren had hij veel tijd besteed aan de verlichting totdat hij helemaal tevreden was en nu kon hij er prat op gaan dat hij op een bewolkte dag ondergronds meer licht had dan buiten.

Het grootste probleem was de ventilatie geweest. Het makkelijkst zou zijn geweest om de in- en uitlaten ergens in de tuin te plaatsen, maar het geluid van de ventilatoren en schachten zou te veel aandacht trekken. In plaats daarvan had hij een poging gedaan de lucht door het huis naar het dak te leiden en door een nieuwe schoorsteen naar buiten. Maar hoe hij het ook geïsoleerd had, het ruisende geluid was erdoorheen gedrongen en onthulde daardoor dat er meer was dan alleen een bungalow. De oplossing was ten slotte geweest om een klein wegenbouwproject in scène te zetten 'om een waterlekkage te verhelpen' en de luchtschacht helemaal door te trekken naar de hoek van de wijk en de uitlaat naast het elektriciteitshuisje te plaatsen. Het was gecompliceerd, maar zeker de moeite waard.

Toch was hij het meest tevreden over het hart. Het had de vorm van een halfrond met een diameter van iets meer dan twee meter en net als in een cockpit was alles wat hij nodig had binnen handbereik. De betonnen muren had hij rood geverfd en het halvecirkelvormige controlepaneel en de stoel had hij goud gespoten. In een inbouwkast rechts van hem stonden drie draagbare, op maat gemaakte computers, waarnaast de duurste computers op de markt zich even geavanceerd zouden voelen als een Commodore 64, samen met twee NAS-servers van elk 8 terabyte. Alles geluiddicht en afgekoeld. Er was alleen een koel suizend briesje te horen. Elke computer had zijn eigen aansluiting van 100 MB per seconde in elke richting en daarbuiten maakte hij gebruik van een flink aantal proxyservers zodat niemand zijn echte IP-adressen zou kunnen achterhalen.

Op een van de zes schermen voor hem kon hij zien hoe de politie naar Rune Schmeckels lichaam stond te staren. Iedereen was er. Iedereen behalve Fabian Risk, die naar het ziekenhuis was gebracht om zijn brandwonden te laten verzorgen. Toen hij had gezien hoe Risk in brand was gevlogen, was hij in lachen uitgebarsten. Het was te mooi om waar te zijn en als hij in God had geloofd, zou het een duidelijk teken zijn geweest dat hij zijn missie steunde. Hoewel hij genoeg had aan het toeval. Dat werkte prima.

Of het door het toeval kwam dat Risk Rune Schmeckel dagen eerder had gevonden dan hij had gepland, wist hij daarentegen niet. Maar een knagende onrust zei hem dat het helemaal niets met toeval te maken had, maar dat Risk eenvoudig een gevaarlijke tegenstander was. Iets wat hij al had ingezien, maar nu nog een keer bevestigd kreeg.

Toen hij de Peugeot achter had moeten laten, had hij al ingecalculeerd dat dit zou gebeuren. En het was nog niet voorbij. Als het slecht zou uitpakken, kon de auto een veel groter probleem worden dan hij had voorzien. Maar voor elk probleem was meestal een oplossing te vinden. Het ging er alleen om dat je het probleem op tijd moest onderkennen, en voor hem werd de oplossing gespeld als 'Risk'.

Het was natuurlijk het eenvoudigst geweest om hem nu al te doden. Maar wie had gezegd dat het eenvoudig moest zijn? Nee, na alle jaren van voorbereiding en al het geld dat hij erin had gestoken, was hij niet van plan genoegen te nemen met een halve maatregel.

De grootste veranderingen in het plan waren al doorgevoerd. Risk vormde nu de kroon op zijn werk en moest daarom nog een tijdje in leven worden gehouden. Het enige wat hem nog te doen stond was wat nadenken om de laatste puzzelstukjes op hun plek te laten vallen. Iets wat hij vanavond zou kunnen doen nu Risk toch in het ziekenhuis was opgenomen.

Hij schoof een van de regelaars op het mengpaneel omhoog en de stilte werd verbroken door de politieagenten die om Rune Schmeckel heen stonden te praten.

'Het zou het best zijn als we dit zo lang mogelijk intern kunnen houden. Hoe langer het duurt voordat de dader erachter komt dat we Schmeckel hebben gevonden, hoe beter,' zei de vrouw die de chef was.

'We zijn er dus zeker van dat dit hem niet is?' zei de knappe en ze knikte naar het dode lichaam.

'Je bedoelt dat hij zichzelf van het leven zou hebben beroofd?'

'Waarom niet? Een spectaculaire zelfmoord. Kijk om jullie heen, zelfs het grind is aangeharkt. Het hele punt van dit alles moest zijn dat wij het zouden zien.'

'Ja, maar nu nog niet. Ik weet zeker dat we hier eerder zijn dan hij had gedacht. Hij kan er onmogelijk rekening mee hebben gehouden dat Risk zijn weg hier nu al naartoe gevonden zou hebben. En als ik heel eerlijk ben, begrijp ik nog steeds niet helemaal hoe het gegaan is.'

'Bovendien kan hij zichzelf onmogelijk op die manier vast hebben gemaakt,' viel de technicus hen in de rede en hij ging op zijn knieën zitten en wees naar de tie-wraps die in Schmeckels polsen sneden. 'En kijk hier. Duidelijke sporen dat hij geprobeerd heeft los te komen.'

'Hoe lang kan hij hier gelegen hebben?' vroeg de dikke.

'Moeilijk zo te zeggen. Maar de brandwonden zouden ons moeten kunnen helpen.'

'Hoe dan?'

'De rotatie van de aarde rond de zon maakt elke brandwond uniek. Het brandpunt is elke dag op een nieuwe plek begonnen en heeft zich langzaam over zijn lichaam verplaatst.'

Hij kon het niet laten onder de indruk te zijn van het vermogen van de technicus om conclusies te trekken, om het concrete en logische te zien zonder je gevoelens het over te laten nemen. Niet iedereen kon dat, maar hij leek er totaal geen moeite mee te hebben dat er een naakte man voor hem lag. Een man die klaarblijkelijk gedwongen was een onbeschrijflijk lijden door te maken voordat de dood hem had bevrijd en de pijn had weggenomen. Een man op wie ze tot nu toe jacht hadden gemaakt. Een dader die veranderd was in een slachtoffer.

Nog een slachtoffer.

Niets daarvan leek de technicus ook maar iets te doen. Het enige wat hem interesseerde was het bestuderen van de brandwonden om erachter te komen hoe lang Schmeckel op de glazen ruit had gelegen. Indrukwekkend. Zelf zou hij ook een goed forensisch onderzoeker zijn geweest, daarvan was hij overtuigd. Hij zou het zeker leuk vinden en de gedachte was wel bij hem opgekomen. Maar dat zou in een ander leven moeten gebeuren.

Nu had hij gekozen voor een leven als zelfstandig ondernemer en hij hield van zijn werk. Hij wist niets beters dan in zijn werkplaats te werken aan nieuwe innovatieve oplossingen. Soms kon hij dagen achter elkaar doorwerken zonder te eten of te slapen. Het was alsof hij zowel tijd als ruimte door zijn werk vergat. Vergat wat voor zielig figuur hij eigenlijk was.

En hij was er zeker van dat die technicus precies hetzelfde had.

'Neem deze bijvoorbeeld,' zei Molander en hij wees naar het lijntje van een brandwond dat zich, met een aantal onderbrekingen, vanaf de linkerheup uitstrekte over zijn borst en gezicht. 'Dit is dus één dag.'

'Maar als dat een dag is, waarom is hij hier of hier dan niet verbrand?' Lilja wees naar de open plekken in het lijntje.

'Dat zijn waarschijnlijk wolken of bomen die voor de zon zijn gekomen.'

Molander zag er irritant tevreden uit, vond Lilja. 'Je hoeft dus alleen maar de lijntjes te tellen?'

'Precies.'

'Maar dat heb je vast al gedaan, toch?'

Molander knikte en zette zijn bril recht. 'Zeventien.'

'Zeventien dagen? Heeft hij hier meer dan twee weken gelegen?' Tuvesson barstte in ongeloof uit. Molander knikte.

'Dat kan niet kloppen,' zei Rots. 'Dan zou de ontbinding al veel verder zijn ingetreden. Vooral met deze warmte.'

Molander deed zijn bril af en poetste hem langzaam en uitgebreid. 'Dat hij hier zeventien dagen heeft gelegen, hoeft natuurlijk niet te betekenen dat hij zeventien dagen dood is. Zonder eten kan je het maandenlang overleven, maar zonder water maximaal tien dagen.'

'Maar niet met deze warmte.'

'Nee, dat klopt. Daarom moet hij op een of andere manier water tot zijn beschikking hebben gehad,' ging Molander verder en hij bukte en keek onder de glasplaat. 'Precies wat ik al dacht, hier is het.' Hij trok een lege jerrycan tevoorschijn met een doorschijnende slang, die omhoogging door een gaatje in de glazen ruit onder Schmeckels nek.

'Dus wanneer is hij gestorven?' vroeg Tuvesson.

'Dat moet Vlecht bekijken, maar ik zou zeggen maximaal twee, drie dagen geleden.'

Tuvesson en de anderen stonden om het verbrande lichaam heen en keken er zwijgend naar. Het was of ze nu pas beseften hoeveel pijn Rune Schmeckel had moeten verdragen in de laatste dagen van zijn leven.

Het ambulancepersoneel kwam aanlopen met een brancard en een lijkzak en ze vroegen of ze het lichaam mee konden nemen. Astrid Tuvesson knikte, waarop ze de tie-wraps met een tang doorknipten en het lichaam optilden.

Wat ze nu zagen onthutste hen zo mogelijk nog meer. Onder de glasplaat groeide een soort mos, waarin zich de exacte contouren van het lichaam hadden gevormd. Overal waar Rune Schmeckel een schaduw had geworpen was het mos gegroeid. Op alle andere plekken waar de zon bij kon was het weggebrand. Hoewel Rune Schmeckel nu in een lijkzak op weg was naar de ambulance zag het er bijna uit alsof hij nog steeds in het mos lag.

'Wat moet dat in godsnaam betekenen?' vroeg Rots.

Niemand antwoordde.

Zelfs Molander niet.

49

Fabian Risk herkende zichzelf aan de vlammen die uitsloegen op de rug en nek van de man. In zijn hand hield de man een pistool dat buitenproportioneel groot was in verhouding tot zijn lichaam en je kon de kogel door de lucht zien vliegen. Het kon de eerste niet zijn, dacht Fabian, omdat de in het zwart geklede man tegenover hem al was getroffen en op de grond lag met een grote bloedende wond in zijn buik. Het bloed had een grote poel gevormd.

'Dat is de moordenaar,' zei Matilda en ze wees naar de bloedende man. 'En dat ben jij.'

'Maar ik brand nog steeds. Hoe moet ik...'

'Daar,' onderbrak Matilda hem. 'Je rent daarheen en springt erin. Een makkie.' Ze wees naar de diepblauwe zee aan de rand van de tekening.

'Een makkie,' herhaalde Fabian en hij legde de tekening weg. Hij richtte zijn blik op Sonja, die op een stoel naast het ziekenhuisbed zat.

'Hoe gaat het?'

'Naar omstandigheden redelijk. Volgens de arts zijn het maar tweedegraads brandwonden, dus ze hoeven niet te transplanteren of iets dergelijks.'

'Gelukkig.'

'Doet het pijn?' vroeg Matilda.

'Niet zo erg,' loog Fabian en zijn blik kruiste die van Sonja.

'Ik heb me een keer gebrand en dat deed hartstikke pijn. Hier kun je het zien.' Matilda trok haar trui omhoog en liet de brandwond op haar buik zien.

Fabian had gehoopt dat die in de loop der tijd kleiner zou worden, maar het leek juist alsof hij met Matilda mee groeide. Ze was twee jaar oud geweest en hij was alleen met haar. Hij had haar spenen uitgekookt op het fornuis. In die tijd was ze volkomen bezeten van spenen, 'peen' zoals zij ze noemde. Ze had gejammerd en gehuild om haar peen en was totaal niet geïnteresseerd geweest in bacteriën die weggekookt moesten worden. 'Wil peen hebben... Alsjeblief, peen... Papa... Papa, peen nu! Wil hem nu!'

Ten slotte had hij niet meer tegen haar gezeur gekund en de slaapkamerdeur dichtgedaan om rustig het bed op te kunnen maken. Hij had er geen idee van gehad dat ze in staat was een krukje te verplaatsen, erop te klimmen en haar hand naar de pan met kokend water uit te steken.

'Volgens de dokter kan ik misschien morgen of overmorgen al naar huis.'

'Heel goed.'

'En toen dacht ik aan de vakantie en dat we...'

'Lieverd, hou op.'

'Sonja, ik ben eruit gezet.' Hij keek haar in de ogen. 'Ik heb het je niet verteld, maar Tuvesson heeft me er eergisteren uit gezet.'

'En toch lig je hier.'

Ze had gelijk. Het maakte niet uit dat hij eruit gezet en verbrand was. Hij zou toch niet kunnen ontspannen voordat de dader gegrepen was en op dit moment was hij verder van de oplossing verwijderd dan ooit.

'Waar is Theo?'

'Hij wilde niet mee. Hoe ging het gisteren trouwens?'

Fabian schudde zijn hoofd. 'Het enige wat hij wilde was teruggaan naar zijn computer en zich in zijn kamer opsluiten.'

Sonja glimlachte voor de eerste keer sinds ze waren gekomen. 'Jij bent toch zo goed in zaken oplossen, dan zal dit je ook wel lukken.'

Fabian lachte. 'Zo goed is niemand.'

Haar glimlach verdween. 'Matilda en ik nemen vanavond de nachttrein.'

'Oké. En Theo? Wat zegt hij?'

Sonja haalde haar schouders op. 'God mag het weten. Ik heb gevraagd of hij mee wil, maar het nieuwste is dat hij niet eens meer antwoord geeft als hij wordt aangesproken.' Ze zuchtte en schudde haar hoofd.

'Heb je geprobeerd hem te sms'en?'

'Wat?'

'Hij heeft waarschijnlijk oortelefoontjes in en hoort het niet als je roept. Maar zijn mobieltje verliest hij vast niet uit het oog. Lieveling, hij is een tiener. Theo en de meesten van zijn leeftijd vinden dat wij tot het vermoeiendste en gênantste behoren dat er bestaat. Natuurlijk willen ze niet met ons praten.'

'Jaja, als hij absoluut niet mee wil, moet hij maar blijven, dan heb jij je kans om twee zaken tegelijk op te lossen.' Ze kwam overeind, boog zich over hem heen en haar lippen beroerden de zijne. De kus die hen altijd had verenigd. Midden in hun ergste crises was die in staat geweest om hen eraan te herinneren hoeveel ze diep vanbinnen nog steeds van elkaar hielden.

'Tot snel,' fluisterde ze in zijn oor en ze draaide zich om naar Matilda. 'Kom, zeg je vader gedag.'

'Dag.'

'Wat, krijg ik geen knuffel?'

'Neehee,' zei Matilda en ze pakte Sonja's hand vast. 'Als je vergeet wat je moet doen, hoef je alleen maar naar de tekening te kijken.'

Ze liepen naar de deur en klopten erop, waarop die werd geopend door een agent in uniform die hen naar buiten liet.

50

Dunja Hougaard keek door het raam naar de donkerrode hemel waar een paar verderlichte goudglanzende wolken tegenaan geplaatst waren. Ze lag op de bank in haar tweekamerwoning die boven Blågårds Apotheek op Blågårds Plads lag en stelde nog maar eens vast dat deze versleten bank, die ze van haar moeder had geërfd, op deze plek bij het raam, in dit appartement, waarschijnlijk de beste plek ter wereld was. Als er zon was, scheen hij naar binnen. Als het regende, kletterde die tegen het raam.

Ze keek weer naar de loglijsten die ze nu voor de tweede keer doornam. Deze keer rustig en systematisch. Als er iets was zou ze het vinden. Met een kleurpotlood zette ze een streepje bij iedereen die had ingelogd zodra ze had gevonden wanneer ze uitgelogd waren. Als Sleizner had uitgelogd met de identiteit van iemand anders zou ze het vinden. Maar ze kon niets ontdekken wat niet leek te kloppen.

Niemand had meer dan één keer uitgelogd en niemand had uitgelogd zonder eerst in te loggen. Om 11.43 uur was hij aangekomen en om 22.46 uur had hij het gebouw verlaten. Weliswaar een lange werkdag voor een vrijdag, maar op zich niet vreemd.

Helaas.

Ze legde de stapel papieren neer en keek door het raam. In de verte was een glinsterend vliegtuig aan zijn landing begonnen. Ze dacht eraan hoe het zou zijn om parachute te springen. Om gewoon de vliegtuigdeuren open te trekken en je in het onbekende te storten. Ooit zou ze het proberen. Dat had ze zichzelf beloofd als cadeau voor haar dertigste verjaardag.

Nu was ze bijna vijfendertig...

De nooduitgangen. Kon hij die gebruikt hebben? Ze trok de stapel weer naar zich toe, bladerde naar de uren voor 17.33 uur, toen hij zich bij de Lille Istedgade zou hebben bevonden en liep de lijst voor de derde keer door. Deze keer vond ze waar ze de hele tijd naar op zoek was geweest.

Tijd: 16.27 – Nood 23 A

Tijd: 16.28 – Nood 11 A

Precies wat ze had vermoed. De Eikel was via de nooduitgangen in trappenhuis A naar buiten gegaan. Waarschijnlijk had hij ervoor gezorgd dat de deuren niet helemaal dicht waren, om later via dezelfde weg weer terug te kunnen komen en daarna om 22.46 uur uit te loggen met zijn kaart. Het klopte dus. Hij had het politiebureau verlaten om iets te gaan doen op de Lille Istedgade. Iets waar zo weinig mogelijk mensen van mochten weten en wat er waarschijnlijk de directe oorzaak van was dat hij zijn mobieltje niet had opgenomen.

De stilte werd verbroken door haar mobieltje. Ze keek op het scherm.

Onbekend nummer.

'Ja, hallo...?'

'Hoi, met mij. Ik wilde alleen even weten of het goed is dat ik zo langskom om je te nemen?'

Dunja barstte in lachen uit. 'Absoluut! Als je hem opzet, tenminste.'

'Oké. Ik neem de nepsnor en de kaalhoofdpruik mee.'

'Goed. Dan zijn we compleet.'

'Heb je trouwens *Ekstra Bladet* gezien?'

'Nee, waarom?'

'Kijk zelf maar.'

Dunja pakte haar iPad en ging naar de homepage van *Ekstra Bladet.*

HOOFDCOMMISSARIS KOPENHAAGSE POLITIE LOOG!

Kim Sleizner loog toen hij beweerde dat de Zweedse politie hem niet gebeld had. *Ekstra Bladet* kan nu onthullen dat hij zich in werkelijkheid in de Lille Istedgade bevond toen de Zweedse politie om 17.33 uur contact probeerde op te nemen met hoofdcommissaris Kim Sleizner. In plaats van op te nemen zou hij zijn voicemail aan hebben laten gaan. Deze informatie gaat lijnrecht in tegen Sleizners eigen bewering dat er helemaal geen contact met hem is opgenomen. *Ekstra Bladets* bron zegt bewijs te hebben dat Sleizner zich op dat moment op de hoek van de Lille Istedgade en het Halmtorvet bevond. *Ekstra Bladet* heeft zonder succes geprobeerd Kim Sleizner om commentaar te vragen.

Verdomme.

'Ben je er nog?'

'Mm...'

'Daar zocht je naar, hè?'

'Ja.'

'Het is maar de vraag of het zo slim was om ermee naar *Ekstra Bladet* te gaan.'

'Dat heb ik niet gedaan.'

'Nee? Wie dan wel?'

'Geen idee?' zei Dunja. Maar dat had ze wel. Het kon niemand anders zijn geweest dan die TDC-man. Ze had zelf nagedacht over wat ze met de informatie zou moeten doen, die Kim Sleizner niet alleen in een pijnlijke situatie bracht, maar die indirect ook de schuld van de dood van Mette Louise Risgaard en Morten Steenstrup bij hem legde. En net als Mikael Rønning had ze beseft dat de Eikel ervan uit zou gaan dat zij het was.

51

Door de draadloze webcamera die in de huurauto zat en de ingang bewaakte, had hij gezien dat Fabian Risks vrouw en dochter het huis om dertien minuten over tien 's avonds verlieten. Ze hadden allebei een koffer bij zich en waren in een wachtende taxi gestapt. Het was nu iets na twaalven en in de kamer van de zoon brandde nog steeds licht.

Waar de anderen ook naartoe gingen, hij had besloten achter te blijven.

Hij was van plan geweest naar binnen te gaan nadat de zoon was gaan slapen. Maar hij kon niet heel lang meer wachten. Er stond hem een lange nacht van voorbereidingen te wachten en er mocht deze keer niets fout gaan. Het was tijd geworden om een tandje bij te schakelen, het tempo te verhogen en vooral de verwarring.

Hij moest hun twee botten toegooien. Twee sappige botten, waar de hyena's hun tanden in konden zetten waardoor ze indirect mee zouden werken om zijn daad op te waarderen van een rijksaangelegenheid tot een wereldgebeurtenis.

Hij liep om het blok heen en nam het grindpaadje dat naar de achterkant van de rijtjeshuizen leidde. Bij Risks huis stapte hij over het hek en liep langs de trampoline, die een groot deel van het kleine perceel innam. Hij hoefde zich niet te verbergen of te sluipen. De zoon was de enige die thuis was en hij zat blijkbaar als vastgegoten in zijn kamer op de bovenverdieping die uitkeek op de straat.

Twee grote stappen de trap op en hij was op het terras. Hij keek door het raam van de keuken naar binnen. Behalve de lamp van de afzuigkap brandde er geen licht. De terrasdeur zat zoals verwacht op slot. Maar het slot was een gemakkelijke prooi voor zijn loper en een halve minuut later was hij binnen. Hij hoefde zich niet eens zorgen te maken dat hij geluid maakte want er dreunde death metal, of wat het ook was, van de bovenverdieping.

I am the animal who will not be himself...

Hij haalde de camera tevoorschijn, zette hem aan en liet hem met grote, rustige bewegingen rondgaan. Hij wilde alles erop krijgen omdat hij niet precies wist waar hij naar zocht. Alleen dat het het laatste puzzelstukje was. Het kryptoniet waarmee hij Risk precies daar zou krijgen waar hij hem wilde hebben.

Fuck it! Fuck it! Fuck it! Fuck it!

Toen hij klaar was met de keuken liep hij de woonkamer in waar nog steeds een paar onuitgepakte verhuisdozen stonden. Hij opende er een paar en filmde de inhoud, waarna hij via de trap verder liep naar de bovenverdieping terwijl de camera nog steeds draaide. Hoe hoger hij kwam, hoe luider de vervormde gitaren en rommelende drums dreunden.

Better! Better! Better! Better!

De deur naar de slaapkamer van Risk en zijn vrouw stond op een kier. Hij duwde hem met zijn voet open en deed het kale peertje aan het plafond met zijn elleboog aan. Een onopgemaakt bed, een paar geopende en half leeggehaalde verhuisdozen langs de ene muur en op de grond slingerende kleren. Hij had het gevoel dat hij moest overgeven van de chaos.

In de kamer van de dochter was het een stuk netter. Het bed was opgemaakt met rode hartvormige kussens erop en op het bureau lagen tekeningen die allemaal hetzelfde voorstelden maar in verschillende varianten. Een brandende man schoot een andere man neer. Hij koos degene uit die hij het mooist vond, deed de bureaulamp aan en maakte een foto.

Hij keerde terug naar de hal, waar nu nog twee deuren over waren. De ene van de badkamer en de andere van de kamer van de zoon. Die stond op een kier en de opening spuwde letterlijk muziek uit.

Hey victim, you are the one who put the stick in my hand...

Hij liep naar de deur en duwde hem open.

De zoon zat bij het raam over zijn bureau geleund met zijn rug naar hem toe. De luidsprekers stonden op de vloer en de grootte verklaarde het volume. Deze jongeman had al zijn zakgeld in de geluidsinstallatie gestopt. Hij zette een stap de kamer in en keek om zich heen. Hoewel ze er nog maar een week geleden ingetrokken waren, was de kamer rommelig alsof er jarenlang niet was schoongemaakt. De muren waren volgehangen met affiches van Metallica, Slipknot en Marilyn Manson. Het bed was niet opgemaakt en fungeerde als algemene dumpplaats voor alles van vuile was tot pizzaresten en halters. Hij had blijkbaar de vrije hand gekregen en er moesten al een tijdje geen ogen van volwassenen op hem zijn gericht.

Tot nu toe.

De tevredenheid spoelde als een golf door zijn lichaam en hij voelde zich high.

Het laatste puzzelstukje was net op zijn plaats gevallen.

Hij liep naar de zoon toe, die met inlevingsvermogen meescandeerde met de tekst terwijl hij met frenetieke bewegingen in een boek schreef. Alsof het een gevecht met de tijd was voordat iemand de pen uit zijn hand zou komen rukken.

Fuck it! Fuck it! Fuck it! Fuck it!

De pen bleef stilstaan zodat de inkt zich verspreidde en een vormeloze vlek vormde. Theodor was opgehouden met meezingen en keek van het boek naar het pikdonkere raam, waar hij het spiegelbeeld zag van een schaduw die van achteren op hem af kwam. Er was iemand in zijn kamer.

Hij draaide zich met een ruk om.

52

Fabian Risk voelde zich rusteloos en uitgeput. Hij was altijd beroerd geweest in beroerd zijn. Hij kon niet eens ziek zijn. Koorts was nooit een reden geweest om thuis te blijven en de paar keer dat hij getroffen was door buikgriep en gedwongen was in bed te liggen had hij zoveel geklaagd dat Sonja met een scheiding had gedreigd.

Hij was zich ervan bewust dat hij het voorbeeld van de rest van de afdeling zou moeten volgen en uit moest rusten en op krachten moest komen, maar hij kon niet slapen. Bovendien moest hij met Ingvar Molander praten om te horen of hij tot dezelfde conclusie was gekomen als hijzelf. Dat was het enige waardoor hij zich zou kunnen ontspannen. Op de vindplaats zelf was het niet tot hem doorgedrongen. Pas na een paar uur in het ziekenhuis was de gedachte bij hem opgekomen.

Hoewel het al ruim na middernacht was besloot hij Ingvar te bellen en hij trok zijn mobieltje tevoorschijn om alleen maar vast te kunnen stellen dat de batterij op was. Hij keek om zich heen in de ziekenhuiskamer. Een eindje verderop was een muurtelefoon, maar die was waarschijnlijk alleen voor interne gesprekken. Als hij al aangesloten was.

Hij trotseerde de pijn en strekte zich zo ver mogelijk uit, maar hij kon er niet bij. Met behulp van een van de krukken die tegen de muur stonden lukte het hem om de remmen van het bed los te maken en de hele equipage naar de telefoon te trekken.

Hij hield de hoorn tegen zijn oor en hoorde een signaal. De telefoon was inderdaad alleen voor interne gesprekken bedoeld, maar de nul bracht hem naar iemand die opnam en tot zijn verbazing stemde ze ermee in om hem zonder verdere vragen uit het interne systeem te halen. Hij toetste het nummer van de inlichtingendienst in, vroeg naar het mobiele nummer van Ingvar Molander in Helsingborg en antwoordde ja op de vraag of hij doorverbonden wilde worden.

'Hallo. Dit is de voicemail van Ingvar Molander. Ik kan op dit moment de telefoon niet opnemen. Spreek daarom na de piep je naam en nummer in, dan beloof ik terug te bellen. Of nog liever, stuur een sms'je. Bedankt en tot ziens...'

Fabian verbrak de verbinding. Het was inderdaad laat, maar hij kon onmogelijk al naar bed zijn gegaan. De vindplaats in Söderåsen zou hem op zijn minst de hele nacht en grote delen van de volgende dag bezig moeten houden. Hij sloot zijn ogen en voelde hoe zijn lichaam ergens misschien toch klaar was om de vermoeidheid toe te laten.

Plotseling zag hij Tuvesson naast zijn bed staan. Hij schrok en voelde hoe de pijn van nul naar honderd schoot.

'Sorry, ik wilde je niet wakker maken. Ik had trouwens niet gedacht dat je zou kunnen slapen.'

'Dat kon ik ook niet, tot... Hoe laat is het trouwens?'

'Halfacht. Ik heb een klein ontbijt meegenomen. Dat smaakt nooit zo goed op dit soort plekken.' Ze zette een zak van Seven Eleven op het nachtkastje. 'Ik kwam alleen kijken hoe het met je gaat.'

'Tja, behalve dat ik vergeten ben me in te smeren met zonnebrandcrème, heb ik niet zoveel te klagen.'

Tuvesson lachte. 'Ja, de zon is sterker dan je denkt.'

'Hoe gaat het bij jullie?'

'Er is in elk geval geen gebrek aan dingen die onderzocht moeten worden. Overigens zei Molander dat je geprobeerd had hem te bellen?'

'Ja, maar hij nam niet op. Weet je waar hij is?'

'Het was gisteren zijn en Gertrudes trouwdag en ze zouden overnachten in het Marienlyst in Helsingør.'

Trouwdag... Fabian liet het woord over zijn tong rollen. Het was lang geleden dat hij en Sonja die dag hadden gevierd. De eerste jaren had er niets tussen mogen komen. Ze hadden een oppas geregeld, zich netjes aangekleed en waren erop uit gegaan. Wat er op het programma stond was voor een van hen een verrassing. Het kon van alles zijn, van toneel- en restaurantbezoek tot een picknick of een ballontocht. Zodra dit voorbij was zou hij Sonja verrassen en alle verloren trouwdagen inhalen. 'Oké, en hebben jullie iets ontdekt?' Hij maakte het ontbijtzakje open en zag tot zijn vreugde dat Tuvesson een brownie bij het verse broodje en de koffie had gedaan.

Tuvesson trok een stoel bij en ging naast zijn bed zitten. 'Laat mij de vragen maar stellen. Er is namelijk een punt geweest waarop ik je uit het onderzoek zette en jij vakantie ging houden en ons het verder af liet handelen.'

'Nee, het punt was dat jij een zondebok nodig had. En wat ik in mijn vakantie doe is mijn zaak, zolang ik niets onwettigs doe.'

Tuvesson zuchtte diep en spreidde haar handen. 'Oké... De waarheid is dat we niet veel verder zijn gekomen. En nu jouw theorie totaal niet blijkt te kloppen zijn we vooral verward en in grote lijnen terug bij af.'

'Dus jullie hebben geen nieuwe theorie?'

'Niet meteen. In de huidige situatie kan het iedereen zijn. Iemand anders uit de klas of uit een van de andere klassen. Een leraar voor wie jullie erg lastig waren, of een ouder.' Ze pakte een sigaret en hield hem onder haar neus. 'Nee, ik steek hem niet aan. Ik beloof het. In elk geval zijn Rots en Lilja nu met iedereen in contact geweest die niet weg is en geen van hen kon iemand anders bedenken dan Claes Mällvik. Dus nu vraag ik het aan jou. Herinner je je of er iemand was die op een of andere manier in contact stond met de klas en...'

'Maar wacht nu eens even? Ik begrijp het niet,' onderbrak Fabian haar. 'Hoe kan het dat jullie helemaal niets hebben?'

'Kun je alsjeblieft antwoord geven op mijn vraag?'

'Het onderzoek in Söderåsen moet toch nieuwe sporen hebben opgeleverd. Jullie moeten toch wel iets hebben gevonden?'

Tuvesson gaf het met een zucht op en stopte een hand in haar zak om zich ervan te verzekeren dat er een aansteker was. 'Het enige wat we zeker weten is dat Rune Schmeckel daar twee weken heeft liggen branden en pas een paar dagen geleden is overleden. Er lag een jerrycan verborgen onder de glasplaat en via een rietje kreeg hij water.' Ze zweeg en schudde haar hoofd. 'Ik kan me niet eens voorstellen hoe hij moet hebben geleden, de stakker.'

Fabian dacht na over wat Tuvesson net had gezegd en besefte dat het zijn theorie alleen maar versterkte. 'Dit denk ik. Ik denk dat de hele plek een presentatie is van onze dader en zijn motieven.'

'Ik begrijp het niet. Wat bedoel je?'

'De plek op zich, het was de bedoeling dat we er zouden komen en hem zouden zien. Misschien niet nu, maar te zijner tijd. Al de tijd en energie die hij hierin heeft gestoken, kan niet alleen geweest zijn om Schmeckel van het leven te beroven. Hij wil er meer mee zeggen.'

'De moorden op Jörgen en Glenn waren tenslotte uitgevoerd als een straf voor hun daden.'

'Precies, en waarschijnlijk is hier hetzelfde aan de hand.'

'Maar waar heeft Schmeckel of Claes Mällvik zich schuldig aan gemaakt? Behalve dat hij het slachtoffer was van Jörgen en Glenn?'

'Ik weet het niet, maar daarom wilde ik van Molander horen wat jullie hebben gevonden.'

'Niet veel meer dan wat je al gezien hebt. Ja, nog één ding trouwens. Toen we hem optilden van de glasplaat.'

'Ja?'

'Eronder was een soort mos dat helemaal dood en uitgedroogd was op de plekken waar hij niet had gelegen en die dus niet in de schaduw hadden gelegen. Maar in de schaduw nam het mos de contouren van een mens aan, zodat het eruitzag alsof er nog iemand onder de glazen ruit lag. Hoewel het eigenlijk dus alleen maar mos was. Snap je het? Het is een beetje moeilijk uit te leggen.'

Fabian knikte. Hij begreep het precies. 'Dat is hijzelf waarschijnlijk.'

'Wie? De dader?'

'Dat is zijn beeld van zichzelf. Zijn zelfportret. Zo wil hij dat we hem zien.'

53

De pijn bonkte in haar hoofd met een kracht die ze nooit eerder had gevoeld. Zou migraine zo voelen? Ze had nog nooit migraine gehad, maar ze had gehoord dat het verschrikkelijk moest zijn. Maar dit moest erger zijn, veel erger.

Voor één keer had ze echt uitgekeken naar de avond met Mona en Cilla. Meestal voelde het alleen als een noodzakelijk kwaad. Iets wat je moest doen. Je kon tenslotte niet de hele dag alleen maar voor de tv zitten. Al was dat precies wat ze gewoonlijk wilde. Maar deze keer had ze echt zin gehad om uit te gaan. Ze begreep totaal niet waarom. Ze had alleen maar zin om dronken te worden. Dronken en dwaas en lak hebben aan de dag erna. Zoals gewoonlijk waren ze ten slotte geëindigd op de S/S Swea-restaurantboot bij het Kungstorget. Daar werden ze op de dansvloer aangesproken door een groep jongens en ze herinnerde zich dat Mona met een van hen was verdwenen. Zij die een man en een gezin had en zo. Iets waar ze zelf van had gedroomd, maar waarvan ze had ingezien dat ze het nooit zou krijgen. Niet veel later had Cilla beet gehad en was naar een van de banken verdwenen terwijl een derde haar mee had proberen te krijgen. Maar toen voelde ze zich al beroerd en had alleen maar naar huis gewild.

In fragmentarische beelden herinnerde ze zich hoe ze had geprobeerd de anderen te vinden, maar het ten slotte had opgegeven. Alles had gedraaid en ze had zelfs de uitgang bijna niet kunnen vinden. Het laatste wat ze zich herinnerde was dat iemand haar in een auto hielp.

En nu lag ze hier, met een bonkend hoofd, zonder dat ze enig idee had waar ze was. Ze probeerde haar ogen te openen, maar alleen het linkerooglid gehoorzaamde. Het andere werd tegengehouden door iets vochtigs wat tegen de rechterhelft van haar gezicht drukte. Ze probeerde te voelen wat het was en concludeerde dat het aarde was. Vochtige aarde. Ze was dus ergens buiten. Misschien in een park of een bos?

Ze probeerde zich om te draaien zodat ze op haar rug zou komen te liggen, maar moest het opgeven toen ze een hevige pijnscheut in haar onderlichaam voelde. Ze kermde. Wat was er eigenlijk gebeurd? Ze voelde voorzichtig met haar ene hand en besefte dat ze geen kleren aanhad en dat er iets niet in de haak was daarbeneden.

Ze verzamelde zoveel mogelijk lucht in haar longen en schreeuwde het uit.

54

Rots, Lilja en Molander zaten zwijgend rond de tafel in de vergaderruimte op Tuvesson te wachten. Het onderzoek was nu meer dan een week aan de gang en het feit dat ze in die tijd niet veel hadden geslapen begon zijn tol te eisen. Niemand had de energie om iets te zeggen en ze maakten van de gelegenheid gebruik om even hun ogen dicht te doen. De stilte werd verbroken door het mobieltje van Rots. Hij wierp een blik op het trillende mobieltje, voor hem op tafel, en sloot zijn ogen weer.

'Moet je niet opnemen?' vroeg Molander, maar Rots keek niet eens zijn kant op.

Na een tijdje gaf het mobieltje het op en keerde de stilte terug. Een paar seconden later was het Molanders mobieltje dat tot leven kwam.

'Ja, met Ingvar Molander. Aha… Ja, hallo. Ja hoor, geen probleem.' Hij gaf de telefoon door aan Rots. 'Het is Berit.'

Rots slaakte een lange, diepe zucht en nam het mobieltje aan. 'Ha lieveling… Omdat ik aan het werk ben en we midden in een vergadering zitten... Ja, hij werkt ook en als hij had geweten dat jij het was die belde had hij ook niet opgenomen.' Rots wierp een blik op Molander. 'Nee, lieveling. Dat lukt niet. Niet nu. Heb je gekeken of er niet alleen een zekering is doorgeslagen?'

Tuvesson kwam binnen met een kop latte in haar hand.

'Nee, dat is helemaal niet zo moeilijk,' ging Rots verder terwijl hij zijn ogen ten hemel sloeg. 'Je hoeft alleen maar te kijken of die dingetjes er nog zitten of niet. Je weet wel, die kleine ronde rode metalen schijfjes. Nee, maar oké. Ik moet nu ophangen... Ja echt, Molander heeft zijn mobieltje nodig.'

'Nee hoor, geen haast,' zei Molander en hij kreeg een dreigende blik van Rots.

'Oké, maar je moet het maar aan de buurman vragen, goed? Ik weet het niet.' Rots drukte het gesprek weg, ademde diep uit en gaf het mobieltje terug aan Molander. 'Je wordt bedankt.'

'Graag gedaan.'

'Oké, zullen we beginnen?' zei Tuvesson. 'Zoals jullie weten hebben we een nieuw slachtoffer.'

'Weten we wie het is?' vroeg Lilja.

'Haar naam is Ingela Ploghed en ze is vierenveertig jaar oud.'

'Is? Betekent dat dat ze nog leeft?' vroeg Molander.

Tuvesson knikte en nam een slok koffie. 'Ze wordt voorlopig in coma gehouden. Naar ik heb begrepen is haar toestand kritiek. Ze werd om acht uur vanochtend in het Ramlösa Brunnspark gevonden, zonder een draad aan haar lichaam. Ze was flink onderkoeld en heeft een boel bloed verloren.'

'Messteken?' vroeg Rots.

'Nee, dat is het merkwaardige. Ze heeft geen zichtbare, uiterlijke verwondingen, maar de bloeding bleek uit haar onderlichaam te komen.'

'Weten we waardoor het veroorzaakt is?' vroeg Molander.

'Nog niet, maar ik moet ernaartoe om met de arts te praten zodra we hier klaar zijn.'

'Ploghed... Zat ze niet in dezelfde klas als de anderen?' vroeg Lilja.

Tuvesson knikte en liep naar de uitvergrote klassenfoto en wees een van de meisjes aan. 'Hier is ze.'

‘Hebben we een recente foto?’ vroeg Rots.

‘Ik had zo gedacht dat jij daarvoor moest zorgen.’

‘Wat weten we van haar?’ vroeg Lilja.

‘Op het moment niet meer dan dat ze alleen woonde zonder man of kinderen,’ zei Rots en hij bladerde verder door de documenten. ‘En dit nog. In 2002 moest haar maag leeg worden gepompt nadat ze zelfmoord had proberen te plegen met slaaptabletten.’

‘Als ze het overleeft, hebben we voor de eerste keer een getuige. Wat precies is wat we nodig hebben,’ zei Tuvesson en ze omcirkelde Ingela Plogheds gezicht en zette er een vraagteken bij. Daarna liet ze haar blik van leerling naar leerling gaan tot ze bij Fabian Risk uitkwam. ‘Ik ben trouwens bij Risk langs geweest vanochtend.’

‘En hoe gaat het met onze privédetective?’ vroeg Rots.

‘Hij zal nog wel even op bed moeten liggen.’

‘Heb je hem gevraagd of...’

‘Ja, en hij kon ook geen andere verdachte bedenken dan Claes Mällvik. Maar hij had een theorie.’ Tuvesson draaide zich om naar de anderen. ‘Hij denkt dat de vindplaats een soort enscenering is van de dader zelf en zijn motieven.’ Ze pakte een van de foto’s, die het als een mens gevormde mos onder de glasplaat liet zien, en hield die op voor de anderen. ‘Ik weet niet of ik hem goed heb begrepen, maar ik geloof dat hij bedoelde dat dit het beeld van de dader van zichzelf is.’

Rots barstte in lachen uit. ‘Wow, wat voor medicatie krijgt hij? Dat moeten zwaardere spullen zijn dan Alvedon.’

Geen van de anderen lachte en algauw hield Rots ook op. Er ontstond een gelaten stilte. Het was alsof ze allemaal getroffen waren door het collectieve inzicht dat de dader niet alleen op hen voorlag, maar hen zelfs op een rondje had gezet.

Tuvesson liet haar blik lukraak over de opgehangen foto’s gaan die alles lieten zien, van Jörgens afgezaagde handen op de douchevloer tot de halvemeterhoge lens en het mos dat de contouren vormde van een mens. Ze voelde zich moe en uitgeput en was zich er volledig van bewust dat het zichtbaar was. Maar ze was zelfs te moe om zich daar druk om te maken. Het enige wat ze niet wilde was dat ze zouden zien dat ook zij ontmoedigd was. Want ook al was het een doodzonde in haar beroep en zou niets haar er ooit toe kunnen brengen het toe te geven, diep vanbinnen had ze de hoop opgegeven dat ze erin zouden slagen deze opgave die voor hen lag op te lossen.

Ze hadden niet alle zaken opgelost. De meeste, maar niet alle. Maar ze had er altijd in geloofd en ze was er altijd van overtuigd geweest dat het ze uiteindelijk zou lukken. Het enige wat ze nu voelde was een diep wantrouwen tegenover haar eigen vermogen en dat van de anderen. Een wantrouwen dat, als het zichtbaar was, volkomen vernietigend zou zijn voor het vervolg van het onderzoek.

Onderweg naar het politiebureau had ze de gedachte niet uit haar hoofd kunnen zetten hoe ze ten slotte gedwongen zou zijn het noodlottige besluit te nemen om het hele onderzoek te staken en hoe ze er de rest van haar leven op terug zou kijken als haar grootste mislukking. Hoe het haar schuld was dat ze het nooit af hadden kunnen maken, en hoe zij en niemand anders het fatale besluit had genomen om Fabian Risk uit het onderzoek te zetten. Ze had zelfs met de gedachte gespeeld om hem weer terug te nemen, maar was tot de conclusie gekomen dat het zou zijn alsof ze de rest van de groep onder curatele stelde. Het enige wat ze nu kon doen was de consequenties aanvaarden en er het beste van hopen.

'Ik weet niet hoe jullie je voelen,' zei ze. Vooral om de stilte te verbreken en ze had geen idee hoe ze verder moest gaan. 'Maar wat mij betreft is dit de moeilijkste en meest beangstigende zaak die ik ooit heb meegemaakt, en het voelt alsof we nog steeds een lange weg te gaan hebben voor we zelfs maar in de buurt van een oplossing komen. Maar dat is niet zo. We zullen hem pakken, dat weet ik zeker. Maar...' Ze keek de anderen aan. Lilja, Molander en als laatste Rots. 'Als we een kans willen maken om dit op te lossen, moeten we bereid zijn in nieuwe, onverwachte patronen te denken. In deze situatie zijn er geen domme ideeën. Dat mos kan absoluut een zelfportret van de dader zijn, wat er op zijn beurt toe kan leiden dat we hem begrijpen en een motief vinden.' Ze liet de woorden bezinken.

'Zijn we er überhaupt zeker van dat het een man is?' vroeg Lilja.

'Nee, in de huidige situatie kan het evengoed een vrouwelijke dader zijn.'

'Over onverwachte ideeën gesproken,' zei Molander. 'Heeft iemand iets gedaan met Linkans idee over de krabbels in de Fredriksdalsschool?'

'Maar het is bijna dertig jaar geleden,' zei Lilja. 'Hij moet al meerdere keren zijn gerenoveerd.'

'Blijkbaar niet,' zei Rots. 'Volgens Linkan krijgt de school pas van de zomer zijn eerste echte renovatie, dus misschien kan het. Ik weet het niet.' Rots spreidde zijn handen.

'Ik stel voor dat je er een kijkje gaat nemen,' zei Tuvesson. 'Ik heb niet het gevoel dat we iets te verliezen hebben.'

Rots knikte.

'Irene, jij gaat met mij mee, en Ingvar, jij neemt het Ramlösa Brunnspark.'

Ze dronken allemaal hun koffie op en kwamen overeind.

'Er is nog iets waar we het niet over hebben gehad,' zei Lilja en de anderen draaiden zich naar haar om. 'Eerst waren het Jörgen en Glenn, de twee pestkoppen van de klas. En nu zijn het Claes en die Ingela. Betekent dat dat iedereen in de klas een potentieel slachtoffer is?'

Tuvesson wist niet wat ze moest antwoorden. Ze had precies dezelfde gedachte gehad, maar die uit haar hoofd gezet. Misschien omdat die even beangstigend was als onmogelijk om op te lossen? Of was ze gewoon te moe?

'Eigenlijk zouden we ze allemaal politiebescherming moeten geven,' zei Rots.

'Het probleem is dat we niet genoeg mensen hebben,' zei Tuvesson. 'We hebben nu al vier man in het ziekenhuis bij Risk en Ploghed. Acht man als je bedenkt dat het een vierentwintiguursdienst is. Maar ik zal contact opnemen met Malmö om te vragen of ze niet iets bij kunnen dragen,' zei ze, al wist ze diep vanbinnen wel dat ze nooit zoveel mannen zouden kunnen missen. Uiteindelijk was er maar één manier waarop ze bescherming konden bieden en dat was door de dader te grijpen.

55

Bij de geringste beweging leken er duizend naalden in Fabians rug te prikken. Hij deed zijn best om zo rustig en vooral zo weinig mogelijk te bewegen op zijn weg door de schijnbaar eindeloze gangen van het ziekenhuis. De twee geüniformeerde agenten die 's nachts voor zijn deur hadden gezeten waren afgelost door twee nieuwe, die er met tegenzin mee hadden ingestemd dat hij de kamer verliet om naar de eerste hulp te gaan, waar Ingela Ploghed naar alle waarschijnlijkheid lag. Tot nu toe had geen van hen nog een woord gezegd gedurende de lange wandeling, niet tegen hem en ook niet tegen elkaar, en Fabian vroeg zich af of ze stommetje speelden of kwaad op elkaar waren.

Veertig minuten geleden was hij wakker geworden, had zijn ogen geopend en de krantenkop gezien: NIEUW SLACHTOFFER IN DE KLAS VAN HET KWAAD.

In die klas had hij dus gezeten. De klas van het kwaad. Hij proefde de woorden op zijn tong en probeerde erachter te komen waar het knagende gevoel vandaan kwam dat er iets niet klopte. Voor de eerste keer was het de dader niet gelukt om zijn slachtoffer van het leven te beroven. Als dat nu eens zijn bedoeling was geweest? Bovendien herinnerde hij zich Ingela Ploghed als een van de vriendelijkste leerlingen van de klas. Hij kon zich niet herinneren dat hij haar ooit iets slechts over iemand had horen zeggen. Zij had als enige in de klas de durf gehad op te staan en partij te kiezen voor Claes.

Hij herinnerde zich hoe ze, tijdens een les waarin ze over hun droomberoep moesten praten, had verteld dat ze advocaat wilde worden om alle zwakkeren en bedreigden te helpen. Hij had geen idee hoe het met haar was gegaan. Maar hij had een gerucht gehoord dat ze een zware depressie had gehad en zelfs een zelfmoordpoging had gedaan.

Toen ze eindelijk in de liftruimte kwamen sloeg Fabian een gat in de stilte en riep tegen de ene agent dat hij niet op de knoppen van de lift moest drukken. Dat wilde hij zelf doen.

Als kind had hij ervan gehouden om juist met deze liften te spelen. Ze bevonden zich in het midden van het kruisvormige ziekenhuisgebouw en het waren er vier, een in elke windstreek. Toen was het geweest alsof je rechtstreeks naar de commandobrug in de Enterprise werd gebeamd zodra je een voet in de grote, ronde liftruimte zette waar in het midden een controlepaneel uit de grond omhoogstak. Daar zaten alle liftknoppen op waarmee je de etage kon kiezen waar je naartoe wilde, in plaats van in de liften zoals gebruikelijk was.

Hij liet zijn blik rondgaan en merkte dat hij nog steeds hetzelfde gevoel kreeg. De ruimte was verouderd met dezelfde plastieken waardigheid als *Star Trek* en het enige wat nu ontbrak was Christine Chapels genezende laserstraal. Hij drukte op de groene knop van de begane grond en de liftdeuren gingen direct open.

'Dus je bent alweer op de been?' zei Lilja toen Fabian de eerstehulpafdeling binnen kwam sloffen.

'Nou, op de been is misschien te veel gezegd.'

'Eens kijken hoe het eruitziet.' Lilja liep om hem heen en ging op haar tenen achter Fabian staan en keek van bovenaf zijn nek in onder het ziekenhuishemd. 'O, jezus...'

'Dank je. Precies wat ik nodig heb.'

'Ik neem aan dat je hier om dezelfde reden bent als wij. Vakantie of niet,' zei Tuvesson en Fabian keek haar aan zonder antwoord te geven.

Een arts sloot zich bij hen aan en trok zijn mondkapje naar beneden voordat hij Tuvesson de hand schudde.

'Jullie zijn hier voor Ingela Ploghed, heb ik begrepen?'

'Hoe gaat het met haar?'

'Naar omstandigheden redelijk. We zijn er eindelijk in geslaagd de bloeding te stoppen. Het duurde even voordat we begrepen wat er eigenlijk met haar was gebeurd.' De arts zweeg en keek om zich heen om te controleren of er niemand meeluisterde. 'Een of andere leek heeft blijkbaar geprobeerd een vaginale hysterectomie op haar uit te voeren.'

'Wat betekent dat?'

'Ze hebben haar baarmoeder verwijderd.'

Tuvesson keek naar Fabian, alsof ze verwachtte dat hij iets zou zeggen. Maar zijn gedachten werden te veel in beslag genomen door de vraag waarom iemand Ingela Ploghed een vaginale hysterectomie aan zou willen doen. Of waarom iemand haar überhaupt iets aan zou willen doen.

'Waaruit blijkt dat het een leek was?' vroeg Lilja.

'De incisies zitten totaal niet waar ze horen te zitten en daarna hebben ze geen enkele moeite gedaan om de wond weer dicht te naaien. Bovendien zaten er hoge doses benzodiazepine in haar urine, dat is een geneesmiddel tegen onrust en slaapproblemen.'

'Ze hebben haar dus gedrogeerd en de operatie uitgevoerd toen ze bewusteloos was?'

De arts knikte. 'Maar eerst hebben ze haar verkracht.'

'Wat hebben ze gedaan?'

'Ik zal een schriftelijk verslag sturen. Maar als jullie me willen verontschuldigen, ik moet verder met mijn ronde.' De arts verdween zonder hun de kans te geven meer vragen te stellen. Tuvesson schudde haar hoofd en draaide zich naar de anderen toe. Het was alsof het nieuws van de verkrachting de hele martelingachtige operatie overschaduwde.

Wat Fabian betreft nam de verkrachting alle twijfel weg. Nu wist hij het zeker.

'Het betekent in elk geval dat de dader een man is,' zei Tuvesson.

'En dat we waarschijnlijk rechtsgeldig bewijs hebben,' zei Lilja.

Tuvesson knikte.

'Maar niet tegen onze dader,' zei Fabian. 'Ik denk dat iemand anders dit gedaan heeft.'

'Waarom zou het iemand anders zijn?' vroeg Tuvesson.

'Het komt niet overeen met het eerdere patroon,' zei Fabian en hij stelde voor dat ze in de cafetaria zouden gaan zitten.

'Ik zie vrij veel overeenkomsten,' zei Lilja terwijl ze alle oude koffiekopjes en bordjes van de tafel pakte en de opgedroogde vlekken met een servet weg probeerde te wrijven. 'Behalve het voor de hand liggende feit dat ze in dezelfde klas zat, is er de berekenende handelwijze. Om het niet over de timing te hebben. Net op het moment dat je begon te hopen dat hij klaar was.'

'Ja, dat deden er meer,' zei Tuvesson en ze zette het dienblad met hun bestelling neer.

Fabian nam een slok van wat het ziekenhuis cappuccino bleef noemen en besefte dat Lilja en Tuvesson helemaal gelijk hadden gehad dat ze thee hadden genomen. 'Onze dader verkracht zijn slachtoffers niet.'

'Het heeft er misschien mee te maken dat dit de eerste vrouw is?'

'Behalve Mette Louise Risgaard bedoel je,' zei Lilja.

'Bovendien is Ingela Ploghed een van de aardigste mensen die ik ooit heb ontmoet,' zei Fabian. 'Ze was min of meer de enige in de klas die voor Claes opkwam en altijd zijn kant koos. Ten derde kan ik niet zien wat dit met haar baarmoeder of vrouwelijkheid te maken heeft.'

'Maar het gaat nu niet meer om Claes Mällvik. Hij is dood,' zei Tuvesson.

'En wie zegt dat hij niet van plan is jullie een voor een te doden? Sorry, maar je begrijpt wat ik bedoel,' zei Lilja.

Fabian knikte. Hij begreep het precies. Hij had de afgelopen uren met dezelfde gedachte rondgelopen – waarschijnlijk kwam de hele klas met hem erbij aan de beurt. 'Maar het is nu juist zo dat hij haar niet heeft gedood.' Hij had spijt van de koffie, maar nam toch nog een slok. 'Wat onze dader gedaan zou hebben.'

'Misschien is het alleen maar mislukt?'

'Misschien. Maar als jullie het mij vragen, lijkt hij me niet het type bij wie iets mislukt. Integendeel. Hij is iets aan het bouwen, daar ben ik zeker van.'

'Ja, ik hoorde dat je de theorie hebt dat het mos onder Claes zijn zelfportret zou zijn.'

'Ja. Of meer zijn zelfbeeld.' Fabian nam nog een slok van het bruine goedje, maar gaf het toen op en schoof het kopje van zich af.

'Maar waarom zou het verwijderen van een baarmoeder niet bij zijn bouwsel kunnen passen? Misschien zien we het verband gewoon nog niet,' zei Tuvesson.

Ze had een punt. Natuurlijk kon het dezelfde dader zijn en alles zou te zijner tijd wel een verklaring krijgen. Maar Fabian aarzelde. In tegenstelling tot Tuvesson had hij geen argumenten. Het enige wat hij had was een sterk gevoel dat het niet bij elkaar paste. Dat dit iets heel anders was. Aan de andere kant was hij er zeker van geweest dat

Claes Mällvik de schuldige was, dus er was niets aan deze zaak waar hij helemaal zeker van kon zijn.

Niets behalve het feit dat wie het ook was waarschijnlijk snel weer toe zou slaan.

56

Kim Sleizner had de hele nacht geen oog dichtgedaan. Het nieuws was als een bom ingeslagen toen hij en Viveca op het balkon hadden gezeten met elk een glas wijn in hun hand en uitkeken over het water en de mensen daarbeneden op Islands Brygge. Ze hadden het erover gehad dat ze de komende winter iets anders zouden proberen dan Thailand. Viveca had Vietnam voorgesteld. Dat was blijkbaar een soort onbedorven Thailand. Hij was in een stralend humeur geweest en was positief over al haar voorstellen. Hij had eindelijk grip op Dunja en de nieuwswaarde van het conflict met de Zweden begon af te nemen. Nog even en dan zouden de recordhoogten van de warmtegolf weer op de voorpagina's staan.

Maar net toen ze hadden besloten om een De Saint Gall Brut Rosé open te trekken, was Nanna aan komen rennen.

'Papa, er staat iets over je in *Ekstra Bladet*. Er staat dat je gelogen hebt!'

Aanvankelijk had hij niet begrepen waar ze het over had. Waarom zou er iets in *Ekstra Bladet* over hem staan en waarover zou hij hebben gelogen? Een paar seconden later kroop de onrust door zijn poriën naar binnen en hij had de wijnfles aan Viveca overgelaten en was met Nanna meegelopen naar haar computer.

Daarna had hij zich in de badkamer op moeten sluiten. Water in zijn gezicht moeten spetteren en zich moeten herpakken. Moeten bedenken hoe hij zich uit deze situatie zou kunnen redden. Hoe hij het uit moest leggen. Toen hij was teruggekeerd op het terras had Viveca in het donker recht voor zich uit zitten kijken met de half lege Saint Gall-fles in haar ene hand en haar mobieltje in de andere.

'O, hier moet je erbij blijven als je ook iets wilt krijgen,' had hij gezegd en hij had erbij gelachen om duidelijk te maken dat het een grapje was. Maar zijn lach was te aarzelend geweest en had onthuld dat hij precies wist wat er gaande was.

'Zak. Ik wil dat je vertrekt,' had ze gezegd. In haar stem had geen spoor van bitterheid of woede gezeten. Het was alleen een kalme constatering. Als een caissière in de supermarkt, die je meedeelde dat het 124,50 kronen was. 'Je kunt je spullen morgen op komen halen als ik op mijn werk ben.'

Het werd hem al snel duidelijk dat zij beter voorbereid was op deze specifieke situatie dan hijzelf. Ze had alleen maar gewacht tot wat ze al wist aan de oppervlakte zou komen. Ze had het de hele tijd geweten zonder er iets over te zeggen. Gewacht tot hij een misstap zou maken. Tot hij er met zijn broek op zijn enkels bij zou staan. Allemachtig.

Hij had zonder een woord te zeggen het huis verlaten en zijn intrek genomen in hotel Kong Frederik, waar hij een kamer had gekregen die uitkeek op de Vester Voldgade. En daar lag hij nu te wachten tot de late nieuwsprogramma's op tv zouden beginnen, nerveus over hoe groot ze het op zouden blazen. Maar ze zeiden niets over hem of over zijn activiteiten in de Lille Istedgade. Het nieuws had zich buiten *Ekstra Bladet* dus nog niet verspreid. Toch voelde hij zich er totaal niet rustiger door. Het was maar een kwestie van uren voordat de hel los zou barsten. Hij deed het licht uit en probeerde te slapen, maar gaf het op en deed de minibar open.

De volgende ochtend ontwaakte hij op de vloer met een zeurende hoofdpijn, die van geen wijken wilde weten tot hij het laatste flesje Gammel Dansk had opgedronken. Na een snelle douche checkte hij uit en verliet het hotel.

Onderweg naar zijn auto kon hij constateren dat het brandje zich had verspreid en nu op alle aanplakbiljetten van de kranten stond. *Politiken* schoof de schuld van de dood van Mette Louise Risgaard nu helemaal op hem en *Ekstra Bladet* concentreerde zich op zijn activiteiten in Vesterbro en loofde een beloning van vijftigduizend kronen uit voor wie helderheid kon brengen in deze kwestie.

De autorit naar het appartement op Islands Brygge ging goed, hoewel hij eigenlijk niet in staat was om te rijden. Hij wilde geen taxi nemen omdat hij niet het risico wilde lopen dat hij herkend zou worden door een of andere praatgrage chauffeur. Eenmaal in zijn appartement liep hij meteen naar zijn werkkamer, laadde zijn mobieltje op en opende zijn laptop om de laatste ontwikkelingen te volgen. De kranten waren al zeker twee uur uit, een kleine eeuwigheid in deze context.

Onder het rijden had hij overwogen of hij niet gewoon alles de rug toe moest keren en door moest rijden naar Kastrup om daar het eerste het beste ticket naar een warm land te kopen. Als hij zijn rekening maar snel genoeg leegmaakte, dat wil zeggen sneller dan Viveca's hebberige vingers, zou hij het behoorlijk lang uit kunnen houden in Thailand. Hij zou zich kunnen omscholen tot duikinstructeur. Zijn duikbrevet had hij immers al.

Hij haalde diep adem, klikte naar de homepage van *Ekstra Bladet* en zag direct dat de bekendmaking van een beloning al resultaat had opgeleverd. Jenny 'Wet-Pussy' Nielsen had onthuld dat hij zich op het bewuste tijdstip in haar woning aan de Lille Istedgade had bevonden. Wat ze precies hadden gedaan wilde ze echter niet bekendmaken uit consideratie met haar klant. Ze had er daarentegen geen enkele moeite mee om te onthullen dat hij een vaste klant was.

Dit was allemaal de schuld van die kut-Dunja. Het kon niemand anders zijn dan zij. In plaats van zijn waarschuwing serieus te nemen had ze hem in het openbaar bespuugd en de oorlog verklaard. En als er iets was wat hij zou doen, was het ervoor zorgen dat zij haar oorlog kreeg. Zelfs wanneer ze op haar knieën zou liggen en hem om vergeving zou smeken, zou hij niet ophouden.

Maar eerst moest hij in alle rust nadenken over de ontstane situatie. Zijn gevoelens in toom houden en er van een afstandje naar kijken. Welke mogelijkheden hij had en welke consequenties hij nog meer kon verwachten. Het moest nu voorbij zijn met de verrassingen. Vanaf nu zou hij het roer weer in handen nemen en een stap voor liggen. Zijn gedachten werden onderbroken doordat zijn mobieltje ging. Het was de korpschef van de landelijke politiediensten Henrik Hammersten.

Dunja Hougaard ging achter haar bureau zitten en zette haar computer aan. Haar uren waren geteld. Daarom moest ze snel handelen. De Eikel zou zich waarschijnlijk nog een tijdje gedeisd houden om zijn wonden te likken. Maar niets was gevaarlijker dan een gewonde leeuw en als hij uit de kooi durfde te komen zou hij haar kop willen zien rollen.

Maar dat deed er nu niet toe. Ze had een besluit genomen. De zaak was belangrijker dan zijzelf. Ze had de hele nacht wakker gelegen en de verschillende alternatieven overwogen en ten slotte ingezien dat de keuze eigenlijk heel eenvoudig was. Dit was precies waarom ze bij de politie was gegaan.

Ze logde in met haar naam en wachtwoord en klikte op het tabblad 'formulieren'. Hoewel ze dit formulier nooit eerder had gebruikt, wist ze precies waar ze het kon vinden. H3-49U, het formulier voor de bijzondere verstrekking van technisch bewijs, stond direct onder H3-45R, het formulier voor de registratie van technisch bewijs. Ze klikte op het pdf-symbooltje. Het formulier verscheen op het scherm en ze vulde de gegevens in. In Zweden geregistreerde Peugeot, kenteken JOS 652, archiveringsnummer 100705-B39C, verstrekt aan de Zweedse politie-instantie in Helsingborg voor technisch onderzoek.

Onder 'aanvrager' schreef ze Kim Sleizner en ze drukte op print. Daarna legde ze het uitgeprinte formulier boven op haar oude arbeidscontract en verschoof het tot Kims handtekening op de juiste plaats belandde. Ze koos haar beste pen uit, testte hem op kladpapier en begon aan de vervalsing.

Haar hand had moeten trillen. Ze had nerveus moeten zijn. Ze had alles te verliezen. Maar haar hand trilde niet. Totaal niet. Ze blies de inkt droog, vouwde het formulier op en verliet het kantoor. Misschien voor de laatste keer, dacht ze terwijl ze door de gang liep.

De liftdeur ging meteen open toen ze op de knop drukte. Ze stapte de lift in, pakte haar pasje en drukte op etage -4. De liftdeur sloot zich en de lift zakte naar beneden. Het leek alsof hij ongewoon langzaam ging. Normaal gesproken voelde het alsof de lift pardoes naar beneden viel en je voeten van de vloer kwamen. Nu ging hij langzaam omlaag, als om te treiteren. Ze haalde een paar keer diep adem, maar de rust weigerde te komen. In plaats daarvan remde de lift en bleef staan. Het schermpje boven de deur liet zien dat ze nog niet verder gekomen was dan de begane grond. De liftdeur ging open en de Eikel stapte in hoogsteigen persoon naar binnen.

'Hoi,' zei ze en ze deed haar best om zo ontspannen mogelijk te klinken.

Hij antwoordde niet, wierp haar alleen een blik toe en drukte op etage 6. De liftdeur sloot en de lift ging verder naar beneden.

Het voelde alsof de wanden van de lift haar in elkaar drukten. Ze probeerde een plek te vinden om haar blik op te richten en koos een krasje in de deur. Moest ze iets zeggen? Nee, ze kon zich beter natuurlijk gedragen. Maar wat was natuurlijk in zo'n situatie? Ze zweette, voelde zich warm en kleverig. Voorzichtig slikken, maar de brok in haar keel wilde niet verdwijnen. Naar het krasje in de deur blijven kijken. Daarop blijven focussen en wachten tot de eeuwigdurende seconden voorbij waren.

Sleizner stond nog geen meter bij haar vandaan en ze kon duidelijk voelen hoe zijn blik zich van de zijkant in haar boorde. Wist hij waar ze mee bezig was? Ze kon horen hoe hij op een kauwgompje kauwde. Maar dat hielp niet. De bedompte stank van oude alcohol kwam toch naar buiten en maakte de kleine lift nog kleiner.

Toen de liftdeur eindelijk openging moest ze zich inhouden om er niet uit te rennen.

'Tot ziens,' hoorde ze hem zeggen. Ze draaide zich om, maar de liftdeur was al aan het dichtgaan en het enige wat ze zag was een glimp van zijn glimlach.

Kim Sleizner voelde de lucht als een krachtige punctie uit hem stromen en hij zakte in elkaar op het uitklapbare stoeltje en legde zijn hoofd in zijn handen. Van alle mensen was Dunja absoluut de allerlaatste die hij op dit moment tegen had willen komen. Het was op zich een zegen gebleken. Hij had zich met verve door de situatie heen geslagen. De jaren als hogergeplaatste hadden zich uitbetaald. Hij was direct in de aanval gegaan en had haar groet niet beantwoord. Geen enkele twijfel laten zien. Geen duimbreed geweken.

Iets wat niet van Dunja gezegd kon worden. Ze was volkomen van haar stuk geweest van onzekerheid en schuld. Als hij twijfels had gehad over wie de avondkrant getipt had, dan hoefde hij die nu niet meer te hebben.

Hij kwam met hernieuwde kracht overeind, deed zijn haar goed en liep de lift uit.

'Ja, het is een enorme puinhoop,' zei Henrik Hammersten terwijl hij Sleizner ontving, die altijd het gevoel had dat hij honderd jaar terug in de tijd stapte als hij het kantoor van de korpschef binnenkwam. Het kantoor was nog maar een paar jaar geleden gerenoveerd, maar Hammersten had gestaan op donkere hoge houten panelen, handgeschilderde versieringen op het plafond, chesterfieldfauteuils en een oude globe die dienstdeed als bar.

'Ga zitten.' Hammersten knikte naar de bezoekersstoel voor het grote mahoniehouten bureau, gekocht bij Bruuns veilinghuis voor het aardige sommetje van 55.000 kronen.

Dus niet de fauteuil deze keer, dacht Sleizner en hij stelde zich in op een stevig gesprek. Wilde hij kans maken hier levend uit te komen, dan moest hij zijn kaarten zorgvuldig uitspelen. Hij spreidde zijn handen en ging in de bezoekersstoel zitten. 'Ja, Henrik. Wat moet ik zeggen? Je sluipt door de achterdeur naar buiten om even een wipje te maken en voor je het weet is die hele drijfjacht begonnen.'

Hammersten knikte, liep naar de globe en pakte twee glazen en een fles Gammel Dansk. Het was heel goed geweest om recht op de zaak af te gaan zonder eromheen te draaien. Een wipje op zijn tijd was bovendien iets waar Hammersten zelf niet vies van was. Hij had hem Jenny Nielsen zelfs aangeraden en haar, zoals hij het toen uitgedrukt had, bijzondere vermogen om je behoefte te bevredigen. Maar die kaart zou hij niet uitspelen. Dat zou veel te veel voor de hand hebben gelegen.

'Weet je wie de krant getipt heeft?' vroeg Hammersten terwijl hij het glas tot de rand toe vulde met de geelbruine vloeistof.

'Hougaard, wie anders? Ze heeft al de pik op me sinds de dag dat ik hier begonnen ben.'

Hammersten knikte en hief zijn glas en ze toostten. Sleizner dronk zijn glas in één keer leeg en voelde hoe de warmte zich eerst door zijn keel en daarna door zijn buik verspreidde. Precies wat hij nodig had. Te laat kwam hij erachter dat Hammerstens glas nog steeds vol was. Verdomme. Hammersten vulde zijn glas opnieuw en hij pakte het meteen, iets te begerig, en morste een paar druppels op het mahonie bureau.

'Sorry... Ik heb niet veel geslapen vannacht.'

'Geeft niets, geeft niets.' Hammersten was er zo snel bij met een doekje dat Sleizner hem ervan verdacht dat hij erop gerekend had dat hij zou morsen. Verdomme. Daarom had hij het glas natuurlijk tot de rand gevuld.

'Jammer van die Hougaard.' Hammersten nipte van de drank. 'Ze is anders een fantastische agente.'

'Dat is ze zeker,' zei Sleizner en hij liet zijn glas staan. 'Maar ze heeft haar problemen. Aan de andere kant, wie heeft die niet?'

'Wat voor problemen?'

'Om bevelen te gehoorzamen, om er een te noemen. Verder geloof ik dat ze een alcoholprobleem heeft. Ze had laatst, zoals ik het zou noemen, een flinke kater.'

Hammersten knikte en nipte weer van zijn borrel. 'Zolang ze haar werk maar goed doet.'

'Dat is juist waar de schoen wringt.' Sleizner pakte zijn glas en deed zijn best om zo weinig mogelijk te drinken, al snakte zijn lichaam naar meer.

'Wat zegt Viveca ervan?'

Hij schudde zijn hoofd. 'Ze heeft me eruit gegooid en als ik heel eerlijk ben, kan ik het haar niet eens kwalijk nemen.'

'En dat moeten we zijn, hè?' Hammersten keek Sleizner aan. 'Eerlijk.'

'Dat zijn we toch altijd...'

'Kim,' onderbrak Hammersten hem. 'Ik ben bang dat ik hetzelfde moet doen.'

'Ik weet niet of ik het begrijp.'

'Je weet hoezeer ik jou en alles wat je voor de afdeling hebt gedaan waardeer. Maar deze zaak groeit als een tumor en dreigt het hele korps zwart te maken. Om heel eerlijk te zijn heb ik geen keus.'

Het was allemaal een toneelstukje geweest. Hem een vals gevoel van veiligheid te geven. Hem te laten geloven dat ze in hetzelfde schuitje zaten. Terwijl de klootzak in werkelijkheid allang een besluit had genomen. Hij had niets meer te verliezen. Sleizner dronk zijn glas leeg en zette het met een klap op het mahoniebureau. 'Wat vertel je me nu in vredesnaam? Hoezo heb je geen keus? Wie bepaalt het dan als jij het niet bent?'

'Kim, ik begrijp dat je verontwaardigd bent. Maar...'

'Begrijp je dat? Begrijp je dat echt?'

Hammersten zuchtte. 'Kim, je weet evengoed als ik waar het om gaat. Als het vertrouwen van het publiek in het korps verdwijnt, zitten we allemaal in de problemen.'

'Henrik, dit is niets anders dan een mediahetze, die nergens op gebaseerd is. Dat weet je net zo goed als ik. Oké, ik was niet op mijn plek om dat verdomde telefoontje aan te nemen. So what?! Dat meisje zou toch wel zijn gestorven. Stel dat ik had opgenomen. Stel. Ik had met geen mogelijkheid op tijd een team kunnen sturen, dus het was er toch mee geëindigd dat dat uniform uit Køge zijn bijdrage had moeten leveren. Maar ja, ik kan de schuld op me nemen, als dat mensen gelukkig maakt. Geen probleem.'

Hammersten dacht zwijgend na over Sleizners argument.

'Henrik, jezus. Geef me een dag of twee, dan krijg ik het allemaal wel weer op de rails. Ik beloof het.' Hij weerhield zich er net op tijd van om wat het meest voor de hand lag onder woorden te brengen – Hammerstens tere snaar. Die lag als een rode uitgerolde loper voor hem klaar en hij hoefde er alleen maar op te gaan staan. Maar dat was niet nodig. Ze dachten er toch allebei aan.

'Je krijgt een dag.'

57

Hij had bijna twee uur gewacht. Af zitten wachten in de auto tot de juiste gelegenheid zich voordeed. Met de joystick kon hij het cameraatje, dat op de achterruit zat bevestigd, met de hand besturen en op het schermpje voor hem had hij kunnen zien hoe de kinderen voor de kleuterschool speelden. Hoe ze ruziemaakten over fietsen, met grind gooiden, huilden en snotterden.

Zelf had hij geen kinderen. Hij had nooit van kinderen gehouden. Zelfs niet toen hij zelf nog een kind was geweest. Hij had er alles aan gedaan om een van hen te worden. De goede kleren gedragen en de juiste dingen gezegd. Maar niemand had aandacht besteed aan zijn wanhopige poginkjes en ten slotte was zijn wil om normaal te zijn omgeslagen in verachting jegens zijn leeftijdsgenoten. Tegenwoordig walgde hij vooral van kinderen. Snot, uitslag, schurft, luizen, eczeem… De lijst was onuitputtelijk. Kleine, hulpeloze besmettingshaarden zonder zin of doel. Behalve om gemeen te zijn.

Het was pas tot hem doorgedrongen toen hijzelf volwassen werd. Hoe het kwaad er al vanaf de geboorte als een vanzelfsprekendheid was, in tegenstelling tot goedheid, die getraind, gevoed en verzorgd moest worden. Het kwaad daarentegen redde zichzelf uitstekend op eigen houtje en werd in de loop der jaren steeds uitgekookter.

Om 16.07 uur was hij uit de auto gestapt om ze op te halen. Toen waren er voldoende ouders om ervoor te zorgen dat het personeel niet al te oplettend meer kon zijn. Hij had op Facebook gekeken hoe de kinderen eruitzagen. Lovisa en Mark, drie en vier jaar oud. Hij had ze meteen gezien en ze hadden zijn uitleg zonder protesten geaccepteerd – dat hij een collega was van hun moeder, die in een vergadering zat en hen niet op zou kunnen komen halen voordat de kleuterschool dichtging. Een belofte over McDonald's had geholpen om zijn leugen te onderbouwen.

Met het personeel was het iets minder soepeltjes verlopen. De dikke was wantrouwig geweest en had meteen gevraagd wie hij was en duidelijk gemaakt dat ze de kinderen niet zomaar aan elke vreemde mee konden geven. Gelukkig waren de kinderen toen niet in de buurt en hij kon op gekrenkte toon verklaren dat hij helemaal geen vreemde was, maar de vader van de kinderen.

De dikke was helemaal van haar à propos geraakt en had hem met een verbijsterde blik aangekeken. Hij had uitgelegd dat hij veel moest reizen voor zijn werk en dat hij hen bijna nooit op kon komen halen en dat dit een verrassing was. De dikke had zijn uitleg ten slotte geaccepteerd, maar erop gewezen dat hij het hun de volgende keer dat hij van plan was ze te komen verrassen moest laten weten.

Nu lagen ze in een synthetische slaap op de achterbank en op het schermpje van de camera op de achterruit kon hij zien hoe hun moeder Camilla Lindén het portier dichtsloeg en zich naar de kleuterschool haastte, zoals gewoonlijk te laat. Drie minuten daarna kwam ze snel teruglopen, op haar mobieltje drukkend, niet wetend dat het enige wat ze zou horen een foutmelding was omdat het nummer geen abonnement had.

Hij zag hoe ze het nummer nog een keer intoetste en naar dezelfde foutmelding luisterde terwijl ze haar handtasje op de achterbank van de auto gooide, achter het stuur ging zitten en met gierende banden wegreed. Zelf deed hij het rustiger aan, draaide het contactsleuteltje om, volgde haar en schakelde de automatische gezichtsdetectie van de camera in, die met behulp van zijn zelfgeprogrammeerde algoritmes het cardanisch opgehangen laserkanon bediende.

Als alles werkte zouden ze er nooit achter komen wat er was gebeurd.

58

Een voorbijlopende verpleegster keek Tuvesson aan en wees naar het bordje met een doorgestreepte mobiele telefoon.

'Oké, doe dat. Ik moet nu ophangen.' Tuvesson beëindigde het gesprek en wendde zich tot Lilja. 'Dat was Molander. Ze hebben niets in het Ramlösa Brunnspark gevonden.'

'Niets?'

'Niets, behalve een paar haren van het slachtoffer in de struiken waar ze is gevonden. Geen kleren, geen voetstappen of autosporen, niets. Dus ik heb hem weer naar Söderåsen gestuurd.'

'Ze vinden toch altijd wel iets? Heb jij ooit eerder meegemaakt dat Molander niets vond?'

Tuvesson schudde haar hoofd. 'De dader is buitengewoon goed in het wissen van alle sporen. Maar dat wisten we al van hem. Van de sporen die we hebben gevonden, was het vast de bedoeling dat we ze zouden vinden. Of wat denk jij?' Ze richtte zich tot Fabian voor een reactie toen de arts langs kwam.

'Jullie kunnen met me meelopen.'

Ze volgden de arts door de gang. 'Ze heeft zich al flink hersteld, maar ze is nog steeds zwak. We hebben het met andere woorden niet over een lange sessie, dat jullie dat weten.' Hij bracht hen naar een deur die bewaakt werd door agenten in uniform. 'Ik ben over tien minuten terug.'

De arts verdween en Tuvesson deed de deur open om naar binnen te gaan.

'Wacht even,' zei Lilja. 'Is het wel zo'n goed idee dat Fabian mee naar binnen gaat?' Tuvesson keek Lilja aan. 'Ik dacht dat hij uit het onderzoek was gezet?'

Tuvesson knikte en richtte zich tot Fabian. 'Ze heeft gelijk. Wat je in je vakantie doet, moet je zelf weten. Maar als je Ingela wilt spreken, zul je dat moeten doen nadat wij klaar zijn.'

'Dat is goed,' zei Fabian en hij liep samen met zijn twee zwijgende agenten terug naar de liften. Hij had alle antwoorden al gekregen die hij nodig had.

Tuvesson en Lilja liepen naar het bed, dat aan een uiteinde was opgeklapt, zodat Ingela half overeind zat. Op de kringen onder haar onrustige ogen na was ze even bleek als het laken waarop ze lag. Haar haar was vet en sprieterig en de handen op het dekbed trilden als die van een oud vrouwtje. Maar wat kon je verwachten van iemand die zoveel bloed had verloren en net een onvrijwillige amateuroperatie had ondergaan, dacht Tuvesson terwijl ze een stoel pakte en bij het bed ging zitten.

'Hoi Ingela. Mijn naam is Astrid Tuvesson en ik werk als hoofdinspecteur bij de politie van Helsingborg en dit is rechercheur Irene Lilja.'

Lilja zwaaide naar haar.

'We hebben een paar vragen waarvan we hopen dat je er antwoord op kunt geven.'

Ingela schudde haar hoofd en haar kin verraadde dat ze op het punt van instorten stond. 'Ik heb geen antwoorden. Het spijt me, maar ik kan me niets herinneren.'

'Ingela. Ik wil beginnen met te zeggen dat we het heel erg vinden wat je mee hebt moeten maken. Het moet verschrikkelijk zijn geweest. Maar in tegenstelling tot de andere slachtoffers leef jij nog.'

'Leven? Noem je dit leven? Als ik had mogen kiezen, was ik liever dood geweest. Iemand is in me geweest... met een mes en... en...' Haar gezicht vertrok en ze barstte in een geluidloos huilen uit.

Tuvesson pakte haar hand beet. 'Ik begrijp dat dit moeilijk voor je is. Maar het enige wat we willen is degene vinden en vastzetten die jou dit heeft aangedaan. En de sleutel daartoe ben jij en wat je ons kunt vertellen.'

Ingela knikte en kwam tot bedaren, droogde haar tranen en pakte een glas water aan van Lilja en nam een slok.

'Wat is het laatste wat je je herinnert?'

'Ik was uit met Mona en Cilla.'

'Wie zijn dat?'

'Vriendinnen. We zijn allemaal single en gaan de eerste woensdag van elke maand altijd uit.'

'En waar waren jullie gisteren?'

'Eerst waren we gaan eten bij Haket en... daarna zijn we naar de S/S Swea gegaan om nog wat te drinken.'

'En wat gebeurde er toen?'

Ingela schudde haar hoofd en haalde haar schouders op.

'Herinner je je nog wat voor drankjes je genomen hebt?' vroeg Lilja.

'Caipirinha en white russian.'

'Bij die plek, de S/S Swea, kan je daar dansen?'

Ingela knikte. 'Precies. Opeens voelde ik me duizelig. Ze draaiden Lady Gaga en alles draaide, hoewel ik maar twee, drie drankjes had gehad.'

Tuvesson en Lilja wisselden een blik uit.

'Hadden je vrienden hetzelfde?'

'Ik weet het niet. Ik kon ze niet vinden. Er waren zoveel mensen, alles draaide maar en het enige wat ik wilde was daar wegkomen.

Maar ik kon de uitgang niet eens vinden. Hoewel het er vrij klein is, leek het één groot labyrint.'

'Dus je herinnert je niet hoe je naar buiten bent gekomen?'

Ingela schudde haar hoofd en zag eruit alsof ze haar best deed om niet weer in te storten toen de arts terugkwam en op zijn horloge tikte.

Tuvesson hield afwerend een hand op. 'We zijn bijna klaar. Alles draaide en je probeerde naar buiten te komen, maar dat lukte niet. Wat is het volgende dat je je herinnert?'

Ingela dacht na, maar haalde ten slotte haar schouders op. 'Dat ik wakker werd en niets begreep. Ik had geen idee waar ik was. Ik wist niet eens wie ik was.' Haar onderlip begon te trillen en Tuvesson kneep in haar hand.

'Heb je pijn gevoeld?'

Ze schudde haar hoofd. 'Ik weet het niet. Ik geloof het niet.'

'Herinner je je hoe je lag toen je wakker werd? Op je buik, op je rug of...'

'Ik weet het niet. Ik weet het echt niet. Zijn we zo klaar?'

'Ingela, dit is belangrijk. Probeer je precies te herinneren hoe het was toen je...'

'Ik weet het niet! Ik heb toch gezegd dat ik het niet weet.' Ingela begon te huilen. 'Kunnen jullie nu alsjeblieft weggaan? Ik wil dat jullie nu weggaan.'

'Ingela...'

'Ga toch weg! Ga weg!' schreeuwde Ingela en ze begon zichzelf op haar buik te slaan.

De arts kwam vlug naar haar toe en probeerde te verhinderden dat ze sloeg en rukte en trok aan alles waar ze bij kon.

'Ik wil gewoon met rust worden gelaten!'

Lilja en Tuvesson pakten elk een van Ingela's zwaaiende armen en hielden haar vast terwijl de arts een spuitje vulde en in haar ene dij stak. Ingela hield op zich te verzetten en keek met glanzende ogen naar de arts en de agentes.

'Alsjeblieft... Kunnen jullie me niet gewoon... verdwijnen...' Haar oogleden werden steeds zwaarder.

'Ik denk dat we nu wel klaar zijn,' zei de arts en hij deed de deur voor hen open.

'Wanneer kunnen we haar weer spreken?' vroeg Tuvesson terwijl ze naar buiten liep.

'Jullie zien het toch zelf. Ze heeft een zwaar trauma doorgemaakt en is nog steeds in shock. Ze heeft rust nodig.'

Tuvesson bleef staan en wendde zich tot de arts. 'Dan vraag ik het nog een keer. Wanneer kunnen we haar weer spreken?'

De arts zuchtte lang en demonstratief. 'Ik begrijp eerlijk gezegd niet wat het nut ervan is. Zoals ik het begreep, herinnert ze zich niet meer dan wat ze heeft verteld.'

'Laat mij dat maar bepalen. Wanneer kan ze weer op de been zijn?'

De arts haalde zijn schouders op. 'Morgen zou ze in elk geval weer rechtop moeten kunnen zitten.'

'Goed. Dan komen we haar morgen ophalen. Ik ben van plan haar mee te nemen op een autoritje en als iemand van jullie mee wil is dat prima.'

De arts probeerde te protesteren, maar Tuvesson en Lilja waren al doorgelopen.

59

Camilla Lindén kon zich niet herinneren wanneer ze het voor het laatst had gedaan. Twee, drie, misschien zelfs vier jaar geleden. Hoewel ze zichzelf plechtig beloofd had dat ze het nooit meer zou doen, zorgde ze er toch voor dat ze altijd een pakje in haar tas had. Een pakje voor als de nood hoog was en ze geen keus had.

En wie zou er iets tegen in kunnen brengen dat ze er nu een nodig had, dacht ze terwijl ze met haar rechterhand in de handtas op de passagiersstoel wroette. Ergens tussen haar lippenstift, sleutels, mobieltje, tandenstokers en tampons moest hij liggen. Daar... Eindelijk voelde ze het zachte, ritselende pakje met haar vingertoppen en kon ze het naar haar mond brengen. Ze beet het plastic eraf, klemde haar lippen om een sigaret en trok hem uit het pakje. De aansteker was al gloeiend heet en zorgde ervoor dat ze snel een broodnodig trekje kon nemen.

Vroeger voelde ze zich altijd direct rustiger na de eerste trek. Maar nu niet. Dit is verdomme de laatste keer geweest, dacht ze en ze zwenkte naar de buitenste baan, drukte het gaspedaal in en passeerde de wijnrode Volvo voor haar. Ze ademde zo diep mogelijk in, zodat de rook de fijnste capillairen kon bereiken, en voor haar strekte de E6 zich uit als in een 3D-computerspelletje. Ze reed idioot hard, maar dat kon haar geen barst schelen. Als de politie haar wilde aanhouden, moesten ze dat maar doen. Graag zelfs, dan konden ze met haar meegaan en haar helpen.

Dit was niet de eerste keer dat Björne plotseling opdook en de kinderen meenam. Eén keer had hij ze meegenomen naar Tivoli in Kopenhagen en een andere keer had hij besloten dat ze een uitstapje naar Ven moesten maken. Maar dit was wel de eerste keer dat hij de streek had uitgehaald om zijn nummer te blokkeren. De eerste en de laatste keer.

Deze keer had ze er genoeg van. Deze keer was ze niet van plan alleen chagrijnig te zijn en de zaak op zijn beloop te laten. Deze keer was ze van plan alles uit de kast te halen: rechtszaak, bezoekverbod, de hele santenkraam. Ze zou ervoor zorgen dat de hel losbrak. Dat hij zich zo hard brandde dat hij het nooit meer zou wagen in de buurt te komen.

Ze bleef in de buitenste baan en zag dat de snelheidsmeter 150 aangaf. Ze moest alleen de afrit naar Strövelstorp niet missen. Daar woonde hij. De schoft. Ze nam een laatste trek van haar sigaret, schoot hem door het opengedraaide raampje naar buiten en stak een nieuwe op.

Hoe had ze zo naïef kunnen zijn? Ze had in de loop der jaren genoeg waarschuwingssignalen gekregen. Genoeg kansen om rechtsomkeert te maken en haar eigen weg te gaan. In plaats daarvan had ze ervoor gekozen haar ogen te sluiten, de andere wang toe te keren en te doen alsof er niets aan de hand was. Alsof hij best had kunnen stoppen met drinken wanneer hij eenmaal begonnen was. Alsof zijn slechte humeur eigenlijk haar schuld was. Als er een kampioenschap in domheid zou zijn, zou ze niet eens haar best hoeven doen om te winnen.

Ze blies de rook uit, verslikte zich en begon te hoesten. Als een oud vrouwtje, dacht ze en ze zag hoe de wijnrode Volvo haar in de binnenbaan passeerde. Ze wierp een blik op de snelheidsmeter, die tot onder de 140 was gezakt, en stak over naar de binnenbaan, achter de Volvo.

Het was nu meer dan tien jaar geleden. Toch herinnerde ze zich de eerste klap nog als de dag van gisteren. Ze waren uit eten geweest bij haar oude jeugdvriendin 'Pavlan' of Elsa Hallin, zoals ze heette sinds ze getrouwd was met Jerker. Ze hadden besloten een fondueavond te houden, nadat ze de kelder hadden opgeruimd en een fonduepan hadden gevonden. Tijdens het eten hadden ze het erover gehad hoe onterecht het was dat een zo goed gerecht voor onbepaalde tijd naar de kelder was verbannen. Het gesprek was daarna verdergegaan over alles waar ze van hielden uit de verketterde jaren tachtig en daar ergens had ze gemerkt dat Björne stil was geworden.

De remlichten van de Volvo gingen aan en ze moest zelf remmen om er niet op te botsen. Ze keek over haar schouder om te zien of ze erlangs kon maar achter haar was een vrachtwagen die zijn best deed om haar op de helling te passeren. Waarom in godsnaam?

Björne had alles gehaat wat met de jaren tachtig te maken had. Dat hij het in olie gebakken vlees net naar binnen had zitten schrokken alsof hij een groot gat in zijn maag had, speelde geen rol. Als het jaren tachtig was, haatte hij het. Punt uit. De anderen hadden doorgepraat over de kleren en kapsels. Hoeveel leuker het was dan in de jaren negentig, toen iedereen een versleten en gebleekte spijkerboek droeg en alles behalve T-shirts en geruite overhemden uit den boze was.

Dat laatste commentaar kwam van Pavlan, die zich er waarschijnlijk niet van bewust was dat Björne het op dat moment droeg. Een wit T-shirt en een losgeknoopt, geruit houthakkersoverhemd. Of was ze zich er wel van bewust? Dat zou dan typisch iets voor Pavlan zijn geweest. Camilla had geprobeerd de situatie te redden door te zeggen dat geruite overhemden heel leuk konden zijn en voor de eerste keer in twintig minuten had Björne zijn mond opengedaan. De jaren tachtig waren alleen voor nichten en flikkers met hun stomme schoudervullingen en zo. Jerker had zich hardop afgevraagd wat het verschil was tussen nichten en flikkers en met een grijns zijn glas opgestoken om te proosten.

De remlichten van de wijnrode Volvo gingen weer aan en Camilla minderde vaart. De snelheidsmeter stond nu onder de 125.

Ze hadden geproost. Allemaal behalve Björne, bij wie alles erop wees dat zijn humeur ver beneden nul was. Camilla had het gespreksonderwerp op werk proberen te brengen en Pavlan was erop ingehaakt en had verteld dat haar chef consequent kinderliteratuur een lage prioriteit toekende.

Dus jullie menen serieus dat jullie van die flikkermuziek houden die ze toen maakten, had Björne gesnauwd. Het waren niet eens echte instrumenten. Zoals Soft Cell en die Human League. Opgemaakte flikkers die niet eens konden zingen! Zoiets had hij gezegd.

Als ze iets konden dan was het zingen, dacht Camilla en ze zag dat er iets brandde in de achterruit van de Volvo vlak voor haar, iets groens, voordat haar gedachten terugkeerden naar het etentje. Jerker moest dronken zijn geweest, anders had hij zich nooit zo gedragen. Wat had hij ook al weer gezegd? Camilla dacht na terwijl het cameraatje in de auto voor haar bezig was haar gezicht te lokaliseren en de groene straal langs haar voorruit te sturen.

O ja: Zo praat een echte kasthomo, was hij uitgebarsten. En toen was hij begonnen te zingen: *Don't you want me baby? Don't you want me ah-ah-ah-ah...* terwijl hij overeind was gekomen uit zijn stoel en op zijn knieën voor Björne was gaan zitten en hem over zijn dij streelde. *You were working as a waitress in a cocktail bar when I met you. I picked you out. I shook you up and turned you around...*

Pavlan had dubbel gelegen en ze had zelf haar best moeten doen om niet in lachen uit te barsten. Jerker was gewoon doorgegaan met zingen en op de grond kruipen voor Björnes voeten. *Turned you into someone new...* Ten slotte hadden zij en Pavlan gestikt van het lachen. Te laat had ze ingezien dat Björnes blik helemaal zwart was geworden. Ze herinnerde zich hoe hij zo snel op was gestaan dat de stoel omviel, zich naar haar had gewend en gezegd had dat ze nu naar huis moesten gaan.

Dom als ze was had ze hem gehoorzaamd.

Toen ze thuis waren had ze gemerkt dat hij de deur op slot deed, niet alleen met de deurknop maar ook met de sleutel in het onderslot. Hij had met zijn rug naar haar toe gestaan en ze had gezien hoe hij de sleutel in zijn zak stopte en diep had ademgehaald, als om zich op te laden, waarna hij zich naar haar had omgedraaid.

Ze schreeuwde van de brandende pijn in haar linkeroog. Het voelde alsof iemand een naald in haar oog stak of er bijtend zuur in had gegooid. Ze sloot haar ogen en legde haar handen op haar gezicht, maar ze voelde geen naald en geen zuur. Het enige wat ze voelde was een geconcentreerde pijn die recht door haar oogkas bleef branden.

Vanuit haar rechterooghoek zag ze hoe de auto over de rand van de weg dreigde te gaan en ze slaagde erin hem weer recht te krijgen voordat het te laat was. Ze hield op met schreeuwen en probeerde kalm te worden. Wat gebeurde er in vredesnaam. Was ze getroffen door een hersenbloeding of een of andere bloedprop? De pijn bleef steken, maar nam af en was nu hanteerbaarder. Ze was doorweekt van het zweet en toch had ze het ijskoud. Alles plakte en spande. Ze nam het stuur over met haar linkerhand en hield de rechter voor haar rechteroog, om te controleren of ze met het linker kon zien. Dat kon ze niet. Wat was dit voor zieke droom? Of eigenlijk maakte dat ook helemaal niets uit. Het belangrijkste was dat ze wakker werd.

Toen zag ze het groene licht weer, hoe het uit de achterruit van de Volvo schoot en haar voorruit raakte. Het was dus geen droom. De smalle straal zocht zijn weg omhoog over haar borst. Wat was dat voor iets? Veel verder kwam ze niet met haar gedachten voordat ze voelde hoe het weer begon te branden. Dezelfde vlijmscherpe pijn, nu in haar rechteroog. Alles werd wazig en het enige wat ze zag waren verschillend gekleurde velden die zich over haar netvlies bewogen. Ze schreeuwde zo hard als ze kon, terwijl ze de auto op de rijbaan probeerde te houden. Maar haar handen weigerden te gehoorzamen en het stuur had een eigen wil gekregen.

Camilla Lindéns BMW reed tegen de zijkant van de vrachtwagen aan en werd als een flipperkastbal terug de rijbaan op gestuurd en verder het gras op, waar hij het bord STRÖVELSTORP 500 M raakte, dat met zijn paal de rechter voorlamp indrukte waardoor de auto ronddraaide en achterstevoren weer op de snelweg terechtkwam, vlak voor een truck die als een blikje in een leeggoedautomaat de achterkant onder zijn wielen plette. Nadat hij over de kop was geslagen, landde de auto op zijn dak en gleed over het asfalt tot hij uiteindelijk tot stilstand kwam.

De auto's eromheen remden en bleven staan en erachter vormde zich al snel een lange rij. De vrachtwagenchauffeur en een paar andere bestuurders stapten uit hun auto en keken naar de gehavende BMW, die eruitzag als een kever op zijn rug met de wielen draaiend in de lucht. Enkelen pakten hun mobieltje en belden een ambulance. Anderen belden naar huis om hun naasten te vertellen hoeveel ze van hen hielden. Een van de mannen liep naar de auto toe, trok het portier open, voelde aan Camilla's hals of er een hartslag was, maar vond er geen, waarna hij terugkeerde naar zijn wijnrode Volvo, die stationair stond te brommen, en verder reed.

60

Fabian was nu meer dan een dag bedlegerig geweest en had ingezien dat hij met geen mogelijkheid nog een rustdag zou overleven. Een paar uur erbij en hij zou sterven van verveling. Het maakte niet uit hoeveel ziekenhuispersoneelsleden hadden gezeurd over hoe belangrijk rust was. De laatste wending die de zaak had genomen, met de moord op Claes Mällvik, liet hem niet met rust.

En dan was er Tuvessons blik. Ze had er alles aan gedaan om het omgekeerde uit te stralen, maar haar ogen hadden haar verraden. Diep vanbinnen had ze de hoop opgegeven dat ze het geval op zouden lossen. Van de zaak gehaald en bedlegerig of niet, het was nu aan hem om te proberen te begrijpen hoe alles met elkaar samenhing. Als er tenminste een samenhang was.

Eigenlijk wilde hij het ziekenhuis verlaten, maar de pijn in zijn rug was nog te hevig. Hij kon zijn bed niet eens uit komen en betaalde nu de prijs voor zijn uitstapje naar de eerste hulp. Een prijs die zo hoog was dat hij zelfs gezwicht was voor pillen en zich nu een verdovende rust door zijn lichaam voelde verspreiden. Hopelijk kon dat hem helpen om zich op zijn werk te concentreren. Want werken zou hij.

Een koerier was langs de Pålsjögatan gegaan en had zijn computer, mobiele lader en wat ondergoed gehaald, en na wat aandringen had hij de receptionist Florian Nilsson over kunnen halen alles te laten bezorgen wat op zijn tijdelijke werktafel op het politiebureau lag. Een van de verpleegsters had hem geholpen met een stroomverdeler, een kast op wieltjes, een werklamp en een plaat die over het bed gelegd kon worden en uitstekend functioneerde als werktafel.

Het eerste wat hij had gedaan was zijn mobieltje in de oplader stoppen en het aanzetten, en hij had direct een sms van Sonja ontvangen. ZITTEN NU IN DE TREIN. THEO WILDE NIET MEE. GAF HEM EEN BRIEFJE VAN VIJFHONDERD ZODAT HIJ NIET VERHONGERT IN DE TIJD DAT JIJ BENT OPGENOMEN. JE KUNT HEM WEL BELLEN OM TE VRAGEN OF ALLES GOED GAAT. SONJA.

Hij had Theodor meteen gebeld, maar er was niet opgenomen. Toen had hij Sonja maar gebeld en geprobeerd te vertellen hoe hij zich voelde, maar het enige waarin ze geïnteresseerd was was of hij met Theo had gesproken. Hij had uitgelegd dat hij zijn mobieltje nu pas aan had kunnen zetten en beloofd zodra ze klaar waren een nieuwe poging te wagen. Dan moeten we nu maar ophangen, had ze gezegd.

Maar Fabian had helemaal geen zin om op te hangen en had gevraagd hoe het met ze ging, met haar en Matilda. Sonja had verteld dat ze met haar zussen en neefjes en nichtjes naar het Gröna Landpark waren geweest en dat het hartstikke gezellig was. Maar ik moet nu ophangen. Vergeet Theo niet te bellen. Ik houd van je, had hij gezegd en hij had gewacht op haar antwoord. Laat je wat van je horen zodra je met hem hebt gesproken?

Fabian toetste de getallen van hun nieuwe huisnummer in en hoorde hoe de signalen een voor een vertrokken, als een langzame echo in de eeuwigheid, tot een foutmelding het overnam.

Hij deed een nieuwe poging Theodors mobiele nummer te bellen, maar al nadat hij drie keer was overgegaan kreeg hij de voicemail. Waarschijnlijk zat hij op zijn kamer te spelen, dacht Fabian. Hij beloofde zichzelf iets aan het isolement van zijn zoon te doen en hem zover te krijgen dat hij zijn kamer uit kwam, zich in het daglicht waagde en iets anders zou verzinnen dan te doden.

De deur werd geopend door een agent in een uniform dat minstens twee maten te klein was. 'Er is een koerier met wat spullen uit het politiebureau.'

De koerier kwam binnen met een verhuisdoos die tot de rand gevuld was met ordners en documenten en reikte hem een vel aan dat hij moest ondertekenen.

'Je hebt niet toevallig het nummer van je collega die ongeveer een uur geleden bij me thuis was en een computer en nog wat dingen heeft gehaald?' vroeg Fabian terwijl hij het vel ondertekende.

'Pålsjögatan 17?'

Fabian knikte.

'Jocke the Rocker.' De koerier zocht het nummer op in zijn mobieltje en gaf het aan Fabian, die het nummer intoetste op zijn eigen mobieltje.

'Hallo?'

'Spreek ik met Jocke?'

'Waar gaat het over?'

'Je spreekt met Fabian Risk. Je hebt eerder vandaag een computer en wat andere spullen bij me opgehaald op Pålsjögatan 17.'

'Zeg, ik ben klaar voor vandaag. Het is...'

'Ik wil je alleen snel iets vragen.'

Er klonk een overdreven aangezette zucht aan het andere eind van de lijn.

'Toen je in het huis was, was mijn zoon er toen? Hij is veertien en heeft donker haar tot op zijn schouders en is nogal hangerig.'

'Geen idee. Maar er was in elk geval iemand die Marilyn Manson precies zo hard draaide als hij gedraaid moet worden.'

'Dank je, dat was alles wat ik wilde weten.' Fabian drukte het gesprek weg en voelde zich plotseling opgelucht. Dat Marilyn Manson op een luid volume hem dat gevoel zou kunnen geven, had hij nooit gedacht.

Twintig minuten later bliepte zijn mobieltje en gaf aan dat hij een nieuw sms'je had gekregen. TJA PAP. ZAG DAT JE HAD GEBELD. WAS PIZZA HALEN EN WILDE NET GAAN BETALEN. WANNEER KOM JE THUIS?

Hij toetste een antwoord. ZODRA DE ARTSEN ME LATEN GAAN. MOBIEL WERKT WEER, DUS LAAT VAN JE HOREN ALS ER IETS IS OF NOG BETER, KOM ME HIER OPZOEKEN :) Hij stuurde het sms'je en begon meteen aan een ander. LIEVELING, HEB NET CONTACT GEHAD MET THEO, DIE BLIJKBAAR PIZZA EET TOT HET ZIJN OREN UITKOMT. KUS. F.

Hij legde het mobieltje weg. Eindelijk kon hij beginnen met werken.

61

Dat was geen seconde te vroeg, dacht Tuvesson toen ze de pizzakoerier betaalde en naar Lilja, Molander en Rots riep dat het eten er was. Hun concentratie was gelijk met hun bloeddsuiker afgenomen en als ze niet snel iets binnenkregen konden ze er net zo goed mee stoppen. Ze hadden allemaal de hele dag en avond intensief gewerkt en het gebrek aan slaap had allang alle grenzen van de redelijkheid overschreden. In een poging om het gevoel van hopeloosheid dat ze eerder had gehad weg te werken, had ze besloten dat niemand naar huis mocht voordat het onderzoek een flinke stap vooruit was gekomen. Wilde het lukken, dan moesten ze hun tweede adem krijgen en er was niets waar ze meer van hield.

Bij de tweede adem was iedereen in de groep even gefocust – om ten koste van alles de zaak op te lossen. Al het andere was secundair. In plaats van zoals het anders was, dat iedereen naar zijn gezin thuis ging, vormden zij nu het gezin. Het deed haar denken aan toen ze klein was en bij haar beste vriendin bleef slapen en het hele weekend met poppen of met lego speelde. Altijd in pyjama. Er was geen tijd om je aan te kleden en zelfs nauwelijks tijd om te eten. Niets anders was belangrijk. Niets anders dan het spel.

Lilja en Molander kwamen snel aanlopen en maakten de tweeliterflessen cola open en schonken de glazen vol. 'Als ik zou moeten kiezen tussen wijn en cola voor de rest van mijn leven, zou het zonder meer cola worden,' zei Lilja en ze dronk haar glas leeg.

'Wat heb je voor soorten besteld?' vroeg Molander terwijl hij aan de pizzadozen frummelde.

'Wat wil je er voor een?'

'Eh... Tja... Misschien een kebabpizza?'

'Die hebben we hier.' Tuvesson gaf hem de doos aan.

Hoewel hij het zelf niet toe wilde geven, wilde Molander in negen van de tien gevallen een kebabpizza. Tenminste een halve. Daarna kreeg hij er genoeg van en wilde die van de anderen proeven. Maar Tuvesson had zich ingedekt en zes verschillende pizza's besteld.

'Waar is Rots? Wil hij niet?'

'Hij heeft zich opgesloten in de vergaderruimte en komt zodra hij klaar is met die krabbels die hij onderzoekt.'

'Ah ja, dat,' zei Molander en hij schudde zijn hoofd.

'Ik weet dat het spijkers op laag water zoeken is,' zei Tuvesson. 'Maar Rots heeft er veel energie in gestoken, dus ik wil dat we het een eerlijke kans geven. Oké?'

Molander en Lilja knikten, gingen zitten en begonnen te eten alsof hun leven ervan afhing. Een derde van de kebabpizza later verbrak Molander de stilte.

'Is er nog iets meer aan het licht gekomen over die Ingela Ploghed?'

'Tja, meer...' zei Tuvesson. 'Die überaardige arts heeft een schriftelijk verslag van het onderzoek gestuurd. Dat eigenlijk alleen een herhaling is van wat hij eerder vandaag zei.'

'En wat zei hij dan?'

'Dat de ingreep niet is uitgevoerd door een echte dokter.'

'Een hoe weten ze dat?'

'Ja, ten eerste is er gebruikgemaakt van een gewone standaardscalpel, die blijkbaar helemaal niet bedoeld is om een hysterectomie mee uit te voeren. Bovendien was hij niet gesteriliseerd.'

'Ach, jezus...' Lilja schudde haar hoofd.

'En ze zijn vaginaal naar binnen gegaan in plaats van via een snee in de buik, wat eenvoudiger is.'

'Dus vaginaal is moeilijker?' vroeg Molander.

'Ja, maar de ingreep was blijkbaar met indrukwekkende precisie uitgevoerd voor een beginner.'

Molander knikte en sneed een stuk kebabpizza los. 'Wil iemand ruilen?'

Tuvesson en Lilja schudden allebei hun hoofd.

'En jij? Heb jij iets gevonden?'

Lilja knikte en spoelde een hap weg met cola. 'Als ik eerlijk ben, begrijp ik haar niet. Ze ging met de hoogst mogelijke cijfers van de basisschool. Hetzelfde met de middelbare school, waar ze de bètakant deed. Daarna gaat ze tweeënhalf jaar naar de juridische faculteit in Lund, om er dan zomaar mee te stoppen.'

'Wat is ze daarna gaan doen?'

'Niets. Dat is het hem juist. In plaats daarvan ging ze achter de kassa van een supermarkt zitten en daar zit ze voor zover ik heb begrepen nog steeds. Als je het over een verspild leven hebt.'

'Is er nog meer?'

'Ja, in 1992 heeft ze een abortus gehad en tien jaar later stierven haar ouders binnen een jaar aan kanker.'

'Misschien heeft het te maken met de abortus dat de dader haar baarmoeder heeft verwijderd?' zei Molander en hij schoof de pizza van zich af. 'Ik bedoel, eerder zette hij de voeten van Glenn af die trapte en de handen van Jörgen die sloeg. Dus waarom niet de baarmoeder verwijderen van iemand die abortus heeft gepleegd?'

'Als het tenminste dezelfde dader is,' zei Tuvesson.

Molander hield op met kauwen en keek niet-begrijpend naar Tuvesson. 'Natuurlijk is het dezelfde.'

'Niet volgens Risk,' zei Lilja. 'Volgens hem past Ploghed niet in het patroon.'

'Hoezo? Wat bedoelt hij daar in godsnaam mee? Eerst hadden we voeten, daarna handen en nu een baarmoeder, en bovendien zaten ze allemaal in dezelfde klas. Als dat geen patroon is, dan weet ik het niet.'

'Maar Ploghed heeft het overleefd. Bovendien heeft hij haar verkracht.'

'En wat dan nog? Ze is ook het eerste vrouwelijke slachtoffer. Ja, behalve die Deense.'

'Dat is waar, maar volgens Risk was ze de enige in de klas die het opnam voor Claes en partij voor hem koos.'

'Maar zoals we allemaal weten, gaat het niet meer om Claes, maar om een ander en...' Molander zweeg en keek om de beurt naar Lilja en naar Tuvesson. 'Menen jullie serieus dat jullie denken dat het een ander is?'

'Als ik heel eerlijk ben, weet ik niet wat ik moet denken,' zei Tuvesson.

'Ik ook niet,' zei Lilja.

'Maar ik neig ertoe te denken dat het om dezelfde dader gaat,' ging Tuvesson verder. 'Al wil ik niet dat we in dit stadium dingen uitsluiten. Het kan tenslotte iedereen zijn geweest.'

'Is er een dubbele calzone?' riep Rots vanuit de gang.

'Natuurlijk.' Tuvesson schoof de dikste doos naar Rots, die hem oppakte zonder hem open te maken.

'Dan wil ik jullie graag allemaal uitnodigen.' Rots stak zijn arm uit in de richting van de vergaderruimte en zag er buitengewoon tevreden uit.

Tuvesson en de anderen stapten de vergaderruimte binnen en keken om zich heen. Rots had een indrukwekkend karwei uitgevoerd door alle muren vanaf de vloer tot twee meter hoog te behangen met uitgeprinte foto's van de krabbels. Op elke foto zat bovendien een post-it-briefje, waarop stond waar de foto was genomen.

'Wow...' riep Lilja uit. 'Is dit allemaal van de Fredriksdalsschool?'

Rots knikte. 'Ik dacht dat dit de beste manier zou zijn om overzicht te krijgen.'

'Het is net alsof je een groot openbaar toilet binnenloopt,' zei Molander.

'Heb je iets interessants gevonden?' vroeg Tuvesson.

'Ik heb er nog niet naar gekeken.' Rots deed de pizzadoos open en begon te eten terwijl de anderen hun blik over de muren lieten gaan. 'Ik dacht dat we dat nu samen konden doen. Als we elk een muur nemen zou het niet zo lang hoeven duren.'

Zodra Rots zijn ergste honger had gestild, verspreidden ze zich en gingen aan het werk.

'Hoeveel "lul in kutten" hebben jullie?' vroeg Molander.

'Ik heb er al drie gehad,' zei Lilja.

'Telt "zuig m'n lul" ook?' vroeg Rots.

'Nee, dat zijn twee compleet verschillende dingen,' wierp Molander tegen. 'Dat ene is penetratie en het andere is oraal. Een beetje orde moet er zijn.'

'In dat geval heb ik al twee orale,' zei Tuvesson.

Een kwartier later heerste er een geconcentreerde stilte in de kamer. Het was alsof ze allemaal beseften dat het nu aan hen was om ervoor te zorgen dat het enorme karwei dat Rots verricht had iets opleverde. Hij had niet alleen het in het oog vallende gekrabbel op muren en kasten gefotografeerd. Hij had ook de verborgen dingen gevonden, onder banken en stoelen.

Op een van de wc-papierhouders stond: HOOP DAT JE EEN PLAN B HEBT... en op de onderkant van een van de wc-brillen: FLIKKERS SCHIJTEN NET ALS GEWONE MENSEN. ZE VINDEN HET ALLEEN WAT MOOIER. Verder was het meeste in de trant van: CECILIA IS EEN HOER... HIF IS BEST, FUCK THE REST! SLIPKNOT RULES – HELLSTRÖM SUCKS... JÖRGEN (HOUDT VAN) LINA... ROCK IS DOOD! LANG LEVE DE SYNTHESIZER!

Tuvesson liet haar blik over de krabbels glijden en had het gevoel dat ze overspoeld werd door de gedachten van jongeren. Gedachten van vroeger en van nu. Een paar foto's lieten meerdere lagen over elkaar zien. Als jaarringen van verschillende lichtingen leerlingen, waarbij je je moest concentreren om de binnenste laag te kunnen ontcijferen.

Haar blik bleef hangen op MJÄLLE MOET DOOD. Op het post-itbriefje kon ze lezen: ACHTERKANT BANK, KLEEDKAMER JONGENS. Ze rilde en bestudeerde de foto nauwkeuriger. De letters werden gevormd door onregelmatige en hoekige verdiepingen in het hout, alsof ze er met een mes in gekerfd waren. De randen waren afgesleten, wat erop wees dat het inderdaad bijna dertig jaar geleden kon zijn dat ze gemaakt waren. De vraag was door wie? Jörgen, Glenn of de dader?

'Wat vinden jullie hiervan?' Lilja las het hardop voor: "Ik praat, niemand luistert. Ik vraag, niemand antwoordt/De onzichtbare man."'

'Waar stond dat?' vroeg Molander.

'Achter het blusapparaat in de zuidelijke gang.'

'Ik heb er net zo een,' zei Rots. "Ik haat ze allemaal, maar wie kan het wat schelen?/De onzichtbare man." '

'Denken jullie dat het hem kan zijn?' vroeg Lilja en ze wendde zich tot de anderen.

'Waarom niet?' zei Tuvesson.

Ze deden allemaal een paar stappen naar achteren en keken naar de krabbels. Het was alsof ze verwachtten dat de dader zich elk moment kon manifesteren en uit de muur zou stappen.

Een halfuur later liep Molander naar zijn muur, trok een van de foto's los en ging aan de tafel zitten, waar hij de foto met een loep begon te bestuderen. De anderen gingen door met hun muren en toen ze klaar waren verzamelden ze zich achter Molander.

De krabbels die hij onderzocht waren onleesbaar. De tekst was in de loop der jaren zo weggesleten dat er nu alleen nog een paar punten en streepjes in verschillende groottes en hoeken stonden. Iets wat Molander nu tot letters probeerde te herleiden. Het post-it-briefje vertelde dat de krabbels op de binnenkant van kastdeur nummer 349 stonden.

Lilja wendde zich tot Rots. 'Je gaat me toch niet vertellen dat je elk kluisje open hebt gemaakt?'

'Nee, ze waren al open. Waarschijnlijk om ze leeg te halen en schoon te maken in de zomervakantie.'

Tuvesson keek over Molanders schouder en kon delen van de tekst zien. NIEMAND ZIET ME... NIEMAND... Wat er daarna kwam kon ze niet zien. Molanders ene hand zat in de weg en ze wilde hem absoluut niet storen. Als hij zo geconcentreerd bezig was, ging het onderzoek meestel een grote stap vooruit.

Ze bedankte stilletjes de kebabpizza, liep naar het panoramaraam en keek uit over het nachtelijk verlichte Helsingborg. Het zicht was buitengewoon helder en ze kon over de Sont de lichten in Helsingør zien en de knipperende vuurtoren in het Kronborg Slot. Ze kon zelfs de lichten van het eiland Ven zien, waar ze net als de meeste andere Helsingborgers nog nooit een voet op had gezet. Of misschien waren het alleen maar de lichten van een boot.

'Hier hebben we hem,' riep Molander plotseling uit.

Tuvesson draaide zich om. 'Weet je het zeker?'

'Als dit niet door onze dader geschreven is, stop ik ermee en ga iets anders doen.'

'Wat heeft hij geschreven?' vroeg Lilja en ze goot het laatste restje cola in haar glas.

"Niemand ziet me... Niemand hoort me... niemand pest me zelfs/O.M." Molander keek op en zijn blik kruiste die van de anderen.

'Daarom noemde hij zich de onzichtbare man. Niemand schonk aandacht aan hem. Daar hebben we zijn hele motief,' zei Tuvesson. 'Dat moet een van de allerergste dingen zijn. Om de hele tijd genegeerd en voorbijgelopen te worden. Om zelfs niet gepest te worden. Het moet zijn alsof je niet bestaat.'

'Dus daar is hij op uit,' zei Lilja. 'Zijn bestaan, zichzelf op de kaart zetten en bekend worden.'

Tuvesson knikte.

'Voorlopig lijkt hij er nog alles aan te doen om onzichtbaar te blijven,' zei Rots.

'Het betekent in ieder geval dat hij hoogstwaarschijnlijk in dezelfde klas zat,' zei Molander.

Tuvesson knikte en liep naar de uitvergrote klassenfoto. Vier van hen waren doorgekruist. Jörgen, Glenn, Claes en de klassenlerares Monika Krusenstierna. Bij Ingela Ploghed was een vraagteken gezet. Ze voelde hoe haar hartslag toenam. Eindelijk waren ze ergens gekomen. Had het net nog min of meer iedereen kunnen zijn, nu waren ze erin geslaagd de dader terug te brengen tot een van de resterende leerlingen van de klas. 'We moeten met iedereen die nog leeft contact opnemen en hun alibi's checken.'

'Dat hebben Lilja en ik al gedaan,' zei Rots. 'In elk geval van iedereen die niet naar het buitenland is vertrokken.'

'En?'

'Helaas. Hun alibi's zijn waterdicht.'

'Allemaal?'

'Yep. De mijne tenminste,' zei Rots en hij keek naar Lilja.

'De mijne ook,' zei Lilja.

'En degenen die met vakantie zijn?' vroeg Molander. 'Hebben jullie gecontroleerd of ze echt weg zijn?'

'Nee,' antwoordde Lilja.

'Oké. Doe dat meteen en check de alibi's van de anderen nog een keer,' zei Tuvesson en Lilja en Rots knikten. 'Dan is er het feit dat hij heeft ondertekend met *De onzichtbare man*. Betekent dat dat het een man is?'

'Natuurlijk is het een man,' zei Molander. 'Hij heeft Ingela Ploghed toch verkracht.'

'In dat geval hebben we het totaal teruggebracht tot zeven verdachten.'

'Is dat met of zonder Risk?' vroeg Lilja.

Tuvesson richtte haar blik op Fabian Risk, die hetzelfde uniform droeg als de andere leerlingen – middenscheiding, poloshirt en lamswollen vest –, en was in gedachten toen de deur werd geopend en een man in burger naar binnen stormde.

'Zijn jullie met de klassenmoordenaar bezig?'

'Neem me niet kwalijk, maar wie ben je en hoe ben je hier binnengekomen?' vroeg Tuvesson op hetzelfde moment dat twee nachtwakers achter de man aan kwamen rennen en hem in zijn kraag grepen.

'Sorry, we waren te laat om hem tegen te houden en hij had de lift geblokkeerd,' zei de ene bewaker terwijl ze hem uit de kamer probeerden te trekken.

'Rustig, verdomme! Ik wil alleen...'

'Aangifte doen dat je vrouw vermist is. We weten het,' zei de ene bewaker. 'Maar dat doen we niet hier, daarvoor bel je naar de alarmcentrale, waar we je graag mee helpen.' De twee bewakers, die er nu genoeg van hadden, drukten de man op de grond en deden zijn armen op zijn rug tot hij begon te kermen. 'Houd je je nu rustig of moeten we de handboeien pakken?' riep de ene bewaker in het oor van de man.

'Wacht, laat hem los,' zei Tuvesson.

De twee bewakers draaiden zich om naar Tuvesson.

'Het is oké. Ik zal met hem praten.'

De twee bewakers wisselden een blik uit en haalden hun schouders op. 'Oké, he's all yours.' Ze lieten de man los, die overeind kwam en zijn kleren in orde bracht en daarna zijn haar, dat alle kanten op stond. Zijn blik was opgefokt. Alsof hij erop voorbereid was dat hij elk moment weer gegrepen kon worden.

Tuvesson liep naar hem toe en gaf hem een hand. 'Mijn naam is Astrid Tuvesson en ik leid het onderzoek. Waar kan ik je mee helpen?'

'Mijn vrouw, ze... ze is weg... verdwenen. En ik weet niet wat ik moet doen. Hoe ik het moet aanpakken...' De man begon te huilen en Lilja en Rots hielpen hem in een stoel.

'Laten we bij het begin beginnen. Hoe heet je?'

'Jerker... Jerker Hallin.'

'En je vrouw, hoe heet zij?'

'Elsa Hallin.'

'Hallin, was dat haar meisjesnaam?'

'Nee, dat was Pavlan.'

'Elsa Pavlan... Dus zij zat in dezelfde klas als...'

Jerker Hallin knikte. 'Daarom ben ik hier. Het was haar beurt om het eten te regelen, zodat ik kon gaan trainen en toen ik klaar was, had ik meerdere gemiste oproepen en sms'jes van Bea, onze dochter, die zich afvroeg waarom er niemand thuis was.'

'En je hebt natuurlijk geprobeerd haar te bellen?'

'Dan gaat meteen de voicemail aan.'

'Waar werkt ze?'

'In de hoofdbibliotheek in de stad. Maar ik heb al met ze gesproken en daar is ze niet.'

'Konden ze zeggen wanneer ze de bibliotheek had verlaten?'

Jerker Hallin haalde zijn schouders op. 'Kunnen jullie niet iets doen? Naar haar zoeken, patrouilles uitsturen. Wat dan ook.'

'Natuurlijk. Natuurlijk kunnen we dat doen,' zei Tuvesson, hoewel ze wist dat het al te laat was.

62

Dunja Hougaard hield haar ene been boven het water en liet het scheermesje over haar kuit glijden. Ze bewoog haar voet en kon met voldoening vaststellen dat de maanden van pilatesoefeningen er al voor hadden gezorgd dat haar benen er jaren jonger uitzagen. Nee, ze mocht niet klagen. Het kwam niet vaak voor dat iemand haar leeftijd raadde en als ze onthulde dat ze zesendertig was dachten ze meestal dat ze een grapje maakte. En ze begreep hen. Het was een feit dat ze er nooit beter uit had gezien dan nu.

Het laatste halfjaar had ze een zo grote verandering ondergaan dat een paar van haar oude vrienden haar nauwelijks herkenden. Ze had een ander kapsel genomen, kocht haar kleren niet meer bij H&M en doordat ze regelmatig trainde was eindelijk het laatste babyvet weggebrand, waarvan ze zeker had geweten dat ze het mee haar graf in zou nemen.

Ze legde het scheermesje weg, stak haar hoofd onder water en spoelde de conditioner uit haar haar. Eindelijk begon ze zich een beetje rustig te voelen. Het warme bad en al het gepriegel met haar lichaam hadden geholpen om even niet aan haar werk te denken.

Daarvoor had ze nergens anders aan kunnen denken en zelfs haar training moeten onderbreken om naar huis te gaan. Haar gedachten hadden in rondjes gedraaid en de ene seconde had ze geconcludeerd dat ze alles helemaal goed had gedaan om de volgende seconde tot de slotsom te komen dat ze een zo grote blunder had begaan dat ze net zo goed het land uit kon vluchten.

Maar nu was ze er ten slotte op uitgekomen dat ze juist had gehandeld. Als ze haar zouden ontslaan, moesten ze dat maar doen. Het belangrijkste was dat het onderzoek vooruitging en als de auto de Zweden daarbij kon helpen, dan was de schade die haar carrière opliep een redelijke prijs.

Ze ging staan, trok de stop van het bad er met haar tenen uit en zette de douche aan. Nadat ze haar lichaam schoon had gespoeld, ging ze op de badkamermat staan, pakte de bovenste van de stapel pas gewassen handdoeken en droogde zich af bij het geluid van het badwater dat in de afvoer verdween. Ze smeerde haar lichaam in en voelde hoe het brandde op de plekken waar ze zich had geschoren.

Een lang aanhoudend, slurpend geluid gaf aan dat het water uit de badkuip was gelopen, of misschien was het geluid de roep om hulp van de afvoer dat hij schoongemaakt moest worden, waar Dunja zich heel goed bewust van was. Ze was het de laatste tijd vaak van plan geweest, maar er was steeds iets tussen gekomen. En als er niets tussen was gekomen, had ze er wel voor gezorgd dat dat gebeurde. Waarschijnlijk zou ze er niets aan doen voordat het water overstroomde en de gepolijste vloer van de woonkamer op liep.

Ze vroeg zich net af of haar verzekering dat soort schade wel zou dekken toen er werd aangebeld. Op haar horloge zag ze dat het twintig voor twaalf was. Misschien was het gewoon iemand die de weg wilde vragen? De bel ging weer. Deze keer bleef hij lang ingedrukt. Dunja sloeg haar kimono om zich heen en knoopte die op weg naar de hal dicht. Kon het een van haar laatste bewonderaars zijn?

Hoewel ze er altijd op lette dat ze hen nooit mee naar huis nam of haar achternaam zei, waren er drie geweest die haar toch hadden weten te vinden en hadden aangebeld. Bij de eerste twee had ze er niets op tegen gehad en hen met plezier binnengelaten en ze merkte dat iets in haar hoopte dat het een van hen was. De derde was gekomen om haar een aanzoek te doen en was ingestort toen ze vriendelijk maar vastbesloten nee had gezegd. Twee theepotten later had hij er uiteindelijk mee ingestemd om een taxi naar huis te nemen.

Ze boog zich naar de deurspion toe, maar kon niets zien. Het trapgat was helemaal zwart. Er werd weer gebeld, nu met korte, stootsgewijze signalen. Als een waarschuwingssignaal voor een explosie. Ze draaide het slot los en deed de deur open.

'Mm... Net gedoucht?' Kim Sleizner nam een slok van de halflege whiskyfles die hij in zijn hand had.

'Sorry, maar het is bijna twaalf uur 's nachts. Wat wil je?'

Sleizner stak een waarschuwende vinger op en grijnsde. 'Jij en ik... wij moeten... even praten.' Hij wrong zich langs haar het appartement in en ze kon de alcohollucht in zijn kielzog ruiken.

Toen ze de woonkamer binnenkwam, stond hij bij haar iPod-installatie en zette het geluid van Sades *Your Love Is King* harder, waarna hij zich wijdbeens op de bank liet zakken en nog een slok whisky nam. 'Je vraagt je misschien af waarom ik hier ben? Dat zou ik in elk geval hebben gedaan, als ik in jouw schoenen stond. Of jouw kimono aanhad. Mooi trouwens. Sexy.'

'Kim, ik heb geen idee wat je wilt en nee, ik wil het ook niet weten. Het enige wat ik wil is dat je weggaat. Nu meteen.'

'Het geeft geen pas om zo'n toon aan te slaan als iemand uitgeteld is. Ik zou eigenlijk beledigd moeten zijn, maar ik vind toch dat je er goed uitziet. Vooral in die kimono.' Hij sloeg de whisky achterover en veegde zijn mond af met de rug van zijn hand. 'Nu wil ik weten of jij het aan *Ekstra Bladet* hebt verteld.'

Dus daarom was hij gekomen. Voorlopig wist hij dus nog niet dat ze zijn handtekening had vervalst en dat de Peugeot onderweg was naar Zweden. Met wat geluk zou hij er pas achter komen nadat hij gedwongen zou zijn te vertrekken. Wat iedereen verwachtte na *Blowgate*, zoals *Ekstra Bladet* de affaire nu noemde. Dunja zette een paar stappen naar de salontafel toe en keek op hem neer. Niet gaan zitten. Niet uitnodigen tot een gesprek. En in godsnaam geen zwakte tonen.

'Kim, het is geen geheim dat jij en ik niet goed met elkaar op kunnen schieten en meestal verschillende opvattingen hebben over hoe een onderzoek moet worden uitgevoerd. Maar ik zou nooit zo laag zinken dat ik contact op zou nemen met een avondkrant over jouw slippertjes.'

Sleizner liet op zich inwerken wat ze had gezegd, kwam overeind uit de bank en liep langs haar heen naar de hal. 'Dus dat zeg je? Dat jij het dus niet was? Hm... interessant.' Hij bleef staan, draaide zich om en keek haar aan. 'Dus jij had er niets mee te maken?'

Hij moest de zweem van een aarzeling hebben gevoeld terwijl ze nadacht over wat ze moest antwoorden, een microseconde te lang. 'Kim, luister...'

Verder kwam ze niet voordat hij haar een zo harde klap op haar wang gaf dat ze dacht dat haar nek ontwricht was. Ze kon horen dat hij schreeuwde, maar niet wat. Haar wang brandde en klopte in hetzelfde tempo als haar hartslag. Hij greep haar bij haar kimono en trok haar naar zich toe en ze voelde hoe zijn scherpe adem zich aan haar opdrong.

Toen keerde haar gehoor terug. Alsof iemand het geluid weer aanzette.

'Denk je dat ik niet weet dat je liegt?! Denk je dat ik niet weet dat jij het was?!'

Haar benen werden onder haar weggeslagen en ze viel voorover op de vloer. De pas gepolijste houten vloer die van dichtbij nog steeds naar lak rook. Een tel later wierp hij zich op haar en klemde met zijn ene hand haar armen boven haar hoofd vast terwijl hij tegelijkertijd zijn andere hand omlaag liet glijden naar haar schoot. Zijn hijgende, stinkende adem recht in haar gezicht.

'Mm... Helemaal glad en pasgeschoren. Wat aardig. Heb je dat voor mij gedaan?' fluisterde hij in haar oor. 'Je had misschien al aangevoeld dat ik langs zou komen? Ik weet dat je het wilt. Het heeft geen zin het te ontkennen. De eerste keer dat ik je zag, begreep ik meteen wat voor eentje jij er bent. Maar je wilde natuurlijk niet met je chef naar bed en bevoordeeld worden. Want dat zou niet eerlijk zijn. Toch?' Hij liet zijn middelvinger rond haar clitoris gaan. 'Maar ik heb goed nieuws. Ondanks dat ik je chef ben, kan ik je garanderen dat je er geen baat bij zult hebben.' Hij duwde drie vingers in haar. 'Dat je het maar weet. Ik zal op je huid zitten als een bloedzuiger.' Zijn vingers zochten hun weg omhoog en de greep op haar schaambeen werd sterker. Het deed pijn en ze probeerde uit zijn greep te draaien. Maar hij drukte alleen maar harder.

'En ik zal niet loslaten voor je helemaal leeg bent.' Hij trok zijn vingers terug. 'En al ben ik hier niet de hele tijd, je zult bang zijn dat ik plotseling opduik. Wat ook precies is wat ik zal doen. Als je er het minst op bedacht bent.' Hij proefde aan zijn vingers en veegde ze aan haar wang af, kwam overeind en verliet het appartement.

63

Fabian keek naar de klok die achttien over drie aangaf. Het ziekenhuis sliep allang en het enige wat te horen was, was de zwakke ruis van het ventilatiesysteem. Drie keer had hij in de verte sirenes van ambulances gehoord en hij nam aan dat het beschouwd kon worden als een buitengewoon rustige nacht.

Hij liet zijn blik zakken en keek naar het jaarboek dat op het dienblad lag dat hij als werktafel gebruikte. Met uitzondering van de paar keer dat hij was weggedoezeld, had hij de laatste drie uur besteed aan het gedetailleerd bestuderen van het jaarboek van de laatste klas. Rustig en methodisch had hij het van kaft tot kaft doorgenomen, klas voor klas en leerling voor leerling. Bij elk gezicht had hij geprobeerd een herinnering aan de persoon in kwestie boven te halen. Hij kon zich de meesten herinneren, al duurde het bij sommigen even voordat ze weer tot leven kwamen. Zelfs degenen met wie hij nooit iets te maken had gehad, bleken als zwervende geesten aanwezig te zijn in zijn geheugen.

Maar hij had niets verdachts kunnen vinden. Niet een van de gezichten had zich van de andere onderscheidden en zijn aandacht getrokken. Nog maar een paar uur geleden was hij er zeker van geweest dat de dader zich ergens in het jaarboek moest bevinden. Maar nu had de twijfel toegeslagen. Zat hij op een fout spoor?

Hij besloot het jaarboek nog een allerlaatste keer door te bladeren. Als hij deze keer niets vond, zou hij de lamp uitdoen en proberen wat slaap te krijgen. Het jaarboek opende zich inmiddels min of meer uit zichzelf bij klas 9C. Hij wist niet hoe vaak hij de afgelopen week al naar die foto had gekeken. Toch kon hij het gevoel niet kwijtraken dat hij iets over het hoofd zag. Iets met de foto. Het was alsof die een geheim verborg.

Waarom zou de dader die foto anders hebben gebruikt toen hij een kruis door Jörgen Pålsson had gezet? Het moest iets betekenen. Vooral als je bedacht dat er verder niets aan het toeval leek te zijn overgelaten. Hij liep de rijen met gezichten door en de namen onder de foto, maar hoe hij zijn best ook deed, hij was niet in staat iemand aan te wijzen als een potentiële dader. Behalve Claes Mällvik, die nu dood was. Hij legde het jaarboek weg en wreef over zijn slapen. Wat had hij over het hoofd gezien?

Hij dacht aan de offerachtige plek waar hij Claes had gevonden. Hoe hij daar meer dan een uur was geweest, terwijl hij op de anderen wachtte, en toch het mos onder het slachtoffer niet had gezien. Het mos dat gevormd was als een mensenlichaam en dat de eigenlijke boodschap was. Het belangrijkste van de hele installatie. De dader zelf in de schaduw van Claes.

In de schaduw van Claes…

Hij had op de verkeerde manier gekeken. Hij en alle anderen hadden zich blindgestaard op wat er op de foto stond, terwijl het er in feite om ging wat níét op de foto stond.

Fabian voelde hoe zijn energie terugkeerde en stak zijn hand uit naar de otoscoop, die eigenlijk bedoeld was om oren mee te onderzoeken maar die nu dienst kon doen als loep. Hij zette hem aan en hield hem voor de klassenfoto. Nu wist hij precies waar hij moest zoeken op de foto en inderdaad. Daar stond hij. In de schaduw van Claes Mällvik stond de dader.

Weliswaar was hij bijna helemaal verborgen achter Claes, zodat je niets van zijn gezicht kon zien. Het enige wat zijn aanwezigheid verraadde, waren delen van zijn haar. Iets waarvan ze de hele tijd hadden gedacht dat het Claes' haar was, maar in de otoscoop kon je heel duidelijk zien dat het van iemand anders achter hem was.

De vraag was: van wie?

Fabian kon zich totaal niet herinneren dat er nog iemand in de klas had gezeten. Kon hij het echt hebben gemist dat er nog iemand bij hoorde? Hij telde de namen onder de foto. Twintig stuks en geen afwezige. Twintig. Dat waren er precies evenveel als hij de hele tijd had gedacht. Maar op de foto stonden eigenlijk eenentwintig leerlingen. Dus nog een erbij. Iemand die zich de hele tijd tussen hen in had bevonden. Iemand aan wie niemand aandacht had geschonken en wiens naam niet eens onder de klassenfoto stond. Kon dat echt kloppen of was die persoon maar een waanvoorstelling?

64

Tuvesson liep zo snel als ze kon door de ziekenhuisgang terwijl ze wenste dat de arts, die haar als een irritante vlieg volgde, gauw een bericht op zijn pieper zou krijgen zodat hij haar met rust zou laten.

'Dit is echt geen goed idee,' zei hij. Voor god weet de hoeveelste keer. 'Vooral niet als je bedenkt wat er gisteren is gebeurd.'

'Ik beloof dat ik me in zal houden.'

'Ja, maar naar mijn oordeel is ze niet sterk genoeg en daarom is het mijn plicht...'

Tuvesson bleef staan en draaide zich om naar de arts. 'Ik weet niet hoe je het hebt kunnen missen. Maar we bevinden ons midden in een onderzoek met het ene dodelijke slachtoffer na het andere. Voor de eerste keer hebben we een overlevende en als we haar geheugen op weg kunnen helpen is dat míjn plicht!'

'Maar waarom kan dat niet wachten tot ze...'

'Omdat we elk moment een nieuw slachtoffer op ons bord kunnen krijgen. Maar misschien wil jij daar wel de verantwoordelijkheid voor nemen?'

De arts zuchtte. 'Maar ik wil dat we het haar vragen en als ze niet wil is het nee, oké?'

Tuvesson koos ervoor geen antwoord te geven en liep verder door de gang. Haar geduld was op en ze was moe tot in haar botten ondanks dat ze een paar uur slaap had gehad terwijl Rots en Lilja controleerden of iedereen van de klas die beweerde het land uit te zijn dat ook echt was. Op een na had iedereen kunnen bevestigen dat ze zich in het buitenland bevonden.

Seth Kårheden zou zich in Spanje bevinden, maar had nog steeds zijn mobieltje niet opgenomen. Bovendien was hij gescheiden en een beetje een zonderling. Of dat betekende dat hij hun dader was, was voorlopig nog te vroeg om te zeggen. Hij was in elk geval een verdachte.

Tuvesson bleef staan bij de twee geüniformeerde agenten die elk aan een kant van de deuren zaten. Ze knikte naar hen en de ene kwam overeind en opende de deur van de kamer waarin Ingela Ploghed nu rechtop in bed zat en in een tijdschrift bladerde.

'Hoi Ingela, herinner je je me nog? We hebben elkaar gisteren ontmoet.'

Ingela knikte zonder haar ogen van het tijdschrift te halen en Tuvesson ging op een stoel naast het bed zitten.

'Je ziet er een stuk beter uit dan gisteren.'

Ingela haalde haar schouders op.

'Ingela, weet je nog waar we het over hadden toen we elkaar gisteren zagen?'

Ingela knikte.

'Je vertelde hoe je uit was met een paar single vriendinnen en wat dronk in de S/S Swea en dat je je opeens onder invloed voelde van iets anders dan alcohol. Zijn er nog meer beelden bij gekomen?'

Ingela schudde haar hoofd zonder het breipatroon met haar ogen los te laten.

'Wat zou je ervan vinden om een autoritje met me te maken? Misschien helpt het om je geheugen op te frissen.'

Ingela keek op van het tijdschrift en haar blik ontmoette die van Tuvesson. 'Ik weet het niet.' Ze richtte haar blik op de arts en daarna weer op Tuvesson.

'Ingela, op het ogenblik ben je onze beste, om niet te zeggen onze enige kans om degene te identificeren en te pakken die jou op deze vreselijke manier heeft aangevallen.'

'Is het dezelfde die de anderen van de klas heeft gedood?'

'Dat weten we nog niet. Er is veel dat erop wijst, maar er zijn ook dingen die het tegenspreken. Met jouw hulp kunnen we er misschien achter komen.'

Ingela Ploghed liet haar blik zakken en leek weer te verdwijnen in de wereld van het breien, waarna ze het tijdschrift dichtsloeg en opkeek.

Astrid Tuvesson draaide het Kungstorget op en vond een lege plek precies voor de S/S Swea, die langs de kade lag aangemeerd. Ingela Ploghed zat in de passagiersstoel en keek naar de boot met een uitdrukking waaruit totaal niet viel af te lezen hoe ze zich voelde.

'Gaat het?'

Ingela knikte en Tuvesson stapte uit de auto, pakte een rolstoel uit de kofferbak, vouwde die open en hielp Ingela om in de stoel plaats te nemen.

'Ik ben hier nog nooit geweest. Is het een leuke plek?'

'Jawel, het is er wel... oké.'

'Kom je hier vaak?'

'Nee, alleen als ik met de meisjes uit ben. Het is zo'n beetje onze plek geworden.'

Tuvesson duwde de rolstoel over de loopplank de salon in, waar een in koksklеren gestoken man hun tegemoet kwam en vertelde dat ze gesloten waren. Ze liet haar politielegitimatie zien en zei dat ze alleen maar even rond wilden kijken. De man mompelde iets over dat dat dan snel moest gebeuren en verdween naar de keuken.

Ingela reed zelf rond en keek om zich heen in de salon, die met mahonie beklede muren had en ronde patrijspoorten van glanzend messing. De gekleurde spotlights en luidsprekers aan het plafond maakten duidelijk dat ze zich op een dansvloer bevonden. Langs de ene muur was een bar met rijen flessen sterkedrank op planken en in de ene hoek stond een bedekte blackjack-tafel. Pover en saai, dacht Tuvesson. Zoals alle nachtclubs overdag.

'Kun je iets vertellen van wat je je herinnert van de nacht dat je hier was?'

'Ik herinner me alleen wat ik heb verteld.'

'Oké, maar kun je dat misschien nog een keer vertellen?'

'Ja, we bestelden drankjes en na een tijdje voelde ik me duizelig en vreemd.'

'Verder niets, toen jullie hier waren? Geen detail, maakt niet uit hoe klein. Soms kan iets heel kleins genoeg zijn om de rest van de herinneringen tot leven te wekken. Zoals bijvoorbeeld wat voor kleren je droeg.'

'Mijn zwarte spijkerbroek en een witte blouse. Zo een die je om je middel moet knopen.'

'En je schoenen, met hoge hakken?'

'Ik draag nooit hoge hakken. Ik kan er niet eens op lopen. Nee, ik had mijn gewone sandalen aan, die ik altijd draag,' zei Ingela en ze keek om zich heen.

Tuvesson bekeek haar van een afstand. Risk had gezegd dat ze een van de meest geliefde leerlingen van de klas was en de enige die het opnam voor Claes. Iets waar zowel moed als een ruggengraat voor nodig was. Een beeld dat totaal niet overeenkwam met de persoon naar wie ze nu keek. Ook als je de aanranding buiten beschouwing hield hing er iets zwaars en grijs over haar. Eigenlijk zag ze er best goed uit. Maar dat piekerige muiskleurige haar, de afgesleten schoenen en haar onopgemaakte gezicht, ja, haar hele uitstraling, vertelden dat dit iemand was die het op had gegeven.

'Hadden jullie het leuk? Voordat het misging, bedoel ik.'

'Ach leuk.' Ingela haalde haar schouders op. 'Ik ga meestal mee voor de anderen en als ik eerlijk ben, was ik liever thuisgebleven. Maar je moet de paar vrienden die je nog overhebt nu eenmaal zien te houden.'

'Heb je veel vrienden verloren?'

'Niet echt verloren. Maar je weet hoe het gaat. Je groeit uit elkaar, leidt verschillende levens en voordat je echt begrijpt hoe het gekomen is, is er te veel tijd verstreken om even op te bellen en te vragen hoe het gaat.'

Tuvesson knikte. Ze herkende het en begreep precies wat Ingela bedoelde. Het verschil was dat er voor de meeste anderen nieuwe vrienden bij kwamen.

'We kunnen net zo goed gaan. Ik ga me toch niets meer herinneren.' Ingela rolde naar de uitgang en Tuvesson hielp haar over de loopplank.

'Herinner je je niets van toen je naar buiten kwam?'

'Nee, ik heb toch gezegd dat ik, of wacht...' Ze bracht de rolstoel midden op de loopplank tot stilstand en keek omlaag naar het water. 'Ja, het voelde alsof ik in het water zou vallen en daarom hield ik me met beide handen aan de reling vast.'

'Zo?' Tuvesson pakte de reling beet en Ingela knikte. 'En daarna? Wat gebeurde er toen?'

Ingela haalde haar schouders op en dacht na. 'Hij was blauw. De auto, hij was blauw. Iets donkerder dan die.' Ze wees naar een auto die voorbijreed.

'Dus er stopte hier een blauwe auto?'

'Nee, hij stond al daar en er was iemand die naar me toe kwam om me te helpen. Eerst voelde hij sterk en veilig, ik was zo bang om in het water te vallen. Maar daarna werd ik bang van hem.'

'Waarom werd je bang?'

'Hij pakte me zo hard vast. Ik probeerde los te komen, maar hij was te sterk en duwde me in de auto.'

'Kun je hem beschrijven?'

'Ik heb zijn gezicht niet gezien.'

'Zijn lichaam dan? Lang, dik of...'

'Ik weet het niet. Normaal.'

'Leeftijd?'

Ingela dacht na. 'Middelbaar... of ik weet het niet. Maar ik herinner me dat het een blauwe auto was.'

'Je weet niet wat voor model het was?'

'Nee, alle auto's zien er tegenwoordig hetzelfde uit.'

Tuvesson pakte haar mobieltje en zocht een vrij recente foto van Seth Kårheden op, die Rots op internet had gevonden, en liet die aan Ingela Ploghed zien. 'Was dit hem?'

'Maar dat is Seth Kårheden.'

'Ja, dat weet ik, maar heeft hij je naar de auto geholpen?'

'Hoe moet ik dat weten als ik hem niet gezien heb.'

Tuvesson gaf het op en duwde Ingela naar de auto. Het was tijd voor de volgende stop.

65

Dunja Hougaards onderlichaam deed nog steeds pijn en zijn duim had vlak boven haar schaambeen een flinke blauwe plek achtergelaten. Erger was het niet. Lichamelijk gezien. De echte pijn was de vernedering die zich steeds dieper in haar vastzette, hoewel het eigenlijk niet meer was dan een eenvoudige machtsdemonstratie van een gekortwiekt alfamannetje.

Ze had haar keuzemogelijkheden doorgenomen. Aangifte van seksuele aanranding zou leiden tot een woord-tegen-woordsituatie. Bovendien had ze hem zelf binnengelaten in haar appartement en haar vervalsing van zijn handtekening zou haar geloofwaardigheid niet bepaald verhogen. Het alternatief was wraak. Ze zou contact op kunnen nemen met zijn vrouw of met *Ekstra Bladet* om het te vertellen. Of hem in een val kunnen lokken.

Maar ze had alle ideeën verworpen en was tot de conclusie gekomen dat het het best was om af te wachten en haar hoofd hoog te houden. Het was zijn bedoeling geweest om haar omlaag te drukken en op haar plaats te zetten. Het zou het effectiefst zijn om hem te laten zien dat hij daar niet in was geslaagd. Dat ze sterker was. Sterker dan hij.

Het probleem was dat hij er wel in was geslaagd. Ze was gebroken en zwak en alleen de gedachte al dat ze haar hoofd hoog moest houden maakte haar uitgeput. De waterkoker floot en ze schonk het water in de theepot, liep naar de woonkamer en kroop op de bank met haar tablet op haar knie. Het eerste wat ze zag toen ze hem opende was zijn blik. Hij keek of liever staarde haar recht aan en het was alsof hij zich nog steeds in haar appartement bevond. KIM SLEIZNER LUCHT ZIJN HART.

Kim had dus een publieke knieval gemaakt. De listige duivel. Ze klikte naar het artikel, waarin hij in berouwvolle bewoordingen vertelde dat hij in de eerste plaats zijn familie maar ook het voltallige Deense volk om vergeving wilde vragen. Hij verklaarde zijn misstap door de te hoge werkdruk, die ertoe had geleid dat hij zijn gezin verwaarloosd had en gedwongen was geweest elders warmte te zoeken. Op de vraag of hij van plan was op te stappen, antwoordde hij:

> Als ze me nog willen, sta ik klaar. Maar eerst moet ik een time-out nemen. Het is niet alleen zwaar voor mezelf geweest, maar zo mogelijk nog erger voor mijn familie. Ik hoop daarom dat jullie onze behoefte respecteren om met rust gelaten te worden terwijl wij in het reine proberen te komen met de situatie. We willen allemaal graag superhelden zijn die alles klaarspelen. Maar uiteindelijk ben je niet meer dan een mens met fouten en gebreken. Een inzicht dat alle leiders zouden moeten hebben, maar te veel helaas missen.

Dunja klapte haar tablet case dicht.

Ze had het gevoel dat ze moest overgeven.

66

'Misschien had ze gewoon genoeg van die man en is ze ervandoor gegaan?' zei Rots tegen Lilja terwijl ze door het lommerrijke stadspark naar de hoofdbibliotheek liepen. 'Het stikt daarbuiten vast van de gefrustreerde vrouwen die niets anders willen dan een enkeltje kopen om zo ver mogelijk te verdwijnen. Om nog maar te zwijgen van gefrustreerde mannen.'

'En de dochter? Zou ze die ook zomaar in de steek laten?'

'Dat hangt ervan af hoe wanhopig ze was.'

Ze liepen de bibliotheek in, waar een koele geconcentreerde rust hing. Lilja haalde diep adem en de onmiskenbare geur van boeken die alleen in bibliotheken te vinden is, bracht haar terug in de tijd. Het was bijna alsof ze thuiskwam.

Toen ze klein was hield ze ervan om in deze bibliotheek te zijn. Elke zaterdag wanneer haar moeder in de Reflex – een exclusieve kleine modewinkel aan de Järnvägsgatan – werkte, had ze haar tijd doorgebracht in de bibliotheek. Ze had naar kindertoneel en films gekeken en bijna alle boeken van de jeugdafdeling gelezen. De uren waren voorbijgevlogen en ze had zich geen moment verveeld.

Af en toe had ze een ontdekkingstocht door het grote gebouw gemaakt, dat bestond uit een aantal aan elkaar gekoppelde huizen, en waar je het het minst verwachtte kon een deur zijn die naar een compleet nieuwe en voor haar onbekende ruimte leidde.

Een keer had ze een deur midden in een van de boekenkasten ontdekt. Een deur waar ze al ontelbare keren langsgelopen moest zijn zonder hem te zien. Hij zat niet op slot en ze was in een studiezaal gekomen die leeg was geweest op twee volwassenen na, die te verdiept in elkaar waren om aandacht aan haar te schenken. Het was de eerste keer dat ze het in het echt had gezien. Een keer had ze het haar moeder horen doen na een dronken nacht in de Charles Dickens. Maar het was anders om het te zien.

Ze had hen allebei herkend. De vrouw die over een tafel stond geleund met haar slipje op haar knieën zat beneden bij de uitleen en de man die achter haar stond en zijn onderlichaam met harde, ritmische stoten tegen haar aan drukte, was de conciërge van de bibliotheek. Bij elke stoot had zijn grote sleutelbos gerinkeld.

Ze had geen afschuw of angst gevoeld, maar was vooral gefascineerd geweest en ze was verder de ruimte in geslopen om het beter te kunnen zien. Toen had de man zich omgedraaid en haar gezien. Ze had niet geweten waar ze naartoe moest en of ze weer naar buiten moest rennen. Er verscheen een glimlach op zijn gezicht en hij bleef zijn onderlichaam met steeds hardere stoten tegen de vrouw aan drukken en bij elke stoot had ze steeds luider gekreund.

Na een tijdje was ook hij begonnen te kreunen en had zijn lid uit de vrouw getrokken en het als een zwaar stuk vlees in zijn hand laten rusten, de hele tijd met zijn blik op haar gericht, en hoewel iets in haar zei dat ze weg moest rennen, had ze niet op kunnen houden met kijken. Nu nog kon ze zich herinneren hoe groot ze had gevonden dat hij was. Nog steeds hard en beaderd en glanzend van de sappen van de vrouw. Met zijn vrije hand draaide hij de vrouw om, duwde haar omlaag en stak hem in haar mond. De hele tijd met zijn blik vastgenageld op Lilja.

'Waar kan ik jullie mee helpen?'

Lilja werd uit haar dagdroom gerukt en zag dat de bibliothecaresse achter de uitleenbalie dezelfde vrouw was, alleen vijfentwintig jaar en waarschijnlijk evenveel kilo later. Ze vroeg zich af of de conciërge er ook nog zou werken terwijl Rots uitlegde waarvoor ze gekomen waren.

'Elsa Hallin,' herhaalde de bibliothecaresse. 'Ja, ze was hier gisteren. Maar vandaag heb ik haar niet gezien.'

'Tot hoelang is ze gisteren gebleven?'

'Even kijken. Gisteren was een donderdag. Dan werkt ze tot halfvijf. Dus dan moet ze rond die tijd zijn weggegaan? Ze stopt eerder op dinsdag en donderdag en moest vast zoals gewoonlijk naar huis en... Ja dat. Ze had tijd voor een gezichtsbehandeling voordat ze naar huis moest om het eten klaar te maken. Zij en haar man hebben een heel strikt en gelijkwaardig schema.'

'Blijkbaar is ze nooit thuisgekomen om het eten klaar te maken,' zei Rots.

'Je hebt niet gezien hoe laat ze precies vertrok?' vroeg Lilja.

'Nee, het spijt me.'

'Wanneer heb je haar voor het laatst gezien?'

'Rond drie uur, denk ik. Toen namen we een koffiepauze.'

'Gisteren?'

De bibliothecaresse knikte.

'Heb je gemerkt of ze zich op een of andere manier anders gedroeg?'

'Hoe bedoel je?'

'Of ze extra nerveus of gespannen was. Of ze iets zei over dat ze zich bedreigd voelde, of überhaupt iets zei wat ongewoon was.'

De bibliothecaresse dacht na en wilde net iets zeggen toen een bezoeker naar de balie kwam.

'Waar is de Engelstalige literatuur?'

'Rechtdoor en het trapje op naar rechts.' De bezoeker liep door en de bibliothecaresse leunde naar de agenten toe en liet haar stem zakken. 'Elsa zat in die klas en we vroegen ons natuurlijk allemaal af of ze zich geen zorgen maakte. Maar ze wilde het er niet over hebben en wuifde het alleen maar weg, alsof het niets met haar te maken had. Maar als wat in de kranten staat klopt, dat die Jörgen en Glenn pestkoppen waren, dan zou ik me zorgen maken als ik in haar schoenen stond.'

'Waarom?'

'Laat ik het zo zeggen. Zelf heb ik niets tegen haar. Helemaal niets. Integendeel zelfs.' Ze keek over haar schouder. 'Maar er zijn er hier die er anders over denken en juist grote problemen met haar hebben. Er zijn er zelfs een paar geweest die ontslag hebben genomen om haar.'

'Wat was de reden daarvan?'

'Hoe zal ik het zeggen, ze heeft een scherpe tong en soms is het op de grens van treiteren. Maar ze heeft nooit iets gemeens over mij gezegd. Niet dat ik weet tenminste.'

Lilja wisselde een blik uit met Rots en zag dat hij precies hetzelfde dacht als zij.

'Hebben jullie een personeelskamer of iets dergelijks?'

'Ja, kom maar mee, dan laat ik hem jullie zien. Hij is hier.' Ze zette een bordje met de tekst GESLOTEN op de balie en leidde hen door de bibliotheek.

Lilja kende de weg. Behalve een kamer met computers en de verbouwde patio zag ze niet dat er iets veranderd was in de afgelopen twintig jaar.

'Hier is ons hoekje.' De bibliothecaresse opende de deur van de personeelskamer.

Hij was kleiner dan Lilja had verwacht. Achter in de kamer stond een hoekbank met een groengestreepte pluizige stof en in de andere hoek was een keukentje met een koffiezetapparaat en een aanrecht. Hier en daar stonden fauteuils met bijbehorende vloerlampen en langs de ene muur twee bureaus.

'Waar zijn haar persoonlijke bezittingen?'

De bibliothecaresse liep naar het achterste bureau en trok een van de laden open. Lilja bekeek de inhoud, die bestond uit een paar verschillende lippenstiften, tandfloss, een doosje pruimtabak, een pakje kauwgom, een paar pennen en een lader voor een mobieltje. Ze zuchtte en had het gevoel dat ze in een kringetje ronddraaiden. Ze had geen idee hoe ze verder moesten gaan. Ze was te moe. Ze had de afgelopen nacht maar twee uur geslapen en het enige wat ze nu wilde was op de groene bank gaan liggen slapen.

'Zijn hier kleren bij die van haar zijn?' vroeg Rots, die bij de hoedenplank stond.

De bibliothecaresse liep naar Rots toe, bekeek de buitenkleding en trok er een beige jas uit. 'Deze. Deze is van haar.'

'Weet je of ze die gisteren aanhad?'

'Ja, ik geloof het wel, en dit zijn haar schoenen. O, lieve god...' Ze legde een hand op haar mond en wees naar een paar goudkleurige sandalen. 'Betekent dat dat hij haar mee heeft genomen?'

'Dat is nog te vroeg om te zeggen,' zei Rots en hij hielp de geschokte bibliothecaresse in een van de fauteuils. Toen ze tot bedaren was gekomen, haalde hij zijn mobiele telefoon tevoorschijn en liet haar de foto van Seth Kårheden zien. 'Heb je deze man hier gisteren gezien?'

De bibliothecaresse staarde aandachtig naar de foto zonder iets te zeggen. Pas na een halve minuut richtte ze haar blik op Rots. 'Is dat hem? Is hij de moordenaar?'

'Dat weten we niet. Het enige wat er nu toe doet is of je hem hier gisteren hebt gezien.'

'Ik weet het niet. Misschien? Of niet?' De bibliothecaresse haalde haar schouders op. 'Er komen hier elke dag zoveel mensen voorbij.'

Rots knikte en liep naar Lilja toe, die bij de hoedenplank stond en de zakken van de beige jas doorzocht. In de ene vond ze een portemonnee, waar behalve een paar bankbiljetten een buskaart, twee creditcards, een legitimatiebewijs en een stapeltje met verschillende lidmaatschapskaarten zaten. Uit de andere zak viste Rots een oude Nokia-telefoon.

'Is die van haar?' vroeg Rots en hij liet het mobieltje aan de bibliothecaresse zien, die knikte en er steeds bezorgder uitzag.

Lilja nam het mobieltje van hem over en drukte op de knoppen zodat het schermpje oplichtte en liet zien dat er achttien gemiste oproepen en zes voicemailberichten waren. Ze had geen pincode nodig om naar de gespreksregistratie te gaan en zag dat dertien van de oproepen van 'Jerker' kwamen, twee van 'Hollywood' en de andere drie van 'Thuis'. 'Ik denk dat het het beste is als we naar buiten gaan,' zei ze en ze wierp een blik op de bibliothecaresse.

Ze verlieten de peroneelskamer, ze toetste 222 in en zette de luidspreker aan.

'Welkom bij uw voicemail. Er zijn zes nieuwe berichten. Ontvangen op 8 juli, om 16.54 uur.' 'Met Freja van Salon Hollywood. Ik wilde alleen horen of je onderweg bent?'

'Ontvangen op 8 juli, 17.13 uur.' 'Hallo, weer met Freja. Ik wilde alleen zeggen dat ik met mijn baas heb overlegd die zegt dat ik het deze keer in rekening moet brengen. Dan weet je dat.'

'Ontvangen op 8 juli, 18.07 uur.' 'Hoi mama. Met mij. Bea dus. Waarom ben je niet thuis? Ik vind het eng om alleen thuis te zijn. En ik heb honger. Kom je snel? Tot straks. Kus.'

'Ontvangen op 8 juli, 18.11 uur.' 'Hallo, waar ben je? Bea belde en ze is blijkbaar helemaal alleen thuis? Ik ben nog steeds in de sportzaal. Bel me zodra je dit hoort.'

'Ontvangen op 8 juli, 18.36 uur.' 'Mama, waar ben je? (Barst in huilen uit.) Hallo? Mama...'

'Ontvangen op 8 juli, 21.46 uur.' 'Ik ben nu thuis. We hebben een pizza genomen en nu slaapt ze eindelijk... (Hij zucht en je kunt horen dat hij op het punt van instorten staat.) Els, dit is echt niet normaal.'

'Ontvangen op 9 juli, 00.03 uur.' Niemand zei iets. Het enige wat te horen was, was dat iemand met hortende, onregelmatige teugen ademhaalde en ten slotte in huilen uitbarstte.

Rots keek Lilja aan. 'Of hij heeft haar op een of andere manier naar buiten gelokt. Of hij heeft haar hierbinnen ergens overmeesterd en naar buiten gebracht zonder dat iemand het merkte.'

'Of ze is hier nog steeds ergens.'

67

Dunja Hougaard lag onder haar dekbed op de bank en had *Wish* van The Cure op repeat staan. Tijdens 'High', een van haar absolute favorieten, ging haar mobieltje. Ze had het geluid afgezet omdat ze met niemand wilde praten, maar ze zag evengoed hoe het oplichtte en het gezicht van Kjeld Richter liet zien. Ze zette Robert Smith op pauze en nam op.

'Waar ben je? Het is al hartstikke laat.'

'Ik moet een heleboel dingen doen en denk niet dat ik voor morgen tijd heb. Is het belangrijk?'

'Ik wilde alleen zeggen dat ik klaar ben en dat je helemaal gelijk had. Hij is inderdaad een kouwe kikker.'

Dunja's brein werkte op volle toeren, maar ze kon niet bedenken waar hij het over had.

'Hij is via het plafond naar binnen gekomen. Helaas heeft hij geen sporen achtergelaten. Behalve die in het stof dan. Hij moet een soort masker hebben gedragen, aangezien het zo stoffig was.'

Risk had weer gelijk gehad. Zonder met zijn ogen te knipperen had hij het idee van het plafond geopperd om daarna doodgewoon een lunch voor te stellen.

'Oké, maar waar is hij het plafond op geklommen?'

'Via de wc in de wachtkamer. Zoals ik al zei is hij een kouwe kikker. Ik denk zelfs dat hij de wc-deur open heeft gelaten. Waarschijnlijk om geen onnodige aandacht te trekken.'

'Dat betekent dat hij met de andere journalisten in de wachtkamer moet hebben gezeten,' dacht ze hardop.

'Waarschijnlijk ja.'

Ze kreeg een idee. 'Met een beetje geluk is er beeld van hem.'

'Dat dacht ik ook al, maar er zijn geen bewakeningscamera's in de wachtkamer. Wat wel zou moeten, als je bedenkt wat er allemaal gebeurt. Diefstallen en god weet wat. Weet je hoe gewoon het is dat mensen seks hebben in de wachtkamer?'

'Nee.'

'Ik ook niet, maar ik kan je beloven dat het vaker voorkomt dan je denkt.'

'Ik dacht aan de journalisten, die hebben massa's foto's genomen. Hij kan er toevallig op staan.'

'Ja, daar heb je gelijk in.'

'We praten later verder. Ik kom vanmiddag.'

68

Tuvesson duwde de rolstoel over de grindpaadjes in het Ramlösa Brunnspark. Ingela Ploghed deed niets om mee te helpen, dus het was zwaar alsof ze een steile helling op ging en ze voelde dat ze elk moment kon beginnen te zweten. Bovendien had ze honger en dorst en het zou niet lang duren voor haar hoofdpijn op zou komen.

Ze had gehoopt dat de plek waar Ingela Ploghed wakker was geworden iets tot leven zou wekken. Maar er was niets gebeurd. Ingela had er alleen met haar hoofd zitten schudden in haar rolstoel en kon zich niet eens herinneren waar ze wakker was geworden. Behalve dat de dader een blauwe auto had, had het uitstapje niets opgeleverd. Ze hadden juist een heleboel verloren van wat op het moment het waardevolst van alles was.

Tijd.

Seconden die minuten werden die uren werden.

Straks was er weer een dag door hun vingers geglipt.

Bovendien waren haar sigaretten op.

Toen ze bij de auto kwamen, hadden ze al een paar minuten geen van beiden iets gezegd. Tuvesson deed het portier open en hielp Ingela in de passagiersstoel, klapte de rolstoel in en ging achter het stuur zitten.

'Je bent toch niet kwaad?'

'Nee hoor, helemaal niet. Ik ben alleen een beetje moe.' Ze draaide het contactsleuteltje om en schakelde.

'Het spijt me dat ik me niet meer herinner en jullie niet beter kan helpen.'

'Ingela, dat geeft niets. Het is jouw schuld niet. Maar mocht er iets bovenkomen, wat voor klein detail het ook is, moet je het laten weten. Oké?'

Ingela knikte en keek door het raam naar het oude houten gebouw, waarin ooit het Ramlösa Logement was gehuisvest maar dat nu veranderd was in een kantoor. Tuvesson deed de autoradio aan, maar ze kon geen goed kanaal vinden en zette hem weer uit. Haar mobieltje verbrak de stilte. Het was Molander wiens glimlachende gezicht op het schermpje verscheen. De foto was van het laatste kerstdiner en je kon duidelijk zien dat hij al een of twee borrels te veel op had. Ze zette de luidsprekerfunctie aan en legde het mobieltje op haar knie.

'Hoi Ingvar. Hoe gaat het?'

'Goed. Kun je praten?'

'Ik zit met Ingela Ploghed in de auto. Maar wacht even, dan pak ik mijn headset.' Ze leunde over Ingela heen. 'Sorry', en deed het handschoenenkastje open. 'Waar ben je?'

'Bij Söderåsen.'

'Ik dacht dat we daar klaar waren?'

'Dat dacht ik ook. Maar dat zijn we blijkbaar niet. Hoe gaat het met de headset?'

'Rustig maar...' Ze tastte met haar ene hand in het handschoenenkastje rond terwijl ze met de andere stuurde. 'Hij moet hier ergens zijn. Wacht, ik moet even stoppen.' Ze remde en bleef vlak voor de tunnel, onder het spoor van de treinen naar het zuiden, aan de rand van de weg staan en leunde opnieuw over Ingela heen, die er steeds gestrester en bedrukter uitzag. 'Sorry Ingela, ik moet alleen... Hier. Hier heb ik hem.' Ze trok het snoertje uit het handschoenenkastje en begon de ergste knopen eruit te halen. Ondertussen hoorde ze Molander luid in het mobieltje snurken.

'Jajajaa! Ik gebruik hem nooit.'

'Nee, dat is nu juist...'

Er dreunde een trein over de brug waarin Molanders stem verdronk.

'Wat?! Wat zei je?'

'Maakt niet uit. Zet die headset nou maar op voordat de wereld vergaat.'

'Jezus, wat zit je te zeuren! Wat een ongeduld, vind je niet?' Tuvesson draaide zich naar Ingela toe, die nu met korte, schokkerige stoten in- en uitademde en haar blik strak op de brug had gericht waarover de trein naar het zuiden verdween.

'Wat is er? Ingela, gaat het?'

Ingela ademde uit en leek weer wat tot bedaren te komen.

'*Houston? Are we having a problem?*'

'Jaa!' Tuvesson keerde terug naar de headset en slaagde er eindelijk in hem aan te sluiten. 'Hallo? Hoor je me?'

'*Loud and clear.*'

'Oké, vertel.'

'Ik dacht dat we de hele plek hadden doorzocht.'

'Maar dat hadden jullie niet?'

'Jawel. Maar wat heb je daaraan als je niet weet waarnaar je moet zoeken?'

'Dus je hebt iets nieuws bedacht?'

'Ja precies. Ik ben ernaartoe gegaan en heb de radiogolven gemeten.'

'Oké... en?'

'Hoewel er niemand in de buurt was en ik mijn eigen mobieltje had uitgezet, was er een activiteit van 2,2 Gigahertz.'

'En dat betekent?'

'Dat er een soort mobiel 3G-netwerk in de buurt moest zijn.'

'En was dat er?'

'Yep. Een draadloze, van een microfoon voorziene pinhole-camera die verborgen zat in een nestkast op vijf meter van de glasplaat.'

'O, lieve god...' Tuvesson voelde de hoofdpijn opkomen. 'Dat betekent dat hij weet dat we Schmeckel hebben gevonden.'

'Naar alle waarschijnlijkheid, ja. Dat verklaart ook waarom hij ons de hele tijd een stap voor was. Als hij daar een camera heeft, kan hij overal een camera hebben. Vermoedelijk weet hij precies hoe ver we zijn met het onderzoek. Hij weet nu bijvoorbeeld dat ik de camera heb gevonden...'

Molander werd onderbroken door nog een trein die over de brug schoot. Deze keer in noordelijke richting naar Helsingborg.

'Wacht, ik kan niet verstaan wat je zegt,' riep Tuvesson voordat ze ontdekte dat Ingela Ploghed zat te huilen met haar blik strak gevestigd op de trein die wegdreunde door het landschap. 'Hé? Ingela, wat is er? Is er iets gebeurd? Komt het door de trein? Maken die je...' Ze legde haar hand op Ingela's been.

'Raak me niet aan! Raak me niet aan!' Ze sloeg Tuvessons hand weg alsof die een dodelijke infectie bij zich droeg en probeerde zo ver mogelijk bij haar vandaan te komen.

'Oké, rustig maar. Rustig maar. Ik zal je niet aanraken. Ik beloof het.' Ze stak allebei haar handen in de lucht. Maar de paniek hield Ingela in haar greep, die huilde en wild om zich heen keek, van het open handschoenenkastje en de headset in Tuvessons oor naar Molanders gezicht op het schermpje van het mobieltje. 'Ingvar, ik moet ophangen. Ik bel je terug.' Ze trok de headset uit haar oor en draaide zich naar Ingela toe, die nu buiten adem en bezweet was.

'Ik wil nu terug. Terug naar het ziekenhuis.'

'Absoluut, Ingela. Ik beloof dat ik je er meteen naartoe breng. Als jij me vertelt wat er allemaal aan de hand is.'

Ingela schudde haar hoofd en barstte in huilen uit. 'Alsjeblieft, breng me terug. Alsjeblieft.'

'Zijn het de treinen? Reageerde je daarop?'

Er denderde nog een trein voorbij.

'Maar ga dan toch! Ga gewoon!' schreeuwde Ingela en ze bonkte op het dashboard.

Tuvesson besefte dat ze niet verder zou komen en draaide het contactsleuteltje om.

69

De lichtkegel van de zaklamp gleed over de oude computers die samen op een rij stonden met stoffige schermen, printers en toetsenborden. Lilja liet het doek dat voor de meters grote opening in de muur hing weer terugvallen. De ruimte was oorspronkelijk bedoeld voor een enorme verwarmingsketel. Maar de komst van de afstandsverwarming had de cv-ketel overbodig gemaakt en de ruimte werd nu gebruikt als een kerkhof voor computers die niets anders begrepen dan Basic en MS DOS.

Elsa Hallin was er in ieder geval niet.

Terwijl ze er zo zeker van was geweest dat Elsa zich ergens in de bibliotheek moest bevinden. Maar ze waren nu bijna klaar met de kelder en zij en Rots hadden geen enkele aanwijzing gevonden die hun theorie kon onderbouwen. Misschien had de dader het te riskant gevonden om haar in de bibliotheek achter te laten? Het was tenslotte een openbare ruimte en er kwamen elke dag duizenden bezoekers.

Aan de andere kant hadden ze de indruk dat de dader tot alles in staat was. Ze kon zich niet herinneren wanneer ze zich voor het laatst zo onzeker en verward had gevoeld in een onderzoek. Toen drong het tot haar door.

Lilja en Rots liepen snel langs de uitleenbalie.

'Zijn jullie klaar?' riep de bibliothecaresse hen na.

'Bijna,' zei Lilja en ze liep verder naar het hoofdgebouw van de bibliotheek met Rots op haar hielen.

'Irene, kun je vertellen waar je mee bezig bent? Hier zijn we al geweest.' Rots zuchtte en uit zijn hele lichaamstaal sprak dat zijn bloedsuikerniveau tot het minimum was gedaald.

Lilja trok zich er niets van aan en liep de trap naar de bovenverdieping op en verder naar de afdeling voor vakliteratuur. Ze voelde hoe haar hartslag versnelde. Als ze het maar niet weer fout had. Maar daar was hij. Exact als in haar herinnering was daar de deur, nauwelijks zichtbaar voor de oningewijde, in het midden van de boekenkast, omgeven door boeken voor de verstoktste technische nerds. Achter zich kon ze Rots horen hijgen.

Ze legde haar hand op de koude deurkruk en liet hem daar even rusten voordat ze hem naar beneden drukte. Net als toen was de deur niet op slot en gleed geluidloos en bijna vanzelf open. De studiezaal was totaal niet veranderd. Dezelfde groengestreepte gordijnen hingen bij de ramen en hetzelfde bureau stond er op exact dezelfde manier als twintig jaar geleden. Het enige wat ontbrak waren de copulerende collega's.

In plaats daarvan zat er een vrouw op een stoel. Haar hoofd was op haar borst gezakt en haar lange donkere haar bedekte haar gezicht en grote delen van de witte blouse. Ze liepen naar de vrouw toe, wier armen en benen met tie-wraps aan de stoel waren vastgemaakt. Onder de stoel had zich in een straal van een meter een donker, spiegelglad poeltje bloed verspreid.

Lilja liep tot aan de rand van het bloed, waar ze bleef staan, op haar hurken ging zitten en met haar vinger het gestolde oppervlak aanraakte zodat er ringen in verschenen. Rots pakte een bezem die tegen de muur stond, hield hem tegen het voorhoofd van de vrouw en duwde voorzichtig tot haar gezicht te zien was.

Het leed geen enkele twijfel dat het Elsa Hallin was die op de stoel zat. Maar dat was niet de reden dat Lilja heel even haar blik afwendde. Vanaf de onderkaak tot aan de bovenkant van haar borstbeen was een diepe incisie gemaakt en uit de open wond hing iets omlaag over de witte blouse, die rood gekleurd was. Iets wat deed denken aan een bloederige filet.

'Die schoft heeft haar tong eruit getrokken,' wist Rots ten slotte uit te brengen.

Lilja probeerde het te begrijpen, maar ze kon haar gedachten niet bij elkaar houden.

'Een Colombiaanse necktie,' ging Rots verder. 'Dit is voor het eerst dat ik er een in het echt zie. En is dat niet precies wat ze zei? De bibliothecaresse.'

'Wat zei ze dan?'

'Dat Elsa een scherpe tong had.'

Precies, dacht Lilja. Elsa Hallin had een scherpe tong gehad en nu had de dader hem eruit getrokken, rechtstreeks uit haar keel, zodat hij nu als een dikke bloederige das over haar borst hing.

Een Colombiaanse necktie.

Volgens Rots was het een regelmatig voorkomende executiemethode tijdens de Colombiaanse burgeroorlog en het belangrijkste doel ervan was degenen die het slachtoffer vonden doodsbang te maken. De methode bestond eruit een verticale incisie over de keelholte te maken en de tong eruit te trekken zodat die over de borst hing. Als een stropdas. En dit alles terwijl het slachtoffer nog leefde. Afhankelijk van of het slachtoffer stierf aan bloedverlies of verstikking kon de dood pas na een uur intreden.

'Dus ze heeft hier misschien een uur lang geprobeerd om hulp te roepen?'

Rots haalde zijn schouders op. 'We kunnen onmogelijk zeggen hoe lang ze nog geleefd heeft. Maar het maakt niet uit hoeveel ze geroepen heeft. Er was toch niemand die haar hoorde omdat haar stemband totaal verwoest is.'

Lilja kwam overeind en schudde haar hoofd. De theorie waar ze vanaf nu van uit moesten gaan was dat de dader niet zou stoppen voordat met de hele klas was afgerekend. Haar mobieltje ging. Het was Tuvesson.

'We hebben een nieuw slachtoffer.'

'Je bedoelt Elsa Hallin?' vroeg Lilja.

'Nee, Camilla Lindén. Maar hoezo, hebben jullie Hallin gevonden? Hebben jullie haar gevonden?'

Lilja voelde hoe ze haar evenwicht aan het verliezen was.

◆

9 januari

De eerste dag van mijn nieuwe leven. Was op gesprek bij de juf en de rector. Papa en mama waren erbij. Ik gaf alles toe en zei dat ik er spijt van had. Al had ik dat niet. Geen greintje. Maar je kunt maar beter meespelen. Ze laten geloven dat ik ben die ik was. Bedroefd lijken terwijl ik ze alleen maar in hun gezicht uit wilde lachen. Op ze wilde spugen! Ze zeiden dat hij een hersenschudding had en de hele volgende week thuis moest blijven. Welke hersens dan?

In de lunchpauze waren er die keken, maar niemand durfde iets te doen. En zodra ik terugkeek wendden ze hun blik af. Die laffe klootzakken. Maar zijn maat was er en hij keek me vals aan. Alsof hij wat van plan was te doen. Ik liep naar hem toe en gaf hem een klap op zijn wang. Hij wilde terugslaan, maar toen bedreigde ik hem met de vork. Binnenkort is het zijn beurt om mijn dienblad te dragen.

Na school kwamen een paar van mijn oude vrienden naar me toe en wilden praten, maar ik zei dat ze naar de hel konden lopen. Ik heb geen vrienden meer. Zocht ruzie met Jonas. Heb me altijd geërgerd aan zijn vieze kleren. Sloeg hem in zijn buik tot hij omviel. Zag de angst in zijn ogen. Zo verdomde heftig.

Te doen:

1. Beginnen met trainen.

2. Een stiletto regelen.

3. Op bezoek gaan bij de hersenschudding.

70

Fabian Risk rende zo snel als hij kon over de grindweg. Achter hem roepende stemmen: 'Theo! Theo! Theo!' Hij draaide zich om en zag hoe Lina en Jörgen en anderen uit de klas achter hem aan renden, allemaal rond de vijftien jaar.

Hij bevond zich midden in een niemandsland, met ontbloot bovenlichaam, en de stralen van de zon brandden in zijn nek. Hij kon zijn hartslag horen en het smakkende geluid wanneer hij een slok water door probeerde te slikken. Maar hij had geen water. Hij kon bijna niet meer. De stemmen achter hem werden steeds luider: THEODOR!

Wat zou er gebeuren als hij het op zou geven? Nee, dat kon niet. Dat was onmogelijk. Hij mocht niet opgeven. Voor geen goud. Hij kwam bij een bergwand en er waren nu andere stemmen te horen. Stemmen die riepen en om hun leven smeekten. Hij begon de berg op te klimmen, steeds hoger, zo snel als hij kon, en hoe verder hij kwam, hoe steiler de berg werd. Hij keek naar beneden en zag hoe zijn twee oud-collega's uit Stockholm, Tomas en Jarmo, achter hem aan klommen en naar hem schreeuwden. Als hij zijn evenwicht zou verliezen, zou hij naar beneden vallen en dan zou alles verloren zijn.

Vanuit het niets trok een hand hem over de rand heen en leidde hem een grote onderaardse ruimte binnen. Overal opgedofte mensen. Of wezens met grote, ronde hoofddeksels. Als grote bollen. Hij boog voorover en liet een jongen met een geelbruine huid net zo'n bol op zijn hoofd zetten terwijl iemand anders een dikke, witte ruisende doek over zijn schouders legde. Het was verfrissend.

Een oude man kwam naar hem toe, keek hem in de ogen en zei iets, maar hij kon het niet verstaan. Toch wist hij precies wat hij moest doen en hij stak zijn linkerhand uit en liet de oude man een instrument met een lichtstraal over de rug van zijn hand halen. Het licht drong zijn hand in en borrelde door zijn aderen, terwijl op hetzelfde moment een paar centimeter hoge pauw langs zijn arm omhoog snelde.

Fabian Risk deed zijn ogen open. Alles werd lichter, maar niet veel duidelijker. Hij wreef in zijn ogen en zag twee langwerpige tl-buizen aan het plafond. De armatuur ontbrak, zodat je zowel de kabels als de condensator kon zien. Tl-buizen gaven niet alleen lelijk licht, ze waren ook lelijk om naar te kijken, dacht Fabian en hij probeerde rechtop te gaan zitten. De brandende pijn in zijn rug stak direct weer de kop op en verspreidde zich naar zijn nek.

Hij stak zijn hand uit naar zijn mobieltje om te kijken hoe laat het was, maar zag het nergens liggen. Het was weg. Net als de computer en het jaarboek. Hij begreep het niet. Had hij de dader niet verborgen achter Claes in het jaarboek gevonden? Of was dat ook een droom? Hij strekte zich uit naar de alarmknop en voerde een bombardement van oproepen uit, al kon hij bij de eerste keer al horen dat het alarm afging in de gang.

De deur ging open. Het was de bruinharige en niet zo heel erg behulpzame.

'Zo, je vindt dat het tijd is om op te staan?'

'Waar zijn mijn spullen? Mijn telefoon en computer en...'

'Je hebt blijkbaar tot vijf uur vanochtend zitten werken.'

Kon dat waar zijn?

'En dat noemen wij geen rusten. Als je het voorschrift van de dokter had opgevolgd, had je nu al naar huis kunnen gaan.'

'Maar ik moet bellen en...'

'Nee, je moet rusten.' Ze drukte hem in het bed. 'Je lichaam werkt op het moment onder hoge druk om te genezen en heeft alle kracht nodig die het kan krijgen. Wil je thee of koffie bij het ontbijt?'

'Ik wil alleen weten hoe laat het is.'

'Iets na tweeën. Thee of koffie?'

Fabian wilde geen van beide. De koffie was dun als thee en hij was er zeker van dat ze het koffiezetapparaat gebruikten om het theewater mee te verwarmen. 'Sap, geef me maar twee glazen sap. En als het mogelijk is om boterhammen te roosteren en een ei te koken, dan zou ik je eeuwig dankbaar zijn.'

De verpleegster veroorloofde zich een scheve glimlach. 'Met de regering die we nu hebben, kun je eieren wel vergeten. Maar brood roosteren moet wel lukken.'

Fabian wist het nu zeker. Hij had niet gedroomd. De offerplek bij Söderåsen en de klassenfoto uit de negende. Alles had met elkaar te maken en zodra de verpleegster de kamer had verlaten negeerde hij de pijn en ging rechtop zitten. Hij had maximaal vijf minuten voordat ze klaar zou zijn in de keuken. Daarna zou ze weer achter de receptiebalie zitten en vrij zicht hebben op de gang. Hij gleed van het bed en probeerde zo goed als het ging rechtop te lopen. In de kleerkast vond hij zijn broek, sokken en schoenen. Zijn overhemd en jas hadden te veel brandschade opgelopen om te kunnen worden gebruikt. Hij begreep niet waarom iemand überhaupt de moeite had genomen om ze op te hangen.

Hij deed de deur open en zag een van de stille agenten in een *Wheels Magazine* zitten bladeren.

'Ik moet alleen wat spullen bij de receptie halen.'

De agent knikte en richtte zijn aandacht weer op de hot rod-reportage.

De receptie was zoals verwacht onbemand. Hij zocht tussen de mappen en de stapels papier, maar kon niets vinden. Er lag niets in zijn kamer en als het niet bij de receptie was had hij geen idee waar hij moest zoeken.

De verpleegster kwam de gang op lopen met het ontbijtblad in haar handen en Fabian bukte achter de balie en beet op zijn tanden. Er verschenen druppels zweet op zijn voorhoofd van de pijn in zijn rug. En daar, helemaal onder in de receptiebalie, lagen zijn computertas en een zak met zijn mobieltje en zijn documenten. Hij liet de verpleegster passeren, pakte zijn spullen en liep verder naar de liften.

71

WEER EEN SLACHTOFFER UIT DE KLAS VAN HET KWAAD

Tuvesson, Lilja, Rots en Molander stonden rond de tafel en staarden naar de *Kvällsposten*, waarvan op de voorpagina een foto stond van de onttakelde auto die ondersteboven midden op de E6 lag.

'En waarom wisten wij dat niet?' vroeg Tuvesson terwijl ze overwoog of ze Florian de opdracht kon geven sigaretten te gaan kopen.

'Volgens de centrale werd het aangegeven als een verkeersongeluk en verder niets,' zei Rots.

'Dus niemand vond het belangrijk dat ze in dezelfde klas zat als de anderen?' vroeg Lilja.

'Het is hun taak niet om dat in de gaten te houden maar de onze. En aangezien wij niet eens wisten dat ze dood was...'

'De vraag is hoe de *Kvällsposten* er lucht van heeft gekregen,' zei

Molander en hij begon in de krant te bladeren.

'Of hij heeft ze zelf getipt of ze hebben gewoon hun werk gedaan en een en een bij elkaar opgeteld,' zei Lilja.

'Maar voorlopig weten we nog niet zeker of het een ongeluk was of niet,' zei Tuvesson. 'De auto is onderweg hiernaartoe, dus we moeten afwachten of Molander iets vindt. Maar voorlopig vind ik dat we ervan uit moeten gaan dat de dader erachter zit.'

'Je bedoelt dus dat hij gisteren twee moorden heeft begaan?' vroeg Rots. 'En dan hebben we het niet over gewone moorden. Ik heb geen idee wat er op de E6 is gebeurd, maar de bibliotheek kan niet eenvoudig zijn geweest. Alleen al om haar in die ruimte te krijgen zonder dat het iemand opvalt, en het ritueel zelf, dat...' Rots raakte de draad kwijt en schudde zijn hoofd. 'Hij moet zo verdomde koelbloedig zijn.'

'Ik weet het niet. Het kan ook zo zijn als Risk denkt. Twee verschillende,' zei Tuvesson.

'Wacht even nu en laten we proberen er logisch naar te kijken,' zei Molander. 'Het enige wat we zeker weten over het auto-ongeluk, of wat het ook was, is dat het gisteravond om 17.38 uur op de E6 plaatsvond. Of de dader ter plekke was of iets in de auto heeft aangebracht moet mijn onderzoek uitwijzen. En wat de bibliotheek betreft. Is Vlecht al met een tijdstip gekomen waarop ze daadwerkelijk is overleden?'

'Gistermiddag tussen drie en vijf uur,' zei Tuvesson.

'Oké. Stel dat hij haar rond één uur, halftwee heeft opengesneden en dat ze een à anderhalf uur later is overleden. Dat geeft hem meer dan genoeg tijd om zowel het een als het ander te doen.'

'We kunnen in elk geval constateren dat hij weer bezig is. En goed ook,' zei Tuvesson. 'Als we het vergelijken met Jörgen en Glenn. Wat had Elsa Hallin dan bijvoorbeeld gedaan?'

'Volgens een van haar collega's had ze een scherpe tong,' zei Lilja.

'Oké, dus ze was ook een pestkop, maar dan verbaal? Dat zou in elk geval kloppen met de uitgetrokken tong.' Tuvesson wendde zich tot Rots. 'Heeft niemand in de klas er iets over gezegd?'

'Nee, niet met zoveel woorden.' Rots bladerde door zijn papieren. 'Het enige wat van haar werd gezegd, is dat ze nogal verwaand was.'

'En wie zei dat?'

'Camilla Lindén.'

Tuvesson zuchtte. 'Natuurlijk. En zei Elsa Hallin iets over haar?'

'Jawel, maar alleen dat ze altijd toe stond te kijken als Jörgen en Glenn Claes molesteerden.'

'Dus niets dat aan een auto-ongeluk te koppelen valt.'

'Nee, niet zoals het er nu uitziet.'

'En we hebben nog steeds niets gehoord van Seth Kårheden?' vroeg Tuvesson terwijl ze controleerde of er nog koffie in de thermoskan zat.

'Nee,' antwoordde Lilja. 'Maar ik heb bevestigd gekregen dat hij op 15 juni op het vliegtuig naar Pamplona zat en hij heeft trouwens voor vanavond laat een vlucht naar huis geboekt vanuit Santiago de Compostella.'

'Misschien heeft hij die pelgrimsroute gevolgd?' zei Rots.

'Of misschien wil hij alleen maar die indruk wekken?' zei Molander. 'Hij kan net zo goed terug zijn gereden in een auto.'

'Wat had hij ook al weer in het kluisje geschreven?' vroeg Tuvesson.

'Niemand ziet me. Niemand hoort me. Niemand pest me zelfs.'

'Niemand pest me zelfs. Komt dat niet erg overeen met Risks theorie over het mos?' Tuvesson pauzeerde en keek de anderen aan. 'Dat het zijn beeld van zichzelf was, in de schaduw van Claes Mällvik, die tenminste werd gepest.'

'Ja, met hem wil iedereen natuurlijk ruilen,' zei Rots.

'Dat is makkelijk voor ons om te zeggen. Maar het is nog maar de vraag wat erger is. Om gepest te worden of om totaal genegeerd en als lucht behandeld te worden.'

'Je bedoelt dat hij daar verandering in wil brengen?' vroeg Lilja.

'Ja, precies. Daar gaat het allemaal om. Hij wil iemand worden. Iemand met wie rekening moet worden gehouden. Iemand om wie je niet heen kunt. Iemand die niemand ooit nog zal kunnen vergeten.'

'Maar dan moet hij zijn identiteit bekendmaken,' zei Rots. 'Wat heb je eraan om bekend te zijn als niemand weet wie je bent?'

'Dat hangt ervan af hoe bekend hij wil worden,' zei Molander. 'Stel dat zijn identiteit door ons of door hemzelf onthuld zou worden. Dan zou er natuurlijk over geschreven worden. Maar na een paar jaar zou de aandacht bekoelen en het zou in de vergetelheid raken en als hij zijn straf had uitgezeten, zou niemand meer weten wie hij was. Daarom moet hij blijven bouwen.'

'Precies.' Tuvesson knikte. 'Hij bouwt aan zijn eigen mythe. Hij wil iedereen laten zien hoe slim en onoverwinnelijk hij is. Hoe niemand, zelfs de politie niet, hem kan stoppen.'

'Hij berooft zijn oude klasgenoten dus van het leven om zelf onsterfelijk te worden,' zei Lilja en de anderen knikten. 'En hoeveel moet hij er vermoorden voordat het gelukt is?'

'Wil je een getal hebben?' vroeg Tuvesson.

'Ja. Hoeveel moet hij er vermoorden voordat hij door de ruis heen breekt en nooit meer wordt vergeten?'

'Neem Columbine,' zei Molander. 'Daarbij zijn twaalf leerlingen en een leraar gestorven. En dat herinneren we ons nog steeds.'

'Dus je bedoelt dat hij de dertien moet halen?'

Molander schudde zijn hoofd. 'Helaas, ik denk niet dat dat genoeg zal zijn. Columbine was het eerste schoolbloedbad in zijn soort. De andere die in het kielzog daarvan plaatsvonden, herinnerden we ons na een halfjaar al niet meer. En hoewel deze dader uniek is als het om de uitvoering gaat, is hij toch niet meer dan een seriemoordenaar en die hebben we al eerder gezien. Maar natuurlijk, als hij achttien, twintig slachtoffers maakt is het een heel ander verhaal.'

'Dat zou de hele klas zijn.'

Molander knikte en het werd stil aan tafel.

'Nou, de stemming is top hier.'

Ze draaiden zich allemaal om en zagen Fabian Risk in de deuropening staan, licht voorovergebogen en met zijn ene hand steun zoekend bij de deurpost.

'Fabian? Wat doe jij hier? En waar is je politiebescherming?' Tuvesson liep naar Fabian toe, die afwerend een hand opstak.

'Ik weet wie het is.' Hij zette een paar stappen de kamer in en keek om zich heen naar de uitgeprinte krabbels die aan de muren hingen. 'Oei, hier heeft iemand hard gewerkt.'

'Fabian, wat wilde je...'

'Ik heb hem gevonden. Hier is hij. Hier hebben jullie hem.' Fabian stond bij het whiteboard en wees met zijn vinger vlak boven Claes op de uitvergrote klassenfoto. 'Hij is daar al die tijd geweest. Recht voor onze ogen.'

Tuvesson en de anderen kwamen om Fabian heen staan en keken naar de klassenfoto.

'Dat is Claes toch?' Rots draaide zich om naar Fabian. 'Fabian, Claes is dood.'

'Nee, niet Claes, maar degene die recht achter hem staat. Wat jullie hier zien, is Claes' haar niet.'

'Mag ik kijken,' zei Molander en hij drong naar voren met een loep en bestudeerde de foto, om zich na een tijdje om te keren en te knikken. 'Hij heeft gelijk.'

'Helaas hebben ze zijn naam er niet onder gezet,' zei Fabian.

'Dat is toch niet zo vreemd?' zei Lilja. 'Hij is makkelijk te missen.'

'Maar in dat geval zou zijn naam toch bij de afwezigen moeten staan?' zei Rots.

'Ja, dat zou je denken.'

'Niet als je het logisch bekijkt,' zei Molander. 'Hij is er klaarblijkelijk en is dus niet afgemeld.'

'Oké, met andere woorden zou hij dus in een van de jaarboeken van de andere jaren moeten staan,' zei Tuvesson en Fabian knikte.

'En dat is exact de reden dat ik hier ben.' Fabian richtte zich tot Rots, die zijn handen spreidde.

'Iedereen met wie we in contact zijn geweest heeft beloofd ernaar te zoeken. Maar voorlopig hebben we nog niets gekregen.'

'Misschien is zijn naam op de verkeerde plek terechtgekomen en staat hij ergens anders?' zei Lilja en ze begon het jaarboek door te bladeren.

'Dat is mij toevallig weleens overkomen, of liever gezegd de hele klas,' zei Rots. 'Ik geloof dat het in de vijfde was, al onze namen waren verwisseld met de namen van een klas uit het derde jaar. Ik heette opeens Ragnar Blom en werd de rest van de tijd op de basisschool Blommetje genoemd.' Rots lachte en ging verder. 'Een van de andere jongens kreeg de naam Greta en werd Greetje genoemd.'

'Fabian, gaat het?' onderbrak Tuvesson hem en ze greep Fabian vast, die zijn evenwicht dreigde te verliezen en elk moment tegen de vlakte leek te zullen gaan. Molander schoot te hulp en samen brachten ze hem naar een stoel.

Fabian voelde de vermoeidheid over zich heen komen samen met het koude zweet en de misselijkheid die erbij hoorden. 'Het gaat... Geef me alleen wat water, dan gaat alles goed...'

Tuvesson zette een groot glas water voor hem neer op tafel. 'Het gaat helemaal niet goed. Je bent gewond en zou in het ziekenhuis moeten liggen. Volgens de dokter zou je op zijn minst tot overmorgen in bed moeten blijven.'

'Ik moet naar huis... Theo, mijn zoon. Hij is helemaal alleen...' Fabian tilde het glas op en dronk, voelde hoe het water zich als een verkoelende liefkozing door zijn lichaam verspreidde. 'En ze lieten me niet werken in het ziekenhuis, ik had geen keuze.'

Tuvesson wachtte tot hij het glas leeg had gedronken, ging naast hem zitten en keek hem in de ogen. 'Fabian, luister nu even naar me. Wij werken aan deze zaak. Wij. Niet jij. Oké?'

'Ik moet contact met de school opnemen en achter zijn naam komen.'

'Dat hoef je helemaal niet. Fabian, je bent eruit gezet. Je werkt niet langer mee aan dit onderzoek. Je bent met vakantie, bovendien ben je ziek. Het enige waaraan je moet denken is rusten, dan achterhalen wij zijn naam wel. Zo moeilijk kan het niet zijn. We weten tenslotte in welke klas hij zat en ergens moet wel een naam te vinden zijn. Het is belangrijk dat je het doktersvoorschrift opvolgt. Bovendien is er een duidelijke bedreiging tegen zowel jou als de rest van de klas. Daarom wil ik dat je teruggaat naar...'

'349? Is dat het nummer van het kluisje?' Fabian wees naar het post-it-briefje bij de foto waarop het afgesleten gekrabbel aan de binnenkant van een kluisje te zien was. Rots knikte.

'Fabian, hoor je wat ik zeg?'

'We denken dat de dader het geschreven kan hebben,' zei Molander.

Fabian pakte de foto en probeerde de tekst te lezen.

'Niemand ziet me. Niemand hoort me. Niemand pest me zelfs. O.M.,' zei Molander.

Fabian keek op naar Molander. 'O.M.?'

'Onzichtbare man. Daar heeft hij op meerdere plekken mee ondertekend.'

'De onzichtbare man die niet langer onzichtbaar wil zijn. Hij wil dus naar buiten treden en gezien worden.'

Tuvesson knikte. 'Maar we denken dat hij zijn identiteit niet zal bekendmaken voor hij voldoende slachtoffers heeft gemaakt.'

'En wat zijn voldoende slachtoffers? De hele klas?'

'Ik vrees het, ja.'

Tuvesson had gelijk. Als je herinnerd wilde worden, waren een paar slimme moorden niet genoeg. Het mediamoeie publiek eiste op zijn minst tweecijferige getallen. Dus waarom niet voor de strike gaan en de hele klas uit de weg ruimen nu hij toch bezig was? Iedereen was tenslotte medeschuldig aan het feit dat ze hem onzichtbaar hadden gemaakt. Dat was exact de reden waarom hij niet in bed kon gaan liggen wachten tot Rots en de anderen 'zijn werk' zouden doen. Als hij niets deed, zou het allemaal zo voorbij kunnen zijn.

Hij kwam met hernieuwde energie overeind. Hij had een idee.

'Fabian, laat ons dit nu afhandelen.'

'Oké.' Hij verliet de kamer.

Een idee dat niet kon wachten.

Tuvesson liep naar de uitvergrote klassenfoto en keek naar het haar achter Claes Mällvik. Het haar dat van de jongen was die niemand zich herinnerde. Het enige wat ze nu nodig hadden was een naam.

Eén enkele naam.

Als ze dat hadden zou de rest vanzelf komen, zoals de laatste woorden in een kruiswoordraadsel. Ze naderden nu de laatste fase en het was daarom extra belangrijk dat ze alles correct deden. De regels volgden. Een over het hoofd geziene paragraaf. Een ontbrekende handtekening op een document. Overtuigend bewijs dat op een verkeerde manier verkregen was. Ze zouden over alles beentje gelicht kunnen worden in de komende rechtszaak, met als gevolg dat de dader op vrije voeten kwam voordat ze zelfs maar een vrije dag hadden kunnen nemen.

Het was Risk al een keer overkomen. Dat wist ze. Bij een onderzoek in Stockholm dat minstens even groot was als dit. Zo niet groter. Risk wist niet dat zij het wist en ze was ook niet van plan er ooit over te beginnen.

'Oké. Irene en Rots, jullie nemen weer contact op met iedereen uit de klas. Hopelijk herinnert iemand zich hem en kan ons een naam geven. En vergeet hen er niet aan te herinneren dat ze naar jaarboeken moeten zoeken.'

'Wat doen we met politiebescherming?' vroeg Rots. 'Heb je het er met Malmö over gehad?'

'Nee, ik heb nog geen tijd gehad. Maar dat doe ik meteen.'

Lilja en Rots knikten en liepen naar de deur. Tuvesson haalde haar mobieltje tevoorschijn, toetste een nummer in en keek naar Molander, die nog stond te wachten. 'En jij kunt aan de gang gaan met dat autowrak, zodat we duidelijkheid krijgen over wat er nu eigenlijk met Lindén is gebeurd.'

Molander knikte en maakte aanstalten om weg te gaan, maar draaide zich toen weer om. 'Trouwens... Hoe ging je uitstapje met Ingela Ploghed?'

'O ja, dat was ook nog vandaag.' Ze riep Lilja en Rots terug. 'Sorry, ik ben iets vergeten. Ik ben vanmiddag met Ingela Ploghed naar buiten geweest.'

'O ja, hoe ging dat?' vroeg Lilja.

'Als ik heel eerlijk ben, ik weet het niet. Ik ben met haar naar de boot gegaan en het enige wat ze zich herinnerde was dat ze was opgepikt door een man in een blauwe auto.'

'Blauw?' vroeg Rots. 'Ze wist niet wat voor model het was? Of hij oud of nieuw was?'

'Nee. Alleen dat hij blauw was.'

'Hoeveel mensen zijn er niet met een blauwe auto?' zei Molander.

'Heb jij geen blauwe auto?' Lilja wendde zich tot Molander, die knikte en zijn schouders ophaalde.

'Was dat het enige wat je te weten bent gekomen?'

'Ja, daarna reden we naar het Ramlösa Brunnspark en daar gebeurde ook niets, behalve dat ik helemaal bezweet raakte omdat ik die rolstoel door het grind moest duwen... Maar op de terugweg...' Tuvesson zweeg, liep naar het raam en keek uit over de stad. 'Ik moest aan de rand van de weg stoppen. Ingvar, jij belde toen om over de camera te vertellen die je bij Söderåsen had gevonden... vlak voor de spoorbrug. Hij was bijna recht boven ons en zodra er een trein aankwam toen...' Ze zweeg weer.

'Nou, wat was er?' zei Lilja.

'Ik weet het niet. Ze flipte helemaal en kreeg een soort paniekaanval, sloeg met haar armen en schreeuwde dat ik door moest rijden. Ik probeerde haar tot bedaren te brengen en contact met haar te krijgen, maar het was onmogelijk.' Tuvesson draaide zich om naar de anderen en haalde haar schouders op.

'Het geluid van de trein triggerde misschien iets in haar geheugen,' zei Rots.

'Zou de aanranding in een trein hebben plaatsgevonden?' zei Lilja.

'Nee, dat klinkt te ingewikkeld. Maar misschien in de buurt van een spoorlijn?'

'Maar was ze niet gedrogeerd en bewusteloos tijdens de ingreep?' vroeg Molander.

'Misschien kreeg ze het geluid mee in haar onderbewustzijn?' zei Rots.

Molander snoof en schudde zijn hoofd.

'Waarom niet? Die treinen denderen daar keihard voorbij,' ging Rots verder. 'Ik pluk vaak paddenstoelen in de buurt van de spoorlijn ten zuiden van het Ramlösa-park en je moet bijna je handen voor je oren houden als ze langskomen.'

'Oké, maar als ik wat mag zeggen, dan denk ik dat jullie op het verkeerde spoor zitten,' zei Molander.

'Waarom?' vroeg Tuvesson.

'Het hoeft helemaal niet het geluid te zijn waar ze op reageerde. Het kan evengoed de donkere tunnel onder het spoor zijn geweest.'

'Oké, daar heb je helemaal gelijk in. Als je bedenkt hoe gecompliceerd de ingreep was, heeft hij haar waarschijnlijk naar een plek gebracht waar hij ongestoord zijn gang kon gaan.'

Lilja en Rots knikten. Molander haalde zijn schouders op.

'Het zou dus een alleenstaand huis zonder buren moeten zijn,' vervolgde Tuvesson.

'Of een soort werklokaal,' zei Rots.

'In de buurt van het spoor,' zei Lilja.

Tuvesson knikte bedachtzaam. 'Ja, waarom niet? Ik denk dat ik even een kijkje ga nemen in de omgeving van het Ramlösa Brunnspark. We hebben tenslotte niets te verliezen.'

'Jawel, tijd. Ik weet niet hoe jullie erover denken maar ik zou het op het moment een schaars artikel willen noemen,' zei Molander en hij verliet de kamer.

Lilja keek hem na en draaide zich om naar de anderen. 'Wat heeft hij? Waarom is hij zo chagrijnig en zeurderig?'

'Hij is gewoon moe,' zei Tuvesson. 'En wie is dat niet?'

'Ik denk dat hij chagrijnig is omdat het zijn idee niet was,' zei Rots op het moment dat Tuvessons mobieltje ging.

'Met Astrid Tuvesson. Ja, dat klopt... Wat? Hoezo zelfmoord? Wat bedoelt u...' Ze draaide zich om naar Lilja en Rots. 'Maar ik begrijp het niet. Hoe dan? En waar ergens?'

72

Dunja Hougaard had nog nooit zo haar best gedaan om er onaangedaan uit te zien als nu terwijl ze de lift uit liep en koers zette naar de afdeling geweldsdelicten. Ze was hier om te werken en verder niets. Sleizner was nergens te bekennen. Maar de deur van zijn kantoor zat op slot, wat betekende dat hij er was. Als hij tenminste niet via een of andere nooduitgang naar buiten was geslopen.

Ze logde in op haar computer, klikte op de inbox van haar mailprogramma en zag dat ze antwoord had gekregen van min of meer alle kranten waarmee ze contact had opgenomen. Ze had gevraagd of ze alle foto's wilden sturen die genomen waren in de wachtkamer van de ziekenhuisafdeling waar Morten Steenstrup had gelegen, en tot haar verbazing waren ze er over het algemeen zonder protesten mee akkoord gegaan. Van de grote kranten had alleen de *Jyllandsposten* gemopperd en de garantie bedongen dat zij de primeur kregen als hun foto's iets interessants opleverden.

Daarom begon ze met het bekijken van hun foto's en ze was bijna opgelucht toen ze er niet één gezicht op zag dat ze niet herkende. Ze wist precies voor welke krant iedereen schreef. Ze ging verder met *Politiken* en bladerde door een overvloed van foto's van zichzelf waarop ze eruitzag als een wrak dat alle zorg nodig had die er te krijgen was. Bezweet, onopgemaakt en met wallen onder haar ogen die zo donker waren dat ze er bijna op geschilderd leken.

Het enige lichtpuntje was dat niet een van de foto's gepubliceerd was. Misschien konden zelfs journalisten barmhartig zijn. Of zouden ze hebben begrepen dat ze niet één interview en geen enkele voorafinformatie meer van haar konden verwachten als zelfs de gedachte ook maar bij ze opkwam om een van die foto's te publiceren?

Anderhalf uur later zag ze hem. Het kon niemand anders zijn. De foto was vanuit vogelperspectief genomen, alsof de fotograaf de camera hoog boven zijn hoofd had gehouden en op goed geluk een paar foto's had genomen. Uit publicatieoogpunt was de foto waardeloos met de afgeknipte dunharige hoofden aan de onderkant. Maar voor haar was de foto zo goed als perfect.

In het midden van de foto stond de rij met stoelen langs de achterste muur. Daar zat een man met een krant in zijn hand die de opschudding van een afstandje bekeek. Ze zoomde in op de man en stelde vast dat de scherpte bijna perfect was, al was er iets vaags en onduidelijks aan zijn gezicht. Maar ze was er zeker van dat hij het was. Het kon niemand anders zijn.

Sleizner zou er natuurlijk nooit mee akkoord gaan om de foto aan de Zweden te geven. Dat het het enige juiste was maakte hem niets uit. De Zweden moesten zich maar zonder hun hulp zien te redden. De Denen zouden de zaak zelf oplossen, of liever gezegd Kim fucking Sleizner. En als dat niet ging, dan moest de zaak maar onopgelost blijven.

Wat haatte ze hem. Elke cel in haar lichaam liep over van haat en de gedachte waar ze de afgelopen jaren zo vaak mee gespeeld had, veranderde nu steeds meer in een concreet besluit. Ze had geen keuze. Ze moest van Kim af. Niet alleen voor zichzelf, maar ook voor de zaak en voor het hele Deense politiekorps moest ze er alles wat in haar macht lag aan doen om te zorgen dat hij ontslagen werd.

Voordat ze zich kon bedenken pakte ze de telefoon en toetste het nummer in van de landelijke korpschef Henrik Hammersten. Hij nam zelf op en stemde in met een vertrouwelijk gesprek later op de dag. Ze hing op en haalde een paar keer diep adem.

'Maar daar ben je,' hoorde ze een stem vlak achter zich. Hoe lang had hij daar al gestaan? Ze draaide zich om en keek hem aan, maar kon niets van zijn gezicht aflezen.

'Zou je even naar mijn kantoor willen komen om... te praten?'

'Is het een probleem om het hier te doen?'

'Helemaal niet. Helemaal niet. Maar als ik jou was zou ik de voorkeur geven aan een gesloten deur.'

Kim Sleizner deed de deur achter Dunja dicht, die al haar alarmbellen negeerde en in de bezoekersstoel ging zitten. De Eikel liep om zijn bureau heen en ging in zijn stoel zitten. Tot haar verbazing ontbrak de gebruikelijke hooghartige grijns op zijn gezicht.

'Om te beginnen wil ik me verontschuldigen voor wat er vannacht is gebeurd.'

Droomde ze of maakte hij een grapje?

'Als ik heel eerlijk ben, kan ik me niet herinneren wat er precies gebeurd is. Maar het weinige dat ik me herinner is meer dan genoeg om in te zien dat niets mijn gedrag kan verontschuldigen. Het enige waarachter ik mij kan verschuilen, is dat ik te veel had gedronken en mijn zelfbeheersing kwijt was.' Hij pauzeerde en keek haar strak aan. 'Maar dat is geen excuus. Het rechtvaardigt mijn gedrag op geen enkele manier. Ik wil dat je weet dat ik me vreselijk schaam.'

Hij zag eruit alsof hij het werkelijk meende, dacht Dunja en ze vroeg zich af of het de bedoeling was dat ze nu iets zei. Maar waarom zou ze het hem makkelijk maken?

'Dunja, ik was er heel zeker van dat jij *Ekstra Bladet* had getipt. Pas achteraf heb ik ingezien dat jij het helemaal niet was. Daarom ben ik bereid de strijdbijl te begraven. Als je me niet aanklaagt voor mijn walgelijke gedrag van gisteren, geef ik jou niet aan wegens het weigeren van een bevel en valsheid in geschrifte.'

Hij wist dus van haar streek met de auto.

'Ik weet precies wat je nu denkt,' ging Sleizner verder. 'En het antwoord is ja. Ik weet precies wat je hebt gedaan. Dat heb ik altijd geweten. Maar ik ben bereid overal een streep doorheen te zetten en je bovendien totale vrijheid te geven in je werk aan het onderzoek.'

Meende hij dat echt? Had hij zich echt zo gebrand dat hij zich alleen nog maar volledig kon terugtrekken? Had hij geen andere keuze dan zijn ego te begraven en haar haar werk te laten doen? Dunja kende Sleizner te goed om zich te durven ontspannen en bleef op haar hoede. Maar als hij het nu echt meende dat ze aan het onderzoek mocht blijven werken, wilde ze geen spaken in het wiel steken. Het was niet haar stijl om haar eigenbelang voor het belang van het onderzoek te stellen en dat zou het ook nooit worden. Ze schonk hem een nauwelijks merkbaar knikje.

'Goed. Nu we dat achter de rug hebben,' vervolgde Sleizner. 'Hoe gaat het met het onderzoek? Hebben jullie iets ontdekt wat ik zou moeten weten?'

Ze zou een ambtsovertreding begaan als ze niets over de foto van de dader zei. Tegelijkertijd moest de foto direct naar de Zweden worden gestuurd. Iets wat Sleizner tot nu toe verboden en op alle mogelijke manieren tegengehouden had. Ze besloot hem op de proef te stellen. 'Ik denk dat ik een foto van hem heb.'

Sleizners gezichtsuitdrukking veranderde. 'Ja? En hoe heb je dat voor elkaar gekregen?'

Dunja vertelde over Kjeld Richters onderzoek waaruit bleek dat de dader via het plafond bij de gewonde politieagent binnen was gedrongen, en hoe ze toen had begrepen dat hij in dezelfde wachtkamer als de journalisten moest hebben gezeten.

'Dat is fantastisch, Dunja. Goed gedaan.'

'Ik stel voor dat we de foto naar de Zweden sturen en afwachten wat ze zeggen voordat we verdergaan,' zei Dunja.

'Oké. Als jij dat wilt.' Hij liep om het bureau heen en ging op de rand voor haar zitten. 'Dunja. Ik meen echt wat ik heb gezegd. Jij en ik, we zijn op de verkeerde voet begonnen en dat is voornamelijk mijn schuld. Je bent de hele tijd een fantastische politieagent geweest en vanaf nu laat ik je dat ook zijn. Dus als jij vindt dat we de foto naar de Zweden moeten sturen, dan doen we dat.'

Dunja knikte en kwam overeind.

'Nog één ding.'

Ze draaide zich om.

'Je had, begreep ik, een afspraak met Hammersten gemaakt. Als je er niets op tegen hebt, zouden we daar misschien samen naartoe kunnen gaan?'

Dunja wist niet wat ze moest antwoorden, maar ze merkte dat ze knikte.

73

Zevenendertig... Achtendertig, telde ze bij zichzelf en ze bleef staan om een korte pauze te nemen. Ze was al buiten adem en voelde hoe het zweet door haar dunne blouse was gedrongen. Het was zwaarder dan ze had gedacht, hoewel ze op haar krukken kon steunen. Pijn voelde ze nauwelijks nadat ze vier paracetamoltabletten had geslikt. In het ziekenhuis hadden ze haar aangeraden om minstens een week in bed te blijven zodat ze niet het risico zou lopen nieuwe bloedingen te krijgen. Een probleem dat ze had opgelost met behulp van een ziekenhuishemd en drie lagen verband. Haar twee politiebewakers hadden er eerst op gestaan mee naar boven te gaan, maar hadden er na wat heen-en-weergepraat mee ingestemd beneden te blijven om de ingang te bewaken.

Ze liep weer verder de trap op, die spiraalsgewijs omhoog ging, en dronk het laatste restje vruchtensap uit de fles die ze bij de kiosk op het Stortorget had gekocht. Ze had er spijt van dat ze geen grotere fles had gekocht. Die had ze eigenlijk willen hebben, maar omdat de literprijs hetzelfde was, had ze uit balorigheid de kleine gekocht. Tegen wie en met welk nut? Straks zou het allemaal toch niet meer uitmaken.

Negenenvijftig.

Zestig. Nog honderdenzes treden voordat ze boven was.

Eenenzestig.

Het was voor de tweede keer in haar leven dat ze boven in de Kärnan was. De eerste keer was met de klas geweest toen ze in de achtste zaten. Die keer moesten ze de verschillende zalen in om naar de schilderijen te kijken en te horen hoe de vijfendertig meter hoge toren door de Denen gebouwd was in het begin van de veertiende eeuw om samen met het Kronborg Slot de wacht te houden en de toegangsweg tot de Sont te verdedigen. Maar het enige waar zij en haar klasgenootjes in geïnteresseerd waren was zo snel mogelijk alle treden naar de top te tellen.

Glenn Granqvist was de eerste geweest die boven kwam. Honderdnegenendertig treden had hij gezegd dat er waren, wat fout was. Ze herinnerde het zich nog als de dag van gisteren. Misschien omdat zij zelf de eerste was die boven was gekomen en het juiste aantal treden had geroepen? Honderdzesenveertig waren het er. Niet meer en niet minder.

Vierenzeventig.

Ze herinnerde zich de jaren in de bovenbouw als de beste van haar leven. Toen was ze op haar top geweest. Ze had in alle vakken de hoogste cijfers gehaald en was toch een van de populairste leerlingen van de klas geweest. Toen was Ingela Ploghed iemand naar wie geluisterd werd. Ze was toen van plan geweest om een van de beste advocaten van het land te worden en al haar energie te stoppen in het helpen van de zwakkeren op de bodem van de samenleving. Ze was zonder problemen op de juridische faculteit in Lund gekomen en was op het eerste gezicht verliefd geworden op het studentenleven.

Achteraf begreep ze niet hoe de studie zo goed had kunnen gaan. Er was geen avond geweest waarop er geen feest werd gehouden, het ene nog gekker dan het andere. De ene avond had ze zich in het zweet gedanst op top 40-liedjes om de volgende avond verkleed als The Log Lady naar een Twin Peaks-feest te gaan. Tweeënhalf jaar later was de verliefdheid opgehouden.

Honderddertien.

Onderweg naar huis na een late nacht in een studentenflat was ze Gerhard Kempe tegengekomen, haar docent in civiel recht. Hij had erop gestaan haar naar huis te brengen en onderweg hadden ze gediscussieerd over de grote salarisverschillen tussen mannelijke en vrouwelijke juristen. Gerhard was van mening geweest dat het vooral kwam doordat mannen beter onderhandelden en zich meer bewust van hun waarde waren. Zelf had ze beargumenteerd dat het niet uitmaakte hoe vrouwen onderhandelden. Ze zouden toch een lager loon krijgen dan mannen. Tegenwoordig zou ze het met hem eens zijn.

Bij haar huis aangekomen had hij gevraagd of ze niet nog een afzakkertje zouden nemen. Ze had het afgeslagen en gezegd dat nog meer alcohol het laatste was waar ze nu behoefte aan had. Daarna was alles zo snel gegaan dat ze er alleen nog sporadische herinneringen aan had.

Honderdzesentwintig – Harde klap in haar gezicht, viel.

Honderdzevenentwintig – Hoofd sloeg tegen het asfalt. Overal handen.

Honderdachtentwintig – Probeerde te krabben, zich vrij te slaan, te schreeuwen.

Honderdnegenentwintig – Nieuwe klap, voortand los. Smaak van bloed.

Honderddertig – Het geluid van haar broekje dat werd stukgetrokken.

Honderdeenendertig – Begerige dikke vingers, ver naar binnen.

Honderdtweeëndertig – Gaf het op, liet hem zijn gang gaan.

Honderddrieëndertig – Werd op haar buik gedraaid.

Honderdvierendertig – Aan haar haar getrokken, pijn in anale opening.

Honderdvijfendertig – Een waarschuwing, voor als ze het iemand zou vertellen.

Honderdzesendertig – Rennende voetstappen, steeds verder weg.

Ze nam de laatste treden zo snel als ze kon en stapte in het licht, waar ze haar bezwete lichaam liet afkoelen in de lichte bries.

Behalve haarzelf was er een Nederlands gezin, twee volwassenen en twee kinderen. Ze kon niet verstaan wat ze zeiden, maar begreep dat de dochter, die bij de verrekijker stond, om geld zeurde en dat de zoon de hele tijd op de rand probeerde te klimmen.

Ze ging in de hoek staan die het verst van het gezin verwijderd was en werd getroffen door het wonderschone uitzicht. Ze kon zich niet herinneren dat ze er net zo van onder de indruk was geweest toen ze hier met de klas was. Meestal was het andersom. Als kind leek alles groter, steiler en dieper. Maar die keer was ze met andere dingen bezig geweest.

Zoals gewoonlijk hadden Jörgen en Glenn Claes niet met rust kunnen laten. Ze hadden hem op de rand getild en gedreigd hem eraf te duwen. Ze kon zijn stem nog steeds horen. Hoe hij smeekte of ze op wilden houden. De anderen van de klas waren een voor een, buiten adem, boven gekomen en deden een bod op het aantal treden. Maar zodra ze hadden gezien wat er aan de hand was, waren ze snel aan de andere kant gaan staan en hadden gedaan alsof ze het uitzicht bewonderden.

Zelf was ze naar hen toe gelopen en had gezegd dat ze hem naar beneden moesten halen. Naar beneden gaat hij sowieso, had Jörgen met een grijns geantwoord. Camilla en Elsa waren er ook bij geweest. Camilla had alleen maar staan staren terwijl ze met hem bezig waren. Dat deed ze altijd. Het was of ze ervan genoot om te zien hoe Claes leed. Elsa had zoals gewoonlijk haar mond opengetrokken. 'Kom op! Waarop wachten jullie? De wind zal zijn roos als sneeuw rond laten dwarrelen! Bah!'

Het had een eeuwigheid geleken voordat Monika was verschenen en het juiste aantal treden had gezegd. Daarna had ze geen aandacht meer voor Claes gehad, die nog steeds snikte en helemaal rood van het huilen zag.

Het Nederlandse gezin liep de trap af en ze was alleen. Eindelijk.

Ze liet de krukken tegen de muur leunen, trok haar sandalen uit en zette ze naast elkaar, samen met haar horloge, haarspeld en ketting. Toen ze op de rand van de muur klom en ging zitten, voelde ze hoe de pijn terugkeerde, maar dat kon haar niets schelen. Ze keek over de daken van de huizen en de bomen uit en liet haar voeten in de lucht bungelen. Ze had er rekening mee gehouden dat ze duizelig en misselijk zou kunnen worden, maar het enige wat ze voelde was een gevoel van vrijheid. Nog even en alles zou voorbij zijn.

Al na de eerste verkrachting had ze erover gedacht om zelfmoord te plegen. Ze had zelfs een paar onhandige pogingen gedaan. Ze had ergens gelezen dat degenen die er niet in slaagden zich van het leven te beroven eigenlijk wilden leven en dat een zelfmoordpoging alleen maar een roep om hulp was. Maar dat gold niet voor haar. Na de gebeurtenis in Lund was ze zichzelf gaan verachten tot ze diep vanbinnen niets anders meer wilde dan sterven. Ze kon zonder te overdrijven constateren dat de laatste jaren van haar leven niets anders waren geweest dan een aaneenschakeling van mislukkingen.

De dader aanwijzen die zich nu aan haar had vergrepen, zou alleen nog maar een schakel aan de verzameling toevoegen. Want ze kon hem aanwijzen. In de auto van die agente was haar geheugen teruggekomen. De denderende trein en zijn gezicht. Ze dacht dat ze het niet gezien had, maar dat had ze blijkbaar toch. Wat deed het er nu nog toe? Er was toch niemand die haar zou geloven. Als het iemand anders was geweest. Misschien. Maar niet bij hem. Geen denken aan. Het zou haar woord tegen het zijne zijn. Een gedrogeerde, half bewusteloze vrouw of een...

Ingela Ploghed wuifde haar gedachten weg, sloot haar ogen en leunde naar voren.

74

Fabian Risk vond vlak voor het huis aan de Pålsjögatan een lege parkeerplek. De autosleutel had op Hugo Elvins bureau gelegen, samen met een briefje waarop te lezen was dat de auto op de parkeerplaats stond. Iemand was dus zo aardig geweest om zijn auto helemaal vanaf Söderåsen hiernaartoe te brengen.

Hij deed de auto op slot en keerde zich om naar het rijtjeshuis van rood baksteen. Het voelde niet alsof hij thuiskwam, eerder alsof hij bij iemand op bezoek ging. Wat misschien niet zo vreemd was als je bedacht dat hij er nog maar negen dagen woonde en er in die tijd nauwelijks was geweest. Nu was hij drie hele dagen weg geweest en als hij Theodor een beetje kende was dat één lange roes van bezorgpizza's, computerspelletjes en hardrockgedreun geweest.

Hij liep het trapje op, stak de sleutel in de deur en kon het doffe, ritmische gebonk van de geliefde doodsmuziek van zijn zoon al horen. Hij had nooit iets begrepen van dat gemangel. Hij vond het niet levendig en niet swingend, alleen maar angstwekkend. Maar hij had zichzelf beloofd nooit te klagen over de muziek van zijn kinderen en ook al had het hem een paar keer moeite gekost, tot nu toe had hij zijn belofte kunnen houden. Zijn eigen ouders hadden niets anders gedaan dan klagen. Voor hen maakte het niet uit of het nu Kraftwerk, Depeche Mode of Heaven 17 was. Het was allemaal toch alleen maar *bonk bonk* en ze gebruikten niet eens échte instrumenten.

'Jij moet de nieuwe buurman zijn,' klonk een stem achter hem.

Fabian draaide zich om en zag een peervormige vrouw die een korte broek met grote zakken, een T-shirt en een zonnehoed droeg. In haar handen had ze een glazen pot met rode bessen.

'Mijn naam is Ulla Stenhammer. Wij wonen op nummer 15.'

Fabian stapte het trapje weer af en gaf de vrouw een hand. 'Hallo. Fabian Risk.'

'Ah, en wat doet u, als ik vragen mag?'

'Wat ik doe?'

'Ja, wat voor werk bedoel ik.'

'Voorlopig heb ik nog vakantie en doe ik mijn uiterste best om niet aan mijn werk te denken.' Fabian produceerde een glimlach ten behoeve van de goede verstandhouding met de buren en hoopte dat de eerste indruk die hij van de vrouw had gekregen fout was.

'Aha, ja... Ik wilde jullie alleen hartelijk welkom heten.' De vrouw gaf de pot met bessen aan hem. 'Je bent toch altijd een beetje nieuwsgierig naar wie erin zal trekken en toen ik begreep dat het een normaal gezin was, was ik op zijn zachtst gezegd dolblij.'

'Ja? Was er iets mis met de vorige buren?'

'Ach, mis... Ze waren absoluut een beetje vreemd als je het mij vraagt. Ze deden bijvoorbeeld nooit mee aan het lente- of herfstfeest en... Ja, je hebt gezien hoe het er aan de achterkant uitziet. Je reinste jungle. Het werpt een schaduw over ons hele terras, dus het enige wat daar groeit is mos. Niet zo leuk, als je het mij vraagt.'

Fabian stelde vast dat zijn eerste indruk helaas bleek te kloppen. 'Ik beloof dat ik ga knippen en snoeien zodra ik tijd heb.'

'Ja, ik wil me er niet mee bemoeien natuurlijk.'

Het werd stil en Fabian maakte aanstalten om zich weer om te draaien.

'De muren zijn vrij dik in die oude huizen, dus je zou kunnen denken dat het niet zo gehorig is. Maar ik kan je vertellen, dat het dat wel is. En heel erg. Vraag me niet hoe het geluid erdoorheen komt. Ik weet alleen dat het het doet.'

'Draait mijn zoon te luide muziek?'

'Ik weet niet of ik het muziek zou willen noemen. Maar als het 's nachts ietsje zachter kan, dan zou dat geen kwaad kunnen, als je het mij vraagt. Al is het niets vergeleken bij de Paldynski's. De oude buren dus.'

'Aha, draaiden zij ook muziek?'

'Nee. Of jawel, soms wat klassiek. Maar dat was het probleem niet. Dat waren al hun ruzies.'

'Ruzies?'

De vrouw deed een stap naar Fabian toe en keek over haar schouder, alsof ze bang was dat ze werd afgeluisterd. 'Je hebt geen idee hoe ze tegen elkaar konden schreeuwen. Soms klonk het alsof... Ja, ik weet niet wat. *Friday the 13th*. Als we in onze slaapkamer lagen was het alsof we ons in dezelfde ruimte als hen bevonden. Ik weet het niet helemaal zeker, maar ik ben er vrij zeker van dat hij haar sloeg.'

Fabian realiseerde zich dat de eerste indruk aangepast moest worden. De vrouw was nog veel erger dan hij had vermoed.

'Maar uiteindelijk is ze ervandoor gegaan en dat neemt niemand haar kwalijk. Al was het niet op de meest sympathieke manier, als je het mij vraagt. Maar daar heb ik niks mee te maken. Er is niets ergers dan buren die hun neus in andermans zaken steken.'

'Nee, dat is zeker waar. Bedankt voor de rode bessen.' Fabian deed een nieuwe poging om het trapje op te lopen.

'Hij was maar een paar dagen op reis, moet je weten. Naar Berlijn, geloof ik. Dat is een vreemde stad, niet? Ik was er een keer op vakantie en moest daarna vakantie nemen. Maar toen hij terugkwam, waren alle kleren en speeltjes uit het huis gehaald. Toen waren zij en de kinderen er met volle koffers vandoor gegaan. Gewoon hups, weg. Niet erg aardig, als je het mij vraagt.'

Dus daar had de makelaar naar verwezen toen hij het over privéomstandigheden had. 'Nee, dat klinkt niet erg aardig. Weet iemand waar ze naartoe is gegaan?'

'Dat is nu juist het vreemde eraan.' Ze stak haar wijsvinger in de lucht en trok haar wenkbrauwen op om aan te geven hoe vreemd het was. 'Het feit dat het hem niets uit leek te maken. Het was alsof hij gewoon zijn schouders ophaalde en verder ging met zijn leven.'

'Heeft hij niet geprobeerd haar te vinden?'

'Niet dat ik weet. Als je het mij vraagt, was hij opgelucht.' De vrouw schudde haar hoofd. 'Ik begreep er niets van, voor mij was het volkomen onbegrijpelijk. Stel je voor dat je thuiskomt en dat de rest van je gezin weg is.'

'Dus niemand weet waar ze naartoe zijn.'

Het gezicht van de buurvrouw brak open in een brede glimlach. 'Nu kon ik mijn nieuwsgierige snoet natuurlijk niet in bedwang houden, dus ten slotte heb ik het aan hem gevraagd, op de man af, en toen bleek dat hij precies wist waar ze waren. Wat zijn op zijn zachtst gezegd vreemde gedrag wel enigszins verklaarde.'

'Aha,' zei Fabian en hij wachtte tot er meer zou komen. Maar er kwam niet meer. 'Zei hij waar ze ergens waren?'

'Nee, hij zei alleen dat hij wist waar ze waren en toen wilde ik niet doorvragen. Zelfs ik heb mijn grenzen.' De buurvrouw barstte in lachen uit. 'Maar nog maar een week geleden hoorde ik van de Wingårds op nummer 13 dat de vrouw naar Denemarken is vertrokken, waar ze voor zover ik heb begrepen samenwoont met een nieuwe man. En als je het mij vraagt, zou ik zeggen dat ze hem al eerder gekend moet hebben.'

Fabian knikte en haalde zijn schouders op. 'En wanneer is dit gebeurd?'

'Een paar maanden geleden, in de lente. Precies, het duurde maar een paar weken voordat hij het huis aan jou verkocht. Maar hij wilde hier natuurlijk niet blijven met al die herinneringen.'

Fabian liep het trapje weer op. Hij wist niet meer voor de hoeveelste keer. Hij dacht na over hoe hijzelf zou hebben gereageerd als Sonja zoiets zou hebben gedaan. Hij draaide de sleutel om, deed de deur open en moest toegeven dat een deel van hem het waarschijnlijk fijn zou vinden.

Dead will dance for what is left!

Hij zou er heel wat voor over hebben gehad om de doom-metal, die als een muur van vuilnis over hem heen sloeg, niet te hoeven horen. Maar het was in elk geval fijn om weer thuis te zijn, dacht Fabian, die de deur achter zich sloot en constateerde dat het er precies zo uitzag als toen hij woensdagochtend het huis had verlaten om naar de begrafenis in Denemarken te gaan. Drie dagen die aanvoelden als drie weken.

Save yourself from this!

Hij liep door naar de keuken en kon een aantal sporen zien die Theodor had achtergelaten. Maar niet zoveel als hij had verwacht. Behalve een half opgegeten pizza die nog in zijn doos lag, een onaangeroerde salade en een leeg colablikje zou je de keuken bijna schoon kunnen noemen. Zou hij eindelijk zijn begonnen te leren hoe je dingen achter je op moest ruimen?

The world spread its legs for another star!

Marilyn Manson schreeuwde zijn boodschap uit op een muur van vervormde gitaren en een spervuur van drums. De afgelopen jaren was hij de grote favoriet van Theodor geweest en hij stond voortdurend op repeat. Fabian kon begrijpen dat de buurvrouw er iets van had gezegd. Als je muur aan muur woonde met zijn stereo-installatie dan maakte het niet uit hoe dik de muren waren. Maar voorlopig was het nog maar kwart voor vijf, dus hij was nog niet van plan om naar boven te gaan om te vragen of het zachter kon. In plaats daarvan stuurde hij een sms'je waarin hij vroeg of hij thuis was en zin had om samen koffie te drinken op het terras.

Everyone will suffer now!

Twee minuten later kwam het antwoord: COD. MIDDEN IN EEN MISSIE. SLA KOFFIE OVER. ZIE JE LATER. T

Dat was precies waarop Fabian had gerekend en diep vanbinnen ook had gehoopt. Ook al zou het fijn zijn geweest om koffie te drinken, hij had geen tijd. Voordat de dag voorbij was, moest hij een naam hebben. Een naam van iemand die hij duizenden keren had gezien maar aan wie hij geen enkele herinnering had. Van een dader die opnieuw toe zou slaan als hij niet werd tegengehouden.

Hij wist hoe hij aan de naam kon komen. Het was een gok en hij had geen idee of het zou werken, maar bij gebrek aan iets beters was het een poging waard. Eerst zou hij douchen en schone kleren aantrekken. Onderweg naar de badkamer op de bovenverdieping probeerde hij zich te herinneren wanneer hij voor de laatste keer meer dan drie dagen niet gedoucht had en kwam erop uit dat het in 1995 op het Roskildefestival moest zijn geweest.

Ondanks emmers bier en constante evenwichtsproblemen herinnerde hij het zich alsof het gisteren was. Achteraf gezien was het een absoluut topjaar geweest met Oasis, Blur, The Cure en Suede. Het programma van dit jaar, met Prince, LCD Soundsystem en Vampire Weekend, kon er ook mee door. Het was hem zo verleidelijk voorgekomen dat hij zelfs aan Sonja had voorgesteld om er met het hele gezin naartoe te gaan. Ze had hem alleen maar aangekeken en gevraagd of het niet wat laat was voor een midlifecrisis.

Hij deed de badkamerdeur op slot, trok het ziekenhuishemd en zijn broek uit, maakte voorzichtig het gaasverband los dat rond zijn bovenlichaam was gewikkeld. Rond en rond tot het ophield. Hij was er weliswaar de hele tijd geweest. De pijn, zeurend en prikkend, maar hij had er de laatste uren niet meer aan gedacht. Pas nu hij het laatste stuk verband afwikkelde, werd hij eraan herinnerd hoe gewond hij eigenlijk was. Het met bloed vermengde wondvocht was een soort lijm geworden tussen de wond en het gaasverband en hij moest onder de douche gaan staan om het verband stukje voor stukje los te trekken. De pijn werd nog een flink stuk erger en hij was dankbaar dat Marilyn Manson hem overstemde.

Toen het laatste stukje gaasverband los was gekomen zette hij de thermostaat op de koudste stand en liet het water over de gloeiende wonden stromen. Hij stond een paar minuten te genieten voordat hij zich inzeepte, zijn haar waste en midden op de badkamermat ging staan om zich aan de lucht te drogen.

Hij bekeek zichzelf in de spiegel. Meestal zorgde dat ervoor dat hij zich jong voelde. Hij was drieënveertig jaar, maar had een lichaam dat er minstens tien jaar jonger uitzag. Geen extra kilo's, zoals zoveel anderen van zijn leeftijd met zich mee torsten. Geen beginnende kaalheid. Hij had nog niet eens grijze haren. Maar de man naar wie hij nu keek zag er minsten tien jaar ouder uit. Hij was lijkbleek en zijn gezicht hing alsof de zwaartekracht opeens was verdubbeld. Hij overwoog zich om te draaien om de wonden te bekijken, maar besloot dat het beter was om dat niet te doen.

I lift you up like the sweetest angel…

Zijn kleren zaten nog steeds in de verhuisdozen aan zijn kant van het bed en hij zocht er net zo lang in tot hij een schone onderbroek, een paar sokken, een rood loshangend linnen overhemd dat het gaasverband moest vervangen en een kreukelige linnen broek vond.

I'll tear you down like a whore…

In de keuken stopte hij zijn mobieltje in de lader en nam de pizzaresten mee naar de kelder. Hij wist precies wat hij zocht. Het groene ladeblok. Maar dat stond niet meer waar hij het voor het laatst had gezien. Toen had het tegen een van de muren in de kelder gestaan. Nu niet meer. Hij wist niet of Sonja er was geweest en spullen had herschikt of dat hij het zich verkeerd herinnerde. Het voelde op de een of andere manier anders, alsof alles was verplaatst.

Bovendien stond de kelder nu vol met spullen die direct naar de stortplaats hadden gemoeten als Sonja er geen stokje voor had gestoken. Ze kon zich er niet toe zetten dingen weg te gooien. Volgens haar kon alles vast nog weleens van pas komen. Haar gebruikelijke argument waren haar eigen ouders, die nooit iets hadden bewaard, en alleen al een klein vermogen hadden uitgegeven aan keukenapparatuur die uit de mode was geraakt en daarna weer hartstikke hip was geworden. Maar wat ze met kapotte fietsen, ondergekliederde autokinderstoeltjes en dozen met VHS-banden moesten, kon Fabian niet begrijpen.

Twintig minuten later vond hij de groene ladekast achter een oude bruine bank met drie mandflessen erop. Hij trok de middelste la open en haalde zijn oude fotoalbum eruit, ging tussen de mandflessen op de bank zitten en begon te bladeren. Meerdere foto's waren losgeraakt en de verkeerd gespelde commentaren waren achtergebleven als vergeten lichtjes in een weggegooide kerstboom.

De foto's waren genomen met zijn Instamatic-camera, die hij had gekregen toen hij tien werd, en ook al waren de kleuren veranderd en was de scherpte verdwenen, de foto's deden wat ze moesten doen en voerden hem terug naar de tijd toen hij op zijn Rampriderplank met Tracker Trucks en rode Kryptonics reed, op schoolreisje ging naar Kopenhagen en drie cheeseburgers in de McDonald's tegenover Tivoli at, de eerste sneeuw wegruimde en de Grote Berg bouwde, een heuveltje om vanaf te skiën, gemaakt van afval.

Bijna alle foto's waren genomen in de schoolvakantie na de zesde klas en vanaf het moment dat hij in de zevende zat, was de camera blijven liggen. Op één dag na in de achtste klas toen hij hem mee naar school had genomen en een heel rolletje had volgeschoten. Zesendertig foto's met maar één onderwerp. Al deze jaren had hij geen moment meer aan de fotoreeks gedacht. Hij was het bestaan ervan zelfs vergeten. Pas toen hij Rots' foto van de deur van het kluisje met de krabbels erop had gezien, was de herinnering aan de fotoreeks weer teruggekomen.

En daar waren ze, alle zesendertig, goed verstopt in een van de albums van de basisschool. Onder alle foto's had hij hetzelfde geschreven.

Eén woord.

LINA.

Ze stond op elke foto. Niet altijd in het centrum, maar ze was er altijd als de vanzelfsprekende blikvanger van de foto. Dat de fotograaf verliefd was, was niet te missen, en Fabian herinnerde zich dat hij voorzichtig was geweest en de foto's in het geheim had genomen zodra Jörgen niet in de buurt was. Hij had er alles aan gedaan om te zorgen dat Lina het niet merkte. Het laatste wat hij wilde was Jörgen op zijn nek krijgen. Maar nu kon hij duidelijk zien hoe bewust ze zich was geweest van zijn camera. De blikken die zogenaamd wegkeken. De glimlachjes die onbewust probeerden te zijn. Ze had het leuk gevonden en er nooit iets over tegen Jörgen gezegd. Het was hun geheim geweest.

Fabian keek op uit het album en luisterde. Het was alsof hij in de verte een stem hoorde, iemand die riep. Maar hij zag niets wat het kon verklaren. Tegelijkertijd was hij er zeker van dat hij het zich niet had ingebeeld. Ergens in de verte klonk een stem. Omdat alle discanten en het middenregister wegvielen en alleen de laagste frequenties overbleven, was het onmogelijk om te horen wat de stem zei.

Fabian kwam overeind en lokaliseerde de stem bij de gemetselde muur achter hem en hij voelde zich meteen kalmer. De muur grensde aan het huis van de buren en dan was het natuurlijk de buurvrouw die hij hoorde. Hij keerde terug naar het album en vond al snel de foto die hij zocht. Precies zoals hij zich herinnerde stond Lina erop terwijl ze een paar boeken in haar kluisje legde. Het kastje naast haar was gesloten, maar het nummer kon je niet ontgaan.

349.

Lina had het kluisje naast dat van de dader gehad.

75

De auto, een zilvergrijze BMW 1-serie M Coupé, was in een paar seconden veranderd van een hoogtechnologisch wonder in een hoop schroot.

Ingvar Molander had altijd van Duitse auto's gehouden en de laatste jaren consequent geweigerd over te stappen naar een ander merk. Daarom was het extra pijnlijk voor hem om de vernielde auto te onderzoeken. En alsof dat nog niet genoeg was, was hij er nog steeds niet in geslaagd de oorzaak van de crash te vinden en had daarom geen andere keuze dan nog een keer zijn aantekeningen door te nemen om te kijken of hij iets had gemist.

LINKERKANT, DEUKEN EN DIEPE KRASSEN IN CIRKELFORMATIES. De auto reed in op de zijkant van de vrachtwagen en raakte de middelste wielen. De afgeschraapte zilvergrijze kleur op de wielmoeren van de vrachtwagen had hij al veiliggesteld. GRAS EN AARDE IN ALLE VIER DE WIELEN, VOORAL RECHTS VOOR EN ACHTER. De auto stuiterde naar de rand van de weg en het gras op. RECHTER VOORLICHT VERBRIJZELD. Daar reed hij recht met de rechter voorkant tegen het verkeersbord op, draaide een keer rond en kwam weer op de snelweg terecht. ACHTERKANT GEDEELTELIJK INGEDRUKT. De vrachtwagen reed er recht overheen. OVERAL DIEPE KRASSEN EN DEUKEN, VOORAL OP HET DAK. Hij sloeg over de kop en kwam ten slotte op zijn dak terecht voordat hij tot stilstand kwam.

Molander was gefrustreerd. Hij had alles doorgenomen, hij wist niet hoeveel keer al, zonder iets te vinden wat erop wees dat er sprake van moord was. Hij had geen doorgeknipte remkabels of losse wielmoeren gevonden. Met het stuurslot en de servo was ook niets mis en er waren geen sporen van een andere passagier in de auto of een van afstand bestuurd vreemd onderdeel. Niets. De auto zag er precies zo uit als je kon verwachten nadat hij was overreden door een vrachtwagen en met 140 kilometer per uur over de kop was geslagen.

Drie uur had hij erin gestoken. Drie uur zonder resultaat.

Hij was bijna vijftien jaar geleden gestopt met roken. Sindsdien rookte hij alleen bij speciale gelegenheden. Of dit een gelegenheid was die als speciaal geboekstaafd kon worden, wist hij niet. Maar de sigarettenlucht in de auto had hem ervan overtuigd dat kleine mislukkingen ook een sigaret waard konden zijn.

Hij trok de bovenste la van de werkbank open en pakte het zakje Fisherman's Friend, trok een sigaret uit het John Silver-pakje en ging op een stoel in de avondzon voor de garage zitten. De vlam van de aansteker liet de tabak gloeien en hij inhaleerde de rook zo diep als hij kon en probeerde te genieten van zijn nederlaag.

Zijn mobieltje ging. Hij wilde niet opnemen, niet midden in een sigaret terwijl hij geen idee had of er zich een nieuwe gelegenheid voor zou doen. Maar het irritante melodietje bleef maar doorgaan. Beperkte batterijtijd of een derde wereldoorlog, het maakte niet uit. Niets kon het stil krijgen.

'Ja, hallo.'

'Hé, met Irene. Ik ben alleen nieuwsgierig hoe het met de auto is gegaan?'

'Slecht.'

'Hoezo, ben je nog niet klaar?'

'Jawel.'

'Maar...'

'Ik kan niets vinden wat niet klopt.'

Ze zwegen allebei even en Molander maakte van de gelegenheid gebruik om een eindje van het mobieltje af een trekje te nemen. Op datzelfde moment zag hij hoe een bergingsauto het politieterrein op draaide.

Hij hoorde Lilja zuchten aan de andere kant van de lijn. 'Oké, dan is het belangrijker dat ik hier ben.'

'En waar is hier?'

'Het forensisch instituut. Vlecht gaat me Elsa Hallin laten zien en dan kan ik proberen hem over te halen ook naar Camilla Lindéns lichaam te kijken.'

'Hebben ze nog niet naar haar gekeken?'

'Vlecht niet. Ze is tenslotte binnengebracht als een gewoon verkeersslachtoffer.'

Nu was het Molanders beurt om te zuchten.

'Denk je dat het niets op zal leveren?'

'Ik weet niet meer wat ik moet denken.'

'Bedoel je dat Camilla Lindén niet vermoord is?'

'Mensen verongelukken nu eenmaal. Hij hoort van het ongeluk en tipt de pers dat hij erachter zat. En terwijl wij ons inspannen om bewijs te vinden dat niet bestaat, kan hij verdergaan met de voorbereidingen voor het volgende slachtoffer.'

'Denk je aan Hallin?'

'Bijvoorbeeld. Of iemand anders? We gaan er nu tenslotte van uit dat hij niet zal stoppen voor de hele klas als sardientjes in een blik bij Vlecht ligt.'

'Misschien heb je gelijk, maar dat verandert niets aan de zaak. Het enige wat we kunnen doen is doorgaan met het onderzoek. Maar ik moet nu ophangen. Vlecht is er.'

Het werd stil en Molander stopte zijn mobieltje weer in zijn zak, nam een laatste trek en drukte de sigaret uit op het asfalt. De bergingsauto kwam achteruit aanrijden en bleef voor de garage staan. Nu zag hij pas dat hij een Deens nummerbord had en een Peugeot op sleeptouw had.

'Ben jij Molander?'

Molander knikte en ondertekende de vrachtbrief.

'En dit was er ook nog.' De chauffeur gaf hem een met de hand geschreven briefje.

Aan Ingvar Molander. Fabian Risk geeft hoog van je op en aangezien er hier niets gebeurt, kunnen jullie hopelijk iets doorslaggevends vinden? Hartelijke groet, Dunja Hougaard, politie van Kopenhagen, afdeling moordzaken.

Molander kende Dunja Hougaard. Ze was een competente rechercheur, maar had geen enkele bevoegdheid om bewijsmateriaal naar Zweden te sturen. Wat betekende dat ze een groot risico nam. Hij keek naar de Peugeot, die geluidloos op het asfalt gleed terwijl de staalkabel van de bergingsauto werd gevierd, en dacht na over wat voor geheimen de auto zou kunnen verbergen. Hij had Risk al naar de moordplaats bij Söderåsen gebracht. Kon er nog meer zijn? Waarom eigenlijk niet?

De moeite die de dader had gedaan om de auto weg te halen, wees erop dat er meer moest zijn. De moordplaats bij Söderåsen was gemaakt om ontdekt te worden. Met of zonder gps. Risk had hem weliswaar eerder gevonden dan verwacht, maar de plek had de hele tijd klaargestaan om, wanneer de tijd rijp was, gevonden te worden, zodat ze hem konden onderzoeken en zich konden verbazen. Söderåsen was niets anders dan een uitgebreide machtsdemonstratie, in scène gezet om te laten zien hoe ver ze achter lagen en vooral hoe machteloos ze waren.

Maar dat verklaarde het enorme risico niet dat hij tijdens de jacht genomen moest hebben. De enige mogelijke verklaring daarvoor was dat er nog iets in de auto te vinden moest zijn. Iets waarvan de dader ten koste van alles wilde voorkomen dat ze het vonden.

Irene Lilja had hem laten roepen. Zonder onderbroken te worden had Einar Greide, deze dag met vier vlechten, haar uitgebreid laten zien hoe de incisie, van de onderkant van Elsa Hallins keel naar haar borstbeen, met chirurgische precisie was gemaakt. Hij had zijn uitleg over hoe de dader de slagaderen had ontweken om het slachtoffer zo lang mogelijk in leven te houden zo uitgebreid mogen maken als hij zelf wilde. Ze had hem zelfs laten demonstreren hoe het gegaan moest zijn toen de dader haar tong eruit had getrokken en hem over de borst van het slachtoffer had laten hangen. Pas toen hij zweeg en helemaal klaar was, had ze de bom losgelaten.

'Einar, ik ben hier niet voor Elsa Hallin.'

'Hè? Wat?' Greide zag eruit als een goed gedresseerde hond die net zijn beste trucje had gedaan en toch geen snoepje kreeg.

'Ik weet dat de manier waarop de dader het slachtoffer zoveel en zo lang mogelijk heeft laten lijden indrukwekkend is. En ik weet dat je zoiets nog nooit hebt gezien, wat trouwens ook voor mij geldt. Maar daarom ben ik hier niet.'

'Waarom ben je hier dan wel?'

'Camilla Lindén.'

'En wie is Camilla Lindén?' Einar deed nu meer aan een kwaaie straathond denken.

'Ze is gisteren overleden bij een ongeluk op de E6 en we vermoeden dat onze man erachter zit.'

'Ze zat in dezelfde klas?'

Lilja knikte en Greide begon aan een van zijn vlechten te frunniken. Iets wat hij alleen deed als het hem tegenzat. Ze moest hem nu vooral niet onder druk zetten. De kleinste aanzet om het proces te versnellen zou direct een tegengesteld effect hebben. Hij zou zijn hakken in het zand zetten en weigeren een vinger uit te steken.

Twee minuten later kwam waar ze op had zitten wachten. De gekunstelde vermoeide zucht begeleid door een ingehouden hoofdschudden. Het volgende moment had Greide de kamer verlaten, en Lilja moest half door de lange tunnel rennen om hem bij te houden.

'Arne moet haar binnen hebben gekregen en je weet wat zijn devies is.' Greide spuugde de woorden uit alsof het een fluim was.

'Nee, ik...'

'"Waarom dingen onnodig ingewikkeld maken."' Hij maakte aanhalingstekens in de lucht. 'Maar in zijn geval betekent het eigenlijk: "Waarom zou je überhaupt je werk doen?"'

'Einar, we weten niet of het klopt. Het kan gewoon een ongeluk zijn geweest.'

Greide schudde zijn hoofd. 'Natuurlijk klopt het. Dit is niet voor het eerst dat Arne iets gemist heeft. Zijn vakantie begint volgende week, maar hij is al twee weken even helder als een sponzig vaatdoekje. Normaal gesproken controleer ik zijn lichamen altijd, maar deze keer heb ik...'

'Het te druk gehad met een Colombiaanse necktie.'

Greide wierp een blik op haar, bleef voor het mortuarium staan en haalde zijn veiligheidspasje tevoorschijn. Eenmaal binnen liep Lilja meteen naar de muur met koellades, terwijl Greide een kopie van het obductierapport zocht.

'Hier is het: Bla bla bla bla... Harde klap tegen het hoofd, linksachter... Bla bla bla bla... Schedelbreuk achterhoofd, bloedingen tussen de hersenvliezen, zwelling in hersenen, bloedingen in hersenen, duidelijke sporen van druktoename in de hersenen... Hm...'

'Dat klinkt toch niet zo onlogisch?' zei Lilja en ze trok de lade open waarop Camilla Lindéns naam met sierlijke letters stond.

'Nee, maar dit is standaardformulier IA. Als je zo'n hevig ongeluk meemaakt zonder tot moes te worden gedrukt, stoot je waarschijnlijk je hoofd zo hard dat je sterft aan een hersenbloeding. Dit rapport zou je kunnen schrijven zonder het lichaam onderzocht te hebben en in acht van de tien gevallen zou het kloppen. Het probleem is dat er verder niets staat.' Greide hield het rapport tussen zijn duim en wijsvinger omhoog, alsof hij het met geen tang aan zou willen raken.

Lilja trok het laken weg dat het naakte lichaam bedekte.

'Geen enkele beschrijving van de persoonlijke kenmerken op het lichaam,' ging Greide verder. 'Geen eigen commentaren of bevindingen. In feite staat er helemaal niets behalve het voor de hand liggende.'

'Dus je denkt dat hij haar niet onderzocht heeft?'

'Ik denk het niet, ik wéét het.' Hij liet het rapport achteloos op de grond vallen en ging aan de andere kant van het lichaam tegenover Lilja zitten.

Haar ogen waren gesloten en haar gezicht verraadde dat het harde klappen en stoten had gekregen. Greide trok een paar plastic handschoenen aan, rolde het stijve lichaam op zijn zij en keek onder het hoofd, waar in het blonde haar een grote wond zat met een kring van geronnen bloed. Hij liet het lichaam weer zakken, zuchtte en friemelde aan een van zijn vlechten.

Lilja had al spijt voordat ze de vraag had gesteld, maar hij was onmogelijk tegen te houden en glipte als een muis door een deuropening. 'Heb je gevonden wat hij over het hoofd heeft gezien?'

Greide liet zijn vlecht los en keek haar aan alsof ze het verdiende om bij het ochtendgloren doodgeschoten te worden, waarna hij zijn hand op Camilla's gesloten ogen legde en de oogleden omhoogtrok.

Zowel het linker- als het rechteroog zag eruit alsof iemand zijn sigaret erin had uitgedrukt.

76

'Ik moet rond halfzeven weg om een paar holes te slaan, dus laten we dit zo kort en effectief mogelijk houden,' zei Henrik Hammersten en hij ging achter zijn bureau zitten.

Dunja knikte en liet zich in een van de bezoekersfauteuils zakken met Sleizner naast zich. Ze wilde niets liever dan dat het gesprek voorbij zou zijn, zodat ze verder kon gaan met het onderzoek en contact op kon nemen met de Zweden.

'Dunja, dit was jouw initiatief. Ik stel voor dat jij begint.'

'Dat klopt.' Ze schraapte haar keel, die droog was geworden. 'Ik heb contact met je opgenomen omdat ik vond dat de gebeurtenissen in Kims privéleven alles overschaduwden en hem verhinderden de afdeling te leiden op een manier die het onderzoek vooruithielp.'

Hammersten knikte en richtte zijn blik op Sleizner. 'Kim? Wat vind jij? Zit er iets in Dunja's kritiek?'

Sleizner knikte. 'Absoluut. De afgelopen dagen zijn op zijn zachtst gezegd overdonderend geweest. Mijn privéleven is op zijn kop gezet en publiek gemaakt. Mijn vrouw heeft me verlaten en onze dochter meegenomen. Het enige wat ik overheb is mijn baan en ik ben van plan dat zo goed mogelijk te doen. Het is trouwens lang geleden dat we gespeeld hebben. Wat heb je tegenwoordig voor handicap?'

'18,7.'

'Wow. Je moet hard getraind hebben.'

Niemand kon hielen likken als Sleizner, dacht Dunja. Het maakte niet uit in hoeveel hondenpoep ze hadden getrapt. Zolang hij er iets aan had, likte hij door. Hammersten knikte en richtte zijn blik op Dunja. 'Hoe denk je er nu over? Nog steeds hetzelfde?'

Dunja dacht na. Wilde eigenlijk knikken, maar schudde haar hoofd. Ze wilde dit gewoon achter de rug hebben en doorgaan met haar werk.

'Moet ik daaruit opmaken dat je je kritiek terugneemt?'

'In ieder geval zolang ik me op mijn werk kan concentreren.'

'En dat kun je nu?'

'Dat hoop ik.'

Hammersten richtte zich tot Sleizner. 'En Kim? Wat vind jij? Heb je er iets aan toe te voegen of zijn we klaar?'

Sleizner had moeten knikken. Hij had moeten inzien dat haar stilte een geschenk was en dat hij het gordijn nu moest laten zakken. Om Hammersten meer toneel te besparen. Maar nee. In plaats daarvan bewoog hij heen en weer op zijn fauteuil en stak zijn hand op, om aan te geven dat zowel Hammersten als Dunja nog even moesten wachten. 'Helaas moet ik zeggen dat mijn vertrouwen in Dunja tot het nulpunt is gedaald.'

'O ja? En hoe komt dat?'

'Daar kan ze misschien zelf antwoord op geven, want ik begrijp het ook niet goed. Ik heb haar altijd als een uitstekende agente beschouwd en het staat sowieso buiten kijf dat ze van grote waarde voor de afdeling is geweest. Maar helaas kan ik haar niet meer vertrouwen, en als je je collega's niet kunt vertrouwen, zit er iets goed fout. Dat is mijn vaste overtuiging.'

'Waarom kun je haar niet meer vertrouwen?'

Ze wist het. Ze had het aan voelen komen en de alarmklokken gehoord, maar was toch recht in de val gelopen.

Sleizner zuchtte. 'Ik weet niet waar ik moet beginnen. Om te beginnen heeft Dunja voor een groot deel de hand gehad in de hele affaire. Zij heeft een onderzoek naar mijn belgedrag laten doen en toen bleek dat ik in de buurt van de Lille Istedgade was geweest, heeft ze *Ekstra Bladet* gebeld om het door te vertellen. Wat niet precies is wat ik onder "je concentreren op je werk" versta.'

Ze wilde overeind komen. Protesteren en schreeuwen dat hij loog. Maar dat was geen goed idee. Het zou allemaal terugkaatsen en haar in hun ogen nog belachelijker maken.

'Bovendien,' ging Sleizner verder, 'als we het over het werk zelf hebben. Ze heeft een paar keer dingen achter mijn rug om gedaan en heeft mijn orders genegeerd. Ze heeft niet alleen mijn handtekening vervalst. Ze heeft zelfs belangrijk bewijsmateriaal naar Zweden gestuurd, zonder dat onze eigen forensisch onderzoekers ernaar hadden kunnen kijken. En als kers op de taart heeft ze nu net het feit proberen achter te houden dat we een foto van de dader hebben. Dit alles bij elkaar maakt dat ik het uitgesloten acht dat Dunja op mijn afdeling kan blijven.'

'Dunja, klopt het dat je Kims handtekening hebt vervalst?'

Dunja knikte.

'Maar waarom in godsnaam?'

'Het was ten behoeve van het onderzoek, omdat Kim er alles aan deed om de Zweden tegen te werken.' Ze kon zien dat hij niet luisterde. Het maakte niet uit wat ze zei. Hammersten had zijn besluit al genomen.

'En dat je een onderzoek naar zijn belgedrag hebt laten doen, klopt dat ook?'

Dunja knikte weer. 'Maar niet om de reden die Kim zich in zijn hoofd heeft gehaald. Ik deed het om te controleren of...'

'Zo is het genoeg.' Hammersten stak zijn hand op en keek op zijn horloge. 'Dunja, het spijt me. Ik heb je altijd een fantastische rechercheur gevonden, maar ik begrijp eerlijk gezegd niet waar je mee bezig bent, dus ik zie geen andere mogelijkheid dan Kims lijn te volgen.' Hij draaide zich naar Sleizner toe, die met een tevreden gezichtsuitdrukking een al ingevuld document op tafel legde.

'Hier is je ontslagaanvraag. Je krijgt drie maanden loon en het enige wat je hoeft te doen is hem ondertekenen.'

'En anders?'

'Ik heb gehoord dat ze mensen zoeken op de Faeröer.'

Dunja zette haar naam op de stippellijn en verliet het kantoor.

77

Astrid Tuvesson kon het maar niet uit haar hoofd zetten dat Ingela Ploghed van de Kärnan-toren was gesprongen. Er waren te veel vragen die zich opdrongen. Was het haar schuld? Had ze haar te veel onder druk gezet? En was ze echt een van de slachtoffers van de dader? Of zat er, zoals Risk dacht, iemand anders achter? Het was of al die vragen het nog belangrijker voor haar maakten om uit te vinden wat er was gebeurd.

Ze had zich voorbereid door op Google Maps naar huizen te zoeken die afgezonderd lagen, zodat de dader ongestoord de operatie op Ingela Ploghed uit had kunnen voeren, maar toch niet te ver van het spoor, zodat het geluid van de treinen zich in haar onderbewuste had kunnen nestelen. Voorlopig had ze tien van de geplande zevenentwintig huizen kunnen bezoeken in de paar uur dat ze bezig was.

Behalve drie woningen die ze meteen had kunnen afschrijven, waren het kantoren en werkplaatsen geweest, waarvan de meeste in verband met de vakantie gesloten waren. Ze had daardoor over hekken moeten klimmen, door ramen moeten kijken en in vuilnisbakken moeten wroeten. Maar het enige wat het haar had opgeleverd waren vieze nagels, stinkende kleren en een jeukende hoofdhuid. Molander had gelijk gehad. De dader was hoogstwaarschijnlijk druk bezig een nieuwe moord te plannen of uit te voeren terwijl ze hier door vieze, gesloten ramen liep te loeren.

Ze reed de Gamla Rausvägen op en sloeg links af. De weg was smal en slingerde zich door de dichte begroeiing, een tegenligger zou er vrijwel onmogelijk langs kunnen. Ze parkeerde de auto, stapte uit, liep naar het gesloten hek en keek naar het erf. Op Google had ze gezien dat het erf meerdere vijvers en losstaande huizen van verschillende groottes had. Maar ze had er niet uit op kunnen maken of het particuliere woningen waren of een of ander bedrijf.

Wat het ook was, het gevoel dat ze erbij kreeg was precies waarop ze had gewacht. Het gevoel van 'tot hier en niet verder. Dank u, maar liever niet'. Het hek was voorzien van prikkeldraad en op de gesloten poort zat een bordje dat liet weten dat de toegang verboden was voor onbevoegden. Ze keerde terug naar de auto, ging achter het stuur zitten en parkeerde hem zo dicht mogelijk bij de poort, klom op het dak, sprong eroverheen en probeerde zo zacht mogelijk te landen, zodat haar heupgewrichten op hun plek bleven zitten.

Links van de grindweg die rechtdoor liep waren drie vijvers ter grootte van een zwembad en aan de rechterkant was een vijver die even groot was als de andere drie bij elkaar. Als een meertje. Aan de rand van de weg lag een verlaten vissersbootje en hier en daar waren oude hengels, schepnetten en lepels te zien. Ze telde vijf verschillende huizen en besloot te beginnen met het achterste huis aan de overkant van de drie kleine vijvers. Dat was het huis dat achter de computer haar aandacht had getrokken. Het lag aan de rand van het erf en slechts dertig meter van de spoorlijn. Toen ze dichterbij kwam, stelde ze vast dat het huis nog het meest leek op een barak van ongeveer twintig vierkante meter.

DE KRIJGSHAMER stond er op het wit geëmailleerde bordje dat op de groen geverfde deur zat. Een minder verbleekte groene lijst rond het bordje en enkele oudere schroefgaten vertelden haar dat het naambordje onlangs was vervangen. Waarschijnlijk op hetzelfde moment dat het blinkende nieuwe slot erin was gezet. Ze trok een handschoen aan en voelde aan de deurkruk om zich ervan te vergewissen dat de deur op slot zat.

Ze liep om de hoek van het huis heen, scheen met haar zaklamp onder de kruipruimte en zag dat er zowel een badkamer als een keuken met stromend water was. Aan de achterkant stond een roestige oude Vespa tegen de muur onder een raam en ze klom erop, ging op het zadel staan en keek naar binnen.

De gordijnen waren dichtgetrokken, maar de kier ertussen was groot genoeg. Recht onder het raam, op een soort werkbank, lagen een paar doorzichtige plastic handschoenen, een paar potten en flessen en een aantal werktuigen die allemaal thuishoorden in een gewone gereedschapskist.

Allemaal behalve de scalpel.

Haar mobieltje ging.

'Ja, met mij.'

'Met Rots. Ik denk dat het het beste is als je terugkomt.'

'Hoezo? Is er iets gebeurd?'

'Gebeurd? Dat zou je wel kunnen zeggen. Anders zou ik je niet bellen. Ik heb acht van de mensen in de klas te pakken kunnen krijgen.'

'Was er iemand die wist hoe hij heette?'

'Nee, maar ze zijn in elk geval allemaal aan het zoeken naar hun jaarboeken.'

'En hoeveel moeten er nog?'

'Vijf. Als we Risk niet meetellen. Die neemt Lilja voor haar rekening. En o ja, ze heeft Vlecht Camilla Lindén laten onderzoeken. Blijkbaar had die Arne haar eerst op zijn bord gekregen.'

'Ja? En?' Ze hoorde zelf hoe geïrriteerd ze klonk, maar trok zich er niets van aan. Ze was tenslotte geïrriteerd. Als er iets met haar zou gebeuren, zou Rots haar plek innemen. Daar was op zich niets mis mee. Rots had zowel de bekwaamheid als de ervaring. Hij was secuur en methodisch en er was geen taak die te groot voor hem was. Of te klein, trouwens. En dat was waar de schoen wrong. Rots had de neiging zich te verliezen in onbelangrijke details die niet alleen zijn tijd in beslag namen maar ook die van de anderen. 'Rots, ik heb geen tijd. Wat heeft Arne deze keer gemist?'

'Haar ogen. Die waren naar ik heb begrepen compleet verbrand.'

'Hoezo verbrand?'

'Dat weet ik niet. Verbrand.'

'Met vuur of hoe dan?'

'Ik weet het niet en ik geloof dat Vlecht het ook nog niet weet. Het punt is dat de botsing waarschijnlijk veroorzaakt is doordat ze blind was.'

'Was zij niet degene die ervan hield om toe te kijken wanneer Claes werd mishandeld?'

'Precies.'

'En ze zijn er zeker van dat het oogletsel niet veroorzaakt is door de botsing?'

'Antwoord: ja.'

Tuvesson wist niet wat ze ervan moest denken. Een gevoel dat steeds gewoner werd in dit onderzoek. Als Camilla Lindén niet al blind was geweest toen ze in de auto stapte, had de dader haar verblind door haar ogen onder het rijden te verbranden terwijl hij er zelf in geslaagd was de botsing te vermijden. Hoe meer ze erover nadacht, hoe verwarder ze zich voelde, en hoe bovennatuurlijker en onverklaarbaarder de dader overkwam. 'Is er nog meer?'

'Als je tijd hebt?'

'Nee, maar ga door.'

'Camilla Lindén had in haar eentje de voogdij over twee kinderen van drie en vijf jaar.'

'Kinderen? Maar er zaten toch geen kinderen in de auto?'

'Precies.'

'Waar waren die dan?'

'Dat vroeg ik me ook af, en daarom heb ik contact met de kleuterschool opgenomen en volgens de directrice had haar ex Björn Hiertz hen ongeveer een halfuur voor het ongeluk opgehaald.'

'Heb je contact met hem opgenomen?'

'Zijn nummer werkt niet en hij woont in Strövelstorp, slechts een kilometer of zo van de plek van het ongeval. Ik heb er twee agenten heen gestuurd, dus we moeten nog afwachten wat dat oplevert.'

'Oké. Nog meer?'

'Heb je tijd?'

Tuvesson sloot haar ogen en spande al haar krachten in om te voorkomen dat ze een woedeaanval kreeg.

'Astrid? Ben je er nog?'

'Ja.'

'De Denen hebben de Peugeot eindelijk gebracht. Dus daar is Ingvar nu mee bezig en naar ik heb begrepen is hij niet van plan op te houden voordat hij iets gevonden heeft.'

'Heel goed. Laten we hopen dat het hem lukt.'

'En hoe gaat het met jou?'

'Ik weet het niet zeker, maar ik denk dat ik de plek heb gevonden waar Ingela Ploghed haar baarmoeder is kwijtgeraakt.'

'Je denkt?'

'We kunnen het niet zeker weten voordat we naar binnen zijn gegaan en om dat te doen moeten we toestemming van Högsell hebben. Als er iets is, moeten we het in een rechtszaak kunnen gebruiken.'

'Absoluut. Maar dan reken ik erop dat ik je hier snel zie. We moeten praten.'

'Hebben we dat niet net gedaan?' Ze kon een diepe zucht aan de andere kant van de lijn horen.

'We moeten praten over wat we met de mensen uit de klas aan moeten en dat is niet iets wat ik over de telefoon wil doen. Bovendien denk ik dat het beter zou zijn als Irene er ook bij is.'

'Ik heb toch gezegd dat ik met Malmö moet overleggen of ze...'

'Astrid, ik vind dat we niet op Malmö kunnen wachten. Ze vragen ernaar als we met ze praten en we weten niet wat we moeten antwoorden, terwijl we weten dat ze in gevaar zijn. Het is niet de vraag óf maar wannéér hij toeslaat en tegen wie. Ik weet niet hoe het met jou zit, maar ik heb het gevoel dat...'

Het oorverdovende gedreun kwam uit het niets en sloeg als een blok tegen Tuvesson aan, die haar evenwicht verloor en van de Vespa viel, maar voordat ze de grond raakte was de trein alweer weg en de stilte teruggekeerd. Ze bracht het mobieltje naar haar oor. 'Hallo? Rots?' De verbinding was verbroken.

78

Voor het huis van Lina Pålsson stonden al enkele auto's, zodat Fabian Risk gedwongen was door te rijden en twee huizen verderop in de straat te parkeren. Hij deed een laatste poging om te bellen, maar kreeg opnieuw een stem die hem vertelde dat het nummer geen aansluiting had. De inlichtingendienst had gezegd dat ze waarschijnlijk een geheim nummer had genomen.

Hij wilde liever niet onaangekondigd verschijnen, maar had nu geen keus en wrong zich langs de auto's voor het huis en belde aan. De deur werd geopend door een man in pak met keurig gekamd haar en te veel aftershave.

'We zijn open, kom binnen. Vergeet alleen deze niet.' De aftershave hield twee blauwe schoenbeschermers omhoog. 'Roep maar als er iets is.'

Fabian kreeg niet de kans om iets te zeggen voordat de man weer naar binnen verdween. Lina was dus bezig haar huis te verkopen. Dat kon hij zich goed voorstellen. Dit was haar kans om het achter zich te laten. Hij kon niet zeggen dat hij het haar kwalijk nam. Zelf zou hij het nooit volhouden in een jarennegentighuis in Ödåkra. Hij voelde zich al ongemakkelijk wanneer hij hier op bezoek kwam. Hij had het idee nooit begrepen van op het platteland wonen en tegelijkertijd samendrommen in gekloonde villawijken.

Na Jörgens dood was er vast een soort levensverzekering vrijgekomen en als ze geen al te hoge leningen hadden, kon ze een nieuw leven beginnen zonder man die haar mishandelde. Had ze daarom een geheim nummer genomen of was het een poging om aan de dader te ontsnappen?

Fabian deed de schoenbeschermers om en zocht de makelaar op. 'Neemt u me niet kwalijk, ik ben hier eigenlijk om Lina Pålsson te zien. Ze is niet toevallig in de buurt?'

De makelaar keek hem met een nieuwsgierige blik aan. 'Ben je hier voor het eerst?'

'Eh, nee...'

'Oké, dan moet ik je woensdag hebben gemist. My bad. Ed Pärsson is de naam.'

Ze gaven elkaar een hand.

'Fabian Risk. Maar het is niet...'

'Risk. Het lijkt een spannende veiling te gaan worden. Een waarschuwende vinger kan echter op zijn plaats zijn. In deze tijd weet niemand wat de rente gaat doen.' De makelaar gaf Fabian een klap op zijn schouder en drukte hem een prospectus in zijn handen.

'Ik ben hier niet om naar het huis te kijken. Ik ben hier om Lina Pålsson te zien.' Fabian gaf de prospectus terug.

'Kijk, het zit zo. Lina heeft een contract met mij en met niemand anders. Wat betekent dat ze niet nog iets ernaast kan ritselen, als ze dat zou willen. De veiling gaat via mij en niemand anders. Alright?'

'Zoals ik al zei. Ik ben helemaal niet geïnteresseerd in het huis. Ik wil alleen haar nieuwe mobiele nummer hebben.'

'Kan ik u ergens mee van dienst zijn?' De makelaar liet Fabian staan ten gunste van een echtpaar van middelbare leeftijd.

'Wat ik me afvroeg, dit huis is gebouwd op een bodemplaat uit het begin van de jaren negentig. Dus hoe zit het eigenlijk met de funderingsbalken? In ons huis moesten we namelijk de...'

'Dat staat allemaal te lezen in het bouwrapport. Maar ik kan u nu al zeggen dat die funderingsbalken nooit in betere staat hebben verkeerd. Of ruiken jullie misschien iets van schimmel?'

Het echtpaar wisselde een blik uit.

'Ik in ieder geval niet,' ging de makelaar verder. 'En ik verzeker u, mijn neus zou zo aan het werk kunnen bij de luchthavendouane.'

Fabian ging tussen de makelaar en het echtpaar in staan. 'Neem me niet kwalijk, maar staat er ook in het bouwrapport dat het eerste slachtoffer van de klassenmoordenaar hier woonde? Jörgen Pålsson heette hij, geloof ik.'

'Woonde hij hier?' vroeg de vrouw, waarna de makelaar Fabian terzijde nam en een briefje in zijn hand stopte.

79

Als Ingvar Molander zijn dagen had geclassificeerd, zou deze zonder enige moeite in de absolute top van de ergste-dagen-van-mijn-leven-lijst zijn gekomen. Het was zelfs de vraag of hij niet op de eerste plaats zou komen en de dag waarop de kettingfabriek in Ljusne failliet ging en hij al zijn spaargeld verloor, zou verdringen.

Hij had twee auto's binnengekregen en onderzocht. Twee auto's die boordevol sporen en aanwijzingen zouden moeten zitten. Maar tot nu toe had hij geen resultaat geboekt.

Oftewel: helemaal niets gevonden.

Eerst de bmw. Op zich had Lilja hem verteld dat de ogen van de bestuurder verbrand waren, wat de aanrijding kon verklaren. Maar de verklaring hóé haar ogen verbrand waren ontbrak nog steeds. Hetzelfde met de Peugeot. Hij had van alles en nog wat onderzocht zonder zelfs maar de aanzet van een spoor te vinden. Met het oog op wat de dader had geriskeerd om de auto terug te krijgen, moest er meer te vinden zijn dan Fabians gps-spoor. Er zou kryptoniet in moeten zitten. Iets wat zo ruïneus was dat het zijn hele plan in gevaar bracht als het in handen van de politie kwam.

Hij moest nog een ding controleren. Nog één klein ding dat hij tot het allerlaatst had bewaard. Vooral omdat het zo dom en voor de hand liggend was dat hij er eigenlijk helemaal niet in geloofde. De dader met wie ze te maken hadden was intelligent, bijna hoogintelligent. Om dan zo'n spoor achter te laten zou ver beneden zijn waardigheid liggen en dus weinig waarschijnlijk zijn. Eigenlijk was er maar één reden voor hem om het te doen. Voor de vorm. Om een kruis in een vakje te zetten. Check. Niemand zou hem achteraf kunnen verwijten dat hij niet alles had gedaan.

Hij ging in de bestuurdersstoel zitten en begon het stuur en het dashboard met het witte poeder te bestrijken.

'Hoe gaat het hier?' Het was Tuvesson.

'Slecht. Ik wil er niet eens over praten.'

'Dat hoeft ook niet. We kunnen het over mijn dag hebben.'

Molander richtte zijn blik op Tuvesson. 'Heb jij iets gevonden?'

Tuvesson knikte. 'Ik denk het wel. Maar je hoeft niet zo bezorgd te kijken. Ik beloof dat ik het niet tegen je zal gebruiken.'

'Tegen mij?'

Tuvesson glimlachte. 'Was jij het niet die zo zeker wist dat ik niets zou vinden en dat het alleen maar tijdverspilling zou zijn?'

Molander stapte uit de auto en strekte zijn rug. 'Astrid. Wat heb je precies gevonden?'

'Als wat ik vermoed klopt: de plek waar Ingela Ploghed is geopereerd. Het is versperd, afgelegen en maar zo'n twintig, vijfentwintig meter van de spoorlijn. Zelf verloor ik van pure schrik mijn evenwicht toen er een trein voorbijkwam. Het voelde alsof je op de rails lag, en ik weet zeker dat Ploghed daarop reageerde.'

Molander dacht even na en krabde in zijn baardstoppels – het bewijs dat hij de afgelopen dagen non-stop had gewerkt. 'Wat is het adres?'

'De Gamla Rausvägen. Een merkwaardige plek, met meerdere vijvers.'

'Ik denk dat ik weet waar het is. Ik ben er zelf een paar jaar geleden geweest.'

'Jij? Wat deed je daar?'

'Vissen. Ze kweekten er vissen, alle mogelijke soorten, en je kon er dus hengelen. Je hoefde ze alleen maar binnen te halen. Het leverde niet meteen strijd op. Maar aan de andere kant, wat is wel een eerlijke strijd?'

Ze zwegen en Tuvesson keek naar de onttakelde BMW. 'Ik hoorde dat ze verblind was.'

Molander knikte.

'Heb je enig idee hoe dat gebeurd kan zijn?'

'Nog niet. Er zat niets in de auto wat ervoor gezorgd kan hebben en ik kan me moeilijk voorstellen dat de dader bij haar in de auto zat.'

'Dat betekent dat het iets van buitenaf moet zijn geweest. Toch?'

'Zoals ik zei heb ik op het moment geen idee. Maar weer terug naar de Gamla Rausvägen. Ben je binnen geweest en heb je iets gezien?'

'Alleen door het raam. Ik wilde niet naar binnen gaan zonder de toestemming van Högsell.'

'Dan zullen we tot na het weekend moeten wachten.'

'Helemaal niet.' Tuvesson hield een ondertekend huiszoekingsbevel omhoog, dat Molander naar zich toe trok en las.

'Verdomd.'

'Dit heeft de hoogste prioriteit. Malmö heeft aangeboden hun technische recherche te sturen, maar ik wil dat jij het doet. Als je nog kan.'

Er verscheen een vermoeide glimlach op Molanders gezicht. 'Ik heb de afgelopen dagen bijna niet geslapen, dus wat maken een paar uurtjes erbij dan uit? Ik moet hier nog één ding doen, dan ga ik er op de terugweg langs.'

Tuvesson omhelsde hem en de overrompelde Molander wist niet wat hij moest doen en koos ervoor stokstijf te blijven staan. 'Dank je, Ingvar. Wat zou ik zonder jou moeten?'

'Ik weet het niet. Maar als je me niet snel loslaat, zal ik je aan moeten klagen wegens seksuele intimidatie.'

Tuvesson siste als een kat en liep overdreven met haar heupen wiegend naar de deur. Molander nam weer in de bestuurdersstoel van de Peugeot plaats en ging verder met het verspreiden van het poeder op alle plekken waar iemand met zijn vingers aan gezeten kon hebben.

De meeste forensisch onderzoekers gebruikten goud- of zilverkleurig poeder en doorzichtige gelatinefolies. Molander gaf de voorkeur aan het oude, eerlijke witte poeder samen met zwarte folie, ook al was het resultaat een negatief beeld dat je moest fotograferen om er een positief beeld van te maken. Het voordeel was dat de afdruk direct zichtbaar werd.

Hij vond geen afdrukken op het stuur of op het dashboard. Er waren alleen sporen van een microfiberdoekje. Hij vond ze wel op de hendel van de tankdop, rond het handschoenenkastje, op de zonneschermen en op de knoppen van de elektrische ramen. De dader had het onder stress schoongeveegd en was de minder voor de hand liggende plekken vergeten. Maar dat was niet de reden dat de hartslag van Molander toenam. Dat kwam heel ergens anders door, en om de geringste twijfel te elimineren moest hij de afdruk onder een microscoop bestuderen.

Hij haalde het schutblad van de uitgeknipte gelatinefolie, waar hij een hoekje vanaf had gehaald om duidelijker te kunnen zien wat boven en beneden was, en legde het stukje folie tegen de afdruk, duwde de luchtbellen eruit en trok de folie voorzichtig los. Daarna legde hij het schutblad terug, waarmee de afdruk was veiliggesteld. Achtennegentig minuten en tweeëntwintig vastgelegde afdrukken later stapte hij uit de auto met een rug die gevaarlijk dicht tegen een hernia aan zat.

Gedurende zijn bijna twintig jaar als forensisch onderzoeker had Molander een groot aantal afdrukken geanalyseerd en een blik ontwikkeld die direct kon zien om welke vinger het ging, of die van een linker- of rechterhand was en of de afdruk van een en dezelfde persoon kwam. Of zoals in dit gevall: van verschillende.

Twee verschillende.

Onder de miscroscoop werden zijn vermoedens bevestigd. Twintig van de afdrukken behoorden toe aan Rune Schmeckel. De andere twee, een duim en een wijsvinger, allebei van een rechterhand en hoogstwaarschijnlijk van een en dezelfde persoon, waren van iemand anders.

Was dat de reden dat de dader zoveel risico had gelopen? Voor twee vingerafdrukken die hem in het ergste geval aan de auto zouden linken. Was dat echt reden genoeg om een onschuldige vrouw en een politieagent te vermoorden? Aan de auto gelinkt worden was niet hetzelfde als gelinkt worden aan de moorden in Zweden. De reden ervoor moest iets anders zijn geweest. Het antwoord was even voor de hand liggend als eenvoudig.

De dader stond al in het politieregister.

Om een of andere reden was hij erin terechtgekomen, en samen met de vingerafdrukken leidde dat tot identificatie.

Molander stopte de veiliggestelde afdrukken in een map die hij op zijn beurt op de gebruikelijke plek legde, waarna hij een e-mail naar Lilja schreef waarin hij haar vroeg er in het register naar te zoeken.

Zelf zou hij zich met heel andere zaken bezighouden.

80

Fabian Risk draaide vanuit de Tögatan de Frostgatan op, om een paar bochten later veel te hard door Väla Centrum te rijden en daarna te accelereren op de E4 naar het zuiden. Het nummer dat hij van de makelaar had gekregen, bleek te kloppen. Lina Pålsson had opgenomen en hij had gemerkt dat hij verbaasd was. Wat had hij dan verwacht? Dat Lina achter de moorden zat en nu was ondergedoken?

Hij had gevraagd waarom ze een ander nummer had genomen en ze had geantwoord dat ze geen keuze had. Sinds Jörgen was gestorven, hadden de kranten haar dag en nacht achtervolgd voor interviews of om haar uitspraken te ontlokken, hoewel ze duidelijk had gezegd dat ze daar niet in geïnteresseerd was. Ze had verteld dat ze naar Norra Hamnen was verhuisd en dat hij meer dan welkom was om langs te komen zodra hij tijd en zin had. Hij had geantwoord dat hij nu meteen tijd had en had gehoord hoe overrompeld ze was voordat ze had gezegd dat hij kon komen en alleen maar aan hoefde te bellen.

Maar hij kon de gedachte niet loslaten dat er iets niet klopte. Hoe ze eerst afhoudend was geweest om het volgende moment bij te draaien en bijna overdreven uitnodigend te zijn. Het was of ze had zitten wachten tot hij van zich zou laten horen en om haar hulp zou vragen. Alsof ze wist waar hij op uit was. Ze had een nieuw adres en een nieuw telefoonnummer. Misschien was hij de enige die wist waar ze was en liep hij recht in een val? Moest hij Tuvesson en de anderen bellen om het te vertellen?

Maar het kon Lina niet zijn. Hij wist dat het de jongen was die verborgen achter Claes stond. Toch? Of was hij het helemaal niet?

Had hij daarom geen enkele herinnering aan hem? Was de jongen op de foto in werkelijkheid gewoon weer een ander dwaalspoor en was de foto gemanipuleerd? Kon dat echt zo zijn? Was er een mogelijkheid dat iemand zijn jaarboek had omgewisseld met een ander? Een van de verhuizers?

Fabians gedachten dwaalden onbeheersbaar als vrije elektronen rond en pas toen hij de Hälsobacken af reed, lukte het hem om, met behulp van Of Montreals 'Disconnect the Dots', de controle terug te krijgen en de conclusie te trekken dat zijn samenzweringsgedachten te wijten waren aan slaapgebrek.

Hij vond een lege parkeerplek achter het stadstheater en liep schuin langs de oude Sandrewsbioscoop, waar het hem op zijn twaalfde was gelukt binnen te glippen bij *Halloween* en hij na afloop de filmoperateur moest vragen om zijn moeder te bellen om hem te komen halen.

Hij stak de Roskildegatan over en stelde tot zijn vreugde vast dat de lunchroom Kafferepet er nog steeds was. Er was niet veel veranderd in deze wijk. Dat was anders in de buurt van de Sont. Wat ooit de achterkant van de stad was geweest – een industrieterrein met spoorlijnen, oude magazijnen en roestige silo's – was tijdens zijn jaren van verbanning veranderd in een charmante jachthaven met steigers, restaurants en cafés.

De deurtelefoon was voorzien van een camera en Fabian deed zijn best om er ontspannen uit te zien. De deur klikte en hij kon naar binnen lopen. De deur van het appartement stond open en de geur van vers gezette koffie verspreidde zich door het trappenhuis. Hij riep hallo. Er kwam geen antwoord en hij stapte op het afdekplastic dat de vloer in de hal bedekte, sloot de deur achter zich en liep verder over het ritselende plastic tot hij in een grote ongemeubileerde woonkamer met een open keuken kwam.

Een koffiezetapparaat in de keuken pruttelde zijn zwarte gif uit en de balkondeur stond wijd open. Fabian liep naar buiten en keek uit over de Sont met al haar verkeer en bedacht dat als het om boten ging je er niet dicht genoeg bij kon wonen. Met auto's was dat anders. Hij vroeg zich af wat het appartement gekost zou kunnen hebben en concludeerde dat alleen het uitzicht al meer dan een miljoen moest zijn geweest.

'Daar ben je.'

Fabian draaide zich iets te snel om.

'O, sorry. Heb ik je laten schrikken?' Lina zette het dienblad met kopjes en een gevulde koffiepot neer. Fabian haalde het koffiebroodje uit de zak en legde het erop.

'Mm... Kafferepet?'

Fabian knikte. 'Wat een fantastisch uitzicht.'

'Dank je. Al vanaf het moment dat ze deze wijk bouwden, wilde ik hiernaartoe verhuizen. Maar Jörgen weigerde Ödåkra te verlaten. *Nooit van mijn leven*, zei hij altijd.' Ze schonk de koffie in. 'Melk?'

'Ja, graag.' Fabian proefde van de koffie, die buitengewoon goed was voor filterkoffie. 'Lina, hoe gaat het eigenlijk met je?'

Ze ging zitten en haar blik verdween in de richting van de Sont. 'Als ik heel eerlijk ben, is het lang geleden dat ik me zo goed heb gevoeld.'

'Je weet dat de dader nog steeds op vrije voeten is en dat een heleboel mensen zeggen dat hij...'

'Ja, maar ik heb er nooit aan meegedaan. Ik heb ze niet op staan hitsen zoals Pavlan of er zoals Camilla de hele tijd naar staan staren.'

'Maar Lina, we geloven niet langer dat het motief te maken heeft met...'

'Fabbe,' onderbrak Lina hem en ze draaide zich naar Fabian toe. 'Wat mij betreft is Jörgens dood het beste geweest wat me kon overkomen. Niet dat hij zo heeft geleden. Maar het feit dat hij uit mijn leven verdwenen is. Je hebt geen idee door wat voor hel ik ben gegaan. Het is alsof ik voor het eerst sinds, sinds ik weet niet wanneer, weer kan ademen. Ik heb zo lang bang rondgelopen dat ik het nu niet meer kan. Begrijp je dat? Ik kan nu niet meer bang zijn.'

Fabian knikte. 'Waarom heb je hem niet verlaten?'

Lina lachte. 'Jörgen Pålsson is geen man die je verlaat.' Ze schudde haar hoofd alsof het het verhaal van iemand anders was en niet het hare. 'Je had mijn hulp nodig.'

Fabian pakte het jaarboek en zijn fotoalbum. 'Ik denk dat ik weet wie het is.'

Ze keek hem aan en zag eruit alsof dat het laatste was wat ze verwacht had te horen. Hij zocht de klassenfoto uit de negende op en wees naar het haar van Claes.

'Zie je dat er hier iemand achter Claes staat?'

Lina nam het jaarboek over en bekeek het van dichtbij. 'Ja, ik zie het... Maar god, wie is dat?'

Fabian haalde zijn schouders op. 'Ik had gehoopt dat jij me zou kunnen helpen. Heb jij misschien ook een jaarboek? Het liefst een van de eerdere klassen.'

Lina zuchtte en schudde haar hoofd. 'Het spijt me, ik heb niets. Jörgen heeft alles verbrand.'

'Verbrand?'

Lina knikte. 'Al heel lang geleden, ergens in het begin van de jaren nul. Hij en Glenn waren de hele avond en tot diep in de nacht weg. Ik herinner het me omdat Anki belde en vroeg of ik wist waar ze waren. Ik had zoals gewoonlijk geen idee, maar er moet iets zijn gebeurd, want toen hij thuiskwam kon ik horen dat hij dronk en dingen uit de boekenkast trok. Ik was al naar bed gegaan en durfde niet op te staan, want dat was nooit een goed idee als hij in zo'n bui was. Maar de volgende ochtend kon ik zien dat hij alles van de schooltijd had verbrand. Foto's en rapporten, school- en jaarboeken. Alles was weg, veranderd in as in de barbecue.'

'Weet je waarom?'

Lina schudde haar hoofd. 'Ik heb het nooit durven vragen.' Ze keek weer naar het jaarboek. 'Dus hij is daar de hele tijd geweest.'

'Als je je er beter door voelt, ik zag het zelf gisternacht pas en ik geloof niet dat iemand anders in de klas het heeft gezien. Zelfs degenen die het jaarboek hebben gemaakt, lijken hem niet gezien te hebben.'

'Waarom denk je dat?'

'Er staat geen naam bij. Iedereen heeft er een behalve hij. Kijk maar.'

'Ik geloof je wel. En je weet zeker dat hij het is?'

Fabian knikte. 'Het enige wat ik nodig heb is een naam en daar heb ik jou voor nodig.'

'Ik begrijp niet hoe ik je daarbij zou kunnen helpen. Ik had geen idee dat er nog iemand bij ons in de klas zat. Weet je het echt zeker?' Ze pakte het koffiekopje en probeerde te drinken, hoewel haar handen trilden.

'Lina. Hij had het kluisje rechts van het jouwe.'

'Wat? Hoe kun je weten...'

'We weten welk kluisje hij had. Kijk.' Hij sloeg het fotoalbum open en wees naar de foto waarop Lina met haar rug naar de camera stond en een paar boeken in haar kluisje legde. Lina keek naar de foto en daarna naar de andere foto's op de pagina waarop ze vanuit verschillende hoeken was gefotografeerd, zich steeds min of meer bewust van het feit dat de foto's werden genomen.

'Heb jij die allemaal genomen?'

Fabian knikte. 'Maar dat je het weet, jij bent de eerste en hopelijk de laatste die deze foto's onder ogen krijgt.'

Ze keek hem aan. 'Ik weet niet wat ik moet zeggen. Fabian, het spijt me.'

'Dat hoeft niet. Er was een tijd dat ik alles voor je zou hebben gedaan. Maar dat was toen. Nu ben ik gelukkig getrouwd en heb geen...'

'Dat bedoelde ik niet,' onderbrak Lina hem. 'Ik heb alleen geen idee van wie dat kluisje was. Behalve dat het iemand geweest moet zijn met wie ik nooit praatte. Zat hij echt bij ons in de klas?'

Fabian knikte.

'Oké. Maar ik heb helaas geen enkele herinnering aan hem.'

'Weet je het zeker? Weet je het echt heel zeker?'

Lina knikte en Fabian voelde hoe alle energie uit zijn lichaam verdween. Hoewel hij niet had verwacht dat Lina de naam zomaar op zou hoesten zodra hij over de drempel was gestapt, had hij toch gehoopt dat er een paar herinneringen boven zouden komen die er in het gunstigste geval toe zouden leiden dat de naam op het puntje van haar tong zou liggen. In plaats daarvan gebeurde er niets. Lina's geheugen was precies even leeg als dat van hem.

'Is het goed als ik nog even kijk?'

Fabian liet Lina verder bladeren naar nog een pagina met vergeelde foto's van zichzelf. 'Kijk. Dat zal ik nooit vergeten.' Ze wees naar een foto waarop ze op het punt stond een tennisbal met een platte houten knuppel weg te slaan. Jörgen stond ernaast met een ronde in zijn handen.

'Hoezo?'

'Herinner je je dat niet? Jörgen werd vreselijk chagrijnig. Hij wilde altijd dat ik de ronde knuppel pakte, maar ik kon alleen raak slaan met de platte en juist deze keer raakte ik hem perfect. Het was de allerverste slag. Vraag me niet hoe het kon, maar iedereen kwam binnen en ik kon zelfs nog een tweede rondje lopen.'

'Aha, was dat toen,' zei Fabian, die zich er niets van kon herinneren.

Lina knikte en haar blik bleef hangen op een foto waarop ze in een schoolbank zat en er uitgeput uitzag. 'En dat, de Duitse les. God, wat haatte ik die. Meer dan wat dan ook. Aus ausser bei mit... Hoe ging het verder?'

'Nach seit von zu.'

'Precies. Duits was jouw specialiteit.'

'Ach, dat weet ik niet. Dat was eerder...'

'Hou maar op. Ik weet nog precies hoe je helemaal vooraan zat en je hand opstak en je de hele tijd uit zat te sloven.'

'Ik sloofde me helemaal niet uit. Ik was alleen geïnteresseerd. Ik vond het leuk.'

'Duits? Leuk? Je maakt een grapje?'

'Nein, ich mach kein Witz! Für mich war Deutsch immer viel spaß! Immer! Immer!'

Lina barstte in lachen uit. 'Hoe heette hij ook al weer?'

'Wie?'

'De leraar Duits!'

'Helmut nog-iets, was dat het niet?'

'Precies, Helmut... Krull...'

'Of nee, wacht, Kroppen... Kroppenheim. Dat was het. Daar hebben we het! Helmut Kroppenheim!' Fabian had het gevoel dat hij zojuist een langdurig partijtje Trivial Pursuit had gewonnen.

Maar hij kreeg geen applaus of hoerageroep van Lina. Haar blik was strak op de Sont gericht. 'Precies ja...'

'Wat?'

'Hoe krap het bij de kluisjes was. Herinner je je dat?'

Fabian knikte. Hij herinnerde zich nog heel goed hoe krap het was en hoe vaak je moest wachten voordat je er zelfs maar in de buurt van kon komen. Maar hij wilde niets zeggen. Hij begreep wat er gebeurde en wilde voor geen goud het risico lopen dat hij haar concentratie verstoorde. Dit was precies waarvoor hij was gekomen.

'Ik ben een paar keer toen ik achteruitstapte tegen hem op gebotst, omdat ik niet eens doorhad dat hij er was. "O, ben jij daar. Sorry." En dan deed ik exact hetzelfde na de volgende les. God, wat verschrikkelijk als je erover nadenkt.' Ze schudde haar hoofd en bleef recht voor zich uit in het niets staren.

De stilte die volgde duurde niet langer dan een paar minuten. Maar voor Fabian voelde het als een eeuwigheid, en hij begon in gedachten naar iets te zoeken wat hij kon zeggen zodat ze weer op gang zou komen.

'En ja precies... Zat hij niet altijd bij Claes?' vroeg ze plotseling en ze richtte zich tot Fabian. 'Toch? Er was toch niemand anders die bij hem wilde zitten.'

Fabian knikte, al herinnerde hij zich alleen dat Claes altijd zo dicht mogelijk bij de tafel van de leraar zat. Hij had geen idee wie er naast hem zat. Maar Lina had ongetwijfeld helemaal gelijk. Het kon niemand anders zijn dan hij.

'Torgny... Heette hij niet zo?' ging ze verder en ze draaide zich naar hem toe. 'Torgny Sölmedal.'

Fabian herhaalde de naam bij zichzelf en dacht na of hij hem eerder had gehoord.

En zeker had hij dat.

81

Met zijn mobieltje tegen zijn oor gedrukt deelde Rots de identieke hamburgers met patat uit en cola voor Lilja en Tuvesson, die er zwijgend bij zaten en zijn gehum probeerden te duiden.

Ze zaten op het kleine terras voor de snackbar aan de Rundgången, op slechts een steenworp afstand van het politiebureau. Rots had voorgesteld dat ze naar buiten zouden gaan. Na de ontdekte camera bij Söderåsen wilde hij onder geen beding het risico lopen dat de dader deelgenoot was van wat ze bespraken.

'Goed. In dat geval laat ik van me horen. Dag.' Rots stopte zijn mobieltje in zijn borstzakje en nam een iets te grote hap van de hamburger. Tuvesson en Lilja wachtten rustig af en lieten hem uitkauwen en slikken, om hem daarna een nieuwe hap te zien nemen.

'Is er misschien een mogelijkheid dat je ons gaat vertellen wat ze gezegd hebben?' vroeg Tuvesson.

Rots knikte en wees naar zijn hard werkende mond. 'Sorry, maar ik heb vreselijke honger. De kinderen zijn in elk geval bij Björn Hiertz.'

'O, dat is goed.'

'Ja, so far so good. Het probleem is dat hij ze niet van de kleuterschool heeft opgehaald,' zei Rots en hij nam een nieuwe hap.

Tuvesson en Lilja konden alleen maar afwachten. 'Oké, dus de kinderen zijn bij hem, maar hij heeft ze niet opgehaald, hoewel de kleuterschool dat beweert?' zei Lilja.

Rots knikte en begon te praten hoewel hij nog niet uit was gekauwd. 'Ik denk dat het zo zit: omdat de vader geen voogdij over de kinderen heeft is hij waarschijnlijk nog nooit op de kleuterschool geweest, of op zijn hoogst één keer. Wat het heel eenvoudig voor de dader maakte om zich voor de vader uit te geven. Herinner me er morgen aan dat ik een foto van de vader naar de directrice stuur.'

Tuvesson en Lilja wisselden een blik uit. 'En hoe zijn de kinderen bij hun vader terechtgekomen?'

'Dat is nu juist het punt.' Rots propte zijn mond vol met patat. 'Onze man was er en heeft hen er achtergelaten.'

'Wat? De dader? Was hij daar?'

Rots knikte. 'In het begin was het blijkbaar heel verwarrend. De vader had natuurlijk geen idee dat de kinderen zouden komen of wie ze bij hem had achtergelaten.'

'Maar wat heeft hij gezegd?'

'Hij had zich voorgesteld als een vader van een kind op dezelfde kleuterschool en verteld over het ongeluk op de E6 en dat hij het daarom op zich had genomen om de kinderen te brengen.'

'Ik begrijp niet waarom hij er zoveel tijd voor uittrekt om de kinderen van het slachtoffer te brengen en te halen,' zei Tuvesson.

'En waarom reed de moeder naar het noorden op de E6 in plaats van naar de kleuterschool?' vroeg Lilja.

'Ze is bij de kleuterschool geweest. Maar toen waren de kinderen er niet en er werd haar net als ons verteld dat de vader ze had opgehaald,' zei Rots. 'Wat op zijn beurt inhoudt dat hij waarschijnlijk wist dat ze naar Strövelstorp zou rijden om hen op te halen.'

'En dus rijdt hij vanaf de kleuterschool achter haar aan,' zei Lilja.

'Maar dat verklaart nog niet hoe hij erin geslaagd is haar ogen te verbranden,' zei Tuvesson. Ze zwegen en richtten zich weer op hun eten, dat nu koud was geworden en zo mogelijk nog slechter smaakte. Met nog een halve hamburger te gaan gaf Tuvesson het op en schoof het papieren bordje van zich af. 'Ik denk dat we dit even moeten laten rusten. Met hoeveel van de klas hebben we contact?'

'Ik heb er acht,' zei Rots.

'En ik vier,' zei Lilja.

'We hebben ze dus allemaal bereikt behalve één.'

'Als we Risk niet meetellen.'

'Dat doen we niet. Wie hebben we niet kunnen bereiken?'

'Seth Kårheden,' zei Lilja.

'Precies, de pelgrim,' zei Rots. 'Maar zou hij vanavond niet op de luchthaven van Kopenhagen landen?'

Lilja knikte en dronk haar cola op.

'En niemand herinnerde zich dat er nog iemand in de klas zat,' zei Tuvesson.

Rots schudde zijn hoofd.

'Twee van de mijne, Stefan Munthe en Annika Nilsson, zeiden dat ze zich vaag herinnerden dat er nog iemand was,' zei Lilja.

'En dat vertel je nu pas? Hebben we een naam?'

'Helaas niet.'

Tuvesson zuchtte en voelde hoe de drang weg begon te ebben. De drang om elk spoor van alle kanten te bekijken, dit te beredeneren en dat aan te nemen, samenhangen te zien die niemand anders ziet, die misschien zelfs niet eens bestaan. Alles om een dader te grijpen die niemand zich herinnert, maar die niemand straks meer kan vergeten.

'Maar Astrid, we kunnen het toch niet zomaar opgeven?' zei Rots.

'Natuurlijk geven we het niet op. Wie heeft het over opgeven?'

Vanuit haar ooghoek kon ze zien hoe Lilja en Rots een blik uitwisselden. 'Het is alleen de vraag hoe we verder moeten gaan.'

'Als ik iets mag zeggen, dan vind ik dat we de verantwoordelijkheid hebben om iedereen een vorm van bescherming te bieden. Ze zijn heel duidelijk in gevaar en niets doen zou onverantwoordelijk zijn,' zei Rots.

Tuvesson knikte. 'Hoeveel bevinden zich er op dit moment in het buitenland?'

'Vier van mij. Maar morgen landen er twee.'

'Van mij alleen de pelgrim, maar die komt dus straks,' zei Lilja.

'Zijn er nog die op vakantie in Zweden zijn?'

'Nee, maar Christine Vingåker huurt met haar gezin een huis in Lysekil.'

'Dan zitten we op elf stuks. Zijn er daarvan bij die niet meer in Skåne wonen? Laten we zeggen meer dan vierhonderd kilometer daarvandaan.'

'Lotta Ting, ze woont in Oslo,' zei Lilja.

Rots schudde zijn hoofd.

'Tien mensen. Dan zijn er twintig man nodig die voortdurend aanwezig moeten zijn. In ploegendienst hebben we dan minstens vijftig man nodig,' zei Tuvesson. 'En hoeveel kunnen wij er bij elkaar schrapen? Vijf? Jullie begrijpen het wel.'

'Malmö dan?' zei Rots. 'Heb je nog contact met ze gehad?'

'Ja, maar zij kunnen maximaal tien man afstaan, wat al meer is dan ik had verwacht. Bovendien kan dat pas vanaf maandag.'

Rots slaakte een lange, diepe zucht. 'We kunnen hem niet gewoon de ene na de andere te pakken laten nemen. Dat kan niet. Want hij zal doorgaan en op dit moment... op dit moment ligt het doel voor hem open.'

Tuvesson kon het alleen maar beamen.

'En als we hen bij elkaar zetten?' zei Lilja. 'Stel dat we hen allemaal op één plek bij elkaar brengen. Dan zou vijf man genoeg zijn. Toch?'

Rots knikte en Tuvesson haalde haar schouders op.

'Wat zou dat voor plek moeten zijn?'

'Dat weet ik niet. Een paar hotelkamers? Bij iemand thuis of waar dan ook?'

'Ik weet het!' zei Rots en Tuvesson en Lilja draaiden zich naar hem toe. Hij zag eruit alsof hij drie keer de woordwaarde had gelegd met zowel de z als de c. 'Dat ik er niet eerder aan heb gedacht. Het is alleen de vraag of iedereen eraan mee wil werken.'

'Rots, wáár?' zei Tuvesson, maar het was te laat. Hij had al een te grote hap van haar hamburger genomen.

82

Fabian Risk deed de auto op slot, haastte zich de straat over en voelde hoe zijn hartslag ver boven het normale lag. Hij begon eindelijk licht aan het einde van de tunnel te zien. Precies zoals hij had gehoopt, was Lina Pålsson op de naam van de dader gekomen. De rest wilde hij aan zijn collega's overlaten. Met een naam als Torgny Sölmedal zou een adres binnen bereik moeten liggen.

Het was iets na negenen toen hij de sleutel in het het slot stak en de deur opende van het rijtjeshuis aan Pålsjögatan 17. Het was stil. Geen muur van Marilyn Manson die hem tegemoet sloeg. Zou Theodor er eindelijk genoeg van hebben gekregen om opgesloten in zijn kamer te zitten en zijn oren op te blazen, of zou de buurvrouw langs zijn geweest om te klagen?

De keuken zag er exact hetzelfde uit als toen hij hem eerder op de avond had verlaten, wat betekende dat Theodor waarschijnlijk al uren niet had gegeten. Hij werd vast volledig in beslag genomen door zijn *Call of Duty* en had geen tijd om te merken hoe hongerig hij was. Fabian kon niet begrijpen hoe computerspelletjes konden bijdragen aan de gewichtstoename van de jeugd. Het zou precies andersom moeten zijn. Hij riep dat hij thuis was, maar kreeg geen antwoord. Daarom pakte hij zijn mobieltje en stuurde een sms'je.

HOI THEO, BEN NU THUIS. WAAR BEN JIJ? ZULLEN WE OVER CIRCA EEN HALFUUR EVEN IETS GAAN ETEN BIJ CAFÉ PÅLSJÖ? PAPA.

Nog een halfuur. Dan zou hij aan zijn vakantie beginnen door Sonja te bellen en haar en Matilda te vragen op de eerste trein hiernaartoe te stappen. Daarna zou hij Theodor uit zijn kamer trekken en hem hun nieuwe woonplaats laten zien. Op een warme zomeravond als deze was er niets beters dan een wandeling over de heuvels en door het bos naar café Pålsjö. Hij zette de computer aan en logde in terwijl op hetzelfde moment Theodors antwoord op zijn mobieltje bliepte.

BEN THUIS. COD NOG STEEDS MET KOPTELEFOON OP, MAAR PÅLSJÖ KLINKT NICE. HEBBEN ZE HAMBURGERS?

Fabian schoot in de lach. DAT HEBBEN ZE ZEKER. MAAR BEN BANG DAT ZE HONDERD KEER NICER ZIJN DAN BIJ MCDONALD'S.

LEUK...

Zodra de computer contact had gemaakt met de buitenwereld ging Fabian naar het telefoonboek en typte Torgny Sölmedal in het zoekveld. Precies zoals hij had gedacht was er maar één en hij woonde in Helsingborg op Motalagatan 24 in Husensjö. Google gaf daarentegen 879 resultaten, wat Fabian verbaasde, die niet meer had verwacht dan een link naar het telefoonboek.

Bovenaan stond een advertentielink: SÖLMEDALS TECHNIEK BV – BEDENKT, CONSTRUEERT EN BOUWT – VOOR ONS IS GEEN ENKEL TECHNISCH PROBLEEM ONOPLOSBAAR!

Natuurlijk had hij een technisch uitvindersbedrijf. Wat zou hij anders hebben, dacht Fabian en hij klikte op Contact en noteerde het adres: Frejagatan 2. Ze zouden zich op moeten delen in twee teams en tegelijkertijd naar beide adressen moeten gaan.

Hij keerde terug naar de zoekpagina en scrolde tussen de resultaten. De meeste gingen over verschillende patenten op alles van kleine machineonderdelen tot elektronische besturingssystemen. Een paar pagina's verder omlaag vond hij de link LEES MEER OVER T. SÖLMEDAL, die hem terugbracht naar de site van Sölmedals Techniek BV en waar te lezen stond:

> Torgny Sölmedal werd op 12 augustus 1966 geboren in Ekeby. Hij reikt tot 185 cm boven de grond en belast de aardkorst met minder dan 73 kilo, is ambidexter en heeft een IQ van 131 of meer, afhankelijk van de test. Sinds hij als kind een Meccano-doos voor kerst kreeg houdt hij van technische constructies. In 1986 startte hij Sölmedals Techniek BV met het devies dat er geen problemen bestaan die niet opge-

lost kunnen worden. Iets wat heeft geresulteerd in verschillende patenten en economische onafhankelijkheid. Desondanks blijft hij zijn bedrijf voortzetten. 'Omdat het leuk is,' zoals Torgny Sölmedal zelf zegt.

Omdat het leuk is, herhaalde Fabian bij zichzelf en hij wist niet of hij moest lachen of huilen. Iets verder naar beneden vond hij een link naar een artikel dat zijn aandacht trok. Het ging over hoe de chirurg Rune Schmeckel had nagelaten twee plastic klemmen te verwijderen na een prostaatoperatie. DE PATIËNT TORGNY SÖLMEDAL HEEFT OP HET OGENBLIK GEEN PLANNEN OM EEN AANKLACHT IN TE DIENEN. Had hij daarom Claes Mällvik als zijn hoofdslachtoffer uitgekozen? Eerst had hij op school alle aandacht van hem afgenomen en daarna dit.

Fabians gedachten werden onderbroken door een lawaaitapijt vanaf de bovenverdieping. Het werd steeds luider en klonk alsof iemand door een megafoon sprak. Een minuut later was er gefluit en applaus van publiek te horen en de seconde voordat de drums en de vervormde gitaren losbarstten besefte hij dat Marilyn Manson weer begon. Op het hoogste volume.

I am so all-american…

De klok liet zien dat het dertien over negen was. Niet overdreven laat, maar aangezien de buurvrouw, zij het in milde bewoordingen, al blijk had gegeven van haar ongenoegen en Marilyn waarschijnlijk de hele dag al uit volle borst had geschreeuwd, moest het nu genoeg zijn, dacht Fabian en hij liep de trap op.

Fuck it! Fuck it! Fuck it! Fuck it!

Op de bovenverdieping was het geluidsvolume aanzienlijk luider dan normaal, bijna ondraaglijk. Hij begreep niet hoe Theodor het volhield om in dezelfde kamer te zitten als de luidsprekers. Had hij daarom een koptelefoon op?

De deur stond op een kier en Fabian wilde hem net openduwen toen zijn mobieltje in zijn zak begon te trillen. Het was Sonja. Ze was natuurlijk benieuwd hoe het allemaal ging. Hij had haar al een paar keer willen bellen, maar er steeds geen kans toe gezien en hij haastte zich de trap weer af, liep naar het terras om de muziek zoveel mogelijk buiten te sluiten en nam op.

'Ha lieveling.'

'Dat duurde lang. Bel ik ongelegen?'

'Nee hoor. Het gaat best nu.'

'Ik wilde vooral horen hoe het met je gaat?'

'Ja, ik weet het niet. Het gaat zoals ik verdien,' zei Fabian en hij besefte dat hij de afgelopen uren geen tijd had gehad om aan zijn brandwonden te denken.

'Ben je nog in het ziekenhuis?'

'Nee, ik kom toevallig net thuis. Sonja, ik heb...'

'Aha, dus je hebt Theo gezien? Vond hij het niet vervelend om alleen te zijn?'

'Eh... ik geloof het niet. We hebben alleen nog maar ge-sms't. Maar dan antwoordt hij in ieder geval en zijn stereo-installatie staat zo hard dat het voelt alsof je oren...'

'Fabian, ik heb haar ontmoet.'

'Wat? Hoezo? Wie?'

'Niva Ekenhielm. We hebben vandaag koffiegedronken. Lisen paste op de kinderen, dus we konden rustig praten.'

Fabian wist niet wat hij moest zeggen.

'Ze heeft alles verteld. Tot in de kleinste details. Ik vond dat je dat moest weten.'

Ze gaf het niet op, dacht Fabian. Ze kon hem en zijn gezin niet met rust laten. Kwam het alleen maar doordat hij haar om een gunst had gevraagd? Hij vroeg zich af wat ze eigenlijk had gezegd. Hoeveel ruimte haar levendige fantasie en wensgedachten deze keer hadden gekregen. Hij wilde protesteren. Zeggen dat Niva vast alleen maar had overdreven om een wig tussen hen te drijven. Maar hij hield zich in en besefte dat het niet uit zou maken. De slag was allang verloren.

'Oké. Voelt het beter?'

'Ik weet het niet. Misschien wel.'

'Wil je erover praten?'

'Nee.'

Hij wachtte tot ze nog iets zou zeggen, maar dat deed ze niet. Blijkbaar wilde ze dat hij iets zou zeggen. 'Ik houd van je. Dat je dat weet, ik houd van je.'

'Bel me als je klaar bent en je moet tegen Theo zeggen dat hij op moet nemen als hij gebeld wordt.'

'Maar lieveling, je kunt al een kaartje boe...'

Er klonk een klik in zijn oor en hij stopte het mobieltje met een zucht in zijn zak en liep naar binnen.

I'd rape the raper!

Terwijl hij de trap weer op liep, werd het gevoel dat hem bekropen had sinds hij het huis binnenkwam steeds sterker en toen hij opnieuw voor Theodors deur stond was het geen gevoel meer. Hij wist zeker dat er iets mis was. Gruwelijk mis. Hij duwde de deur open en stormde de kamer in.

I am the idiot who will not be himself!

Hij drukte op de ene knop na de andere van de versterker maar die bleef onverminderd herrie maken.

Fuck it! Fuck it! Fuck it! Fuck it!

Ten slotte trok hij de hele versterker met kabels en al los en gooide hem op de grond. De stilte die volgde was allesbehalve aangenaam en hoewel hij wist dat het zinloos was keek hij onder het bed, achter de gordijnen en in de kleerkast. Maar Theodor was niet in zijn kamer.

Hij verwachtte niet dat hij antwoord zou krijgen, maar toch riep hij hem, steeds opnieuw, zo hard als hij kon. De woorden raakten op. Toch bleef hij schreeuwen tot hij niet meer kon en zakte toen huilend in elkaar op het bed en probeerde zijn gedachten te ordenen. Maar dat was onmogelijk. Iets in hem wilde de hele tijd terugkeren naar de huilbui en de paniek. Alsof hij diep vanbinnen wist dat alles verloren was. Dat alles zijn schuld was.

Hij sloot zijn ogen en probeerde zichzelf te dwingen diep en langzaam te ademen. Een paar minuten later kon hij zijn ogen opendoen en om zich heen kijken. Was Theodor hier wel geweest toen hij eerder op de avond langs was gekomen? Toen was dezelfde muziek over hem heen gespoeld. Dezelfde cd met lawaai uit de hel. De laatste keer dat ze elkaar hadden gezien, was toen ze naar de bioscoop en naar Denemarken waren gegaan. Dat was dinsdag. Nu was het vrijdag. Drie hele dagen waren voorbijgegaan zonder dat ze met elkaar hadden gesproken.

Sonja had erop aangedrongen dat hij hem moest bellen, wat hij ook had gedaan. Maar hij had geen antwoord gekregen. Alleen in de vorm van een sms'je. En daar had hij genoegen mee genomen. Hoewel hij de stem van zijn zoon niet had gehoord, waardoor hij zeker zou hebben geweten dat alles in orde was, had hij er genoegen mee genomen.

Hij had alleen maar aan het onderzoek kunnen denken.

Hij legde zijn hoofd in zijn handen en hoopte dat zou blijken dat Theodor gewoon van huis was weggelopen. Dat zou volstrekt begrijpelijk zijn. Zelf zou hij waarschijnlijk precies hetzelfde hebben gedaan. Maar dat was niet wat er gebeurd was. Dat wist Fabian zeker. Hij wist heel zeker dat er iets anders aan de hand was. Iets veel ergers.

Hij kwam overeind en begon te kamer te doorzoeken. De meeste spullen zaten nog in verhuisdozen. Behalve wat kleren waren alleen de computer en de stereo-installatie uitgepakt. Op het bureau lag een zwart notitieboekje dat hij nooit eerder had gezien. Er zat een pen aan het koordje dat om het boekje heen zat. Hij trok de pen eruit, wikkelde het koordje los en sloeg het notitieboekje open.

Dit dagboek hoort toe aan:

Theodor Nils Risk

Als je de bovenstaande niet bent en ook geen toestemming van bovenstaande hebt, doe dit boek dan onmiddellijk dicht.

Zou het echt zo zijn dat zijn zoon een dagboek bijhield? Hij begon erin te bladeren en las een paar fragmenten.

Dit is de eerste keer dat ik je schrijf hoewel ik je twee kerstmissen geleden van mama heb gekregen en zij heeft gezegd dat het goed is om te kunnen schrijven om niet te vergeten dus nu doe ik dat...

Heb geprobeerd te ruiken of ik stink. Geloof het niet. Maar ik weet dat ik lelijk ben. Afschuwelijk lelijk... Ik haat school. Haat het er!... hoorde hoe ze zochten en riepen dat ik een homo was... stompten ze me in mijn buik en zeiden dat het mijn eigen schuld was... spuugde me in mijn gezicht... haat mijn ouders. Ze begrijpen er helemaal niets van!... pakten ze mijn pet en pisten erin en dwongen me hem weer op te zetten...

...haat mezelf!... wilde terugslaan maar kon het niet... in zijn kooi alsof hij sliep, maar hij sliep niet. Stak een naald in zijn rug en eerst piepte hij en probeerde weg te komen... Erg grappig... liep naar de ene toe en sloeg hem in zijn gezicht met de boksbeugel onder de want... trok hem naar de grond en begon zijn hoofd tegen het asfalt te slaan... Het beste sinds ik voor het eerst in het Gröna Land-park was.

7 juli. Er is nu een week voorbijgegaan sinds we naar dit klotegat zijn verhuisd. Papa's briljante idee. Alles zou zo reuzemooi en goed worden. Verdomme ook. Hij is goed in dingen beloven... als een taaie, uitgesponnen hel... Zit alleen maar in m'n eentje te haten... CoD... Papa nam me mee naar een of andere klotefilm en probeerde te praten. Hartstikke zielig. Heb zin om iemand keihard te slaan. Gewoon uithalen en...

De tekst hield op en de laatste 'n' eindigde met een uithaal. Alsof hij midden in een gedachte onderbroken was. Fabian wist niet wat hij ervan moest denken.

Goed, het was geen geheim dat Theodor het moeilijk had op school en dat hij zo nu en dan ook wel gepest werd. Maar dit. Dit was iets heel anders. Wist Sonja het? Hij bladerde nog een pagina verder om er zeker van te zijn dat er niets meer stond.

Als je je geliefde kleine nietsnut van een zoon ooit terug wilt zien stel ik voor dat je de pet op de verhuisdoos aan de linkerkant opzet en mijn instructies opvolgt/O.M.

Fabian hapte naar adem. Diep vanbinnen had hij het geweten op het moment dat hij de kamer binnenstapte, maar nu had hij het bevestigd gekregen. Alles draaide en om zijn evenwicht niet te verliezen moest hij weer op de rand van het bed gaan zitten. Hij was hier geweest, hier in zijn eigen huis, en had zijn zoon meegenomen. Het patroon was nu compleet doorbroken. Tot dit moment was hij uit geweest op degenen die in de klas hadden gezeten. Niet op hun kinderen. Dit was iets anders. Hij pakte zijn mobieltje en stuurde een sms naar Theodor.

KOM JE NAAR BENEDEN. DAN GAAN WE. DE HAMBURGER WACHT...

Zijn handen trilden zo hevig dat hij het mobieltje neer moest leggen terwijl hij op het antwoord wachtte. Het bliepte al, veel sneller dan hij had verwacht.

GOEDE POGING, MAAR HET IS BETER OM MIJN RAAD OP TE VOLGEN.

Fabian besefte dat hij geen keuze had en keek om zich heen in de kamer. De pet lag inderdaad op een van de verhuisdozen aan de linkerkant van het bureau. Hij was zwart en lag met de klep naar hem toe. Hij kende de pet, met de vijf ledlampjes voor aan de klep die aangingen als je op een knopje drukte. Hij had er zelf over gedacht er een te kopen toen hij laatst bij de bouwmarkt was, maar had zich bedacht toen hij in gedachten Sonja's spottende stem hoorde.

Hij liep naar de pet toe, pakte hem op en zag dat het middelste lampje vervangen was door een cameraatje. Hij aarzelde, liep zijn keuzemogelijkheden na, kwam tot de conclusie dat hij die niet had en zette hem op zijn hoofd. Hij paste perfect, alsof hij al voor hem op maat was gemaakt. Er kwam een nieuw sms'je:

LOG IN OP: HTTP:89.162.38.99:8099/CAM12 PASSWORD: SNARISLUT

Fabian toetste het adres in de browser van zijn mobieltje en logde in met de code.

Op het schermpje was het korrelige beeld te zien van een camera die in een krappe ruimte was geplaatst waar Theodor met vastgebonden handen op zijn rug lag. Bloederige wonden op zijn armen en handen verraadden dat hij geprobeerd had los te komen. Hij tilde zijn hoofd op en keek recht de camera in, verstijfd van schrik. Je kon zien hoe hij schreeuwde voor zijn leven.

'Theo, waar ben je? Zeg waar je bent, dan kom ik je halen!' schreeuwde Fabian tegen zijn mobieltje.

HIJ KAN JE TOCH NIET HOREN.

'Hè? Kun je me horen?'

NIEMAND WEET HOE LANG ER NOG ZUURSTOF IS. HET ENIGE WAT

ZEKER IS, IS DAT HET OP EEN GEGEVEN MOMENT OP IS. MISSCHIEN MORGEN? MISSCHIEN VOLGENDE WEEK OF OVER TWEE UUR?

'Waarom heb je mijn zoon erbij betrokken? Wat heeft hij ermee te maken? Neem mij in plaats van hem!'

JE MOET EEN OPDRACHT UITVOEREN ALS JE HEM LEVEND TERUG WILT ZIEN.

Fabian keek op zijn mobieltje. Het adres stond nog in de adresbalk en het enige wat hij hoefde te doen was het wachtwoord intoetsen. Maar in plaats van het beeld van de webcamera kreeg hij de mededeling: INCORRECT PASSWORD! UNAUTHORIZED ENTRY DENIED. Hij deed een nieuwe poging en kreeg dezelfde mededeling.

NEEM JE AUTO, RIJD NAAR HET POLITIEBUREAU, PARKEER ZONDER DAT IEMAND JE ZIET.

Fabian kreeg niet eens de tijd om na te denken over wat hem te wachten stond of het mobieltje bliepte alweer.

TIKTAK TIKTAK...

83

'Het enige wat we op het moment met zekerheid weten is dat de persconferentie zondagochtend om tien uur zal plaatsvinden, maar de speculaties waarover die zal gaan zijn al in volle gang. Wat is jouw commentaar daarop?' vroeg de ene gestreepte stropdas aan de andere.

'Ja, dit is absoluut zijn laatste strohalm. Met het oog op wat er gisteren bekend werd, had Kim Sleizner toen meteen een persconferentie moeten houden. Maar in plaats daarvan gaf hij een interview in *Ekstra Bladet*, wat bij lange na niet genoeg was om het vertrouwen weer te herstellen. Daarom is de persconferentie morgen absoluut noodzakelijk.'

Dunja Hougaard was totaal niet verbaasd. Als het op Sleizner aankwam, verbaasde niets haar meer. Na zijn laatste streek was het alsof alle energie uit haar weg was gelopen. Ze drukte op de afstandsbediening en verruilde de stropdassen voor een jonge Julia Roberts, die samen met haar collega-prostituee bij de rode Ferrari op Hollywood Boulevard stond. '*And remember, don't mouth off. They don't like that.*' Ze had de scène al minstens honderd keer gezien en stelde vast dat dit de meest vertoonde film ooit moest zijn.

Hoewel ze het niet wilde, kon ze het niet laten en zapte terug.

'En waar denk jij dat het over zal gaan?'

'Het meest waarschijnlijke is dat hij zijn aftreden bekendmaakt en de schijn probeert te wekken dat het zijn eigen keuze is.'

'Betekent dat dat hij in werkelijkheid de laan uit is gestuurd?'

'Ja, waarschijnlijk wel. Maar er is altijd plek voor een man met Sleizners ervaring en kwaliteiten. Er wordt zelfs al beweerd dat hij onze volgende minister van Justitie kan worden. Dus wie weet wat hij in zijn achterzak houdt?'

'En als de persconferentie niet over zijn aftreden gaat?'

'Ja, dan moet hij iets concreets laten zien binnen het onderzoek. Iets wat laat zien dat er vorderingen worden gemaakt en dat hij nog steeds een kracht binnen het politiewezen is waarmee rekening gehouden moet worden.'

'Maar dat acht je niet waarschijnlijk?'

'Nee.'

Dunja zette de tv uit, haalde de batterijen uit de afstandsbediening en gooide die weg om niet in de verleiding te komen hem weer aan te doen. Ze wist precies waar Sleizners persconferentie over zou gaan.

De foto van de dader.

Haar foto.

Hij zou zichzelf op de borst kloppen en de boodschap erin hameren hoe goed de afdeling werkte met hem als leider. Hoe de zaak nu snel opgelost zou zijn en de dader gepakt zou worden. Niet door de Zweden, maar door de Denen.

Alsof Kim fucking Sleizner ook maar ene donder om de zaak gaf.

Het was allemaal nep. Een toneelstukje om de aandacht af te leiden van zijn privéschandalen. Hij was er niet in geïnteresseerd om te overleggen met de Zweden om te zien hoe ver zij waren voordat ze het aan de grote klok hingen. Deze persconferentie ging alleen maar over hemzelf. Koste wat het kost.

Zonder met zijn ogen te knipperen had hij recht in haar gezicht gelogen en zowel haar als haar werk opgeofferd. De inkt van haar ontslagbrief was nog nauwelijks droog toen hij haar sleutels, identiteitsplaatje, pasje en dienstwapen al opeiste. Twee minuten had ze gekregen om haar spullen bij elkaar te zoeken en hij had de hele tijd als een havik over haar schouders meegekeken.

Net als Fabian Risk was ze in de kou gezet en net als hij kon ze het niet loslaten. Ze zou zich er met geen mogelijkheid buiten kunnen houden zolang de zaak er als een open, etterige wond bij lag.

Wat Sleizners zet morgen voor gevolgen zou hebben wist ze niet. Maar ze vreesde het ergste. De dader zou vermoedelijk onderduiken en nooit meer gevonden worden. Hoe langer hij in onzekerheid verkeerde over hoeveel de politie wist, hoe beter. Dat verhoogde de kans dat hij overmoedig werd, slordig te werk ging en een fout zou maken die hem noodlottig zou worden.

Ze moest iets doen. Ze kon niet tegenhouden dat Sleizner de foto publiek zou maken, maar ze kon er wel voor zorgen dat de Zweden hem daarvoor al tot hun beschikking hadden. Ze pakte haar mobieltje en zocht Fabian Risks nummer op. De telefoon ging over, maar niemand nam op. Het was pas twintig over negen. Niet heel erg vroeg, maar ook niet te laat om te bellen. Ze deed een nieuwe poging en sprak deze keer ook een kort bericht in. Dat ze iets had wat hij moest zien en dat ze nu onderweg naar Zweden was om het naar hem te brengen.

Omdat het risico bestond dat iemand zijn voicemail afluisterde, wilde ze niet bekendmaken wat het was. Ze was niet van plan geweest om te zeggen dat ze onderweg was naar Zweden. Ze was niet eens van plan om te gaan. Maar nu ze erover nadacht, was het helemaal geen slecht idee. Ze had zijn e-mailadres, maar net als met de voicemail wist ze niet of ze erop kon vertrouwen dat Risk de enige was die er toegang toe had.

Dunja opende haar computer en startte het mailprogramma om de foto te downloaden. Maar in plaats van dat al haar e-mails tevoorschijn kwamen, werd er naar een wachtwoord gevraagd. Ze tikte SHAWARMAPAJ55 in – een wachtwoord dat ze op veel te veel plekken gebruikte en zodra ze tijd had zou moeten veranderen.

WRONG PASSWORD.

Ze probeerde het opnieuw.

WRONG PASSWORD.

Had die schoft haar wachtwoord al laten veranderen?

Ze kon maar één iemand bedenken die hem in dat geval kon hebben geholpen.

'Ja, met Rønning...'

'Heb jij het wachtwoord van mijn mail veranderd?'

'Hé, spetter. Zeg, het komt niet zo goed uit nu,' fluisterde hij. 'Ik heb bezoek en we zijn net klaar met de sushi en...'

'Mikael, verdomme,' onderbrak Dunja hem. 'Dit is belangrijk. Heb je het veranderd of niet?'

Ze kon horen hoe hij zuchtte terwijl de tune van *Titanic* op de achtergrond klonk.

'Ik hoorde dat je was opgestapt.'

'De Eikel gaf me geen keus en nu moet ik in mijn mail.'

Er klonk een nieuwe zucht.

'Zodra je weg was, kwam hij naar me toe en beval me het te veranderen. En juridisch gezien is het eigenlijk je mail ook niet meer.'

'Mikael, het is heel belangrijk dat ik nu in een van mijn mails kom. Niet later. Nu. Begrijp je dat?'

'Waarom?'

'Hoe minder je weet, hoe beter. Je moet me maar gewoon vertrouwen. Het enige wat je hoeft te doen is mij het nieuwe wachtwoord geven.'

'Sorry, dat gaat niet. Sleizner zit zo goed als zeker op ditzelfde moment je mail te bekijken. Hij moet morgen tenslotte een persconferentie houden. En hij zal het meteen zien als een ander IP-adres binnen probeert te komen en zodra hij doorheeft dat jij het bent, zal hij begrijpen dat ik je heb geholpen.'

Hij had gelijk. Verdomme.

'Maar... ik had al een vermoeden dat je zou bellen, dus heb ik een kopie van de harddisk gemaakt voordat Sleizner er zijn tanden in kon zetten. Ik kan een Dropbox voor je maken.'

'Perfect. Het liefst nu meteen.'

'Oké, mijn gezelschap en de evenwichtsbal lijken elkaar toch gevonden te hebben.'

Vijfentwintig minuten later kon Dunja de foto van de dader overzetten op een usb-stick en weer vijftien minuten later had ze de opgedroogde inktpatronen van de printer schoongemaakt en een uitdraai gemaakt. Tien seconden daarna had ze haar appartement op de Blågårdsgade verlaten en haastte zich naar Station Nørreport.

84

'Het huis van bewaring?' herhaalde Tuvesson.

'Ja, waarom niet? Alleen voor het weekend,' zei Rots. 'Dat is al bewaakt en we hoeven niet te wachten tot Malmö personeel af zou kunnen staan. Dan zien we maandag wel of er een betere oplossing te bedenken is.'

Ze hadden de snackbar verlaten en volgden de Rundgång naar rechts en ze konden nu zowel het huis van bewaring als het politiebureau aan de overkant zien. Tuvesson had nog niet besloten wat ze van het idee vond. Ze moest wennen aan de gedachte. Om degenen die nog over waren van de klas bescherming aan te bieden door ze op te sluiten in het huis van bewaring was zonder meer een drastische oplossing en allesbehalve oncontroversieel. Maar misschien was het toch het minst slechte idee.

'Het staat natuurlijk buiten kijf dat we eerlijk tegen ze moeten zijn. Wat kunnen we anders?' zei Rots, alsof hij haar gedachten las.

'Begrijp je hoeveel gedonder we hiermee kunnen krijgen?'

'Niets vergeleken bij hoeveel gedonder we krijgen als we niets doen en hem de een na de ander te pakken laten nemen.'

Rots had gelijk. Alles wees erop dat de dader elk moment weer toe kon slaan en niet van plan was te stoppen voor de hele klas uit de weg was geruimd. Wat voor het idee sprak was de tijdwinst. Als ze er nu mee begonnen, zouden ze, als alles goed ging, iedereen vannacht binnen kunnen hebben. Wat ertegen sprak was het idee op zich.

'Had Risk zijn auto niet mee naar huis genomen?' vroeg Lilja en ze wees naar Risks auto, die op de parkeerplaats voor het bureau stond.

'Blijkbaar niet,' zei Rots. 'Hij is vast toch nog niet in staat om te rijden?'

'Oké, we doen het,' zei Tuvesson. 'We halen ze binnen voor het weekend. Maar dit kan alleen maar werken als we het profiel zo laag mogelijk houden en alleen mensen informeren die het echt moeten weten. Het mag onder geen enkele voorwaarde uitlekken.'

Ergens lag zijn zoon, met zijn handen en voeten vastgebonden, in een ruimte die even nauw was als een kist en met een zuurstofvoorraad die elk moment op kon zijn. Misschien was die al op? Het beeld van de opgesloten Theodor had zich vastgezet op Fabians netvlies en hij kon niet ophouden te denken aan wat zijn zoon doormaakte. Niet alleen nu, de afgelopen dag, maar al die jaren op school. Hoe kon hij het zo volledig hebben gemist? Was hij werkelijk zo egocentrisch geweest? En Sonja? Als ze het wist zou ze het hebben verteld. Toch?

Hij herinnerde zich dat ze een keer haar bezorgdheid over Theodor had uitgesproken toen hij thuis was gekomen met twee gebroken ribben en een hersenschudding. Zelf had hij gevonden dat ze overdreef. Hij was van mening geweest dat jongens van Theodors leeftijd nu eenmaal in vechtpartijen terechtkwamen. Had nog de grap gemaakt dat hijzelf een rib had gebroken tijdens een verkoudheid met een hevige hoest.

Maar Sonja had het er niet bij laten zitten en had een uitvoerig gesprek met de klassenleraar gehad en was meegegaan naar school om zich een beeld te kunnen vormen van hoe Theodor het er had. Alles had volkomen normaal geleken. Zoals hijzelf en Theodor de hele tijd al hadden gezegd. Ten slotte was ze gekalmeerd en had toegegeven dat ze overdreef.

Wat had hij ernaast gezeten.

Wat had hij er verschrikkelijk naast gezeten.

Nu was de rekening gekomen en hij en niemand anders was ervoor verantwoordelijk. Wat het ook kostte, hij moest betalen. Wat voor opdracht hij ook kreeg, hij zou hem uitvoeren. Als er nog een mogelijkheid bestond om Theodor te redden, dan was hij bereid al het andere overboord te gooien. Zowel het onderzoek als zijn eigen leven speelde geen rol meer. Als het te laat zou blijken te zijn, dan... Het mocht niet te laat zijn.

Hij had elk bevel keurig opgevolgd, was in de auto gaan zitten en via de kortst mogelijke route naar het politiebureau gereden, had een eindje van de andere auto's af geparkeerd en de hele tijd zijn pet op gehouden. De dader, of Torgny Sölmedal zoals Fabian nu wist dat hij heette, kon zowel zien wat hij zag als horen wat hij hoorde. Maar in omgekeerde richting verliep de communicatie via sms'jes. De Deense politieagente had hem gebeld, maar hij mocht geen gesprekken aannemen.

Er was geen collega te zien geweest toen hij door de nachtelijk verlichte entree naar binnen was gelopen. Geen Florian Nilsson achter de receptiebalie. Hij hoefde alleen maar zijn pasje door de lezer te halen, zijn code in te typen en door te lopen. Het doel was Ingvar Molanders lab. Hij was er nooit geweest, maar had begrepen dat het ergens op de benedenverdieping lag. Hij had gevraagd wat hij moest doen als Molander er bleek te zijn en het antwoord had niet op zich laten wachten.

REGEL HET MAAR.

FORENSISCH-TECHNISCH ONDERZOEK I. MOLANDER stond er op het bordje naast de gesloten deur. Fabian stak zijn hand in de zak van zijn jasje en voelde dat zijn dienstwapen lag waar het hoorde te liggen, deed de deur open en ging naar binnen. De kamer zag eruit als een grote garage, met een betonnen vloer en betonnen muren en verschillende verlichte eilandjes die als werkstations dienden. Molander was nergens te zien.

GA IN HET MIDDEN STAAN, DRAAI IN DE RONDTE. LANGZAAM.

Fabian deed wat hem werd gezegd en besefte op hetzelfde moment dat de dader ook niet wist waar hij op uit was. Hij was hier om dat uit te vinden. Duidelijk was in ieder geval dat hij vermoedde dat Molander iets gevonden had.

PAK EEN DOEK, LOOP NAAR DE PEUGEOT.

Fabians blik was op de onttakelde zilvergrijze BMW blijven hangen en hij had tot dit moment niet gezien dat de Peugeot er ook was. Dat betekende dat de Denen eindelijk hun verstand hadden gebruikt en hem over hadden laten komen. Hij liep ernaartoe en las het handgeschreven briefje op de voorruit.

Aan Ingvar Molander. Fabian Risk geeft hoog van je op en aangezien er hier niets gebeurt, kunnen jullie hopelijk iets doorslaggevends vinden? Hartelijke groet, Dunja Hougaard, politie van Kopenhagen, afdeling moordzaken.

De Deense zat er dus achter. Zodra dit voorbij was, als hij het tenminste overleefde, zou hij contact met haar opnemen om haar te bedanken. Een goed contact aan de overkant van de Sont kon niet overschat worden.

GA IN DE BESTUURDERSSTOEL ZITTEN, KIJK OM JE HEEN.

Fabian deed het portier open, ging achter het stuur zitten en scande de binnenkant van de auto met zijn pet. Hier en daar op het dashboard, rond het handschoenenkastje en op de versnellingspook zaten kleine stukjes plakband met pijlen en cijfers erop. Het waren markeringen van de plekken waar Molander afdrukken had gevonden en veiliggesteld. Was de auto daarom zo belangrijk?

HAAL DE MARKERINGEN WEG, VEEG HET SCHOON.

Fabian haalde de stukjes plakband weg en begon het paneel af te vegen. Af en toe kreeg hij een terechtwijzing om beter te vegen of de camera in een andere richting te draaien. Tweeëntwintig minuten later kon hij uit de auto stappen.

PAK DE AFDRUKKEN.

'Ik heb geen idee waar die zijn.'

ZOEK.

Het zou ergens tussen negen en tien uur moeten zijn, misschien half maar absoluut niet later dan kwart voor, dacht Astrid Tuvesson, hoewel het haar eigenlijk niet kon schelen. Wat ze ook deden, ze raakte het gevoel niet kwijt dat ze een stap achter lagen. Dat alles op een of andere onbegrijpelijke manier toch berekend en voorbestemd was. Maar Rots had gelijk gehad. Het zou onverantwoordelijk zijn geweest om de overgebleven leerlingen van de klas geen tijdelijke bescherming aan te bieden.

Ze lag op haar rug op de bank, had de gordijnen dichtgetrokken en alle lampen uitgedaan die ze uit kon doen. Maar zo donker als ze had gehoopt dat het zou worden, werd het helaas niet. Dat werd effectief voorkomen door een vijftiental blinkende ledlampjes. Ze kon niet begrijpen waarom elektronicafabrikanten die maar overal in bleven zetten, en kwam tot de conclusie dat ze in hun jeugd waarschijnlijk te veel sciencefiction hadden gezien.

Ze had met Ragnar Palm gesproken, de verantwoordelijke man in het huis van bewaring, en hem de situatie uitgelegd. Hij had haar maar twee lege cellen aan kunnen bieden, wat op zijn hoogst plaats zou bieden aan vier van de negen personen. Een groepscel zou perfect zijn geweest, maar voor zover ze wist bestonden die niet in Zweden. In plaats daarvan had Palm aangeboden om een gedeelte van de gemeenschappelijke ruimte af te zetten. Daar zouden ze met gemak tien bedden in kwijt kunnen. Bovendien zouden ze toegang hebben tot een tv-kamer, een keuken en een kleine bibliotheek, wat ertoe zou bijdragen om het gevoel dat ze in een gevangenis zaten op afstand te houden.

Lilja en Rots hadden aangeboden om rond te bellen en iedereen te informeren en zij had van de gelegenheid gebruikgemaakt om te gaan rusten. Iets zei haar dat dit daarvoor de laatste kans was. Helaas weigerden haar gedachten een pauze te nemen. Het leek juist alsof ze gas gaven wanneer zij probeerde te remmen.

Te midden van alles kwam Ingela Ploghed binnendwarrelen. De broze kleine vrouw die zich helemaal niet goed had gevoeld en niet mee had gewild met het autotochtje. Die geprobeerd had te weigeren. Maar zij had ervoor gekozen niet te luisteren. Niet naar Ingela Ploghed en niet naar de arts. In plaats daarvan had ze haar zo hard gepusht als ze kon, en ze was er zeker van dat haar geheugen in de treintunnel was teruggekeerd. Het geluid van de trein was opgelicht in haar onderbewuste. Opgelicht in het donker met een sterk oranjekleurig licht.

Ze voelde hoe de zon haar deed zweten. Hoe de warme stralen op haar lichaam vielen en ervoor zorgden dat haar hart bonsde en al dat oranje rondpompte. Ze hield van warmte en kon er niet genoeg van krijgen. Dertig, vijfendertig graden, een strandstoel en het geluid van golven die tegen het strand sloegen in Koh Chang. Het kon niet beter. Zodra ze de kans had zou ze haar slag slaan en de noordse duisternis voorgoed achter zich laten. Ze wist niet waar ze oud zou worden. Het enige wat ze wist was dat het niet uit zou maken zolang er maar goed eten en een fijn klimaat was.

Maar ze zou Sten nooit in beweging kunnen krijgen. Hij was als een chagrijnige maanvis die alles weigerde. Ze nam nog een slok, direct uit de fles, en begon moeite te krijgen om haar blik scherp te stellen. Maar ze kon zien hoe hij naar haar toe kwam. Die klootzak... Had het lef om te zeggen dat ze de fles weg moest zetten. Dat moest híj zeggen. Ze schreeuwde hoe ze hem haatte en gooide een schaal weg, die kapotsloeg tegen de muur. Hij kwam naar haar toe en probeerde haar tegen te houden en ze sloeg naar hem met de fles, hoorde hoe die kapotging, maar bleef er toch mee slaan...

Het geluid van haar mobieltje drong ten slotte door haar diepe slaap heen en Tuvesson besefte dat ze helemaal niet op een strand in Thailand of thuis in de keuken met Sten was, maar dat ze op de bank op kantoor lag.

'Dat duurde lang. Je sliep toch niet?' vroeg Molander aan het andere eind van de lijn.

'Nee hoor. Hoi Ingvar. Heb je iets gevonden?'

'Heel veel. Maar niets wat voor ons interessant is.'

Tuvesson ging rechtop zitten. 'Weet je het zeker?'

'Astrid...'

'Ja, maar... Ben je wel in het goede huis?'

'Je zei toch dat het het meest linkse vanaf het hek was? Dat met het bordje "De Krijgshamer" op de deur.'

'Precies. Maar ik weet zeker dat ik een scalpel zag.'

'Dat is ook zo. Maar deze is niet gebruikt om baarmoeders mee te verwijderen, maar om Warhammer-figuurtjes te bouwen en aan te passen.'

'Warhammer? Wat is dat voor iets?'

'Het nerderigste nerdspel. Maar je hebt twee borsten te veel en een penis te weinig om het te begrijpen en bij een uitvoerigere uitleg zou het flatrate van mijn mobiele provider naar de knoppen zijn, dus dat doen we een andere keer.'

'En je hebt het hele huis doorzocht?'

Ze kon een diepe zucht aan de andere kant van de lijn horen. 'Het is niet bepaald groot om zo te zeggen.'

'En de andere? De andere huizen?'

'De huiszoeking geldt alleen voor dit huis. Dan moet je weer met Högsell gaan praten.'

'O ja... Verdomme.'

'Heeft Lilja trouwens al in het register kunnen kijken?'

'Wat? Waarvoor dan?'

Ze kon horen hoe hij opnieuw zuchtte. 'Ik heb afdrukken in de auto gevonden en haar gemaild of ze ze door het register wilde halen.'

'Ik denk niet dat ze haar mail al heeft kunnen lezen. We zijn even naar buiten geweest en nu is ze met Rots alle...'

'Oké, maar jij zou ervoor kunnen zorgen dat ze het meteen leest. Ik ga nu een paar uur slapen.'

'Wacht nog even, wat zijn dat voor afdrukken?'

'Dat staat in de mail. Goedenacht.'

Er klonk een klik en Tuvesson keek naar haar mobieltje, verbaasd dat Molander midden in het gesprek had opgehangen. Ze had al ontelbare keren meegemaakt dat de hoorn erop werd gegooid, maar nooit door Molander. Ze liep haar kantoor uit en moest haar ogen dichtknijpen in het sterke tl-licht van de gang terwijl ze op weg was naar Lilja, die op het matras in haar kamer zat te bellen.

'Oké, goed... Daar kan ik op het moment geen antwoord op geven, maar ik zal erop terugkomen zodra ik meer weet. Zorg er alleen voor dat we je op dit nummer kunnen bereiken.' Ze hing op en keek Tuvesson aan.

'Hoeveel heb je er te pakken gekregen?'

Lilja hield demonstratief twee vingers op.

'Maar twee?'

Lilja schudde haar hoofd. 'Jafaar Umar en Cecilia Holm nemen niet op en ik wilde nu net Stefan Munthe gaan bellen. Maar met Nicklas Bäckström en Helene Nachmansson is het in elk geval gelukt. Hoe gaat het met Rots?'

'Geen idee. Maar ik sprak net met Molander en hij heeft je blijkbaar een belangrijk mailtje gestuurd.'

Lilja trok een vragend gezicht en stond op van het matras, liep naar het volgestouwde bureau en zette de computer aan.

VAN: ingvar.molander@politie.se
ONDERWERP: Belangrijk!
Denk dat ik afdrukken van de dader heb gevonden. Denk bovendien dat hij in het register staat. Dat moet meteen onderzocht worden en omdat Tuvan mij naar het Ramlösa-park heeft gestuurd, berust al mijn hoop op jou. De afdrukken vind je op de gebruikelijke plek./I.

'Oké, zoek jij dit meteen uit, dan bel ik Stefan Munthe wel,' zei Tuvesson.

Lilja knikte en trok haar versleten Converses aan. 'Nog één ding. Seth Kårheden landt over twintig minuten, dan zullen we zien of hij nog steeds weigert om zijn mobiele telefoon aan te zetten. In dat geval duurt het nog minstens twee uur voordat hij bij zijn huistelefoon kan zijn.'

Tuvesson knikte. 'En wat doen we met Cecilia en Jafaar?'

'Laten we hopen dat ze gewoon naar de bioscoop zijn of zo.'

'Oké, we wachten het even af en dan probeer ik het nog een keer.'

'O, Nachmansson vroeg zich af of ze zelf moest rijden of dat iemand haar op kwam halen?'

'Ik denk dat Rots en ik hen op moeten gaan halen in onze auto's. Ik wil er zo weinig mogelijk mensen bij betrekken.'

Lilja knikte en liep naar de deur.

'Trouwens. "Tuvan"? Noemen jullie mij zo?'

Lilja glimlachte en maakte zich uit de voeten.

Fabian Risk had in alle laden gekeken die hij kon vinden. Hij had de hele oude archiefkast doorgenomen, die vol zat met mappen van eerdere onopgeloste zaken. Hij had zelfs in de kleerkast met Molanders werkkleren gekeken en in de grote metalen kast die was gevuld met technisch gereedschap. Maar hij had nergens iets gezien wat zelfs maar in de verte deed denken aan vingerafdrukken.

'Misschien zijn ze hier niet? Hij kan ze mee hebben genomen of ze door hebben gegeven of wat dan ook?'

Het mobieltje zoemde.

BEL HEM. ZEG DAT JULLIE ELKAAR MOETEN SPREKEN.

Fabian zocht in alle hoeken en gaten van zijn gedachten naar een uitweg, maar kon niets anders vinden dan massieve, ondoordringbare rotswanden. Er zat niets anders op dan de confrontatie met Molander aan te gaan. Hij wilde net bellen toen de deurkruk omlaag werd gedrukt en de deur openging.

Hij keek snel om zich heen naar een plek om zich te verstoppen, maar het was te laat. Lilja stond al in de kamer en had hem gezien.

'Fabian? Wat doe jij hier in godsnaam?'

Hij wist niet wat hij moest zeggen en zweeg.

'Ik dacht al dat ik je auto op de parkeerplaats zag staan. Zou je niet thuis uit moeten liggen rusten?'

'Ik kan niet rusten voor dit onderzoek ten einde is. Je kent me... Of nee, eigenlijk niet. Maar zo ben ik in elk geval.' Hij liet er een lach op volgen en probeerde die ontspannen te laten klinken. Maar te oordelen naar Lilja's gezichtsuitdrukking liet ze zich niet om de tuin leiden.

'Fabian, vertel. Waar ben je mee bezig?'

Hij voelde zijn mobieltje weer trillen.

MOLANDER VROEG OF JE DE AFDRUKKEN DOOR HET REGISTER WILDE HALEN.

Hij keek Lilja aan en zette een paar stappen naar haar toe. 'Molander belde. Vraag me niet waarom hij juist mij belde, ik heb geen idee. Misschien dacht hij dat jullie het allemaal te druk hadden en dat ik thuis toch niet zou kunnen liggen uitrusten. Ik weet het niet.' Hij zweeg, besefte dat hij te veel praatte. De woorden stroomden uit hem in een wanhopige poging om het voor de hand liggende te verbergen. Hij wachtte op een reactie van Lilja, maar die kwam niet. Ze stond alleen maar naar hem te kijken, en om de stilte niet al te pijnlijk te laten worden, had hij geen andere keus dan door te gaan. 'In elk geval zei hij dat hij een paar vingerafdrukken in de Peugeot had gevonden, die van de dader kunnen zijn, en hij wilde dat ik ze door het register zou halen.'

Ze keek hem met een wantrouwige blik aan. 'Vreemd. Want precies hetzelfde heeft hij ook aan mij gevraagd.'

Fabian haalde zijn schouders op. 'Hij wilde er vast zeker van zijn dat het zou gebeuren? Het probleem is dat ik ze niet kan vinden.'

'Ze liggen vast op de gebruikelijke plek, maar jij weet niet waar dat is.'

'Nee, hoe zou ik dat kunnen weten? Zo lang werk ik hier nog niet.'

'Nee, precies.'

Fabians mobieltje trilde.

SNAR2SLUT.

Hij ging terug naar de browser van zijn mobieltje, tikte het nieuwe wachtwoord in en zag Theodor opnieuw in de nauwe ruimte liggen. Deze keer tilde hij zijn hoofd niet op. Kon het waarschijnlijk niet. Maar hij leefde tenminste nog. Fabian kon zien hoe zijn borstkas op en neer ging bij elke ademhaling, die met aanzienlijk kleinere tussenpozen kwam dan eerder.

'Fabian, waarom kijk je de hele tijd op je mobieltje?' vroeg Lilja en hij keek op. 'Je kunt naar huis gaan. Ik regel dit wel.'

Hij schudde zijn hoofd. 'Nee, het is beter als ik het doe, dan kun jij doorgaan met wat je aan het doen was. Je hebt het vast hartstikke druk.'

'Wat is er? Is er iets gebeurd?'

'Nee, niets anders dan dat Molander ons allebei heeft gevraagd hetzelfde te doen en het is het beste als je het mij laat doen.'

'Maar je snapt toch wel dat ik dat niet kan doen?'

'Waarom dan niet?'

Hij keek haar aan en probeerde er zo vragend mogelijk uit te zien. Ze antwoordde hem met een toegeeflijke, bijna verdrietige glimlach.

'Omdat hij geen contact met je heeft opgenomen. Als hij dat had gedaan, had je geweten waar ze lagen. Of niet soms?'

Fabian kon niets anders doen dan knikken, zijn vergissing toegeven, terwijl hij ondertussen zijn rechterhand in de zak van zijn jasje stak en het pistool omklemde. Lilja probeerde bij hem weg te komen, maar er was geen plek. Alleen maar muur. Ze hief haar armen op om zich te beschermen. Hij duwde ze weg om haar hoofd vrij te krijgen en verbaasde zich erover hoe sterk ze was toen hij iets hards tegen zijn benen voelde en zijn evenwicht verloor. Lilja sprong boven op hem terwijl ze schreeuwde dat hij tot bedaren moest komen.

De klap met het pistool was precies goed en ze zakte boven op hem in elkaar. Er kwam bloed uit de wond, dat op zijn overhemd druppelde. Hij legde haar op de vloer en kwam overeind. Hij wist nu waar hij moest zoeken. Haar blik omhoog naar de armatuur had haar verraden. Hij trok een stoel naar voren, klom erop en rekte zich uit naar de tl-armatuur, en daar vond hij de map met afdrukken.

Hij stopte de map in zijn broek, stapte van de stoel af, keek naar links en naar rechts, om te laten zien dat hij niets had achtergelaten. Ten slotte draaide hij zijn hoofd naar Lilja, omdat hij dacht dat het heel natuurlijk over zou komen, en strekte zijn rechterarm buiten het oog van de camera uit en krabbelde iets op een envelop. Het mobieltje trilde.

LAAT ZIEN WAT JE MET JE RECHTERARM DOET!

Fabian gehoorzaamde en richtte zijn blik op de envelop, waar met onregelmatige letters stond: SORRY. HIJ HEEFT MIJN ZOON. ZIJN NAAM IS TORGNY SÖLMEDAL.

Het antwoord liet niet lang op zich wachten.

ALS JE OOK MAAR IETS OM HEM GEEFT, WEET JE WAT JE MOET DOEN.

85

Hij had niet begrepen dat hij echt wakker was geworden. Het voelde alsof hij nog steeds droomde. Het kon niets anders. Er waren meerdere minuten voorbijgegaan voordat hij was begonnen te vermoeden dat hij echt wakker was. Dat wat hij zag en voelde echt was in zijn allerrauwste vorm. Donker, hard en vooral krap. Hij was overeind gekomen, maar had zijn voorhoofd zo hard gestoten dat hij voelde hoe er bloed in zijn rechteroog liep. Hij had geprobeerd het weg te vegen, maar zijn handen waren vastgebonden en met een touw aan zijn voeten bevestigd.

Toen had de paniek toegeslagen. Die was over hem heen gespoeld en in een fractie van een seconde was zijn lichaamstemperatuur met een paar graden gedaald en was hij doorweekt van het zweet. Hij had zo hard geschreeuwd als hij kon, recht het donker in, en pas toen zijn longen helemaal leeg waren, was hij stil geworden en was er plaats gekomen voor gedachten.

Hij had thuis aan zijn bureau in zijn notitieboekje zitten schrijven. De woede van zich af geschreven die in hem rondpompte en hem het gevoel gaf dat hij uit elkaar zou barsten. Hij had naar Marilyn Manson geluisterd en er lak aan gehad dat het volume te hoog stond. Papa was toch niet thuis. Toen had hij vanuit zijn ooghoek iets gezien, maar er niet op gereageerd. Een nauwelijks merkbare beweging in de weerspiegeling in het raam, als een schaduw in een schaduw, en hij had opgekeken, naar het raam, en gezien hoe iemand zijn kamer binnenkwam.

Zijn eerste gedachte was dat het papa was die kwam om de muziek zachter te zetten en nog zo'n belachelijk 'praatje' te houden. Maar er had iets niet geklopt met de kleren. 's Zomers droeg zijn vader zo goed als altijd lichte kleren. Deze kleren waren donker, bijna legerachtig. Toen had hij zich omgedraaid, maar de man was al bij hem en had een lap in zijn gezicht gedrukt.

Een paar keer had de ruimte in een licht gebaad dat zo sterk was dat hij zijn ogen moest sluiten. Hij was ervan uitgegaan dat er een luik werd geopend. Een teken dat hij uit zijn gevangenschap verlost zou worden. Maar er kwam nooit iemand die zijn vastgebonden handen en voeten losmaakte, en na een paar keer had hij ingezien dat er helemaal niet iets werd geopend, maar dat er alleen een sterke lamp aanging.

Eén keer had hij gehoord dat er iemand in de buurt was. Hij dacht tenminste dat hij iemand hoorde. De geluiden waren door de muur gekomen. Dof en van veraf. Hij had zo hard geroepen als hij kon, geschreeuwd en met zijn ellebogen gebonkt. Maar wat het ook was, het had niet gereageerd en hem niet vrijgelaten. Misschien was het de man in legerkleding? Sindsdien had hij niets meer gehoord. Niets behalve zijn eigen hartslag en ademhaling.

Voelde het zo om levend begraven te zijn? Het zou niet moeilijk zijn om gewoon zijn ogen te sluiten en in slaap te vallen. Maar hij mocht niet slapen. Niet weer. Hij wilde de volgende keer dat er iets te horen was niet missen. Hij mocht dan niet slapen. De volgende keer – als er een volgende keer kwam – kon zijn laatste kans zijn.

Hij was nu beter voorbereid en zou niet alleen roepen en zijn ellebogen tot bloedens toe tegen de stenen muur slaan. Een paar uur geleden was het hem gelukt om zich een paar decimeter te laten zakken tot hij iets kouds en metaalachtigs tegen zijn voeten had gevoeld. Een luik.

Hij had weer hoop gekregen. Ondanks alles zou hij het misschien toch overleven. Hij had met zijn voeten op het luik gebonkt, dat zat weliswaar op slot, maar het geluid dat het had gemaakt had geklonken als een basdrum en zou onmogelijk te missen zijn als je je ergens in de buurt bevond. Maar er kwam niemand en de stilte begon steeds onmetelijker te worden. De hoop die hij had gehad, was afgenomen naarmate de zuurstof opraakte.

In het begin had hij er niet op gereageerd. Niet begrepen waarom het hem steeds meer moeite kostte om zijn gedachten te ordenen en hij met steeds kortere tussenpozen wegdoezelde. Pas toen hij besefte dat hij ademde alsof hij tien kilometer had gerend, was het tot hem doorgedrongen. Toen had hij pas ingezien dat hij langzaam bezig was te stikken.

Hij had nooit gedacht dat hij het zou doen, nooit van zijn leven, maar nu deed hij het toch.

Hij vouwde zijn handen en bad.

86

Ze moest haar blik afwenden van het sterke, verblindende licht van de tl-buizen aan het plafond, en toen ze haar hoofd omdraaide, drong de doffe pijn achter haar linkerslaap door. Ze streek met haar vingers over de zwelling boven haar oor en voelde geronnen bloed. Niets ernstigs, maar het was de eerste keer dat ze door een collega was neergeslagen. Risk had haar bewusteloos geslagen.

Ze had haar verdenkingen tegen hem gehad sinds ze gelezen had over de gebeurtenissen in Stockholm. Maar dat hij zover zou gaan dat hij haar neersloeg was als een totale verrassing gekomen.

En nu was hij er met de afdrukken vandoor.

Het kon hem toch niet zijn? Nee, dat kon gewoon niet.

Of toch?

Ze zocht steun tegen een van de werkbanken, kwam overeind en verliet het lab. Onderweg naar de afdeling deed ze een poging hem te bellen. Zoals verwacht kreeg ze alleen zijn voicemail.

'Nee, Stefan, natuurlijk word je niet opgepakt. Het is alleen de enige manier waarop we jullie op dit moment kunnen beschermen...' Tuvesson hield de telefoon een stukje van haar oor en sloeg haar ogen ten hemel naar Rots, die tegenover haar in zijn telefoon zat te praten.

'Goed. Dan komen we jullie straks halen. Het is moeilijk te zeggen wanneer precies, maar we zullen van tevoren bellen. Absoluut. Dag.' Rots hing op en rekte zich uit.

'Nee, we hebben het helemaal niet opgegeven. We werken op volle kracht aan de zaak, maar naar ons oordeel bevinden jullie je allemaal in gevaar en daarom vinden we... precies... ja, precies. Dan bel ik zodra ik weet wanneer we komen. Dag.' Tuvesson hing op en slaakte een lange zucht. 'Wat een idioot. Hij zou blij en dankbaar moeten zijn. Maar mooi niet.'

'Elk huis heeft een lastige buurman,' zei Rots en hij geeuwde terwijl Lilja binnenkwam.

'Mijn god! Irene, wat is er gebeurd?' Tuvesson liep naar Lilja toe en keek naar de wond boven haar slaap.

'Ik liep Risk tegen het lijf in Molanders lab.'

'Risk? Wat had hij daar te zoeken?'

'Hij was op dezelfde afdrukken uit als wij en beweerde dat Molander hem had gevraagd ze door het register te halen.'

'Wat? Maar waarom zou hij dat doen?'

'Dat vroeg ik me ook af en toen gebeurde dit.' Lilja wees naar de wond.

'Wat? Bedoel je dat hij je heeft neergeslagen?'

'Yes ma'am.'

'Maar... Gaat het met je?'

'Ja, het is niet erg. Ik was heel even buiten bewustzijn, maar nu gaat het goed.'

'Ik begrijp er niets van. Jij wel?' Tuvesson richtte zich tot Rots, die zijn hoofd schudde.

'Heb je hem geprobeerd te bellen?'

'Hij neemt niet op.'

'Dit is misschien heel far out,' zei Rots. 'Maar om het maar gezegd te hebben. Het kan toch niet... Of wel? Hij kan het toch niet zijn?'

Ze zwegen en wisselden blikken uit.

'Nee. Kom op. Er is vast een verklaring voor. Dat moet wel,' zei Tuvesson en ze ging weer zitten.

'Die gedachte is ook bij mij opgekomen,' zei Lilja.

'Kom op, nu moeten jullie toch echt...'

'Maar luister nu even. Op de eerste moordplek laat hij de klassenfoto achter, wat ertoe leidt dat wij hem inschakelen en volledige inzage geven in het onderzoek, dat hij daarna precies de richting in kan sturen die hij wil. Geef toe. Hij is nu niet bepaald een kei geweest in het communiceren aan ons waar hij mee bezig is. Daarna gaat hij door, ondanks dat jij hem uit het onderzoek hebt gezet, en "vindt" Rune Schmeckel, alsof hij een magische gave heeft om de hele tijd alles op het juiste moment te ontdekken. Terwijl hijzelf boven alle verdenking verheven is.'

'En de jongen op de klassenfoto?' vroeg Rots. 'Wie is dat dan?'

'Je bedoelt het haar?' Lilja haalde haar schouders op. 'Geen idee. Maar wie heeft hem ons aangewezen? En uit wiens jaarboek hebben we de foto gekopieerd? Just saying.'

Een tijd lang zei niemand iets. Het was alsof ze allemaal de hele zaak vanaf het begin door moesten nemen om te controleren of Lilja's vermoeden echt kon kloppen. Na een paar minuten hief Tuvesson haar hoofd op en keek de anderen aan.

'Nee, weten jullie. Het kan gewoon niet kloppen.'

'Waarom niet?' vroeg Rots. 'Nog niet zo lang geleden was geen enkel idee te vergezocht.'

'Rots, ik weet het niet. Maar ik weiger te geloven dat het Risk is. Wanneer had hij het moeten doen? Neem alleen de keer dat dat meisje van het benzinestation belde. Toen was hij met ons bij Molander.'

'Ja. Maar Risk voerde dat gesprek. Of het echt dat meisje was dat belde of dat ze al dood was, weten we niet.'

'Oké, maar er was hoe dan ook iemand die over de Deense politieagent heen reed toen Risk bij ons was. Kunnen we het daar tenminste over eens zijn?'

'Misschien zijn ze met z'n tweeën,' zei Rots.

'Nee, echt, er moet een andere verklaring zijn. Irene, is je nog iets anders opgevallen? Iets in zijn gedrag of wat dan ook?'

'Ik ken hem dan wel niet zo goed, maar hij leek zichzelf niet te zijn. Er was iets met zijn blik. Angst. Schrik. Ik weet het niet. En hij was de hele tijd met zijn mobieltje in de weer, alsof hij...'

'Alsof hij wat?' vroeg Tuvesson.

'Ik weet het niet.'

'Misschien staat hij in contact met de dader. Dus ook als hij niet medeschuldig is,' zei Rots en de anderen draaiden zich naar hem toe. 'Stel dat hij een of andere greep op Risk heeft en hem daardoor kon gebruiken om hier binnen te komen en beslag te leggen op de afdrukken.'

'Dat houdt in elk geval in dat hij waarschijnlijk in gevaar is en misschien zelfs wel het volgende slachtoffer zal zijn,' zei Tuvesson.

'Van één ding kunnen we tenminste zeker zijn,' zei Rots. 'Molanders vermoeden dat de dader in het register staat klopt. Anders zou hij al die moeite niet doen. Toch?' Tuvesson en Lilja knikten. 'En omdat hij zijn vingerafdrukken per ongeluk in de auto heeft achtergelaten, kan hij dezelfde vergissing ook op andere plekken hebben begaan.'

'Niemand is perfect.'

Lilja besefte dat Rots helemaal gelijk had. Er was op zijn minst nog één plek waar de dader zijn afdrukken vergeten kon zijn.

En ze wist precies waar.

87

Hoewel het pas half juli was, kon je al voelen hoe het donker elke dag vroeger aan kwam sluipen. Te weinig om je druk over te maken, maar duidelijk genoeg om je eraan te herinneren dat de zomer binnenkort alleen nog maar een herinnering zou zijn.

Fabian Risk zette de motor uit en wierp een blik op de rode cijfertjes die 22.13 aangaven. Zijn instructies waren om in de Östhammarsgatan te parkeren, een dwarsstraat van de Motalagatan, waarin Torgny Sölmedal op nummer 24 woonde. Hij keek door het autoraampje en constateerde dat hij zich in een omgeving met villa's en nog meer villa's bevond, waarvan de meeste uit de eerste helft van de twintigste eeuw stamden. Husensjö. Hij had er gedurende zijn hele jeugd over gehoord, maar hij had nooit iemand gekend die er woonde en daarom ook nooit een reden gehad om ernaartoe te gaan. Dit was de eerste keer.

Hij hield zijn hoofd schuin naar rechts, zodat de camera in de pet kon zien hoe hij de map met de vingerafdrukken van de passagiersstoel pakte. Op hetzelfde moment trilde zijn mobieltje. Een nieuw sms'je. Maar deze keer was het geen nieuw bevel. Het was integendeel een geschenk uit de hemel. Een kans om iets te doen.

WAAR BEN JE? WAT HEB JE MET DE CAMERA GEDAAN?

'Ik ben er en moet alleen de auto nog afsluiten,' zei hij om te testen of zijn vermoeden klopte.

IK GA ERVAN UIT DAT JE JE BEWUST BENT VAN DE RISICO'S ALS JE MIJN BEVELEN NIET OPVOLGT.

Hij stuurde snel een sms'je terug. BEN ER BIJNA. BATTERIJ MISSCHIEN OP? Hij deed de pet af en legde hem op de grond bij de achterbank, opende het handschoenenkastje en haalde er twee magazijnen voor zijn Sig Sauer P228 uit, die verborgen lagen achter het servicehandboek.

Hij hield er eigenlijk helemaal niet van om een wapen te dragen en deed er alles aan om het te vermijden. Hij had nog nooit een schot op iemand afgevuurd. In tegenstelling tot wat de meesten dachten, kwamen dat soort situaties heel zelden voor in zijn vak. Hij had het van de winter voor het eerst meegemaakt. Toen had hij moeten schieten en hij kon nog steeds niet uitleggen waarom hij het niet had gedaan.

Twee collega's. En het was zijn schuld.

En de kreten.

Hij kon ze nu weer horen. Het was alsof ze hem tijdens de verhuizing uit het zicht waren verloren en pas nu zijn geur weer terug hadden gevonden en als hyena's achter hem aan kwamen.

De kreten die snotterend en wanhopig smeekten en baden om hun leven.

En daarmee kwamen ook de herinneringen aan hoe zijn collega's op hun knieën werden gedwongen in de onderaardse zaal, die toen nog niet was ingewijd maar nu waarschijnlijk volledig in gebruik was genomen. Hoe ze hadden gevraagd waar hij zich bevond, of hij daar was, maar geen ander antwoord hadden gekregen dan snikkend gehuil. Ze konden tenslotte niet weten hoe dichtbij hij was geweest, hoe hij de mogelijkheid had gehad om het anders af te laten lopen. Hoe het wapen in zijn hand had gelegen. Maar het was een volkomen waardeloze hand geweest. Een hand die niet in staat was de trekker over te halen.

Er werd in het Engels geroepen dat ze te ver naar binnen waren gekomen en te veel hadden gezien. Daarna werden de pistoollopen naar hen opgeheven en hij had gericht. Had het geprobeerd, maar het niet gekund. De schoten hadden weergalmd en hij had gezien hoe ze in elkaar zakten op de glanzende nieuwe tegels, die rood waren gekleurd. Toen waren de kreten stilgevallen, maar dat had niet lang geduurd. Nu kon hij ze weer horen, luider dan ooit.

En de vraag die door zijn hoofd spookte.

Zou hij ook deze keer weer falen?

Fabian sloeg zichzelf een paar keer hard in zijn gezicht, in een poging de herinneringen weg te dringen, en drukte een van de magazijnen in het pistool. Hij stapte uit de auto met de sleutel nog in het contact, en liep langs de Östhammarsgatan in de richting van de Motalagatan, waar hij naar rechts ging en de weg overstak om aan de kant met de even nummers te komen. Hij liep verder over de stoep en stootte na een paar meter met zijn ene voet tegen een kleine oneffenheid in het asfalt en viel bijna plat voorover.

'Je moet oppassen. Het is hier altijd wat hobbelig,' zei een man in een trainingsbroek die zijn hond uitliet. Fabian glimlachte geforceerd naar de man en zag nu pas dat delen van de stoep geasfalteerd waren op een manier die een boel te wensen overliet.

'Ja, zeg dat wel,' zei Fabian en hij maakte aanstalten om door te lopen.

'Vraag me niet waarom ze het op deze manier maar op blijven lappen. Het ziet eruit als het werk van een amateur.'

Fabian voelde het mobieltje trillen.

IK BEN NIET DEGENE DIE TIJDGEBREK HEEFT.

'Zoals van de winter, toen struikelde Kerstin van nummer 5 en brak haar heup. Reken de kosten maar eens uit en ik verzeker je dat het goedkoper was geweest om de hele boel te asfalteren.'

Fabian knikte plichtmatig en liep vlug door. Hij kwam aan bij huisnummer 26, waarvan de tuin zo verwaarloosd was dat die een effectieve belemmering voor elke vorm van inkijk vormde. Je kon nauwelijks het huis achter alle begroeiing zien. Maar Sölmedal woonde niet daar, maar op nummer 24, dat het exact tegenovergestelde van nummer 26 en van wat Fabian had verwacht bleek te zijn. Open en uitnodigend. Het was bijna alsof het vroeg om onverwacht bezoek. Een laag wit hek en daarachter een kortgeknipte grasmat voor het volledig in het zicht liggende huis met een garage aan de rechterkant en een hoge, dichtbegroeide heg aan de linkerkant.

Fabian kon het niet rijmen. Kon het echt zo zijn dat de man die ze zochten hier woonde? Open en bloot en met vlak ernaast buren. Op de brievenbus stond in elk geval T. SÖLMEDAL en achter het raam dat uitkeek op de straat brandde licht. Hij bleef staan en deed alsof hij zijn veters vastknoopte om een beter overzicht te krijgen en kon al snel constateren dat zijn eerste indruk aangepast moest worden. De uitnodigende openheid gold alleen voor de voorkant aan de straat. De rest van het perceel was een ander verhaal. Een schutting en een hoge heg maakten elke inkijk onmogelijk.

Hij kwam overeind en liep verder de Växjögatan op, waar hij links afsloeg. In het eerste huis aan de linkerkant brandde licht en hij kon schaduwen zien die zich achter de ramen bewogen. Een etentje op vrijdag met gasten en pas geopende wijn. In het volgende huis brandde geen licht en de garageoprit was leeg. Hij liep langs het huis naar de achterkant, waar een groepje tuinmeubels zo stond opgesteld dat het regenwater eraf stroomde met ernaast een barbecue die een maandloon moest hebben gekost. Fabian stak de grasmat over en kwam bij een muur van rozenstruiken, stopte zijn handen in de mouwen van zijn jasje, duwde de takken weg met zijn ellebogen en wrong zich door de doornige muur.

Hij bevond zich nu in de verste hoek van Sölmedals perceel. Van daaruit kon hij constateren dat het huis groter was dan hij in eerste instantie had gedacht. Het was aan de achterkant in meerdere etappes uitgebouwd en was nu zeker twee keer zo groot als het oorspronkelijke huis.

Onder dekking van de schaduw van de rozenstruiken sloop hij verder langs de grens van het perceel tot aan een voorraadschuurtje, waar hij achterlangs liep. Door een vies raam kon hij een grasmachine, een paar ski's, een paar opgerolde tapijten en onderdelen van een tandartsuitrusting onderscheiden, die op een hoop waren gegooid.

Zijn mobieltje zoemde weer in zijn zak. Deze keer was het geen sms'je, maar een oproep van Irene Lilja. Ze was dus wakker geworden, wat betekende dat Tuvesson en de anderen binnen een paar minuten te horen zouden krijgen wat er was gebeurd. Hij liet zijn voicemail aangaan en liep verder langs de achterkant van het schuurtje. Bij de rand aangekomen schatte hij dat de afstand naar het huis ongeveer vijf meter was.

Vijf onbeschermde meters over het gras.

De adrenaline pompte als voor een honderdmetersprint. Hij had geen idee wat hem te wachten stond en aarzelde. Maar zijn lichaam had een besluit genomen en hij had geen andere keuze dan het te volgen, over het gras naar de muur van het huis en om de volgende hoek heen, waar een trap naar een terras met een paar ligstoelen leidde. Fabian trok zijn wapen en laadde het door voordat hij de trap op liep.

Op het terras klopte zijn hart zo snel dat hij het bloed door zijn aderen kon horen pompen. Een geluid dat hem in herinnering bracht dat hij nog steeds leefde. Dat hij nog steeds iets kon bereiken.

Hij zette een paar stappen naar een glazen schuifdeur en kon de verlichte woonkamer in kijken. Midden in de kamer stond een vleugel en de ene hele wand werd ingenomen door een boekenkast die deed denken aan die in zijn eigen ouderlijk huis. Aan de andere kant van de kamer stond een hoekbank voor een grote flatscreen-tv en...

Er klonk een geluid. Een even onbeduidend als essentieel geluid. Een nauwelijks hoorbaar knarsen. Het kon eigenlijk van alles zijn. Behalve in deze specifieke situatie. Fabian draaide zich om naar de ligstoelen.

'Het is chic om te laat te komen, dat is bekend. Maar om aan de achterkant aan te komen sluipen, dat is nieuw.'

'Waar is mijn zoon? Ik wil alleen mijn zoon terug.' Fabian richtte het pistool op de schaduw die overeind kwam uit de ligstoel en een soort wapen met een geluiddemper naar hem ophief.

'Ik stel voor dat we naar binnen gaan. De koffie wordt koud.'

'Wat heb je verdomme met mijn zoon gedaan?'

'Daar komen we zo op. We hebben zoals gezegd nog wat anders dat geregeld moet worden en ik ben tenslotte niet degene die tijd heeft gerekt.' Hij liep naar Fabian toe met zijn vrije hand voor zich uit gestrekt. 'Daarom stel ik voor dat we het beschaafd houden. Je krijgt het terug als we klaar zijn. Oké?'

Fabian aarzelde en kon zijn blik niet afhouden van de man voor hem in het donker. Had hij hem eerder gezien of was dit de eerste keer? Hadden ze echt samen in de klas gezeten of was het allemaal alleen maar een spelletje?

'Je wilt me toch niet neerschieten voor je weet waar de kleine Theodor is.'

Hij herkende de man niet. Of wel? Misschien was het alleen te donker? Het was alsof dit de eerste keer was dat ze elkaar ontmoetten terwijl er tegelijkertijd iets bekends aan was. Als een déjà vu.

Hij gaf zijn poging op om het zich te herinneren, overhandigde zijn pistool en liet zich het huis in leiden, door de woonkamer, waar Wagners *Walküre* op de achtergrond klonk, en verder door een paar vertrekken naar de keuken, waar de tafel gedekt was met twee kopjes, een cafetière en een dienblad met koekjes.

'Ga zitten.'

Fabian dwong zichzelf plaats te nemen op een van de stoelen, hoewel zijn hele lichaam schreeuwde dat hij zich op de man moest werpen, zijn hoofd tot bloedens toe tegen de tafel moest slaan en hem moest dwingen te vertellen waar hij zijn zoon verborgen had.

Torgny Sölmedal ging op de stoel tegenover hem zitten, legde zijn wapen op zijn knie en begon langzaam de koffie door het water te drukken. 'Je vraagt je vast af waarom.'

'Ik vraag me niets af. Ik wil alleen dat je Theodor loslaat. Hij heeft hier niets mee te maken.'

'Niet dat het ook maar enigszins mijn motief was, maar door meerderen van onze klas van het leven te beroven heb ik eraan bijgedragen dat de wereld een klein beetje beter is geworden. Een positief bijeffectje waar we ons allemaal over kunnen verheugen.' Hij glimlachte terwijl hij de koffie naar de bodem bleef drukken.

'Mijn zoon! Waar is hij!'

'Toen ik iedereen in kaart begon te brengen, werd ik vooral niet goed van hun domheid. Je denkt misschien dat ik overdrijf. Maar neem het autotochtje met Jörgen. Dat was een van de ergste dingen die ik ooit heb meegemaakt. Ik verzeker je, een amoebe heeft een hoger IQ.' Het filter was eindelijk naar de bodem gedrukt en hij schonk de koffie in de kopjes.

Fabian deed zijn best om niet in te storten, terwijl hij Torgny Sölmedals gezicht bestudeerde in het licht van de plafondlamp. Hij kon begrijpen waarom niemand zich hem herinnerde. Zijn gezicht was zo alledaags en in zo hoge mate anoniem dat er niets was om zijn uiterlijk aan op te hangen. Neus, wangen, mond, ogen – alles zag er doodnormaal uit, tot in het kleinste detail.

'Kijk maar. Er is toch niets wat beklijft. Vraag me niet waarom. Als we elkaar over een week op de Kullagågata tegenkomen, zul je me niet herkennen.'

Fabian dacht dat hij waarschijnlijk gelijk had. Maar dat maakte niet uit. Op dit moment was dat volkomen onbelangrijk. Hij haalde de map met vingerafdrukken tevoorschijn en legde die op tafel. Er zaten meerdere donkere vlekken van zijn zweet op. 'Hier zijn je afdrukken. Nu wil ik mijn zoon.'

Torgny Sölmedal keurde de map geen blik waardig. 'Met of zonder melk?'

'Kun je me uitleggen wat onze kinderen hiermee te maken hebben?'

'Is dat een met of een zonder?'

'Geef antwoord!' Fabian sloeg met zijn vuist op tafel zodat de koffie opspatte.

Torgny Sölmedal wierp hem een blik toe en droogde de gemorste koffie met een gebloemd servetje. 'Ik vat dat op als een zonder.' Hij schoof de zwarte koffie naar Fabian toe en nam een koekje. 'Helaas, en dat meen ik echt, denk ik dat je te laat bent. Zoals ik de hele tijd al zei, wist ik niet hoe lang er voldoende zuurstof zou zijn. Maar ik moet toch toegeven dat het langer duurde dan ik had gedacht. Zesenveertig uur en drieëndertig minuten is niet slecht voor zo'n krappe ruimte. Om zeventien over tweeëntwintig gaf hij het op.' Hij schoof een tablet van zich af waarop hetzelfde beeld te zien was dat Fabian eerder had gezien. Met dit verschil dat Theodor nu helemaal stil lag.

Zelfs zijn borstkas bewoog niet meer.

88

Ingvar Molander was er zeker van geweest dat hij niet had geslapen. Dat hij op de brits in de kelder had gelegen, om Gertrud niet wakker te maken, en de gebeurtenissen van de afgelopen dagen steeds opnieuw door zijn hoofd had laten spelen. Rond en rond waren ze gegaan, als in een slacentrifuge. Toch was hij ineens wakker geworden.

Hij pakte het mobieltje op dat afging. Het was Lilja. Hij had helemaal geen zin om op te nemen. Wilde het liefst doen alsof hij het niet hoorde en verder slapen. Maar dat zou niet overtuigend zijn geweest. Iedereen op het bureau wist dat hij licht sliep en van het geringste geluid wakker werd, hoe moe hij ook was.

'Molander.'

'Hoi, met Irene. Heb ik je wakker gemaakt?'

'Laten we hopen dat het belangrijk is.'

'De vingerafdrukken die je in de Peugeot gevonden hebt zijn weg. Risk heeft ze meegenomen en ze vermoedelijk aan de dader gegeven.'

Molander ging rechtop zitten. 'Wat zeg je nu allemaal?' bracht hij uit, hoewel hij het heel goed had gehoord.

'Ik leg het later wel uit. Het belangrijkste is dat de afdrukken weg zijn en dat we...'

'Maar wacht nu even. Stond hij in het register?'

'Geen idee. Ik heb het niet na kunnen gaan voordat ze verdwenen.'

'Maar hoe kunnen ze in godsnaam gewoon verdwijnen?'

'Zoals ik al zei heeft Risk ze gepakt, maar dat doet er nu niet toe. Prioriteit nummer één is dat we zo snel mogelijk nieuwe afdrukken vinden.'

'En hoe had je gedacht dat we dat gingen doen?' Molander voelde hoe een slecht humeur als een Duitse invasie binnen kwam rollen en dat hij niets had om ertegenover te stellen. Hij was niet alleen uit een broodnodige slaap gewekt. Ze waren er bovendien in geslaagd de afdrukken kwijt te raken waarmee de dader geïdentificeerd moest worden. Bewijs waar hun Deense collega haar baan voor op het spel had gezet om het door hem te laten veiligstellen.

'Ik dacht dat aangezien hij blijkbaar slordig is geweest in de auto, hij vast op andere plekken ook slordig moet zijn geweest. Denk je niet?'

'Ja, dat kan. En als hij dat is geweest, blijft de kleine maar niet geheel onbelangrijke vraag over: waar?'

'Bij Glenn thuis.'

'Wat?'

'Glenn Granqvist, je weet wel, het tweede slachtoffer.'

'Ja, natuurlijk weet ik dat. Maar waarom...'

'Hij was met zijn achterhoofd tegen het schoenenrek gevallen en had gebloed, toch?'

Precies. Zijn geheugen begon tot leven te komen uit de cryoslaap en kroop nu langzaam omhoog uit zijn sigaarvormige slaappil.

'Je hebt me zelf laten zien hoe de dader al het bloed in de hal met een dweil weg had geveegd, en die daarna zelfs schoon heeft gespoeld en uitgewrongen, zodat hij niet zou druppelen.'

'Ja. En?'

'Denk je niet dat hij zijn handschoenen heeft uitgetrokken toen hij de dweil uitspoelde en uitwrong?'

Lilja had gelijk. Natuurlijk was de kans groot dat hij zijn handschoenen uit had getrokken en een paar afdrukken had achtergelaten in de bezemkast. 'We gaan er meteen naartoe.'

89

Zijn kleren plakten van het zweet hoewel hij trilde van de kou. De bloedvaten hadden zich samengetrokken en het bloed was herverdeeld naar de belangrijkste organen. Hij was in een shocktoestand en zijn lichaam reageerde daarnaar. Alles wat eerder belangrijk was geweest, was nu vaag en onduidelijk. Hij wilde huilen en in een foetushouding kruipen, maar dat kon niet. Niet nu.

Hij steunde met zijn handen op de tafel om overeind te komen, maar gaf het op toen hij voelde dat hij er de kracht niet toe had. 'Waar is hij? Waar heb je hem opgesloten?'

'Ironisch dat je plotseling zoveel naar je zoon vraagt.'

'Ironisch?'

'Ja. Het is aan de late kant om je nu om hem te gaan bekommeren. Nu heb ik zelf geen kinderen, maar ik zou toch willen beweren dat het een beetje laat is. Ik ga ervan uit dat je in elk geval delen van zijn dagboek hebt gelezen en de vraag die daarbij oprijst is: waar zijn de ouders? Die vraag had jij je vast ook gesteld als je niet een van de ouders was geweest. Denk je niet?' Torgny Sölmedal keek hem aan alsof hij instemming verwachtte, maar Fabian gaf geen krimp. 'We zouden het er in elk geval over eens kunnen zijn dat je geliefde zoontje zich tot een halfuur geleden afvroeg waar zijn ouders waren.'

Elke spier in Fabians lichaam kreeg de impuls om zich op de man tegenover hem te storten en zijn honende gezicht kapot te slaan. Maar hij hield zich in, wilde zich ten koste van alles beheersen. 'Ik begrijp alleen niet waarom je hem erbij hebt betrokken?'

'Laten we het er liever over hebben waarom je hier überhaupt zit. In feite maakte je niet eens deel uit van het basisplan. Je woonde in Stockholm en je enige doel zou zijn om de cijfers aan het eind te verbeteren. Behalve jij en Lotte Ting woonde iedereen nog hier. Toen verhuisde je terug. Vraag me niet waarom. Ik heb nooit begrepen waarom mensen terugkeren naar de plek van het misdrijf. Maar daar was je en toen kon ik je net zo goed wat meer bij het plan betrekken, en als ik heel eerlijk ben heb ik me geen moment zorgen gemaakt. Wat je tot nu toe hebt uitgericht, is nu niet bepaald indrukwekkend te noemen. Dus ik zag je niet als een reële bedreiging. Iets wat een grove misrekening bleek te zijn. Dat wil ik graag toegeven – dat is tot nu toe absoluut mijn grootste vergissing geweest en heeft me bijna de hele operatie gekost. Dus op jou en je, hoe zullen we het noemen, politie-instinct.' Hij zweeg en nam een slok koffie. 'Dat met die auto was echt indrukwekkend. Ik heb geprobeerd te bedenken hoe je hem gevonden hebt, maar het is me nog niet echt gelukt. En zeg niets, want ik kom er uiteindelijk wel achter. Je koffie wordt trouwens koud.'

'Laat maar koud worden.'

'Dat moet je zelf weten. Hoe dan ook dwongen jouw kleine tackles me om wat veranderingen in het plan aan te brengen, en dat plan is er veel beter op geworden nu jij de kroon op het werk bent in plaats van Monika Krusenstierna. Herinner je je haar? Onze juf, die altijd een geruite rok droeg en haar blik afwendde zodra er iets lastigs gebeurde. Net als jij eigenlijk. Zodra er iets moeilijks gebeurde keek jij de andere kant op. Ik durf te wedden dat je heel vaak hebt aangevoeld dat het niet goed ging met je zoon. Maar net als Monika koos je ervoor om hem de rug toe te keren.'

Fabian kon zich niet langer inhouden en sprong op uit de stoel, gooide de tafel om en wierp zich op Torgny Sölmedal, die zijn evenwicht verloor en van de stoel viel. Fabian zag zijn pistool wegglijden over de vloer en hield het met zijn ene hand tegen, en voelde vervolgens hoe zijn lichaam verkrampte en hoe een felle, brandende pijn zich vanaf zijn buik verspreidde.

Torgny Sölmedal zette het stroomstootwapen uit en maakte zich los uit Fabians greep. 'Noem je dat beschaafd?'

Fabian kon niet reageren. Hij lag spastisch te spartelen. De gedachten waren er, maar de motoriek niet. Vanuit zijn ooghoek kon hij zien hoe Sölmedal de wapens opraapte van de vloer en ze op de aanrecht legde, een van de bestekla's opentrok, er een vleesschaar uit haalde en een injectienaald uit de koelkast pakte. Hij probeerde iets te zeggen, maar het enige wat hij kon uitbrengen was een zwak gekreun.

Ondertussen stak Sölmedal de schaar in de kraag van zijn overhemd en knipte er een groot stuk uit om zijn keel bloot te leggen. Fabian probeerde zich te verzetten, maar zijn lichaam weigerde hem te gehoorzamen en Sölmedal kon in alle rust zijn halsslagader opzoeken.

90

Irene Lilja reed langzaam, gleed bijna, om de slapende villawijk niet te wekken, en stelde vast dat zij voor één keer als eerste arriveerde. Ze stuurde naar de rand van de weg en kwam tot stilstand. In tegenstelling tot haarzelf was hij altijd op tijd en het was eerder regel dan uitzondering dat hij een stap voorlag en al een oplossing had voor alle anderen er waren.

Maar deze keer lag zij voor en ze was op zo'n goed idee gekomen dat het niet tot morgen kon wachten. Liet hij haar daarom zo lang wachten? Ze speelde met de gedachte om naar binnen te gaan en de afdrukken zelf veilig te stellen, maar besloot dat het risico te groot was dat hij het verkeerd opvatte en kwaad zou worden. Bovendien had hij de sleutels.

Ze zette de motor uit, waardoor de ruitenwissers midden in haar gezichtsveld bleven staan. Dat was een van de dingen aan haar auto waaraan ze zich doodergerde en ze had daarom de gewoonte om de ruitenwissers uit te doen voordat ze de motor afzette. Maar deze keer blijkbaar niet. Ze was vast te moe. Ze nam niet eens de moeite geïrriteerd te raken.

In plaats daarvan deed ze de ruggensteun een stukje naar achteren en keek naar de regen. Die was nog maar een paar minuten geleden begonnen en was even geruisloos en welkom als onverwacht. De zomer was zo warm en wolkeloos geweest dat ze bijna was vergeten dat er zoiets als regen bestond.

De druppels bleven op de voorruit liggen en groeiden uit tot kleine amoebevormige poeltjes die bij elkaar werden gehouden door de oppervlaktespanning. Algauw lukte het niet meer om naar buiten te kijken en het schijnsel van de straatlantaarn werd verwrongen en vormde reflecties en kleuren in een hypnotische samenvloeiing. Ze zakte steeds dieper weg en probeerde uit te rekenen hoeveel uur ze de afgelopen week had geslapen.

Twaalf minuten later deed ze haar ogen open en keek om zich heen zonder iets anders te zien dan de regen, die nu zo hard neersloeg op de auto dat ze bang was dat de lak zou beschadigen. Maar daar was ze niet wakker van geworden. Nu was ze er niet meer zo zeker van, maar ze dacht dat ze een paar seconden geleden een hard gebons had gehoord. Toen hoorde ze het weer. Vlak naast haar, en ze kon nu zien dat er iemand buiten stond, maar het water vervormde alles zodat ze niet kon zien wie het was.

Ze draaide het zijraampje omlaag en zag Ingvar Molanders natte gezicht.

'Denk je dat ik het leuk vind om hier op je te staan wachten?'

'Dus jij hebt moeten wachten?' zei Lilja, maar Molander was al op weg naar het huis en ze stapte de stortregen in, vouwde haar paraplu open en liep snel achter hem aan. 'Waarom heb jij geen paraplu bij je?'

Molander snoof terwijl hij de ene na de andere sleutel probeerde. 'Wie heeft die klotesleutels in godsnaam gemerkt?'

'Wacht, laat mij maar.' Lilja nam de sleutelbos over en Molander aarzelde niet om de paraplu te pakken en die zo te houden dat ze kon voelen hoe nat de druppels waren.

'Hier. GG, zoals in Glenn Granqvist,' zei ze en ze deed de deur open.

Zonder iets te zeggen gaf Molander haar de paraplu terug en verdween in het huis. Lilja vroeg zich af of het een kwestie van effectiviteit of gewoon van een slecht humeur was en terwijl het water van haar jas op de deurmat stroomde, bedacht ze dat het niet uitmaakte.

Toen ze bij de bezemkast aankwam was Molander al druk bezig de lichtschakelaar in te smeren, en hoewel hij zijn best deed om het te verbergen zag ze de nauwelijks waarneembare glimlach op zijn gezicht.

'Je hebt geluk. Hier zijn meerdere afdrukken, zowel bij de kraan als bij het lichtknopje.'

'Geluk? Je bedoelt dat ik gelijk had?' zei Lilja, waarop een diepe stilte volgde. 'En je weet zeker dat ze van hem zijn en niet van Glenn?'

Hij schonk haar een vermoeide blik en haalde de afdrukkenfilm tevoorschijn.

91

Hij veegde de gemorste koffie van de vloer. Het kopje was nog heel. Hij hoefde het alleen maar samen met het andere kopje af te wassen en te drogen en ze op hun plek in de kast te zetten. Hij pakte twee koekjes en stopte ze in zijn mond. De andere deed hij in de vuilniszak, die hij dichtknoopte. Hoewel hij er nooit meer zou terugkeren, was het belangrijk voor hem dat hij het schoon en netjes achterliet. Hij sloot de koelkast en de vriezer en trok de stekker van het broodrooster en het koffiezetapparaat uit het stopcontact, deed het licht uit en verliet de keuken. De andere kamers waren al gereedgemaakt. Het enige wat hij nog moest doen was afscheid nemen.

Hij had er bijna achttien jaar gewoond. Het was een goed huis en hij had het er over het geheel gezien uitstekend naar zijn zin gehad. Maar nu was het verkocht en een tijdperk was ten einde gekomen. Begin oktober zouden de nieuwe eigenaars erin trekken, wat de politie voldoende tijd moest geven om hun onderzoeken af te ronden. Hij kon het nu al voor zich zien, hoe ze de vondsten zouden tonen die hij zo zorgvuldig had neergelegd.

Hij zette het geluid harder met de afstandsbediening – *Die Walküre* vormde een goede soundtrack voor hun komst –, deed de deur open en stapte naar buiten. Het was begonnen te regenen. Voorlopig nog rustig, maar hij had gezien dat het erger zou worden en vouwde zijn paraplu open, sloot de deur en vertrok.

De auto stond veertien minuten daarvandaan geparkeerd in de Malmögatan, op de kruising met de Köpingevägen. Hij had geen haast en kon in een rustig tempo lopen. De afgelopen uren was alles volgens plan verlopen en voor de eerste keer in dagen lag hij op schema. De enige reden dat hij zijn pas versnelde, was de regen die straks op zijn paraplu zou kletteren. Het laatste wat hij wilde was nat worden. Hij had weliswaar een extra stel kleren in de auto, maar de kleren die hij aanhad waren bedoeld voor de komende gebeurtenissen van die nacht en hij zou geen mogelijkheid hebben zich om te kleden voordat hij klaar was.

Helemaal klaar en onderweg in de boot.

Zonder zijn pas te vertragen liet hij de huissleutel samen met het regenwater in de straatput verdwijnen, waarna hij rechtsaf de Jönköpingsgatan in ging en zoals altijd, wanneer hij zich in de buurt van de Tycho Braheschool bevond, moest hij denken aan hoe hij zijn eindexamen had gehaald met een gemiddelde van 10,0, het hoogste dat jaar, en toch toe had moeten zien hoe de beurs naar Claes Mällvik was gegaan, die maar 9,26 had gehad. Het zat hem nog steeds dwars als hij eraan dacht. Hoe iedereen zich er zo overdreven van bewust was hoe moeilijk Claes het had gehad en ze hem de beurs hadden gegeven als een pleister op de wonde.

Zeker, Jörgen en Claes, om nog maar te zwijgen van Elsa en Camilla, hadden allemaal vreselijk rot tegen hem gedaan op de basisschool en verdienden hun straf. Maar dat veranderde niets aan het feit dat hij vanaf de eerste klas een hekel aan Claes had gehad. Wat hij ook deed, het maakte niet uit, want Claes trok toch al het licht naar zich toe.

Op de basisschool was het nog grotendeels onvrijwillig geweest. Maar in zijn middelbareschooltijd had Claes geleerd er voordeel uit te trekken. Toen was er niemand die hem iets deed. Toch zorgde hij ervoor dat het niemand ontging hoe moeilijk hij het had gehad. Hoe vreselijk zielig het allemaal voor hem was. De diploma-uitreiking had ten slotte de emmer doen overlopen en hij had zichzelf beloofd om nooit meer in de schaduw van Claes te staan.

Een belofte die een paar weken later al een direct gevolg had gekregen. Hij was net aangenomen op de Technische Hogeschool van Lund en maar een dag later had hij te horen gekregen dat Claes ook naar Lund zou gaan. Direct had hij besloten zijn universiteitsplannen in de prullenbak te gooien en in plaats daarvan voor zichzelf te beginnen. Het diploma van de middelbare school moest genoeg zijn.

Zijn visioen was een soort uitvinderswerkplaats geweest met speciaal ontworpen machines als specialiteit. De bestellingen waren niet meteen binnengestroomd, maar hij had in elk geval de huur kunnen betalen, en toen de microprocessors hun intrede deden, ploegde hij alle boeken door waar hij maar aan kon komen en werkte vijftien uur per dag. En hij vond het heerlijk. Een paar patenten later – onder andere een messenslijper die Ikea nu over de hele wereld verkocht en een invoersysteem voor de meeste statiegeldmachines – was zijn financiële situatie veiliggesteld.

Achteraf had hij ingezien dat hij zich nooit zo goed had gevoeld als in die tijd. Zelfs Claes was uit zijn leven verdwenen. Dat hij een paar jaar later weer op zou duiken en hem zoveel pijn zou bezorgen dat die weer tot leven kwam zodra hij eraan dacht, had hij toen niet kunnen bevroeden. Nee, het enige echte probleem was hetzelfde geweest als waar hij zijn hele jeugd mee geworsteld had.

Eenzaamheid.

Het begon harder te regenen en hij moest zijn paraplu met beide handen vasthouden om niet nat te worden. Hij sloeg linksaf de Malmögatan in en kon de auto nu zien. Een blik op zijn horloge bevestigde dat hij nog steeds ruim op tijd was. Hij had genoeg speelruimte en zelfs genoeg energie om te lachen om de herinnering aan de keer dat hij uit pure wanhoop om iemand te ontmoeten een profiel had aangemaakt op een datingsite. Wat verdomde zielig.

Hij had verschillende vrouwen ontmoet. Maar het was nooit meer geworden dan koffiedrinken en elke keer had hij de vernedering moeten slikken van de verschillende uitvluchten over waarom ze alweer weg moesten. De leugentjes die bedoeld waren om de pijn te verzachten maar die het alleen maar erger maakten.

Het had hem extra veel moeite gekost om over een van hen heen te komen. Zij had niet eens de moeite genomen met een uitvlucht te komen. Midden in het gesprek was ze opgestaan om naar het toilet te gaan en nooit meer teruggekeerd. Drieënveertig minuten lang had hij zitten wachten tot hij had ingezien hoe het zat en de hele rekening had moeten betalen. Tegenwoordig kon hij niet begrijpen waarom hij het zo zwaar had opgevat, waarom hij de vernedering niet gewoon had kunnen slikken en verder was gegaan.

Hij moest het op een of andere manier afsluiten en besloot daarom weer contact met de vrouw op te nemen en een verontschuldiging van haar te eisen. Omdat ze hem als contact had geblokkeerd, had hij een nieuw profiel aangemaakt waarop hij zich voorstelde als art director bij een reclamebureau die daarnaast ook als model werkte. De foto had hij uit een advertentie van Stenströms-overhemden gehaald. Het had niet lang geduurd voordat hij weer contact met de vrouw had en haar zover kreeg dat ze elkaar zouden ontmoeten bij Le Cardinal.

Hij was een kwartier voor de afgesproken tijd op een verscholen plek aan de bar gaan zitten, waar hij een vrij uitzicht op de entree had en kon zien hoe ze binnenkwam en haar blik door het vertrek liet gaan op zoek naar haar date. Hij had haar in alle rust kunnen bekijken terwijl ze naar een tafel werd geleid, ging zitten en een glas rode wijn bestelde, en hoe ze op haar horloge had gekeken en zich steeds ongemakkelijker had gevoeld omdat ze er in haar eentje zat en voor de derde keer tegen de kelner moest zeggen dat ze nog niet klaar was om te bestellen. Niet meer dan nog een glas wijn en een bakje noten. Hij had haar laten zitten en van elke seconde genoten. Alsof ze druppels waren van de beste champagne die net uit een oud scheepswrak was gered.

Achtenvijftig minuten had het geduurd voordat ze betaalde en het restaurant verliet, zich niet bewust van het feit dat iemand haar volgde. Haar passen waren vlug en geïrriteerd geweest terwijl ze naar het Knutpunkten was geklepperd en op een bus was gestapt, en hij had zonder problemen direct achter haar plaats kunnen nemen. Net als alle anderen had ze hem niet opgemerkt. Ze was bij Adolfsberg uitgestapt en hij was haar vanaf een afstandje gevolgd naar haar trappenhuis. Vijf minuten later was hij naar binnen gegaan en had bij haar aangebeld.

Hij was bij de auto. Het regende nu zo hard dat hij de paraplu pas in de auto dichtdeed. Hij legde hem op de vloer voor de passagiersstoel en sloot het portier, draaide het contactsleuteltje om en liet de motor stationair draaien om de damp weg te krijgen.

Het had iets langer dan een minuut geduurd voor ze opendeed. Maar hij herinnerde zich het als een van de langste minuten van zijn leven. Ze had hem met een vragende blik aangekeken. Of dat door zijn baardstoppels of anonieme uiterlijk kwam wist hij niet. Ze had gevraagd wie hij was en wat hij wilde, en hij had haar herinnerd aan hun korte date.

Ze had geprobeerd de deur te sluiten, maar hij was sneller geweest en naar binnen gedrongen en had haar verkracht. Direct daar op de vloer van de hal had hij haar genomen. Niet omdat hij haar wilde. Hij was alleen uit op de vernedering.

Zoals zij hem had vernederd.

Ze had natuurlijk aangifte tegen hem gedaan en hij had voor verhoor langs moeten komen. Ze hadden zijn vingerafdrukken genomen en geprobeerd een bekentenis uit hem te krijgen. Maar hij had hardnekkig ontkend dat er sprake was van een verkrachting. Ze hadden absoluut seks gehad, en zeker, af en toe was het er misschien een beetje heftig aan toe gegaan. Maar daar had ze zelf aan meegedaan. Uiteindelijk, na een paar dagen voorarrest, hadden ze niets anders kunnen doen dan hem vrijlaten.

Hij programmeerde het adres in de gps, schakelde en draaide de Malmögatan af naar de Södra Stenbocksgatan. Over achttien minuten zou hij bij de eerste zijn.

92

'Leuker dan dit wordt het niet.' Ragnar Palm wees met zijn ene arm naar de gemeenschappelijke ruimte die ter beschikking was gesteld.

Tuvesson liet haar blik rondgaan. 'Het voelt nog steeds heel erg aan als een gevangenis.'

'Dat komt misschien omdat het dat ook is?'

Ze zuchtte. 'Hoeveel badkamers hebben ze tot hun beschikking?'

'Twee. Hoe zit het trouwens met de geslachtsverhouding?'

'5-5.'

De tien britsen stonden tegenover elkaar langs de muren met een paar meter tussenruimte. Tussen de britsen stonden stoelen die als nachtkastjes dienstdeden. Tuvesson ging op een van de britsen zitten en vroeg zich af of zij er zelf mee zou hebben ingestemd om hier te slapen. Als het toch maar om een weekend ging. Om eerlijk te zijn hadden ze geen idee hoe lang het zou kunnen duren.

Palm ging op de brits ertegenover zitten. 'Denk je dat het zal werken?'

'Het moet werken. We hebben geen alternatief.'

'Ik hoop dat je begrijpt dat als dit uitkomt, dat...'

'Ragnar, het mag niet uitkomen. Onder geen enkele voorwaarde. Niet voordat de dader is gepakt. Hoeveel weten er bij jou van?'

'Alleen degenen die het moeten weten. Mijn baas en sommigen van het personeel. Zij zijn het probleem niet. Ze hebben allemaal zwijgplicht. Maar dat hebben de gedetineerden niet.'

Tuvessons mobieltje ging. Het was Rots.

'Ik heb iedereen te pakken kunnen krijgen en dacht erover om ze maar op te gaan halen.'

'Hebben ze allemaal ja gezegd?'

'Ja, maar ze stellen een hoop vragen waar ik niet op kan antwoorden. Hoe gaat het bij jou?'

'Ik ben in het huis van bewaring en... ja, laten we hopen dat ze hier niet lang hoeven te blijven.'

'Heb jij ze allemaal gesproken?'

'Allemaal behalve Seth Kårheden. Hij zou tweeënhalf uur geleden geland zijn in Kopenhagen en zou nu ongeveer thuis moeten zijn.'

'Dus hij heeft nog steeds zijn mobieltje niet aangezet?'

'Nee, het lijkt van niet.'

'Waar woont hij?'

'Domsten. Maar ik ga eerst de anderen ophalen en blijf hem ondertussen bellen en als hij niet opneemt zal ik er toch moeten gaan kijken.' Ze verbrak de verbinding, kwam overeind en liep naar de uitgang.

Fabian Risk was ervan overtuigd geweest dat hij nu aan de beurt was en dat hij net als de anderen van de klas zou sterven. Maar aangezien hij net wakker was geworden, zij het met een stevige hoofdpijn, was dat blijkbaar niet zo. Nog niet. Wakker worden was zo mogelijk een nog ergere straf dan de dood. Een zweepslag in zijn gezicht en hij was terug in de nachtmerrie. De wakende nachtmerrie dat hijzelf leefde en dat zijn zoon Theodor dood was.

Hij kon een zwak, nauwelijks merkbaar gezoem horen en voelde hoe zijn hoofd lichtjes trilde. Vlak daarna was de vacuümachtige stilte terug. Hij probeerde zich te bewegen, maar besefte dat hij vastgesnoerd zat in een oude tandartsstoel. Zijn voeten, benen en armen zaten vast met spanband en zijn hoofd... Hij kon niet zien hoe dat vastzat, maar wanneer hij het probeerde te bewegen nam de pijn boven zijn slapen toe. En wat het ook was, het stak aan beide kanten van zijn gezicht uit, als twee oogkleppen die alles in zijn gezichtsveld afschermden behalve recht vooruit. Het enige wat hij kon zien was een afgesloten scherm dat schuin voor hem aan de muur hing.

Het zwakke gezoem keerde terug en hij voelde hoe zijn hoofd trilde. Op hetzelfde moment ging het scherm voor hem aan en liet een zwart-witportret van een jonge Torgny Sölmedal zien. De foto moest ergens halverwege de basisschool zijn genomen, door een echte fotograaf in een echte studio, met een reflector en professioneel volgens alle regels van de kunst. Sölmedal zat op een hoge kruk, met een keurige scheiding en in zijn mooiste overhemd, en keek met een warme glimlach recht in de camera.

Dat hij hem nooit had opgemerkt. Fabian kon niet begrijpen hoe dat kon. Dat niemand in de klas hem had opgemerkt. Zelfs hun klassenlerares niet, Monika Krusenstierna. En nu had hij haar plaats in moeten nemen in deze raamloze kleine kamer met gewelfde, donkere, met draperieën beklede muren, waarin de enige lichtbron het scherm was. Opnieuw klonk het zwakke gezoem en deze keer, ook al was het heel gering, merkte hij een kleine verschuiving van zijn gezichtsveld aan de rechterkant.

Het drong tot hem door wat er zou gaan gebeuren. Alles viel op zijn plaats en hij besefte dat Torgny Sölmedal gelijk had gehad. Hij had zich schuldig gemaakt aan exact hetzelfde als Monika.

Alleen ten opzichte van zijn eigen zoon.

Irene Lilja zat schuin achter hem en keek toe hoe Molander de afdrukken inscande en door de computer liet analyseren en doorsturen naar het register. Haar vermoeidheid was compleet verdwenen. Hetzelfde gold voor Molanders slechte humeur. Het was of ze allebei voelden dat ze vlak bij een doorbraak stonden. Alles wees erop dat er iets uit zou komen. Het probleem was dat het net zo goed een paar minuten als meerdere uren kon duren voordat ze het antwoord wisten.

'Kunnen we iets doen om het zoeken te versnellen?' vroeg Lilja.

'Ja, filteren tot mannen die geboren zijn tussen 1965 en 1967.'

'En hoe lang kan het duren?'

'Joost mag het weten,' antwoordde Molander met een zucht, en hij legde een kussen op de grond, ging languit liggen en sloot zijn ogen.

Lilja besefte dat Molander het enige verstandige deed. Maar ze kon nu onmogelijk slapen. Niet nu ze zo dichtbij waren. Ze kon haar blik niet van het scherm afhouden, waarop het register van geanalyseerde vingerafdrukken voorbijflikkerde, alsof het nooit op zou houden. Maar ze voelde het. Ze voelde het in haar hele lichaam.

Heel snel, elk moment nu, zou het geflikker ophouden.

93

ONBEKEND NUMMER.

Hij was om kwart over één 's nachts thuisgekomen en was er op zijn hoogst vijftig minuten. Toch had de telefoon al een keer of vijf, zes gerinkeld. Onbekende nummers waren een van de ergste dingen die hij kende. Hij vond het het toppunt van lafheid en was van mening dat als je niet durfde te staan voor wie je was je ook niet verdiende dat iemand opnam.

Hij had een douche genomen en zich geschoren. Zijn baard was flink gegroeid in de vakantieweken en hij moest er eerst een keer met de trimmer doorheen voordat hij erop los kon gaan met het mes. Zijn snor liet hij staan. Die had hij al zo lang hij zich kon herinneren en was zijn grote trots. In de loop der jaren had de mode de ene keer dit en dan weer dat voorgeschreven. Alles van dunne snorretjes tot volle baarden. Maar hij had nooit een haartje aan de zijne veranderd, behalve dan dat hij hem twee keer per week trimde.

Het was waarschijnlijk toch Kerstin die belde. Zij was de enige die hij kende met een onbekend nummer. Ze was er een paar jaar geleden mee begonnen en beweerde dat ze dat deed omdat hij anders nooit opnam als ze belde. Alsof hij nu vaker opnam. Als ze nu maar ophield met bellen en hem rustig thuis liet komen.

Hij probeerde de gedachte aan Kerstin van zich af te schudden, trok zijn pyjama aan en liep naar de open haard, waar hij een paar oude kranten en wat houtspaanders tot een bal in elkaar frommelde en er drie tegen elkaar leunende houtblokken op zette. Zoals altijd was één lucifer genoeg.

Hij voelde zich totaal niet moe en keek uit naar het *Helsingborgs Dagblad*, dat straks op de deurmat zou moeten ploffen. Dat had hij nog het meest gemist tijdens zijn reis. Om voor het haardvuur te zitten wanneer alle anderen sliepen en de complete ochtendkrant te lezen. Kerstin had het nooit geaccepteerd, en zich er altijd aan geërgerd dat ze een 'oude' krant moest lezen wanneer zij uit bed was gekomen.

Ze had hem vast ook op zijn mobiele telefoon proberen te bellen. Ze kon tenslotte niet weten dat hij die van de hand had gedaan. Het plan was geweest om zijn mobieltje de hele wandeling uit te laten staan, en tot zijn verbazing was dat helemaal niet moeilijk geweest. Het was juist een waar genot om niet bereikbaar te zijn. Bij een van de diepste dalen van de Pyreneeën had hij de koe bij de hoorns gevat en het weggegooid, en de rest van de wandeling had hij ervan genoten om zichzelf en de stilte als enig gezelschap te hebben.

Af en toe hadden andere wandelaars contact met hem gezocht en waren tegen hem gaan praten. Maar hij had geen antwoord gegeven. Niet één keer. Mensen mochten denken wat ze wilden. Hij was in elk geval niet van plan de stilte te doorbreken die elke dag belangrijker aanvoelde. En na een tijdje kwamen ze – zijn compleet eigen gedachten. Broos en net uitgebroed als een schildpadjong. Hij kon zich niet herinneren wanneer hij voor het laatst de mogelijkheid had gehad om een gedachte uit te denken tot die uitgegroeid en helemaal klaar was, zonder onderbroken te worden door zijn baas, Kerstin of…

Er werd weer gebeld. Maar deze keer was het niet de telefoon, maar de buitendeur. Wie kon dat zijn op dit uur van de dag? De telefoon was één ding. Die kon je gewoon laten rinkelen. Je kon zelfs de stekker eruit trekken. Een deurbel was iets heel anders. Hij liep naar de deur en deed open. Onder een paraplu in de regen stond een man die hij nog nooit eerder had gezien.

94

Hij haalde adem, maar had niet het gevoel dat hij lucht binnenkreeg. Of ademde hij helemaal niet? Misschien functioneerde zijn lichaam al niet meer en was het idee dat hij ademhaalde niets anders dan een laatste overgebleven gedachte voordat zijn hersenen ermee stopten. Als een spartelende spinnenpoot die van zijn lichaam wordt getrokken.

Voelde het zo om te verdrinken? Hij had gehoord dat het een van de moeilijkste manieren was om dood te gaan. Dit deed helemaal geen pijn. Hij voelde bijna niets, niet eens het metalen luik tegen zijn voeten. Het enige wat hij gewaarwerd was het vage gevoel dat hij langzaam aan het vervagen was. Afzwakte. Verdween.

Maar toen kwam de gelegenheid waar hij dagenlang op gewacht had. Of was het urenlang? Hij had geen idee, zijn tijdsbesef was allang verdwenen. Het vage geluid dat door de muren kwam. Een deur die in de verte geopend en gesloten werd. Iemand die riep. Hij kon niet horen wat, maar het was duidelijk iemand die riep. Als het nu maar niet alleen een wanhopige gedachte van zijn geest was die de feiten weigerde te erkennen. Een hallucinatie dat redding nabij was.

Hij besloot dat het niet uitmaakte. Als hij dood was, dan was hij dat. Als hij het niet was, was dit absoluut zijn laatste kans. Met alle krachten die hij aan kon spreken, tilde hij zijn voeten omhoog. Hij dacht in elk geval dat hij dat deed. Wat belangrijk was, was dat hij ze tegen het luik probeerde te bonken om zoveel mogelijk lawaai te maken. Hij probeerde te schreeuwen, maar meer dan gefluister werd het niet. Maar de klappen tegen het luik kon hij horen. Als doffe trommelslagen.

Drie keer probeerde hij zijn voeten op te tillen en ze tegen het luik te slaan. Daarna was het voorbij. Hoe hij zijn best ook deed, hij kon zijn voeten niet optillen. Zelfs niet in gedachten. De verstikkende stilte was terug en het voelde alsof hij zijn adem inhield.

Te lang en nog iets langer.

Hij had gehoord dat het wereldrecord adem inhouden op zeven minuten stond. Hoe lang zou hij het zelf redden? Hij wilde eigenlijk niet sterven, niet nu. De afgelopen jaren had hij aan niets anders gedacht dan aan hoe mooi het zou zijn. Opgeven, accepteren en ophouden met tegenstribbelen. Jezelf het niets in laten drijven.

De duisternis sloot zich als een prettige, warme omarming om hem heen. Had hij maar geweten dat het zo makkelijk zou zijn. Had hij het maar gedurfd. Dan had hij geen weerstand hoeven bieden, niet zo bang hoeven zijn en zich niet hoeven te verwonden. Hij zonk steeds dieper weg en eindelijk...

Eindelijk zag hij het licht.

95

Zijn gezicht vulde het hele scherm. Hoewel hij een stevige, volle baard had, was zijn gezicht zo anoniem dat Irene Lilja nu pas begreep waarom niemand notitie van hem had genomen. Waarom hij geen indruk achterliet in het bewustzijn van mensen. Ze staarde naar het scherm en vergat te knipperen tot haar ogen traanden, koortsachtig zoekend naar iets wat ze in haar geheugen kon prenten. Maar dat was er niet. Geen kleine asymmetrie, geen grote of kleine neus. Zelfs zijn ogen hadden geen duidelijke kleur. Ze sloot haar ogen en probeerde zich een voorstelling van zijn gezicht achter de baard te maken, maar het werden alleen twee ogen, een neus en een mond. Zo normaal en alledaags dat het er was en meteen weer verdween.

Hij zag er niet uit als iemand die de handen van zijn slachtoffer af kon zetten terwijl dat nog leefde, of die iemands keel open kon snijden om een Colombiaanse necktie uit te voeren. Hij zag er eerder uit als iemand die... Ja, hoe zag hij er eigenlijk uit? Ze gaf het op. Ze zou zijn uiterlijk toch nooit kunnen beschrijven. In elk geval niet gedetailleerder dan dat hij een baard had en er heel gewoon uitzag.

Maar er was iets aan de naam dat bekend klonk. *Torgny Sölmedal.* Ze had hem eerder gehoord.

'Wat doe je? Heb je iets gevonden?'

Lilja, die helemaal vergeten was dat Molander vlak naast haar op de grond lag te slapen, knikte zonder iets te zeggen. Ze was bezig haar gedachten steeds dieper in haar geheugen te laten graven tot de koppeling gemaakt was.

Ondertussen was Molander overeind gekomen en las voor wat er op het scherm stond. 'Torgny Sölmedal... In 2005 in hechtenis genomen wegens verkrachting...'

'Maar hij werd vrijgelaten wegens gebrek aan bewijs. Bovendien is hij eerder langsgekomen in het onderzoek,' ging Lilja verder en Molander draaide zich naar haar toe. 'Claes Mällvik of Rune Schmeckel, zoals hij toen heette, heeft hem in 2004 aan zijn prostaat geopereerd en liet twee plastic klemmen achter in zijn, ja, je weet wel... Het werd breed uitgemeten in de kranten en hij kreeg zelfs een tijdje een beroepsverbod.'

'Precies, dat herinner ik me. Het doet al pijn als je eraan denkt.'

Met haar mobieltje tegen haar oor gedrukt liep Astrid Tuvesson door de stortregen om de auto heen en hielp Lena Olsson op de achterbank. 'Jullie weten zeker dat hij het is?'

'Zo zeker als je maar kan zijn,' antwoordde Lilja. 'Er is er maar een en hij staat ingeschreven op Motalagatan 24 in Husensjö.'

'In Helsingborg?'

'Yes, sir. Ik en Molle kunnen er in tien minuten zijn.'

'Niet zonder versterking,' zei Tuvesson terwijl ze Lena Olssons tas in de bagageruimte stopte. 'Bel Malmö en wacht op ze.'

'Astrid, kom op. We kunnen niet op Malmö wachten. Dat gaat meer dan anderhalf uur duren. We moeten er nu naartoe.'

Irene had gelijk, dacht Tuvesson. Daar bestond geen twijfel over. Ze trok de lompe tas eruit en sloeg de klep dicht. Maar ze wilde niet twee van haar beste collega's verliezen in een eventuele hinderlaag.

'Hallo? Ben je er nog?'

'Oké. Maar ik wil dat jullie voorzichtig zijn.' Ze duwde de natte tas in de voetruimte van de passagiersstoel en deed het portier dicht. 'De minste twijfel en jullie trekken je terug, oké?'

'Ja ja.'

'Irene, ik meen het.'

'Oké, oké. Hoe gaat het trouwens bij jou?'

'Ik heb net Lena Olsson en Stefan Munthe opgehaald en ga zo op weg naar Lina Pålsson.'

'En de eenzame wandelaar? Heeft hij nog steeds niet opgenomen?'

'Nee, ik doe nog één poging en als hij dan niet opneemt, rijd ik ernaartoe en bel bij hem aan.'

Ze beëindigden het gesprek en Tuvesson liep om de auto heen en zocht het nummer van Kårheden op. Ze hoorde de telefoon overgaan en opende het portier om in de auto te stappen toen de belsignalen plotseling ophielden.

'Ja, met Kårheden,' klonk een stem aan het andere eind van de lijn.

'Hallo, ik had niet meer verwacht dat je zou opnemen. Mijn naam is Astrid Tuvesson.' Ze twijfelde of ze in de auto moest gaan zitten of het gesprek in de regen zou moeten voeren en concludeerde dat ze toch niet nog natter kon worden.

'Neem me niet kwalijk, maar kennen we elkaar?'

'Sorry, ik ben inspecteur bij de recherche in Helsingborg.'

'Ja?'

'En ik heb de hele avond geprobeerd je te pakken te krijgen.'

'Ik ben net teruggekomen van een reis naar Spanje.'

'Ja, dat hadden we begrepen. Heb je meegekregen wat er gebeurd is in de tijd dat je op reis was?'

'Nee, totaal niet. Dat is toch juist de bedoeling van op reis gaan? Maar de aanplakbiljetten van de kranten op de luchthaven konden me moeilijk ontgaan. Klopt het echt wat ze beweren? Is hij op de hele klas uit?'

'Dat weten we niet. Maar er is helaas niet veel dat erop wijst dat het niet zo zou zijn.'

'Dat is verschrikkelijk. En jullie zijn hem helemaal niet op het spoor?'

'Jawel, maar daar kan ik nu niet op ingaan. De reden dat ik bel is dat de enige manier waarop we op dit moment bescherming kunnen bieden in het huis van bewaring is, samen met een paar van je oudklasgenoten. Dus mijn vraag is hoe je ertegenover staat als ik je op kom pikken?'

'Nu meteen?'

'Ja, over ongeveer een halfuur.'
Er klonk een diepe zucht.
'Kan het niet wachten tot morgen of de dag erna? Ik ben net aangekomen, begrijp je, en ik ben een maand weg geweest.'
'Laat ik het zo zeggen. We beoordelen het risico als extreem hoog, maar uiteindelijk is het je eigen beslissing. We kunnen er niemand toe dwingen.'
Opnieuw stilte.
'Oké. Ik begrijp het.'
Ze hing op, ging achter het stuur zitten en startte de motor. Op de achterbank heerste een gespannen, afwachtende stilte. Niemand zei iets. In de achteruitkijkspiegel kon ze zien hoe ze met ontwijkende blikken naar de regen keken.
En ze begreep hen.

96

Het zoemde en Fabian voelde hoe zijn hoofd weer een klein stukje werd verschoven. Hij was nu zeker negentig graden gedraaid, misschien zelfs wel meer, en er ging nog een scherm aan in zijn gezichtsveld. Ook daarop was een zwart-witportret van Torgny Sölmedal te zien. Even keurig gekamd en vriendelijk glimlachend als op de eerdere portretten, maar met dit verschil dat hij hier volwassen was.
Zo wilde hij gezien worden, en als alles achter de rug was zouden de foto's ongetwijfeld in de buitenwereld worden verspreid, en precies zoals hij hier zelf zat met zijn hoofd vastgeklemd in een tandartsstoel, zou niemand weg kunnen kijken.
Maar toen gebeurde er iets met de foto. Of was het iets dat hij zich in het hoofd haalde? Nee, nu wist hij het zeker. Er gebeurde absoluut iets. De ruimte tussen de ogen was kleiner geworden en de neus zag er niet langer hetzelfde uit. Hetzelfde met het haar. Het was zowel donkerder als langer geworden. Hij wist niet of hij nog steeds naar Torgny keek of naar iemand anders. Het enige wat hij zeker wist was dat het gezicht voor hem veranderde.

Het gezoem klonk weer en zijn hoofd draaide nog een stukje. Het trok en spande nu echt, al was er voorlopig nog geen sprake van echte pijn. Wat maar een kwestie van tijd zou zijn, daar bestond geen twijfel over. Hij vroeg zich af hoeveel graden hij nog aan zou kunnen. Of zijn nek in één keer zou breken of dat de weg naar het onvermijdelijke einde begeleid zou worden door meerdere kleine catastrofes. Maar hij kwam niet verder. Hij wist niet eens waar hij de voorkeur aan gaf. Met de gedachte dat hij dood zou gaan had hij niet zoveel moeite. De gedachte dat hij het zou overleven was erger.

Het gezicht op het scherm voor hem veranderde nog steeds en hij kon nu duidelijk zien dat het steeds meer op Theodor ging lijken. Hij had de foto zelf genomen in het voorjaar. Theodor was jarig geweest en ze hadden het gevierd met een etentje in het Hard Rock Café, en het enige waaraan hij had kunnen denken was dat ze irritant luide muziek draaiden.

Het zoemde en net als eerder draaide zijn hoofd weer een stukje. Maar deze keer was het anders. Deze keer kon hij zowel horen als voelen hoe zijn nek knakte.

97

De regen was eindelijk opgehouden, alsof iemand de kraan dicht had gedraaid, en bestond nu alleen nog uit sporadische druppels. Maar het water liep, of liever gezegd gutste nog steeds in de goot, op jacht naar een put die nog niet overstroomd was. Irene Lilja drukte haar voeten in haar laarzen, liep naar Molander toe en hielp hem met het kogelvrije vest. Hij zei niets, maar het was duidelijk dat hij totaal geen zin had om mee te gaan.

Ik ben forensisch onderzoeker, geen stomme ME'er, zei hij met zijn ogen en geïrriteerde zuchten terwijl ze de riempjes aantrok. Het dichtst in de buurt van iets wat op wapenhantering leek, kwam hij waarschijnlijk wanneer hij aan het vissen was. Toen Irene klaar was met Molander trok ze haar eigen vest aan, stopte de headset van haar mobieltje in haar oor en belde hem.

'Hoor je me?'

'Ja.'

'Goed, dan gaan we.'

Ze deden de auto op slot, pakten allebei een van Molanders tassen met apparatuur en liepen de Motalagatan in, die er verlaten bij lag. Dat was niet vreemd, dacht Irene. Deels was het midden in de nacht, deels moesten de meeste nachtbrakers binnen zijn gebleven door de wolkbreuk van het afgelopen uur. Ze kwamen aan bij nummer 24 en constateerden dat het huis er precies hetzelfde uitzag als de andere huizen aan de straat. Wat had ze eigenlijk verwacht? Een vervallen, oud houten kasteel, waar iemand zijn waanzin ventileerde door orgel te spelen?

'Oké, hoe pakken we het aan?' vroeg Molander.

Lilja dacht na. Hoewel er licht brandde achter een paar ramen wees het meeste erop dat hij niet thuis zou zijn. Aan de andere kant konden ze nergens zeker van zijn. Behalve dat ze haast hadden.

'De snelste weg.' Lilja liep vlug naar het trapje aan de voorkant van het huis, voelde aan de deurknop, stelde vast dat de deur op slot zat en liet Molander komen, die hem snel open had.

Ze ontgrendelden hun pistolen en liepen de hal in. Het licht uit de woonkamer lekte over de vloer naar binnen, vergezeld door de klanken van een klassiek stuk.

'Wagner,' fluisterde Molander achter haar. 'Dat is Wagners *Walküre*.'

Ze liepen door de hal naar de woonkamer, waar de lampen brandden en de muziek luid aanstond. Lilja maakte aanstalten om de kamer binnen te gaan, maar Molander legde zijn hand op haar arm.

'Hij wil dat we naar binnen gaan. De brandende lampen en de muziek. Hij wil zien met hoeveel we zijn.'

'Kunnen we de muziek niet gewoon uitzetten. Ik word er gestrest van.'

Molander knikte naar een stoppenkast en deed hem open. De stoppen waren gemerkt met keurig geschreven etiketten. Een voor elke kamer van het huis. Hij haalde de zekering eruit waar woonkamer op stond, maar de muziek bleef gewoon doorgaan. Hij probeerde een paar van de andere stoppen, zonder resultaat.

'Het lijkt alsof hij om de stoppenkast heen geschakeld heeft. Je moet de muziek maar accepteren. Het is trouwens een van zijn betere werken.'

'Maar als dat nu precies is wat hij wil? Dat we niet naar binnen gaan en de angstmuziek aan laten staan? Misschien wil hij iets verbergen met het geluid. En als hij buiten camera's heeft geplaatst, waarom zou hij dat dan ook niet overal in het huis hebben gedaan?'

Molander zuchtte en ging de woonkamer binnen, liep recht op de stereo-installatie af en drukte op de stopknop, zodat de muziek ophield. 'Tevreden?'

Lilja liep de kamer in en keek om zich heen. Het meubilair bestond uit een leren bank en een leren fauteuil, een glazen tafel en een boekenkast, die afgezien van de stereo-installatie leeg was. Toen Molander klaar was met de kamer en vast had gesteld dat er geen verborgen camera's of microfoons waren, begonnen ze aan de rest van het huis, dat grotendeels opgeruimd en leeggehaald was. Overal was er schoongemaakt, tot in het kleinste detail. Zelfs in de keuken en badkamer kon Molander geen afdrukken vinden. Het enige schoonheidsfoutje was een porseleinen scherfje op de keukenvloer. Hetzelfde met de kelder en de zolder. Schoongemaakt en leeg.

Molander begon ongeduldig te worden en vond dat ze naar het andere adres moesten gaan waar hij zijn werkplaats had, maar Lilja was nog niet zover dat ze het huis wilde verlaten. Nog niet. Ze had het gevoel dat ze iets gemist hadden. Het probleem was dat ze niet wisten waar ze moesten zoeken. Ze waren overal al geweest en het leed geen enkele twijfel dat het huis was ontdaan van elk spoor dat ze verder zou kunnen helpen.

Het was duidelijk dat hij erop had gerekend dat ze zouden komen en zich had voorbereid. Waren ze echt zo voorspelbaar? Lilja slaakte een zucht en ging op de rand van het bed in de slaapkamer zitten wachten tot Molander met zijn stethoscoop naar alle muren had geluisterd. Dat was echt het allerlaatste, had hij haar duidelijk gemaakt. Als hij niets verdachts hoorde, zouden ze weggaan, hadden ze afgesproken.

Hij draaide zich naar haar toe.

'Niets?'

Molander schudde zijn hoofd. 'Helaas. Zelfs geen ventilatiebrom.'

'Waar is hij dan verdomme?'

'Risk of Sölmedal?'

Lilja haalde haar schouders op. 'Allebei.'

'Ze kunnen overal zijn, maar we hebben nog een adres dat we kunnen gaan bekijken. Zijn werkplaats.'

Lilja knikte. Molander had gelijk. Ze zouden er nu meteen naartoe moeten gaan. Ze stond op en liep naar de kleerkast die tegenover het bed stond en deed hem open.

'Nou, wat gaan we doen,' zei Molander terwijl zij naar de kleren keek die aan de hangertjes hingen. Beige, nietszeggende spullen.

'Oké, we gaan naar de werkplaats. Waar was die ook al weer?'

'Frejagatan 2. Dat is bij het industrieterrein ten noorden van Råå.'

Ze liepen de slaapkamer uit en gingen verder door de hal, waar *Die Walküre* net weer opnieuw begon. Ze wisselden een blik uit, verlieten het huis en liepen terug naar de auto. Lilja voelde de frustratie in zich opborrelen. Het was alsof ze steen, papier, schaar speelden met het verschil dat hij de hele tijd van tevoren wist wat ze gingen doen. Als zij papier hadden, had hij schaar. Elke keer had hij ze verrast met een onverwachte zet.

Ze had niet verwacht dat hij thuis zou zijn en ze verwachtte ook niet dat hij in zijn werkplaats zou zijn.

Maar dit was het enige wat ze konden doen, ernaartoe rijden en hopen dat ze iets vonden. Dat wist hij natuurlijk allemaal. Zij hadden steen en hij hoefde alleen maar papier tevoorschijn te halen. Het was alleen de vraag wat papier deze keer in zou houden. Een ander adres, onder een andere naam? Nee, dat zou zijn wat ze verwachtten. Als hij ze wilde verrassen, had hij iets anders nodig. Iets...

Lilja's gedachten werden onderbroken doordat Molander bleef staan bij de kruising naar de Östhammarsgatan en naar een van de tuinen staarde.

'Wat is er?'

Molander gaf geen antwoord en liep naar het elektriciteitskastje dat omhoogstak uit het trottoir bij het tuinhek.

'Ingvar, wat is er? Wat doe je?'

'Hier zit het.' Hij boog voorover en legde zijn oor tegen de brommende ventilatieopening naast het elektriciteitskastje.

'Zou je zo vriendelijk willen zijn uit te leggen wat je...'

'Kijk. Hij heeft het helemaal hiernaartoe getrokken zodat het in het huis niet te horen zou zijn.' Molander wees naar het trottoir, waar een halve meter brede strook helemaal tot aan Sölmedals huis nieuw geasfalteerd was.

Ik wist het. Ik wist het, dacht Lilja en ze keek naar Molander, die al rechtsomkeert maakte.

98

Lina Pålsson stond al voor haar deur in Norra Hamnen te wachten toen Tuvesson haar op kwam halen.

'Hallo, ik ben Astrid. Als jij je op de achterbank wringt, dan zorg ik voor je tas,' zei Tuvesson en ze maakte de kofferbak open.

Lina knikte en overhandigde haar tas. 'Ik begrijp uit dit alles dat jullie hem nog niet gepakt hebben. Maar hoe gaat het? Ik bedoel, nu jullie weten wie het is?'

'Sorry, maar hoe weet jij dat?' vroeg Tuvesson en Lina vertelde over Fabians bezoek in de namiddag en hoe ze op de naam waren gekomen van de vergeten leerling.

Tuvesson wist niet wat ze ervan moest denken. Had Fabian zich daarom zo eigenaardig gedragen? De gedachten maalden zo snel door haar hoofd dat ze er bijna duizelig van werd. Ten slotte besefte ze dat ze te gestrest was om de consequenties te kunnen overzien en ze vroeg Lina om er voorlopig nog niets over tegen de anderen te zeggen.

Twaalf minuten later draaide ze het kleine grindterrein voor Seth Kårhedens huis op. Geen van de drie voormalige klasgenoten op de achterbank had tijdens de rit een woord gezegd. Ze had een paar keer geprobeerd gaten te prikken in de stilte die als een uitdijende ballon alle zuurstof in de auto in beslag nam. Ze had gevraagd of ze klassenreünies hadden gehouden en verteld over haar eigen klas in Malmö, en dat ze had begrepen dat een groot deel van de klas elkaar nog regelmatig zag. Maar ze had hooguit een paar plichtmatige antwoorden gekregen en de ballon was blijven uitdijen. Ze had zelfs een poging gedaan de radio aan te zetten, maar ook dat had ze snel opgegeven. Tomas Ledins 'Right Now!' had niet helemaal passend geleken.

Maar nu was ze er eindelijk en ze zag dat Seth Kårheden buiten op haar stond te wachten met een tas tussen zijn voeten en een omlaag getrokken pet op die zo verbleekt door de zon en versleten was dat hij hem de hele wandeling bij zich moest hebben gehad. Ze wenkte hem en wees naar de lege passagiersstoel. De regen was op zich gestopt, maar ze bleef liever zitten zodat de warmte van de stoel haar spijkerbroek kon drogen. Kårheden liep om de auto heen en deed het portier aan de passagierskant open, ging zitten en deed zijn best om Lena Olssons tas, die het grootste deel van de voetenruimte in beslag nam, zo min mogelijk vuil te maken.

'Hallo. Jij moet Astrid Tuvesson zijn.'

Tuvesson schudde zijn hand, heette hem welkom en constateerde dat hij er in werkelijkheid bijna beter uitzag dan op de foto die ze op internet hadden gevonden. Best knap, als hij die vreselijke snor niet had gehad. Hij draaide zich om naar de anderen op de achterbank.

'Wacht, niets zeggen. Jij moet Lena Olsson zijn?'

Lena knikte.

'Het is een tijd geleden. Maar ik kan je beloven dat ik nooit zal vergeten hoe goed je kon hinkelen. Toch? De anderen maakten geen schijn van kans tegen jou.'

Lena begon te lachen.

Tuvessons mobieltje ging en ze nam op terwijl ze achteruit begon te rijden. Het was Lilja, die vertelde dat zij en Molander terug waren gegaan naar het huis nadat Molander een paar tuinen verderop een ventilatieopening had gevonden. Tuvesson begreep niet helemaal wat dat betekende, en hoewel ze volledig op Molanders instinct vertrouwde wilde ze graag begrijpen wat ze aan het doen waren. Maar ze kreeg de kans niet om het te vragen.

'Ik moet ophangen,' hoorde ze Lilja's stem aan de andere kant van de lijn. 'Ik geloof dat hij iets heeft gevonden.'

'Oké, maar doe voorzichtig,' was het enige wat ze nog kon zeggen voordat er een klik in haar oor klonk.

'En daar hebben we onze vrolijke frans! Stefan, hoe gaat het? Ik hoorde dat je voor jezelf bent begonnen op je oude dag.'

Stefan Munthe knikte en vertelde over zijn consultfirma, die zich bezighield met het verbeteren van de interne communicatie bij verschillende bedrijven.

'Zelf heb ik drie weken lang met helemaal niemand gecommuniceerd, dus jullie moeten het me vergeven als ik wat babbelig ben. Ik heb wat je een opgekropte behoefte zou kunnen noemen.'

'En mij?' vroeg Lina Pålsson. 'Herken je mij niet?'

Seth Kårheden richtte zich tot Lina en glimlachte. 'Het beste bewaar je tot het laatst. Het mooiste meisje van de klas vergeet je tenslotte niet.'

Lina lachte en Tuvesson slaakte een zucht van verlichting. De rit naar het huis van bewaring zou nu wat minder langdradig worden. Ze remde en bleef op de Drottninggatan voor het Stadstheater voor een rood stoplicht staan. Het was halftwee geweest en de duisternis lag nog steeds als een natte deken over de straat, waar een paar verspreide feestgangers verdwaald rondspeurden naar een nieuwe drinkplaats nadat de lichten een halfuur geleden onbarmhartig aan waren gegaan. Ze had alle onderzoeken gelezen en kende alle feiten. Maar dat alles veranderde niets aan haar mening dat de paternalistische openingstijden een misdaad tegen de mensenrechten waren en meer kwaad dan goed deden.

Het verkeerslicht sprong op groen en ze kon de Hälsobacken op rijden en verder de Ängelholmsvägen op, die op een paar taxi's na verlaten was. Ze trapte het gaspedaal in en genoot ervan dat ze de lichten mee had.

Toen ze het terrein van het huis van bewaring op draaide zag ze dat Rots net was aangekomen met zijn busje en dat Ragnar Palm de entree uit kwam lopen om hen te begroeten. Ze keek om zich heen, maar zag nergens journalisten of andere nieuwsgierigen. De timing had niet beter kunnen zijn. Nu moesten ze hen alleen nog zo snel mogelijk binnen zien te krijgen.

Ze reed verder en stopte achter Rots' busje en vroeg of iedereen uit wilde stappen, hun bagage wilde pakken en de anderen naar binnen wilde volgen. Ze gehoorzaamden zonder te protesteren. Maar ze zag scepsis in hun blikken. Scepsis tegen het pas gebouwde, maar extreem gesloten gebouw. Tegen de hoge afrastering met prikkeldraad. Het elektrische hek, dat nu weer dichtging. Tegen Ragnar Palms grimmige gezichtsuitdrukking. Zijn uniform. Wapen.

En het werd er niet beter op bij de veiligheidscontrole, waar hun bagage stuk voor stuk werd doorzocht. 'Nee, dit nagelschaartje mag je niet meenemen. Je kunt ze hier lenen. Maar ik moet toch shampoo hebben... Nee.' Gevolgd door een plichtmatig helaas.

De bewakers waren ingelicht over de bijzondere gasten, maar hun houding zat zo ingebakken dat een verandering van het jargon zo goed als onmogelijk was, en zoals alle geïnterneerden werden de nieuwe gasten van het huis van bewaring gefouilleerd. 'Voor hun eigen veiligheid.' Een paar protesteerden en herinnerden het personeel eraan wie ze waren.

Seth Kårheden was het luidst en hij weigerde zich te laten koeioneren. Hij verklaarde luid dat hij gekomen was om bescherming te krijgen, geen straf, en dreigde ermee weer naar huis te zullen gaan. Iets wat leek te helpen, want hij mocht zelfs zijn insulinenaalden meenemen, hoewel de arts van het huis van bewaring niet ter plekke was om zijn goedkeuring te geven.

Tuvesson kon aan Rots zien dat hij precies hetzelfde dacht, maar net als zij deed hij er alles aan om het niet te laten blijken en zijn gezicht in de plooi te houden. Te doen alsof het allemaal doordacht en gegrond was.

Dat ze helemaal niet opgesloten werden als gevangenen.

99

Hij kon het nauwelijks waarneembare getik horen waarvan hij inmiddels had geleerd dat het voorafging aan het zoemende geluid – het draaimoment. De eerste keren, nadat hij begrepen had wat er ging gebeuren, had hij zijn nekspieren gespannen en geprobeerd zich schrap te zetten. Maar nu had hij ingezien dat het het beste was om je te ontspannen en zoveel mogelijk mee te geven.

Zijn nek had al een aantal maal geknakt en hij had het al veel langer volgehouden dan hij had durven hopen. Maar nu zou het snel voorbij moeten zijn. Nog vier zoemen, hooguit. Hij had uitgerekend dat de pauzes tussen de zoemen iets minder dan drie minuten duurden en dat elke vijfde zoem iets krachtiger was en een aantal graden extra draaide. Nog zo een zou hij niet overleven.

Het scherm voor hem liet nu een nieuwe foto van zijn zoon zien.

Zijn ogen waren gesloten en hij lag op de vloer in zijn kamer van het huis waar ze nog maar een week geleden in waren getrokken. Hij herkende het gestreepte vloerkleed dat ze een paar jaar geleden bij de Ikea in Kungens Kurva hadden gekocht. Theodor had een effen zwart kleed gewild, maar Sonja had erop gestaan dat ze dat met de gekleurde strepen namen. Nu lag hij erop, met zijn armen uitgestrekt, als Jezus aan het kruis. Waarschijnlijk omdat hij verdoofd was.

Toen begreep hij het.

Iets wat hij al lang geleden begrepen had moeten hebben.

Theodor had het huis nooit verlaten. Hij was er de hele tijd geweest. Een min of meer volwassen lichaam naar buiten dragen was niet iets wat je in een handomdraai deed en het risico dat buren of een toevallige passant het zouden zien en argwaan zouden krijgen was levensgroot aanwezig. Waarom had hij daar niet eerder aan gedacht? De geluiden die hij in de kelder had gehoord, waren helemaal niet van de buurvrouw gekomen, maar van Theodor.

Hij had opgesloten gezeten in de bakoven waar Sonja het over had gehad. Daar had hij geprobeerd de aandacht te trekken van zijn vader. Maar zijn vader had hem niet gehoord. Of jawel, maar hij had het van zich afgezet. Zijn gedachten waren ergens anders geweest.

Altijd ergens anders.

Daar kwam het weer. Het nauwelijks merkbare getik.

Straks zouden er nog maar drie zoemen over zijn.

'Daar. Zie je het niet?' Molander wees naar de vloerplint.

Lilja liet haar blik langs de bruine vloerplint glijden, maar ze kon niets zien wat haar aandacht trok. 'Jawel. Ik zie een bruingebeitste vloerplint.'

'En daarbovenop?'

'Een kabel.'

'Precies. Die ook bruingebeitst is en naar de kleerkast leidt, toch?'

Lilja knikte.

'Maar waarom?' ging Molander verder en hij deed de kleerkast met de beige kleren open. 'Er is hier geen lamp of iets anders.'

'Misschien loopt hij door naar het bed?'

Molander schudde zijn hoofd. 'Nee, hij verdwijnt hier ergens achter. Kom, dan trekken we hem naar voren.'

Ze pakten elk een kant beet en probeerden de kleerkast van de muur te trekken, maar er was geen beweging in te krijgen.

'Hij zit waarschijnlijk zowel aan de muur als aan de vloer vast,' zei Molander en hij probeerde achter de kast te kijken.

Ondertussen bekeek Lilja de beige kledingstukken. Iets daaraan zat haar dwars. Ze wist alleen niet wat, maar nu ze hier weer stond besefte ze dat ze precies hetzelfde gevoel had gehad toen ze voor het eerst naar de kleren keek. Ze waren beige en saai, maar dat was het niet. Twee paar ribbroeken, drie paar chino's, een aantal overhemden en truien. Maar pas toen ze een plastic zakje met twee extra knopen in de manchetten van een van de overhemden vond, besefte ze wat het was. Ze keek naar Molander, die nu op zijn buik lag en met zijn zaklamp onder de kast scheen.

'Hé, die kleren zijn compleet ongebruikt.'

'Oké.'

'Allemaal dus. Ze zijn nooit gebruikt en hangen hier alleen voor de schijn.' Ze duwde de kleren aan de kant en voelde met haar handen over de achterkant van de kast, maar ze kon geen kier vinden.

Molander kwam bij Lilja voor de garderobekast staan en scheen met zijn zaklamp langs de randen en kon al snel constateren dat er wel degelijk een kier was. Op zich een heel kleine, maar hij was er. Ze hielpen elkaar om alle kleren uit de kast te halen en probeerden de achterkant weg te drukken. Maar die weigerde in beweging te komen. Molander begon op verschillende plekken te kloppen, maar waar hij ook klopte, hij kreeg elke keer hetzelfde doffe geluid.

'Waarschijnlijk is er een soort van afstandsbediening voor nodig,' zei hij en hij stapte weer uit de garderobekast en keek om zich heen.

'Probeer de kabel door te knippen.'

Molander knikte en kneep de kabel door met een nijptang.

Lilja, die in de kleerkast was blijven staan met haar oor tegen de achterkant gedrukt, voelde direct een verandering in de lucht. Een zwakke tocht. Molander kwam bij haar staan en samen slaagden ze erin de achterkant een paar decimeter naar achteren te krijgen waarna ze hem als een schuifdeur naar de zijkant weg konden duwen. Voor hen ging een rij kale gloeilampen aan en in het schijnsel was een houten trap te zien die ondergronds leek te gaan.

Fabian had geprobeerd zichzelf af te leiden door ergens anders aan te denken. In feite had hij geprobeerd aan alles te denken. Aan Sonja en aan Matilda en wat ze nu deden. Of ze nog wakker waren of dat ze al naar bed waren gegaan. Hij had geprobeerd aan Stockholm te denken en aan hoe streng de winters daar konden zijn, vooral de laatste. Aan de vakantie naar Thailand drie jaar geleden en aan het nieuwe huis. Maar niets had geholpen. Het enige waar hij aan kon denken was de pijn. Die had alles overgenomen en eiste nu al zijn aandacht op.

Toen hoorde hij het zachte getik weer waar hij drie minuten op had gewacht, en een seconde erna kwam het gezoem. De vierde en laatste in de rij, voordat het tijd zou zijn voor de vijfde krachtige zoemtoon. Die een einde zou maken aan het lijden. Drie minuten.

Drie lange minuten.

Lilja en Molander liepen de steile houten trap af met ontgrendelde pistolen. Toen ze beneden waren, verdween het gevoel dat ze zich in een ondergrondse bergplaats bevonden direct. Het zag eruit een ruimteschip uit de jaren zestig. Het plafond werd zwak verlicht en ze zagen dat ze zich in een smalle buisvormige gang bevonden, die naar beneden afliep en bedekt was met luchtige rode vloerbedekking. Aan de rand stond een schoenenrek met een paar pantoffels en op een haak hing een witte overjas.

Ze bukten om hun hoofd niet tegen het plafond te stoten en liepen verder door de buis, die zich na een paar meter vertakte in een linker- en een rechtergang, allebei circa vijf meter lang. Daar konden ze rechtop staan en er waren rechte muren met twee deuren aan allebei de kanten in elke ganghelft. In totaal acht deuren.

'Neem jij de linkerkant, dan ga ik naar rechts,' zei Molander en hij opende de eerste deur aan de rechterkant. Die leidde naar een roodgeverfde kamer met knipperende ledlampjes aan het plafond en fitnessapparatuur op de vloer. Uit een paar ingebouwde luidsprekers kwam loungemuziek.

Lilja opende de eerste deur aan haar kant en kwam in een kamer die gevuld was met keurig opgehangen kleren. In de ene hoek stond een opmaaktafel met een verlichte spiegel en op een plank stond een aantal verschillende pruiken op afgekapte paspophoofden. Er was meer dan genoeg om te bestuderen, maar de details moesten wachten. Ze stapte de gang weer op.

Molander keek rond door de kamer die eruitzag als een klein appartement, met een opgemaakt bed en een nachtkastje aan de ene kant en een bankstel met een tv aan de andere. De muren waren behangen met klassiek art-decobehang, en langs een hele muur strekte zich een boekenkast uit die vol stond met boeken en lp's. De kamer had nog twee deuren. Een zichtbare, die naar een badkamer leidde, en nog een die verborgen was achter het van een patroon voorziene behang. Als de vloerbedekking niet zo duidelijk platgetreden was geweest, zou hij hem nooit hebben ontdekt.

Hij stak zijn vinger in het gaatje en schoof de deur open. De warmte uit de aangrenzende kamer sloeg hem tegemoet, en toen hij de duizenden en nog eens duizenden ledlampjes zag knipperen in het donker begreep hij precies welke kamer hij had gevonden.

Lilja draaide de deurknop om, maar de deur zat op slot. Ze nam een aanloop, voor zover de ruimte in de gang dat toestond, en gaf de deur een harde trap en daarna nog een. Maar de deur gaf niet mee. Pas na drie schoten tegen het slot kon ze de deur intrappen. Ze zag een compacte duisternis voor zich en voelde aan de muur naar een lichtknopje, voordat ze besefte dat er drie zware gordijnen voor de deur hingen. Ze trok de gordijnen een voor een weg en liet haar blik snel door de halvecirkelvormige kamer gaan, terwijl ze tegelijkertijd haar wapen op de man richtte die met zijn rug naar haar toe in een stoel zat die deed denken aan een oude tandartsstoel.

Ze riep naar hem dat hij langzaam overeind moest komen en zijn handen boven zijn hoofd moest houden. Maar er kwam geen reactie. De man was dood of om een of andere reden niet in staat te antwoorden. Ze liep om de stoel heen en zag dat het Fabian Risk was. Een deel van haar had zich zorgen gemaakt dat hij in gevaar was. Een ander deel dat hij misschien de dader was. Ze was totaal niet voorbereid op wat ze nu zag. Zijn hoofd zat vastgespannen in twee platen en was zo ver opzij gedraaid dat ze misselijk werd door ernaar te kijken.

Ze legde haar hand op zijn uitgestrekte nek en stelde vast dat hij nog steeds een hartslag had. Waarschijnlijk was hij flauwgevallen van de pijn. Ze riep zo hard als ze kon naar Molander, maar hield op toen ze een zwakke trilling voelde in de platen die zijn hoofd vasthielden. Wat het ook voor merkwaardige constructie was, het was bezig zijn nek om te draaien.

Ze stopte haar pistool in haar broekband en greep alles vast in een poging te verhinderen dat het ding zou draaien terwijl ze zich tegelijkertijd schrap probeerde te zetten met haar ene voet tegen de armleuning. Maar ze kon er geen grip op krijgen en voelde duidelijk hoe de constructie door bleef draaien. Ze wilde er uit pure woede op slaan, maar was bang dat dat meer kwaad dan goed zou doen.

Of het door haar inspanningen kwam of ergens anders door, wist ze niet. Maar plotseling hield het gezoem op en gingen alle lichten uit en ze kon zonder enige moeite de constructie terugdraaien. Ze zocht met haar trillende vingertoppen naar Fabians hartslag in de pikzwarte duisternis en het voelde alsof ze verdronk in de golf van vragen die in haar opwelde.

Het licht van een zaklamp danste langs de gewelfde muur naar binnen en algauw hoorde ze Molanders stem.

'Ik denk dat ik de stoppenkast heb gevonden.'

100

Fabian werd wakker met hevige pijn in zijn nek en barstende hoofdpijn. Hij had dorst en zweette. Hij wilde slikken maar het schuurpapier in zijn mond maakte dat onmogelijk. Het was licht, zo licht dat hij zijn ogen niet open durfde te doen. Hij probeerde zijn gedachten te ordenen, maar moest ten slotte toegeven dat hij geen idee had wat er was gebeurd of waar hij zich bevond.

Hij recapituleerde de laatste gebeurtenissen die hij zich kon herinneren. Hoe de zomer een nieuw record in armzaligheid had gevestigd en hoe ze hadden besloten een last-minutereis naar de warmte te maken. Hij, Sonja en de kinderen. Naar Mallorca. Precies, Illetas, dan moest hij daar zijn. In een strandstoel bij het zwembad.

Hij probeerde zijn hoofd te draaien maar zijn nekspieren riepen het een halt toe. Hij moest in een domme houding in slaap zijn gevallen. Of had hij een zonnesteek? Was hij daarom zo verward? Eigenlijk hield hij niet van strandvakanties. Die verdomde warmte die je hoofdpijn alleen maar erger maakte. Om het niet te hebben over die schreeuwende kinderen overal. Ze konden toch op zijn minst een leeftijdsgrens invoeren in de omgeving van het zwembad? Als het zijn hotel was geweest, had er een totaal verbod voor kinderen gegolden.

Misschien moest hij even een duik nemen? Misschien was dat precies wat hij nodig had. Een duik. En daarna een biertje, dan voelde hij zich vast weer prima. Hij deed zijn ogen open, maar het felle licht dwong hem ze weer half dicht te knijpen. Waar waren de anderen? Hij kon hun strandstoelen en natte handdoeken zien. Kerstin Ekmans *Zwart water* lag opengeslagen in Sonja's stoel. Ze was al halverwege. Hij moest urenlang weg zijn geweest.

Hij kwam overeind en voelde hoe zijn bloeddruk even nodig had voordat hij verder kon gaan naar het zwembad. Hij liep langs de rand die een platform vormde naar het twee meter lager gelegen zwembad. De kinderen bleven de hele tijd voorbijglippen en omlaag springen en probeerden zoveel mogelijk water op de zonnende hotelgasten te spatten. Maar nu was hij aan de beurt.

Het was belangrijk dat de sprong redelijk mooi werd zonder dat het eruitzag alsof hij enorm zijn best deed. Er waren altijd mensen die keken. Buik intrekken. Handen voor zijn hoofd en naar beneden. Rechte, bij elkaar gehouden benen. Het koele water omsloot zijn lichaam. Zijn handen raakten iets hards. Daarna was zijn voorhoofd aan de beurt. Hij kon horen hoe er iets kraakte in zijn nek. Het water kleurde rood.

Een man probeerde hem omhoog te helpen, sprak Duits en probeerde hem zover te krijgen dat hij ging liggen. Maar hij wilde geen hulp. Wilde het zwembad niet met zijn bloed besmeuren. Het enige wat hij wilde was daar weg komen. Weg van het zwembad en het kleverige water. Weg van Sonja en de kinderen. Weg van alles.

Iemand drukte een glas water tegen zijn mond en hij deed zijn ogen open. Alles schommelde heen en weer. En dan een vrouwengezicht. Hij herkende haar. Ze zag er goed uit. Hij wist zeker dat ze elkaar eerder hadden gezien. Of was het allemaal maar een droom? Nee, hij kon zich duidelijk herinneren hoe hij in het zwembad was gedoken en zijn hoofd had gestoten. En het bloed, hoe het met grote druppels op de rand van het zwembad was gevallen toen de Duitser had geprobeerd hem zover te krijgen dat hij ging liggen. Hij legde zijn hand op zijn voorhoofd maar voelde geen wond.

Leefde hij sowieso wel? Hij voelde hoe er iets om zijn keel en nek werd gedaan. Daarna hoorde hij een stem. Hij had hem eerder gehoord, maar kon hem niet plaatsen. *Fabian... Fabian...* Hij deed zijn ogen weer open en zag dezelfde vrouw en hoe alles achter haar bewoog. Ja, precies, zij was het. Hoe heette ze ook al weer? Lilja... Irene Lilja. Dat moest betekenen dat hij leefde. Als zij tenminste ook niet dood was? Theodor... Hij moest naar huis om voor Theodor te zorgen. Hij probeerde overeind te komen, maar Lilja duwde hem terug op de harde brits.

'Je moet blijven liggen tot we er zijn.'

'Waar zijn?'

'De eerste hulp. We zijn er bijna. Je kunt je het best ontspannen.'

Maar hij wilde zich niet ontspannen. Laat staan naar de eerste hulp rijden om uren te moeten wachten voor je geholpen werd. Terwijl hij niet eens hulp nodig had.

'Ik voel me goed. Ik moet alleen naar huis. Naar Theo.'

'Dat komt door de verdoving,' zei Lilja en ze gaf hem een klopje op zijn voorhoofd. 'Maak je niet druk en probeer je te ontspannen.'

Hij schreeuwde tegen haar dat ze zich vergiste en dat hij naar huis moest. Naar Theo, zijn zoon. Maar ze wilde niet luisteren, glimlachte geruststellend en herhaalde keer op keer dat hij zich niet druk moest maken. Dat alles goed zou komen. Het was niet de bedoeling dat hij het zou zien, maar hij zag het. Hoe ze op het raam bonkte van de chauffeurscabine. Toen sloeg hij haar weer. Voor de tweede keer in minder dan een dag sloeg hij haar met zijn vlakke hand.

Ze zweeg en legde haar hand op haar rood kleurende wang.

Eindelijk luisterde ze.

Hij kon zich niet herinneren hoe hij uit de ambulance was gestapt en op het trapje was gekomen, of Lilja hem tegen probeerde te houden en of de deur op slot was. Het enige wat hij zich herinnerde was dat hij plotseling in zijn eigen kelder stond en zag hoe Theodor op de grond lag.

Op zijn rug. Levenloos.

Er zat een vrouw schrijlings op hem die haar mond tegen de zijne drukte. Wie het was en wat ze deed? Hij was tenslotte dood. De vrouw kwam overeind en begon ritmisch met allebei haar handen op zijn borstkas te drukken.

'Vijftien... Zestien... Zeventien...'

Nu pas drong het tot hem door dat het de agente uit Kopenhagen was. Maar wat deed zij daar, bij hem thuis? Hij probeerde het te vragen, maar kreeg geen antwoord.

'Ze kan nu niet praten,' zei Lilja, die blijkbaar vlak achter hem stond.

Hij draaide zich naar haar om, maar ze liep de trap alweer op. Hij had geen idee hoe lang ze weg was of hoe lang hij toekeek terwijl de Deense politievrouw zijn dode zoon tot leven probeerde te wekken.

Het was alsof de tijd stil was blijven staan, en plotseling waren ze er. De ambulancemannen die hun koffers openmaakten, hun apparatuur tevoorschijn haalden en snoeren en slangen in verschillende kleuren aansloten. Een buis met een blaasbalg die in Theo's mond werd gestopt, een schaar die zijn kleren openknipte en iets kleverigs dat op zijn borst werd gesmeerd. Naast hem lag de Deense politievrouw, uitgeput. Lilja zat op haar hurken naast haar en gaf haar iets te drinken.

Een hoog piepend geluid en de twee handgrepen tegen de te jonge borst. Het lichaam kwam in een brug overeind en viel weer terug. Levenloos en zonder hartslag. De ene controleerde of de snoeren goed waren aangesloten. De andere drukte op de blaasbalg.

Opnieuw een hoge toon en een nieuwe brug.

Hoe lang en hoeveel keer? Fabian had geen idee.

Het enige wat hij zeker wist, was dat het zijn schuld was.

101

Astrid Tuvesson constateerde dat Ragnar Palm had gedaan wat hij kon om het gevangenisgevoel weg te toveren sinds ze hier de laatste keer geweest was. Op de wanden hadden ze gordijnen gehangen om het ontbreken van ramen te verbergen en op de andere muren hingen ingelijste affiches van alle tentoonstellingen in het Louisiana Museum. Waarschijnlijk die van Palm zelf. Tuvesson wist dat Palm nooit een tentoonstelling miste.

Maar de poging was even zinloos als het beitsen van een gelakt oppervlak. Er was geen enkele twijfel aan waar ze zich bevonden. Hopelijk riep het een gevoel van veiligheid op, dacht ze terwijl de tijdelijke gasten een bed uitzochten.

Het werd precies zoals ze zich het had voorgesteld. Mannen langs de ene muur en vrouwen langs de andere. Waar ze geen rekening mee had gehouden, waren alle vragen. In haar naïviteit was ze ervan uitgegaan dat iedereen even kapot was als zij en nu niets liever meer wilde dan slapen. In plaats daarvan kwamen er allerlei vragen langs waar ze geen antwoord op had: *Hoe lang denken jullie dat we hier moeten blijven? Is er wifi? Mijn kinderen komen zondag thuis. Moeten zij hier ook naartoe? Hebben jullie hier überhaupt wel over nagedacht?*

Ze wilde tegen hen schreeuwen. Eén langgerekt *neeeee*. Dit was zo ver verwijderd van doordacht als maar mogelijk was. Het besluit was in één tel genomen in wat het best kon worden beschreven als een panieksituatie, waarin met elke verspilde minuut het risico groter werd dat de rij met slachtoffers langer zou worden, dat de kranten nieuwe losse nummers zouden verkopen en dat de mythe toe zou nemen over de onovertroffen dader die er als niemand voor hem in geslaagd was de politie voor de gek te houden.

Maar wie was zij om te beweren dat er geen andere en misschien zelfs betere manieren waren om de ontstane situatie aan te pakken? Dat ze niet gewoon te moe was geweest om helder na te denken?

Ze woog haar woorden en probeerde een enigszins verstandige uitleg te geven over waarom ze niet op al hun vragen antwoord kon geven, en hoe belangrijk het was dat onder geen beding bekend werd waar ze zich bevonden. Maar op het moment dat de woorden haar mond verlieten, voelde ze hoe leeg ze klonken. *Wat probeer je te zeggen? Ik moet nu weg om de kinderen te halen. En ik moet naar mijn werk en wil hier alleen slapen.*

Ten slotte moest Rots op een stoel klimmen en de bijl laten vallen. 'Het is maar het beste als jullie het meteen weten! Onder de huidige omstandigheden heeft dit alleen kans van slagen als niemand het huis van bewaring voorlopig verlaat.'

'En als we weigeren?' vroeg Stefan Munthe.

'Zoals ik al zei, zal niemand het huis van bewaring voorlopig kunnen verlaten! Het hele punt van dit alles is dat niemand te weten komt waar jullie je bevinden. Wat betekent dat ik zelfs jullie mobiele telefoons in beslag zal moeten nemen. Jullie krijgen ze terug zodra dit allemaal voorbij is en overdag zal het personeel jullie kunnen helpen om eventuele noodzakelijke telefoontjes te plegen. Begrepen?'

Rots stapte van de stoel en begon de telefoons in te zamelen. Niemand zei iets. Tuvesson vroeg zich af of dat kwam omdat ze in een soort van shock waren of omdat ze gewoon te moe waren om te protesteren. Een deel van haar wilde naar voren stappen om hem tegen te houden. De telefoons terug te geven en te zeggen dat ze naar huis konden gaan en alles moesten vergeten. Maar Rots had helemaal gelijk. Vreemd dat ze er niet eerder aan hadden gedacht. Het risico was levensgroot dat iemand een familielid, een vriend of waarom geen journalist zou bellen en de hele onderneming zou onthullen.

'Ik weet dat jullie het niet weten. Maar hoe lang schatten jullie dat dit zal duren?' vroeg Seth Kårheden en verbrak daarmee de stilte.

'Ja, dat vraag ik me ook af,' zei Cecilia Holm. 'Jullie kunnen ons niet eeuwig opgesloten houden, alleen omdat jullie de mogelijkheid niet hebben om ons thuis te beschermen.'

'Nee, dat kunnen we niet,' zei Tuvesson en ze dacht na over hoe ze verder moest gaan. 'We rekenen erop en hopen dat dit niet al te lang zal duren.'

'Hopen?'

Tuvesson keek naar Lena Olsson en zag haar ontmoedigde gezichtsuitdrukking. Een gezichtsuitdrukking die meer zei dan alle protesten bij elkaar. Ze besefte dat ze hun iets moest geven. Anders zouden ze haar nooit met rust laten. Iets waardoor ze zich konden ontspannen en konden gaan slapen.

'Dit is iets wat we eigenlijk nog niet naar buiten wilden brengen. Maar omdat jullie toch afgeschermd zijn van de buitenwereld, kan ik vertellen dat we niet zover van een oplossing van de zaak zijn als het er misschien uitziet. Dus zonder te veel te willen beloven, zou het om niet meer dan een paar dagen moeten gaan. Hoogstens. En als het langer mocht duren, beloof ik dat ik er persoonlijk op toe zal zien dat degenen van jullie die naar huis willen, dat kunnen doen en daar bescherming zullen krijgen.'

De meesten knikten en leken tot haar grote verbazing te vinden dat het redelijk klonk.

'En wat weten jullie dat niet naar buiten mag komen?' Weer was het Kårheden die met een moeilijke vraag kwam. Hij had er blijkbaar meer problemen mee dan de anderen om zich erbij neer te leggen.

'Daar kan ik om voor de hand liggende redenen niet op ingaan. Dit is alles wat ik kan zeggen. Goedenacht. Ik hoop dat jullie nog een paar uur kunnen slapen.' Ze draaide hun haar rug toe en liep snel naar de uitgang om weg te kunnen zijn voordat er meer vragen kwamen.

102

Theodor was altijd mooi geweest. Al bij de bevalling had de vroedvrouw zijn schoonheid geroemd en beweerd dat hij een van de mooiste baby's was die ze ooit had verlost. Fabian herinnerde zich hoe blij hij ervan was geworden, maar ondertussen had gedacht dat ze dat vast tegen alle ouders zei. Iets wat ze geleerd hadden op een of andere cursus.

Pas toen de vroedvrouw de gang op liep en haar collega's erbij riep, had hij begrepen dat zijn zoon echt iets bijzonders was. En die schoonheid was gebleven tijdens zijn kinderjaren. Zijn blonde, krullende haar dat hardnekkig voor zijn blauwe ogen met die naar binnen gerichte, wat mystieke blik bleef hangen. De geprononceerde wangen en de soepele huid, die voor zover hij wist zelfs nog nooit een puistje had gehad.

Nu had hij zijn haar zwart geverfd en hield het meestal verborgen onder een pet. Hij had allebei zijn wenkbrauwen laten piercen en er in het algemeen alles aan gedaan om lelijker te worden. Iets waarin hij niet bijzonder goed was geslaagd. Theodor was nog steeds een van de mooiste dingen die Fabian kende.

Een paar jaar geleden had Sonja voorgesteld dat hij contact moest opnemen met een modellenbureau om wat extra geld te verdienen, maar hij had alleen minachtend zijn neus opgehaald. Het was alsof mooi het allerlaatste was wat hij wilde zijn. Alsof het de absolute vernedering was.

Nu lag hij daar in het bed met gesloten ogen, totaal ontspannen, en Fabian kon het niet laten te denken dat hij naar de dood keek. De dood wanneer die op zijn mooist was. Hij wilde niets liever dan in huilen uitbarsten, maar zelfs daartoe was hij niet in staat.

Gelukkig was zijn zoon niet dood. Maar het had zo weinig gescheeld dat hij even doodverklaard was geweest, voordat zijn hart weer was begonnen te slaan. Nu lag hij hier, verdoofd en aangesloten op een heel machinepark dat hem in de gaten hield.

Als Dunja Hougaard er niet was geweest, zou hij nog steeds zijn doodverklaard. Dankzij haar vervoerde zijn bloed zuurstof en werd het rondgepompt. Ze was de laan uitgestuurd omdat ze de Zweedse politie had geholpen. Toch was ze de Sont overgestoken om hem persoonlijk de foto van Torgny Sölmedal te geven, maar hij was niet thuis geweest en had ook zijn telefoon niet opgenomen als ze belde.

Maar hij moest zijn vergeten om de deur op slot te doen en dus was ze naar binnen gegaan en had hem geroepen. Het was midden in de nacht geweest en ze had even gewacht voordat ze opnieuw had geroepen. Deze keer harder en de derde keer nog harder. Ze had geen antwoord gekregen, maar had geluid in de kelder gehoord. In tegenstelling tot hemzelf had ze begrepen dat de geluiden niet uit het buurhuis kwamen, maar van iemand in de muur. Een gedachte die niet eens bij hem was opgekomen. Terwijl hij zelfs wist dat er een bakoven was.

Toen het haar was gelukt om Theodor eruit te trekken, had hij geen hartslag gehad en niet geademd. Toch had ze het niet opgegeven en was meteen begonnen eerste hulp te geven en was niet gestopt voordat de hulpverleners kwamen, bijna een uur later. Hoe zou hij haar ooit terug kunnen betalen?

Fabian zat zo dicht bij het bed als hij kon en hield de hand van de slapende Theodor vast. Als het aan hem had gelegen had hij die niet losgelaten voordat hij wakker werd. Maar de bedreiging tegen hem werd te groot geacht om hem in het ziekenhuis te laten blijven. Hij had geprotesteerd en geprobeerd zijn nekschade uit te spelen. Maar toen de röntgenfoto's uitwezen dat er niets gebroken was hadden de artsen hem toestemming gegeven het ziekenhuis met een steunkraag en een doosje pijnstillers te verlaten.

De deur ging open en een verpleegster gaf hem een telefoon aan. Ze hoefde niets te zeggen. Hij wist precies wie het was en had geprobeerd zich voor te bereiden op wat hij moest zeggen, maar hij had niets kunnen bedenken.

'Hoi.'

'Hoi.'

'Heeft Irene het verteld?'

'Ja.'

Hij zei niets en zij ook niet. Voor één keer was de stilte niet moeilijk. Hij kon haar ademhaling horen en voelde hoe hij er rustig door werd. Hij sloot zijn ogen en het voelde alsof zij er was en dicht tegen hem aan lag en in zijn oor ademde. God, wat miste hij haar.

'Sonja, ik... ik had geen idee.'

'We komen morgen. Dan moeten we praten over hoe we alles aanpakken.'

'Oké.'

Er klonk een klik in zijn oor en hij gaf de telefoon terug aan de verpleegster, die verdween en Lilja tegenkwam, die naar binnen liep.

'Ben je klaar?'

Fabian knikte en kwam overeind, kuste de hand van zijn zoon en volgde haar naar buiten.

103

Blacksburg, Kauhajoki, Bailey, Montreal, Jacksboro, Red Lake, Cold Spring, Red Lion, Erfurt... De lijst van de verschillende schoolmassacres kon zo lang worden gemaakt als je maar wilde. Ze hadden allemaal hun tijd in de schijnwerpers gehad, maar nu deelden ze hetzelfde lot. De onmetelijke diepte van de vergetelheid. Tegenwoordig wist niemand wat dat voor lijst was. Niemand behalve de directe nabestaanden. De rest van de wereld was het allang vergeten.

Dit was anders. Op alle fronten was dit anders. Dit zou nooit in de vergetelheid raken. Het zou in de geheugens gegrift worden van miljoenen mensen en zijn naam zou niemand ooit nog onberoerd laten. Het proces was al in volle gang. Het nieuws over de spectaculaire moorden had zich tot ver buiten de Zweedse grenzen verspreid en de afgelopen dagen had CNN de zaak als een van hun vaste hoofdonderwerpen behandeld.

En dat terwijl ze nog maar kennis hadden van zes van de sterfgevallen. Hoe zou het er dan uitzien wanneer de volgende vijf, met wie nu zo langzamerhand wel afgerekend zou zijn, werden gevonden? Wanneer ze inzagen dat niemand veilig was alleen omdat ze Skåne verlaten hadden en zich in Oslo hadden gevestigd of toevallig op vakantie in het buitenland waren.

Hij was nu dichter bij zijn doel dan hij ooit had durven dromen. De afgelopen jaren had hij zichzef wijsgemaakt dat er geen ander alternatief was dan dat het hem zou lukken. Dat het het voor de hand liggende en volkomen logische gevolg was van al zijn minutieuze voorbereidingen. Nu durfde hij pas voor zichzelf toe te geven hoe naïef hij was geweest en hoe slecht de kansen eigenlijk waren geweest. Maar nu was het min of meer een feit. Hij was op het laatste rechte eind en kon de finishlijn zien liggen.

Negen stuks waren er nog over. Negen stuks die volgens zijn oorspronkelijke plan een nachtelijk bezoek bij hen thuis hadden gekregen. Een voor een. Hij had er rekening mee gehouden dat het met al het gereis vijf uur zou duren. Nu waren de voorwaarden totaal veranderd.

Nu bevonden alle negen zich in dezelfde kamer.

In dezelfde kamer als hijzelf.

Hij probeerde eruit te zien alsof hij sliep, maar het kostte hem moeite om zijn glimlach te verbergen. Het was bijna te mooi om waar te zijn. Het was alsof God zijn doorzettingsvermogen had getest en hem nu beloonde door de rode loper uit te rollen. Hij was zonder enig probleem binnengelaten in het heilige der heiligen.

Niemand leek te vermoeden dat hij niet degene was die hij uitgaf te zijn. De snor had zijn werk gedaan en het gestolde bloed werkte in combinatie met de contactlijm die hij had gevonden beter dan hij had durven hopen. Bovendien had hij zijn rol goed gespeeld en het verbaasde hem hoe makkelijk het was, gezien het feit dat hij helemaal geen tijd had gehad om zich voor te bereiden.

Het voor de hand liggende zou zijn geweest om zich zo gedeisd mogelijk te houden. In de schaduw te blijven en de anderen op de voorgrond te laten treden. Zoals hij altijd had gedaan. Maar zodra hij in de auto was gestapt, had hij zin gekregen om precies het tegenovergestelde te doen. Om te praten. En voor het eerst hadden ze geluisterd. Het afgelopen uur had hij meer met zijn oude klasgenoten gesproken dan gedurende de hele basisschooltijd.

Toen hadden ze nauwelijk geantwoord als hij ze aansprak. Dat was nu anders. Nu vertelden ze zo graag over zichzelf. Over de kinderen en hun huwelijk. Over de scheiding en ontrouw. Over de carrière die ze hoog in de hiërarchieën van Ericsson had gebracht, om daarna ontslagen te worden en nu terug in de schoolbanken te zijn om te leren hoe je een cv moest maken. Over vermorzelde hoop en depressies, de nieuwe badkuip in het buitenhuis en de rente op de hypotheek.

Ze dachten allemaal dat ze wisten met wie ze praatten. In werkelijkheid hadden ze geen enkel idee. En wat genoot hij ervan. Hun pathetische, mislukte leventjes waren als muziek in zijn oren en werkten als een effectief geneesmiddel tegen de jaloezie die hij jarenlang had gevoeld. Tegen alle klasgenoten die altijd zo geslaagd waren, tegen alles wat ze hadden gehad en wat hij nooit zou krijgen.

Hij had zich altijd afgevraagd hoe alle anderen zo natuurlijk in hun rollen konden zijn. Iedereen behalve hijzelf. Hoe ze zonder enig probleem de hoofdrol op zich konden nemen in de film over zichzelf. Nu vroeg hij het zich niet langer af. Nu was alles anders. De rollen waren omgedraaid. Nu waren ze niets anders dan figuranten in de film over hém. Een groepje verliezers. Een grijze, nietszeggende massa, met zulke oninteressante levens dat het hem verbaasde dat ze erover konden vertellen. En vooral dat ze ze konden leiden.

Het leed geen enkele twijfel dat hij de meesten een grote dienst bewees door er een punt achter te zetten. Als ze de mogelijkheid hadden gehad, zouden meerderen hem ook zeker achteraf bedankt hebben. Nu zouden hun nietszeggende leventjes in elk geval een zinvol einde krijgen. Ze zouden nog een kruis in de rij worden. Een cijfer dat samen met de andere een getal vormde waar niemand tegenop kon. Niemand had ooit zijn hele klas omgebracht.

Niemand.

Nog negen te gaan, dan was hij klaar.

Twintig van de twintig.

De meesten zouden niet eens iets merken. Een kleine prik en een paar seconden later zou het voorbij zijn. Een paar zouden zeker proberen zich te verweren, maar dat zou er niets aan veranderen. De uitkomst zou hetzelfde zijn.

Twintig van de twintig.

Een paar uur lang zou het lijken alsof het er negentien van de twintig waren. Alsof er één overlevende was. Iemand die erin geslaagd was zich te verdedigen en de spuit in de dader had gestoken. Namelijk de held Seth Kårheden. En voordat ze er in de chaos achter zouden komen dat Kårheden ook dood was, zou hij allang weg zijn. Wie hij zou uitkiezen als dader stond nog te bezien.

Ze hadden nu allemaal hun bedlampjes uitgedaan, al kon hij horen hoe een van hen het doosje van zijn gebitsbeschermer opende en een ander zijn sokken uittrok, terwijl een derde een pil uit de verpakking drukte. Binnen een kwartier zouden ze allemaal slapen. Zijn horloge gaf aan dat het twintig over drie was en hij kon voelen hoe zijn energie toenam bij elke stap die de secondewijzer wegtikte.

Hij hoorde hoe iemand met zijn sleutels rammelde en kon niet begrijpen waarom. In ieder geval niet tot hij hoorde hoe de zware metalen deur werd geopend. Zonder zich te verroeren deed hij zijn ogen open en zag hoe twee bewakers nog een bed naar binnen brachten en in de rij tegenover hem neerzetten. Zou er nog een bij komen? Hij begreep er niets van. Ze waren er toch allemaal?

Hij zag hoe ze het bed opmaakten en er een stoel bij zetten. Misschien zou een van de bewakers daar slapen? Dat zou op zich geen probleem zijn. Behalve dat hij dan op zijn minst nog een halfuur zou moeten wachten.

Zijn vermoedens bleken niet te kloppen. In plaats daarvan werd er een man binnengeleid, maar het was te donker om te kunnen zien wie het was. Pas toen hij zijn jas uittrok en de steunkraag zichtbaar werd, werd het hem duidelijk. Maar hij begreep er nog steeds niets van. Kon dat echt Fabian Risk zijn die op de rand van het bed ging zitten en zijn blik door de slaapzaal liet gaan?

Het was onmogelijk dat hij erin geslaagd was op eigen houtje te ontsnappen. De enige mogelijke verklaring was dat ze zijn schuilplaats hadden gevonden, wat op zijn beurt inhield dat ze hem hadden geïdentificeerd. Hij kon niet begrijpen hoe. De afdrukken uit de auto had hij geregeld. Of konden er nog meer zijn?

Hij sloot zijn ogen en deed zijn best om niet te laten merken dat hij klaarwakker was en dat zijn hartslag was verdubbeld. Eigenlijk wilde hij naar die duivel toe rennen en een spuit in hem drukken. Voor eens en altijd met hem afrekenen. Maar dat ging niet. Nog niet.

Hij moest nu zijn ogen dichthouden. De alternatieven doornemen. Hij moest niet het risico lopen in het zicht van de finish te struikelen. Niet nu. Hij was al te ver gekomen.

Dat hij geïdentificeerd was, hoefde op zich niet erg te zijn, gezien het feit dat het nog maar een paar uur zou duren voordat hijzelf zijn identiteit vrij zou geven. Het proces was al in volle gang en er waren op dit moment op zijn minst honderd personen mee bezig. Dus bij nadere beschouwing was er eigenlijk geen reden tot ongerustheid.

Toch was dat precies wat hij op dit moment voelde.

Onzekerheid. Die aan hem knaagde. En daar had hij nu totaal geen behoefte aan. Wat wisten ze nog meer? Wisten ze dat hij hier was? En wisten ze in dat geval wie van hen hij was? Was dat de reden dat Fabian hier was? Of dachten ze gewoon dat dit voor hem ook het veiligst was?

Hij besloot dat ze er geen idee van konden hebben. Bij de geringste argwaan zouden ze allang met een arrestatieteam naar binnen zijn gestormd en hen allemaal mee hebben genomen om verhoord te worden. Hoe meer hij erover nadacht, hoe zekerder hij werd.

Ze hadden geen idee.

Dat gold in elk geval voor Tuvesson en haar collega's. Wat er in Risks hoofd omging was daarentegen een heel andere zaak. Daar speelden logische redenaties geen rol. Die les had hij geleerd. Nee, Fabian Risk leefde blijkbaar onder compleet andere natuurwetten dan zijn collega's.

Hij had al iets meer dan twee uur dood moeten zijn. Maar daar zat hij op zijn bed schuin tegenover hem, achter aan de rij waar de meisjes waren gaan liggen, uit te kijken over het slapende gezelschap. Niets verbaasde hem meer als het over die man ging. Er waren geen garanties dat Risk niet vermoedde dat hij zich onder hen bevond. Dat hij er op een of andere onverklaarbare manier in was geslaagd precies uit te dokteren hoe het in elkaar zat en er daarom op eigen initiatief voor had gekozen om hier de nacht door te brengen. Weliswaar zou hij dan zijn collega's moeten hebben ingelicht.

Moeten hebben.

Het zou niet de eerste keer zijn dat Risk niet deed wat hij zou moeten hebben gedaan. Hij kon net zo goed hebben besloten zijn vermoedens voor zichzelf te houden. Of vermoedde hij niets en wilde hij alleen maar een paar uur in veiligheid slapen?

Hij draaide zich op zijn zij en probeerde de beweging eruit te laten zien alsof die in zijn slaap werd gemaakt. Niemand mocht zien dat hij glimlachte toen hij de timer op zijn horloge aanzette.

Dertig minuten. Geen seconde langer.

Hij had zijn dader gevonden.

104

De foto was bijna perfect. In tegenstelling tot de foto uit het archief was hij de wilde baard hier kwijt en zijn gelaatstrekken, al waren ze dan anoniem, waren er allemaal. Zo zag Torgny Sölmedal er tegenwoordig uit.

'Je bent dus ontslagen omdat je deze aan ons door wilde geven?' vroeg Tuvesson en Dunja Hougaard knikte.

'Dat en de auto,' zei Dunja en ze probeerde zo Zweeds mogelijk te praten.

Tuvesson schudde haar hoofd en wisselde een blik uit met Lilja, Rots en Molander. Ze wist niet wat ze moest zeggen. Ze had Kim Sleizner een paar keer ontmoet en hem altijd beschouwd als een verwaande bullebak. Maar verwaande bullebakken waren verre van ongewoon in het politiewezen, aan beide kanten van de Sont. Natuurlijk had ze, net als alle anderen, verhalen over Sleizner gehoord, maar ze had ze opgevat alsof ze dat ook waren. Verhalen. Niet meer en niet minder. Dat hij uit eigenbelang een politieonderzoek in Zweden had tegengewerkt, was iets heel anders.

'Dus hij heeft er geen idee van dat je hier bent?'

'Nee, hij weet niet eens dat ik de foto heb. Die psychopathische fucking klootzak heeft mijn mail meteen geblokkeerd nadat hij mij ontslagen had.'

Tuvesson en de anderen keken elkaar aan.

'Sorry,' zei Dunja. 'Wat ik bedoel is dat hij...'

'Ik geloof dat we het begrijpen,' zei Tuvesson. 'Maar hoe ben je dan aan de foto gekomen?'

'Ik heb een heel goede vriend op de IT-afdeling.'

'Daar kun je er niet te veel van hebben,' zei Rots.

'Dat je het weet, je kunt ons hier allemaal als je vrienden beschouwen,' zei Tuvesson. 'Zonder jou hadden we... Ik wil er niet eens aan denken.'

'Ik kan niet begrijpen waarom hij erop tegen is dat wij de foto krijgen,' zei Lilja.

'Mijn gok is dat hij hem over een paar uur zelf wil laten zien op de persconferentie.'

'Het gaat dus alleen om de eer.'

'En om de aandacht af te leiden van het feit dat hij niet opnam toen Astrid hem probeerde te bellen,' voegde Rots eraan toe.

Tuvesson dacht na, hoewel ze eigenlijk al had besloten wat ze zou doen. Sleizner zou woedend worden, hemel en aarde bewegen en ervoor zorgen dat de relatie tussen de Deense en de Zweedse politieinstanties zo mogelijk nog slechter werd.

'We brengen een opsporingsbericht uit. Nu meteen.'

Dunja voelde hoe de klomp in haar buik aan het slinken was. Eindelijk was ze op een afdeling beland waar de politie het onderzoek op de eerste plaats zette.

'Ik zet hem op de server,' zei Molander en hij verdween.

Rots en Lilja waren al bezig de ochtendkranten te bellen.

'Dunja, als je iets wilt eten of drinken, dan is de keuken daarachter. Doe alsof je thuis bent,' zei Tuvesson. 'En als je uit wilt rusten, hebben we een...'

'En als ik mee wil helpen?'

105

Sinds 16 juni was ze er alleen maar voorbijgelopen, en dat had elke keer even vreemd aangevoeld. Drieënhalve week lang had ze de krant niet bezorgd. Een kleine eeuwigheid als je Kårheden was. In de bijna tien jaar dat ze krantenbezorger was, kon ze zich niet herinneren dat ze ooit eerder een zo lange onderbreking had gehad. Nu ze erover nadacht kon ze zich niet eens herinneren dat er ooit een onderbreking was geweest.

Het was een saaie periode en als ze heel eerlijk moest zijn, miste ze hem. Niet omdat ze hem kende. Ze wist zelfs nauwelijks hoe hij eruitzag. Maar één ding wist ze en dat was hoe er werd uitgekeken naar de krant die ze bracht, en dat het lezen ervan waarschijnlijk het hoogtepunt van Kårhedens dag was.

Nu was de droogte in ieder geval voorbij. De krant zou weer bezorgd worden en de orde was hersteld. Ze stapte van haar brommer, pakte een *Helsingborgs Dagblad* en vouwde het op terwijl ze naar het huis liep. Zoals gewoonlijk kwam er rook uit de schoorsteen, hoewel het midden in de zomer was. Het had vannacht weliswaar flink geregend en het oude huis was vast vochtig. Maar als Kårheden ergens aan vasthield dan waren het zijn routines. Zoveel had ze begrepen.

Halverwege het pad naar de deur bedacht ze zich en liep terug naar de brommer en pakte ook een *Dagens Nyheter* en een *Svenska Dagbladet*. Een 'welkom thuis'-geschenkje. Dat was het minste wat ze kon doen, om blijk te geven van haar waardering. Bij de deur gekomen vouwde ze het *Svenska Dagbladet* op en liet het zachtjes in de brievenbus vallen. Ze vroeg zich af hoe hij zou reageren. Zou hij ervan uitgaan dat ze hem de verkeerde krant had gegeven en snel de deur opendoen, of zou hij hem nieuwsgierig oppakken en het beschouwen als een klein avontuur in het alledaagse leven?

Maar er gebeurde niets.

De krant viel dood neer op de vloer van de hal en bleef er liggen alsof het niemand iets kon schelen. Geen hand die hem oppakte. Niets. Ze vouwde vlug de *Dagens Nyheter* op en duwde die ook naar binnen. Hetzelfde gebeurde.

Niets.

Wat betekende dat? Het was tenslotte niet zo dat hij niet thuis was. Misschien was hij in slaap gevallen? In een opwelling drukte ze op de deurbel terwijl ze het *Helsingborgs Dagblad* door de brievenbus duwde. Ze kon zien hoe hij omlaagviel en boven op de andere kranten terechtkwam. Dit voelde helemaal niet goed. Wat moest ze doen? Verdergaan en doen alsof er niets aan de hand was?

Dat zou ze eigenlijk moeten doen.

In plaats daarvan drukte ze het handvat omlaag en stelde vast dat de deur niet op slot zat. Ze stapte naar binnen en liet de kranten op de vloer liggen. Precies zoals ze had gefantaseerd stond er een klassieke, mooie leesfauteuil voor de open haard, waarin het hout lag te smeulen.

Maar waar was Kårheden? Ze hoorde geen douchegeluiden. Ze riep hallo en kreeg het antwoord dat ze had verwacht. Hij was niet thuis. De vraag was waarom niet. En wie had het haardvuur aangemaakt? Eigenlijk deed het er niet toe. Wat er ook aan de hand was, het was in ieder geval niet haar zaak. Ze zou het huis moeten verlaten, terug naar haar brommer moeten lopen en haar ronde moeten voortzetten. Kårheden was tenslotte niet de enige die zijn krant nodig had.

Ze liep de huiskamer in en liet haar blik rondgaan. Een deur stond op een kier. Waarschijnlijk leidde die naar de slaapkamer. Misschien lag hij gewoon daarbinnen te slapen. Ze had geen idee waar hij was geweest tijdens de lange onderbreking. Misschien had hij een jetlag?

Ze zou nu echt moeten gaan.

Ze duwde de deur met haar voet open en daar lag hij inderdaad in bed, in zijn pyjama. Maar hij sliep niet. Hij was dood, met zijn armen en benen vastgebonden aan het hoofd- en voeteneinde van het bed.

Ze begreep er niets van en dacht aan alle misdaadromans die ze had gelezen en aan alle sporen die op een moordplaats gevonden konden worden. Ze mocht echt niet naar binnen gaan, maar ze moest wel. Dit was de eerste keer dat ze in het echt een dode zag. Behalve die keer toen ze langs een auto was gereden die over de kop was geslagen op de 111. De ambulance was er al geweest en ze was langzamer gaan rijden en had de bedekte brancard gezien. Dit was anders.

Ze drukte met haar wijsvinger tegen de blote voet. Die voelde koud aan en er bleef een lichte plek achter. Ze vroeg zich af of dat iets zei over hoe lang hij al dood was. Alle speurders hadden hun trucjes, maar het was maar de vraag hoeveel er eigenlijk overeenkwam met de werkelijkheid. Zoals dat het lichaam direct stijf begon te worden nadat de dood was ingetreden.

Ze liet haar blik langs zijn arm omhooggaan. De pyjama was opgerold en er was wat opgedroogd bloed te zien dat over zijn onderarm was gelopen. Ze keek beter en ontdekte een klein rood prikje in de binnenkant van zijn elleboog. Hij was vergiftigd. Iemand had een spuit in zijn arm gestoken en hem vergiftigd. Ze voelde hoe haar hartslag toenam. Ze was hier goed in.

Wat ze niet kon begrijpen was het gezicht. Toen ze voor de eerste keer haar hoofd om de hoek van de kamer had gestoken, was ze ervan uitgegaan dat het een snor was. Maar nu ze dichterbij kwam, besefte ze dat het precies het omgekeerde was. De snor was verwijderd. Die was er met huid en al afgesneden en er was een brij van gestold bloed achtergebleven.

106

Kim Sleizner werd koud en bezweet wakker en de lakens in het bed waren nat. Het was pas tien voor vier. Hij had nog twee uur kunnen slapen en dan toch nog tijd genoeg gehad voor een lange douche en een goed ontbijt voordat de persconferentie begon. Hij kon nauwelijks wachten. Eindelijk zouden de schijnwerpers worden gericht op wat er werkelijk toe deed.

De echte dader.

De dader die zes Zweden en twee Denen van het leven had beroofd. Zo meteen zouden de kranten iets wezenlijks hebben om over te schrijven in plaats van te blijven doorzeuren over zijn privéleven. Hij keek door het grote panoramaraam en richtte zijn blik naar het oosten. Het was nog steeds donker, ongewoon donker voor juli, maar in de verte, in de buurt van Zweden, was de hemel niet helemaal even donker. Ondanks alles kwam er altijd weer een nieuwe dag. Een nieuwe dag vol mogelijkheden.

Er kwam een boot voorbij in het kanaal die met brandende lampen in de richting van de Langebro voer, en hij vluchtte even in een fantasie waarin hij naar de garage stormde, met de auto naar de brug reed en op het dek sprong en deze hele klotezooi achter zich liet. Op weg naar nieuwe avonturen, om nooit meer terug te keren.

Zijn hartslag draaide nog steeds op volle toeren, dat voelde hij duidelijk. Hij begreep alleen niet waardoor het kwam. Hij had gisteren geen koffie gedronken en alles was volgens plan verlopen. Dunja was uit beeld verdwenen en straks zou hij met nieuws komen dat in één keer alle kritiek op hem zou doen verstommen. Hij zou vol vertrouwen moeten zijn, maar het enige wat hij voelde was onrust.

Hij ademde een paar keer in en uit, boog zo diep voorover als hij kon en kwam overeind terwijl hij tegelijkertijd diep ademhaalde, stak zijn armen boven zijn hoofd en bracht ze in een cirkel naar beneden, precies zoals hij Viveca had zien doen tijdens haar yoga-oefeningen voor de tv. Hij probeerde het opnieuw, maar kon geen enkel verschil voelen.

Hij gaf het op en liep naar zijn bureau, zette zijn laptop aan en keek of er nog nieuwe berichten waren.

Er waren er drie door zijn spamfilter gekomen.

10 juli 2010 02.12.40 CET viveca.sleizner@googlemail.com:
Ben in contact geweest met makelaar, die de woning om 13:00 uur vandaag komt bekijken. Zorg ervoor dat het schoon en netjes is en dat je uit de buurt blijft./V

10 juli 03.32.51 CET jens.duus@politie.dk:
De foto is geprint, ingelijst en op onze server gezet met als wachtwoord Kb48Grtda7. Tot ziens! Jens

Sleizner begreep niet waarom Jens Duus altijd van die ingewikkelde wachtwoorden moest nemen. Over een paar uur zou het verspreid worden onder alle journalisten van het land zodat ze konden inloggen om de foto te downloaden, en hij wist nu al dat op zijn minst een derde daarvan de verkeerde code in zou tikken.

10 juli 03.51.10 CET niels.pedersen@politie.dk:
http://politiken.dk/

Geen groet. Alleen maar een link naar *Politiken*. Sleizner keek op de klok en begreep dat het bericht net binnen was gekomen. Maar wie was Niels Pedersen? Hij kende geen Niels Pedersen. Of wel? Hij klikte op de link, zodat de browser geopend werd en de homepage van *Politiken* liet zien.

Hij geloofde zijn ogen niet en begreep er niets van. Helemaal niets.

Ze hadden de foto al. De foto die hij had laten inlijsten en waar hij voor gezorgd had dat hij en niemand anders hem naar buiten zou brengen. En nu was hij daar al en vulde het volledige scherm.

> Hier is hij!
> De Zweedse politie brengt een opsporingsbericht naar buiten van de klassenmoordenaar Torgny Sölmedal en zegt dat ze hem op het spoor zijn. 'Hij zou nu snel moeten worden opgepakt.'

Sleizner klikte verder naar de homepage van de *Berlingske* en werd begroet met dezelfde foto.

> Zweedse politie boekt grote vooruitgang in de jacht op de klassenmoordenaar Torgny Sölmedal!

Ze wisten nu zelfs zijn identiteit. Het moest Dunja zijn geweest. Het kon niemand anders zijn. Maar hoe had ze dat in vredesnaam voor elkaar gekregen? Ze was nog erger dan een kakkerlak. Hoe hij ook stampte, ze bleef maar rondlopen. Hij had haar mailbox laten blokkeren. Maar toch was ze erin geslaagd de foto bij de Zweden te krijgen. De foto die, ondanks alle geruchten dat hij zijn aftreden bekend zou maken, de spil vormde van zijn persconferentie.

Hij zou de persconferentie af moeten zeggen. Dat betekende natuurlijk een aanzienlijk prestigeverlies en Hammersten zou zijn wenkbrauwen fronsen. Maar hij had geen keus. Zonder de foto had hij niets te vertellen en dan zou het allemaal weer over zijn eventuele aftreden gaan. Hoe hij de situatie ook bekeek, hij kwam telkens op hetzelfde uit. Die walgelijke kleine hoer had gewonnen en hij was neergegaan.

Maar hij was wel vaker weer opgestaan.

Uitgeteld was hij nog lang niet.

107

'En hé...'

'Ja?'

'Vergeet niet dat hij extreem levensgevaarlijk is.'

Een klik en het gesprek was voorbij.

Hij pakte het koffiekopje, maar zijn hand trilde zo erg dat hij het met allebei zijn handen vast moest houden. De koffie was koud geworden, maar de suiker zou hem hopelijk de energie geven die hij nodig had. Hij voelde een instinctieve onwil, maar wist dat hij geen keus had. De geringste twijfel van zijn kant zou in het ergste geval tot nieuwe slachtoffers kunnen leiden. Hij kwam overeind en voelde dat zijn benen het in elk geval hielden. Hij hoorde hoe het toilet werd doorgetrokken en vlak daarna kwam zijn collega uit de wc met een krant in zijn hand.

'Wat is er? Je ziet er helemaal... Wat is er in godsnaam gebeurd?'

'D-de r-recherche belde. Je weet wel die T-Tu-Tuvesson.'

'Ja? En wat wilde ze?'

'Hij is hier. De k-k-klassenmoordenaar.'

'Wat? Wat zeg je nu allemaal? Hoezo hier?'

'S-Seth Kårheden is in zijn huis gevonden,' antwoordde hij, opgelucht dat het stotteren eindelijk op leek te houden.

'Bedoel je dat de dader vermomd als Seth Kårheden daarbinnen bij de anderen ligt?'

Hij knikte en voelde hoe hij tot bedaren leek te komen. Nu ze met zijn tweeën waren, voelde alles veel beter.

'Allemachtig.'

'Ze zijn bezig versterking in te roepen. Maar jij en ik, wij... wij moeten naar binnen gaan en hem pakken voor hij nog meer uithaalt. We kunnen niet wachten.'

'Oké. Dan doen we dat meteen. Kom op. Als je het tenminste aankunt?'

'Natuurlijk. Waarom zou ik het niet aankunnen?'

Zijn collega gaf hem een lichte por tegen zijn schouder. 'Wat cool. Jij en ik gaan die schoft pakken.'

Ze controleerden vlug hun uitrusting en liepen de hoofdwacht uit. Toen ze bij de gesloten deur aankwamen die naar de slaapzaal leidde, bleven ze staan en wisselden een blik uit.

'Klaar?'

Hij knikte en zijn collega draaide de sleutel zo voorzichtig als hij kon om en schoof de deur open.

'Trouwens, wacht. Misschien moeten we onze schoenen uittrekken zodat we niemand wakker maken?'

'Oké.'

Ze trokken hun schoenen uit en liepen op hun sokken naar binnen, sloten de deur achter zich en wachtten tot hun ogen zich hadden aangepast aan het donker. Ze wisten precies wie hij was en in welk bed hij lag. Hij was degene die van iedereen het meest had gepraat en het meeste bezwaar had gemaakt tegen het feit dat ze in het huis van bewaring moesten overnachten. Stel je voor, hij was de hele tijd in hun midden geweest. Over een kouwe kikker gesproken. Maar nu zou hij gepakt worden. Hij voelde zich totaal niet meer zenuwachtig. Zo zou het gaan, daar was hij zeker van.

Een paar minuten later konden ze de rij met bedden langs de ene muur zien en begonnen naar het een na laatste bed aan de linkerkant te lopen. Zijn collega hield de handboeien gereed. Het was een geniale inval geweest om hun schoenen uit te trekken. Het was onmogelijk om hun stappen over de vloer te horen.

Toen ze bij het bed aankwamen konden ze zien dat hij op zijn buik lag te slapen. Zijn hoofd was van hen afgewend, zijn rechterhand had hij onder het kussen gestoken en de linker lag naast zijn lichaam. Het zag er niet bepaald comfortabel uit, maar gedurende zijn zeventien jaar als nachtwaker had hij de merkwaardigste slaaphoudingen gezien.

Ze wisselden een blik uit en knikten. Meer gereed konden ze niet zijn.

Hij tilde zijn linkerknie in de lucht en stootte die naar voren terwijl hij zich tegelijkertijd over de slapende man heen boog, om de knie in zijn rug te zetten en allebei zijn armen naar achteren te trekken – een beweging die een tweede natuur van elke bewaker was geworden en die hij zelf vaker had uitgevoerd dan hij zich kon herinneren.

Maar net op het moment dat zijn knie neer zou komen, gleed de man weg en draaide zich om, waarna hij een steek voelde in zijn linkerdij. Hij probeerde te zien wat het was, maar daar kreeg hij geen tijd voor omdat de man uit het bed sprong en de keel van zijn collega dichtkneep, die zonder een geluid te maken in elkaar zakte.

Zelf realiseerde hij zich dat hij op de grond lag. Zijn benen moesten het onder hem begeven hebben. Waarom voelde hij niets? Hij probeerde op te staan, maar kon zijn benen niet bewegen. Hij probeerde te helpen met zijn armen, maar zelfs die kon hij niet bewegen.

Hij kon niet eens ademen.

108

De deuren sloten zich maar gingen weer open. Dat was altijd zo op dit uur van de dag. Altijd stond er wel een draaikont die verhinderde dat de deuren dichtgingen, terwijl hij zijn vriend riep die in slaap was gevallen tegen een van de pilaren op het perron.

Sievert Sjödal wist nog hoe hijzelf precies die leeftijd had gehad en tegen precies dezelfde pilaar had geleund op precies hetzelfde station en precies even dronken was geweest. Dat was in het midden van de jaren tachtig geweest en hij was ervan overtuigd dat het toen leuker was. Lustans Lakejer hadden hun afscheidsconcert gegeven in de Ritz en hij had helemaal vooraan gestaan en na afloop zelfs een handtekening van Johan Kinde gekregen.

Toen had hij, net als nu, op de trein staan wachten. Het enige verschil was dat hij nu wachtte tot de trein zou vertrekken, zodat hij op het spoor kon springen met de emmer, de borstel en de ladder over zijn schouder.

Je moest opletten waar je je voeten neerzette, ook al deed hij het nu al zoveel jaar dat hij de hele procedure zonder enig probleem met een doek voor zijn ogen had kunnen uitvoeren. Hij zou in elk geval niets missen. De reclame die hij de afgelopen jaren had opgehangen, was zo oersaai en stom geweest dat hij zeker wist dat niet een van de miljoenen passagiers die de metro gebruikten zich er ook maar iets van aantrok. Zelfs dat was in de jaren tachtig beter geweest met de 'Onverwacht bezoek'-campagne van Gevalia of die van Nokia, die niemand begreep maar waarover iedereen het had.

Maar de campagne die hij nu op ging hangen was iets anders en hij merkte aan zichzelf dat hij het niet kon laten erover na te denken waar het eigenlijk reclame voor was.

Eerst een portret van een man die er precies zo uitzag als wie dan ook en dan helemaal onderin met rode letters:

IK HEB HET GEDAAN
TORGNY SÖLMEDAL

109

Fabian werd wakker van zijn eigen hartslag. Hij was buiten adem en moest weer hebben gedroomd. Hij droomde eigenlijk nooit. Maar de afgelopen dagen gebeurde het zodra hij zijn ogen sloot. Zieke, verwrongen gebeurtenissen die niets te maken leken te hebben met zijn werkelijke belevenissen. In tegenstelling tot de eerdere dromen kon hij zich er deze keer niets van herinneren. Het was alsof hij eigenlijk helemaal niet had gedroomd. Maar dat had hij wel, dat wist hij zeker.

Of was er iets anders waar hij wakker van was geworden?

Hij ging rechtop in bed zitten en zag de op een rij gezette bedden langs de muur tegenover hem. O ja, hij bevond zich samen met zijn oud-klasgenoten in het huis van bewaring. Hij pakte zijn horloge van de stoel en zag dat het 04.23 uur was.

Hij was moe, te moe om na een paar uur slaap al wakker te worden. Hij keek naar de andere bedden, maar alle anderen leken te slapen. Waardoor was hij wakker geworden? Hij werd nooit midden in de nacht wakker. Hij moest naar de wc. Misschien had zijn blaas druk uitgeoefend en hem gewekt.

Hij kwam overeind en liep naar de deuren aan het achterste eind van de kamer. Op een van de deuren zag hij een badkamerbordje. Hij opende de deur zo zachtjes als hij kon, ging naar binnen en tastte naar het lichtknopje op de muur, maar liet het licht uit. Anders zou hij op de terugweg geen moer zien.

Het was pikdonker in de badkamer en hij moest de weg vinden met beide armen voor zich uitgestrekt. Aan de rechterkant voelde hij een plastic gordijn, een douchegordijn dat dicht was getrokken. Hij liet zijn hand langs het gordijn omlaag glijden tot hij iets kouds en hards voelde en begreep dat het de rand van een badkuip was. Misschien zou hij morgen een bad kunnen nemen?

Hij liep verder de badkamer in, langs een wastafel, voordat hij bij een toiletpot kwam. Hij voelde met zijn handen aan de koude, enigszins kleverige porseleinen rand. Zowel de deksel als de wc-bril waren omhooggeklapt. Hij tastte verder met zijn vingers, deed de bril omlaag en ging zitten. Zoals gewoonlijk wanneer hij midden in de nacht plaste, kwam er veel te weinig om de moeite waard te zijn. Maar als hij wakker was geworden, kon hij onmogelijk weer in slaap vallen zonder eerst een poging te hebben gedaan.

Op de tegelmuur aan de rechterkant vond hij een grote closetrolhouder, maar om papier te pakken moest hij zijn hele hand erin steken en proberen het eind te vinden van wat er over was van de rol. Hij droogde zich af, stond op en trok door. Dat was luider dan hij had gedacht en hij hoopte dat niemand er wakker van was geworden. Hij vond de kranen en zelfs vloeibare zeep en waste zijn handen.

Er was niets om ze mee af te drogen en dus keerde hij terug naar de deur met het douchegordijn tegen zijn linkerhand. Hij stootte met zijn ene voet tegen iets op de vloer en hoorde hoe het wegrolde over de tegels. Het klonk hard en metaalachtig en hij bukte en tastte met zijn handen over de vloer om uit te vinden wat het was.

Ten slotte vond hij het bij de ene muur en het was inderdaad van metaal en gevormd als een halfrond met een diameter van een centimeter. Op de gewelfde kant voelde hij een soort reliëfpatroon en op de andere een kleine lus die uitstak. Hij begreep wat het was.

Een knoop.

Een uniformknoop.

De dingen begonnen op hun plek te vallen. Waarom hij wakker was geworden en het dichtgetrokken douchegordijn.

Hij liep naar de badkuip, ging op zijn hurken zitten, stak zijn ene hand erin en voelde meteen wat hij al had vermoed. Een been en daarna een hand. Een voet, maar geen schoen. Een nek en een gezicht. En daarnaast nog een.

Twee bewakers, allebei dood.

Hij was hier.

Torgny Sölmedal was hier. Natuurlijk. Waar zou hij anders zijn? Toch was het niet eens bij hem opgekomen, en blijkbaar ook niet bij de anderen.

De vraag was wie hij was. Waarschijnlijk niet Jafaar of een van de vrouwen. Stefan A of Stefan M? Seth? Nicklas? Het moest een van hen zijn.

Fabian verliet de badkamer en ging zo snel als hij kon zonder argwaan te wekken terug door de slaapzaal, en liep voorbij zijn bed naar de ingang. Maar de deur zat op slot en hij kon geen alarmknop vinden. Hij had geen mobiele telefoon en de anderen waarschijnlijk ook niet. Hij wreef over zijn slapen en voelde dat hij eigenlijk te moe was. Kon hij de sleutels van de bewakers hebben gebruikt en al naar buiten zijn gegaan?

Fabian keerde terug naar zijn bed en maakte van de gelegenheid gebruik om zijn blik over de andere bedden te laten glijden. In elk bed lag iemand behalve in het zijne. Hij was er dus nog. Hij maakte zijn toilettas open en peuterde voorzichtig het spiegeltje los dat in de klep zat en liep naar de rij bedden tegenover hem.

In het eerste, rechts voorin tegen de buitenmuur, lag een man op zijn rug met zijn mond half open. Hoewel hij flink was aangekomen herkende Fabian hem direct als Jafaar Umar. Hij ging op zijn hurken aan de rand van het bed zitten en herinnerde zich hoe Jafaar het hele lesuur met zijn grappen kon vullen en het er altijd over had gehad dat hij komiek wilde worden. Hij hield het spiegeltje vlak boven zijn mond en probeerde zich te herinneren of hij hem ooit ergens had gezien of gehoord, maar kon niets bedenken.

Geen wasem.

Voor de zekerheid drukte hij licht op de halsslagader.

Niets.

Jaffe was al dood en dat verbaasde Fabian niet. De vraag was hoe ver hij was gekomen met de anderen.

Hij liep naar het bed ernaast waarin Stefan Andersson op zijn zij lag. Hier ook geen wasem. Verdomme. Hij was te laat. Hij ging gauw naar het volgende bed en daar lag Seth Kårheden. De snor was niet te missen. Die had hij al zo lang Fabian zich kon herinneren. Hij hield het spiegeltje boven zijn mond en besefte al snel dat het hier hetzelfde was. Hij veegde het spiegeltje af aan zijn broekspijp en probeerde het nog een keer, maar er verscheen geen wasem.

Zou hij echt tijd genoeg hebben gehad om hen allemaal om te brengen? En hoe kon het dan dat hijzelf nog leefde? Was hij daardoor wakker geworden? Toen hij bezig was met de beddenrij tegenover hem? Fabian was te moe om helder na te denken en hij voelde hoe de wanhoop als een virus om zich heen greep. Het enige wat hij eigenlijk wilde was het opgeven. Terug naar zijn bed gaan, erin kruipen en zijn ogen sluiten. Wachten tot hij aan de beurt was.

Hij legde zijn hand op Seth Kårhedens halsslagader en constateerde wat hij al wist. Maar er was iets anders. Iets wat niet klopte.

De snor.

Die zat scheef. Alsof hij... Hij voelde er voorzichtig aan en hij zat inderdaad los. Hij keek ernaar in zijn hand en constateerde dat hij voor een namaaksnor ongelooflijk goed gemaakt was, in elk geval voor zover hij het in het donker kon zien, tot hij zich realiseerde dat het helemaal geen namaaksnor was. Hij liet hem vallen alsof hij besmet was en richtte zijn blik op Seth Kårheden en toen drong het pas tot hem door. Het was Seth Kårheden helemaal niet die daar dood in het bed voor hem lag.

Het was Nicklas Bäckström.

Hij probeerde te begrijpen hoe het allemaal in elkaar stak, maar het lukte hem niet en hij had het gevoel dat er zich iets bewoog op de vloer aan de andere kant van het bed. Maar hij kon niet zien wat het was en de volgende seconde voelde hij een steek in zijn linkerkuit. Hij probeerde weg te komen, maar kon zich niet bewegen. De handen onder het bed hadden zijn enkels al beet en trokken die naar zich toe.

Fabian viel en voelde hoe de steunkraag tegen de rand van het bed sloeg waarin Stefan Andersson lag. Hij zag hoe de armen zich als twee tentakels van onder het bed uitstrekten. Hij probeerde zich los te trappen van de begerige handen en kon zien hoe de injectienaald uit zijn kuit stak. Daar wilden de handen bij komen. Zelf kon hij er ook niet bij, de spuit zat te ver naar beneden, en het enige wat hij kon doen was doorgaan met schoppen en zich verzetten.

Hij raakte iets hards en voelde hoe de handen loslieten. Hij probeerde zijn benen naar zich toe te trekken, maar kon ze niet bewegen. Als hij niet snel wegkwam, zouden de handen weer terug zijn. Hij draaide zich op zijn buik en probeerde op handen en voeten te gaan staan, maar zijn benen gehoorzaamden niet. De handen konden elk moment bij de injectienaald komen en het gif erin drukken.

Hij strekte zich uit naar de poot van Anderssons bed, maar kon er niet bij. Hij kwam tien centimeter tekort. Hij tijgerde en hoorde hoe het bed achter hem omviel. Hij kreeg de beddenpoot te pakken en probeerde zich er uit alle macht vandaan te trekken.

Hij moest weg zien te komen van wat het ook was achter hem. Dat was het enige waaraan hij kon denken terwijl hij zich met behulp van zijn armen voortsleepte over de vloer. Hij moest ten koste van alles bij de deur zien te komen. Het gevoel verdween steeds meer, en hoewel niets in hem geloofde dat hij het zou halen voordat het te laat was bleef hij zich voorttrekken over de glimmende linoleumvloer. Was alleen hij nog over of waren er nog enkele van de anderen in leven?

Hij zoog zijn longen vol om te schreeuwen, maar werd op hetzelfde moment achteruit getrokken en omgedraaid. Torgny Sölmedal ging met een been aan elke kant van hem staan, glimlachte, nam een aanloop en sprong recht omhoog. Fabian besefte wat er ging gebeuren en probeerde weg te draaien. Maar hij kon zich niet meer verroeren, en Sölmedal landde met zijn knieën eerst boven op zijn borst.

Hij kon horen hoe meerdere ribben knakten en voelde hoe een intense pijn zich door zijn longen verspreidde. Hij hoestte en proefde de smaak van bloed. Hij hapte naar adem maar kreeg geen lucht. Sölmedal glimlachte en boog zich naar hem toe. Fluisterde in zijn oor.

'Het heeft geen zin om nog tegen te spartelen. Het is voorbij.'

Hij had gelijk. Er was niets meer wat hij kon doen. Niets anders dan toekijken hoe hij zich omdraaide en zijn hand uitstak naar de injectienaald in zijn been. Maar waar wachtte hij op? Waarom drukte hij niet gewoon het gif naar binnen en maakte er een einde aan? Fabian hoestte nog meer bloed op en hij hoorde hoe het elke keer als hij adem probeerde te halen piepte in zijn borst.

Sölmedals hand trilde alsof die zich inspande om bij de spuit in zijn been te komen. Zijn andere hand was bij zijn keel en probeerde de riem los te krijgen die steeds strakker werd aangetrokken. Wie was het die hem vasthield? Zijn gezicht werd steeds bleker, bijna blauw. Toch spartelde hij tegen, alsof hij weigerde te accepteren dat het maar een kwestie van tijd was voordat het voorbij zou zijn.

Seconden of minuten? Fabian had geen idee. De strijd leek een eeuwigheid te duren en het zag eruit alsof het Cecilia en Annika, die achter hem stonden en aan de riem trokken, niet zou lukken. Fabian hoorde hoe ze om hulp schreeuwden, maar zag niemand komen. De kleur keerde terug in het gezicht van Sölmedal en daarmee de kracht om bij de spuit te komen. Fabian deed een laatste poging om zijn been te verplaatsen, maar kon zich totaal niet bewegen.

Toen verscheen, als uit het niets, een andere hand die de spuit vastgreep en hem uit zijn been trok. Fabian begreep niet wat er gebeurde tot hij zag dat het Lina was. Het volgende moment had ze hem in Sölmedals hals gestoken en leeggedrukt.

Toen pas was het voorbij.

Toen pas lag hij daar, dood en met zijn tong uit zijn mond hangend.

Lina, Cecilia en Annika hielpen om het lichaam van zijn borst te trekken terwijl Lena de spuit verwijderde en het gif probeerde weg te zuigen. Daarna gingen de lampen aan het plafond aan en hij kon rennende voetstappen over de vloer horen. Hij moest zijn ogen dichtknijpen. Het licht stak als naalden in zijn ogen. Er kwam meer bloed en hij kon geschokte stemmen horen die door elkaar heen schreeuwden.

Tuvesson, Lilja en Rots waren er. Iemand voelde met een hand aan zijn keel en riep iets in het Deens. Hij begreep niet wat, maar het klonk als iets ernstigs. Ze riep nog een keer, maar hij wist niet zeker of iemand luisterde.

Hij hoestte en voelde hoe zijn mond volliep met bloed en hoe het langs zijn keel stroomde. Maar het deed niet langer pijn. De pijn was aan het verdwijnen. Met de stemmen mee.

Ten slotte werd het helemaal stil.

Donker en stil.

110

Hoewel het nog steeds vroeg in de ochtend was, had het licht het allang overgenomen, en de zon was bezig de temperatuur een flink stuk boven de twintig uit te duwen. Het zou waarschijnlijk weer een dag worden met een warmterecord. Het verkeer op de wegen kon nog steeds als weinig worden aangeduid, maar nam elke minuut toe en beneden bij de veerbootterminal kronkelden al lange rijen volgepakte vakantieauto's.

Bij Fria Bad kwamen de eerste badgasten aan en spreidden hun handdoeken uit in het zand om zich te verzekeren van de beste plaatsen en een klein beetje rust. Over een paar uur zou het strand veranderd zijn in een kakofonie van schreeuwende gezinnen met ijs morsende kinderen en vermoeide ouders.

De winkels langs de Kullagågata zouden pas over een poosje opengaan, maar bij lunchroom Fahlmans op de hoek van het Stortorget waren de vakantiekrachten al druk bezig de tafels en stoelen buiten te zetten.

De aanplakbiljetten waren nog van gisteren en gingen, behalve over de dubbele moord op de E6 en in de hoofdbibliotheek, over zonnebrandcrèmetesten en tips over hoe je vakantieruzies kon vermijden.

Over het geheel genomen een volkomen normale zaterdagochtend in het midden van juli.

Behalve één ding.

Ze spraken allemaal over hetzelfde.

Overal. In het hele land.

Over het gezicht dat nog niet op de aanplakbiljetten was verschenen, maar dat ze desondanks overal tegenkwamen zodra ze hun huis verlieten.

Op bussen en haltes. Reclamepilaren en pendeltreinen.

Degenen die al op internet hadden gekeken, konden het uitleggen aan iedereen die zich erover verbaasde. Uitleggen dat het geen merkwaardige reclame was. Dat iedereen het anonieme gezicht straks zou herkennen. Dat het toebehoorde aan Torgny Sölmedal.

Dat hij het had gedaan.

III

Fabian Risk huiverde en besefte dat hij zijn ogen dichthield. Dus leefde hij. Hij probeerde zijn tenen te bewegen, maar wist niet of het hem lukte. Eigenlijk zou hij blij en opgelucht moeten zijn, maar het enige wat hij voelde was een groot zwart gat van verdriet. Hij moest weer denken aan de cijfers. De cijfers die hem met rust weigerden te laten.

Hij had het zo koud dat hij rilde, hoewel hij voelde dat hij onder een dik dekbed lag. Hij probeerde aan iets anders te denken, maar de cijfers bleven, als een dwanggedachte, terugkomen en zich tot in het oneindige herhalen.

Lina, Cecilia, Annika en Lena hadden hem gered. Vier stuks. Vier die het hadden overleefd. Met hemzelf erbij waren ze met zijn vijven. Vijf van de eenentwintig. Zestien van zijn voormalige klasgenoten hadden het leven moeten laten, als je Ingela Ploghed meetelde. Met de klassenlerares erbij zeventien. Eén-zeven. Een catastrofe zonder weerga. Weliswaar konden er vraagtekens worden gezet bij de drie die zich niet in de buurt van Skåne bevonden, maar Fabian koesterde geen hoge verwachtingen. Torgny Sölmedal was over het algemeen geslaagd in alles wat hij zich had voorgenomen.

Zelf had hij op alle denkbare manieren gefaald.

Twintig met de Deense politieman en de twee bewakers erbij.

En dan was Mette Louise Risgaard nog niet eens meegeteld.

Hij deed zijn ogen open en zag het plafond met zijn tl-buizen en geperforeerde platen in dezelfde kleur als de tanden van een roker. Hij herkende het. Hij was hier nog helemaal niet zo lang geleden geweest. Hij draaide zijn hoofd zo ver als de pijn het toeliet en zag dat Theodor in het bed naast hem lag. Hij was wakker, keek terug en hun blikken kruisten elkaar. Ze zeiden niets. Het was alsof de stilte op dit moment het waardevolste was wat ze hadden en onder geen enkele voorwaarde verbroken mocht worden. Er was zoveel dat toch wel gezegd zou worden. Er was tijd genoeg. Zoveel betekenisloze excuses. Zoveel geforceerde verklaringen. Beloftes die nooit zouden worden nagekomen.

Theodor strekte zijn hand uit en hij nam hem in de zijne en kon voelen hoe de warmte zich door zijn arm en daarna door de rest van zijn lichaam verspreidde.

Epiloog

Acht dagen na de gebeurtenis in het huis van bewaring in Helsingborg bevond Anders Andersson zich nog steeds met zijn gezin in een all inclusive-hotel in Alcudia op Mallorca. Hoewel hij niet één krant had gelezen, had het hem toch niet kunnen ontgaan wat er gebeurd was. Iedereen had het erover en het had niet meer dan twee dagen geduurd voordat iedereen in het hotel wist dat hij in de klas had gezeten en was begonnen over beschermengelen en een geluk bij een ongeluk.

Zelf geloofde Anders daar niet in, maar wat wist hij? Misschien hadden ze wel gelijk, dacht hij en hij bestelde nog een biertje aan de bar, pakte het laatste meegebrachte doosje snus en opende het, zonder te weten dat het drie weken eerder ingespoten was met een injectienaald.

Ondanks de massale inzet van doktoren overleed hij kort daarna.

Drie dagen nadat er een einde was gekomen aan Lotta Tings vakantie werd ze opgesloten in een kist op haar voorraadzolder aan de Colbjørnsens Gata nummer 12 in Oslo gevonden, met vastgebonden armen en benen. Volgens het forensisch onderzoek hadden de hoge zomertemperaturen eraan bijgedragen dat het stervensproces niet langer had geduurd dan vijf dagen.

Op zondag 11 juli verlieten Christine Vingåker en haar man het huis dat ze in Lysekil hadden gehuurd om naar huis te gaan en een week te werken voordat ze met de kinderen zouden gaan eilandhoppen in Griekenland. Maandagochtend vroeg nam Christine plaats in haar Nissan Micra en reed naar haar kantoor, dat aan de Drottninggatan in Helsingborg lag. Zoals gewoonlijk had ze haar drinkfles bij zich met het voedselsupplement dat ze elke ochtend en avond nam. Eigenlijk kon ze het zich niet veroorloven, maar precies zoals haar vriendin haar had beloofd was ze niet één keer ziek geweest sinds ze ermee begonnen was en ze was nu in haar vijfde gezonde jaar.

Niemand anders raakte gewond toen de bestuurderloze auto tegen een van de betonnen pilaren reed in de parkeergarage onder het Knutpunkten.

Mensen verscheurden de reclamefoto's van Torgny Sölmedal of spoten er scheldwoorden op. Er gingen steeds meer stemmen op dat de campagne weggehaald en vervangen moest worden. Iets wat in de praktijk niet zo eenvoudig bleek te zijn midden in de vakantietijd, waardoor Zweden de twee daaropvolgende hoogzomerweken versierd bleef met Torgny Sölmedals gezicht.

Dank aan

Mi
Voor alle hulp en alle gedachten. Zonder jou en je overtuiging dat het allemaal zou lukken, was het nooit gelukt. Daarom hou ik van je, en om al het andere.

Kasper, Filippa en Sander
Omdat jullie het al die jaren hebben uitgehouden.

Peter en Mikael
Omdat jullie de tijd namen en een mening durfden te hebben. Dat heeft meer voor me betekend dan jullie geloven.

Jonas, Julie, Adam, Andreas en Sara
Om jullie ongelooflijke energie en professionaliteit tot in het kleinste detail.

Café String en Lilla Caféet på Söder
Voor alle keren dat jullie me in mijn hoek hebben laten zitten terwijl ik een kopje thee probeerde te rekken tot het allang koud was geworden.

Het negende graf

Proloog

14 JUNI 1998 – 8 NOVEMBER 1999

Hij zag vrijwel geen hand voor ogen, zo donker was het. Bovendien slingerde en hotste het gevangenentransport zo hevig tijdens de rit over het ontoegankelijke terrein dat de letters die hij probeerde te vormen nauwelijks te lezen zouden zijn. Maar daar viel weinig aan te veranderen. Dit was zijn laatste kans om alles op papier te krijgen voordat de plas bloed onder hem te groot werd. Het verhaal over zijn verliefdheid, waardoor hij alles achter had gelaten en zich in het onbekende had gestort. Over hoe hij was neergeschoten, door zijn eigen mensen gevangen was genomen en nu een wisse dood tegemoet ging.

De pen bezat hij al sinds hij het Israëlische militaire kamp bij de wegversperring in Huwara had verlaten en zich in de ongecontroleerde gedeelten van de Westbank had begeven. Het papier was afkomstig van een paar lege pagina's uit het dagboek dat hij in de rugzak van Tamir had gevonden. Daar had ook een gebruikte envelop in gezeten die hij binnenstebuiten had kunnen keren. Toen hij klaar was met de brief, vouwde hij de pagina's met zijn bloederige handen dubbel, stopte ze in de envelop en probeerde die zo goed en zo kwaad als het ging dicht te plakken.

Hij had geen postzegel en geen adres. Het enige wat hij had was een naam. Toch aarzelde hij geen seconde en wurmde de envelop door het smalle spleetje naar buiten en liet hem los. Als God het wilde zou de brief aankomen, bedacht hij, en hij gaf zich over aan zijn vermoeidheid.

De envelop raakte amper de grond of de harde wind kreeg er al vat op en wierp hem steeds hoger de lucht in naar de zwarte, sterreloze hemel. Er was opnieuw onweer komen binnenrollen over de bergen Ebal en Gerizim boven Nablus, en de tijd tussen de bliksemschichten die in het donker opflitsten en het doffe gerommel werd steeds korter. Er hing regen in de lucht en het was een kwestie van seconden voor de bui zou losbarsten, de envelop tegen de grond zou slaan en de droge aarde zou veranderen in modderige klei. Maar er kwam geen regen en de bebloede envelop met de handgeschreven brief kon de tocht voortzetten, steeds hoger over de bergen en verder, de grens over naar Jordanië.

Saladin Hazaymeh lag op zijn uitgerolde matje en keek omhoog naar de lucht, waar het licht van de ochtendschemering een eerste aarzelende poging deed. De harde wind van het onweer van die nacht was eindelijk tot bedaren gekomen en het leek een stralende dag te kunnen worden. Het was alsof de zon had besloten de lucht voor Saladins zeventigste verjaardag te klaren. Maar daaraan lag Saladin Hazaymeh niet te denken. Hoewel zijn verjaardag de reden was voor zijn tiendaagse voettocht, was hij in gedachten met iets heel anders bezig.

Eerst had hij gemeend dat het een vliegtuig op duizenden meters hoogte was, maar hij was daarna van inzicht veranderd en had bedacht dat het een vogel met een beschadigde vleugel moest zijn. Maar nu wist hij helemaal niet meer wat er zo'n vijftig meter voor hem uit de lucht kwam dwarrelen en af en toe glinsterde in het licht van de zon.

Saladin Hazaymeh kwam overeind en merkte dat de rugpijn die hij 's ochtends altijd voelde helemaal verdwenen was. Hij rolde snel zijn matje op en stopte het in zijn rugzak. Er ging iets gebeuren. Iets van groot belang, en hij voelde dat hij enorm veel energie kreeg. Dat moest wel een teken van boven zijn. Een openbaring van de God in wie hij zolang hij zich kon herinneren had geloofd en die nu zei dat hij op de juiste weg was. De God wiens zoon hij op zijn zeventigste verjaardag wilde volgen, in wiens voetsporen hij wilde lopen, de hele weg van Jeruzalem tot aan het Meer van Galilea.

Hij had gisteren de heilige grot in Anjara bezocht. Het was zijn bedoeling geweest daar de nacht door te brengen, net als Jezus had gedaan met zijn discipelen en de maagd Maria, maar de bewakers hadden hem in de gaten gekregen en hij had onder de blote hemel moeten slapen. Toch had alles blijkbaar een bedoeling, bedacht Saladin, en hij haastte zich met lichte tred over het ongelijke terrein naar de olijfboom, waar het teken van God tussen de takken was blijven vastzitten.

Toen hij daar aankwam zag hij dat het een envelop was.

Een envelop?

Hoe hij ook nadacht, hij kon geen enkele logische verklaring vinden voor de vraag waar die vandaan was gekomen en besloot uiteindelijk dat *de hemel* een afdoende antwoord moest zijn. En misschien klopte dat ook wel, omdat hij zijn innerlijke stem als een mantra hoorde herhalen hoe belangrijk het was dat hij voor die envelop zou zorgen – zoals het was bedacht. Dat juist dát en niets anders het enige nut was van zijn wandeling.

Na een aantal pogingen slaagde hij erin een steen tegen de briefomslag te gooien en kon hij hem opvangen voordat die de grond bereikte. De envelop was vies en zat vol gaatjes en zag eruit of hij – tegen alle verwachtingen in – de ondergang van de aarde had overleefd. Bovendien was hij zwaarder dan hij had verwacht.

Alle twijfel was nu als sneeuw voor de zon verdwenen: God had hem uitverkoren.

Dit was geen gewone envelop.

Hij bekeek hem aan beide kanten op zoek naar aanwijzingen, maar kon niets anders vinden dan een naam geschreven in een klein onregelmatig handschrift.

Aïsha Shahin

Saladin Hazaymeh ging op een steen zitten en sprak de naam moeizaam, klank voor klank uit, maar die zei hem niets. Na enig aarzelen haalde hij zijn mes tevoorschijn en sneed de envelop voorzichtig open. Zich er niet van bewust dat hij zijn adem inhield, trok hij de brief eruit en ontvouwde deze. De vellen stonden vol handgeschreven tekens die samen lange rijen woorden vormden. Het was Hebreeuws, dat begreep hij, maar hij kon nauwelijks Arabisch lezen, dus hoe zou hij dit dan kunnen begrijpen?

Was dat wat God probeerde te zeggen? Wilde Hij hem straffen omdat hij er nooit in was geslaagd te leren lezen? Of was de brief helemaal niet voor hem bedoeld? Was hij alleen een onbeduidende tussenpersoon wiens enige taak het was de brief verder te transporteren? Zonder daarin te slagen probeerde hij de teleurstelling van zich af te schudden, terwijl hij de brief weer opvouwde en in de envelop deed, en zijn wandeling in noordelijke richting naar Ajloun voortzette, waar hij hem met tegenzin in een brievenbus gooide.

Veel mensen zouden vast vinden dat Khaled Shawabkeh zich schandelijk en bijzonder immoreel gedroeg. Zelf had hij echter beslist geen slecht geweten toen hij de envelop wegstopte waarop een postzegel, afzender of volledig adres ontbrak. Brieven waarbij de afzender niet aan zijn verplichtingen voldeed behoorden aan hém toe. Dat was een praktijk die hij zonder uitzondering had toegepast in de drieënveertig jaar dat hij al bij de postsortering werkte.

Hij had thuis allemaal dozen, voor elk jaar één, vol verdwaalde brieven, en hij wist niets leukers dan er lukraak eentje uit te vissen en kennis te nemen van de gedachten die eigenlijk voor iemand anders bedoeld waren. Deze envelop was echter zeer ongewoon. De kleur verried dat de reis ervan op zich al een avontuur moest zijn geweest. Bovendien had iemand hem al opengesneden, maar de volledige inhoud erin laten zitten.

Voor hem en voor niemand anders.

Exact achtennegentig minuten eerder dan normaal was Khaled Shawabkeh weer thuis. Hij deed de deur van binnenuit op slot. Om tijd te winnen had hij de thee 's middags overgeslagen, hoewel hij Harissa-koekjes bij zich had gehad, en had hij de hele weg van de bus naar huis op een holletje afgelegd. Hij was nu helemaal buiten adem en voelde het zweet door zijn veel te krappe polyester overhemd dringen.

Het avondeten moest wachten vond hij, en hij schonk een glas wijn in uit de fles die achter de boeken in de boekenkast verstopt stond, waarna hij in de fauteuil ging zitten, de oude staande lamp aandeed, de envelop pakte en de brief aandachtig tevoorschijn peuterde.

'Eindelijk,' zei hij bij zichzelf, en hij rekte zich uit naar de wijn, gelukkig onwetend van het feit dat de gestolde bloedprop die jarenlang in zijn linkerbeen was opgebouwd op dat moment loskwam en met de bloedstroom helemaal tot aan zijn longen mee omhoogkwam.

Hoewel er meer dan een jaar verstreken was sinds Maria's oom aan een longembolie was overleden, had ze nog geen voet in zijn huis gezet. Haar twee broers hadden zich verzet tegen het testament en alles gedaan om haar ertoe te dwingen afstand te doen van de erfenis. Zelfs haar eigen vader had haar ervan geprobeerd te overtuigen dat Khaled Shawabkeh al die jaren in eenzaamheid had geleefd en uiteindelijk zijn verstand verloren had, en dat vrouwen niet waren geschapen om eigendom te beheren en dat dat ook nooit het geval zou zijn.

Maar Maria had voet bij stuk gehouden en kon nu eindelijk de sleutel in het slot steken en de deur openmaken. Ze had door het hele gedoe het contact met haar beide broers en haar ouders verloren. Enfin, dat was dan maar zo. Nu zou ze het huis leeghalen en verkopen. Met dat geld zou ze ontslag kunnen nemen bij de kleermakerij, naar Amman kunnen verhuizen en zich bij *The Jordanian National Commission for Women* kunnen inzetten voor de rechten van vrouwen.

Het zou redelijkerwijs niet lukken. Er was eigenlijk niets wat erop wees dat de brief zijn ontvanger ooit zou bereiken. Er waren zoveel hindernissen dat de waarschijnlijkheid zo klein werd dat die vrijwel onmogelijk te berekenen was.

Toch was dat precies wat er gebeurde.

Een jaar, vier maanden en zestien dagen nadat de brief door een kiertje van het raam van het gevangenentransport was geduwd en in de zwarte nacht door de wind was meegesleurd, vond Maria Shawabkeh hem, en slaagde ze er een paar uur later in de brief te koppelen aan de envelop met daarop alleen een naam. Een waar kunststuk.

Drie slapeloze nachten later, na kennis te hebben genomen van het afschuwelijke verhaal, speurde ze het internet af, frankeerde de envelop, schreef het volledige adres erop en gaf hem af bij het dichtstbijzijnde postkantoor. Zonder ook maar enig idee te hebben van de consequenties.

Aïsha Shahin
Selmedalsvägen 40[VII]
129 37 Hägersten
Zweden

I

16-19 december 2009

Velen zullen ontsteld zijn over mijn daden. Sommigen zullen ze zien als wraak voor alle onrecht dat is begaan. Anderen als een onwaarschijnlijk spel om de draak te steken met het systeem en te laten zien hoe ver je kunt gaan. Maar de grote meerderheid zal het er roerend over eens zijn dat het daden zijn van een bijzonder ziek iemand.

Ze zullen allemaal ongelijk krijgen...

1

TWEE DAGEN EERDER

Sofie Leander zat in de wachtkamer van de afdeling Echografie van het Söderziekenhuis in een beduimeld exemplaar van *Wij ouders* te bladeren, waar de ene spread na de andere goed uitziende, gelukkige vaders en moeders toonde. Ze wilde niets liever dan een van hen worden. Na alle niet-werkzame kuren met Pergotime was ze er echter aan gaan twijfelen of haar eicelproductie ooit op gang zou komen. Dit was haar absoluut laatste kans. Als zou blijken dat het medicijn ook deze keer geen enkel effect had gehad, had ze geen andere keus dan het opgeven.

Iets wat haar man al gedaan leek te hebben. De man die had beloofd aan haar zijde te staan zo gauw ze hem nodig had. Ze zette haar mobiele telefoon aan en las zijn berichtje opnieuw. BEN VERHINDERD, GA HET HELAAS NIET REDDEN. Alsof het om het kopen van een pak melk ging op weg van het werk naar huis. Er had zelfs geen 'veel succes' vanaf gekund.

Ze had gehoopt dat de verhuizing naar Zweden van drie jaar eerder een nieuw vonkje zou doen opvlammen. Zeker omdat hij er zelfs voor had gekozen háár achternaam aan te nemen. Dat had ze opgevat als een liefdesverklaring. Een bewijs dat ze met z'n tweeën waren, wat er ook gebeurde. Maar daar was ze nu niet meer zo zeker van en ze kon het gevoel niet van zich afzetten dat ze steeds verder uit elkaar gleden. Ze had geprobeerd het onderwerp ter sprake te brengen, maar hij had niet geweten waar ze het over had en haar hardnekkig zijn liefde betuigd. Ze had het echter gezien in zijn blik. Of liever gezegd: in zijn ontwijkende blik.

De man die ooit haar leven had gered was nu opeens 'verhinderd' en keek amper nog haar kant op. Ze wilde hem bellen en hem met de rug tegen de muur zetten. Vragen of hij niet meer van haar hield. Of hij iemand anders had ontmoet. Maar ze durfde niet. Bovendien was ze ervan overtuigd dat hij toch niet op zou nemen. Dat deed hij bijna nooit als hij aan het werk was, en zeker nu niet, nu hij druk bezig was met zijn nieuwe project. Nee, haar enige kans was een positief bericht van de arts. Als ze dat maar kreeg, zou alles vast weer goed komen. Dan zou ze hem dat kind kunnen geven en zou hij inzien hoeveel hij eigenlijk van haar hield.

'Sofie Leander,' hoorde ze iemand roepen, en Sofie liep achter de verloskundige aan de gang door en werd naar een onderzoekkamer gebracht met een ziekenhuisbed en een groot apparaat dat op een computer leek. De jaloezieën voor de ramen waren omlaag.

'Je kunt daar aan de haak je jas ophangen en als je daarna op bed gaat liggen komt de dokter zo bij je.'

Sofie knikte, hing haar lange jas op en begon haar laarzen uit te trekken terwijl de verloskundige de kamer verliet. Eenmaal op bed trok ze haar blouse omhoog en knoopte haar broek los, terwijl ze besloot hem toch te bellen en te vragen wat er zo belangrijk was dat hij niet met haar mee was. Ze kon echter weinig méér doen dan zich uitrekken naar haar handtas voor de deur openging en de arts binnenkwam.

'Bent u Sofie Leander?'

Sofie knikte.

'Goed, dan zullen we eens kijken... Als u om te beginnen op uw zij gaat liggen met uw rug naar mij toe.'

Sofie deed wat er werd gevraagd en kon horen dat de arts achter haar rug een of andere plastic verpakking openmaakte. Ze kon niet precies aangeven wat het was, maar er was iets met de hele situatie wat niet klopte.

'Ik ben hier voor een onderzoek van mijn eierstokken.'

'Zeker. We moeten alleen dit eerst even doen,' zei de arts, die op de wervels langs haar ruggengraat begon te drukken.

Opeens voelde ze iets steken midden op haar rug.

'Wacht even. Waar bent u mee bezig? Hebt u mij een injectie gegeven?' Sofie draaide zich om en zag dat de arts iets wegstopte. 'Ik eis dat u mij vertelt wat...'

'Rustig maar. Dat was gewoon een routinekwestie. Zijn dit uw spullen?' De arts wees op haar jas en laarzen, maar wachtte niet op antwoord en legde alles bij haar voeten. 'We willen tenslotte niets vergeten. Dat zou een mooie boel worden.'

Het was niet de eerste keer dat Sofie een echoscopie van haar eierstokken liet maken, en dit was beslist geen routinekwestie. Ze had geen idee wat het wél was. Het enige wat ze wist, was dat ze niet meer mee wilde doen. Dat ze hier weg wilde. Weg van de arts en de onderzoeksruimte. Weg uit het hele ziekenhuis.

'Ik geloof dat ik nu moet gaan,' zei ze, en ze probeerde overeind te komen. 'Ik wil weg, hoort u mij?' Maar haar lichaam weigerde te gehoorzamen. 'Wat is er aan de hand? Wat hebt u gedaan?'

De arts boog naar haar voorover, glimlachte en streek over haar wang. 'Je zult het zo meteen wel begrijpen.'

Sofie probeerde te protesteren en zo hard te roepen als ze kon. Maar het beademingsmasker dat over haar gezicht werd getrokken onderdrukte al het geluid, en voordat ze het wist waren de remmen van het bed losgemaakt en werd ze de onderzoekkamer uit gereden en reden ze verder de gang door.

Als ze maar iets had kunnen vastgrijpen, wat dan ook, zich uit het bed had kunnen trekken en iedereen duidelijk had kunnen maken wat er gebeurde. Maar dat ging niet. Het enige wat ze kon was blijven liggen en naar het plafond staren, waar de tl-buizen elkaar opvolgden.

Meer gezichten. Overal zwangere vrouwen en vaders in spe. Verloskundigen en artsen. Allemaal zo dichtbij, maar toch zo ver weg. Deuren die opengingen. Een lift en stemmen van anderen die daar ook waren. De liftdeuren die achter haar dichtgingen. Of misschien open werden gedaan?

Daarna was ze weer alleen met de arts, die een melodietje floot dat tussen de harde muren weerkaatste. Dat was het enige wat ze kon horen. Dat en haar eigen ademhaling, die haar deed denken aan toen ze klein was en een astma-aanval had. Destijds, toen ze haar spel had moeten onderbreken omdat ze naar adem snakte, had ze zich volkomen hulpeloos gevoeld. Nu voelde ze zich opnieuw hulpeloos en klein en wilde ze niets liever dan instorten en huilen. Maar zelfs dat kon ze niet.

Er waren geen tl-buizen meer in het donkere betonnen plafond. Ze zag dat eerst haar benen op een brancard werden getild en vervolgens haar bovenlichaam. 'Je zult het zo meteen wel begrijpen,' had de arts gezegd. Hoe zou ze het kunnen begrijpen? Het enige waaraan ze kon denken was de plastisch chirurg in Malmö die zijn patiënten met iets had geïnjecteerd opdat ze geen weerstand konden bieden als hij ze verkrachtte. Maar waarom zou iemand haar willen verkrachten?

Ze werd achterwaarts de ambulance in geschoven en besloot zich te focussen op de geluiden. Het portier dat werd dichtgedaan en de motor die startte. Dat ze wegreden en in westelijke richting Ringvägen op reden en daarna over Hornsgatan naar Hornstull, waar ze via Liljeholmsbron de stad verlieten. Tot zover had ze geen moeite de route te volgen. Het werd lastiger toen ze op een rotonde rondjes bleven rijden tot ze geen idee meer had hoe de windstreken lagen.

Toen ze ongeveer twintig minuten later afremden en stopten, hadden ze net zo goed weer terug kunnen zijn bij het ziekenhuis. Ze hoorde dat er een deur werd opengedaan, waarop de ambulance een meter of dertig doorrolde voor de motor werd uitgezet.

De deuren gingen open en ze werd eruit getrokken en op de brancard verder vervoerd. Nieuwe tl-buizen wisselden elkaar af aan het plafond. De snelheid werd opgevoerd en de voetstappen van de arts weerkaatsten op de harde vloer, voordat ze uiteindelijk tot stilstand kwamen. Sleutels en iets wat bliepte, waarna er een soort elektromotor aansloeg.

Ze werd een donkere ruimte in gerold en het klonk alsof er iets achter haar werd dichtgedaan. Er ging een sterke lamp tegen het plafond aan die recht op een langwerpige tafel scheen. Ze zag geen ramen en kon ook niet zien hoe groot de ruimte was. Alleen de lamp en de tafel met een aantal apparaten eromheen. Ze werd naar voren gereden en kon nu zien dat de tafel geplastificeerd was, voorzien was van een aantal spanriemen en een stukje onder het midden een decimeter groot gat had. Ernaast stond een metalen tafel waarop verschillende operatie-instrumenten op een witte handdoek naast elkaar lagen.

Pas nu drong het tot Sofie Leander door wat er aan de hand was.

Toen ze alle scharen, tangen en scalpels zag begreep ze het precies.

Waarom ze was afgevoerd.

Wat haar te wachten stond.

2

Fabian Risk las het berichtje nogmaals oppervlakkig door voordat hij opkeek van zijn mobiele telefoon en de vragende blik van de klassenlerares ontmoette. 'Het spijt me, maar het ziet ernaar uit dat we het zonder haar moeten stellen.'

'Aha. Oké,' zei de klassenlerares, en het was duidelijk wat ze daarvan vond.

'Hè, komt mama niet?' Matilda keek alsof ze liever van Västerbron afsprong dan dat ze het oudergesprek hielden zonder dat Sonja erbij was. Fabian kon haar wel begrijpen. De laatste paar keer had hij om verschillende redenen verstek moeten laten gaan bij het oudergesprek, en hoewel Matilda nu in haar derde schooljaar zat, kon hij zich niet eens herinneren hoe de klassenlerares heette.

'Matilda, mama moet helaas werken. Je weet hoe het gaat als er een tentoonstelling af moet.'

'Ze heeft gezegd dat ze zou komen.'

'Ik weet het en ik weet zeker dat ze het net zo jammer vindt als jij. Maar het zal zo toch ook wel lukken?' Hij gaf haar een aai over haar bol en zocht naar bijval van de klassenlerares, die glimlachte als een boer met kiespijn.

'Niet doen.' Matilda duwde zijn hand weg en deed de roze haarklemmetjes goed die haar schouderlange haar in bedwang hielden.

'Ja, dus wat betreft Matilda's studiemotivatie en vermogen om mee te komen bij de lessen zijn er alleen maar positieve beoordelingen van alle leraren.' De klassenlerares bladerde in haar papieren. 'Zowel bij taal als bij rekenen is ze een van de besten van haar...' Ze zweeg en keek naar Fabians mobieltje, dat op tafel begon te trillen.

'Neem me niet kwalijk.' Fabian draaide zijn telefoon om en zag toen tot zijn verbazing dat het Herman Edelman was. Edelman was gedurende al zijn jaren bij de rijksrecherche zijn chef en was, ondanks zijn zestig jaar, altijd aanwezig en nog steeds even belust op het vinden van de waarheid als vroeger. Fabian moest eerlijk bekennen dat hij zonder Edelman niet zo'n goede rechercheur was geworden.

Vandaag echter was hij sinds de lunch niet meer op de afdeling gesignaleerd, en bij de koffie vanmiddag had niemand van het team iets van hem gehoord. Ze waren zich uiteindelijk gaan afvragen of er iets was gebeurd.

Maar nu belde hij dus. Buiten kantoortijd bovendien, wat maar één ding kon betekenen.

Er wás iets gebeurd.

Iets wat niet kon wachten.

Fabian wilde opnemen, toen de klassenlerares kuchte. 'We hebben niet de hele avond de tijd. Er komen meer ouders.'

'Sorry, waar waren we gebleven?' Hij nam niet op en legde zijn telefoon neer.

'Matilda. Uw dochter.' De klassenlerares veroorloofde zich een lachje. 'Zoals ik al zei, heb ik alleen maar positieve berichten van het hele docententeam. Maar...' Ze keek Fabian aan. 'Als dat kan, zou ik u graag even onder vier ogen willen spreken.'

'O? Oké. Dat kan wel. Toch, Matilda?'

'Waar gaan jullie het over hebben?'

'Vast alleen wat grotemensendingen.' Fabian wendde zich tot de klassenlerares, die stroefjes knikte. 'Wacht jij maar even op de gang, ik kom zo.'

Matilda zuchtte en liep demonstratief sloffend de klas uit. Fabian keek haar na, maar bleef zich ondertussen afvragen wat Edelman van hem moest.

'Ja, het zit namelijk zo.' De klassenlerares legde haar gevouwen handen op tafel. 'Ik heb van meerdere kanten gehoord dat er serieuze tekenen zijn dat Matilda...' Ze werd opnieuw onderbroken door Fabians vibrerende mobieltje en stak haar irritatie dit keer niet onder stoelen of banken.

'Het spijt me, maar ik weet echt niet wat er aan de hand is.' Hij pakte zijn telefoon op en draaide hem om. Deze keer was het zijn collega Malin Rehnberg, die op een seminar in Kopenhagen was. Edelman moest dus verder zijn gegaan met bellen, en was ervan uitgegaan dat zij er gemakkelijker door zou komen. 'Het spijt me, maar ik heb geen andere keus dan...'

'Oké. Dan breken we het gesprek hier af,' zei de klassenlerares, en ze begon haar papieren bijeen te pakken.

'Wacht even. Kunnen we niet gewoon...'

'Op deze school hanteren we een zerotolerancebeleid ten aanzien van mobiele telefoons tijdens de lessen en ik zie geen enkele reden waarom we voor volwassenen een uitzondering zouden maken.' Ze ging verder met het verzamelen van haar papieren en stopte ze in haar tas. 'Neemt u uw belangrijke gesprek maar op hoor, dan ga ik verder met degenen die wél geïnteresseerd zijn in hun kind. Fijne avond verder.' Ze kwam overeind.

'Wacht, dat was niet mijn bedoeling,' zei Fabian, terwijl op dat moment zijn telefoon zweeg. De voicemail. Spreek nou op de voicemail in wat er is gebeurd, dacht hij. 'Het spijt me. Ik ben hier uiteraard voor Matilda en nergens anders voor.'

De vrouw, van wie hij de naam vergeten was, keek hem met een haast verachtelijke blik aan. 'Goed.' Ze deed haar tas open en haalde Matilda's map er weer uit. 'Dit is niet iets waar wij ons normaliter mee bemoeien. Maar in het geval van uw dochter lijkt het extra belangrijk, want als u er niet snel iets aan doet, zal het invloed hebben op haar schoolprestaties.'

'Pardon, maar ik geloof niet dat ik het begrijp. Wáár moet ik iets aan doen?'

De klassenlerares legde een tekening op tafel. 'Dit is een van haar laatste werken. En ja, u ziet het zelf wel.'

Fabian herkende zichzelf aan het sikje dat hij een paar weken geleden had afgeschoren. Tegenover hem stond Sonja met een keukenmes in haar hand. Ze stonden allebei met open mond te schreeuwen en hun gezichten waren rood aangelopen. Hij herinnerde zich dat hij in twijfel had getrokken of het per se noodzakelijk was dat ze 's avonds zoveel moest werken. Dat was tegen het verkeerde been geweest en Sonja had hem van repliek gediend. Ze had hem de vele nachten dat hij de laatste jaren had overgewerkt voor de voeten geworpen en hem ervan beschuldigd dat hij alleen maar aan zichzelf dacht.

En ze hadden nog wel afgesproken nooit in het bijzijn van de kinderen ruzie te maken. Dat hij in het heetst van de strijd bovendien had gedreigd met echtscheiding had de zaak er niet beter op gemaakt.

'Ik weet niet wat ik moet zeggen. Dit, dit is...'

'Hier is er nog eentje,' onderbrak de klassenlerares hem.

Deze keer stelde de tekening het behang achter Matilda's bed voor. De knuffelbeesten die in het echt op een rijtje op de kussens zaten, stonden onder aan de tekening. Hij was er aan de ene kant best van onder de indruk dat ze zo goed kon tekenen, maar de rest van hem probeerde te begrijpen wat er in de tekstballonnetjes stond die de ruzie aan de andere kant van de muur illustreerden. Het ging dit keer over seks, en voor zover hij kon zien waren enkele van de replieken pijnlijk dicht bij de waarheid.

Hij zou het liefst door de grond zakken en verdwijnen.

'Het zijn natuurlijk ten dele fantasieën en het is sterk overdreven, dat begrijp ik ook wel, maar dit thema komt overal terug in wat Matilda momenteel aan het doen is. Het leek mij dat u dit moest weten. Ik zou het zelf als ouder in elk geval ook graag willen weten.'

'Uiteraard,' zei Fabian, en hij probeerde te verbergen dat het mobieltje in zijn hand weer trilde.

Toen hij de Björngårdschool verliet belde hij Edelman, maar hij kreeg een ingesprektoon. 'Matilda, heb je gezien dat er nóg meer sneeuw gevallen is?' Hij keek uit over het schoolplein dat onder een dikke laag verse sneeuw lag. 'Leuk hè? Dan kunnen jullie morgen sneeuwpoppen maken.'

'Ach, het blijft vast niet liggen,' zei Matilda, en ze liep de trap af.

'Matilda, wacht.' Fabian haalde haar in. 'Je bent toch niet bang dat mama en ik uit elkaar gaan?'

'Dus dáár hebben jullie het over gehad.'

'Nou? Geef eens antwoord?'

Zonder antwoord te geven rende Matilda naar de auto, die aan de overkant van de straat geparkeerd stond.

Fabian hield de autosleutel omhoog om contact te krijgen met de centrale deurvergrendeling, zodat ze kon instappen. Eigenlijk wilde hij zo snel mogelijk naar haar toe gaan en naast haar gaan zitten, maar hij wist niet wat hij moest zeggen. Ze had immers gelijk. Als ze zo doorgingen was het gewoon een kwestie van tijd voor de mislukking een feit was. Hij, die niet alleen Sonja, maar nog het meest zichzelf had beloofd nooit in de voetsporen van zijn ouders te treden. Wat er ook gebeurde. Hoe moeilijk ze het ook hadden. Hij zou altijd door blijven vechten, het nooit opgeven.

Nu wist hij het niet meer.

Hoewel de lucht uit de banden was, was hij zo lang op de velgen doorgereden dat het maar de vraag was of de kapotte wielen te repareren vielen. Hij zuchtte, bleef midden op het schoolplein staan, haalde zijn telefoon tevoorschijn en riep het nummer van Malin Rehnberg op.

'Fabian, wat ben je in godsnaam aan het doen? Het enige wat je nu redt is dat ik meer dan zeshonderd kilometer bij je vandaan ben.'

Hij kon nu het beste zijn mond houden en haar laten uitrazen tot ze klaar was.

'Heb je wel door dat Herman zich als een pitbull in mij vastbijt alleen omdat jij niet in staat bent je telefoon op te nemen? Alsof ik zijn secretaresse of zoiets ben. Ik weet dat het niemand een reet kan schelen, maar ik ben momenteel in Kopenhagen op een seminar dat voor de verandering eens écht interessant is.'

'Oké, maar weet jij wat...'

'Maar de bedden zijn klote, en bovendien voel ik me een opgezwollen, bezweet varken.'

'Ik begrijp het, maar...'

'En het boeit me niet dat ik nog twee maanden moet, ik ga iets onwettigs doen als die kinderen er niet binnenkort uit komen. Hallo? Fabian? Ben je er nog?'

'Heeft hij gezegd waar het over ging?'

'Nee, of liever gezegd: ik weet het niet. Het was blijkbaar ontzettend belangrijk. Maar weet je wat?'

'Nou?'

'Neem gewoon op als hij weer belt.'

Hij hoorde een klik, en Fabian kon inderdaad ook alleen maar hopen dat haar zwangerschap binnenkort ten einde zou zijn. Vijftien seconden later kwam er een sms'je waarin Malin zich verontschuldigde voor haar harde toon en beloofde weer haar oude ik te worden zo gauw die 'kutzwangerschap' was afgehandeld.

Hij ging achter het stuur zitten en keek via de achteruitkijkspiegel naar Matilda. 'Wat zou je ervan zeggen als we langs Ciao Ciao reden voor een pizza?'

Ze haalde haar schouders op, maar hij zag dat ze een beetje opfleurde, ook al deed ze er alles aan om dat te verbergen. Hij startte en reed Maria Prästgårdsgatan op, terwijl hij ondertussen een nieuwe poging deed Edelman te pakken te krijgen.

'Hallo Herman, ik zag dat je had gebeld.'

'Ik ga ervan uit dat ik dit aan Malin te danken heb?'

'Ik zat midden in een oudergesprek en ik heb nu pas...'

'Ja ja, het is wel goed. De reden dat ik bel is dat ik vanavond om acht uur bij de Zweedse Veiligheidsdienst ben ontboden en ik zou graag willen dat je meegaat.'

'Vanavond? Maar ik ben alleen met de kinderen. Waarom is het zo belangrijk dat ik meega...'

'Heb jij het roer in handen of ik?'

'Zo bedoelde ik het niet...'

'Kijk, Persson en Päivinen hebben net een spoor gevonden in de Adam Fischer-zaak en Höglund en Carlén zijn druk in de weer met het in kaart brengen van Diego Arcas. De enigen die op dit moment niets op hun bordje hebben zijn Rehnberg en jij, en voor zover ik weet bevindt Rehnberg zich in Kopenhagen.'

'Oké, maar kun je vertellen wat er is gebeurd?'

'Ik ga ervan uit dat we daarover worden geïnformeerd. We zien elkaar om vijf vóór buiten. Tot straks.'

Fabian trok de headset uit zijn oren en reed naar Nytorgsgatan. Het was zeker niet de eerste keer dat zijn wegen die van de Veiligheidsdienst kruisten, maar hij was nooit eerder uitgenodigd voor een bespreking buiten kantoortijd. Dat viel wellicht te verklaren door het feit dat hij zich veel te laag op de ladder bevond. Herman Edelman was er echter kind aan huis en liet geen gelegenheid ongemoeid om te onderstrepen dat je ervoor moest zorgen dat je met je rug tegen de muur zat wilde je een vergadering daar overleven.

En nu wilde hij Fabian dus mee hebben.

'Nee, dat gaat niet, Fabian. Het spijt me. Je moet wat anders regelen.'

'Hoezo "wat anders regelen"? Wat bedoel je?' vroeg Fabian, en hij keek uit over de met sneeuw bedekte daken terwijl hij hoorde hoe Sonja nog een kankerverwekkend trekje nam en de rook in één keer uitblies. Een teken dat ze echt in een slecht humeur was.

'Geen idee. Verzin maar wat. Ik heb nu geen tijd meer om met je te praten.'

'Ho, wacht even,' zei hij, en hij zag in de spiegeling van het raam dat Matilda in de keuken naar hen zat te luisteren. Hij pakte de afstandsbediening, zette de tv aan en verhoogde het volume.

Acht dagen nadat de jetsetter Adam Fischer spoorloos verdween, is de politie nu naar buiten getreden met het feit dat het om een kidnapping gaat…

'Sonja, dit is niet iets wat ík heb bedacht. Ik heb geen keus.'

'En ik volgens jou wél?'

Bij ons in de studio hebben we criminoloog Gerhard Ringe…

'Moet ik gewoon mijn kwasten laten vallen en tegen Ewa zeggen: "Sorry, meid, maar er komt geen tentoonstelling"?'

'Nee. Maar…'

'Nou dan.'

'Lieverd, rustig maar.'

Professor, hoe komt het dat de politie met deze informatie naar buiten treedt en waarom hebben we nog steeds niets gehoord over losgeld?

'Ik bén rustig,' zei Sonja, en ze deed niets om te verhullen dat ze weer een trekje nam. 'Ik begrijp alleen niet waarom het zo'n probleem moet zijn alleen omdat ík nu voor de verandering eens een keertje moet werken.'

'Oké, ik zal het wel proberen te regelen. Heb je enig idee wanneer je thuiskomt?'

'Ja. Als ik klaar ben. En vraag me alsjeblieft niet wanneer dat is, want ik heb geen flauw idee. Het enige wat ik weet is dat ik met elke seconde die verstrijkt die schilderijen meer ga haten.' Nieuwe zucht en nieuw trekje. 'Sorry, ik ben er gewoon zó klaar mee.'

'Schat, het komt goed. Het gaat altijd zo, bij elke tentoonstelling, en dan opeens zie je precies hoe het moet en loopt alles vervolgens op rolletjes.'

'We zullen het afwachten.'

'Ik ga dit op de een of andere manier oplossen. Denk er maar niet meer over na.'

'Oké.'

'Hou van je.'

'Tot later.'

Fabian ging bij Matilda in de keuken zitten en pakte zijn pizza. 'En hoe was je bananenpizza?'

'Oké. Zeg, pap?'

'Ja?'

'Heeft mama gezegd dat ze ook van jou houdt?'

Fabian keek haar aan en bedacht wat hij moest zeggen. 'Nee, dat heeft ze niet gezegd.'

'Dat komt vast alleen omdat ze zo gestrest is.'

Fabian knikte en pakte een groot stuk van zijn pizza, die inmiddels koud was.

3

Het was niet de eerste keer dat Fabian bij de Veiligheidsdienst was. Hij had alleen nooit langs zoveel veiligheidscontroles gemoeten en was ook niet eerder zo ver in het pand doorgedrongen dat hij uiteindelijk niet meer wist waar hij was. Pas na een aantal liften en gangen zonder ramen werden Herman Edelman, die voor de verandering de hele weg geen woord had gezegd, en hij in een vrij grote zaal met zwakke verlichting binnengelaten.

Vlak voordat hij weg moest, was Theodor thuisgekomen van floorball en na een snelle onderhandeling was hij ermee akkoord gegaan op Matilda te passen en te zorgen dat ze in bed kwam. Hoewel het een gewone woensdagavond was, had Fabian chips, frisdrank en film kijken in hun slaapkamer geaccepteerd. Zijn enige eisen waren dat ze het niet tegen Sonja zouden zeggen en dat Matilda er op school geen tekening van zou maken.

'Jullie moeten Herman Edelman en Fabian Risk zijn.' Er kwam een vrouw uit het donker aanlopen, die hun de hand schudde. 'Welkom. Anders Furhage en de anderen zitten al te wachten.'

De vrouw liep voor ze uit de zaal in, en toen Fabians ogen aan het donker waren gewend zag hij een aantal donkere kubussen die een meter boven de grond leken te zweven. Hij had gehoord over de afluistervrije kamers, die volgens de geruchten het budget van de Veiligheidsdienst met tientallen miljoenen kronen hadden overschreden, maar dit was de eerste keer dat hij ze in het echt zag. Edelman leek echter niet van zijn stuk gebracht. In plaats daarvan poetste hij zijn ronde brilletje schoon met zijn zakdoek en liep door. Zó serieus en grimmig had Fabian hem niet gezien sinds zijn vrouw bijna tien jaar geleden was overleden aan kanker.

'Mag ik u vragen om uw mobiele telefoons,' zei de vrouw, en ze bleef staan bij een trap die naar een van de kooiachtige kubussen leidde, waar een meerdere decimeters dikke deur openstond die verried dat de kubus ongetwijfeld hermetisch afgesloten kon worden.

Ze deden wat er werd gevraagd en liepen de trap op de kubus in. Die had bruine wanden en donkerrode vaste vloerbedekking, en rond een ovale tafel van walnotenhout met enkele glazen en flesjes mineraalwater zaten drie mannen in pak met ieder een andere kleur stropdas. Fabian herkende alleen de directeur-generaal, Anders Furhage, die opstond en hen groette terwijl de deur achter hen dicht gleed.

'Wat goed dat jullie zo snel konden komen. Zoals jullie ongetwijfeld hebben begrepen, is alles wat tijdens deze bespreking wordt gezegd vertrouwelijk.'

Fabian en Edelman knikten en namen plaats.

'Oké, laten we meteen to the point komen,' zei Anders Furhage, terwijl hij ze aankeek. 'Er is een situatie ontstaan – laten we het zo maar even noemen – die als puntje bij paaltje komt een zogenaamde "niet-situatie" kan blijken te zijn. Een onbeduidend bagatelletje.'

Fabian wierp Edelman een blik toe, maar die keek al net zo vragend als hij zich voelde.

'Melvin Stenberg hier is verantwoordelijk voor de persoonsbeveiliging en hij kan meer vertellen,' ging Furhage verder, en hij knikte naar de man met de blauwe das.

'Vandaag om 15.24 uur, circa een uur nadat het interpellatiedebat in het parlementsgebouw was beëindigd, verliet Carl-Eric Grimås de linker uitgang van Ledamotshuset, het gebouw waar de parlementsleden kantoor houden, alwaar een transport hem opwachtte. Volgens onze bestuurder is Grimås echter nooit komen opdagen en is hij sindsdien ook niet meer gezien.'

'Wacht even, bedoelen jullie dat de minister van Justitie verdwenen is?' vroeg Edelman.

Stenberg deed zijn stropdas goed en knikte kort.

'We hebben de omgeving van de regeringskantoren en Rosenbad doorzocht en zijn in contact geweest met zijn gezin en met de stafchef op het ministerie van Justitie,' zei de man met de groene stropdas. 'Maar iedereen is op dit moment even verbaasd.'

De stilte kreeg de overhand. Het was of iedereen – zelfs de drie stropdassen – tijd nodig had om het feit tot zich te laten doordringen dat een van de meest vooraanstaande ministers van het land, die bovendien eindverantwoordelijk was voor hun eigen activiteiten, spoorloos verdwenen was.

'En dat noemen jullie een bagatél?' Edelman schudde zijn hoofd.

'Herman, dat heb ik helemaal niet gezegd.' Furhage glimlachte naar Edelman. 'We moeten nu niet gaan muggenziften, maar ik heb gezegd, en dat weet jij net zo goed als ik, dat we op dit moment niet weten of...'

'Hij is verdomme verdwénen! Hoeveel politici moeten er hier in Zweden het leven laten voordat jullie wakker worden? Ik bedoel, wordt Grimås niet 24 uur per dag beveiligd?'

Furhage wendde zich tot de blauwe stropdas, die zijn keel schraapte. 'Ja, het is allemaal een kwestie van middelen en prioriteiten. De risicobeoordeling die we hebben gemaakt was dat er geen dringend dreigbeeld was zolang hij zich in een van de parlementsgebouwen bevond.'

Maar nu hebben we in elk geval een afluisterveilige kubus om in te praten, dacht Fabian, terwijl Furhage de groene stropdas fiat gaf om op de knoppen van het verzonken bedieningspaneel in de tafel te drukken.

Langs de ene muur kwam een projectiescherm omlaag. 'Deze sequentie is afkomstig van de bewakingscamera bij de actuele uitgang,' zei hij, en hij zette de projector aan.

Het filmfragment, dat niet veel langer duurde dan een minuut, liet Carl-Eric Grimås zien, die met een aktetas in zijn linkerhand op de dubbele glazen veiligheidsdeuren af kwam lopen. Eenmaal bij de deuren haalde hij zijn pasje door de lezer, duwde eerst de ene deur open en daarna de andere, waarna hij in de sneeuwstorm verdween.

Fabian herkende zijn kleding van de foto's in de kranten. De winterjas met de grote zwarte bontkraag en de onmiskenbare hoed, die samen het handelskenmerk van de minister waren geworden. In de linkerhoek stond de tijd, het was toen inderdaad 15.24 uur.

De projector doofde en het scherm verdween weer geruisloos in het plafond.

'En daarbuiten stond een van jullie auto's hem op te wachten?' vroeg Fabian, die het allemaal op de grens van onbegrijpelijk vond klinken.

De groene stropdas knikte. 'Ik kan eraan toevoegen dat het hevig sneeuwde en dat de chauffeur niet helemaal tot de ingang kon kijken.'

'Wanneer arriveerde hij?'

'Als je Grimås bedoelt, om 11.43 uur door de hoofdingang van het linker parlementsgebouw,' zei de groene stropdas, en hij keek content nu hij met zo'n snel en exact antwoord kon komen.

'Om 11.38 uur verliet hij Rosenbad en liep hij in snel tempo over Strömgatan, maar in plaats van via Riksbron te lopen, nam hij de omweg via Vasabron en Kanslikajen. Mét persoonsbeveiliging,' zei de blauwe stropdas.

'En wanneer begon dat interpellatiedebat? Tegen twaalven?'

'Nee, dat was pas om halfeen, maar van Grimås is bekend dat hij graag op tijd is.'

'En het transport dat op hem stond te wachten. Hoe laat was dat besteld?'

'Om 15.00 uur,' zei de blauwe stropdas, en hij nam een slok van zijn water.

'Dus ook al staat hij erom bekend dat hij graag op tijd is, verlaat hij Ledamotshuset pas om 15.24 uur.'

De heren met de stropdassen keken elkaar aan, waarop Anders Furhage zijn keel schraapte.

'Laat mij één ding duidelijk maken. Jullie zijn hier niet om het onderzoek over te nemen. Integendeel. Jullie zijn hier uitsluitend om geïnformeerd te worden. Met andere woorden: zolang we niet weten of er sprake is van een misdrijf, ligt het onderzoek bij ons.'

'Wat zou het anders kunnen zijn dan een misdrijf?' vroeg Edelman terwijl hij aan zijn baard trok.

'Feit is dat er tot nu toe niets is wat daarop wijst, en net als... Sorry, hoe was je naam ook weer?' Furhage wendde zich tot Fabian.

'Fabian Risk.'

'Juist ja. Net als Risk hier al aangaf zijn er heel wat onbeantwoorde vragen. Er wordt op dit moment hard gewerkt om daar een antwoord op te krijgen. Om nu al een groot aantal conclusies te trekken is naar mijn mening zinloos, maar uiteraard zullen we jullie voortdurend op de hoogte houden.'

'O ja? Dit zit al sinds vier uur vanmiddag in de doofpot en jullie informeren ons nu pas! Is dat wat jullie "voortdurend op de hoogte houden" noemen?'

'Laat mij het zo uitdrukken. We hebben op dit moment geen stoffelijk overschot of een uitgesproken dreigbeeld. Er is niets wat erop wijst dat het een terroristische daad of iets dergelijks is. Er zijn daarentegen wel veel stemmen die zeggen dat hij de laatste tijd gestrest en ongeconcentreerd overkwam. Wat ervoor pleit dat hij uit vrije wil is verdwenen en gewoon even met rust gelaten wil worden.'

Edelman snoof minachtend. 'Het is niet bij je opgekomen dat jullie zogenoemde dreigbeeldanalyse naar de klote is en dat het enige wat jullie nu proberen te doen tijd winnen is om de sporen van jullie eigen mislukking uit te wissen?'

'Herman. Ik stel voor dat we dit op een fatsoenlijk niveau houden,' zei Furhage, en hij leek de kritiek van Edelman gewoon naast zich neer te leggen. 'Er is hier niemand die probeert sporen uit te wissen. Dan zouden jullie hier toch niet zitten? Wij zijn naar precies hetzelfde op zoek als jullie. Uitzoeken wat er is gebeurd. En ja, het is mogelijk dat wij onze dreigbeeldanalyse foutief hebben ingeschat. Maar dat verandert niets aan het feit dat het onderzoek bij ons ligt tot blijkt dat er daadwerkelijk een misdrijf is gepleegd. En ik wil onderstrepen dat het geen kwestie is van jullie erbuiten houden, maar dat we voordeel kunnen trekken uit werken in stilte. Want wij weten allebei, Herman, dat zo gauw jullie machinerie in werking treedt, alles onmiddellijk op de voorpagina's staat en jij en ik niets anders doen dan eindeloze persconferenties houden.'

'En als ik daar niet mee akkoord ga?'

'Je gaat er wel mee akkoord. En om je onnodige hoofdpijn te besparen heb ik het al afgestemd met Crimson.'

Fabian sloeg Edelman gade, die niets zei en geen spier vertrok. Het kleed was net onder zijn voeten vandaan getrokken en daar lag hij, op de grond in de ring om te worden uitgeteld. Furhage had buiten hem om al contact gehad met het hoofd van het Zweedse KLPD en groen licht gekregen om de rijksrecherche bij het onderzoek vandaan te houden. Naar alle waarschijnlijkheid zaten ze hier nu op last van Crimson om geïnformeerd te worden. Het voelde alsof ze een mes in hun rug hadden gehad.

Daar zat zijn chef. Hij liet de seconden doortikken zonder ook maar iets te laten merken van wat hij dacht. In plaats daarvan haalde hij rustig zijn cigarillo-etui tevoorschijn en opende dat met zijn ene hand, terwijl hij tegelijkertijd met zijn andere zijn oude Ronson-aansteker opviste. Voordat ze het wisten gloeide de cigarillo felrood op. Furhage en de stropdassen zeiden geen van allen iets, en pas na nog twee lange halen maakte Edelman zijn peuk uit in een van de glazen.

'All right. Dan denk ik dat we hier klaar zijn. Ik kijk ernaar uit doorlopend op de hoogte te worden gehouden van hoe een en ander zich ontwikkelt.'

'Uiteraard.' Furhage stak zijn hand uit. 'Je staat boven aan mijn lijstje. Dat weet je.' Edelman negeerde de uitgestoken hand en wendde zich tot Fabian, die overeind kwam en de kubus verliet, terwijl hij zich inprentte nooit ofte nimmer ja te zeggen tegen een leidinggevende functie.

Op weg naar buiten door het labyrint van gangen was Edelman al net zo zwijgzaam als op de heenweg. Of dat kwam doordat hij bang was te worden afgeluisterd of gewoon te boos was om te kunnen praten viel niet te zeggen, en Fabian deed er daarom ook het zwijgen toe, hoewel hij vol vragen zat.

Pas toen ze weer buiten in de sneeuwstorm op Polhemsgatan liepen stelde Edelman voor in Fabians auto te gaan zitten, hoewel er al een taxi stond te wachten. Ze staken over, Fabian maakte het portier open, ging zitten en startte de motor om de verwarming op gang te krijgen. Edelman nam plaats op de passagiersstoel, zijn blik op de met sneeuw bedekte voorruit gericht.

'Ik weet niet of je het weet, maar Grimås is...' Edelman haalde diep adem, '... een oude vriend van mij om wie ik nog steeds veel geef.'

Fabian knikte. Ver voor zijn tijd bij de rijksrecherche was Grimås Edelmans chef geweest, voordat hij bij de politie was weggegaan om zich bezig te houden met de politiek. Dat de samenwerking tussen die twee vruchtbaar was geweest, had niemand op de afdeling kunnen ontgaan. Edelman greep elke gelegenheid aan om te vertellen hoe Grimås en hij het in hun tijd hadden klaargespeeld. Maar dat ze nog steeds contact hadden was een verrassing.

'Heb je enig idee wat er gebeurd kan zijn?' vroeg Fabian.

Edelman schudde zijn hoofd. 'Nee, maar ik hou rekening met het ergste... Daarom is het uiterst belangrijk dat wij zoveel mogelijk informatie verzamelen voordat de schoonmaakpatrouilles van de Veiligheidsdienst alle sporen hebben uitgewist.'

'Jij denkt dus dat zij...'

'Ik denk niets, maar Furhage is wel de laatste die ik vertrouw.'

'Je bedoelt dat wij een onderzoek gaan opstarten, ook al heeft Bertil Crimson...'

'Niet *wíj*. *Jíj*,' onderbrak Edelman hem, en hij wendde zich tot Fabian. 'Laat mij volstrekt helder zijn. Er is niemand anders op de afdeling die ook maar een fractie van de capaciteiten bezit die hiervoor nodig zijn. En dat weet jij net zo goed als ik.'

'Maar hoe kan ik een eigen onderzoek opstarten als Bertil Crimson uitdrukkelijk heeft...'

'Laten we het geen onderzoek noemen. Wat ik bedoel is dat... Als *wíj* de waarheid niet boven water krijgen, wie moet het dan doen? De Veiligheidsdienst?'

Fabian kon weinig anders doen dan knikken. Daar had Edelman beslist een punt.

'Zorg alleen dat je ver genoeg onder de radar blijft, en tot we meer weten rapporteer je aan niemand anders dan rechtstreeks aan mij.' Edelman stapte uit en smeet het portier zo hard dicht dat de meeste sneeuw van de ruiten viel.

Fabian zette de ruitenwissers aan, die de laatste sneeuw wegveegden en reed weg. Hij probeerde zich te concentreren op het verkeer, maar zijn gedachten leefden een eigen leven. Hij was zo bezig te begrijpen wat er eigenlijk was gebeurd dat hij uiteindelijk de parkeerplaats bij Norr Mälarstrand op moest rijden om te stoppen. Hij deed het zijraam omlaag en vulde zijn longen met de koude nachtlucht.

Het was niet alleen zo dat de minister van Justitie onder raadselachtige omstandigheden was verdwenen, Edelman had bovendien hem uitgekozen om in het diepste geheim een onderzoek te beginnen. En hoe meer hij erover nadacht, hoe onduidelijker het werd.

Waar hij moest beginnen.

Met wie hij contact moest opnemen.

4

Malin Rehnberg wilde niets liever dan een glaasje wijn. Een volle, rode zinfandel was op alle fronten een voorwaarde om de tournedos op haar bord eer aan te doen. Thuis in Stockholm had ze er vanaf het moment dat ze zwanger werd geen enkele moeite mee gehad de alcohol te laten staan. Het verlangen was uit zichzelf verdwenen. Maar met de Deense hoofdstad was het anders, die dreef de zaak eerder op de spits. Of kwam dat door Dunja Hougaard – haar nieuwe contactpersoon bij de afdeling Recherche van Kopenhagen, die het geen enkel probleem leek te vinden in haar eentje een hele fles soldaat te moeten maken?

Ze hadden elkaar al na een paar uur gevonden op het seminar, waar rechercheurs uit heel Europa twee intensieve dagen bij elkaar kwamen om over de grenzen te netwerken, en onmiddellijk besloten ze elkaars contactpersoon te worden. Het was zo gezellig dat Malin had voorgesteld samen een hapje te gaan eten.

Nu zaten ze hier bij restaurant Barock in Nyhavn, en Malin begon te begrijpen waarom Deense kinderen als laatsten ter wereld leerden praten. Al na één glas wijn had Dunja Hougaard de veilige haven van het Engels verlaten en was ze overgestapt op een Deens dat voor haar als Zweedse steeds lastiger te verstaan werd naarmate de bodem van de fles verder in zicht kwam. In het begin had ze haar nog wel onderbroken zo gauw ze iets niet verstond, maar ze was al snel overgegaan op lachend knikken en voornamelijk te proberen het verband te begrijpen.

En dat deed ze nu zelfs niet eens meer. Het was alsof de woorden werden samengeperst in één lange, onbegrijpelijke brij en ze betrapte zich er meerdere keren op dat ze aan iets heel anders zat te denken. Aan hoe jaloers ze op de Deense was die niet zwanger was en precies zoveel wijn kon drinken als ze wilde. Om maar niet te spreken over hoe afgunstig ze was op de knalrode spijkerbroek en op Dunja's lichaam, waar alles nog op zijn plaats zat.

Zelf haatte Malin haar lichaam, dat nu onflatteuze *Big is Beautiful*-kleding nodig had om het te verbergen, en ze zou dat zonder blikken of blozen met vrijwel iedereen willen ruilen. Ze was 25 kilo aangekomen. Toch moest ze nog meer dan twee maanden.

Twee van die kut-kut-kutmaanden.

Als ze zich echt inspande, zou ze niet één stukje van haar lichaam kunnen bedenken dat niet opgezwollen was, pijn deed of in het algemeen rood en bezweet was. Het was alsof ze één groot plakkerig mijnenveld van krampen en kwalen was, dat op elk moment in iets zeer pijnlijks kon veranderen. Neem alleen al haar buik, die ze elke ochtend en avond had ingesmeerd met een crème die zo duur was dat ze over de prijs wel tegen Anders had moeten liegen, maar die nu toch zo vol striemen zat dat ze zich als aangereden wild voelde zo gauw ze omlaag keek.

'Weet je zeker dat je geen wijn wilt?'

Malin schrok op. 'Sorry, wat zei je?'
'Een beetje wijn?' vroeg Dunja Hougaard in een poging Zweeds te spreken, terwijl ze op datzelfde moment de fles omhooghield.
'Nee, dank je. Weet je, ik heb mezelf beloofd geen druppel te drinken zolang ik zwanger ben.'
'Oké. Waarom?' Dunja keek oprecht vragend en Malin vroeg zich af of ze op een andere planeet was beland en niet gewoon in een buurland.
'Nou ja, dat is niet goed voor de foetus. De alcohol gaat rechtstreeks via de placenta naar binnen en...'
'Weet je, dat is nou zo typisch Zweeds.'
'Wat?'
'Jullie hebben zoveel regeltjes en verboden en zijn zo doodsbenauwd. Wees eerlijk. Wat kan één glaasje wijn nou voor kwaad?'
Malin moest diep ademhalen om haar irritatie te bedwingen. 'Ik weet niet, misschien is het in Denemarken nog niet doorgedrongen, maar er zijn een heleboel onderzoeken die aantonen dat de foetus zich minder goed ontwikkelt en dat de kans op ADHD toeneemt als de moeder alcohol drinkt. Verder...'
'Nee, dat klopt niet.' Dunja nam een slok wijn en keek Malin aan. 'Men heeft hier in Denemarken onlangs een studie gedaan met een paar duizend vijfjarigen, en daarin kon geen verschil worden vastgesteld tussen de kinderen van wie de moeder twee glazen per dag had gedronken en degenen van wie de moeder helemaal geen alcohol had geconsumeerd.'
'O, wat apart. Maar aan de andere kant, ze kunnen in die onderzoeken precies laten zien wat ze willen. Het punt is dat...'
'Weet je wat ík denk? Nou?' Dunja stak een wijsvinger in de lucht. 'Volgens mij is het enige risico dat je loopt als je een glaasje wijn neemt dat de kinderen een vrolijke moeder krijgen.'
'Hoezo vrolijk? Ik ben toch vrolijk?' Malin voelde de irritatie de overhand krijgen.
'Oké Malin. Je moet het me niet kwalijk nemen, want ik ben een beetje aangeschoten, maar ik móét je dit gewoon wel zeggen.'
'Goed. Ik luister,' zei Malin, en ze zag in dat ze opeens elk woord begreep. Dunja keek Malin in de ogen. 'Je komt helaas niet zo blij over.'

Malin wist niet wat ze moest zeggen of hoe ze moest reageren. Ze zou kwaad moeten worden en weggaan, tegen haar nieuwe Deense vriendin moeten zeggen dat ze naar de hel kon lopen met haar drank verheerlijkende bullshit en maar een andere contactpersoon in Stockholm moest zoeken. Als Anders ook maar iets van kritiek uitte, zou ze zonder blikken of blozen de snoeischaar pakken en zijn pik afknippen.

Maar om de een of andere onverklaarbare reden werd ze helemaal niet boos. Integendeel.

'Oké...' Ze dronk haar glas mineraalwater leeg. 'Geef me dan ook maar een beetje wijn.' Ze hield haar het lege glas voor en Dunja schonk het lachend vol, terwijl ze naar de ober gebaarde dat ze nog een fles wilden.

Ze hieven hun glas en proostten. Malin proefde van de wijn en er verspreidde zich een golf van wellust door haar lichaam.

'O, wat goddelijk.' Ze nam nog een slok. 'Maar één ding heb je echt bij het verkeerde eind. Ja, niet alleen jij, maar alle Denen. Zweden heeft niet meer verboden dan Denemarken. Feit is dat het precies andersom is.' Ze nam nog een slok. 'Hier mag je bijvoorbeeld niet permanent in je zomerhuisje wonen. Kan Jang, een doodgewoon natuurvoedingspreparaat, is totaal verboden en de winkels mogen niet eens op zondag open zijn. Ik wil maar zeggen, hoezo bevoogdende samenleving?'

'Oké, oké. Ik zie je punt, maar...'

'En het mooiste van alles: wist je dat Deense bouwvakkers verplicht zijn lippenbalsem met zonnebrandfactor te gebruiken zodra ze buiten werken?'

'Je maakt een geintje.'

'Nee! Echt waar!'

Ze barstten in lachen uit en Malin hief opnieuw haar glas. 'Proost!'

'Weet je? Ik ben behoorlijk jaloers op jouw zwangerschap.'

'Jaloers? Nou, ik wil graag met je ruilen.'

'Waarom? Is het niet fantastisch?'

'Wat is er zo fantastisch aan rondlopen als een dikke eend en overal pijn hebben? Begrijp me niet verkeerd. Ik heb niets tegen het krijgen van kinderen. Zeker niet. En dat het een tweeling is zie ik vooral als een groot pluspunt. Des te eerder ben je uit de luiers. Maar die zwangerschap... Als ik eerlijk ben, haat ik die meer met elke dag die verstrijkt.'

'Nee, dat meen je niet?'

'Je hebt het net zelf gezegd, dat ik er niet zo blij uitzie. Waar denk je dat dat door komt? Hierdoor!' Malin wees met haar ene hand op haar buik en pakte met haar andere het wijnglas. 'De eerste weken maakte ik er nog grapjes over tegen mijn man Anders, dat hij mocht kiezen: de zwangerschap, de bevalling of de borstvoeding. Nu is het geen grap meer. Als hij het niet gauw overneemt, gaat het helemaal mis. Dus neem een goede raad van mij aan: stel dat – als ik het zo mag noemen – fantastische lijf van jou hier nooit aan bloot.'

'Nee, dat zal waarschijnlijk ook niet op korte termijn gebeuren.'

'Hoezo, ben je single?'

'Nee, maar mijn geliefde en ik neuken veel te weinig.'

'Te weinig neuken?' Malin stak ter illustratie een vinger in het gat tussen duim en wijsvinger. Dunja knikte. 'We hebben geprobeerd erover te praten en hebben zelfs een schema opgesteld voor minstens een keer per week, maar dat helpt geen reet.'

'Hou je van hem?'

'Carsten? Natuurlijk. We gaan van de zomer trouwen en het plan is om in het najaar naar Silkeborg te verhuizen.'

'Silkeborg? Ligt dat niet op Jutland? Sorry hoor, maar wat hebben jullie daar in godsnaam te zoeken?'

'Carsten gaat het accountantskantoor van zijn vader overnemen.'

'Maar jij dan? Jij hebt hier toch een carrière?'

'Ja, maar... Ik wil sowieso niet fulltime blijven werken als ik kinderen heb.'

'Dunja, nou moet je eens goed luisteren.' Malin schonk beide glazen weer vol.

'Misschien moet je oppassen dat het nu niet uit de hand gaat lopen.'

'Nu ben ík aan het woord,' zei Malin. 'Ik heb dit nog nooit tegen iemand gezegd en dat zal ik vermoedelijk ook nooit weer doen. Maar... En luister goed. Jij moet geen kinderen nemen. In elk geval niet met die Carsten, of hoe hij ook heet.'

'Hoe kun je dat nou zeggen?' Dunja zette haar glas neer.

'Als je zo'n lijf als dat van jou naast je in bed hebt liggen, moet een man van goeden huize komen wil er te weinig worden "geneukt", als ik heel eerlijk ben.'

'Meen je dat echt?'

'Luister. Óf Carsten is zo homoseksueel als maar kan, óf hij houdt niet van je, en de vraag is maar of jij wel van hem houdt.'

'Natuurlijk houden we van elkaar. Wat geeft jou het recht hier te komen en...'

'Ik zeg alleen wat ik zie.'

'En wat zie je?'

'Ik zie een vrouw die... die... Ja, dat is toch overduidelijk? Dat hele arrangement met die Carsten lijkt volstrekt...' Malin zweeg en zag plotseling in hoe dun het ijs onder haar voeten was. Ze zette haar glas neer en deed haar hand voor haar mond. 'Jezus, neem me niet kwalijk.' Het was weliswaar niet de eerste keer dat ze maar doorwauwelde en precies zei wat ze vond, maar dit keer was het tegen iemand die ze amper kende. 'Pardon... Sorry, ik neem alles terug. Het was helemaal niet mijn bedoeling om binnen te komen klossen en... God, wat stom. Ik weet niet wat me bezielde.'

'Misschien heb je gewoon wat te veel van het goede binnengekregen?'

'Vermoedelijk. Bovendien valt er niet te spotten met mijn hormonen. Het beste wat je kunt doen is op afstand blijven. Ik wilde dat ik dat zelf ook had gedaan.'

Dunja barstte in lachen uit en hief haar glas.

5

Fabian zat in de auto te luisteren naar 'Black Mirror' van Arcade Fire en keek uit over het water van Riddarfjärden, waar de lichten van de duizenden verlichte ramen van de hoger gelegen wijk Södermalm in het water weerspiegelden. Het trof hem hoe mooi het uitzicht was.

Hoe het water dampte, verleidelijk en verraderlijk tegelijkertijd. Bijna alsof het warm was.

Un! Deux! Trois! Dis: Miroir Noir!

Terwijl het slechts een kwestie van uren was voor het zou zijn dichtgevroren.

Toen zette hij het volume zachter en zocht haar nummer op. Na twee keer overgaan nam ze al op.

'Hé, hallo, dat is lang geleden!'

'Inderdaad, je bent alweer bijna twee jaar weg. Sorry dat ik zo laat nog bel,' zei hij, ook al vond hij dat ze allesbehalve moe overkwam.

'Geen probleem. Voor mijn doen is het nog vroeg. Je kent me.'

'Weet ik het? Misschien ben je wel een geregeld leventje gaan leiden, met een man en kinderen, en ben je nu een ochtendmens.'

Fabian kon haar aan de andere kant van de lijn horen lachen. Voor Niva Ekenhielm was een huisje-boompje-beestjebestaan net zo onwaarschijnlijk als leven op de maan. Ze waren zes jaar collega's geweest bij de rijksrecherche, waar zij had gewerkt als onderzoeksrechercheur of *cybercop*, zoals ze het hadden genoemd. Het was meer regel dan uitzondering dat Niva er nog zat als alle anderen al naar huis waren en tot diep in de nacht doorwerkte om pas de volgende ochtend naar huis te gaan, als de anderen weer kwamen binnendruppelen.

Fabian had haar diverse keren gezelschap gehouden en de nacht op de afdeling doorgebracht. Meestal kwam dat doordat hij midden in een onderzoek zat dat hem uit zijn slaap hield, maar het was soms ook een kans om een opgeruimd bureau te krijgen.

Sonja was telkens dusdanig jaloers geweest dat die jaloezie hun hele relatie had gedreigd stuk te maken. Op de een of andere manier kon hij haar wel begrijpen. Niva had een bovengemiddelde uitstraling en een niet-doorsnee-uiterlijk. Bovendien was er iets met haar stijl. In het begin was hij ervan uitgegaan dat ze zo tegen alle mannen deed, maar hij had al snel ingezien dat ze met hem flirtte. Hoewel hij had aangegeven niet geïnteresseerd te zijn, was ze doorgegaan met haar toespelingen en had ze steeds minder moeite gedaan te verbergen waar ze eigenlijk op uit was.

Maar deze keer was híj degene die ergens op uit was.

'Fabian, wat kan ik voor je doen? Je bent toch niet gescheiden?'

'Nee, zo leuk is het ook weer niet.' Fabian had onmiddellijk spijt van zijn uitspraak en probeerde de situatie met een lachje te redden. 'Geintje. Ik heb je hulp nodig met iets wat buiten de radar van het hoofdbureau moet blijven.'

'Kan het tot morgen wachten?'

'Liever niet.'

Zijn blik bleef hangen bij de Münchenbrouwerij aan de overkant van het water en hij begon te tellen hoeveel ramen er verlicht waren, terwijl hij tegelijkertijd Niva op hoge hakken over krakend parket heen en weer hoorde lopen.

'Oké, vertel op.'

6

Karen Neuman was al zolang ze zich kon herinneren bang in het donker. Als kind had ze geloofd in monsters die zich onder haar bed of achter het gordijn verstopten en daarom brandde er altijd een lampje als ze sliep. Haar ouders hadden dat als heel normaal beschouwd op haar leeftijd en waren ervan overtuigd dat ze er wel overheen zou groeien. Maar de problemen waren juist alleen maar toegenomen en toen Karen de tienerleeftijd had bereikt, had ze een dusdanig slaaptekort dat ze slaappillen moest slikken.

Ze geloofde nu niet meer in monsters onder het bed, maar haar angst voor het donker hield haar nog steeds in zijn greep en ze zou zich nooit zonder slaaptabletten kunnen redden. Iets wat er niet beter op werd nu de winter nog maar aan het begin stond en het elke dag steeds een beetje donkerder werd.

Dat ze in een oud vakwerkhuis woonden, dat weliswaar prachtig was en een schitterend uitzicht bood op de Sont – dat was in elk geval wat iedereen zei – maakte het er niet beter op. Zelf had Karen er nooit echt van kunnen genieten, want hoe je het ook wendde of keerde, ze hadden niet de zee als naaste buur, maar het donker.

Weliswaar hadden alle uren therapie en de buitenverlichting die

Aksel een klein vermogen had gekost de druk op haar borst enigszins weggenomen, verdwenen was de angst beslist niet. Ook al kon ze nu alleen thuis zijn als hij drie avonden per week zijn avondshow bij TV2 had. Ze deed dan wel elke lamp in huis aan. Iets waar ze op stond, ondanks Aksels protesten over hoge energierekeningen.

Vanavond was de druk op haar borst echter duidelijker aanwezig. Al toen ze even na negenen was thuisgekomen van yoga had ze gevoeld dat er iets in de lucht hing. Het eerste wat haar was opgevallen, was de sportwagen die een beetje achteraf een stukje verderop op Gammel Strandvej geparkeerd stond. Een geparkeerde auto was op zich niets ongewoons. Het was juist heel gebruikelijk dat mensen hun auto daar neerzetten als ze langs het strand gingen wandelen. Maar niet in de winter, en het was al helemaal onalledaags dat een auto met een Zweeds kenteken helemaal tot in Tibberup kwam, ook al lag dat maar een paar kilometer ten noorden van kunstmuseum Louisiana.

Toch stond hij daar.

Uren na het invallen van de duisternis.

Net zoals ze met de therapeut had afgesproken, had ze geprobeerd de verleiding om toe te geven aan haar angst te weerstaan en was ze rustig door de tuin naar het huis gelopen. Maar toen de tuinverlichting weigerde aan te gaan, hoewel ze voor de bewegingsdetector op en neer was gesprongen en met haar armen had staan zwaaien, was ze hulpeloos verloren geweest en was haar hart als een bezetene tekeergegaan. Ze was zo snel mogelijk naar de deur gerend, had deze opengedaan en het alarm met trillende vingers uitgezet.

Binnen had alle verlichting in elk geval gewerkt en met behulp van de afstandsbediening had ze overal in huis het licht aangedaan. Daarna was ze naar de keuken gegaan en had ze een grote kop heet water gemaakt met uitgeperste citroen, een snufje himalayazout en honing om de stofwisselingsbalans na de bikramsessie te herstellen. Vermoedelijk was er gewoon een zekering stuk, had ze gedacht en ze had gemerkt dat de rust weer begon terug te keren.

'Het was vast niets,' herhaalde ze hardop bij zichzelf op weg naar de woonkamer. Ze pakte haar tablet, die op de salontafel lag, en bladerde naar Lisa Nilsson. De stem van de Zweedse zangeres had om de een of andere reden altijd een rustgevende werking op haar. De muziek stroomde door de weggewerkte luidsprekers aan het plafond en ze bedacht hoeveel moeite Aksel had moeten doen om haar te laten inzien dat het veel praktischer was om muziek te streamen dan een cd op te zetten. Ze zou het nu niet meer willen missen om met één klik de muziek te kunnen meenemen naar de badkamer, waar ze het bad vol liet lopen.

Ze trok haar yogakleren uit, stak haar haar op, liet zich in de jacuzzi zakken en de massagestralen haar lichaam bewerken. Ze genoot en sloot haar ogen. Het was vast niets, herhaalde ze bij zichzelf en zong met een zo Zweeds mogelijke uitspraak mee met 'Himlen runt hörnet'.

Aksel had gewaarschuwd dat hij vanavond vermoedelijk niet thuis zou komen. Gezien de gasten die hij in zijn show had zou er na afloop nog wel het een en ander worden gedronken, en daarom zou hij overnachten in hun appartement in de hippe wijk Vesterbro en morgenochtend pas tegen het ontbijt thuiskomen. Ze zou hoe dan ook geen moeite hebben de tijd te doden. Als ze uit bad kwam zou ze de kipsalade van gisteren aanvullen met quinoa, met het bord op schoot voor de tv gaan zitten en zoveel afleveringen van *Mad Men* kijken als ze maar wilde, ook al wist ze dat Aksel verwachtte dat ze naar zíjn uitzending keek.

Maar direct nadat de klanken van Lisa Nilsson waren weggestorven, keerde de onzekerheid langzaam terug. Had ze het verkeerd gehoord, of was het echt het geluid van een deur in de hal die werd dichtgedaan? Dat kon Aksel toch niet zijn? De uitzending was nog niet eens begonnen. Karen drukte op de tiptoetsen van de jacuzzi zodat de massagestralen zwegen en reikte over de rand van het bad naar de tablet om de muziek stop te zetten voordat het volgende nummer begon. Maar haar hand was te nat en al gauw hoorde ze Lisa's 'Aldrig, aldrig, aldrig'. De gedachten schoten door haar hoofd. Zou ze zich opsluiten in de badkamer of zou ze binnen durven kijken of er echt iemand was? Ze kwam uit bad en droogde haar handen af, zodat ze de muziek uit kon zetten. De stilte kwam zo abrupt dat ze ervan schrok. Haar hele lichaam was nu zo gespannen als een veer en ze voelde zich weer een vijfjarige.

Een vijfjarige met een monster onder het bed.

Ze sloop naar de deur en legde haar oor ertegenaan, maar het enige wat ze kon horen was haar eigen ademhaling. Hoewel ze het eigenlijk niet durfde, deed ze de deurkruk omlaag en zette ze de badkamerdeur op een kiertje. De deur kraakte zo hevig dat het geluid door merg en been ging. Ze had er al zo vaak wat van tegen Aksel gezegd dat het een vaste grap was geworden.

Misschien was het toch alleen Aksel maar. Wellicht was de uitzending om de een of andere reden afgelast. Ze stak haar hoofd om de hoek en riep zijn naam. Maar er kwam geen reactie. En waarom zou het ook? Ze was immers alleen thuis.

Toch?

Ze deed een nieuwe poging. Dit keer riep ze veel luider, maar ook nu was er alleen een verstikkende stilte. Ze had die deur vast alleen in haar hoofd gehoord. Haar levendige fantasie, zoals haar vader altijd had gezegd.

Ze schudde haar hoofd en besloot weer in bad te gaan zitten. Maar eenmaal terug in het water had ze bijna meteen spijt, kwam er weer uit en droogde zich af. Toen ze klaar was smeerde ze haar hele lichaam zorgvuldig in met bodybutter, vooral het gebied rond het litteken, en zoals altijd als ze naakt voor de spiegel stond kreeg ze even last van een slecht geweten, hoewel er nu meer dan tien jaar verstreken was.

Bovendien leek het er niet op of de gevoelszenuwen zich ooit van plan waren te herstellen. Het gebied was stug en gevoelloos, en als ze met haar vingers op een bepaalde plaats drukte, voelde ze het heel ergens anders. Maar ze klaagde niet. Alles had zijn prijs.

Ze trok haar Japanse kimono aan en verliet de badkamer, ondertussen het liedje 'Himlen runt hörnet' fluitend, en liep door naar de keuken. Zoals gewoonlijk was het ijskoud in de hal. Ze besloot op Aksel te gaan inpraten zodat hij ermee akkoord ging de vloerverwarming tot daar te laten doortrekken. Het was deze keer echter kouder dan normaal. Ze bleef plotseling staan en keek naar de buitendeur, die op een kier stond. Had ze die niet goed dichtgedaan? Ze deed altijd alles juist zo uitvoerig op slot, zelfs overdag.

Ze was echt wat overstuur geweest toen ze thuiskwam. Eerst de geparkeerde auto en toen de tuinverlichting die niet had gewerkt. Vermoedelijk was ze zelf nalatig geweest, dacht ze, en ze deed de deur dicht. Voor de zekerheid controleerde ze of hij echt op slot zat voor ze doorliep naar de keuken, waar ze de maaltijdsalade klaarmaakte en een fles water onder het koolzuurapparaat plaatste. Ze zette alles op een blad en liep naar de woonkamer, toen de stilte werd verbroken door het doordringende signaal van de telefoon.

Ze zette het blad neer, liep naar de telefoon en in plaats van op te nemen keek ze ernaar alsof ze hem door pure denkkracht het zwijgen kon opleggen. Maar hij bleef onophoudelijk de stilte doorbreken, weigerde te gehoorzamen.

Uiteindelijk vatte ze moed en nam ze de hoorn van de haak. 'Ja, hallo?'

'Waarom neem je niet op?'

'Aksel? Ben jij het?'

'Ja, wat dacht jij dan? Ik heb je al ik weet niet hoe vaak op je mobiel gebeld. Maar...'

'Mobiel?' Pas nu zag ze in dat ze geen idee had waar ze haar mobiele telefoon had neergelegd.

'Ik wilde gewoon even horen of alles in orde was en of je het goedvindt dat ik in de stad overnacht.'

'Is dat echt nodig?'

'Maar lieverd... Je weet hoe het gaat. Sommige gasten eisen min of meer dat we na afloop gaan stappen en Casper is daar één van.'

Opnieuw meende ze iets te horen vanuit de hal. Maar deze keer was het niet de deur die dichtsloeg, maar iets heel anders. Iets wat rolde. Of was het alleen de wind die buiten huilde?

'Sorry, ik hoorde het niet. Wat zei je?'

'Niks belangrijks. Ga maar gewoon naar bed, dan kom ik morgenochtend met verse broodjes.'

'Nee, ik wil eigenlijk liever dat je thuiskomt... Kun je niet nu al naar huis komen?'

'Nu? Dat kan toch niet. De uitzending start over acht minuten.'

'Ik weet het, maar... Het is net of er iets is wat... of iemand. Ik weet het niet. Kun je niet gewoon naar huis komen? Alsjeblieft.'

'Liefste, ik weet niet hoe vaak we het hier al over hebben gehad. Ja, het donker is niet prettig. Dat vinden we allemaal. Maar er zitten geen monsters onder het bed, ik zweer het. Die hebben er nooit onder gezeten en dat zal ook niet gebeuren. Oké? Lieverd... Zet de tv maar aan, dan is het net of ik thuis ben.'

'Oké.'

'Ik moet nu ophangen. Ik hou van je. Tot morgen.'

Klik. Karen legde de telefoon met een zucht neer, liep naar de hal en keek om zich heen. Ze zag niets geks. Tot ze omlaag keek. Vanaf de voordeur, de hele hal door en verder de hoek om de gang in lag nu doorzichtige beschermfolie uitgerold.

'Hallo!' riep ze zonder antwoord te krijgen, en ze volgde de folie de hoek om en de gang door. 'Hallo! Hallo!'

Behalve de folie die ritselde onder haar voeten was het volkomen stil. Ze verbaasde zich over zichzelf dat ze niet in tegenovergestelde richting rende, maar het was alsof iets in haar er genoeg van had de hele tijd bang te zijn en weg te vluchten van alles wat ook maar enigszins onaangenaam leek. Het was bijna alsof ze meer boos dan bang was. Wat het ook voor monster was, ze was van plan erop af te stappen en het in de ogen te kijken.

Durf je eigen angst in de ogen te kijken, zoals de therapeut altijd zei.

De beschermfolie ging verder hun slaapkamer in. Eenmaal daar bleef ze staan en keek ze om zich heen. Wat ze zag maakte haar niet veel wijzer. Het plastic waar ze op stond liep verder over de vaste vloerbedekking en een stukje het tweepersoonsbed op.

'Hallo, is daar iemand? Zo ja, kom tevoorschijn! Kom tevoorschijn, als je durft! Kom hier en kijk me in de ogen!' Ze wachtte af en voelde haar knieën knikken. 'Dacht ik het niet? Als puntje bij paaltje komt durf je niet!'

Ze wachtte weer even, maar kon niets ontdekken – buiten de beschermfolie op het bed en onder haar voeten. Maar ze hoorde wél wat. Een sissend geluid schuin achter haar, en toen ze zich omdraaide en het probeerde te lokaliseren zag ze dat er witte rook tussen de latjes van de garderobekastdeur doorsijpelde. De gedachte te vluchten kwam niet eens bij haar op. In plaats daarvan liep ze naar de kast, alsof ze geen andere keus had dan erachter te komen wat het was.

Op het moment dat de deur openging, zag ze in dat ze het de hele tijd bij het rechte eind had gehad. Al haar zintuigen. Haar intuïtie.

Haar ongerustheid en de ergste bange vermoedens.

Ze waren allemaal juist geweest.

Er kwam iemand uit de kast die was gekleed in grove donkere kleren en stevige schoenen, en met zijn of haar gezicht verborgen achter een gasmasker.

'Wie ben je en wat doe je hier?' Karen barstte in huilen uit en voelde dat ze op haar benen stond te trillen van angst. 'Geef toch antwoord. Alsjeblieft... Wat wil je? Waarom ben je hier?'

Maar Karen kreeg geen antwoorden van de bezoeker.

Niets anders dan het sissende geluid van de ademhaling in het gasmasker.

Karen hoefde nooit meer bang te zijn.

7

Fabian Risk zat met beide handen op het stuur en reed door de steeds erger wordende sneeuwstorm de stad uit. Hij probeerde het gevoel van onbehagen kwijt te raken dat hij recht op iets afging waarvan hij de omvang bij lange na niet kon overzien. Dat hij eigenlijk voor de opdracht zou moeten bedanken, zou moeten omkeren en naar huis zou moeten gaan, naar zijn kinderen.

Maar dit was geen opdracht waarvoor hij gewoon kon bedanken. Edelman had die specifiek aan hém gegeven, en hij kende zichzelf goed genoeg om te weten dat het eigenlijk niet uitmaakte hoeveel waarschuwingslampjes er ook gingen branden. De minister van Justitie was sinds vanmiddag spoorloos verdwenen en net als Edelman geloofde hij geen seconde in de illusies van de Veiligheidsdienst dat de minister er vrijwillig voor had gekozen te verdwijnen en spoedig weer op zou duiken.

Er was beslist iets gebeurd.

Met de headset in zijn oor belde hij naar huis, maar hij kwam niet verder dan zijn eigen stem die hem aanspoorde iets in te spreken na de piep. Hij sprak een boodschap in voor Matilda en Theodor waarin hij vertelde dat het wat later zou worden, en dat ze gewoon naar bed moesten gaan. Wat ze vast al wel hadden gedaan. Het was immers al over halftwaalf, bedacht hij, en hij duwde *The Pearl* van Harold Budd en Brian Eno in de cd-speler.

The Pearl was beslist niet zijn lievelingsalbum, maar het was een van de eerste cd's die hij had gekocht, en op de een of andere manier had die altijd een vanzelfsprekende plaats in zijn platenverzameling ingenomen – zoals het meeste waarbij Eno een vinger in de pap had – en vandaag vond hij de cd beter dan ooit.

Hij stak de brug bij Drottningholm over op de sfeervolle pianotonen die de cabine vulden en die maakten dat de sneeuwvlokken buiten meer een gezellige coulisse in een privétheater vormden dan de sneeuwjacht die ze in feite waren. Als het binnenkort niet minder werd, was het zelfs maar de vraag of hij überhaupt weer thuis zou kunnen komen.

Hij reed verder via Ekerövägen naar Rörbyvägen, waar hij links afsloeg en een meter of vijftig later stopte bij een soort landhuis met een aantal geparkeerde auto's ervoor. Eén ervan knipperde met zijn grote licht – een rode Mazda RX-8. Hij parkeerde, haastte zich door de sneeuw en kon amper op de passagiersstoel plaatsnemen voordat Niva al schakelde en slippend de weg op reed.

'Wat een takkenweer,' zei ze, en ze trok op of er morgen geen nieuwe dag was. 'Hallo overigens.'

'Hoi. Mooi karretje.'

'In dit weer voelt het meer als een Bambi op het ijs dan als een auto. Die van jou was vast veel beter geweest, maar ik wil niet onnodig veel aandacht op ons vestigen.'

'En dat doe je hiermee niet?'

'Eh...? Waarom zou ik me anders hier bevinden in plaats van in de warmte van de Spy Bar?'

'Om mij te ontmoeten, uiteraard,' zei Fabian lachend.

Niva barstte in lachen uit, sloeg rechts af en stopte bij een gesloten hek met daarop een bord:

RADIO-INLICHTINGENDIENST DEFENSIE

'Je bent grappig,' zei ze, en ze drukte op een kleine afstandsbediening waarna het hek openging. 'Maar laat ik vanavond nou een date hebben, dus dit mag niet de hele nacht duren,' ging ze verder. Ze had geparkeerd en was al uitgestapt voordat Fabian antwoord kon geven.

Ze liepen vlug door de sneeuw naar de ingang van een van de onaanzienlijke panden, en pas nu zag Fabian haar fraaie coupe, het bontjasje, de hoge hakken en het glinsterende, goudkleurige korte rokje. Niva was echt van plan uit te gaan als ze klaar waren. Hij kon zich niet herinneren wanneer hijzelf voor het laatst uit was geweest. En al helemaal niet op een doordeweekse avond.

Niva haalde haar pasje door de lezer, toetste een lange code in en duwde de deur open. Fabian knikte naar het bordje AFDELING ONDERSTEUNING dat op de deur er recht tegenover zat.

'Zit jij niet op de afdeling Technische ontwikkeling?'

'Klopt,' zei Niva, en ze haastte zich een trap af. 'Maar op dit moment geef ik de voorkeur aan deze weg.' Fabian had bijna moeite Niva bij te houden ondanks haar hakken, en bedacht dat het gebouw boven de grond slechts het topje van de ijsberg vormde. Een aantal verdiepingen lager haalde Niva opnieuw haar pasje door een lezer, deed een dikke ijzeren deur open en verdween in het donker. Fabian kon niet veel anders doen dan het geluid van haar hakken op de betonvloer volgen tot de rij tl-buizen aan het plafond flikkerend aanging en onthulde dat de ondergrondse tunnel ruim honderd meter lang was. Weer een zware ijzeren deur en een lift verder waren ze bij de AFDELING TECHNISCHE ONTWIKKELING.

Dit was ongetwijfeld de bekendste afdeling van de RID, terwijl het toch ook het onderdeel was waar het publiek het minst van wist. Wat de afdeling onderscheidde van alle andere afdelingen van de RID was dat deze was vrijgesteld van de verplichting dat er een beslissing van de rechtbank aan hun handelen ten grondslag moest liggen, waardoor de afdeling zich grotendeels ongehinderd kon bezighouden met alle mogelijke afluisterpraktijken, zolang het maar onder de noemer 'technische ontwikkeling' viel.

'Goed. De minister van Justitie zei je.' Niva was al aan een van de bureaus in de vensterloze kamer gaan zitten en was bezig de monitoren aan te zetten, die het grootste deel van hun gezichtsveld bedekten. 'Je hebt niet toevallig zijn mobiele nummer?'

'Zijn we daarom niet hier?' vroeg Fabian, en hij trok een stoel naast haar naar achteren.

Ze haalde haar schouders op. 'Jij belde míj, niet andersom.' Ze toetste een aantal commando's in en klikte steeds verder in verschillende servers, toen haar mobiele telefoon oplichtte. 'Hoi... Sorry, maar ik moet een oude vriend ergens mee helpen, dus ik ben wat later... Absoluut... Ja, ik zweer het... Oké... Doei.' Ze legde haar telefoon neer en typte CARL-ERIC GRIMÅS in het knipperende zoekveld.

'Was dat je date?'

'Mm...'

'Was hij boos?'

'Wie heeft gezegd dat het een hij is?'

'Oeps, sorry. Ik...'

Niva keek Fabian lachend aan en haar blik kon net zo goed betekenen dat ze de spot met hem dreef. Wat echt iets voor haar was, bedacht hij, en hij knikte naar het scherm dat nu vol rijen namen stond. 'Waar zit je ergens?'

'Bij de Veiligheidsdienst en hun afdeling Persoonsbeveiliging,' zei Niva, en ze sleepte het beschermde mobiele nummer van de minister naar een zoekveld op het scherm ernaast. Daarna drukte ze op ZOEK POSITIE. Een korte animatie gaf aan dat de computer aan het zoeken was. Op een derde scherm zoomde een kaart van Stockholm steeds verder in en een paar minuten later was een knipperend puntje in het water bij Kanslikajen zichtbaar.

'Is hij daar het laatst gezien?'

Niva knikte. 'Vandaag om 15.26 uur.'

Twee minuten nadat hij door de ingang van Ledamotshuset was verdwenen. Dat betekende dat hij daar meteen naartoe was gelopen en zijn mobiele telefoon had weggegooid – of zelf in het water gesprongen was. Maar waarom zou hij dat doen? Er waren aanzienlijk eenvoudiger manieren om je van het leven te beroven dan 's middags in het ijskoude water springen. Of was hij onderweg iemand tegengekomen?

'Valt er te zien of hij rond die tijd nog gesprekken heeft gevoerd?'

Niva knikte en toverde al snel een grafiek op een van de schermen die de activiteit op het mobiele nummer van de minister toonde tot 15.26 uur. 'Hier zijn een paar telefoontjes van vanochtend, toen hij nog in Rosenbad was.'

'Kun je ook zien met wie?'

'Ja, maar voor zover ik kan zien niets opvallends. Of nou ja. Hij had even voor negenen een kort gesprek met Herman Edelman.'

'Edelman?' herhaalde Fabian, die niet kon begrijpen waarom zijn chef daar niets over had gezegd. 'Nog andere?'

'Ja, dertien minuten later belde hij de Israëlische ambassade, maar hij hing op voor ze konden opnemen, en rond halftien sprak hij met ene Melvin Stenberg van Persoonsbeveiliging bij de Veiligheidsdienst.'

'Dat klopt. Hij had besloten naar het parlementsgebouw te gaan lópen, dus dat ging vast daarover.'

'En hier zijn nog een paar gesprekken met andere ministers en eentje met de stafchef op het ministerie. Niet direct iets opzienbarends.'

'Zeg, die gesprekken. Het is niet toevallig zo dat die ergens zijn opgenomen?'

Niva moest lachen. 'Je hebt te veel Orwell gelezen.'

'Misschien, maar we hebben het wel over de minister van Justitie, en juist zíjn telefoon zou uitermate interessant voor jullie kunnen zijn.'

'Zeker weten. Maar zelfs wij hebben onze grenzen. Ik kan daarentegen een lijst uitprinten van alle gesprekken, welke tijdstippen en met wie. Zijn we daarna misschien klaar?'

'Klaar?' vroeg Fabian, terwijl hij de grafiek van de gesprekken van de minister bestudeerde.

'Ja. Wat zou Sonja zeggen als wij hier ingesneeuwd raakten?' Niva stond op en liep naar een printer die brommend op gang kwam. 'Zo heet ze toch, je vrouw?'

'Ja. Maar...' Fabian stopte met praten en zag in dat hij rechtstreeks in de val liep. Hoewel ze een wachtende date had, speelde ze een spelletje met hem. Het was alsof ze de geur van een huwelijkscrisis kon ruiken en op elk moment haar tanden in hem zou zetten.

'Wat "maar"?' Ze kwam lachend op hem af.

'Wat is dit?' Fabian wendde zich tot een van de schermen en wees op twee markeringen met een tijdsaanduiding bij de grafiek. 'Deze gesprekken zijn allebei na 15.26 uur.'

'Ja, maar ze zijn onbeantwoord.'

'Dus iemand heeft hem geprobeerd te bellen nadat zijn mobiel in het water was beland... Valt er te zien wíé?'

Niva keek zuchtend hoe laat het was. Haar lachje was verdwenen.

'Doe het voor mij.'

'Daar staat dan wel iets tegenover. Het is maar dat je het weet.' Ze keek hem aan, ging weer zitten en keerde terug naar het toetsenbord. 'De eerste die belde, om 15.28 uur, heeft helaas een geheim nummer.'

'Dus dat kun je niet herleiden?'

'Jawel, maar niet nu. Daar is meer voor nodig.'

'Oké. En dat andere van 15.35 uur?'

'Dat nummer gaat naar ene... Sten Gustavsson, en hij...' Niva's vingers dansten over het toetsenbord alsof ze nooit anders hadden gedaan, en Fabian bedacht dat hij nog steeds onder de indruk was van mensen die konden typen zonder hun ogen van het scherm te halen. '... Werkt als chauffeur bij Rosenbad.'

'Aha... Hij zat zeker te wachten en vroeg zich af waar Grimås bleef,' zei Fabian. 'Trouwens, wat betekent dit?' Hij wees op een markerinkje en een paar cijfers op de grafiek bij het gesprek.'

'Dat is alleen een tijdsaanduiding van hoelang de lijn verbonden is geweest. Sten Gustavsson heeft vermoedelijk opgehangen zo gauw de voicemail aanging.'

'Maar dat deed dat geheime nummer dus niet,' zei Fabian, en hij bekeek de grafiek wat beter. '24 seconden. Dat is meer dan voldoende om een bericht in te spreken, toch?' Hij wendde zich tot Niva, die zonder wat te zeggen haar schouders ophaalde. Maar Fabian hield voet bij stuk en nagelde haar met zijn blik vast tot de stilte te doordringend werd.

'Oké,' zei Niva, en ze schudde haar hoofd. 'Maar dan kap ik ermee.'

'Prima,' zei Fabian, en hij bekeek de uitgeprinte gesprekkenlijst terwijl Niva verder werkte. Een paar minuten later was ze klaar en kon ze het bericht afspelen.

'Carl-Eric Grimås kan uw gesprek op dit moment niet beantwoorden. Spreek een bericht in of stuur – bij voorkeur – een e-mail.'

'Hallo, met mij...' hoorden ze een vrouwenstem zeggen. 'Ja, ik weet dat ik eigenlijk niet op dit nummer mag bellen, maar ik heb het een paar keer op dat andere geprobeerd, maar je neemt niet op. En ook al denk jij van niet, ik heb óók een leven. Jij bent niet de enige. Getverdemme...' Ze hoorden een klik en het gesprek was afgelopen.

Niva wendde zich tot Fabian. 'Hoorde jij hetzelfde als ik?'

Fabian knikte.

Grimås had nóg een mobiele telefoon.

8

Dunja Hougaard trotseerde de sneeuw en fietste door Gothersgade. Alleen toen ze bedacht hoe Carsten drie jaar geleden straalbezopen naar huis was gefietst na een nacht doorzakken in Vesterbro besloot ze af te stappen en de fiets aan de hand mee te voeren.

Een kleine inschattingsfout met betrekking tot de afstand tot de stoeprand op H.C. Ørsteds Vej en een fractie van een seconde later had hij met zijn gezicht op het asfalt gelegen. Maar in plaats van te blijven liggen tot er hulp kwam, was hij overeind gekrabbeld en verder gefietst of er niets aan de hand was. De volgende ochtend had hij pas ontdekt dat hij meerdere tanden miste en dat delen van zijn gezicht eruitzagen of ze door een vleesmolen waren gehaald. Sindsdien had hij de drank niet meer aangeraakt.

Iets wat je van haar niet kon zeggen. En van haar nieuwe contactpersoon Malin Rehnberg al evenmin. De avond was ver boven verwachting geweest en als ze eerlijk was, was het lang geleden dat ze zo gelachen had.

In het begin was de Zweedse politievrouw net zo saai en correct geweest als de meeste andere Zweden die ze was tegengekomen. Maar na wat wijn was ze een heel ander mens geworden en bleek ze zeer geestig te zijn en een ongecompliceerde recht-op-de-vrouw-afhouding te hebben. Dunja zag zonder meer hoe ze in de toekomst regelmatig contact zouden hebben en over een paar jaar misschien zelfs goede vrienden zouden zijn.

Toch was er iets wat haar niet lekker zat. Eigenlijk wist ze precies wat het was, wat de zaak er niet eenvoudiger op maakte. Dat Malin als een bulldozer tekeer was gegaan en had beweerd dat Carsten niet van haar hield kon worden verklaard uit het feit dat dit de eerste keer in een halfjaar was dat zij zich wat wijn had gepermitteerd.

Het probleem was alleen dat ze het niet uit haar hoofd kon zetten, hoewel ze er volledig van overtuigd was dat Carsten en zij voor elkaar geschapen waren. Tuurlijk, ze hadden zo hun probleempjes, maar wie had dat niet? En hoe vaak hadden mensen eigenlijk seks? Als ze volstrekt eerlijk waren. Nee, ze had er nooit aan getwijfeld dat Carsten de ware was.

Tot vanavond.

Nu wist ze niet meer wat ze moest geloven. Alleen al de gedachte dat er een – zij het microscopisch kleine – kans was dat Malin gelijk had, vond ze lastig te verteren. Misschien kwam dat doordat ze nog aardig onder invloed was, bedacht ze, en ze liep verder over Nørreport, waar de toenemende sneeuwstorm haar bombardeerde met zijn natte sneeuwvlokken. Toen ze eenmaal hun appartement op Blågårdsgade 4 binnenstapte zag ze eruit als het sneeuwmonster in *Kuifje in Tibet*. Zoals gewoonlijk had ze veel te dunne kleren aangehad. Als ze nu maar niet weer een blaasontsteking had opgelopen.

Er brandde licht in de woonkamer en ze hoorde dat Carsten een van zijn lievelingsstukken had opgezet. Het was iets klassieks wat ze al minstens duizend keer had gehoord, maar waarvan ze zich nooit de naam kon herinneren. Hij zat dus te werken.

In normale gevallen zou ze naar hem toe gaan, gedag zeggen en vervolgens vragen of er thee was of dat hij wilde dat ze een pot zou zetten. Maar vanavond niet. Nee, vanavond zou heel anders worden. Ze zou die zwangere Zweedse weleens laten zien hoe verliefd Carsten en zij wel niet waren.

Daarom sloop ze zo zachtjes als ze kon naar de badkamer en deed de deur achter zich dicht zonder deze op slot te doen, omdat het oude slot een hels kabaal maakte. Ze ging onder de douche staan en zette de kraan open. Nadat ze zich had ingezeept en gewassen pakte ze het scheerschuim en het scheermesje, en begon ze haar bikinilijn bij te werken.

Ze had al vaak met de gedachte gespeeld en had gelezen dat de meeste mannen dat prachtig vonden, maar ze had de stap nooit durven zetten en besloot dat het nu of nooit was. Toen ze helemaal geschoren was en zich had afgedroogd, ging ze op de badmat voor de spiegel staan en smeerde zich in met de naar olijven geurende crème die ze van Carsten na zijn laatste reisje naar Stockholm had gekregen.

Of het de warmte van de douche was, de gedachten of haar handen op haar lichaam wist ze niet, maar ze had in elk geval veel zin toen ze haar kimono aantrok, de badkamer verliet en naar de woonkamer ging. Carsten zat aan het bureau, zijn blik gefixeerd op het computerscherm.

Hij had nog steeds niet ontdekt dat ze thuis was, dus ze bleef nog even naar hem staan kijken. Hij zag er goed uit, had dat altijd gedaan. En hoewel hij nooit een voet in de sportschool zette, had hij een prima figuur. Het enige wat ze niet zo mooi vond was de snor die hij de laatste maanden had gekweekt. Die stond hem niet, en ze was er heimelijk van overtuigd dat hij het eigenlijk wel met haar eens was, maar dat hij hem liet staan om haar te plagen.

'Dag schat,' zei ze, en ze liep op hem af.

'Hé, ben je al thuis?' vroeg Carsten zonder de beurskoersen uit het oog te verliezen.

'Mm... Weet je wat ik heb gedaan?'

'Ja, ging je niet uit eten met die Zweedse politievrouw? Waar zijn jullie geweest?'

'Ja, maar ik bedoel nu, nadat ik ben thuisgekomen.' Ze wachtte op een reactie, maar Carsten was helemaal in de ban van die eindeloze cijfertabellen. 'Ik heb gedoucht en ben helemaal warm en schoon.' Ze begon zijn schouders te masseren. 'Dus ik dacht dat we misschien... Je weet wel, voor we te moe zijn.'

'Er is thee, dus als je wilt...' Carsten knikte in de richting van de keuken.

'Nee, dank je,' zei ze, en ze dacht na hoe ze verder zou gaan. Ze kon daar moeilijk blijven staan masseren. 'Moet je nog veel doen?'

'Tokio gaat zo meteen open en ik ben nog niet eens klaar met de cijfers van de Fed.'

Dunja had al geen zin meer en wilde eigenlijk het liefst met een kop dampende thee in bed kruipen en verder lezen in Jussi Adler-

Olsens *De noodkreet in de fles*. Maar ze had zichzelf beloofd alles te doen wat ze kon en besloot gewoon in het diepe te springen en te hopen dat Carsten er was om haar op te vangen.

'Mooi, dan hebben we misschien voor die tijd nog even tijd voor wat anders?' Ze maakte de bovenste knoopjes van zijn overhemd los en begon zijn borst te masseren.

Carsten draaide zijn stoel rond. 'Waar ben je mee bezig?'

'Wat denk je?' Ze ging verder omlaag en maakte zijn riem los.

'Lieverd, niet nu...' Hij duwde haar handen weg. 'Ik moet nog zoveel doen en voel me bovendien een beetje vies.'

'Maakt niet uit.' Nu spring ik, dacht ze, en ze liet haar kimono op de grond vallen. Carsten keek naar haar. Of liever gezegd: staarde naar haar. Ze voelde zich als een model op een foto van Helmut Newton, maar wist niet zeker of dat goed of fout was. Carsten leek niet te weten wat hij moest zeggen, maar keek uiteindelijk op en ontmoette haar blik.

'Je weet toch dat dat het risico op urineweginfectie aanzienlijk verhoogt, hè?'

Dunja zou het liefst door de grond willen zakken. Ze wilde dat het niet was gebeurd en het voor altijd uitwissen. Maar haar benen weigerden haar te gehoorzamen, dus daar stond ze, naakter dan ooit en met een blik als iemand die haar maagdelijkheid weer terug wilde. Pas toen ze in tranen uitbarstte kon ze haar kimono van de grond pakken en wegrennen.

'Liefste, het spijt me. Het was niet mijn bedoeling om...' Carsten liep achter haar aan naar de hal en de badkamerdeur, die ze nog net op slot kon doen voor hij er was en hem probeerde open te maken. 'Zeg... Het was alleen maar goedbedoeld. Je weet dat ik je prachtig vind. Maar...'

'Carsten, het is al goed,' zei Dunja, terwijl ze haar ogen afveegde. 'Ik ben bovendien toch bekaf.' Ze trok de gestreepte herenpyjama aan en ging op de wc zitten.

'Ik hou van je, het is maar dat je het weet.'

'Hou ook van jou,' zei ze, maar ondertussen bedacht ze hoezeer haar zwangere Zweedse contactpersoon het bij het rechte eind had gehad.

9

Had hij het goed gezien of leek het alleen maar zo?

Aksel Neuman hield het stuur zo stevig vast als hij maar kon en wierp opnieuw een blik in de achteruitkijkspiegel. Shit. Hij had het goed gezien. De politieauto zat maar zo'n twintig meter achter hem. Hij had drie biertjes op en anderhalve gin-tonic toen hij plotseling had besloten niet in de stad te overnachten, maar in plaats daarvan Karen te verrassen en de auto te pakken naar huis, naar Tibberup. Op dat moment had het volkomen logisch geleken. Ze was buiten zichzelf geweest van ongerustheid en hij had het hart niet haar alleen te laten. En in zijn spiksplinternieuwe BMW X3 met intelligente vierwielaandrijving zou het niet meer dan een halfuur duren voor hij thuis was.

Nu voelde het echter niet meer zo vanzelfsprekend. Waarom hij niet in het appartement in Vesterbro was blijven slapen kon hij echt niet begrijpen. Karens angstaanvallen voor het donker begonnen meer regel te worden dan uitzondering. Als het zo doorging zou hij zelfs moeten stoppen met zijn avonduitzendingen.

Hij wierp opnieuw een blik in de achteruitkijkspiegel en constateerde dat de politieauto hem nog steeds van een afstandje in de gaten hield. Als ze hem nu zouden aanhouden, zou hij geen schijn van kans maken en zou het schandaal een feit zijn. Hij zag de koppen al voor zich: BEKENDE PRESENTATOR DRONKEN ACHTER STUUR – MOEST NACHT IN CEL DOORBRENGEN. Ze zouden niet meteen zijn naam vermelden, eerst een zekere nieuwsgierigheid creëren en allerlei geruchten verspreiden over wie het zou kunnen zijn. Pas na een dag of twee zouden ze de bom laten barsten, samen met allerlei pikante details, zoals dat hij in zijn broek had geplast en niet zelfstandig uit de auto had kunnen komen.

Hoe had hij in godsnaam zo stom kunnen zijn? Hij had zich nog wel voorgenomen dat de laatste keer de absoluut laatste was geweest. Op de een of andere manier verdiende hij het te worden aangehouden en zijn rijbewijs kwijt te raken en zo. Misschien was dat precies wat hij nodig had. Alleen niet nú.

Het was zaak niet te langzaam te rijden. Dat was met stip de meest voorkomende fout die mensen maakten als ze te veel gedronken hadden. Overcompenseren en ver onder de snelheidsbeperking blijven om een ongeluk te voorkomen was de veiligste manier om de aandacht van de politie te trekken. Je moest juist zo dicht mogelijk bij de aanwijzingen op de borden zien te blijven, of liever nog: een beetje erboven. Het lastige was om dan ook op de juiste rijstrook te blijven. Shit, shit, shit... Hij was nog steeds dronken. Haast meer dan toen hij in de auto was gestapt. Kut. Hij deed het zijraampje omlaag, ademde de ijskoude lucht in en probeerde zich te concentreren op de strepen op de weg.

Nou rustig en netjes rijden. Het was niet ver meer. Over iets minder dan een kilometer was hij bij Louisiana. Daar hoefde hij alleen nog maar na de kerk links af te slaan richting het water en zo'n honderd meter verder was hij dan al min of meer thuis.

Als in een slechte film ging het zwaailicht aan. Het drong rechtstreeks de auto binnen. Kut... Hij zou met de finish in zicht sneuvelen. Hij probeerde in de achteruitkijkspiegel te zien hoe ver de politieauto verwijderd was, maar werd verblind door het zwaailicht. Hij had geen andere keus dan afremmen en zich uit de situatie proberen te kletsen. Iets waar hij vrij goed in was. Maar het bleef bij een koortsachtige gedachte omdat de politieauto hem op dat moment inhaalde en in het donker verdween.

'Yes!' Aksel trommelde uit blijdschap op het stuur en kon een vreugdekreet niet onderdrukken. Dat was op het nippertje geweest en hij nam zich voor dat dit echt de laatste keer was. Absoluut de laatste keer.

Hij passeerde de kerk van Humlebæk, minderde vaart en sloeg rechts af naar Gammel Strandvej. Nu kon hij het huis bijna zien liggen. Zijn hart ging niet meer als een bezetene tekeer, het was blijkbaar gaan inzien dat het gevaar geweken was. Hij reed langs een zilverkleurige Porsche die langs de weg geparkeerd stond en vijftig meter verder draaide hij de oprit op en parkeerde zijn auto naast die van Karen.

Om de een of andere reden gingen de schijnwerpers niet aan, en toen hij uit de auto stapte zag hij dat de hele tuinverlichting uit was.

Vreemd. Als Karen alleen thuis was, brandde altijd alle verlichting.

Hij liep verder over het besneeuwde, met kinderkopjes geplaveide pad naar het huis en moest zich vasthouden aan de gevel om zijn evenwicht niet te verliezen toen hij de sleutel in het slot stak. Maar hij kon de sleutel niet omdraaien. De deur was niet op slot. Dat was niets voor Karen. Eerst de tuinverlichting en nu de deur. Hij begreep er niets van.

Ze had weliswaar ongeruster geklonken dan anders en hem zelfs gesmeekt de hele uitzending af te gelasten, maar daar had hij toen niet op in kunnen gaan. Er was überhaupt niets mogelijk in die laatste minuten voor de rode lamp aanging. Op dat moment lag zijn hele focus bij de naderende uitzending.

Hij stapte de hal binnen en bedacht hoe vaak hij al aan Karen had proberen uit te leggen dat het absoluut niet met zijn liefde voor haar van doen had. Dat het iets was wat in zijn onderbewustzijn plaatsvond. Als de aarde buiten de tv-studio ten onder zou gaan, zou hij dat pas na de uitzending merken.

Maar ze had hem nooit geloofd en telkens beweerd dat het weer een bewijs was van dat hij te egocentrisch was en dat hij voor haar eigenlijk geen plaats had in zijn leven als puntje bij paaltje kwam. Wat hij zeker wel had, iets wat hij keer op keer had proberen te bewijzen. Was hij er niet geweest toen ze ziek was? Zeker financieel. En als dat onvoldoende bewijs was, wat dan wél? dacht hij terwijl hij zijn schoenen uittrok en weer bijna zijn evenwicht verloor.

De vraag was of hij ooit weer zou ontnuchteren. Op dit moment had hij het gevoel dat het promillage alcohol in zijn bloed steeds verder toenam. Hij keek de woonkamer in en constateerde dat Karen in elk geval niet zat te wachten, wat betekende dat ze was gekalmeerd en uiteindelijk naar bed was gegaan. Maar toen hij hoorde dat de slaapkamerdeur in de hal open- en dichtging, corrigeerde hij zichzelf met dat Karen zich gereedmaakte om naar bed te gaan. Dan wist ze in elk geval dat hij thuis was. Mooi.

Aangezien er geen twijfel bestond over wat hem te wachten stond floot hij de hele weg naar de badkamer, waar hij zijn kleren uittrok en op de grond smeet, de douche in stapte en het warme water over zich heen liet stromen. Hij zette de straal op een stille zomerregen en bedacht hoe goed de nieuwe douche hem beviel – je kon hem instellen op alles van moessonregen tot dichte mist.

Toen hij de zeep van zijn lichaam had gespoeld droogde hij zich af, hield zijn buik in en bestudeerde zijn lichaam van voren en van opzij in de spiegel. Ook al was hij niet meer de jongste, hij had weinig reden tot klagen. Hij was in goede vorm en drukte zich moeiteloos en in snel tempo dertig keer op voordat hij de badkamer verliet en door het huis naar de slaapkamer liep, waar hij zijn hoofd in het donker om de hoek stak.

'Hallo, mag ik binnenkomen?' Hij wachtte op antwoord, maar dat kwam niet.

Dat was het spel dat ze altijd speelden bedacht hij, en hij liep verder het compacte duister in. Het woordeloze spel, waarbij lichaamstaal en vleselijke lusten de enige dingen waren die mochten spreken. Ze had normaliter altijd een lampje aan tot hij naast haar kwam liggen, maar het was nu zo donker dat hij met zijn hand langs de rand van het bed moest voelen om niet de verkeerde kant op te lopen, waarna hij aan zijn kant onder het dekbed kroop en op zijn rug ging liggen. Hij was nog behoorlijk onder invloed en hoopte maar dat ze het niet zou merken. Hoe dan ook, het was in elk geval haar beurt om het initiatief te nemen, dacht hij, en hij probeerde te klinken alsof hij bezig was in slaap te vallen.

Buiten het zwakke geruis van de ventilatie hoorde hij alleen zijn eigen ademhaling. Karens ademhaling was bijna nooit hoorbaar. Zelf had hij de neiging 's nachts uitvoerig te gaan snurken, waardoor Karen zo nu en dan dreigde met aparte slaapkamers als hij zijn snurkbeugel niet ging gebruiken. Een belofte die hij vrijwel elke nacht brak, moest hij voor zichzelf toegeven. Hij trok het dekbed weg. Zijn kloppende geslacht was nu helemaal ontbloot en priemde omhoog naar zijn navel.

Maar een reactie van Karen kwam er niet. Waar was ze eigenlijk mee bezig? Ze kon toch moeilijk kwaad zijn omdat hij de uitzending niet had afgelast en onmiddellijk in de auto was gesprongen alleen omdat zij een beetje bang was in het donker? Nee, het kwam vast doordat hij zelf ongeduldig en opgewonden was. Hij vormde zijn handen tot een kom rond zijn mond en ademde uit, maar kon niet ruiken of hij naar de drank stonk.

Na nog een oneindig lange minuut gaf hij het op, draaide zich naar haar om en liet zijn hand onder het dekbed naar haar toe glijden en constateerde dat ze op haar rug lag. Hij ging omhoog met zijn hand en betastte haar tepel, iets waar ze vrijwel altijd geil van werd. Hij merkte deze keer echter geen enkele reactie. Zelfs niet toen hij het met zijn tong probeerde.

Hij schoof het dekbed opzij, boog over haar heen en ging met het puntje van zijn tong in lichte, voorzichtige cirkels om en over haar tepel. Er kwam nog steeds geen reactie en hij vroeg zich af wat hij fout deed. Zo begon hij altijd. Hij besloot de focus te verleggen naar de onderste regionen, hoewel hij wist dat Karen onmiddellijk kon afknappen als hij te hard van stapel liep. Maar wat had hij voor keus? Hij werd min of meer gedwongen.

Hij gleed met zijn hand omlaag naar haar ribben en haar buik. Hij voelde opeens iets plakkerigs, waardoor hij instinctief zijn hand terugtrok en recht overeind ging zitten. Wat was dat in godsnaam? dacht hij bij zichzelf, en hij knipte het bedlampje aan.

Zijn eerste gedachte was dat de aanblik in werkelijkheid eigenlijk niet bestond. Dat hij feitelijk al sliep en dat het niets anders was dan een boze droom om zijn slechte geweten te sussen omdat hij haar alleen had gelaten. Maar toen het inzicht kwam, trof de schok hem met zo'n kracht dat hij moeite had met ademhalen en de kamer uit moest om lucht te krijgen.

10

Fabian Risk zette de radio uit en sloeg af naar Bergsgatan. In het ochtendnieuws was met geen woord gerept over de verdwijning van de minister van Justitie. Het grootste deel van de uitzending was besteed aan een hatelijk debat over de vraag in hoeverre kinderen en zwangeren moesten worden ingeënt tegen de varkensgriep en aan de kidnapping van Adam Fischer.

Hopelijk zou Niva spoedig wat van zich laten horen. Op weg naar huis van het RID had ze beloofd het geheime mobiele nummer van de minister van Justitie te achterhalen en hem geprobeerd over te halen mee te gaan een drankje te drinken omdat haar date uiteindelijk was gecanceld. 'Dat is toch wel het minste wat je kunt doen,' had ze gezegd. Maar de angst voor waar dat drankje toe zou leiden – en waar hij diep vanbinnen op hoopte – had ervoor gezorgd dat hij de uitnodiging had afgeslagen en de schuld bij de kinderen had gelegd die immers alleen thuis waren. 'Dan doen we dat de volgende keer,' had ze gezegd, en hij had zichzelf horen zeggen dat hij zou trakteren.

Fabian deed het zijraam open, drukte het kunststof celletje tegen de lezer en reed de garage van het hoofdbureau van politie in. Zijn plan was geweest om als eerste aanwezig te zijn zodat hij een aantal van de ontstane leidraden had kunnen onderzoeken voordat Malin en alle anderen verschenen, maar de hele ochtend was verlopen als een schoolvoorbeeld van hoe een ochtend absoluut níét mocht verlopen.

Sonja was niet thuisgekomen en had overnacht in het atelier.

Matilda en Theodor leken weinig te hebben geslapen en waren niet uit bed te branden. Zíjn bed, om precies te zijn. Toen hij tegen halfeen thuiskwam hadden ze dicht tegen elkaar aan onder het dekbed gelegen.

Fabian had het eerst niet kunnen geloven. Matilda en Theodor speelden vrijwel nooit samen. Het leeftijdsverschil was te groot en de enige gemeenschappelijke belangstelling die ze hadden, was elkaar op de zenuwen werken. Sonja meende dat ze des te meer plezier van elkaar zouden hebben als ze volwassen waren, maar daar was Fabian zelf niet zo zeker van. Hij vond juist dat het er meer op leek dat ze eenzelfde soort niet-relatie zouden krijgen als hij en zijn vijf jaar oudere broer hadden.

De verklaring voor de plotselinge liefde tussen broer en zus kwam toen hij het hoesje van de klassieker *Nightmare on Elm Street* op de dvd-speler zag liggen. 's Ochtends hadden ze weer in hun oude rol gezeten en ruziegemaakt over alles, van wie recht had op de laatste O'boy tot hoelang het oké was om de badkamer te barricaderen.

Het was nu inmiddels halfnegen en hij kon constateren dat Malin Rehnbergs auto al op zijn plek stond, hoewel zij die ochtend pas was teruggevlogen uit Kopenhagen.

'Anders... Maar Anders, luister nou eens,' zei Malin in de telefoon terwijl ze met haar ogen rolde naar Fabian, die zijn jas ophing. 'Als we ook maar enige kans willen hebben het deze eeuw klaar te krijgen, moeten we vaklui inhuren. Ik weet niet of je het weet, maar ik ben hoogzwanger... Nee, nu ben ík aan het woord.' Ze zweeg en leegde haar glas cola. 'En dan denk jij dat ik in staat ben om het hele weekend op handen en voeten de badkamer te betegelen? Nee dus... Hè? Nee, ik ben niet chagrijnig. Ik ben zwanger!'

Malin smeet de hoorn zo hard op de haak dat het Fabian verbaasde dat die het überhaupt hield. 'Het gebeurt soms, heel soms dat jullie mannen je hersens gebruiken. Om het schrikkeljaar of zo...' Ze schudde haar hoofd, vulde haar glas met nog meer cola en dronk het achter elkaar leeg. Na een langgerekte zucht pakte ze een paar seconden later de hoorn weer van de haak en toetste een nummer in. 'Hoi, nog even met mij... Zeg, sorry... Ik wilde je niet... maar ik kan nu even geen verbouwing meer zien... Ik ook van jou... Kus...' Ze hing op en keek Fabian aan. 'Ik wilde je net bellen om te horen over die bespreking van gisteren.'

'Alles goed?' vroeg Fabian, en hij ging aan het bureau tegenover haar zitten.

Malin keek alsof ze niet wist waar ze moest beginnen. 'Wat jullie ook doen, Sonja en jij, wát jullie ook doen, beloof me dat jullie nooit een huis kopen dat gerenoveerd moet worden. Beloof me dat. En dan bedoel ik nóóit. Je moet zelfs niet met de gedachte spelen. Ga nooit naar de site van *Hemnet*. Nooit. Zet nooit een voet in een villawijk, zelfs niet als jullie beste vrienden daarnaartoe zijn verhuisd. Oké? Blijf in de stad. Blijf in godsnaam binnen de oude stadspoorten, als jullie het willen overleven.'

'Oké. Ik beloof het,' zei Fabian, en hij zette zijn computer aan.

'Bovendien heb ik mijn eerste kater sinds die twee hier zitten.' Malin wees op haar buik en schonk meer cola in. 'Maar genoeg daarover. Vertel liever over die bespreking.'

'Kater?' vroeg Fabian, terwijl hij bedacht hoe hij het gesprek netjes van die bespreking kon afleiden. 'Kater als in "ik-heb-alcohol-gedronken-ook-al-ben-ik-in-verwachting-van-een-tweeling"?'

Malin keek Fabian met een vermoeide blik aan. 'Je weet hoe die Denen zijn.'

‘Eh nee, geen idee eigenlijk. Vertel! En o ja, heb je een contactpersoon gevonden?’

‘Ja, een ontzettend leuke meid. Maar ik wil onderstrepen dat ik niet meer dan anderhalf, maximaal twee glazen wijn heb gedronken.’

‘En hoe groot waren die glazen?’

‘Kunnen we er nu misschien over ophouden en het over jouw bespreking hebben? Ik wil alles weten.’

‘Goedemorgen. Is het allemaal goed gegaan in Kopenhagen?’

Ze wendden zich tot Herman Edelman, die in de deuropening stond, een dampende kop koffie in zijn hand en de ochtendkranten onder zijn arm.

‘Ja, het was bijzonder interessant,’ zei Malin. ‘Ik wilde het bij de meeting om negen uur allemaal even vertellen. En trouwens, meeting, ik zou graag willen weten wat…’

‘O ja,’ zei Edelman, en hij richtte zich tot Fabian. ‘Heb je een paar minuten?’

‘Tuurlijk.’ Fabian kwam overeind.

‘Op mijn kamer.’

‘Kan ik nog een kop thee halen?’ vroeg Malin, terwijl ook zij opstond.

‘Zeker. Onze meeting is tenslotte pas over twintig minuten,’ zei Edelman. ‘En dan willen we graag alles horen over dat gezellige Kopenhagen.’

Fabian spreidde zijn handen naar Malin uiteen, maar voelde de hele weg door de gang haar vragende blik in zijn nek branden.

Zoals altijd had Fabian het gevoel dat hij dertig jaar terugging in de tijd zo gauw hij over de drempel van Edelmans volgestouwde kantoor stapte. Tijdens alle jaren in zijn leidinggevende functie had Edelman elk aanbod tot renovatie halsstarrig afgewezen en het was nu al zover dat er werd gesproken over het belang om het kantoor in zijn oorspronkelijke staat te behouden voor komende generaties.

Fabian vermoedde dat het er Edelman waarschijnlijk alleen maar om ging dat hij zijn brommende koelkast wilde houden, waar altijd een voorraadje *Kalles kaviar* – namaakkaviaar in tubes – rode ui en koud bier in te vinden was, en met in het vriesvak een fles schnaps.

De ouderwetse tv met de VHS-speler werd misschien niet zo vaak meer gebruikt, maar zolang hij zijn filmverzameling met klassiekers in de kast had staan, was hij blijkbaar ook niet van plan die weg te doen. Hij had zich er zelfs tegen verzet de nicotinegele muren te laten overschilderen met het argument dat ze dan zouden ontdekken dat hij het rookverbod overtrad.

'Ga zitten.' Edelman nam plaats in de fauteuil bij het raam en begon een pijp te stoppen.

Fabian verplaatste een kussen en een paar ordners en plofte op de sleetse leren bank.

'Oké, we hebben maar een paar minuten. Het laatste wat ik heb gehoord is dat de Veiligheidsdienst zijn mobiele telefoon inmiddels heeft gevonden,' zei Edelman, terwijl hij zijn pijp aanstak.

'In het water van Riddarfjärden bij Kanslikajen?' vroeg Fabian.

'Ja. Hoe wist je dat?'

'We hebben vannacht een positionering gedaan en daar was hij het laatst gebruikt. Bovendien is gebleken dat hij nóg een mobiele telefoon heeft, maar met een geheim nummer. Als alles gaat zoals gepland, hebben we daar vandaag een positie van.'

Edelman dacht na en nipte van zijn koffie. 'Je zegt "we". Ik ga ervan uit dat ik die ander niet ben.'

'Het is een oud-collega die hier geen banden meer heeft. Dat leek me beter dan Novak in te schakelen.'

'Oud-collega.' Edelman blies wolkjes rook uit. 'Je bedoelt Niva. Ik dacht dat ik toch overduidelijk was geweest dat er geen anderen bij betrokken mochten worden.'

'Over haar hoef je je geen zorgen te maken. Zij begrijpt precies waarom...'

'Ik maak zelf wel uit over wie ik me zorgen maak.'

Fabian wilde knikken, maar wist zich in te houden. Als hij de terechtwijzing nu accepteerde riskeerde hij spoedig zijn hele bewegingsvrijheid te verliezen. In normale gevallen kon hij de onderzoeken vrijwel altijd in de richting sturen die hij wilde.

Maar dit was allesbehalve een normaal geval. Blijkbaar dacht Edelman dat hij hem kon sturen als een marionet en dat hij naar believen aan de touwtjes kon trekken.

'Jij hebt Grimås gesproken een paar uur voor hij verdween,' zei hij, en hij dacht: het is buigen of barsten. 'Waar ging dat gesprek over?'

Het was duidelijk dat Edelman niet op die vraag was voorbereid. Maar hij hervond zich snel en zoog nog eens aan zijn pijp. 'Niets belangrijks. Anders had ik dat gisteren uiteraard al wel genoemd.'

'Maar nu ben ík degene die het onderzoek leidt, dus laat mij beslissen wat belangrijk is.'

Edelman begon te grijnzen en barstte in lachen uit. 'Goed zo, Fabian. Goed zo. We hadden het over het interpellatiedebat waarnaar hij op weg was. Als ik me goed herinner zou dat over een of ander wetswijzigingsvoorstel gaan.'

'Had je het idee dat hij ergens ongerust over was, of was er iets anders wat met zijn verdwijning te maken kan hebben?'

Edelman schudde zijn hoofd en moest weer lachen. 'Nee, maar ik beloof je dat ik het je zal laten weten als er nog iets bij me opkomt. En trouwens, telefoongesprek.' Edelman kwam overeind, liep naar zijn bureau en kwam terug met een oude Nokia 6310i en een lader. 'Vanaf nu wil ik dat je deze gebruikt als je mij belt. Het nummer vind je onder JOODS THEATER.'

Fabian keek naar het mobieltje en kon echt de vleugelslag van de geschiedenis horen, hoewel het nog maar iets meer dan een jaar geleden was dat hij zelf zo'n soort toestel had.

'Oké, dan zijn we voor nu even klaar. Als je het verhoor tenminste niet wilt voortzetten.'

'Nog één ding. Om eventuele misverstanden te vermijden,' zei Fabian, en hij deed alsof hij de ironie niet had gehoord.

'Ja?'

'Je hebt mij op een opdracht gezet die regelrecht indruist tegen de uitdrukkelijke eis van het hoofd van het Zweedse KLPD.'

'Dat klopt. Maar jij weet net zo goed als ik...'

'Herman, je hoeft niet in de verdediging te gaan. Ik heb daar niets op tegen. Ik ben van mening dat het juist onze plicht is uit te zoeken wat er gebeurd is. Maar als ik in een wespennest zou trappen, steken ze mij, niet jou.'

'Dat is waar. Dus je kunt maar beter goed uitkijken waar je loopt.'

'Dat is ook precies wat ik doe. En daar wil ik ook mee doorgaan. Ik wil alleen dat jij je er bewust van bent.' Fabian stelde alles in het werk om Edelmans blik vast te houden, wilde niet loslaten voor hij had gekregen wat hij wilde.

Het duurde een hele tijd, en de stilte werd steeds ongemakkelijker, maar uiteindelijk kwam het in de vorm van een amper merkbaar knikje.

'Het is al twee minuten over,' zei Edelman, terwijl hij koers zette naar de deur. 'Er is geen reden om de anderen te laten wachten.'

Fabian knikte, stond op en uit zijn binnenste kwam een zucht van verlichting. Hij had gewonnen en had nu zijn handen vrij om verder te werken.

11

Sofie Leander deed haar ogen open en moest ze meteen tot spleetjes knijpen en haar blik afwenden van de lamp die recht op haar scheen. Behalve haar ogen dichtdoen kon ze ook weinig anders. Vanaf haar voeten tot haar heupen, om haar armen en haar torso zaten riemen die zo hard waren gespannen dat ze op veel plaatsen geen gevoel meer had. De riem over haar keel zat minder strak, maar zorgde er wel voor dat ze haar hoofd niet meer dan een paar millimeter kon optillen.

Ze zag enerzijds wel in dat ze niets anders waard was dan dit. Dat haar pogingen om de werkelijkheid zo om te vormen dat het haar goed uitkwam zo'n ernstige zonde waren dat straf onvermijdelijk was. Wat had ze zich eigenlijk ingebeeld? Dat al die jaren die waren verstreken en er niets was gebeurd betekende dat het verjaard was?

Ze was weliswaar constant bang geweest dat de waarheid op een goede dag aan het licht zou komen, maar dít had ze niet verwacht. Zelfs haar ergste nachtmerries hadden niet kunnen tippen aan waar ze zich nu in bevond. De geplastificeerde tafel waar ze op vastlag. De opening voor haar uitwerpselen. De lamp met haar verblindende schijnsel. Het blinkend schone metalen tafeltje naast haar dat nog leeg was en de apparaten die nog uit waren, maar die stonden te popelen om te worden aangezet om hun werk te doen. Het infuus en de slang voor de sondevoeding in haar mond. Alles was aanwezig, en het was niet de vraag óf het zou gebeuren, maar wannéér.

Ze had geprobeerd de dagen te tellen, maar het felle, aanhoudende licht in combinatie met haar onregelmatige slaap maakte dat nagenoeg onmogelijk. Als ze moest gokken, lag ze hier nu zo'n drie à vier dagen, wat redelijkerwijs zou moeten betekenen dat de politie niet ver weg meer was. Haar man had ongetwijfeld dezelfde avond contact opgenomen en de politie alle informatie gegeven die ze nodig had om zo snel mogelijk een spoor te vinden.

De vraag was of ze op tijd zouden zijn.

Ze kon horen dat het sondevoedingsapparaat ergens onder de tafel aansloeg. Spoedig zou haar mond worden gevuld met de dikvloeibare brij met een chemische, scherpe aardbeiensmaak. Alleen al de geur deed haar kokhalzen. Ze had één keer besloten te kijken wat er gebeurde als ze het niet doorslikte en het probeerde uit te spugen, maar de tape om haar mond had te strak gezeten en door die onderneming was ze er bijna in gestikt. Sindsdien dwong ze zichzelf de stroperige vloeistof met kleine, snelle slokjes door te slikken en probeerde ze ergens anders aan te denken om niet te gaan overgeven.

Het was deze keer lastiger dan anders. Ze telde de slokken. Het waren er meestal tussen de dertig en de vijftig. Ze was bij tweeëntwintig en voelde nu al dat ze geen slok boven de veertig zou redden.

Vijfentwintig, zesentwintig, ze... Wat was dat? Ze raakte de tel kwijt en luisterde. Had ze voetstappen gehoord of was dat maar verbeelding? De kliederige massa vulde haar mondholte en ze probeerde alles in één grote, misselijkmakende slok door te slikken. Als ze het goed had gehoord, was dat de eerste keer dat ze iemand anders hoorde dan zichzelf.

Toen het sondeapparaat eindelijk was verstomd en de kunstmatige brij opzwol in haar maag, kon ze constateren dat er inderdaad iemand aan de andere kant van de golfplaten wand liep. De voetstappen klonken ver weg, maar als ze het niet verkeerd hoorde, werden ze steeds sterker.

Stel dat de redding onderweg was. Het klonk alleen niet als een grote politiemacht met getrokken wapens en sirenes op de achtergrond. Het klonk meer als een persoon alleen die naar haar op weg was. Was het zover? Het onvermijdelijke einde dat ze altijd had verdrongen, maar waar ze eigenlijk al dagen op wachtte? De voetstappen werden steeds luider en ze zag nu in dat ze er – in tegenstelling tot wat ze eerder had gedacht – helemaal niet klaar voor was. De paniek verspreidde zich als een bosbrand door haar lichaam, en als ze had gekund, had ze zo hard mogelijk geschreeuwd.

Zo was ze niet van plan geweest te reageren. Beslist niet. Ze begon geluidloos te huilen terwijl de galmende voetstappen steeds luider klonken, en ze zag voor zich hoe het scalpel door haar huid drong. Spoedig zou de elektromotor aanslaan en het rolluik opengaan, en zou de waarheid die ze zo lang onder het tapijt had geveegd haar recht in haar gezicht uitlachen.

Maar de elektromotor ging niet aan, en in plaats van te blijven staan liepen de voetstappen door. Het was iemand anders. Ze probeerde te fluiten en geluid te maken, wat dan ook, maar dat was onmogelijk, en het enige wat ze kon doen was blijven liggen en luisteren hoe de stappen steeds zwakker werden en verdwenen.

Het was blijkbaar nog niet zover.

12

Met het oog op wat er was gebeurd en vooral ook wíé het was overkomen, had Dunja Hougaard beslist niet verbaasd moeten zijn over het mediacircus dat de directe omgeving had overgenomen. *Berlingske, Politiken, Ekstra Bladet,* alle grote kranten waren ter plaatse en verslaggevers van zowel DR als TV2 brachten live verslag uit. Maar ze was wél verbaasd. Eerlijk gezegd had ze überhaupt niets verwacht of iets voor zich gezien. Ze had haar handen vol gehad aan het overleven van die ochtend.

Een uur later dan Jan Hesk en de rest van het team stapte ze uit de auto, drong een zure oprisping terug en beloofde zichzelf toen ze door de horde journalisten heen drong dat dit de laatste keer was. Absoluut de laatste keer. Er was niets ergers dan een kater. Of een houten kop, wat een juistere benaming was.

Ze had eigenlijk geen problemen met de hoofdpijn, die was met een paar pilletjes te verhelpen. Nee, het was de misselijkheid die haar de zin om te leven ontnam. Haar binnenstebuiten gekeerde maag die weigerde iets binnen te houden en de rest van haar lichaam bleef terroriseren. Ze had twee keer aan de kant moeten gaan staan en het meeste van het ontbijt uitgebraakt, dat ze zichzelf had gedwongen naar binnen te werken om Carsten niet te laten merken hoe beroerd ze zich eigenlijk voelde.

'Aha, daar ben je. Waar zat je?' vroeg Jan Hesk zo gauw ze het huis binnenkwam.

'Er waren onderweg een paar complicaties,' zei ze, en het viel haar op dat Hesk – die altijd zo slank was geweest – onder zijn overhemd en stropdas een buikje begon te krijgen.

'O? Wat voor...'

'Ik zweer het je, dat wil je niet weten. Maar hoe gaat het hier, dat lijkt me veel interessanter,' zei ze, terwijl ze een paar schoenbeschermers over haar schoenen trok.

'Ach ja, zoals altijd. Je weet wel, ontzettend veel vraagtekens, maar niets wat we niet gaan oplossen. Dat wil zeggen: als we ongestoord ons werk kunnen doen.' Hesk gaf haar een rondleiding door het huis. 'Het grootste probleem op dit moment is de pers op afstand te houden. Je zag het zelf. Er zijn meer persmuskieten dan muggen bij mijn vakantiehuisje in Zweden.'

Dunja keek om zich heen en zag al meteen dat ze zich met haar salaris, ook al zou ze hoofd van de hele afdeling Moordzaken worden, een dergelijk huis nooit zou kunnen veroorloven.

'Die vent heeft meegedaan met *Let's Dance*... Wanneer was dat? Zo'n drie, vier jaar geleden of zo. En hij kon niet eens dansen!'

'Maar hebben jullie al wat gevonden?'

'Het is beter als je het met eigen ogen ziet.' Hesk bleef bij de slaapkamerdeur staan en liet Dunja als eerste naar binnen gaan.

Ze hield al na de eerste pas in en staarde naar het tweepersoonsbed midden in de kamer.

De laatste keer dat ze Karen Neuman had gezien, was toen ze bij de tandarts in een roddelblad had zitten bladeren. Foto's van een of andere filmpremière waarvan ze de titel was vergeten, en het was haar opgevallen hoe verliefd Karen Neuman en Aksel eruit hadden gezien, hoewel ze al meer dan twintig jaar getrouwd waren.

Nu lag ze hier eenzaam en alleen op bed, naakt en badend in haar eigen bloed, dat uit haar onderlichaam en uit verwondingen over haar hele torso was gestroomd. Toen ze dichterbij kwam, zag ze dat de sneden zo krachtig en diep waren dat ze niet met een gewoon mes gemaakt konden zijn. Iets groters en zwaarders wat door alle huidlagen heen kon dringen, op sommige plekken zelfs door kraakbeen en bot.

'Nee, wend je blik niet af. Blijf kijken.' Het was Oscar Pedersen van het gerechtelijk lab, die in zijn witte jas uit een aangrenzende badkamer kwam. Uiteraard. 'De mens is een uitgesproken gewoontedier en het maakt niet uit of het een irritant geluid of een weerzinwekkende geur is, uiteindelijk merken we er niets meer van. Dat is met de aanblik van een uiteengereten stoffelijk overschot precies hetzelfde. Ik zweer het je. En je moet toch toegeven: het ziet er spannend uit.'

Pedersen was zo enthousiast als een kind in een pretpark – er lag immers een naakte toegetakelde vrouw voor hem, bedacht Dunja. 'Wat denk je dat er voor steekwapen is gebruikt?'

'In elk geval geen mes.' Pedersen kwam naar haar toe. 'Als ik er mijn salaris nu om moest verwedden, zou ik gaan voor een bijl. En dan niet zo'n speelgoeddingetje.' Hij gaf de maat aan met zijn handen. 'Dan hebben we het over van dat spul waarmee je in één klap een houtblok doormidden klieft. Je ziet zelf hoe delen van de borstkas helemaal stukgeslagen zijn, om nog maar te zwijgen over de inwendige organen.' Hij stak een instrument in een van de wonden in de buik en hield de wond ermee open, zodat je er dieper in kon kijken.

'Ik geloof dat ik wel genoeg heb gezien,' zei Dunja, en ze voelde dat het beetje wat er nog van haar ontbijt over was op weg was naar boven.

'Nee, kom op, kíjk nou eens.'

Hesk kon haar niet redden. Hij stond met zijn rug naar haar toe verderop bij de garderobekast. En omdat ze onder geen beding de gerechtsarts op een scène wilde trakteren, boog ze voorover en keek ze omlaag in de kapotte ingewanden. Een dikke zoete geur kwam haar tegemoet en dwong haar haar adem in te houden.

'Zie je? Helemaal kapot. Alsof iemand haar door een landbouwmachine heeft gehaald.' Dunja knikte en bleef nog even zo staan, voor ze haar rug weer rechtte en hem aankeek. 'En het bloed van haar onderlichaam?'

'Zo ver ben ik nog niet, maar als ik het zo zie denk ik dat hij zich aardig op haar heeft uitgeleefd voor hij zijn zelfbeheersing verloor.'

'En wie bedoel je met "hij"?'

Pedersen wendde zich tot Hesk, die zich nu naar hen had omgedraaid.

'Het meeste wijst erop dat Aksel Neuman het heeft gedaan,' zei Hesk.

'Aksel? Je bedoelt haar man?' vroeg Dunja. Hesk knikte.

'Weten jullie dat zeker? Ik zou zelf zeggen dat hij dit zijn vrouw beslist niet zou kunnen aandoen.' Ze knikte naar het bloedbad op het bed en voelde dat ze hernieuwde energie kreeg.

'En waar baseer je dat op? Ik bedoel, je bent hier net een minuut binnen. Of haal je dat uit van die roddelblaadjes?'

Dunja wilde hem tegenspreken, maar hield zich in. Het was Hesk z'n onderzoek, niet dat van haar. Formeel hadden ze dezelfde rang, maar hij had veel meer ervaring, waardoor een dergelijk groot en complex onderzoek automatisch op zijn bordje belandde. Haar taak was hem bijstaan en gedachten en ideeën spuien. Niet de zaak overnemen. Bovendien had hij de spijker op z'n kop geslagen met zijn uitspraak over dat roddelblad.

'Oké, het scenario ziet er momenteel als volgt uit.' Hesk ging midden in de kamer staan. 'Neuman schijnt te zijn gezien in de Karriere Bar met onder anderen Casper Christensen. Dat was een van de gasten in zijn talkshow van gisteravond. Volgens zijn collega's bij TV2 was het de bedoeling dat hij zou overnachten in zijn appartement in Vesterbro. Maar om de een of andere reden is hij naar huis gereden. Richter heeft duidelijke sporen veiliggesteld van zijn BMW X3.'

'Hebben jullie het over mij?' vroeg technisch rechercheur Kjeld Richter, die net de kamer in kwam lopen.

'Ik leg alleen uit dat de sporen erop duiden dat Aksel Neuman hier is geweest en daarna in zijn auto verdwenen is.'

Richter knikte en krabde tegelijkertijd nadenkend in zijn baardstoppels, die evenals zijn bakkebaarden en wenkbrauwen wel een trimbeurt nodig hadden. 'Maar nu is het zo dat we ook sporen hebben gevonden van een derde auto.'

'Hoe bedoel je "een derde auto"?'

'Nog eentje, buiten die van Aksel en Karen, die hier ergens na middernacht is geweest.'

'En hoe weten we dat dat na middernacht was?' vroeg Hesk.

'Er zat geen nieuwe sneeuw in de sporen en volgens het DMI, het Deense meteorologische instituut, is het rond twaalven gestopt met sneeuwen.'

'Er is dus een derde persoon bij betrokken,' zei Dunja, en Richter knikte.

'Oké, maar dat verandert niets aan het uitgangspunt, het versterkt zelfs mijn theorie,' zei Hesk. 'Die vrouw neemt iemand mee naar huis in de overtuiging dat haar man in de stad blijft overnachten. Maar juist dan komt die man thuis en worden ze op heterdaad betrapt. Hij gaat door het lint en rent naar buiten om een bijl te halen. In de tussentijd grijpt Don Juan zijn kans om te vluchten. Wat ons een getuige geeft zo gauw we hem vinden.'

Dunja haalde haar schouders op.

'Wat nou? Je gelooft nog steeds niet dat hij het is?' Hesk klonk nu echt geïrriteerd.

Dunja wist niet wat ze moest zeggen. Roddelblad of niet, ze was er volkomen van overtuigd dat het Aksel Neuman niet was.

'Oké, kun je mij één argument geven waarom hij het niet...'

'Wacht, mijn mobiel gaat,' onderbrak Dunja hem. Ze keek naar haar telefoon. 'O jee, het is Sleizner. Dan kan ik maar beter opnemen... Hallo, met Dunja Hougaard.'

'Nu ben ik echt een beetje gekwetst. Heb je echt mijn nummer niet ingeprogrammeerd zodat je ziet dat ik het ben?' vroeg Sleizner met een gemaakt zielig stemmetje.

'Natuurlijk zag ik wel dat jij het was,' zei Dunja terwijl ze koortsachtig naar een verklaring zocht waarom hij haar belde en niet Hesk. 'Maar zo neem ik in werktijd altijd op.'

'O, oké. Dan moet ik maar vaker buiten werktijd bellen. Ha, ha...'

Dunja beantwoordde Hesks vragende blik door haar ene hand uiteen te spreiden.

'Maar daar gaat het nu niet om. Ik voel de hete adem van de pers in mijn nek.'

'Het is hier al precies hetzelfde. Maar als het om het onderzoek gaat, kun je beter met Jan praten.'

'Dan had ik hém wel gebeld. Het zit zo: ik heb om één uur een persconferentie aangekondigd en dan moet ik wel met iets kunnen komen.'

'Aha. Maar...'

'Maakt niet uit wat. Als ze zich daarna dan maar weer even koest houden.'

'Dat is te vroeg. We missen nog steeds een duidelijk scenario, en Richter heeft meer...'

'Dunja, ik heb het gevoel dat we afdwalen. Jullie hebben toch wel íéts? Ik bedoel, wat hebben jullie in al die uren anders uitgevoerd?'

'Er is veel wat erop wijst dat er een derde persoon bij betrokken kan zijn. Maar op welke manier deze persoon erbij betrokken is en in welke rol, daar weten we op dit moment nog helemaal niets van.'

'Dus dat kan de minnaar of de dader zijn?'

'Of allebei,' zei Dunja, en ze voelde dat ze zich nu op dusdanig dun ijs begaf dat het een klein wonder zou zijn als het hield. 'Maar het zijn tot nu toe alleen maar losse theorieën. Dus als ik in jouw schoenen stond zou ik uiterst voorzichtig zijn met wat ik...'

'Maar nu sta jij godzijdank niet in mijn schoenen. Zeg maar tegen de anderen dat we een briefing houden zodra jullie terug zijn. De groeten.' Ze hoorde een klik.

'Neem me niet kwalijk, maar wat is dat in godsnaam?' vroeg Hesk. 'Nou? Waarom belt hij jou als ik het onderzoek leid?'

'Dat vraag ik me ook af. Ik heb geen idee.'

'En dat weet je heel zeker?'

'Wat probeer je te insinueren? Dat ik een of andere geheime ontmoeting heb gehad met Sleizner om het onderzoek over te nemen?'

Hesk spreidde zijn handen. 'Ík kwam niet pas een uur na alle anderen aankakken.'

Dunja voelde dat ze moest gaan zitten. De misselijkheid was terug.

13

Fabian Risk had een lange lijst met dingen die hij wilde onderzoeken. Zo was hij van plan contact op te nemen met degene die verantwoordelijk was voor de veiligheid in het parlementsgebouw en een kopie te vragen van het bewakingsfilmpje dat hij bij de Veiligheidsdienst had gezien. Hij wilde gedetailleerd het gespreksverkeer bestuderen dat Carl-Eric Grimås de laatste uren voor zijn verdwijning had gehad, en hij wilde bovendien de chauffeur spreken die in de auto had zitten wachten. Maar hij kon nergens mee beginnen. Het enige wat hij kon doen, was doen alsof hij alle tijd van de wereld had en met de anderen om de tafel gaan zitten in de vensterloze vergaderkamer, waar – hoewel de vergadering nog niet eens was begonnen – nu al bijna geen zuurstof meer was.

Met een smoezelige koffiekop in hun hand schoven ze allemaal de stoel naar achteren die na al die jaren 'hun' stoel was geworden, en gingen zitten. Fabian was een paar jaar geleden eens op een van de andere stoelen gaan zitten om te kijken wat de reactie van zijn collega's zou zijn, maar had het idee toch verworpen als te riskant en was snel weer op zijn eigen plaats gaan zitten – voor het te laat was.

De koffiekan ging rond. Het bocht dat erin zat had zo lang op het warmhoudplaatje gestaan dat het meer naar looizuur smaakte dan naar koffie, en zoals altijd bleef de trommel *Danish cookies* bij Markus Höglund staan. Hij viste altijd zijn lievelingskoekjes eruit en Fabian had opgemerkt dat dat er steeds meer waren. Hij begreep niet waar alles bleef wat Markus naar binnen werkte. Het zette zich in elk geval niet vast rond zijn middel. Hij had tenminste geen buikje. Markus was weliswaar nog onder de vijfendertig, maar die verklaring was niet afdoende. Bij Fabian zelf was de paradigmawisseling in de vetverbranding al op zijn vijfentwintigste begonnen en sindsdien vlogen de kilo's eraan.

Die koektrommel was ooit ingevoerd door Carl-Eric Grimås en was sindsdien een traditie die zichzelf had overleefd. Als een volhardende kakkerlak die weigerde het aardse leven te verlaten. Edelman at nooit van de koekjes en had een paar jaar geleden een dappere poging gedaan de traditie af te schaffen, maar was op zo'n verzet gestuit dat hij hem onmiddellijk weer had ingevoerd. Fabian had de protesten zelf nooit begrepen en was ervan overtuigd dat niemand de vette koekjes met parelsuiker eigenlijk lekker vond. Behalve Höglund dan.

'We hebben aardig wat liggen, dus het lijkt me het beste als we meteen beginnen,' zei Edelman. Hij wendde zich tot Malin Rehnberg. 'Malin, jij bent in Kopenhagen geweest, en naar wat ik ervan heb begrepen was dat zeer geslaagd.'

Malin knikte terwijl ze ondertussen haar glas cola leegde. 'Absoluut. Ik zou iedereen willen aanraden de kans te grijpen en er de volgende keer heen te gaan. Ik geloof dat ze het hadden over Berlijn aanstaand voorjaar.'

'Berlijn klinkt niet gek,' zei Tomas Persson, en hij streek met zijn hand over zijn gemillimeterde haar. 'Wat zeg jij ervan, Jarmo?'

'Je weet dat ik van reizen houd,' zei Jarmo Päivinen in het onmiskenbare Finland-Zweeds dat hij hardnekkig bleef spreken.

'Hoe dan ook, ik heb nu een goede contactpersoon in Kopenhagen, en ze heeft precies dezelfde functie als...'

'Malin, je hebt vast een heleboel interessante ervaringen te delen, maar dat wilde ik eigenlijk tot het laatst bewaren. Als we daar nog aan toekomen,' onderbrak Edelman haar met een glimlach in haar richting.

'Zoals je wilt.' Ze nam een koekje en zocht oogcontact met Fabian, die op zijn beurt druk bezig was niet te laten merken dat het mobieltje in zijn zak net begon te trillen.

Pas toen de vergadering begonnen was kon hij zijn toestel onder tafel tevoorschijn halen en het sms'je oproepen.

BEL ME ZO GAUW JE KUNT.

NIVA

Nu al weglopen zou veel te vroeg zijn en erin resulteren dat iedereen, en niet alleen Malin, zich zou afvragen waar hij mee bezig was. Maar wachten tot de vergadering afgelopen was, kwam niet im Frage.

'Is er nog steeds geen nieuws over Diego Arcas?' vroeg Edelman.

'Nee, wat moet ik doen? Zolang Inger thuiszit met een ziek kind, ben ik alleen,' zei Markus Höglund, en hij spoelde het Danish cookie weg met een slok koffie.

'Wat je moet doen? Sorry hoor, maar je kunt hier toch niet gaan zitten niksen,' zei Tomas Persson, terwijl hij een flinke portie grove zuigtabak onder zijn bovenlip propte. 'Mackan, kun je mij uitleggen waarom het zo belangrijk is dat jullie met z'n tweeën zijn, wil je iets anders kunnen doen dan suiker naar binnen werken? Er liggen zat andere dingen.'

Höglund rolde met zijn ogen en zocht tevergeefs naar bijval van de anderen.

'Jullie mogen denken wat jullie willen, maar het is niet zo dat ik niets heb uitgevoerd alleen omdat Inger meer thuis is met een ziek kind dan hier. Buiten de *Black Cat* op Hantverkargatan heb ik – Inger heeft daar overigens ook deels aan meegewerkt – maar liefst zeven appartementen her en der in de stad weten te lokaliseren waar het min of meer dag en nacht feest is. En tuurlijk, we zouden ze een voor een kunnen oprollen, maar het is het beste als we een gezamenlijke operatie uitvoeren, en dat is iets wat ik niet zonder Inger wil doen.'

'All right. Whatever,' zei Tomas Persson, en hij haalde zijn schouders op. 'Ik vind alleen dat...'

'Goed, daar laten we het even bij,' kwam Edelman tussenbeide. 'Als ze maandag niet terug is, gaan we kijken of we het op een andere manier kunnen oplossen.'

Höglund knikte en werkte nog een koekje naar binnen, terwijl hij Tomas een nijdige blik toewierp.

'Anders kunnen Fabian en ik je toch helpen,' zei Malin, en ze wendde zich tot Fabian. 'Of niet dan? Wij hebben momenteel toch geen andere klussen.'

'Waarom niet?' zei Fabian, hoewel hij aan haar blik kon zien dat ze een grapje maakte.

'Zoals gezegd, we wachten af tot na het weekend,' zei Edelman, en hij wendde zich tot Jarmo Päivinen en Tomas Persson. 'Wat ik ervan begrijp hebben jullie nieuws over de auto van Adam Fischer, dus laat maar horen.'

Jarmo knikte, zette zijn leesbril op en zocht in zijn papieren.

'Doe jij het of ik?' vroeg Tomas, terwijl hij ongeduldig met zijn vingers op tafel trommelde.

'Rustig...' Jarmo bleef zoeken en het viel Fabian op hoe oud hij eruitzag, hoewel hij maar vijf, zes jaar ouder was dan hijzelf. De eenzaamheid vrat klaarblijkelijk aan hem sinds zijn vrouw hem vier jaar geleden had verlaten en de kinderen had meegenomen.

'Ja, ik weet niet of jullie naar het nieuws hebben geluisterd, maar daarin zijn we ermee naar buiten gegaan dat het om een kidnapping gaat.'

'Wat we de hele tijd al dachten,' zei Tomas.

'Zoals jullie weten was dit het laatste wat we van Fischer hadden gezien.' Jarmo deelde een paar foto's rond van een snelheidscamera die Adam Fischer had weten vast te leggen in zijn SUV.

'Tot gisteren,' zei Tomas, en hij keek enorm voldaan terwijl hij ondertussen zijn tribaal-getatoeëerde biceps rolde. 'Want toen hebben we een geweldige vangst gedaan.'

'Misschien kun jij het beter vertellen?' Jarmo draaide zich naar zijn twintig jaar jongere collega.

'Nee nee, dat hoeft niet. Ga maar door.'

'Zeker weten?'

'Ja ja, toe maar,' zei Tomas, terwijl hij naar de tafel staarde.

'Hij woont daar boven op Mosebacke, en ik weet niet waarom we daar niet eerder aan hadden gedacht, maar hoe dan ook, we hebben contact opgenomen met garages in de buurt. En uiteindelijk hadden we beet bij de garage van Slussen.'

'Hè, stond die auto daar?' vroeg Malin.

'Nee, maar die heeft bewakingsfilms.' Tomas hield een dvd omhoog en stond op.

'Zijn jullie er klaar voor?' Hij liep naar de oude tv, stopte de dvd in de dvd-speler en probeerde het geheel met de afstandsbediening aan te zetten.

'Die doet het niet,' zei Markus. 'Je moet de knoppen op de tv gebruiken. Wacht, ik zal het je laten zien.' Hij kwam overeind en liep naar Tomas toe.

'Nee, dat hoeft niet. Het gaat prima,' zei Tomas terwijl hij met zijn vingers naar de juiste knop zocht.

In de tussentijd vibreerde de telefoon in Fabians hand opnieuw.

GA ZO IN VERGADERING EN DAN VALT HET DOEK VOOR DE REST VAN DE DAG.

N

Fabian kon niet langer wachten en stond op. 'Het spijt me, maar ik moet helaas weg.'

'Oké. Geen probleem,' zei Edelman.

'Hoezo "geen probleem"?' vroeg Malin. 'Wat is er zo belangrijk dat je midden in de vergadering weg moet terwijl je helemaal geen onderzoek hebt?'

'Het is de school van Matilda. Ze willen dat ik zo snel mogelijk bel.'

'Goed. Laten we hopen dat het niks ernstigs is.'

'Ja, dat mogen we echt hopen,' zei Malin hoofdschuddend, terwijl Fabian de kamer verliet.

'Oké, doe jij het maar,' zei Tomas. Hij stapte opzij zodat Höglund een paar keer op een van de knopjes kon drukken, waarna de tv tot leven kwam.

14

Fabian Risk keek in de spiegel boven het fonteintje terwijl de telefoon overging. Hij had nog geen wallen onder zijn ogen, maar het was een kwestie van dagen voordat die er zouden zitten en hij minstens tien jaar ouder zou lijken. Hij trok een paar neushaartjes uit en ontdekte dat zijn linkerbakkebaard langer was dan de rechter.

'Eindelijk.'

'We vermoeden dat de Veiligheidsdienst meeluistert, dus vanaf nu moet je dit nummer gebruiken,' zei Fabian. 'Heb je wat gevonden?'

'Nou nou, jij slaat gewoon het voorspel over!'

'Sorry, maar ik ben bang dat dat een andere keer moet. Op dit moment is...'

'Je hoeft alleen maar te zeggen waar en wanneer. En je bent niet vergeten dat je mij al een drankje verschuldigd bent, hè?'

'Nee nee, natuurlijk niet. Wat denk je wel van mij?'

'Niets. In elk geval tot nu toe nog niet. Maar ik zou zeggen dat het hierna minstens een etentje moet worden.'

'Misschien. Maar ik weet nog niet wat je voor me hebt.'

'Nee, misschien koop je een kat in de zak en moet je het beste ervan hopen.'

'Ik heb, met andere woorden, dus geen keus?'

'Fabian... Een mens heeft altijd een keus.'

Ze speelde een spelletje met hem, en hij had moeten begrijpen welke kant het op zou gaan.

'Wie zwijgt, stemt toe. Dus wat kies je?'

'De kat.'

'Mooi. Zie je, het was helemaal niet zo moeilijk. En wees maar gerust, ik ben ervan overtuigd dat je tevreden zult zijn. De vrouw die Grimås' voicemail heeft ingesproken, heet Sylvia Bredenhielm en een minuut eerder had ze het prepaidnummer 073 785 66 29 gebeld.'

'En dat gaat naar Grimås' geheime mobiel?'

'Goed geraden.'

'Heb je daar ook een gesprekkenlijst van?'

'Ja, maar hij wordt alleen door hen tweeën gebruikt, dus als je niet van plan bent een baantje te zoeken bij de sensatiepers, zou ik mijn tijd daar niet aan verspillen. Maar nu komt de kat. Heb je pen en papier?'

Fabian toverde een balpen tevoorschijn en trok de mouw van zijn colbert op. 'Oké.'

'59.311129, 18.078073.'

Fabian noteerde de cijfercombinatie aan de binnenkant van zijn arm. 'Wat is dat voor iets?'

'De laatste positie van dat mobieltje, plus zo'n tien, vijftien meter.'

'Staat hij nog aan?'

'Nee, hij is gisteren om 16.04 uur verdwenen, dat is bijna veertig minuten na de eerste.'

'Fantastisch, Niva. Je hebt me echt enorm geholpen. Ik bel je nog.'

'Weet ik toch.'

Fabian rondde het gesprek af, trok door en verliet het toilet. Eindelijk had hij iets concreets om op af te gaan. Zonder aan zijn bureau te gaan zitten wekte hij zijn computer uit de slaapstand en klikte naar Google Maps, waar hij de coördinaten op zijn arm intypte. Er verscheen een kaart van Stockholm op het scherm, en een rode punaise wees ergens in de wijk Södermalm. Hij zoomde in tot op straatniveau en constateerde dat hij uitkwam op Östgötagatan 46.

Hij had nooit de clou begrepen van de gigantische klus die Google moest hebben gehad aan het fotograferen van elke straathoek in Stockholm, wat de eerste stad van Zweden was die de dienst kreeg. Maar toen hij er eenmaal in slaagde de commando's te beheersen en het beeld op het pand op de hoek van Östgötagatan en Blekingegatan te richten, was hij Google diep vanbinnen dankbaar. Het pand stond in de steigers en zag er onbewoond uit.

De foto was vermoedelijk een keer ergens in het najaar gemaakt en er was geen enkele garantie dat het gebouw nog steeds gerenoveerd werd. Mocht dat toch het geval zijn, of nog beter, als de renovatie was gestaakt in afwachting van het moment dat de economische crisis zou zijn weggeëbd, dan zou dat een perfecte plek zijn om een slachtoffer verborgen te houden.

Hij wiste de zoekgeschiedenis, zette zijn computer uit en liep vervolgens Malin Rehnberg in de armen.

'Jeetje, wat heb jij een haast. Zeker als je bedenkt dat jij geen lopende zaken hebt. Althans, voor zover ik weet.'

'Malin... het spijt me, maar ik heb geen tijd.' Hij probeerde om haar heen te lopen, maar ze weigerde hem erlangs te laten.

'Dan heb je pech, want ik ben niet van plan je te laten passeren voor je hebt verteld wat er verdomme aan de hand is.'

Er schoten verschillende alternatieven door zijn hoofd, maar Fabian zag wel in dat hij met halfslachtige leugentjes niet veel verder zou komen.

'Kom mee.'

15

Hij had vanochtend, net als alle andere ochtenden, aan zijn hoektafeltje gezeten, zijn 11-uurskoffie gedronken en sudoku's opgelost terwijl hij naar de verkeersinformatie van Radio Stockholm luisterde. Hij wist niet waarom, maar zolang hij zich kon herinneren was hij gek op de verkeersinformatie en het weerbericht, en dan vooral het lange nautische weerbericht dat tot in detail de windrichting en de windkracht in alle uithoeken van de Zweedse kuststrook beschreef.

Deze ochtend was alleen net anders dan alle andere. Hoewel hij het hele weerbericht had afgeluisterd, voelde hij zich allesbehalve gerust. De ongedurigheid was naar de oppervlakte gedreven en zonder dat hij het had gemerkt, was deze opeens een feit. Hij had geprobeerd het te negeren en had zitten worstelen met de Japanse cijferpuzzel, maar had geen enkel cijfertje kunnen invullen. Het was alsof zijn gedachten zelf bepaalden wat ze wilden denken en hij er steeds minder over te zeggen had.

Hij had al die jaren nog wel zoveel moeite gedaan om er controle over te houden. Nu waren ze weer bezig en dachten ze aan een heleboel verboden dingen. Hij schroefde het volume van de radio op en ging naar een eenvoudiger niveau sudoku. Maar niets hielp en uiteindelijk moest hij het volume wel op nul zetten en zijn pen wegleggen.

Pas toen bedacht hij dat de verandering al een paar weken geleden was begonnen. Misschien zelfs nog eerder. En hoe meer hij erover nadacht, hoe meer hij inzag dat niets de laatste tijd hetzelfde was. Hij was in een enorm slecht humeur geweest, maar dat was niet het enige. Zo was het overhemd dat hij droeg blauw, hoewel het donderdag was en hij dan altijd het groene droeg. En hoe was het eigenlijk met zijn wandeling rond Årstaviken van afgelopen zondag? Had hij die echt gemaakt? Hij wist het niet meer.

Dat was niet het enige wat hij zich niet kon herinneren. De hele afgelopen week was vrijwel één groot zwart gat. Behalve gisterochtend, daar herinnerde hij zich nog wat losse fragmenten van. Hij was veel te lang in bed blijven liggen en had toch gedacht aan alles waarvan hij zichzelf had beloofd er nooit meer aan te zullen denken.

Van de rest van de dag kon hij zich totaal niets meer herinneren.

Hij had al zijn medicijnen ingenomen, daar was hij zeker van. Elke dag, 's ochtends, 's middags en 's avonds had hij zijn pillen met een glas lauw water doorgeslikt en gevoeld hoe ze door zijn keel naar beneden gleden. Dus dat kon het niet zijn. Of toch? Stel dat het alleen bij een gedachte was gebleven, dat die nooit was gevolgd door een concrete handeling. Of dat de dosis veel te laag was. Wat had de dokter ook alweer gezegd? Zouden ze de hoeveelheid verhogen of verlagen? En wat stonk er zo? Hij had dinsdag toch niet vergeten het vuil buiten te zetten?

Het duizelde Ossian Kremph bijna van alle vragen en hij voelde dat hij even moest gaan liggen. Maar dat ging niet. Zeker niet als die man en die vrouw daar beneden op straat maar heen en weer bleven lopen. Dat deed je toch niet, had hij gedacht en hij had de kijker erbij gehaald. Je liep langs op weg naar een doel. Je liep niet op dezelfde plaats rond zoals die twee. Heen en weer, telkens weer, alsof ze ergens naar op zoek waren.

Hij kende ze geen van beiden. Maar na een tijdje had hij kunnen uitvissen welke auto van hen was, en met een eenvoudige zoekopdracht op internet had hij ontdekt dat die van ene Fabian Risk was, die zich op zijn beurt bleek bezig te houden met moordonderzoeken bij de rijksrecherche in Stockholm. De zwangere vrouw was vast een collega van hem, en nog een van Herman Edelmans onderdanen.

Op de een of andere manier was hij beslist niet verbaasd. Hij had ergens gewoon verwacht dat ze uit hun holen zouden komen en hun gore smoelwerken zouden laten zien. Hij had alleen niet gedacht dat het zo snel zou gaan. Maar nu waren ze dus hier. Die klotesmerissen.

De vraag was hoe dat had gekund. Zodra hij op vrije voeten was gekomen, had hij er immers alles aan gedaan zich schuil te houden. Hij had de meisjesnaam van zijn moeder aangenomen, maar had geen naamplaatje bevestigd op de deur van het appartement dat hij uit de tweede – of was het de derde? – hand in onderhuur had. Hij had zichzelf op het absoluut laagste pitje gezet en geduldig zijn tijd afgewacht in de overtuiging dat hij op een dag, precies zoals de therapeut had beloofd, zijn vroegere ik volledig kwijt zou zijn.

Maar dat had niet gewerkt. Hoewel hij precies had gedaan wat hem was opgedragen en alle oefeningen had uitgevoerd, was het vuur vanbinnen blijven branden. De therapeut had gevraagd en hij had geantwoord wat er van hem werd verwacht. Diep vanbinnen had hij echter al na een paar jaar behandeling ingezien dat het nooit zou afnemen. Wat hij ook deed, het zou er altijd zijn.

De honger.

Hij keek opnieuw door de verrekijker en zag de twee politiemensen onder de bouwsteiger verdwijnen. Kon het echt zo zijn dat ze hem al hadden gevonden? En wie gaf ze eigenlijk het recht hem hier te komen lastigvallen? De deur in te trappen en binnen te komen klossen. Hem op de grond te dwingen, handboeien om te doen en zijn woning te doorzoeken.

Tuurlijk, zijn gedachten waren dan misschien wel verboden en misten elke sturing. En inderdaad, hij had er met zijn therapeut jaren aan gewerkt om ze tot zwijgen te brengen, zonder daarin te slagen. En ja, het zou misschien wel het beste zijn voor de maatschappij. Maar zelf kon het hem niets meer schelen. Geen steek, eerlijk gezegd. Voor het eerst in jaren was hij het tot in het kleinste detail met ze eens. Hij stemde in met elk van zijn verboden gedachten.

Als die kuttenkoppen bij hem aan de deur kwamen, zou hij erop voorbereid zijn.

Dan zou hij zijn tanden in ze zetten en ze in stukken scheuren.

Hij had toch niets te verliezen.

Helemaal niets.

16

Was deze dag maar snel afgelopen, dacht Dunja Hougaard, en ze zag al helemaal voor zich hoe ze al lekker lag te slapen als Carsten thuiskwam. Maar de dag was net begonnen, en hoewel ze minstens twee liter water had gedronken en meerdere Resorb-bruistabletten had opgelost, voelde ze zich nog steeds een wrak.

Ze schonk een kop zwarte koffie in en ging op haar plaats aan de vergadertafel zitten, tegenover Jan Hesk, die er nog steeds van overtuigd leek dat ze achter zijn rug om iets met Kim Sleizner had bekokstoofd. Kjeld Richter zat aan de ene korte kant en probeerde iets te vinden om zijn blik op te vestigen. Ze zeiden geen van allen iets, wat de stilte elke minuut die verstreek tastbaarder maakte.

Uiteindelijk ging de deur open. Sleizner kwam binnen en scande snel de kamer. Hij zag er keurig uit in zijn overhemd met manchetknopen en een stropdas, en de make-up van de persconferentie zat nog op zijn gezicht. Dunja kende geen enkele andere man in het hoofdbureau van politie die zich voor een persconferentie opmaakte. Maar Sleizner hield dan ook meer van persconferenties dan de meeste anderen en kondigde ze te pas en te onpas aan. Er was niemand die beter in de schijnwerpers kon staan dan hij en niets kon laten klinken of het heel wat was.

'Iemand van jullie de persconferentie gezien?' Hij liep naar het Nespresso-apparaat.

Hesk, Richter en Dunja schudden alle drie hun hoofd.

'Vraag me niet hoe, maar ik ben er op miraculeuze wijze in geslaagd iedereen te laten geloven dat we weten waar we mee bezig zijn. Dus nu is het aan jullie ervoor te zorgen dat ik niet te veel heb beloofd.' Hij duwde de koffiecapsule erin en liet de rest over aan de machine.

Zoals gewoonlijk zonder ervoor te betalen, merkte Dunja op. En dat terwijl hij altijd op iedereen liep te schelden als er geld uit het koffiepotje ontbrak. Zelf maakte ze er nooit gebruik van. Niet alleen om geen uitbranders van Sleizner te krijgen, maar vooral omdat ze de koffie niet zo fantastisch vond smaken als iedereen beweerde. Het was voor haar een raadsel hoe min of meer de hele westerse wereld zich zo kon laten hersenspoelen en lid werd van een sekte waarbij je gedwongen werd je koffie in een yuppenshop te kopen en drie keer zoveel te betalen. Om nog maar te zwijgen over het milieuaspect.

'Oké, laat horen wat jullie hebben, volgens welk scenario jullie werken.'

Hesk schraapte zijn keel en kwam overeind. 'We zijn zoals gezegd nog steeds in de opstartfase van het onderzoek en hebben talloze onbeantwoorde vragen, maar gebaseerd op de sporen die Kjeld en zijn mannen hebben gevonden, staat het nu buiten kijf dat er een derde persoon bij betrokken is.'

Zoals altijd ging Hesk staan wanneer hij sprak als Sleizner zich in de ruimte bevond, en zoals gewoonlijk kon Dunja niet begrijpen waarom. Als er íémand was die Sleizner en alles waar hij voor stond verachtte, was het Jan Hesk. Maar eigenlijk was hij gewoon slim en deed hij alles wat vereist was om bij de club te horen en zijn carrière een extra boost te geven.

Hoe meer ze eraan dacht, hoe meer het haar ergerde. Hesks voortdurende hielenlikken van degenen die een paar treden hoger op de ladder stonden. Als het voordeel zou opleveren, zou hij vast niet aarzelen als Sleizner zijn gulp losmaakte en...

'Zo is ze nu al de hele dag...'

Het duurde een paar seconden voor Dunja inzag dat Hesk het over háár had.

'Sorry, maar wat...?'

'Zie jij dat ook zo?' vroeg Sleizner, en hij wendde zich tot haar.

'Het scenario,' verduidelijkte Richter. 'Je weet wel. Neuman komt thuis, treft zijn vrouw aan in bed met mister Big en hakt eropin met de bijl.'

'Het spijt me als ik wat afwezig overkom, maar...' zei Dunja zonder ook maar enig idee te hebben hoe ze verder moest gaan zonder Hesk op zijn tenen te trappen.

'Maar wát?' vroeg Hesk.

'Ik weet niet, maar hoe ik het ook wend of keer, ik kan me bijna niet voorstellen dat Aksel Neuman zoiets zou kunnen doen.' Ze pakte een van de foto's van Karen Neumans toegetakelde lichaam.

'Ik heb contact gehad met het personeel van de Karriere Bar, en er zijn blijkbaar flink wat gin-tonics doorheen gegaan,' zei Hesk.

'Bovendien is het vaker voorgekomen dat hij mensen in het café in elkaar heeft geslagen,' zei Kjeld Richter.

'Ja. Maar toch.' Dunja zocht naar een vervolg. 'Het klinkt misschien wat naïef, maar Aksel en Karen, zij waren zo'n paar dat na alle jaren nog steeds verliefd op elkaar leek te zijn.'

'Dunja... Wij zijn politiemensen die een misdrijf onderzoeken.

Geen scenarioschrijvers die bezig zijn met een nieuwe soap,' zei Hesk, terwijl hij zijn ogen ten hemel sloeg.

'Dat is op zich wel een goed idee,' zei Richter, en hij pakte zijn rinkelende mobieltje op. 'Er zijn meer dan voldoende intriges. Ja, met Richter...' Hij kwam overeind en verliet de kamer.

'Het enige wat ik zeg is dat ik niet geloof dat hij het is,' zei Dunja.

'Wie denk je dat zich zal interesseren voor wat jij gelóóft?' vroeg Hesk. 'En als hij nou zo onschuldig is als jij beweert, waarom is hij dan verdwenen?'

'Geen idee. Hopelijk heeft hij een goed antwoord als we hem vinden. Maar stel dat hij eerder thuiskwam dan gepland, dan was de dader misschien nog wel in de woning aanwezig en heeft Neuman de achtervolging ingezet. Dat lijkt me meer iets voor hem. Zeker als hij dronken was.'

'Ja, dat is ook wat Kjeld net aanstipte,' zei Sleizner, en hij knikte instemmend.

'En dan is er nog iets wat ik me afvraag...'

'Misschien kunnen we het daar straks in de koffiepauze even over hebben,' opperde Hesk. 'Want als we hem willen pakken voor hij te ver weg is, moeten we...'

'Nee, laat haar uitpraten.' Sleizner gebaarde Hesk te gaan zitten.

Ook al zag Dunja vanuit haar ooghoek dat Hesk inwendig op ontploffen stond, ze had geen andere keus dan door te gaan. 'Jan, ik begrijp niet waarom je zo boos op mij bent.'

'Niet?'

'Nee, het enige wat ik probeer te doen is het onderzoek vooruit te helpen. En ja, ik kan het helemaal mis hebben, maar ik heb het gevoel dat er iets niet klopt. Neem alleen al het moordwapen, dat volgens Pedersen vermoedelijk een forse bijl is. Wat ik zo zag, was er geen brandhout of een open haard in de woning, wat ervoor pleit dat er ook geen bijl is. Dus waar zou die vandaan zijn gekomen? Had Aksel die bij zich in de auto voor het geval hij iemand met een bijl om het leven moest brengen?'

Hesk dacht na en haalde uiteindelijk zijn schouders op.

'Dus wat wil je daarmee zeggen?' vroeg Sleizner zonder de kant van Hesk op te kijken.

Dunja hield een van de foto's omhoog met daarop het bebloede bed en Karen Neuman. 'Kijk alleen al hoeveel bloed dit is. Toch heb ik geen enkel bloedspoor kunnen ontdekken, niet op de grond, maar ook niet in de hal. Dat zou betekenen dat de dader goed was voorbereid en plastic of zoiets had uitgerold.' Ze liet de foto op de stapel bij de andere vallen. 'Dus wie dit ook heeft gedaan, het was niet de eerste keer.'

'Nee, dat klinkt onmiskenbaar logischer,' zei Sleizner, terwijl Richter op dat moment weer terugkwam.

'De analyse van het derde autospoor is net klaar,' zei hij, en hij ging weer op zijn plaats zitten. 'En er is een heel interessant detail.' Hij laste een kunstmatige pauze in, maar die was te kort opdat iemand het zou merken. 'Alles duidt erop dat het een sportwagen met spijkerbanden is.'

'Spijkerbanden?' vroeg Dunja. 'Wie rijdt er om deze tijd van het jaar nou al met spijkerbanden?'

'Dat vraag ik me ook af.'

'Zweden. Die zijn gek op spijkerbanden,' zei Hesk. 'Als wij naar Småland gaan om kerst te vieren, rijdt iedere Emil rond met spikes onder zijn Volvo.'

'Dus we hebben te maken met een Zweedse dader,' zei Sleizner. 'Het wordt steeds fraaier.'

'Ik neig nog steeds naar Aksel Neuman, maar wil ook geen deuren dichtdoen. Daarom wil ik een opsporingsbericht voor hem doen uitgaan, en werken we tegelijkertijd verder met het Zweedse spoor,' zei Hesk.

Dunja knikte, opgelucht dat Hesk zijn gewone gelaatskleur weer begon terug te krijgen. 'We kunnen informeren bij Scandlines of ze vannacht een in Zweden geregistreerde sportwagen aan boord hebben gehad. Als het een Zweedse dader was, zou het best kunnen dat hij de veerpont naar Helsingborg heeft genomen.'

'Goed gedacht, Dunja. En, o ja.' Sleizner stond op. 'Hierna rapporteren jullie aan Dunja, die vanaf nu verantwoordelijk is voor het onderzoek en die op haar beurt rechtstreeks aan mij verslag uitbrengt. Vragen daarover?'

Niemand zei iets en een seconde later was Sleizner verdwenen.

Wat resteerde was de angst. Als een dikke, plakkerige mist. Dunja voelde dat haar keel steeds verder dicht ging zitten, waardoor ze moeite had met ademhalen. Bovendien was de misselijkheid bezig het kleine beetje dat ze met de lunch naar binnen had weten te werken om te draaien in haar maag. Ze wist niet wat ze moest doen, welke kant ze op moest kijken of wat ze moest zeggen, en wilde niets liever dan een gat om door de grond te zakken.

Maar ze kon niets anders doen dan blijven zitten. Haar gedachten bestookten haar als venijnige journalisten met vragen. Was dit háár schuld? Had ze een grens overschreden en te veel aandacht opgeëist, haar ideeën te veel doorgedrukt? Of was Sleizner dit al vanaf het begin van plan geweest? Had hij háár daarom gebeld en niet Hesk, daar op de plaats delict? En in dat geval: waarom? Waar was hij op uit? Want dit was niet zomaar.

Dat was het enige wat ze zeker wist.

'Oké,' doorbrak Richter de stilte. 'Iemand die snapt wat dit allemaal voor commotie is?'

'Ik heb geen flauw idee. Ik begrijp er helemaal niets van,' zei Dunja. Ze wendde zich tot Hesk en zag nu pas hoe hij zat te trillen van woede. Hij kon kwaad worden, dat wist ze. Hij had zelf eens verteld hoe hij in zijn ergste kinderjaren dingen op de grond smeet en gaten in de muur schopte. Maar zo boos als nu had ze hem nog nooit gezien.

'Jan, je moet me geloven. Ik begrijp er net zo weinig van als jij. Het is jouw onderzoek, en ik, ik...'

Hesk snoof minachtend en priemde zijn blik in die van haar. 'Je hoeft hier niet te gaan zitten proberen...'

'Ik probeer helemaal niets. Ik zeg alleen wat er...'

'Hou je bek, stomme kut!' Hij kwam zo heftig overeind dat zijn stoel omviel. 'Denk je dat ik niet snap waar je mee bezig bent? Hè?'

Dunja wilde ook overeind komen. Laten zien dat ze niets had om zich voor te schamen. Haar stoel laten omvallen, een dreigende vinger opsteken en hem zeggen dat hij naar de hel kon lopen als hij toch niet naar haar wilde luisteren. Maar haar benen zouden haar nooit dragen, en om de een of andere reden voelde de zwaartekracht waar ze zat extra sterk aan. 'Ik begrijp dat je verontwaardigd bent, maar kunnen we er niet als volwassen mensen over proberen te praten? Ik bedoel, als we moeten samenwerken, moeten we dit achter ons kunnen laten, en...'

'Achter ons laten?' Hesk lachte en liep om de tafel heen. 'En hoe zie je dat voor je?' Hij ging vlak voor haar staan en keek haar aan. 'Je hebt er blijkbaar niets van begrepen. Loopt hier te pronken als een dom blondje. Maar ik kan je wel vertellen dat dit... dit pas het begin is van jouw kleine hel. Dus geniet er nog maar even van, want zo goed als je je nu voelt, zul je je nooit meer voelen.' Hesk verliet de kamer.

En Dunja bleef zitten, nog steeds niet in staat overeind te komen.

17

Het pand op de hoek van Östgötagatan en Blekingegatan was halverwege de renovatie gelaten voor wat het was, en hoewel je er prima langs kon via de stoep, namen de meesten de kleine omweg via de rijbaan. Misschien kwam dat door alle flapperende, kapotgewaaide stukken beschermnet die aan de steiger bungelden. Of door het gekraak en gepiep van de in elkaar geschoven ijzeren buizen die samen een onheilspellend gejammer voortbrachten. Een veelzeggend bewijs van hoe alles in het kielzog van de economische crisis aan zijn lot was overgelaten.

Fabian en Malin hadden de omgeving van het pand doorzocht, maar niet de geheime mobiele telefoon van de minister aangetroffen en stonden nu voor de portiekdeur van Östgötagatan 46. Die zat zoals verwacht op slot, maar met behulp van een buis van de bouwsteiger kon Fabian een van de zes raampjes in de deur intikken, zijn arm erdoor naar binnen steken en de deur vanaf de binnenkant van het slot halen. Het trappenhuis lag vol bouwafval en stof. Aan de muren en plafonds hing ingedroogde, afgebladderde verf, langs de ene muur stond een tiental oude wc-potten op een rijtje en langs de andere stonden badkuipen en koelkasten.

'Zo ziet het er bij ons thuis ook ongeveer uit,' zei Malin. Ze liep naar de rij wc-potten, waar iets donkers op vier pootjes in het trappenhuis verdween. 'Nou ja, bij nader inzien is het hier nog net iets netter.'

'Het is in elk geval perfect als je met rust gelaten wilt worden,' zei Fabian, en hij volgde de voetstappen in het stof naar de lift.

'Oké, hoe zullen we het aanpakken? Je kunt hier zoeken tot je een ons weegt. Weet je zeker dat je alle cijfers goed hebt opgeschreven? Ik bedoel, één cijfertje verkeerd en je zit in Haparanda of Kuala Lumpur.'

'Dat is waar. En ook al kloppen alle coördinaten, dan hoeft dat nog niet te betekenen dat die mobiel hier nog is.' Fabian deed de liftdeur open en keek naar binnen.

'Je denkt toch niet dat ik daarin ga, hè?'

'Die voetsporen leiden hier wel naartoe.'

'Niet die van mij in elk geval.' Malin nam de trap. Het bouwstof lag als een licht tapijt op de stenen vloer. Sporen van schoenen waren er niet te zien. Sporen van rattenpootjes des te meer, die liepen in een oneindige wirwar dwars door elkaar heen.

Zodra de mens iets haar rug toekeerde nam de natuur het over, dacht Fabian, en hij liep achter Malin aan naar boven, verdieping na verdieping. Pas op de vierde verdieping waren er andere sporen dan die van de ratten. Duidelijke afdrukken van stevige stappers tussen de lift en de appartementsdeur uiterst rechts. Voor de andere deuren lag het bouwstof ongerept.

Malin pakte haar mobieltje en nam een paar close-ups van de schoenafdrukken, terwijl Fabian in de tussentijd naar de flatdeur zonder naamplaatje liep, zijn ene hand voor het spionnetje hield en met de andere voorzichtig de brievenbus opendeed.

Het was te donker om naar binnen te kunnen kijken en hij hoorde ook niets. Hij gebaarde Malin naar hem toe te komen en haar hand voor het spionnetje te houden terwijl hij met zijn mobiel in de brievenbus scheen. Daar recht onder lag een versleten deurmat en uiterst links stond een rol beschermfolie tegen de muur.

'Moeten we geen AT laten komen en dat eerst naar binnen laten gaan?'

'Dat kan niet. Niet zolang het onderzoek officieel bij de Veiligheidsdienst ligt.' Fabian deed voorzichtig de klep van de brievenbus omlaag en voelde aan de deurkruk, maar de deur zat op slot. Hij liep naar de appartementsdeur ernaast, die open bleek te zijn. 'Blijf hier even wachten.'

'Moet ik hier gewoon zo blijven staan...' Ze maakte haar zin niet af en zuchtte.

Het zag er net zo uit als je in een slooppand kon verwachten. Smerig en uitgewoond. Op sommige plekken was de vloer opengebroken en hier en daar kwamen wat naakte elektrasnoeren uit het plafond. Behalve een matras die vermoedelijk wel het een en ander had meegemaakt, waren er geen meubels. Fabian liep naar het enige raam in de kamer, deed het open en stapte naar buiten.

Dat hij leed aan hoogtevrees was wat overdreven, maar hij hield niet van grote hoogtes. De ballonvaart die hij voor zijn veertigste verjaardag van zijn collega's had gekregen, had hij nog steeds niet gemaakt. De eerste twee jaar na dato hadden ze gevraagd of hij zijn cadeaubon binnenkort niet eens moest inwisselen. Hij had de hele tijd onduidelijke uitvluchten moeten verzinnen, tot hij op een dag had ingezien dat er maar één manier was om ze het zwijgen op te leggen. Een leugentje om bestwil. Hij had gelogen over wat een fantastisch mooie ervaring het was geweest. En ja, hij had zijn camera wel bij zich gehad, maar was veel te veel meegesleept door het prachtige uitzicht dat hij helemaal vergeten was foto's te maken.

Hij had nu geen andere keus dan te hopen dat de met ijs bedekte steiger het hield. Omlaag kijken zou weinig helpen. Het was beter vooruit te kijken en te proberen zich met minstens één hand ergens aan vast te houden en er in godsnaam voor te waken niet uit te glijden.

Na drie ramen was hij bij het afgesloten appartement. De jaloezieën zaten omlaag, dus hij kon niet naar binnen gluren. Hij keek om zich heen of hij iets zag wat dienst kon doen als slaghout, maar vond niets en besloot te proberen het raam in te trappen – wat veel lastiger bleek dan hij had verwacht. Als er iemand in de flat aanwezig was zou diegene voldoende tijd hebben gehad zich voor te bereiden, bedacht hij toen hij zich door de kapotte ruit naar binnen wurmde.

Toen hij eenmaal op de grond stond keek hij om zich heen en kon constateren dat de kamer circa twintig vierkante meter groot was. In tegenstelling tot de eerste flat was de vloer hier enigszins schoon. Tegen de ene muur stond een klein keukenblok met een kookplaat, een spoelbak en een koelkast. Op de koelkast zat een porseleinen pop met lang krulhaar, een jurk en een bijpassend hoedje hem aan te staren.

Hij liep de aangrenzende kamer in, die zo donker was dat het niet uitmaakte hoe goed zijn ogen hun best deden eraan te wennen. Hij gleed met zijn hand op de tast over de muur en vond uiteindelijk het lichtknopje, waarna er een plafondlamp midden in de kamer aanging. Het licht was zo fel dat hij de andere kant op moest kijken voordat hij na een tijdje zijn blik kon richten op de geplastificeerde tafel met de opening in het midden en een paar losse riemen die aan weerszijden omlaag hingen.

18

Er was nu bijna een halfuur verstreken sinds Kjeld Richter Dunja veel succes had gewenst en haar alleen in de vergaderkamer had achtergelaten. Daar zat ze nog steeds, ze probeerde moed te verzamelen om met rechte rug de afdeling op te kunnen lopen.

De misselijkheid was eindelijk verdwenen, maar die had plaatsgemaakt voor een barstende hoofdpijn. Als ze niet gauw wat vocht binnenkreeg, zou haar hoofd uit elkaar knallen. En alsof dat nog niet genoeg was, moest ze ook naar het toilet.

Ze had haar mogelijkheden overdacht en was tot de conclusie gekomen dat ze er buiten Sleizner, die ze met nog geen tang wilde aanraken, helemaal alleen voor stond. Hesk was een veel te goede politieman om het onderzoek zomaar te laten varen, maar er was geen twijfel over mogelijk dat hij haar op alle manieren zou proberen te dwarsbomen.

Richter was eigenlijk het enige vraagteken. In zijn 'veel succes' had ze geen duidelijke ironie of zorgzaamheid kunnen opmaken. Vermoedelijk had hij zelf geen idee welke kant hij moest kiezen, en als ze hem goed kende zou hij de weg kiezen die de minste problemen bij de koffie zou opleveren.

Ze was dus bij voorbaat al veroordeeld. Er was niemand die verwachtte dat ze het zou redden. Zelfs Sleizner vermoedelijk niet eens. Maar de handdoek in de ring werpen was geen optie. Er was geen gat in de grond waar ze doorheen kon zakken van ellende. Het enige alternatief was te proberen de verantwoordelijkheid te nemen en de eindstreep te halen, de schuldige op te pakken en iedereen te laten zien dat zij wel degelijk iemand was om rekening mee te houden.

Helaas geloofde ze daar zelf niet eens in.

Ze reikte naar de fruitschaal, pakte het rode doekje dat onderin lag en veegde het zweet van haar voorhoofd. Daarna sloot ze haar ogen en haalde een paar keer diep adem voor ze de tafel beetpakte en voorzichtig overeind kwam.

Haar benen en handen trilden en haar hartslag weerklonk letterlijk in haar oren. Ze kon er maar beter meteen aan wennen. Hesk had vermoedelijk gelijk.

Dit was nog maar het begin van haar kleine hel.

19

Nadat hij de deur open had gemaakt en Malin in het slooppand binnen had gelaten, was Fabian teruggekeerd naar de lange, smalle tafel die midden in de grootste van de twee kamers stond. De tafel had een gat in het midden, was met een hoekijzer aan de vloer vastgeschroefd en bekleed met doorzichtig plastic, wat weer met een nietpistool aan de onderkant van de tafel was vastgezet. Onder het gat zat een trechter die via een grove slang naar een jerrycan leidde. Maar de jerrycan was leeg en de trechter zag er brandschoon uit. Net als het plastic en de vastgeschroefde riemen die aan weerszijden omlaag hingen. Fabian zag geen sporen van bloed of uitwerpselen.

Het zag er in tegenstelling tot de rest van de kamer juist gloednieuw en schoon uit. De schroefkoppen die de spanriemen op hun plaats hielden glommen en op de lamp die van het plafond omlaag hing zat geen stof. Óf men had achteraf alles minutieus schoongemaakt, óf de installatie was nog niet in gebruik genomen.

Hij liep naar de ramen, waar houtvezelplaten voor stonden, langs de randen zorgvuldig afgeplakt. Alles om het licht buiten te sluiten en inkijk tegen te gaan. In de hoek stond een rol beschermfolie en op de grond lagen een schroevendraaier en een cirkelzaag evenals een lang verlengsnoer.

Het slooppand was duidelijk ergens op voorbereid. De vraag was alleen voor wát?

Folteren? Opereren? Afslachten?

Of was het gewoon een macabere voorziening om iemand in bewaring te houden? Wie zat hierachter en wie zou hier vastgegespt moeten liggen? Als het voor de minister van Justitie bestemd was, waarom was hij in dat geval dan niet hier? Zijn geheime mobiel was hier immers klaarblijkelijk wel geweest. Maar waar was die nu? En vooral: waar bevond de minister zich op dit moment? De vragen stapelden zich op en stortten telkens ineen tot een vormeloze hoop.

Fabian zuchtte. 'Malin, wat zou je zeggen van een vroege lunch? Ik trakteer.' Hij had een pauze nodig om zijn gedachten te ventileren voor hij verder kon gaan.

'Nu al?' riep Malin vanuit de hal. 'Kunnen we het hier niet beter eerst afmaken?'

'Oké.' Fabian liep naar de aangrenzende kamer met het keukenblok. Dat was het enige wat hij nog moest doen voor hij klaar was.

Net als de rest van het appartement zag het er enigszins schoongemaakt uit. Op het aanrecht stond een waterkoker met het snoer eruit getrokken en in het afdruiprek stonden een omgekeerd glas en een koffiekopje. Er was hier iemand een paar uur, hoogstens een etmaal geweest.

Hij draaide de kraan open, die eerst wat lucht uithoestte, maar daarna kwam er een gelijkmatige, schone waterstraal zonder bruine stukjes. Lucht, maar geen roest. Er was hier een of twee weken geleden iemand geweest. Vermoedelijk om dingen voor te bereiden. Als iemand hier het laatste etmaal was geweest, had diegene in elk geval geen water gebruikt. Hij deed de kraan dicht en opende de koelkast, die tot zijn verbazing aanstond en een paar sneetjes roggebrood in een plastic zak bevatte, een bakje leverpastei en een glazen pot met Haywards *pickled onions*, Engelse zilveruitjes, die bijna leeg was.

In het vriesvak lagen twee stijf bevroren diepvrieszakken. Hij haalde een van de twee eruit, kneep erin en wreef de rijp eraf. Het eerste waar hij aan moest denken was een witte, opgerolde lintworm. Hij had er nooit een in het echt gezien, maar had gehoord dat die wel twintig meter lang konden worden. Toen hij zag dat er WORSTDARM op het etiket stond begreep hij dat het varkensdarmen waren om zelf worst te stoppen. De andere plastic zak bevatte de ingewanden van een varken of een paar kippen.

Fabian was nooit erg gek geweest op ingewanden, hoewel hij zelf een kookboek uit de jaren dertig had dat enorm veel recepten met orgaanvlees van dieren bevatte. Onder andere de Zuid-Amerikaanse delicatesse: gegrilde koeienhersenen. Maar wie at dat tegenwoordig nou nog? En vooral: wat had dat met de verdwijning van de minister te maken?

'Fabbe! Kom eens kijken!' riep Malin.

Fabian ging terug naar de grotere kamer en liep door naar de hal. Toen zag hij het. Hij had het niet eerder opgemerkt. Vermoedelijk omdat hij er met zijn rug naartoe had gestaan en zich had geconcentreerd op de geplastificeerde tafel. Hij had er ook al zo een gezien op de koelkast in de andere kamer, en misschien reageerde hij er daarom ook op. Want daar boven op de stoppenkast zat nóg een porseleinen pop met blonde krullen en blauwe ogen hem aan te staren.

Hij haalde de pop van de kast en bekeek hem. Hij had nooit wat met poppen gehad. Zeker niet met porseleinen poppen. Hun gezichten waren zo waarheidsgetrouw dat het onbehaaglijk werd.

Als kind had hij van zijn oma voor kerst een pop gekregen, en zelfs nu kreeg hij nog rillingen als hij eraan dacht hoe die daar op de plank tussen al het andere speelgoed de hele nacht voor zich uit had zitten staren. Het had niet lang geduurd of hij had nachtmerries gekregen en was steeds slechter gaan slapen. Hij had de pop in de kast verstopt en er een deken overheen gelegd. Hij had hem zelfs weggegooid, maar zijn moeder had hem telkens weer op de plank teruggezet met als argument dat hij heel mooi en duur was.

Dus op een middag toen hij alleen thuis was, had hij moed gevat, de pop in zijn rugzak gestopt en was hij naar de betonfabriek achter Kojak gegaan – de hoge heuvel in Dalhem, even ten noorden van Helsingborg. Daar was hij zoals zo vaak over het hek geklommen – dat mocht absoluut niet, er hingen bordjes op met VERBODEN VOOR ONBEVOEGDEN – en daar had hij de pop in een van de grote mengkuipen gegooid. Hij was een hele tijd blijven kijken hoe de pop langzaam in het dikvloeibare betonmengsel was gezakt en verdwenen was. In elk geval uit zijn leven. Misschien zat hij nu ergens ingemetseld in een muur te staren.

'Fabbe! Wat ben je aan het doen?'

Malin bevond zich in de badkamer, waar ze in de badkuip stond en met een zaklamp in een groot gat in de muur omlaag scheen.

'Moet je kijken.' Ze stapte opzij en gaf de zaklamp aan Fabian. 'Zie je?'

Fabian knikte. Een meter lager in de buisschacht waren een hoed met een brede rand en een zwarte overjas met een bontkraag in de krappe ruimte vast blijven zitten.

'Zijn dat niet de kleren van Grimås? Toch? Ja, volgens mij wel.'

'Zeker, maar...'

'Maar wát?'

'Ik snap het niet.' Hij wendde zich tot Malin. 'Ik begrijp er eerlijk gezegd helemaal niets van.'

'Wat begrijp je dan niet? Grimås is hier geweest...'

'Maar waarom? En waar is hijzelf, of is hij hier door iemand heen gebracht?'

'Als die martelbank er niet was geweest, zou ik denken dat hij hier uit eigen beweging naartoe is gekomen. Misschien kent hij de eigenaar van het pand en wist hij dat hij zich hier in alle rust zou kunnen verkleden, om daarna verder te kunnen verdwijnen.'

'Maar...'

'Ik neig er nu meer naar dat iemand hem hiernaartoe heeft gebracht.'

'Oké, maar waarom is hier dan niemand?'

'Ze hebben hem hierheen gebracht en hem uitgekleed. Vraag me niet waarom. Misschien omdat ze wilden dat hij andere kleren zou aantrekken. En dan, terwijl ze daarmee bezig zijn, vinden ze zijn geheime mobiel en zien ze in dat het gewoon een kwestie van tijd is voordat wij hiernaartoe komen. Dus ze vertrekken zo snel ze kunnen en... voilà.'

'Dus jij bedoelt dat hij Ledamotshuset in zijn eentje verliet om vervolgens bij Kanslikajen te worden meegenomen en afgevoerd?'

'Hij kreeg misschien een ultimatum voor hij buitenkwam. Hij was hoe dan ook twintig minuten te laat. Tja, ik weet het niet.' Ze zuchtte en hield Fabian een zwabber voor. 'Ik probeer gewoon te begrijpen hoe het zit.'

Fabian pakte de zwabber aan, stak hem in de schacht en viste de kleren eruit evenals de aktetas van de minister, die overdwars was blijven steken.

Ze stapten uit de badkuip en terwijl Malin de kleren doorzocht nam Fabian de aktetas voor zijn rekening. Behalve een halfvol doosje Läkerol-pastilles, drie balpennen en een Filofax zat er een map in die na een vluchtige inspectie leek te gaan over een aantal rapporten over en onderzoeken naar de uitkomst van wetswijzigingen van de laatste jaren.

De organizer bleek daarentegen des te interessanter.

De meeste mensen waren zo langzamerhand overgestapt op een elektronische agenda, maar Grimås niet. Hij was van de oude stempel. Alle adressen en telefoonnummers waren met de hand geschreven en zonder wachtwoord te lezen. Bovendien stonden de bladzijden vol ingeplande vergaderingen en handgeschreven notities, zoals: 'Wanneer zullen ze van de milieupartij nou eens gaan inzien wat het nut is van deodorant...?' 'Dat mens van de sociaaldemocraten weet nog steeds niet waar ze het over heeft...' 'Misschien goed in bed...?' 'Niet vergeten een afspraak te maken bij de IA.' Enzovoort.

Het was alleen niet de inhoud waar Fabians hart sneller van ging kloppen, maar het handschrift. Dat gebeurde maar zelden. Fabian kon de keren op één hand tellen. Maar als dat gevoel er eenmaal was, was de beloning meestal zo groot dat die ruimschoots opwoog tegen vrijwel alles. Zoals een mooi doelpunt bij voetbal de ene moeizame, frustrerende wedstrijd na de andere goedmaakte. En dit was zo'n keer. Het gevoel van hoe een ogenschijnlijk onmogelijk puzzelstukje bezig was op zijn plaats te vallen, was niet te versmaden.

'Hier is-ie. Net wat ik zei.' Malin hield de telefoon omhoog. 'Hallo? Contact!' Fabian keek op en ontmoette haar blik.

'Uh, wat is er? Heb je wat gevonden?' vroeg ze.

Fabian knikte. 'Ik denk niet dat hij hier is geweest.'

'Wie? Grimås? Zeker wel. Kijk maar!' Ze zwaaide met de mobiele telefoon heen en weer.

'Ik moet die bewakingsfilm van gisteren nog een keer zien voor ik het zeker weet.'

'Wacht, ik begrijp het niet. Hoe kun je...' Ze zag in dat dat weinig zin had en gaf het op.

Fabian had de badkamer al verlaten en was op weg naar de buitendeur.

20

Sofie Leander besefte dat ze voor de verandering echt diep geslapen moest hebben. Eerder was ze altijd meteen wakker geworden als ze stappen of stemmen dichterbij had horen komen. Elke spier in haar lichaam had zich tot het uiterste gespannen en diep vanbinnen had zich een film afgespeeld die tot in detail had getoond waarop ze lag te wachten.

Waarvan ze zeker wist dat het zou gaan gebeuren.

Maar elke keer waren de voetstappen doorgelopen en weggestorven, en had ze kunnen ontspannen en nog wat verder kunnen leven in geleende tijd.

Tot nu toe.

Deze keer was alles anders.

Om de een of andere reden had ze geen voetstappen of stemmen gehoord.

In plaats daarvan was ze wakker geworden van het geluid van de elektromotor en het piepende rolluik, en in tegenstelling tot alle andere keren bleef haar lichaam rustig en ontspannen. Het was alsof het al zo lang op scherp had gestaan dat het nu niet meer in staat was bang te zijn.

Maar Sofie was bang.

Doodsbang.

Ze kon horen dat het rolluik weer dichtging en dat de sluiting van een harde koffer openklikte. Daarna rammelde er iets op het metalen tafeltje schuin achter haar. Vermoedelijk scalpels, tangen en andere chirurgische instrumenten, dacht ze, en ze probeerde de film te stoppen die opnieuw de scène afspeelde waarin ze zag hoe zijzelf werd opengesneden.

Ze probeerde haar hoofd te draaien om te kijken of het de arts was die haar hierheen had gebracht, maar gaf het op toen de riem om haar hals te diep in de wond sneed. Het maakte ook eigenlijk niet uit. Het wachten was voorbij en het was tijd om er een punt achter te zetten.

De apparaten om haar heen sloegen aan en ze hoorde hoe ze allerlei geluiden gingen maken die aangaven dat het tijd was. De riem om haar linkerpols werd losgemaakt en ze merkte hoe de koude schaar tegen haar onderarm drukte toen de mouw van haar blouse werd opengeknipt. Ze voelde een prikje aan de binnenkant van haar elleboog en een paar seconden later werden al haar gedachten troebel door de slaap.

Veel te vroeg, hoewel het wachten een eeuwigheid had geleken.

Ze had gehoopt dat ze nog iets zou kunnen zeggen. Dat de tape van haar mond zou worden losgemaakt, zodat ze in elk geval 'sorry' kon zeggen en de kans kreeg uit te leggen dat ze zich er voortdurend bewust van was geweest hoe fout het was, maar niet het gevoel had gehad dat ze een keuze had. Dat ze – hoewel ze zo bang was geweest – haar straf had geaccepteerd en op de een of andere manier ook vond dat het niet meer dan rechtvaardig was.

Maar zelfs die kans kreeg ze niet.

21

'Vijf minuten, dan moeten jullie gaan,' zei de bewaker, en hij dubbelklikte op de film. 'Oké?'

Fabian en Malin knikten en wachtten tot de geüniformeerde man ze alleen zou laten. In de tussentijd keken ze door het raam naar buiten en konden ze zien hoe de Veiligheidsdienst nog steeds bezig was in het water van Riddarfjärden vlak naast Kanslikajen naar het lichaam van Grimås te dreggen.

Ze bevonden zich in de kleine personeelsruimte achter de receptie van Ledamotshuset, en het was een harde strijd geweest om toegang te krijgen tot de bewakingsfilm waarop de minister van Justitie door de ingang naar buiten leek te gaan. De Veiligheidsdienst had de film niet alleen als geheim bestempeld, de dienst had de veiligheidsverantwoordelijken ook gewaarschuwd dat er vermoedelijk iemand van de rijksrecherche eventueel vragen zou komen stellen. Waar ze alleen niet op hadden gerekend, waren Malin en de humeurwisselingen ten gevolge van haar zwangerschap, die iedereen konden breken als ze haar zin niet kreeg.

Fabian zette de film aan. Die toonde de lege entree met zijn dubbele veiligheidsdeuren van glas, en toen Carl-Eric Grimås eenmaal in beeld kwam, werd exact dezelfde sequentie afgespeeld als hij de avond ervoor had gezien. De minister van Justitie die in zijn eentje aan kwam lopen met zijn aktetas in zijn linkerhand, vervolgens met zijn rechterhand zijn pasje door de lezer haalde, eerst de ene deur openduwde en daarna de andere, en buiten in de sneeuwbui verdween.

Net zoals Fabian had vermoed, was de oplossing daar de hele tijd voor hun ogen aanwezig geweest. Ze hadden alleen niet geweten waar ze naar hadden moeten kijken. De aktetas in zijn linkerhand en het doorhalen van het pasje met de andere.

Dat deed iemand die rechtshandig was.

Maar de hellingshoek van de handgeschreven notities in de agenda van de minister spraken duidelijke taal.

Net als zijn eigen vrouw Sonja, was Carl-Eric Grimås linkshandig.

Fabian wendde zich tot Malin. 'Zie je? Hij is rechtshandig.'

'Dat is dus niet de minister van Justitie, maar iemand die zich als hem heeft verkleed.'

Fabian knikte. 'Vermoedelijk de dader.' Hij speelde het filmpje opnieuw vanaf het begin af. Stukje bij beetje, beeld voor beeld. 'Zie je? Hij weet precies waar de camera hangt en hoe hij zich moet bewegen om te voorkomen dat zijn gezicht in beeld komt.'

'Maar als dat de dader is, waar is de minister van Justitie dan?'

Fabian keek haar aan. 'Geen idee. Maar als hij het gebouw niet door een van de andere ingangen heeft verlaten, kunnen we niet uitsluiten dat hij hier nog is.'

22

NANNA MADSEN – 21 JAAR, 5 DECEMBER 2005, VUILCONTAINER IN HERLEV
HEVIGE BLOEDINGEN ALS GEVOLG VAN BIJTWONDEN OP GROTE DELEN VAN RUG, BORST EN ONDERLICHAAM. ANALYSE VAN TANDAFDRUKKEN DUIDT OP BETEN VAN ZOWEL EEN MENS ALS EEN HOND, VERMOEDELIJK EEN DOBERMANNPINCHER. VEILIGGESTELDE SPOREN VAN DE DADER ONTBREKEN.

KIMIE COLDING – 17 JAAR, 23 APRIL 2007, PEBLINGEMEER, KOPENHAGEN
VERWONDINGEN AAN HET ONDERLICHAAM NA GROVE PENETRATIE. BEIDE RIJEN TANDEN ZIJN STUKGESLAGEN EN DIVERSE OPEN FRACTUREN IN DE SCHEDEL DUIDEN OP KRACHTIGE GEWELDPLEGING TEGEN HET HOOFD. VERMOEDELIJK SLAGEN MET EEN HAMER. WATER IN DE LONGEN DUIDT EROP DAT HET SLACHTOFFER ONDANKS HET LETSEL BIJ BEWUSTZIJN WAS TOEN ZIJ IN HET MEER BELANDDE. VEILIGGESTELDE SPOREN VAN DE DADER ONTBREKEN.

METTE BRUUN – 37 JAAR, 7 SEPTEMBER 2008, NATUURGEBIED AMAGER FÆLLED
AAN FLARDEN GESCHEURDE ANUS EN DIKKE DARM, ALSMEDE ERNSTIG INWENDIG LETSEL VANAF HET ONDERLICHAAM TOT AAN DE MAAGZAK. VERMOEDELIJK NA PENETRATIE MET KNOESTIGE TAK OFWEL EEN VAN SPIJKERS VOORZIENE KNUPPEL. VEILIGGESTELDE SPOREN VAN DE DADER ONTBREKEN.

Dunja Hougaard liet de map op tafel vallen, leunde achterover tegen de rugleuning van de bank en sloot haar ogen. Ze had even een pauze nodig van alle foto's van kapotgepenetreerde vrouwenlichamen die om eerherstel smeekten, maar dat nooit ofte nimmer zouden krijgen.

In plaats daarvan dook Kim Sleizner op in haar gedachten. Ze had nog maar net achter haar bureau gezeten toen hij zijn hoofd om de hoek had gestoken en haar had gevraagd na werktijd even naar zijn kamer te komen. Pas toen was het kwartje gevallen. Ze had eindelijk ingezien waar hij eigenlijk op uit was, en dat bezorgde haar koude rillingen. Het ging helemaal niet om haar vakbekwaamheid.

Zo achteraf kon ze niet begrijpen dat ze dat had kunnen missen, het was voor alle anderen blijkbaar heel *obvious*. Het was net een slechte grap, en het enige wat ze kon doen was laten zien dat ze het allemaal bij het verkeerde eind hadden.

Daarom lag ze nu ook thuis op de bank in Blågårdsgade te werken hoewel haar werkdag eigenlijk al was afgelopen. Ze had de allergrofste verkrachtingszaken van de laatste jaren die nog onopgelost waren meegenomen. Mikael Rønning van de ICT-afdeling had haar geholpen de zaken uit het archief te filteren, hoewel hij eigenlijk helemaal geen politiële bevoegdheden had. Maar ze had een bondgenoot nodig. Iemand die niets met haar afdeling te maken had.

Hij had zich als een dartel veulen en vol overgave op de zoekopdracht gestort. Maar in het tempo waarmee de printer de onderzoeken had uitgespuugd, het ene nog erger dan het andere, was zijn enthousiasme getemperd, en toen het hem uiteindelijk duidelijk was geworden hoeveel doortrapte verdorvenheid er was, had hij verklaard dat zijn geloof in de mensheid verbruikt was.

Zelf was Dunja absoluut niet verbaasd. Noch over het grove geweld, noch over het feit dat de dader in de meeste gevallen een man was en het slachtoffer een vrouw. Nee, het enige wat haar verbaasde was hoeveel onderzoeken er nooit waren opgelost en hoe eenvoudig het besluit genomen leek te worden er geen middelen meer aan te besteden en de zaak te laten doodbloeden.

Er leek geen eind te komen aan de lijst geseponeerde verkrachtingsonderzoeken. Hoewel ze Rønning had gevraagd alleen de onderzoeken met dodelijke afloop uit te filteren, had ze meer dan een dozijn onderzoeken meegekregen van de laatste vier jaar. En ze hadden nog wel een geografische beperking aangebracht van de kuststrook van Køge tot aan Helsingør.

Er was dus sprake van drie gevallen per jaar waarbij onschuldige vrouwen een dusdanig hevige pijn hadden moeten lijden dat de dood een verlossing moest zijn geweest. Drie onderzoeken die werktuiglijk waren gestagneerd hoewel de dader nog vrij rondliep.

Per jaar.

Dunja keek door het raam naar buiten. Naar de loodgrijze wolken die zich langs de hemel bewogen alsof ze bezig waren een nieuw onweer te formeren en het beetje daglicht dat er nog was weg te toveren. De beelden van Karen Neumans gemolesteerde lichaam wilden haar niet met rust laten en vermengden zich met de wolken. Er was in meerdere opzichten sprake van hetzelfde buitensporige en tevens berekenende geweld als in de oudere onderzoeken, en net zoals ze op het overleg had gezegd, was dit niet het werk van een beginneling. Wie het ook was, hij deed dit niet voor het eerst.

Karen Neuman was gewoon een volgend slachtoffer in zijn jacht op kicks.

Maar hoe ze ook zocht, ze kon geen enkele link vinden met een van de oudere onderzoeken. Ze had alles al geprobeerd. Ze gesorteerd volgens verschillende criteria, de gedetailleerde letselbeschrijvingen meer dan één keer doorgelezen en elke foto van de gemartelde stoffelijke overschotten onder de loep bestudeerd. Maar er was niets wat eruit sprong als mogelijk verband.

Zeven gevallen had ze snel terzijde kunnen leggen. Vier ervan hadden zoveel overeenkomsten dat ze een groep op zich vormden. Daar was bovendien sprake van een zeer aannemelijke verdachte. Helaas was hij erin geslaagd zelfmoord te plegen voordat hij werd veroordeeld.

De andere drie hoorden zonder meer ook bij elkaar. Daar had de dader een trofee meegenomen in de vorm van een scalp, een stuk schedelhuid met het daarop zittende hoofdhaar, en volgens het rapport van Oscar Pedersen duidde de rijkelijke bloedstroom van de stukgesneden hoofdhuiden erop dat de slachtoffers in alle drie de gevallen tijdens het feitelijke proces nog in leven waren. Wie de beestachtige daden ook op zijn geweten had, hij was nog altijd een vrij man.

Naar hem was ze nu alleen niet op zoek, ook al had ze zichzelf beloofd die onderzoeken zo gauw ze tijd had nieuw leven in te blazen en ervoor te zorgen dat ze die klootzak zouden oppakken.

Op de salontafel lagen nog vijf onderzoeken.

Vijf onderzoeken die officieel nog liepen, maar die in werkelijkheid gesloten waren.

Er was bij allemaal sprake van dusdanig grof en berekenend geweld dat het net als bij de zaak Karen-Neuman onmogelijk het werk kon zijn van een beginneling. Tegelijkertijd onderscheidden alle vijf de zaken zich markant van elkaar. Tot nu toe had ze geen overkoepelende link gevonden. De slachtoffers waren niet alleen van verschillende leeftijden en leken evenmin op elkaar, ook de plaatsen delict waren zeer divers. Om nog maar te zwijgen over de verschillende handelwijzen.

Het was alsof elke zaak een uniek, eenmalig verschijnsel was. Een dader die één keer over de schreef gaat en op de meest beestachtige wijze zijn slachtoffer verkracht en doodmartelt om daarna weer terug te keren naar zijn gewone leventje, zonder sporen of bindend bewijs achter te laten. Dat was godsonmogelijk. Ergens moest een gemeenschappelijke noemer zijn. Daarvan was ze overtuigd.

Ze werd uit haar gedachten gewekt door haar mobiele telefoon. Het was Kjeld Richter, dus ze probeerde zo serieus en ernstig mogelijk te klinken, hoewel ze eigenlijk alleen maar opgelucht was dat hij háár belde en niet Hesk. Volgens Scandlines, dat de veerdienst Helsingør-Helsingborg onderhield, hadden twee auto's een hek omvergereden toen ze de vorige nacht de terminal in de haven wilden verlaten, en daar was Kjeld Richter op afgestuurd voor onderzoek.

'Ha, Kjeld. Ben je nog in Helsingør?'

'Dunja, ik mag je graag, maar je moet één ding niet vergeten. Je hebt zoveel hooi op je vork genomen dat je riskeert te bezwijken. En wat je ook doet als dat gebeurt, op mij hoef je niet te rekenen.'

'Kjeld, luister. Dit was Sleizners idee. Ik begrijp er net zo weinig van als...'

'Daar bemoei ik me niet mee. Ik wil gewoon mijn werk kunnen doen, maar *that's it*. Dan weet je dat.'

'Tuurlijk. Ik hoor wat je zegt,' zei Dunja, en ze haalde diep adem. 'Maar ik ga ervan uit dat je niet alleen belt om te vertellen dat jij ook aan dat kat-en-muisspel meedoet, maar omdat je ook nog wat gewerkt hebt.'

'Eh…? Hè?'

'Je hebt me wel gehoord,' zei Dunja, onder de indruk van zichzelf dat ze erin geslaagd was duidelijk te laten merken dat ze niet over zich liet lopen. 'Nou? Heb je wat gevonden? Zo niet, dan wil ik…'

'Ik heb al aan Jan gerapporteerd en wilde alleen even laten weten dat ik naar huis ga.'

'Maar je moest toch aan míj rapporteren? Op dat punt had Sleizner niet duidelijker kunnen zijn.'

'Het laatste wat ik wil is in een of andere machtsstrijd verwikkeld raken tussen…'

'Kjeld, je hebt gezegd dat je je werk zou doen. Als je dat dan ook doet, is iedereen blij.'

Het werd stil en Dunja kon horen dat Richter alle voor- en nadelen tegen elkaar afwoog.

'Ik weet niet meer wie van jullie het erover had, maar er is geen twijfel over mogelijk dat die Zweedsc auto cn Neumans BMW op de terminal van de veerboot zijn geweest en op weg naar buiten een hek hebben geramd.'

Dunja stond op van de bank. 'En daarna? Hoe lopen de sporen verder?'

'Rechtdoor Færgevej op. Maar die weg is veel bereden en de sneeuw is daar allang geruimd.'

Dunja liep naar het raam en constateerde dat het buiten weer was gaan sneeuwen. Gewoonlijk hield ze van sneeuw, vooral de eerste sneeuw van de winter die al het grauwe in een schone witte deken wikkelde, het volume matigde en iedereen dwong het wat rustiger aan te doen. Maar nu niet. Deze keer betekende het winterweer niets anders dan een strijd tegen de klok. Elke verdere sneeuwvlok droeg ertoe bij dat sporen werden uitgewist, evenals de mogelijkheid erachter te komen wat er in de haven van Helsingør was gebeurd.

'Nou ja, ik heb alle sporen veiliggesteld die je maar kon veiligstellen. Nu moet ik ervandoor.'

'Kjeld, wacht. Is het bij jou ook gaan sneeuwen?'

'Het sneeuwt keihard, dus als ik nu niet ga, kan ik de kinderen niet op tijd van de crèche halen.'

'Maar ik wil dat je blijft om...'

'Hoezo blijven? Donderdag is de enige dag dat ik ze moet ophalen. Als ik dat verknal praat Sofie het hele weekend niet met me.'

'Dat is dan niet anders. Ik wil dat je dit eerst afmaakt.'

'Ik bén verdomme klaar!'

'Mankeer je wat aan je oren of zo? Je bent pas klaar als ik het zeg.'

Ze hoorde Richter een diepe zucht slaken. Hij herpakte zich en zei: 'Denk je dat ik niet doorheb waar je mee bezig bent? Denk je dat ik niet zie dat jij verdomme...'

'Jezus, leid jij dat onderzoek of ík? Doe gewoon wat ik zeg – voor het te laat is!'

Het werd doodstil en Dunja bedacht dat Richter vermoedelijk net zo geschokt was over haar uitval als zijzelf. Zo hard was ze nog nooit tegen iemand tekeergegaan. Zelfs niet als ze woest was op Carsten.

'Voordat je naar huis gaat wil ik dat je in noordelijke richting over Færgevej rijdt en kijkt of je sporen langs de kant ziet of dat er sporen zijn die een zijweggetje inslaan.'

'En wat is de lol daarvan, behalve dat ik te laat kom? Ze kunnen overal hebben gereden, het is godsonmogelijk om...'

'Doe nu maar gewoon wat ik zeg, in plaats van...'

'Ik ben al bezig.'

'Oké. Hoe ver ben je?' Ze liep snel naar het bureau in de hoek onder de boekenkast, wekte de computer tot leven en zoomde in op de haven van Helsingør.

'Ik ben op Stationspladsen en sla rechts af naar Havnegade en rijd dan naar het noorden langs het havenbekken.'

'Oké, je ziet zeker alleen aan de linkerkant huizen, hè?'

'Ja, maar hallo. Wat denk je wel? Dat is zoeken naar een speld in een hooiberg. En dan ook nog eens met een speld van hooi. Er zijn hier op zich heel veel nieuwe sporen, want het sneeuwt als... ik weet niet wat, maar...'

'Waar ben je nu?'

'Ik heb de haven nu min of meer gehad en kom zo meteen op Nordre Strandvej.'

'Keer en rij terug, de andere kant op.'

'Hè? Waarom? Daar is alleen de havenkade.'

'Doe gewoon wat ik vraag voordat het helemaal is dichtgesneeuwd! Als je in dit tempo doorgaat moeten je kinderen straks nog op de crèche overnachten.'

Dunja verwachtte enige vorm van protest. Ook al had ze met haar toonhoogte aangegeven dat ze een grapje maakte, Kjeld Richter stond erom bekend dat hij ironie niet begreep en geen enkele vorm van humor bezat. Iets wat zelfs zo ver was gegaan dat de anderen op de afdeling hem al 'de Zweed' waren gaan noemen. Zelfs daar had hij niet om kunnen lachen. Hij was naar het hoofd personeelszaken gestapt en had melding gemaakt van getreiter, en ze hadden allemaal op het matje moeten komen.

'Kjeld, dat laatste was dus een grapje. Natuurlijk hoeven ze niet...'

'Ik geloof verdomme dat ik het heb gevonden... Wacht.'

'Wat dan? Wát heb je gevonden? Kjeld, zeg wat! Waar zit je precies?'

'Zie je het treinspoor dat langs Havnegade loopt?'

Dunja zoomde in op het treinspoor dat tussen de weg en de kade liep.

'Ja, ben je daar?'

'Precies waar je over het spoor kunt rijden, verder de kade op. Wacht, ik moet alleen...' Je kon horen dat het portier openging en dat de wind direct in de aanval ging. 'Jezus, wat een pokkenweer.'

Toch wilde Dunja niets liever dan dat ze daar zelf was geweest. 'Heb je sporen gevonden?'

'Dat moet wel. Eentje met spijkerbanden en een met... Ze zijn over de kade geglibberd en...'

'En wát? Kjeld? Heb je wat gevonden?'

'Ja. Stukjes kunststof van een achterlicht. Maar, jezus...'

Dunja voelde haar hoofdhuid jeuken van frustratie en ze had hem bijna schreeuwend bevolen exact te vertellen wat hij allemaal zag, maar wist zich in te houden en pas na een paar oneindig lange seconden werd de stilte doorbroken.

'Tja, als ik me niet sterk vergis is Neuman achter de auto met de spijkerbanden de kade op gereden en er recht op geknald, zodat die... Wacht, dan zal ik... Ja, verdomme. Het kan niet anders zijn gegaan.'

'Zodat die wát? Kjeld? Hallo?'

'Het water in is gereden.'

'Bedoel je dat die Zweedse auto op de bodem van het havenbekken zou liggen?'

'Daar ben ik zo goed als zeker van.'

'Betekent dat dat de dader daar ook ligt?'

'Dat zou kunnen. Of niet. Ik weet het niet. Er zijn hier nogal wat voetstappen, maar er is al te veel sneeuw gevallen om te zien of die van een of meer personen zijn.'

'Oké, stel zoveel mogelijk sporen veilig, dan spreken we elkaar morgen.' Ze beëindigde het gesprek en ging weer op de bank liggen in een poging haar gedachten te ordenen.

Als Richter de sporen in de sneeuw correct had geïnterpreteerd, betekende dat dat Aksel Neuman de jacht op de dader had geopend nadat hij thuis was gekomen en zijn vrouw in bed had aangetroffen. Naar alle waarschijnlijkheid had hij de Zweedse auto de hele weg naar de veerbootterminal geschaduwd, waar hij was ontdekt. Daarop was het uitgelopen op een regelrechte achtervolging, die op de kade een abrupt einde had gekregen.

Maar waar Aksel Neuman en zijn BMW waren gebleven, was nog een raadsel. Een mogelijkheid was dat hij zich schuilhield omdat hij riskeerde te worden veroordeeld voor moord op de dader. Een ander scenario was dat de dader uit de auto en naar de oppervlakte had weten te komen. Of dat hij er niet eens in zat toen de auto het water in reed en ergens verstopt stond, waarna hij Aksel heeft overmand en hem van het leven heeft beroofd, en zijn auto heeft meegenomen.

Dat was op zich een plausibel scenario. Of het waarschijnlijk genoeg was, was een andere vraag, en als Dunja zelf antwoord moest geven, zou dat een resoluut nee zijn. Het tipte niet eens aan waarschijnlijk. Maar iets zei haar dat 'waarschijnlijk' of 'niet' het laatste zou zijn waar het bij dit onderzoek om zou draaien.

23

Het Zweedse parlementsgebouw bestond in feite uit zeven verschillende panden. Het Oostelijke en het Westelijke parlementsgebouw op het eiland Helgeandsholmen plus Ledamotshuset, Brandkontoret, Neptunus, Cephalus en Mercurius in Gamla Stan – de oude stad. Alle gebouwen waren door tunnels met elkaar verbonden en werden in de gaten gehouden door zo'n honderd camera's. De camerabeelden werden bekeken door de twee bewakers die in de alarmcentrale op de begane grond van het Westelijke parlementsgebouw zaten, wat een behoorlijke klus moest zijn. Gezien de hoeveelheid vierkante meters, het aantal passages en ruimtes, en het aantal hooggeplaatste politici dat zich dagelijks in de gebouwen bevond, was het gebied dus vrijwel onbewaakt. Als je wist waar de camera's hingen, kon je gemakkelijk onzichtbaar blijven.

Na circa twee uur eindeloos turen naar verschillende bewakingsfilms slaagden Fabian, Malin en de ene van de twee bewakers van de alarmcentrale erin de minister van Justitie te identificeren toen hij door uitgang nummer vier de plenaire vergaderzaal verliet. In de linkeronderhoek werd de tijd aangegeven, 14.42 uur, en ze konden duidelijk zien dat Grimås bleef staan om zijn lange jas met bontkraag aan te trekken voordat hij naar de roltrap liep.

'Zie je? Zie je dat hij zijn aktetas in zijn rechterhand houdt en zijn hoed in zijn linker?' Fabian wees op de monitor waarop de minister de roltrap af ging, en Malin kon alleen maar knikken.

De volgende keer dat ze de minister in beeld kregen, zagen ze hem met besluitvaardige pas door de grote Rijksbankzaal lopen, die nog steeds zo heette hoewel de Zweedse Bank al in 1976 naar een ander pand was verhuisd. De aktetas hing nog steeds in zijn rechterhand en met zijn linkerhand zette hij zijn hoed op.

'Is dit de snelste weg als je naar Ledamotshuset wilt?' vroeg Malin, en de bewaker knikte.

'Hij lijkt in elk geval van plan te zijn om naar buiten te gaan,' zei Fabian, die niets in de lichaamstaal van de minister kon ontdekken wat erop duidde dat dit iets anders zou zijn dan een doodgewone dag.

Dat gold ook toen ze hem door 'de goot' zagen lopen, zoals het eerste deel van de ondergrondse aansluiting op de regeringskantoren in Gamla Stan werd genoemd. Er was bij de minister geen sprake van aarzeling of nervositeit toen hij onderweg door de ramen naar buiten keek, naar Riddarfjärden, waar zijn ene mobiel zojuist door de Veiligheidsdienst was opgediept, of toen hij naar andere parlementsleden knikte die in tegenovergestelde richting langsliepen. Wat er ook stond te gebeuren, hij wist daar naar alle waarschijnlijkheid absoluut niets van, meende Fabian.

De volgende seconden gebeurde het.

De tijd in de linkeronderhoek gaf 14.45 uur aan.

In de ondergrondse zaal direct na de goot bleef de minister abrupt staan en draaide zich om, alsof hij door iemand werd geroepen.

'Speel dat nog eens af en zoom in,' zei Fabian, en even later werd het filmpje opnieuw vertoond, nu ingezoomd en met een aanzienlijk korreliger beeld. Desondanks was de vragende gezichtsuitdrukking van de minister niet te missen.

'Is er nog vanuit een andere hoek gefilmd, zodat we kunnen zien door wie hij wordt geroepen?' vroeg Malin.

'We hebben hier alleen camera's bij de deuren. De politici vinden het niet zo prettig in de gaten te worden gehouden. Maar laat me even kijken...' De bewaker wisselde tussen een aantal verschillende hoeken. 'Hier. Hier hebben we hem,' zei de bewaker, en hij drukte op PLAY.

De film liet zien hoe een bewaker met een snor en een ruim bemeten taille de minister riep en wenkte, terwijl die op weg was in tegenovergestelde richting. Vlak daarna draaide de minister zich om, liep naar de man toe en boog voorover om te horen wat de bewaker, die een kop kleiner was, zei.

'Zijn er ook microfoons?' vroeg Fabian.

'Helaas.' De bewaker zoomde in op het beeld waarop de minister leek te luisteren en te knikken.

'Kent u die bewaker?' vroeg Malin.

'Nee, ik heb hem nooit eerder gezien. Maar iedereen moet een ID-nummer op zijn uniform hebben, hoewel de minister er hier precies voor staat.'

De minister knikte opnieuw en liep daarna met de bewaker mee en verdween uit beeld.

'Waar zijn ze nu heen?' vroeg Fabian.

'Ik weet het niet. Maar het ziet ernaar uit dat ze rechtdoor zijn gelopen naar Brandkontoret of Neptunus in plaats van rechts af te gaan naar Ledamotshuset. Maar...'

'Ga eens over naar een andere camera. We mogen ze niet uit het oog verliezen.'

'Fabian, dit is niet live hoor,' zei Malin. 'Alles is opgeslagen, is het niet?' Ze wendde zich tot de bewaker, die met een begripvol lachje knikte.

Maar Fabian voelde zich geen steek rustiger. Nu gebeurde het. De minister verdween voor hun ogen.

'Ik begrijp het niet,' zei de bewaker, en hij ging heen en weer tussen verschillende beelden, waarvan sommige pikzwart waren. 'Het lijkt wel of sommige camera's... zijn bespoten met verf of zo. En ik krijg alleen een sabotagealarm als iemand het snoer doorknipt.'

'Oké, ga terug naar de film waar ze het laatst zijn gezien en spoel dan door naar 15.20 uur.'

De bewaker klikte iets verder op de tijdlijn en circa een halve minuut later kwam de minister weer in beeld. 'Aha, daar is hij weer. Ik begon al ongerust te worden.'

'Wás hij het maar,' zei Fabian.

24

Dunja probeerde ergens anders aan te denken, maar de beelden bleven terugkomen. De foto's van alle verminkte vrouwenlichamen die als slachtafval op de vloer van een abattoir lagen. Alle kapotgemaakte onderlijven, doorgesneden kelen en gedoofde blikken. De foto's die ze tot in het kleinste detail had geanalyseerd in een steeds wanhopiger poging een verband te zien dat ze kon linken aan de moord op Karen Neuman.

Na veel te veel uren op de bank was ze op een dood spoor beland.

Ze besloot naar bed te gaan, maar haar brein bleef op eigen houtje doorwerken en ze kon de slaap niet vatten. Toen ze uiteindelijk de buitendeur hoorde opengaan en Carsten thuiskwam van het kerstdiner van zijn werk, was ze doodstil blijven liggen en had ze gehoopt dat de slaap uiteindelijk wel zou komen als ze maar voldoende deed alsof.

Misschien had ze iets tegen hem moeten zeggen in plaats van daar maar te liggen en te doen alsof. Vertellen dat haar hoofd zo druk bezig was fragmenten van gebeurtenissen af te spelen, waarbij de ene vrouw na de andere eerst werd verkracht en vervolgens in stukken werd gezaagd, gehakt of gesneden, dat ze niet kon slapen.

Maar in plaats daarvan was ze doorgegaan met doen alsof.

Had ze alle mogelijkheden opengelaten.

Iets waar Carsten gretig gebruik van maakte.

Als hij eenmaal een besluit had genomen, hielden argumenten als vermoeidheid en hoofdpijn geen stand. Dat zij überhaupt geen zin had, was ook niet iets wat hem tegenhield. Integendeel. Hij was ervan overtuigd dat dat eenvoudig kon worden opgelost door zijn vinger extra hard tegen haar clitoris te wrijven, en in de hoop dat haar hersenen een broodnodige pauze zouden krijgen, had ze hem in zich laten komen.

Helaas had dat niet geholpen.

Ergens wilde ze ook eigenlijk wel. Ze wilde in elk geval dat ze zou willen. Daarom liet ze hem pompen in het tempo van een metronoom, en daarom knikte ze en probeerde ze af en toe te kreunen als hij hijgend in haar oor vroeg of ze het lekker vond.

'Trouwens, ik moet je nog wat vertellen.'

'Uh, moet dat nu? Kan dat niet wachten?' vroeg Dunja, terwijl ze probeerde de beelden van wat een slaghout met spijkers met een vrouw kon doen uit haar hoofd te zetten.

'Nee, anders vergeet ik het misschien. Ik moet het weekend naar Stockholm en kom pas dinsdag weer terug.' Hij duwde het puntje van zijn tong steeds verder in haar oor en Dunja vroeg zich af of hij wel doorhad wat een herrie dat maakte. 'Ik weet het niet zeker, maar als ik het goed heb begrepen is het een seminar over een nieuwe manier om de kredietwaardigheid van een bedrijf na een fusie te berekenen.'

Dunja knikte en liet hem doorgaan met zijn gestoot. Kon het echt om vijf totaal verschillende daders gaan? Zes, met Karen Neuman erbij? Zes verschillende mannen die zich in het geheim hadden voorbereid en daarna zonder enige waarschuwing vooraf met berekenende woede hadden toegeslagen op een onschuldig slachtoffer, om daarna weer terug te keren naar hun volstrekt normale leventje.

'Sorry dat ik gisteren geen zin had. Maar dat wil ik nu dubbel en dwars compenseren – het is maar dat je 't weet.'

Dunja knikte en probeerde te negeren dat ze droog was geworden van onderen en dat het pijn begon te doen. In plaats daarvan dacht ze aan alle keren dat ze seks hadden gehad toen ze elkaar net hadden leren kennen. Hoe ze het overal hadden gedaan en meerdere keren per dag. Het was geweest alsof alles om hun liefdesleven draaide en de rest totaal niet belangrijk was. Toen was ze constant geil geweest en hadden ze alle mogelijke en onmogelijke standjes uitgeprobeerd.

Ze wist niet hoe ze dat waar ze nu mee bezig waren moest noemen. Seks was het in elk geval niet. Ze had altijd gehoord dat dat iets was wat dieper en intiemer werd des te langer je bij elkaar was. Maar het was in hun geval juist slechter geworden en zó saai dat alleen al de gedachte aan iets anders dan de missionarishouding strafbaar leek.

Verraste hij haar maar eens met iets onverwachts. Alles was beter dan dit monotone gerij. Bewoog hij maar eens een keer wat onregelmatiger, of nog beter, trok hij zich maar eens helemaal uit haar om haar te gaan beffen. Hoelang was dat al niet geleden? Daarna kon hij haar misschien omdraaien en op z'n hondjes nemen. Inderdaad, zo zat het. Plotseling zag ze het zo duidelijk voor zich dat ze niet begreep waarom ze er niet eerder aan had gedacht.

'Wat is er?' Carsten stopte midden in een beweging.

'Niets. Ga maar lekker door.'

De verandering op zích was de gemeenschappelijke noemer. Hoe hadden zij en alle anderen dat kunnen missen? Natuurlijk was het dezelfde dader. Hij wilde alleen niet twee keer hetzelfde doen. Als hij de kick wilde krijgen die hij zocht, had hij geen andere keus dan telkens een nieuwe – en bij voorkeur nóg sadistischer manier – te zoeken.

Dunja deed alsof ze klaarkwam. Nu om er een eind aan te maken.

Twee minuten later rolde Carsten over naar zijn kant, voldaan met zijn prestatie, en kon zij uit bed stappen.

'Liefste, ik kom zo terug. Ik moet even iets doen.'

'Oké, ik beloof je dat ik nergens heen ga. Als je maar weet dat ik nog niet helemaal klaar ben,' zei Carsten, en hij pakte zijn vermoeide lid beet.

'Ik beloof je dat ik me zal haasten,' zei Dunja, terwijl ze haar kimono aantrok en de kamer uit liep, zich er goed van bewust dat hij allang in slaap was voordat ze klaar was.

25

'Brandkontoret en Neptunus zijn de twee kleinste panden,' zei de lange, grote bewaker die nu al buiten adem was. Hij spoedde zich door de ondergrondse gang die dwars door de oude stadsmuur liep, terwijl hij tegelijkertijd de rest van de troepenmacht via de portofoon dirigeerde. 'En als het inderdaad klopt dat ze hierheen zijn gelopen, zouden we hem snel moeten vinden.'

Fabian en Malin spurtten achter de man aan in dezelfde richting als waar de minister samen met de geheimzinnige bewaker verdwenen was. Ze snelden door een labyrint van gangen, oude keldergewelven en beklommen nauwe trappen die naar de twee regeringskantoren leidden, en met elke stap werd het gevoel dat ze steeds dichter bij hun doel kwamen sterker. De energie was bijna tastbaar toen de bewakers zich opdeelden over de twee gebouwen om ze kamer voor kamer te gaan doorzoeken.

Maar na bijna zes uur onafgebroken zoeken hadden ze geen enkele vooruitgang geboekt. Ze waren er niet in geslaagd ook maar één spoortje te vinden van wat er met de minister van Justitie gebeurd was. De energie begon af te nemen en er kwamen steeds meer theorieën over wat er was gebeurd. Wie zei dat de minister niet gewoon via een andere uitgang en verkleed als iemand anders verdwenen was? Of dat hij het misschien toch was op dat bewakingsfilmpje?

Het werd voor Fabian steeds moeilijker het verder zoeken te motiveren, en na nog een uur, toen het al bijna middernacht was, werd de zoekactie gestaakt. Volgens de verantwoordelijke bewaker stond het nu als een paal boven water dat de minister daar niet was. Ze hadden beide gebouwen en keldergewelven drie keer doorzocht en de minister zou heus niet opeens opduiken als ze een vierde keer zouden zoeken.

Fabian wilde vragen of ze echt overal hadden gezocht, maar Malin hield hem tegen en nam hem terzijde.

'Fabian, ik weet dat dat niets voor jou is, maar heb je nagedacht over de mogelijkheid dat er een kern van waarheid zit in wat ze zeggen? Dat ze misschien wel gelijk hebben?'

'Dus jij denkt ook niet dat hij hier is?'

Malin haalde haar schouders op. 'Ik weet het niet. Er is daar met die bewaker iets gebeurd, daar ben ik van overtuigd. Maar dat is niet hetzelfde als dat hij hier noodzakelijkerwijs nog zou zijn. Ik bedoel, als die bewaker in de kleren van Grimås naar buiten is gegaan, kan Grimås zelf overal in de kleren van de bewaker naartoe zijn gegaan. Toch? Dat zouden we niet zien, hoeveel bewakingsfilmpjes we ook bekijken.'

'Jawel, zijn uniform zou veel te klein zijn.'

Malin zuchtte en schudde haar hoofd.

'Malin, als Grimås er zelf mee had ingestemd, zou ik het met je eens zijn. Dan hadden we het zoeken al uren geleden kunnen staken. Maar dat had hij niet. Je hebt zelf gezien dat hij op weg was naar zijn vervoer toen die bewaker hem plotseling riep. Hij had tot dat moment geen idee van wat hem te wachten stond. Bovendien is hier geen enkele onbewaakte uitgang, dus ongeacht of hij een van de gebouwen vrijwillig of onvrijwillig heeft verlaten, hadden we dat moeten zien.'

'Dus wat is jouw verklaring?'

Fabian haalde zijn schouders op. 'Geen idee. Ze hebben toch nog niet overal gezocht?'

'Jawel, drie keer bovendien.'

Fabian zei niets. Dat had weinig zin. Het deed er niet toe wat hij zei. Als hij niet akkoord ging met het beëindigen van de zoekactie en Malin en hij niet snel naar de dichtstbijzijnde uitgang werden gebracht, zou hij het over niet al te lange tijd aan de stok hebben met zowel de Veiligheidsdienst als met het hoofd van het Zweedse KLPD. Hij kon alleen het gevoel dat ze er zo vlakbij waren geweest maar niet kwijtraken. Er was geen enkele twijfel over mogelijk dat de minister het slachtoffer was geworden van een misdrijf. En hoe meer hij erover nadacht, hoe meer betekenis de plék kreeg waar het was gebeurd. Want ook al werden de parlementsgebouwen in de gaten gehouden, de minister van Justitie was hier ironisch genoeg het minst beschermd. De Veiligheidsdienst had de fatale inschattingsfout gemaakt dat ze tijdens de paar uur dat hij zou meewerken aan het interpellatiedebat en daarna naar zijn wachtende auto zou lopen wel op zijn persoonsbeveiliging konden besparen.

Een bewaker had zijn aandacht getrokken, hem naar een blinde vlek gebracht en was na iets meer dan een halfuur teruggekeerd in de kleren van de minister. Zoveel was zeker. Wat er daarna was gebeurd, was des te onzekerder. Vermoedelijk bevond de minister zich nog in een van de parlementsgebouwen of hadden een paar anderen het overgenomen en waren die er op de een of andere manier in geslaagd hem naar buiten te brengen zonder dat dat op een van de bewakingscamera's werd geregistreerd, waarbij natuurlijk altijd het gevaar bestond te worden ontdekt. Juist daarom wees vrijwel alles erop dat de minister nog in het parlementsgebouw was.

Maar waar?

Er moest een ruimte zijn die ze over het hoofd hadden gezien. Die nooit werd gebruikt en waar de meesten langsliepen zonder er ook maar enige aandacht aan te schenken.

'Goed. Bedankt en veel succes,' zei de bewaker, terwijl hij ze naar de uitgang begeleidde.

Ze schudden elkaar de hand.

'Het is goed mogelijk dat we opnieuw contact met jullie opnemen,' zei Malin, en ze liep naar buiten.

In het hoofdbureau van politie wist Fabian precies welke ruimte hij gekozen zou hebben. De ruimte die bij alle grote werkplekken verplicht was, maar die nooit werd gebruikt.

'Fabian? Wakker worden, we gaan,' zei Malin.

Fabian knikte en liep met Malin mee naar buiten, maar bleef weer staan en draaide zich om. 'De rustruimtes. Hebben jullie in de rustruimtes gekeken?'

'Rustruimtes? We hebben hier geen rustruimtes,' zei de bewaker lachend.

'Zeker weten?'

'Ja, ik ken de gebouwen op mijn duimpje, en wat mensen ook denken over politici, als er één ding is dat ze niet doen, is het wel rusten.'

'Oké, het was maar een idee,' zei Fabian, en hij draaide zich om om weer naar buiten te gaan.

'Maar wacht even... Achter alle oude overheadprojectors in de gewelven onder Brandkontoret. Inderdaad...' De bewaker werd lijkbleek. 'Dat ik daar niet eerder aan heb gedacht...'

'Waaraan?' vroeg Fabian, maar hij kreeg geen antwoord.

De bewaker was al met zo'n vaart weggesneld dat Fabian en Malin hem maar nauwelijks konden bijbenen.

26

'Maak je een geintje? Weet je wel hoe laat het is?' hoorde ze de stem van Mikael Rønning aan de andere kant van de lijn vragen.

'Ja, dat weet ik. En nee, ik maak geen geintje,' zei Dunja, terwijl ze met haar mobieltje op de bank kroop. 'Maar jij bent de enige die mij kan helpen. Waar zit je? Ben je ver van kantoor?'

'Nee, Ben was verhinderd. En dan hebben we het over "verhinderd" tussen aanhalingstekens. Tuurlijk, ik weet dat we een open relatie hebben en blablabla, maar je bent het toch wel met me eens dat dit geen stijl is, hè?'

'Absoluut. Maar luister eens, waar ben je nu?'

'Nog steeds hier, ik zit *The Sims* te spelen.'

'Op kantoor?'

'Ja, ik wilde net naar de Cosy Bar gaan, en weet je wat ik daar van plan ben?'

'Nee, maar ik kan me er wat bij voorstellen. Je denkt niet dat je mij kunt helpen voordat je weggaat en wraak gaat nemen op Ben? Heet hij trouwens echt Ben?'

'Ja, de meesten noemen hem overigens Big Ben.'

'Maar jij niet.'

'Dat zou in dat geval "Big-but-not-bigger-than-me-Ben" moeten zijn. Maar schei uit over die verrekte poot. Waar kan ik je mee helpen?'

'Die zaken die je voor mij hebt opgezocht; ik denk dat bij sommige sprake is van dezelfde dader.'

'Hè? Buiten dat grove geweld hadden ze niets gemeen.'

'Ik weet het, en dat is juist het punt. Hij heeft er meteen genoeg van. Dus om weer dezelfde kick te krijgen, moet hij telkens iets nieuws doen en steeds het wiel opnieuw uitvinden. Snap je?'

'Wat wil je dat ik doe?'

'Opnieuw zoeken en dan verder terug in de tijd.'

'Hoe ver?'

'Tien, vijftien jaar. En ze hoeven niet met dodelijke afloop te zijn. Verkrachting alleen is voldoende, of nog beter: poging tot verkrachting. Eén keer moet de eerste keer zijn geweest.'

'Maar dat zijn er ik weet niet hoeveel.'

'Alsjeblieft, doe nou maar gewoon wat ik vraag.'

'Your wish is my command.'

'Sorry, het was niet mijn bedoeling om...'

'Rustig maar. Maar mochten wij, God verhoede het, ooit in hetzelfde bed belanden – op een of ander kerstfeest of zo – dan ben *ík* degene die het *zweepje* vasthoudt. Oké?'

'Oké, ik beloof het,' zei Dunja lachend. 'Bel me maar als je klaar bent. Ik kan toch niet slapen.'

'Hoeft niet, ik heb ze hier al.'

'Mooi, hoeveel zijn het er?'

'Wat ik al zei, ik weet niet hoeveel.'

'Iets met drie cijfers?'

'*O, yeah*.'

Dunja hield haar mobiel bij haar oor vandaan zodat haar zucht niet te horen zou zijn. Mikael Rønning had helemaal gelijk. Verkrachting of poging tot verkrachting kwam heel vaak voor. Als die trend niet snel werd doorbroken, zou dat de normale manier voor een man worden om een vrouw te benaderen. Ze hadden iets meer nodig, iets wat haar dader onderscheidde van de rest. Een klein detail waar je zowel op kon zoeken als wat vervolgens in verband kon worden gebracht met een van de latere gevallen.

Ze ging overeind zitten en keek naar de vijf onderzoeken die naast elkaar op de salontafel lagen; ze wist niet voor de hoeveelste keer.

'Hallo? Ben je er nog?'

'Mm...' zei ze, en ze zag in hoe moe ze eigenlijk was. Ze zou Rønning naar de Cosy Bar moeten laten gaan en zelf moeten gaan slapen. Carsten was inmiddels vast al wel in slaap gevallen. Maar het gevoel dat ze iets op het spoor was wilde niet wijken en zou ervoor zorgen dat ze geen oog dichtdeed. Haar blik bleef hangen bij het onderzoek waarbij slachtoffer Nanna Madsen met hevige bloedingen na diepe bijtwonden was gevonden in een vuilcontainer in Herlev. 'Zeg, wat gebeurt er als je het woord "hond" meeneemt in de zoekopdracht?'

'Een hond? Wat voor hond?'

'Een dobermann, dobermannpincher, vechthond of gewoon "hond"' Dunja kon de toetsen horen ratelen toen Rønning de nieuwe zoekopdracht intypte.

'Bingo! Op 14 juni 2004 heeft ene Maiken Brandt aangifte gedaan van poging tot verkrachting, waarbij de dader onder andere een agressieve hond op haar had losgelaten. En volgens haar getuigenverklaring was dat een dobermannpincher.'

'Kon ze die man identificeren?'

'Ja, ze had hem meerdere malen in de omgeving gezien en kon hem aanwijzen en tegen hem getuigen.'

'En?'

'Benny Willumsen, zesendertig jaar oud. Werd veroordeeld tot twee jaar cel maar is na een jaar alweer vrijgelaten.'

'Kun je zien wanneer hij precies is vrijgekomen?' Dunja pakte het onderzoek naar de moord op Nanna Madsen erbij en zag dat die had plaatsgevonden op 5 december 2005.

'17 juli 2005.'

'Een halfjaar later.'

'Dan wát?'

'Ik wil dat je net zo'n zoekopdracht invoert als daarnet, maar dan alleen tussen 17 juli en 5 december 2005.'

'Dan kom ik uit op drie gevallen. Op 15 augustus, 23 oktober en 4 november, en bij de laatste twee was sprake van een daadwerkelijke verkrachting. Maar alle drie de onderzoeken zijn geseponeerd wegens gebrek aan bewijs.'

'Op 5 december gaat hij tot het uiterste en brengt hij zijn slachtoffer om het leven. Hij is het. Dat móét wel. Zou je even willen opzoeken waar hij woont?'

'Dat heb ik al gedaan, maar hij lijkt nergens te staan ingeschreven.'

'Heb je al een andere Willumsen geprobeerd? Zijn ouders of verdere familie.'

'Er zijn geen broers of zussen en zijn beide ouders zijn overleden. Hij kan natuurlijk naar het buitenland zijn verhuisd.'

'Inderdaad... Dat ik daar niet aan heb gedacht. Probeer Zweden eens.'

Dunja kon opnieuw Rønnings vingers over de toetsen horen vliegen, maar ze voelde zich al volkomen gerustgesteld. Toen het antwoord kwam was ze dan ook niet eens verbaasd. Het was alsof ze het diep vanbinnen, onder de chaos aan gedachten, de hele tijd had geweten.

'Daar hebben we hem. Konsultgatan 29 in Malmö. Derde verdieping.'

27

'Rustig aan, vergeet niet dat ik zwanger ben,' zei Malin, die moeite had Fabian en de bewaker bij te houden, die zich ondanks zijn postuur als een ijverige speurhond door de onderaardse gangen bewoog. Nadat ze een paar gesloten toiletdeuren waren gepasseerd sloegen ze links af en volgden een vertakking van de gang, die eindigde in een doodlopend stuk waar de man uiteindelijk bleef staan, ademhaalde en wees op een stuk of vijftig gepensioneerde overheadapparaten die op elkaar gestapeld stonden als een monument van de landwinningen van de techniek.

'Daarachter moet een deur zitten.'

Fabian en de bewaker tilden samen de projectors een voor een weg, maar zagen al snel dat sommige strategisch waren geplaatst, zodat die eenvoudig konden worden weggerold en er een nauwe gang ontstond die naar een gesloten deur leidde met een bordje met daarop de afbeelding van een bed.

De verplichte rustruimte die niemand door tijdgebrek ooit bezocht. In elk geval niet vóór nu, dacht Fabian, en hij drukte de deurkruk omlaag.

Buiten de metaalachtige geur van bloed was er eigenlijk niets opzienbarends. Op de rustbank, die samen met een tafeltje en een staande lamp het enige meubelstuk in de kamer was, lag de minister van Justitie op zijn rug met zijn ogen gesloten en een deken over zich heen. Maar ondanks de duidelijke geur was er geen bloed te zien constateerde Fabian toen hij zijn mobiel aandeed en met de zaklampfunctie over de vaste vloerbedekking scheen.

'Is hij in leven?' vroeg Malin, die zich naar voren drong en achter Fabian aan de kamer binnenging. Fabian drukte zijn vingers tegen de halsslagader van de minister en schudde zijn hoofd. Het lichaam was koud en de rigor mortis was al bijna helemaal verdwenen, wat erop duidde dat de minister al circa een etmaal dood moest zijn.

'Ruik jij hetzelfde als ik?' vroeg Malin. Ze deed de deur dicht zodat de bewaker niet op het idee zou komen naar binnen te gaan.

Fabian knikte. De verklaring kwam toen hij de deken van het naakte lichaam trok. Er bleek een groot gat in de buik te zijn gemaakt, die helemaal openlag en was ingezakt.

'Jezus, wat is hier gebeurd?' Malin liep ernaartoe en ging naast Fabian staan, die in de decimetersgrote opening scheen die helemaal was uitgehold.

'Al zijn ingewanden zijn eruit gehaald,' zei Fabian. 'De darmen, de lever, de nieren… Voor zover ik kan zien is alles weg.'

'Maar wat is het nut daarvan? Daar moet ik weet niet hoeveel planning aan vooraf zijn gegaan. Of begrijp jij waar het om gaat?'

Fabian gaf geen antwoord, hoewel hij net had bedacht wat er daadwerkelijk in die diepvrieszakken in dat slooppand had gezeten.

'Eerst Palme, toen Lindh en nu Grimås,' ging Malin hoofdschuddend verder. 'Dit is toch verdomme gestoord? Als het zo doorgaat hebben we binnenkort geen politici meer over.'

'Alles goed?' vroeg Fabian.

'Hoe zou het goed kunnen zijn, Fabian? De Zweedse minister van Justitie is net vermoord. Begrijp je wat ons te wachten staat? We zullen iedere verslaggever achter ons aan krijgen. Edelman zal niets anders kunnen doen dan persconferenties geven – over hoe we niet veel meer kunnen zeggen dan dat we met meerdere parallelle sporen bezig zijn. Maar...' Ze zuchtte zwaar met haar handen op haar uitpuilende buik. 'We kunnen in elk geval blij zijn dat we nu zeker weten dat er een misdrijf is gepleegd en dat het onderzoek vanaf nu officieel bij ons ligt.'

Fabian knikte, ook al had hij geen woord gehoord van wat ze had gezegd. Hij was druk bezig de link te leggen tussen het opengesneden lichaam dat voor hem lag en de inhoud die hij had aangetroffen in de koelkast en het vriesvak van de sloopflat. Vermoedelijk waren dat geen worstendarmen of de ingewanden van een varken.

'Wat zeg jij ervan?'

Fabian maakte een afwerend gebaar met zijn hand en richtte de lichtstraal op het gezicht van de minister. Als zijn theorie klopte waren dat helemaal geen zilveruitjes die in het glazen potje van Haywards hadden rondgezwommen. Maar hij ontdekte het pas toen hij vooroverboog.

De ingevallen oogleden.

'Wat zie je? Heb je wat gevonden?' vroeg Malin.

Fabian knikte, pakte het ene ooglid met behulp van een pincet beet en trok dat voorzichtig omhoog. Net als de buik was ook de oogkas leeg.

28

Toen Benny Willumsen ontwaakte, begreep hij eerst niet waar hij was. Het licht van de lamp boven hem maakte het lastig om überhaupt iets te zien. Pas toen hij erin slaagde de strakgespannen tape over zijn kin en voorhoofd te trotseren en zijn hoofd wat draaide, begreep hij dat hij naakt op zijn eigen eettafel lag vastgetapet.

De foto van zijn geliefde Jessie had alle twijfel weggenomen. Hij had hem op de dag dat ze was ingeslapen ingelijst en opgehangen. Dat was bijna zeventien maanden geleden, maar nog steeds voelde elke dag loodzwaar aan. Hij had erover nagedacht of hij een nieuwe hond zou nemen, maar was tot de conclusie gekomen dat dat toch nooit hetzelfde zou zijn.

Toen begon zijn geheugen eindelijk terug te keren. Langzaam maar zeker werden de beelden steeds duidelijker. Hij had zoals gewoonlijk zijn avondwandeling gemaakt, en hoewel het uitvoerig had gesneeuwd had hij de lange ronde gekozen, die bijna twee uur duurde. Hij had zich gerust gevoeld, geen spoortje van angst in zijn lichaam.

Beslist niet zoals na zijn verovering twee jaar geleden in een van de huizen bij het Fortunastrand in Rydebäck. Toen had hij de doodzonde begaan om een ogenschijnlijk klein detail over het hoofd te zien. De ongerustheid had hem een hele week wakker gehouden, tot de politie van Helsingborg er uiteindelijk in was geslaagd hem op te sporen en hem had opgepakt.

Als ze hem niet per abuis ook hadden aangeklaagd voor de moord op de vastgeschroefde vrouw die op Ven aan land was gespoeld, was hij vast en zeker veroordeeld. In plaats daarvan werd hij vrijgesproken en had hij zichzelf beloofd nooit meer zo'n detail te missen, hoe onbeduidend en klein het ook kon lijken.

Dat was tot nu toe ook steeds gelukt.

Daarom had hij niets gehad om zich druk om te maken en had hij de rest van de avond kunnen besteden aan krachttraining. Dips, opdrukoefeningen, dubbele armoefeningen, bankdrukken op een schuine bank en de Roemeense deadlift. Hij had het hele pakket in drie sets afgewerkt en was op maximum geëindigd. Hij kon zijn borst nog voelen bonken.

Op dat moment was het gebeurd.

Hij had letterlijk gehoord hoe er iets door de brievenbus naar binnen werd geduwd en op de mat plofte, zoals een brief met de post, en toen hij naar de hal was gegaan om te kijken wat het was, had die al vol witte rook gestaan. Hij had geprobeerd weg te komen, maar was niet in staat geweest te kruipen of zich terug te trekken. Het laatste wat hij zich kon herinneren, was dat er iemand door de buitendeur naar binnen was gekomen, naar hem toe was gelopen en naast hem had gehurkt.

Iemand met grove, donkere kleren en een gasmasker op.

En daar lag hij dan, vastgetapet op zijn eigen keukentafel, zonder ook maar enig idee te hebben van wat hem te wachten stond. Wat niet betekende dat hij niet zo zijn bange vermoedens had. Dat het de politie zou zijn had hij direct verworpen. Dat was absoluut onwaarschijnlijk. Hij had in de weinige minuten dat hij wakker was al zijn oude veroveringen tot in detail doorgenomen.

Eerst was hij ervan overtuigd dat het een van zijn mislukkingen was. Een van de allereerste die nog in leven was en nu uit was op wraak. Maar bij nader inzien was hij tot de conclusie gekomen dat geen van hen in staat zou zijn hem te kunnen aandoen waaraan hij nu was blootgesteld. Toen had hij zich afgevraagd of het de familie kon zijn van het slachtoffer uit Rydebäck, maar had dat uiteindelijk ook uit zijn hoofd gezet.

Hij hoorde dat er iemand in de woonkamer opstond van de bank. Hij was dus niet alleen. Hij probeerde te zien wie er de keuken binnenkwam, vlak achter hem ging staan en hem een blinddoek voordeed, maar hij kon zijn hoofd niet ver genoeg draaien.

Nu begint het, dacht hij. Wat er ook zou gebeuren. Nu zou het beginnen.

29

Fabian,

Ik weet niet hoe laat je thuiskomt. Als je überhaupt thuiskomt. Ik bemoei me niet met waar je mee bezig bent, maar zou graag willen dat je wat van je liet horen. Omwille van de kinderen. Zeker Matilda, die de gedachte niet kan loslaten dat wij uit elkaar gaan. Wat heb je eigenlijk tegen haar gezegd? Ze vroeg mij of we al bij elkaar weg waren, en ik wist niet wat ik moest antwoorden.

Zijn we dat?

Theodor is heel anders. Ik heb geen idee wat hij 's avonds uitspookt, maar ben ervan overtuigd dat dat niet veel goeds is. Dus hoe onze toekomst er ook uitziet, dat is iets wat we moeten aanpakken. Samen.

In de koelkast staat nog een kliekje, mocht je trek hebben.

Sonja

PS: Ik ben het hele weekend in het atelier.

Ze heeft het opgegeven, dacht Fabian, en hij pakte het handgeschreven briefje van de eettafel en verborg het in de kast tussen de medicijnen. Hij kon haar eigenlijk wel begrijpen. Hij was bovendien bereid toe te geven dat dat het enige juiste was. Maar hoe vanzelfsprekend het ook leek, hij kon zich er niet toe zetten de stap te nemen. Hij zou het zichzelf nooit kunnen vergeven als achteraf zou blijken dat het een verkeerde beslissing was. Dat het eigenlijk gewoon een wat langere crisis was die hen maar in haar greep bleef houden.

Hij pakte de magnetronschaal uit de koelkast en deed hem open. Paddenstoelenrisotto. Dat was een van de lekkerste dingen die hij kende en er was niemand die dat zo goed kon klaarmaken als Sonja. Hij pakte een vork, en om te zorgen dat de anderen niet wakker zouden worden van de 'pling' van de magnetron, at hij de risotto koud op, zo uit de schaal, terwijl hij tevens besloot niet toe te laten dat het over was voor ze een eerlijke laatste poging hadden gedaan.

Toen hij klaar was, propte hij de schaal in de al overvolle vaatwasser, deed het licht uit en liep naar de badkamer, waar hij een douche nam, zijn tanden poetste en zelfs begon te flossen. Zijn tandarts had hem in steeds sterkere bewoordingen duidelijk gemaakt dat zijn tanden los zouden gaan zitten als hij binnenkort niet begon met flossen. En te oordelen naar de stank die van het bloedige draad af kwam, waren dat beslist geen loze dreigementen.

Hij kon in de slaapkamer horen dat Sonja heel diep in slaap was. Niemand klonk zoals zij als ze sliep. Haar zware, onregelmatige ademhaling, die af en toe overging in licht gesnurk. Dat was zo typerend dat ze er zelf niet eens in slaagde het te imiteren als ze hem voor de gek probeerde te houden en deed of ze al sliep.

Hij zette de wekker op zeven uur en kroop onder het dekbed. Hij was helemaal kapot en zou binnen een paar seconden in slaap moeten vallen. Zijn hele wezen had wanhopig behoefte aan een paar uur rust, terwijl technisch rechercheur Hillevi Stubbs in de tussentijd de rustruimte in het parlementsgebouw en de sloopflat minutieus doorzocht op zoek naar sporen, en er door het gerechtelijk laboratorium sectie werd verricht op het stoffelijk overschot van de minister. Malin had de geest gekregen en was teruggekeerd naar de alarmcentrale van het parlementsgebouw om de bewakingsfilms gedetailleerd te bestuderen, in een poging de bewaker door wie Grimås was geroepen te identificeren.

Ze had hem mee willen hebben, maar dat had hij afgewezen, zich er goed van bewust dat dit de stilte voor de storm was en wellicht zijn laatste kans om even tot rust te komen. Binnen een halfuur zou het nieuws over de dood van de minister bekend zijn, en ook al zou Edelman niet met de ergste details naar buiten treden, de kranten zouden er snel lucht van krijgen en een en een bij elkaar optellen, zodat de ene voorpagina nog sensatiebeluster zou worden dan de andere.

Maar dat was op dit moment niet iets wat hem wakker hield. Het inzicht dat Sonja de handdoek in de ring had gegooid weigerde hem met rust te laten. Alle fantastische jaren samen zouden nu doodbloeden in een soort stilzwijgende overeenkomst.

Dát mocht niet gebeuren! In elk geval niet op deze manier. Het minste wat ze konden doen was proberen met elkaar te praten. Om eerlijk te zijn had Sonja meer dan één keer voorgesteld dat ze in therapie zouden gaan. Ze was met voorstellen gekomen voor waar ze konden aankloppen, maar hij had telkens de boot afgehouden, gemeend dat ze de problemen overdreef. Dat het niet erger was dan dat ze er samen over moesten praten, zonder tussenkomst van een of andere vreemde die alleen maar geld aan hen wilde verdienen.

Terwijl hij het feitelijk gewoon niet durfde.

Hij rolde over naar Sonja's kant en groef zich in onder haar dekbed. Ze was warm en haar haar rook vaag naar olieverf, hoewel ze pas had gedoucht. Ze sliep veel te diep om zijn aanwezigheid op te merken. Zelfs toen hij haar naam noemde reageerde ze niet. Misschien luisterde ze in haar onderbewustzijn, dacht hij, en hij boog omlaag naar haar oor. 'Sonja, ik hou van je. Als je dat maar weet. Ik hou meer van jou dan van wie dan ook,' fluisterde hij. 'En ik beloof je dat ik het niet heb opgegeven. Nog lang niet. Hoor je me? En als jij wilt dat we in therapie gaan, dan doen we dat. Oké?'

'Mmm...'

Of dat een antwoord was of alleen een geluid dat ze maakte was onmogelijk te zeggen.

'Sonja, ik hou van je,' fluisterde hij nogmaals. 'Fabian houdt van je.'

'Ik ook van jou...' zei ze in zo'n zachte uitademing dat het bijna niet te horen was.

Maar voor Fabian was het meer dan genoeg.

30

Benny Willumsen wist niet hoe hij moest reageren. Zijn gevoelens gingen, net als zijn gedachten, alle kanten op. Aan de ene kant voelde hij een toenemende ongerustheid voor wat er komen zou. De vermoedelijke pijn. Kijk, dat hij een of andere vorm van straf verdiende, daar was geen twijfel over mogelijk. Het was eigenlijk best opmerkelijk dat pas nu een van zijn vroegere slachtoffers, of mislukkingen, zoals hij ze altijd noemde, besloten had eigen rechter te gaan spelen. Maar hij was verre van gereed om het bijltje erbij neer te leggen. Alleen al de gedachte aan alles wat hij nog moest doen deed pijn. Alle ideeën die hij had uitgedacht, maar die nu nooit in werking gezet zouden worden.

Toch genoot hij stiekem van de handen die gewichtloos over zijn naakte huid zweefden en die hem bij elke vederlichte beroering deden sidderen van wellust. Omlaag over zijn borst, die nog steeds hard en opgepompt was na de laatste trainingssessie, en verder over zijn wasbord – zijn grote trots.

Hoewel hij al over de veertig was, was hij in topvorm. Zijn lichaam was zo volmaakt als maar mogelijk was. Niet alleen de spieren op zich, ook de proporties. Om nog maar te zwijgen over de soepelheid die hij had verkregen na de yoga van de laatste jaren. Bovendien was zijn onderhuidse vet zo goed als verdwenen zodat al zijn aderen en pezen zichtbaar waren. Als hij ooit door vreemde ogen moest worden bekeken en door een vreemde hand moest worden aangeraakt, dan was het nu.

Hij had zich nooit eerder in een soortgelijke situatie bevonden – naakt en met een blinddoek voor vastgetapet op zijn eigen tafel – en hij had nooit in zijn wildste fantasie kunnen vermoeden dat het hem enig genot zou schenken. Maar dat was wel het geval. Hoewel hij doodsbang was voor wat hem te wachten stond, moest hij toegeven dat de onzekerheid hem opwond. In tegenstelling tot alle keren dat hijzelf de actieve partij was geweest; degene die alles moest verzinnen, actie moest ondernemen en dingen moest uitvoeren.

Het was niet dat hij dat niet prettig vond. Hij was er gek op. Dat hij de touwtjes in handen had en macht had over het leven van de ander, daar kon niets aan tippen. Alleen al de angst in hun ogen als ze doorkregen dat ze in de greep waren van zijn geweld. Feit was dat elk onderdeel van het proces een mogelijkheid bood om te genieten, en als je dat forceerde was de kans groot dat je de kleine nuances niet opmerkte. Zoals het moment waarop de angst overging in ontzetting zo gauw ze inzagen dat hij niet alleen de macht hád, maar dat hij ook van plan was die te gebrúíken.

Het was alsof elk stadium op zich een maagd was, en als die eenmaal genomen was, kon je die maagdelijkheid onmogelijk terugkrijgen. Op het moment dat de ontzetting zijn klauwen in hen had gezet, was de angst onherroepelijk verbruikt. Wat hij ook probeerde. Hij was in de loop der jaren steeds beter geworden in het uitmelken van de laatste druppels en kon die in een bepaald stadium zo lang vasthouden als hij maar wilde, voor hij zijn veroveringen meenam naar het parcours dat ze allemaal moesten afleggen.

De eerste jaren had hij gekickt op de ontzetting, maar die was nu voorbijgestreefd door de hoop, wat nu zijn favoriet was. Die kwam altijd na de ontzetting en deed hun blik weer opleven. Daar viel een glimlach te behalen, soms een enigszins natuurlijk lachje. Er was niets beters dan ze op dat moment het gevoel te geven dat ze veilig waren, en de hoop zo groot en sterk te laten worden dat ze daar uiteindelijk in durfden te geloven. Als ze maar gehoorzaamden en geen weerstand boden, zou het allemaal goed komen.

Dan, maar alleen dan, zouden ze overleven.

Hoe langer hij dat kon rekken, hoe beter het rendement als het ze duidelijk werd dat het geen zin had te hopen. Dat er – hoe ze ook baden en smeekten – maar één manier was waarop het kon eindigen. Ze ademden nog en hun hart bleef het zuurstofrijke bloed rondpompen alsof er niets was gebeurd.

Maar hun ogen wisten beter. Ze wisten precies wat hun te wachten stond.

Er was niets mooiers dan wanneer zo'n blik doofde en het opgaf.

De behoedzame handen raakten licht zijn liezen aan en gleden verder omlaag langs zijn benen. Voor het eerst kon hij niets anders doen dan afwachten en ontvangen, en hoewel hij precies wist hoe het zou eindigen, kon hij het niet laten ervan te genieten.

Zijn ademhaling werd dieper en als zijn mond niet dichtgetapet had gezeten, had hij zeker door zijn mond geademd. Bovendien was zijn penis tot leven gekomen. Hij voelde dat het bloed bezig was hem vol te pompen en groter en stijver te maken in hetzelfde tempo als waarmee de lichte handen weer dichterbij kwamen.

In het begin had hij zeker geweten dat het de handen van een vrouw waren. Maar nu begon hij zich af te vragen of het geen man was. In tegenstelling tot vele anderen had hij zich nooit afgevraagd of hij homoseksueel kon zijn. Of biseksueel. Hij was er zijn hele leven volledig van overtuigd geweest dat hij hetero was en dat alleen al de gedachte dat een man hem zou aanraken hem zou doen afknappen.

Maar dat kon zijn lichaam blijkbaar helemaal niet schelen. Zijn geslacht had zich nu in volle glorie opgericht en was zo opgepompt en barstensvol bloed dat hij het in het tempo van zijn hartslag voelde meebewegen. Wie er ook met hem aan het spelen was, hij was ervan overtuigd dat de persoon in kwestie onder de indruk was. Met een lengte van 29 centimeter en een omtrek van 18,5 overtroefde hij de meesten.

Eindelijk beroerden ze zijn geslacht. Met lichte, nauwelijks merkbare strelingen vanaf de wortel en dan verder langs de onderkant tot helemaal naar boven. Hij wist niet of hij het goed voelde, maar kwam tot de conclusie dat het wel het puntje van een tong moest zijn dat rond zijn kloppende eikel speelde.

Hij wist niet echt wat hij had verwacht, maar beslist niet dat hij zo lang in leven zou worden gehouden. Het enige wat hij kon doen, was er zolang mogelijk van genieten. Het kon elk moment afgelopen zijn. Een goed gemikte klap met de geslepen vleesbijl uit de keuken en hij zou binnen een kwartier doodbloeden.

Wanneer dan ook.

In plaats daarvan pakten de handen de keiharde wortel vast en kantelden ze de penis zo dat hij recht omhoog wees, waarop een warme, vochtige mond zich om de eikel sloot en zich steeds verder omlaag werkte. Hij kon nog steeds niet voelen of het een man of een vrouw was, maar zolang de handen en de mond een perfect samenspel speelden, kon het hem ook weinig schelen.

Normaliter masturbeerde hij minstens twee keer per week. Dat hielp hem enigszins rustig te blijven. Maar de laatste weken had hij zichzelf niet eens aangeraakt. Hij had zijn focus op de training gelegd en de druk opgevoerd. Als hij nu klaarkwam, was dat met een hoeveelheid waarmee niet te spotten viel.

Als het nu maar niet ophield. Niet voor hij was klaargekomen. Wat er daarna gebeurde maakte niet uit. Dan mochten ze alles met hem doen. Deed er niet toe wat. Als hij maar…

Hij voelde zijn zak samentrekken, voelde hoe zijn keiharde geslacht zich voorbereidde. Een seconde later spoot de eerste portie eruit om vervolgens het witte zaad eruit te blijven pompen of het nooit meer zou stoppen.

Pas toen hij helemaal leeg was, lieten de handen hun greep los en kon hij ontspannen en zijn lichaam steeds zwaarder laten worden. Hij was bezig in te dommelen en het voelde of hij door de tafel zakte, steeds dieper naar de duisternis.

Wat hem ook te wachten stond.

Hij was bereid zijn straf te aanvaarden.

31

Het was pas elf minuten voor zes 's morgens toen Fabian en Malin het zwak verlichte trappenhuis van Hornsgatan 107 binnenstapten. Een in meerdere opzichten perfecte ligging in de wijk Södermalm op een steenworp afstand van het groengebied van Årstaviken. Maar te oordelen naar hoe het eruitzag, had het net zo goed in een verpauperde buitenwijk kunnen liggen, dacht Fabian.

Malin had twintig minuten daarvoor gebeld en verteld dat ze erin geslaagd was de naambadge van de bewaker op een van de bewakingsfilms van de parlementsgebouwen te lezen. Het bleek dat de bewaker die met de minister van Justitie verdwenen was Joakim Holmberg heette. Hij was zevenendertig jaar oud, woonde alleen en werkte al vijf jaar als beveiliger.

'Vijfde verdieping,' zei Malin, en ze trok de liftdeur open.

'We nemen de trap,' zei Fabian, en hij zette koers naar het trappenhuis.

'Jij hebt makkelijk praten. Jij hoeft niet een heel gezin mee te sjouwen,' zei Malin, terwijl ze achter hem aan kwam. 'Ik heb hem laten checken door Wojtan. Wil je horen wat die gevonden heeft?'

Ze doelde op Wojtek Novak, die Niva Ekenhielm twee jaar geleden had opgevolgd toen zij was gestopt. Hij weigerde zich 'cybercop' te laten noemen en stond erop te worden aangesproken met 'informatietechnisch rechercheur', en werd daarom 'Wojtan' of 'Cyber-Wojtan' genoemd. Hij had een paar jaar nodig gehad om te wennen, maar inmiddels was iedereen het erover eens dat hij een aanwinst was, ook al zou hij nooit het niveau van Niva bereiken.

'Absoluut. Laat horen,' zei Fabian in een vergeefse poging een geeuw te onderdrukken.

'Oké, hij is zoals gezegd zevenendertig jaar oud en woonde samen met zijn moeder, tot die tweeënhalf jaar geleden overleed aan borstkanker. Gezellig, nietwaar? Nou ja, niet die borstkanker. Hij heeft het huurcontract nu overgenomen.'

Een eenling die altijd thuis is blijven wonen. Erger kon haast niet, dacht Fabian. Hij wachtte op Malin, die rood aan begon te lopen van het traplopen. 'Heb je nog meer?'

'Nou en of. Dit is pas het begin. Op Facebook liket hij zowel de xenofobe partij *Sverigedemokraterna* als het blog *Politiskt Inkorrekt*. En op internetforum Flashback schrijft hij elke week nieuwe bijdragen in diverse pennenvruchten.'

'Geen andere vruchten?' Fabian liep de laatste trap op.

'Zoals?'

'Jacht, slachtmoord, anatomie van het lichaam, enzovoort.'

'Geen idee. In dat geval onder een ander pseudoniem. Maar luister: van 1997 tot 2000 heeft hij elk jaar geprobeerd om op de politieacademie te komen, zonder te worden toegelaten. Het werd ook gemotiveerd.' Ze nam de laatste traptrede, haalde haar telefoon tevoorschijn en las voor. 'GEGADIGDE LIJDT AAN EEN DUSDANIG STERKE SOCIALE FOBIE DAT WIJ HET POLITIEVAK BESLIST ONGESCHIKT ACHTEN.'

'Maar als beveiliger bij het parlement is dat blijkbaar geen probleem.'

'Dat zeg ik. Je wordt er al akelig van bij het idee. Maar nu wordt het pas echt interessant. Want weet je wie er in die periode rector was op de politieacademie?'

Fabian dacht na, maar schudde vervolgens zijn hoofd.

'Carl-Eric Grimås.'

'Echt waar?'

Malin knikte.

'Zou dat een motief kunnen zijn?' vroeg Fabian, en hij hield de deur naar de galerij open.

'Waarom niet? Hij is in 1995 gestopt als hoofd van het Zweedse KLPD en is vervolgens een paar jaar rector geweest van de politieacademie voordat hij de politiek inging.'

'Maar dat is bijna tien jaar geleden,' zei Fabian. 'Zo rancuneus, dat is wel indrukwekkend.'

'Nou en? Holmberg heeft zijn plannen misschien pas in werking kunnen zetten nadat zijn moeder was overleden.'

Ze liepen over de galerij, waar je zo bij de bewoners de keuken in kon kijken. De eerste twee waren leeg. In de derde zaten vijf mensen te kaarten. De vierde was van Joakim Holmberg en daar was het donker.

Fabian schermde zijn ogen af met zijn handen en probeerde door het raam naar binnen te kijken. De keuken leek sinds de dood van de moeder niet meer te zijn schoongemaakt. Het aanrecht stond vol vuile vaat en de vloer was bezaaid met oude pizzadozen en zakken van McDonald's. Maar het opvallendst waren de honderden opgestapelde Coca-Cola-blikjes, de ene toren nog hoger dan de andere.

'Shit, de deur is open,' fluisterde Malin, en Fabian draaide zich om. 'Wat zullen we doen? Naar binnen gaan of wachten op het AT?'

Fabian knikte en liep voorzichtig de hal binnen. Achter hem haalde Malin haar pistool tevoorschijn en ontgrendelde het. Daarna kwam ze achter hem aan en sloot de deur achter zich. Het rook onfris en bedompt, en het enige geluid dat je hoorde was van het verkeer op Hornsgatan.

'Is het niet een beetje gek om de deur niet op slot te doen?' fluisterde Malin. 'Ik bedoel, ook al ben je thuis, dan heb je de deur toch op slot? Zeker met een galerijwoning.'

Fabian gebaarde haar stil te zijn en schoof een van de deuren in de hal met zijn voet open.

'Je denkt toch niet dat hij thuis is?'

Fabian haalde zijn schouders op en keek in de slaapkamer, die dezelfde behoefte aan sanering had als de keuken. Een onopgemaakt bed en vuile kleren in stapels op de grond gesmeten. En weer de Coca-Cola-blikjes die op elkaar gestapeld stonden en een groot deel van de ene muur in beslag namen.

'Hoezo verslaafd,' zei Malin, en ze ging de kamer binnen.

Fabian liep verder door de hal die uitmondde in een grotere kamer die, in tegenstelling tot de keuken en de slaapkamer, pikdonker was. Maar toen hij er uiteindelijk in slaagde de schakelaar te vinden, zag hij in dat in deze kamer de sleutel tot Joakim Holmberg te vinden was. Hier had hij zijn ziel en zaligheid in gelegd en had hij een wereld gecreëerd waar hij geen andere mensen hoefde te zien. Een wereld waarin hijzelf centraal stond.

Net als in de sloopflat op Östgötagatan waren de ramen geblindeerd en zou het er ook op een zonnige zomerdag niet lichter zijn dan nu. Al het licht was afkomstig van de spotjes aan het plafond, die gericht waren op een tiental etalagepoppen die op hun beurt waren gekleed in alles van monnikspij en bikini tot verpleegstersuniform en bondage. Sommige zaten op de leren bank alsof ze met elkaar in gesprek waren en hadden hun wijnglazen op de rookkleurige glasplaat van de salontafel gezet. Andere stonden of lagen op de grond in verschillende obscene standjes.

Midden in de kamer, op een klein podium, stond een draaifauteuil met een bekerhouder vóór een grote flatscreentelevisie en in de open kast onder de tv stonden buiten een PlayStation en een Xbox, een stationaire computer en een surroundsysteem. Op een rond tafeltje naast de fauteuil lagen een doos tissues en een tube verzachtende crème.

Fabian liep naar de fauteuil, stapte op het podium, ging zitten en zag meteen dat alle etalagepoppen op de een of andere manier naar hem keken. Alsof hij het middelpunt van het feest en ieders natuurlijke blikvanger was.

Joakim Holmberg vond het blijkbaar het fijnst om alleen te zijn als hij aandacht bijtankte. Bovendien was hij expert in wapens, sympathiseerde hij met extreem rechts en was hij er om verklaarbare redenen niet in geslaagd te worden toegelaten tot de politieacademie.

Fabian dacht na over de verschillende bestanddelen, maar werd er niet veel wijzer van. Het was alsof het belangrijkste puzzelstuk nog ontbrak. Het stukje waarmee alles in elkaar zou passen.

Hij stond op uit de fauteuil, liep om een van de etalagepoppen die op de grond lagen heen en ging naar de badkamer, waar hij het licht aandeed. De tegels die ooit wit waren geweest, neigden nu meer naar geel. Hetzelfde gold voor het porselein van de wastafel en het toilet. Op een planchet stond een bus babypoeder naast een keurige stapel luiers voor volwassenen. Er werd ergens ver weg een toilet doorgespoeld en hij werd uit zijn gedachten gewekt. Hij had staan denken aan een artikel dat hij had gelezen over een crèche voor volwassenen in Engeland waar oudere mannen naartoe gingen voor een luier en een flesje. De volgende seconde hoorde hij het water door de afvoerpijp stromen.

Hij deed de deur van de spiegelkast in de badkamer open. Hij wilde in de kast kijken of er medicijnen in stonden. In plaats daarvan bleef zijn blik in de spiegel hangen. Het leek wel of er een knie boven de rand van het bad uitstak, zag hij door de opening van het dichtgetrokken douchegordijn. Waarom zat er een etalagepop in bad? Of wacht... Fabian draaide zich om en trok het douchegordijn opzij.

De man was alleen gekleed in een onderbroek en een hemd. Zijn handen zaten met krachtig tape aan elkaar gebonden, zijn ogen waren gesloten en zijn mond stond wijd open. Om zijn hals zat een hondenriem met klinknagels, die achter zijn rug verdween. Fabian had hem alleen op een korrelige bewakingsfilm gezien, maar dit korte, corpulente lichaam kon aan niemand anders toebehoren dan aan Joakim Holmberg.

Had hij zelfmoord gepleegd, of wat was er aan de hand? Fabian drukte voorzichtig zijn vingers onder Holmbergs oor tegen de halsslagader. Daar kon hij diens hartslag al voelen. Toch was hij zo verbaasd dat hij achteruitdeinsde, uitgleed en viel toen het lichaam in de badkuip opschrok en probeerde overeind te gaan zitten, maar werd tegengehouden door de riem.

32

'Ik weet het niet,' zei Joakim Holmberg, terwijl hij aan de wond in zijn hals krabde die door de hondenriem was ontstaan.

'Kún je het je niet herinneren of wéét je het niet? Of heb je gewoon geen zin om antwoord te geven?' vroeg Fabian, die samen met Malin tegenover hem zat en de irritatie onder zijn huid voelde kruipen.

'Ik weet het niet.' Holmberg leegde het blikje Coca-Cola en zette het naast de al lege blikjes op tafel.

Ze zaten nu al meer dan twee uur met Joakim Holmberg in de verhoorkamer, en hij had vrijwel alle vragen beantwoord met: 'Ik weet het niet.' De zuurstof was al lang op, en de lucht die ze inademden was al zo vaak hergebruikt dat Fabian er niet eens aan wilde denken op welke plaatsen die allemaal was geweest.

Het was niet bevorderlijk dat hij niet meer dan drie uur had geslapen en hij erop kon wachten tot Sonja zou bellen, helemaal over de rooie zo gauw ze had begrepen dat hij al weg was en vermoedelijk het hele weekend niet thuis zou komen. Hij had een briefje op haar nachtkastje gelegd waarin hij het had uitgelegd, maar hij ging er niet van uit dat ze het zou begrijpen.

'Je lijkt niet veel te weten,' zei Fabian, en hij probeerde het feit te negeren dat Holmberg volstrekt ongegeneerd met een wijsvinger diep in zijn neus zat te wroeten. 'Weet je überhaupt iets? Zoals hoe je heet? Weet je dat?'

Joakim Holmberg bleef naar de tafel staren, peuterde een stuk snot uit zijn neus en hield het tussen duim en wijsvinger in de lucht. 'Waar kan ik dit laten?'

Fabian keek Malin aan en kon constateren dat zij net zo walgde van de man aan de overkant van de tafel als hijzelf. 'Ik weet het niet. Komt dat je bekend voor?' Hij stond op en begon door de steeds claustrofobischer wordende kamer te ijsberen. 'Ik weet het niet. Ik weet het niet. Ik weet het niet. Maar het verschil tussen jou en mij, of beter gezegd: van alle miljoenen verschillen, is dat ík de waarheid spreek. Want ik heb geen idee wat figuren zoals jij met die gore, slijmerige stukken snot doen, en ik ben er ook niet zeker van of ik het wel wíl weten.' Hij ging achter Holmberg staan en pakte diens stoelleuning beet. 'Malin, wat zeg jij ervan? Heb jij enig idee?'

Malin haalde haar schouders op en schudde zonder een spier te vertrekken haar hoofd. Fabian kon aan haar zien dat ze niet op één lijn zaten, en inderdaad, hij ging een bepaalde grens over. Dat was dan maar zo. Hij kon zich niet langer inhouden.

'We hadden er een in de klas, een echte smeerlap,' ging hij verder. Jij zou hem wel mogen. Hij at ze altijd op. En niet alleen die van hemzelf, ook die van anderen. Misschien is dat een idee? Wat zeg je ervan?'

Joakim Holmberg negeerde Fabian en smeerde het snot op een van de lege colablikjes, waarop hij zich uitrekte naar een nieuw blikje.

'Nee, dat kun je wel vergeten. Jij krijgt geen cola meer.' Fabian rukte het blikje naar zich toe. 'Niet voordat je hebt verteld wat er is gebeurd.'

'Dat héb ik al gedaan. Ik zat op mijn troon...'

'Je bedoelt je fauteuil.'

'Ja, en toen...'

'Zat je jezelf te strelen. Dat hebben we begrepen.'

'Nee, dat was ik van plan, maar ik ben nooit zover gekomen.'

'Ja ja, whatever...'

'Fabian, kan ik je even spreken?' Malin knikte naar hem om mee naar buiten te gaan en deed de deur achter hem dicht. 'Wat heb je in godsnaam? Waar ben je mee bezig?'

Fabian ontvluchtte haar blik en keek naar de tv die aan het plafond hing en waarop de persconferentie te zien was die momenteel bezig was. Herman Edelman zat vooraan op het podium achter een cluster van microfoons, links van het hoofd van het Zweedse KLPD, Bertil Crimson. Rechts van hem zat Anders Furhage van de Veiligheidsdienst, die liet weten dat niet viel uit te sluiten dat het om een terroristische daad ging. Daarom was de persoonsbeveiliging van diverse politici versterkt en het dreigingsniveau in het land nu verhoogd van 2 naar 3 op een schaal van 5.

'Fabian? Is er iets gebeurd?' Malin probeerde oogcontact met hem te krijgen.

Zijn eerste impuls was te doen of zijn neus bloedde. Maar hij herkende de toon in haar stem en de blik die ze hem toewierp maar al te goed. Ze zou het niet opgeven voor hij zei wat er aan de hand was. 'Iets gebeurd? Geen idee... Sorry. Ik ben...' Hij sloot zijn ogen en begon zijn slapen te masseren. 'Sonja en ik, we hebben het momenteel wat moeilijk en ik weet eerlijk gezegd niet hoe dat zal aflopen. En vannacht... ik heb geen oog dichtgedaan.'

'Ik wél denk je?'

Fabian voelde zich alsof iemand net een emmer koud water over hem heen had gegooid.

'Ik kan je vertellen dat, behalve dat ik bezig was met het identificeren van die griezel hier binnen, deze twee herrieschoppers er debet aan zijn dat wat langzamer knipperen met mijn ogen de enige slaap is die ik de laatste weken heb gekregen. Maar dat betekent niet dat ik hier kom binnenklossen en me niet meer weet te gedragen.'

'Nee, dat is waar,' zei Fabian, die haar alleen maar gelijk kon geven. 'Maar ik vind hem gewoon weerzinwekkend, ik trek het niet. Hij heeft iets, ik weet niet, maar zijn hele wezen is...'

'Ja, hij is een slijmerige klootzak die merkwaardige dingen doet die je bij voorkeur niet wilt weten, maar hij is geen moordenaar. Hij is niet degene die de minister heeft opengesneden. Hij is niet eens degene op die bewakingsfilm.'

'Ik weet het. Maar waarom houdt hij dan zijn bek en weigert hij wat te zeggen?'

'Dat is niet waar. Jij luistert alleen niet.'

'Luistert niet naar wát? Het enige wat hij zegt is dat hij het niet weet, telkens weer...'

'Bovendien stel je de verkeerde vragen. Daarom neem ik het vanaf nu over.'

Ze gingen terug naar de verhoorkamer, waar Holmberg weer met een wijsvinger in zijn neus groef.

'Oké Joakim, we beginnen bij het begin,' zei Malin, en ze deed de deur achter Fabian dicht. 'Je was net op je zogenoemde troon gaan zitten en wilde wat lekkers doen met jezelf.' Ze maakte een blikje cola open en schoof het naar hem toe. 'Maar toen gebeurde er iets.'

Holmberg goot iets meer dan de helft van het blikje naar binnen, liet een luide boer en knikte. 'Maar ik weet niet wát.' Hij zweeg, en Malin deed niets om de stilte die ontstond te doorbreken. De stilte vulde uiteindelijk elk hoekje en gaatje van de kamer. 'Ik meende dat ik iets hoorde uit de hal, maar wist het niet zeker,' ging hij verder. 'Ik had het surroundgeluid ingeschakeld en net een film opgezet.'

'Dus toen heb je de film uitgezet.'

'Ja, en vervolgens ben ik gaan kijken wat dat was.'

'En, wat was het?'

'Ik weet het niet.' Holmberg dronk het blikje leeg en begon dat in elkaar te drukken.

De stilte vulde opnieuw de kamer. Fabian en Malin keken elkaar aan. Zoals altijd kon ze hem lezen als een open boek en gebaarde ze hem rustig te blijven en af te wachten, maar een paar minuten later zag hij duidelijk dat de stilte haar ook op de zenuwen ging werken.

'Het was gewoon helemaal wit.'

Die repliek leek uit het niets te komen, en zowel Fabian als Malin keek alsof ze niet zeker wisten of ze het goed hadden gehoord.

'Hoe bedoel je "wit"?' Malin schoof haar stoel dichter naar hem toe.

'Ik weet het niet. Wit.'

'En toen?'

'Ja, toen werd ik vastgebonden en met een hondenriem om mijn nek wakker in de badkuip.'

'Dus je hebt geen idee hoe je daar bent terechtgekomen?'

Holmberg schudde zijn hoofd.

'Maar alles was wit. Heb je wat gehoord?'

'Ik weet het niet. Nou ja, het klonk als... als... Darth Vader.' Holmberg moest lachen en rekte zich uit naar een nieuwe cola.

'Darth Vader? Bedoel je Darth Vader zoals in de *Star Wars*-films?'

Holmberg knikte, opende het blikje en dronk ervan. 'Zo.' Hij demonstreerde het geluid door zijn hand voor zijn mond en neus te doen en overdreven te ademen. Zoals in een gasmasker.

Malin wendde zich tot Fabian. 'Denk jij hetzelfde als ik?'

Fabian begreep niet waar ze het over had en de volgende seconde was Malin al op weg naar buiten, de verhoorkamer uit.

De film die op Malins computer werd afgespeeld was opgedeeld in vier even grote velden. De twee bovenste lieten vanuit twee verschillende hoeken zien hoe auto na auto naar binnen reed en bij een roodwitte slagboom bleef staan die omlaag was. De slagboom ging omhoog nadat de bestuurder zijn hand had uitgestoken en het kaartje uit de automaat had gepakt. De twee onderste toonden hoe de auto's er in een gestage stroom uit reden.

'Wat is dat?' vroeg Fabian over Malins schouder heen.

'Dat heb jij gisterochtend bij de ochtendbriefing gemist toen je zo'n haast had om weg te komen.'

Fabian ging in gedachten terug naar de bespreking van gisterochtend en herinnerde zich dat Tomas Persson en Jarmo Päivinen bezig waren te vertellen over hun doorbraak in het onderzoek naar de verdwijning van de jetsetter Adam Fischer, die pas na acht dagen kon worden gerubriceerd als kidnapping. 'Is dat de Slussengarage?'

'Goed gegokt,' zei Malin knikkend. 'Gebleken is namelijk dat Adam Fischer, die daarboven bij Mosebacke woont, daar een plaats huurt.'

'En wat heeft dat met Carl-Eric Grimås te maken?'

'Wacht maar, dan zul je het zien,' zei Malin, en ze probeerde het juiste punt op de tijdlijn te vinden helemaal onder aan het scherm. 'Hier. Hier hebben we hem.' Ze zette de film op pauze. 'Zie je?'

Fabian knikte en zag hoe het bevroren beeld het kenteken van de SUV in het veld linksboven toonde, en dat Adam Fischer in het veld rechtsboven achter het stuur en in z'n eentje in de auto leek te zitten. 'Goed, dit is de laatste keer dat hij is gezien voordat hij verdween, dat heb ik begrepen. Maar ik zie nog steeds niet wat...'

'Zie je dat zijn gezichtsuitdrukking volledig ontspannen lijkt?' onderbrak Malin hem, en ze wees op het scherm. 'Net als Grimås heeft hij dus geen flauw benul van wat hem te wachten staat,' ging ze verder, en ze spoelde de film vooruit. 'Iets meer dan elf minuten later rijdt dezelfde auto weer naar buiten. Hier hebben we hem.' Ze bevroor het beeld opnieuw net toen de slagboom openging en de SUV eruit zou rijden.

In de twee onderste velden zag je Fischers auto die op weg was naar buiten.

Alleen nu zat Adam Fischer niet meer achter het stuur, maar iemand anders.

Iemand in grove, donkere kleren en met een gasmasker voor zijn gezicht.

33

Het had de hele nacht stevig gesneeuwd en de sneeuw had grote delen van Kopenhagen begraven onder een witte deken. Op het nieuws werd gesproken over een recordwinter en de bevolking werd gewaarschuwd niet de weg op te gaan als het niet per se noodzakelijk was. Dunja Hougaards eerste gedachte toen ze op de bank wakker werd en door het raam naar buiten keek, was om thuis te werken. Maar toen Carsten vanuit de slaapkamer had geroepen dat ze verder zouden gaan waar ze gebleven waren, besloot ze naar het hoofdbureau te gaan.

Toen ze een uur later het pand aan Blågårdsgade 4 verliet, zag ze dat het nieuws de berichtgeving over de sneeuw sterk had afgezwakt. Haar fiets was niet eens te zien onder de sneeuwhopen en het zou zeker een uur duren om de auto uit te graven. Daarom besloot ze de hele weg te gaan lopen. Al gauw bleek dat dat ook de enige mogelijkheid was om vooruit te komen. Vrijwel al het openbaar vervoer lag stil. Zelfs de metro weigerde dienst.

Door deze noodtoestand kwam Dunja in een fantastisch goed humeur. De anders zo drukke straten waren voor de verandering autovrij. De verkeerslichten sprongen van groen op rood, maar daar trokken de voetgangers die op straat waren gaan lopen zich niets van aan. Het was alsof ze de stad weer in bezit hadden genomen en niet van plan waren haar ooit weer terug te geven.

Ze stak net het dichtgevroren Peblingemeer over toen de veiligheidsverantwoordelijke van Scandlines belde om te bevestigen dat de BMW van Aksel Neuman naar Helsingborg was overgevaren met de pont die de haven van Helsingør om 01.00 uur in de nacht van woensdag op donderdag had verlaten. Helaas hadden ze alleen toestemming om kentekens te registreren. Daarom hadden ze er geen beelden van of Aksel Neuman zelf, dan wel Benny Willumsen of heel iemand anders achter het stuur had gezeten.

Ter hoogte van Rådhusplatsen op de H.C. Andersens Boulevard deed ze een poging in contact te komen met de recherche in Helsingborg, maar hun chef – Astrid Tuvesson – bleek al met kerstreces te zijn en ze werd daarom doorverbonden met Sverker Holm, die uiteraard niet opnam. Was er aan de Zweedse kant dan niemand aan het werk, vroeg ze zich af. Ze sprak een bericht in op Holms voicemail, waarin ze zich voorstelde en uitlegde dat ze hulp nodig had bij het lokaliseren en opsporen van een in Denemarken geregistreerde BMW X3.

Toen ze uiteindelijk op de afdeling in het hoofdbureau van politie kwam, kon ze constateren dat Jan Hesk en Kjeld Richter er geen van beiden waren. Of dat kwam door het weer of dat ze zich hadden ziek gemeld uit protest dat *zij* het onderzoek leidde, wist ze niet. En ook al wilde een deel van haar opbellen, ze het ronduit in hun gezicht vragen en een briefje van de dokter eisen, ze vond het ook wel heerlijk om ongestoord te kunnen werken.

Ze kon helaas weinig meer doen dan de koffiekan op haar bureau zetten, de lamp aanknippen en de computer opstarten voor haar mobieltje begon te trillen.

'Met Dunja Hougaard.'

'Ja, hallo, met Klippan. Je had blijkbaar hulp nodig.'

'Eh, pardon? Spreek ik met de politie van Helsingborg?'

'Ja, dat klopt. Mijn naam is Sverker Holm, bijgenaamd Klippan. Ik heb net je voicemail gehoord.'

'Ja, het gaat om een Deense BMW... '

'Ja, dat had ik gehoord. Ik heb er al een opsporingsbericht voor doen uitgaan, en heb hem ook al gevonden op beeld.'

'Echt waar? Kun je ook zien wie er achter het stuur zit?'

'Nee, helaas. Het was een verkeerscamera op de E6 in zuidelijke richting, en die mogen geen gezichten fotograferen.'

'Heb je gezien wanneer die foto is genomen?'

'Donderdagochtend om 01.33 uur.'

01.33 uur, herhaalde Dunja in gedachten. Dat kon heel goed kloppen als je bedacht dat de veerboot om 01.00 uur uit Helsingør was vertrokken en de overtocht naar Helsingborg twintig minuten duurde. Dat hij zich bovendien op de E6 in zuidelijke richting had bevonden, betekende dat hij hoogstwaarschijnlijk op weg was naar Malmö en misschien zelfs wel naar het huis van haar verdachte Benny Willumsen op Konsultgatan 29. 'Oké, heel erg bedankt. Dat was precies wat ik nodig had.'

'Sorry, maar mag ik nog iets vragen, gewoon uit nieuwsgierigheid?'

'Tuurlijk.'

'Ik ga ervan uit dat dit te maken heeft met de moord in Tibberup?'

'Ja, dat klopt. Maar nu moet ik helaas...'

'We hebben daar natuurlijk over gelezen in de kranten, en nu is het zo dat wij ruim twee jaar geleden hier in Rydebäck aan een zaak hebben gewerkt waarbij sprake was van dezelfde weerzinwekkende brutaliteit als bij het slachtoffer in Tibberup.'

'Ja, je vraagt je af waar al die woede vandaan komt. Maar eh... leuk om je gesproken te hebben. Fijn weekend.'

'Bovendien bleek dat de dader een Deen was...'

Dunja, die het gesprek net wilde wegdrukken, bracht haar mobiel weer naar haar oor.

'... hoewel hij hier in Zweden woonde. In Malmö om precies te zijn,' ging Klippan verder.

'Heet hij toevallig Benny Willumsen?'

'Ja, wis en waarachtig!'

'Hoe kan hij dan nog vrij rondlopen? Hebben jullie hem nooit opgepakt?'

'Zeker, en er is een proces geweest. We hadden getuigen, aanwijzingen, de hele rataplan. De grootste fout was alleen dat hij ook werd aangeklaagd voor een andere brute moord op een vrouw die op het eiland Ven aan land was gespoeld. Ik weet niet of daar iets over in de Deense kranten heeft gestaan?'

'Nou en of. Maar waarom was dat fout?'

'Feit was dat hij een waterdicht alibi had, dus alles is als een kaartenhuis in elkaar gestort. Zelf heb ik nooit gedacht dat hij achter die Ven-moord zat, maar we waren het onderling niet helemaal eens hier op het bureau, zogezegd. En toen is het zo gelopen. Ik zal nooit het moment vergeten waarop dat vonnis werd geveld en hij werd vrijgesproken. Dat was een klap in ieders gezicht.'

'Had jij aan die zaak gewerkt?'

'Ja, met de rest van het team hier. Het is het grootste onderzoek dat we ooit hebben gedaan. Dus wat ik eigenlijk wilde zeggen: als er iets is wat ik kan doen om je te helpen, wat dan ook, dan moet je het maar zeggen.'

'Nou, als je mij al het materiaal kunt sturen dat jullie over die zaak hebben zou dat super zijn.'

'Absoluut. Geen probleem, en als er nog meer is bel je maar.'

'Hartstikke fijn. Heel erg bedankt.' Dunja rondde het gesprek af en met het koffiekopje in haar ene hand verstelde ze met de andere de hendel van de rugleuning, leunde achterover en legde haar voeten op het bureau.

Nu had ze nog meer wat ervoor pleitte dat Benny Willumsen achter de moord op Karen Neuman zat. Helaas miste ze precies hetzelfde als haar Zweedse collega's destijds: technisch bewijs dat sterk genoeg was om hem eraan te koppelen. Aanwijzingen, getuigen en eventuele overeenkomsten met eerdere zaken zouden niet toereikend zijn.

Ze wilde net het koffiekopje naar haar mond brengen toen er een hand om haar schouder greep.

'En hier zit jij moederziel alleen te werken.'

Ze ging met een schok rechtop zitten, zodat de meeste koffie over haar spijkerbroek vloog.

'Jeetje, ik hoop niet dat dat door mij kwam.'

'Nee, ik had je alleen niet horen aankomen.' Ze draaide zich om naar Kim Sleizner, die achter haar stond te grijnzen.

'Je bent gisteren nooit meer bij me langs geweest.'

34

'Dus jij meent serieus dat er een link zou zijn tussen de moord op de minister van Justitie en de kidnapping van Adam Fischer?' Herman Edelman schonk wat room in zijn koffie.

'Ja,' zei Malin, en ze wierp Fabian een snelle blik toe als om zich ervan te verzekeren dat ze niet alleen stond. 'Dat is precies wat ik bedoel.'

'Oké, maar Malin. Ten eerste...'

'Wie zegt altijd dat het belangrijk is om hardop te denken en uit je comfortzone te komen?' onderbrak Malin hem terwijl ze haar armen op haar uitpuilende buik over elkaar legde.

'Ja, maar in dit geval weet ik het niet. Ik ben misschien blind, want ik zie eerlijk gezegd niets in deze twee zaken wat ook maar enigszins verband kan houden.' Edelman nam een suikerklontje tussen zijn tanden en bracht het kopje naar zijn mond.

'Nee, maar als je me even laat uitpraten komt je gezichtsvermogen misschien weer terug en zie je dat het niet alleen een link is, maar dat het zelfs dezelfde dader lijkt te zijn.'

Edelman zette het kopje weer neer met het suikerklontje nog tussen zijn tanden. Mazzel dat ze zwanger is, dacht Fabian. Die toon had Edelman van hem of een van de anderen niet gepikt. Zeker gezien hij net een persconferentie had gehouden, wat hem in negen van de tien gevallen extra prikkelbaar maakte.

'Nou, wat zeg jij ervan, Fabian?' Malin wendde zich tot hem met een blik die smeekte om zijn steun, wilde hij het overleven.

Fabian knikte, hoewel hij eigenlijk niet wist wat hij moest denken. Net zoals Malin zei waren er dingen die erop wezen dat het dezelfde dader was. Maar hij kon niet begrijpen hóé en hij voelde zich op de een of andere manier net zo blind als Edelman. Hij had geprobeerd in contact te komen met Hillevi Stubbs om te vragen of zij een technisch spoor had gevonden dat hun these kon onderbouwen, maar zoals gewoonlijk als ze veel te doen had, stond haar mobiele telefoon uit.

'Hier is een beeld van de bewakingsfilm die jullie van de Slussengarage hebben gekregen,' ging Malin verder, en ze hield de foto omhoog waarbij de kidnapper in de auto van Adam Fischer met een gasmasker voor zijn gezicht de garage uit reed. 'Waarschijnlijk ligt Fischer bedwelmd in de auto, wat het gasmasker verklaart.'

'Kan het zo zijn dat hij niet herkend wilde worden?' vroeg Tomas Persson.

'Eh... Ja, maar...' Malin wendde zich weer tot Fabian en gaf hem nu geen andere keus dan het woord te nemen.

'Dat zou op zich wel kunnen,' zei Fabian. 'Maar dan zijn er aanzienlijk eenvoudiger manieren dan een gasmasker.'

'Het punt is dat Joakim Holmberg, een van de bewakers van de parlementsgebouwen, in zijn eigen huis hetzelfde is overkomen.' Malin hield een foto omhoog van de bewaker en hing die op het whiteboard. 'Hij hoorde in de nacht van dinsdag op woensdag een geluid in zijn hal. Hij ging kijken wat het was en zag alleen maar "wit".'

'Hoe bedoel je "wit"?' vroeg Jarmo Päivinen.

'Witte rook,' zei Fabian. 'Onze theorie is dat de dader een soort gasampul door de brievenbus naar binnen heeft gegooid, en als je de foto van de Slussengarage beter bekijkt, zie je dat er ook sporen van rook in de auto te zien zijn.'

'Het laatste wat Holmberg hoorde voordat hij in zijn eigen badkuip wakker werd, zonder zijn uniform en zijn toegangspasje, was dat er iemand in de hal was die door een gasmasker ademhaalde,' zei Malin.

'Oké, ik wil de stemming niet bederven,' zei Tomas Persson terwijl hij zijn proteïneshake neerzette. 'Maar even voor mijn begrip: die knul van jullie heeft dus niets gezien, maar heeft iets gehóórd wat deed denken aan een gasmasker. Iets wat net zo goed een windvlaag door de brievenbus kan zijn geweest, tinnitus of wat dan ook.'

'Dat zou kunnen,' zei Malin. 'Maar...'

'Wacht, ik ben nog niet klaar. Want ook al zou er daar sprake zijn geweest van een gasmasker of iets dergelijks, dan hoeft het niet dezelfde dader te zijn. Het kan natuurlijk ook toeval zijn.'

Malin zuchtte en rolde met haar ogen. Fabian zag dat ze moeite moest doen rustig te blijven. 'Tuurlijk, het kan gewoon ongelukkig toeval zijn, zoals zoveel andere dingen hier in de kamer. Maar laten we uitzoeken hoe het zit voor we te hard roepen.'

'Wat stellen jullie voor?' Edelman deed een nieuwe poging met zijn koffie en dronk het kopje leeg.

'Dat we die onderzoeken samenvoegen tot één nieuw onderzoek dat door Fabian en mij wordt geleid.'

'Eh, sorry hoor,' zei Tomas, en hij stak een hand op. 'Is dat een geintje? Jarmo, heb jij ook maar één argument gehoord waarom zij ons onderzoek zouden overnemen?'

Jarmo Päivinen schudde zijn hoofd.

'Zie ik eruit of ik een geintje maak?'

'Wow, ze is vandaag goed op dreef.' Tomas grijnsde zo breed dat zijn opgezwollen borstspieren onder zijn veel te strakke T-shirt goed zichtbaar waren.

'Ik zal omwille van jou doen of ik dat laatste niet heb gehoord. En Herman, jij hebt het altijd over het kruisbestuiven van onderzoeken.'

'Absoluut. Maar hier moet ik Tomas toch gelijk geven. Een geluid dat doet denken aan iemand die ademt door een gasmasker is magertjes. Is er daarnaast nog meer wat ervoor pleit dat die zaken bij elkaar zouden horen?' vroeg Edelman.

'Voor zover we nu weten niet,' zei Fabian.

'Maar hallo, daar gaat het niet om. De vraag is wat we te verliezen hebben door dit een kans te geven.' Malin wendde zich tot Tomas en Jarmo. 'En als we heel eerlijk moeten zijn is het ook niet zo dat jullie onderzoek met sprongen vooruitgaat.'

'Nou, we hebben...'

'Die auto gezien op een bewakingsfilm. Tomas, ik weet het. Maar waar heeft dat toe geleid, buiten een foto van de dader met een gasmasker? Waarom gooien we de stukjes niet in de lucht en kijken we wat er gebeurt? Zoals het motief van de dader. Hij is misschien helemaal niet uit op geld, alleen omdat de familie Fischer dat heeft geboden. Misschien wil hij iets heel anders.'

'Zoals...?' vroeg Jarmo.

'Weet ik veel?' Malin haalde haar schouders op en nam een Danish cookie. 'Grimås is zijn beide ogen en zijn ingewanden kwijt.'

'Misschien had-ie gewoon trek,' zei Tomas lachend.

Malin rolde met haar ogen en wierp Fabian een veelbetekenende blik toe dat het zijn beurt was om het over te nemen. Maar Fabian was uitvoerig bezig te begrijpen wat Tomas net had gezegd.

Verder kwam hij niet toen de deur openging en Hillevi Stubbs binnen kwam marcheren met een aluminium koffer in haar hand. Haar haar zat opgestoken in een knot boven op haar hoofd en gaf de indruk dat ze minstens een decimeter langer was dan de 1,54 meter die volgens de geruchten in haar paspoort stond. Bovendien waren haar neusvleugels helemaal gespannen, wat betekende dat ze in een extreem slecht humeur was en dat je dan maar het beste zo ver mogelijk uit de vuurlinie kon blijven.

'Het spijt me, maar ik heb niet de hele dag de tijd.' Stubbs legde de koffer op tafel. 'En ik begrijp eerlijk gezegd ook niet waar jullie mee bezig zijn.'

Fabian zag dat Malin net zo vragend keek als hijzelf.

'Ja, ik heb het tegen jullie twee,' ging ze verder. 'Waar is de tijd gebleven dat we een PD vinden, die onderzoeken en daarna eventueel nog een PD vinden? Waarom moeten jullie zo nodig drie plaatsen delict vrijwel tegelijkertijd vinden? Denken jullie dat ik me kan klonen of zo?'

'Hillevi,' zei Edelman. 'Ik begrijp best dat het te veel is, maar...'

'Dat is inderdaad netjes uitgedrukt. Vanmiddag is mijn enige kans om kerstcadeaus te kopen. Denken jullie dat mijn kleinkinderen een leeggehaalde minister als verklaring accepteren?'

'Als je wilt kan ik kijken of we geen mensen kunnen lenen van de Stockholmse...'

'Bedoel je Petrén en zijn mannen? Nee, dank je feestelijk. Met die man ter plekke kunnen we het wel vergeten om voor kerst klaar te zijn.'

'Oké, maar we hebben niet alle tijd van de wereld. Dus als we ons nou eens bezighouden met de essentie. Zoals waarom jij hier bent, bijvoorbeeld. Heb je wat gevonden?' vroeg Malin, en ze keek alsof ze er geen enkele moeite mee had hard tegen hard te gaan.

Fabian wist zeker dat Stubbs hem in stukken had gescheurd als hij ook maar enigszins zo'n toon had aangeslagen.

Nu richtte ze in plaats daarvan haar blik op Malin. Ze leek enigszins overtroefd. 'Nou en of.' Ze klikte de beugelsluiting van haar koffer open, deed het deksel omhoog, trok een paar witte handschoenen aan, haalde er een zwarte stoffen zak uit, zette die op tafel, maakte de knoop los en haalde er een glazen pot uit. 'Deze stond in de koelkast in de sloopflat op Östgötagatan.

'Wat voor sloopflat?' vroeg Jarmo.

'Waar Carl-Eric Grimås' ene mobiel voor het laatst een signaal had gegeven,' zei Malin, en ze liet een foto zien van de geplastificeerde tafel. 'Zoals je ziet is die helemaal geprepareerd om...'

'Dat kunnen jullie misschien afhandelen als ik klaar ben,' onderbrak Stubbs haar met een stijf lachje. 'Mooi. Ik dacht namelijk dat dit misschien van belang kon zijn.' Ze hield de pot omhoog zodat iedereen hem kon zien.

Fabian herkende de glazen pot met het blauwgroene Haywardslogo onmiddellijk. En net zoals hij sinds ze de minister hadden gevonden al had vermoed, zaten er helemaal geen zilveruitjes in, maar vier oogbollen die in de donkere vloeistof ronddobberden.

'Dit moet uiteraard zo snel mogelijk door naar Thåström bij het gerechtelijk lab. Maar het zal niemand verbazen als twee ervan van de minister van Justitie zijn,' ging Stubbs verder.

'En de andere twee?' vroeg Malin.

'Dat bedoel ik. En daar komen jullie in beeld. Jullie kunnen toch ook weleens wat nuttigs doen?'

Fabian vroeg zich af waarom Malin dat had gevraagd. Of het was omdat ze het zich daadwerkelijk afvroeg of alleen omdat ze aardig wilde zijn. Zelf twijfelde hij er geen moment aan waar die ogen vandaan kwamen.

'Mag ik eens zien?' vroeg Tomas.

'Kijken, maar niet aanraken.' Stubbs zette de glazen pot voor Persson op tafel, die vooroverboog en de vier oogbollen bestudeerde die rondzwommen met de afgerukte oogzenuw als staart. Twee ervan hadden een blauwe iris, de derde had een groene en de vierde een bruine.

Tomas keek op, wendde zich met een verbeten gezicht tot Jarmo en knikte.

'Zeker weten?' vroeg Jarmo.

Tomas knikte opnieuw. 'Een groen en een bruin oog. Dat moeten die van Fischer wel zijn.'

35

Toen Tomas Persson voor de grap had gezegd dat de dader misschien alleen maar trek had, was hij op het idee gekomen. Het zou op zich eenvoudiger zijn geweest om naar zijn bureau te lopen en het zoekwoord in te typen op de computer, maar Fabian wilde met rust gelaten worden tot hij het zeker wist. De gedachte was nog steeds te broos, en met het oog op de stemming binnen de groep op dit moment, nu ze zojuist de twee onderzoeken hadden samengevoegd, wist hij zeker dat zijn idee de grond in geboord zou worden als hij het nu al ventileerde. Daarom had hij ervoor gezorgd de vergaderkamer als eerste te verlaten en was hij naar het fysieke archief in de gewelven van het hoofdbureau van politie gegaan. Daar had hij tussen de rolwanden teruggezocht naar het tweede kwartaal van 1993.

Hij was toen zevenentwintig jaar oud geweest en had net het laatste jaar op de politieacademie afgerond. De zomer was al stiekem begonnen en de meesten uit zijn klas hadden uitgekeken naar een heerlijke vakantie voordat ze in dienst zouden treden. Maar Fabian niet.

Het enige waar hij aan had kunnen denken was het moordonderzoek waarover de kranten bijna elke dag vol stonden. Dat ging om zoiets ongebruikelijks als een seriemoordenaar die Stockholm in zijn greep hield. Zo'n zaak waarover je alleen in de krant las en wat eigenlijk nooit in het echt voorkwam. Zeker niet in een land als Zweden.

Maar dat voorjaar was het wel degelijk gebeurd en hij herinnerde zich nog goed hoe dat de gemoederen in het hele land had beziggehouden. Voornamelijk door het extreem brute geweld en het lijden waaraan de slachtoffers waren blootgesteld, maar ook vanwege het daaropvolgende vonnis waarbij de dader werd veroordeeld tot tbs met dwangverpleging in plaats van tot een gevangenisstraf.

Hij kon zich de naam van de dader niet meer herinneren, behalve dat het iets ongebruikelijks was. Wat hij nog wél wist was dat men zeven slachtoffers had gevonden die wekenlang op ver uiteenlopende plaatsen waren vastgehouden voordat ze waren blootgesteld aan...

Hij onderbrak zijn eigen gedachten en trok de eerste van de vijf uitpuilende mappen eruit. Daar was het. Het onderzoek waaraan hij zo graag had gewerkt. Hij opende het en nu hij de naam op papier zag, kwam alles terug alsof het gisteren was. De foto's die de politie van de verschillende slachtoffers had vrijgegeven van wie de ogen waren uitgestoken. De angst dat iedereen het volgende slachtoffer kon zijn. De krantenkoppen die wedijverden om als eerste naar buiten te treden met alle details over Ossian Kremph – de eerste echte kannibaal van Zweden.

'Oké, ik zie het als volgt,' zei Tomas, en hij hield gelijke tred met Malin terwijl ze door de gang liepen.

'Iemand van jullie gezien waar Fabian gebleven is?' vroeg Malin, en Jarmo haalde zijn schouders op. 'Hier is hij ook niet,' ging ze verder toen ze hun werkkamer binnenkwam.

'Misschien zit hij gewoon even op de wc,' zei Jarmo.

'Sorry hoor, maar ik was iets aan het vertellen,' zei Tomas.

'Praat maar gewoon door.' Malin zette haar tas op haar bureau en begon erin te wroeten.

'Nou, Jarmo en ik hebben hier al meer dan...'

'Alsjeblieft, hou op met dat gezeur. Dat weten we nu wel. Bovendien ben ik kotsmisselijk en moet ik zo meteen overgeven als ik niet snel mijn... Wie heeft mijn... Nee, hier zijn ze.' Ze viste een rol mariakaakjes uit haar tas en propte er twee tegelijk naar binnen, kauwde en slikte ze zo snel mogelijk door, waarna ze op haar stoel ging zitten en uitblies. 'Jeetje, dat scheelde maar een haartje.'

'Ben je klaar?' vroeg Tomas. Hij liep naar Malin toe, die knikte en nog twee koekjes in haar mond stopte. 'Mooi. Dan kun je mij misschien uitleggen wat je bedoelt met "dat gezeur"? We moeten verdomme afspreken hoe we verder...'

'Nee, het enige wat moet is ervoor zorgen dat we aan het werk gaan,' zei Malin, terwijl ze slikte. 'En als je dat niet aankunt, kun je maar beter ergens anders chagrijnig gaan zitten wezen.'

Tomas wilde haar tegenspreken, maar een blik van Jarmo maakte dat hij enigszins kalmeerde en zich wist te beheersen. 'Oké. Waar wachten jullie verdomme dan op?'

'Mooi! Dat klinkt goed! Je zult zien dat het prima zal verlopen.' Malin kwam overeind. 'Ik stel voor dat we om te beginnen gaan kijken of Carl-Eric Grimås en Adam Fischer iets gemeen hebben. In die koppeling moet het motief immers te vinden zijn.'

Jarmo knikte en Tomas bleef met een zuur gezicht staan kijken, maar zweeg.

'Over de minister van Justitie weten we een heleboel,' ging Malin verder. 'Maar wat weten we van Adam Fischer? En waarom heb ik hem volgens mij in de roddelbladen voorbij zien komen?'

'Adam Fischer is drieëndertig jaar oud, diplomatenzoon, en lijkt als doel in het leven te hebben om nooit volwassen te worden,' zei Jarmo. 'Hij vindt het heerlijk om papa's geld uit te geven, rond te rijden in dure auto's en naar premières te gaan. Veel meer dan dat is er niet nodig om in de roddelbladen te komen.'

'En zijn vader. Kennen we die?'

'Ja, Jarmo en ik in elk geval wel,' zei Tomas. 'Hij heette Rafael Fischer en was bijna de hele jaren negentig de ambassadeur van Israël hier in Stockholm.'

'De ambassadeur van Israël?' herhaalde Malin, en Tomas knikte.

'Hier heb je hem,' zei Jarmo, en hij wees op een zwart-witfoto op het whiteboard.

De foto leek te zijn gemaakt tijdens de viering van een of andere feestdag en toonde een oudere man met spierwit haar en een donker pak die met twee andere mannen aan een feestelijk gedekte tafel zat.

'En die jongere man links. Is dat Adam?' vroeg Malin.

'Ja. De foto schijnt gemaakt te zijn op de bruiloft van zijn zus. Wanneer was dat ook alweer?' Jarmo wendde zich tot Tomas.

'Augustus '98,' zei Tomas. 'Drie maanden later stierf die ouwe.'

'Waarom heeft Adam een stok en niet hij?' vroeg Malin. 'En wat ziet hij er bleek en magertjes uit.'

Jarmo haalde de foto van het bord om hem beter te kunnen zien en inderdaad zat de jonge, bleke Adam met een stok in zijn hand. 'Ja, daar heb je gelijk in. We zijn ervan uitgegaan dat hij die gewoon van z'n pa had geleend.'

'Mag ik eens zien?' Tomas pakte de foto en bekeek hem.

'En wie is die man daar aan de andere kant?' Malin wees op de man aan de rechterkant die naar de oude ambassadeur vooroverboog alsof hij hem net iets in vertrouwen had verteld.

'Goeie vraag,' zei Jarmo. 'Daar hebben we geprobeerd achter te komen, maar dat is niet gelukt.'

'Hier hebben we hem weer, maar nu met de huidige ambassadeur,' zei Tomas. Hij wees op een kleurenfoto waar dezelfde man, zo'n tien jaar ouder, samen met de huidige ambassadeur en een andere man uit een auto stapte.

'Wie is die derde?' vroeg Malin.

'De ambassadeur van Israël in Kopenhagen,' zei Jarmo.

'Oké, dus hij kent ze allemaal. Hebben jullie contact gehad met de ambassade en bij hen geïnformeerd?'

Jarmo en Tomas schudden hun hoofd.

'Dan vind ik dat we moeten beginnen met... Aha, dáár ben je. Waar zat je nou?' riep Malin tegen Fabian, die net binnenkwam met de archiefmappen in zijn armen.

'In het archief. Ik heb een verdachte gevonden.' Fabian liet de mappen op zijn bureau vallen.

Tomas rukte er een naar zich toe en sloeg hem open. 'Ossian Kremph? Wie is dat in godsnaam?'

'Leuk dat juist jij dat vraagt, want jij hebt me op het idee gebracht.'

'O ja, was dat niet die kannibaal?' vroeg Jarmo, en Fabian knikte. 'Dat was voor mijn tijd hier bij de rijksrecherche. Maar ik zat op de surveillancewagen en er werd ontzettend veel over gekletst.'

'Iemand van jullie zin om te vertellen waar het over gaat?' vroeg Malin.

'Dit.' Tomas toonde een spread met foto's van verminkte slachtoffers met uitgestoken ogen.

'Lekker,' zei Malin. 'En waarom juist de ogen?'

'Ik weet het niet zeker,' zei Fabian. 'Maar wat ik me ervan herinner beweerde hij dat hij alleen maar stemmen gehoorzaamde die hem opdroegen verschillende "uitverkoren zielen" te verzamelen.'

'O nee, toch niet zo'n halvegare, hè? En nu is hij zeker ontslagen ook?'

'Sinds drie jaar en vier maanden.'

'Men heeft hem dus genezen verklaard,' zei Malin, en ze schudde haar hoofd. 'Alsof iemand die hiertoe in staat is, baat heeft bij wat medicatie en therapie.'

'Dat bedoel ik,' zei Tomas. 'In de rest van de medische wereld moet men accepteren dat een verlamd onderlijf altijd verlamd zal blijven, maar binnen de psychologie ligt dat anders. Daar kan iedereen na behandeling weer gezond worden, hoe gehandicapt ze ook zijn.'

Malin keek Tomas verbaasd aan. 'Heb je dat zelf verzonnen of ergens gelezen?'

Tomas gaf haar lachend antwoord en rekte zich uit naar de rol mariabiscuitjes.

'Neem maar, ik heb al geen trek meer,' zei Malin, en ze bladerde verder in het oude onderzoek. 'Was er een verband tussen de slachtoffers of waren ze willekeurig uitgekozen?'

'Wat ik me ervan herinner waren het zowel mannen als vrouwen. En wacht, was het niet zo dat een ervan zelfs min of meer bekend was?' vroeg Jarmo.

'Je denkt aan die radiostem die de berichten voor de scheepvaart voorlas?' vroeg Fabian.

'Die bedoel ik. Dat geldt ook voor Fischer en Grimås. Die zijn ook min of meer bekend.'

'Misschien kiest hij mensen uit aan wie hij zich stoort,' zei Tomas.

'Hier hebben we in elk geval de verklaring waarom hij zich aan een van hen stoort,' zei Malin, en ze keek op van de map. 'Weten jullie wie er verantwoordelijk was voor het onderzoek?'

De anderen schudden hun hoofd.

'Carl-Eric Grimås.'

36

Dunja Hougaard zat op de bezoekersstoel bij Kim Sleizner en probeerde zich zo klein mogelijk te maken, hoewel ze eigenlijk trots zou moeten zijn en zich groot zou moeten maken, wijdbeens gaan zitten net als Jan Hesk in dezelfde situatie ongetwijfeld gedaan zou hebben. Ze was er ondanks alles en tegen alle verwachtingen in immers in geslaagd om in minder dan een dag met een sterke hoofdverdachte te komen. En als alles goed ging had ze ook nog drie oudere onderzoeken tot een succesvol einde gebracht. Vier, als je het Zweedse meerekende.

Maar alleen al de gedachte dat ze hier zat met Sleizner als enig gezelschap maakte dat ze eigenlijk wilde opstaan en hard wilde wegrennen. Ze dwong zichzelf rustig adem te halen, sloeg haar ogen neer en zag de koffievlek op haar spijkerbroek die was ingedroogd, maar die er nog steeds uitzag alsof ze in haar broek had geplast.

Het was zo stil dat ze zijn ademhaling vanaf de andere kant van het bureau kon horen, hoe de lucht door zijn verkouden neusgaten werd in- en uitgeademd terwijl hij de oude zaken en haar conceptrapport doorkeek. Ze vroeg zich af hoelang dat zou duren. Of hij de zaak alleen rekte om haar wat extra te kwellen. Pas toen ze hoorde dat hij de map dichtsloeg keek ze op en zag ze hem glimlachen.

'Ik wist wel dat jij de juiste persoon voor die klus was.' Hij zette zijn leesbril af. 'Dat voelde ik al vanaf het eerste moment dat ik jou zag; het is maar dat je 't weet.'

Dunja wist niet wat ze moest zeggen en kwam niet verder dan een geforceerd lachje.

‘Er valt niets te lachen. Het is gewoon de waarheid. Dus geniet er maar van zolang het duurt. Het kan morgen over zijn. Nee, ik maak maar een grapje. Echt.’ Hij hield de map in de lucht. ‘Dit is briljant. Ik begrijp niet hoe je het voor elkaar speelt. Maar dat maakt eigenlijk niet uit. Het belangrijkste is dat die Benny Willumsen levenslang achter de tralies verdwijnt. Daarnaast is het natuurlijk altijd leuk om die klote-Zweden op de vingers te tikken. Op hun eigen grondgebied nota bene. Ja, Dunja... Hier kan ik lang op teren.’

Dunja wist weer een lachje te produceren en knikte.

‘Dus wat er moet gebeuren is allereerst een persconferentie beleggen waar jij ook bij aanwezig bent en in de schijnwerpers komt te staan. Dat verdien je.’

‘Persconferentie? Wanneer wil je die houden? Ik bedoel, moeten we niet eerst...’

‘Rustig maar, natuurlijk moet hij eerst worden opgepakt voor we überhaupt ergens mee naar buiten treden. Maar zoals je weet denk ik graag vooruit, en ik wil gewoon dat je weet dat ik ervoor zal zorgen dat niemand er met jouw credits vandoor gaat. Mee eens?’

Dunja knikte.

Sleizner zuchtte. ‘Toch kijk je of je je laatste oortje hebt versnoept.’

‘Nee, ik heb alleen het gevoel dat we nog een heleboel moeten doen voor we kunnen juichen. Net als onze Zweedse collega’s hebben we onvoldoende bewijs om hem veroordeeld te krijgen. Daarom ben ik van mening dat we die auto in Helsingør zo snel mogelijk moeten bergen.’

‘Uiteraard. Maar het moet allemaal in de juiste volgorde gebeuren. En het eerste wat we moeten doen is er natuurlijk voor zorgen dat hij wordt gepakt – voordat er nog meer mensen slachtoffer worden van zijn vindingrijkheid. Met een beetje geluk vinden we bij hem thuis voldoende technisch bewijs, wat zou betekenen dat het bergen van die auto niet per se ons budget hoeft te belasten. Je moet je ervan bewust zijn dat dat niet bepaald een goedkope operatie is zo midden in de winter.’

‘Oké, maar ik weet niet of je het Zweedse onderzoek hebt doorgelezen? Feit is dat ze niets van waarde hebben aangetroffen in zijn...’

Sleizner onderbrak haar lachend en schudde zijn hoofd. 'Ik heb voldoende gelezen om te weten dat ik meer ervaring met dit soort dingen heb dan jij. Dunja, dit komt goed. Is er niets in zijn appartement te vinden, dan vissen we die auto uiteraard op.' Hij kwam overeind, liep om zijn bureau heen en ging achter haar staan. 'Ik hoop dat je hebt begrepen wat voor boost dit kan zijn voor je verdere carrière. Ik beloof je, voordat je het weet, zit je op mijn stoel.'

De gedachte kwam uit het niets, flitste voorbij en was even snel weer verdwenen – voelde het zó om verkracht te worden? Alsof je lichaam werd doorboord met een ijzige spies. Zo voelde het in elk geval toen zijn handen op haar schouders landden.

'Maar Dunja... zo kun je niet blijven rondlopen. Ze zijn hard als graniet.' Hij begon haar met kalme, zachte bewegingen te masseren. 'Probeer te ontspannen. Niet om op te scheppen, maar als er íéts is wat ik goed kan, dan is het wel masseren.' Hij pakte haar schouders beet en trok ze naar achteren zodat haar borsten naar voren werden geduwd. 'Je moet een beetje meer aan je houding denken. Je kunt er niet als een zoutzak bij gaan zitten daar op dat podium, en als je nog geen pijn in je nek hebt, dan krijg je dat wel.' Hij schoof haar haar opzij en begon haar nek te kneden. 'Bij mij begon het zo gauw ik hier aan het werk ging en als Henrik Hammersten er niet op had gestaan een keer naar zijn masseuse te gaan, had ik nu in een rolstoel gezeten. Sindsdien ga ik twee keer per week en heb ik nergens meer last van.' Hij liet zijn vingertoppen steeds hoger gaan en begon haar achter haar oren en op haar hoofd te masseren.

'O ja, dat ben ik vergeten te vertellen. Ik heb bij het kerstfeest een plaatsje voor je weten te bemachtigen aan de tafel van het management. Daar worden we bediend, zodat je niet hoeft te dringen bij het buffet, en bovendien is er onbeperkt schnaps. Goed hè? Dan kunnen we elkaar mooi wat beter leren kennen.'

Dunja hoorde allang niet meer wat hij zei. Haar opgejaagde hartslag overstemde al het andere. Ze wilde niets liever dan opstaan, zich omdraaien en hem zo'n harde dreun verkopen als ze maar kon. Maar haar lichaam weigerde te gehoorzamen en was als verlamd. Ze kon zich er niet eens toe zetten zijn handen van zich af te halen. Het enige wat ze kon was blijven zitten en voelen hoe elke spier in haar lichaam zich steeds meer spande.

37

Fabian Risk zocht op de tast naar het lichtknopje terwijl de signalen van zijn mobiele telefoon in de headset overgingen. Het was pikzwart en hij zag niets voordat hij de schakelaar had gevonden en het licht aan kon doen. De signalen weerklonken als een echolood in een bodemloze zee in het tempo waarmee het licht van de spaarlamp steeds sterker werd. Hij vroeg zich af wat hij moest doen als ze niet zou opnemen. Als ze nooit meer zou opnemen.

Of zou dat misschien toch het beste zijn?

Maar net toen de spaarlamp haar meest harteloze sterkte had bereikt, hielden de signalen op.

'Ik begon me al af te vragen waar je bleef.' Zoals gewoonlijk had Niva's stem een ironische ondertoon, alsof alles maar een spelletje was. 'Of dat je thuis een uitbrander had gekregen en weer in je schulp was gekropen.'

'Heb je even?'

'Dat hangt ervan af.'

'Ik heb hulp nodig bij het vinden van het adres van ene Ossian Kremph.'

'Zoals gezegd, dat hangt ervan af.'

'Feit is dat hij niet op zijn eigen adres woont en ergens in onderhuur lijkt te zitten.' Fabian wachtte op een reactie, maar die kwam niet. 'Niva? Ben je er nog?' Hij deed alsof hij haar ademhaling niet hoorde.

Eigenlijk begreep hij precies waar het om ging, en hij kon haar geen ongelijk geven. Hij had het immers beloofd en het moest gewoon afgehandeld worden. Het hoefde ondanks alles niet meer te zijn dan een warm weerzien met een oud-collega. 'Oké, wat zeg je van morgenavond?'

De stilte die daarop volgde was lang genoeg om al spijt te krijgen.

'Rond negenen in het Lydmar. Heb je zijn persoonsnummer?'

Fabian las het hardop voor uit zijn aantekeningen. '540613-5532.' Hij hoorde dat haar vingers meteen op het toetsenbord begonnen te ratelen.

'Hij staat in elk geval ingeschreven in Norsborg.'

'Ja, maar voor zover wij hebben begrepen verhuurt-ie die woning en woont hij zelf ergens anders.'

'Oké, eens even kijken bij welke bank hij zit... Nordea, met een gewone betaalpas gekoppeld aan zijn privérekening.'

'Werkt hij, of wat is dat voor geld dat daarop binnenkomt?'

'Nee, alleen verschillende uitkeringen en vermoedelijk de huuropbrengsten van Norsborg.'

'Heeft hij meer rekeningen?'

'Vast wel, maar met deze betaalpas worden zoveel transacties verricht dat het wel moet lukken.' Hij hoorde opnieuw haar vingers over het toetsenbord razen.

Fabian ging op het deksel van de wc zitten en bedacht wat hij tegen Sonja moest zeggen. Of hij überhaupt iets moest zeggen. Misschien verwachtte ze niet eens dat hij thuiskwam, dat hij de hele nacht moest doorwerken. Ze moest toch wel op het nieuws hebben gehoord wat er was gebeurd en had er vast op gerekend dat het weleens een paar late nachten konden worden. Had ze daarom geen reactie gegeven op zijn poging tot een verklaring?

'Oké, hij maakt regelmatig gebruik van drie geldautomaten. Eentje in winkelcentrum Ringen bij Skanstull, eentje bij de Konsum op Gotlandsgatan en die bij het kantoor van Nordea op Bondegatan. Dus ik denk dat hij ergens in de blokken tussen Ringvägen en Bondegatan in de buurt van Götgatan woont.'

'Maar daar zijn duizenden appartementen. Als hij bovendien in onder- of onder-onderhuur zit, is het niet eens zeker dat zijn naam op de deur staat.'

'Ik zit te denken aan zijn tijd binnen de gevangenismuren. Kan hij daar niet iemand hebben ontmoet?' vroeg Niva, en Fabian kon haar alweer horen typen.

'Hij was veroordeeld tot tbs met dwangverpleging. Dus de vraag is alleen hoeveel...'

'Ik weet het, maar in 1996 werd hij gezond genoeg verklaard om te worden overgeplaatst naar Kumla, waar hij de resterende tien jaar met medicatie en regelmatige therapie heeft uitgezeten.'

'Ja, en nu lijkt hij kerngezond te zijn,' zei Fabian, die net als de anderen van zijn team niet kon begrijpen hoe ze iemand genezen konden verklaren die zijn slachtoffers had verminkt, gemarteld en hun ogen had uitgestoken. 'En, lukt het? Krijg je een match met een van de geïnterneerden?'

'Nee, daar lijkt het niet op. In elk geval niet bij degenen met wie hij een halfjaar of meer heeft doorgebracht. Eentje staat ingeschreven op Lindvallsgatan bij Hornstull en een andere op Tantogatan, maar niemand in het gebied waar wij zoeken.'

'Heb je al geprobeerd dat halfjaar te verkleinen tot een kwartaal?'

'*As we speak*... Maar dan worden het er ineens heel veel.'

'Luister, probeer die therapeut eens,' zei Fabian.

'Die therapeut?'

'Ja, die moet hij vrijwel dagelijks hebben ontmoet.'

Opnieuw kon Fabian Niva horen werken achter de computer.

'Helaas, hij woont in Gamla Enskede. In dezelfde straat als jouw collega Malin Rehnberg nota bene. Misschien kent ze hem wel en loopt ze de deur bij hem plat op haar Crocs om suiker te lenen en de geluidsoverlast of een voorstel voor meer verkeersdrempels te bespreken?'

'Ik weet niet of Crocs wel bij haar passen,' zei Fabian. Hij hoorde Niva's verbittering dat ze nog steeds alleen was als een gele, stroperige smurrie uit de telefoon vloeien.

'Ik heb gehoord dat ze zwanger is.'

'Van een tweeling nog wel.'

'*Nice.*'

'Niet als je het haar vraagt. Op dit moment is ze bereid ze voor een prikkie van de hand te doen.'

'Die dochter...'

'Ik weet niet of ze weten wat... of wacht, ik geloof eigenlijk dat het twee jongetjes zijn.'

'Niet van Malin. Van de therapeut.'

Fabian begreep er niets van.

'Zijn dochter. Ze staat ingeschreven op een appartement op Blekingegatan 67B, maar studeert helemaal in Lund. Het is natuurlijk wel een gigantisch schot voor de boeg, maar het kan een poging waard zijn.'

'Absoluut. Fantastisch. Ik weet niet hoe ik je moet bedanken.'

'Dat weet je best. Tot morgenavond.'

Een klik. Fabian stond op van het toilet en stopte zijn mobieltje in zijn zak. Hij wist niet of de therapeut had gebroken met een of andere wet als hij zijn dochter haar flat aan een van zijn cliënten had laten onderverhuren. Misschien had hij niet gebroken met zijn eigen regels, maar hij was dan wel een bepaalde ethische grens gepasseerd in zijn pogingen zijn cliënt te helpen.

'Fabian, waar ben je eigenlijk mee bezig?' Malin kwam recht op hem af zo gauw hij de toiletdeur opendeed.

De vraag was puur retorisch, ze had ongetwijfeld al precies uitgedokterd wat hij aan het doen was. Een talent dat ze altijd al had gehad waar het hem betrof. 'Jij bent zo voorspelbaar, je kunt de klok erop gelijkzetten,' zei ze altijd, en hij was er tot nu toe dan ook niet in geslaagd een geheim voor haar verborgen te houden. Toch hoorde hij zichzelf als een eigenwijze ezel in de verdediging gaan. 'Hè, mag ik niet eens even rustig naar de wc?'

Ze snoof minachtend en stak haar hoofd naar binnen. 'Sinds wanneer doe jij het deksel weer omlaag? En je hebt niet eens het fonteintje natgemaakt. Was dat Niva?'

Fabian zuchtte en stond op het punt toe te geven, maar kreeg er geen speld tussen.

'Fabian, ik zie precies wat je denkt. Maar ik zweer het je. Begin er niet aan. Niva Ekenhielm is een levende ramp die op twee slanke stelten rondloopt en haar tanden in alles zet wat thuis onvoldoende aan zijn trekken komt.'

Fabian probeerde er zo niet-begrijpend mogelijk uit te zien.

'En sta daar niet zo stom te kijken. Je weet precies waar ik het over heb.'

'Nee, eerlijk gezegd niet.' Fabian vervloekte zijn pathetische klank. Gelukkig hoefde hij zich niet verder in de vernedering in te graven doordat Tomas en Jarmo erbij kwamen staan.

'Aha, daar zijn jullie. Gaan jullie mee?' vroeg Tomas, die zijn schouderholster inmiddels had omgedaan.

'Waarheen?' vroeg Malin.

'Cyber-Wojtan kan blijkbaar geen ander adres vinden, dus we wilden naar die flat in Norsborg gaan,' zei Jarmo, terwijl hij zijn leren jack aantrok. 'Met een beetje mazzel vinden we iets wat ons verder leidt.'

'We kunnen ook meteen hiernaartoe rijden.' Fabian toonde zijn opengeslagen notitieboekje. 'Ik geloof meer in dit adres.'

'Laat eens kijken.' Malin trok het naar zich toe. 'Hoe kom je daar nou aan? Ik bedoel, hoe komt Niva daar nou aan?'

'Hoezo Niva?' Tomas wendde zich tot Fabian. 'Ekenhielm?'

'Het is een gok, maar er is veel wat erop wijst dat hij een flat in onderhuur heeft van de dochter van zijn therapeut, die trouwens in Enskede woont. In dezelfde straat als jij,' zei Fabian, en hij voelde dat hij het schip weer op de juiste koers begon te krijgen.

Maar Malin hoorde niet wat hij zei. Ze stond naar het adres te staren. 'Blekingegatan 67B... Ik kan het mis hebben, maar is dat niet...' Ze keek op en ontmoette de blikken van de anderen. 'Is dat niet hetzelfde blok als die sloopflat op Östgötagatan?'

38

Dit was nou precies waar haar vader haar voor had gewaarschuwd bedacht Katja Skov, die niet wist waar ze zich bevond of hoe ze daar was beland. Dat was de reden dat hij miljoenen kronen in verschillende veiligheidssystemen had gestoken en onder geen beding wilde dat zij het huis in Snekkersten verliet zonder dat het van tevoren met de lijfwachten was afgestemd. Hij had het de laatste jaren vrijwel over niets anders gehad dan dat zogenoemde 'zachtere doelen' steeds gebruikelijker zouden worden naarmate klassieke diefstallen steeds moeilijker uit te voeren waren.

En nu was het een feit. Het ergste nachtmerriescenario van haar vader.

Ze was gekidnapt. Meegenomen en afgevoerd als in een slechte film waarvan je op voorhand al wist dat die goed zou aflopen. Maar dit was geen film.

Ze probeerde in te schatten hoelang ze daar al lag, maar gaf het op. Haar gevoel voor tijd was wel het laatste waar ze op kon vertrouwen. Bovendien was het donker. Zo donker dat ze geen centimeter voor zich uit zag hoewel haar ogen allang gewend hadden moeten zijn.

En het was krap. Ze probeerde haar hand omhoog te doen om aan haar neus te krabben, maar dat ging niet. Ze was in iets hards gewikkeld, misschien een kleed, en om haar heen kraakte het en rook het naar plastic. Ze zou vast bang moeten zijn, maar had niet echt puf om zich er druk om te maken. Het kwam vast wel goed.

Ze sloot haar ogen in een poging zich te focussen op wat er eigenlijk was gebeurd. Maar het duurde niet lang of alles begon te draaien en het gevoel dat de zwaartekracht bezig was haar grip op haar te verliezen werd steeds sterker. Ze was nog steeds high en als het zo doorging zou ze straks niet meer kunnen zeggen wat boven was en wat onder.

Het was vast de bedoeling dat ze bang werd. Dat de paniek zou toeslaan en dat ze zou bonken en zo hard zou schreeuwen als ze maar kon. Maar dat gunde ze ze niet. Nee, ze was juist van plan zich zó stil en rustig te houden dat ze uiteindelijk ongerust zouden worden. En als ze dan eenmaal open zouden doen en haar in het licht haalden, zou ze zich dood houden, net zoals je moest doen als je in een berenhol viel. Gewoon om hun reactie te horen, te horen dat dat wat hun miljoenen zou opleveren nu waardeloos was geworden.

Ze moest aan het feest denken. Wat een enigszins rustige bijeenkomst had moeten worden, was ontaard in een wilde party waarbij mensen min of meer haar hele voorraad hadden opgesnoven en in alle hoeken hadden liggen neuken. Maar zo ging het meestal. De ongeplande feesten waren altijd het leukst en het meest geslaagd.

En toen Niels had voorgesteld naar Helsingør te gaan om als echte Zweden heen en weer te gaan varen… trouwens, het was Niels niet geweest, maar dat meisje dat iemand op sleeptouw had. Hoe dan ook, ze had geen nee kunnen zeggen. Alleen al de gedachte dat ze ervandoor ging zonder dat haar vader of iemand van de beveiliging het wist, had haar een vreugdesprongetje doen maken.

Het waren haar beste vrienden en een paar van wie ze de naam niet wist. Ze hadden het huis verlaten door het raam in de badkamer en waren erin geslaagd om via een boom met een uitstekende tak over de muur te komen. De taxi's hadden hen een stukje verderop op Strandvejen staan opwachten, en voordat ze het wist hadden ze op de veerboot gezeten op weg naar Helsingborg.

Ze waren het er allemaal over eens dat ze door wilden gaan met feesten en ervoor wilden zorgen dat ze steeds een stap voorlagen op het supersaaie grauwe bestaan. Wat ongeveer overeenkwam met hoe ze zelf de laatste tien jaar had geleefd.

Haar vader had alles gedaan wat in zijn macht lag om te zorgen dat ze kalmeerde en voor zichzelf zou gaan zorgen. En ze had godbetert alles geprobeerd – van bij een van zijn vele bedrijven gaan werken tot therapie, fysieke activiteit en medicatie. Maar niets had het gevoel weg kunnen nemen dat ze toch niets te verliezen had. Dat het elk moment over kon zijn. Want hoe je het ook wendde of keerde, ze leefde toch in geleende tijd, en waarom zou je er dan niet het beste van maken? Ervan genieten alsof elke dag de laatste kon zijn. Carpe fucking diem, als het ware.

Dat was uiteraard niet wat haar vader voor zich had gezien toen haar diagnose was gesteld, en hij was aan alle touwtjes gaan trekken die hij maar te pakken kon krijgen. Nee, als hij had mogen beslissen had ze een bliksemcarrière gemaakt en minstens zestig uur per week gewerkt. Maar wat had dat voor zin? Geld hadden ze toch al meer dan ze ooit zouden kunnen opmaken.

Het was niet zo dat ze zijn teleurstelling niet kon begrijpen. Zeker de eerste jaren wel. Maar er was nu meer dan tien jaar verstreken en het beïnvloedde nog steeds hun hele relatie. Hij probeerde het meestal te verbergen, maar het was zichtbaar in zijn blik en in zijn opmerkingen hoorde je tussen de regels door een verbittering die zo diep zat dat hij soms spijt leek te hebben dat hij haar überhaupt had geholpen.

Er trilde iets en ze hoorde het geluid van een motor die startte. Of dat het was of dat het inzicht dat ze zich in de kofferbak van een auto bevond haar bang maakte, wist ze niet. Maar bang werd ze. Of liever gezegd: ze was verstijfd van schrik. Het was alsof het nu pas tot haar doordrong dat het echt was. Dat het niet alleen een slechte grap was die uit de hand aan het lopen was. De angst trof haar als een plotselinge stroomstoot door haar lichaam. Elke spier spande zich als in kramp en ze hoorde zichzelf zo hard schreeuwen als ze kon.

Maar het kleed was zo'n efficiënte geluiddemper dat ze het al snel opgaf en zweeg, terwijl ze tegelijkertijd voelde dat ze langzaam vooruitreden. Er kwamen eerst een paar hobbels, maar daarna kwam er een gelijkmatiger wegdek. Ze reden de veerboot af, dat kon niet anders, dacht ze. Maar in welk land ze zich bevond wist ze niet. Wat haar te wachten stond al evenmin.

Voor het eerst in heel lange tijd zag ze in hoeveel ze te verliezen had.

39

Fabian kon niet begrijpen hoe de anderen zo zeker van hun zaak konden zijn toen ze bij het appartement aanbelden en afwachtten, hun wapen in de aanslag. Alsof ze precies wisten wat hun te wachten stond. Of hielden ze hun pistool voornamelijk in de aanslag om te compenseren dat ze net zo onzeker waren als hij? Hij had geen idee wat hij verwachten moest toen ze naar binnen gingen. Of ze recht in een witte mist zouden lopen, zouden worden bedwelmd en hun ogen door Ossian Kremph zouden worden uitgepulkt.

Als hij überhaupt thuis was.

Als hij hier überhaupt woonde.

Na een aantal keren zonder resultaat te hebben aangebeld, stond Tomas erop een poging te doen met zijn loper. Een halfuur later hadden ze een echte slotenmaker opgeroepen, die de deur binnen tien minuten open kreeg. Wat aanzienlijk langer was dan de dertig seconden dat dat gewoonlijk duurde. De verklaring kwam toen ze de deur openmaakten en alle extra sloten aan de binnenkant zagen.

Een sms'je op zijn mobiel hield Fabian even tegen om met de anderen mee naar binnen te gaan. Het was van Sonja, die schreef dat ze niet wist of ze vanavond thuis zou komen uit het atelier. Daarom had ze geregeld dat het buurmeisje Matilda van school zou halen en tot halfzeven op haar kon passen; daarna zou ze blijkbaar naar de bioscoop gaan. Fabian antwoordde dat hij ervoor zou zorgen voor die tijd thuis te zijn en wenste haar succes met haar schilderijen.

Hij hoefde niet meer dan één stap in de flat te zetten om te kunnen constateren dat Niva's schot voor de boeg bleek te kloppen. Er was geen twijfel over mogelijk dat de flat werd bewoond door iemand die allesbehalve gezond was.

'*Shit fuck nagellak...*' zei Tomas, en hij stopte zijn pistool weer in de holster.

'Ik dacht nog wel dat het bij ons thuis een bende was,' zei Malin terwijl ze haar blik door de woonkamer liet gaan, die zo vol troep stond dat het een hele tijd zou duren voordat Hillevi Stubbs en haar mannen alles zouden hebben doorgeplozen.

'Zo ziet het er bij Jarmo sinds zijn scheiding ook ongeveer uit. Hoewel jij meer pornoblaadjes hebt,' zei Tomas met een grijns, terwijl hij op de twee meter hoge stapel gratis kranten klopte.

'Hou je bek en doe liever iets nuttigs,' foeterde Jarmo, die doorliep naar de slaapkamer.

'Ik stel voor dat we ons opdelen en ieder een kamer nemen,' ging Tomas verder, en hij pakte een van de kranten van de stapel.

'Is dat niet precies waar we nu net mee bezig zijn?' vroeg Malin, en ze begon de inhoud van een aantal zwarte vuilniszakken door te nemen.

'Gezellig zijn jullie,' zei Tomas. 'Er is in elk geval geen twijfel over mogelijk dat we goed zitten.' Hij hield de krant omhoog; elk oog van de personen op de foto's was zorgvuldig uitgesneden. 'Kijk. Hij is op elke verdomde pagina bezig geweest met dat scalpel.' Tomas bladerde de krant door. Overal waar ogen hadden moeten zitten, gaapten lege gaten.

In een poging de stemmen van de anderen buiten te sluiten en de flat voor zich te laten spreken, schakelde Fabian de headset van zijn iPod in en zette *No Balance Palace* van zijn Deense lievelingsband Kashmir op.

De flat was een hoekappartement en keek uit op Blekingegatan én Östgötagatan. Bij de eettafel achteraan in de afgeronde hoek zat een raam. Hij dacht na, maar kon zich niet herinneren dat hij ooit een hoekappartement had gezien waarbij het raam zoals hier zat – midden in de hoek.

Hij draaide zich om en constateerde dat het oude stoffen behang en de afgebladderde verf aan het plafond erop wezen dat dit pand ook toe was aan een grondige renovatie. Misschien dat Kremph het tot die tijd kon huren. Toch had hij elke plank en alle kasten gevuld met spullen. Er was geen enkele lege plek in de hele kamer, en net als Malin en de anderen had Fabian het er bij binnenkomst rommeliger uit vinden zien dan een overvol grofvuilhok.

Pas nu zag hij dat het eigenlijk helemaal niet zo rommelig was. Er lagen weliswaar een heleboel spullen op de grond, maar het meeste lag in keurige stapels, met zorg opgestapeld en gecategoriseerd.

Ossian Kremph was blijkbaar een verwoed verzamelaar.

Fabian liep door naar de achterste kamer van het appartement en liet zijn blik door de kamer glijden. De ruimte leek te worden gebruikt als werkkamer, met tegen de ene muur een oud bureau. In tegenstelling tot de rest van het appartement was het werkblad helemaal leeg.

Hij liep naar de bureaustoel en ging zitten. De stoel kraakte toen hij achteroverleunde. Het bureau, dat was gemaakt van een houtsoort waar hij de naam niet van wist, had drie lades naast elkaar meteen onder het blad. Er zaten geen handgrepen op en ze hadden alleen gapende sleutelgaten. Ze zaten echter niet op slot, zodat hij ze aan de onderkant kon vastpakken en uittrekken.

De rechterlade bevatte een lange schaar, een scalpel en een rol tape. In de middelste lag een album vol uitgeknipte krantenfoto's van Carl-Eric Grimås en Adam Fischer. De foto's waren allemaal bij verschillende gelegenheden en in verschillende situaties genomen, maar hadden één ding gemeen – de ogen waren uitgesneden.

Net als in de kranten was elk oog met precieze bewegingen weggesneden en veranderd in een leeg gat. Het viel Fabian op hoeveel van iemands persoonlijkheid in zijn ogen zat, en dat Grimås en Fischer op de foto's meer deden denken aan levende doden dan aan zichzelf.

Ook de linkerlade bevatte foto's. Maar die zaten niet netjes in een album geplakt en waren evenmin uit een krant geknipt. Hier had Kremph zelf de camera vastgehouden. Het waren zo'n dertig foto's die allemaal van een afstand waren genomen in een bus. Er stonden verschillende passagiers op die zaten te lezen, met degene naast hen praatten of door het raam naar buiten staarden en wegdroomden. Voor zover Fabian kon zien stond geen van hen op meer dan één foto. Behalve een vrouw die juist op elke foto voorkwam.

Een vrouw met uitgesneden ogen.

Was er nog een slachtoffer? Was Kremph daarom niet thuis?

Hij legde de foto's op het bureau om ze beter te bekijken, maar werd onderbroken door schreeuwende stemmen die David Bowie in 'The Cynic' overstemden. Hij trok zijn oortelefoontjes uit zijn oren en haastte zich naar de anderen, die met getrokken pistolen door elkaar heen stonden te schreeuwen.

'Op je buik op de grond!' Dat was Tomas. Hij stond met twee handen om zijn wapen geklemd. 'Op de grond, zei ik!'

Fabian wist niet of hij alles moest geloven wat hij zag. Midden in de kamer, tussen de stapels kranten, stond Ossian Kremph als een standbeeld met een tas van de Konsum in zijn hand. Het was alsof hij een stoffelijke gedaante had aangenomen en nu naar alle politiemensen om zich heen keek, alsof dat het absoluut laatste was wat hij verwacht had.

'Maar, dit is niet eerlijk. Jullie kunnen niet zomaar...' zei hij, en hij schudde zijn hoofd.

'Óf wij dat kunnen!' zei Tomas. 'Op je knieën nu, verdomme!'

'Nee, jullie hebben het recht niet. Nee...'

'Het is maar het beste dat je doet wat wij zeggen,' zei Jarmo, die ook zijn pistool tevoorschijn had gehaald.

Het viel Fabian op hoe klein Kremph was en hoe anders hij er in het echt uitzag vergeleken met de bewakingsfilm, waar hij een baard droeg en verkleed was als bewaker met een aanzienlijk bredere taille. Had hij de operatie-instrumenten die hij gebruikt moest hebben onder zijn kleren verstopt?

'Nee... Dit is niet goed. Helemaal niet goed.' Kremph schudde zijn hoofd steeds heftiger, liet de boodschappentas los en begon te zwaaien met zijn armen. 'Jullie moeten nu gaan! Wegwezen!'

'Kop dicht, liggen!' zei Tomas.

'Ossian, luister nu naar mij,' zei Malin met haar pistool in de ene hand en haar legitimatie in de andere. 'Wij zijn van de politie en ik weet vrijwel zeker dat je weet waarom wij hier zijn. Je kunt je dus maar beter gedeisd houden en precies doen wat wij zeggen.'

Ossian Kremph kalmeerde enigszins en knikte.

'Mooi zo. Heel goed. Nu doe je je handen omhoog, boven je hoofd, en ga je langzaam op je knieën zitten.'

Kremph stak zijn handen omhoog en deed alsof hij op zijn knieën wilde gaan zitten, maar draaide opeens om zijn as en verdween de hal in.

'Staan blijven!' riepen Tomas en Jarmo allebei tegelijk.

Maar Kremph was de flat al uit en spurtte naar het geluid te oordelen de trap af.

'Wat is dit? Hij smeert 'm!' riep Tomas op weg naar buiten.

Ossian Kremph rende de buitendeur uit, Blekingegatan op en verdween zo snel hij kon in de richting van Götgatan. Hij rende sneller dan de meeste anderen, dat wist hij. Dat was altijd al zo geweest en wat er ook gebeurde, hij was niet van plan zich te laten pakken. Niet nog een keer. Als hij maar bij de metro kon komen, was hij veilig. Daar kende hij de weg en zou hij eenvoudig voor hun ogen kunnen verdwijnen. Die klotesmerissen.

Hoe had hij zo naïef kunnen zijn? Dat was helemaal niets voor hem. Hij had ze zelfs een paar dagen geleden beneden op straat zien rondlopen. Hij had zich voorgenomen voorbereid te zijn als ze bij hem aanbelden. Toch was hij rechtstreeks in de val gelopen.

Nu was het niet ver meer. Alleen Götgatan nog schuin oversteken en dan de metro in. Hij wist precies hoe je op de meest efficiënte manier langs de toegangspoortjes kon komen, daarna rende hij de roltrap af en wrong hij zich langs al die sukkels die niet wisten dat je aan de rechterkant moest staan.

Achter zich kon hij de schreeuwende stemmen van de politiemensen horen, die hem bevolen te blijven staan en zijn handen boven zijn hoofd te doen. Maar ze konden roepen wat ze wilden. Hij was er klaar mee te gehoorzamen en naar ieders pijpen te dansen. Hij was er klaar mee voor lieverdje te spelen.

Eenmaal beneden op het perron sprong hij op het spoor en rende hij rechtstreeks het donker in. Nu had hij zijn doel bijna bereikt. Ze zouden hem nooit vinden. Hij had geluk, er had geen trein staan wachten en het was nog steeds stil op de rails. Toen hoorde hij achter zich iets knallen. Het klonk als een auto die een klapband kreeg. Maar hier waren geen auto's. Hij begreep niet eens wat er gebeurde toen zijn linkerbeen onder hem dubbelklapte, hij voorover viel en met zijn hoofd op de rails terechtkwam.

Hij kwam weer tot bezinning door het geluid dat hij hoorde en waardoor hij begreep wat er zou gaan gebeuren. Het karakteristieke zingen van de rails dat aangaf dat er een trein in aantocht was.

40

Dunja probeerde het gevoel van onbehagen weg te slikken terwijl ze de menigte journalisten en fotografen bekeek die op de neergezette stoelen plaatsnam. Maar dat hielp niet. Integendeel. Hoe meer er arriveerden, hoe ongemakkelijker ze zich voelde.

Dat de belangstelling groot was verbaasde haar op zich niet. Zelf kende ze Aksel Neuman al sinds zijn radioprogramma *Stemmen in de nacht*. Maar hij was pas na zijn deelname aan *Let's Dance* een bekende Deen geworden en had een eigen talkshow op TV2 gekregen. Maar dat het zo'n groot gebeuren zou worden dat ze de hele persconferentie naar de grote hal hadden moeten verplaatsen opdat er voor iedereen plek zou zijn, daar had ze niet op gerekend. En als je zag hoe het bleef volstromen was het nog maar de vraag of ze er allemaal in zouden passen.

Als ze zelf had mogen beslissen, was ze veel liever meegegaan naar de inval in het appartement van Benny Willumsen in Malmö. Maar Sleizner had erop gestaan dat ze naast hem zou zitten en had bezworen hoe belangrijk het voor haar carrière was om niet alleen achter de schermen te werken, maar ook af en toe zichtbaar te zijn. En als je zag hoe goed hem dat zelf afging, hoewel hij eigenlijk nooit een bijdrage leverde aan het echte politiewerk, wist hij vast waar hij het over had, dacht ze. Ze voelde het zweet op haar bovenlip parelen.

Het kwam door haar mantelpakje. Dat was veel te warm en gemaakt van een materiaal dat weigerde te ademen, en maakte dat ze zich net een gestopte worst voelde. Ze had het vorig jaar van Carsten gekregen voor kerst, en zoals altijd als hij kleding voor haar kocht, was het twee maten te klein. Wat het nog steeds was, hoewel ze er zeker van was dat ze sindsdien minstens drie kilo was afgevallen.

Ze wierp Sleizner een steelse blik toe. Hij reageerde lachend terwijl hij een zakdoek omhooghield en op zijn bovenlip wees. Ze had gehoopt dat het niet te zien zou zijn en was bang dat ze haar make-up zou verpesten als ze zou proberen haar gezicht af te vegen. Die verdomde zweetdruppels die altijd op ongewenste momenten opdoken. Ze vervloekte zichzelf en depte het zweet met een zakdoekje zo voorzichtig mogelijk weg.

'Gaat het?' vroeg Sleizner, en ze beantwoordde zijn vraag met een zo overtuigend mogelijke glimlach. Maar blijkbaar was die niet overtuigend genoeg, want hij boog naar opzij, legde zijn hand op haar dij en fluisterde in haar oor: 'Ontspan nou maar gewoon, laat mij de kar maar trekken, dan is het zo voorbij. En als het eenmaal zover is wacht je een beloning.'

Ze knikte opnieuw. Voornamelijk omdat ze niet wist hoe ze moest reageren. Of liever gezegd: dat wist ze eigenlijk best. Het probleem was alleen dat ze niet durfde.

'Ik wil jullie allereerst allemaal welkom heten!' Sleizner haalde zijn hand van haar dij en keek uit over de verzamelde menigte. 'Mijn naam is Kim Sleizner en voor wie dat niet weet, ik ben het hoofd van de rechercheafdeling hier in Kopenhagen. Naast mij zit Dunja Hougaard, die voor de allermeesten een nieuw gezicht is. Dit is namelijk de eerste keer dat ze op het podium zit, dus ik hoop dat jullie lief voor haar zijn.'

Er werd wat gelachen en Dunja glimlachte zo goed ze kon.

'Dunja is verantwoordelijk voor het onderzoek naar de moord op Karen Neuman en heeft op zijn zachtst gezegd een aantal interessante conclusies getrokken, waarbij we niet alleen een hoofdverdachte in beeld hebben weten te krijgen, maar waardoor mogelijk ook vijf oudere moordonderzoeken kunnen worden afgerond. Onderzoeken die ons al jaren niet met rust laten. Bovendien...' vervolgde hij, en hij stak een vinger in de lucht, '... ziet het ernaar uit dat we ons ook nuttig gaan maken aan de verkeerde kant van de Sont en onze

Zweedse collega's helpen daar waar zij hebben gefaald. Maar nu geef ik het woord aan Dunja.' Hij wendde zich tot haar. 'Ga je gang.'

'Dank je wel. Eh... Ja, precies zoals Kim Sleizner net heeft gezegd, hebben we te maken met een dader die werkzaam is aan beide kanten van de Sont,' zei Dunja, en ze voelde het zweet van haar rug stromen. 'Onze hoofdverdachte, die nog op vrije voeten is, heet...'

'Dichter bij de microfoon! Je bent niet te verstaan!' riep iemand.

'O, neem me niet kwalijk.' Dunja leunde voorover naar de microfoon. 'Zo beter?'

'Ja, maar het wordt misschien nog beter als je hem aanzet,' zei Sleizner, en hij wist de lachers weer op zijn hand te krijgen.

Dunja perste ook een lachje tevoorschijn, terwijl ze met trillende handen naar het knopje op de microfoon zocht. Op dat moment begreep ze niet wat er gebeurde, maar toen de lach als een plakkerig goedje in haar keel bleef steken en maakte dat ze wilde overgeven en het tegen iedereen wilde uitschreeuwen dat Kim Sleizner een seksistische macho was en dat ze allemaal naar de hel konden lopen, was het alsof er iets in haar brak.

Het deed geen greintje pijn. Juist niet. Toen ze opkeek, over de lachende pers blikte en deze als in slow motion zag, moest ze moeite doen om zelf niet in lachen uit te barsten om hun getransponeerde stemmen die klonken als een kudde tochtige koeien. Op dat moment stopten haar vingers met trillen en kon ze rustig de microfoon aanzetten.

'Is dit beter? Kunnen jullie mij nu allemaal verstaan? Een-tweedrie, test,' zei ze, en ze trok de microfoon uit de standaard zodat ze hem kon vasthouden. 'Jij ook, Kim?'

Sleizner knikte, hoewel hij allesbehalve geamuseerd keek.

'Mooi! Dan nu over naar serieuzere zaken,' ging ze verder, en ze drukte op de afstandsbediening zodat er een foto van Benny Willumsen op het scherm achter haar werd vertoond. 'Dit is Benny Willumsen. Hij heeft de Deense nationaliteit, maar woont in Malmö. De Zweedse politie heeft hem circa twee jaar geleden hiervoor opgepakt.' Ze drukte nogmaals op de afstandsbediening, waarop een foto van de plaats delict in Rydebäck achter haar zichtbaar werd.

Er lag een vrouw levenloos op een zandstrand. Over haar lichaam lag een wit laken dat op meerdere plaatsen rood gekleurd was van al het bloed dat uit de diepe wonden was gestroomd.

'Zonder op specifieke details in te gaan, kunnen we constateren dat er veel treffende gelijkenissen zijn met de zaak-Karen Neuman in Tibberup, hoewel hij daar een stap verder is gegaan en...' Dunja zweeg en keek naar haar mobiele telefoon die voor haar lag te trillen. Het was Sverker Holm van de politie van Helsingborg. Of Klippan, de Rots, zoals hij blijkbaar werd genoemd.

Ze had haar telefoon niet op tafel moeten leggen. En hem al helemaal niet aan hebben moeten staan, ook al was het zonder geluid. Daar was ze zich allemaal volledig van bewust, evenals van het feit dat ze hem onder geen beding mocht opnemen. Toch pakte ze hem op.

'Dunja, misschien kun je die even wegleggen,' siste Sleizner met een verbeten gezicht, waarop Dunja het gesprek wegdrukte en haar telefoon neerlegde.

'Sorry, waar waren we?'

'De overeenkomsten met de zaak in Tibberup.'

'Juist ja.'

Haar mobieltje trilde nogmaals. Dit keer was het een sms'je.

HIJ HEEFT WEER TOEGESLAGEN. WILLUMSEN. HIJ HEEFT HET WEER GEDAAN. BEL ME ZO SNEL MOGELIJK.

'Dunja... Wat ben je in godsnaam aan het doen?' Sleizner keek nu zeer dwingend.

Dunja las het bericht nog een keer door en ontmoette Sleizners vragende blik. 'Hij heeft weer toegeslagen. Jij moet het verder overnemen. Ik moet aan het werk.' Ze stond op en stapte het podium af.

'Aha,' zei Sleizner, en hij spreidde zijn handen uiteen. 'Het ziet er helaas naar uit dat jullie het weer met mij moeten doen. Waar waren we gebleven?'

Terwijl de signalen overgingen haalde Dunja haar pasje tevoorschijn, toetste de code in en kon eindelijk uit de schijnwerpers verdwijnen.

'Hallo Dunja, met Klippan.' Dunja kon horen dat hij in een auto stapte en de motor startte.

'Hebben jullie een nieuw slachtoffer gevonden?'

'Nee, nog niet.'

'Is het een Zweed dit keer?' Ze liep verder naar de liften en passeerde een tv waar de voortdurende persconferentie zonder geluid op te zien was.

'Nee, een Deense. Ze heet Katja Skov. Misschien ken je haar vader, Ib Skov?'

'Ja, hij is een van onze grootste industriëlen.' Dunja probeerde het geluid van de tv harder te zetten. 'Maar ik weet niet of ik het helemaal goed begrijp. Wat is er eigenlijk gebeurd?' ging ze verder. Ze gaf haar pogingen met het geluid op toen ze de juiste knop op de tv niet kon vinden.

'Wat ik ervan heb begrepen, was er een of andere bijeenkomst, een soort feest in hun huis in Snekkersten. Vanochtend vroeg schijnen zij en enkele van haar vrienden verder te zijn gaan feesten in een taxi naar Helsingør, waarna ze aan boord zijn gegaan van de veerboot om – zoals ze dat noemen – te gaan "toeren". Je weet wel: zuipen en op een enkele reis ik weet niet hoe vaak heen en weer varen.'

'Ik dacht dat alleen Zweden dat deden.'

'Dat dacht ik ook, maar zij deden het in elk geval ook. En wat ik ervan heb begrepen, hadden ze al het een en ander ingenomen toen ze plotseling merkten dat Katja Skov verdwenen was.'

'En ze weten zeker dat ze niet ergens in een reddingsboot ligt te slapen, of zo?'

'Het personeel heeft de veerboot helemaal binnenstebuiten gekeerd. Maar dat maakt verder ook niet uit, want zo gauw ik het hoorde, heb ik contact opgenomen met die man van Scandlines... Hoe heet-ie ook alweer?'

'Ja, ik weet wie je bedoelt.'

'Goed. Ik heb hem gevraagd de bewakingsbeelden te bekijken, en net wat ik al had vermoed, bleek dat hij daar weer met dezelfde auto was geweest.'

'Je bedoelt Aksel Neumans BMW met de Deense nummerplaten?'

'Juist ja. En hij is vandaag om precies tweeëntwintig minuten over twaalf in Helsingborg van boord gereden.'

Dunja keek op haar horloge en constateerde dat dat maar iets meer dan twee uur geleden was. Een eeuwigheid in een dergelijke context, maar tegelijkertijd aanzienlijk beter dan niets. 'Klippan, wat zou je ervan zeggen als ik naar je toe kom en dat we dan hier samen aan gaan werken?'

'Dat was precies wat ik wilde voorstellen. Bel me zo gauw je weet wanneer je in Helsingborg kunt zijn, dan haal ik je op bij Knutpunkten, bij het station.'

Ze beëindigden het gesprek en Dunja haalde een paar keer diep adem om haar bonkende hart wat tot bedaren te brengen, maar dat was zinloos. De adrenaline pompte door haar lichaam alsof ze zich net met een dik elastiek om haar voeten in een ravijn had gestort.

Op de tv zag ze dat Sleizner de persconferentie afsloot, opstond en het podium verliet. Voor iemand die het heerlijk vond om in het middelpunt van de belangstelling te staan, zag hij er ongewoon gematigd uit. Iets wat niets anders kon betekenen dan dat hij woedend was.

In zeker opzicht kon ze hem wel begrijpen.

Heel goed zelfs.

Ze maakte zich er alleen niet druk om.

41

'Hoi Matilda. Zeg het eens,' zei Fabian. Hij liep in de gang op weg naar de vergaderkamer.

'Wanneer kom je thuis? Ik heb mama al een heleboel keer gebeld, maar ze neemt niet op.'

'Ze is in het atelier en heeft vast haar mobiel uitgeschakeld. Maar zeg, Rebecka is er toch?'

'Ja, maar ik vind haar niet zo leuk. Ze staat de hele tijd op het balkon te bellen, en ze rookt. Ik wil dat je thuiskomt.'

'Maar lieverd, je begrijpt toch ook wel dat dat nu niet gaat? Het is net halftwee geweest en ik moet nog een paar uur werken. Maar ik beloof je dat ik daarna meteen naar huis kom. Dan kunnen we televisiekijken en maken we het gezellig. Het is tenslotte vrijdag, oké?'

Er kwam geen antwoord, maar hij kon horen dat de oppas Matilda vroeg of ze 'De ster van Afrika' wilde spelen.

'Oké papa, tot straks.' Voordat hij wat kon zeggen, hoorde hij een klik. Hij stopte de telefoon in zijn zak en ging de vergaderkamer binnen.

Tomas, Jarmo en Malin zaten al te wachten, alleen Herman Edelman ontbrak nog. De stemming rond de tafel was bijna uitgelaten. Er was vers gezette koffie en het koekblik stond te wachten om te worden opengemaakt en rondgestuurd. Vandaag zou iedereen een of twee caloriebommen extra naar binnen werken. Maar nog niet. Eerst zou Edelman volgens traditie met zijn overvolle dienblad binnenkomen, ze complimenteren met hun werk, dat ertoe had geleid dat er nog een dader had kunnen worden geïdentificeerd en opgepakt. Daarna zou hij ze allemaal een borrel serveren en ze allemaal zelf laten pakken van zijn eigenhandig samengestelde gerecht dat iedereen op den duur lekker was gaan vinden – Finn Crisp met Kalles kaviar en fijngehakte rode ui.

'Nou, gefeliciteerd dan maar met je eerste schot met de blaffer,' zei Jarmo, en hij vormde zijn vingers tot een klein pistool.

'Je moet toegeven dat het een fraai schot was. We hebben het wel over vijftien meter in het pikkedonker,' zei Tomas.

'Mazzel,' zei Jarmo, terwijl hij van zijn koffie nipte.

'Mazzel? Ik zou het met een blinddoek voor zo weer doen.'

'Dat zou gewoon nog meer mazzel zijn. Bovendien ben je vergeten een waarschuwingsschot te lossen.'

'Je denkt toch niet dat ik het risico wilde lopen dat hij zou gaan liggen? Nu heb ik die klootzak onderuitgehaald. Boem... recht in zijn dijbeen. Dat is meer dan wat jij in al je jaren hebt mogen doen.' Tomas gaf Jarmo een schouderklopje.

'Jullie zijn toch niet begonnen zonder mij?'

In een collectieve beweging draaiden ze zich allemaal om naar Edelman die binnenkwam, en toen hij het overvolle blad midden op tafel zette begonnen ze te applaudisseren. De borrelglaasjes werden uitgedeeld en de ijzige fles O.P. Anderson ging rond.

'Wat is er voor mij te drinken?' vroeg Malin.

'Citroenwater of maltbier,' zei Edelman, terwijl hij het rode dopje van de tube viskuitcrème schroefde, het omdraaide en met het stervormige puntje een gaatje in de beschermfolie prikte. 'Maar je kunt ook een klein borreltje nemen en doen of je weer in Denemarken bent.'

Iedereen moest lachen en ze bedienden zich allemaal van de dunne toastjes, drukten er een sliert crème op zo gauw de tube weer vrij was, hielden het toastje ondersteboven en doopten het in het schaaltje met de fijngehakte rode ui. Fabian nam een hap en genoot van de sterke smaak van de ui die zich vermengde met het zout in de kaviaarcrème en de harde toast. Het was echt heerlijk en hij kon nu niet meer begrijpen waarom hij in het begin zo sceptisch was geweest en het met grote tegenzin had geproefd.

Toen iedereen een paar happen had genomen, veegde Edelman zijn mond af en hief hij zijn schnapsglas. 'Ik wil jullie hierbij feliciteren met het fantastische werk dat jullie hebben verricht! Jullie hebben niet alleen de dader opgepakt, jullie hebben mij bovendien een heleboel persconferenties bespaard door het nog in recordtempo te doen ook.'

Ze leegden hun glas en Edelman stuurde de fles rond voor een tweede ronde. 'Het is maar dat jullie het weten. Toen ik begreep wat er met Grimås was gebeurd, moest ik ook meteen aan Ossian Kremph denken.'

Fabian en de anderen keken elkaar aan.

'Ja, echt waar. Maar ik heb niets gezegd,' ging Edelman verder, terwijl hij een nieuw toastje klaarmaakte. 'Ik was er namelijk volledig van overtuigd dat hij het niet kon zijn. Dat hij voor altijd opgesloten zat. Dat hij zijn straf zou hebben uitgezeten en op vrije voeten was, had ik niet kunnen bedenken. Want er is één ding dat jullie moeten weten. Ossian Kremph was niet alleen ontzettend slim en doortrapt, hij was zonder meer de koelbloedigste dader met wie ik in al mijn jaren hier te maken heb gehad. Zo koelbloedig dat hij probleemloos zijn eigen advocaat de ogen had uitgerukt als hij het gevoel had gehad dat het de verkeerde kant op ging. En zo iemand laten ze dan na dertien jaar al vrij!' Edelman schudde zijn hoofd en leegde zijn glas in één teug. 'Er zijn echter nog wel wat losse eindjes en voordat we met kerstreces gaan en lingerie gaan kopen voor het vrouwtje moeten we die wel een follow-up geven en aan elkaar zien te knopen.'

'Welke eindjes bedoel je precies?' vroeg Malin.

'We weten nog steeds niet wat hij met Fischer heeft gedaan,' zei Jarmo.

'Bijvoorbeeld,' zei Edelman.

'En dan hebben we deze vrouw nog,' zei Fabian, en hij legde een paar foto's neer van de vrouw in de bus met de uitgesneden ogen.

'Wie is dat?' Edelman pakte een van de foto's en keek ernaar.

'Dat weten we nog niet. Maar ze lagen in zijn flat samen met soortgelijke foto's van Grimås en Fischer.'

'Er kan dus nog een slachtoffer zijn dat ergens opgesloten ligt.' Edelman schudde zijn hoofd en zuchtte.

'Of rondloopt, niet wetende dat zij aan de beurt is.'

'Wanneer kan hij worden verhoord?' vroeg Malin, en ze maakte een nieuw toastje klaar.

'Ik heb zojuist contact gehad met het Söderziekenhuis,' zei Edelman. 'Ze zijn hem net aan het dichtnaaien.'

'Dan kunnen we er over een paar uur wel naartoe.'

'Dat is nou net wat ik wilde gaan vertellen, hij is blijkbaar psychisch niet helemaal in evenwicht na wat er gebeurd is.'

'En dat was hij voor die tijd wel?' vroeg Tomas lachend.

'Dat is in elk geval de mening van zijn therapeut, die nu een bezoekverbod heeft uitgevaardigd.'

'Hoezo, bezoekverbod?' zei Jarmo. 'Hij kan toch niet zomaar ons onderzoek belemmeren?'

'Helaas wel, zolang het om de gezondheid van de verdachte gaat. En laten we één ding niet vergeten; hoe zeker we ook zijn van onze zaak, op dit moment is hij slechts verdacht.'

'Wanneer kunnen we hem dan wel zien?' vroeg Fabian, ook al voelde hij dat dat veel te lang zou duren.

'Ze hebben beloofd daar na het weekend op terug te komen maar zeiden dat we moesten rekenen op minstens een week.'

'Een wéék,' zei Tomas, en hij dronk zijn glas leeg. 'Ik heb hem verdomme in zijn béén geschoten, niet in zijn mond.'

'De vraag is of we hem überhaupt wel kunnen verhoren,' zei Malin.

Eén, of misschien zelfs twee weken. Dat kon niet, dacht Fabian. Tegen die tijd zou Fischer hoogstwaarschijnlijk dood zijn. En dat gold ook voor de vrouw in de bus.

'Oké, dus wat gaan we dan doen, behalve hier zitten duimendraaien?' vroeg Tomas.

'Er gaat hier natuurlijk niemand zitten duimendraaien,' zei Edelman. 'Zo is Stubbs bijvoorbeeld al uitvoerig bezig in Kremphs appartement en de kans is niet ondenkbaar dat daar iets is wat ons verder kan brengen.'

'Oké, dan moeten we maar gewoon duimen in plaats van duimen draaien,' zei Tomas, en hij doopte nog een Finn Crisp met namaakkaviaar in het schaaltje met rode ui.

'Ik denk niet dat we op dit moment veel verder komen.' Edelman stond op. 'Ga gerust je gang. Zelf moet ik een persconferentie voorbereiden. Hopelijk de laatste in dit verband.' Hij verliet de kamer.

De stilte verspreidde zich over de ruimte en van de eerdere opgeruimde stemming was weinig meer over.

'Oké, tenzij er wat gebeurt zien we elkaar maandag weer,' zei Fabian, terwijl hij zijn stoel naar achteren schoof.

'Absoluut. Fijn weekend,' zei Jarmo.

'Insgelijks.' Fabian verliet de kamer en hoorde Malin achter hem aan komen.

'Wat nou, ga je nu al naar huis?'

'Ja, alleen niet naar mijn eigen huis, maar naar dat van jou en jouw straat.'

'Hè? Ik begrijp niet wat...'

'En jij gaat mee, aankloppen bij een van je buren.'

42

Het was een race tegen de klok. Willumsens voorsprong van iets meer dan twee uur moest tot elke prijs worden ingehaald. Minuut voor minuut. Seconde voor seconde. Helaas was er veel kostbare tijd verloren gegaan toen ze haar mantelpakje uit moest zien te krijgen. De rits in de zijnaad van de rok was vast blijven zitten, en nadat ze hem omhoog en omlaag had proberen te trekken had ze er uit pure frustratie uiteindelijk zo hard aan getrokken dat hij barstte en het rokje in de prullenbak belandde. Daarna had ze twee pakjes papieren zakdoekjes nodig gehad om al het zweet van haar lichaam te vegen.

Gelukkig waren de laatsten van de afdeling al naar huis, zodat ze zich bij haar bureau kon omkleden. Op het moment dat ze haar spijkerbroek en coltrui weer aanhad voelde ze zich weer zichzelf. Ten slotte verzamelde ze de oude onderzoeken en sloot ze de computer af.

'Ah, daar zit je.'

Dunja draaide zich om en zag Sleizner op zich af komen.

'Mag ik vragen wat er gebeurde?' Hij spreidde zijn armen. 'Het moet wel iets ontzettend belangrijks zijn geweest, als je midden onder een persconferentie opstapt.'

Ze knikte en stopte de onderzoeken in haar tas. 'Het was de politie van Helsingborg. Willumsen heeft weer toegeslagen, dus ik moet er zo snel mogelijk heen. Ik bel je zo gauw ik in de trein zit, dan zal ik je alles vertellen.' Ze hing haar tas over haar schouder en draaide zich om om te gaan.

'Rustig aan.' Sleizner greep haar bij de arm, zodat haar tas op de grond viel. 'Niet zo'n haast.'

'Kim, het spijt me, maar ik heb echt geen tijd om...'

De greep om haar arm verhardde terwijl hij zijn wijsvinger tegen haar mond drukte. 'Nu ben jíj degene die naar míj luistert. Is dat begrepen?'

Dunja knikte en de greep om haar arm werd minder stevig.

'Heb je wel enig idee waar je mij daarnet aan hebt blootgesteld?' Hij begon om haar heen te lopen. 'Ik presenteer jou een onderzoek waar sommigen hier in het pand hun pink voor zouden willen opofferen. Ik laat je erbij zitten op het podium. Ik rol een brede, lange, pasgewassen kutloper voor je uit! En wat krijg ik ervoor terug? Nou?'

Sleizner stond vlak achter haar met zijn gezicht zo dichtbij dat ze zijn adem tegen haar oorlel kon voelen. Die rook naar een oude verkoudheid en ze moest zich inspannen om niet de andere kant op te buigen. Het was niet de eerste keer dat Sleizner een woede-uitbarsting kreeg. Zeker niet; het behoorde tot de gewoonste gang van zaken dat hij zijn medewerkers om de haverklap uitschold. Maar het was de eerste keer dat zijzelf het mikpunt was. Ze had gezien hoe Hesk en alle anderen het deden. Dat ze rustig bleven en gewoon ja en amen zeiden tot hij klaar was.

‘Nou, dat zal ik je vertellen!’ Sleizner draaide om haar heen en ging voor haar staan.

Het probleem was dat ze geen tijd had.

Elke seconde die verstreek nam Willumsens voorsprong toe.

‘Een soort opgestoken middelvinger voor al die camera’s!’ Hij stak zijn middelvinger op en hield die zo dicht voor haar dat hij tegen haar neus aan kwam. ‘Ik zat daar gewoon voor lul en had geen idee...’

‘Kim, het spijt me.’ Dunja haalde zijn hand voor haar gezicht weg. ‘Maar ik heb hier nu echt geen tijd voor.’

‘Tijd? Jij hebt tijd voor datgene waarvoor ik zeg dat jij tijd hebt. En dat is op dit moment naar mij luisteren. Of was je van plan nu gewoon te vertrekken?’

Dunja knikte en Sleizner keek alsof dat wel het laatste was wat hij verwacht had.

‘Het spijt me dat het een beetje raar gelopen is daarnet. Echt. Maar je hebt mij op dat onderzoek gezet, dus dat is precies waar ik nu mee aan de slag ga.’ Ze pakte haar tas van de grond en liep richting de uitgang.

‘Dunja, wacht...’

Ze draaide zich om en zag hem op zich af komen. ‘Ja?’

Hij slaakte een diepe zucht. ‘Sorry, zo heb ik het niet bedoeld.’ Hij bleef voor haar staan en keek haar in haar ogen. ‘Het voelde alsof je mijn broek naar beneden trok. Ik weet dat je gewoon probeert je verantwoordelijkheid te nemen, maar het was niet helemaal geslaagd. Dat moet je toch wel met me eens zijn. Nietwaar?’

Dunja knikte. ‘Ja, en dat spijt me enorm. Maar nu moet ik...’

‘Het spijt mij ook. Het was net zo gezellig, toch?’ Hij nam haar handen in de zijne en keek haar aan. ‘Ik weet niet hoe jij erover denkt, maar ik ben bereid er een streep onder te zetten en opnieuw te beginnen. Wat zeg jij daarvan?’

‘Oké,’ zei Dunja, en ze maakte aanstalten om te vertrekken. Alles was best als ze maar wegkwam. Maar Sleizner bleef haar handen vasthouden en haar in de ogen kijken.

‘Zeker weten?’

Ze knikte opnieuw en hij begon te grijnzen.

‘Mooi. Dan weten we wat we aan elkaar hebben.’ Hij kuste haar hand en liet haar gaan.

43

De buurman van Malin deed pas na drie keer aanbellen open. Hij keek haar en Fabian afwisselend vragend aan. Hij was gekleed in een beige ribbroek, een wit overhemd en een leren vest, en in combinatie met zijn ronde brilletje en het krullende, grijze schouderlange haar zag hij er meer uit als een vioolspeler uit de Norrlandse bossen dan als een psychoanalyticus die enkele van de absoluut zwaarste geweldplegers van Zweden als cliënt had.

'Hallo, hoe gaat het?' Malin schudde de man de hand. Hij keek nu mogelijk nog verwarder. 'Herken je me niet? Wij hebben elkaar van het najaar ontmoet op de schoonmaakdag. Mijn man was degene die alle worstjes had laten aanbranden, zodat we pizza's moesten bestellen. Ik woon een paar huizen verderop.'

'Het spijt me, maar ik heb een cliënt die zit te...'

'Geen punt, we zijn zo klaar. Mogen we even binnenkomen?'

'Eh, nee. Dat komt niet zo goed...'

'Mooi! Ik zou namelijk geen bezwaar hebben tegen een stoel om op te zitten. Weet je, als je zo hoogzwanger bent als ik zijn bepaalde houdingen slopend. Dit is trouwens Fabian Risk, mijn collega bij de rijksrecherche.' Malin wierp Fabian een vluchtige blik toe, wurmde zich de hal in en plofte op de stoel die daar stond. 'O... Dat was precies wat ik nodig had.'

'Sorry hoor, maar wat heeft dit eigenlijk te betekenen?'

'Ossian Kremph. Gaat er een belletje rinkelen?'

'Aha, waren jullie degenen die hem op het metrospoor hebben neergeschoten?'

'Nee, dat was een collega. Maar wij zouden hem wel graag willen spreken. Zo snel mogelijk.'

'Geen sprake van.' De therapeut schudde zijn hoofd. 'Hebben jullie niet al voldoende schade aangericht? Ossian heeft zijn straf uitgezeten en verdient het met rust te worden gelaten. Ik weet geen enkele cliënt die zo met zichzelf heeft geploeterd als hij. En dan komen jullie en halen zijn hele leven overhoop.'

'Waar bent u zo bang voor?' vroeg Fabian. 'Dat u de huur voor de flat van uw dochter niet kunt vangen?'

De therapeut wendde zich geschokt tot Fabian. 'Ik heb toestemming van de vereniging van eigenaren en geef alles op aan de belastingen, als dat is wat u bedoelt. Er is niets onwettigs met...'

'Ik heb het woord "onwettig" ook niet in de mond genomen. Ik denk alleen aan de beroepsethiek die zegt dat je niet over de grens moet gaan en niet te persoonlijk betrokken mag raken bij je cliënten.'

'Is dat het geval?' vroeg Malin.

'Wat?'

'Bent u over een grens gegaan?'

'Nee, zeker niet.' De therapeut zette met trillende handen zijn brilletje goed. 'Maar ik ben wel weer terug bij af wat zijn revalidatie betreft. En dat is puur en alleen jullie schuld.'

'Dat is vervelend om te horen, maar je vergeet een klein detail.' Malin liet een paar foto's van Carl-Eric Grimås en zijn lege oogkassen zien.'

'Dat is Ossian niet. Dat is onmogelijk.' De therapeut gaf de foto's minachtend snuivend terug en streek een paar grijze lokken achter zijn oor.

'En waarom is dat zo onmogelijk?'

'Denken jullie dat ik niet weet wat jullie van mijn werk vinden? Een duur tijdverdrijf voor mensen die medelijden hebben met zichzelf en niet weten wat ze met hun geld aan moeten. Of zoals in het geval van Ossian, het geld van de belastingbetaler. Maar ik kan jullie vertellen dat dit een wetenschap is, en in vergelijking met een heleboel andere een vrij exacte. Ossian en ik, we zijn erin geslaagd ons omlaag te werken naar de binnenste kern om erachter te komen waar zijn probleem door werd veroorzaakt.'

'En dat was?'

'Laat mij constateren dat jullie niet over de juiste instrumenten beschikken om ook maar in de buurt te komen van enig dieper begrip. Wat van belang is, is dat hij tot inzicht is gekomen. En in combinatie met de medicatie die hij krijgt, ben ik volstrekt overtuigd van zijn onschuld.' Hij sloeg zijn armen over elkaar om aan te geven dat hij alles weer onder controle had.

‘En wat gebeurt er als hij zijn medicijnen niet slikt?’ vroeg Fabian. ‘Als hij alleen maar beweert dat hij ze inneemt, maar dat eigenlijk al maanden niet heeft gedaan?’

‘Dat is een hypothetische vraag. Ossian zou nooit tegen mij liegen.’

‘Nee?’

‘Kijk hier eens naar.’ Malin stond op en toonde een paar foto’s van de slachtoffers uit het zestien jaar oudere onderzoek. ‘Zie je de overeenkomsten?’

De therapeut bekeek de foto’s met tegenzin.

‘We vermoeden dat hij nog twee slachtoffers ergens verstopt heeft zitten,’ zei Fabian. ‘Adam Fischer, over wie u vast wel in de kranten hebt gelezen, en deze vrouw.’ Hij liet een van de foto’s zien van de vrouw met de uitgesneden ogen in de bus.

‘Godallemachtig…’ De therapeut sloeg zijn hand voor zijn mond.

‘Kent u haar?’

Hij schudde zijn hoofd. ‘Nee, maar dat was precies wat hij deed toen hij ziek was, hoewel dat verder niet uit het onderzoek naar voren is gekomen. Vraag me niet waarom, maar hij heeft mij verteld dat hij het niet kon laten. Als het op z’n ergst was sneed hij alle ogen uit alle foto’s van personen in de krant.’ De therapeut ging op de stoel zitten en was lijkbleek geworden.

‘Zal ik een glaasje water halen?’ vroeg Malin.

De therapeut knikte en leunde met zijn hoofd in zijn handen.

44

Dunja Hougaard was nooit eerder in Helsingborg geweest. Carsten en zij hadden het er vaak over gehad om er eens heen te gaan, maar het was er gewoon nooit van gekomen. En eigenlijk had ze ook nooit zoveel zin gehad om naar Zweden te gaan. Ze waren een keer naar Malmö geweest nadat de Zweedse kroon zo sterk was gedaald, en inderdaad, ze hadden wat leuke dingetjes gekocht. Maar het voordeel was verdwenen op het moment dat ze bij het eten een fles wijn hadden besteld.

Nu ze hier echter was zag ze onmiddellijk dat de stad statiger en mooier was dan Helsingør. Ze wist niet waarom, maar ze had altijd het idee gehad dat Helsingborg een vieze industriestad was zonder ook maar enige allure. Een beetje zoals in Oost-Europa. Nou was ze ook nog nooit in Oost-Europa geweest, dus ze zou eigenlijk gewoon moeten inzien dat ze er geen enkel zicht op had, bedacht ze terwijl ze op de roltrap naar de aankomsthal van Knutpunkten stond, waar ze had afgesproken. Knutpunkten was het centrale knooppunt waar treinen, bussen en de pont over de Sont samenkwamen.

Ze had Klippan gebeld op het moment dat de veerboot uit de haven van Helsingør vertrok, en ze kon hem nu daar beneden zien staan met een bord met haar fout gespelde achternaam. Hij was klein en peervormig en zag er helemaal niet zo uit als ze zich had voorgesteld toen ze hem over de telefoon had gesproken.

'Hallo, ik ben Dunja,' zei ze in het Deens, en ze stak haar hand uit.

'Aha ja...' mompelde hij, en hij ging op weg naar de uitgang.

Dunja liep er op een drafje achteraan. 'Ik heb aan boord even een rondje gemaakt op de veerboot, en er zijn alleen camera's op het autodek.'

Hij mompelde iets onverstaanbaars, bliepte de auto open en deed de achterklep omhoog. Dunja legde haar tas in de kofferbak, terwijl ze zich ondertussen afvroeg waarom haar Zweedse collega zo veranderd was. Ze deed de passagiersdeur open, ging zitten en klikte de gordel vast. 'Sorry, maar is er iets gebeurd?' vroeg ze, en ze wachtte op antwoord.

'Sorry, I don't understand Danish,' zei hij, en hij reed weg.

'Yes, you do. You understood me just fine when we talked over the phone.'

'No, I don't.'

Dunja wist niet wat ze moest denken. Hield hij haar voor de gek? Ze lachte, maar zweeg zo gauw ze inzag dat hij naar haar keek alsof ze een besmettelijke ziekte had. Had ze iets verkeerds gezegd? Of leed Klippan aan een of andere schizofrene persoonlijkheidsstoornis? Ze begreep er weinig van en besloot niets meer te zeggen. Toen hij zeven minuten later eindelijk de parkeerplaats voor het hoofdbureau van politie ten noorden van Helsingborg op reed opende ze het portier en stapte ze uit nog voor de auto helemaal tot stilstand was gekomen.

'Ik dacht wel dat jullie er zo langzamerhand zouden zijn,' hoorde ze iemand roepen vanaf de ingang.

Dunja draaide zich om en zag een lange, forse man naar haar staan zwaaien. Ze zwaaide voor de zekerheid terug, ook al kende ze hem niet, waarna ze de kofferbak opendeed, haar tas pakte, de trap op liep naar de ingang en de forse man een hand gaf.

'Hallo!' Hij pakte haar tas aan. 'Geef maar.'

'Maar...? Ben jíj dan Klippan?'

'Dat hoop ik toch echt. Voor zover je de plaats Klippan ten oosten van Kvidinge niet bedoelt,' zei Klippan lachend, en hij ging haar voor het hoofdbureau in.

'Sorry, maar nu snap ik het even niet. Zou jij me niet ophalen?'

'Ja, maar we kregen toen net de foto's van alle snelheidscamera's in de hele provincie Skåne binnen, dus ik heb Hugo Elvin gestuurd. Ik had je misschien even moeten informeren. Maar je weet hoe het gaat als je midden in een onderzoek zit, dan raakt al het andere tussen wal en schip. Ik hoop dat het geen probleem was.' Hij haalde zijn pasje door de lezer, toetste een code in en hield de deur open.

'Nee, nee, het was alleen een beetje... verwarrend.'

'Hij was toch niet onaardig?'

'Nee, nee... Niets aan de hand.'

'Mooi. Tja, sommigen vinden hem een beetje vreemd, maar als je hem beter leert kennen is hij heel aardig.'

'Maar ik ken hem niet.'

'Ik eerlijk gezegd ook niet,' zei Klippan, en hij barstte opnieuw in lachen uit.

45

De man lag op de tafel voor hem. Naakt en vastgegespt. Hij had tien dagen sondevoeding gehad zodat voldoende giffen zijn lichaam hadden kunnen verlaten. Hij was helemaal ontslakt. Ook aan de buitenkant was zijn lichaam gereinigd; geschoren en gedesinfecteerd, en waar de ogen hadden moeten zitten, gaapten nu twee lege, bloederige gaten. De verdoving had grotendeels goed gewerkt, de man had alleen wat naar adem gesnakt en liggen kermen toen hij zijn vingers in de oogkassen had geduwd, de oogbollen eruit had getrokken en ze in de stroperige vloeistof had laten zakken. Nu was zijn ademhaling weer normaal.

De man was op alle manieren helemaal klaar om zijn lichaam te geven, zodat híj zijn begeerte kon bevredigen. Maar hij zou het zolang mogelijk rekken. Hem in leven houden en zijn bloed laten rondpompen en vermengen met zuurstof. Pas als het tijd was om de inwendige organen te bereiden zou hij hem het leven helemaal ontnemen, en dan pas zou hij de ingewanden eruit halen en in de pan leggen.

Tot die tijd zou hij het bij wat hapjes uit verschillende delen van het lichaam houden. Het was als het combineren van het voorgerecht met een voorspel. Iets wat hij de laatste tijd steeds meer was gaan waarderen en wat hij daarom dagen kon rekken. Alleen al het pasgeslepen mes tot op het bot in het vlees laten dringen kon hem doen trillen van genot. Het was wel voorgekomen dat hij een orgasme had gehad voordat hij zelfs ook maar had kunnen proeven.

Normaliter sneed hij de hapjes los met het kleine mes, maar nu was hij een stap verder gegaan en had hij zijn tanden puntig laten slijpen. Het had pijn gedaan, en hij had helemaal naar Polen gemoeten om een tandarts te vinden die die ingreep had willen uitvoeren, maar hij vond het nog steeds meer dan de moeite waard.

Hij nam het boven- én het onderplaatje uit zijn mond en voelde met zijn vingers aan de vlijmscherpe tanden, terwijl hij om de man op de tafel heen liep. Na twee rondjes viel zijn keuze op de linkerdij. Hij boog voorover, deed zijn mond open en liet zijn tanden langzaam in het vlees zakken. Het warme bloed stroomde onmiddellijk toe, vulde zijn mond en liep uit zijn mondhoeken en verder langs zijn kin omlaag.

Hij kauwde op het rauwe vlees, slikte het door en boog voorover om nog een hapje te nemen toen de hand van de man uit het niets kwam en hem in zijn gezicht raakte. Wat was dat? De man lag toch vastgegespt, en hoewel zijn rode oogkassen leeg waren, staarde hij hem recht aan. De man mompelde iets, en hij boog voorover om het beter te verstaan.

'Hij komt bij... Hij wordt wakker...'

Ossian Kremph keek om zich heen en zag nu pas dat er nóg drie personen in de kamer waren. Twee van hen had hij slechts vluchtig gezien. De derde met het ronde brilletje en de grijze krullen kende hij daarentegen maar al te goed.

Pas na een paar seconden begreep hij dat hij alleen maar had gedroomd, dat hij zich in het Söderziekenhuis bevond en dat juist híj degene was die geboeid in een bed lag. Hij liet voor de zekerheid zijn tong langs zijn tanden glijden en kon constateren dat zijn gebit niet geslepen was. Een deel van hem blies opgelucht uit, maar een ander deel ergens diep vanbinnen was teleurgesteld.

'Ossian...' zei de grijsharige. 'Er zijn hier een paar mensen die even met je willen praten.'

'Niet nu... Wil niet... Kan niet... Jullie moeten gaan...' Hij probeerde zich af te wenden van de man die altijd te veel naar parfum rook, maar de handboeien verhinderden dat.

'Je kunt maar beter antwoord geven op hun vragen.'

Waarom zou hij? Daar had hij helemaal geen zin in. 'Ga toch weg!'

'Zien jullie wel? Dat bedoel ik nou,' zei haatobject nummer één tegen de anderen.

'Kunnen ze hem niet iets geven, zodat hij wat kalmeert?' vroeg de zwangere.

'Dan valt hij meteen weer in slaap.'

Toen boog de andere man voorover. 'Dag Ossian. Mijn naam is Fabian Risk. Ik heb maar drie vragen.' Hij hield hem drie vingers voor. 'Drie simpele vraagjes, daarna zullen we je weer met rust laten.'

'Ik heb niets gedaan. Júllie hebben je aan mij opgedrongen. Ik mij niet aan jullie.' Hij vond het maar niets. Hij vond het echt helemaal niets. 'Zeg tegen ze dat ze weg moeten gaan!' riep hij. 'Hoepel op!'

'Zo gauw je mijn vragen hebt beantwoord. Eén. Wat heb je met Adam Fischer gedaan?'

Ossian schudde zijn hoofd en probeerde zijn handen voor zijn oren te doen, maar de kettingen aan de handboeien waren te kort.

'Ossian, geef nu maar antwoord,' zei de man die beweerde dat hij zijn vriend was. 'Waar heb je hem verstopt?'

'Jullie mogen hier niet zijn heb ik toch gezegd. Ik wil dat jullie weggaan.'

'Oké, dan nemen we zolang de volgende vraag,' ging de politieman verder. 'Zijn er meer slachtoffers? Zoals deze vrouw.' Hij liet een foto zien van een vrouw met uitgesneden ogen in een bus.

Ze hakten met hun vragen op hem in als hongerige gieren.

'Fischer?'

Hij kon geen antwoord geven.

'Meer slachtoffers?'

Hoe graag hij ook wilde, hij kon het niet.

'En dan als laatste: waar houd je ze verborgen?'

Hij kneep zijn ogen dicht en schudde heftig zijn hoofd in een poging ze weg te laten gaan. Maar ze weigerden. Ze kwamen alleen maar dichterbij met hun pikkende snavels.

'Ossian, ik ben hier niet om je pijn te doen,' loog de politieman. 'Ik wil alleen proberen te begrijpen hoe het allemaal in elkaar zit.'

'Begrijpen?' Hij kon een lachje niet onderdrukken. 'Dat is mooi. Heel mooi. Wie wil dat niet? Ik wel in elk geval.'

'Sorry, maar wat bedoel je daarmee?'

'Bedoelen? Hoe moet ik dat weten? Ik heb geen idee. Zoveel vragen, maar ik weet het niet. Ik mag niet eens een radio hebben. Hoewel ik niets gedaan heb, zeggen ze alleen maar "nee, nee, nee"...'

'Ossian, probeer nu eens naar de politie te luisteren.'

'Hoe moet ik zonder radio naar de berichten voor de scheepvaart luisteren? Nou? Hoe moet dat? Nee, precies. Maar jullie moeten nu weggaan. Bezoek is niet goed.'

'Fabian, kunnen we even een paar woorden wisselen?' hoorde hij de dikke zeggen, en vanuit zijn ooghoek kon hij zien dat ze de schoonmaakster passeerden en de kamer uit liepen.

Eindelijk.

'Dit heeft weinig zin,' zei Malin, en ze begon haar heupen te masseren.

'Moeten we het dan zonder meer opgeven?' Fabian pakte een kan koffie van de etenskar en schonk een kopje in.

'Hij heeft ondanks alles de diagnose ernstige dissociatieve identiteitsstoornis. Dus de kans bestaat inderdaad dat hij zich niets kan herinneren van wat hij heeft gedaan.'

Fabian knikte. Malin had vermoedelijk gelijk. Maar wachten tot Kremph beter was, was geen alternatief. Ze zouden een andere weg moeten bewandelen.

'Geloven jullie mij nou?' De therapeut deed de deur van de onderzoekkamer achter zich dicht en kwam naar ze toe.

'Uiteraard. Dat doen we de hele tijd al,' zei Malin.

'Ik hoop dat jullie je er bewust van zijn hoezeer dit zijn vertrouwen in mij schaadt. Ik heb er jaren over gedaan dat vertrouwen op te bouwen en het is nu gewoon in één klap verdwenen.'

'Dat spijt ons natuurlijk enorm,' zei Malin. 'Maar zoals je wel zult begrijpen, hebben we geen andere keus dan alle mogelijke en onmogelijke...'

'We zouden hem even mee naar buiten willen nemen,' kwam Fabian tussenbeide, en hij wendde zich tot de therapeut. 'En het liefst zo snel mogelijk.'

'Pardon, maar... Ik weet niet of ik het begrijp.'

'Hem confronteren met een van de plaatsen delict om te kijken of zijn geheugen weer wat wordt opgefrist.'

De therapeut keek Fabian vragend aan. 'Sorry hoor, maar u was net toch ook daarbinnen? Hebt u niet gezien hoe slecht hij eraan toe is?'

'Jawel, maar dat is vermoedelijk niets vergeleken met hoe slecht zijn slachtoffers er op dit moment aan toe zijn. Dus het spijt me als mijn sympathieën niet bij u of uw cliënt liggen.'

'Uw sympathieën mogen liggen waar ze willen, maar een confrontatie op de plaats van een misdrijf komt niet im Frage.'

'Zullen we de toon wat matigen?' vroeg Malin, en ze ging voor Fabian staan. 'Wat er ook gebeurt, Kremph zal hoogstwaarschijnlijk worden veroordeeld. Dit is alleen een poging alles te doen wat in onze macht ligt om eventuele slachtoffers te redden en om een aantal vragen in het onderzoek op te lossen. Je zou er in elk geval eens over kunnen denken.'

De therapeut knikte, maar zei niets. Daarna keerde hij ze de rug toe en ging weer terug naar de kamer van Kremph.

46

De geur deed Dunja denken aan de oude garage van haar opa in Kolding. Toen haar ouders nog bij elkaar waren, gingen ze er altijd vier keer per jaar naartoe. Na de scheiding werd dat soms wel een weekend per maand. Na sluitingstijd sloop ze dan altijd naar de garage, ging languit tussen het gereedschap op de vieze betonvloer liggen, sloot haar ogen en genoot van de speciale geur. Dat was een van de lekkerste dingen die ze kende, en nog steeds haalde ze een paar keer extra diep adem zo gauw ze in een garage of bij een benzinepomp was.

Alleen bevond ze zich nu niet in Kolding maar in Helsingborg om een seriemoordenaar te lokaliseren en op te pakken. Ze liet haar blik rondgaan en constateerde dat het lab van de technische recherche van de politie van Helsingborg er volstrekt anders uitzag dan de ruimte van Kjeld Richter in Kopenhagen. Dit was precies het tegenovergestelde van de oogverblindend witte en klinisch schone inrichting. Vloer en wanden waren van beton en aan het plafond hingen tl-armaturen die een aantal verschillende werkplekken verlichtten.

Ze haalde haar telefoon tevoorschijn, wekte hem uit de slaapstand en zag dat het vijf voor vijf was. Dat betekende dat de voorsprong van Benny Willumsen inmiddels drieënhalf uur was – een eeuwigheid en lang genoeg om zich zonder moeite buiten hun bereik schuil te houden. Dat wil zeggen: als hij er tenminste de vaart in hield. Was hij er daarentegen van overtuigd dat de politie druk bezig was met het uitkammen van zijn appartement op zoek naar niet-bestaand bewijs, was de kans groot dat hij het rustiger aan ging doen.

Dan kon een voorsprong van drieënhalf uur zo in het niets verdwijnen.

Ze wendde zich tot Klippan. 'Oké, zullen we beginnen? Ik vind dat we...'

Klippan onderbrak haar door haar tot stilte te manen. 'Hij vindt het niet prettig gestoord te worden als hij zo geconcentreerd is,' fluisterde hij, en hij deed de deur zo zachtjes mogelijk achter haar dicht.

'Dondert niet. Dit wordt toch niets,' hoorden ze iemand achter in de ruimte mopperen.

Ze zag nu pas dat er iets verderop een man in een witte jas naar een groot computerscherm zat te staren. De man richtte zich tot hen en duwde zijn kin tegen zijn borst om over zijn leesbril heen te kunnen kijken.

'Dit is Dunja Hougaard, over wie ik je heb verteld,' zei Klippan, en hij liep verder het lab in. 'Je weet wel, van de politie van Kopenhagen.'

'Ja, ik heb geen alzheimer,' zei de man, en hij richtte zijn blik weer op het computerscherm dat vol stond met lange kolommen letters en cijfers in verschillende combinaties.

'Ja, dit is in elk geval onze technisch rechercheur, Ingvar Molander, en ik kan je met klem verzekeren dat hij gewoonlijk in een aanzienlijk beter humeur is.'

'Zijn er problemen?' vroeg Dunja, en ze liep naar Molander toe.

'Als je een dader die in rook is opgegaan als een probleem definieert, is het antwoord ja.' Molander startte een bewakingsfilm op een van de schermen en ze zagen de BMW van Aksel Neuman met de getinte ruiten de veerboot af rijden. 'Zoals je ziet verliet hij de veerboot hier in Helsingborg vandaag om tien voor halftwee. Logischerwijs zou dat moeten betekenen dat hij daarna op een van de snelheidscamera's buiten de stad te zien moet zijn geweest. Maar niets van dat alles. Er is nu bijna vier uur verstreken en hij is nog door geen enkele snelheidscamera in de hele provincie Skåne waargenomen.'

'Ik geloof niet dat ik het helemaal begrijp,' zei Dunja. 'Bedoel je flitspalen?'

Molander knikte.

'Maar wat als hij niet te hard heeft gereden?'

Molander en Klippan keken elkaar aan.

'Ik weet niet hoe ver jullie hier in Denemarken mee zijn, maar Malmö is in elk geval druk bezig met het uittesten van een systeem met ANPR. En op de een of andere manier – vraag me niet hoe – is

Tuvesson erin geslaagd er fiat voor te krijgen dat wij hun data hiervoor mogen gebruiken,' vertelde Klippan.

'Zij waren er net zo kapot van als wij toen Willumsen werd vrijgesproken,' zei Molander.

'Ja, maar toch. Ze moet aan bepaalde touwtjes hebben getrokken waardoor ze een behoorlijk stuk hogerop gekomen is. Ik bedoel, dit is niet geheel onomstreden.'

'Wat is ANPR?'

'*Automatic Number Plate Recognition*,' zei Molander. 'Dat betekent dat de snelheidscamera's rechtstreeks verbonden zijn met een server en alle auto's registreren die in realtime passeren, ongeacht de snelheid die ze rijden.'

'Is dat daadwerkelijk toegestaan in Zweden?'

'Nog niet. Men gaat ervan uit dat pas over twee jaar alle paragrafen in het wetboek op hun plaats staan. Dus het is niet iets wat we als bewijs kunnen aanvoeren,' zei Klippan.

'Wat toch niet uitmaakt, omdat we geen match hebben,' verzuchtte Molander.

'Misschien zit er een bug in het systeem,' suggereerde Klippan.

'Nee, dan is het waarschijnlijker dat hij binnenweggetjes heeft gekozen waar geen camera's staan. Daarom ben ik nu bezig meer gegevens te verzamelen van alle bewaakte garages en benzinepompen. Met een beetje geluk...'

'Misschien heeft hij een letter of cijfer op de kentekenplaat gewijzigd,' zei Dunja, en ze legde haar winterjas en sjaal op een lege stoel.

'Dat is nog helemaal niet zo'n gek idee,' zei Klippan, en hij knikte instemmend. 'In principe is een stukje zwart isolatietape al voldoende. Wat zeg jij ervan?' Hij wendde zich tot Molander. Maar de vraag bleef onbeantwoord in de lucht hangen omdat Molander al naar alternatieve kentekens aan het zoeken was.

In de tussentijd viel Dunja's oog op een map genaamd VEN – AUGUSTUS 2007. 'Wat is dat?'

'Dat is die zaak waar ik het over had door de telefoon. De reden waarom Willumsen nog op vrije voeten is. Ik heb dat in die mail aan jou niet meegestuurd omdat ik ervan overtuigd ben dat hij het niet is. Maar Ingvar stond erop dat jij je eigen mening zou vormen,' zei Klippan.

'Natuurlijk was hij het wel,' zei Molander met een zucht. 'Wie moet het anders zijn?'

'Da's een goeie vraag. Willumsen in elk geval niet. Zijn alibi is waterdicht. Maar er is geen reden om daar nu weer over te gaan bakkeleien,' zei Klippan, en hij wendde zich tot Dunja. 'Zoals je hoort zijn we het niet helemaal eens.'

'Wat had hij voor alibi?'

'Een sportschool in het centrum van Malmö. Hij is daar bijna acht uur achter elkaar aan het trainen geweest.'

'Acht uur?'

'Ja, hij is blijkbaar sportschoolverslaafd, sterk als een... ik weet niet wat. Het is in elk geval niet iemand die je in je eentje in een donker steegje wilt tegenkomen.'

Dunja opende de map en keek het tweeënhalf jaar oude onderzoek door. Er zaten foto's in waarop te zien was dat een naakte vrouw ter hoogte van Sankt Ibb – aan de noordkant van het eiland Ven – aan land was gespoeld. Ze zat op handen en voeten op een pallet.

'Ik begrijp het niet. Zit ze daaraan vast?'

'Ja, ze was vastgeschroefd met tienduimslange houtdraadbouten.' Klippan illustreerde de schroeflengte met zijn handen. 'Dat moet vreselijk zijn geweest. Je moet weten, Ingvar hier kende haar.'

'Nou ja, kende, kende. Dat is sterk overdreven,' zei Molander vanachter zijn computer.

'Nou ja, ze waren in elk geval buren in dezelfde wijk. Hoe is het trouwens afgelopen met haar man? Woont hij daar nog steeds?'

'Nee, hij heeft zijn huis anderhalf jaar geleden verkocht.'

'O ja, was hij niet degene die het op een zuipen had gezet en al zijn geld aan netpoker had verspeeld?'

'Ja, maar als ik hier voor de feestdagen klaar mee wil zijn, moet je nu je...'

'Tuurlijk. Sorry, we zullen je met rust laten.' Klippan wendde zich tot Dunja. 'Hij is altijd erg lichtgeraakt als er wat spannends gaande is.'

'Kun je mij meer vertellen over deze zaak?'

Klippan knikte en ze liepen een stukje bij Molander vandaan. 'Het is een vreselijk verhaal. Ze heette Inga Dahlberg en was aan het joggen in het park van Ramlösa, het vroegere kuuroord met geneeskrachtige bronnen, toen ze werd overvallen en weggevoerd. Er waren helaas geen getuigen, maar we hebben bloedsporen in het joggingspoor veiliggesteld, en zoals je hier ziet werd ze recht in haar gezicht getroffen door iets hards.' Hij bladerde verder in het onderzoek tot hij bij een paar foto's kwam met daarop het stukgeslagen gezicht van het slachtoffer. 'Vermoedelijk een spade of iets dergelijks. De volgende plek waar we sporen konden veiligstellen was een verborgen stuk tussen de bomen, vlak bij de rivier, de Rååån.'

'Wat hebben jullie daar gevonden?'

'Allereerst meer bloed. Maar ook haar joggingkleding en een paar van die houtdraadbouten, die blijkbaar nogal speciaal zijn.'

'Dus daar heeft hij haar om het leven gebracht?'

'Ja, en heeft hij haar op handen en voeten aan die pallet vastgeschroefd. Ze moet zijn bijgekomen van die klap met de spade en op de een of andere manier hebben geloofd dat ze het zou overleven als ze hem maar gehoorzaamde. Hij had bovendien metalen plaatjes gebruikt opdat de schroefkoppen niet door haar handen en scheenbenen zouden gaan.' Klippan zweeg en schudde zijn hoofd.

'Wat gebeurde er toen?'

'Ja, daarna heeft hij haar verkracht en in de rivier uitgezet. Volgens Vlecht, de forensisch patholoog-anatoom, waren haar longen gevuld met zout water. Ze is er dus op de een of andere miraculeuze wijze in geslaagd de hele rivier af te dobberen voordat ze in de Sont kwam en is omgeslagen.'

Dit was onmiskenbaar een typische Willumsen-moord. Tot zover was Dunja het met Molander eens. Maar ook zonder dat sterke alibi was ze bereid de lijn van Klippan te volgen. Willumsen was beslist een *kick seeker* die telkens meer nodig had. Maar dit was veel te doortrapt en geavanceerd als je bedacht waar hij zich tweeënhalf jaar geleden in zijn ontwikkeling bevond. Als je nou had gezegd óver twee, drie jaar, was ze er volledig van overtuigd geweest dat hij het was.

Ze werd uit haar gedachten gewekt doordat Molander hen riep.

'Heb je hem gevonden?' vroeg Klippan.

'Je bent nog ongeduldiger dan mijn kleinkinderen voor hun verjaardag. Kijk.'

Dunja was blij dat zíj het niet had gevraagd en ging naast Molander staan, die de notities op zijn papier liet zien.

'Hier hebben we het kenteken van Aksel Neuman.' Hij zette zijn wijsvinger erop: AF 543 89. 'Als we dan uitgaan van Dunja's idee dat hij het met een beetje isolatietape heeft veranderd, is het heel simpel om van die F een E te maken en van de negen een acht. Wat ons drie nieuwe kentekens oplevert.' Hij wees op: AE 543 89, AF 543 88 en AE 543 88. 'Bovendien kan de vijf een zes worden, wat ons nog vier varianten geeft,' ging hij verder, en hij toonde nog vier kentekens: AF 643 89, AF 643 88, AE 643 89 en AE 643 88.

'Maar moeten we die dan ook niet uitproberen en kijken of er een match is?' vroeg Klippan.

'Waar denk je dat ik mee bezig ben? Jezus...'

'Hoelang duurt dat?' vroeg Dunja, en ze had meteen spijt toen ze zag dat Molander zich naar haar omdraaide.

'Ik weet niet hoe snel de computers in Denemarken zijn, maar...'

'Wacht even, wat is dat?' Klippan wees op het scherm, waar het kenteken AE 643 89 knipperde. 'Is dat wat ik denk dat het is?'

Molander keek naar het knipperende kenteken en knikte. Enkele commando's later zoomde de computer in op een kaart met een aantal verschillende markeringen.

'Die puntjes. Is hij zo gereden?' Klippan wees op het scherm.

'Ja. Maar zou je zo vriendelijk willen zijn niet aan het scherm te zitten,' verzuchtte Molander, terwijl hij Klippans hand wegduwde. 'Zoals jullie zien is hij over weg 17 tussen Landskrona en Eslöv gereden.'

'Kun je ook zien wannéér hij is langsgereden?' vroeg Dunja, en ze voelde dat ze eindelijk bezig waren Willumsens voorsprong in te lopen.

Molander zoomde nog verder in en klikte op een van de markeringen. 'Rond kwart voor twee, wat kan kloppen als hij om tien voor halftwee de boot af reed.'

'Het lijkt erop dat hij op weg is naar Eslöv,' zei Klippan.

'Nee, dan zou hij door meer camera's zijn geregistreerd. Hij is ergens tussen Teckomatorp en Marieholm een zijweg ingeslagen.'

'En daar zijn natuurlijk geen camera's,' zei Klippan.

'Goed geraden.'

Dunja bestudeerde de kaart en constateerde dat er maar één weg was die Willumsen vanaf weg 17 kon zijn ingeslagen, weg 108 die naar Kävlinge ging. 'Misschien was hij op weg naar Kävlinge?'

'Ja, wie weet,' zei Klippan. 'Ik stel voor dat we dat kenteken naar alle benzinepompen in Skåne sturen. De kans bestaat natuurlijk dat hij heeft getankt.'

Molander knikte. 'Oké. Maar het duurt zeker tot morgen voor we antwoord krijgen.'

'Dan stel ik voor dat we er nu een punt achter zetten voor vandaag. Het is bijna halfzes. Dunja, ik heb een kamer voor je geboekt bij Hotel Mollberg en kan je daar afzetten,' zei Klippan.

'Nee bedankt, ik ga liever lopen. Dan krijg ik een beetje frisse lucht.'

'Oké, maar dan haal ik je later op, want vanavond eet je bij ons. Ik heb Berit al gevraagd haar lamsschotel klaar te maken. En ik zal je zeggen, er is niets lekkerders dan dat.'

Dunja knikte en bedacht ondertussen hoe ze zich uit deze situatie moest redden. Het laatste waar ze nu tijd voor had, was een gezellig avondje.

47

Sofie Leander was in verwarring gebracht. Het laatste wat ze had verwacht toen de arts de naald in haar arm stak, was dat ze ooit weer wakker zou worden. Ze was overtuigd van wat haar te wachten stond. Zo overtuigd dat ze haar lot uiteindelijk had geaccepteerd.

Nu wist ze het niet meer.

Ze was er niet eens zeker van of ze nog in leven was.

Het was alsof ze in een looping was beland. Want ze lag hier nog steeds vastgegespt op de geplastificeerde tafel midden in de ruimte met de geribbelde golfplaten wanden naar het plafond te staren, precies zoals de laatste etmalen.

Of was dat helemaal niet wat ze aan het doen was? Misschien was dit gewoon de manier om te sterven. Oude resten van je geheugen die een laatste keer werden afgespeeld voordat ze werden gewist en overgingen in de eeuwigheid. Maar feit was dat ze niet naar het plafond zweefde en zichzelf kon zien liggen, wat ervoor pleitte dat ze nog in leven was. Bovendien werd de pijn van de wond steeds erger, wat erop wees dat de verdoving bezig was uitgewerkt te raken.

Maar waarom?

Wat was het nut van alle planning en al het werk dat hierachter moest zitten als ze toch niet zou sterven? Ze deed een poging, maar kon geen redelijke verklaring verzinnen. In plaats daarvan recapituleerde ze wat er was gebeurd, maar kon zich niets anders herinneren dan hoe ze het rolluik open had horen gaan en dat de operatie-instrumenten op het metalen tafeltje waren gelegd. Daarna was er een naald in de binnenkant van haar linkerelleboog gestoken en was ze weggedommeld, er volledig van overtuigd dat ze haar eindstation had bereikt.

Ze moest denken aan haar man en vroeg zich af hoe ver hij was gekomen in zijn zoektocht naar haar. Hij had uiteraard allang contact opgenomen met de politie, maar welke sporen ze hadden gevonden was daarentegen onmogelijk te zeggen. Ze waren natuurlijk begonnen met het bekijken van de bewakingsbeelden van het Söderziekenhuis en hadden gezien hoe ze van de afdeling was weggerold en daarna verder naar de liften. Maar het was onzekerder hoeveel ze daarna hadden om op af te gaan.

Ze zouden natuurlijk met haar foto naar de krant zijn gegaan en het publiek hebben gevraagd om tips. Maar als er nou geen tips binnenkwamen? Wat gebeurde er dan? Hoelang zou zij hun hoogste prioriteit zijn als ze niet verder kwamen? Misschien was ze helemaal geen voorpaginanieuws meer. Misschien had de politie al prioriteit gegeven aan andere onderzoeken en hadden ze haar op de groeiende stapel vergeten gevallen gelegd.

Een van de machines naast haar begon geluid te maken. Het apparaat stond buiten haar oogbereik, maar ze kon zonder moeite begrijpen wat het was. Het was exact hetzelfde borrelende geluid dat ze vier keer per week had gehoord in al die jaren dat ze niets anders had kunnen doen dan wachten. Wachten op het geluk dat misschien nooit zou komen. O, wat had ze dat geluid gehaat. Zo erg dat ze uiteindelijk had besloten het wachten op te geven en het heft in eigen hand te nemen.

Maar nu hoorde ze het dus weer.

Het verschil was alleen dat ze nu geen flauw idee had waar ze op wachtte.

48

Hij zag alleen de gaten. De lege gaten die naar hem terugstaarden. Fabian was de controle over zijn eigen blik kwijtgeraakt en kon die nergens anders heen sturen dan naar de uitgesneden gaten, alwaar deze omlaag verdween. Alsof die gaten bestonden uit donkere materie met een oneindige aantrekkingskracht. Eigenlijk hadden de ogen daar moeten zitten. Ogen die keken, knipperden en nadachten. Iemands persoonlijkheid weerspiegelden. De ziel.

Nu was daar niets.

Hij deed een poging, maar kon zich niet wapenen tegen het gevoel van onbehagen dat onder zijn huid kroop toen hij de stiekem in de bus gemaakte foto's bekeek. Het was bijna zo dat hij zelf kon voelen hoe het snijvlak van het scalpel in de traanbuis drong en helemaal tot achter de oogbol werd geperst, de oogzenuw doorsneed en het oog uitrukte.

'Jezus, het is bijna niet te zien hoe ze eruitziet als de ogen er niet zitten,' zei Malin, die over de foto's gebogen stond die verspreid op Fabians bureau lagen. 'Maar ze heeft in elk geval lang, bruin opgestoken haar en lijkt ergens rond de vijftig.'

Fabian knikte en pakte een loep. Daarmee kon hij de uitgesneden ogen ontwijken en zich focussen op andere details. Zoals een roodbruine haarspeld in haar haar. Een huilend kind. De wijzers van een polshorloge die op kwart over vijf stonden. Gevels van huizen in verschillende kleuren. Een kiosk. De gouden ketting om haar nek met een hexagram. Haar iPod met de witte oortelefoontjes.

'We zien jassen, maar geen mutsen, dus ik denk dat ze ergens afgelopen najaar of van het voorjaar zijn gemaakt,' ging Malin verder.

'Waarom niet vorig najaar?'

'Hè, bedoel je dat...' Ze stopte met praten en greep haar buik vast.

'Wat is er? Alles goed?'

Malin knikte met gesloten ogen en haalde een paar keer diep adem. 'Ja, Karate Kid kan het alleen niet laten mij onder mijn ribben te schoppen, hoewel ik al heb gedreigd hem te onterven. Hoe gaat het? Heb je wat gevonden?'

'De aanplakbiljetten met het belangrijkste nieuws op een kiosk.' Fabian hield de loep voor zijn oog en zocht ze weer op. '*Expressen* kopte met CAROLA DREIGT STEM KWIJT TE RAKEN.'

'En *Aftonbladet*?'

'GEHEIME INSTRUCTIES SVT AAN JURY KUNNEN CAROLA DAS OMDOEN.'

'Dat moet voor de finale van het Nationale Songfestival zijn geweest.'

'De vraag is alleen wannéér. Carola doet bijna elk jaar mee.'

'Nee, verre van dat. Ze heeft maar vier keer meegedaan. Vijf als je 2005 meetelt toen ze met een tussennummer optrad, met "Genom allt".'

'Oké, dus over welk jaar hebben we het?'

'Nou, 2006 uiteraard. Weet je niet meer dat ze cortison slikte omdat ze haar stem tijdens de repetities was kwijtgeraakt?'

Fabian schudde zijn hoofd en vroeg zich af wie van hen twee nou de meest extreme was, Malin of hij.

'Het was destijds zelfs maar de vraag of ze het festival kon afmaken,' ging Malin verder. 'En toen won ze zelfs. Ongelooflijk als je erover nadenkt, nietwaar?'

Fabian knikte en leunde achterover. 'Voorjaar 2006. Dat betekent dat die foto's meer dan drieënhalf jaar geleden zijn gemaakt.'

'Hoezo goede planning? Mag ik eens zien?'

Fabian gaf Malin de foto. 'Het is alleen niet helemaal het beeld dat je van Kremph krijgt. Of vind jij van wel?'

'Nee, maar als hij het is, is dat misschien onderdeel van zijn plan – dat hij ons niet het juiste beeld van zichzelf wil geven,' zei Malin terwijl ze de foto bestudeerde.

'Je bedoelt dat hij alleen maar dóét of hij ziek is?'

Malin haalde haar schouders op. 'Waarom niet? En deze kiosk...' Ze keek op en ontmoette Fabians blik. 'Is dat niet een van die kiosken op Mariatorget?'

Fabian pakte de foto weer aan en keek. 'Inderdaad... Welke bussen rijden daar?'

'De 43, dat weet ik zeker. Die nam ik altijd toen Anders en ik nog in Tanto woonden...' Malin greep haar buik weer vast. 'Shit, nu zijn ze bezig met een of andere kickbokswedstrijd.' Ze ging op haar stoel zitten en haalde weer een paar keer diep adem. 'Heb ik trouwens al gezegd hoezeer ik dit haat?'

'Mm,' zei Fabian zonder op te kijken van zijn loep.

'Niet één lichaamsdeel van mij vindt het leuk om zwanger te zijn. Ik zweer het je, zelfs de placenta was er liever aan ontkomen als dat had gekund.' Ze haalde haar computer uit de slaapstand en had al snel een kaart van het Stockholmse OV op het scherm getoverd. 'Eens even kijken... Aha. De 43 en de 55, plus een paar nachtbussen.'

'Hier hebben we Norrmalmstorg,' zei Fabian, terwijl hij een van de andere foto's omhooghield.

'Dan moet het de 55 zijn, want de 43 neemt Regeringsgatan in noordelijke richting.'

'En hoe rijdt de 55 verder?'

'Stureplan en daarna door naar Hjorthagen.'

'Iets heel anders. Heb je gezien dat het weer op meerdere van die foto's anders is?'

'Je bedoelt dat ze niet op dezelfde dag zijn genomen.'

Fabian knikte.

'Oké, dus ze rijdt elke dag hetzelfde stuk, op weg naar haar werk,' vervolgde Malin. 'Kun je ergens zien hoe laat het is?'

'Ja, ze is om kwart over vijf bij Mariatorget.'

'Oké, dan werkt ze laat. Tenzij ze op weg is van haar werk naar huis.'

'Begint de 55 niet in Sofia?'

'Ja, en daar zijn bijna alleen maar woonhuizen. Dus als we ervan uitgaan dat ze daar woont en in het centrum werkt...'

'Kijk eens hoelang de bus erover doet van Sofia naar Mariatorget.'

'Ben ik net mee bezig,' zei Malin. 'Hier hebben we het... 27 minuten naar Slussen, dat is de halte erna.'

'Hij vertrekt dus om kwart voor vijf van Sofia?'

'16.47, om precies te zijn.'

'En hoe laat is het nu?'

Malin keek op haar horloge. 'Drie over halfvijf.'

Ze keken elkaar aan, hadden exact hetzelfde idee en spurtten zonder wat te zeggen de deur uit.

49

Hillevi Stubbs had vrijwel nooit moeite om een plaats delict of de woning van een dader te duiden. Over het algemeen spraken die plekken op zich boekdelen en duurde het meestal niet meer dan een uur voordat ze de hoofdlijnen duidelijk voor ogen had. Wat er was gebeurd, hoe het was gegaan en wie erbij betrokken waren.

Maar met het appartement van Ossian Kremph was dat anders.

Weliswaar sprak dat ook tot haar, ze begreep alleen niet wat het zei. Althans, slechts zo nu en dan. Hoe ze het ook probeerde, ze zag geen verband. Want telkens als ze een idee kreeg vond ze iets waardoor dat weer de grond in werd geboord. Het was als een zeepje in de douche dat telkens uit je handen glipte zo gauw je er grip op kreeg.

Uiteindelijk had ze haar assistenten moeten vragen de flat te verlaten en ergens koffie te gaan drinken of iets dergelijks. Dat was nooit eerder gebeurd, en beide assistenten hadden gekeken alsof er zojuist een ufo voor ze was geland. Ze moest even alleen zijn en haar gedachten ongestoord laten werken, en pas toen ze de buitendeur achter hen dicht hoorde vallen kon ze ontspannen en echt aan de slag.

Zo gauw ze over de drempel van het appartement was gestapt, had ze gevoeld dat er iets niet klopte. Ze had haar vinger alleen niet kunnen leggen op wat het was. Goed, de flat stond vol rommel, zoals een zolder die nooit werd leeggehaald, maar aan de andere kant was hij relatief goed schoongemaakt en op meerdere manieren nauwkeurig geordend. Hier woonde iemand met een enorme behoefte aan controle. Iemand die voortdurend vocht tegen de chaos.

Zo lagen de kranten, waarbij elk oog op de foto's zorgvuldig was uitgesneden, in keurige stapels – zo hoog dat ze bijna tegen het plafond aan kwamen. Overhemden hingen op kleur gesorteerd in de kast en vrijwel alles wat letters had stond in alfabetische volgorde. Niet alleen de boeken in de boekenkast en de kruiden in de keuken, ook de reeks medicijnpotjes in de badkamer. Toch had alles ook iets chaotisch. Her en der neergesmeten kleren. Etensresten en vuile vaat in de keuken. Zwarte, stinkende vuilniszakken die waren gaan lekken.

In die chaos hadden ze de meeste ontdekkingen gedaan. Een rol met dezelfde soort beschermfolie als waar de tafel in de sloopflat mee was bekleed. Het scalpel dat niet eens helemaal was schoongemaakt tussen de keukenmessen. De gashouder met hexaangas die waarschijnlijk was gebruikt om Adam Fischer in zijn auto te bedwelmen.

Het was alsof hij niet eens had geprobeerd zijn sporen uit te wissen. Of had hij er gewoon niet op gerekend dat ze hem nu al zouden vinden? Hij was Risk en de anderen min of meer recht in de armen gelopen. Aan de andere kant leek hij met elk klein detail rekening te hebben gehouden als het ging om de uitvoering van de moorden op zich.

Zo hadden haar gedachten rondgetold, telkens weer, en hoe meer ze het geheel probeerde te begrijpen en een samenhang zocht, des te verwarder ze zich voelde. Maar nu ze eindelijk alleen was, hoefde ze alleen maar op de grond te gaan liggen en haar ogen te sluiten om de sleutel te vinden voor hoe alles in elkaar stak.

Toen ze haar ogen weer opendeed en keek hoe laat het was, kon ze constateren dat ze niet meer dan achttien minuten had geslapen, wat een veel effectievere energiekick gaf dan alle koffie van de wereld. Ze ging rechtop zitten, wachtte even voor ze opstond zodat ze niet duizelig zou worden, en begon in de flat om zich heen te kijken. Het duurde niet lang voor ze het zag, zo duidelijk als wat.

Precies zoals Ossian Kremph leed aan ernstige schizofrenie, zo was zijn hele huis schizofreen. Een redelijk en vanzelfsprekend bijeffect van het feit dat een deel van hem structuur en orde nastreefde, en een ander deel chaos. Tot nu toe hadden ze alleen de geheimen van de sloddervos gevonden. Het was nu de beurt aan die van het pietje-precies.

Dat zou minder eenvoudig zijn. Hij had vast veel tijd en energie besteed aan het vinden van plaatsen waar niemand anders dan hijzelf zou gaan zoeken. Maar ergens waren ze, daar was geen twijfel over mogelijk.

Ze begon met de meest vanzelfsprekende plaatsen zoals achter de boeken in de boekenkast, aan de onderkant van het bureaublad, achter het ventilatierooster in de badkamer en in de ordners achter de opgeplakte krantenknipsels. Maar ze vond niets. Zelfs in het waterreservoir van het toilet zat niets verstopt.

Pas toen ze de deur van de schoonmaakkast opendeed had ze uiteindelijk beet. Aan de onderkant van de losse linoleummat stond met versleten rode inkt: HÖGDALEN GANG D 6895. Tot haar eigen grote verbazing begreep ze meteen wat het was. Ze had er sinds een paar jaar namelijk zelf ook een. Eerst was het een tijdelijke oplossing geweest na de scheiding van Gert-Ove. Maar sinds een paar jaar had ze het schoorvoetend geaccepteerd als een permanente oplossing waar ze nu gedurende de rest van haar leven elke maand duur voor moest betalen. Die van haar lag daarentegen niet in Högdalen, maar in Solna.

Ze toetste een zoekopdracht in op haar mobiel en kreeg meteen een treffer. Niet alleen: TOEGANKELIJK MET DE AUTO EN VOORZIEN VAN EEN GROTE OVERDEKTE LAAD- EN LOSPLEK. Maar bovendien: 24 UUR PER DAG TOEGANKELIJK.

50

Via voetgangers- en fietstunneltjes was Dunja Hougaard in iets meer dan vijf minuten naar de Statoil-pomp gelopen, waar ze een auto had kunnen huren. Een navigatiesysteem kon er niet bij worden geleverd, dus ze had een wegenkaart van Skåne gekocht, wat chocoladekoeken en twee flesjes *julmust* wat, zo had ze begrepen, net zo Zweeds was als *surströmming* – gegiste oostzeeharing – en elk jaar met kerst de verkoopcijfers van Coca-Cola drastisch liet kelderen.

Ze was zich er volledig van bewust dat ze eigenlijk niet alleen moest gaan. Dat dat tegen alle regels indruiste en dat ze, net zoals Klippan had beweerd, weinig konden doen voordat Molander de gegevens van de benzinepompen had ontvangen. Maar ze kon niet op haar hotelkamer blijven zitten wachten.

Klippan leek beslist erg aardig en zijn vrouw was dat vast ook, maar hoe graag ze ook wilde, ze kon niet uren in zijn gezelschap doorbrengen terwijl Willumsens voorsprong steeds groter werd. Bovendien at ze geen lam, hoe fantastisch lekker iedereen ook beweerde dat het was. Alleen al de geur wanneer lamsvlees werd klaargemaakt, deed haar kokhalzen.

Ze had eerst willen voorstellen samen te gaan, maar was tot de conclusie gekomen dat ze veel te weinig body hadden wilde hij zijn vrijdagavond opofferen. En als hij wist wat ze van plan was, zou hij haar nooit laten gaan. Daarom zat ze nu alleen in de auto en dwong ze zichzelf een paar slokken van de mierzoete en sterk overschatte frisdrank te nemen, terwijl ze de snelheidscamera vlak na Teckomatorp op weg 17 richting Eslöv passeerde.

Daar was Benny Willumsen vandaag rond kwart voor twee voor het laatst geregistreerd. Het was nu inmiddels kwart over zes, wat een voorsprong betekende van vierenhalf uur. Volgens Molander was hij vermoedelijk ergens vóór Marieholm afgeslagen om buiten het bereik van de camera's te blijven.

Maar ze geloofde eigenlijk niet dat hij op de kleine weggetjes was gebleven om de snelheidscamera's te ontwijken. Vermoedelijk was hij zich er niet eens van bewust dat ze al het verkeer in realtime konden registreren. In dat geval had hij al vanaf Helsingborg een heel andere weg genomen, en niet zoals nu pas na Teckomatorp. Daarentegen bestond er een kans dat hij gewoon in Kävlinge moest zijn en met een beetje geluk de nacht daar ergens in de omgeving doorbracht.

Ze sloeg rechts af naar weg 108, de enige weg die hij genomen kon hebben en die exact naar Kävlinge leidde. Ze liet haar blik het open landschap aan beide kanten van de weg scannen. Het was donker en ze zag niet veel meer dan wat bosjes en akkers die zo bevroren en dichtgesneeuwd waren dat het je onmogelijk voor te stellen was dat het koolzaad hier over zes maanden alweer in volle bloei zou staan.

Ze zag geen huizen waar licht brandde, geen verlaten BMW en geen wegen die naar iets leken te leiden wat de moeite van het controleren waard was.

Hoe langer ze in het donker rondreed, hoe duidelijker het haar werd dat ze aan een onmogelijke taak was begonnen. De kans de lotto te winnen was aanzienlijk groter dan dat ze hier iets van belang zou vinden. Maar ze had niets te verliezen en kon in elk geval een poging wagen.

Ze kwam bij een rotonde en sloeg links af naar weg 104 richting Kävlinge. Ze had geen idee of dat een dorpje was of een wat grotere plaats. Het enige wat ze met zekerheid wist, was dat Benny Willumsen ergens binnenshuis moest zijn als hij daadwerkelijk was gestopt. Het kwik was buiten ondertussen gedaald tot min 12 °C. Bovendien had Mikael Rønning niets anders gevonden dan het appartement in Malmö dat op zijn naam stond, zodat hij vermoedelijk het huis van een kennis leende of ergens in een leeg vakantiehuis had ingebroken. Of...

Dunja remde af, stopte in de berm en keek naar het industriepand aan de overkant van de weg. Zag ze iets knipperen in een van de kleine raampjes, of was dat gewoon de weerspiegeling van de straatlantaarns? Ze had geen idee. Een groot verlicht spandoek midden op de lange kant van het pand liet weten dat er 780 vierkante meter te huur was. Te oordelen naar hoe versleten het spandoek was en dat maar twee van de vijf schijnwerpers het deden, stond het industriepand al jaren leeg.

Ze besloot een kijkje te gaan nemen. Ze reed een stukje verder tot ze bij een bandenwerkplaats links af kon slaan. Een klein weggetje leidde haar achterom, en zo'n honderd meter verder reed ze de lege parkeerplaats achter de grijze loods met zijn van tralies voorziene raampjes op.

Ze remde en zette de motor uit, haar blik gericht op de wielsporen in de sneeuw voor haar. Ze leidden naar het pand, waar ze om de hoek verdwenen.

51

Hoewel Fabian en Malin de gang door waren gerend, alle trappen naar de garage hadden genomen in plaats van op de lift te wachten die nooit wilde komen als je hem het hardst nodig had, in Fabians auto waren gesprongen en in minder dan veertien minuten het hele stuk van Kungsholmen naar Tengdahlsgatan in de wijk Sofia waren gesjeesd, misten ze de bus.

'Verdomme, hij zág ons! Ik weet zeker dat hij ons gezien heeft,' zei Malin, terwijl ze op adem probeerde te komen en keek hoe laat het was. 'Bovendien is het pas 46. Die klootzak is te vroeg vertrokken.'

'We nemen de volgende halte,' zei Fabian, en hij begon de bus achterna te rennen.

'Ben je gestoord? Over mijn zwangere lijk!' riep Malin hem achterna. Maar te laat.

Fabian was de hoek van Tegelviksgatan al om en rende zo hard hij kon, zonder uit te glijden in de sneeuw. Bij de volgende halte stond niemand te wachten, waardoor hij helemaal door moest rennen naar de halte Barnängsbryggan bij het Hammarbymeer. Daar kon hij instappen en de bus tegenhouden tot Malin eraan kwam en meer dood dan levend op een van de zitplaatsen voor mindervaliden plofte.

'Jezus, ik ben helemaal kapot...' Ze knoopte haar jas een stukje los. 'Dit is vast een record op de driehonderd meter hardlopen met een tweeling.'

Fabian knikte, hoewel al zijn aandacht was gevestigd op de andere passagiers in de bus. Dat waren er vijf en geen van hen leek ook maar enigszins op de vrouw van de foto's. Bij de volgende haltes na de kade langs het Hammarbykanaal stapten slechts een paar passagiers in.

Bij Skanstull tegenover Åhléns was het heel wat anders. Daar stroomden zoveel passagiers door alle deuren naar binnen dat het wel een invasie leek. In een poging iedereen te zien splitsten Fabian en Malin zich op en scanden ze snel de passagiers voordat de bus halt hield bij Södra Station en de deuren opengingen. De meeste passagiers stapten uit, maar er kwam tegelijkertijd een nieuwe horde binnen en plotseling konden ze zich onmogelijk nog bewegen.

Fabian wrong zich met veel moeite naar Malin toe. 'We gaan allebei bij een uitgang staan. Dat is de enige manier.' Maar hij kreeg geen antwoord, en pas nu ontdekte hij dat ze helemaal bleek en bezweet was. 'Hé, wat is er? Gaat het wel?'

Hij zocht oogcontact met haar, en ze keek hem met een glanzende blik aan en schudde amper merkbaar haar hoofd.

'Ben je misselijk? Is dat het? Of heb je ergens pijn?'

Haar blik verdween.

'Malin, geef eens antwoord? Malin? Hallo?'

Ze bewoog haar mond, maar kon niets zeggen.

Fabian wendde zich tot een oudere vrouw op de plaats vlak naast waar Malin stond. 'Pardon, kunt u misschien even opstaan zodat zij kan gaan zitten?'

De vrouw, die was gekleed in beige vrijetijdskleding en wandelschoenen droeg, keek hem aan met een blik alsof dat een van de stomste dingen was die ze ooit had gehoord. 'Moet jij eens goed luisteren, ik ben zeventig en heb mijn hele leven gewerkt...'

'Ja, en zij is hoogzwanger,' onderbrak Fabian haar. Een lastige vijfenzestigplusser was wel het laatste waar hij nu geduld voor had. 'Dus graag even plaatsmaken!'

De vrouw snoof minachtend en wendde haar blik af.

'Opstaan, zei ik.' Fabian greep de vrouw bij de arm om haar overeind te trekken.

'Wacht, neemt u mijn plaats maar,' zei de vrouw op de stoel ervoor, met een grote roodgebloemde sjaal over haar jas. Ze kwam overeind en wurmde zich naar het gangpad.

Fabian bedankte haar en hielp Malin te gaan zitten.

'Je zou je moeten schamen,' siste de oudere vrouw achter hen.

Fabian negeerde haar en richtte zijn aandacht op Malin. 'Rustig maar, diep ademhalen.' Hij deed haar sjaal af en legde die op haar schoot.

'Door mensen als jullie is dit land bezig naar de filistijnen te gaan,' ging de vrouw achter hem door terwijl ze Mariatorget passeerden en verder reden naar Slussen en Gamla Stan, waar de vrouw uiteindelijk samen met vele andere passagiers uitstapte.

'Eindelijk...' zei Malin hoofdschuddend. 'Wat een vreselijk mens...'

Fabian knikte en kon tot zijn grote opluchting constateren dat ze weer een beetje kleur op haar gezicht kreeg.

'Als ik had gekund, had ik ervoor gezorgd dat ze de rest van haar leven met een rolstoeltaxi moest.'

Fabian moest lachen, maar realiseerde zich op dat moment dat de vrouw die was opgestaan en haar plaats had afgestaan iets bekends had. Misschien had ze een ander kapsel? Of droeg ze gewoon andere kleren nu het winter was? Hij draaide zich om en zocht met zijn blik, maar kon haar nergens ontdekken.

'Wat is er? Zie je haar?' vroeg Malin.

Fabian haalde zijn schouders op, pakte een van de foto's van Ossian Kremph waarop de vrouw vrij goed te zien was en keek ernaar. Toen zag hij waar hij op had gereageerd.

Dat hexagram.

De gebloemde sjaal was aan haar jas bevestigd met een broche met exact hetzelfde hexagram dat ze op meerdere foto's om haar hals had gedragen. Het moest diezelfde vrouw wel zijn.

'Ik denk dat het de vrouw met de gebloemde sjaal was,' zei hij, en hij keek rond of hij de vrouw zag.

De bus sloeg op dat moment rechts af en stopte bij Kungsträdgården, waar diverse passagiers uitstapten en nieuwe binnenstroomden.

'De bus hiervoor is door een technische storing uitgevallen en kan niet verder rijden, dus het wordt extra druk. Het spijt me,' liet de buschauffeur weten.

Fabian perste zich zo snel mogelijk naar de deuren in het midden van de bus, maar was net te laat voor ze dichtgingen en de bus verder reed. Of de vrouw al was uitgestapt of nog aan boord was, was onmogelijk te zeggen. Bovendien was het nu weer zo vol dat hij alleen de mensen kon zien die tegen hem aan stonden. Als hij naar voren zou dringen, zou hij mogelijk een vechtpartij riskeren, de sfeer was inmiddels al vrij beladen.

Iemand beklaagde zich erover dat ze een eeuw had moeten staan wachten en een ander over dat het bepaald niet de eerste keer was. Bij Norrmalmstorg werd het gelukkig iets rustiger, zodat Fabian zich weer kon bewegen. Op dat moment kreeg hij haar in het vizier, toen de bus stopte voor het rode licht. Ze had de gebloemde sjaal afgedaan en stond bij de achterste deur.

Opeens draaide ze zich om en keek ze hem aan. Hij wist niet wat hij moest doen. Als hij zijn blik te snel afwendde zou dat verdacht lijken. Maar als hij bleef kijken ook. Hij probeerde langs haar heen te kijken, terwijl hij zijn telefoon pakte en Malin belde.

'Heb je haar gevonden?'

'Ze staat bij de uitgang helemaal achterin.'

'O, wat heerlijk. Dan heeft hij haar dus niets aangedaan.'

Malin had natuurlijk gelijk. Zelf was hij alleen bezig geweest met de vraag waarom Kremph zich überhaupt voor haar had geïnteresseerd en wat ze gemeenschappelijk had met Adam Fischer en Carl-Eric Grimås.

De bus stopte bij Stureplan. De deuren gingen open en de vrouw stapte uit.

'We moeten eruit. Ze heeft de bus verlaten.' Fabian sprong op de stoep en keek de vrouw na, die met rasse schreden naar het paddenstoelvormige betonnen afdak liep. 'Malin, waar ben je? We mogen haar niet uit het oog verliezen.'

'Rustig maar, ik kom al,' zei Malin. Ze kwam naast Fabian lopen. 'God, ik heb het nu echt helemaal gehad...'

Fabian knikte, zijn blik gericht op het afdak, waar de vrouw nu samen met een andere vrouw onder stond. Te oordelen naar hun lichaamstaal bespraken de vrouwen iets wat hen allebei verontwaardigde. Plotseling draaide ze zich om en kruisten hun blikken elkaar opnieuw. Vlak daarna keek ook de andere vrouw zijn kant op.

'Ik ben bang dat ze doorheeft dat we haar volgen. Kom, dan gaan we met ze praten.' Hij maakte aanstalten om te gaan.

'Wacht,' zei Malin. 'Ik weet eerlijk gezegd niet of ik dat nog trek.'

'Gaat het wel goed met je?' Hij wendde zich tot haar. 'Zal ik je helpen met...'

'Nee, het is goed zo. Ik denk gewoon dat ik een taxi naar huis neem en op de bank ga liggen.'

'Zeker weten?'

'Ja, ik ben alleen een beetje... zwanger. Trek je nou verder maar niets van mij aan en probeer nog wat nuttigs te doen.' Ze wenkte een taxi, die indraaide en stopte.

Fabian knikte en volgde haar met zijn blik naar de taxi. Daarna keerde hij zich weer om naar het afdak – om vervolgens te ontdekken dat beide vrouwen verdwenen waren. Hij rende erheen om zich ervan te verzekeren dat ze niet achter de pilaar stonden. Hij stak snel over en klom op de golvende muur langs Birger Jarlsgatan en keek het plein rond, maar de twee vrouwen waren als van de aardbodem verdwenen.

Zijn telefoon ging en toen hij hem pakte zag hij dat het Hillevi Stubbs was. 'Zeg, kan ik je zo terugbellen? Ik zit ergens middenin,' vroeg hij terwijl hij van het muurtje afsprong en op een holletje naar de ingang van Sturegallerian liep.

'Dat kun je wel doen, maar ik neem niet op. Dan weet je het vast,' zei Stubbs, en ze gaf duidelijk met haar stem aan dat dat een zeer slecht plan was.

'Oké, wat is er aan de hand?' Fabian bleef met een zucht staan.

'Dat kan ik nu niet uitleggen. Het is beter dat we elkaar daar zien.'

'En waar ergens is "daar"?' vroeg hij geïrriteerd over het feit dat Stubbs hem altijd in spanning hield.

'De Shurgard in Högdalen.'

52

Het slechts één verdieping hoge en bijna achthonderd vierkante meter grote pand was zonder ook maar enig gevoel voor de omgeving uit de grond gestampt. Maar wat maakte dat Benny Willumsen uit? Het was veel belangrijker dat de parkeerplaats aan de achterkant lag en er vrijwel geen inkijk was vanaf de weg, waardoor de winderige plek een perfecte schuilplaats was voor wie met rust gelaten wilde worden.

Dunja Hougaard haalde haar dienstwapen uit de tas op de passagiersstoel, controleerde het en drukte er een magazijn in. Ze was zich er wel degelijk van bewust dat ze zich buiten de landsgrenzen van Denemarken bevond, maar er was geen denken aan dat ze de auto ongewapend verliet. Ze stapte uit en volgde de bandensporen in de sneeuw tot aan het gebouw.

Zoals zo vaak was de winter besluiteloos geweest en was de sneeuw dan weer gesmolten om daarna weer tot ijs te bevriezen, waardoor het onmogelijk te zien was of de sporen afkomstig waren van Aksel Neumans BMW of niet. Het enige wat ze kon zien was dat ze maar in één richting waren gereden. Ze liep de hoek om naar de korte kant van het pand, waar de sporen nog een paar meter verder doorliepen tot ze onder een gesloten garagedeur het gebouw in verdwenen.

Er waren geen ramen om door naar binnen te kijken. Ook geen handgreep of draaiknop om de deur te openen. Ze hoorde daarentegen een geluid. Een lastig te lokaliseren dof gebrom, alsof er een vrachtwagen ergens in de buurt stationair stond te draaien. Ze drukte haar oor tegen de garagedeur en kon direct constateren dat het in elk geval vanbinnen kwam.

Toch was er nog geen denken aan dat ze Klippan zou waarschuwen. Een bandenspoor voor een leeg industriepand op het platteland en een brommend geluid dat net zo goed van een ventilatiesysteem kon komen of van wat anders waren veel te vaag. Er was aanzienlijk meer nodig voor ze het hele circus kon oproepen.

Ze liep voorzichtig terug naar de achterkant van het gebouw, kwam bij een deur en voelde aan de greep, maar de deur zat op slot. Vervolgens liep ze naar het raam ernaast, knipte haar zaklampje aan en keek naar binnen, maar het enige wat ze achter de dichtgetrokken gordijnen kon vermoeden waren een paar kantoormeubels die zich verdrongen met een aantal verhuisdozen. Het raam was bovendien voorzien van tralies en een inbraakalarm, hoewel dat hoogstwaarschijnlijk niet meer zou werken.

Daarom liep ze via de andere kant om het gebouw heen naar de voorkant van het pand, dat uitkeek op de weg zo'n twintig meter verderop. Hier lag nog een dikke laag sneeuw en toen ze door de bevroren ijslaag trapte zakte ze een paar decimeter weg.

Het raampje waar ze iets van licht had gezien zat veel te hoog om door naar binnen te kunnen kijken. Daarentegen hing aan de andere kant van het pand het bovenste gedeelte van een brandtrap vanaf de dakgoot naar beneden en eindigde in het niets. Normaliter zou die zonder ladder onmogelijk te bereiken zijn, vermoedelijk om te zorgen dat niet iedereen zomaar naar boven zou kunnen klimmen en het dak op kon gaan.

Normaliter.

Nu had de wind echter een hoge sneeuwwal vlak onder de trap opgeworpen en kon Dunja op handen en voeten omhoog klimmen. Ze moest voorzichtig doen zodat ze niet door de ijslaag heen zakte. Eenmaal boven ging ze rechtop staan en kon ze het onderste gedeelte van de brandtrap vastgrijpen. Ze probeerde zich op te trekken, maar had onvoldoende spierkracht.

Het was niet voor het eerst dat ze zichzelf beloofde nu eens echt serieus te gaan trainen. Ze had al eens trainingskleren gekocht en al meerdere malen een jaarkaart, om die vervolgens hoogstens twee, drie keer te gebruiken. Maar nu zou ze zich aan haar goede voornemens houden. Deze keer zou er niets anders zijn wat voorging.

Ze probeerde rond te draaien zoals vroeger op het klimrek, zodat ze ondersteboven kwam te hangen. Ze kon nu zonder problemen haar voeten omhoogwerken zodat de onderste trede onder haar knieën rustte. Daarna was het gewoon een kwestie van omhoog veren en de volgende trede vastpakken.

Eenmaal op het dak was ze helemaal bezweet, hoewel de ijzige kou door merg en been ging. Ze had over de wind gehoord van vrienden en bekenden die een gedeelte van hun vakantie op het vlakke land van Skåne doorbrachten. De westelijke aanlandige wind die kouder en harder was dan de aflandige wind aan de Deense kant. Dit was echter de eerste keer dat ze het zelf meemaakte. Als ze niet gauw in de warmte kwam riskeerde ze vast te vriezen en duizenden barstjes te gaan vertonen.

Ze kroop op handen en voeten over de liggende sporten van de brandtrap, die na een paar meter ophielden, en bereikte zo de nok van het dak. Toen ze de sneeuw wegveegde werd er een dakraam zichtbaar. Een paar goedgemikte trappen later had ze een gat weten te maken dat groot genoeg was om zich door naar binnen te laten zakken.

Het probleem was alleen dat het zo donker was dat ze onmogelijk kon zien wat er in de ruimte onder haar was als ze zich liet vallen.

53

Sofie Leander had haar pogingen om te begrijpen waar ze aan was blootgesteld opgegeven. Even had ze gemeend dat ze het begreep, en het geheel als volstrekt logisch gezien en op diverse manieren een redelijke consequentie van haar handelen. Maar op het moment dat ze wakker was geworden en had ingezien dat ze nog in leven werd gehouden, had de onzekerheid weer de overhand gekregen. En in tegenstelling tot wat men zou kunnen geloven, voelde ze zich niet opgelucht of gerustgesteld.

De hoop dat dit iets was wat ze zou overleven had ze allang opgegeven. In elk geval tot een paar minuten geleden, toen ze het grote rolluik iets verderop had horen opengaan. Het was niet de eerste keer dat ze het karakteristieke gesnerp had gehoord dat door de dunne golfplaten wanden sneed. Haar hart was in het begin sneller gaan kloppen en ze had op alle denkbare manieren geprobeerd de aandacht te trekken van de passant. Maar het waren telkens passanten gebleven en langzaam maar zeker had het geluid steeds minder haar aandacht getrokken.

Maar deze keer was alles anders, ook al hoorde ze hetzelfde doordringende geratel dat aangaf dat er iets was wat hoognodig een drupje olie nodig had, maar het waren de andere geluiden die haar weer hoop gaven. Het geluid van niet één, maar meerdere auto's die met kreunende remmen tot stilstand kwamen. Portieren die opengingen en weer werden dichtgesmeten, luide stemmen die echoden en walkietalkies die kraakten en ruisten.

Dat kon niets anders zijn dan de politie.

Ze waren er eindelijk in geslaagd haar te vinden. Ze was dus niet vergeten. Dat had ze ook eigenlijk niet gedacht, maar het werd haar nu pas duidelijk dat er mensen waren geweest die haar zaak op hun bord hadden gekregen en misschien zelfs in ploegendienst hadden gewerkt om erachter te komen waar ze zich bevond. En als ze haar man een beetje kende, had hij ze vast geen rustig moment gegund voordat ze vooruitgang hadden geboekt.

Opnieuw zag ze voor zich hoe haar gezicht op alle voorpagina's had gestaan en hoe haar geheimzinnige verdwijning in elke koffiekamer in heel Zweden het onderwerp van gesprek was geweest. Wie weet? Misschien stond het nu buiten zelfs vol journalisten die zich verdrongen en stonden te wachten om op haar af te stormen en haar te interviewen als ze naar de wachtende ambulance werd gereden.

Ze liet haar gedachten de vrije loop, hoewel ze zich er volledig van bewust was dat het niets anders was dan losse vermoedens. Eigenlijk had ze geen flauw idee hoe groot de belangstelling was en of de politie überhaupt wel met de voortgang naar buiten was getreden. Het was misschien zelfs waarschijnlijker dat ze er niet te veel aandacht aan hadden besteed om in alle rust te kunnen werken en de arts in het ongewisse te laten over hoe dicht ze eigenlijk bij de oplossing waren.

Nee, het enige wat ze met zekerheid wist was dat ze zich op dit moment vlak daarbuiten bevonden en zich voorbereidden om op elk moment binnen te komen en haar te redden. Het geluid van harde, zware kisten die op de grond werden gezet en opengingen. Gereedschap dat werd gepakt en ingeschakeld. Dat alles vervulde haar met zo'n warmte en energie dat het niet langer uitmaakte dat ze het niet begreep. Wat het ook was, de politie was eerder.

Ze hoopte dat haar man daar ook zou zijn. Dat hij mee had gemogen naar waar ze zich dan ook bevond, om daar te kunnen staan en haar op te vangen. Hij was tenslotte degene die de politie had ingeschakeld en haar op die manier had gered. Voor de tweede keer. Ze voelde dat haar hart onmiddellijk sneller ging kloppen zo gauw hij in haar gedachten verscheen.

Dat zij van hém hield wist ze al.

Maar dit kon niets anders betekenen dan dat hij ook nog steeds van háár hield.

Ze had getwijfeld, absoluut, maar nu wist ze het zeker.

Vlak daarbuiten ging een slijptol aan het werk, en het gemene, snerpende geluid klonk als muziek in haar oren.

Zo gelukkig als nu was ze nog nooit geweest.

54

De blauwe zwaailichten waren al van verre in het donker te zien en maakten de instructies van de gps overbodig. Het was alsof ze smeekten om ongewenste aandacht, dacht Fabian toen hij Huddingevägen afreed en Magelungsvägen vervolgde in zuidelijke richting. Hij kon niet begrijpen waarom zoveel politiemensen hun zwaailicht zo lang aan lieten staan als ze allang waren gearriveerd.

Hij deed een nieuwe poging om naar huis te bellen, maar ook dit keer werd er niet opgenomen. Theodor was vast nog niet thuis. Het was ook pas tien over halfzeven. En dat Matilda niet opnam kon maar één ding betekenen: ze was boos. Dat kon hij best begrijpen. Hij had haar heilig beloofd vroeg thuis te komen, voordat de oppas weg moest, maar bevond zich in plaats daarvan nu een flink stuk ten zuiden van de stad. Eigenlijk wilde hij het liefst op de rem trappen, een U-bocht maken en op huis aan gaan, maar dat ging niet. Niet na het telefoontje van Stubbs.

Hij reed de parkeerplaats voor de Shurgard op en stopte bij de ambulance en de politieauto's. Enkele van de geüniformeerde politiemensen waren bezig het gebied voor de ingang af te zetten en anderen dirigeerden hem verder naar een andere plek naast de auto van Aziza Thåström.

Zij was zijn favoriet bij de forensisch onderzoekers. Ze was als tiener als vluchtelinge naar Zweden gekomen. Een jaar later sprak ze vrijwel vloeiend Zweeds en vlak daarna was ze getrouwd met haar leraar. Inmiddels was ze vijfendertig en zonder meer een van de beste en meest gevraagde forensisch pathologen-anatomen van Stockholm. Wat Stubbs ook had gevonden, Edelman had het de hoogste prioriteit gegeven.

'Ha, daar ben je.' Dat was een van Hillevi Stubbs' assistenten, die hem opving. 'We begonnen al ongerust te worden.'

'Ongerust? Stubbs belde pas een halfuur geleden,' zei Fabian. Hij liep mee langs het arrestatieteam dat bezig was in te pakken.

'Het is alleen niets voor jou om als laatste aanwezig te zijn. En je weet hoe Stubbs is als ze wat heeft gevonden.'

Fabian wist precies wat de assistent bedoelde. Hillevi Stubbs was zonder meer een van de meest ongeduldige personen die hij kende. Als ze eenmaal iets op het spoor was en met haar vingers knipte, kon niets haar snel genoeg gaan. 'Maar exact wát heeft ze gevonden?'

'Dat kun je maar beter met eigen ogen zien.' De assistent hield het afzetlint omhoog en leidde Fabian door de omhoogstaande garagedeuren naar binnen.

Een stukje verderop in het complex stond Hillevi Stubbs gekleed in een blauwe overall bij haar bestelauto foto's te bekijken op haar camera. 'Je bent laat,' zei ze zonder op te kijken van het display.

'Wat heb je gevonden?'

'Trek dit aan.' Ze haalde een opgevouwen overall uit een doos en gooide hem naar Fabian, die hem zo snel mogelijk aantrok, waarna ze verder naar binnen liepen.

De opslagruimte lag zo'n veertig meter verderop. Er stroomde fel licht uit de opengezaagde opening in het rolluik, het reikte tot ver op de betonvloer buiten de opslagruimte. Stubbs zette haar capuchon op en verdween in het felle licht. Fabian volgde haar voorbeeld, liep naar de opening en stapte naar binnen.

De lucht binnen was door de sterke schijnwerpers een paar graden warmer, en toen zijn ogen aan het licht waren gewend kon hij constateren dat de opslagruimte groter was dan hij had verwacht, wel zo'n dertig vierkante meter, en waarschijnlijk een van de grootste van het pand. Thåström en Stubbs stonden er grotendeels voor, daarom zag hij weinig meer dan een paar naakte voeten aan de korte kant van een geplastificeerde tafel die deed denken aan de tafel die hij in de sloopflat had gezien. Langs de ene kant stonden diverse apparaten en meetinstrumenten met snoeren en slangen die over de grond en verder onder de tafel kronkelden als slangen in een terrarium.

Pas toen hij om zijn collega's heen liep en aan de andere kant van de tafel ging staan, kon hij het naakte lichaam zien dat aan de tafel was bevestigd met behulp van een aantal spanriemen, die op hun beurt weer door geboorde gaten in het tafelblad waren getrokken. Benen, romp, armen en hals – alles was zo strak vastgesnoerd dat diverse riemen in de huid hadden gesneden en een stuk in het vlees waren gedrongen. En net als bij de minister van Justitie gaapten er twee lege, bloederige gaten op de plek waar de ogen hadden moeten zitten. Bovendien was er een soort ingedroogde, roze, papachtige substantie door de dichtgetapete mond naar buiten geborreld, over de kin en de keel de grond op.

'Wat is dat voor iets?' Fabian wees op de roze smurrie.

'Voedsel,' zei Stubbs. 'Zoals je ziet kreeg hij sondevoeding via deze slang.' Ze wees op een slang die onder de kliederige massa verborgen lag en in zijn mond verdween. 'Ik heb nog geen monsters genomen, maar ik gok dat het een aantal laxerende substanties bevat om het lichaam te reinigen van verschillende giffen en afvalproducten. Ik heb me wat ingelezen en dat is blijkbaar niet ongebruikelijk binnen het kannibalisme.'

'Oké, dus hij is in leven gehouden. Hoelang? Wanneer is hij overleden?' Fabian bedacht wat een enorme pijn Adam Fischer gehad moest hebben voor hij uiteindelijk het leven liet.

'Om dat exact te kunnen zeggen, moet ik het lichaam uitvoeriger onderzoeken,' zei Thåström. 'Maar zo op het eerste gezicht zou ik zeggen dat hij circa drie etmalen dood is.'

Hij had hier dus meer dan een week vastgegespt gelegen en was dagenlang in leven gehouden. Zwevend in totale onwetendheid van wat hem te wachten stond. Of ze hem zouden vinden of niet. Of ze op tijd zouden komen. Of ze überhaupt wel aan het zoeken waren. Fabian vroeg zich af hoelang hijzelf in een dergelijke situatie zou blijven hopen. Hoelang het zou duren voor hij naar de dood zou gaan verlangen.

'Vermoedelijk is hij in verband met deze ingreep overleden.' Thåström wees op de linkerborstpartij waarin net als bij de buik van Carl-Eric Grimås een groot, leeggehaald gat gaapte.

Het was ongeveer een decimeter groot en zag eruit alsof een enorme drukpers een deel van het lichaam had uitgestanst.

'Waarom juist het hart?' Fabian wendde zich tot Stubbs en Thåström.

'Hij moest toch ergens beginnen?' zei Stubbs, en ze haalde haar schouders op.

'In de vriezer waar we de ingewanden van Grimås hebben gevonden, lag daar ook een hart?'

'Nee.' Stubbs schudde haar hoofd. 'En in zijn eigen vriezer al evenmin.'

'Hij had het misschien al opgegeten,' zei Thåström.

'Dat zou kunnen,' zei Stubbs. 'Maar er is niets wat daarop wijst. Hier niet, in zijn appartement niet en in de sloopflat niet.'

De stilte die ontstond verdrong nog meer zuurstof in de al warme en verstikkende ruimte. Fabian voelde dat hij het hier niet lang meer vol zou houden, maar ergens heel diep vanbinnen – in de wirwar van zijn onderbewustzijn om het te begrijpen – had een gedachte vorm gekregen. Een gedachte die op dit moment nog zo klein en broos was dat die riskeerde voor altijd te verdwijnen als hij hem nu losliet.

Eerst de ingewanden van Grimås en nu het hart van Fischer. Misschien ging het helemaal niet om de ogen. Die hadden ze immers gevonden in die glazen pot. Het hart daarentegen ontbrak. De vraag was hoe het zat met de inhoud in het vriesvak in de sloopflat. Of daar misschien het eigenlijke verband te vinden was.

'O ja, die ingewanden uit de sloopflat. Hebben jullie die toevallig al kunnen onderzoeken?' vroeg Fabian quasinonchalant. Hij probeerde het te laten klinken als een bagatel.

'Ik had de zaak net ontdooid en zou ermee aan de slag gaan toen dit ertussen kwam,' zei Thåström. 'Hoezo? Zit je ergens aan te denken?'

'Ik denk dat we er vrij zeker van kunnen zijn dat ze van Grimås zijn,' zei Stubbs.

'Dat bedoel ik niet. Ik wil alleen graag weten of er ook iets ontbréékt.'

55

Dunja kon geen directe pijn voelen. De vraag was alleen of dat goed of slecht was. Ze vroeg zich af of ze zich zou durven bewegen, zich er goed van bewust dat je vaak ernstiger gewond was na een ongeluk dan je dacht, en dat je beter zo stil mogelijk kon blijven liggen tot er hulp kwam.

Als ze zich al kon bewegen.

Boven haar stroomde het licht van de straatlantaarns door het kapotte dakraam naar binnen samen met het geluid van de paar auto's die langsreden. Ze schatte de afstand op zo'n vier, vijf meter en realiseerde zich dat het heel anders had kunnen aflopen als ze niet op de lege dozen van verschillende hifi-merken die op de grond lagen was gevallen.

Ze draaide zich voorzichtig op haar buik en kroop op handen en voeten van de stapel dozen af. Tot nu toe voelde ze niet veel meer dan een pulserende gevoeligheid in haar hele lichaam. Pas toen ze op de grond was beland en probeerde op te staan, werd de pijn in haar linkervoet zo sterk dat ze moest hyperventileren om het niet uit te schreeuwen. Ze had haar voet vermoedelijk verstuikt en voelde dat hij al dik begon te worden.

Zo gauw de pijn enigszins te harden was, haalde ze haar mobiele telefoon tevoorschijn om te kijken of ze bereik had, en constateerde dat er een enorme barst in het glas zat. Ze had dat pas nog laten vervangen nadat ze haar telefoon thuis op de badkamervloer had laten vallen. Ze had hem toen nog gewoon kunnen gebruiken, ook al had ze haar vingertoppen diverse keren opengehaald. Nu maakte het niet uit hoe vaak ze drukte en probeerde opnieuw op te starten.

Ze gaf het op en probeerde de buis van een stofzuiger los te maken. Die gebruikte ze om naar de zaklamp te hinken, die op de grond lag en nog zwak scheen. Ze deed hem uit en stopte hem in de zak van haar spijkerbroek toen ze het dreunende geluid weer hoorde. Of had ze het verkeerd gehoord? Ze bleef staan luisteren. Nee, daar was het weer. Een dof gedreun, maar deze keer gecombineerd met een doordringend gejank. Ze draaide zich om, maar kon niet zeggen waar in het gebouw het vandaan kwam.

Ze hinkte naar de gang, die steeds donkerder werd naarmate ze verder van de kamer kwam, en moest met haar vrije hand langs de muur voelen. Twee keer stootte ze tegen fotolijsten aan. Na nog een paar meter gaapte er een grote opening in de muur. Ze bleef staan en voelde op de tast met haar hand langs de rand en kon constateren dat het een deuropening was.

Met de stofzuigerbuis in haar ene hand deed ze nog een stap en wist op het laatste moment het niveauverschil en de extra traptrede te pareren. Eenmaal beneden blies ze uit en probeerde ze aan wat anders te denken dan aan de intens kloppende pijn in haar voet, die nu zo opgezwollen was dat ze haar laars nooit meer uit zou krijgen. Het geluid was verstomd en buiten haar eigen ademhaling was het doodstil.

Ze strompelde verder het donker in, haar ene hand in een krampachtige greep om de stofzuigerbuis en de andere uitgestrekt voor zich. Na een meter of tien kwam ze bij een muur die was bekleed met een soort zacht, geluiddempend materiaal. Een paar meter naar links hield de muur op en kon ze om de hoek naar de andere kant kijken, waar ze eindelijk wat kon zien.

Een zwak licht een stukje verderop, als van een deur die op een kier stond.

Toen hoorde ze het geluid opnieuw. Deze keer klonk het als de motor van een tractor ver weg die met een bulderend geluid werd gestart en stationair bleef lopen. Maar waarom zou iemand binnenshuis met een tractor gaan rondrijden? Pas toen ze het doordringende geluid weer hoorde, begon ze het te begrijpen. Het was niet de eerste keer dat ze dit geluid hoorde. Ze had het al veel vaker gehoord. Als kind. Als haar moeder en zij naar opa en oma gingen. In de autowerkplaats.

Haar opa had verteld dat dat een tijgerzaag werd genoemd. Ze had gevraagd waarom en hij had geantwoord dat de tanden van de zaag deden denken aan die van een tijger, en dat ze vrijwel overal doorheen kwamen.

Ze haalde haar pistool tevoorschijn, ontgrendelde het en trotseerde de schreeuwende pijn in haar voet toen ze zo snel ze kon in de richting van het licht strompelde. Ze struikelde nog over een microfoonstandaard, maar was al snel weer op de been. En daar stond hij.

Aksel Neumans BMW.

Benny Willumsen was hier. Net zoals ze had vermoed, bevond hij zich hier.

De kofferbak stond open en in de bagageruimte lagen een paar dichtgeknoopte vuilniszakken op uitgerolde beschermfolie, dat als een staart over de rand hing. Op de grond, een stukje bij de auto vandaan, stond het door benzine aangedreven aggregaat te dreunen. Er kronkelde een elektriciteitssnoer over de vloer en met haar pistool in de ene hand en de stofzuigerbuis in de andere volgde ze het.

Het donker in.

Naar het geluid dat beelden opriep die ze niet wilde zien.

Het snoer verdween door de kier van een deur en Dunja begreep dat daar het zwakke licht vandaan was gekomen dat ze had gezien. Ze perste haar oor tegen de muur. Het jankende geluid dat zich stootsgewijs ergens in omlaag werkte, was zo dichtbij dat ze instinctief achteruitdeinsde.

Haar gedachten duizelden. Ze kon niet beslissen wat te doen. Wat stond haar te wachten? Haar lichaam had als het ware haar hersenen uitgeschakeld en handelde uit eigen beweging. Ze voelde met haar hand aan de deur. Toen ze geen handgreep vond, stak ze haar vingers in de opening en trok de deur open.

Ze had haar ogen dicht moeten doen.

Ze had moeten omkeren en wegrennen.

Maar het was te laat.

Het beeld dat ze nu zag, zou voor eeuwig op haar netvlies gebrand staan.

Midden in de lege geluidsstudio, in het schijnsel van het naakte peertje aan het plafond, stond hij met zijn rug naar haar toe. De man die de laatste jaren weg was gekomen met het verkrachten en doodmartelen van een reeks onschuldige vrouwen.

Hij droeg gehoorbeschermers en een gasmasker dat omhooggetrokken achter op zijn hoofd zat, alsof het haar aanstaarde. Hij was in het echt kleiner dan ze zich had voorgesteld en over zijn donkere, grove kleren droeg hij een doorzichtig plastic schort dat de ergste bloedspetters tegenhield.

Hij had de tijgerzaag met beide handen vast, en het jankende geluid sneed door de lucht terwijl het gekartelde zaagblad zich door de lies van het naakte lichaam werkte dat op de geplastificeerde tafel lag. Dunja wilde zo hard schreeuwen als ze kon om hem te laten ophouden. De aanblik te laten verdwijnen. Maar het enige wat ze kon was staren.

Naar de lies, die zich steeds meer opende naarmate de zaag er dieper in drong.

Naar de hals, waar een hoofd had moeten zitten.
Naar het been, dat met een klap op de grond viel.
Naar het bloed dat rondspatte.
Op haar.
Overal.

56

Op weg naar huis van de Shurgard-opslagruimte in Högdalen stopte Fabian bij McDonald's op Folkungagatan en kocht een McFeast-menu met mineraalwater voor zichzelf, een Big Mac-menu met cola voor Theodor en een Happy Meal voor Matilda. Hoewel hij zo moe was dat zijn hele lichaam er pijn van deed en het beeld van Adam Fischers toegetakelde lichaam zijn netvlies weigerde te verlaten, had hij besloten zijn belofte aan Matilda voor een gezellige vrijdagavond te houden. Daarom ging hij ook nog even langs de 7-Eleven op de hoek van Ölandsgatan en kocht een grote fles julmust, chips met knoflookdip en een beker Ben & Jerry's Cookie Dough.

Toen hij twintig minuten later de sleutel in het slot stak, was het inmiddels negen uur, wat betekende dat de kinderen tweeënhalf uur alleen waren geweest. Dat was niet goed, maar ook geen ramp. Bovendien hoorde hij dat de tv aanstond met een of ander kerstknutselprogramma met Ernst Kirchsteiger, dus het viel allemaal nog wel mee.

Hij hing zijn jas op, ging naar de keuken, deed de hamburgers op een bord en legde het ijs in de vriezer toen hij opmerkte dat werkelijk elke lamp in huis brandde. 'Matilda! Theodor! Ik ben thuis, we kunnen eten!' riep hij zonder enige reactie te krijgen. Hij ging naar de woonkamer, waar de Coca-Cola-reclame over het scherm stroomde in de steeds wanhopiger strijd van het colamerk tegen de julmust, liep om de bank heen en zag daar Matilda in haar eentje liggen slapen met haar rode beer dicht tegen zich aan gedrukt.

Hij kon zich niet herinneren wanneer hij voor het laatst had gehuild. Misschien had hij een traantje weggepinkt bij een of andere sentimentele film, zoals *Steel Magnolias* of iets dergelijks, maar anders huilde hij vrijwel nooit. Niet dat hij dat niet wilde; hij probeerde soms echt wel zijn gevoelens los te laten, maar het bleef meestal bij een brok in zijn keel.

Daarom verrasten de tranen die over zijn wangen biggelden en op de grond drupten hem volkomen. Matilda op de bank, daar helemaal alleen, in foetushouding met haar beer, was een van de mooiste dingen die hij had gezien. Maar ook een van de verdrietigste. Hij veegde de tranen weg met de rug van zijn hand en kneep zijn ogen dicht, maar de tranen bleven komen en hij merkte dat zijn hele lichaam nu schokte van het geluidloze huilen.

Zo kon het niet doorgaan. Zijn werkdagen, die alsmaar uitliepen alsof dat het enige was wat ertoe deed en al het andere opslokte, en Sonja, die min of meer haar intrek had genomen in het atelier. Ze moesten praten. Hij wist alleen niet wat hij moest zeggen. Of hij überhaupt wilde dat het weer goed zou komen.

Hij riep Theodor, maar verwachtte geen antwoord. Het was nog niet zo laat, even na negenen, maar hij was pas dertien en zou sowieso niet buiten moeten zijn – wat hij ook aan het doen was. Hij probeerde hem te bellen, maar kreeg een voicemail waarin Theodor de schijn probeerde te wekken dat hij opnam voordat de piep kwam. Daarom stuurde hij hem een sms'je waarin hij zijn zoon vroeg zo snel mogelijk thuis te komen. Daarna zette hij de tv uit en haalde een paar keer diep adem om zijn tranen te stoppen, ging bij Matilda op de bank zitten en probeerde haar wakker te maken. Maar hoewel hij haar verleidde met McDonald's, chips en ijs wilde ze niet wakker worden.

Uiteindelijk gaf hij het op en droeg hij haar naar haar kamer, waar hij haar in bed stopte, een kus op haar voorhoofd gaf en een 'sorry' in haar oor fluisterde. Daarna ging hij zitten om de even koude als smakeloze hamburger op te eten. Hij vroeg zich af of hij Sonja zou bellen.

Hij besloot te wachten, gooide de slappe resten weg, poetste zijn tanden terwijl hij ondertussen alle lampen uitdeed, en ging naar bed. Zijn hele lijf deed pijn van vermoeidheid en hij had het gevoel of hij een hele week niet had geslapen. Hij bolde het kussen op, ging goed liggen en liet de zwaartekracht zijn ogen sluiten. Maar slapen ho maar.

De gebeurtenissen van de laatste dagen werden in versneld tempo in zijn hoofd voor- en achteruit gespoeld. Hij vroeg zich af waar de vrouw uit de bus zo geschokt met de andere vrouw onder het afdak op Stureplan over had staan praten en wat ze voor link kon hebben met Grimås' ingewanden en Fischers ontbrekende hart. Als er al een link was.

Een uur later gaf hij het op, ging naar de kamer van Matilda, tilde haar op samen met haar beer en droeg haar naar zijn eigen bed, waar hij haar in zijn armen kon nemen, haar warmte kon voelen en haar rustige ademhaling kon horen.

Hij begon schaapjes te tellen, maar kwam niet verder dan drie.

57

Het relais ging aan en zette de elektromotor in werking die in de nok van de toren zat. Een ketting bracht de roterende beweging over naar de krachtige balk bovenin. Al spoedig was de slingering op gang gebracht en begonnen de klokken te luiden – over de begraafplaats van de Katarinakerk en de huizenblokken eromheen, en met een snelheid van driehonderd meter per seconde rolde het geluid omlaag naar Östgötagatan en verder in zuidelijke richting langs Fabian, die zijn auto op slot zette voor een schitterend designkantoor dat trots pronkte met ingelijste diploma's en onderscheidingen van allerlei architect- en designprijzen. De hele muur hing ermee vol.

Het was zaterdag en hoewel het pas drie uur 's middags was, begon het al te schemeren. Malin had hem die ochtend om tien uur gebeld en verteld dat ze erin was geslaagd de therapeut ervan te overtuigen toestemming te geven voor een confrontatie van Ossian Kremph met de plaats delict. Vijf uur later waren alle papieren in orde. Dat kon als snel worden beschouwd als je bedacht hoeveel mensen hun zegje moesten doen.

Voor Fabian voelde het daarentegen als een eeuwigheid. Hij had bijna tien uur aan één stuk geslapen en dat had hem goedgedaan. Wat in de Shurgard-opslagruimte was gestart als een vluchtige gedachte had zich 's nachts ontwikkeld tot een concrete theorie. Hij was iets op het spoor, dat voelde hij in zijn hele lichaam, en hopelijk zou de confrontatie met Kremph aantonen of hij op de juiste weg was.

Hij had nog steeds niets tegen de anderen gezegd. Zelfs Malin wist van niets, wat vrij ongebruikelijk was. Maar deze keer was een goede theorie onvoldoende om ze er al bij te betrekken. Er mocht niet de minste twijfel bestaan. Mocht hij het bij het verkeerde eind hebben, dan zouden de consequenties te groot zijn.

Het was ook niet zo dat hij in de tussentijd had stilgezeten. In afwachting van groen licht had hij een spelletje monopoly kunnen spelen met Matilda en Theodor. Bovendien had hij contact opgenomen met Aziza Thåström en haar ervan weten te overtuigen de kerstbeslommeringen even te laten voor wat ze waren en door te gaan met het onderzoek naar de ingewanden van Grimås. En precies zoals hij had verwacht had een van de organen ontbroken: de lever.

Misschien had Ossian Kremph die klaargemaakt en opgegeten. Bij de meeste species was de lever een delicatesse. Dus waarom bij de mens niet? Misschien had hij een feestmaal aangericht met de lever van Grimås en het ontbrekende hart van Fischer. Als er niet iets heel anders dan honger achter zat. Iets wat het hele onderzoek in een nieuw licht zou stellen en iedereen zou doen inzien dat het bij lange na niet over was.

Hij zwaaide naar Malin die bij Blekingegatan de hoek om kwam rijden en met een wanhopige blik een lege parkeerplaats zocht. Op dat moment kwamen ook Tomas en Jarmo uit Katarina Bangata aanlopen, allebei kauwend op een wrap. De donkere piketbus van het arrestatieteam stond al voor de container naast de toegangsdeur.

Op het gebied van de veiligheid waren werkelijk kosten noch moeite gespaard. Het AT was zes man sterk, allemaal gewapend met een automatisch vuurwapen en voorzien van een kogelvrij vest en een helm met een opgeklapt vizier. Twee van hen gingen ieder aan een kant van de piketbus staan en scanden de omgeving voordat er nog twee uitstapten die snel in de portiek van het sloopPand verdwenen.

Ze hadden Kremph het liefst mee willen nemen naar de Shurgard-opslagruimte in Högdalen, maar daar was Stubbs nog druk bezig, en hem meenemen naar de rustruimte in het parlementsgebouw zou te veel aandacht trekken. Restte alleen de sloopflat op Östgötagatan, die op dit moment voor het publiek nog een goed bewaard geheim was. Ze hadden weliswaar geen sporen gevonden van een slachtpartij, maar er was geen twijfel over mogelijk dat de geplastificeerde tafel daar uitsluitend om die reden was neergezet en aan de vloer was vastgeschroefd.

Nu lag de bal bij Ossian Kremph, die door de twee laatste mensen van het AT uit de bus werd geholpen. Net als bij een ter dood veroordeelde gevangene in het Amerikaanse Zuiden waren zijn handen en zijn voeten geboeid. De halve meter lange ketting schraapte over het ijzige asfalt toen hij met gebogen hoofd langs de container onder de bouwsteiger werd geleid.

'God, ik snap niet hoe mensen het volhouden in de stad,' zei Malin, die bleef staan om op adem te komen. 'Ik moest helemaal doorrijden naar de Allhelgonakerk voordat ik een...' Ze werd onderbroken door Tomas, die op zijn vingers floot en wenkte dat ze moesten komen.

Ossian Kremph werd naar de kamer met de felle lamp boven de geplastificeerde tafel gebracht. Zijn blik was nog steeds omlaag gericht en hij hinkte met zijn gewonde been. Na een paar meter lieten de twee politiemannen hem los en posteerden zich ieder aan een kant van de deuropening.

Kremph bleef staan en keek om zich heen met een blik alsof hij daar nooit eerder was geweest. Hij keek niet naar Fabian, die tegen de muur achter in de kamer was gaan staan, of naar Tomas, die in het hoekje geklemd stond en ervoor zorgde dat de videocamera alles registreerde. Maar toen hij Jarmo in het vizier kreeg die er vrijwillig mee akkoord was gegaan slachtoffer te spelen en zich alleen in zijn onderbroek met de riemen aan de tafel had laten vastgespen, veranderde zijn blik, terwijl hij hoofdschuddend achteruit richting de hal begon te lopen.

Ze hadden twee uur tot hun beschikking gekregen. Als je daar de tijd aftrok voor transporten en veiligheidsvoorbereidingen, bleef er niet veel meer over dan een uur. Wat minimaal was om iemand dusdanig in de stemming te brengen dat de meest verdrongen en schandelijke herinneringen een kans zouden krijgen weer aan de oppervlakte te komen. Gelukkig was Edelman erin geslaagd de eis van de therapeut om erbij aanwezig te zijn af te poeieren, waardoor ze Kremph in elk geval voor zich alleen hadden.

'Dag Ossian.' Malin liep naar hem toe en hield hem tegen. 'Herken je deze omgeving?'

Kremph schudde zijn hoofd, zijn blik gefixeerd op het lichaam van Jarmo.

'Maar je bent hier eerder geweest, toch?'

Hij schudde zijn hoofd nogmaals. 'Ik vind dit niet prettig. Helemaal niet. Kunnen we nu terug?'

'Nog niet. Straks. We gaan eerst even kijken en een beetje praten. Kom.' Ze probeerde hem mee te lokken naar de tafel.

'Ik wil niet. Niet hier. Nu gaan we.'

'Ossian, er zal je niets gebeuren. Het enige wat je moet doen is om je heen kijken om te zien of je je misschien iets herinnert wat je vergeten bent. Daarna gaan we weer weg. Oké? Kom.' Ze stak een hand naar hem uit.

Pas na anderhalve minuut heen en weer te hebben gekeken van Malins uitgestoken hand naar Jarmo op de geplastificeerde tafel ging Kremph ermee akkoord met haar terug te gaan de kamer in. Fabian merkte dat Kremphs ademhaling steeds schokkeriger en ongelijkmatiger werd met elke stap die hij in de richting van de tafel deed. Toen ze eenmaal bij Jarmo waren, die stillag en rustig ademhaalde, zijn blik op het plafond gericht, leek hij op het punt van instorten te staan.

'Span je zo je slachtoffers vast?' vroeg Malin, en ze wees op een van de riemen waarmee Jarmo met zijn hals aan het tafelblad vastzat.

'Ik niet,' zei Kremph terwijl hij zijn blik over het lichaam van Jarmo liet glijden. 'Ik wil alleen maar naar de radio luisteren.'

'Misschien is het de andere Ossian?'

Kremph schudde zijn hoofd. 'De berichten voor de scheepvaart, die zijn goed. Heel goed.'

'Ossian, nu wil ik dat je naar *míj* luistert. We weten dat jij het bent.

We hebben ik weet niet hoeveel technisch bewijs en willen alleen maar begrijpen hoe je het hebt gedaan. Bijvoorbeeld of je de ogen eruit hebt gehaald vóór of nadat je begon te snijden.'

'Niet ik, dat zeg ik toch! Ik heb niets gedaan!' Hij schudde steeds heftiger zijn hoofd.

'Ik begrijp dat dit moeilijk is. Maar probeer het...'

'Ik heb alleen maar gedaan wat ik altijd heb gedaan, en daar was niets mis mee. Dat weet ik. Er heeft niemand geklaagd. Nooit.'

'Hoe zouden ze kunnen klagen als ze hier vastgegespt en opengesneden liggen?'

'En dan de berichten voor de scheepvaart, altijd de berichten voor de scheepvaart,' zei Kremph zonder Jarmo los te laten met zijn blik. 'Elke ochtend. Dat is het enige wat telt. Verder niets. Alleen de berichten voor de scheepvaart en sudoku. Maar in het ziekenhuis heb ik geen radio. Ik weet niet waarom, maar ik heb er geen. Ze zeggen dat dat niet mag,' ging hij steeds manischer verder. 'Waarom mag dat niet? Geef toch antwoord! Waarom geef je geen antwoord?'

Malin wendde zich tot Fabian, die haar gebaarde door te gaan hoewel hij in haar ogen kon zien dat ze niet wilde. Zij had het verhoor eigenlijk überhaupt niet willen houden, maar dat was de eis geweest van de therapeut.

'Hallo! Waarom?' ging Kremph verder.

'Ossian, ik weet echt niet waarom je geen radio mag hebben, maar nu wil ik dat je tot in detail vertelt hoe je...'

'Hoe moet ik dan naar de berichten voor de scheepvaart luisteren? Dat moet, want dat doe ik elke morgen.'

'Ossian, kun je me in plaats daarvan vertellen hoe je...'

'En mijn medicijnen. Die moet ik ook innemen en dat doe ik ook. Elke dag: 's ochtends, 's middags en 's avonds. Ze zitten in het rode doosje. Altijd in het rode doosje in het badkamerkastje, zodat ik het niet vergeet. Vooral om twee uur. Dan – ik weet niet... Dan is er altijd zoveel en de tijd... die vliegt gewoon voorbij, en dan opeens ben ik het vergeten, maar dat weet ik dan niet.' Hij begon met beide handen aan zijn hals te krabben.

'Nee, dat is logisch.'

'Maar dat mag niet, dat is niet goed. Helemaal niet goed. Dat kan niet, dan gaat het helemaal mis en dat mag absoluut niet. Dat het misgaat dus.' Hij ging steeds sneller praten, het speeksel liep uit zijn mond. 'Alles moet kloppen, en als dat niet zo is, begint alles te draaien, en dan word ik zo moe, en dan opeens, is hij, die aardige, er ook. Hoewel ik de enige ben...' Hij slikte en bleef aan zijn hals krabben tot er een korstje openging en er wat bloed omlaag sijpelde. '... die de sleutels heeft, is hij er toch om dingen te regelen en me te helpen. Hij denkt dat ik dat niet weet, maar ik weet het wel, en dan wordt alles zo zwaar en donker, dan ben ik als het ware gewoon verdwenen.' Hij schudde zijn hoofd, steeds vertwijfelder.

'Ossian... probeer wat te kalmeren en concentreer je op het lichaam dat hier ligt.'

'Ik doe elke dag als ik binnenkom de deur op slot en heb zelfs de sloten vervangen. Op slot, op slot, en dan voel ik nog een keer of de deur op slot zit. Altijd. Anders weet je het niet zeker...'

'Ossian?'

'Ik kan het niet. Het is heel moeilijk. Ontzettend zwaar...' Hij bracht zijn hand naar zijn hoofd en haalde adem. Zo moe. Zo moe. Ik kan nu niet meer...'

'Ossian, we hebben nog maar weinig tijd. Probeer te...'

'Ik moet even rusten, even mijn ogen dichtdoen. Maar dat gaat niet. Zo gauw ik mijn ogen dichtdoe ben ik daar weer... terug bij...' Hij zweeg en zakte ineen, buiten adem en zonder verdere energie.

'Terug bij wat? Ossian, vertel waar je bij terug...'

Zonder enige waarschuwing vooraf en zonder ook maar op te kijken, wierp Kremph zich schreeuwend op Malin, die haar evenwicht verloor en op de grond viel. Ze riep naar de anderen terwijl ze door schoppen en krabben probeerde uit Kremphs greep los te komen.

Fabian, Tomas en de twee mannen van het arrestatieteam waren al onderweg, maar de seconden kropen voort en Kremph kon nog rustig zijn hoofd omlaag buigen naar haar hals en iets in haar oor sissen voordat hij van haar af werd getrokken en naar de aangrenzende kamer werd gesleept.

Fabian hielp Malin overeind. 'Gaat het?'

Malin knikte en begon haar haar goed te doen. 'Jezus, wat werd ik bang... ik dacht dat hij me zou...' Ze zweeg om adem te halen. 'Dat hij me wilde...' Ze brak en begon te huilen. Fabian sloeg zijn armen om haar heen en liet haar hoofd op zijn schouder rusten.

'Rustig maar... Rustig maar, Malin... Het is voorbij.'

Malin knikte en probeerde wat te kalmeren.

'Wat zei hij tegen je? Hij zei iets, toch?' vroeg Fabian, en hij hoopte dat ze niet zou merken dat hij op een ander onderwerp overging.

Malin liet hem los en keek hem aan, alsof ze nadacht over wat ze moest zeggen. 'Hij vroeg wanneer hij zijn radio terug zou krijgen.' Ze grijnsde en begon te lachen. 'Is dat niet gestoord? Dit hier allemaal en het enige waar hij dan aan denkt is zijn radio met de berichten voor de scheepvaart. 'Och hemel, ik zie er vast niet uit. Is mijn make-up niet helemaal uitgelopen?'

'Niets aan de hand.'

'Ik ga hier nu mee naar beneden,' zei Tomas, en hij hield de videocamera omhoog. 'Ik denk niet dat er nog veel gebeurt.'

'Dan kan iemand misschien zo vriendelijk zijn mij even los te maken,' zei Jarmo.

'Waarom? Je ligt daar toch goed?' zei Tomas, en hij vertrok met de camera.

'Fabbe, hoeveel jaar werken wij al samen?' Malin klapte haar make-upspiegeltje open en keek erin.

Fabian haalde zijn schouders op. 'Vijf, zes jaar of zoiets?'

'Wij brengen al zevenenhalf jaar meer tijd samen door dan met onze wederhelften.' Ze haalde een papieren zakdoekje tevoorschijn en veegde ermee onder haar ogen. 'En dit is de eerste keer dat je je armen om me heen slaat.'

'Laten we hopen dat het nooit weer gebeurt.'

Malin moest lachen en haalde een kohlpotlood tevoorschijn om haar make-up bij te werken, maar liet dat en het make-upspiegeltje vallen en zakte vervolgens zelf in elkaar.

'Malin...? Malin!' Fabian ging snel op zijn knieën zitten en probeerde haar bij te brengen. 'Malin, hoor je me?' Hij kreeg geen reactie.

'Wat gebeurt er?' vroeg Jarmo.

'Ik weet het niet. Ze zakte plotseling in elkaar...' Hij zag opeens dat er een plas bloed onder haar ontstond, die steeds groter werd.

'Hallo! Kan iemand een ambulance bellen?'

De twee politiemannen van het AT kwamen de aangrenzende kamer uit gerend.

'Waar wachten jullie op? Bel dan, verdomme! Ze is bezig een miskraam te krijgen!'

'En Anders... We moeten Anders bellen, haar man.' Fabian frunnikte aan zijn telefoon en probeerde zijn vingers in bedwang te houden zodat hij haar nummer thuis kon oproepen.

'De ambulance komt eraan,' zei de ene AT'er.

'Mooi,' zei Fabian terwijl hij naar de signalen luisterde die overgingen. 'Neem nou toch op.'

'Hallo, dit is de telefoonbeantwoorder van de familie Rehnberg. We kunnen de telefoon momenteel niet beantwoorden, maar laat een boodschap achter na de piep.'

'Met Fabian Risk. Anders, zou je mij zo snel mogelijk kunnen be...' Hij werd onderbroken door een enorme knal die hij eerst niet kon duiden, hoewel hij luid en duidelijk was. Het was alsof zijn hersenen al zo overbelast waren dat ze het geluid van verbrijzeld glas niet konden combineren met een feitelijke gebeurtenis. Hij wilde de telefoonbeantwoorder verder inspreken en vertellen wat er was gebeurd, maar zelfs dat kon hij niet. Hij vloog overeind en rende naar de andere kamer.

Buiten hemzelf en het keukenblok tegen de achterste muur was de kamer helemaal leeg. Terwijl hij naar het kapotte raam liep, waren de twee AT'ers achter hem aan het bekvechten wie de verantwoordelijkheid had gehad voor Kremph. Het was buiten opnieuw gaan sneeuwen en de sneeuwvlokken waren al een flink eind de kamer in gedwarreld.

Hij had het de laatste dagen al aangevoeld, maar pas nu was zijn brein ook zover gekomen.

Nu wist hij het zeker.

Ossian Kremph was onschuldig.

II

19-24 december 2009

Ze laat mij bergen verzetten. Ze laat mij het onmogelijke doen. Het meest verschrikkelijke maar absoluut noodzakelijke. Ze laat mij dat alles doen. En nog veel meer.

Mijn liefde voor jou.

◆

14 juni 1998

Eigenlijk weet ik niet wie je bent. Wáár je bent. Of je er nog wel bent. Maar deze brief is voor jou. Voor jou en voor niemand anders.

Een jaar geleden zag ik je bijna elke dag. Aan de andere kant van de wegversperring en het prikkeldraad. Je stond daar altijd uren te kijken. Misschien kwam je er gewoon langs of kwam je alleen om te kijken. Ik weet het niet. Er deden in het kamp geruchten de ronde over Palestijnse vrouwen die in het geheim Israëlische soldaten ontmoetten, en misschien zag jij mij. In elk geval stond ik daar bij de slagboom te hopen.

Ik wist dat vrouwen uit de bergen rond Nablus blauwe ogen konden hebben, maar bij jou zag ik dat voor het eerst. Jij was de mooiste vrouw die ik ooit had gezien. Ik begreep het eerst zelf niet, maar mijn hart begreep het direct en begon twee keer zo snel te kloppen. Dat doet het nog steeds, ook al weigert het in te zien dat het te laat is. Dat het bijna voorbij is.

Ik moet steeds denken aan die laatste avond. Weet je nog? Hoe het was gaan schemeren en dat je langer bleef dan anders. Mijn dienst zat erop en ik dacht: nu of nooit. Ik liep langs de afzetting en zag hoe je je in mijn richting bewoog. Ik wilde het bijna uitschreeuwen van geluk.

Als ik maar had geweten wat er zou gebeuren, dan had ik je de rug toegekeerd. Geroepen dat je te dicht bij de grens was, gedreigd en je gedwongen achteruit te gaan. Dan was ik nooit daar bij het hek gaan staan en had ik mijn blik nooit de jouwe laten ontmoeten. Je had nooit helemaal naar voren mogen komen en je handpalmen tegen de mijne mogen drukken. Je lippen...

Ik kan bijna niet meer. Ik heb niet veel bloed meer over...

Hoelang hebben we daar gestaan zonder woorden? Een paar minuten of een heel uur? Er was zoveel wat ik wilde zeggen. Vragen. Maar niet durfde. Niet eens je naam. Ik was zo bang dat moment te bederven. Ik kon niets anders dan mijn transistorradio aanzetten. Weet je nog? Ze speelden Etta James. Niemand kon het beter zeggen dan zij. Ik kneep hard in mijn arm om me ervan te verzekeren dat het geen droom was. Zo hard dat ik er nu nog een litteken van heb.

Ik weet niet wie er kwam en je wegvoerde. Of dat de reden is dat je je daarom nooit meer hebt laten zien. Je vader of iemand uit je dorp. Ik weet niet of je nog leeft. Misschien was het allemaal toch maar een droom. Ik heb een hele tijd gedacht dat dat voldoende zou zijn. Dát en het litteken dat mijn droom in leven hield.

Maar dat was niet zo, dus ik ben 's nachts de barak uit geslopen en heb het kamp via het gat in het hek verlaten. Ik kon alleen maar hopen dat God daar zou zijn en me de weg zou wijzen. Ik had de witte stof onder je jas uit zien steken. Ik dacht dat je misschien als verpleegkundige in het ziekenhuis van Urif werkte, een paar kilometer verderop.

Ik was niet veel verder gekomen dan de stegen toen er luide sirenes afgingen en stemmen in megafoons brulden zodat iedereen wakker werd. Ik kende ze, onze nachtelijke verrassingsaanvallen, maar had het nooit zelf meegemaakt. Tot dan toe.

Ze dachten dat ik een van jullie was, dus ik ging ervandoor. Ik rende zonder enige richting zo snel als ik kon. Hoorde ze aan komen rijden om de mensen te vernederen en een voorbeeld te stellen. Op dat moment kwam de klap. Het glas van de ramen boven mij regende over me heen en ik hoorde een piepend geluid in mijn oren. De witte wolk die in mijn ogen prikte werd steeds groter en ik kon geen uitweg vinden.

Toen had ik het al moeten opgeven, accepteren dat het nooit zou lukken. Maar ik kon de gedachte om jou te mogen zien niet loslaten. Aan dat wij nooit meer uit elkaar zouden gaan. Ik bleef doorrennen, maar struikelde en viel.

Mijn ogen deden zo'n pijn, alsof iemand er met naalden in prikte. Ik probeerde overeind te komen, maar dat was onmogelijk. Ik hoorde dat ze steeds dichterbij kwamen in de bijtende mist. Herkende hun stemmen. Het gelach in hun gasmaskers om het leuke wat spoedig zou beginnen.

Ik probeerde weerstand te bieden, maar had geen kracht en kon niets anders doen dan me aan mijn armen over het asfalt laten meeslepen.

Ben nu zo moe... Moet wat rusten... Eventjes maar... Weet niet hoeveel ik kan schrijven. Wil nog zoveel zeggen. Zo weinig kracht...

Het spijt me...

58

De glassplinters die in zijn handen en onderarmen waren gedrongen en er nog steeds in zaten, toonden aan dat Ossian Kremph gebruik had gemaakt van zijn handboeien om de ruit stuk te slaan. De sporen buiten in de sneeuw op de steiger lieten zien hoe hij door het raam naar buiten was geklommen en was gesprongen. De valhoogte was circa vijftien meter. Een stellige dood als de container met allerhande grofvuil er niet onder had gestaan.

Toch was Kremph onmiddellijk overleden. Tijdens zijn val was hij met zijn achterhoofd zo hard tegen de rand van de container gekomen dat alles boven zijn neuswortel in een radius van een paar meter verspreid had gelegen. Misschien niet de meest bevredigende afsluiting van een dergelijk complex onderzoek, meende Edelman, hoewel hij er snel aan toevoegde dat het hoe dan ook een afronding was.

Voor Fabian betekende de dood van Ossian Kremph daarentegen allesbehalve een afronding. Er waren nog te veel vragen en onduidelijkheden, en te weinig antwoorden.

Weliswaar had het onderzoek er de hele tijd alle schijn van gehad vooruit te komen. Er waren nieuwe ontdekkingen gedaan, foto's genomen en aantekeningen gemaakt. Er waren sporen gevonden die in gemerkte zakjes waren gestopt en gecatalogiseerd. Iedereen had lange dagen gemaakt en alle alternatieven gewikt en gewogen. Verbanden waren opgemerkt en conclusies getrokken.

Alles paste in elkaar. De eerder veroordeelde Ossian Kremph met zijn dissociatieve identiteitsstoornis was geknipt als dader. Het was niet alleen zijn signatuur om zijn slachtoffers te beroven van hun ogen. Hij had bovendien een wraakmotief ten aanzien van Carl-Eric Grimås. Dat hij vervolgens grote gaten in zijn geheugen had of dat hij gewoon weigerde te vertellen over zijn activiteiten, maakte verder niet uit.

Maar waar Fabians collega's ervan overtuigd waren dat Kremph de rode draad vormde die ze uiteindelijk naar de oplossing had geleid, kon hijzelf het steeds sterkere gevoel niet van zich afschudden dat het te gemakkelijk was gegaan. Dat ze in feite nog steeds in het duister tastten zonder ook maar enig idee te hebben van waar het feitelijk om ging.

Pas nu was hij gaan begrijpen waarom.

Die rode draad was helemaal geen rode draad. Het zag er misschien zo uit, maar was in feite niets anders dan een met linten uitgezet parcours. Een uitgekookt plan, dat beslist uiterst gecompliceerd moest zijn geweest en in de ogen van de meesten zo vergezocht was dat het over alle grenzen heen ging voor wat als geloofwaardig kon worden beschouwd, maar geloofwaardig was niet hetzelfde als de waarheid.

Fabian was ervan overtuigd dat Ossian Kremph pertinent niet in staat was de kidnapping en het verbergen van Adam Fischer te plannen en uit te voeren. Laat staan de moord op Carl-Eric Grimås. Hij vormde daarentegen het perfecte dwaalspoor.

Nu Kremph het zicht niet langer belemmerde en het onderzoek officieel was afgerond, kon hij pas echt aan het werk en op zoek gaan naar de werkelijke dader.

Hij vond een lege parkeerplaats voor Hotel Rival op Mariatorget en liep vervolgens snel naar de 7-Eleven op de hoek. Het was al uren donker en hij bedacht dat hij eigenlijk geen flauw idee had of de zon überhaupt wel was opgegaan. Hij had nooit van de winter in Stockholm gehouden, maar had wel het idee dat dat erger werd naarmate de jaren verstreken. Het was alsof hij zich in een constante duisternis bevond die duurde van november tot eind februari, en op weg langs de aanplakbiljetten met het laatste nieuws uit de kranten herhaalde hij zijn belofte om nooit ook nog maar één meter noordelijker te verhuizen.

KANNIBAAL VAN ZWEDEN DOOD!

VAN VIERDE VERDIEPING GESPRONGEN

Eigenlijk was Fabian veel liever op de afdeling gebleven om in alle rust het verzamelde materiaal vanaf het begin door te nemen en alle foto's, leidraden en gedachten in een nieuw daglicht te laten komen. De anderen waren aan hun weekend begonnen. Zelfs Edelman had het hoofdbureau van politie direct na de persconferentie verlaten, wat inhield dat hij in alle rust zou kunnen werken. De bureaulampen zouden uit zijn, de deuren dicht en de geluidsgolven in de lucht bevrijd van gesprekken verderop, de diverse beltonen van mobiele telefoons en brommende printers. Pas daar, in de totale eenzaamheid, kon hij eigenlijk diep genoeg nadenken en in alle rust een gedachte helemaal uitdenken.

Maar het ging niet.

Hij zat nu zover in de min dat Sonja niet eens de moeite had genomen op te nemen toen hij belde om te vertellen dat hij op weg naar huis was. Daarom kocht hij onderweg twee caffè latte met een extra shot en koffiebroodjes met amandelspijs en amandelschaafselglazuur. Er was namelijk niets waarmee je Sonja in een beter humeur bracht dan met een zogenoemde *tosca* van 7-Eleven.

Zelf gaf hij de voorkeur aan prinsessentaart, maar hij had zichzelf plechtig beloofd het aantal calorieën wat te beperken en gaf daarom niet toe aan de verleiding om ook nog bij de banketbakker op de hoek bij Swedenborgsgatan langs te gaan. Hij was niet dik. Verre van. Hij woog zolang hij zich kon herinneren 74 kilo. Maar de laatste twee jaar had hij een duidelijke verandering bespeurd en nu woog hij 76, tegen de 77 aan. Als het zo doorging zat hij als hij met pensioen ging op de 100.

Op weg terug naar de auto probeerde hij Malin te pakken te krijgen, maar die nam niet op. Daarom deed hij een nieuwe poging op de vaste lijn thuis.

'Dag Fabian.' Anders Rehnbergs lijzige stem was niet te missen.

Fabian had de man van Malin diverse malen ontmoet, maar nooit echt met hem gesproken. Niet dat hij het niet had geprobeerd. Hij had hem actief benaderd tijdens etentjes en andere bijeenkomsten waarbij de partners ook waren uitgenodigd, in een poging een gemeenschappelijke noemer te vinden. Elk woord had echter een slechte nasmaak gegeven. Het ene moeizame gespreksonderwerp na het andere was gesneuveld, en de blunders die hij de dag erna bitter betreurde waren zo uit zijn mond gefloept. Bij het inwijdingsfeest voor hun nieuwe huis in Enskede had hij Anders zelfs verteld dat hij niet ongerust hoefde te zijn omdat Malin toch zijn type niet was.

Sindsdien hadden ze niet meer met elkaar gesproken. Anders en Sonja hadden het daarentegen prima met elkaar kunnen vinden en hadden honderduit gekletst. Hij had zich afgevraagd waar ze het over gehad hadden, en had het in de taxi op weg naar huis willen vragen, maar had het toch niet gedaan en de chauffeur gevraagd de radio wat harder te zetten omdat 'Forbidden Colours' van David Sylvian net te horen was.

'Ik wilde alleen even informeren hoe het met Malin was.' Hij probeerde zo neutraal mogelijk te klinken.

'Tja, ze voelt zich zoals te verwachten valt als je bedenkt waar ze werkt.'

Fabian wist zich in te houden en zei niets. Het bleef stil.

'Verder nog iets?'

'Ja, zou ik haar even kunnen spreken?'

'Nou, dat dacht ik niet. Haar zwangerschapsvergiftiging is zo ernstig en vergevorderd dat ze opgenomen is en tot aan de bevalling onder behandeling moet blijven. In het ergste geval moeten ze de weeën opwekken, hoewel ze nog twee maanden moet.'

'Jeetje, ik wist niet dat het zo ernstig was.'

'O nee? Volgens de arts vertoonde ze duidelijke tekenen dat ze zich niet goed voelde, en als ze niet zo gepusht was op het werk had het blijkbaar niet zover hoeven komen.'

'Anders, het spijt me echt en ik begrijp dat je boos bent, maar...'

'Fabian, ze heeft rust nodig. Dus je moet haar niet bellen en je moet ook niet langskomen. Het enige wat je moet doen is zo ver mogelijk bij haar uit de buurt blijven, oké?'

'Oké, maar zou je haar de groeten van me willen doen?' vroeg Fabian, maar het gesprek was al verbroken.

Toen hij thuiskwam trof hij Theodor op zijn kamer aan achter de computer. Matilda zat op de bank naar *The Lion King* te kijken met het volume zo hard dat de 'Hakuna Matata-song' van Timon en Pumbaa helemaal op straat te horen was. 'Hoi Matilda. Is mama niet thuis?' vroeg hij zonder antwoord te krijgen, waarop hij de afstandsbediening pakte en het geluid zachter zette.

'Nee, stop! Nu hoor ik niet wat ze...'

'Matilda, ik vroeg je wat. Weet jij waar...' Hij onderbrak zichzelf toen hij het meisje zag dat op het balkon met haar mobiele telefoon tegen haar oor geplakt stond te roken. Hij deed de balkondeur open en zag onmiddellijk dat ze zijn pantoffels droeg en dat de ene hoek van de bloembak al vol peuken zat. 'Jij bent vast Rebecka.'

Ze draaide zich om. 'Zeg, ik moet nu ophangen.' Ze klapte haar mobieltje in, stopte het in haar veel te strakke spijkerbroek en stak haar hand uit om te groeten. 'Hallo.'

'Ik dacht dat mijn vrouw thuis zou zijn, maar...'

'Nee, ze moest werken. Ze had het over een vernissage tussen kerst en oud en nieuw.' Ze maakte haar sigaret uit en haalde meteen het pakje tevoorschijn om een nieuwe te pakken. 'Wilt u ook?'

'Nee, en ik zou het op prijs stellen als je iets anders zou doen dan de hele tijd hier buiten staan roken. Ik ga ervan uit dat mijn vrouw je betaalt om op te passen.'

'Ík ben niet degene die geen tijd heeft om voor zijn eigen kinderen te zorgen.'

'Nee, daar heb je helemaal gelijk in. Maar je kunt nu gaan.'

'Volgens Sonja moest ik op de hele nacht rekenen, omdat ze niet wist wanneer u thuis zou komen.'

'Wees maar niet bang, ik zal je voor de hele nacht betalen, maar je moet nu weggaan,' zei Fabian, en hij moest moeite doen haar niet met geweld van het balkon te sleuren.

Duizend kronen armer pakte hij een Post-it-blokje en begon te schrijven.

> Lieve Sonja.
> Ik begrijp het als je gestrest bent. Maar iedereen heeft af en toe een pauze nodig.
> Fabian

Hij bevestigde het Post-it-velletje op de in de magnetron opgewarmde latte-beker, zette die in het papieren tasje met het koffiebroodje en de cd waarop hij het nummer 'I Would Die 4 U' van Prince negentien keer achter elkaar had gebrand. Eén keer voor elk jaar dat ze samen waren. Dat was het lied waarop ze die eerste keer hadden gedanst en dat sindsdien 'hun liedje' was.

Hij herinnerde het zich nog als de dag van gisteren. Hij had een ledenpasje kunnen lenen voor het Lido – een nachtclub die gevestigd was in een opgedoekte pornobioscoop op Hornsgatan en waarvan de leden grotendeels bestonden uit auteurs, musici en acteurs.

Eenmaal binnen was hij constant bang geweest dat iemand zou ontdekken dat hij niet schreef of in een band speelde, of – nog erger – zou horen dat hij uit de zuidelijke provincie Skåne kwam. Daarom had hij met niemand gesproken en alleen met een biertje in zijn hand aan de rand van de dansvloer gestaan. Na een paar uur moest hij uiteindelijk toegeven dat het niet zo leuk was en was hij naar de garderobe gegaan om zijn jas te halen.

Net toen hij zijn jas had gehaald, had de dj dat nummer opgezet en zijn verdere leven veranderd. Hij was teruggegaan en had voor het eerst de dansvloer betreden. Hij die nooit danste! Hij die er nog nooit in was geslaagd het ritme van de muziek aan te houden.

Maar dat maakte niet uit, want plotseling had ze daar gewoon gestaan – de vrouw van zijn leven. Misschien was ze er de hele tijd al geweest. Misschien was ze net gekomen. Hij wist het niet en zonder erbij na te denken was hij naar voren gedrongen en met haar gaan dansen.

In de versie van Sonja was *zíj* degene die *hém* in het vizier had gekregen, maar dat veranderde er niets aan. Hij had zijn thuis gevonden en tot op de dag van vandaag kon hij zich herinneren dat hij gewoon high van geluk was geworden op het moment dat ze zijn hand had vastgepakt.

Twee minuten en negenenvijftig seconden.

Meer dan dat was niet nodig geweest opdat ze het allebei zouden begrijpen.

Dat ze voor elkaar bestemd waren.

Toen was het nummer afgelopen.

De vraag was hoeveel tijd ze nu nodig hadden, bedacht hij toen hij de trap af liep naar de taxi die buiten stond te wachten en het tasje met koffie en lekkers naar Sonja's atelier in Gamla Stan zou brengen.

59

Dunja Hougaard werd wakker uit een droomloze slaap, alsof iemand haar net had ingeplugd en de stroom had aangezet. Haar eerste gedachte was dat iemand haar probeerde te verstikken door plasticfolie over haar gezicht te trekken. Hoe hard ze ook ademhaalde, ze kreeg pas lucht toen ze erin slaagde haar hoofd opzij te draaien.

Kort daarna had ze het idee dat ze zich thuis in haar eigen bed bevond en alleen met haar hoofd onder het dekbed was beland. Maar ook al was het midden in de winter en had Carsten het citroengele rolgordijn vervangen door een donkerbruin, het werd nooit zo donker in de slaapkamer. Bovendien hobbelde en slingerde alles om haar heen.

Ze bevond zich in een auto. Dat kon niet anders. Maar hoe was ze daar beland en waarom lag ze in elkaar gedrukt in foetushouding zonder zich te kunnen bewegen? Wat was er eigenlijk gebeurd? Ze probeerde het zich te herinneren, maar dat lukte niet. Het was alsof de laatste dagen – of waren het uren? – nog steeds een ongeschreven blad waren dat erop wachtte te worden gevuld met herinneringen en belevenissen.

Maar toen die zich eenmaal opdrongen en alles weer als een mestverspreider bevlekten, wilde ze onmiddellijk terug naar de onwetendheid en de bevrijdende vergetelheid. Maar dat was nu te laat. De herinneringen aan het onderzoek met de verkrachte vrouwen die waren doodgemarteld stonden voor altijd in haar geheugen gegrift en zouden haar nooit meer loslaten. Net als het beeld in het verlaten industriepand voordat alles zwart werd.

Ze probeerde haar pijnlijke lichaam te strekken, maar het was te krap. Haar ene voet deed nog steeds pijn na de verstuiking en de andere kwam onmiddellijk tegen iets hards aan. Bovendien ritselde en drukte het van alle kanten, alsof het doel was alle lucht uit haar te persen.

Ze vocht tegen de zin om toe te geven en probeerde in plaats daarvan voldoende energie op te brengen om op haar rug te gaan liggen, beide armen op te trekken en zoveel mogelijk weg te drukken van dat wat er boven haar gezicht zo ritselde. Vijf minuten later was ze erin geslaagd een klein luchtgaatje te maken en kon ze eindelijk een paar keer diep ademhalen.

O ja... Haar zaklamp. Ze viste hem op uit de zak van haar spijkerbroek en drukte op het knopje. Het licht was zo zwak dat het er elk moment mee op kon houden, maar het was voldoende om te kunnen constateren dat het geritsel afkomstig was van wat ze ook had vermoed – zwarte vuilniszakken.

Ze stopte de zaklamp in haar mond, stak haar ene wijsvinger door het plastic en maakte een flink gat in de vuilniszak recht boven zich.

Het begon met een paar druppels.

Daarna stroomde het eruit.

Precies in haar gezicht.

De bijtende stank kwam haar tegemoet als een chemisch gevechtswapen. Ze schreeuwde het uit gedurende de paar seconden die het duurde voordat de stroperige vloeistof in haar open mond liep, waarop ze zweeg en haar gezicht afwendde, terwijl ze voelde dat de auto afremde en een grote bocht maakte.

De metaalachtige smaak gaf aan dat het bloed was. Maar de weerzinwekkende stank getuigde ervan dat het bloed was vermengd met lijksappen. Ze kreeg braakneigingen en probeerde over te geven, maar er kwam niets anders dan een paar slijmproppen die ze kon uitspugen.

Het geheel deed haar denken aan toen ze als tiener haar keelamandelen had moeten laten knippen en een van de wondjes in haar keel niet had willen genezen. Na een paar dagen had ze zoveel geronnen bloed uitgebraakt dat zich in haar maag had verzameld dat ze met de ambulance naar de spoedeisende hulp moest, waar enkele bloedvaten in haar keelholte werden dichtgebrand.

Dat was tot nu toe het ergste wat ze had meegemaakt.

Ze probeerde wat te kalmeren, hoewel ze voelde dat de stroperige vloeistof langs haar hals, bij haar blouse naar binnen en over haar linkerborst liep. Het enige wat ze kon doen om de paniek op afstand te houden, was te proberen aan wat anders te denken. Zoals het eerste wat ze zou doen als ze thuiskwam: een heerlijk warm bad nemen en Carsten vragen een pizza te halen bij Pizza Mira, hoewel hij vond dat dat erg ongezond was. Maar dat was precies wat ze wilde. Nummer 15 met tomaat, kaas, ui, spinazie, aardappel en feta, en dan met knoflooksaus eroverheen.

Als ze tenminste ooit weer thuis zou komen.

Toen het gedruppel ophield scheen ze met de zaklamp in het gat en keek ze tegen een dode blik aan die haar aanstaarde. Maar noch die blik, noch de wijd open mond verbaasde haar. Ze was er alleen van uitgegaan dat die van Katja Skov zouden zijn en niet, zoals nu, van Aksel Neuman.

Dus hier was hij, in stukken gezaagd en in vuilniszakken gestopt. Net als Katja Skov, met wie ze vermoedelijk ook de ruimte deelde. Maar haar eigen leven had de dader om de een of andere reden gespaard. Of had hij gewoon geen tijd gehad en was hij ergens naar op weg waar hij in alle rust verder kon werken? Nee, wacht... nu stopten ze. Ze hoorde dat de motor werd uitgezet en vlak daarna dat er een portier open werd geklikt en weer dichtging. Ze zag voor zich hoe de kofferbak openging en zij eruit werd gesleurd. Dat hij haar voor het laatst had bewaard en iets speciaals in gedachten had om zoveel mogelijk van haar dood te kunnen genieten.

Ze deed een nieuwe poging haar benen te strekken, maar hoorde tegelijkertijd dat er iets over het dak van de auto heen werd getrokken. Het was alsof haar benen gevoelloos waren en hun bewegingsvermogen hadden verloren. Daarom begon ze een van de vuilniszakken die onder haar lagen weg te duwen en die, als ze mocht gokken, twee voeten bevatte. Daarna kon ze haar armen achter haar hoofd strekken en verder langs de vloer, voorbij de vuilniszakken. Ze voelde uiteindelijk een stroef, bekleed oppervlak. Ze tastte met haar handen omhoog langs de inkeping in het midden tot ze vond wat ze zocht in de vorm van een lus. Toen ze eraan trok, hoorde ze een klik en klapte de tussenwand omlaag.

Ze kon nu eindelijk wegkomen bij de vuilniszakken en door de opening naar de achterbank van de auto kruipen. Ze kon haar benen nog steeds niet bewegen, ook al was het gevoel bezig terug te keren.

Het leek of iemand er water met koolzuur doorheen spoelde. Ze schoof naar het rechterachterportier en probeerde dat open te maken. Dat was haar enige kans. Uit de auto zien te komen voor hij terug was. Eruit en weg. Maar hoe ze ook aan de handgreep rukte en trok, het portier ging niet open. Zonder dat ze het merkte had ze de strijd tegen de wanhoop verloren en kon ze zich niet langer inhouden. Ze schreeuwde en bonkte op de ruit tot haar laatste energie was verbruikt en ze huilend in elkaar zakte.

Pas toen ze een beetje was gekalmeerd en haar ogen weer opendeed, zag ze de steel die vlak onder haar onder de passagiersstoel vandaan stak.

De bijl. Het moordwapen dat Kjeld Richter en zijn mannen nooit hadden gevonden.

Hoewel ze wist dat ze het niet moest doen en dat Richter vermoedelijk woest zou worden, tilde ze de bijl met beide handen op en sloeg hem met alle kracht die ze kon opbrengen tegen de ruit. De bijl stuiterde terug alsof het een film was die in omgekeerde volgorde werd afgespeeld. Ze sloeg opnieuw. En weer. Na een keer of tien zag ze een barstje verschijnen en na nog tien slagen ging de ruit helemaal aan diggelen. Ze ging met het snijvlak van de bijl langs de randen om de laatste brokken glas weg te krijgen, perste zich door het gat naar buiten en voelde dat haar hoofd tegen een of andere hoes aan kwam, waarna ze op een harde, koude ondergrond viel.

Daarvandaan. Ze herhaalde het bij zichzelf. Waar ze zich ook bevond, ze moest daarvandaan. En wel zo snel mogelijk, voordat hij achter haar aan kwam.

Ze kroop onder de autohoes vandaan en moest haar ogen dichtknijpen tegen al het licht. Haar benen weigerden nog steeds te gehoorzamen, dus ze sleepte zich voort over de ongelijke ondergrond die de huid van haar onderarmen afschaafde. Een grote witte pijl onder haar. Boven haar honderden tl-buizen die oneindige rijen auto's verlichtten. Er was geen mens te zien. Had hij haar daar echt gewoon zo achtergelaten?

Het bloed was eindelijk weer naar haar benen gaan stromen, dus ze bundelde haar krachten en kwam voorzichtig overeind. Ze steunde op haar gezonde voet. Haar been trilde van de inspanning en het duurde niet lang voordat haar hele lichaam beefde. Ze had het koud en miste haar winterjas. Die lag wellicht nog in de auto. Misschien ook niet. Het maakte niet uit, ze ging onder geen beding weer terug.

Ze strompelde tussen een paar auto's door, kwam bij een nieuwe rij voertuigen en daarna weer bij een. Toen zag ze eindelijk het bord waar ze op had gehoopt. De glazen deuren schoven geluidloos opzij en de ruimte aan de andere kant voelde warmer aan, misschien zelfs een paar graden boven nul. Een spiraaltrap leidde naar boven en naar beneden, maar ze hinkte naar de rij liften en drukte op het knopje.

De lift bijna achteraan plingde vrijwel meteen, en ook al liep ze zo snel ze kon, de deuren raakten nog net haar toch al zo gevoelige lichaam toen ze dichtschoven. Eenmaal binnen drukte ze op de groene knop, en in afwachting van het moment dat de lift haar naar boven of beneden zou brengen, keerde ze zich om naar de spiegel. Alleen toen ze zichzelf zag, begreep ze er niets van.

Helemaal niets.

60

'Wat zullen we dan gaan doen?' vroeg Matilda, die nog steeds boos was omdat hij *The Lion King* had afgezet.

'We kunnen beginnen met boodschappen doen, dan gaan we daarna wat lekkers klaarmaken.' Fabian wendde zich tot Theodor, die voor de verandering achter zijn computer vandaan was gekropen en ook in de kamer zat.

'Kopen we ook snoep, papa? Alsjeblieft…' smeekte Matilda.

Fabian dacht aan het snoepverbod dat Sonja na de zomer had ingevoerd, toen ze zich zorgen begon te maken over Matilda's gewicht. Zelf had hij haar ongerustheid nooit gedeeld en bovendien waren de extra zomerkilo's ondertussen al verdwenen. 'Oké,' zei hij uiteindelijk. 'Maar niets tegen mama zeggen, hè?'

'En julmust, want dat is al op!'

'Tuurlijk. En misschien kunnen we een film huren die we niet al honderd keer hebben gezien. Is dat wat?'

'Ja!' riep Matilda, en ze begon in haar handen te klappen.

'En jij, Theo? Wat vind jij ervan?'

Theodor haalde zijn schouders op en keek gewoon langs hem heen. 'Ja, prima hoor. Maar eh, ik ben er niet bij.'

'En waarom niet, als ik vragen mag?'

'Ik heb andere plannen.'

'Aha, wat voor andere plannen dan?'

Theodor haalde zijn schouders weer op. 'Niks bijzonders, ik heb gewoon afgesproken met wat vrienden.'

'En welke "vrienden" zijn dat dan?' Fabian voelde zich net een oude lp die een kras in de plaat had.

'Die ken jij toch niet.'

'En wat gaan jij en je "vrienden" doen?' vroeg Matilda. Ze had haar armen over elkaar geslagen.

'Matilda, je hoeft niet voor politieagentje te spelen. Ik ben hier de ouder, niet jij.'

'Ik vroeg het alleen maar, hoor.'

'Jezus, dat gaat je geen moer aan! Oké?'

'Nee, maar míj wel,' zei Fabian. 'En als jullie toch niets hebben afgesproken behalve een beetje rondhangen in de stad, kunnen jullie net zo goed hier met ons chips komen eten en film kijken?'

Theodor rolde met zijn ogen en stond op. 'Jezus, jullie snappen er ook geen reet van.'

'Nou moet je eens goed luisteren. Dat taalgebruik wil ik hier niet horen!'

'Behalve als mama en jij ruziemaken zeker?' Theodor keerde ze de rug toe en verdween naar zijn kamer.

Ai, die was raak, en het ergste was dat zijn zoon gelijk had ook. Hoewel ze zich er allebei volledig van bewust waren dat het een doodzonde was om ruzie te maken waar de kinderen bij waren, deden Sonja en hij dat toch. En dat niet alleen, ze gebruikten een steeds grovere taal.

'Gezellig,' zei Matilda met een stijve glimlach, terwijl ze met haar vingers op tafel begon te trommelen.

Of het Matilda's ironie was of gewoon een pathetische poging grenzen te stellen wist hij niet, maar plotseling stond hij daar, midden in Theodors kamer, terwijl de woede door zijn aderen pompte. 'Ik weet niet wat jij je meent te kunnen permitteren, maar dit pik ik niet. Dus als ik in jouw schoenen stond, zou ik daar onmiddellijk mee stoppen. Begrepen?'

'Whatever,' zei Theodor, die alweer achter zijn computer was gekropen.

'Nee, niks "whatever"!' Fabian liep naar hem toe en trok de stekker uit het stopcontact, zodat het beeldscherm zwart werd en de computer ermee stopte.

'Wat doe je nou? Je kunt toch niet zomaar...'

'Of ik dat kan! Ik heb die computer betaald en ik betaal ook de elektrarekening!'

'Je bent verdomme niet...'

'Luister! Je bent pas dertien jaar, en hoe vervelend dat ook mag zijn, mama en ik zijn nog steeds degenen die voor jou beslissen en dat zal de komende vijf jaar ook nog zo zijn. En ik beslis dat jij vanavond thuisblijft! Is dat duidelijk?'

'Forget it,' zei Theodor, en hij wilde de stekker weer in het stopcontact steken.

'Wat nou "forget it"? Weet je wat jíj kunt vergeten? Nou? Weet je dat? Kijk me aan als ik tegen je praat!' Fabian was nu zo kwaad dat hij helemaal stond te trillen van woede.

Theodor keek hem zuchtend aan.

'Je kunt het verder vergeten om hier achter die computer te hangen! Je komt nu bij Matilda en mij in de kamer zitten en zorgt dat het een beetje een gezellige avond wordt!'

'Daar is mijn leven te kort voor. Beslis jij maar wat je wilt, maar ik smeer 'm nu in elk geval.' Theodor kwam overeind.

'Ik dacht het niet!' riep Fabian, en hij drukte hem weer terug op zijn stoel.

'Je bent gestoord!'

'Pardon? Wat zei je daar? Wat ben ik?'

'Ik zei dat je...' Verder kwam hij niet.

De oorvijg kwam uit het niets en verbaasde Theodor in even hoge mate als Fabian zelf. Hij had zijn kinderen nooit geslagen, had ook zelfs nooit op het punt gestaan. Maar nu was hij over de rooie gegaan, en hoe hij het ook wendde of keerde, hij zou het nooit meer kunnen terugdraaien.

Theodor zat met zijn hand tegen zijn wang gedrukt naar de grond te staren. Ze zwegen allebei minutenlang. Hij probeerde het, maar kon niets verzinnen om de schade ook maar enigszins te repareren.

Als klein kind had hij heel boos kunnen worden, maar hij kon zich niet herinneren dat dat als volwassene ooit was gebeurd. Tot nu. Die blinde woede die – eenmaal tot leven gewekt – onmogelijk te stoppen was. Stond hij echt zo onder druk? Na nog een paar minuten vol stilzwijgen ging Fabian op zijn hurken voor zijn zoon zitten. 'Theo, het spijt me... Het spijt me enorm. Ik werd gewoon zo ontzettend boos. Dat is geen excuus, maar... Dit was echt heel stom. Eerlijk, het is op alle manieren onvergeeflijk.'

'Het is wel goed...' zei Theodor met zijn blik op de grond gevestigd.

'Nee, het is helemaal niet goed. Wat ik heb gedaan is zelfs strafbaar, dus als je wilt kun je me aangeven.'

'Schei uit. Het is wel goed, zeg ik toch.'

'Zeg... Wat zou je ervan zeggen als we deze avond helemaal opnieuw beginnen?'

'Oké,' zei Theodor knikkend. 'Ik geloof dat ik vanavond thuisblijf.'

'Dat is leuk,' zei Fabian, en hij klampte zich vast aan de vage hoop dat de avond misschien toch niet helemaal verloren was.

Theodor keek hem aan. 'Maar ik wil graag dat je nu mijn kamer uit gaat.'

'Tuurlijk. Uiteraard.' Fabian kwam overeind, kroelde Theodor wat stuntelig door zijn haar en verliet de kamer.

61

Benny Willumsen stapte al bij het Centraal Station in Kopenhagen uit de trein, hoewel hij nog twee stations had kunnen blijven zitten voor hij bij Nørreport was. Maar hij had besloten over te stappen op de S-trein, de stadstrein. De aanleiding was de vrouw tegenover hem die in *Ekstra Bladet* had zitten bladeren. Ze was op vliegveld Kastrup ingestapt en zou elk moment kunnen inzien dat het gezicht dat op de voorpagina stond dat van de man tegenover haar was en van niemand anders.

GEZOCHT! KLOPJACHT GAAT VERDER IN ZWEDEN!

De foto onder de kop was genomen tijdens de rechtszaak en hij kon zich nog herinneren dat hij had geprobeerd zo vriendelijk en onschuldig mogelijk te lachen.

Helaas zat ook de S-trein vol mensen die in *Berlingske Tidende*, *Politiken* en de gratis krant *Urban* zaten te bladeren.

NOG STEEDS GEEN SPOOR VAN KATJA SKOV
ZWEEDSE POLITIE VREEST HET ERGSTE

Ze wisten geen reet, bedacht hij toen hij al bij station Vesterport uitstapte. Ze dachten dat ze het wisten, maar ze hadden in feite geen idee. Hij trok met zijn ene hand de hoed over zijn gezicht zodat de wind er geen vat op zou krijgen, waarna hij snel de trap op liep. Daarna vervolgde hij zijn weg langs Kampmannsgade, sprong op het ijs en stak het Sankt Jørgens-meer schuin over.

Eigenlijk zou hij niet in het minst verbaasd moeten zijn. Dat de politie hem al had geïdentificeerd en dat hij werd gezocht was niet opzienbarender dan dat de trein waar hij in Malmö in was gestapt te laat was. Gezien de overeenkomsten met zijn eigen oefeningen was het gewoon een kwestie van tijd voor hij boven op de stapel verdachten was beland. Nee, dan was het veel verbazingwekkender dat hij nog in leven was.

Nadat zijn barstensvolle depots waren geleegd was hij er volkomen van overtuigd geweest dat het voorbij was en dat zijn laatste uur geslagen had. Hij had zich zelfs bijna bereid gevoeld. Het zou op de een of andere manier niet meer dan rechtvaardig zijn. Alleen het orgasme was het al bijna waard om voor te sterven. Maar de dood was niets anders geweest dan slaap en toen hij opnieuw op de eettafel wakker was geworden, was de tape die hem op zijn plaats had gehouden verdwenen. Tegelijkertijd was de politie uitvoerig bezig zijn deur te forceren, wat verklaarde waarom hij wakker was geworden.

Alsof een deel van hem zich juist op deze situatie had voorbereid, waren zijn reptielenhersenen ingeschakeld en was hij van de tafel gesprongen, had hij de met sneeuw vermengde windstoten getrotseerd en was hij naakt het balkon op gegaan, over de reling geklommen en had hij naar het balkon onder dat van hem weten te komen. Gelukkig had de balkondeur van het appartement van de onderburen niet op slot gezeten en had hij zonder de slapende man wakker te maken een onderbroek, sokken, een broek met bretels en een oud, vergeeld overhemd kunnen aantrekken.

In de hal – die vol hing met sierborden – had hij schoenen, een jas en een hoed gevonden. Vervolgens was hij naar het trappenhuis gegaan, waar hij tegen de stroom geüniformeerde AT'ers en politiemensen in burger in was gelopen – ze hadden hem nota bene nog gevraagd uit de weg te gaan – en had hij naar buiten kunnen komen.

En dat was precies wat hij sindsdien had gedaan. De eerste dagen was hij voortdurend in beweging geweest om geen aandacht te trekken. Hij was in een niet-afgesloten Maxi 95, die voor de winter op een bok op de kade in Limhamn stond, in de achterroef gaan liggen en toen had hij zich eindelijk kunnen ontspannen.

En daar ergens, in het stadium tussen slapen en waken, had hij ingezien hoe het allemaal in elkaar stak. De treffende gelijkenis tussen de gebeurtenissen in Tibberup en zijn oefeningetje bij het Fortunastrand in Rydebäck van twee jaar geleden. Waarom hij nog in leven was. Wat de erotische seance thuis in zijn flat eigenlijk was geweest.

Op dat moment was het hem duidelijk geworden dat hij geen schijn van kans had. Dat het hoe dan ook maar op één manier kon eindigen, hoewel hij er altijd voor had gezorgd geen sporen achter te laten, zichzelf nooit te herhalen en zelfs tegen alle verwachtingen in zonder kleerscheuren door een rechtszaak was gekomen.

Nu was het voorbij.

Hij werd gezocht door de politie, naar alle waarschijnlijkheid ook ver buiten Zweden en Denemarken. Het maakte dus niet uit hoelang hij zich schuil zou weten te houden. Het was gewoon een kwestie van tijd voordat die Deense politievrouw, die hem volgens de kranten op de hielen zat, hem tot levenslang veroordeeld zou krijgen met technisch bewijs waar geen advocaat ter wereld omheen zou kunnen. Hij was alleen bij lange na nog niet klaar om achter slot en grendel te verdwijnen. Hij had nog zoveel ideeën die hij nog niet had kunnen uittesten.

Daar, in die frustratie, was de gedachte opgekomen. Een gedachte die zich snel had ontwikkeld tot een concreet idee. Een snoepje dat lang genoeg in zijn herinnering zou blijven om alle jaren van gevangenschap die hij voor zich had te vergulden.

Het idee was zo eenvoudig dat hij er de laatste meters over het ijs gewoon om moest lachen. In plaats van rond te rennen en zich schuil te houden, kon hij er net zo goed voor zorgen haar éérst te vinden.

Hij klom de kade op, stak Rosenørns Allé over en vervolgde zijn weg langs de Betlehemskerk. Het was jaren geleden dat hij in Nørrebro was geweest, maar het leek als gisteren en hij zou de weg naar Blågårdsgade 4 zonder moeite kunnen vinden.

62

Al na een halfuur kon Fabian zich niet meer concentreren op *Harry Potter en de Halfbloed Prins* en moest hij steeds meer moeite doen zijn ogen open te houden. Nóg een zwerkbalwedstrijd en hij zou niet meer wakker worden. Als hij zelf had mogen beslissen hadden ze *The Hangover* gehuurd. Volgens Malin was dat een van de leukste bioscoopfilms van de laatste jaren. Ze had hem zelfs geadviseerd er met Theodor heen te gaan, maar Matilda was onverbiddelijk en had gestaan op *Harry Potter*, hoewel ze die van de zomer al twee keer in de bioscoop had gezien.

Maar het was gezellig geweest, en ze hadden ook nog gekaraookt en een spelletje monopoly gedaan – dat Matilda al na anderhalf uur had gewonnen doordat ze snel hotels had kunnen neerzetten op Centrum en Norrmalmstorg, de duurste straten in het spel.

Een reactie van Sonja had hij daarentegen niet gekregen, hoewel het al uren geleden was dat hij het tasje met de latte en het koffiebroodje naar haar toe had laten brengen. Hij wilde zich er eigenlijk niet druk om maken, maar voelde de irritatie toch steeds sterker worden naarmate de avond vorderde. Tuurlijk, het was absoluut waar dat ze het allebei veel te druk hadden, maar *híj* probeerde in elk geval te laten merken dat het hem wat kon schelen. Sonja nam niet eens de moeite een sms'je te sturen als bedankje.

'Ik ga de boel even naar de keuken brengen,' zei hij, en hij stond op van de bank.

'Moet ik hem op pauze zetten?' Matilda rekte zich uit naar de afstandsbediening.

'Nee, dat hoeft niet hoor, kijk jij maar gewoon verder.'

Op weg naar de keuken bleef hij voor Theodors dichte deur staan. Hij wilde aankloppen, maar deed het toch niet. Hij kon niet meer doen dan hij al gedaan had. Het maakte niet uit hoe vaak hij sorry zei of hoeveel spijt hij had. Dat zou er niets aan veranderen. Theodor moest zelf de volgende stap zetten, maar nadat hij was komen eten, had hij de rest van de avond zijn voet niet buiten zijn kamer gezet. En als Fabian hem een beetje kende, zou dat nog weleens een hele tijd kunnen duren.

Dat was een trekje dat hij van zijn moeder had geërfd. Er was niemand die zo goed misbruik kon maken van de stilte als wapen als Sonja. Die vretende stilte die grote stukken van zijn bestaan had verpest en die hem na een ruzie vaak de schuld op zich liet nemen en zijn excuses liet aanbieden, hoewel hij vond dat *zíj* eigenlijk degene was die fout zat.

Hij had het er één keer op aan laten komen en geweigerd in zijn eentje de schuld te dragen, en had gereageerd met haar eigen medicijn. Tijdens een twee weken lange autovakantie in Frankrijk en Italië hadden ze niet meer tegen elkaar gezegd dan het absoluut noodzakelijke. Na een paar dagen was de stemming overgeslagen op de kinderen, die onrustig waren geworden en ruzie met elkaar waren gaan maken, en in een stilzwijgende afspraak hadden ze zich opgedeeld en ieder een kind gepakt zo gauw ze de kans kregen. Dat was tot op heden een van de ergste dingen die hij had meegemaakt, hoewel hij zich niet eens meer kon herinneren waar de ruzie nou eigenlijk over ging.

Met een zucht probeerde hij de herinnering van zich af te schudden, terwijl hij zijn mobiel pakte om te controleren of hij geen sms'jes of gesprekken had gemist. Daarna liep hij door naar de keuken. Hij zette de stereo aan en het rode album van Broken Social Scene klonk door de luidsprekers. Ondertussen maakte hij de boel van het avondeten aan kant. Sinds een halfjaar konden ze in de keuken alleen naar die cd luisteren omdat het uitwerpmechanisme van de stereo stuk was. Gelukkig was dat album zo veelzijdig dat hij er nog steeds niet op uitgekeken was.

Halverwege 'Hotel' – een van zijn lievelingsnummers – begon zijn mobieltje te zoemen. Eindelijk, dacht hij, en hij drukte meteen op het berichtje. De kracht van de teleurstelling verraste hem toen hij inzag dat het helemaal niet van Sonja was.

KOM NET UIT BAD, BEN OVER EEN UUR KLAAR. JIJ OOK? TOT STRAKS BIJ HET LYDMAR... N

Dat was waar ook, hij had Niva beloofd dat hij haar vanavond een drankje zou aanbieden. Dat was hij totaal vergeten. Of hij had het verdrongen. Hij typte een antwoord in waarin hij uitlegde dat hij de afspraak helaas moest afzeggen omdat hij alleen thuis was met de kinderen.

WAT JAMMER, IK HAD EEN CADEAUTJE WILLEN MEENEMEN. IETS WAT JE WEL OP PRIJS ZOU STELLEN.

Tweeënhalf uur later zat Theodor nog steeds opgesloten op zijn kamer, lag Matilda lekker in haar eigen bed te slapen en had hij nog geen levensteken van Sonja ontvangen.

Zelf was Fabian in een taxi op weg naar het Lydmar.

63

Dunja Hougaards eerste gedachte was dat zij het niet was. Dat er iemand anders voor haar stond die haar indringend aankeek. Iemand die haar klerenkast had geplunderd en haar kleren had aangetrokken. Haar zwarte spijkerbroek en de lichtbeige blouse die eigenlijk te mooi was voor door de week, maar die ze toch had gekozen omdat ze haar collega's aan de andere kant van de Sont zou ontmoeten.

Nu was hij stukgescheurd en besmeurd met bloed.

Hetzelfde gold voor haar spijkerbroek en haar haar, dat in dikke, plakkerige slierten om haar gezicht hing.

Het ergst van alles was haar gezicht.

Ook al had ze na een paar seconden ingezien dat ze helemaal niet naar een andere vrouw stond te kijken, haar gezicht maakte haar aan het twijfelen. Het bloed, of wat het ook voor ingedroogd lichaamsvocht was, was één. Erger was het met de schaafwonden op haar voorhoofd, om nog maar te zwijgen van de blauwe plekken en de zwellingen.

Wat Benny Willumsen ook met haar had gedaan, hij was in elk geval niet bepaald zachtzinnig te werk gegaan.

De liftdeuren gleden open. Dunja liet haar spiegelbeeld voor wat het was en strompelde de nacht in. De ijskoude wind drong door haar heen alsof haar lichaam was geperforeerd. Er reed een gestage stroom taxi's voorbij, maar ze deed geen moeite er een aan te houden. Zoals ze eruitzag zou ze zichzelf ook niet hebben meegenomen.

Dertig meter verderop langs de ijzige en minimale stoep, die duidelijk niet was gemaakt om op te lopen, hoorde ze een enorm gebulder. Toen ze naar de sterreloze hemel omhoogkeek en de landingslichten zag die steeds lager kwamen, begreep ze dat ze zich vlak buiten vliegveld Kastrup bevond.

Wilde hij het land ontvluchten? Had hij daarom de auto daar neergezet, bedacht ze terwijl ze aan boord van de bestuurderloze metrotrein stapte en de ontstelde blikken van de andere reizigers negeerde. Maar hij werd gezocht en voor zover hij geen ander uiterlijk had aangenomen en een vals paspoort had geregeld, zou hij nooit door de veiligheidscontrole komen.

Bij station Nørreport gaf ze haar pogingen om alles te begrijpen op en stapte uit. De gedachte dat ze gauw thuis zou zijn gaf haar voldoende energie om de pijn in haar voet te trotseren. Ze haastte zich zo goed en zo kwaad als het ging het hele stuk over Frederiksborggade en verder over de Dronning Louises Brug. Eenmaal bij de portiekdeur drukte ze op het knopje naast het verlichte naambordje met de achternamen van Carsten en haar, maar de intercom kraakte niet en het slot zoemde al evenmin.

Dat was op de een of andere manier Carsten ten voeten uit. Zolang hij geen bezoek verwachtte, ging hij niet eens naar de hal om de deurtelefoon op te nemen. 'Of het is een inbreker of iemand die je wat wil verkopen', was altijd zijn verklaring. Het kon alleen ook iemand zijn die was blootgesteld aan een seriemoordenaar en die geen sleutels en geen mobiele telefoon meer had, en bezig was te bevriezen.

Ze deed een nieuwe poging en hield de knop veel langer ingedrukt dan redelijk was, ook al wist ze dat dat geen effect zou hebben op Carsten. Ze gaf hem juist eerder nog een argument waarom hij niet op zou staan. 'Waarom zou ik iemand binnenlaten die me al in een slecht humeur heeft gebracht?' Zou hij alleen niet moeten begrijpen dat zij het was? Ze was immers al meer dan een etmaal weg, dus hij vroeg zich vast af waar ze zat. Ze deed een paar passen naar achteren de straat op en keek omhoog. Het was donker in het appartement. Alsof hij niet thuis was. Het werd steeds merkwaardiger.

Ze liep weer naar de deur en belde bij alle buren aan, waarna ze al gauw de warmte in kon. Maar dat was niet iets waar ze van genoot. Er klopte iets niet, en zonder het licht in het trappenhuis aan te doen liep ze naar de derde verdieping. Ze zette de pot met de yuccapalm goed die zo scheef op zijn schotel stond dat hij bijna omviel, en keek door de brievenbus naar binnen. Het licht in de hal was uit. De deur en het smeedijzeren veiligheidshek dat ervoor zat bleken echter niet op slot te zitten, wat nog vreemder was. Ze ging naar binnen en deed de deur voorzichtig achter zich dicht.

Buiten het doffe gedreun van het Madonna-nummer bij de buren was het stil. Carsten was dus niet thuis. Toch had de deur niet op slot gezeten. Ze liep daarom zonder het licht aan te doen verder, en strompelde op de tast naar de slaapkamer.

Het bed was opgemaakt. De sprei zat er precies zo strak omheen als alleen Carsten dat kon. Normaliter irriteerde dat haar, omdat hij altijd klaagde over haar manier van het bed opmaken, wat je volgens hem amper zo kon noemen, maar deze keer stelde het haar gerust. Het maakte hem op de een of andere manier meer aanwezig. Misschien was er toch een natuurlijke verklaring.

Ze ging verder naar de keuken, en daar op tafel vond ze die in de vorm van een krabbeltje.

Dag schat,
Ik heb je geprobeerd te bellen, maar mis het vliegtuig als ik nog langer wacht. Zie je dinsdagavond.
Carsten

Dat was waar ook. Hij zou naar Stockholm gaan voor een seminar, dat was ze helemaal vergeten. Hij had zich natuurlijk afgevraagd waar ze zat en had haar geprobeerd te bellen, tot hij bijna het vliegtuig had gemist. Ze zuchtte om haar eigen vergeetachtigheid, deed de plafondlamp aan en spoelde haar handen en haar gezicht af onder warm water. Ze zou in bad gaan, maar moest eerst iets eten voor ze flauwviel.

Helaas was de keuken schoongemaakt à la Carsten. Alles lag, met andere woorden, op zijn plaats en het aanrecht was zo blinkend schoon dat je je erin kon spiegelen. De fruitschaal stond in het afdruiprek en het broodmandje was leeg. Zoals gewoonlijk had hij alle verse spullen weggegooid omdat hij niet wist wanneer ze thuis zou komen. Hetzelfde gold voor de koelkast, op een pot sinaasappelmarmelade, de blikjes maatjesharing die ze jaren geleden hadden aangeschaft toen ze in Malmö waren en de tube Kalles na, de namaakkaviaar die Carsten bij IKEA had gekocht en sindsdien niet meer had aangeraakt.

Nee, dan viste ze liever een paar appels uit de vuilnisemmer en spoelde de koffiedrab en andere rommel eraf. Elke hap was genieten en ze voelde dat haar lichaam gewoon energie kreeg van het zoete sap, nog voor het haar maag bereikte.

Ze ging terug naar de hal, drukte op de lichtschakelaar en deed de badkamerdeur open, maar het licht in de badkamer bleef uit. Ze drukte nog een paar keer, maar er gebeurde niets. Daarom stak ze de stompkaarsen maar aan die op de binnenrand van het bad stonden en draaide de kraan open.

Ze trok haar kleren uit, ging op het toilet zitten om te plassen en bestudeerde ondertussen haar pijnlijke voet, die behoorlijk was opgezwollen. Daarna zakte ze in het stomende bad. De warmte van het water stak in haar huid en het voelde bijna alsof ze eerstegraadsbrandwonden opliep, maar het was een aangename pijn. Ze leunde achterover en liet de warmte steeds dieper binnendringen en haar ontdooien.

Toen ze haar ogen sloot en bijna in slaap viel, moest ze opeens ergens aan denken. De gedachte kwam uit het niets. Ze ging rechtop zitten. Waarom had ze daar niet eerder aan gedacht? Niet alleen Carsten, niemand meer dan zijzelf wist waar ze zich bevond en wat er was gebeurd. Ze stapte uit bad, sloeg een handdoek om zich heen en haastte zich druipend door de hal naar het tafeltje naast de bank in de woonkamer waar de telefoon in zijn basisstation stond.

Door de ramen aan de overkant zag ze een jong stel zitten eten met vrienden. Dat hadden Carsten en zij kunnen zijn. Twee verdiepingen lager wisselde geld van eigenaar en werden nieuwe kaarten uitgedeeld, en daarnaast hield iemand een feest met mensen die kleurrijke drankjes dronken. Allemaal personen die zich veilig waanden, niemand die zich druk maakte om wat er voortdurend in het donker buiten hun veilige comfortzone gebeurde.

Tot de dag dat ze zelf het slachtoffer werden.

Ze pakte de telefoon en toetste het nummer van inlichtingen in. De eerste die ze moest bellen was Klippan. Daarna zou ze Sleizner moeten informeren, zodat hij Richter naar de garage op het vliegveld kon sturen. Carsten zou ze als laatste nemen. Ze konden praten terwijl zij in bad lag.

Om de een of andere reden kwam er alleen geen beltoon. Ze drukte diverse keren op de groene knop van de telefoon, maar de lijn bleef dood. Ze hadden het er wel over gehad het vaste abonnement op te zeggen en alleen nog mobiel te bellen, maar dat was niet iets wat al was besloten, en bovendien was Carsten erop tegen.

Het antwoord kwam toen ze met haar hand langs het snoer van het basisstation voelde en merkte dat dat was doorgeknipt.

64

Tijdens de taxirit naar Blasieholmen had hij zich diverse keren bedacht. In Gamla Stan had hij de chauffeur zelfs gevraagd te keren en hem in plaats daarvan naar Sonja's atelier te brengen. En toen hij uiteindelijk het restaurantgedeelte van het hotel binnen was gegaan en

Niva op een van de barkrukken had zien zitten, was hij naar het toilet geslopen, had water in zijn gezicht geplensd en zich afgevraagd waar hij in godsnaam mee bezig was.

Voordat hij het toilet verliet controleerde hij nog een keer zijn mobiel en constateerde dat Sonja de stilte nog steeds niet had doorbroken. Hij besloot haar een laatste kans te geven en belde haar. Als ze alleen maar opnam zou hij rechtstreeks naar buiten lopen en de eerste de beste taxi naar huis nemen. Het maakte niet uit wat ze zou zeggen, als ze maar opnam.

De signalen gingen over en hij kon al helemaal voor zich zien dat ze haar telefoon oppakte, zag dat hij het was en hem weer weglegde.

'Dit is de voicemail van Sonja Risk. Ik kan je gesprek momenteel helaas niet beantwoorden.'

'Hallo, met mij,' hoorde hij zichzelf zeggen toen twee luidkeels lachende mannen binnenkwamen en bij het urinoir gingen staan. 'Ik wilde alleen even horen hoe het ging en of je tosca lekker was. En ik vroeg me af of je misschien even een pauze nodig had van je penselen en zin had in een drankje. We zouden kunnen afspreken bij Mårten Trotzig, dan hoef jij niet zo ver als je teruggaat naar het atelier. Kus...' Hij drukte het gesprek weg en had onmiddellijk spijt. Weer was hij degene die door het stof moest kruipen, hoewel hij niets had om zich voor te schamen.

Niva zat nog aan de bar helemaal achter in het restaurant en haalde net met de cocktailprikker de olijf uit haar glas droge martini terwijl ze bezig was met haar mobiel. Ze had er altijd al goed uitgezien. Haar lange slanke lichaam in combinatie met het kortgeknipte, bijna jongensachtige haar had ervoor gezorgd dat de meeste mannen in de gangen van het hoofdbureau van politie zich naar haar hadden omgedraaid, terwijl ze tegelijkertijd alle vrouwelijke collega's tegen zich in het harnas joeg.

Ze zag er nu zo mogelijk nog beter uit. Haar lippen waren donkerrood en om haar blote hals hing een zilveren ketting met gekleurde stenen die bij haar armband paste. Haar strakke korte jurkje liet het grootste deel van haar over elkaar geslagen benen onbedekt. Ze was gaan trainen, want haar schouders en armen waren aanzienlijk uitgesprokener dan wat Fabian zich kon herinneren, en haar houding was vrijwel perfect.

Zijn mobiel zoemde in zijn zak, hij haalde hem tevoorschijn en keek erop.

ALS DE BERG NIET NAAR MOHAMMED KOMT, ZAL MOHAMMED NAAR DE BERG GAAN...

Hij las het berichtje nog een keer, maar begreep er niets van. Het nummer van de afzender was anoniem.

'Een Hendrick's en tonic.'

Fabian keek op van zijn mobiel en zag een ober voor hem staan met een groot, goed gevuld glas op een dienblad.

'Besteld door de dame daar verderop.' De ober overhandigde hem de cocktail en knikte naar Niva, die terugzwaaide.

Fabian haalde diep adem en liep naar haar toe.

'Ik begon me al af te vragen of je ooit nog zou komen.'

'Ik ook,' zei Fabian, en hij ging op de kruk naast haar zitten. 'Maar wie kan een beloofd cadeautje nou weerstaan?'

Niva moest lachen. 'Eerst een drankje.' Ze hief haar glas zonder hem los te laten met haar blik. 'Op het vermogen om de twijfel niet in de weg te laten staan.'

Fabian hief zijn glas en nam een slok. Dit was zonder meer een van de beste cocktails die hij ooit had geproefd. Het meeste koolzuur zat er nog in. Het schoot de bubbeltjes een paar centimeter boven het oppervlak en verspreidde de sprankelende citroengeur, terwijl de perfect afgewogen verhouding tussen de gin en de tonic door zijn keelgat stroomde. Het was zo lekker dat hij nog een slok moest nemen voor hij zijn ijzige glas op het marmeren blad zette.

'En, hoe staat het met het onderzoek?' vroeg Niva, en ze legde haar telefoon weg.

'Ik ga ervan uit dat je weet dat de dader is opgepakt en dood is.'

'Het is, met andere woorden, afgerond.'

Fabian vroeg zich af of hij zou vertellen wat hij eigenlijk dacht, maar besloot te knikken. 'Niva...' Hij keek haar aan. 'Eerlijk gezegd weet ik niet wat ik hier doe. Buiten het beloofde cadeautje dan.'

Niva begon weer te lachen. 'Je bent geen steek veranderd. Nog steeds een slechte leugenaar. Je weet donders goed waarom je hier bent en daarom ben je zo bang.'

'Bang? Waar zou ik bang voor zijn?'

'Dat moet je mij niet vragen.' Ze haalde haar schouders op. 'Ik ben niet degene die zich in het toilet verstopt en de taxichauffeur vraagt om te keren.'

Fabian wist niet wat hij moest zeggen. Hoe kon ze dat nou weten? Maar voordat hij het kon vragen boog ze naar hem voorover en kuste hem. Eigenlijk wilde hij niet, of ja, dat wilde hij wel. Maar toch ook weer niet. Hoe dan ook, hij kon de lichte adem tegen zijn wang niet weerstaan. De zachte lippen en de gespannen tong die nog steeds de smaak van gin en vermout droeg.

De warmte van het lichaam van iemand anders.

Fabian kon zich niet herinneren wanneer Sonja en hij zo close waren geweest. En al helemaal niet wanneer ze elkaar voor het laatst hadden gekust. Hij liet alle gedachten aan weggaan varen en liet zijn lichaam beslissen. En dat wilde dit moment zolang mogelijk rekken, hun tongen laten spelen. De grens passeren van het moment waarop hij, hoe graag hij het ook wilde, niet langer nee kon zeggen.

Hij legde zijn hand op haar been en voelde dat de warmte die door zijn handpalm heen straalde zijn bloed liet stromen en delen van hem deed ontwaken die veel te lang hadden geslapen. Haar dij was een van de zachtste dingen die hij ooit had gevoeld. Alsof haar naakte huid hem streelde. Hij liet zijn hand omhoog glijden en merkte dat haar ademhaling dieper werd, en om dat duidelijker te onderstrepen spreidde ze licht haar benen.

Hij ging erin mee en liet zijn hand onder haar jurkje glijden. 'We zouden hier een kamer kunnen nemen,' fluisterde hij in haar oor. 'Als er eentje vrij is.' De woorden kwamen als vanzelf en hij kon er niets tegen doen.

'Die is er.' Ze dronk haar glas leeg en knikte naar de barkeeper om een nieuwe martini te maken. 'Maar moet je niet eerst opnemen?'

Fabian begreep niet waar ze het over had tot ze met haar eigen mobiel zwaaide.

'Wie weet, misschien is het belangrijk.'

'Wie weet, misschien ben ik allang naar bed en ben ik diep in slaap.'

'Misschien.' Ze viste zijn trillende mobiel uit de binnenzak van zijn colbert en keek met een lastig te interpreteren lachje naar het display.

'Wie is het?' Hij rekte zich uit naar zijn telefoon.

'Was jij niet al naar bed?' Ze hield het mobieltje in de lucht zodat hij er niet bij kon, en gaf het hem pas toen het was verstomd, waarna ze van haar nieuwe droge martini proefde die de barkeeper zojuist had geserveerd.

Het gemiste gesprek was van Malin Rehnberg, die vermoedelijk het nieuws over Kremphs zelfmoord had gehoord. Dat betekende dat ze zich in elk geval goed genoeg voelde om televisie te kijken, ook al lag ze in het Söderziekenhuis ter observatie.

'Kom,' zei Niva, en ze legde haar hand op zijn gulp.

Fabian stopte zijn mobiel weer weg, hervatte de kus en liet haar hand doorgaan. Maar hij kon de gedachte niet van zich afzetten dat hij Malin eigenlijk moest bellen om haar te vertellen over zijn vermoedens van Kremphs onschuld, hoewel hij haar man had beloofd haar niet te storen.

Dus toen zijn mobiel weer begon te trillen nam hij direct op.

'Hoi, ik zag net dat je had gebeld en wilde...'

'Waar heb je het over? Ik heb je niet gebeld.' Tot Fabians verbazing was het helemaal Malin niet, maar Sonja, en hij zag zichzelf midden op de snelweg een U-bocht maken en kon alleen maar hopen dat hij het zou overleven.

'Sorry, ik was net in slaap en moet hebben gedroomd.'

Niva sloeg haar ogen ten hemel en richtte haar aandacht op haar drankje.

'O, sorry, het was niet mijn bedoeling je wakker te maken. Ik hoorde je berichtje nu pas en wilde je eigenlijk voornamelijk bedanken voor de koffie en die tosca.'

'Geen dank. Ik hoop dat-ie lekker was.'

'Hij was perfect, en blijkbaar was dat precies wat ik nodig had, want ik heb sindsdien een heleboel gedaan.'

'Mooi zo.' Fabian keek naar Niva. 'Maar dan zal ik je niet verder storen.'

'Geen probleem. Ik heb even een rustpauze nodig en toen hoorde ik jouw voorstel. Als dat nog steeds geldt, tenminste.'

'Nou ja, dat was heel leuk geweest, maar...' Hij dacht koortsachtig na hoe hij verder moest gaan. 'Ik had gehoopt dat Matilda zou slapen, maar ze is al een paar keer wakker geweest en is, hoe moet ik het zeggen… een beetje ongerust.' Hij wendde zijn blik tot Niva, die haar hand voor haar mond sloeg en een demonstratieve gaap mimede.

'Ongerust over wat?'

'Over ons. Dat wij uit elkaar gaan. Op dit moment lijkt dat het enige waar ze aan denkt.'

'Wil je dat ik thuiskom?'

'Nee, dat hoeft niet hoor. Werk jij maar lekker door, ik vang het wel op.'

'Ik heb daaraan zitten denken. We moeten ophouden met ruziemaken waar de kinderen bij zijn.'

'We moeten überhaupt stoppen met ruziemaken.'

Hij hoorde haar zuchten aan de andere kant van de lijn. 'Mag ik even met haar praten?'

'Eh… Pardon?'

'Matilda. Kan ik haar even spreken?'

'Lieverd… ze is net in slaap.'

'Oké, maar… bel je me als ze wakker wordt?'

'Doe ik.' Hij keek naar Niva, die op haar horloge tikte en haar armen spreidde. 'Maar zeg, ik hoop dat de inspiratie aanhoudt. We spreken elkaar als je thuiskomt.' Hij rondde het gesprek af en nam een flinke slok van zijn drankje, maar dat was inmiddels al net zo futloos als híj zich voelde.

Niva keek hem aan. Hij wilde het uitleggen en proberen zijn verwarde gevoelens onder woorden te brengen, maar ze was hem voor.

'Fabian, rustig maar. Ik kan wachten.'

'Wachten waarop?'

Niva begon te grijnzen en streek met haar hand door haar haar.

'Niva, als je denkt dat het wat wordt tussen…'

Ze schudde haar hoofd en legde haar vinger op zijn mond. 'Jij zit nog zo vol idealen. En dat is mooi, bijna aandoenlijk, maar het is vooral naïef. Dat maakt op zich niet uit. Jij hebt je aan je belofte gehouden en me een drankje aangeboden, en nu ben ik van plan me aan die van mij te houden.'

Fabian begreep niet waar ze het over had.

'Daar kwam je toch voor? Ben je dat vergeten? Ik had je een cadeautje beloofd en dat kun je vinden in je mobiel.' Ze klom van de barkruk af, maakte met haar middelvinger een gebaar tussen haar benen en beroerde met haar vinger zijn lippen. 'Neem pas contact op als je zover bent.'

65

Toen het inzicht tot haar doordrong, brak het koude zweet Dunja uit. Haar benen konden haar bijna niet dragen, hoewel haar lichaam op scherp stond. Haar maag kwam in opstand en ze voelde dat de partjes appel die ze net had doorgeslikt op weg waren naar boven. Ze stond op het punt in huilen uit te barsten en wilde alleen maar wegrennen en zich onder het dekbed verstoppen.

Er was geen twijfel over mogelijk dat er iemand binnen was geweest die het telefoonsnoer had doorgeknipt, wat ook verklaarde waarom de voordeur niet op slot zat. Natuurlijk, de yuccapalm in het trappenhuis en de extra sleutel die eronder had gelegen. Maar wie? En vooral: waarom? Als het Benny Willumsen was, waarom had hij zijn kans in Kävlinge dan niet gegrepen? Vervolgens moest ze denken aan het licht in de badkamer dat het niet deed en het douchegordijn voor de douche… Ze had het opgemerkt, maar er verder geen aandacht aan besteed. Ze had maar aan één ding kunnen denken: zich in het stomende water laten zakken. Het gordijn had helemaal dichtgezeten. Op zich niets opzienbarends, als Carsten er niet juist altijd op hamerde dat het half ópen moest zijn nadat je had gedoucht, zodat de tegels de kans kregen goed te drogen en de voegen helemaal achteraan niet gingen schimmelen.

Ze legde de draadloze telefoon op de bank, knoopte de handdoek om zich heen en ging terug naar de hal. Ze zorgde ervoor dat ze haar voeten alleen op de plaatsen zette waar ze wist dat de oude houten vloer niet kraakte. In de keuken pakte ze de vleesbijl tussen de messen aan de magneetlijst vandaan, keerde daarna terug naar de hal en bleef voor de badkamer staan.

Ze aarzelde. Misschien kon ze beter aanbellen bij de buren en vragen of ze hun telefoon mocht gebruiken. Maar ze had geen draad aan haar lijf, en als ze erover nadacht had ze ook geen enkel geluid gehoord van iemand anders dan zichzelf. Als er al iemand binnen was die het op haar had gemunt, had hij al bijna een halfuur de tijd gehad sinds ze thuis was gekomen. Nee, wie het ook was, hij was vast al ver weg.

Ze ging de badkamer binnen, liep tot aan het dichtgetrokken douchegordijn en voelde de adrenaline door haar lichaam pompen. Met de vleesbijl in haar ene hand haalde ze diep adem terwijl ze met de andere het gordijn opzij trok.

Zoals ze de hele tijd diep vanbinnen al had verwacht was er niemand te zien. Buiten haar scheermesje dat op de grond lag, zag alles eruit als anders. Ze boog voorover en pakte het op, en bedacht wanneer ze er voor het laatst een nieuw mesje in had gezet. Toen het mesje weer op de grond viel, was dat samen met de bijl, die haar linker grote teen op een paar millimeter na raakte. Tegelijkertijd werd er een touw om haar hals aangetrokken en stopte alle zuurstoftoevoer.

Ze was op de een of andere manier beslist niet verbaasd. Ze had deze situatie al voor zich gezien en van alle mogelijke kanten bestudeerd. Misschien niet dat het nu zou gebeuren – ze vond eigenlijk dat haar rechtmatige aandeel levensbedreigende situaties voorlopig wel even genoeg was. Maar dat ze ooit in haar jaren bij de politie zou worden blootgesteld aan iets ernstigs was iets wat ze al had ingecalculeerd op het moment dat ze haar inschrijving voor de politieacademie op de bus had gedaan. Ze had erover nagedacht hoe ze zou reageren. Wat er door haar heen zou gaan en hoe dat zou voelen.

Er was niets wat ook maar in de buurt kwam van wat ze zich erbij had voorgesteld. Opmerkelijk genoeg was ze niet bang of nerveus, en hoewel ze zich een paar seconden van de dood bevond, schonk ze daar geen aandacht aan. Ze was niet eens verrast dat er daadwerkelijk iemand in haar huis was, hoewel ze geen idee had wie het was. Eerlijk gezegd maakte dat haar ook niet uit. Althans, niet op dit moment. Ze kon nu maar aan één ding denken: overleven.

Ze zou er tot elke prijs voor zorgen dit te overleven.

De vleesbijl had ze zelf laten vallen. Dat besluit was bliksemsnel genomen. Anders had ze nooit twee vingers van beide handen tussen haar hals en het touw kunnen krijgen. Nu had ze in elk geval een paar extra seconden gekocht en kon ze voorkomen dat het touw in haar hals sneed. Enige lucht kreeg ze alleen niet.

Er werd aan het touw getrokken en ze viel pardoes achterover. Maar ze sloeg niet met haar hoofd tegen de tegels; ze werd naar achteren gesleept terwijl ze aan het koord hing. Ze probeerde te zien hoe de indringer eruitzag, maar dat lukte niet, want vervolgens werd ze opgetrokken en weer losgelaten.

Onder water. Het water was nog warm.

Ze hoorde het geluid van haar hart nu veel luider. Hoe het met toenemende wanhoop het zuurstofarme bloed nutteloos rondpompte. Aan de andere kant van het wateroppervlak kon ze zijn hoofd zien als een donkere zwevende schaduw, onmogelijk om met haar schoppende benen te bereiken. In tegenstelling tot de kaarsen, die een voor een in het water vielen en doofden.

Ze zou het niet lang meer volhouden. Als ze niet snel lucht kreeg zou het over zijn. De pijn in haar borst was al aan het afnemen, evenals het wanhopige geschreeuw van haar longen om zuurstof. Haar benen weigerden de impulsen van haar brein te gehoorzamen en zakten terug in het water.

Het was alsof haar lichaam het al had opgegeven en aan het afronden was.

Lichaamsfunctie na lichaamsfunctie.

Van beneden naar boven.

Haar armen zouden straks ook niet meer werken.

Het besluit haar vingers weg te trekken was net zo instinctief als toen ze de bijl had losgelaten. Het koord sneed onmiddellijk in haar hals. Maar als ze het niet probeerde, hoefde het straks helemaal niet meer. Ze wist een van de flikkerende kaarsen te pakken te krijgen en hield die omhoog naar de donkere schaduw. Haar krachten waren uitgeput en logischerwijs zou ze hem moeten hebben laten vallen. Maar dat deed ze niet.

Toen zag ze dat het licht van het vuur zich eindelijk over de schaduw verspreidde en in kracht toenam. Het verlichtte en het touw verslapte zijn greep om haar hals. Ze kon naar boven komen. Naar de oppervlakte. Naar het vuur dat nu de hele badkamer verlichtte.

Ze vulde haar longen met lucht, hoestte en haalde nog een paar keer snel adem toen ze in de gaten kreeg dat Benny Willumsen in brand stond. Ze begreep er niets van, maar krabbelde zo vlug mogelijk uit de badkuip overeind en kroop de badkamer uit, weg van zijn geschreeuw.

Ze moest het appartement uit. Ze moest daar op de een of andere manier weg zien te komen, maar het veiligheidshek zat op slot. Het smeedijzeren hek dat meer dan tienduizend kronen had gekost en dat volgens Carsten belangrijker was dan de lastminutereis naar Rhodos die ze zo graag had willen boeken.

Vanuit de hal zag ze Willumsen over de badkuip gebogen staan met zijn hoofd onder water. Eigenlijk was het een kwestie van binnensluipen, de vleesbijl pakken die nog in de douche lag en die met alle kracht die ze kon opbrengen in zijn rug hakken. Maar ze kon zich niet verroeren. Het was alsof ze nog verlamd was door het zuurstofgebrek. Of wellicht doordat ze niet kon begrijpen hoe hij het kon zijn.

Zelfs toen hij zich in zijn volle lengte oprichtte, zich naar haar omdraaide en voorzichtig aan zijn verbrande hoofdhuid voelde, reageerde ze niet. Pas toen hij vlug naar de douche liep, vooroverboog en de steel van de vleesbijl pakte, week haar verlamming. Ze trok de sleutel uit het badkamerslot, smeet de deur dicht en deed hem van de buitenkant op slot, net voordat de vleesbijl de deur penetreerde alsof die van papier-maché was. Ze vluchtte naar de woonkamer, en begon het licht aan en uit te doen.

Aan, uit. Aan, uit.

Telkens weer, zodat een van de vele mensen aan de overkant haar zou zien.

Vanuit de hal hoorde ze hoe de badkamerdeur op het punt stond de strijd met de bijl te verliezen.

Aan, uit. Aan, uit.

Daar. Eindelijk reageerde het stel dat eters had. Dunja zwaaide en gebaarde om ze het te laten begrijpen, maar de enige reactie was gelach en applaus. Tegelijkertijd hoorde ze een krachtige klap vanuit de hal toen de badkamerdeur het begaf. Zonder precies te weten waar het toe zou leiden, gooide ze de grote pot met de crassula omver die op de grond stond – en die het maanden zonder water en licht had overleefd – en zette het raam er vlak boven wijd open.

De koude lucht vulde de kamer onmiddellijk en gaf haar naakte huid kippenvel. Ze rukte de telefoon van de bank mee, liep snel naar de slaapkamer en liet de deur openstaan. Zelf schoot ze de walk-in-closet binnen en deed de deur zachtjes achter zich dicht.

Daarbinnen in het donker tussen alle kleren tilde ze haar gezonde voet zo ver mogelijk omhoog en stak die in een van de vakken in de schoenenhanger die aan de binnenkant van de deur hing. Tot haar verbazing hield die en kon ze omhoog klimmen, en al snel zat ze in elkaar gedoken achter de stapels begonnen breiwerken die toch nooit af zouden komen en de vergeten kleren vol gaatjes van hongerige pelskevers.

Ze hoorde Willumsen naar de woonkamer lopen en kon alleen maar hopen dat de omgevallen pot en het raam dat stond te klepperen zijn aandacht lang genoeg konden vasthouden. Ze drukte op de groene knop van de telefoon, hield hem tegen haar oor en hoopte op een wonder. De stilte voelde oneindig lang, maar toen kwam hij. Een reddingslijn in de vorm van een toon vermengd met een heleboel gekraak en storend geruis, maar toch. En net zoals ze had gehoopt hadden de bovenburen hun basisstation nog in de slaapkamer.

Ze toetste het eerste van de twee nummers in die ze uit haar hoofd kende, maar hoefde niet verder te luisteren dan tot 'Dit...' om de rest in haar hoofd te kunnen opdreunen, '... is de voicemail van Carsten Røhmer. Ik kan uw gesprek op dit moment helaas niet beantwoorden.' Ja, hij zat natuurlijk bij een of ander diner of iets dergelijks. Wat had ze dan verwacht? Normaliter maakte het haar niet uit dat hij niet opnam, maar deze keer wilde ze alleen maar huilen toen ze fluisterend een boodschap insprak dat hij contact moest opnemen met haar collega's om zo gauw mogelijk in te breken in hun appartement.

Het andere nummer kon ze zich voornamelijk herinneren omdat het zo simpel was. Dat het nou net het nummer van Jan Hesk moest zijn en niet van een van de anderen was dan jammer. Ze toetste het in terwijl ze hoorde dat Willumsen op weg was naar de slaapkamer.

'Ja, met Hesk.'

'Hallo Jan, met mij,' fluisterde ze zo zacht ze kon.

'Pardon? Hallo?'

'Jan, met mij. Dunja. Ik kan niet harder praten dan...'

'Dunja, ben jij het?'

'Ja, luister. Ik heb je hulp nodig,' zei ze, en ze luisterde naar het geluid van de vleesbijl tegen de muur vlak buiten de inloopkast.

'Je bent bijna niet te verstaan.'

'Jan, je moet me helpen.'

'Hè? Ik kan je niet horen, het kraakt als een gek.'

'Jan, ik heb je hulp nodig en er is haast bij.'

'Hulp? Heb je hulp nodig?'

'Ja, Benny Willumsen is bij m...'

'Hallo? Je valt steeds weg. Hoor je mij?'

'Ja, ik hoor je.'

'Dan kan ik alleen maar zeggen dat je dat had moeten bedenken voordat je dat mes in mijn rug stak.'

'Nee Jan, wacht...'

Verder kwam ze niet voordat ze een klik hoorde. Ze drukte op de groene knop om opnieuw te bellen, maar zover kwam ze niet voor de deur werd opengerukt. Ze hield haar adem in en probeerde haar hart zachter te laten kloppen. Of hij haar had gezien of gehoord was onduidelijk, maar ze kon zijn langzame ademhaling goed horen en rook de scherpe geur van verschroeid haar. De seconden verstreken langzaam tot hij uiteindelijk de deur weer dichtdeed en zij kon uitademen.

Als de telefoon in haar hand niet plotseling was gaan rinkelen. Drie vernietigende signalen wisten over te gaan voor ze het toestel tot zwijgen kon brengen. Maar twee waren al voldoende voordat de deur weer werd opengerukt.

'Dacht ik het niet,' hoorde ze zijn stem, terwijl ze zijn handen probeerde te ontwijken die als twee venijnige slangenkoppen over de planken graaiden. Dat was echter onmogelijk en al snel hadden ze haar rechterscheenbeen te pakken.

Haar benen waren altijd haar sterke kant geweest. Ze fietste het hele jaar door, ongeacht het weer, en op school was ze altijd een van de snelsten van de klas geweest. Nu waren haar trappen net zo zinloos als haar geroep om hulp toen ze van de plank werd getrokken en hij haar over zijn schouder gooide, als een zojuist geschoten dier dat opengesneden en gevild gaat worden. Ze reikte naar iets om zich aan vast te houden, maar vond niets anders dan kleren en begonnen breiwerken.

Ze probeerde zich los te rukken, te slaan en hem in zijn rug te bijten, maar hij hield haar stevig in zijn greep. Het was alsof hij zich niet eens hoefde in te spannen. Pas nu zag ze dat hij ook naakt was, en te oordelen naar de spieren die onderhuids op zijn rug en billen speelden toen hij naar het raam liep en de gordijnen dichttrok, was ze kansloos. Hij zou in principe alles met haar kunnen doen wat hij wilde.

'Ik had het lijden nog wel kort willen maken,' zei hij, en hij keerde zich om naar het bed.

Dunja had nooit iemand gedood. Het was voor haar altijd de absoluut laatste uitweg geweest, als het dat al was. Zolang ze zich kon herinneren was ze er volledig van overtuigd geweest dat er altijd een andere weg was. Een weg waar wapens en geweld werden vervangen door een dialoog.

Nu wist ze beter.

Vlak voordat Benny Willumsen bij het bed kwam, begon hij te wankelen. Hij liet de vleesbijl op de grond vallen alsof hij zijn evenwicht verloor. Hij deed een poging naar voren te lopen maar bleef halverwege staan om niet te vallen.

Op dat moment zag hij de punt die uit zijn linkerborst naar buiten stak. Hij had geen idee wat het was, behalve dat het zijn long en zijn hart, dat nog pompte had gepenetreerd. Dat kon hij duidelijk voelen. Toen verdween de punt weer terug in zijn borst en uit het gat kwam bloed. Het stroomde stootsgewijs met elke hartslag langs zijn goed getrainde buik.

Dunja wist niet of ze hem voldoende had geraakt en draaide de breinaald daarom nog een keer rond, zodat die zoveel mogelijk inwendig letsel zou veroorzaken. Hij stond nog steeds rechtop, maar zei niets en het was maar de vraag of hij wel doorhad wat er gebeurde. Pas toen ze met volle kracht een volgende breinaald tussen zijn ribben aan de andere kant van zijn ruggengraat stak en ook de rechterlong puncteerde, zakte hij in elkaar. Als een paard dat ging liggen om te sterven.

'Waarom?' Ze keek hem in zijn ogen. 'Waarom heb je het niet in Kävlinge gedaan toen je de kans had?'

Ze kreeg geen antwoord.

Maar de vragende blik in de seconde voor hij stierf zei meer dan genoeg.

Hij was het niet.

66

'Via Söderleden of via Skeppsbron?' De taxichauffeur zocht via de achteruitkijkspiegel oogcontact.

'Skeppsbron,' antwoordde Fabian vanaf de achterbank met zijn blik op zijn mobiel. Daarin zou Niva's zogenaamde cadeau te vinden zijn. Meer dan dat had ze niet willen prijsgeven.

'Dat duurt dan wel wat langer. Dan weet je dat.'

'Ik heb geen haast,' zei Fabian zonder zijn ogen van het display af te halen.

'Aha, jij bent er zo een die Söderleden uit principe niet neemt. Ik ben het er op zich wel mee eens dat dat een lelijke weg is en dat ze die eigenlijk dicht zouden moeten gooien. Als je onbeperkt veel pegulanten hebt, tenminste. En geloof het of niet, ik heb zelfs tegen die derde baan gedemonstreerd. Dat was natuurlijk voordat ik op de taxi ging. Want nu ik de hele dag achter het stuur zit, zie je zwart op wit hoe de politici de hele infrastructuur van Stockholm letterlijk naar de kloten hebben geholpen. Vind je ook niet?'

Fabian gaf geen antwoord. Hij vroeg de chauffeur het volume van de radio harder te zetten, waar uit toevallige ironie net 'Fake Empire' van The Nationals te horen was op het moment dat ze langs het koninklijk paleis reden. De chauffeur zweeg en verhoogde het volume zodat de bariton van Matt Berninger de cabine vulde. Fabian keek op van zijn mobiel en zag een stel jongelui als donkere silhouetten aan komen rennen. Ze verdwenen in een van de stegen alsof ze op de hielen werden gezeten.

Hij moest aan Theodor denken. Misschien omdat ze allemaal gekleed waren in zo'n bomberjack met capuchon waar hij het laatste jaar constant om had lopen zeuren. Sonja en hij hadden gezegd dat hij zo'n jack niet kreeg met als argument dat dat iets was voor hooligans; hoe mooi die jacks ook waren, het liep altijd uit op herrie. Uiteindelijk had hij er van zijn eigen geld een gekocht.

Stockholm was hard geworden. Sonja had het er steeds vaker over en had zich bezorgd afgevraagd of het wel de juiste plek was voor hun kinderen om op te groeien. En het was inderdaad erger geworden als je het vergeleek met toen hijzelf eind jaren tachtig naar de hoofdstad was verhuisd. In die tijd vormden de skinheads de grootste bedreiging. Zolang je wist waar die zich ophielden hoefde je soms alleen maar een omweg te nemen, erger dan dat was het niet. Vandaag de dag school het gevaar overal, en als ze niets deden was de kans groot dat Theodor over slechts een paar jaar ook bij zo'n groep zou gaan horen.

Hij keek over het bevroren water in de richting van de af Chapman – het verlichte schip dat lag aangemeerd aan het eiland Skeppsholmen en vermoedelijk een van de meest gunstig gelegen hostels ter wereld was. Ter hoogte van de Slussencarrousel, vlak nadat de drums in 'Fake Empire' waren begonnen, zette de chauffeur het geluid zachter en zocht hij opnieuw contact via de achteruitkijkspiegel. 'Ik zag dat je naar dat schip bij Skeppsholmen keek. Lang niet alle Stockholmers weten dat de af Chapman een hostel is. Weet je, helemaal voorin in het schip zijn de douches, dus daar kun je je wassen zoals God je geschapen heeft met uitzicht op het koninklijk paleis. Dat is niet slecht, wat jij?'

Fabian hoorde geen woord van wat de chauffeur zei. Hij had net gevonden waar hij naar zocht. In de vorm van een link in een mail die in zijn spambox was terechtgekomen omdat de afzender onbekend was. IK HAD HET MIS stond er in de onderwerpregel.

Hij drukte op de link, waarop hij een geluidsfragment in zijn oortelefoontjes te horen kreeg.

'Met mij. Heb je even?' Fabian hoorde meteen dat het de stem van Herman Edelman was.

'Eigenlijk niet. Ik moet over een paar uur naar een interpellatie en heb me nog niet kunnen voorbereiden. Kan ik je anders vanmiddag even terugbellen?' De andere stem behoorde toe aan Carl-Eric Grimås, en pas nu begreep Fabian wat Niva's cadeau eigenlijk was.

'Liever niet.' Hij hoorde een gestreste zucht. 'Calle, het is voor je eigen bestwil.'

'Dat weet ik, maar...'

'Het kost niet veel tijd en hoe meer je weet over wat er gebeurt, hoe beter je stelling kunt nemen.'

'Dan wil ik alleen even de deur dichtdoen.'

Net zoals Fabian had vermoed, werd de mobiele telefoon van de minister van Justitie afgeluisterd door de RID, en op de een of andere manier was Niva erin geslaagd het gesprek op te sporen dat Grimås in de uren voor hij was vermoord met Herman Edelman had gevoerd.

'Zeg niet dat het weer om dat verdomde lek gaat.'

'Ja, helaas wel.'

'Dus ze zijn er nog steeds niet in geslaagd dat te dichten?'

'Nee, maar...'

'Ik wist het. Dat was nou precies waar ik bang voor was. Ik voelde het gewoon. Ik had nooit ja moeten zeggen tegen...'

'Maar Calle, luister nu eens...'

'Ik doe verdomme niets anders dan luisteren! Ik had eerlijk gezegd gedacht dat we hier klaar mee waren.'

'Ik ook. Maar het probleem verdwijnt niet gewoon doordat jij je kop in het zand steekt.'

'Nee, maar wat ik niet begrijp is hoe het überhaupt míjn probleem kan worden. Gidon Hass is degene die in gebreke is gebleven, zijn routines zijn niet in orde, dus hij zou het eigenlijk ook moeten oplossen.'

'Dat zou je kunnen vinden. Maar als hij er niet in slaagt, komt het uiteindelijk bij jou terecht, of je het nu wilt of niet.'

Grimås zuchtte demonstratief.

'Wat ik ervan weet is er nogal wat dat erop wijst dat iemand intern toegang heeft gehad tot sleutels en codes. Het probleem is dat ze er niet in zijn geslaagd iemand te vinden zonder...'

'Ho, wacht even. Hoezo intern? Bedoel je dat iemand van hun eigen personeel zou...'

‘Calle, ik heb geen flauw idee. Het enige wat ik weet is dat ze op dit moment druk bezig zijn de zaak te onderzoeken.’

‘Oké, ik ga ze bellen.’

‘Dat is het laatste wat je gaat doen. Laat hen het oplossen. Ik wilde je alleen op de hoogte brengen. En voor zover je dat nog niet hebt gedaan, zou je je stafchef moeten informeren zodat zij een plan kan voorbereiden hoe met de zaak om te gaan voor het geval het gaat uitlekken.’

‘Ermee om te gaan? Je bedoelt aftreden voordat de hele partij wordt meegezogen. Alsof dat zou helpen!’

‘Laten we hier nou niet te grote wissels op trekken. Er bestaat nog steeds een kans dat...’

‘Herman. Jij weet net zo goed als ik dat het slechts een kwestie van tijd is voordat het op alle voorpagina’s staat. En als dat eenmaal het geval is, zal alles wat ik voor dit land heb gedaan in de schaduw komen te staan. Dat is gewoon de waarheid. Nu moet ik ophangen.’

‘Ik bel je als er weer iets opduikt.’

‘Oké. En trouwens: bedankt.’

‘Graag gedaan.’

Het gesprek werd verbroken, het geluidsbestand was afgelopen. Fabian deed zijn dopjes uit en probeerde te begrijpen waar het gesprek over was gegaan. Er was iets uitgelekt, zoveel was duidelijk. Iets wat Grimås in een dusdanig slecht daglicht stelde dat hij niet alleen zelf riskeerde te moeten aftreden, maar de hele regering. En een minuut na dat gesprek had hij de Israëlische ambassade gebeld. Was dat wat Edelman hem had ontraden?

Een jaar of tien geleden had Edelman zelf nauwe contacten gehad met de ambassade, dat wist Fabian. Zeker in de eerste jaren nadat zijn vrouw was overleden. Hij had toen zelfs serieus met de gedachte gespeeld naar Israël te verhuizen en daar te gaan wonen. Had de Israëlische ambassade een lek? Konden zij iets te maken hebben met de moord van een paar uur later? En wie was Gidon Hass? Fabian begreep er niets van, behalve dan dat Herman Edelman, zijn eigen chef, duidelijk aanzienlijk meer wist dan wat hij wilde doen blijken.

‘Goed, we zijn er,’ zei de chauffeur, en hij remde voor de portiek op Fatbursgatan af.

Fabian pakte zijn portemonnee, maar bedacht zich en keek omhoog naar zijn appartement en de donkere ramen. Hij zou moe moeten zijn en er gewoon naar moeten verlangen in bed te kruipen en zijn ogen te sluiten. De laatste twee dagen voelden als een hele week. Bovendien had hij gedronken. Maar dat maakte niet uit. De chauffeur had het mis.

Ze waren er helemaal nog niet.

67

Sofie Leander had zeker geweten dat de redding nabij was, hoewel ze allang had geaccepteerd dat haar kansen om te overleven vrijwel nihil waren. Ze meende dat de politie haar had gevonden en dat het eeuwige wachten en het feit dat ze in leven was gehouden toch zinvol waren geweest.

Maar ze had het mis gehad. Zo catastrofaal mis.

De politie had háár in elk geval niet gevonden. Als het überhaupt de politie was. Ze beet hard op haar lip in een poging de gedachten te stoppen die in een oneindige looping door haar hoofd tolden om het te kunnen begrijpen. Ze begreep echter eigenlijk alleen dat haar laatste hoop om het te overleven de grond in was geboord. Het naïeve geloof dat ze eigenlijk niet serieus had durven nemen. Het geloof dat het misschien toch niet voorbij was. Dat ze op een dag toch weer de verwarmende zonnestralen op haar gezicht zou mogen voelen. De perfect afgewogen smaak van een echt lekkere kop koffie. De geborgenheid om als een klein kind in de armen van haar man te kruipen.

Nu wist ze beter.

Dat inzicht was een van de meest pijnlijke dingen die ze had meegemaakt. Als een grote, diepe vleeswond die net was gaan genezen en die weer zou worden opengereten. En hoewel ze de hele tijd precies had geweten hoe het zou eindigen, was er een stukje van haar geweest dat was blijven geloven en hopen. Ze was altijd gelovig geweest, maar ze was pas nu gaan begrijpen waarom het geloof zo wijdverbreid was. Waarom het nooit van mensen kon worden afgenomen. Hoe sterk de argumenten ook waren en hoeveel de logica het ook tegensprak, het maakte niet uit. Een gelovige zou er toch nooit zijn geloof voor opgeven. De pijn was gewoon te groot.

Zelf pendelde ze tussen oppervlakkigheden als het geloof in een geweldige toekomst waarin alles uiteindelijk goed zou komen, en het verlangen om tot niets te verworden, te verrotten en de lijkmaden op een feestmaal te trakteren. Beide alternatieven waren aantrekkelijk. Misschien vooral omdat niets erger was dan datgene waaraan ze nu werd blootgesteld.

Ze moest iets doen. Waar dat precies toe zou leiden was minder van belang. Zo kon ze niet doorgaan. Maar wat moest ze beginnen? Ze had gehoord dat mensen auto's konden optillen om hun kind te redden, vooral vrouwen die door de wanhoop zoveel adrenaline in hun lichaam hadden dat ze een soort superkracht kregen. Maar ze had geen kind en geen auto die op het punt stond het kind dodelijk te beklemmen. Het enige wat ze had was de wanhoop, maar daar had ze daarentegen meer dan voldoende van.

Ze hoorde het sondevoedingsapparaat weer aanslaan en de druk zover oppompen dat het de suikerzoete massa ging uitbraken die haar mond spoedig zou vullen. Het door haar keel perste. Haar dwong vastgegespt te blijven liggen ergens in de hel tussen leven en dood.

Ze probeerde haar gezicht af te wenden, maar de slang ging mee en bleef haar mond vullen. Zonder enig idee te hebben waar het toe zou leiden, hardde ze zich tegen de pijn van de riemen en zette zich met haar hele lijf schrap. Ze wiebelde eerst naar de ene kant en daarna naar de andere, terwijl de smurrie zich steeds verder een weg naar beneden baande en haar deed kokhalzen.

Toen opeens voelde ze het. Misschien ging het om niet meer dan een millimeter. Dat viel onmogelijk te zeggen, maar het was beslist iets nieuws, wat voldoende was om haar energie te geven om door te gaan en elke spier in haar lichaam te spannen. Naar links en vervolgens naar rechts. Nu wist ze het zeker. De tafel bewoog, en om meer kracht te krijgen slikte ze een paar slokken van de smurrie in haar mond door terwijl ze ondertussen verderging met haar pogingen de tafel te laten schommelen.

Ze hoorde een krakend geluid. Het werd in het tempo van haar bewegingen steeds sterker en ze besloot niet te stoppen voor het geluid ophield. Ze begon elke beweging te tellen en kwam tot 384 toen het gekraak opeens ophield, om een seconde later te worden vervangen door een enorme dreun.

Ze durfde haar ogen pas na een tijdje open te doen en zag toen in dat ze op de grond lag met de omgevallen tafel achter zich. Enkele van de riemen moesten zijn losgegaan, want ze kon nu haar ene arm loswurmen en vrij bewegen. Met een beetje geluk zou ze het scalpel kunnen bereiken dat op slechts een meter bij haar vandaan op de grond was gevallen.

68

Het had even geduurd voordat Fabian de omvang van het afgeluisterde gesprek tussen Grimås en Edelman had begrepen. Het was alsof de eigen verdediging van zijn lichaam was ingeschakeld om de schok op een afstand te houden. Toen het inzicht uiteindelijk toch was doorgedrongen, had hij de taxichauffeur moeten vragen even te blijven wachten. Hij was uitgestapt en had in de winternacht een paar keer diep ademgehaald. Zijn gevoelens schoten alle kanten op. Een deel van hem kon niet geloven wat hij net had gehoord, een ander deel zag voor zich hoe hij zich op zijn oude mentor wierp, hem tegen de grond werkte en zijn handen boeide achter zijn rug.

Hij was op weg geweest naar de woning van Herman Edelman in Kaptensgatan om hem direct te confronteren met het afgeluisterde gesprek. Alsof hij onbewust hoopte dat er ergens toch een verklaring was die geloofwaardig genoeg was opdat hij naar huis en naar bed kon gaan, ervan verzekerd dat alles weer normaal zou worden zo gauw ze dit achter de rug hadden.

Maar een dergelijke verklaring was er niet, begreep hij nu. In elk geval geen andere dan dat Edelman veel meer wist dan hij liet blijken en op de een of andere manier betrokken was bij de dood van de minister van Justitie. Hij zou hem hoe dan ook tegen de muur moeten zetten en hem een antwoord moeten afdwingen. Maar nu nog niet. Hij wist nog steeds veel te weinig, en als hij de juiste antwoorden wilde krijgen, moest hij ook de juiste vragen stellen.

Daarom vroeg hij de taxichauffeur om langs de woning van Edelman verder door te rijden naar Artillerigatan en hem naar het hoofdbureau van politie op Kungsholmen te brengen. Eenmaal daar haalde hij zijn pasje door de lezer, toetste zijn code in en liep door de donkere gang naar de werkkamer die hij met Malin deelde.

Zijn idee was om het onderzoek nogmaals door te nemen, alles in twijfel te trekken, te wikken en te wegen, en te proberen het met nieuwe ogen te zien. Hij was ervan overtuigd dat de oplossing daar ergens te vinden was, tussen alle foto's, aantekeningen en opmerkelijke samenlopen van omstandigheden.

Helaas bleek dat het hele onderzoek verdwenen was. Het whiteboard, de muur, de bureaus en de stapels mappen op de grond. Alles was gapend leeg. Alsof iemand de boel had gestyled om de kantoorruimte op een onroerendgoedsite te kunnen zetten om deze te verhuren of te verkopen aan de hoogstbiedende. Het onderzoek was officieel dan wel afgerond, maar het was pas iets meer dan zeven uur geleden dat Kremph zich van het leven had beroofd, en ook al zou er nooit een rechtszaak komen, al het technisch bewijs moest worden veiliggesteld en gecategoriseerd, rapporten moesten worden geschreven en er moest worden vergaderd voordat er überhaupt iets kon worden ingepakt.

Voor de zekerheid logde hij in op zijn computer en vulde een zoekopdracht in in het archief, maar ook daar was niets te vinden. Wie hierachter zat was onmogelijk te zeggen. Het kon iedereen zijn, van de Zweedse Veiligheidsdienst tot Edelman zelf of heel iemand anders, bedacht Fabian, en hij plofte op zijn bureaustoel. Iemand die zich er net als hijzelf volledig van bewust was dat de dader nog op vrije voeten was.

Zonder een duidelijk idee te hebben van hoe hij verder moest gaan besloot hij naar huis te vertrekken om te proberen nog een paar uur te slapen. Maar op het moment dat hij de computer afsloot zag hij een van de twee porseleinen poppen die ze in de sloopflat hadden gevonden. De pop zat op Malins kast naast een stapel mappen en twee rollen mariabiscuitjes. Hij kon zich niet herinneren dat iemand die pop had meegenomen, en als dat al zo was zou die hoe dan ook bij Hillevi Stubbs zijn beland. Als het al een van die twee was.

Hij haalde de pop van de kast en begon het krulhaar te bestuderen, het geborduurde jurkje en de bijpassende hoed, en als op commando gingen zijn gedachten terug naar de pop die hij als kind had gehad. Veel verder dan dat kwam hij echter niet toen hij inzag dat er iets niet klopte met de ogen. Iets wat het ene onderscheidde van het andere. En toen hij nog eens beter keek, zag hij dat de bruine pupil helemaal geen pupil was, maar een gat. Met stijgende ongerustheid begon hij de pop beter te onderzoeken. De hoed, het onaangenaam werkelijkheidsgetrouwe gezichtje, de harde armen en benen, en keek hij onder de jurk die op de rug met klittenband aan elkaar zat.

Eerst begreep hij er niets van, maar op het moment dat hij het doorhad brak het klamme zweet hem uit en had hij het opeens koud. Net als Carl-Eric Grimås' leeggehaalde buik was de rug van de pop uitgehold, en in de lege ruimte zat een wit, rechthoekig kunststof doosje met een aantal knipperende diodes. ANBASH stond er onderop naast een knopje, en vanuit de ene zijkant liep een snoertje door de hals naar het hoofd. Fabian had nog nooit zoiets gezien, maar begreep onmiddellijk dat het niets anders kon zijn dan een camera op batterijen die op de een of andere manier inlogde op het mobiele netwerk.

De dader had de sloopflat met de geplastificeerde tafel dus onder bewaking gehad en de laatste dagen ook hun werkkamer. Hij had al hun gedachten en ideeën kunnen volgen en wist precies hoe ver ze waren in het onderzoek. Malin, Tomas en Jarmo.

Om nog maar te zwijgen over hemzelf.

Nu, op dit moment.

69

Haar hele lijf deed zeer en Dunja zag er zo ongeveer uit alsof ze een verkeersongeval had gehad. Alleen wist ze dat zelf niet omdat ze de hele ochtend bewust elke spiegel had gemeden. Omdat haar appartement was overspoeld door Kjeld Richter en zijn mannen had ze de nacht doorgebracht in Hotel Nora, om de hoek op Nørrebrogade. Sleizner had beloofd de rekening te betalen en ze had een beroep mogen doen op een psycholoog van Slachtofferhulp. Daar had ze voor bedankt. Ze wist niet waarom, maar de gebeurtenissen van die nacht waren tot nu toe überhaupt nog niet tot haar doorgedrongen. Misschien verkeerde ze nog steeds in een shock.

Hoe dan ook, ze had besloten zolang mogelijk in het hotel te blijven en te proberen ervan te genieten dat het zondag was. Maar toen ze uiteindelijk uit bed was gekomen, een bad had genomen en ontbijt op de kamer had besteld, had het niet lang geduurd voor de rusteloosheid de overhand had gekregen. Minder dan een uur later hinkte ze de lift uit en verder de gang door naar de afdeling. Ze hoorde dat de bespreking in volle gang was.

Het was niet zo dat ze zich er niet van bewust was dat ze daar, gezien alle gebeurtenissen van die nacht, eigenlijk niet zou moeten zijn, maar ze vond het toch wel een beetje brutaal. Het was tenslotte háár onderzoek. Zij was immers degene die het spoor had gevonden en alle conclusies had getrokken. Nu waren die niet helemaal juist gebleken, maar toch. Ze hadden op zijn minst kunnen vragen of ze erbij wilde zijn.

De deur van de vergaderkamer stond open en ze hoorde verspreid gelach. Er was een gecompliceerd onderzoek afgerond en er was een gevreesde dader onschadelijk gemaakt. Ze kon de uitgelaten stemming goed horen. Daar zitten ze dan alle eer op te strijken, dacht ze voordat ze op de openstaande deur tikte.

Het gelach verstomde en iedereen keek in haar richting.

'Dunja? Wat doe jij hier?' Sleizner stond op en kwam naar haar toe.

'De vraag is misschien meer wat jullie hier doen.' Ze hield een afwerende hand omhoog. 'Ik dacht dat ik degene was die het onderzoek leidde?'

'Jazeker, maar dat is afgerond. Dankzij jou. Nu is het zaak de eindjes aan elkaar...'

'Wie heeft gezegd dat het afgerond is?' onderbrak Dunja hem. 'Ik niet in elk geval.'

'Nee. Maar ik wel. Ik ben ondanks alles nog steeds degene die op deze afdeling de beslissingen neemt. Of heb ik iets gemist?' Sleizner begon te lachen en wendde zich tot de anderen, die hem onmiddellijk bijvielen.

Dunja vertrok geen spier. Het laatste wat ze van plan was, was lid te worden van hun clubje.

'Dunja, ik begrijp het niet. Wat is het probleem?' ging Sleizner verder. 'De dader is geïdentificeerd en dood. Natuurlijk, het onderzoek over wat er bij jou thuis precies is gebeurd, is nog niet klaar, maar dat is niet iets waar jij je druk om hoeft te maken. Integendeel, jij zou lekker in het...'

'Het probleem is dat hij het niet was.'

'Hoezo, hij niet?' Sleizner keek de anderen aan. 'Je meent toch niet serieus dat Benny Willumsen onschuldig is?'

'In elk geval wel aan de moord op Karen en Aksel Neuman en Katja Skov.' Ze hinkte de kamer in en merkte op dat Hesk zich zo ongemakkelijk voelde bij haar aanwezigheid dat hij zat te kronkelen als een paling om haar blik maar te ontwijken.

'Dunja...' Sleizner zuchtte overdreven. 'Dit is jouw eerste zaak, en het is niet zo gek dat jij...'

'Kim, het gaat niet om m...'

'Kun je mij laten uitpraten?'

'Nee, want ik weet precies wat je gaat zeggen, en je hebt het mis.' Dunja stopte een capsule in de Nespresso-machine en drukte op de knop. 'Dus nu moet je *míj* laten uitspreken.' Ze pakte het gevulde espressokopje en verbaasde zich erover dat het helemaal niet moeilijk was om gewoon geen vijfkronenmunt in het mandje te doen. 'Ten eerste heb ik de dader ontmoet. Niet Willumsen, maar de echte, en hij is minstens drie maten kleiner.'

'Was dat in Zweden?' vroeg Kjeld Richter, en Dunja knikte terwijl ze ging zitten.

'Heb je zijn gezicht ook gezien?' Voor het eerst ontmoette Jan Hesk nu haar blik.

'Nee, hij stond met zijn rug naar mij toe en toen hij zich omdraaide was zijn gezicht bedekt door een gasmasker. Vervolgens heeft hij mij verdoofd. Op dezelfde manier als hij met de anderen heeft gedaan.'

'Maar hen heeft hij om het leven gebracht.'

'Wat mijn volgende punt is. Waarom heeft hij mij in Zweden laten leven, om vervolgens te proberen mij een paar uur later in Denemarken te vermoorden?'

Stilte en blikken die werden uitgewisseld.

'Wat is jouw verklaring?' vroeg Sleizner uiteindelijk.

'Waar Willumsen in feite alleen maar uit was op een kick, heeft onze dader een heel ander motief. En daar maakte ik geen deel van uit.'

'Waar komt Willumsen dan in beeld?' Sleizner liep naar de koffiemachine en gooide demonstratief een vijfkronenmunt in het mandje. 'Als hij nu opeens zo onschuldig is, waarom breekt hij dan in bij jou en...'

'Wie heeft gezegd dat hij onschuldig is? Het enige is dat hij de drie laatste moorden niet op zijn geweten heeft. Ze zijn daarentegen zo uitgevoerd dat het daar wel de schijn van moet hebben.'

'Hebben we te maken met een copycat?' vroeg Richter.

'Ja, misschien. In elk geval moet hij hebben begrepen dat ik hem op het spoor was, en in plaats van te vluchten heeft hij...'

'Nee, het spijt me, maar dit snijdt geen hout.' Sleizner spreidde zijn armen. 'Er is geen discussie over mogelijk dat dit het werk van Willumsen is.' Hij knikte naar het whiteboard vol foto's en pijlen die wezen op overeenkomsten tussen de oude en de nieuwe gevallen. 'Ik zie eerlijk gezegd niet één punt waarom we het zo gecompliceerd moeten maken en...'

'Ben je blind of zo?' riep Dunja, en ze sloeg zo hard met haar hand op tafel dat haar kopje omviel. 'Het punt is dat er nog steeds een moordenaar vrij rondloopt!'

Het werd opnieuw helemaal stil rond de tafel. Onrustige blikken die wachtten op enige vorm van reactie van Sleizner. Dit was de eerste keer dat iemand in het team met stemverheffing tegen hem had gesproken. Dunja stond op, drukte een nieuwe capsule in het Nespresso-apparaat, liet de machine haar kopje vullen en ging weer zitten. Zonder ook maar enige neiging om te betalen.

'Dunja, ik zal heel eerlijk zijn,' zei Sleizner ten slotte. 'Je hebt fantastisch werk verricht, dat is absoluut een feit. Ik denk dat ik namens iedereen hier aan tafel spreek als ik zeg dat niemand had verwacht dat het bovendien zo snel zou gaan. Dus gefeliciteerd daarmee.' Hij applaudisseerde kort en liep om de tafel heen. 'Maar die toon van jou en de houding waarmee je binnen komt stampen zijn niet oké.' Hij ging vlak achter haar staan. 'Dat kan vast worden verklaard door alles wat je het laatste etmaal hebt meegemaakt en de overmoed die je nu hebt nu je nog in leven bent. Dus wat dat betreft zal ik dat door de vingers zien. Vooralsnog. Wat dat andere betreft, waar we het eigenlijk over hebben, denk ik gewoon dat je uit je nek kletst. Of nee, ik ben er volledig van overtuigd dat je het spoor totaal bijster bent. Maar om niet de gebeten hond te zijn, zou ik me kunnen voorstellen dat we een poging doen met die zogenaamde andere dader. Voornamelijk als spelletje om te kijken waar dat toe leidt.'

'Mooi,' zei Dunja. 'Dan stel ik voor dat we...'

'Dan is mijn eerste vraag: waarom stopt hij jou met de lichaamsdelen van Neuman en Skov in de kofferbak in plaats van jou gewoon in Zweden te laten? Dat heeft ertoe geleid dat we niet alleen de auto aanzienlijk sneller hebben gevonden, maar ook een enorme hoeveelheid bewijsmateriaal, waarvan één ding net is opgestuurd voor DNA-analyse.'

'Wat voor bewijs? Wat hebben jullie gevonden?'

'Wij niet. Pedersen,' zei Hesk, en hij wachtte op een oké van Sleizner voor hij doorging. 'Hij is de hele nacht bezig geweest en heeft de lichaamsdelen onderzocht.' Hesk haalde twee foto's uit een bruine envelop en legde die voor Dunja op tafel.

Beide foto's waren recht van bovenaf genomen. Op de ene lagen de afgehakte lichaamsdelen van Aksel Neuman als een 3D-puzzel op 'hun juiste plaats' op een verlichte onderzoektafel. Van het hoofd tot aan de voeten met telkens een paar centimeter tussen elk onderdeel. Dunja kwam tot elf stuks en moest denken aan een mislukte truc van een illusionist met een doormidden gezaagde dame.

De andere foto toonde hoe Katja Skov op dezelfde manier op de tafel ernaast was neergelegd.

'Waar is haar rechterborst?' Dunja bestudeerde de foto wat beter en wees op de borstpartij, die in tegenstelling tot die van Aksel Neuman in het midden was afgekapt. Waar de rechterkant had moeten zitten, was nu helemaal niets.

'Die mist nog. Maar het belangrijkste is dit gedeelte.' Hesk legde nog een foto neer die was ingezoomd op Skovs onderlichaam. 'Daar heeft Pedersen sporen veiliggesteld van het sperma van de dader. En dat was precies wat er de hele tijd ontbrak om Willumsen veroordeeld te krijgen.'

Dunja knikte. 'En stel dat het niet van hem is?'

'Dat zal blijken als we de uitslag van het lab krijgen,' zei Sleizner. 'Maar nu terug naar mijn vraag. Wat was het nut om jou op te sluiten in die auto?'

'Dat heb ik me ook afgevraagd en ik ben tot de conclusie gekomen dat er maar één verklaring is.' Ze keek de anderen aan. 'Het was de bedoeling dat we snel de auto zouden vinden met alles wat erin zat.'

'Je bedoelt al het bewijs?' vroeg Richter, en Dunja knikte.

'Dus het eigenlijke motief zou zijn om Willumsen in de val te laten lopen?' vroeg Hesk.

'Dat zou een onderdeel ervan kunnen zijn. Maar in dat geval meer als neveneffect. Vergeet niet dat we te maken hebben met iemand die bereid is onschuldige mensen om het leven te brengen en ze in stukken te zagen. Nee, het voornaamste nut van Willumsen moet zijn geweest ons op het verkeerde been te zetten, ons af te leiden van waar het eigenlijk om gaat.'

'En wat zou dat dan zijn?' vroeg Sleizner met licht ingehouden irritatie.

'Ik weet het niet zeker, maar het antwoord zou te vinden moeten zijn bij de slachtoffers. Of, als jullie het mij vragen, bij dat wat er míst bij de slachtoffers.' Ze tikte met haar vinger op de foto van Katja Skov. 'Bovendien zouden we die auto uit de haven van Helsingør moeten halen, of er in elk geval een duiker naar moeten laten kijken. Daar is de dader tenslotte mee hiernaartoe gekomen.'

Sleizner vermande zich en dacht na. 'Oké, wat jij wilt. Maar zo gauw het antwoord van de DNA-analyse komt en blijkt dat het Willumsen was, gaat het onderzoek naar het archief. Is dat begrepen?'

Iedereen knikte.

Iedereen behalve Dunja.

70

07.30-08.30 Onbijt
08.30-08.42 Afruimen
08.42-09.00 Doesen
09.00-09.14 Aankleden en inpaken. Sgeren (papa)
09.14-09.15 Autoruiten kraben
09.15-09.30 Naar het zwembad
09.30-12.00 Zwemparadeis!!!

'Kom nou, anders zijn we te laat.' Matilda trok het handgeschreven en met kleurrijke vogeltjes geïllustreerde rooster uit Fabians handen.

Om dertien minuten over zeven had ze de plafondlamp aangedaan, was ze in bed geklommen en op zijn buik gaan zitten, en had ze hem het schema voor hun gemeenschappelijke zondag laten zien. Hij had nog geen drie uur slaap gehad, nog minder dan de helft van wat hij eigenlijk nodig had om sowieso te kunnen functioneren.

Twee dubbele espresso's later voelde hij zich bijna wakker en beloofde hij zichzelf deze zondag geheel en al te wijden aan zijn vaderschap. Het onderzoek moest wachten. Hij had bovendien toch tijd nodig om te bedenken hoe hij buiten medeweten van Edelman verder kon gaan. Hij zou de kinderen laten beslissen. Hij kon zich zelfs indenken naar het zwemparadijs te gaan, hoewel hij daar een grotere hekel aan had dan aan de metro in de spits.

Maar eerst zouden ze uitgebreid ontbijten. Toen Matilda en hij alles op tafel hadden gezet en de kaarsen in de adventskandelaar hadden aangestoken ging hij naar Theodor om hem wakker te maken. Telkens als hij de kamer van zijn tienerzoon binnenkwam overviel hem het gevoel van chaos, stofwolken en een dringende behoefte aan ventileren, of nog beter: een totale sanering. Maar deze keer voelde hij iets heel anders. Iets wat niet in het minst te maken had met de stapels kleren die op de grond gesmeten lagen, en het beste kon worden omschreven als een harde vuistslag midden in de *plexus solaris*, de zenuwknoop achter de maag.

Theodor lag op zijn rug te slapen en Fabian werd herinnerd aan wat hij de vorige avond had gedaan. Hij had niet alleen een strafbaar feit gepleegd, maar meer iets wat hij zelf beschouwde als een doodzonde. Hij had zijn zoon geslagen. Hij had zijn geduld verloren en dat had geresulteerd in een harde tik midden in Theodors gezicht.

Nu was het rond diens rechteroog niet alleen rood en blauw, maar ook behoorlijk gezwollen, en op zijn bovenlip was een bloedblaar met een korst zichtbaar. Zijn maag trok samen en hij had meteen geen trek meer in alle lekkere dingen die op de ontbijttafel stonden. Hij ging op de rand van het bed zitten, legde zijn hoofd in zijn ene hand en streelde Theodor met de andere voorzichtig over zijn haar. Was hij echt zo tekeergegaan? En in dat geval, hoe zou hij zichzelf ooit kunnen vergeven?

De vuile spijkerbroek op de stapel op de grond kwam met de verklaring. Of beter gezegd: de gesmolten sneeuw die er in een plasje onder lag. Theodor was vannacht buiten geweest. Hoewel Fabian dat uitdrukkelijk had verboden en hoewel Theodor had beloofd thuis te blijven, was hij toch naar buiten geglipt. Fabian wilde hem wakker maken en hem ter verantwoording roepen, maar wat had dat voor zin? Het was toch al gebeurd en het beste wat hij kon doen was hem laten slapen en het samen met Sonja opnemen als al het andere wat was gezakt.

'Maar pap... Hoelang gaat dit wel niet duren?' vroeg Matilda vanaf de achterbank terwijl Fabian de parkeerplaats van het Söderziekenhuis op reed.

'Niet lang. Hooguit een halfuurtje.'

'Maar dan redden we het zwemparadijs niet. Dat gaat al om halftien open. Je hebt het beloofd papa,' ging Matilda verder, terwijl ze zich uitrekte naar de plastic zak die een stukje bij haar vandaan op de achterbank lag en een paar keer om zijn inhoud was gewikkeld.

'Ik kon toch niet weten dat Malin zou bellen en dat ze kwaad was omdat ik niet langs was geweest? En rustig nou maar, we komen heus wel aan die andere dingen toe, alleen misschien niet aan zwemmen,' zei Fabian, en hij vond eindelijk een lege parkeerplaats. Hij parkeerde de auto. 'De bioscoop, McDonald's en de rest van je schema. Dat beloof ik.'

'Maar dan wil ik snoep.' Matilda kreeg de zak te pakken en trok die naar zich toe.

'Vandaag? Het is zondag. Je weet dat je alleen op zaterdag snoep krijgt.'

'Ja. Zondagssnoep. En ik wil het nú.'

Fabian nam de bestelling vanaf de achterbank met een knikje in ontvangst en stapte uit, terwijl Matilda de plastic zak openmaakte en met grote ogen naar de porseleinen pop keek.

Malin lag op een zaal met vijf andere patiënten. Ze sliep. Haar gezicht was net zo bleek als de lakens van het bed en haar onhandelbare haar lag tegen haar bezwete voorhoofd geplakt. In haar ene arm zat een infuus en haar halfopen ziekenhuishemd gaf veel te veel bloot. Fabian duwde zo zachtjes mogelijk de bloemen in een van de roestvrijstalen vazen op het tafeltje op wielen.

'Is ze dood?' fluisterde Matilda, terwijl hij een groet op het kaartje bij de bloemen schreef.

'Nee, ze is alleen moe. Kom, dan gaan we.' Fabian pakte Matilda bij de hand en liep naar de deur.

'En waar denk je dat jullie heen gaan?'

Fabian keerde zich om en zag dat Malin haar ogen had geopend. 'Ik dacht dat je sliep en wilde je niet...'

'Ja ja, ga zitten en vertel. Hallo Matilda, leuk dat je ook mee bent gekomen. Daar verderop staat nog een stoel.'

Matilda ging de stoel halen.

'Wat vertellen?' vroeg Fabian.

Malin rolde met haar ogen. 'Ik heb zwangerschapsvergiftiging. Ik heb geen lobotomie gehad hoor.'

Fabian trok de stoel naast het bed naar zich toe en ging zitten. 'Malin, er valt weinig meer te vertellen dan wat je vast al weet. Midden in de chaos die ontstond toen jij in elkaar zakte is Kremph erin geslaagd zich door een raam naar buiten te werken en is hij naar beneden gesprongen.'

'Dat weet ik. Maar daarna?'

'Tja, daarna is er niet zoveel meer gebeurd. Het onderzoek is afgerond en iedereen is tevreden.' Hij onderstreepte het geheel met een lach, en hoorde tevens dat Matilda erin was geslaagd het zakje snoep open te krijgen.

'Komt het door Anders? Heeft hij gezegd dat je zo moet doen?'

'Hoe "zo moet doen"? Ik heb Anders niet eens gesproken. Malin, ik begrijp niet wat er...'

'Schei uit zeg, voor ik echt kwaad word. Kom me nou niet vertellen dat het voorbij is. Denk je dat ik niet aan die frons tussen je ogen zie dat je er enorm veel moeite mee hebt dat het zondag is en dat je niets liever wilt dan werken?'

Fabian vroeg zich af wat hij moest doen, ook al had hij al een besluit genomen. Hij zuchtte. 'Ik geloof niet dat het Kremph was. Ik denk dat hij alleen lokaas was om de aandacht op zich te vestigen en dat er eigenlijk heel iemand anders achter zit.' Hij had zoals gewoonlijk stevige kritiek verwacht in de vorm van geslepen argumenten die zijn gedachten de grond in boorden. Maar hij kreeg niets, ze sloeg haar ogen niet eens ten hemel. Hij wist niet of hij de stilte moest interpreteren alsof ze het niet had gehoord of dat ze gewoon te moe was om te kunnen reageren. 'Malin?' Hij zwaaide met zijn ene hand voor haar gezicht. 'Heb je gehoord wat ik zei?'

'Ja, ik heb het gehoord. En nee, ik ben nog niet hersendood. Ik dacht namelijk exact hetzelfde.'

'O ja? Sinds wanneer dan?'

'Vlak nadat ik hier in het ziekenhuis weer bijkwam. Want op het moment dat hij het zei, meende ik alleen dat hij het over zijn "andere ik" had. Maar dat was helemaal niet het geval.'

'Niet?' Fabian leunde dichter naar haar voorover.

'Dat was tijdens die confrontatie, ergens halverwege. Weet je nog dat hij iets zei over iemand die er opeens was?'

Fabian schudde zijn hoofd. Hij was zo druk geweest met te zien hoe Malin het gesprek op gang hield dat hij bijna geen woord had gehoord van wat Kremph had gezegd. 'En helaas is de videofilm verdwenen.'

'Hoezo "verdwenen"?'

'Ik was vannacht op de afdeling om al het materiaal door te nemen, onder andere de film van Tomas van de confrontatie in de flat, maar iemand had de hele zaak al opgeruimd.'

'Hè? Wat gek. Wie zou...'

'De Zweedse Veiligheidsdienst, als je het mij vraagt,' zei Fabian, die had besloten de vraagtekens rond Edelman voorlopig voor zichzelf te houden. 'Ik weet niet precies hoe of waarom, maar er is geen twijfel over mogelijk dat dit veel hoger gaat dan dat afdelinkje van ons, en ik durf te zweren dat jij en ik niet de enigen zijn die hebben ingezien dat Kremph onschuldig was.'

'Wat een mazzel dat ik weinig vertrouwen had in Tomas en zijn filmkunst. Kun je mij de telefoon daar op het tafeltje even geven?'

'Hè, heb je het opgenomen?' Fabian gaf haar haar mobiel.

'Voornamelijk opdat ik er meteen naar zou kunnen luisteren als ik thuiskwam.' Ze ontgrendelde haar telefoon en klikte naar het geluidsbestand. 'Luister.'

'Maar dat mag niet, dat is niet goed. Helemaal niet goed. Dat kan niet, dan gaat het helemaal mis en dat mag absoluut niet. Dat het misgaat dus,' hoorden ze Kremphs zeverende stem. 'Alles moet kloppen, en als dat niet zo is, begint alles te draaien, en dan word ik zo moe, en dan opeens, is hij, die aardige, er ook. Hoewel ik de enige ben...' Ze hoorden Kremph slikken en ademhalen, '... die de sleutels heeft, is hij er toch om dingen te regelen en me te helpen. Hij denkt dat ik dat niet weet, maar ik weet het wel, en dan wordt alles zo zwaar en donker, dan ben ik als het ware gewoon verdwenen.'

'Ossian... probeer wat te kalmeren en...'

Malin drukte de pauzeknop in en keek Fabian aan. 'Hoorde je dat?'

'Bedoel je "die aardige"? Hij doelt daar alleen op zijn andere ik. Dat zegt hij bovendien vlak daarna zelf.'

'Dat dacht ik ook toen ik het de eerste keer hoorde, maar luister nou nog eens.' Ze zette het geluidsbestand weer aan.

'Papa, zijn we nou bijna klaar?' vroeg Matilda met haar zeurderigste stemmetje.

'Matilda, je moet even stil zijn. We zijn bijna klaar.'

'Alles moet kloppen, en als dat niet zo is, begint alles te draaien, en...'

'Papa, ik verveel me...'

Fabian maande haar tot stilte zonder zich om te draaien en zag daarom niet dat ze de porseleinen pop onder haar jas verstopt had en nu aan het knopje op de rug begon te friemelen.

'... en dan opeens, is hij, die aardige, er ook. Hoewel ik de enige ben... die de sleutels heeft, is hij er toch om dingen te regelen en me te helpen. Hij denkt dat ik dat niet weet, maar ik weet het wel, en dan wordt alles zo zwaar en donker...'

'Heb je het gehoord? Hij heeft het over die sleutels. "Hoewel ik de enige ben die de sleutels heeft, is hij er toch om dingen te regelen en me te helpen."'

Fabian knikte. Malin had gelijk.

'Ten tweede,' ging Malin verder. 'Zegt hij niet "aardige", maar "baardige". Wat betekent dat hij het over iemand anders moet hebben. Iemand met een baard. Iemand die binnenkomt hoewel hij geen sleutels heeft. Luister hier maar naar.' Ze startte de opname weer.

'Ik doe elke dag als ik binnenkom de deur op slot en heb zelfs de sloten vervangen. Op slot, op slot, en dan voel ik nog een keer of de deur op slot zit. Altijd. Anders weet je het niet zeker...'

'Hij heeft zelfs de sloten vervangen. Toch is die "baardige" er plotseling om mee te helpen.'

'Bedoel je dat dat de dader is?'

'Wie moet het anders zijn?'

Fabian dacht na over wat Malin had gezegd. Ondertussen kwam er een schoonmaakster binnen met haar kar, die de vloer begon te dweilen.

'Ah, mooi,' zei Malin. 'Ik heb gisteren koffie gemorst.' Ze wees op de lichtbruine vlek op de vloer naast het bed.

'Dat betekent dat er nog een manier zou moeten zijn om de flat binnen te komen,' zei Fabian, en hij ging opzij zodat de schoonmaakster erbij kon.

'Dat was precies wat ik wilde zeggen. Die steigers.'

'Nee, daar is niets. Alleen bij die andere opgang vanaf Östgöta... Matilda?' Fabian liep vlug naar Matilda toe die met de pop zat te spelen. 'Wat doe jij nou?' Hij rukte de pop uit haar handen. 'Heb ik gezegd dat je daarmee mocht spelen?' Hij zocht met zijn vingers naar het minimale knopje op de rug en zette het zo snel mogelijk uit. 'Nou?'

'Ik dacht dat die voor mij was.' Matilda begon te huilen. 'Ik dacht dat het een cadeautje was omdat je zoveel weg bent.' Er welden tranen op in haar ogen en al spoedig biggelden ze over haar wangen.

'Oké, dan begrijp ik het,' zei Fabian, en hij gaf haar een aai over haar bol.

'Ben je nou boos?'

'Nee, natuurlijk niet. Jij kon niet weten dat alleen papa daar voor kerstavond aan mocht zitten.'

Hij gaf haar een knuffel.

'Fabian. Kun je mij vertellen wat er aan de hand is?' vroeg Malin.

Hij knikte. 'We moeten er alleen eerst voor zorgen dat jij een andere kamer krijgt.'

71

Misschien was het totaal overdreven en misschien had Malin gelijk toen ze hem ervan beschuldigde dat hij meer paranoïde was dan een privédetective, maar Fabian kon niet anders. Paranoïde of niet, hij was niet gerust voor ze naar een andere kamer was verhuisd en het personeel ermee had ingestemd onder geen beding anderen dan de naaste familie te laten weten waar ze lag.

Matilda had de camera in de pop aangezet en niemand wist hoelang of hoeveel deze aan zijn onbekende ontvanger had kunnen versturen voordat Fabian hem had uitgezet. In het gunstigste geval niets, maar de kans bestond dat er foto's van hen en de kamer evenals grote delen van hun gesprek waren doorgestuurd.

Hij had met de gedachte gespeeld de camera te vernietigen, maar was tot de conclusie gekomen dat het beter was om – zoals gepland – langs Hillevi Stubbs te rijden en haar ernaar te laten kijken. Met een beetje geluk was er een manier om erachter te komen of en wat hij had verstuurd en misschien bovendien naar wie.

Stubbs had er niet meer dan een paar seconden naar hoeven kijken om zijn bangste vermoedens te bevestigen. Anbash Limited was een Chinees bedrijf dat pas drie jaar bestond, maar dat al een aantal producten op de markt had weten te brengen die niet anders konden worden bestempeld dan geavanceerde spionageapparatuur. Producten die iedereen gewoon op internet kon bestellen.

De draadloze camera was hun nieuwste snufje, en net zoals Fabian had vermoed was deze voorzien van een simkaart die op zijn beurt in rechtstreeks contact stond met het mobiele 3G-netwerk, en beelden en geluid verstuurde zodra de bewegingsdetector werd getriggerd. Helaas had ze geen idee hoe ze de ontvanger zouden kunnen opsporen omdat de simkaart een anonieme prepaidkaart was die hoogstwaarschijnlijk via internet aan een proxyserver was gekoppeld, waardoor de ontvanger kennis kon nemen van de informatie zonder zijn eigen IP-adres bloot te geven.

'Maar Fabian, er is één ding dat ik niet begrijp,' had ze plotseling gezegd toen hij de pop weer in de zak had teruggestopt en haar om de sleutels van het appartement van Kremph had gevraagd. 'Is het niet klaar? Ik bedoel, de dader is toch dood?' Hij had geknikt en iets gezegd over dat hij alleen de laatste draadjes aan elkaar wilde knopen. 'Kijk dan maar uit dat je niet struikelt,' had ze hem achterna geroepen toen hij terugliep naar de auto, waar Matilda had zitten wachten.

Hoewel ze een groot deel van de ochtend waren afgeweken van het overvolle schema was Matilda in een verbazingwekkend goed humeur. De rest van de dag stuurde ze echter met ijzeren hand en accepteerde ze geen enkele afwijking. De eerste stop was de SF-bioscoop op Medborgarplatsen, waar ze erop stond dat ze het grote 3D-epos *Avatar* van James Cameron zouden gaan zien dat net in première was gegaan. Hoewel *Alien I* en *II* enkele van Fabians absolute lievelingsfilms waren, had hij beslist geen zin om een 'Blue Manfilm' te gaan bekijken, zoals hij die zelf was gaan noemen nadat hij de trailer had gezien.

Helaas werden zijn ergste vermoedens bewaarheid, en het enige voordeel van de twee uur en veertig minuten durende 'boswandeling' was dat hij zijn ogen achter het 3D-brilletje kon sluiten om wat broodnodige slaap in te halen.

Matilda had de film daarentegen geweldig gevonden en beweerd dat het de beste film was die ze ooit had gezien – wat overigens na elk bioscoopbezoek het geval was, hoewel ze deze keer bereid was zover te gaan de rest van het schema te schrappen om hem meteen nog een keer te kunnen zien. Maar de trek had toch de overhand gekregen en ze hadden het strikte schema gevolgd en ieder bij de McDonald's op Folkungagatan een menu naar binnen gewerkt. Daarna hadden ze de auto gepakt naar Mariatorget om te gaan bowlen en was het nu tijd voor het laatste punt van het schema:

19.15-20.00 Mama verrazzen met koffi en wat lekers

Fabian had gehoopt dat dat idee zou verzanden, of dat ze het gewoon niet zouden redden. Sonja had namelijk een gruwelijke hekel aan verrassingen. Zeker als ze werd gestoord in de eindfase vlak voor een expositie, en deze keer was ze juist al gestrester dan ooit.

Op weg naar de auto, die een stukje verder op Hornsgatspuckeln stond, probeerde hij Matilda ervan te overtuigen dat ze zelf beter iets konden gaan gebruiken, of dat ze Theodor konden bellen om te vragen of hij zin had hen gezelschap te houden. Maar Matilda had voet bij stuk gehouden. Sonja zou wat lekkers krijgen en het moest een verrassing worden. Dus een halfuur later stonden ze op Munkbrogatan 6 en belden aan.

'Waarom doet ze niet open?' vroeg Matilda met een dampend warme papieren beker in elke hand.

'Geen idee. Misschien is ze verf aan het kopen.'

'Nu?'

'Of wil ze gewoon niet gestoord worden. Je weet hoe ze is als ze zo gestrest is.' Fabian hield het knopje wat langer ingedrukt en wachtte af. 'Kom Matilda, dan gaan we binnen zitten bij die koffiebar voordat je chocolademelk helemaal koud is.'

Matilda schudde haar hoofd. 'Dan moet jij je sleutels maar gebruiken.'

'Welke sleutels?'

'Die van jou. Jij hebt er toch ook een paar?'

'Nee. Hoe kom je daar n…'

'Papa…' Matilda rolde met haar ogen.

Voor het geval Sonja haar sleutels zou verliezen, of als hij om de een of andere reden in het atelier zou moeten zijn, had hij er inderdaad een paar. Maar die moesten niet worden gebruikt om binnen te klossen en haar te verrassen, en dat Matilda überhaupt het bestaan ervan kende maakte dat hij zich afvroeg wat ze nog meer wist.

'Dat is toevallig, hier zijn ze.' Hij stak een van de sleutels in het slot en draaide hem om.

Ze gingen met de lift tot de bovenste verdieping en namen de laatste trap naar het atelier, waar Matilda met de ene papieren beker in haar hand op de bel drukte.

'Oké, maak maar open,' zei Matilda al na een paar seconden.

'Zullen we niet even wachten...'

'Papa... doe nou open.'

Fabian deed de deur met tegenzin open. 'Maar ik ga eerst naar binnen, jij blijft hier wachten.' Tot zijn verbazing knikte Matilda, en hij ging alleen naar binnen en keek om zich heen.

Hij wist niet wat hij had verwacht. Sonja die bevend in foetushouding op de grond lag, niet in staat alle lege canvasdoeken te vullen met nieuwe, zinloze onderwatermotieven die bovendien alleen maar een herhaling waren van de laatste vier exposities. Of zoals nu: Sonja met haar koptelefoon op zo'n luid volume dat hij 'Shout' van Tears For Fears duidelijk kon horen, hoewel ze zelf meezong en ondertussen parallel aan meerdere opgespannen doeken tegelijk werkte.

Fabian ademde uit, maar voelde ook een stijgende ongerustheid voor wat er zou gebeuren zo gauw ze hem ontdekte. Ze zou vast en zeker uit haar flow raken en hem daar vervolgens de schuld van geven bedacht hij, en hij besloot dat hij het beste terug kon sluipen om Matilda te overreden dat ze mama ongestoord moest laten werken.

Maar net toen hij zich omdraaide, ging het licht snel uit en aan, waardoor Sonja zich met een ruk omkeerde en haar koptelefoon afzette. 'Wat doen jullie hier in godsnaam?' De blik die hem trof was net zo kil en hard als hij had verwacht. 'Ik dacht toch dat ik volkomen duidelijk was geweest met...'

'We komen met koffie en wat lekkers,' onderbrak Matilda haar, en ze liet het lichtknopje bij de ingang los.

Sonja herstelde zich en toverde een glimlachje op haar gezicht.

'Sonja... ik heb het echt geprobeerd, maar je weet hoe volhardend Matilda kan zijn.'

Sonja knikte met een zucht. 'Het is wel goed.'

'Zeker weten?'

Ze knikte opnieuw en ging op haar hurken voor Matilda zitten. 'Wat hebben jullie dan voor lekkers gekocht?'

'Koffie en saffraanbroodjes.'

'Mmm... Daar had ik nou net trek in.'

Tot Fabians verbazing verliep het bezoek ver boven verwachting. Zijn vrees voor ongemakkelijke stiltes en steken onder water was ongegrond. Het bleek dat Matilda alles tot in de puntjes had gepland, en ze wist precies hoe ze het hebben wilde. Sonja kreeg de opdracht iets van stof te pakken wat als tafelkleed op de grond kon dienen, en hij moest de tl-buizen aan het plafond uitdoen, zoveel kaarsen aansteken als hij kon vinden en die op de grond in een cirkel om het kleed zetten. Matilda zelf liep naar de stereo en zette de cd met 'I Would Die 4 U' van Prince op die hij had gebrand – negentien keer achter elkaar.

De koffie was allang koud en de saffraanbroodjes waren al vrij droog, maar dat maakte niet uit. Matilda genoot enorm en hield het gesprek gaande met alles van wat ze voor kerst zou willen hebben tot waar ze van de zomer naartoe zouden gaan op vakantie, en als in een geavanceerde pas de deux hielpen Fabian en Sonja elkaar met het ontwijken van de ergste valkuilen.

Fabian merkte zelfs dat hij meerdere keren moest lachen en hij zag ook hoe Sonja's stijve glimlachjes steeds ontspannener en natuurlijker leken. De frons tussen haar wenkbrauwen was verdwenen, evenals de opgetrokken schouders en de gespannen mondhoeken, en het was alsof hij haar plotseling herkende van hun eerste tijd samen. De tijd van voor de kleine kinderen en de prestatieangst in het atelier. Vóór alle ruzies. Als het toch zo eenvoudig had kunnen zijn.

Hij ontdekte dat het al na achten was, zelfs al bijna halfnegen. 'Matilda, nu moeten we mama in alle rust verder laten werken,' zei hij, en hij kwam overeind.

Matilda schudde haar hoofd. 'Kan ik hier niet blijven slapen?'

'Nee, hoe had je dat gedacht?' Fabian wilde haar hand pakken. 'Je weet hoeveel mama nog moet doen. Bovendien staat in dat schema van jou dat we hier om acht uur weg zouden gaan, en nu is het al bijna halfnegen.'

'Hè, toe nou...'

'Nee, kom dan gaan we.' Hij pakte haar bij haar arm en trok haar overeind.

'Ik wil niet, zeg ik toch!' riep ze, terwijl ze zich losrukte.

'Fabian, dat is geen probleem,' zei Sonja. 'Ze kan hier blijven. De kerstvakantie begint toch morgen.'

'Ja!' riep Matilda uit, en ze sloeg haar armen om Sonja heen. 'Ik beloof je dat ik je echt niet zal storen.'

Fabian keek Sonja in de ogen om te zien of ze het daadwerkelijk meende.

'Geen probleem,' herhaalde ze. 'Dit zijn toch de laatste.' Ze knikte naar de opgestelde schilderijen om hen heen. 'Ooit.'

'Wat ga je daarna dan schilderen?' vroeg Matilda.

Sonja haalde haar schouders op en ging staan. 'Wie dan leeft, die dan zorgt.' Ze liep zwijgend met Fabian mee naar de deur en liet hem uit. 'Zeg...'

Fabian draaide zich om. 'Ja?'

'We zijn momenteel niet in een van onze beste periodes, dat lijkt me duidelijk. En misschien is het zoals jij altijd zegt gewoon een crisis die binnenkort over is.' Ze zuchtte en keek naar de grond. 'Ik heb in elk geval nagedacht en weet niet hoelang we moeten blijven accepteren dat het een crisis is.'

Fabian liet de stilte groeien, zich er volledig van bewust dat het nu de bedoeling was dat hij die zou doorbreken. Dat hij zoals altijd zou zeggen hoeveel hij van haar hield en hoeveel beter alles binnenkort zou zijn. Maar deze keer zweeg hij. En hij was er altijd nog wel zo zeker van geweest dat ze, wat er ook gebeurde, altijd samen zouden blijven. Tuurlijk, hij had een paar keer gedreigd met echtscheiding, maar dat waren alleen loze dreigementen.

Nu wist hij het eerlijk gezegd niet meer en kon daarom alleen maar knikken, zich omdraaien en de trap af lopen.

72

Semira Ackerman maakte een laatste ronde om het bassin en raapte een paar neergesmeten handdoeken en vergeten slippers op. Het bericht dat het zwembad zou sluiten was al twee keer omgeroepen en de meeste gasten hadden zich al aangekleed en waren bezig hun kluisje leeg te maken. Maar zoals altijd waren er een paar die bleven hangen. Zo ook vanavond, constateerde ze toen een van de douches aanging.

Eigenlijk werkte ze nooit op zondag. In tegenstelling tot al haar collega's had ze het voor elkaar gekregen dat in haar contract stond dat ze op zondag niet werd ingeroosterd. Dus elke keer als er iemand ziek was en de nieuwe personeelschef, wiens leeftijd voor de rest van het personeel een lachertje was, vroeg of ze het team eventueel uit de brand wilde helpen, had ze nee gezegd.

Voor het téám. Altijd dat verdomde team.

Alsof iemand van het team ooit voor háár klaarstond.

Nee, haar zondagen waren heilig. Misschien omdat dat het enige in haar leven was wat ongewijzigd was, niet was meegezogen in de algemene vervlakking en zijn betekenis niet volledig had verloren. Over het algemeen bracht ze de zondagen thuis door. Of beter gezegd: in de fauteuil met de voetenbank onder haar benen, een goed boek in haar handen en de theepot binnen handbereik op de vensterbank. Ze was dol op lezen, en het enige wat haar kon bewegen naar buiten te gaan was wanneer het zulk mooi weer was dat het een schande was om niet even een wandeling te gaan maken.

Ze had meestal de ambitie om zichzelf uit te dagen en nieuwe paden te betreden, in het gunstigste geval een heel nieuw gebied te ontdekken. Maar het eindigde er vrijwel altijd mee dat ze naar de kade bij het Hammarbymeer ging en de boot – Lotten – naar de overkant nam en dan tussen de huizen rondwandelde die, hoewel ze nieuw waren, er erg gezellig uitzagen. Dat nam iets meer dan twee uur in beslag, soms langer als ze ergens onderweg ging zitten lezen.

Maar deze zondag was ze zoals gezegd aan het werk. Ze had zelf aan de personeelschef gevraagd of ze kon komen werken. Hij had haar aangekeken of ze een grapje maakte, maar zich snel hersteld en meteen gezegd dat er geen sprake kon zijn van onregelmatigheidstoeslag. Ze had bijna willen zeggen dat het dan niet hoefde, maar had zich op het laatste moment bedacht. Want ze durfde eerlijk gezegd niet een hele dag alleen te zijn.

Sinds die man die – als ze haar zus moest geloven – van de politie bleek te zijn in de bus achter haar aan was gekomen, was niets meer hetzelfde. En ook al had ze hem van zich af weten te schudden, ze had sindsdien niet kunnen eten of lezen, en slapen deed ze ook al bijna niet. De bus had ze niet meer durven nemen. Daarom had ze het hele stuk naar de metrohalte Medborgarplatsen gelopen en was ze op Gamla Stan van de groene lijn overgestapt op de rode. Feit was dat ze zich zo oneindig veel veiliger voelde als ze zich onder de mensen bevond, en het Sturebad waar ze werkte, was zo'n plek.

Ze was dan wel bezig het zwembad af te sluiten en ze zou daarna naar huis gaan, maar alléén was ze in elk geval niet. Dat kon ze duidelijk horen vanuit de douches in de dameskleedkamer. Meestal waren het de mannen die op zich lieten wachten, vaak met een oneerbaar voorstel en in een staat die alleen voor zichzelf en mogelijk ook voor hun vrouw bedoeld was. Over het algemeen was het voldoende als ze lachend haar hoofd schudde en de gast vroeg zich aan te kleden voordat het alarm op het pand ging en ze de zaak overdroeg aan de jongens van Securitas. Werkte dat niet, dan wilde de ijskoude straal van de waterslang wel helpen.

Maar nu was het zoals gezegd een vrouw en niet een man, en dan waren er bijna nooit problemen, constateerde ze op weg naar de dameskleedruimte in een poging zichzelf ervan te overtuigen dat er geen enkele aanleiding tot ongerustheid was.

Gelukkig had Carnela beloofd haar vanavond gezelschap te houden en ze was van plan er alles aan te doen om haar over te halen te blijven slapen. Ze zou ongetwijfeld protesteren en de ene uitvlucht na de andere verzinnen, maar blijven slapen was wel het minste wat ze kon doen. Ergens had zij ook wel schuld aan het geheel.

Zelf was Semira al vanaf het allereerste begin tegen het hele idee geweest en had ze consequent geweigerd naar de argumenten van haar zus te luisteren over hoe soepeltjes en gemakkelijk het zou gaan, om nog maar te zwijgen over hoe veilig het was. Maar naarmate haar toestand was verergerd was haar overtuiging gaan wankelen, en toen ze uiteindelijk niet eens meer met een vergrootglas een boek had kunnen lezen, had ze zich laten overhalen.

Achteraf was de ongerustheid teruggekomen als een grote knoop in haar maag en was ze zulke merkwaardige dingen gaan dromen dat ze haar dromen niet eens had willen vertellen aan haar therapeut. Maar naarmate de jaren verstreken was de knoop gekrompen en was het leven weer zijn normale gangetje gegaan. Uiteindelijk had ze moeten toegeven dat Carnela gelijk had gehad.

Tot nu.

Het geluid van de douche was verstomd dus ze ging vast een kijkje nemen bij de kluisjes. Daar was niemand, en voor zover ze kon zien waren ze allemaal open en leeg, wat toch vrij opmerkelijk was. Ze ging de doucheruimte binnen en constateerde dat er daar ook niemand was. Ze begreep er niets van. Ze wist zeker dat ze minder dan een minuut geleden iemand had horen douchen; een van de douches was inderdaad nog aan het nadruppelen.

Ze vroeg zich af of ze om hulp moest bellen, maar besloot de ongerustheid niet de overhand te laten krijgen en liep verder naar de toiletten. Er bestond immers een kans dat de persoon in kwestie een laatste bezoek aan het toilet had moeten brengen. Maar ook die bleken niet op slot en leeg te zijn, en het enige wat er nu nog gecheckt moest worden was de sauna-afdeling. Als daar ook niemand was zou ze opnieuw moeten beginnen en het hele complex nogmaals moeten doorzoeken.

De deur naar de droge sauna klemde, dus ze moest beide handen gebruiken om hem open te krijgen. Er sloeg haar een muur van warmte tegemoet en ze bedacht opeens hoelang het geleden was dat ze haar secundaire arbeidsvoorwaarden had benut en een paar uur in de spa had gezeten. Zo gauw dit achter de rug was zou ze een van haar vele vrije zondagen gebruiken en alleen maar gaan genieten.

Ze liep naar binnen, zag helemaal boven in de hoek een vergeten handdoek liggen en klom de drie banken op. De warmte werd direct van een warme omhelzing hard en agressief. Ze rekte zich uit naar de handdoek en voelde dat het zweet haar uitbrak. En dat terwijl ze bijna nooit transpireerde. Ze zou voor ze het wist doorweekt zijn.

Ze stapte weer naar beneden, liep naar de deur en wilde die openduwen. Hij klemde opnieuw en weigerde open te gaan, hoewel ze zo hard duwde dat het zweet haar nog verder uitbrak en haar kleren tegen haar lichaam plakten. Ze zou maandag de huismeester informeren, zodat hij er meteen na sluitingstijd wat aan kon doen. Pas toen ze er met haar hele lichaam tegenaan duwde kreeg ze hem open en kon ze eruit.

Op weg naar de stoomsauna speelde ze met de gedachte een douche te nemen voordat ze afsloot en naar huis ging, maar realiseerde zich vervolgens dat dat weinig zin had omdat ze toch geen andere kleren bij zich had. Bovendien had ze nog iets anders bedacht.

Ze wist niet hoe of waarom, alleen dat het opeens volkomen juist voelde. Zo gauw ze thuiskwam zou ze contact opnemen met die politieman en hem alles vertellen wat ze wist. Carnela zou uiteraard woest worden en protesteren, maar dat was dan jammer. Dit was het enige juiste.

De deur naar de stoomsauna ging zonder problemen open en ze stak haar hoofd in de vochtige mist naar binnen. Ze kon bijna niet zien of er daadwerkelijk iemand helemaal achterin zat of dat gewoon een van de lampen niet werkte en een schaduw creëerde.

'Hallo? Is daar iemand? We gaan sluiten.' Het was haar ambitie om zo rustig en neutraal mogelijk te klinken, maar zo gauw ze haar eigen stem hoorde zag ze in dat deze verre van rustig en neutraal klonk.

73

Fabian haalde de zaklamp uit het extra vak in de bagageruimte, deed de kofferbak dicht en drukte terwijl hij Östgötagatan overstak op de autosleutel, zodat de lichten gingen knipperen en de relais van de centrale slotvergrendeling klikten in alle portieren.

Op weg van het atelier naar huis had hij nagedacht over wat Sonja had gezegd en had hij geprobeerd erachter te komen waar hij zelf stond. Maar ergens ter hoogte van Slussen waren zijn gedachten uit zichzelf overgegaan naar de conclusie van Malin dat er waarschijnlijk nog een manier was om de flat van Ossian Kremph binnen te komen. Een manier waarvoor je geen sleutels nodig had. Malin had natuurlijk gelijk. De dader was uiteraard op een andere manier binnengekomen dan door de voordeur.

Terwijl hijzelf tijdens het bezoek met Kremph alleen verward gewauwel had opgevangen over een radio, had zij ondanks haar zwangerschap en de zwangerschapsvergiftiging uit Kremphs verhaal op weten te maken dat hij gewoon had verteld over een man met een baard die bij hem thuis was gekomen, hoewel hij zelf de sloten had vervangen. Dat was nou precies wat haar tot een betere politiefunctionaris maakte dan alle anderen bij elkaar, inclusief hijzelf.

Daarom was het besluit om er nu meteen heen te gaan in plaats van tot morgen te wachten heel eenvoudig geweest: gewoon zijn linkerrichtingaanwijzer gebruiken en Söderleden op rijden in plaats van Hornsgatan te blijven volgen.

Toen hij via de spiraalvormige trap naar boven liep, moest hij denken aan het afgeluisterde mobiele telefoongesprek tussen Grimås en Edelman. Hij had daar niets over gezegd tegen Malin, voornamelijk omdat hij nog niet goed wist hoe hij daarmee om moest gaan. Wat wist Edelman eigenlijk nog meer, en hoe zou hij reageren als hij ermee werd geconfronteerd? Het enige wat Fabian zeker wist, was dat hij een dergelijke situatie met zijn oude mentor tot elke prijs wilde vermijden. Het zou het beste zijn als hij voldoende sporen en leidraden zou vinden die van Kremph af zouden leiden om er op die manier voor te zorgen dat Edelman geen andere keus had dan het onderzoek te heropenen.

Eenmaal boven maakte hij de deur met de sleutels van Stubbs open. Hij ging de propvolle flat binnen, liet de lichtkegel van de zaklamp over de muren schijnen en vroeg zich af waar hij zou beginnen. De verborgen ingang was slechts een van de vele redenen dat hij hier was.

Volgens Hillevi Stubbs weerspiegelden de twee persoonlijkheden van Ossian Kremph zich in het appartement als twee verschillende lagen. De extreem plannende en ordelijke, en de andere met een hoofd vol hiaten in zijn geheugen die alles om zich heen verspreidde zonder te weten waarom. Een theorie die op papier volkomen logisch leek, maar die in werkelijkheid totaal niet klopte.

Het had haar weliswaar geholpen om snel het spoor te vinden dat ze naar Adam Fischer in de Shurgard-opslagruimte had geleid, maar Stubbs was ervan uitgegaan dat de plannende Kremph die leidraad had verstopt. En dat klopte niet. Kremph was ook niet degene die het scalpel in de keuken had gelegd, de gashouder met hexaangas daar had neergezet of die de ogen van alle foto's van de vrouw in de bus had uitgesneden.

Dat was de dader.

Er was daar iemand geweest die de flat had voorbereid, leidraden had uitgezet en Kremph had klaargemaakt voor zijn rol als de perfecte dader. Het enige wat Fabian nu moest doen was de bewijzen vinden.

Hij besloot te beginnen met de badkamer, die eruitzag als de meeste badkamers die aan renovatie toe waren. Een badkuip met een rand die zo geel was dat die met geen middel ter wereld schoon te krijgen was. Lijmvoegen in het linoleum op de vloer die zwart waren van de schimmel en een badkamerkast met een spiegel die alleen hier en daar spiegelde.

Hij deed de spiegeldeur open en liet zijn blik over de planken in het kastje glijden. Op de bovenste stond een kleine apotheek van potjes met namen als ATARAX, LEPONEX, XANAX en ZOPICLON. Op de middelste plank stonden allerlei crèmes voor verschillende soorten eczeem, maar op de onderste, naast een tube tandpasta en een rolletje tandzijde, stond waar hij naar op zoek was: het rode pillendoosje dat Kremph tijdens de confrontatie had genoemd. Hij pakte het op en bestudeerde het kunststof doosje met deksel dat voor alle dagen van de week drie vakjes had.

Ochtend, middag en avond.

Van maandagochtend tot zaterdagochtend waren de vakjes leeg, wat goed klopte met het feit dat Kremph op zaterdag was opgepakt. De resterende vakjes zaten vol verschillende kleuren pillen. Hij koos er een op goed geluk, stopte hem in zijn mond en kauwde.

Hij zou uiteraard een uitvoerige analyse van de inhoud laten maken, maar hij had nu al zijn vermoedens. Kremph was er volledig van overtuigd geweest dat hij elke dag zijn pillen had geslikt, wat ook zo was. Maar te oordelen naar de smaak, had hij alleen suiker binnengekregen. Fabian opende een van de potjes op de bovenste plank en proefde nog een pilletje. Precies hetzelfde.

Kremph had zonder dat hij het wist langdurig rondgelopen zonder medicatie. De vraag was alleen hoelang. Ging het om maanden, dan had de dader genoeg tijd gehad om Kremph te sturen en misbruik van hem te maken terwijl zijn dissociatieve identiteitsstoornis weer opspeelde.

Hij nam het doosje mee naar de woonkamer, legde het op tafel en keek om zich heen. Er was nog iets waar hij naar moest kijken voor hij echt naar de ingang zou gaan zoeken. Hij ging uit van een centrale plaatsing om een zo groot mogelijk oppervlak te dekken en bleef hangen bij het wandrek dat vol boeken stond. Het was niet de eerste keer dat hij ernaar keek, maar hij kreeg nu pas in de gaten dat er iets niet klopte.

Onder de titels bevond zich van alles – van tuin- en kunstboeken tot oude pockets van Enid Blyton over De Vijf, evenals een heleboel roze chicklit-titels. Er stond alleen niet één boek bij dat Ossian Kremph naar verwachting dusdanig kon interesseren dat hij het zo centraal zou neerzetten.

Ze waren er neergezet.

Hij haalde de boeken er een voor een uit en begon erin te bladeren. Toen hij halverwege de plank was en *Can You Keep a Secret?* van Sophie Kinsella eruit haalde vond hij wat hij zocht. De pagina's bleken er in het midden uit te zijn gescheurd zodat er een ruimte ontstond als het boek dicht was. In die ruimte zat een identiek rechthoekig kunststof doosje als hij in de pop had aangetroffen.

Hij schakelde het uit met het knopje, legde het naast het pillendoosje op tafel en begon naar de verborgen ingang te zoeken. Hij begon in de hal, maar vond niets. Niet achter de kleren die aan de kapstok hingen en niet achter de roodbruine draperie die een flink stuk van de ene muur bedekte.

In de woonkamer checkte hij de twee ramen, maar hij zag geen sporen van braak. Hij deed een van de ramen open, leunde naar buiten en scheen met de zaklamp langs de gevel. Er weerkaatste hondengeblaf tussen de gevels en de Opel die voor zijn eigen auto geparkeerd stond reed weg over Blekingegatan. Hij zag echter geen sporen op de gevel die erop duidden dat er iemand via die weg naar binnen zou kunnen.

Aangezien geen van de muren in de kamer aan een buurappartement grensde ging hij verder met het controleren van de vloer, waar hij het kleed optilde en onder de bank scheen. Daarna richtte hij de zaklamp op het plafond en zocht naar rechte kieren in rechte hoeken. Maar behalve een heleboel spinnenwebben en schilfers in de vergeelde plafondverf vond hij niets wat erop wees dat er een verborgen luik was. Met de keuken en de badkamer was het al hetzelfde liedje.

Dan was er nog de slaapkamer, maar als je naging hoeveel tijd Kremph leek te hebben besteed aan slapen was dat de minst waarschijnlijke kamer. Dan was het schoonmaakhok vlak naast hem aanzienlijk interessanter. Dat lag vrijwel in directe aansluiting op de keuken en de badkamer. Zelfs als Kremph in de woonkamer naar de radio zat te luisteren, zou de dader zonder veel moeite de keuken in kunnen komen om het scalpel neer te leggen of naar de badkamer kunnen gaan om de medicijnen om te wisselen.

Hij deed de deur open, die was bekleed met hetzelfde ruitjesbehang als de rest van de muur en knipte het kale peertje aan. Het hok was ongeveer anderhalve vierkante meter groot en keurig ingericht met voor alles een eigen plek. Op de ene plank stonden allerhande was- en schoonmaakmiddelen, op een andere iets hoger stonden rollen wc- en keukenpapier.

Fabian haalde de stofzuiger, de twee bezems en de emmer met de zwabber eruit, zakte op zijn knieën en begon de oude linoleummat te inspecteren, die opgetild kon worden. De zilvervisjes ontvluchtten het licht en verdwenen in de kieren. Maar daar, noch ergens anders in het hok, was een spoor van een luik te vinden.

Hij zette de stofzuiger en de andere spullen weer terug en vroeg zich af of er een andere verklaring kon zijn die zo voor de hand liggend en duidelijk was dat hij hem niet zag omdat hij te dichtbij stond. Veel verder kwam hij niet vanwege het licht van twee zaklampen in de hal.

Een of meer mensen waren op weg naar binnen.

Hij liep achteruit de slaapkamer in terwijl hij hoorde dat iemand in de woonkamer iets tegen een ander mompelde. Wat ze zeiden viel niet op te maken, behalve dat de ene op weg leek naar de slaapkamer. Hij kroop vliegensvlug onder het bed. Het lag er vol stofvlokken. Kort daarna kon hij een paar grove schoenen volgen die over de krakende vloer liepen.

Ze stopten een stukje bij het bed vandaan en bleven kort staan, maar het voelde aan als minuten. Fabian hield zijn adem in terwijl de lichtkegel over de vloer en een stukje onder het bed scheen. Hij was niet alleen ongewapend, hij lag bovendien op dusdanige wijze dat de minste beweging al zo'n lawaai zou maken dat hij meteen zou worden ontdekt. Het enige voordeel was dat ze niet van zijn aanwezigheid wisten. Als de schoenen maar een stukje dichterbij kwamen.

Alsof ze zijn wens hoorden, bewogen ze zich in zijn richting. Eerst één stap, daarna volgde een afwachtende pauze. Vervolgens nog een stukje tot ze vlak naast het bed stonden. Hij stak voorzichtig zijn linkerarm uit langs de zijkant van een van de schoenen en om de hiel heen, toen gefluit uit de woonkamer de schoenen op het laatste moment een paar stappen achteruit deed lopen en ze teruggingen naar de woonkamer.

Fabian ademde uit, hoewel hij zich er volledig van bewust was dat het gewoon een kwestie van tijd was voordat ze terugkwamen en de kamer grondig zouden doorzoeken. Hij stak de zaklamp aan om te zien of er daar onder het bed iets lag waar hij profijt van kon hebben. Een stuk touw, een halter of wat dan ook dat hij als wapen zou kunnen gebruiken. Maar behalve de stofvlokken zag hij alleen een onderbroek, een paar sokken die niet bij elkaar hoorden en een stapel tijdschriften.

Daarentegen zat er een luik in de muur vlak onder het bed. Hij had zelf iets soortgelijks in de badkamer, maar dat was hem pas opgevallen toen er opeens water uit het pijpje was gaan stromen dat eronder uitstak. Pas toen had hij begrepen dat dat witgelakte metalen deksel een inspectieluik was om bij alle buizen te kunnen komen en eventuele lekkage te verhelpen.

Hier was alleen geen pijpje. Bovendien zat het luik in de muur van de slaapkamer, een flink stuk van de keuken en de badkamer, wat een zeer vreemde plaats was voor een dergelijk buizenstelsel. Hij kronkelde naar de muur toe, legde de zaklamp op de grond en haalde de veerklemmen van het luik zo voorzichtig mogelijk los.

Er zaten helemaal geen buizen achter, alleen een zwart gat. Toen hij met de zaklamp naar binnen scheen, bleek het ook geen zwart gat te zijn, maar een circa twee vierkante meter grote schacht die loodrecht door het pand liep, van de bovenste verdieping helemaal naar beneden tot aan de kelder.

Hij had niets te verliezen en perste zich met de zaklamp in zijn mond door de nauwe opening. Een krachtige bout die vlak boven de opening uit de muur stak diende als handgreep, zodat hij zich een beetje kon optrekken en zijn benen kon intrekken zonder in de schacht te vallen. Hij steunde met zijn ene voet op de onderrand van de opening en vond een aantal dikke elektriciteitskabels op de tegenoverliggende muur die dienden als een soort voetensteun. Hij kon nu rechtop gaan staan en onderzocht de wanden van de schacht in het licht van de zaklamp.

Een halve meter onder de opening liep een dikke balk als een soort loopplank schuin naar de andere kant, waar een soortgelijke opening leek te zijn. Hij verplaatste zijn ene voet naar de loopplank en vervolgens de andere toen de zaklamp uit zijn mond gleed en een paar seconden later met een galmende klap diep beneden hem stukviel.

Het donker was zo compact dat hij schrijlings over de balk moest gaan zitten om zijn evenwicht niet te verliezen. Hij voelde met zijn handen langs de muur, en ook hier was iets wat de opening blokkeerde. Maar het was geen inspectieluik, het voelde aan als hard gevlochten staaldraad, of een soort dun rooster. Hij probeerde het naar binnen te duwen, maar wist er geen enkele beweging in te krijgen. Pas toen hij zich afzette tegen de loopplank en met beide voeten duwde, gleed wat het ook mocht zijn weg en kon hij door de opening naar buiten kruipen.

Op dat moment ontdekte hij dat het niet bepaald de eerste keer was dat hij daar was.

74

Dunja was nog maar net thuis en had juist haar nieuwe telefoon uitgepakt en die aan haar computer gehangen om haar contacten over te zetten, toen hij al overging. Ze herkende Carstens nummer onmiddellijk, en ook al had ze er de afgelopen dagen naar verlangd zijn stem te horen, ze had nu helemaal geen zin om op te nemen. Hij had geen enkele keer haar of een van haar collega's geprobeerd te bellen. Pas nu, nu het nieuws over wat zij had meegemaakt Stockholm had bereikt, schikte het meneer om wat van zich te laten horen.

Toch was dat niet de reden dat ze niet opnam. Ze had doodgewoon geen tijd.

Samen met Jan Hesk en Kjeld Richter had ze het grootste deel van de zondag doorgebracht in de vergaderkamer, waar ze elk spoor en elke leidraad van het onderzoek uitvoerig hadden bekeken. Ze hadden het whiteboard leeggehaald en alles op een andere manier gerangschikt in een poging het met nieuwe ogen te zien. Alles met de ambitie een ander motief te vinden dan dat waarbij de functie van Benny Willumsen alleen was om de verdenkingen naar zich toe te trekken.

Hesk had de hele dag gedaan of zijn neus bloedde. Alsof ze hem in haar wanhoop nooit had gebeld en om hulp had gesmeekt. Of hij haar nooit de rug had toegekeerd en de hoorn erop had gesmeten toen ze hem het hardst nodig had. Hij had zich niet eens verontschuldigd. Zelfs geen poging gedaan tot een uitvlucht. Alsof hij echt dacht dat het afdoende was om gewoon door te werken.

Ze waren alleen niet verder gekomen dan een aantal invallen die stuk voor stuk min of meer vergezocht waren.

Allemaal op een na.

Het was haar al opgevallen toen ze de foto's van Katja Skovs neergelegde lichaamsdelen had gezien en had geconstateerd dat een groot deel van de borstpartij ontbrak. Hesk en Richter hadden het geen van beiden vreemd gevonden en waren met verschillende verklaringen gekomen voor hoe gemakkelijk het was een lichaamsdeel kwijt te raken.

Zelf was ze er volkomen van overtuigd dat ze niet achter een dader aan joegen die gewoon dingen kwijtraakte. Ze slaagde zelfs in het kunststukje Oscar Pedersen ervan te overtuigen het laatste deel van *The Killing* te laten voor wat het was en naar het gerechtelijk lab te gaan om het eerste slachtoffer, Karen Neuman, nog een keer te onderzoeken.

Dat was de reden dat Dunja de signalen van Carstens belpoging in het niets liet uitmonden. Tot hij voor de derde keer belde.

'Dunja, ben jij het? Wat is er in godsnaam gebeurd? Ik hoorde op het nieuws dat...'

'Lieverd, rustig maar.'

'Rustig maar? Is het waar dat...'

'Ja, maar je hoeft niet ongerust te zijn. Alles is weer onder controle.' Ze was niet echt verbaasd toen ze het piepje hoorde dat aangaf dat Pedersen in de wacht stond. 'Luister eens, ik heb nu geen tijd meer om met je te praten. Ik moet ophangen.'

'Hè? Maar wacht even. Waarom? Ik ben net...' Ze drukte het gesprek weg en kreeg meteen Pedersen aan de lijn. 'Hallo, ja sorry, ik moest even een ander telefoontje afhandelen. Heb je wat gevonden?'

'Ja.'

'En?'

'Je had gelijk. Haar rechternier ontbreekt.'

75

Fabian kwam overeind, borstelde het stof van zich af en constateerde in het licht van de straatlantaarn buiten dat het raam nog steeds kapot was na Ossian Kremphs zelfmoord, wat verklaarde waarom het binnen zo koud was. Hij draaide zich om naar de koelkast die hij zojuist opzij had geschoven en begreep nu precies hoe de dader ongemerkt de flat van Kremph in en uit had kunnen komen – via de sloopflat.

Twee met elkaar verbonden appartementen in twee verschillende panden. Het ene met een adres op Blekingegatan, het andere om de hoek van Östgötagatan. Dichtbij genoeg opdat ze het appartement met de geplastificeerde tafel meteen zouden aanmerken als verblijfplaats van Kremph, ver genoeg zodat ze niet op de gedachte zouden komen dat de flats wel degelijk verbonden waren.

Hij nam snel een paar foto's van de opening in de muur en van de schacht, waarna hij de koelkast weer op zijn plaats schoof en naar de tegenoverliggende deur liep. Als hij niet net de oplossing had gevonden, zou hij er vermoedelijk op hebben gereageerd dat het de eerste keer was – en hij was hier al diverse keren geweest – dat de deur dicht was.

Daarom moest hij eerst twee meter de aangrenzende kamer in lopen voor hij zag dat de plafondlamp aan was en recht op de geplastificeerde tafel scheen. De tafel was zo nat dat het op de vloer en in een grote teil druppelde. De teil was voor twee derde gevuld met vloeistof.

De installatie was kort geleden door iemand gebruikt. Fabian liep er snel naartoe, ging op zijn hurken bij de teil zitten en bestudeerde de doorzichtige vloeistof, waarin zich ringen naar de randen verspreidden met elke druppel die van de tafel viel. Het zag eruit als gewoon water. Maar toen hij vooroverboog om eraan te ruiken, rook hij meteen dat er iets met de geur was wat niet klopte. Er was geen twijfel over mogelijk dat het water was, maar om de een of andere reden was het brak.

◆

... Ik werd wakker in een gang. Overal gewonden die het uitschreeuwden van de pijn. Ik begreep er niets van. Maar toen er een verpleegster langskwam, realiseerde ik me dat de handen in de mist helemaal niet van mijn oude vrienden waren. Dat ik juist door iemand van jullie was gered. Ik hield de verpleegkundige staande en vroeg naar jou. Ik beschreef je blauwe ogen.

De krachtige oorvijg en haar schreeuw om hulp kwamen uit het niets. Het moet mijn dialect zijn geweest, en al gauw waren haar collega's bij haar. Ik heb gespuugd en geslagen, wilde het uitleggen, maar kreeg de kans niet. Zoveel haat. Probeerde uit bed te komen, wilde daar weg, en viel. Het kan trouwens ook zijn dat iemand me duwde. Kon alleen nog in foetushouding in elkaar kruipen en tot God bidden dat hun slagen en schoppen zouden ophouden.

Op dat moment kwam zij, de arts. Ik geloof dat ze Basimaa heette. Zij hielp me daar weg te komen, leidde me door een achterdeur naar buiten. Ze zei dat ze wist wie jij was, vertelde dat jullie in hetzelfde hospitaaltje in Einabus hadden gewerkt. Ze kende je naam en wist ook in welk dorp je woonde.

Aïsha Shahin uit Imatin... De mooiste aller namen. Aïsha Shahin...

Je bestond, en je was zoveel meer dan alleen een droom.

Een nachtelijke wandeling later klopte ik op je vaders deur. Je moeder deed open, begon te roepen, en het duurde niet lang voordat een paar van je broers er stonden. Ze drukten me tegen de muur. Ik had je familie te schande gemaakt; ik had je moeder gedwongen jou weg te sturen.

In afwachting van je vader bonden ze me aan een boom in de achtertuin en begonnen me om beurten af te ranselen. Ik kan me niet meer herinneren of je moeder ze probeerde tegen te houden, ik weet alleen nog dat ik bijkwam door een emmer vuil water en dat ik probeerde mijn stukgeslagen ogen open te doen. Je vaders gezicht was dicht bij het mijne.

Hij vroeg waar ik de gore moed vandaan haalde om mijn smerige voeten in jullie land te zetten. Ik antwoordde dat ik was gekomen om jouw hand te vragen. Dat ik bereid was alles te doen om zijn goedkeuring te krijgen. De wind, de vliegen, de blaadjes aan de boom. De druppende kraan. De stilte. Toen knikte hij, zei dat ik mee moest gaan met zijn zonen voor een opdracht.

Aïsha, ik hou het niet lang meer vol. Er is overal bloed en je broers zijn al verstomd. Het spijt me, maar... Het konvooi met kolonisten kwam precies langs zoals gepland, en we kwamen uit onze kloven en gooiden onze stenen.

De vrachtwagens stopten en ik zag hoe het plaatwerk vol deuken kwam te zitten. Ik bedacht dat het raar was dat ze niet wegreden. Je broers riepen mij door te gaan. De paniek in hun blik. Ik deed wat ze zeiden, maar begreep wel dat er iets niet klopte.

Toen kwamen ze uit hun vrachtauto's. Verblindende zoeklichten, veiligheidsvesten en automatische vuurwapens. Vraag me niet hoe, maar ze wisten het. De salvo's galmden na tegen de bergwand, en we bleven gooien. Ik ook, ik wilde laten zien waar ik stond. Dat ik woord hield. Maar Aïsha, het ging niet. Het ging gewoon niet, en we vielen een voor een. In het schijnsel van de zoeklichten kleurden stukken van de rotsen rood van al het bloed.

Ze legden ons op een rij en bestudeerden onze verwondingen. Zakwan aan mijn ene kant was in zijn oog geraakt, maar hij leefde nog, Wasim aan de andere kant hoestte bloed. Zelf was ik door twee schoten in mijn buik geraakt en ik voelde dat ik bezig was dood te bloeden. Ik kon niets anders doen dan naar de nachtzwarte hemel omhoogkijken waar de sterren verdwenen. De lucht trok zich samen, een voorbode van slecht weer.

Ik hoorde dat er nog een vrachtwagen aan kwam rijden die stopte. Ik herkende de stemmen van het kamp. Probeerde mijn gezicht af te wenden toen ze met hun zaklampen schenen. Maar niemand herkende mij, misschien door al dat bloed. Ik werd met de anderen weggesleept en in het transport gesmeten.

Aïsha, het voelt alsof je over mijn schouder meeleest. Elk woord. Elke zin. Ik wil niet stoppen met schrijven, maar alle energie is uit mijn lichaam gestroomd. Ik moet mijn laatste krachten sparen. Moet dit kunnen opvouwen en in de envelop stoppen. Die in de nacht laten vallen. Hopen dat God hem overneemt en ervoor zorgt dat hij je op een mooie dag bereikt.

Waar je ook bent en wat je ook doet.

Op een mooie dag.

Efraïm Yadin

76

Sofie Leanders eerste gedachte was het scalpel te gebruiken om haar halsslagader door te snijden en het pijnlijke wachten langzaam te laten wegstromen. Om gewoon uit te doven en in het niets te verdwijnen was bijna net zo aanlokkelijk als overleven en ooit in een eventuele toekomst te worden vrijgelaten.

Het was dat 'bijna' wat alles had veranderd.

Net toen ze het mes tegen haar keel had gedrukt en had gevoeld dat het op het punt stond door haar huid te snijden, net op dat moment had ze ingezien dat het scalpel en het feit dat ze niet langer vastgegespt op tafel lag haar kansen met duizenden procenten hadden verhoogd. Er was alleen geen enkele manier om naar buiten te komen. Ze had de hele opslagruimte doorzocht, maar niets gevonden wat haar eruit kon helpen. Zelfs de twee sleuteltjes die op een haak in een van de kasten hingen hadden nergens op gepast. Bovendien zat de motor van het rolluik aan de buitenkant en een schakelaar die hem van binnenuit kon bedienen leek er niet te zijn.

Wat ze wel kon doen was geluid maken door tegen het luik te schoppen en om hulp te roepen, en op die manier de aandacht te trekken als er iemand langsliep. Diegene zou dan blijven staan en begrijpen dat er iets niet in de haak was. Tot op heden was er alleen nog niemand langsgekomen.

Tot nu.

Ze stond met haar oor tegen het rolluik gedrukt te luisteren hoe het grote luik bij de ingang openging en er een auto binnen kwam rijden die stopte. Daarna een portier dat open- en dichtging. Voetstappen op de harde ondergrond. Ze wilde niets liever dan bonken en slaan, zoveel herrie maken als ze kon. Maar nog niet. Ze wist het nog niet zeker. Ze moest even wachten tot ze kon horen of de voetstappen verder doorliepen of ergens voor de opslagruimte waar zij zat stopten. Het enige wat ze niet mochten doen was voor haar rolluik blijven staan.

Haar lichaam beefde van de inspanning en ze bedacht dat het haar geen steek kon schelen dat ze helemaal naakt was. Hoe weinig het uitmaakte van wie die voetstappen daarbuiten eigenlijk waren. Man of vrouw, oud of jong. Ze zouden het hoe dan ook niet kunnen missen dat zij daar zat. De voetstappen kwamen steeds dichterbij en over een paar seconden zouden ze langslopen naar een van de opslagruimtes verderop. Dan zou ze beginnen. Zo gauw ze het zeker wist.

Alleen toen gebeurde dat wat absoluut niet mocht gebeuren.

Ze bleven stáán.

De stilte die volgde voordat de elektromotor aansloeg en het rolluik omhoogging was eigenlijk veel te kort om het te redden. Maar ze had zich goed voorbereid en wist precies hoe ze zich achter de dozen met het braakneiginggevende voedingssupplement moest verstoppen en klaar zou staan met het scalpel.

De tafel stond weer rechtop en ze had stukken karton en andere dingen die ze had gevonden neergelegd in de hoop dat het eruitzag alsof er iemand lag. Het was verre van overtuigend, maar gaf haar in het gunstigste geval de extra seconde die ze zo hard nodig had om zich naar voren te werpen en het scalpel waar dan ook in te drukken, zijn of haar zakken te doorzoeken naar de autosleutel en het daarna alleen maar op een lopen te zetten zonder ook maar één keer achterom te kijken.

De elektromotor was bijna klaar, en net zoals ze een oneindig aantal keren in gedachten had geoefend zat ze doodstil ineengedoken af te wachten tot ze een rug kon zien die naar de tafel liep. Pas toen wierp ze zich naar voren en stak met het scalpel, dat door de lucht sneed.

Dat en niets anders.

Toen het tijd was voor de volgende poging had de trap tegen haar been haar uit haar evenwicht gebracht. Ze kwam met haar hoofd op de betonvloer terecht en het scalpel vloog uit haar hand. Het laatste wat ze zich afvroeg voor het gas in haar gezicht werd gespoten, was waarom ze haar eerste gedachte niet had voltooid.

Toen ze weer bijkwam, was het alsof niets van het laatste etmaal had plaatsgevonden. Alsof het niets anders was dan een droom waaruit ze zojuist was ontwaakt. Een onbewust spel dat nu ten einde was. Want daar lag ze weer, vastgegespt op de geplastificeerde tafel met de sondevoedingsslang vastgeplakt in haar mond.

Ze kon zich er alleen niet meer druk om maken. Beslist niet eigenlijk. De hoop spoedig te sterven had ze allang opgegeven. Het maakte gewoon niet meer uit wat er zou gebeuren. Vanaf nu liet ze de apathie het overnemen. Uitchecken en laten uitdoven.

Dat was in elk geval wat ze het liefste wilde.

Maar hoe ze het ook probeerde, ze bleef zich toch afvragen wat er was gebeurd. Waarom haar haar helemaal nat was en naar shampoo rook, en of ze echt een schaar hoorde. Werd ze geknipt? Er lag een vochtige handdoek over haar gezicht, dus ze kon niets zien. Maar ze kon het geluid van de schaar horen toen die klaar was en op een metalen blad werd gelegd.

Haar haar had vast een wasbeurt kunnen gebruiken, maar was ze hier echt zo lang geweest dat het geknipt moest worden? En wat maakte het nou uit of het wat langer was geworden? Was er überhaupt iets wat nog uitmaakte?

Blijkbaar wel.

Stel dat. Ze wilde eigenlijk niet verder denken, maar kon het niet laten. Stel dat ze het ondanks alles toch zou overleven. Dat ze haar straf had uitgediend en nu in gereedheid werd gebracht om te worden vrijgelaten en over niet al te lange tijd weer thuis zou zijn bij haar geliefde man. O, wat verlangde ze naar hem. Zijn kalmerende handen.

Er landde iets kouds op haar borsten, eerst op de ene en toen op de andere. Daarna op haar buik en verder omlaag op haar benen. Een soort crème die handen begonnen in te masseren.

Het rook lekker.

Een beetje naar kokos.

77

Het was pas halfvijf 's morgens en het zou nog uren duren voor het licht werd. Als dat er überhaupt al in zat. Maar ze hadden dan ook de donkerste dag van het jaar voor zich, constateerde Dunja toen ze de kartonnen houder met drie koffiebekers pakte, uit de auto stapte en voelde hoe de koude, vochtige lucht door alle onzichtbare openingen van haar jas naar binnen kwam. Zelfs de muts met de Deense vlag die ze een keer met kerst van Carstens moeder had gekregen en consequent had geweigerd te dragen, leek geen enkel verwarmend effect te hebben.

Iets verderop langs de kade zag ze Kjeld Richter en Jan Hesk staan praten. Ze zwegen zo gauw ze zagen dat zij eraan kwam. Er was geen hogere wiskunde voor nodig om te bedenken dat ze het over haar hadden. En nu, na minder dan een minuut in de kou, was ze bijna geneigd toe te geven dat de argumenten die Hesk en Richter hadden aangevoerd waarom de omstandigheden niet veel slechter hadden kunnen zijn, klopten.

Het donker en de kou waren één ding. Erger was het met de omstandigheden in het water. Daar had de harde wind het oppervlak dusdanig in beroering gebracht dat de zware ijsblokken als grote tanden tegen elkaar werden geduwd en alles vermaalden wat er op hun weg kwam. Bovendien had de havenmeester niet één, maar meerdere keren zijn eis herhaald dat ze uiterlijk om 06.00 uur klaar moesten zijn.

'Wat kijken jullie vrolijk,' zei Dunja zonder zelfs maar een lachje terug te krijgen. 'Koffie?' Ze hield het blad zo lang voor hun neus dat ze uiteindelijk ieder wel een beker moesten pakken. 'Hoe gaat het hem af?'

'Ja, wat denk je zelf?' Hesk knikte naar het onstuimige water. 'Zou jij zin hebben om erin te springen?'

'Nee, maar ik ben ook geen duiker, en voor zover ik kan zien is hij al in het water.'

'Erín kom je altijd wel...' Hesk proefde van de koffie en moest zich inhouden om niet te laten blijken hoe lekker hij de warme drank vond.

Richters communicatieradio begon te kraken. 'De auto is hier in elk geval. Kom.'

'Kijk of je de portieren kunt openen en erin kunt komen. Kom,' zei Richter, en hij liep een stukje bij ze vandaan om ongestoord te kunnen praten.

Dunja dronk van haar koffie en keek over de kaderand naar het zwarte ijswater, maar ze kon geen luchtbellen of licht ontdekken van de schijnwerper die de duiker ongetwijfeld bij zich had. Daarom keek ze uit over het havenbekken en de boten die aan de tegenoverliggende kade lagen aangemeerd. Iets verderop zag ze de achterkant van kasteel Kronborg – de laatste buitenpost naar het oosten.

Zo had het in elk geval altijd gevoeld als ze over de Sont keek en Zweden aan de overzijde zag liggen. Tuurlijk, het buurland was officieel neutraal, en er was geen twijfel over mogelijk dat de Zweden qua normen en waarden meer naar het westen neigden dan naar het oosten, maar toch. Het oostelijke gevoel zat wel in hun regeltjes, met die staatsdrankwinkel en dergelijke.

Nu had ze echter een heel ander gevoel. Alsof Zweden in plaats van hopeloos achter te lopen zich nu ver vóór hen bevond. Of dat kwam door haar ontmoeting met die hoogzwangere politievrouw uit Stockholm of door het feit dat ze pas een paar dagen geleden voor het eerst sinds tijden weer voet in het land had gezet, wist ze niet. Het enige waar ze zeker van was, was dat ze ondanks haar ervaringen in Kävlinge steeds meer zin had om er weer heen te gaan.

Ze wendde zich tot Hesk en vroeg of de koffie oké was, maar had onmiddellijk spijt. Waarom moest zij altijd gaten prikken in de stilte?

Hesk op zijn beurt deed niets om zijn hand uit te steken en de pijn te verzachten. Hij wachtte juist zolang mogelijk voor hij zijn schouders ophaalde en nauwelijks merkbaar knikte. 'O, die was wel oké.'

'Mooi zo,' zei Dunja, en ze voelde dat ze steeds geïrriteerder raakte.

Hij had nog steeds met geen woord gerept over het feit dat hij het gesprek gewoon had weggedrukt toen zij in levensgevaar had verkeerd. Bovendien had hij niet eens de moeite genomen te zeggen dat zij volkomen gelijk had gehad wat betreft het feit dat Karen Neuman een nier miste. Als hij dacht dat hij ermee wegkwam door het gewoon te verzwijgen, had hij het mis.

'Hierna wilde ik langs Pedersen gaan om te horen wat hij te zeggen heeft over die ontbrekende nier,' zei ze met nadruk op de laatste twee woorden.

'Oké.' Hesk dronk van zijn koffie, zijn blik op het niets gericht.

Oké? Was dat het enige wat hij kon zeggen? 'Wat zijn jouw gedachten daarover? Ik bedoel, jij stond nou niet direct positief tegenover dat tweede onderzoek. Gelukkig heb ik voet bij stuk gehouden.' Van dat laatste had ze meteen spijt, maar dat was nu te laat.

Hesk haalde zijn schouders op. 'Voor zover ik kan zien pleit het niet voor, maar ook niet tegen Willumsen.'

'Niet?'

'Nee, ik zou er niet te veel belang aan hechten.'

'Hij heeft geen enkele keer eerder een orgaan verwijderd.' Dunja deed een stap in zijn richting. 'Verkracht, gemarteld en in mootjes gehakt, dat wel. Maar als de lichamen eenmaal waren gevonden, was alles er nog. In tegenstelling tot nu, nu er bij het ene slachtoffer een nier ontbreekt en bij het andere een stuk van de borst. Hoe kun je nou in godsnaam beweren dat we daar niet te veel belang aan moeten hechten?'

'Het betekent alleen dat hij niet in herhaling vervalt. Wat, voor zover ik heb begrepen, juist zijn ding was. Vroeger liet hij zijn slachtoffers doodbijten door de hond. Nu neemt hij een trofee van ze mee. De volgende keer vermaalt hij ze wellicht en verspreidt hij ze als kunstmest over het gazon.' Hesk begon te lachen en dronk het laatste restje koffie op.

Dunja wist donders goed dat hij dit gewoon zei om haar te stangen, en dat ze beslist niet moest happen. Toch kon ze het niet laten.

'Luister eens, ik geloof niet dat we hem nog veel langer moeten laten doorgaan!' riep Richter, en Dunja draaide zich om. 'Die auto is blijkbaar helemaal schoon!'

'Iemand die iets anders had verwacht?' vroeg Hesk, en hij schudde zijn hoofd.

'Oké, maar zorg er wel voor dat hij het kenteken doorgeeft!'

'Dat heeft-ie al gedaan! HXN 674! Zweeds, precies wat we dachten!'

Dunja stak haar duim op en forceerde een lachje, waarop ze zich weer tot Hesk wendde en haar ware gezicht toonde. 'Jij neemt dit beslist niet serieus, hè? Voor jou is het gewoon een spelletje en jij meent je alles te kunnen permitteren met je hufterige gedrag.'

Hesk schudde zijn hoofd.

'Jawel, geef maar toe! Je stopt al je energie in tegenwerken en tegendraads gedoe. Je lijkt wel een verbitterd oud wijf. Dat er nog steeds een dader vrij rondloopt, interesseert je blijkbaar geen bal.'

'Nee Dunja, dat is niet waar.'

'O nee? Hoeveel slachtoffers zijn er dan nog nodig om jou wakker te schudden? Drie? Tien?'

'Helemaal geen. En er komen er ook niet meer bij, aangezien iemand zijn beide longen en zijn hart heeft gepuncteerd.'

'Maar dat is hem helemaal...'

'Dunja! Hij was het wel. Niemand, en dan bedoel ik echt helemaal niemand op die verdomde afdeling, gelooft in dat spook van jou! Behalve jijzelf dan, natuurlijk. Alle anderen zijn ervan overtuigd dat het

Willumsen was, en de enige reden dat we hier staan te blauwbekken is dat Sleizner jou zo ontzettend sexy vindt en niets anders wil dan jou versieren.'

Pas toen het geluid haar bereikte begreep ze wat ze had gedaan. Maar toen was het al te laat en kon ze het niet meer terugdraaien. Haar hand was met een enorme acceleratie uit het niets gekomen. En omdat er geen gedachte aan vooraf was gegaan, verbaasde het haar zelf evenveel als Hesk.

Maar dat was niet het ergste.

Haar handpalm op zijn wang.

Het bloed dat ernaartoe stroomde en de huid rood kleurde.

De blikken die alles zeiden.

Het ergste was dat hij gelijk had.

78

Malin Rehnberg draaide van haar ene zij op haar andere. Een beweging die normaliter een seconde duurde, maar nu, met haar hooggzwangere, gigantische, zwangerschapsvergiftigde buik, kostte dat minstens anderhalve minuut. Ze wist niet hoe vaak ze zich al had omgedraaid. In elk geval een deprimerend aantal keren. Ze kon niet langer dan vijf minuten stilliggen voor ze begon te fantaseren over etterige doorligplekken en lijkmaden, en zich daardoor gewoon weer moest omdraaien.

Maar ze kon niet klagen over de kamer die Fabian bedongen had. Die was om meerdere redenen veel beter dan de vorige. Hij was niet alleen pas gerenoveerd, er hingen ook schilderijen, gordijnen en een tv, hoewel die niet was ingeschakeld. Het was bovendien een eenpersoonskamer, zodat ze het toilet niet met anderen hoefde te delen, wat een van de ergste dingen was die ze kende. Ze ging, voordat ze acute zwangerschapsincontinentie had gekregen, op het werk nooit naar het toilet, en als ze de kans had gehad, zou ze net als Ingmar Bergman een eigen toilet hebben geëist.

Het probleem was dat ze zich verveelde. Ze lag al sinds vier uur vanochtend wakker, toen ze was gewekt voor de bloeddrukmeting, en ze had niet meer kunnen slapen. En nu, bijna drie uur later, was ze zo verveeld dat ze niet wist of ze nog vijf van die saaie minuten zou overleven. Ze zag de koppen al voor zich.

HOOGZWANGERE RECHERCHEUR OVERLEDEN DOOR VERVELING!

Als ze tenminste maar naar huis had gemogen. Waarom ze niet thuis aan een infuus mocht liggen en om de twee uur haar bloeddruk kon meten, ging haar verstand te boven. De arts legde toch maar één keer per dag een visite af. Nou ja, visite? Vaak was het niet meer dan een nauwelijks merkbaar knikje, wat gehum en dan op naar de volgende.

'Dag lieve schat...' Ze kreeg een kus op haar voorhoofd. 'Daar ben ik.'

Ze keek naar de man die vlak boven haar hing en zag dat het Anders was, wat moest hebben betekend dat ze in slaap was gevallen. 'Hoe laat is het?'

'Bijna halfnegen. Hoe gaat het? Was de nacht oké?' Hij ging op de rand van het bed zitten.

'Laten we het over wat anders hebben. Heb je die spullen meegekregen?'

Anders hield haar werktas in de lucht. 'Op één voorwaarde. Dat je niet aan het werk gaat.'

'Ja... Geef nou maar.' Ze stak haar hand uit, maar hij hield de tas bij haar weg.

'Liefste, ik meen het serieus. Ik heb de arts gisteren gesproken, en hij zei dat...'

'Anders, het onderzoek is afgerond. Ik ga niet werken, oké? Ik zweer het je. Ik wil alleen wat kranten lezen en skypen met mijn moeder.'

Hij zette de tas met tegenzin naast haar bed. 'En die Fabian, is die al langs geweest?'

'"Die Fabian"?' Ze schudde haar hoofd. 'Ik begrijp niet waarom je zo'n hekel aan hem hebt. En nee, hij is hier niet geweest. Maar mocht dat het geval zijn, dan was hij hier om te kijken hoe het met me gaat.

Niet om te werken.' Ze zag zijn sceptische blik. 'Ja, zo is het, dus je hoeft je niet druk te maken.'

'Me niet druk maken kan ik pas als dit allemaal voorbij is.' Hij legde zijn hand op haar buik. 'En volgens de arts is het essentieel dat je...'

'Rust houdt. Anders, ik weet het. Rusten is het enige wat ik doe. Ik heb nu zoveel gerust dat ik er helemaal klaar mee ben. Moet jij er trouwens niet vandoor?'

'O ja...' Hij keek op zijn horloge en stond op. 'Maar...'

'Dag schat.'

'Ja, dag. Probeer nou een beetje rustig aan te doen, dan...'

'Komt goed.' Ze zwaaide naar hem terwijl hij achteruit naar de deur liep en uit het zicht verdween.

Malin wilde niets liever dan de tas oppakken en aan de slag gaan, maar ze kende haar man veel te goed en wachtte tot hij haar had 'verrast' door zijn hoofd nog een keer om de hoek te steken voordat ze de computer naar zich toe trok, inlogde en haar mobiele telefoon inschakelde, zodat ze verbinding kreeg met internet. Wat had ze hiernaar verlangd!

Nu kon ze eindelijk aan het werk.

79

Fabian krabde het laatste ijs van de voorruit, ging in de auto zitten, liet de motor stationair draaien en wachtte tot het binnen wat warmer werd. In de tussentijd probeerde hij het gevoel van zich af te schudden dat hij zich steeds meer op een hellend vlak bevond. Toch had hij net een ochtendwandeling van twee uur rond Södermalm gemaakt met The Cures *Kiss Me Kiss Me Kiss Me* in zijn oren.

Het leek alsof het gewoon niet uitmaakte wat hij deed. Of alles bezig was hem langzaam maar zeker uit handen te glijden. Sonja leek haar crisis weliswaar te hebben overwonnen en had beide kinderen meegenomen naar haar zus Lisen op het eiland Värmdö, waar ze met z'n allen over drie dagen kerst zouden vieren.

Er was niets wat Matilda leuker vond dan bij haar neefjes en nichtjes logeren, en bij haar tante die altijd thuis was en voor versgebakken kaneelbroodjes zorgde. Er was daar ook altijd wat te beleven. Fabian wist zeker dat Matilda, ook al zou ze nee zeggen, niets liever wilde dan Sonja en hem omruilen voor Roland en Lisen.

Roland leek gigantisch veel geld te verdienen met zijn verschillende bedrijfjes en Lisen had haar juristencarrière aan de wilgen gehangen omdat ze liever fulltime thuis wilde zijn. Geen wonder dat de kinderen het daar fijn vonden. Zelfs Theodor was zonder morren meegegaan. Ze zaten daar nu vast in de keuken te knutselen, kerstcadeautjes in te pakken en zouden een mooie kerstboom gaan uitzoeken in het bos.

Allemaal behalve hij. Terwijl hij zich nog wel zo had voorgenomen beslist niet zo te worden: een ouder die nooit tijd of fut had. Die zich alleen maar opgelucht voelde zo gauw de kinderen elders waren. Iemand anders z'n verantwoordelijkheid. Hij deed de zonneklep omlaag, schoof het spiegeltje open en constateerde dat dat ook gold voor zijn uiterlijk.

Hij was op alle fronten steeds meer op zijn vader gaan lijken.

Sonja was tot de conclusie gekomen dat het misschien toch beter was als ze ieder hun eigen weg gingen. Dat ze iets beters waard waren dan zich in een crisis te bevinden die nooit over leek te willen gaan. Maar hij had in haar ogen gezien dat ze dat eigenlijk niet wilde. Dat ze niets liever wilde dan dat hij naar voren zou stappen en haar er zoals altijd van zou proberen te overtuigen dat ze toch een toekomst hadden.

Maar zijn hoge hoed was leeg, hij had er geen argumenten meer uit kunnen toveren, en hoewel hij bijna de hele nacht wakker had gelegen en Södermalm helemaal rond was gewandeld, wist hij nog steeds niet waar hij stond.

Niet wat Sonja betrof, maar ook niet wat Herman Edelman betrof.

Hij had eerlijk gezegd geen idee hoe hij, zonder al te veel te onthullen, zijn chef zover kon krijgen het onderzoek te heropenen. Het enige wat hij zeker wist, was dat hij zich in een van de meest complexe moordonderzoeken van zijn leven bevond. Met een dader van wie iedereen meende dat hij geïdentificeerd en dood was, maar die in feite nog steeds vrij rondliep en er geen enkel teken van vertoonde klaar te zijn.

Er werden foto's over tafel rondgedeeld. Foto's die op afstand waren gemaakt en die toonden hoe een tiental schaars geklede vrouwen met dolende, ongeruste blikken uit een bestelwagen werden getrokken en door een grijze achterdeur ergens naar binnen werden gedreven.

'Deze foto's zijn iets meer dan twee maanden geleden genomen voor de Black Cat. Wat jullie hier zien is een zogenoemde "goederenlevering" die door de eerste selectie heen moet,' liet Markus Höglund weten, en Jarmo Päivinen, Tomas Persson en Herman Edelman knikten.

'Trouwens, weet iemand of Risk al in aantocht is?' vroeg Inger Carlén, die naast Höglund stond en haar neus snoot in een zakdoekje dat hoognodig aan vervanging toe was.

'Nee, ga nou maar door,' zei Edelman. 'Ik heb niet de hele dag de tijd.'

'All right,' zei Carlén terwijl ze een nies inhield.

'Oké, voor zover wij het hebben begrepen, moeten ze een podium op in die club, een voor een, en daar "keurt" Diego Arcas ze dan hoogstpersoonlijk en bepaalt vervolgens naar welke bordelen ze worden afgevoerd,' ging Höglund verder. Hij pakte het laatste koekje uit de Danish cookies-trommel.

'Hoe gaat die "keuring" in z'n werk?' Die vraag kwam van Tomas, hoewel hij het antwoord al wel leek te weten.

'Om verklaarbare redenen hebben wij dat niet met eigen ogen gezien,' zei Carlén. 'Maar ik weet bijna zeker dat zelfs jij er misselijk van zou worden als je het zag.'

'We hebben in elk geval duidelijke indicaties dat het elk moment tijd kan zijn voor een nieuwe levering.' Höglund spoelde het koekje weg met wat koffie. 'En dán slaan we toe.'

'Jullie weten dus niet precies wanneer?' vroeg Edelman, terwijl hij aan zijn baard trok.

'Niet meer dan dat het de komende dagen gaat gebeuren. Daarom moeten we vanaf nu in ploegen gaan werken en moet het AT permanent paraat staan.'

'Oké.' Edelman knikte. 'Ik zal ze informeren. Hoeveel mensen hebben jullie nodig?'

'Minstens vijfendertig man,' zei Carlén.

'Vijfendertig?' Edelman keek op van zijn mobiel.

'Dan kunnen we die club en de bordelen gelijktijdig aanpakken,' zei Höglund, terwijl de deur openging en Fabian binnenkwam.

'Fabian.' Edelman keerde zich naar hem om. 'We vroegen ons al af waar je zat. Is er wat gebeurd?'

'Heb je even?' vroeg Fabian zonder de anderen aan te kijken. 'Het liefst nu meteen.'

'Wat is er aan de hand?' vroeg Edelman, en hij deed de deur achter zich dicht.

Fabian draaide zich naar hem om. Hij was van plan geweest rustig te beginnen en de boodschap te verpakken, een paar keer om de hete brij heen te draaien voordat hij bij de kern kwam. Alleen zijn late entree tijdens de ochtendbriefing had roet in het eten gegooid. 'We moeten het onderzoek over Grimås en Fischer heropenen.'

Edelman zag eruit alsof hij het niet goed had gehoord, en zette zijn ronde brilletje af. 'Waarom denk je dat? Ga zitten.'

'Het is niet iets wat ik denk.' Fabian ging op de versleten leren bank zitten. 'Herman, we hebben een verkeerd spoor gevolgd. Ossian Kremph was niets anders dan lokaas om ons in de verkeerde richting te sturen.'

'Wacht even, bedoel je serieus dat Kremph onschuldig zou zijn?'

'En dat de dader nog steeds vrij rondloopt. Ja, dat is precies wat ik bedoel.'

Edelman begon te lachen, schudde zijn hoofd en haalde twee biertjes uit de koelkast, die hij vragend in de lucht hield.

'Nee, dank je,' zei Fabian, hoewel dat vermoedelijk precies was wat hij nodig had.

'Nou ja, je zegt het maar als je je bedenkt.' Herman maakte het ene flesje open, schonk het leeg in een glas en ging in de leesfauteuil bij het raam zitten. 'Fabian, ik weet eerlijk gezegd niet hoe je daarbij komt. Ik bedoel, je bent een prima rechercheur, je weet dat ik dat vind. Een van de beste.' Hij dronk van zijn bier, haalde zijn pijp tevoorschijn en begon die te stoppen. 'Maar om heel openhartig te zijn, klinkt het alsof je het spoor enigszins bijster bent.'

Fabian liet hem zijn pijp aansteken en zijn longen met de zilverkleurige rook vullen voor hij verderging. 'Weet je die vrouw in de bus nog, degene van wie op alle foto's de ogen waren uitgesneden?'

'Ja, ze was een mogelijk slachtoffer.'

'Precies. En ik vermoed dat ze nu dood is.'

Edelman knikte en dronk rustig van zijn bier. Dat was wel het laatste wat Fabian had verwacht.

'Ik ben er dus vrijwel zeker van dat ze dood is,' vulde hij aan, en hij voelde dat het gesprek een verkeerde wending nam.

'Daar heb je helemaal gelijk in.' Edelman schonk hem een voldaan lachje. 'Want dat is wat ze is, dood.'

'Hè? Hebben jullie haar gevonden?' Dit liep helemaal niet zoals gepland. In plaats dat Edelman verbaasd was en aan het wankelen werd gebracht, was hijzelf nu degene die zijn evenwicht moest zien te bewaren.

'Haar naam is Semira Ackerman. De kapitein van het pontje tussen Södermalm en Hammarby sjöstad heeft vannacht alarm geslagen toen hij haar tussen de ijsblokken zag drijven. Ze had blijkbaar het idee opgevat om over het ijs te gaan lopen.'

'Wie is er nou zo dom dat-ie daar het ijs op gaat? Dat is recht over de vaarroute.'

'Dat is waar. Misschien wilde ze niet naar de overkant, maar wilde ze alleen even kijken. Enfin, dat is het geval.' Edelman haalde zijn schouders op en pafte aan zijn pijp. 'Dat gebeurt trouwens vrij vaak in dit jaargetijde. Kijk zelf maar, er ligt een foto op mijn bureau.'

Fabian liep naar het bureau en pakte de foto, waarop te zien was dat de bevroren vrouw op het dek was getrokken. Er was geen twijfel over mogelijk dat het dezelfde vrouw was. Maar dit was geen ongeluk. De teil met brak water had een verklaring gekregen.

'Fabian, wat is er? Je ziet er ontzettend, hoe moet ik het zeggen...'

'Ik heb de flat van Kremph vannacht nog een keer doorzocht,' onderbrak Fabian hem. 'En toen heb ik onder andere een doorgang ontdekt die rechtstreeks naar die sloopflat gaat, wat het een en ander verklaart. En in...'

'Ja, dat was zeker zijn manier om naar buiten te komen naar...'

'Nee, het was de manier van de dader om bij hem bínnen te komen.'

'Waarom zou iemand bij hem naar binnen willen?'

'Om zijn medicijnen om te wisselen voor placebo's. Hij heeft Kremph onder constante bewaking gehad. Weet je wat ik in een van de boekenkasten h...' Fabian hield in. Hij was bezig de controle te verliezen en veel te veel te vertellen. Hij herpakte zich met een diepe ademhaling. 'Wie onderzoekt haar in het gerechtelijk lab? Thåström?'

'Nee, die doet geen ongevallen. Fabian, haar longen zaten vol water. Spannender dan dat was het niet. Ik begrijp eerlijk gezegd niet waar je heen wilt met die hele zaak. Dat Kremph onschuldig zou zijn en dat er iemand anders zou zijn die... Sorry hoor, maar dat klinkt nogal bizar.' Edelman blies de rook uit.

'Dus je gelooft mij niet?'

'Het gaat er niet om wat ik gelóóf. Het gaat erom dat dit hele onderzoek, elk bewijs, elk motief, alles op Kremph wijst. Zelfs die doorgang waar je het over hebt. En dan is het niet genoeg dat jij, terwijl het lijkt of je de hele week geen oog dicht hebt gedaan, hier binnen komt klossen en beweert dat hij onschuldig is. Dat begrijp je zelf toch ook wel? Om de hele zaak te heropenen moet ik wat concreters hebben.'

'Herman. De tafel was nat toen ik in de sloopflat kwam. Het vocht druppelde er gewoon nog vanaf. Er was daar net iemand geweest en alles pleit ervoor dat Semira daar door verdrinking om het leven is gebracht.'

'En wat maakt dat jij er zo zeker van bent dat het niet gewoon een dakloze was die een massa sneeuw mee naar binnen heeft genomen en even een dutje heeft gedaan in de warmte?'

'En daar een teil vol brak water had neergezet? Ik dacht het niet. En wat het onderzoek betreft ben ik ervan overtuigd dat er voldoende bewijs te vinden is dat mijn theorie bevestigt. Het probleem is alleen dat het verdwenen is.'

'Hoe bedoel je "verdwenen"?' Voor het eerst tijdens hun bespreking keek Edelman oprecht verbaasd.

'Zoals in "iemand moet hier in het weekend zijn geweest en alles hebben opgeruimd".'

'Het onderzoek is afgerond, en omdat er geen sprake is van een rechtszaak, is het natuurlijk gewoon naar het archief gegaan.' Edelman liep naar zijn bureau en bewoog de muis om de computer uit de slaapstand te halen.

'Wat ik ervan kon zien niet. Maar daar heb jij misschien een goede verklaring voor?'

'Pardon?' Edelman ontmoette Fabians blik.

Fabian was er de laatste uren van overtuigd geweest dat zijn chef aanzienlijk meer wist dan waar hij schijn van gaf, maar nu begon hij te twijfelen. Misschien geloofde Edelman toch dat het Kremph was. Hij zag in dat hij, ook al voelde hij daar weinig voor, eerst moest uitzoeken hoe het zat voor hij verder kon gaan. Hij moest zijn oude mentor simpelweg in een hoek drijven en hem aan de tand voelen.

'Hier hebben we het. Net wat ik dacht.' Edelman keek op van het scherm.

'Nou moe, heb je een archiefnummer gevonden?'

'0912-305/H152 Omvang: 0,4 strekkende meter.'

'Oké. Dat is mooi,' zei Fabian, en hij zei er niets van dat er vannacht geen nummer te vinden was geweest. 'Ik was vast te moe. Misschien moet ik dat biertje toch maar nemen.'

'Doe dat, maar dan moet je wel een beetje doordrinken, want ik moet zo verder naar een budgetbespreking bij Crimson.' Edelman zette zijn computer uit en stopte een paar kauwgompjes in zijn mond terwijl Fabian het bier openmaakte en ervan dronk.

'Ja, ik ben vast een beetje overwerkt.'

'Niet dat ik er ooit wat aan doe.' Edelman trok zijn stropdas voor de spiegel goed. 'Maar ik geloof dat het de hele afdeling goed zal doen, een beetje kerst en wat vrije dagen.'

'Trouwens, dat telefoontje dat jij met Grimås had de uren voor hij stierf.'

'Ja?'

'Waar hadden jullie het eigenlijk over?'

'Dat heb je al een keer gevraagd.'

'O ja? En wat heb je toen geantwoord?'

'Hetzelfde als nu. Hij wilde advies voor het interpellatiedebat waar hij naar op weg was. Spannender dan dat was het helaas niet,' zei Edelman, en hij streek met zijn hand door zijn baard.

Alle aarzeling was nu verdwenen. Edelman loog hem recht in zijn gezicht voor, en hoewel Fabian niets liever wilde dan zijn telefoon pakken en het afgeluisterde gesprek afspelen, knikte hij en probeerde hij juist zo voldaan mogelijk te kijken.

Vanaf dit moment moest hij op zijn woorden letten.

80

Dunja had onmiddellijk aan Oscar Pedersen gezien hoe moeilijk hij het ermee had. Dat hij geen spier vertrok toen hij ze in het gerechtelijk lab ontving en beslist niet wilde tonen wat hij eigenlijk voelde. Voor het eerst in zijn carrière als gerechtsarts had hij iets gemist wat eventueel het meest essentiële bij de sectie kon blijken te zijn. Ja, zelfs bij het hele onderzoek. Namelijk het hele motief waarom Karen Neuman en daarna Katja Skov waren vermoord. In het eerste geval ontbrak er een nier. In het tweede een long.

De verklaring waarom hij dat had kunnen missen, was net zo dun als het bier uit de tap in winkelstraat Strøget.

'Zoals ik over de telefoon al zei, was er geen aanleiding om verder te gaan nadat de doodsoorzaak was vastgesteld.' Pedersen haalde zijn pasje door de lezer, drukte de deur open en zei dat Dunja en Jan Hesk konden doorlopen naar de koelruimte.

Dunja had genoeg argumenten om de zaak te kunnen melden bij het Deense KLPD; dit was een ernstige ambtsovertreding en zijn licentie zou worden ingetrokken. Maar in plaats daarvan koos ze ervoor haar houding te bepalen door niets te laten blijken. Hesk daarentegen glimlachte en knikte alsof hij niet genoeg kon onderstrepen hoe hij het met Pedersen eens was.

'Het is niet alleen *míjn* belastinggeld, het is net zo goed dat van jullie,' ging Pedersen verder, en hij wierp een blik op Dunja, waarna hij het koelvak opende en de baar met Karen Neuman eruit trok.

Er was bijna een week verstreken sinds Dunja op de plaats delict was geweest en het toegetakelde lichaam voor het eerst had gezien.

Nu ze het voor de tweede keer zag begreep ze beter hoe Pedersen had kunnen missen dat er een nier ontbrak. 'Zoals gezegd, ziet ze er aan de buitenkant niet zo fraai uit.' Pedersen knikte naar de wonden in de torso. 'Maar dat is niets vergeleken met hoe het er aan de binnenkant uitziet. Het lijkt wel of iemand daarbinnen met een staafmixer aan de gang is geweest,' ging hij verder. 'En als het niet voor jou was geweest Dunja, dat je per se wilde dat ik zou kijken of er geen organen ontbraken, had ik het deze keer niet eens ontdekt.'

Ze wilde gaan glimmen van trots. Laten zien dat ze zijn compliment zeer op prijs stelde. Maar ze weerstond de impuls en behield haar uitdrukkingsloze gezicht, zich er goed van bewust dat ze anders direct haar overwicht kwijt zou zijn. 'Heb je nog meer ontdekt?' vroeg ze. Niet omdat ze iets verwachtte, maar meer om te onderstrepen dat niets klaar was voordat zij zei dat het klaar was.

Pedersen knikte. 'Nou, nu je het zegt,' zei hij, en hij trok zwijgend aan zijn snor.

Dunja kende Pedersen veel te goed om in zijn val te lopen en te vragen wat hij had gevonden. Nee, zo gemakkelijk zou ze het hem niet maken.

'Nou, wat heb je dan gevonden?' vroeg Hesk, en hij plaatste zichzelf daarmee vrijwillig helemaal onderaan in de hiërarchie.

'Nadat Dunja contact met mij had opgenomen, ben ik zo vrij geweest de onderzoeken met betrekking tot Willumsens eerdere slachtoffers door te nemen. Wat de verwondingen betreft meen ik te kunnen aflezen dat hij hoogstwaarschijnlijk linkshandig was. Dus ik heb contact gezocht met mijn collega Einar Greide in Helsingborg, en het bleek inderdaad dat hij in zijn onderzoeken tot dezelfde conclusie was gekomen.'

'Waarom is dat zo belangrijk?' vroeg Dunja, hoewel ze daar meteen weer spijt van had. Ze zag nu al dat Pedersen minstens vijf centimeter langer werd en echt genoot van alle vragen.

'Tja, omdat deze steken namelijk zijn toegebracht door een dader die rechtshandig is. Ik moet dat uiteraard nog uitvoeriger onderzoeken voor ik het voor honderd procent zeker weet, maar als we genoegen nemen met vijfennegentig procent zegt de aanvalshoek van de verwondingen dat hij de bijl zo heeft vastgehouden.' Pedersen gebaarde met zijn handen in de lucht. 'Dus met zijn rechterhand voor en zijn linkerhand achter. Dat is voor een rechtshandige beslist de meest natuurlijke houding. En toen hij vervolgens aanviel, hield hij de bijl aan de rechterkant van zijn hoofd. Zo.' Pedersen hakte een paar keer met de luchtbijl in Karen Neumans mishandelde buik.

'Ik denk dat we het snappen,' zei Dunja, en Pedersen stopte. 'Dus wat je eigenlijk zegt is dat dit nog iets is wat erop wijst dat dit niet het werk van Willumsen is.'

Pedersen aarzelde, wierp een blik in de richting van Hesk en knikte uiteindelijk. 'Zoals ik zeg, er is een zekere foutmarge, en hij kan natuurlijk altijd moeite hebben gedaan om het te laten overkomen als een rechtshandige, alleen om ons op een dwaalspoor te brengen.'

'Maar omdat de verwondingen zo diep zijn moet hij behoorlijk op haar hebben ingehakt en dan is dat misschien niet al te waarschijnlijk?'

'Inderdaad.'

'Mooi. Wat zeg jij ervan, Jan?' Dunja wendde zich tot Hesk en besloot hem te blijven aankijken tot hij wat zei.

'Ik weet eerlijk gezegd niet precies wat ik moet zeggen. Er is nog steeds te veel wat voor Willumsen pleit om hem gewoon te kunnen afschrijven.'

'En dat is nou net de bedoeling. Die moord is op precies dezelfde manier uitgevoerd als hij altijd deed om de verdenkingen op hem te richten, weg van het eigenlijke motief.'

'En wat is volgens jou het echte motief?'

'Hier is het een ontbrekende nier, en bij Katja Skov haar ene long.'

'Ik wil niet pietluttig doen, Dunja, maar dat zijn organen, geen motieven.'

Dunja rolde met haar ogen en wendde zich tot Pedersen. 'Zie je kans de dossiers van de slachtoffers erbij te halen?'

'Kans, kans. Waarom zou ik...'

'Omdat ik dat vraag.'

Pedersen trok opnieuw aan zijn snor, waarna hij Hesk even aankeek en een schouderophalen als antwoord kreeg. 'Ja ja, oké...' Hij liep naar de computer in de hoek en bewoog de muis. 'Mocht daar nou iets interessants te vinden zijn, dan moeten jullie er achteraf maar akkoord voor zien te krijgen, oké?'

'Oké, maar ga nou maar door.'

Pedersen klikte naar het archief en wilde net zijn zoekopdracht invoeren, toen zijn oog op een mailtje in zijn inbox viel. 'Ah, de DNA-analyse is al klaar. Dat is snel.'

'De DNA-analyse van het spermamonster? Zou dat niet meer dan een week duren?' vroeg Dunja.

'Dat dacht ik ook,' zei Pedersen. 'Ze willen zeker alles wegwerken voor kerst. Hier hebben we hem in elk geval...' Hij zweeg om het nog een keer te lezen.

'En?'

Pedersen wendde zich tot Dunja en daarna tot Hesk. 'Het was van Willumsen.'

'Benny Willumsen?' herhaalde Dunja, en ze zag Pedersen knikken. Het drong alleen niet tot haar door. Ze kon het beslist niet geloven. 'We hebben het hier toch over het spermamonster dat is afgenomen van Katja Skov, hè?'

'Ja, uit haar en een beetje van eromheen, om exact te zijn.'

Dunja zag het kaartenhuis dat ze aan het opbouwen was langzaamaan instorten. 'Oké, maar nu wil ik toch graag die dossiers zien.'

'Dunja, het is nu klaar,' zei Hesk. 'Sleizner heeft ons de tijd gegeven om door te gaan tot de analyse klaar was, en dat is nu het geval.'

'Ja, maar...' Ze wendde zich tot Pedersen. 'Kun je die dossiers nou opvragen?'

'Aangezien het onderzoek naar wat ik ervan begrijp nu gesloten is, is het antwoord nee.'

'Dus al dat geklets over dat de dader rechtshandig is, is dat dan niet meer van belang?'

'Zoals ik al zei, en ik herinner me heel goed dat ik dat voorbehoud heb geplaatst, was er een foutmarge. En het ziet er deze keer helaas zo uit dat...'

'Maar jezus, dat is toch te gek voor woorden. Waar zijn jullie mee bezig?'

'Dunja, wij doen gewoon ons werk. Kom, dan gaan we, dan kan Oscar ook verder.' Hesk draaide zich om om te gaan.

'Hoe kun jij dit verdomme "ons werk doen" noemen? Nou? Denk je dat ik niet aan je zie dat jij ook vindt dat er voldoende interessants is om verder te gaan?'

'O ja?' Hesk richtte zich tot haar. 'Ik weet van niets.'

'Tja, misschien omdat je er alles aan doet om me tegen te werken. Of, en dat is het meest waarschijnlijke, omdat je gewoon te laf bent om Sleizner tegen te spreken hoewel jij net zo goed weet als ik dat het hem geen reet kan schelen dat we de verkeerde persoon hebben zolang de cijfers er maar mooi uitzien.'

'Je vergeet het derde alternatief. Dat het inderdaad Benny Willumsen was.' Hesk keerde Dunja de rug toe en verliet de koelruimte.

81

Fabian stapte drie verdiepingen onder de grond met zijn mobiel tegen zijn oor gedrukt uit de lift en liep de gang door naar het archief. 'Hallo? Kun je me nog verstaan?'

'Ja, en als je wilt horen wat ik over Gidon Hass te weten ben gekomen moet je nu goed luisteren,' zei Niva, en ze legde uit hoe lastig Hass te vinden was geweest.

Fabian had zichzelf beloofd dat de avond bij het Lydmar de laatste keer was dat hij Niva had ontmoet, maar na zijn bespreking met Edelman had hij geen andere uitweg gezien dan het contact te hervatten en haar alles te vertellen, van de gebeurtenissen van de laatste dagen tot zijn eigen theorieën over hoe het allemaal samenhing.

Tot zijn grote opluchting geloofde ze zijn verhaal zonder meer en had ze toegezegd hem te helpen zonder tegenprestaties als drankjes of etentjes. Haar enige eis was dat het onderzoek officieel afgerond bleef zo lang zij erbij betrokken was.

'Gidon Hass, of Gidon Ezra Hass, wat zijn volledige naam is, is arts en patholoog met als specialisatie – luister en huiver – orgaantransplantaties.'

'Oké,' zei Fabian, en hij voelde dat hij eindelijk een rode draad begon te vermoeden. 'Dus hij heeft ergens een kliniek?'

'Had. Om precies te zijn het *Israël's National Forensic Institute* in Abu Kabir. Het gerucht gaat dat ze onder zijn leiding ik weet niet hoeveel organen en weefsels hebben verzameld. De kliniek diende als een soort centraal punt en was een van de grootste particuliere leveranciers ten behoeve van de zwarte orgaanhandel – wat tot een paar jaar geleden volkomen legaal was in Israël.'

'Legaal?'

'Ja, omdat Joden het liefst ongeschonden begraven willen worden, is het gevolg dat de vrijwillige orgaandonatie daar een van de laagste in de westerse wereld is.'

'Waar kwamen al die organen dan vandaan?' vroeg Fabian terwijl hij verder langs de rijen verplaatsbare boekenkasten liep en controleerde of hij nog bereik had.

'Voor het overgrote deel van zogenaamde orgaanjagers die in de voormalige sovjetrepublieken en de armste delen van Azië en Zuid-Amerika hun slag sloegen. En als je de ergste beschuldigingen moet geloven, werden er ook veel organen geoogst van gewonde Palestijnen.'

'Lekker.'

'Ja, hè?'

'Maar hij werkt dus niet meer bij die kliniek in Abu Kabir,' zei Fabian, en hij zocht naar de plank met nummer 152.

'Nee, toen de nieuwe wet van kracht werd is hij ontslagen, en sindsdien is er niets meer van hem vernomen.'

'Hoezo, is hij op de vlucht?' Fabian draaide de kast naar opzij, wrong zich door de ontstane gang, en vond zonder moeite de mappen met archiefnummer 0912-305.

'Hij heeft zoals gezegd niets onwettigs gedaan en er is eigenlijk niets om voor te vluchten.'

'Dus is hij ondergronds gegaan.'

Precies zoals hij had verwacht waren de mappen leeg.

'Ik vrees van wel.'

Ze waren weliswaar gevuld met iets wat voor een leek in het gunstigste geval deed denken aan een onderzoek, maar dat stelde weinig voor: een paar gekopieerde documenten en enkele foto's die niets met het daadwerkelijke onderzoek te maken hadden.

82

Dunja was twee jaar geleden voor het eerst naar het kerstfeest van de Kopenhaagse politie gegaan en de schok had tot ver in het voorjaar geduurd. Toen hadden ook wel allerlei geruchten de revue gepasseerd over de rijkelijk vloeiende alcohol, het limbodansen waarbij elke mislukte poging een kledingstuk kostte, en de kopieermachines die bezweken onder de druk. Dat het slagveld vele malen erger zou zijn dan het beruchte Roskilde Festival was iets waar ze niet op voorbereid was geweest. Collega's die normaliter enigszins bedaard overkwamen, waren compleet veranderd en gedroegen zich op z'n zachtst gezegd als beesten.

Het jaar erna had ze in bed gelegen met een griep die tot ver in januari had aangehouden. Niemand had details willen prijsgeven toen ze eenmaal weer terug was op het werk, maar het besluit van het management om het kerstfeest voortaan op een maandag te houden, was alleszeggend.

Desondanks had Dunja besloten niet te gaan, voornamelijk omdat Sleizner ervoor had gezorgd dat zij naast hem kwam te zitten, maar ook omdat ze wist hoeveel moeite Carsten ermee had. Het maakte niet uit hoe vaak ze hem bezwoer dat ze zich niet in kon denken een misstap te begaan – en al helemaal niet met een van haar collega's – Carsten bleef vreselijk achterdochtig en eiste volledige verantwoording voor elke minuut op het feest.

Nu had ze uiteindelijk besloten om toch te gaan. Niet omdat ze er zin in had. Integendeel. Ze was beslist niet in een feeststemming. De nederlaag bij het gerechtelijk laboratorium was nog steeds voelbaar, en ook al had de DNA-analyse van het spermamonster aangetoond dat het Benny Willumsen was, ze kon niet geloven dat hij daadwerkelijk achter die moorden zat. Hij had niet alleen totaal niet begrepen waar ze het over had toen ze over dat industriepand buiten Kävlinge was begonnen, hij was bovendien een kop en vele maten groter dan de man die ze op heterdaad had betrapt toen hij Katja Skov in stukken aan het zagen was.

Er was ergens een heel andere motieflijn – waar de ontbrekende organen een verklaring kregen. Daar was ze van overtuigd, en ze kon moeilijk begrijpen dat Hesk, Pedersen en Richter geen enkele interesse toonden om daarachter te komen. Het leek wel of ze zo bij Sleizner onder de plak zaten dat ze het conflict niet aan durfden te gaan. Of ze hadden gewoon geen puf, die laatste dagen voor kerst.

Zelf weigerde ze zich te laten meetrekken in die comfortabele vrijwaarding van verantwoordelijkheid waarbij je altijd iemand anders de schuld kon geven. Waar niets eigenlijk van betekenis was. Zeker de waarheid niet. En daar kwam de tafelschikking naast Sleizner in beeld.

Ze was van plan alle trucjes te gebruiken en de situatie maximaal uit te buiten om hem op haar hand te krijgen en haar te laten doorgaan met het onderzoek. Daarom besteedde ze voor deze ene keer meer tijd en energie aan haar make-up dan de gebruikelijke kohllijntjes en oogschaduw. Met poeder en crème slaagde ze erin de ergste blauwe plekken weg te toveren, en na verschillende lippenstiften te hebben getest koos ze de roodste die ze had. Wat weer perfect matchte met haar rode jurk. Ze verving de pareloorhangertjes die ze bij haar belijdenis van haar moeder had gekregen door twee grote gouden ringen, en wikkelde ten slotte een steunverband om haar linkerenkel, trok een paar stay-ups aan en liet haar voeten in haar hoogste hakken glijden.

Verbaasd over hoe goed ze erop kon staan liep ze een paar rondjes door de woonkamer en probeerde eruit te zien of ze een paar Converses nog met geen tang zou vastpakken. Daarna ging ze voor de spiegel in de slaapkamer staan, deed haar haar goed zodat het de schaafwond op haar voorhoofd bedekte, en maakte een studie van zichzelf.

Voor de tweede keer in korte tijd herkende ze haar eigen spiegelbeeld niet. De jurk, de make-up, de schoenen. Ja, haar hele look was zo on-Dunja als maar kon. In elk geval zoals ze zichzelf altijd zag. Maar het ging niet om haar kleding, die droeg ze vooral om Sleizner om haar vinger te winden. Nee, het was iets anders. Iets wat ze veel lastiger onder woorden kon brengen.

Iets in haar blik.

83

'Het betreft een zelfmoord en dat valt überhaupt niet onder mijn verantwoordelijkheid.' Dat was gerechtsarts Aziza Thåström, gewoonlijk een van de meest bereidwillige personen die Fabian kende. Er was altijd tijd voor nog een vraag en ze had engelengeduld als je iets niet begreep. Maar nu klonk ze zelfs lichtelijk geïrriteerd. 'Bovendien is het onderzoek afgerond.'

Fabian trok de zware ijzeren deur open en liep de garage in, terwijl hij de stilte haar werk liet doen.

'Goed dan,' verzuchtte Thåström uiteindelijk. 'Waar moet ik op letten?'

'Ik weet niet. Het liefst een orgaan dat er zou moeten zitten maar wat er niet is.' Hij hoorde opnieuw een nieuwe zucht in zijn mobiel.

'Fabian, we hebben te maken met een verdrinkingsongeval. Buiten de met water gevulde longen waren er geen zichtbare verwondingen.'

'Ja, maar er ontbreekt iets, dat weet ik zeker. De ogen. Hebben jullie die gecheckt?' vroeg Fabian, die aan de veranderde akoestiek kon horen dat Thåström nu in de koelruimte was en een van de koelvakken opendeed.

'Ja, *surprise*, de ogen zijn er. Denk je nou echt dat iemand gemist kan hebben dat...'

'Aziza, ik begrijp dat de ogen er zijn, maar kun je ze onderzoeken?'

'En waarom zou ik...'

'Doe dat nou maar. Alsjeblieft.'

Een nieuwe diepe zucht. Maar de stilte die volgde terwijl Fabian in de auto ging zitten en de contactsleutel omdraaide maakte dat hij beslist niet verbaasd was toen het antwoord kwam.

'Je zult het niet geloven, maar je hebt gelijk. In het rechteroog mist het hoornvlies.'

'Bedankt. Dat was alles wat ik weten wilde,' zei Fabian, en hij rondde het gesprek af.

Dat was dus wat de dader in de sloopflat had gedaan. Nadat hij Semira Ackerman door verdrinking om het leven had gebracht, had hij haar rechterhoornvlies losgesneden en verwijderd. Een ingreep die niemand ontdekt zou hebben zolang alle focus op haar verdrinkingsongeval gericht was.

Fabian reed naar de garagedeur, die omhoogging en langzaam het daglicht binnenliet. Er verspreidde zich een heftige huivering door zijn lijf en hij begon te rillen, hoewel hij het niet koud had. Integendeel, hij voelde het zweet over zijn rug lopen, zijn overhemd plakte vast terwijl zijn hartslag toenam. Er was iets gebeurd. Hij begreep alleen niet wat, tot hij bedacht hoe dichtbij hij eigenlijk was geweest. Dat hij hem hoogstwaarschijnlijk op heterdaad had kunnen betrappen als die verborgen camera in de boekenkast van Ossian Kremph er niet had gezeten. Via die camera had de dader hem uiteraard gezien en begrepen dat hij elk moment die doorgang naar de sloopflat zou vinden. Misschien was hij zelfs wel degene die was weggereden met de Opel die vlak voor zijn eigen auto had gestaan.

Hij reed de garage uit en liet het hoofdbureau van politie achter zich zonder ook maar enig idee te hebben van waar hij naar op weg was. Hij wilde gewoon weg van het bureau. Weg van Edelman en alle anderen. Hij sloeg rechts af naar Bergsgatan en daarna links af naar Hantverkargatan, en voelde onmiddellijk dat hij wat kalmeerde.

Als ook maar een klein deel van de gegevens die Niva had weten te achterhalen bleek te kloppen, was dit zo'n ernstig schandaal dat de goede naam van Israël jarenlang besmeurd zou zijn met bloed. Het was nu volkomen duidelijk dat de Israëlische ambassade erbij betrokken was. Op welke wijze en of dat van hogerhand was goedgekeurd was daarentegen nog onduidelijk. En zolang het onderzoek niet officieel was kon hij niet zomaar allerlei mensen oproepen voor verhoor. Zeker niet als het mensen op een ambassade betrof.

Ter hoogte van het stadhuis ging zijn mobiele telefoon, die op de passagiersstoel lag. Hij zag dat het Malin Rehnberg was en liet hem rinkelen tot hij overging op de voicemail. Maar toen ze de volgende seconde weer een poging deed, bedacht hij dat ze net zo volhardend was als een pitbull en het niet zou opgeven voor hij had opgenomen.

'Ha, ik wilde je net bellen om te vragen hoe het ging,' zei hij terwijl hij Vasabron passeerde.

'Mag ik even lachen?'

'Malin. Ik wilde je echt net...'

'Als je het dan zo graag wilt weten: ik heb me nog nooit zo verveeld als nu. Het kriebelt overal en ik zweer het je, als er niet gauw wat gebeurt, ga ik door het lint. Dus vertel: wat gebeurt er allemaal?'

'Niet zoveel eigenlijk. Ik heb net een bespreking gehad met Edelman, en we zijn tot de conclusie gekomen dat ik vanaf nu met kerstreces ga en...'

'Leuk geprobeerd.'

'Pardon?'

'Jezus, Fabbe, schei uit. Wie denk je voor de gek te houden? Jezelf, of...?'

'Nee, maar misschien jouw man,' zei Fabian, en hij gaf het met een zucht op. 'Weet je dat Anders mij min of meer heeft verboden met jou te...'

'Trek je nou even niks van Anders aan. Vertel liever wat er aan de hand is!'

'Oké, op jouw verantwoording,' zei Fabian, en hij begon te vertellen over de gang tussen het appartement van Kremph en de sloopflat. Over dat de dader daar net geweest moest zijn en de vrouw uit de bus om het leven had gebracht, die nu dood in het Hammarbymeer was aangetroffen. Hij vertelde over de verborgen camera die hij in de boekenkast had gevonden, het opgenomen telefoongesprek tussen Grimås en Edelman, en dat ze iemand hadden genoemd genaamd Gidon Hass.

'Maar hallo, wacht even. We hebben het toch niet over Edelman als in Herman Edelman?'

'Jawel.'

'Shit. Meen je serieus dat hij betrokken zou zijn?'

'Hij liegt in elk geval over dat gesprek en weigert het onderzoek te heropenen, dus hij moet iets te verbergen hebben.'

'En die Gidon Hass. Wie is dat?'

'Een Israëlische patholoog en expert in orgaantransplantaties.'

'Weer Israël. Daar zit dus de link.'

'Precies wat ik ook dacht. Bovendien klopt dat met het feit dat alle drie de slachtoffers ieder een orgaan zijn kwijtgeraakt. Adam Fischer zijn hart, Carl-Eric Grimås zijn lever en Semira Ackerman haar ene hoornvlies.' Fabian sloeg bij Timmermansgatan links af en bedacht dat hij op weg was naar huis zonder enig idee te hebben van wat hij daar zou moeten.

'We moeten uiteraard hun patiëntendossiers checken voor we het helemaal zeker weten, maar ik heb het donkerbruine vermoeden dat ze alle drie bij de Zweedse gezondheidszorg voor een nieuw orgaan op de wachtlijst hebben gestaan en er uiteindelijk voor hebben gekozen dat op de illegale markt te kopen. En nu is er iemand die ze weer terugvordert.'

'Oké, maar waarom? Kunnen ze überhaupt opnieuw worden gebruikt? Ik bedoel, er zal toch wel een grens zijn voor hoe vaak je een orgaan kunt overplaatsen?'

'Die is er zeker. En als hij nou op zoek was naar nieuwe organen zijn er aanzienlijk eenvoudiger slachtoffers dan bijvoorbeeld de minister van Justitie.'

'Hij wilde ze misschien straffen voor hun zonden en hun en alle anderen die erover denken dat te gaan doen een lesje leren.'

'Nee, dan zou hij niet zoveel energie steken in het opruimen van alle sporen en het eruit laten zien als het werk van Ossian Kremph. Wat het ook is, het is persoonlijk.'

'Die patholoog, hoe heette hij ook alweer? Wat weten we verder over hem?'

'Gidon Hass. Niet veel meer dan dat hij ondergronds is gegaan toen hij ontslag kreeg bij dat instituut in Abu Kabir. Ik zou graag een diepgaand onderzoek willen doen, maar de vraag is hoe ik dat moet aanpakken nu het onderzoek officieel is afgerond.'

'Sinds wanneer houdt dat jou tegen?'

Ze had hem door. Zelfs al voordat hij het zelf doorhad. Hij rekende er uiteraard op dat Niva dat al had uitgezocht.

'Denk je dat ik niet doorheb dat jullie weer samenwerken.'

'Wie?'

'Schei eens uit, zeg. Wie zou anders dat gesprek tussen Edelman en Grimås boven water hebben gekregen? Zeg alleen later niet dat ik je niet heb gewaarschuwd.'

'Dat heb je al een keer gezegd.'

'Het kan geen kwaad het eens te herhalen. En à propos, dat gesprek, kun je dat geluidsbestand niet even naar mij doorsturen?'

'Absoluut, dat doe ik zo gauw ik tijd heb.'

'Het klonk misschien als een vraag, en dat spijt me enorm, maar wat ik bedoelde was of je het nú wilt doen. Meteen.'

'Malin, ik zit in de auto en...'

'Dan zet je die aan de kant en stop je even. Fabian, ik meen het serieus. Ik word gek als ik niet iets krijg om mijn tanden in te zetten.'

Fabian keek rond of hij een parkeerplaats op Fatbursgatan zag toen er net een zwarte Volvo voor hem bij Swedenborgsgatan rechts afsloeg, hoewel dat alleen toegestaan was voor bussen. 'Goed, maar geloof me. Ik heb er diverse keren naar geluisterd en het enige wat...'

'Echt hoor, anders word ik gestoord.'

Fabian parkeerde op de vrije plek. 'Oké, heb jij een eigen e-mailadres?'

'andersåmalinsebrev@hotmail.com'

'Hè, is dat niet een gemeenschappelijk adres?'

'Ja, maar Anders gebruikt dat nooit. Kom op nou.'

Fabian zocht het mailtje op van de onbekende afzender met de berichtregel IK HAD HET MIS en stuurde het door naar Malins e-mailadres. 'Het kan elk moment binnenkomen,' zei hij, en hij rondde het gesprek af, verliet de auto en liep naar de portiekdeur.

Het eerste waar Fabian op reageerde was dat het rode lampje niet ging knipperen toen hij de code indrukte. Omdat hij dacht dat hij verkeerd had gedrukt herhaalde hij de procedure driemaal tot hij doorhad dat de portiekdeur niet op slot zat. Nu was het niet de eerste keer dat het slot was vastgelopen – het was zelfs meer regel dan uitzondering dat het ging aanlopen zo gauw het te hard begon te vriezen.

Toch had hij het gevoel dat er iets niet klopte en zo gauw hij uit de lift kwam was alle twijfel weggenomen. De deur stond op een kier en het slot was uitgeboord. Hij deed de deur voorzichtig open en ging naar binnen.

In de hal werd gelijk al duidelijk dat wie er ook op bezoek waren geweest, ze niet meer binnen waren. Ze hadden een enorme chaos achtergelaten van uitgetrokken lades, meubels die op hun kop stonden en stapels kleren. Het waren hoogstwaarschijnlijk dezelfde personen die bij de rijksrecherche waren geweest en beslag hadden gelegd op het onderzoek, en die de nacht erna het appartement van Ossian Kremph hadden doorzocht.

Maar waar waren ze naar op zoek geweest?

De porseleinen pop?

Hij ging verder naar de woonkamer en kon in het licht van de kroonluchter constateren dat ook die kamer eruitzag als een klein slagveld. Hij liep naar de bank, zette hem rechtop en legde de kussens op hun plaats, ging zitten en nam de verwoesting in zich op, verbaasd dat Sonja en hij zoveel spullen hadden die samen zo'n enorme troep konden veroorzaken.

Er was geen geluid nodig. Een zeer zwakke verandering van de luchtdruk was voldoende voor Fabian om zijn ogen te openen en in één beweging over de rugleuning van de bank naar achteren te rollen.

Nu hoorde hij ze ook. Ze waren in de hal op weg naar de woonkamer. Ze waren dus teruggekomen. Hij overdacht zijn alternatieven en kwam tot de conclusie dat confrontatie het enige was. Dit keer was hij niet van plan ze te laten ontkomen.

'Shit fuck nagellak, wat een bende...' riep de een.

Fabian herkende zowel de stem als de uitdrukking, maar pas toen hij de stem van de ander hoorde viel alles op zijn plaats. En op hetzelfde moment was de verwarring totaal.

'Ja, het lijkt wel een beetje op bij jou thuis.'

Fabian kwam overeind. 'Sorry, maar mag ik vragen wat jullie hier in mijn appartement doen?'

Tomas draaide zich met een ruk om en richtte zijn wapen op Fabian.

'Hallo, rustig aan verdomme. Zie je niet dat het Fabbe is?' Jarmo duwde Tomas' arm omlaag.

'Ja, nu zie ik het. Sorry. Maar wat is er hier in godsnaam gebeurd? Het ziet eruit alsof...'

'Dat vraag ik me ook af.' Fabian liep naar zijn collega's toe. 'Er is blijkbaar iemand die meent dat ik iets heb. Ik begrijp alleen niet wat dat zou moeten zijn. Ze hebben het hele onderzoek immers al in beslag genomen.'

Tomas en Jarmo keken elkaar aan. 'Over welk onderzoek heb je het?' vroeg Jarmo na enige stilte.

Fabian wilde net antwoorden, maar bedacht zich. 'Vertellen jullie eerst eens wat jullie hier doen? Voor zover ik kan zien is het niet om me vrolijk kerstfeest te komen wensen.'

Tomas en Jarmo keken elkaar nogmaals aan en knikten in een stilzwijgende overeenkomst, waarop ze zich weer tot Fabian wendden alsof ze voor de spiegel hadden staan oefenen.

'We zijn hier omdat we met je willen praten,' zei Jarmo.

'Buiten de gewone werktijd,' voegde Tomas eraan toe, en hij stopte zijn pistool weer in zijn schouderholster.

'Over het onderzoek naar de moord op Grimås en Fischer.'

'En Semira Ackerman.'

'Semira Ackerman?' herhaalde Fabian.

'Ja, die vrouw in de bus die...'

'Ik weet wie dat is,' onderbrak Fabian hem.

'Wij denken helemaal niet dat het een verdrinkingsongeval was,' verklaarde Jarmo.

'Of dat Kremph achter die moorden zat,' ging Tomas verder.

Eerst hijzelf, toen Malin. En nu ook Tomas en Jarmo.

'En wat zijn jullie argumenten?'

'Het is voldoende om het onderzoek van het begin tot het eind door te nemen. Er zijn enorm veel losse draadjes,' zei Tomas.

Fabian knikte gelaten. 'Wat verklaart waarom het verdwenen is.'

'Laten wij er nou aan kunnen komen!'

'Hè, weten jullie dan wie het heeft meegenomen?'

Tomas knikte met een voldaan lachje. 'Misschien heb je zin om ons een handje te helpen?'

84

Jij kleine schnaps die voor mij staat, nu ga je naar beneden!
Andere zijn je al voorgegaan, die zitten daar tevreden!
En hou maar gerust nog wat plaatsen vrij!
Want er komen er zeker nog wel een paar bij!
Proost!

Iedereen hief zijn glas. Ook Dunja, hoewel ze er alleen maar aan nipte voordat ze het weer neerzette. Ze had al wat te veel op, en als ze ook maar enige kans zou hebben om Sleizner daar te krijgen waar ze wilde, mocht er geen druppel meer bij. Haar jurk had hoe dan ook haar werk gedaan en hem weer in een goed humeur gebracht na de ruzie van afgelopen zondag.

'Hallo daar. Mij hou je niet voor de gek.' Sleizner focuste zijn blik op haar gevulde borrelglas. 'Aan deze tafel is er maar één ding dat telt, en dat is *ad fundum*.'

'Ik dacht dat we ons dit jaar moesten inhouden. Was het feest daarom niet verplaatst naar een maandag?' vroeg Dunja lachend.

'Luister, die onzin, daar ben ik vanaf dag één tegen geweest. Kerstfeest van het werk op een maandag! Wie heeft dat bedacht? Straks gaan ze nog denken dat we zijn bezet door de Zweden.' Sleizner barstte in lachen uit. 'Kom, dan zullen we ze eens even een poepie laten ruiken.' Hij vulde zijn glas en hield het omhoog.

'Kim, echt, ik wil niet m...'

'Oké, laat me het dan zo formuleren om het wat eenvoudiger te maken. In mijn rol van chef beveel ik je hierbij je glas leeg te drinken.'

Dunja zag in dat ze er niet aan ontkwam en sloeg de koude drank achterover; ze voelde het branden in haar keel. De avond was bezig haar door de vingers te glippen. Tot nu toe had ze geen enkele kans gehad te beginnen over de vraag of ze mocht doorgaan met het onderzoek zonder dat het te geforceerd overkwam, en nu was het bijna te laat.

'Goed zo. Dat was niet slecht. Dan vullen we ze meteen weer even bij.' Hij schonk de twee glazen zo vol dat de oppervlaktespanning onder hoge druk moest werken.

'Kim, er is iets waar ik met je over moet praten.'

'Absoluut. Geen probleem.'

'Het gaat over het onderzoek.'

'Ja, je moet weten hoezeer ik ervan onder de indruk ben dat je zo snel met een oplossing bent gekomen. Om nog maar te zwijgen over trots. Lang niet alle politiemensen hebben dat in zich moet je weten. Instinct, of wat het verdomme ook is. Maar jij bent heel duidelijk een van de weinigen. Pats! Boem! En toen was het opgelost. Ongelooflijk...'

'Daar zou ik het net even met je over willen hebben. Mijn instinct zegt mij namelijk dat we...'

'Je moet weten dat er niet alleen op onze afdeling over je wordt gepraat.' Sleizner nam een paar slokken van het biertje dat hij ook had staan. 'Ik heb hoog van je opgegeven, en geloof me, als je zo doorgaat, zul je het heel ver schoppen. Als ikzelf niet oppas, zit je binnenkort op mijn stoel. Proost.' Hij hief zijn schnapsglas, en om niet weer in een discussie verzeild te raken over hoe belangrijk het was om te drinken, leegde ook Dunja haar glas.

'Kim, ik ben me ervan bewust dat die DNA-analyse op Willumsen wijst. Maar ik ben er ook vrij zeker van dat hij het niet is en dat er iets niet klopt.'

'Dunja... Kom hier.' Hij wenkte haar dichterbij te komen. 'Dat is niet iets om hier te bespreken.' Hij zwaaide met zijn wijsvinger door de lucht.

'Nee, ik weet het, maar ik heb jouw goedkeuring nodig zodat ik zo snel mogelijk kan doorgaan.'

Sleizner duwde zijn wijsvinger tegen haar mond. 'Hier zijn veel te veel nieuwsgierige oren.' Hij schoof zijn stoel naar achteren en kwam overeind. 'Kom. Ik weet waar we ongestoord kunnen praten.'

Dunja stond iets te snel op en moest steun zoeken bij de tafelrand en even wachten tot ze haar evenwicht had hervonden.

'O jee, heb je hulp nodig?' Sleizner bood zijn arm aan.

'Nee hoor, niets aan de hand,' zei Dunja, hoewel ze zich op elke pas moest concentreren om niet mis te stappen op haar weg door de feestelijk versierde ruimte, waar het geluidsvolume aangaf dat de meesten al vergeten waren dat het pas maandag was.

'Oké, vertel. *I'm all yours*,' zei Sleizner, en hij hield de deur van zijn kantoor open.

'Eigenlijk valt er weinig te praten,' zei Dunja, en ze liep met Sleizner mee naar binnen. 'Ik wil alleen jouw toestemming om door te kunnen gaan met het onderzoek, en dan het liefst alleen, zonder Hesk. Hij werkt mij toch alleen maar tegen sinds je mij het onderzoek hebt laten leiden.' Ze keerde zich om voor een reactie.

Ze had het moeten zien aankomen. Ze had moeten begrijpen waar het bij al dat gewauwel over hoe competent ze was en dat niets haar zou kunnen tegenhouden om op een mooie dag het hoofd van het Deense KLPD te worden, eigenlijk om te doen was geweest. Dat dit de prijs was die ze zou moeten betalen om haar zin door te drijven.

Toch was ze totaal onvoorbereid toen ze zijn schrale lippen tegen de hare voelde. Zo onvoorbereid dat het een paar seconden duurde om te ontnuchteren, de gedachte aan de dader die nog steeds vrij rondliep te laten varen en in plaats daarvan in te zien wat er gaande was. Pas toen kon ze haar handen voor haar borst doen en hem van zich af duwen.

Sleizner begon te lachen en spreidde zijn armen. 'Dunja... ik weet toch dat je wilt. Tuurlijk, we kunnen blijven doen alsof en het spelletje nog een tijdje doorspelen, maar het is toch overduidelijk. Hoe heet hij ook alweer? Carsten? Hij geeft je vast veel te weinig. Als je überhaupt al wat krijgt. Geloof me, ik zie aan hoe je rondloopt dat je veel tekort komt en niets anders wilt dan genomen worden.' Hij balde zijn vuist. 'Gewoon rechttoe, rechtaan en voelen dat je leeft. Heb ik gelijk of niet?'

Hij leunde naar haar voorover. Zo dichtbij dat ze zijn naar drank ruikende ademhaling kon horen. Ze had zo hard moeten gaan schreeuwen als ze kon, hem in zijn gezicht moeten krabben en een knietje moeten geven. Maar ze deed niets van dit alles. In plaats daarvan liet ze zich als onder hypnose op de leren bank drukken. Hij tastte met zijn hand steeds hoger onder haar jurkje.

'Je kunt gerust zijn, dat zweer ik je,' ging hij verder. 'Uiteraard mag je doorgaan met dat onderzoek, als dat is wat je wilt.' Hij likte haar in haar oor terwijl zijn grijpgrage vingers ondertussen onder de rand van haar broekje frunnikten. 'Zolang wij ons geheimpje samen hebben mag je vrijwel alles doen wat je wilt. Klinkt dat niet goed?'

Hij kuste haar opnieuw en perste zijn vlezige tong in haar mond, toen de tl-buizen aan het plafond opeens aangingen en hun koude, onthullende schijnsel verspreidden. Sleizner kon zich net omdraaien voordat Hesk bij hem was en hem van haar losrukte. 'Gore klootzak. Wat ben jij een smeerlap!'

'Jan, hoe moeilijk je dit misschien ook vindt, wij zijn twee volwassen mensen die precies weten waar ze mee bezig zijn,' zei Sleizner, terwijl hij een hand door zijn haar streek.

'Dat dacht ik niet. Zeker niet na alles wat zij net heeft meegemaakt.'

'Je kunt het haar natuurlijk altijd zelf vragen.'

Hesk wendde zich tot Dunja, die haar jurk rechttrok. 'Dunja, klopt dat? Wil jij dit ook?'

Dunja probeerde Hesk aan te kijken, maar kon het niet. Ergens begreep ze dat ze opgelucht moest zijn – een minuut later en het was te laat geweest – maar het enige wat ze voelde was schaamte.

'Dunja, als je wilt kan ik nu meteen aangifte tegen hem doen, daar heb ik geen enkele moeite mee.' Hij haalde zijn telefoon tevoorschijn en hield die voor zich. 'Maar dat is aan jou.'

Ze wendde zich tot Sleizner en keek hem in de ogen. Zijn blik was niet in het minst ontwijkend of aarzelend. En achter zijn volkomen kalme en uitdrukkingsloze gezicht meende ze een lachje te ontwaren.

Alsof hij al wist wat ze zou antwoorden.

85

'Oké. En trouwens: bedankt.'

'Graag gedaan.'

Het gesprek werd verbroken, het geluidsbestand was ten einde. Malin Rehnberg had nu zo vaak naar de repliekwisseling tussen Herman Edelman en Carl-Eric Grimås geluisterd dat ze de tel kwijt was. Toch voelde ze zich niet gereed. Na de eerste keer luisteren had ze zich erover verbaasd hoe weinig nieuws eruit gekomen was en het voornamelijk gezien als een bevestiging van alles wat ze al wist. Als Fabians theorie klopte, kon het gewoon bijna niet anders of ze doelden op Grimås' illegaal getransplanteerde lever en de Israëlische ambassade.

Maar al na de tweede keer luisteren was ze gaan twijfelen, en na de derde en vierde keer was het haar duidelijk geworden dat er nog een heleboel te ontdekken viel. Het was alsof het gesprek was opgebouwd uit meerdere lagen, en de enige manier om bij de kern te komen was door het af te luisteren, telkens weer. Laag voor laag.

Het eerste waarop ze had gereageerd was dat ze precies leken te weten waar ze het over hadden en dat Grimås zelfs klonk alsof het onderwerp was uitgekauwd, terwijl ze absoluut niet leken te weten wat hun te wachten stond. Waar ze zich vooral ongerust om maakten waren de consequenties als de waarheid zou uitlekken en dat Grimås dan zou moeten aftreden. Dat iemand hem van het leven zou beroven om daarna zijn ingewanden eruit te halen was niet iets waar ze zich ook maar enigszins druk om maakten.

Het tweede had betrekking op het lek, of "dat verdomde lek", zoals Grimås het had genoemd. Er was eigenlijk helemaal geen lek, maar een dader met een geheel eigen agenda. Het had niets te maken met klikken naar de pers. Maar dat was niet waarop ze had gereageerd, dat was op wat later kwam. Ze zette de cursor op de minuut en het aantal seconden dat ze zo langzamerhand uit haar hoofd kende en drukte op de spatiebalk van de laptop.

'Voor zover ik weet is er nogal wat dat erop wijst dat iemand intern toegang heeft gehad tot sleutels en codes. Het probleem is dat ze er niet in zijn geslaagd iemand te vinden zonder...'

'Ho, wacht even. Hoezo intern? Bedoel je dat iemand van hun eigen personeel zou...'

'Calle, ik heb geen flauw idee...'

Ze drukte op de pauzetoets. Er waren blijkbaar sterke verdenkingen dat het iemand van het eigen ambassadepersoneel was. Maar wat Edelman bedoelde met dat 'het probleem was dat ze er niet in waren geslaagd iemand te vinden zonder...' kon ze niet begrijpen. Iemand te vinden zonder wát? De inmenging van de politie, of wilde Edelman eigenlijk iets heel anders zeggen toen Grimås hem onderbrak? Had er bijvoorbeeld nog een hele bijzin achter gemoeten?

Er waren oneindig veel alternatieven te bedenken en ze had een lange lijst gemaakt van alle mogelijke vervolgen die min of meer zinnig leken. Uiteindelijk had ze gekozen voor één woord.

Alibi.

Dan werd de volledige zin als volgt: Het probleem is dat ze er niet in zijn geslaagd iemand te vinden zonder alibi. Wat op de een of andere manier volkomen logisch was. Ze hadden gedacht dat het iemand van het personeel was, maar het probleem was dat iedereen zijn onschuld kon bewijzen. Dat betekende op zijn beurt weer dat een van hen een vals alibi had, of dat het niet iemand intern was, maar iemand die er ver genoeg vanaf stond om niet op een personeelslijst te staan – maar toch ook weer dichtbij genoeg stond om de beschikking te kunnen hebben over sleutels en codes.

Hoewel ze het geluid van haar mobiel had uitgezet, stoorde deze haar in haar concentratie toen hij als een opgevoerd stuk speelgoed op het tafeltje naast het bed begon te trillen. Net nu ze eindelijk ergens begon te komen. Haar gedachten werden uiteengedreven en ze wist niet of ze voldoende energie kon opbrengen om ze weer op een rijtje te krijgen.

Tot overmaat van ramp was het Anders ook nog. Hij had haar nu zo vaak gebeld dat hij binnenkort vast zou dreigen met echtscheiding als ze nu niet opnam.

'Hé, dag schat,' zei ze in een poging zo slaapdronken mogelijk te klinken.

'Waarom neem je niet op?'

'Eh... Doe ik dat niet net?'

'Je bent toch niet aan het werk, hè?'

'Ik zou niet durven, bovendien zit jij me de hele tijd achter de vodden. Maar daarom heb je me toch niet wakker gebeld?'

'Zeker weten?'

Malin slaakte een overdreven zucht. 'Denk je dat ik je hier gewoon lig voor te liegen?' vroeg ze, en ze merkte tot haar grote verbazing dat het liegen haar goed afging.

'Nee, maar...'

'Mooi. Want ik lig hier namelijk half gedrogeerd te liggen zonder ook maar enig idee te hebben van wat er zich buiten afspeelt. Ik heb mijn laptop nog niet eens open gehad nadat jij hier bent geweest.'

'Oké, het spijt me. Het was niet mijn bedoeling om... Ik ben alleen zo...'

'Ongerust. Lieverd, ik weet het. Maar daar heb ik op dit moment weinig aan. Ik wil gewoon dat het over is. Was er verder nog wat?'

'Nee. Of ja, trouwens. Ursula was hier gisteren. Heb jij tegen haar gezegd dat ze kerstgordijnen voor het keukenraam moest ophangen?'

'Nee, hoezo? Heeft ze dat gedaan?'

'Ja, en ze zijn... hoe moet ik het zeggen... foeilelijk. Er zijn geen woorden voor. Ze staan in Polen vast heel erg fraai, maar ze bederven gewoon mijn eetlust. Ik weet niet wat ik moet doen, ik durf ze amper aan te raken.'

Malin begreep precies wat Anders bedoelde. Zo'n jaar geleden was hun werkster zich steeds grotere vrijheden gaan veroorloven wat betreft hun inrichting. Opeens was de versleten voetenbank die ze van haar oma had geërfd – tot Anders grote vreugde – in een doos in de kelder beland. Maar toen hun witte sprei de week erna was vervangen door iets synthetisch knetterends met bloemen was hij er ook klaar mee. Ze hadden hem samen opgevouwen en de witte weer neergelegd.

Iets wat een totaal verkeerd idee bleek te zijn.

Ursula had niets gezegd. Ze had ze juist langzaam maar zeker gestraft door steeds slordiger te gaan schoonmaken. Na een paar weken hadden ze haar er met tactvolle kleine Post-it-velletjes aan proberen te herinneren hoe stoffig het was onder het bed en dat ook de binnenkant van de koelkast moest worden schoongemaakt. Maar schoon was het niet geworden. Niet voordat ze in het stof waren gekropen en de gebloemde sprei weer op het bed hadden gelegd, die zo statisch was dat ze telkens een schok kregen zodra ze hem vastpakten. Inmiddels was ze eraan gewend, evenals aan de tuinkabouter die ze had gekregen toen ze jarig was.

Malin moest opeens ergens aan denken, een gedachte die net zo onverwacht was als het feit dat ze in verwachting raakte van een tweeling slechts een paar weken nadat ze besloten hadden alle pogingen om zwanger te worden op te geven. Maar nu die gedachte er eenmaal was, leek die volkomen vanzelfsprekend.

'Lieverd, ben je er nog?'

'Ja, maar...'

'Wat zal ik dan doen? Ze gaat uit haar dak als ik ze eraf haal.'

'Anders, ik weet het niet. Maar ik moet nu ophangen. De dokter kan elk moment komen en ik wil eerst nog even naar de wc.'

'Maar wacht, denk je dat ze boos wordt als ik...'

'We hebben het er nog wel over. Dag schat. Ik hou van je.' Ze drukte het gesprek weg, leunde achterover tegen de kussens en sloot haar ogen in een poging haar concentratie zo snel mogelijk weer terug te krijgen.

Ze was allesbehalve zeker, maar er was veel wat ervoor pleitte dat het iemand van het schoonmaakpersoneel was. Die hadden niet alleen toegang tot sleutels en codes, zij waren bovendien ter plaatse als de rest van het personeel al naar huis was. Werden ze bovendien van een extern schoonmaakbedrijf ingehuurd, dan konden ze op de een of andere manier toch als 'intern' worden beschouwd hoewel ze geen deel uitmaakten van het eigen personeelsbestand van de ambassade.

Hoe de vork exact in de steel zat kon maar op één manier worden uitgezocht.

86

Dunja schrok op en realiseerde zich dat ze geslapen had. Ze zat vastgegespt en alles om haar heen ging heen en weer. Ze begreep er niets van. Niet waar ze was of hoe ze daar was beland.

'Welkom op Stockholm Arlanda, wilt u blijven zitten met uw stoelriem vast tot het vliegtuig geheel tot stilstand is gekomen en het bordje STOELRIEMEN VAST uit is,' klonk een stem uit de luidspreker.

O ja, dacht ze terwijl het vliegtuig afremde. Sleizners weerzinwekkende mond op de hare. Hesk die zijn hele carrière op het spel had gezet door aan te bieden aangifte te doen, terwijl hij Sleizner anders nooit durfde tegen te spreken. Misschien was het zijn manier om 'sorry' te zeggen. En dan zijzelf. Ze had haar hoofd geschud en hem gevraagd een taxi te bellen. Ze had alleen maar weg gewild en willen doen of het niet was gebeurd. Alsof er eigenlijk niets aan de hand was.

'Blågårdsgade 4,' had ze tegen de chauffeur gezegd. Maar ter hoogte van de neonthermometer bij Rådhusplatsen, die op min 5 °C stond en waardoor de Carlsbergreclame erboven totaal misplaatst leek, had ze ingezien dat Blågårdsgade wel het laatste was waar ze heen wilde. Waarom zou ze daar in haar eentje in bed gaan liggen zonder iemand die z'n armen om haar heen kon slaan? Als ze íémand nodig had na alles wat er was gebeurd, was het Carsten. Het verlangen naar hem was zo sterk, dat ze geen andere keus had gehad dan naar Stockholm te vertrekken.

De chauffeur had alleen zijn hoofd geschud, maar had toch voor Hotel Alexandra een verboden U-bocht gemaakt en haar naar Kastrup gebracht. Ze had geluk gehad en was erin geslaagd een ticket te bemachtigen voor een vliegtuig dat vijfenvijftig minuten later vertrok. Toen ze eenmaal de veiligheidscontrole was gepasseerd en bovendien nog een glas wijn had kunnen bestellen in de oesterbar was haar humeur aanzienlijk verbeterd.

En nu ze door de draaideur liep en tot haar verbazing merkte dat de kou hier helemaal niet zo erg was als in Kopenhagen, was het bijna alsof de gebeurtenis in Sleizners kantoor nooit had plaatsgevonden. Ze moest lachen om haar eigen onderneming. Carsten zou hoogst verbaasd zijn. Terwijl ze niets liever wilde dan altijd tot in de puntjes overal op voorbereid zijn, bevond ze zich nu in de diametraal tegenovergestelde situatie van het spectrum.

Het enige wat ze bij zich had, waren haar portefeuille, haar veel te korte rode jurkje en haar winterjas. Gelukkig had ze voldoende tegenwoordigheid van geest om in een paar fatsoenlijke laarzen naar het kerstfeest te komen en had ze haar pumps in een tasje bij zich gehad. Anders had ze zich in een rolstoel moeten voortbewegen, zo'n pijn als haar voeten deden.

Ze wenkte een taxi en vroeg de chauffeur in zo duidelijk mogelijk Zweeds haar naar Hotel Clarion te brengen. Het was haar eerste bezoek aan Stockholm en tot nu toe was ze nog niet erg onder de indruk. Ze had tot op heden nog niet veel meer gezien dan een gecompliceerde wirwar van wegen en betonnen viaducten.

Pas na een lange tunnel leek de reputatie dat Stockholm een van de mooiste steden ter wereld was te gaan kloppen. Het trok open en ze kon over het bevroren water kijken, dat was omgeven door het licht van een oneindig aantal verlichte ramen. Ze kon niet zeggen of het het weidse uitzicht was over de door sneeuw bedekte ijsvlakte, de heldere sterrenhemel, de verlichte brug een stuk verderop of de hoger gelegen wijk Södermalm met zijn steile rotsen waarop huizen stonden. Ze kon alleen maar constateren dat het echt schitterend was.

De volgende seconde was ze terug in de betonnen hel, die het verdere uitzicht tot aan het hotel vrijwel geheel belemmerde.

'Pardon, maar hoe is zijn naam zei u?' vroeg de jongeman met het dunne snorretje achter de receptie, hoewel Dunja het al twee keer had herhaald.

'Carsten Røhmer,' zei ze zo langzaam ze kon. 'Carsten met een c, en Røhmer met een Deense ø en een h achter de ø. Moet ik het opschrijven?'

'Nee hoor, dat hoeft niet,' zei de man, en hij veroorloofde zich een lachje om te laten zien dat hij het beslist niet erg vond te worden gestoord in zijn boek, terwijl zijn vingers over het toetsenbord vlogen.

Dunja kon niet begrijpen wat er zo moeilijk was aan het opzoeken van een kamernummer. Het leek wel of hij een geheime server aan het hacken was. Een paar minuten later maakte hij zijn ogen los van het scherm en drukte zijn vingers tegen zijn snor.

'Voor zover ik kan zien, heeft hij maar voor één persoon geboekt.'

'Ja, maar ik ben zijn vriendin en omdat het een verrassing is weet hij ook helemaal niet dat ik hier ben.'

'Ik kan helaas niet zomaar aan iedereen een kamersleutel geven.'

'Dat begrijp ik ook wel. Maar ik ben niet iedereen. Zoals ik al zei, ik ben zijn vriendin.'

'I'm sorry I don't understand.'

'I'm his fiancé and this is a surprise. That's why the booking only says one person.'

De man knikte hoewel zijn lachje allang verdwenen was. *'I'm sorry, but I can't...'*

'Look. If it's about money I've no problem paying for an extra person. As long as you give me a fucking key.' Ze overhandigde hem haar creditcard en keek hem met een dusdanig sommerende blik aan dat hij uiteindelijk geen andere keus had dan akkoord te gaan.

De kamer lag op de vijfde verdieping. Ze werkte haar lippenstift in de lift even bij en deed haar haar goed, en vlak voor ze de sleutelkaart voor de lezer hield, trotseerde ze de pijn in haar voeten en dwong ze ze weer in haar pumps.

Ze zorgde dat de deur langzaam dicht gleed en liep door het donkere halletje naar de kamer. Die was groter dan ze had verwacht, en ze kon het bed of Carsten niet eens zien. Ze hoorde daarentegen zijn mompelende stem en dat er een telefoonhoorn op de haak werd gelegd. Om geen argwaan te wekken liep ze snel de kamer in en spreidde haar armen. 'Tadaa!'

Ze wist niet wat voor reactie ze had verwacht. Alleen dat het méér zou zijn. Carsten lag met ontbloot bovenlijf half rechtop in bed en staarde haar aan met een gezicht of hij net ontslagen was. Ze wist niet hoe ze het moest interpreteren. Was hij alleen enorm verrast, of eerder verstijfd van schrik?

'Hallo. Ik ben het. Dunja. Ben je niet blij?' Ze zwaaide naar hem, en pas toen begon hij te glimlachen. Als op bestelling.

'Sorry, schat. Ik had alleen... ik had niet verwacht dat jij...'

'Naar Stockholm zou komen. Nu zijn we met z'n tweetjes.' Ze wurmde zich uit haar pumps. 'Het kan toch geen kwaad iemand af en toe te verrassen?' Ze kroop op handen en knieën naar hem toe en leunde voorover om hem te kussen.

'Wacht even...' Hij hield haar tegen. 'Ik begrijp het niet. Wat is er eigenlijk gebeurd? Moest jij vandaag niet naar het kerstfeest van je werk?'

'Ja, maar je weet hoe dat gaat en dat was wel het laatste waar ik zin in had na alles wat er was gebeurd, dus daarom heb ik het vliegtuig naar jou toe genomen.'

'Oké, maar...' Carsten krabde op zijn achterhoofd en keek in het rond voor hij haar weer in de ogen keek. 'Ik bedoel... Hoe voel je je eigenlijk? We hebben nog niet eens met elkaar gesproken. Ik heb alleen maar... Het moet afschuwelijk zijn geweest.'

Dunja knikte. Ze had geen puf om te praten en alle vragen te beantwoorden, en bracht hem daarom met haar mond tot zwijgen.

In het begin van hun relatie had die vrijwel oneindig kunnen duren. Toen ze net verliefd waren. Het was alsof hij nooit wilde ophouden.

De kus.

Hun lippen hadden elkaar kunnen ontmoeten in een oneindig aantal combinaties die allemaal hadden aangevoeld als kleine sensaties. Hun tongen hadden niet genoeg van elkaar kunnen krijgen en zijn smaak had haar gek gemaakt, om nog maar te zwijgen over zijn warme, vochtige adem. Ze hadden zich verloren en waren bijna verdronken in elkaars blik, en zonder zich ervan bewust te zijn had ze voor zich gezien dat het zo in alle eeuwigheid zou blijven.

Maar na iets meer dan een halfjaar was Carsten zijn ogen gaan sluiten. Ze had hem willen vragen waarom, maar had ervoor gekozen te doen alsof er niets aan de hand was en had gehoopt dat hij ze spoedig weer open zou doen. Maar hun kussen waren juist steeds korter geworden en zijn tong leek helemaal geen zin meer te hebben om met die van haar te spelen. Na weer een hele tijd had ze moed verzameld en gevraagd wat er was, of ze misschien niet lekker rook. En tot op de dag van vandaag kon ze zich herinneren hoe hij alleen maar zijn hoofd had geschud en in haar was gedrongen. Sinds die keer was ze zelf haar ogen gaan sluiten, en slechts een paar weken later waren ze er helemaal mee gestopt.

Maar nu kusten ze elkaar weer, en hij keek haar zelfs aan. Toch klopte er iets niet. Iets wat... ze kon haar vinger niet precies leggen op wat het was. Of het zijn dolende blik was, alsof hij langs haar heen wilde kijken. Of zijn tong die iets te ijverig was in zijn bewegingen.

Ze onderbrak de kus.

'Wat is er?' vroeg hij. 'Ruik ik uit mijn mond?'

'Nee, ik moet alleen... Je weet wel, na de reis en zo.' Ze kroop achteruit het bed af. 'Ik ben zo terug.'

'Maar, wacht... Zullen we wat gaan drinken in de bar?'

'Prima. Ik wil me alleen even een beetje opfrissen.'

'Ja, maar...'

'Ik ben zo klaar, dat beloof ik.' Ze maakte de deur van de badkamer open, ging naar binnen en deed de deur achter zich op slot. Wat ze altijd deed, hoewel ze al bijna vijf jaar samen waren. Alleen al het idee dat zij op het toilet zat en Carsten ernaast stond te flossen...

Dat was alleen niet de reden dat ze de deur nu op slot deed.

Eerst had ze het weggewuifd. Maar het was er geweest op het moment dat ze de deur open had gedaan en naar binnen was gelopen. Misschien was het de onwil van het donzige snorretje om haar te helpen of het geluid van de telefoonhoorn die op de haak werd gelegd. Ze wist het niet. Het kwam vast doordat ze op dit moment gewoon erg gevoelig was.

Maar toen kwam die kus en had ze niet langer haar zenuwen de schuld kunnen geven. Zo gauw ze het licht in de badkamer had aangedaan wist ze het daarentegen zeker.

Er ontbrak niet alleen een handdoek op het handdoekenrek. De verpakking die volgens het plaatje een douchemutsje bevatte, was geopend. Het glas met Carstens tandenborstel lag omvergeworpen op de wastafel, samen met zijn scheerzeep en een groen doosje met kunststof tandenstokers. Maar ze kon nergens de fles aftershavebalsem voor de gevoelige huid zien die haar een vermogen had gekost. Bovendien zat het douchegordijn voor het bad er helemaal voor.

Wat ontzettend pathetisch, dacht ze in de twee geluidloze stappen naar het bad, waarna ze het douchegordijn opzij rukte. Geen van hen zei iets, en Dunja kon alleen maar constateren dat hij blijkbaar vond dat ze er zo uit moesten zien. Lange blonde krullen die alle kanten op wilden. Borsten die zich gedroegen alsof de wet van de zwaartekracht buitenspel was gezet. Daar lag ze en probeerde zich met de ontbrekende handdoek te bedekken, samen met al haar make-up en Carstens aftershavebalsem die in alle haast mee was gekomen toen ze alles in paniek bij elkaar had gegrist.

Dunja wist niet hoe ze moest reageren. De situatie was zo absurd dat ze helemaal perplex was. Als een slechte film op een zender waar niemand naar keek. Daarom was ze zelf net zo verbaasd als de vrouw toen ze vooroverboog, de fles aftershavebalsem naar zich toe trok, de douche op de koudste stand aanzette en de badkamer verliet.

'Ben je klaar?' vroeg Carsten, die uit bed was gekomen en bezig was zich aan te kleden.

'Ja. Helemaal klaar.' Ze raapte haar pumps op die op de grond lagen en liep naar de deur.

'Maar Dunja. Wacht, wat is er? Waarom...' Ze hoorde dat hij achter haar aan kwam. 'Zeg dan toch wat. Je kunt toch niet zomaar...'

Meer hoorde ze niet toen ze haar winterjas en de zak met haar laarzen had gepakt en de geïsoleerde deur achter zich had dichtgedaan. Tot haar eigen verbazing voelde ze zich niet in het minst verdrietig toen ze de fles aftershavebalsem in de gang op weg naar de lift in de prullenbak gooide.

Integendeel.

87

Fabian verliet de keuken met vers gezette koffie en moest zichzelf eraan herinneren dat hij zich in zijn eigen woonkamer bevond, en niet in een bunker van de inlichtingendienst ergens diep onder de grond in een berg. In minder dan twee uur had hij met behulp van Tomas en Jarmo de ergste rotzooi opgeruimd en de kamer nu zo ingericht dat de bank en de stoelen tegen de muren stonden. Het middelpunt van de kamer werd gevormd door de eettafel met al zijn inlegbladen. Het hele onderzoek was uitgepakt en de wanden waren behangen met foto's, aantekeningen en leidraden.

Gelukkig had Jarmo eraan gedacht alles te fotograferen voordat ze het onderzoek op het hoofdbureau hadden ingepakt, zodat het meeste net zo was opgehangen en gecategoriseerd als daarvoor. Een uur later was ook Niva met haar apparatuur gearriveerd, en nu waren alle monitoren, computers, printers en een aantal zwarte dozen met knipperende diodes neergezet en ingeschakeld.

Zo efficiënt hadden ze nog nooit samengewerkt. Het was alsof het gebruikelijke jargon op pauze was gezet en ze allemaal één gemeenschappelijk doel hadden – de echte dader identificeren en oppakken. Degene die hen in de manege had laten ronddraven en ze op zo'n gedetailleerd vals spoor had gezet dat het onderzoek nu officieel was afgerond.

'Mm...' zei Jarmo, en hij schonk de dampende koffie in de kopjes. 'Zullen we dan maar?'

'Ik kan beginnen,' zei Fabian, en hij begon te vertellen over de gebeurtenissen van het laatste etmaal. Het afgeluisterde telefoongesprek tussen Edelman en Grimås. Dat hij een doorgang had gevonden die het appartement van Ossian Kremph verbond met de sloopflat, en hoe de dader op die manier het appartement van Kremph binnen had kunnen komen om diens medicijnen om te wisselen en allerlei bindend bewijs uit te zetten. Hij vertelde over de verborgen camera en dat de dader Semira Ackerman hoogstwaarschijnlijk door verdrinking om het leven had gebracht en vlak voordat hijzelf was gekomen haar rechterhoornvlies had verwijderd. En dat de sporen via de Israëlische ambassade in Stockholm leken te leiden naar een zekere patholoog genaamd Gidon Hass. Toen hij klaar was, kreeg de stilte de overhand. Er werd de eerste minuten niets gezegd. Het was alsof ze het allemaal tot zich moesten laten doordringen en moesten nadenken voor ze verder konden.

'Die patholoog. Weten we nog meer over hem?' vroeg Tomas, terwijl hij zijn proteïnedrankje schudde.

'Hij is expert in orgaantransplantaties en was tot drie jaar geleden verantwoordelijk voor het pathologisch instituut in Abu Kabir. Sindsdien lijkt hij te zijn ondergedoken,' zei Fabian.

'Abu Kabir. Is dat niet een stad in Egypte?' vroeg Jarmo.

'Ja, maar het is ook een stadsdeel van Tel Aviv.' Fabian wendde zich tot Niva. 'Jij hebt niet toevallig een foto van hem weten op te sporen?'

'Ik vroeg me al af wanneer je erom zou vragen.' Niva overhandigde hem een printje.

Fabian herkende de man op de foto onmiddellijk. Hij keerde zich om naar de muur waar de andere foto's opgespeld zaten, en pakte de foto waarop de voormalige Israëlische ambassadeur, Rafael Fischer, aan een feestelijk gedekte tafel zat met zijn zoon Adam Fischer aan zijn zijde. 'Kijk! Daar heb je hem.' Hij wees op de man aan de andere kant, die naar de ambassadeur vooroverboog alsof hij hem net iets in vertrouwen wilde vertellen.

'Ja, verdomd,' zei Jarmo, en hij knikte. 'Dat verklaart de banden van de slachtoffers met de Israëlische ambassade.'

'Op welke manier dan?' vroeg Tomas.

'In plaats van zich tot de Zweedse gezondheidszorg te wenden op zoek naar een nieuw orgaan, gingen ze...'

'Ho, dat hebben ze wél gedaan,' brak Niva in. 'Ik heb in het patiëntendossier van de slachtoffers gekeken, en daar kun je duidelijk zien dat ze alle drie jarenlang op de wachtlijst hebben gestaan tot medio 1998.'

'Wat gebeurde er toen dan?' vroeg Tomas.

'Ze zijn van die wachtlijst gegaan zonder een transplantatie te hebben ondergaan,' zei Niva.

'Ze hebben zich in plaats daarvan tot de ambassadeur gewend, die ze op zijn beurt in contact bracht met Hass,' zei Jarmo, terwijl hij zich uitrekte.

'Wat zijn zoon Adam Fischer betreft is daar geen twijfel over mogelijk,' zei Fabian. 'En als het om Carl-Eric Grimås gaat is dat contact vermoedelijk verlopen via Edelman, die in die tijd nauwe contacten onderhield met de ambassade.'

'Dus die doet nu al het mogelijke om het onder het tapijt te vegen,' zei Tomas.

Fabian knikte. 'Hoe de link met Semira Ackerman eruitziet, weten we daarentegen niet. Iemand die weet wanneer deze foto is genomen?'

'In augustus '98 op de bruiloft van Adam Fischers zus in Tel Aviv,' zei Tomas, en hij dronk zijn proteïneshake leeg.

'Weer Tel Aviv,' zei Niva.

'Misschien had Adam Fischer toen net zijn nieuwe hart gekregen,' zei Tomas. 'Dat zou verklaren waarom híj een stok heeft en niet zijn vader.'

Fabian knikte.

'Fabian, iets heel anders.' Jarmo gooide een scheutje melk in zijn kopje. 'Wanneer heb jij precies die doorgang tussen die appartementen ontdekt?'

'Gisteravond, even na negenen.'

Jarmo wendde zich tot Tomas en keek hem even aan voordat hij zich weer tot Fabian richtte. 'Dan was jij degene die ik in de slaapkamer hoorde.'

Fabian knikte. 'Maar dan vraag ik me ook af wie híér heeft ingebroken. Totdat jullie kwamen, was ik ervan overtuigd dat het dezelfde personen waren als degenen die beslag hadden gelegd op het onderzoek.'

'Dat was vast precies waar ze naar op zoek waren, maar wij waren ze voor,' zei Tomas met een voldaan lachje.

'De vraag is wat we doen als ze terugkomen,' zei Jarmo.

Ze zwegen en lieten de vraag in de lucht hangen, alsof het pas nu tot ze doordrong hoe weinig ze eigenlijk wisten. Het enige wat de stilte vulde was het geluid van Niva's ijverige vingers op het toetsenbord.

'Luister, ik heb een idee,' zei ze uiteindelijk, en ze keek op van het scherm. 'Het is eigenlijk een beetje te vroeg om het nu al te vertellen en bovendien weet ik ook helemaal niet of het ook werkt.'

'Kom op. Wie a zegt...' zei Tomas.

'Oké... Het idee is erop gebaseerd dat we er met relatief grote zekerheid van uit kunnen gaan dat de dader zich op bepaalde specifieke tijden op bepaalde specifieke plaatsen heeft bevonden. Hoe meer hoe beter. En we hebben er ook een aantal. Zo weten we bijvoorbeeld dat hij Ledamotshuset op zestien december om exact 15.24 uur via de achteringang heeft verlaten. Bovendien kunnen we ervan uitgaan dat hij zich in de sloopflat op Östgötagatan bevond vlak voordat Fabian daar gisteravond naartoe kwam. Welke plaatsen hebben we nog meer?'

'De bewakingsvideo toen hij de Slussengarage in de auto van Fischer verliet,' zei Tomas. 'We moeten even precies kijken, maar volgens mij was dat de achtste ergens in de middag.'

'En de Shurgard-opslagruimte,' zei Jarmo. 'Daar moet hij ik weet niet hoe vaak zijn geweest. Maar we weten natuurlijk niet wanneer.'

'Oké, en hoe wilde je die informatie gebruiken?' vroeg Fabian.

'Door het mobiele telefoonverkeer in de masten rond elke plek op het betreffende tijdstip te analyseren, zouden we in elk geval één mobiel nummer moeten vinden dat overal voorkomt. Daarna is het alleen een kwestie van dat nummer lokaliseren en de persoon in kwestie arresteren.'

Behalve het geluid van de ventilatoren in de computers en een autoalarm ergens ver weg, werd het weer stil in de kamer. Fabian wist niet wat hij moest zeggen, en Tomas en Jarmo blijkbaar ook niet. Maar hij wist zeker dat ze zichzelf exact dezelfde vraag stelden als hij.

Waarom had niemand daar eerder aan gedacht?

De stilte werd verbroken door Fabians mobiel, waarvan het display aangaf dat het nummer anoniem was.

'Ja, hallo...' zei Fabian.

'Spreek ik met Fabian Risk?' hoorde hij een gestreste vrouwenstem vragen.

'Dat klopt. Met wie spreek ik?'

'Carnela Ackerman.'

'Ackerman?'

'Ik ben de zus van Semira. Ik denk dat u mij vrijdag op Stureplan heeft gezien. Bent u in de gelegenheid mij te ontmoeten? Ik weet namelijk wie er bij u thuis is geweest.'

'Noem maar een tijd en een plaats.'

'Gondolen. Ik zit helemaal achterin bij de bar te wachten.'

Daarna volgde er een klik – nog voordat Fabian kon antwoorden.

88

Het was de eerste keer dat Fabian weer bij Gondolen was sinds ze daar met de hele afdeling een kerstbuffet hadden gegeten. Dat was vier jaar geleden, en hij was bijna vergeten hoe magnifiek het uitzicht was. Hoewel het donker was met laaghangende bewolking waaruit op elk moment een nieuwe sneeuwbui kon losbarsten, was het buitengewoon fraai. Stockholm lag letterlijk aan zijn voeten en toen hij door het restaurantgedeelte naar de bar liep kon hij alles zien – van de knipperende Kaknästoren helemaal op Gärdet tot de verlichte wolkenkrabbers bij Hötorget en de ronddraaiende klok van warenhuis NK in rood en groen neon.

Hij wist niet zeker of hij de vrouw van Stureplan zou herkennen. Zijn focus had helemaal op haar zus Semira gelegen. Maar de gestreste blik die voortdurend over haar schouder keek in combinatie met de nerveus krampachtige vingers om het glas, maakte dat hij direct doorhad wie Carnela Ackerman was. Hij ging naast haar aan de bar zitten. Ze was mooi en zag eruit als een model met haar lange goudbruine haar, leren laarzen, een spijkerbroek en een dieprode coltrui met een ketting met grote stenen daarop.

'Ik weet niet wat u voor bericht van de politie hebt gekregen over uw zus, maar...'

'Semira zou nooit zo het ijs op zijn gegaan,' onderbrak Carnela Ackerman hem zonder het glas los te laten met haar blik. 'Nooit. Dat zou meer iets voor mij zijn. Ik heb me altijd in het onbekende gestort en erop vertrouwd dat er iemand zou zijn om me op te vangen.' Ze dronk van haar wijn en schudde haar hoofd. 'Mijn moeder zei altijd dat ik haar die grijze haren had bezorgd. Hoewel het nooit háár armen waren die me opvingen, maar die van Semira. Zij was er altijd voor mij, ze heeft me in al die jaren nooit één keer in de steek gelaten. En toen er eindelijk voor mij een kans kwam om er voor haar te zijn, is het zo afgelopen.' Ze vocht tegen haar tranen, maar werd overmand door verdriet.

Fabian reikte haar een servetje aan. 'Op welke manier hebt u haar geholpen?'

'Ze leed aan één oog aan bulleuze keratopathie, overhydratie van het hoornvlies. Uiteindelijk werd ze vrijwel blind aan dat ene oog en had zo'n pijn dat ze niets meer kon. Zelfs niet meer lezen, terwijl ze daar zoveel van hield.' Carnela Ackerman droogde haar tranen.

'Dus ú bent haar koppeling met de Israëlische ambassade.'

Pas nu keek ze hem aan. 'Hoe weet u dat? Ik werk daar.'

'U zei dat u wist wie er bij mij had ingebroken.'

Ze knikte, ontgrendelde haar mobiel en toonde een foto van twee mannen in pak die in dezelfde zwarte Volvo wilden stappen die Fabian bij hem voor de deur had zien wegrijden. 'Ze werken voor de ambassade en proberen de dader te pakken voordat de politie dat doet.'

De ambassade had dus een eigen onderzoek. Natuurlijk. 'Heeft men enig idee hoe het is gegaan en heeft men theorieën over wie het kan zijn?' vroeg Fabian.

Ackerman haalde haar schouders op. 'Ik weet het niet, maar het gerucht gaat dat iemand erin is geslaagd aan een lijst of een of ander document te komen van alle transplantaties waarbij de ambassade heeft bemiddeld. Wat eigenlijk niet zo verwonderlijk is. Het hele kantoor staat momenteel op zijn kop omdat we aan het inpakken zijn voor de verhuizing naar het Nobelpark. Ik vind alleen dat u moet weten dat de politie de verkeerde persoon heeft opgepakt en dat er waarschijnlijk nog meer mensen op de lijst staan.'

Fabian knikte. 'U weet mogelijk niet wie?'

Ze schudde haar hoofd.

'Kent u iemand genaamd Gidon Hass?'

Carnela Ackerman kreeg direct iets geforceerds in haar blik. 'Wat hebt u over hem gehoord?'

'U weet dus, met andere woorden, wie het is.'

Ze knikte nauwelijks merkbaar. 'Hij is een neef van de ambassadeur en is nu hier...'

'Hier in Stockholm?'

Ze knikte opnieuw.

'Weet u waarom hij hier is?'

Zonder antwoord te geven keek ze over haar schouder en dronk het laatste restje wijn op.

'Als u informatie hebt die ons kan helpen degene op te pakken die...'

'Het spijt me,' zei ze, en ze schudde haar hoofd. 'Maar dit... het gaat niet. Ik heb al veel te veel gezegd.' Ze pakte haar handtas en klom van de barkruk.

'Wacht... Is er iemand die u heeft bedreigd?' Fabian stak zijn arm uit om haar tegen te houden, maar ze duwde hem weg en liep snel naar de uitgang.

89

'Geloof me, ik zie aan hoe je rondloopt dat je veel tekort komt en niets anders wilt dan genomen worden,' had hij gezegd met een grijns alsof het de gewoonste zaak van de wereld was. Die gore klootzak. 'Gewoon rechttoe, rechtaan en voelen dat je leeft.' Ze was bijna verstikt door zijn plakkerige adem. Elke cel in haar lichaam had hem gehaat. Dat deden ze nu nog steeds, en dat zouden ze vermoedelijk altijd wel blijven doen.

Toch moest ze het toegeven.

Kim Sleizner had wél gelijk gehad.

Tot dat inzicht was ze de vorige nacht laat gekomen na een lange wandeling over een besneeuwde Götgatan op jacht naar een ander hotel. Ze had zo ver mogelijk bij Carsten vandaan willen zijn, dus het had niet uitgemaakt dat ze pas bij Medborgarplatsen wat had gevonden. Na een kort bad om weer warm te worden was ze naar bed gegaan. Ze had de volgende ochtend vroeg op willen staan, snel willen ontbijten en het eerste het beste vliegtuig naar huis willen nemen. Eenmaal thuis zou ze ervoor zorgen dat het slot werd vervangen en zou ze een verhuisbedrijf in de arm nemen dat Carstens spullen naar zijn ouders in Silkeborg kon brengen. Het was tenslotte háár appartement.

Een perfect plan, volgens haarzelf, als ze maar in slaap had kunnen komen. Stemmen van Stockholmers in feeststemming die langsliepen waren helemaal tot haar kamer doorgedrongen. Ze had maar liggen woelen in bed en de krakende lakens tegen haar schone lichaam gevoeld. Ze had bedacht hoe gelijk die eikel van een Sleizner eigenlijk had gehad.

Ze had het geprobeerd met haar vingers, maar dat had de zaak alleen maar erger gemaakt. Precies zoals hij had beweerd wilde ze gewoon genomen worden. Rechttoe, rechtaan en voelen dat ze leefde. En wel nu, meteen.

Ze had haar jurk en hakken weer aangetrokken en was de stemmen van de straat gevolgd naar Kvarnen – een biertent vlak om de hoek van Götgatan. De rij was lang geweest, maar ze had voor gemogen, en eenmaal binnen had het niet lang geduurd voor ze haar slachtoffer in het oog had gekregen.

Hij had met een biertje in zijn hand aan de bar staan praten met wat vrienden. Hij was eigenlijk helemaal haar type niet. Met zijn rode krullen en sproetige gezicht was hij bijna het tegenovergestelde van een klassieke schoonheid. Maar zijn laag uitgesneden trui had gewoon uitgeschreeuwd hoe goed getraind hij was en ze had zich onmogelijk kunnen wapenen tegen zijn uitstraling.

Ze had er alleen maar een paar meter bij vandaan hoeven gaan staan en hem een paar blikken toegeworpen of hij liep al bij zijn vrienden weg en kwam naar haar toe. Ze had geprobeerd wat in het Zweeds tegen hem te zeggen en hij had in het Engels geantwoord. Zijn naam was ze onmiddellijk weer vergeten nadat hij die had gezegd, maar ze zou hem zich herinneren als 'die roodharige Zweed'.

Hij had haar naar de kelderverdieping geleid waar spookachtige gipsafdrukken zich uit de witte stenen muren probeerden te persen, en op de kokende dansvloer waar mensen zich op luide muziek in het zweet stonden te werken, hadden ze gedanst of hun leven ervan afhing. Ze herinnerde zich dat hij tegen haar aan was gaan staan, zodat ze had kunnen voelen hoeveel groter dan Carsten hij was.

Ze had er geen concrete herinnering aan dat ze de dansvloer hadden verlaten. Het was meer alsof alles in één beweging had plaatsgevonden, waarin ze plotseling naar haar hotelkamer waren gegaan, de minibar hadden geplunderd en elkaar hadden verkend als popelende tieners die eindelijk het ouderlijk huis voor zich alleen hadden. En ergens moest ze uiteindelijk in slaap zijn gevallen aangezien ze net wakker was geworden.

Het was halfelf en de roodharige was verdwenen. Gelukkig. Gezien de kloppende pijn tussen haar benen had ze onmogelijk nog een beurt overleefd. Ze begon te lachen en bedacht dat ze de afgelopen uren vermoedelijk meer had gevreeën dan in alle jaren met Carsten samen, en besloot er een traditie van te maken.

Vanaf nu zou ze zich elke dinsdag in het nachtleven storten om bevestiging te tanken. Dat deden de mannen immers ook en blijkbaar werkte dat goed. Zo blij en vrolijk was ze in tijden niet geweest. Ze had niet eens hoofdpijn, omdat ze de laatste uren alleen maar water had gedronken. De enige regel zou zijn dat het elke week een ander moest zijn en zolang ze er maar op kickte zou vrijwel iedereen in aanmerking kunnen komen.

Ze werd onderbroken door het gezoem van haar mobiel. Het was een Zweeds 042-nummer.

'Met Dunja Hougaard.'

'Hallo, ik wilde alleen even horen hoe het met je was. Je was opeens verdwenen. Eerst dacht ik dat je misschien naar huis was vertrokken voor het weekend, maar toen hoorde ik wat er was gebeurd.' Ze hoorde hem een diepe zucht slaken. 'Ik begrijp eerlijk gezegd niet hoe je je daar zo helemaal alleen in hebt durven storten. Het moet afschuwelijk zijn geweest.'

'Ik had niet gedacht dat hij daar zou zijn. En toen was het al te laat,' zei Dunja, terwijl ze eindelijk de stem kon plaatsen. 'Maar Klippan, het gaat nu prima met me hoor.'

'Zeker weten?'

'Absoluut.'

'Dat is fijn om te horen. Dan wens ik je alvast fijne kerstdagen.'

'Bedankt, jij ook. Veel plezier.'

'Daar kun je wel van uitgaan. Ik heb voor de verandering twee weken vrij, hoewel het eigenlijk een echte werkgeverskerst is want de feestdagen vallen ongunstig. Maar Berit stond erop. Dus over een paar uur vertrekken we naar Kastrup en dan gaan we verder door naar Thailand.'

'Jeetje, dat klinkt heerlijk.'

'Het kostte weliswaar een klein vermogen, maar dat is het hopelijk waard.'

'Vast wel. Goede reis dan maar,' zei ze in een poging het gesprek af te ronden voordat de batterij van haar mobiel leeg was.

'Nog één dingetje, en ik hoop dat je het niet verkeerd opvat. Toen jij thuiskwam, was het inderdaad zo dat hij toen in jouw appartement was?'

'Ja.'

Het werd stil en Dunja kon bijna horen dat het brein van Klippan onder hoge druk werkte.

'Dan weet ik niet of ik het helemaal begrijp,' zei hij uiteindelijk. 'Waarom zou hij jou eerst laten leven en je opsluiten in die auto tussen al die in stukken gezaagde lichaamsdelen, als hij je later toch gewoon om het leven wilde brengen? Bovendien was dat veel makkelijker geweest toen hij je in dat industriepand in Kävlinge verdoofd had.'

Klippan reageerde exact hetzelfde als zij.

'Omdat het niet dezelfde dader is,' zei ze, hoewel ze eigenlijk had besloten het los te laten.

'Weet je, Dunja, dat is precies wat ik al dacht.'

'Ik denk dat Willumsen gebruikt is om ons op een dwaalspoor te brengen, en dat was zo goed dat hij hoe dan ook veroordeeld zou worden. We hebben zelfs zijn zaad in Katja Skov aangetroffen.'

'Dus hij had niets te verliezen en kon net zo goed jou proberen te vinden voordat jij hem vond.'

'Precies.'

'Wat gaan jullie nu doen? Kan ik nog iets betekenen voor ik wegga?'

'Ja, misschien wel. Kun jij mij helpen de eigenaar op te sporen van een auto met een Zweeds kenteken?'

'Absoluut. Geen probleem. Als je mij het kenteken geeft, zoek ik het uit.'

'HXN 674,' wist ze zo uit haar hoofd.

'Oké, ik sms je het antwoord en wens je veel succes. Ik hoop dat de zaak wordt opgelost.'

'Dat hoop ik ook,' zei Dunja, en ze rondde het gesprek af.

Ze stond op, douchte, waste haar haar en gebruikte alle gratis crèmes die er op de wastafel stonden voor ze haar jurk weer aantrok, die ondertussen wat onfris was gaan ruiken. Toen ze klaar was, lag het sms'je van Klippan al in haar mobiel te wachten.

IK WEET NIET WAAR JE DIE AUTO HEBT GEVONDEN, MAAR DE EIGENAAR HEETTE CARL-ERIC GRIMÅS. HIJ WAS DE ZWEEDSE MINISTER VAN JUSTITIE VOORDAT HIJ RUIM EEN WEEK GELEDEN TEN PROOI VIEL AAN DE 'KANNIBAAL VAN ZWEDEN'. MAAR DAT KAN TOCH NIET MET JOUW ZAAK TE MAKEN HEBBEN? KLIPPAN.

Ze typte een kort antwoord in, liep naar het raam, trok de gordijnen open en keek uit op het met sneeuw bedekte parkje beneden. Aan de ene kant waren zo'n dertig kleuters aan het spelen en aan de andere stonden twee mannen kerstbomen te verkopen aan voorbijgangers.

NEE, DAT IS VAST IETS HEEL ANDERS. BEDANKT EN FIJNE VAKANTIE! DUNJA.

Ze had gehoord over de 'Kannibaal van Zweden' die na zijn straf te hebben uitgezeten en na vele jaren vrij te zijn geweest plotseling weer aan het moorden was geslagen. Er had ook best veel over in de Deense kranten gestaan, en ze had even met de gedachte gespeeld dat er een link was met haar onderzoek. Twee bekende daders. Een Deen en een Zweed. Ze herhalen allebei hun oude zonden en laten overduidelijke sporen na. Maar bij gebrek aan iets concreters had ze het idee laten varen en was ze doorgegaan met het Willumsen-spoor.

Nu waren ze dood en waren beide onderzoeken afgerond.

Misschien was de Zweedse sportwagen op de bodem van de haven van Helsingør precies wat ze nodig hadden om haar onderzoek en dat van de Zweden weer nieuw leven in te blazen.

90

IK ZIT ERIN. DENK DAT HET GOED IS ALS JULLIE HIERHEEN KOMEN. EN SNEL EEN BEETJE N

Fabian keek op van het display van zijn mobiel en zag hoe het rode laserpuntje op de geprojecteerde kaart van Groot-Stockholm van de ene voorstad naar de andere schoot. Hij bevond zich met Tomas en Jarmo in de vergaderkamer om naar de uiteenzetting van Markus Höglund en Inger Carlén met betrekking tot de ophanden zijnde actie tegen Diego Arcas te luisteren.

‘Het gaat in totaal om zes appartementen die we in een ring om de stad hebben gelokaliseerd,’ zei Inger Carlén.

Ze hadden geen van drieën een eigen lopend onderzoek. Althans niet officieel.

‘Plus de Black Cat op Kungsholmen,’ ging Markus Höglund verder. Hij stond naast haar aan de korte kant van de tafel met een Danish cookie in zijn hand.

‘En wanneer waren jullie van plan toe te slaan?’ vroeg Fabian in een poging de zaak wat te versnellen. Officieel of niet, de dader was niet alleen op vrije voeten, hij had volgens Carnela Ackerman waarschijnlijk nog meer slachtoffers op zijn lijstje staan. Bovendien was Niva er, na de hele nacht te hebben doorgewerkt, net in geslaagd in het systeem van de mobiele providers te komen.

‘Morgenavond,’ zei Carlén.

‘En ik hoop echt dat je “we” bedoelt,’ zei Höglund, die hen een voor een aankeek. ‘Dit is zo’n grote operatie dat we iedereen van de afdeling nodig hebben.’

Fabian keek even naar Tomas en Jarmo, en kon constateren dat het sms’je van Niva hen nog niet had bereikt.

‘We begrijpen best dat het wat onpraktisch is zo midden in de kerststress,’ ging Carlén verder. ‘Maar daar lijkt Diego Arcas maling aan te hebben.’

Höglund drukte op de afstandsbediening, waarop de kaart werd vervangen door een luchtfoto van de wijk rond de nachtclub. ‘Zoals jullie weten zit de Black Cat hier in een grote kelderruimte op

Hantverkargatan.' Hij wees met de laserpointer. 'Maar omdat er drie uitgangen zijn, zullen we ook bij de verschillende...'

Fabian hoorde het allang niet meer. De mobieltjes van Tomas en Jarmo waren op tafel voor hen gaan trillen en hij zag ze hun telefoon oppakken en het bericht van Niva oproepen.

'Het ene team gaat hier via de lichtkoepel in de tuin naar binnen,' zei Höglund wijzend. 'Het andere wacht in een busje om de hoek van Polhemsgatan en gaat op ons teken via de hoofdingang op Hantverkargatan naar binnen. Vragen?'

'Nee, het lijkt me volkomen duidelijk.' Tomas keek op van zijn mobiel. 'Toch?'

'Volkomen duidelijk,' herhaalde Jarmo, terwijl hij zijn mobiel in zijn zak stopte.

'Het belangrijkste is dat niemand een startsignaal geeft voor de show in volle gang is,' zei Carlén. 'Pas dan, als ze het meest onoplettend en het meest kwetsbaar zijn, gaan we naar binnen. Oké?'

'Verder nog iets? Anders heb ik namelijk nog wat anders te doen,' zei Fabian.

'Nee, dit was volgens mij alles,' zei Carlén zuchtend.

'Mooi, misschien is het dan maar het beste om nu kerstcadeaus te gaan inslaan, als het dan zo rustig is,' zei Jarmo lachend.

'Goed plan,' zei Tomas terwijl hij opstond.

'Ja, wacht nou even,' zei Höglund met zijn handen in de lucht. 'Inger en ik hebben hier dus meer dan een halfjaar aan gewerkt. Het mag gewoon niet in de soep lopen. Dus voordat jullie gaan wil ik zeker weten dat er geen onduidelijkheden zijn.'

'Zeker weten,' zei Tomas, terwijl hij met Fabian en Jarmo de vergaderruimte verliet.

'Ja, ik zit erin,' zei Niva. 'Maar omdat ik niet bij de RID ben, is de lol eraf zo gauw de *web crawlers* mij vinden.'

'Web crawlers?' vroeg Fabian, en hij zag Edelman met een kop koffie in zijn hand de keuken uit komen terwijl hijzelf samen met Tomas en Jarmo de gang door rende.

'Ja, of *bots*, of hoe je het wilt noemen. Het punt is dat ik meer gegevens nodig heb, en snel een beetje.'

'Oké, dat is op dit moment wat lastig,' zei Fabian, terwijl hij op datzelfde moment Edelman aankeek in een poging hem af te lezen. Maar Edelmans gezicht stond volkomen neutraal en hij moest zich inspannen om juist zélf niets te laten blijken. Daarom knikte hij kort zonder vaart te minderen. Edelman beantwoordde zijn knikje en liep door naar zijn kantoor. Wat slechts een paar seconden had geduurd voelde aan als een eeuwigheid.

'Het enige wat je hoeft te doen is luisteren,' ging Niva verder in zijn mobiel. 'Zoals ik gisteren al zei, moet ik meer plaatsen en tijdstippen hebben. Zo exact mogelijk. Ik heb er op dit moment maar twee, de ingang bij Ledamotshuset en de sloopflat, en dat is onvoldoende. Dus Kwik en Kwek moeten die bewakingsfilm bekijken en een exact tijdstip van de Slussengarage boven water zien te krijgen, en jij mag je hersens pijnigen op de Shurgard.'

'Oké, we komen zo snel mogelijk.' Fabian rende de hoek om en liep zowat een vrouw omver, waarbij haar tas op de grond viel.

'O, neem me niet kwalijk.'

'Nee, ik ben degene die sorry moet zeggen.' Fabian ging op zijn hurken zitten en verzamelde de tandenborstel en de kleine flesjes shampoo en body lotion die op de vloer waren gerold, en stopte alles terug in de Hennes & Mauritz-tas waar al een rode jurk en een paar pumps in zaten.

'Uit Denemarken?' vroeg Tomas met gespannen borstspieren.

'Ja, ik ben op zoek naar Malin Rehnberg. Weten jullie waar zij zit?' vroeg Dunja.

'Ze zit niet, ze ligt,' zei Tomas grijnzend in het Deens.

'Ze zit helaas in de ziektewet en komt op z'n vroegst pas over een halfjaar terug,' zei Fabian, en hij overhandigde de tas aan Dunja, die was gekleed in een spijkerbroek en een witte blouse onder haar opengeknoopte lange jas.

'Maar misschien kunnen wij je helpen?' vroeg Tomas.

'Ja, het gaat om een auto die blijkbaar eigendom was v...'

'Hallo? Heb ik niet gezegd dat er haast bij was?' klonk de stem van Niva uit Fabians mobiel.

'Het spijt me, maar we moeten helaas gaan. Tomas...' zei Fabian, en hij spurtte verder.

Dunja keek de drie mannen na die in de gang verdwenen en bedacht hoe ze verder moest gaan. Haar enige contactpersoon bij de Stockholmse rijksrecherche was met ziekteverlof en zou blijkbaar voorlopig ook niet terugkomen. Opeens werd ze overvallen door de consequenties van haar korte nacht. Ze wilde eigenlijk alleen maar naar huis en het dekbed over zich heen trekken.

'Neem me niet kwalijk, maar je kijkt wat verdwaasd. Zoek je iemand?'

Dunja draaide zich om naar Herman Edelman, die op haar af kwam. 'Ja, ik wilde eigenlijk Malin Rehnberg spreken, maar die is blijkbaar ziek.'

'Ja, dat klopt. Maar ik ben haar chef. Misschien kan ik je helpen?' Hij stak zijn hand uit. 'Herman Edelman.'

'Pardon. Dunja Hougaard, politie Kopenhagen.'

Ze schudden elkaar de hand, waarop Edelman haar meenam naar zijn kantoor. 'Wil je wat drinken? Koffie? Thee? Ik geloof zelfs dat ik nog wat *Gammel Dansk* heb.'

'Nee dank je, het is goed zo. Of ja, misschien een glas sodawater.'

'Is dat met koolzuur?'

'Inderdaad.'

Edelman pakte twee flesjes Ramlösa, opende ze en schonk ze in glazen.

'En mocht je een oplader hebben voor mijn mobiel...' Ze hield haar iPhone omhoog. 'Hij is helemaal *flad*.'

'*Flad*?'

'Ja, eh, *slut prut*.'

'Sorry hoor, maar Deens is niet mijn sterkste troef. Maar *slut prut* kan niets anders betekenen dan dat je hem moet opladen en dat zal wel niet zo'n probleem zijn.' Edelman liep naar zijn bureau en kwam terug met een lader. 'Alsjeblieft. En trouwens, hoe ben je langs de receptie gekomen? Wat ik ervan begrijp had je geen afspraak.'

'Nee, ik heb gewoon gezegd dat ik Malin wilde verrassen,' zei Dunja, en ze stak de lader in het stopcontact.

'En toen hebben ze je gewoon binnengelaten?'

Dunja knikte, en Edelman schudde zijn hoofd.

'Ik hoop dat jullie bij de politie in Kopenhagen betere veiligheidsmaatregelen hebben. Oké. Wat kan ik voor je doen?'

'Ik onderzoek een moordzaak en daarbij hebben wij een auto gevonden die eigendom was van jullie minister van Justitie.'

'Heb je het over Carl-Eric Grimås?'

'Inderdaad. Het kenteken is HXN 674.'

'Waar hebben jullie die gevonden?'

'Op de bodem van de haven in Helsingør. En wat ik ervan heb begrepen, was hij een van de slachtoffers in een grote moordzaak hier in Stockholm.'

'Ja, dat klopt. Maar even voor mijn begrip, wat is dat voor moordonderzoek waar jullie mee bezig zijn?'

'Een hele reeks slachtoffers die zijn verkracht en verminkt.'

'Juist ja. Waren dat niet die man die bekend was van de tv en zijn vrouw?'

Dunja knikte.

'Maar was dat niet opgelost en afgerond?'

'Ja, ik ben alleen nog bezig met de losse eindjes zodat ik zeker weet dat we niets hebben gemist, en toen kwam ik deze koppeling tegen.'

'Koppelingen moeten uiteraard tot op de bodem worden uitgezocht. Maar net als met ufo's is er meestal een natuurlijke verklaring.'

'En wat zou dat zijn, denk je?'

'Tja... Van Grimås was bekend dat hij auto's verzamelde. Dure auto's. En dan is het niet ondenkbaar dat er eens eentje gestolen wordt en in de onderwereld opduikt. Jouw dader had vast een auto nodig die niet aan hem kon worden gelinkt. Maar ik zal er zoals gezegd voor zorgen dat het wordt gecheckt, en ik beloof je erop terug te komen zo gauw ik wat weet.'

Dunja trok de lader uit haar mobiel en stond op. 'Ik zou het prettig vinden als je je rechtstreeks tot mij wendt.' Ze gaf hem haar visitekaartje.

'Absoluut. Geen probleem. Ben je ook in de dagen tussen kerst en oud en nieuw op dit nummer bereikbaar?'

'Ja, altijd.' Ze gaf hem een hand.

'Als hij niet leeg is, tenminste.' Edelman begon te lachen en liet haar uit.

91

Toen Fabian samen met Tomas en Jarmo thuiskwam, troffen ze Niva aan achter het grootste computerscherm, waarop een tabel met diverse mobiele nummers en namen langsscrolde.

'Zeg niet dat dat allemaal verdachte nummers zijn,' zei Tomas terwijl hij over haar schouder meekeek, maar Niva nam niet eens de moeite antwoord te geven.

Pas nu begreep Fabian waarom hij nooit had gehoord van triangulatie, het idee om een onbekend mobiel nummer met behulp van een aantal plaatsen en tijdstippen te proberen uit te kristalliseren. De tabel met mogelijke mobiele nummers en bijbehorende namen leek oneindig lang. Zo lang dat – ook al scrolde Niva zo snel dat de cijfers en letters tot één grote brij samenvloeiden – er geen eind aan leek te komen. Ze was weliswaar nog niet klaar, maar Fabian moest steeds meer moeite doen zijn scepsis niet te laten doorklinken.

'Er moet iets mis zijn. Zoveel mensen kunnen dat toch niet zijn,' zei Tomas, die nu zijn biceps aan het trainen was met behulp van een rubberen trainingsband.

'We hebben het over Slussen. Daar passeren dagelijks honderdduizenden mensen. En dat is ook de reden dat ik meer gegevens nodig heb,' zei Niva met ingehouden irritatie.

'Niet zo gek dat dat hele verkeersknooppunt aan het verzakken is.' Tomas wendde zich tot Jarmo, die bij de tv zat en snel door de bewakingsfilm van de Slussengarage heen spoelde. 'Hoe gaat het daar? Je bent toch niet aan Fabbes privéfilmpjes begonnen, hè?'

'Ik heb het net gevonden.' Jarmo bevroor het beeld waarop de dader met een gasmasker voor in de auto van Adam Fischer de garage uit reed. 'Hij verlaat de garage om 15.33 uur.'

'Oké, dan zetten we de bovengrens op 15.34,' zei Niva, en ze typte het commando in. 'En wanneer denken jullie dat hij daar is gearriveerd?'

'Hij zat in elk geval niet in de auto,' zei Tomas, en hij veranderde van houding om zijn triceps te trainen. 'Dat zou Fischer in dat geval hebben gemerkt, en je kunt duidelijk aan hem zien dat hij geen flauw idee heeft van wat hem te wachten staat.'

'Kun je daar alsjeblieft even mee ophouden?' vroeg Niva. 'Het maakt lawaai en bovendien stinkt het naar rubber.'

'Wat is daar mis mee?' Tomas wierp Fabian een insinuerende blik toe.

'Fischer. Had die een vaste plaats en woonde hij in de buurt van de garage?' vroeg Fabian, om op een ander gespreksonderwerp over te gaan. Bovendien was hij weer in het idee gaan geloven.

'Daar boven bij Mosebacke. Een pand, dat wil je niet weten, met een uitzicht... Je zou er bijna jaloers op worden,' zei Tomas, terwijl hij zijn training afrondde en de band begon in te pakken.

'Dus ofwel de dader kwam er in een eigen auto achteraan, of hij stond in de garage te wachten.'

'Ik gok op dat laatste,' zei Jarmo. 'Ik heb die film beeld voor beeld bekeken en kan zweren dat hij niet in een van de auto's na Fischer zit.'

Tomas zuchtte. 'En hoe kun je dat zweren? Hij reed toch niet naar binnen met dat gasmasker op? Hij kan in vrijwel elke auto van degenen hebben gezeten die erachteraan komen.'

'Nou, dat zou interessant zijn. In dat geval is hij van geslacht veranderd, want in de zeven auto's die na Fischer komen, zaten namelijk alleen maar vrouwen achter het stuur. Maar daar heeft de expert vast een goede verklaring voor.'

'Oké, we zijn allemaal moe,' zei Fabian.

'Ik niet,' zei Tomas.

'Ik ook niet,' zei Jarmo.

'Nou ja, dan ben ik blijkbaar de enige. En eigenlijk maakt het ook niet zoveel uit. Laten we er gewoon van uitgaan dat hij zich daar minstens zo lang bevond als Fischer zelf.'

'Dat was elf minuten,' zei Tomas, en hij duwde een portie zuigtabak onder zijn bovenlip.

'Oké, maar dan zeggen we tien. Dan zitten we aan de veilige kant.' Fabian wendde zich tot Niva. 'Hoeveel scheelt dat er?'

'Een paar duizend,' zei Niva met haar blik gefixeerd op de schermen. 'Hopelijk worden het er minder als ik de crosscheck met de nummers van Ledamotshuset en het appartement op Östgötagatan heb gedaan.'

'Ben ik nou de enige die trek heeft?' vroeg Tomas.

'Pak gerust wat uit de koelkast,' zei Fabian, die zelf ook wel wat lustte maar zijn ogen niet kon losrukken van het scherm, waar de tabel met mobiele nummers steeds korter werd naarmate de computer verder rekende.

Zeven minuten later, toen Tomas terugkwam met een bord vol geroosterde boterhammen met marmelade en kaas, was de tabel zo kort dat hij op één schermpagina paste.

'Op hoeveel zitten we nu?' vroeg Tomas, terwijl hij een boterham naar binnen propte.

'43.' Niva rekte zich uit in haar stoel.

'Is-ie klaar met rekenen?'

Niva antwoordde met een kort knikje en Fabian voelde dat de teleurstelling hem terugtrok in de mist van de vermoeidheid. 43 was weliswaar natuurlijk wel beter dan honderdduizenden, maar het waren er nog steeds te veel.

'Ik begrijp het niet. Kan het echt kloppen dat 43 personen zich exact op hetzelfde moment op deze drie plaatsen hebben bevonden?' ging Fabian verder, en hij pikte een van de broodjes van Tomas' bord.

'Houd er rekening mee dat het geen exacte gps-coördinaten betreft,' zei Niva, terwijl ze de laatste boterham nam.

'Maar jezus...'

'Ik heb gebruikgemaakt van een aantal zendmasten voor mobiele telefonie om het gebied zo goed mogelijk in te perken. Maar het is zoals gezegd verre van exact. En alleen al bij Slussen passeren er ik weet niet hoeveel.'

'Dat begrijp ik ook wel,' zei Fabian. 'Maar de achteruitgang van Ledamotshuset laat op de middag in een hevige sneeuwstorm. Kom op. Dat kan niet kloppen.'

'Je vergeet de brug. Centralbron is niet ver daarvandaan.'

'Dat is waar. En hoe zit het op Östgötagatan?'

'Ten eerste heb je daar Götgatan. Maar aangezien het negen uur 's avonds was zijn de meeste nummers vast van omwonenden.'

'Waarom staat daar geen naam?' Tomas wees op het scherm.

'Dat is een prepaidkaart.'

'Oké, maar hij is natuurlijk niet zo stom dat-ie met een mobiel abonnement op zijn eigen naam rondrent.'

Niva keek op van het scherm. 'Dat ik daar niet aan gedacht heb.'

'Op hoeveel zitten we dan nu?' vroeg Jarmo.

'Eén.'

'Eén?' herhaalde Fabian. 'Staat hij aan?'

'Eens kijken...' Niva's handen waren nu terug op het toetsenbord.

'Ik heb *snus* nodig,' zei Jarmo, en hij wrong zich achter Niva naar voren.

'Was jij niet gestopt?' Tomas gaf hem zijn doosje zuigtabak.

'Nee, hij staat nu uit,' zei Niva, terwijl ze commando's in bleef voeren.

'Kun je zien of hij ergens anders is geweest?' vroeg Fabian, en Niva knikte.

'Axelsberg. Selmedalsvägen 38, 40 of 42.'

92

De laatste week van Carnela Ackerman kon niet anders worden bestempeld dan een nachtmerrie zonder einde. Elke morgen als ze wakker werd, hield ze haar ogen dicht, vouwde ze haar handen en bad ze dat het allemaal niets anders dan een nachtmerrie zou zijn.

Twee dagen geleden was Semira overleden. Haar geliefde zus, die buiten haar werk het enige vaste punt in haar bestaan was. Op brute wijze vermoord, was gebleken. Voor de onschuldige wens om van de pijn af te komen en haar gezichtsvermogen terug te krijgen. Een wens die ze niet eens hardop had durven uitspreken. In plaats daarvan had ze een leven in het donker en eeuwenlang op een wachtlijst staan geaccepteerd.

Ze had geen idee wie haar zus had gestraft. Maar ze wist twee dingen. Dat Semira niet de enige was en dat de politie de verkeerde had gepakt. Dat had die Fabian Risk ook geweten. Hij had zelfs Gidon Hass genoemd. Op dat moment had ze spijt gehad en begrepen welke krachten ze tot leven aan het wekken was.

Ze had willen vertellen over de vergunning die nog steeds niet rond was en een laatste mogelijkheid vormde om de verhuisplannen te dwarsbomen. Dat zou binnenkort ook een gepasseerd station zijn, en als zij het niet vertelde, zou het nooit uitkomen. Ze moest nadenken, proberen haar gedachten te ordenen en te beslissen of ze weer contact met hem zou opnemen. Eigenlijk had ze zich ziek moeten melden en thuis moeten blijven. Maar ze had geen keus en moest hier achter haar bureau zitten en iedereen laten zien dat men op haar kon vertrouwen.

Als ze in elk geval maar met rust werd gelaten en met niemand hoefde te praten. Zeker niet met die vrouw van het Stadsdeelkantoor die om de een of andere reden weigerde een nee te accepteren. En daarom belden ze voortdurend van de receptie.

'Met Carnela Ackerman,' zei ze in een poging zo neutraal mogelijk te klinken.

'Hallo, weer met de receptie.'

'Zeg het eens.'

'Het spijt me, maar het is die vrouw van het Stadsdeelkantoor weer. Ze blijft bellen, en nu dreigt ze zelfs met onaangekondigde bezoeken en een boete als we geen antwoord geven op haar vragen. Ik weet dat je vandaag het liefst geen telefoontjes wilt hebben, en ik heb het ook echt geprobeerd, maar...'

'Oké, schakel maar door...'

'Fijn, bedankt.'

Carnela wachtte op de verbindingstoon en nam op. 'Met Carnela Ackerman.'

'Eindelijk. U bent niet bepaald gemakkelijk te pakken te krijgen.'

'Nee, ik heb een vrij drukke agenda zo vlak voor de feestdagen. Met wie spreek ik?'

'Neemt u mij niet kwalijk. Mijn naam is Eva-Britt Mossberg en ik bel namens Stadsdeelkantoor Östermalm in verband met een onderzoek met betrekking tot de arbeidsomstandigheden van uw medewerkers.'

'En dat kan niet wachten tot in januari?'

'Helaas. Het overzicht moet voor de jaarwisseling klaar zijn en u bent de laatste op mijn lijstje. Het zijn maar een paar simpele vragen en het duurt niet langer dan hoogstens drie minuten. Het alternatief is dat wij op inspectie komen, maar dan zijn de kosten voor de ambassade.'

'Laten we het dan maar meteen afhandelen.'

'Mooi. Wat betreft de schoonmaak. Werkt u met eigen schoonmaakpersoneel of wordt dat extern ingehuurd?'

'Extern.' Carnela was niet van plan meer te zeggen dan nodig was.

'Goed, en hoe vaak komen ze?'

'Drie keer per week. Maandag, woensdag en vrijdag.'

'Oké, en komen ze onder kantoortijd, of...'

'Nee, ze komen na kantoortijd.'

'Aha, kijk eens aan. En van welk bedrijf maakt u gebruik?'

'Alltid Rent.'

'En daar bent u tevreden mee, doen ze de naam "Altijd schoon" eer aan?'

'Ja.'

'Mooi. Dan wil ik u hartelijk bedanken voor uw tijd en wens ik u prettige feestdagen.'

'Hè, zijn we al klaar?'

'Zoals ik al zei waren het maar een paar vragen. Tot ziens.'

Ze hoorde een klik en Carnela Ackerman zat met de hoorn in haar hand verdwaasd te kijken.

Malin Rehnberg blies uit en legde haar mobiele telefoon op het tafeltje naast het bed. Het gesprek was boven verwachting gegaan. Dat ze goed kon liegen, wist ze. Maar zo goed? Als ze zich ooit zou willen omscholen kon ze altijd nog als actrice aan de slag. Of misschien ambieerde ze nog liever een carrière als professionele pokerspeler.

Ze zette de rugsteun van het bed een stukje hoger om van zithouding te veranderen, waarna ze haar laptop opende, de naam van het schoonmaakbedrijf in het zoekveld van de browser intypte en doorklikte naar hun website. Die beloofde blinkend schone huizen en kantoren naar elke behoefte, en had punctueel en betrouwbaar personeel. Helaas stonden er geen foto's van de medewerkers op de site of gegevens of ze ook mannelijke schoonmakers hadden.

Ze zou nog een rol moeten spelen, pakte haar mobiel, toetste het nummer in en bedacht terwijl de signalen overgingen wat ze zou doen als ze al gesloten waren voor de kerst en er niet werd opgenomen. Misschien zou haar zus, die bij de Zweedse centrale socialeverzekeringsinstantie werkte haar kunnen helpen bij het boven water krijgen van gegevens van alle medewerkers. De kans bestond alleen dat ze vragen zou gaan stellen en het aan Anders zou doorbrieven, die op zijn beurt helemaal zou flippen. Nee, dan was Niva Ekenhielm een beter alternatief, hoezeer het haar ook tegen de borst stuitte om dat toe te geven. Niva zou de gegevens even snel kunnen opsnorren als ze een huwelijk kon ruïneren.

'Welkom bij Alltid Rent. Waarmee kan ik u helpen?'

'Hallo. Mijn naam is Malin Rehnberg.' Ze was er totaal niet op voorbereid dat er iemand zou opnemen en had daardoor nog geen pseudoniem kunnen bedenken. 'Ik ben op zoek naar een schoonmaker voor mijn huis, zodat het net zo stralend schoon wordt als jullie beloven op jullie website.'

'Absoluut. Woont u in een huis of in een appartement, en hoeveel kamers...'

'Het is groot en het zal vast heel duur worden,' onderbrak Malin haar. 'Maar. Het is zo dat ik het liefst een mannelijke schoonmaker wil. Hebben jullie die ook?'

Het werd stil aan de andere kant van de lijn.

'Laat me onderstrepen dat het puur om schoonmaakwerkzaamheden gaat. Ik heb op dat gebied alleen veel betere ervaringen met mannen.'

'Ik begrijp het. Ja, ik weet dat wij er een paar in dienst hebben, maar...'

'Dat klinkt goed! Kunt u mij misschien een lijstje mailen?'

'Eh, nou ik weet niet of dat...'

'Ja, en dan nog iets. Bij voorkeur met hun naam erbij en een foto, zodat ik kan zien hoe ze eruitzien.'

93

De kapstok in de donkere hal hing vol handschoenen, mutsen en sjaals, en aan de haken hingen een paar winterjassen. In het schoenenrek eronder stonden stevige stappers, laarzen en schoenen. Iets verderop op een tafeltje naast een stoel met spijltjes waren de contouren zichtbaar van een ouderwetse telefoon. Het was alleen te donker om te kunnen zien of het een echte met een draaischijf was of niet.

Hij stelde de hoek bij en zocht naar leidraden langs de vloer toen het licht aanging en er een paar naakte strompelende voeten in het ronde gespiegelde beeldje zichtbaar werden. Die behoorden toe aan een oudere man die zich in zijn grijze schaamhaar krabde.

Fabian trok het tandartsspiegeltje terug, deed voorzichtig de brievenbus weer dicht en haastte zich de trap af.

De geografische positie die Niva ze gegeven had was allesbehalve exact. Selmedalsvägen 38-42, had ze gezegd. Dat omvatte drie verschillende portieken met elk negen verdiepingen en tussen de drie tot vijf appartementen op elke verdieping. Dan was ze uitsluitend uitgegaan van een radius van vijftien meter. Wat in het gunstigste geval klopte. Hoe groot deze in het ergste geval was, had Fabian niet eens durven bedenken toen hij omhoog had gekeken naar de rij lichtbruine betonnen kolossen die ervan getuigden dat de architect een hele slechte dag had gehad.

Het had ze twaalf minuten gekost om er te komen, en dan had Tomas nog overal door rood gereden en elke busbaan genomen. Om niet nog meer kostbare tijd te verliezen hadden ze zich opgedeeld en ieder een trappenhuis genomen. Fabian had nu de twee bovenste verdiepingen afgewerkt en was op weg naar de zevende etage.

Er verdween een moeder met haar kinderwagen de lift in. Opgelucht dat hij rustig zijn werk kon doen scande Fabian de vijf appartementsdeuren. Voor de ene stond ook een kinderwagen evenals een dichtgeknoopte vuilniszak. Op de deur ernaast zat een handgetekend HIER WONEN WIJ-bordje met de namen van alle gezinsleden, inclusief 'Målle' en 'Gossegubben'; aan de tekening te zien een kat en een cavia. De derde deur kon niet zomaar worden afgeschreven.

M. CARLSSON stond er op de brievenbus onder de nee-nee-sticker tegen reclame.

Fabian drukte met zijn ene hand op de bel en voelde instinctief met zijn andere aan de schouderholster onder zijn jas. Ja, het was er. Het dienstwapen dat hij eigenlijk nooit bij zich had en buiten de schietbaan nooit ergens had gebruikt. Hij kon niet zeggen waarom, maar hij voelde zich er altijd ongemakkelijk bij. Als een veel te strak gestrikte stropdas terwijl iedereen verder in een T-shirt liep. Maar Tomas en de anderen hadden erop gestaan dat ze gewapend zouden zijn, en op zich was dat natuurlijk ook goed. De situatie kon elk moment uit de hand lopen. Achter een van de flatdeuren, onbekend welke, kon de dader in de aanslag staan.

Terwijl Fabian nogmaals aanbelde, vroeg hij zich af of hijzelf ook in de aanslag stond. Of hij zijn wapen snel genoeg zou kunnen trekken en het zonder aarzelen zou afvuren. Ergens diep vanbinnen wist hij het antwoord al en hij kon alleen maar hopen dat hij het mis had.

Hij haalde het tandartsspiegeltje tevoorschijn, trok de steel uit en stak het voorzichtig door de brievenbus toen zijn mobieltje begon te trillen.

Met zijn vrije hand viste hij het uit zijn zak en zette het tegen zijn oor, terwijl hij ondertussen de hoek van de spiegel afstelde.

'Hoi papa,' hoorde hij de stem van Matilda.

'Hé Matilda, ben jij het? Hoe is het bij tante Lisen?' Hij scande de hal en zag behalve een aantal gitaren die tegen de muur stonden, een vuil, verlicht terrarium met iets harigs met meerdere pootjes.

'Niet leuk. Theo zegt dat ik een stomme trut ben en dat hij me gaat slaan.'

'Nee! Waarom zou hij dat zeggen?'

'Omdat ik mama heb verteld dat hij vannacht door het raam naar buiten is geklommen.'

'Wát heeft hij gedaan, zeg je?' vroeg Fabian terwijl hij zag dat er iemand langs de gitaren liep en recht op hem af kwam. Hij trok het spiegeltje weer terug, maar dat bleef steken.

'Hij is weggegaan en kwam pas weer terug t...'

'Matilda, ik moet nu ophangen. Tot later...'

De deur werd opengerukt en er stormde een man van rond de vijfendertig naar buiten, gekleed in een trainingsbroek en met ontbloot bovenlijf. 'Denk je dat ik niet zag wat je aan het doen was?' De man stonk naar bier en drukte Fabian tegen de muur. 'Vuile gluurder!'

'Ik ben van de politie,' zei Fabian, en hij slaagde erin zijn legitimatie op te diepen en hield die de man voor. 'Wij zijn op zoek naar een verdachte in een van de appartementen hier in de portiek, en toen u niet opendeed ging ik ervan uit dat u niet thuis was.'

'En begon daarom maar door de brievenbus te spioneren. Mag dat überhaupt wel?' De man liet Fabian los en trok de legitimatie naar zich toe.

'Het is een race tegen de klok en dit is de enige mogelijkheid die we hebben.' Fabian trok de spiegel terug en pakte zijn legitimatie weer aan.

'Aha, en nu? Moet ik mee voor verhoor of zo?'

'Nee, als er iets is nemen we contact op. Wat weet u over uw buren?'

'Nou, niets eigenlijk.' De man leek bijna teleurgesteld dat er niets meer zou gebeuren. 'Hoewel die kinderen daarbinnen elke verdomde dag vanaf halfzes 's ochtends als magere speenvarkens aan het krijsen zijn. Ik zou aangifte moeten doen. Kan dat bij jou?'

'Nee. Maar als er wat is, nemen we zoals gezegd contact op.'

Om te markeren dat ze klaar waren draaide Fabian zich om en belde hij aan bij het appartement ernaast. Hij wachtte ondertussen op het geluid van voetstappen en de deur die dichtging, maar toen dat niet kwam, draaide hij zich weer om naar de man, die blijkbaar van plan was te blijven staan kijken.

'Zoals gezegd, we laten van ons horen als er nog wat is.'

'Hoezo, het is toch niet verboden om hier te staan kijken?'

'Nee, maar ik zou het prettig vinden als... Ach, vergeet het maar...' Fabian gaf het met een zucht op, keerde terug naar de deur van de buren en belde nogmaals aan. Maar toen er niemand opendeed haalde hij de spiegel weer tevoorschijn en stak die door de brievenbus naar binnen.

'Dat ding, dat is dus toegestaan?'

Fabian moest zich inspannen om de man buiten te sluiten en zich te focussen op wat hij in de spiegel zag.

'Zo zie je maar. Dat wist ik niet.'

De hal zag er net zo uit als bij de oudere man in de flat erboven, maar met dit verschil dat de deuren hier openstonden en voldoende licht binnenlieten om de inrichting te kunnen bestuderen.

'En, zie je nog wat leuks?'

'Nee, alleen maar saaie dingen,' zei Fabian. Hij draaide het spiegeltje langzaam rond.

Kleuren. Overal kleuren. De muren waren roodgeverfd en rond een spiegel met een goudkleurige lijst hing een dunne lap gele stof met opgenaaide spiegeltjes en pailletten. Op de tegenoverliggende muur zaten plankjes met theelichthouders in verschillende kleuren en het vloerkleed dat door de hele hal liep, was groen en blauw. Ook enkele kleren die op hangertjes aan de kapstok hingen hadden heldere, felle kleuren, behalve een grijze trui en een zwart donker jack.

Hij draaide het spiegeltje om de schoenen op het schoenenrek te bestuderen, toen zijn oog op het ene brillenglas van een gasmasker viel. Hij schrok en verloor zijn greep om het spiegeltje, dat door de brievenbus naar beneden viel.

'Hé, *what the fuck* was dat?'

'Ik moet u nu vragen terug te gaan naar uw appartement.'

'Heb je wat gezien?'

'Naar binnen, zei ik!'

'Rustig maar.' De man deed een paar stappen achteruit en ging precies achter zijn eigen drempel staan zonder de deur dicht te doen.

Fabian haalde een loper en een flesje slotspray tevoorschijn, en begon het slot te bewerken.

'O, zo doen jullie dat dus...'

Na een minuutje kon hij de loper net zo ronddraaien als een gewone sleutel en deed hij voorzichtig de deur open.

'Jezus, dat was vast niet de eerste keer.'

Fabian keek in de hal om zich heen. Op een haak helemaal achteraan in de hoek hing inderdaad een gasmasker. Het kon puur toeval zijn, maar wie had er nou een gasmasker in zijn hal hangen? Hij liep de flat in.

De eerste deur leidde naar een slaapkamer, die net als de hal was ingericht met felle kleuren. De muren waren warmgeel, en het bed in het midden van de kamer had een roze sprei en was niet veel breder dan 110 centimeter. Fabian probeerde dat te rijmen met het beeld dat hij had van de dader, maar dat lukte niet. Hij had op zich geen duidelijk beeld van hoe dat eruit zou zien, maar één ding was zeker. Zó niet in elk geval.

Op een ladekast die tegen de muur tegenover het bed stond lag een doek van glanzend rode zijde met een dertigtal stearinekaarsen en een paar wierookbranders eromheen, en in het midden stond een ingelijste foto van een witte steen die in de grond stak. Daarnaast stond een oude platenspeler met de lp *At Last The Very Best Of* van Etta James. Hij drukte op PLAY waarop de plaat begon rond te draaien en de naald omlaagging.

At last my love has come along
My lonely days are over and life is like a song

Fabian pakte de ingelijste foto op om er beter naar te kunnen kijken en zag dat er wat op de steen stond. Het waren kleine en voor hem onbegrijpelijke tekentjes, plus twee jaartallen.

ןידי םירפא
1977-1998

רחא והשימ בהוא ינא םעפ יא םעפ ףא
רחא והשימל הכה יבל םעפ יא היהי אל םעפ ףא
רחא דחא ףא אלו התא
חצנ ךות לא לעו ,יח ינא דוע לכ
.יל םג זא .הלוכ בוש לכוא בורקב
בוש ונשגפנ ןכמ רחאל
ךילא ילש החטבהה

Het was geen Arabisch, dat zag hij wel. Ook niet een van de Aziatische talen. Het zou Hebreeuws kunnen zijn. Het deed in elk geval denken aan de tekens op het borduurwerk dat Edelman in zijn kantoor aan de muur had hangen. Maar om het zeker te weten en Georgisch, Armeens en alle andere talen die hij niet beheerste uit te sluiten, zou hij er iemand naar moeten laten kijken.

Hij was er daarentegen van overtuigd dat het een grafsteen was. Maar van wie? En wie was de nabestaande? Zat hij überhaupt goed? Hij maakte met zijn mobiel een afbeelding van de foto en stuurde die door naar Niva, waarna hij terugkeerde naar de hal en verder liep naar de volgende kamer.

Eén stap in de kamer was voldoende. Meer was niet nodig om alle twijfel weg te nemen. De kamer onderscheidde zich markant van de rest van het appartement. Hier waren geen warme kleuren of snuisterijtjes om het gezellig te maken. De muren deden meer denken aan de muren bij hem thuis in de woonkamer op dit moment. Met dit verschil dat er in deze kamer geen onderzoek was gedaan.

Hier had alle planning plaatsgevonden.

De linkermuur was bedekt met oude krantenknipsels en foto's van alles van Ossian Kremph op verschillende leeftijden tot de beveiliger met zijn etalagepoppen. Carl-Eric Grimås was er ook bij, als minister met zijn karakteristieke hoed en lange jas met bontkraag, maar ook als jongeman toen hij samenwerkte met Herman Edelman bij de rijksrecherche. Ook waren er foto's van Semira Ackerman en Adam Fischer.

Maar er waren ook andere gezichten en namen die Fabian niets zeiden. Namen als Karen Neuman en Benny Willumsen, en in aansluiting op de verschillende personen was daar alles te vinden van uittreksels uit processen-verbaal van rechtszaken en uitgeknipte krantenartikelen tot ziekenhuisjournaals en gedetailleerde aantekeningen, zoals hun werktijden en hoe ze naar hun werk gingen. Portiekdeurcodes. Waar ze boodschappen deden. Met wie ze omgingen. Favoriete televisieprogramma's. Kledingsmaak. Met andere woorden: grotendeels alles en nog veel meer wat hun gewoontes in kaart kon brengen.

Alles was met elkaar verbonden door middel van rode, vastgespelde linten die zich over de hele muur vertakten. Helemaal bovenaan was een tijdlijn die begon op 8 december met de kidnapping van Adam Fischer en die dag na dag horizontaal over de muur liep tot aan 24 december.

Vandaag was het de 22ste.

Fabian volgde de twee rode linten naar de twee laatste dagen, maar die mondden allebei uit in het niets. De spelden zaten er nog wel en getuigden ervan dat de dader alle foto's en aantekeningen moest hebben losgerukt voor hij het appartement verliet.

Nog twee dagen.

En nog twee die aan de beurt zouden komen.

Iets anders kon dat niet betekenen.

Fabian keek om zich heen. Er stonden rollen beschermfolie tegen de ene lange wand en er was een open kast met daarin allerlei gaspatronen. In weer een andere kast lagen scalpels en allerhande operatie-instrumenten. Aan een kledingrek hingen diverse outfits, zoals het uniform van beveiliger Joakim Holmberg evenals een nepbuik, en op een make-uptafel lagen pruiken en valse baarden.

In een sleutelkast hingen diverse sleutels en toegangspasjes. Geen ervan was echter gemerkt, dus hij verplaatste zijn aandacht naar een werktafel, waar naast een aantal stapels met documentenmappen een groot computerscherm stond dat was gekoppeld aan een stationaire computer onder de tafel.

Hij probeerde de computer op te starten, maar omdat hij geen toetsenbord en geen muis kon vinden, besloot hij hem mee naar huis te nemen naar Niva. Vervolgens opende hij een van de mappen op de stapels ernaast. Er zaten printjes in van het pathologisch instituut in Abu Kabir. Lange tabellen, pagina's vol, waarbij de eerste kolom bestond uit een vijfcijferig nummer. In de volgende stond de bloedgroep aangegeven. Daarna hadden alle transplanteerbare organen elk een kolom, waar ze volgens een tienpuntenschaal op kwaliteit waren gerangschikt.

Een andere map bevatte documentatie over de orgaankopers. Duizenden en nog eens duizenden mensen die in contact waren geweest met het instituut plus hun medisch dossier, welk orgaan er was getransplanteerd en van wie ze dat hadden ontvangen. Dat wil zeggen: van welk van alle vijfcijferige nummers.

Een aantal documentenmappen later vond hij de laatste link. De foto's van de overledenen. Van alle mensen wiens lichaam zonder hun toestemming was geopend, leeggehaald en omgedoopt tot een vijfcijferig nummer dat met zwarte inkt op een papiertje was geschreven en wat op zijn beurt weer met een nietpistool op hun voorhoofd was vastgeniet.

'Wow... Bingo, zou ik zeggen!'

Fabian draaide zich om naar de buurman in de trainingsbroek die vlak achter hem stond.

'Dat je zulke buren hebt. Daar ga je toch niet van uit?' ging de man verder, terwijl hij zijn armen spreidde.

Fabian wilde hem terugsturen naar zijn appartement en speelde zelfs met de gedachte zijn wapen te trekken om de ernst van zijn woorden te onderstrepen, maar zover kwam hij niet.

'Ja ja, ik weet wel dat ik hier niet mag komen, maar ik was gewoon zo nieuwsgierig. Het gebeurt niet elke dag dat je ontdekt dat je zulke buren hebt. Maar wees gerust. Ik ga al,' zei de man, en hij verdween weer naar de hal.

'Momentje, wacht even!'

'Ja?'

'Wat weet u over degene die hier woont?'

'Vrijwel niets.' De man haalde zijn schouders op. 'Maar ze is een lekker stuk, dat is één ding dat zeker is.'

'Ze?' Fabian was ervan overtuigd dat hij het verkeerd had gehoord, tot hij de man zag knikken.

94

Het was niet eenvoudig geweest, beslist niet. Malin Rehnberg had haar hele acteertalent in de strijd moeten gooien voordat ze erin was geslaagd de vrouw van Alltid Rent zover te krijgen de namen en de foto's van hun mannelijke schoonmakers te sturen. Ze had zelfs plechtig moeten beloven dat een van de schoonmakers haar huis eenmaal per week voor minstens een halfjaar zou mogen schoonmaken. Ik ben benieuwd wat Ursula daarvan vindt, had ze gedacht. Ze drukte nogmaals op MAP BIJWERKEN in het mailprogramma om te zien of er wat was binnengekomen.

Ze had die knop de laatste tien minuten constant ingedrukt, als een gokverslaafde bij een eenarmige bandiet, en telkens als ze zag dat haar inbox nog leeg was, had ze bijna de telefoon gepakt om terug te bellen en te laten zien met wie ze te maken hadden. Maar deze keer hoefde ze zich niet in te houden, want nu was het mailtje eindelijk binnengekomen.

BESTE MALIN, IK HOOP DAT JE IEMAND VINDT DIE AAN JE VERWACHTINGEN VOLDOET. EEN HALFJAAR IS VRIJ LANG ? MET VRIENDELIJKE GROET, ÅSA.

Malin typte snel een antwoord in, waarin ze beloofde erop terug te komen zo gauw ze de lijst had kunnen doorkijken.

De meegestuurde file bleek een paar megabyte groot te zijn, wat betekende dat ze vast de hele personeelslijst had gekregen. Dat was op zich geen probleem, alleen zou ze hem dan van begin tot eind moeten doornemen. Zoveel mannelijke schoonmakers konden ze toch niet hebben?

Ze wilde het liefst met rust worden gelaten als ze aan het werk was. Het ziekenhuispersoneel had haar al twee keer gewaarschuwd en gedreigd haar mobiel en haar laptop in beslag te nemen, maar ze dacht niet dat de schoonmaakster die op haar dagelijkse ronde was het zou doorbrieven. Dan zou ze dat allang hebben gedaan; ze had Malin immers al zo vaak met haar laptop in bed zien liggen.

Ze scrolde naar boven en begon de lijst door te nemen. Maar ze kwam niet verder dan de eerste pagina toen de deur openging en ze de computer moest dichtklappen en onder het dekbed moest verstoppen.

'Aha, dáár ben je dus.'

'Hè? Maar Dunja... Wat doe jij hier?'

'Had je niet gezegd dat ik langs moest komen als ik in de buurt was?' Dunja kwam binnen met een bos bloemen in haar hand.

'Jeetje, wat mooi. Zijn die voor mij?'

'Nee, tuurlijk niet.' Dunja zette de bloemen in de vaas op het nachtkastje.

'Zal ik wat water halen?' vroeg de schoonmaakster.

'Ja graag,' zei Malin, en ze schoof een stukje op. 'Wat gezellig. Alleen had je wel even kunnen bellen, dan had ik een paar lagen foundation aangebracht.'

'Ja, dat heb jij echt nodig.'

'Had je me een paar dagen geleden moeten zien. Nou ja, dat is ook gebeurd. Waarom heb je niets gezegd?'

'Wanneer?'

'Toen we elkaar in Denemarken ontmoetten. Ik moet eruit hebben gezien als een klompvis.'

'Ach, schei uit, je zag er supergoed uit. Maar wat is er gebeurd?'

'Dit.' Malin wees op haar hoogzwangere buik.

'En verder gaat het wel?'

'Ja, maar kom zitten en vertel waarom je in de buurt was.'

'Dat is een lang verhaal.' Dunja ging op de rand van het bed zitten. 'Maar de korte versie is dat jij gelijk had.'

'Uiteraard had ik gelijk. Maar mag ik vragen waarmee?'

Dunja's glimlach verdween, en ze wilde net van wal steken toen de schoonmaakster de vaas kwam vullen.

'Kom op, vertel.'

'Het is Carsten... Ik geloof toch niet dat wij voor elkaar bestemd zijn.'

'Nee, uiteraard niet. Dat was wel duidelijk. Je was niet eens verliefd.'

'Nee. Maar ik meende van wel. We hadden nooit ruzie, en...'

'O, dat zegt niets, dat zweer ik je. Anders, mijn man, en ik, wij maken ik weet niet hoe vaak ruzie. Of nou ja, ruzie... We bekvechten. Zo gauw we elkaar zien begint het. Maar ik hou zielsveel van hem. Meer dan van wie dan ook...' Malin zag dat Dunja begon te huilen en sloeg haar armen om haar heen. 'Zeg... ik begrijp best dat het moeilijk is, maar...'

'Ik ben gewoon zo moe, en als ik eerlijk moet zijn, begrijp ik helemaal niet waarom ik zit te janken. Het doet me eigenlijk vrij weinig. Het voelt op de een of andere manier of ik het de hele tijd heb geweten en alleen het moment moest afwachten waarop ik voldoende werd vernederd om bij hem weg te durven gaan.'

'Wees maar blij dat het nu is gebeurd en niet als je eruitziet als ik.'

Dunja begon te lachen en droogde haar tranen. 'Ik moet nu helaas weg, anders mis ik het vliegtuig, maar het was leuk om je te zien.'

'Ik laat wat van me horen als ik weer boven Jan ben. Over twintig jaar of zo.'

Dunja begon weer te lachen, stond op en verdween naar buiten. Malin leunde achterover en vroeg zich af wanneer ze Anders voor het laatst had verteld hoeveel ze van hem hield. Ze besloot hem te bellen. Maar niet nu. Ze wilde eerst die lijst van Alltid Rent doornemen.

Ze klapte haar laptop weer open, ontgrendelde hem en ging aan de slag. Zoals verwacht waren er niet veel mannelijke schoonmakers. Ze vond er maar drie. Drie verdachten die allemaal toegang hadden gehad tot sleutels en codes om de Israëlische ambassade na kantoortijd binnen te komen en schoon te maken. Ze kopieerde hun naam en persoonsnummer in een mailtje naar Fabian en wilde dat net wegsturen toen haar oog op een gezicht onder een van de mannen viel.

Ze kon niet precies zeggen waarom. Niet meer dan dat die vrouw iets bekends had. Pas toen ze de foto vergrootte bedacht ze dat ze haar kende. Ze kon er alleen niet opkomen waarvan. Was het iemand van een andere afdeling op het werk? Of een van de duizenden getuigen die ze had ontmoet? Of...

Op het moment dat het tot haar doordrong reageerde haar lichaam door alle spieren te spannen. Ze had die vrouw de laatste dagen immers elke dag gezien. Soms meerdere keren per dag. Zo vaak dat ze er niet eens meer aan dacht. Al sinds de dag dat Matilda per ongeluk die pop had aangezet die ze bij zich had gehad. Ze bevond zich nu zelfs in dezelfde kamer.

Met een zwabber in haar hand en haar blik op haar gericht.

De open schatkist die op de bodem stond en waar de lucht uit borrelde die het water van zuurstof moest voorzien, had voor aardig wat commotie onder het afdelingspersoneel gezorgd. De vraag was geweest hoeveel geld er eigenlijk moest worden besteed aan het opkalefateren van de wachtruimte zolang de personeelsruimte nog ondermaats was.

Dunja had op haar beurt niet eens gemerkt dat er een aquarium stond te borrelen toen ze de wachtkamer passeerde op weg naar de liften. Ze was in gedachten druk bezig met het plannen van de verhuizing van Carsten naar zijn ouders. Hij zou die avond laat thuiskomen, wat haar nog zeeën van tijd gaf om het slot te vervangen en zijn spullen in te pakken.

Ze drukte op het liftknopje dat ging branden, en constateerde dat het inmiddels tien voor halfeen was. Het was bijna twee uur geleden dat ze Herman Edelman had ontmoet. Hij had nog niets van zich laten horen, en dat verbaasde haar eigenlijk niets. De kans dat hij voor kerst contact zou opnemen was vrijwel nihil. In dat opzicht was Zweden net als Denemarken. Alles ging dicht en iedereen nam vrij.

Iedereen behalve de daders.

Ze bedacht opeens wat de eigenlijke aanleiding was geweest dat ze Malin Rehnberg had willen spreken: om te horen wat zij te zeggen had over de merkwaardige samenloop van omstandigheden dat de auto van hún minister van Justitie in háár onderzoek was opgedoken. Maar ze hadden het alleen gehad over Carsten, en dat was misschien maar goed ook. Malin had er behoorlijk afgepeigerd uitgezien. Ze was vast totaal overwerkt en zou juist krachten moeten opdoen voor de bevalling.

Of niet?

Ze werd opeens onzeker. Misschien dat ze het toch nog even snel kon vragen, alleen maar voor een snelle reactie. Het zou sowieso niet lang mogen duren en ze zou zelfs een taxi naar Arlanda moeten nemen om het inchecken niet te missen.

Toen de liftdeuren een paar seconden later opengingen, was ze al op weg terug naar de afdeling. Op dat moment, ter hoogte van het borrelende aquarium, kwam het gesprek waarop ze had gewacht.

'Hallo, met Herman Edelman. Weet je nog wie ik ben?'

'Ja, natuurlijk.'

'Het spijt me dat het even duurde, maar het bleek gecompliceerder te zijn dan ik in eerste instantie dacht. Het zit in elk geval zo: een paar weken voordat Grimås werd vermoord had hij zijn auto, een Porsche 911, verkocht en geloof me, hij had een hele verzameling auto's.'

'Aan wie had hij die verkocht?'

'Daar kom ik zo op. Ik weet niet hoe het in Denemarken werkt, maar hier in Zweden is de verkoper verantwoordelijk voor het insturen van de papieren voor de wijziging van de tenaamstelling. Dat loopt via *Transportstyrelsen*, de Zweedse Rijksdienst voor het Wegverkeer. Normaliter duurt het een of twee werkdagen voor de tenaamstelling is geregistreerd, maar die is in dit geval pas gisteren binnengekomen.'

'Is ook bekend waarom?'

'Er waren blijkbaar twee cijfers in de postcode omgedraaid. Dus daar heb je je link.'

'Wie was de koper?'

'O ja. Even kijken... Hier hebben we het... Ene Björn Troedsson op Arkitektgatan 2 in Malmö. Dat is blijkbaar op steenworp afstand van Konsultgatan, waar Benny Willumsen woonde.'

'Dus de auto is gestolen?'

'Inderdaad. Er is bij de politie van Malmö al op 14 december aangifte gedaan. Maar omdat de gegevens van de eigenaar niet klopten is die terzijde gelegd, en pas nu, nu ik erin begon te wroeten, weer boven water gekomen. Ik zal je alle papieren mailen zodat je het met eigen ogen kunt zien, en mocht er iets onduidelijk zijn, dan bel je me maar.'

Dunja bedankte hem voor de moeite, rondde het gesprek af en besloot Malin Rehnberg verder met rust te laten.

De tijd had snelheid geminderd en leek nu bijna geheel tot stilstand te zijn gekomen. Malin wist zeker dat ze de trage beweging van de secondewijzer niet eens had kunnen onderscheiden als ze haar blik op de klok aan de muur had gericht.

Ze was gewoonlijk niet bang uitgevallen. Zelfs in de meest beklemmende situaties met wapens in trillende handen van mensen die onder invloed waren van drugs reageerde ze vaak adequater dan het merendeel van haar collega's en werd ze juist extra kalm en rustig. Iets wat ze vaak precies nodig hadden.

Maar deze keer was ze bang.

Ze vreesde voor het eerst voor haar leven.

Voor het leven van haar kinderen.

Haar ziekenhuiskleren waren doorweekt van het zweet en ze kon zich niet bewegen. Het was alsof de angst zijn klauwen zo diep in haar had geslagen dat ze alleen maar in bed kon liggen terugstaren naar de vrouw. Ze durfde niet eens een poging te doen om op het alarmbelletje te drukken dat op nog geen halve meter afstand aan een snoer bungelde.

Er werd niets gezegd. Er waren geen woorden nodig. Hun blikken waren meer dan voldoende.

Dat ze het allebei hadden begrepen.

Dat er geen weg terug was.

Aïsha Shahin... Malin herhaalde de naam bij zichzelf en bedacht hoe mooi die was. Bijna net zo mooi als de vrouw die slechts een paar meter bij haar vandaan stond, en die ondanks haar goudbruine huid felblauwe ogen had.

De angst begon zijn greep op haar te verliezen. Misschien omdat de hele situatie zo onwerkelijk was. Omdat het ergens tegen alle natuurwetten zou moeten zijn dat iets wat zo mooi was, zoveel vreselijks had kunnen veroorzaken. Het was net als met de beelden van iets meer dan acht jaar geleden. Het had net een film geleken en het was zo onwerkelijk geweest dat Anders en zij voor de tv telkens weer hadden moeten zien hoe de vliegtuigen de wolkenkrabbers binnenvlogen. Steeds opnieuw, tot diep in de nacht, om te begrijpen dat het daadwerkelijk was gebeurd.

Toen vatte ze moed en strekte ze haar arm uit naar de alarmknop terwijl ze de vrouw ondertussen bleef aankijken. Maar ze miste hem en had geen andere keus dan zich om te draaien om het alarm, dat als een pendel heen en weer bewoog, te pakken te krijgen. Met krampachtig trillende handen had ze uiteindelijk het kegelvormige kunststof kastje vast en drukte met haar duim.

Maar te laat.

De schoonmaakster was al bij haar en trok het snoer uit het wandcontact. Malin begon met haar armen te zwaaien en probeerde overal te krabben waar ze maar kon, doelloos en zonder enige sturing. Maar haar armen waren nooit in een gevecht op leven en dood verwikkeld geweest, en werden al snel overmand en tegen haar borst geklemd. Hoe sterk was deze vrouw eigenlijk?

Het beademingsmasker dat op haar gezicht werd gedrukt. Ze had het niet opgemerkt voordat ze hoorde dat het gas sissend naar buiten begon te stromen. Ze was nooit goed geweest in haar adem inhouden. Kwam altijd als eerste weer boven. Maar nu was er geen wateroppervlak om naartoe te zwemmen en weer boven te komen. Deze keer moest ze onder water blijven, ondanks de toenemende pijn in haar borst. Ze zou het niet lang meer volhouden, en ze kon al helemaal voor zich zien hoe ze de strijd binnenkort zou moeten opgeven.

Haar longen stonden op knappen en in een laatste wanhopige poging probeerde ze zich los te rukken, maar haar armen waren nog steeds vastgeklemd. Het enige wat ze kon bewegen was haar hoofd. Eerst naar de ene kant, toen naar de andere. Ze herhaalde het, maar nu krachtiger, zodat er een opening ontstond tussen het masker en haar gezicht.

Eindelijk kon ze ademhalen en daarna nog een keer terwijl ze haar hoofd alle kanten op bewoog tot het masker helemaal weg was. En zonder erbij na te denken zette ze haar tanden in de hand die haar armen vasthield. Ze beet tot ze de bloedsmaak proefde die zich in haar mond verspreidde.

De vrouw schreeuwde het uit en de greep om Malins arm nam af. Ze rolde op haar zij, bij de vrouw vandaan, over de rand van het bed, op de grond. Ze voelde een pijnscheut in haar heup, maar wat maakte dat uit? Het enige wat van belang was, was dat ze daar weg moest. Weg van dat mooie monster, de gang op zodat ze om hulp kon roepen.

Ze probeerde op te staan, maar er was iets met haar heup, dus dat ging niet. Daarom bewoog ze zich op handen en knieën voort. Voornamelijk met haar armen en haar ene been, het andere sleepte er gewoon achteraan. Ze deed alles om de pijn in haar heup uit te bannen hoewel die steeds intenser werd, en besteedde in plaats daarvan al haar energie aan naar de deur kruipen.

Eenmaal daar begon ze zo luid mogelijk om hulp te roepen, terwijl ze zich ondertussen uitrekte naar de deurkruk. Maar ze kwam nooit zover. De handen die haar bij haar enkels grepen waren veel te sterk en trokken haar als een pas geslacht dier terug over de vloer. Ze bood weerstand, schopte de handen los en slaagde erin terug te kruipen naar de deur en die uiteindelijk open te krijgen.

Maar alleen in gedachten. Haar lichaam had het opgegeven.

Haar kapotte heup en een harde knie tegen haar rug. Meer was niet nodig om haar uit het lood te slaan.

'Je had dat masker op moeten houden. Het is niet zeker dat ze dit zullen overleven,' zei de vrouw achter haar.

Malin begreep niet waar ze het over had tot ze iets voelde steken tussen haar wervels en een verdoofd gevoel zich door haar lichaam verspreidde.

Omlaag naar haar benen en omhoog naar haar buik.

95

3 APRIL 2000

Het was nu drie jaar geleden dat Aïsha Shahin de grens was overgestoken. Met het spaargeld van haar moeder als enige reserve was ze erin geslaagd helemaal tot in Zweden te komen. Daar was gebleken dat ze aanleg had voor de Zweedse taal en was ze een van de beste leerlingen van de cursus taalverwerving geweest. Ze had daarentegen haar beroep van arts niet kunnen uitoefenen. Daarom was ze bij een schoonmaakbedrijf gaan werken en had op die manier langzaam maar zeker een bestaan opgebouwd waarin ze zich veilig voelde. Maar ze was blijven dromen over de dag dat Efraïm en zij herenigd zouden worden. De dag waarop ze alles achter zich konden laten en elkaar nooit meer los zouden laten.

Daarom was ze nu terug.

Ondanks alle risico's was ze de grens weer overgestoken en verder gereisd naar haar geboortedorp Imatin. De brief had haar geen keus gelaten. De brief die hulp moest hebben gehad van God om haar daar helemaal in het noorden te kunnen vinden. De brief die zoveel had verteld, maar die toch eindigde in een vraag groter dan al het andere.

Was hij nog in leven?

Was hij geslaagd in het onmogelijke, of was het zoals ze vreesde? De ongewisheid drukte met al zijn kracht op haar borst en zou haar verstikken als ze binnenkort geen antwoord kreeg.

God was in elk geval bij haar, dat voelde ze in haar hele wezen. Zoals de zware rugzak die schuurde op haar schouders, maar die ze toch amper voelde. Of de heldere nachthemel. De halvemaan gaf precies genoeg licht zodat ze haar zaklamp uit kon laten. Wat een groot voordeel was, want ook al zag ze van een afstand dat het in alle huizen in het dorp donker was, het was lang niet zeker dat iedereen sliep.

Als kind was ze hier vaak geweest. Haar vriendinnen en zij vonden het heerlijk om tussen de bomen en de stenen rond te rennen en verstoppertje te spelen. Haar moeder had haar gewaarschuwd dat ze er ooit voor gestraft zou worden. Dat er krachten bestonden die zo sterk waren dat ze er niets tegen zou kunnen doen als die tot leven werden gewekt. Maar ze was doorgegaan zonder de ernst te beseffen die onder haar blote voeten rustte.

Ze had pas de ochtend na de nacht dat de elektriciteit was afgesloten en het hele dorp in het donker had gezeten begrepen waar haar moeder het over had gehad. Er hadden toen drie dode lichamen op een hoop buiten de muur gelegen, precies op de plek waar ze altijd in de schaduw hardop met de handen voor haar ogen zat af te tellen terwijl de anderen rondrenden en zich verstopten. Ze had ze alle drie herkend, maar de jongste had ze ook echt gekend. Ze hadden bijna elke dag na school gespeeld, en ze had nooit iemand ontmoet die zo goed was in stenen gooien als hij.

Het zag er precies zo uit als ze zich herinnerde. De bomen die schaduw hadden geboden en zo heerlijk waren om in te klimmen, de banken aan de binnenkant van de stenen muur en de graven die hier en der verspreid lagen. Een paar oude met kapotte, omgevallen stenen. Andere helemaal nieuw.

Het duurde slechts een paar minuten voor ze had gevonden wat ze zocht. Ze lagen op een rijtje helemaal achteraan in de hoek, en ook al was het bijna twee jaar geleden, de omgewoelde aarde was nog steeds duidelijk zichtbaar.

Rasin... Mihayr... Zakwan... Tamir... Muzaffar... Altair... Safi... Wasim...

Ze kende elke naam. Vijf ervan waren van haar broers. De andere drie waren buren.

Maar voor hen was ze niet gekomen.

Dat was voor de laatste.

Degene die niet eens een steen met een naam had gekregen.

Negen.

Nummer negen.

Het negende graf.

Ze wurmde haar rugzak af, klapte het schopje uit en begon te graven. Een uur later kon ze op haar knieën gaan zitten en de droge aarde van het dikke industriële plastic borstelen dat in meerdere lagen om het lichaam was gewikkeld en met stevig tape was vastgezet. Met behulp van een stanleymes sneed ze door de diverse lagen plastic heen, en toen het lichaam uiteindelijk ontbloot onder haar lag, zag ze precies waar ze bang voor was geweest, maar wat ze had gehoopt niet te hoeven aantreffen.

Ze was ervan uitgegaan dat het opengesneden en leeggehaalde lichaam haar aan het huilen zou brengen. Dat de gapend lege oogkassen en de krachtige steken vanaf de hals helemaal omlaag tot voorbij de navel haar ogen zouden doen tranen, dat haar tranen op het plastic zouden druppelen en kleine beekjes zouden vormen die over zijn gehavende lichaam omlaag zouden stromen. Maar ze liet geen traan. Zelfs niet toen ze haar blik op het papiertje met het vijfcijferige nummer in zwarte inkt vestigde dat met een nietpistool op zijn voorhoofd zat geniet.

Het enige wat ze voelde was haat.

Haat jegens haar vader en haar broers die hem op hun missie hadden meegenomen. Haat jegens haar moeder die had staan toekijken. Haat jegens de Israëlische soldaten die de schoten hadden afgevuurd. Haat jegens de arts die hem had opengesneden en hem had beroofd van alles wat van hem was. Maar ze voelde voornamelijk haat ten aanzien van alle mensen die met bloed aan hun handen en met Efraïm in zich rondliepen. Al diegenen die het vonnis dat God over hen had uitgesproken hadden geweigerd te accepteren.

Wie het ook waren.

Waar ze zich ook bevonden.

Ze trok voorzichtig het papiertje los van zijn voorhoofd en vouwde het dubbel.

Ze zouden allemaal worden gestraft.

96

Fabian stapte in zijn auto om de pc naar Niva te brengen. Onderweg naar de stad dwarrelden zijn gedachten net zo ongecontroleerd rond als de sneeuwvlokken buiten. Nadat hij door rood was gereden toen hij bij Hornsgatan rechts afsloeg en daardoor zowat op een andere auto knalde, drukte hij Kraftwerks *Computer World* in de stereo in een poging de focus terug te krijgen.

Het was niet zo dat hij niet was voorbereid op verrassingen. Hij had allang ingezien dat dit een onderzoek was dat ver boven het gewone uitstak. Dat het volgen van routines en platgetreden paden ontoereikend was. Dat ze te maken hadden met een dader die jaren had besteed aan minutieuze voorbereidingen en niets aan het toeval overliet.

Dat was allemaal niet nieuw voor hem.

Toch was het inzicht dat er een vróúw achter zat als een totale verrassing gekomen. En als hij eerlijk moest zijn, zag hij het ook nog niet echt voor zich. Toch was het zo. Aïsha Shahin, die volgens haar buurman niet alleen een ontzettend aardige, maar blijkbaar ook een heel knappe vrouw was.

Tot nu toe waren ze er nog niet in geslaagd een foto van haar te vinden, maar hij was ervan overtuigd dat het gewoon een kwestie van tijd was voordat Tomas en Jarmo – die in het appartement bezig waren alles uit te pluizen – er een zouden vinden en zouden sturen, ook al had dat niet de hoogste prioriteit. Het was nu zaak zo snel mogelijk aanwijzingen te vinden die naar de twee komende slachtoffers zouden leiden, ook al duidden de minutieuze voorbereidingen van de dader erop dat de kans groot was dat het al te laat was.

Toen hij op de invalidenparkeerplaats precies voor zijn portiekdeur parkeerde, was het al uren donker. Hij tilde de computer van de passagiersstoel, deed de auto op slot en spurtte door de sneeuwbui naar binnen. Eenmaal in de hal wurmde hij zich uit zijn besneeuwde stappers en liep door naar de woonkamer, waar hij de computer op tafel zette naast Niva's schermen, die allemaal dezelfde mededeling toonden.

Niva zelf was in geen velden of wegen te bekennen. Hij riep haar, maar kreeg geen antwoord. Daarom pakte hij zijn telefoon en belde haar.

'Hoi.'

'Waar zit je ergens?'

'Bij jou thuis. Hier is een kleine hint.' Hij hoorde het geluid van klotsend water.

Fabian liep door naar de badkamer, waar Niva in bad lag met haar mobiel in haar hand.

'Dat was snel.' Ze legde haar telefoon neer en begon te applaudisseren.

Ze bevonden zich midden in een van de ergste onderzoeken die ze ooit hadden meegemaakt, en hier lag zij te ontspannen in zijn badkuip! Het enige wat nog miste waren brandende kaarsen en champagne op de rand van het bad. 'Niva, wat ben je in godsnaam aan het doen?'

'Er is een grens aan hoelang je achter een scherm geplakt kunt zitten zonder je te wassen, en laten we gewoon constateren dat die allang gepasseerd was. Iets wat trouwens ook geldt voor Uwe Hoogheid, om nog maar te zwijgen over Kwik en Kwek. Bovendien kan ik toch niets doen voordat die apparaten in de woonkamer klaar zijn.'

'De tekst op de grafsteen. Is die al vertaald?'

'De vertaling ligt op tafel.'

Fabian ging terug naar de woonkamer, waar hij een paar handgeschreven zinnen in een opengeslagen notitieblok vond.

Nooit zal ik van iemand anders houden
Nooit zal mijn hart voor iemand anders slaan
Jij en niemand anders
Zolang als ik leef, en tot in de eeuwigheid
Binnenkort ben je weer helemaal geheeld, en ik dan ook.
Dan ontmoeten we elkaar weer
Mijn belofte aan jou

Hij las de tekst nogmaals, en toen nog een keer. Het was alsof hij niet genoeg kon krijgen van de woorden en alles wat erachter moest hebben gezeten.

'Mooi hè?'

Fabian knikte en wendde zich tot Niva, die in een witte badjas de kamer binnenkwam.

'Ik kon niets anders vinden, dus ik hoop dat het oké is dat ik deze even heb geleend.'

Dat was verre van oké. Dat was Sonja's ochtendjas en allesbehalve algemeen eigendom. Maar hij had geen puf steeds te moeten aangeven waar de grens lag. Bovendien had hij haar nog steeds nodig.

'Denk je dat ze dit allemaal doet omwille van hem?' ging Niva verder, en ze ging naast hem staan.

'Ja.'

'Stel je eens voor dat je zo verliefd op iemand bent dat je bereid bent zo ver te gaan!'

Fabian knikte zonder wat te zeggen.

'Hoe ver zou jij voor Sonja gaan?'

Fabian begreep precies waar ze heen wilde, maar dat zou zonder hem zijn. Dit keer was hij niet van plan erin mee te gaan. 'Zover de wet het zou toestaan.'

'Dat klinkt niet erg romantisch.' Ze kwam dichter bij hem staan. 'Bedenk alleen al eens hoeveel meer ík doe.'

'Jij?' Fabian keek haar aan.

'Ja. Hoeveel wetten heb ik niet overtreden?'

Fabian vroeg zich af wat hij moest antwoorden, maar in plaats daarvan was het zijn mobiel die de stilte doorbrak. 'Met Fabian...'

'Ze is verdwenen! Ze hebben haar ontvoerd!' riep een stem aan de andere kant van de lijn.

'Pardon, maar met wie spreek ik...'

'Ze hebben haar meegenomen en niemand hier schijnt te weten waar ze is!'

'Wie is er weg? En met wie spreek ik?'

'Anders Rehnberg! Wie dacht je dan, verdomme? Ze hebben Malin meegenomen!'

97

Had God haar de rug toegekeerd? Hij had haar tot nu toe de hele weg bijgestaan. Was dit Zijn straf? Ze wist voor het eerst in lange tijd niet meer zeker of Hij wel aan haar zijde stond. Of was het gewoon een serie ongelukkige omstandigheden die haar met behulp van het toeval dwarsboomde? Het mocht niets anders zijn. Niet nu, nu ze zo dicht bij haar doel was.

Ze was bijna anderhalf uur te laat gekomen. Niet vijf minuten of een kwartier, maar 88 hele minuten. Als kind was het eerder regel dan uitzondering dat ze laat kwam, maar dit was de eerste keer sinds ze voet in Zweden had gezet. Twaalf en een half jaar lang was ze altijd op tijd geweest, en nu gebeurde dít.

Als het niet vanwege de verborgen camera was geweest die ze onbewust met de rest van het onderzoeksmateriaal hadden meegenomen, had Fabian Risk in haar appartement ongetwijfeld voldoende gevonden om haar, ver voordat ze klaar was, op te pakken. Ze had niet helemaal begrepen hoe het was gegaan, behalve dat die vrouw die eigenlijk niet meer bij de politie zat een idee had gehad dat blijkbaar tegen alle verwachtingen in gebleken had te werken. Het had iets met haar mobiele telefoon te maken, dat had ze wel begrepen. Maar hoe die hen naar haar flat had kunnen leiden, was haar nog steeds een raadsel. Ze was jaren geleden nog wel helemaal naar Umeå afgereisd om het anonieme prepaidnummer te kopen en haar mobiel had de laatste dagen zelfs uitgestaan.

Om te zorgen dat de catastrofe geen ramp zou worden, had ze snel moeten terugkeren naar het appartement. Ze kon alleen maar hopen dat ze het belangrijkste in de kinderwagen had meegenomen. Ze zouden heel veel vinden, vooral in de computer. Maar dat maakte niet uit. Ze zouden toch niet op tijd komen.

Het was essentieel dat de eigenlijke finale onder geen beding nu al aan het licht zou komen. Dan zou alles voor niets zijn geweest. Alles wat ze had opgebouwd zou instorten. Ze zou de eindstreep niet kunnen halen en het allerbelangrijkste niet kunnen uitvoeren. Dat waar het de laatste tien jaar allemaal om had gedraaid, waar ze zo hard voor had gestreden.

Alsof het nog niet genoeg was had die zwangere politievrouw de personeelslijst van het schoonmaakbedrijf te pakken gekregen en haar uiteraard herkend, ze was daar immers zo vaak geweest om haar in de gaten te houden. Hoe ze aan die lijst was gekomen, was haar een raadsel. Ze kon er geen redelijke verklaring voor bedenken, maar er was ook geen tijd om haar hoofd daarover te breken. Ze had moeten improviseren en de ontstane situatie moeten oplossen, ervan overtuigd dat het toch ergens goed voor was, ook al kon ze op dit moment de zin ervan niet zien. Dat God ondanks alles bij haar was.

Ze had zichzelf beloofd dat er geen onschuldige slachtoffers zouden vallen. Dat het alleen degenen die het verdienden zou treffen. Maar in Denemarken had ze al een uitzondering moeten maken. Ook daar was de situatie uit de hand gelopen en waren er geen alternatieven voorhanden geweest. Die man had om de een of andere reden besloten niet in zijn pied-à-terre in Kopenhagen te blijven overnachten en was daarom uren eerder dan berekend thuisgekomen. Nou was hij op meerdere wijzen medeplichtig, dus ze had geen slecht geweten.

Daar kon je de politievrouw alleen niet van beschuldigen. Zij deed gewoon haar werk, en nog goed ook bovendien. Dus hoe het met haar en haar twee kinderen zou aflopen, was iets wat ze aan God moest overlaten.

Toen ze uiteindelijk een vrije parkeerplaats op Pontonjärgatan had gevonden, zich op de achterbank had verkleed, had afgesloten en de sleutel op de linkervoorband had gelegd, de hoek om was gerend, door de verse sneeuw door Polhemsgatan was geploegd en bij de grijze metalen deur had aangebeld, had ze van die stevige vent met ringetjes in zijn oren een scheldkanonnade over zich heen gekregen. Ze had een verklaring verzonnen over dat er iemand voor de metro was gesprongen, maar daar had hij weinig oor voor gehad, dus ze had verder maar gezwegen en het over zich heen laten komen. Gezworen dat het nooit weer zou gebeuren.

Wat ook niet het geval zou zijn.

Ze liep snel verder naar het schoonmaakhok en pakte haar uitrusting. In de weinige uren die ze nog had moesten er heel wat vierkante meters worden gezogen en gedweild. Ingedroogde klodders die moesten worden weggepoetst, condooms die moesten worden weggegooid en cabines waar nieuwe wc-rollen moesten worden opgehangen.

Alles voor het grote gebeuren van vannacht.

Ze zou snel moeten werken om het te redden. De stress was ook in haar voordeel. Zeker de gespannenheid die ze in de blik van de stevige had gezien. Als de anderen maar half zo gestrest waren, zou geen van hen tijd hebben haar gedaanteverwisseling op te merken.

98

Fabian voelde een knagende ongerustheid. Dat was al het geval sinds hij had ontdekt dat Matilda tijdens hun bezoek aan Malin in het ziekenhuis aan de camera in de pop had zitten pielen. Hij had er onmiddellijk voor gezorgd dat Malin een andere kamer kreeg, maar dat was te laat geweest. De dader had haar toch gevonden. Maar hoe, en vooral: waarom? Hij had geen idee, en kon alleen maar hopen dat zijn bangste vermoedens niet bewaarheid zouden worden.

Op de afdeling waar ze had gelegen was het leeg, behalve achter de receptie, waar enkele verpleegkundigen zich verdrongen bij het computerscherm en verwarde blikken uitwisselden.

'Wat is er gebeurd?' vroeg hij, hoewel het duidelijk was dat zij al net zo vol vragen zaten als hij.

'We weten het eerlijk gezegd niet,' zei de langste van het stel. 'Wij zijn een uur geleden aan onze nachtdienst begonnen en proberen daar nog steeds achter te komen.'

'Hier staat dat ze naar de verloskamers is gebracht, maar dat hebben we gecheckt en daar is ze nooit binnengebracht,' zei degene die achter de monitor zat.

Fabian liep verder naar de kamer waar Malin had gelegen.

Anders Rehnberg zat op een stoel midden in de kamer, zijn gezicht begraven in zijn handen. De kamer leek onnatuurlijk leeg nu het bed er niet meer stond. Hij zat niet te huilen, maar toen hij opkeek, getuigden zijn rode ogen ervan dat dat het enige was wat hij het laatste uur had gedaan.

'Verdomme, klootzak... Het is jouw schuld, snap je dat dan niet? Het is uitsluitend jóúw schuld.' Zijn blik straalde zo'n haat uit dat Fabian moest vechten tegen de impuls om zich om te draaien en weg te gaan.

'Anders, ik begrijp hoe je je voelt. Maar we weten nog helemaal niet wat er is gebeurd.' Hij trok een stoel naar voren en ging tegenover hem zitten.

'Kom mij niet vertellen dat jij het begrijpt, want dat is gelul. Jij begrijpt er geen reet van. Jij bent zelfs nog erger dan Malin.'

Fabian begreep niet waar hij het over had.

'Ja, ik weet het wel. Want ik heb jouw vrouw gesproken, en weet je wat zij zegt? Nou? Weet je dat?'

Fabian schudde zijn hoofd.

'Dat je elke dag dat je naar je werk gaat overspel pleegt, want dat is het enige waar jij aan kunt denken. Dat leven met jou is als leven met een leeg omhulsel. Een verdomde vervelde huid. Precies zo heeft ze het gezegd. En blijkbaar komen niet alleen zij en de kinderen op de tweede plaats, maar de rest ook. Ik dacht nog wel dat Malin en jij vrienden waren.' Hij spuugde de woorden gewoon uit alsof ze vergiftigd waren.

'Anders, probeer een beetje te kalmeren, zodat we kunnen...'

'Zeg niet dat ik je niet heb gewaarschuwd. Dat ik je niet uitdrukkelijk heb verzocht hier weg te blijven. Maar dat kon je niet. Toch? Zelfs dat was te veel gevraagd.'

Fabian leunde naar voren en legde een troostende hand op Anders' schouder.

'Blijf van me af!' Anders sloeg zijn hand weg. 'Ze was ziek. Overwerkt, was wat ze hier zeiden, doordat ze te veel had gewerkt. Het enige wat ze hoefde te doen was rust nemen en op adem komen voor de bevalling. Maar dat kon jij niet accepteren.'

'Anders... Laten we nu niet op de zaken vooruitlopen. We weten immers nog helemaal niet wat er gebeurd is.'

'O nee?' Anders keek hem aan. 'Wat denk jij dat er gebeurd is? Dat ze gewoon met bed en al naar de kiosk beneden is gereden om een reep chocola te kopen? En toen? Dat ze de smaak te pakken had gekregen en verder de sneeuwstorm in is gereden?'

Fabian wilde protesteren. Met tegenargumenten en bewijzen komen dat er niets aan de hand was. Dat er ondanks alles, ook al konden ze die op dit moment niet zien, altijd en overal een natuurlijke verklaring voor was. Maar hij kon alleen maar zwijgen. Anders had gelijk. Vermoedelijk meer gelijk dan hij zelf vermoedde.

'Dit is dus geheel en al jouw verantwoordelijkheid. Begrijp je dat?' ging Anders verder. 'De schuld ligt bij jou en bij niemand anders...' Hij brak. Fabian wilde met zijn stoel dichter naar hem toe schuiven om een arm om hem heen te slaan, maar bedacht zich.

'Anders, ik beloof je... ik beloof je dat ik alles zal doen wat ik kan om erachter te komen wat er is gebeurd... Om te zorgen dat het goed komt.'

Anders priemde opnieuw zijn blik in die van Fabian en schudde zijn hoofd. 'Alles wat je kunt? Dat is niet genoeg. Dat is bij lange na niet toereikend. Ik wil dat je belooft dat het goed zal komen. Dat jij ervoor zorgt dat alles weer goed komt. Kun je dat beloven?'

Fabian aarzelde, maar knikte uiteindelijk. 'Goed Anders, ik beloof het.'

'Dat is mooi, want anders krijg je met mij te maken. Het is maar dat je het weet. Ik heb schijt aan de consequenties. Als jij dit niet regelt, zal ik ervoor zorgen dat je ervoor moet boeten. Al is het 't laatste wat ik doe.'

99

Het ene levenslot na het andere werd door de donkere opening van het pand op Kungsholmen naar binnen gedreven. Dun gekleed ondanks de ijzige kou. Allemaal met hun eigen verhaal en hun eigen ervaringen, die de jonge vrouwen uiteindelijk hiernaartoe hadden geleid. Maar de angst in hun ogen zag er hetzelfde uit, waar ze ook vandaan kwamen of in welke taal ze ook dachten. De stress voor wat ze te wachten stond. Dat wat ze eigenlijk niet wisten, maar waarover ze te veel hadden gehoord.

Overal waren de handen van de bewakers, die tot vuisten konden worden gebald om te slaan, maar die nu voornamelijk duwden en trokken. Als vee dat werd opgedreven om gemolken te worden. Het kon ze niet snel genoeg gaan. De blikken van de bewakers glommen van de stress terwijl ze het anders zo rustige achterafstraatje afspeurden waar niemand anders het winterse weer trotseerde.

Een steile trap leidde ze recht naar beneden een massieve duisternis in. Achter hen hoorden ze dat de metalen deur dichtging en werd vergrendeld. Er rammelden sleutels en er werden sloten op slot gedraaid. Toen ging het licht aan. Naakte, felle peertjes op een rij aan het betonnen plafond. Een lange kronkelende gang met aan weerszijden bergingen met hangsloten vol afgedankte meubels en ingepakte herinneringen waar nooit meer iemand naar zou omkijken. Daarna nog een ijzeren deur, grijsgevlamd net als de muur, gevolgd door meerdere lagen rode, zware gordijnen.

Ze waren binnen. Weliswaar in een nieuwe duisternis, maar die was minder ondoordringbaar. Toen hun ogen aan de zwakke verlichting waren gewend, zagen ze hoe groot het was. Zwartgeschilderde muren en plafonds. Overal spotjes die op rode zitgroepen schenen die verspreid in een grote cirkel rond een verhoogd rond deel van de vloer stonden – het podium waarover ze allemaal hadden horen praten.

Ze werden door de bewakers door de ruimte gedreven, een blinde deur de zwarte muur in en verder door een verblindend lichte gang met tl-buizen aan het plafond en deuren aan beide zijden. Ze kwamen in een grote betegelde badruimte met wc-hokjes, spiegels en bidets op een rij. Ze werden gesommeerd voor de laatste keer hun behoefte te doen en alle lichaamsholtes grondig te wassen.

Het was een vrijwel onmogelijke race tegen de klok geweest, maar ze had vrijwel alles kunnen schoonmaken. In enkele privéruimtes had ze alleen snel kunnen stofzuigen, en in de ene groepsruimte had ze alleen de kussens omgedraaid en de meest zichtbare condooms verwijderd. Eenmaal terug in het schoonmaakhok had ze net de schoonmaakjas kunnen ophangen en het tasje met make-up en haar andere kleren uit haar rugzak gehaald, toen de tierende stemmen van de bewakers al steeds duidelijker hoorbaar werden.

Ze had het schoonmaakhok met haar kleren in haar arm moeten verlaten en was snel voor de anderen de gang door gerend naar de badkamer, waar ze zich in het achterste toilet had opgesloten. Haar hart was zo snel tekeergegaan dat de afzonderlijke slagen onmogelijk te onderscheiden waren.

Maar nu ze haar jurkje en haar pumps aanhad en het make-uptasje veilig in de spoelbak van het toilet verstopt lag, voelde ze zich rustiger dan ooit. Dit was er niet gewoon nóg eentje in de rij zondaren die zijn straf zou krijgen. Dit was iets waar ze naar had uitgekeken vanaf het moment waarop het haar duidelijk was geworden wie hij was. Dat Diego Arcas een van hén was, kon niets anders zijn dan de manier van God om haar te laten zien dat Hij bij haar was.

Ze hoorde dat de badkamer werd gevuld met de nieuwe levering. Geen van hen zei iets, maar ze kon duidelijk de geur van angst ruiken voor wat hun te wachten stond. Ze wachtte nog even voor ze de deur van het slot deed, de wc verliet en het gedrag van de andere meiden begon na te apen – hun ongeruste blikken, hun ontwijkende passen en hun gekromde ruggen.

100

Fabian Risk maakte de deur open die niet op slot kon, stapte zijn eigen hal binnen en hing zijn jas op. De autorit was goed gegaan, hoewel hij nog behoorlijk aangeschoten was. Het was de eerste keer dat hij onder invloed had gereden, maar op dit moment was hij te moe om zich daar druk om te maken. Het was zoals gezegd goed gegaan, ook al voelde hij zich zo slap als een vaatdoek en wist hij niet of hij de hele weg naar de slaapkamer zou kunnen afleggen.

Anders Rehnberg was er uiteindelijk mee akkoord gegaan het ziekenhuis te verlaten. Fabian had hem een lift gegeven naar zijn huis in Enskede. Eenmaal daar had hij Fabian een whisky aangeboden. Fabian had dat geprobeerd af te wimpelen met het argument dat het al laat was en dat hij nog moest rijden, maar Anders had erop gestaan en gezegd dat dat wel het minste was wat hij kon doen.

Het bleek dat Anders lid was van het Zweedse Whiskygenootschap en dat hij een hele kamer op de kelderverdieping had gewijd aan zijn whiskyverzameling die, naar eigen zeggen, een van de grootste was van het land. Zoals verwacht was het niet bij één glas gebleven, en naarmate de alcohol het bloed verdunde was de onderlinge sfeer steeds ontspannener geworden.

Hij had Anders maar laten kletsen, en die had het gehad over alles tussen hemel en aarde. Over het huis dat – hoewel het veel te duur was – een eeuwig renovatieproject zou blijven. Over zijn werk als leraar op een basisschool in Skärholmen en dat al zijn collega's maar liepen te zeuren dat hij rector moest worden, maar dat macht hem nooit had geïnteresseerd. Dat hij veel liever op de 'werkvloer' was, waar het gebeurde.

Na bijna twee uur had Fabian zijn halfvolle whiskyglas neergezet, was opgestaan en wilde afscheid nemen. 'Zitten!' had Anders gezegd met een ernst in zijn blik die maakte dat Fabian alleen maar kon gehoorzamen. En terwijl de tranen over zijn wangen liepen had Anders verteld over Malin. Hoeveel hij van haar hield. Dat zij het mooiste was wat er in zijn wereld bestond. Dat ze elkaar hadden leren kennen in een bus – de 54, zoals die in die tijd heette – en dat Malin niet had willen uitstappen omdat de regen met bakken uit de hemel kwam. Dat ze uiteindelijk samen op Odenplan waren uitgestapt, zijn paraplu hadden gedeeld en zich giechelend vanuit een telefooncel ziek hadden gemeld.

Daarna had hij Fabians glas bijgevuld, hoewel dat nog niet eens leeg was en hem gevraagd of hij nog van Sonja hield. Opvallend genoeg had hij die vraag totaal niet verwacht en wilde hij een standaardantwoord opdreunen, over hoeveel hij van haar hield en hoe goed ze elkaar aanvulden hoewel ze zo verschillend waren, maar de woorden waren blijven steken.

In plaats daarvan had hij geprobeerd een eerlijk beeld van de situatie te schetsen. Dat hij niets liever wilde dan nog steeds verliefd zijn, maar dat het was uitgelopen op een steeds hardere strijd waarbij de twijfel steeds meer terrein begon te winnen. Anders had geluisterd en geknikt bij zijn moeizame poging om zijn gevoelens te omschrijven, en het leek wel of ze bezig waren vrienden te worden.

'Jezus, wat maak jij het jezelf moeilijk,' had Anders uiteindelijk gezegd en een nieuwe fles gehaald. Fabian was bijna kwaad geworden. 'Óf je houdt van iemand, óf je houdt niet van iemand. Gecompliceerder dan dat hoeft het niet te zijn,' had Anders gezegd. 'Tuurlijk, het kan weleens op een laag pitje staan, maar dan is het een kwestie van je mouwen opstropen en er wat aan doen. Maar als het vlammetje echt is gedoofd, dan is het einde oefening. Dan kun je net zo goed een advocaat bellen en de zaak zo snel mogelijk afhandelen.'

Ook al was Fabian zich er volledig van bewust dat die woorden niets anders waren dan banale trivialiteiten ontsproten uit een whiskyroes, ze hadden er aardig ingehakt. De gedachte dat Sonja en hij iets waren 'wat zo snel mogelijk moest worden afgehandeld' had hem in ademnood gebracht. Hij was opgestaan en naar huis gereden, Anders' protesten ten spijt.

Na een bezoek aan de badkamer en twee glazen Resorb zette hij koers naar de slaapkamer. Hij wilde de lamp niet aandoen, maar in het schijnsel van de straatverlichting dat door de kier in de dichtgetrokken gordijnen naar binnen kwam, zag hij Niva op bed liggen slapen. Ze was niet onder het dekbed gekropen, maar lag boven op de sprei, nog steeds gekleed in Sonja's ochtendjas die was open gegleden en precies voldoende blootgaf.

Hij kon niet begrijpen waarom ze niet naar huis was gegaan. Had ze echt zo laat nog zitten werken? Hij vroeg zich af of hij haar moest laten slapen of dat hij haar in een taxi naar huis moest zetten, maar kon geen beslissing nemen. En daar ergens tussenin voelde hij het. Precies dat waar Anders het over had gehad. De onzekerheid van de laatste tijd werd eindelijk verdreven. Het leek opeens wel of hij het gewoon wíst en het blauwe waakvlammetje zelfs met het blote oog kon zien. Het brandde zwak en was langzaam maar zeker bezig uit te gaan, maar het brandde nog steeds.

Gesterkt door het inzicht dat dat het enige was wat van belang was, ging hij met kleren en al zo voorzichtig mogelijk op zijn kant van het bed liggen om Niva niet wakker te maken. Het duurde niet lang voor haar langzame ademhaling hem deed ontspannen en met elke ademtocht zakte hij steeds verder weg. Vlak voordat hij volledig werd opgeslokt door de wereld van de dromen zag hij met kristalheldere duidelijkheid voor zich wat ze moesten doen om te voorkomen dat het vlammetje voorgoed zou doven. Hoe Sonja en hij elkaar moesten terugvinden en weer in dezelfde kamer konden verblijven zonder daar weg te willen.

Zo gauw dit allemaal achter de rug was, zou hij het haar vertellen. Het idee was zonder meer drastisch en zou aardig wat werk en een grote omschakeling voor het hele gezin betekenen, zeker voor Matilda en Theodor, die ongetwijfeld zouden protesteren. Ze zouden niet alleen van school moeten veranderen, maar ook een heel nieuwe vriendenkring moeten opbouwen. Maar wat maakte dat uit? Als dat was wat ze nodig hadden was de beslissing niet zo moeilijk, bedacht Fabian, en hij viel in slaap in de overtuiging dat er ondanks alles toch een lichtpuntje was.

101

Ze trok haar onderbroek uit, ging schrijlings op een bidet zitten en begon zich te wassen. Zorgvuldig en overal, precies zoals elke nieuwe levering altijd werd opgedragen. Noch die grote, noch een van de andere twee bewakers die langs de muur stonden leek haar te herkennen of op te merken dat er opeens één meer was.

Zoals altijd was er eentje die moeilijk ging doen. Dit keer was het de geblondeerde Poolse schuin achter haar, die weigerde zich te wassen. Ze was vast niet ouder dan twintig en had blijkbaar niet begrepen dat het menens was.

'*I want you to leave before I do anything*,' zei ze huilend, terwijl ze de bewakers bespuugde.

'*You just want one thing*,' zei de bewaker met de ringetjes, en hij liep op haar af. '*One thing only. Do you know what that is?*' De vrouw keek hem opstandig aan. '*Do as you're fucking told!*' Hij gaf haar een harde klap met zijn hand. '*Understood?*' Toen hij geen antwoord kreeg herhaalde hij het geweld, nu met een gebalde vuist en met volle kracht.

De klap kwam zo hard aan dat het leek of haar hoofd op de smalle nek werd ontwricht. Ze belandde bewusteloos op de grond. De bewaker masseerde zijn hand en keek in het rond tot hij zich ervan had verzekerd dat hij ieders aandacht had. Vervolgens deed hij zijn gulp open en leegde hij zijn blaas over de vrouw. '*I want everyone to look really carefully now, because this is what will happen when you don't do as you're told.*'

Ze staarden allemaal naar de bewusteloze vrouw die op de grond lag en wier haar steeds natter werd.

'*Okay, let's finish up!*' Hij deed zijn gulp weer dicht en waste zijn handen.

Alle vrouwen behalve de levenloze Poolse verlieten de badruimte en liepen door de gang met de tl-verlichting terug naar de zaal met de zitgroepen, waar nu langzaam pulserende muziek uit de ingebouwde speakers kwam. Ze werden bevolen in een lange rij op het toneel te gaan staan, en als op bestelling ontstond er een strijd om zo ver mogelijk achteraan in de rij te komen.

Zelf wilde ze niets liever dan helemaal vooraan staan.

'*Okay, you there. Up on the stage. Yes, I'm talking to you, bitch,*' zei de ene bewaker en hij knikte naar haar om het podium op te gaan.

Ze deed wat er werd gezegd en ging midden op het toneel staan, haar blik verblind door de sterke spots aan het plafond.

'*Turn around,*' hoorde ze een stem van ergens uit het verblindende licht zeggen, en ze draaide langzaam rond.

'*Stop.*'

Ze bleef staan met haar rug naar de zaal.

'*Bend over. Slowly.*'

Ze boog voorover en zorgde ervoor dat ze haar billen goed liet uitkomen en dat ze haar benen en rug zo recht mogelijk hield. Ze kon hem nu naar het podium horen lopen. Hij kwam naar boven en ging vlak achter haar staan.

Geen van de andere meiden had nog wat gezegd, en nu was de stilte zo massief dat ze niet wist of ze überhaupt ademhaalden. Toen voelde ze zijn hand aan de achterkant van haar dijbeen, hoe hij langs de binnenkant van haar been omhoogging naar haar kruis.

'*Mm... You shaved. I like that.*' Hij liet zijn vinger in haar schede glijden, en ze begon te kreunen en deed alsof ze opgewonden raakte.

'So you like it?'

'Mm, yes...' zei ze, en ze kneep haar vagina een beetje samen.

'So you want some more?'

'Oh yes, please...'

'Take off your clothes.'

Ze ging rechtop staan, liet haar jurk op de grond vallen en stapte eruit terwijl Diego Arcas om haar heen liep, haar aandachtig bestudeerde en aan zijn vingers rook. Plotseling bleef hij staan en betastte met één hand haar borsten.

'Are they real?'

Ze knikte.

'How old are you?'

'Never ask a woman her age.'

De reactie kwam bliksemsnel in de vorm van een harde klap die ze een paar minuten later nog voelde branden. *'You're not a woman. You're property. My property! Never ever forget that.'*

Ze knikte en liet de pijn in haar wang een herinnering zijn. Ze moest eraan denken dat ze niet te veel mocht ontspannen om een voorschot te nemen op de overwinning. Ze was er nog niet.

'On your knees and open my pants.'

Ze ging op haar knieën zitten, maakte zijn broek los en haalde zijn half stijve penis eruit.

'Do you like it?'

Ze knikte met een geforceerd lachje.

'I said, do you like it?'

Ze nam zijn lid in haar mond en voelde dat de aderen zich begonnen te vullen met bloed.

'That's better.'

Ze bleef heen en weer gaan en nam hem zo diep in haar mond als ze maar kon, terwijl ze tegelijkertijd zijn zak streelde.

'Now, everyone of you bitches watch and learn. This is how you give a good blowjob.' Hij greep haar bij haar haar en stootte harder en dieper, en dwong haar de braakreflex te negeren.

De stoten gingen steeds sneller en ze voelde dat zijn ballen enigszins samentrokken. Om hem een handje te helpen, duwde ze voorzichtig haar middelvinger in zijn anus en begon zijn g-spot te masseren. Dertig seconden later was het zover. De eerste portie ving ze op met haar mond. Toen de tweede kwam was ze al overeind gekomen. Arcas stond met zijn ogen dicht en ging nog een paar seconden helemaal op in zijn lust voordat hij zijn ogen opende en haar aankeek.

'Who the fuck told you to stand up?'

'No one,' zei ze, en ze voerde de beweging uit die ze al zo vaak voor de spiegel had geoefend.

Het was bij de eerste poging raak. Ze voelde dat haar wijsvinger en haar middelvinger al diep in de oogkas waren gedrongen en om de achterkant van het eigenlijke oog waren gebogen. Zo gauw ze de gezichtszenuw tussen haar vingers kon voelen, trok ze met volle kracht, griste haar jurk mee en verliet het toneel.

102

Fabian kon zich totaal niet herinneren dat hij zijn kleren had uitgetrokken. Toch lag hij nu naakt, op zijn rug, te staren naar de decimeter hoge pauw die zojuist op zijn borst was geland en die hem wakker had gemaakt. De poten van het beest waren net naaldjes die in zijn huid staken. Hij vroeg zich af hoe hij ze weg moest krijgen, maar de angst voor hoe de pauw zou reageren, maakte dat hij zo stil mogelijk bleef liggen. Hij zag de vogel over zijn buik lopen en verder omlaag naar zijn ontblote geslacht.

En daar zat ze. Niva. Sonja's ochtendjas lag achter haar gesmeten en ze bereed hem zo intensief dat haar borsten in hetzelfde tempo meedeinden. Ze moest al een tijdje bezig zijn, want ze was bijna aan haar climax. De pauw was op de grond gesprongen en verdween door de deur naar buiten. Hij bedacht dat alles weer zou worden gereset en ongedaan zou worden gemaakt als hij er – net als de vogel – maar in slaagde weg te komen.

Dit wilde hij helemaal niet. Dit was helemaal niet wat hij voor zich had gezien. Hij had immers een besluit genomen. Hij had een plan. Toch genoot hij van haar bewegingen. En zij genoot van hem. Van hem in zich te hebben. Hij zag het in haar blik. De overwinning.

Eindelijk had ze waar ze zo lang naar had verlangd. Al het werk dat ze had verricht had uiteindelijk toch wat opgeleverd. Ze was helemaal bezweet. Het gutste van haar voorhoofd langs haar hals omlaag en verder over haar borsten, waar het losliet en op hem terechtkwam. Ze streek met haar handen door haar haar en strekte zich naar achteren, terwijl ze het tempo opvoerde.

Ze was er nu bijna, dat kon hij merken. Echt bijna.

Hij beantwoordde haar stoten met steeds meer kracht tot ze zich voor- en achterover wierp en kreunde van genot. Zelf was hij ook aardig op weg. Dat hij eigenlijk niet wilde, was niet van belang. Net zomin als dat hij er de rest van zijn leven spijt van zou hebben. Niets deed er nog toe en niets kon hem doen ophouden.

In plaats daarvan stapte Niva opeens van hem af. In afwachting van het vervolg klopte de frustratie zo hard dat het gewoon pijn deed. Hij verwachtte dat ze op handen en voeten zou gaan staan of op haar rug zou gaan liggen. In plaats daarvan ging ze schrijlings op zijn gezicht zitten en begon ze haar onderlichaam tegen hem aan te wrijven. Hij likte en zoog zoveel hij kon, proefde haar sappen en speelde met het puntje van zijn tong met alles wat hij tegenkwam.

Hij kon haar weer horen kreunen en deed alles om haar verder op weg te helpen. Ze perste zich tegelijkertijd steeds harder tegen hem aan. Zo hard dat hij uiteindelijk niet meer kon ademhalen. Hij probeerde los te komen, moest lucht krijgen. Maar haar benen waren veel te sterk en hielden zijn hoofd als het ware in een bankschroef terwijl de rest van haar lichaam zich voorbereidde om door een volgende golf te worden overspoeld.

103

Iedereen schreeuwde door elkaar heen. Niet alleen de meiden, ook de bewakers. Dat was op zich ook niet zo gek. De chaos en de paniek had ze ingecalculeerd. Net zoals ze erop had gerekend dat sommige van de bewakers meer handelingsbekwaam zouden zijn dan andere en achter haar aan zouden komen. Het enige wat ze niet had verwacht was Diego Arcas' oorverdovende gegil, dat door merg en been ging. Ze had op de een of andere manier voor zich gezien dat hij het zou nemen als een man.

Ze was ondertussen al meters van het podium verwijderd en hoorde dat er twee bewakers achter haar aan kwamen. Ze vocht tegen haar instinct om over haar schouder te kijken. Er was toch geen tijd voor twijfel. In plaats daarvan besteedde ze al haar energie aan het verhogen van het tempo. Na alle keren dat ze dit stuk had geoefend was ze tot de conclusie gekomen dat de snelheid doorslaggevend was, wilde ze op de meest efficiënte wijze over de zitbanken heen zien te komen. Dát kon op zijn beurt het aantal seconden tot aan de bewakingsruimte halveren.

Eerst had ze gedacht dat het lastig zou zijn om op hoge hakken voldoende vaart te maken, maar zolang het hele zwaartepunt op haar tenen lag, was dat geen probleem. De eerste bank passeerde onder haar alsof die er nauwelijks was. Hetzelfde gold voor de tweede, en ze hoorde nu dat de twee bewakers al een flink stuk achter haar waren. Vier passen later had ze de derde bank achter zich gelaten en had ze alleen nog een tien meter lang recht stuk voor zich tot ze bij de deur was.

Ervan overtuigd dat de adrenalinekick haar had geholpen haar persoonlijke record met minstens drie seconden te verbeteren, rukte ze de deur open, snelde naar binnen en deed hem achter zich op slot. En ook al zouden de bewakers er elk moment kunnen zijn, toch bleef ze even staan om uit te blazen en naar het bloederige oog in haar hand te kijken. Het laatste puzzelstukje opdat haar geliefde eindelijk weer compleet zou zijn.

Er werd aan de handgreep gerukt, wat al snel overging in krachtige trappen tegen de deur. Op een van de bewakingsschermen boven het controlepaneel kon ze zien dat er nu vier bewakers waren die probeerden binnen te komen. Over niet al te lange tijd zouden ze de juiste sleutel vinden en die in het slot proberen te steken, waarna ze zouden inzien dat dat onmogelijk was en zouden ze hun wapen trekken.

Ze haalde het kunststof kokertje uit de bergplaats achter de ordners in de boekenkast, schroefde het dekseltje eraf en liet het oog in de vloeistof vallen, waarna ze het weer dichtdeed en inbracht in haar vagina. Daarna veegde ze met vochtige doekjes het bloed van haar handen, trok haar jurk aan en greep de nauwelijks zichtbare vislijn beet die op zijn beurt weer aan een touw met knopen vastzat.

Toen ze langs het touw omhoog begon te klimmen hoorde ze de eerste schoten al tegen het slot. Ze was licht en lenig, en was nooit sterker in haar armen geweest dan nu, dus het was geen enkel probleem om omhoog te komen. Als ze eenmaal boven was, zou het meest kritieke moment komen. Om het inspectieluik achter zich dicht te kunnen doen, zou ze zich helemaal om moeten draaien en met haar voeten naar voren in het ventilatiekanaal moeten glijden.

Het was alle keren dat ze het had geoefend moeiteloos gelukt, maar toen had ze geen klamme handen gehad of de stress gevoeld dat de bewakers er elk moment in zouden kunnen slagen de deur te forceren. Uiteindelijk wist ze het touw op te hijsen en het rooster terug te plaatsen, en kronkelde ze achterwaarts door het krappe kanaal.

Minder dan een minuut later hoorde ze hoe ze de bewakingsruimte binnenvielen, ruziënd over het feit dat ze onmogelijk in rook kon zijn opgegaan. Niet lang daarna begonnen ze het ventilatiekanaal te beschieten.

Het geluid van de schoten verspreidde zich door het kanaal, dat als klankkast fungeerde. En ook al bevond ze zich op een veilige afstand boven de gang, ze moest haar handen voor haar oren houden. Over een paar meter zou het kanaal zich vertakken, om zich daarna wéér te vertakken. Het zou dan aanzienlijk lastiger voor ze zijn om exact te weten waar zij zich bevond. Het meest waarschijnlijke was dat ze zich zouden verspreiden en op goed geluk op het kanaal zouden gaan schieten. Maar ze was niet bang. Het zou niet lang meer duren voor ze wel wat anders aan hun hoofd hadden. Ze konden elk moment volledig overrompeld worden. Al weer. Dat had ze niet in de hand gehad, en als zij had mogen beslissen had ze deze nacht liever het alleenrecht gehad, maar dit was haar enige kans geweest om dicht genoeg bij Arcas te komen.

Zoals verwacht hielden de schoten op en na een paar seconden stilte hoorde ze verspreid geroep en geschreeuw. Een soort ongecontroleerde paniek die uitbrak bij iedereen onder haar. Ze stelde zich voor dat het ook ongeveer zo klonk als er een tsunami kwam. De gang stroomde vol mensen. Maar nu waren ze niet langer op zoek naar haar. Nu waren ze zelf het wild waarop gejaagd werd. Ze kronkelde achterwaarts verder en was nu boven de grote ruimte. Daar kon ze ze door het rooster zien.

De politie.

Ze waren overal, met getrokken wapens en kogelvrije vesten. Sommigen kwamen zelfs uit de verduisterde lichtkoepels in het plafond. Met het blote oog telde ze er al minstens tien die de situatie onder controle probeerden te krijgen door iedereen in het Engels te bevelen met armen en benen gespreid op de grond te gaan liggen.

Sommige meiden gingen liggen. Andere probeerden te vluchten, maar werden snel tegengehouden en op de grond gedwongen, een voor een. Vier bewakers lagen al met hun handen geboeid en er waren twee politiemensen op weg naar het podium, waar Diego Arcas nog steeds met beide handen voor zijn gezicht in een plas bloed lag te kermen.

Ze wurmde zich zo zachtjes mogelijk verder door het krappe kanaal en kwam steeds verder van het geschreeuw van de politie. Hun stemmen werden steeds opgewondener naarmate ze doorkregen wat er was gebeurd.

Twee vertakkingen verder voelde ze dat de golfplaten wanden aanzienlijk kouder werden, en toen het kanaal opeens van richting veranderde en een paar meter omhoogliep, wist ze dat het niet ver meer was. Het was nu een paar graden onder nul, en ze verhoogde het tempo om niet het risico te lopen met haar vochtige handen aan de golfplaat vast te vriezen. Het nadeel was dat ze nu meer geluid maakte, maar dat was dan maar zo. Waarschijnlijk hadden ze hun handen vol aan andere dingen.

Een paar meter later kwamen haar pumps tegen het rooster, en na een goed gemikte trap wist ze buiten te komen. Nu was het niet ver meer. Haar eigen opdracht was gegaan zoals gepland en de politie was tijdens de show binnengevallen, precies zoals ze hadden besloten. Ze was ervan uitgegaan dat de schijnwerper met de bewegingssensor die de weg wees naar de vuilcontainers aan zou gaan zo gauw ze naar buiten kwam en het rooster weer terugplaatste. Maar dat was niet het geval.

Die brandde namelijk al.

Het drong te laat tot haar door hoe gevaarlijk dat eigenlijk was.

'*Well, look what we've got here...*' hoorde ze een stem vlak achter haar zeggen.

Ze draaide zich met haar handen in de lucht om en zag de grijnzende politieman van het arrestatieteam uit het donker op zich af komen, zijn getrokken wapen in de ene hand en handboeien in de andere.

104

Fabian wist niet zeker of hij sliep of dat hij wakker was. Of de herinneringsbeelden die hij voor zich zag gewoon een ziekelijk verwrongen droom waren of dat ze echt hadden plaatsgevonden. Op zich waren de details zó duidelijk dat het wel waar moest zijn – als die decimeterhoge pauw er maar niet was geweest die over zijn lichaam had gewandeld. Hij wist niet waarom, maar die kwam de laatste tijd steeds vaker in zijn dromen voor.

Het mocht gewoon niet waar zijn. Hij had het vlammetje gezien, dat wist hij zeker. En hij had bovendien een plan bedacht voor hoe Sonja en hij het schip weer op de juiste koers konden krijgen.

Tot nu toe had hij zijn ogen niet durven openen. Het was alsof de slaap enige verzachting bood, hoewel hij er nu van overtuigd was dat hij wakker was. De kans bestond dat de waarheid hem keihard in zijn gezicht zou slaan zo gauw hij zijn ogen opsloeg. Maar uiteindelijk was het zijn gsm die hem geen keus bood.

'Waar zit je in godsnaam?' Het was Tomas Persson.

'Huh? Is er iets gebeurd dan?' Fabian ging rechtop in bed zitten.

'Gebeurd? Heb jij onder een steen gelegen, of zo? Diego Arcas, weet je nog?'

O ja, dacht Fabian, en hij constateerde dat Niva er niet meer was. Als ze er überhaupt was geweest. Maar dat wist hij vrijwel zeker. Net zo goed als hij er zeker van was dat hij naakt was geweest, hoewel hij met kleren aan op bed was gaan liggen. Maar nu had hij ze weer aan. Of, hoe zat het nou eigenlijk?

'Höglund en Carlén zijn helemaal over de rooie en hebben blijkbaar besloten aangifte te doen,' ging Tomas verder.

'Aangifte voor wat dan?' Fabian voelde dat de hoofdpijn kwam opzetten en stond met veel moeite op.

'Voor verslapen. Weet ik veel. Het was daar blijkbaar al voor het arrestatieteam binnenviel een enorme puinzooi, want toen ze eenmaal binnen waren bleek Arcas bloedend als een rund op het podium te liggen.'

Fabian probeerde op weg door de hal naar de badkamer de gestage stroom woorden tot zich te laten doordringen, terwijl hij ondertussen keek of hij Niva ergens zag.

'Nou moet jij vragen waarom hij als een rund aan het bloeden was.'

'Tomas, schei uit.' Eenmaal in de badkamer spatte Fabian water in zijn gezicht.

'Jezus, gezellig ben jij. Hoe dan ook, Jarmo en ik waren geen van beiden in de club en hebben dus ook niet gezien wat er was gebeurd, dus we hebben contact opgenomen met het Karolinska, waar Arcas is opgenomen.'

'En? Wat zeiden ze?'

'Hij mist een oog.'

'Pardon? Hoe bedoel je "hij mist een oog"?' Fabian droogde zijn gezicht af met een handdoek.

'Weet ik veel. Dat heeft iemand er blijkbaar uit gehaald. Ik zou denken een van die...'

'Meiden.'

'Bingo! Je bent eindelijk wakker.'

'Weet je of ze allemaal zijn opgepakt?'

'Geen idee. Maar het wemelt hier in elk geval van die wijven.'

'Op de afdeling?'

'Ja, ze worden verhoord door geüniformeerde collega's die van elders zijn ingevlogen, en tolken. Weet je, sommigen kunnen niet eens praten...'

'Tomas, luister. Dit is belangrijk,' zei Fabian, en hij spoot wat deodorant onder zijn armen. 'Jarmo en jij moeten ervoor zorgen dat ze allemaal geboeid worden. Geen van hen mag daar weg. Hoor je me?

Niemand.' Hij snelde de badkamer uit en zag dat Sonja net de hal in kwam.

'Hoe moet ik dat voor elkaar boksen? Höglund is al helemaal over de zeik, die zal dat nooit...'

'Höglund neem ik wel voor mijn rekening. Tomas, ik moet nu ophangen.'

'Maar...'

'Doe nou gewoon wat ik zeg!' Fabian drukte het gesprek weg, probeerde zich te herpakken en liep naar Sonja toe, niet wetende of hij haar moest omhelzen of niet. 'Dag schat.'

'Kan er geen omhelzing meer af?'

'Tuurlijk. Ik wist alleen niet of...' Hij zweeg en sloeg zijn armen om haar heen. 'Zeg, ik zit midden in een zaak en ben eigenlijk op weg naar buiten.'

'Tuurlijk, geen probleem,' zei ze, en ze knikte. 'Ik kom alleen wat kleren halen en de laatste kerstcadeautjes kopen. Jij komt vanavond toch ook?'

Fabian keek haar aan zonder wat te zeggen. Hij wilde niets liever dan knikken en beloven dat hij kerst zou komen vieren zoals gepland. Misschien hadden ze geluk en werkte het toeval voor de verandering eens in hun voordeel en was Aïsha Shahin al opgepakt. Het enige wat dan nog resteerde was Edelman confronteren met de bewijzen en hem laten inzien dat hij geen andere keus had dan het oude onderzoek weer te heropenen. Maar hij had al te veel beloften gedaan die nooit waren ingewilligd.

'Oké, ik snap het...'

'Sonja, ik...'

'Fabian, rustig maar. Ik begrijp dat je ergens mee bezig bent waar je vast niet over kunt praten, maar het zou gewoon ontzettend fijn zijn als je kerst met ons zou kunnen komen vieren.'

'Ik wil niets liever, maar...'

'En wat ik zondag heb gezegd. Ik heb er een hele tijd over zitten denken, en...' Ze keek de andere kant op.

Nu komt het, dacht Fabian. Nu heeft ze voldoende moed verzameld om te zeggen dat ze ermee wil kappen. En misschien was dat ook wel wat ze zouden moeten doen. Wellicht was zijn droom van vannacht – als het al een droom was – het bewijs dat het vlammetje echt was gedoofd. Dat hun relatie dood was en begraven moest worden voordat het ontbindingsproces te ver gevorderd zou zijn.

'Als jij wilt, wil ik ook.' Ze keek hem weer aan.

Fabian voelde dat hij nieuwe energie kreeg en wilde aanstalten maken iets te zeggen.

'Wacht, ik ben nog niet klaar. Als dit allemaal voorbij is. Als jij klaar bent met waar je mee bezig bent, wil ik dat we opnieuw beginnen. Dus echt met een schone lei.'

Fabian boog voorover en kuste haar. Voor het eerst in lange tijd voelde hij dat ze reageerde. Dat ze wilde en bereid was hem een laatste kans te geven. Maar toen spande ze haar lippen en haar tong verdween.

'Ik zou er bijna jaloers op worden.'

Fabian draaide zich om en zag Niva uit de woonkamer komen. Gekleed.

'Jij moet Sonja zijn. Niva Ekenhielm.' Ze stak haar hand uit.

'Ik weet wie je bent,' zei Sonja zonder haar hand een blik waardig te keuren. 'Ik weet alleen niet wat je hier doet.'

'Ze helpt mij met het onderzoek en we hebben dag en nacht gewerkt,' zei Fabian, terwijl hij koortsachtig nadacht hoe hij verder moest gaan.

'Sorry, ik wilde niet storen.' Niva wendde zich tot Fabian. 'Ik wilde alleen even zeggen dat jouw theorie bleek te kloppen. Diego Arcas had blijkbaar een behoorlijke littekenvorming op het hoornvlies van het linkeroog, midden in het gezichtsveld, en heeft jaren op de wachtlijst gestaan voor een nieuw hoornvlies voordat hij het opgaf.'

Fabian knikte kort om aan te geven dat dat moest wachten.

'Wat kan kloppen, aangezien Semira Ackerman problemen had met het réchter,' ging Niva verder, en ze hield een geprint document omhoog.

'Goed... dan ga ik maar,' zei Sonja, en ze wilde zich omdraaien.

'Nee wacht, je moest toch kleren halen?' zei Fabian. 'En zal ik niet even een kopje koffie voor je maken of zo?'

Sonja keek hen aan, kneep haar lippen stijf op elkaar en schudde haar hoofd, waarna ze het appartement verliet.

'O jee, ze is toch niet kwaad?' vroeg Niva.

Fabian draaide zich om en keek haar aan in een poging te doorgronden wat er in haar hoofd omging. Of er werkelijk iets tussen hen was gebeurd. Of haar neutrale glimlachje te duiden viel of dat ze gewoon een spelletje met hem speelde. Misschien was dat lachje wel puur leedvermaak over dat ze hem zo wanhopig zag zoeken naar antwoorden. Dat moest dan maar zo zijn. Het laatste wat hij van plan was, was zich nog verder te vernederen en het te vragen.

Dan verkeerde hij liever in onwetendheid.

105

Tot nu toe was vrijwel alles gelukt. Buiten een paar kleine tegenslagen die nu allemaal verholpen waren, had alleen de auto van de minister van Justitie zijn werk nog niet gedaan. De Deense politie had hem in elk geval wel gelokaliseerd op de bodem van de haven in Helsingør, maar om de een of andere reden was er nog geen link gelegd tussen beide landen. Het zou wel een kwestie van tijd zijn voordat ze een en een bij elkaar zouden optellen en met elkaar gingen praten. Dan zouden ze eindelijk ontdekken wat er onder het fraaie oppervlak schuilging en zou Gidon Hass nog slechts een herinnering zijn.

Tuurlijk, ze had eigenlijk gehoopt nu al in de huurauto te zitten en voor de laatste keer op weg te zijn naar Arlanda, met al Efraïms gestolen organen verpakt in het ijsbed dat in haar waterdichte koffer zat. Ze had gewoon gehoopt dat ze, als het inchecken en de veiligheidscontrole waren afgehandeld, tijd over zou hebben om het met een glas champagne te vieren. Ze had dat nog nooit geproefd en wist niet eens of ze het lekker zou vinden, maar ze had de eindstreep gehaald en wat ze bereikt had mocht gevierd worden, al zou het haar laatste glas zijn.

In plaats daarvan zat ze nu geboeid op een stoel op het hoofdbureau van politie.

Dat kon enerzijds niet anders worden gezien dan als een behoorlijke tegenslag.

Toch voelde ze zich niet in het minst ongerust. Ze had niet alleen het risico ingecalculeerd dat de politie haar ook zou oppakken, ze had bovendien een plan voorbereid om een dergelijke situatie aan te kunnen. Een plan dat ze liever niet in werking had gezet, maar ze had nu geen andere keus dan dat ten uitvoer te brengen.

De AT'er die haar in de binnentuin had opgepakt, had haar verhaal als zoete koek geslikt. Hoe ze erin was geslaagd weg te komen van de rest van de groep en zich in het ventilatiekanaal had verstopt. Hij had geprobeerd haar te kalmeren en bezworen dat ze niet meer bang hoefde te zijn. Daarna had hij haar naar de wachtende minibus gebracht, waar ze zich had gemengd met de andere meiden.

Nu was er niemand die in haar wat anders zag dan een slachtoffer tussen alle andere slachtoffers. De slordig geschoren politieman tegenover haar die naar schimmel rook wist blijkbaar nergens van. Ze had hem de verwachte antwoorden gegeven, die hij plichtsgetrouw in een onregelmatig handschrift had opgeschreven.

Anders was het met Fabian Risk, die haar nu al twee keer had verrast. Als uit het niets was plotseling een van zijn collega's binnen komen stormen en had haar vastgeketend aan haar stoel. Hij had haar niet herkend. Feit was dat niemand haar leek te herkennen, hoewel ze daar het laatste jaar talloze keren was geweest om de gangen te dweilen, hun bureaus schoon te maken en hun prullenbakken te legen. Fabian zou vast zo meteen zelf ook opduiken, en met hem zou het minder makkelijk zijn.

Ze was desondanks toch blij dat ze hem had laten leven en de sloopflat had verlaten voordat hij de doorgang getraceerd had. Uiteindelijk zou hij toch degene zijn, en misschien die Deense politievrouw, die de leidraden met elkaar in verband bracht. Als het nu niet was, was het in elk geval zo gauw hij de computer aan de praat kreeg. Ze vroeg zich af of ze ongeruster moest zijn dan ze eigenlijk was. Het plan dat slechts wachtte om in werking te worden gesteld hing, als ze eerlijk moest zijn, aan een zijden draadje. Er waren meerdere dingen die mis konden gaan.

Het was alleen net of dat niet uitmaakte. Of ze in het antwoordenboek had gespiekt en nu al wist dat het goed zou aflopen. Tuurlijk, het ging tegen elk gezond verstand in en dat was helemaal niets voor haar; zij nam altijd het zekere voor het onzekere. Maar ze voelde zich volstrekt kalm en was er helemaal van overtuigd dat God, die continu aan haar zijde had gestaan, haar niet op het laatste moment in de steek zou laten. Ze leunde achterover en sloot haar ogen.

Ze was er nu zo dichtbij.

Zo dichtbij als ze amper had durven dromen.

106

Elk jaar op de laatste werkdag voor de kerst kwamen Herman Edelman en het overige management samen in restaurant Stadshuskällaren voor een even vroege als uitgebreide kerstlunch. Dat was een traditie die de laatste jaren zo sterk was verankerd dat zelfs een grote inval zoals die bij Diego Arcas ze niet kon bewegen die te doorbreken.

Fabian had eigenlijk geen tijd te verliezen. Als zou blijken dat Aïsha Shahin een van de opgepakte meiden van de Black Cat was, was dat een kans die ze onder geen beding door de vingers mocht glippen. Maar voordat hij verder kon gaan met een officiële arrestatie, verhoor en inverzekeringstelling, moest hij groen licht hebben van Edelman. Dat betekende dat hij kleur zou moeten bekennen en alle kaarten op tafel moest leggen, hoe graag hij dat ook wilde vermijden. Maar dat was dan maar zo. Zonder toestemming hadden ze geen andere keus dan haar weer te laten gaan.

Toen hij over de brug bij het Stadhuis was gereden maakte hij een scherpe bocht naar links over de tegenoverliggende weghelft, forceerde de door de sneeuwschuiver opgeworpen sneeuwwal op het fietspad en parkeerde midden op het brede trottoir voor het Stadhuis. De ingang van het restaurant lag in de oostelijke hoek, en hoewel het nog niet was gaan schemeren brandden de vuurpotten al verwelkomend.

Hij vond het gezelschap in een chambre séparée helemaal achter in de onderaardse stenen gewelven, en aan het geluidsniveau te horen hadden ze al aardig ingenomen. Buiten het hoofd van het Zweedse

KLPD, Bertil Crimson, en procureur-generaal Jan Bringåker, was ook Anders Furhage van de Zweedse Veiligheidsdienst aanwezig. Naast zich had hij Eva Gyllendal, het hoofd van de Stockholmse politie. Bovendien was de groep dit jaar uitgebreid met het hoofd van het ministerie van Justitie, Ingrid Brantén. Zij zat niet geheel onverwacht naast Herman Edelman en Fabian kon alleen maar vermoeden dat die twee de laatste tijd veel contact hadden gehad.

'Fabian!' riep Edelman toen hij hem in het vizier kreeg. 'Ik dacht dat jij thuis kerstcadeautjes aan het inpakken was!'

'Bijna. Zo gauw wij een babbeltje hebben gemaakt.'

'Zoals je ziet ben ik bezet. Kan dat niet wachten?'

'Ik vrees van niet. Maar als jij niet in staat bent overeind te komen, kunnen we het ook hier wel doen.' Fabian verwachtte dat een van de anderen van het gezelschap wel zou vragen waar het over ging, maar niemand zei wat.

Uiteindelijk verbrak Edelman zelf de stilte, wat hij deed met een demonstratieve zucht. 'Het ziet er helaas naar uit dat jullie het even zonder mij moeten redden. Maar ik ben zo terug.' Hij hief zijn borrelglas, leegde het en stond op.

Ze gingen aan een vrij tafeltje een stukje verderop zitten en nog voor ze hadden plaatsgenomen was het geroezemoes van de anderen alweer terug op het oude niveau.

'Nou, wat is er zo belangrijk?' vroeg Edelman op een toon die onderstreepte dat hij niet van plan was tijd te verdoen aan gepraat over koetjes en kalfjes.

'Er bestaat een kans dat we de echte dader hebben opgepakt en nu heb ik jouw toestemming nodig om...'

'Sorry hoor, maar ik dacht dat we hiermee klaar waren?'

'Ja, jij misschien. Maar wij blijkbaar niet.'

'Dat is aan mij.'

'Herman, ik weet waar Carl-Eric Grimås zich schuldig aan heeft gemaakt, en ik weet dat jij hem hebt geholpen bij het contact met de ambassade en in het verlengde daarvan ook met Gidon Hass.'

'Grimås heeft zich nergens schuldig aan gemaakt.'

'Niet? Hoe noem jij dat dan als je op de illegale orgaanmarkt een nieuwe lever koopt?'

'Ten eerste was dat in Israël in die tijd helemaal niet illegaal. Ten tweede kan ik niet begrijpen waarom er sprake is van "schuld" als je gewoon wilt leven. Wie wil dat niet? Wie wil er niet kunnen blijven ademhalen en dromen over het eeuwige leven?' Edelman wenkte de ober, die er net aankwam met een nieuw blad schnaps, en pakte er twee glaasjes af. 'Jij hebt makkelijk praten. Jij bent nog maar op de helft van je leven, en ook al ben je je er volledig van bewust dat de bron eindig is en alles op een mooie dag afgelopen is, leef jij je leven alsof het voor eeuwig zal zijn. Maar ik voorspel je dat dat allemaal anders wordt als je op mijn leeftijd komt, en sommige van ons worden dan wanhopiger dan anderen. Schuld zou ik ze daarentegen niet willen opleggen. In elk geval niet voordat ik zelf voor die keuze had gestaan.'

'Als jij het dan zo lichtzinnig opneemt, waarom doe je dan zoveel moeite de waarheid te verhullen?'

Edelman leek even perplex te zijn, voordat hij een grijns op zijn gezicht toverde en begon te lachen. *'Young Padawan. Taught you well, I have.'* Hij schoof het ene schnapsglas naar Fabian toe en hief het andere. 'Proost.'

Fabian pakte het glas en stak het omhoog – deze keer was hij niet van plan weer dezelfde fout te maken en voor een drankje van Edelman te bedanken – en dronk het in één teug leeg. Zoals het gesprek zich leek te ontwikkelen zou hij alle hulp nodig hebben die hij kon krijgen.

'Weet je wat zo grappig is? Als ik jou zo zie, is het alsof ik mezelf met een tijdfilter in de spiegel zie. Behalve die baard en die buik, die ik toen al had, is er weinig verschil. Op jouw leeftijd was ik er net als jij van overtuigd dat alle onderzoeken het beste maar opgelost konden worden. Het kon me niet schelen hoeveel middelen er werden ingezet of welke consequenties het had. Voor mij was de waarheid essentieel en ondanks alles altijd zijn prijs waard. Pas op latere leeftijd ben ik tot het inzicht gekomen dat ik de plank volledig mis had geslagen. Dat de zogenaamde waarheid eigenlijk niets anders was dan een hersenschim en dat mijn voortdurende jacht daarop mij alles heeft gekost wat er eigenlijk toe deed. Voor mij is het nu te laat, maar voor jou niet. Beschouw dit als een wijze raad.'

'Jij was je er de hele tijd van bewust dat Kremph onschuldig was. Dat er iemand anders achter zat en dat diegene nog lang niet klaar was. Toch heb je het onderzoek bewust in de verkeerde richting gestuurd om jezelf en je eigen inmenging te verdoezelen. Als je dat niet had gedaan, hadden we Adam Fischer en Semira Ackerman misschien kunnen redden. En jij wilt dat ik van jou goed advies aanneem? Je moest je schamen!'

'Fabian, wind je niet zo op. Het maakt niet uit. De dader is opgepakt en dood. De zaak is afgerond en de kerst staat voor de deur. En hoe graag jij het ook wilt geloven, er is niets, maar dan ook niets wat jij daaraan kunt doen. Niets. Vrolijk kerstfeest.' Edelman kwam overeind en draaide zich om om naar de anderen te gaan.

'Dan wil ik alleen even de deur dichtdoen.'

Edelman bleef staan en draaide zich weer om naar Fabian, die met zijn mobiele telefoon in zijn hand zat.

'Zeg niet dat het weer om dat verdomde lek gaat.'

'Ja, helaas wel.'

'Dus ze zijn er nog steeds niet in geslaagd dat te dichten?'

'Nee, maar...'

'Ik wist het. Dat was nou precies waar ik bang voor was. Ik voelde het gewoon. Ik had nooit ja moeten zeggen tegen...'

Fabian stopte de opname van het afgeluisterde gesprek tussen Edelman en Grimås, en legde zijn telefoon neer. 'We zijn klaar als ík zeg dat we klaar zijn.'

Edelman staarde naar het mobieltje op tafel. 'Dus Niva is ook weer aan boord. Interessant. Die had altijd al een oogje op jou. Maar ik ga ervan uit dat je je ervan bewust bent dat dit nooit standhoudt in een rechtszaal. Bovendien is het strafbaar.'

'Je mag aangifte tegen mij doen zoveel je wilt. Maar eerst wil ik dat je weer gaat zitten,' zei Fabian, en hij stopte zijn telefoon weer in zijn zak.

Edelman ging zitten en keek Fabian aan. 'Wat wil je dat ik doe?'

'Het onderzoek heropenen en mij de vrije hand geven om dat te leiden. Aan Höglund en Carlén uitleggen dat ik een verhoorkamer nodig heb, en zorgen dat er binnen dertig minuten een bevelschrift en alle andere benodigde papieren klaarliggen. Gezien het feit dat jij

Jan Bringåker bij je aan tafel hebt, zou dat niet meer dan een kwartier in beslag hoeven nemen.'

Edelman kreeg een donkere blik in zijn ogen terwijl hij nadacht, maar toen hij uiteindelijk knikte dat het in orde was, was Fabian al opgestaan en op weg naar de uitgang.

107

Hoewel Fabian duidelijk de vuilwitte muren herkende, de bruine armaturen waar altijd wel minstens twee tl-buizen knipperden en het grijsgevlamde linoleum dat zo versleten was dat het onmogelijk meer schoon te krijgen was, bleef hij na een paar meter staan en vroeg hij zich af of hij daar wel goed was.

Wat normaliter een rustige en gezapige afdeling was, zat nu vol mensen en nieuwe gezichten. Dit zou helemaal niet zo eenvoudig worden als hij gedacht had. Zelfs zijn eigen werkplek was bezet door een geüniformeerde politieman die zat te bellen en tegelijkertijd zijn nagels schoon zat te maken met de liniaal.

Voor zover hij kon zien hadden Tomas en Jarmo de dames in elk geval geboeid op de stoelen waarin ze verhoord werden. Waar ze vandaan kwamen? Hoe ze in contact waren gekomen met Arcas? Wat ze hadden moeten doorstaan? De belangrijkste vraag leek echter niemand te stellen: wie het oog had uitgerukt? In plaats daarvan werden ze allemaal gezien als slachtoffer van Arcas' mensenhandel, en misschien was dat ook wel wat ze allemaal waren. Misschien was Aïsha Shahin er wel in geslaagd te verdwijnen voordat ze überhaupt bij het hoofdbureau van politie waren aangekomen.

Hij kon er niet zeker van zijn. Verre van dat. De inval was daarentegen zo omvangrijk geweest dat de kans wel degelijk bestond dat ze zich op de afdeling bevond. Dat ze een van de politiemensen net een paar geloofwaardige antwoorden op de mouw had gespeld terwijl ze het juiste moment afwachtte om zich terug te trekken en te verdwijnen. Het kon vrijwel ieder van de opgepakte vrouwen zijn. Eentje die de anderen bestudeerde, hun nerveus dolende blikken probeerde na te apen en fragmenten van hun verhalen tot de hare maakte.

Hij maakte snel een rondje om zich een beeld te vormen van de omvang van het gezelschap en hoe ze eruitzagen, terwijl hij ondertussen bedacht of hij ze allemaal in dezelfde ruimte zou verzamelen om hun blikken te bestuderen, die op de een of andere manier zouden moeten onthullen of een van hen zich onderscheidde van de anderen. Maar er waren geen garanties, niet of iemand had gezien wat er was gebeurd, en niet of dit wel de eerste keer was dat ze elkaar zagen. Een andere gedachte was om ze gelijktijdig aan een kruisverhoor te onderwerpen terwijl Niva ondertussen hun gegevens dubbelcheckte om er op die manier achter te komen wie er loog. Maar dat zou tijd kosten. Vooral met alle spraakverwarringen.

Tijd die ze niet hadden.

Zeker niet omdat er hoogstwaarschijnlijk nog een slachtoffer was van wie ze nu alleen maar konden hopen dat dat nog in leven was. Malin Rehnberg weigerde hij te zien als een van de slachtoffers. Zij had zich niet op een of andere illegale orgaanmarkt begeven, en behalve Kremph – die zelf een eind aan zijn leven had gemaakt – waren er geen onschuldige slachtoffers. Maar ook zij lag ergens, vermoedelijk vastgebonden, te wachten en het was zijn persoonlijke verantwoordelijkheid haar te vinden voor het te laat was. Hij had Anders een belofte gedaan en als hij daarin mislukte, zou hij zich dat nooit kunnen vergeven.

Hij liep langs de vergaderkamer, die nu ook als verhoorruimte werd gebruikt, bleef staan en stak zijn hoofd naar binnen. Meteen was al zijn twijfel als sneeuw voor de zon verdwenen. Daar zat ze, geboeid aan de stoel die Jarmo als de zijne beschouwde als ze vergaderden. Hij had er geen idee van hoe ze eruitzag, maar toch wist hij het zeker. Haar lange donkere haar. De helderblauwe ogen. De goudbruine huidskleur. Het kón niemand anders zijn. Haar buurman had gelijk gehad. Ze was buitengewoon knap.

Ze wendde zich tot hem toen hij de vergaderkamer binnenging, en hij zag direct aan haar blik dat ze wist wie hij was.

'Aïsha Shahin?' vroeg hij.

De vrouw knikte. 'Wat heeft dat lang geduurd, zeg. Ik zit hier al meer dan vijf uur te wachten.'

'Hè, spreek je Zweeds?' vroeg de geüniformeerde politieman, die in zijn papieren keek die vol aantekeningen stonden. 'Kom je eigenlijk wel uit Irak, of was dat ook een…'

'Je kunt die papieren wel weggooien,' zei ze, en de politieman keek Fabian vragend aan.

'Het is goed. Ik neem het vanaf hier over.' Fabian ging op een lege stoel zitten, verrast door haar rust. 'Betekent dat dat je een bekentenis wilt afleggen?' Het was of ze gewoon op dit moment had zitten wachten.

Tot zijn verbazing knikte ze opnieuw.

'De moord op Carl-Eric Grimås, Adam Fischer, Semira Ackerman en nu onlangs Diego Arcas. Je bekent dus alles?'

'Het zou mij verbazen als Arcas dood is, ook al is hij van allemaal degene die het het meest verdient. Dat daargelaten is het antwoord "ja".'

'En dat zou je tijdens een officieel verhoor ook willen bekennen?'

'Als ik eerst even naar het toilet mag. Ik moet nu al anderhalf uur.'

Fabian wilde eigenlijk nee zeggen. Het laatste wat hij wilde was meegaan in wat voor eis van haar dan ook, maar een toiletbezoek kon hij haar niet weigeren. Hij maakte haar handboeien los van de stoel en bevestigde het ene uiteinde om zijn eigen pols, waarop hij haar begeleidde naar de wc's.

Hij besloot het invalidentoilet te nemen. Aan de ene kant omdat daar, in tegenstelling tot de grotere toiletruimte met meerdere hokjes naast elkaar, geen ramen waren, anderzijds omdat hij haar daar kon vastketenen aan een van de wandbeugels. Het enige was dat ze dan niet bij de deur kon om die op slot te doen, maar hij beloofde haar plechtig dat hij voor de deur zou blijven staan tot ze klaar was.

In de tussentijd stuurde hij een sms'je naar Tomas en Jarmo, die vast aan het lunchen waren, waarin hij ze liet weten dat hij haar had gevonden en nu een eerste verhoor wilde houden. Hij benadrukte dat hij dat het liefst alleen deed, maar dat hij graag wilde dat ze zo snel mogelijk na de lunch zouden terugkomen.

Het antwoord van Tomas kwam al na een paar seconden: GEEN PROBLEEM. Fabian bedacht dat hij zijn opvatting over Tomas helemaal had moeten herzien. Tot voor kort had hij hem voornamelijk gezien als een opschepperige, spierversterkers slikkende jonge hengst zonder ook maar enig analyserend vermogen. Hij had onmogelijk kunnen begrijpen hoe Jarmo het met hem uithield en al helemaal niet hoe Edelman hem überhaupt had kunnen aannemen.

Maar na de laatste dagen was er een heel ander beeld ontstaan. Zijn collega was weliswaar nog net zo irritant, maar hij was vooral een snelle denker en gefocust als weinig anderen. Fabian was ervan overtuigd dat het Tomas' verdienste was – en niet die van Jarmo – dat ze het onderzoek hadden ingepakt en meegenomen zodat er niets kwijt zou raken. Bovendien leek hij een ongebruikelijk sterke loyaliteit te bezitten, zowel jegens de anderen van de groep als ten aanzien van het werk om de waarheid boven tafel te krijgen.

Fabian keek hoe laat het was – hij wist niet meer voor de hoeveelste keer. Er waren bijna tien minuten verstreken. Het gevoel dat hij elk moment en veel te laat zou ontdekken dat hij om de tuin was geleid en met lege handen stond, werd steeds sterker. Er was iets met haar kalmte. Alsof ze niets had om zich druk om te maken. Had hij iets gemist? Een achterdeurtje? Een uitweg die zo duidelijk en vanzelfsprekend was dat hij naderhand nooit zou snappen waarom hij daar niet aan had gedacht?

Hij wierp weer een blik op zijn horloge. Er waren nu elf en een halve minuut verstreken, en hoewel hijzelf beduidend langer kon zitten, klopte hij hard op de deur en beval haar op te schieten. Er kwam geen reactie, en toen hij weer klopte zonder antwoord te krijgen begreep hij wat hij had gemist en rukte de deur open.

Daar hing Aïsha Shahin aan de haak aan de wand; haar vastgeketende arm rechtuit aan de wandsteun en haar benen languit zodat ze zoveel mogelijk van haar lichaamsgewicht had kunnen gebruiken. Haar mond hing wijd open, haar ogen waren gesloten en om haar keel zat een strak in elkaar gedraaide natte handdoek.

Fabian haastte zich naar binnen, tilde haar van de haak en legde haar op de vloer naast de toiletpot. Hij kon haar pols voelen ook al was die zwak, maar haar ademhaling was gestopt. Daarom perste hij zijn mond tegen de hare en vulde haar longen met lucht. Telkens weer, tot ze begon te hoesten en bijkwam.

'Herinner je je mij nog?' vroeg hij, en hij zag eindelijk enige ongerustheid in haar blik. ‘Mooi. Zo gemakkelijk kom je er niet van af.’ Hij bevestigde opnieuw het ene uiteinde van de handboeien om zijn eigen pols en trok haar overeind. ‘Ik hoop voor jou dat je alle behoeften hebt gedaan, want dit wordt een lange zit.’

108

Normaliter bood Fabian degene die hij ging verhoren koffie of thee aan, soms zelfs met iets zoets erbij. Uit ervaring wist hij dat hoe meer iemand zich op zijn gemak voelde en ontspannen was, hoe meer interessants er boven water kwam. Maar deze keer bood hij niets aan. Hij was nog steeds geschokt over haar poging zich van het leven te beroven, ook al kon hij dat best begrijpen. Ze was blijkbaar klaar met haar taak en had niets meer te doen in deze wereld.

Zelf was hij verre van klaar. Hij wilde weten waaróm. Wat er voor afschuwelijks in haar leven was gebeurd dat haar handelen rechtvaardigde. Hij wilde weten hoe ze het allemaal had gepland en hoe ze dacht. Hoe ze erin was geslaagd alle hindernissen te overbruggen en telkens een stap voor had gelegen. Hij had een heleboel vragen, veel meer dan waar ze in een eerste verhoor aan toe zouden komen.

Maar hij wilde niets van dat alles nu vragen.

Hij startte de opname, zodat de rode diode in de tafel ging branden. ‘Mijn naam is Fabian Risk. Het is vijftien uur zestien op 23 december 2009. Eerste verhoor met Aïsha Shahin, die heeft aangegeven geen gebruik te willen maken van een advocaat.’ Hij keek haar in haar ogen. ‘Heb jij Carl-Eric Grimås, Adam Fischer en Semira Ackerman om het leven gebracht?’

‘Ja, dat klopt.’

‘Heb jij Diego Arcas aangevallen en hem zijn linkeroog uitgerukt?’

‘Ja, dat klopt.’

Fabian bleef haar aankijken. Ze keek rustig terug, was beslist niet ontwijkend. Hij wist niet eens of hij haar al wel had zien knipperen. ‘Zijn er andere personen die ik nog niet heb genoemd, die je gekidnapt hebt of op andere wijze hebt weggevoerd en nu in gevangenschap houdt?'

'Ja, dat klopt.'

'Kun je mij hun namen geven?'

'Sofie Leander en je collega Malin Rehnberg.'

'Zij zijn dus nog in leven?'

'Tot nu toe in elk geval wel.'

'Wat heb je met ze gedaan?'

'Wie van de twee?'

'Malin Rehnberg.'

'Laten we wachten met haar en beginnen met Sofie. Malin ligt vast nog te slapen, en zolang dat zo is, is er niets aan de hand.'

Fabian vroeg zich af wat dat kon betekenen, maar besloot dat even te laten voor wat het was. 'Oké. Sofie Leander. Welk orgaan heb je haar afgenomen?'

'De linkernier.'

'En waarom heb je dat gedaan?'

'Die was niet van haar.'

'Van wie dan wel?'

'Van Efraïm.'

'En wie is Efraïm?'

Pas nu kreeg ze een onzekere blik, en hij zag aan haar hals dat ze slikte. Dat ze haar woorden met zorg koos.

'Dat was een man... een man van wie ik meer heb gehouden dan van wie dan ook.'

'Was het jóúw man?'

Ze schudde haar hoofd en veegde haar ogen af met haar geboeide handen.

'De microfoon neemt alleen geluid op, dus ik herhaal mijn vraag: Was het jóúw man?'

'Nee.'

'Vriend? Of een familielid?'

'Nee.'

'Maar je houdt van hem. Meer dan van wie dan ook.'

'Ja. Is dat zo moeilijk te begrijpen?'

'Nou ja, moeilijk, moeilijk. Het is alleen wat... Wat zal ik zeggen? Wat...'

'Jij hebt blijkbaar nooit iemand zo sterk liefgehad.' Ze keek hem opnieuw aan.

Fabian raakte van zijn à propos en zag te laat in dat hij nu degene was die wegkeek. Zo had hij zich het verloop van het verhoor niet voorgesteld. Waar hij juist een steeds hardere strijd tot het bittere einde voor zich had gezien, zat hij nu met een dader die alles met een schouderophalen bekende.

'Alle andere organen die je hebt weggenomen,' ging hij verder in een poging de draad weer op te pakken. 'Waren die ook van Efraïm?'

'Ja, dat klopt.'

'En die Sofie Leander, die is dus nog in leven?'

'Dat heb je al gevraagd.'

'Waar houd je haar verborgen?'

'Op een veilige plaats.'

'Ik herhaal de vraag: waar houd je haar verborgen?'

'Ik kan jullie ernaartoe brengen.'

'Ik heb liever dat je zegt waar ze is.'

'Ik herhaal mijn antwoord: ik kan jullie ernaartoe brengen. Het alternatief is dat jullie haar zelf vinden, en dan zal het antwoord op de vraag of ze nog in leven is ongetwijfeld "nee" zijn.'

'Je weigert dus te vertellen waar ze is?'

'Ja, dat klopt.'

109

Om geen kostbare tijd te verliezen hadden ze besloten het aantal mensen van de groep op een absoluut minimum te houden en zo weinig mogelijk buitenstaanders erbij te betrekken. Bovendien waren de meesten die dienst hadden nog steeds bezig met de nasleep van de inval bij de Black Cat.

Daarom was de stoet niet groter dan drie voertuigen toen ze door een verlaten Stockholm reden met straten waar zo weinig verkeer was dat het wel leek alsof ze waren afgesloten. Het was de avond van 23 december en de meeste mensen hadden de waarschuwingen voor de krachtige sneeuwstorm die die nacht zou passeren ter harte genomen en waren vroeger dan normaal naar hun familie elders in het land vertrokken. De rest leek binnen te blijven.

Fabian zat achter het stuur met Aïsha Shahin naast zich op de passagiersstoel. Ze was aan handen en voeten geboeid en de veiligheidsgordel zat door de handboeien heen getrokken, voor het geval ze op het idee zou komen zich uit de auto te werpen. Fabian stond via de headset van zijn mobiel rechtstreeks in contact met Jarmo en Tomas in de auto voor hem en met de chauffeur van de ambulance achter hem. Er werd weinig gezegd. Zelfs de anders zo praatgrage Tomas zei niet meer dan het absoluut noodzakelijke. De stemming was geconcentreerd en er heerste een zekere gedempte rust. Alsof ze allemaal druk bezig waren zich een beeld te vormen van wat ze te wachten stond.

'Bij de stoplichten links af,' zei Aïsha Shahin met haar blik recht vooruit.

'Bij de stoplichten links af,' herhaalde Fabian in de headset tegen Jarmo, die op de linkerbaan ging rijden en Drottningholmsvägen op reed in westelijke richting.

De wegbeschrijvingen gingen door en leidden ze over Västerbron en Hornstull, en verder over de E4 in zuidelijke richting. Hoewel het vrij zinloos was en er toch niets aan zou veranderen, probeerde Fabian telkens te bedenken waar ze naar op weg waren.

Zelfs toen ze de snelweg af gingen, daar via een viaduct vervolgens overheen reden en Älvsjövägen vervolgden ging er geen belletje rinkelen. Pas een aantal kilometer verder, toen de weg na een rotonde overging in Magelungsvägen, bedacht Fabian dat hij hier eerder was geweest. Hij had deze weg minder dan een week geleden nog gereden.

Maar het was Tomas die het hardop zei. 'Ze krijgt zeker kwantumkorting.'

En inderdaad zag hij de verlichte vuurtoren aan de rechterkant en even later draaiden ze de uitgestorven parkeerplaats voor de Shurgard Self Storage in Högdalen op.

Fabian probeerde het te begrijpen. Ze had hen dus teruggebracht naar de plaats waar ze Adam Fischer vastgegespt en verminkt op een geplastificeerde tafel hadden aangetroffen. Er was geen twijfel over mogelijk dat Hillevi Stubbs elke vierkante millimeter in de opslagruimte had uitgekamd op zoek naar leidraden. Toch had ze blijkbaar wat gemist. Of was dit gewoon weer een dwaalspoor?

'Oké, het lijkt erop dat we er zijn,' zei Fabian tegen de anderen. 'Ga kijken of het veilig is. Wij wachten in de auto.'

'All right,' zei Tomas. Fabian zag hem uit de auto voor zich stappen, zijn wapen tevoorschijn halen en controleren.

'Ik ga linksom, jij rechtsom,' zei Jarmo, en hij spurtte als een donkere schaduw naar het pand.

Circa twintig minuten later kreeg Fabian groen licht en kon hij Aïsha Shahins veiligheidsgordel losmaken en haar uit de auto helpen. Net zoals was voorspeld was het harder gaan sneeuwen. Aïsha Shahin stond te bibberen van de kou in haar dunne rode jurk en haar hoge hakken. Er was geen tijd geweest om haar andere kleren te geven, maar Fabian vond een deken in de bagageruimte die hij over haar schouders legde.

Ze liepen naar Jarmo, die bezig was de inhoud van de twee gereedschapstassen van Hillevi Stubbs te controleren. Toen hij klaar was, deed hij ze dicht, pakte er een in elke hand en knikte naar de anderen dat hij zover was.

'Oké, dan gaan we,' zei Tomas, die voortdurend in het rond keek, zijn wapen in de aanslag, terwijl Aïsha Shahin naar de ingang liep.

Het ging niet snel. Haar hoge hakken konden niet misplaatster zijn in de bevroren sneeuw. Bovendien kon ze door de ketting tussen haar benen geen grote passen nemen. Toen ze er eindelijk waren drukte ze de code in, waardoor de toegangspoort als een harmonica opzij ging en de tl-buizen daarbinnen tikkend aangingen. Tomas verdween naar binnen om de binnenkant van het gebouw te checken en de anderen wachtten tot hij een paar minuten later terug was en groen licht gaf.

Eenmaal binnen was het lekker warm en Fabian hoorde dat de elektromotor achter hen weer aansloeg en ervoor zorgde dat de toegangsdeur dichtvouwde en de winter buitensloot. Hij keek om zich heen, maar zag niets wat anders was dan de laatste keer dat hij daar was geweest.

Met de voetketen slepend over de betonvloer leidde Aïsha Shahin ze door de grote entreehal rechtstreeks naar de opslagruimte waar ze Fischer hadden gevonden. Was dat echt waar ze heen moesten? De vragen hoopten zich op en vochten erom gesteld te mogen worden. Maar hij wist dat dat geen zin had. Dat ze hem toch geen antwoorden zouden geven. Toen de keten uiteindelijk zweeg, bevonden ze zich op slechts een paar meter afstand van de opslagruimte die nog steeds was afgezet met politietape, en waar de uitgezaagde ronde ingang was bedekt met een tijdelijke plaat triplex.

'Verwijder de afzetting en het triplex,' zei Jarmo tegen Tomas.

'Het is beter dat hij de sleutel pakt die daarboven ligt,' zei Aïsha Shahin, en ze knikte in de richting van de kabelbrug die helemaal van de rolluikdeuren tot aan de opslagruimtes liep.

Tomas wendde zich met een vragend gezicht tot Fabian. Fabian dacht na, maar zag geen problemen en knikte, waarop Tomas zich met zijn ene voet op een brandblusser en de andere op het codeslot van de opslagruimte omhoogwerkte en vlak daarna met een kunststof plaatje in zijn hand naar beneden sprong. Hij hield het tegen het codeslot. Maar behalve dat er een rood lampje ging branden, gebeurde er niets.

'Het werkt niet.' Tomas wendde zich tot de anderen.

'Laat mij het proberen.' Shahin stak haar geboeide handen uit.

Tomas werd onzeker, maar gaf het haar nadat zowel Jarmo als Fabian had geknikt dat het goed was. Shahin liep met korte, geboeide stapjes. Maar niet naar het codeslot van de opslagruimte, ze liep juist verder naar de opslagruimte ernaast. Fabian begreep er niets van, en het duurde tot ze de sleutelkaart tegen het codeslot hield en de viercijferige code intoetste voor hij doorkreeg dat ze die opslagruimte óók had. Dat er de hele tijd nóg een slachtoffer op slechts een paar meter van het vorige aan de andere kant van de dunne golfplaten muur had gelegen.

Daarna ging alles ontzettend snel.

Er sloeg een elektromotor aan en het rolluik ging omhoog. Op dat moment wierp Shahin zich op de grond, en voordat iemand kon reageren, was ze onder de deur door gerold, die plotseling weer op weg was naar beneden.

'Krijg nou wat!' riep Tomas, en hij snelde eropaf in een poging te verhinderen dat de deur weer helemaal dichtviel. 'Kom terug!'

Maar het was al te laat en even later was het luik weer gesloten.

'Shit. Dat is lekker.' Tomas wendde zich tot de anderen. 'Wat doen we nu?'

'Binnen zien te komen, uiteraard.' Jarmo maakte een van de twee gereedschapstassen open en wierp hem een veiligheidsbril en een haakse slijper op batterijen toe. Tomas stortte zich direct op het rolluik zodat de vonken ervan afvlogen.

'Fabbe, waar wacht je nog op, verdomme? Ga kijken of er aan de achterkant een uitweg is, dan neem ik die andere opslagruimte.' Jarmo rukte de plaat triplex los en verdween door het gat naar binnen.

Maar Fabian bleef staan. Hij had al een vermoeden waar ze binnen mee bezig was, maar wilde daar tegen de anderen nog niets over zeggen. Het was toch niet meer dan een gok tot Tomas klaar was. In plaats daarvan rende de ambulancechauffeur weg langs de rij opslagruimtes.

'Hier is ze in elk geval niet,' zei Jarmo toen hij weer naar buiten kwam.

'Aan de achterkant ook niet,' zei de ambulancechauffeur, die inmiddels ook weer terug was. 'Daar zijn alleen nieuwe gangen en nog meer opslagruimtes. Het is hier ik weet niet hoe groot.'

'Mooi, dan weten we in elk geval dat ze niet verder gevlucht is,' zei Jarmo. Hij keek naar Tomas, die nu met de slijper halverwege de cirkelbeweging was.

'Wat denken jullie dat ze daarbinnen aan het doen is?' vroeg de ambulanceverpleegkundige. 'Bewijsmateriaal vernietigen?'

'Wie zal het zeggen.' Jarmo haalde zijn schouders op. 'Bewijs hebben we al zat.'

'Bovendien heeft ze alles al bekend,' zei Fabian.

Na zes minuten zette Tomas de haakse slijper uit, waarna ze met getrokken wapen naar de deur liepen. Zes minuten in een soort vacuümachtige toestand, waarin geen van hen een woord had gezegd. Het was of de schok van wat er gebeurd was er nog steeds in zat.

'Iemand zin om eerst te gaan?' vroeg Tomas.

Fabian liep naar voren, boog voorover en stapte zo voorzichtig mogelijk naar binnen om zich niet te bezeren aan de scherpe randen.

Er was niets wat zei dat ze niet tegen de binnenkant van de deur gedrukt zou staan, in de aanslag om hem te overvallen met een mes of een ander voorwerp dat dienstdeed als wapen. Dat hij zou worden gegijzeld en onder bedreiging voor zijn leven haar ticket naar de vrijheid zou vormen. Maar Fabian werd niet verwelkomd door een hinderlaag of een mes op zijn keel. In plaats daarvan zag hij precies wat hij had verwacht te zien.

'Niets aan de hand. Jullie kunnen binnenkomen!' riep hij naar de anderen terwijl hij naar de ene hoek van de berging liep.

Daar zat ze, in elkaar gedoken en uitgeschakeld, met haar voeten zo ver uit elkaar als de ketting het toeliet. Haar jurk was omhoog gegleden en onthulde dat ze geen broekje droeg. Haar lange goudbruine haar hing omlaag en bedekte delen van haar gezicht. De naald zat nog in de binnenkant van haar elleboog, als bewijs dat hij het bij het rechte eind had gehad.

Jarmo had beweerd dat ze geen kant op kon en niet kon vluchten, maar dat was precies wat Aïsha Shahin had gedaan. De eerste poging had hij weten te verijdelen, maar deze keer had ze het helemaal kunnen afmaken, en ze bevond zich nu zo ver in de eeuwigheid dat niemand haar ooit zou kunnen oppakken en berechten.

De anderen kwamen een voor een binnen, keken over zijn schouder en stelden de verwachte vragen. Hij knikte, maar Tomas en Jarmo leken hem niet te vertrouwen. Ze drongen langs hem heen en constateerden dat het lichaam nog warm was, waarop ze begonnen te zoeken naar haar pols en haar ademhaling gingen controleren. Overtuigd van hun bevindingen keerde hij ze de rug toe en ging in plaats daarvan naar de geplastificeerde tafel onder de sterke lamp, waar Sofie Leander in haar bloederige ziekenhuiskleren lag vastgegespt.

Er zat een sondevoedingsslang vastgetapet in haar mond. Haar ene arm zat gekoppeld aan een infuus en de andere aan een brommend dialyseapparaat. Haar vuile haar lag tegen haar bezwete voorhoofd geplakt, en behalve de donkere wallen onder haar gesloten ogen was haar bezwete gezicht net zo bleek als dat van een porseleinen pop. Was het niet vanwege de amper merkbare bewegingen van haar borstkas en het zwakke kloppen tegen zijn vingertoppen, dan was hij ervan uitgegaan dat ze te laat waren.

'Wat weten we over haar?' Dat was Jarmo, die naast hem was komen staan.

'Tot nu toe niet veel meer dan dat ze Sofie Leander heet en dat de nier die ze illegaal had gekocht eruit is gehaald.' Fabian deed voorzichtig het ziekenhuishemd omhoog en kon aan het bloederige verband dat meerdere keren om haar middel was gewikkeld zien hoe groot de wond was; die liep van de binnenkant van haar heup helemaal langs haar ene flank omhoog. 'Maar Niva is daarmee bezig en...'

Hij werd onderbroken door zijn mobiel die begon te zoemen, haalde hem tevoorschijn en vroeg zich kort af of zij hem op de een of andere manier ook aan het afluisteren was. 'Hier hebben we het,' ging hij verder, en hij las vluchtig het sms'je door. 'Goed. Ze is geboren in 1969 en heeft van '93 tot '98 op de transplantatiewachtlijst gestaan voor een nieuwe nier. Toen ergens moet ze die wachtlijst en Zweden hebben verlaten om zich in Israël te vestigen, en ze is pas afgelopen zomer weer teruggekeerd samen met haar man, Ezra Leander. De laatste maanden heeft haar contact met de Zweedse gezondheidszorg uitsluitend betrekking gehad op verschillende behandelingen tegen amenorroe, bezoeken aan de gynaecoloog en onderzoeken van haar eierstokken.'

'En wat is amenorroe?' vroeg Tomas.

'Het uitblijven van de menstruatie,' zei de verpleegkundige, die samen met de ambulancechauffeur op weg was naar binnen.

'Ze wilde misschien zwanger worden,' zei Jarmo, en hij deed een stap opzij om plaats te maken zodat zij haar konden onderzoeken.

Maar Fabian gaf geen antwoord, in plaats daarvan herhaalde hij de naam Ezra bij zichzelf terwijl hij naar het display van zijn mobiele telefoon staarde en het bericht nogmaals las.

'Fabian, wat is er in godsnaam?' vroeg Jarmo uiteindelijk, en Fabian keek op.

'Ze is getrouwd met... dus haar man... is Gidon Hass...'

'Gidon Hass? Hoe weet jij dat nou?'

'Ezra is zijn tweede naam. Ezra Leander. Dat kan geen toeval zijn.'

'Maar wacht even, wat zeg je nou eigenlijk?' vroeg Tomas. 'Zou zij getrouwd zijn met die transplantatie-expert?'

Fabian knikte en merkte dat het inzicht over wat dat inhield hem misselijk maakte.

'Oké, dus hij regelt een nieuwe nier voor zijn vrouw,' zei Jarmo, die nog steeds moeite moest doen om te begrijpen hoe het zat.

'Misschien hebben ze elkaar zo wel leren kennen,' zei Tomas.

'Maar er is één ding dat ik niet begrijp,' zei Jarmo. 'Ze moet hier lang hebben gelegen. Misschien wekenlang. Als ze getrouwd is met die Hass moet hij haar ten eerste toch hebben gemist en zich er ten tweede volledig van bewust zijn geweest van waaraan ze was blootgesteld.'

'En jij vraagt je af waarom hij haar niet als vermist heeft opgegeven,' zei Fabian.

Jarmo knikte.

'Hij wilde vast niet riskeren dat de waarheid aan het licht kwam.' Fabian keek naar de bewusteloze vrouw die vastgegespt tussen hen in lag.

'Dus dan offert hij in plaats daarvan gewoon zijn eigen vrouw op,' zei Tomas. 'Jezus, wat een klootzak...'

'Is het goed dat we haar nu meenemen?' vroeg de ambulanceverpleegkundige.

Fabian knikte en hielp ze de spanriemen los te maken en de sondevoedingsslang, het infuus en het dialyseapparaat los te koppelen, waarna de ambulancechauffeur en de verpleegkundige haar op de brancard tilden en door de opening naar buiten verdwenen.

'Ik weet niet wat jullie ervan vinden,' zei Tomas. 'Maar zij daar vormt niet direct een groot gevaar, dus zullen we dat varken niet nu meteen gaan oppakken? Wat zeggen jullie ervan?'

'Wacht even,' zei Fabian, en hij liet zijn blik door de opslagruimte gaan zonder precies te weten waar hij naar zocht. Als hij überhaupt al ergens naar zocht. Hoe dan ook, hij was er niet klaar voor om te vertrekken. Nog niet.

De aanleiding was Malin Rehnberg.

Aïsha Shahin had beloofd te vertellen waar Malin was. 'Laten we wachten met haar en beginnen met Sofie. Malin ligt vast nog te slapen, en zolang dat zo is, is er niets aan de hand,' had ze gezegd, en hij had haar vertrouwd.

Nu stond hij hier, maar hij had geen flauw idee hoe hij Malin moest vinden. Voor zover Aïsha Shahin geen aanwijzing had achtergelaten. Misschien was er een sleutel van een derde opslagruimte? Hij begon grondiger te zoeken. Onder de geplastificeerde tafel, tussen de slangen die naar verschillende jerrycans leidden. Tussen de operatie-instrumenten en de rollen verbandgaas, en tussen de stapels documenten die alle stappen van de operatie tot in het kleinste detail beschreven.

'Fabbe, sorry hoor, maar waar ben je in godsnaam mee bezig? Gaan we nou of niet?'

'Bijna, ik moet alleen even...' Fabian ging op zijn hurken voor Aïsha Shahin zitten en maakte haar handen open.

'Wát moet je alleen even? Hoeveel voorsprong moeten we hem geven?'

'Tomas heeft gelijk,' zei Jarmo. 'Er is geen enkele aanleiding om...'

'Jezus! Kunnen jullie misschien even je bek houden zodat ik me kan concentreren?' riep Fabian. Hij haalde een paar keer diep adem en voelde dat Tomas en Jarmo elkaar achter zijn rug aankeken. Vervolgens rolde hij het lichaam opzij en voelde met zijn hand eronder, maar ook daar vond hij niets.

Hij had nu echt overal gezocht en kon niet één plek bedenken waar hij niet was geweest. Toch kon hij zich er niet toe zetten de berging te verlaten.

Er was iets wat niet klopte. Maar dat was het niet. Iets wat al zijn zintuigen dusdanig irriteerde dat het over zijn hele lichaam begon te jeuken. Iets waardoor hij zich volledig om de tuin geleid voelde.

De druppel die de emmer uiteindelijk deed overlopen, was een bruine vlek aan de achterkant van de voetboei bij haar rechterenkel. Meteen viel alles op zijn plaats. De zelfmoordpoging op het toilet. Haar beheerste rust. Hoe hadden ze dat kunnen missen? Waren ze zo gestrest geweest? Hij draaide zich om naar Tomas en Jarmo die ongeduldig stonden te zuchten.

'Zij is het niet.'

'Hoezo, zij is het niet?' vroeg Tomas, en Jarmo en hij keken elkaar kort aan.

'Zij is het niet, zeg ik! Dit is niet de dader! Dat is het slachtoffer! Sofie Leander!'

'Wat zeg je nou toch in godsnaam?' vroeg Jarmo, en hij liep snel naar hem toe.

'Aïsha Shahin heeft van plaats gewisseld met haar slachtoffer. Daarom heeft ze ons hierheen gebracht,' ging Fabian verder. 'Kijk zelf maar.' Hij streek met zijn nagel over het bruine scheenbeen, zodat de witte huid eronder tevoorschijn kwam. 'Dit is gewoon bruiningscrème. Zien jullie wel? En dit...' Hij pakte het goudbruine lange haar beet en trok het van Sofie Leanders kortgeknipte hoofd.

110

De ruitenwissers stonden in de hoogste stand maar konden onmogelijk alle sneeuwvlokken wegwerken, die zo groot waren als gecrashte roomsoesjes. Ze waren niet veel langer dan drie kwartier in de Shurgard geweest, maar de wegen waren al helemaal dichtgesneeuwd. Als het zo doorging, dacht Måns, was het maar de vraag of ze überhaupt bij het Söderziekenhuis zouden aankomen.

Eigenlijk was het zijn beurt om te rijden, maar ze waren zich er allebei van bewust dat Stefan een veel betere chauffeur was, en toen Stefan zonder wat te zeggen achter het stuur was gekropen, had hij niet geprotesteerd. In het donker rijden was een van de ergste dingen die hij kende. Als het bovendien zulk slecht weer was dat je niet eens met groot licht op kon rijden zonder te worden verblind door alle sneeuw, blokkeerde hij helemaal.

Sinds ze in de ambulance zaten hadden ze geen woord tegen elkaar gezegd, wat vermoedelijk de eerste keer was in de bijna vijf jaar dat ze samenwerkten. Ze zaten nooit om een gespreksonderwerp verlegen. Of ze luisterden naar de radio en gaven dan vernietigende commentaren op de muziek. Ze waren het meestal eens, behalve als er iets van Coldplay op de radio was. Zelf vond hij die rockband ontzettend goed, maar om de een of andere reden kon Stefan niet tegen hun muziek en zette hij altijd een andere zender op of deed hij de radio gewoon resoluut uit.

Hij had hem er een keer mee geconfronteerd en gevraagd waarom, en had toen een lange uitleg gekregen over dat gitarist Jonny Buckland niet eigenzinnig en eigenwijs genoeg was om Chris Martin bij het schrijven van nummers de juiste weerstand te bieden. Daarna had Stefan een lange lijst gitaristen opgedreund die volgens hem wél goed waren, en ergens tussen John Frusciante en Jonny Greenwood had hij besloten het nooit meer te vragen.

Maar nu luisterden ze niet eens naar de radio.

Dat kwam deels door het slechte weer. Maar dat was niet de hele waarheid. Het was niet de eerste keer dat ze op een plaats delict waren en een dode zagen. Feit was dat ze veel ergere dingen hadden gezien dan in die berging. Nee, het was wat anders. Een sterk maar tegelijkertijd diffuus gevoel van onrust dat onder hun huid kroop, en hij was ervan overtuigd dat Stefan precies hetzelfde voelde. Hij had het bovendien in de blikken van die politiemensen gezien. Vooral in die van die ene.

Er was iets met deze zaak wat niet klopte.

Opeens hoorden ze een harde klap. Alsof er achterin iets op de grond viel. Iets hards, metaalachtigs. Hij wendde zich tot Stefan, die hem aankeek.

'Hoorde jij hetzelfde als ik?' vroeg hij, en Stefan knikte.

'Zullen we even stoppen om te kijken?' vroeg Stefan.

'Kunnen we niet beter zorgen dat we zo snel mogelijk aankomen?' Hij wilde niets liever dan die bewusteloze vrouw achterin in het ziekenhuis afleveren. Daarna zat zijn dienst erop.

Toen hoorden ze het weer. Hetzelfde metaalachtige geluid dat zich door de hele carrosserie verspreidde. Deze keer remde Stefan af, deed de knipperlichten aan en zette de ambulance op de smalle vluchtstrook van Huddingevägen aan de kant.

Hij zuchtte uit protest voordat hij zijn muts opzette, het portier opendeed en in de sneeuw sprong. Hij liet de deur openstaan zodat Stefan ook de bijtende kou zou voelen, en liep langs de zijkant van de ambulance, terwijl hij zich afvroeg of een van de deuren misschien niet goed dichtzat, of dat een van de banden lek was.

Maar er was niets wat daarop wees. Alles zag er precies zo uit als zou moeten. Toen hoorde hij weer wat. Deze keer was het geen klap, maar meer een schrapend geluid. Alsof iemand zich daarbinnen bewoog. Hij moest het verkeerd hebben gehoord. Het slachtoffer was buiten bewustzijn en lag bovendien vastgegespt. Of wacht even... Ja, nu wist hij het zeker. Er was beslist iets daarbinnen wat lawaai maakte.

Hij zette zijn hand op de ijskoude deurkruk en had meteen spijt dat hij zijn handschoenen niet had aangetrokken, waarna hij de deuren opendeed en in de ambulance stapte. Hij stak de plafondlamp aan en constateerde dat de vrouw lag waar ze moest liggen en net zo diep leek te slapen als toen ze haar in de opslagruimte hadden aangetroffen.

Het enige wat niet klopte waren de spanbanden. Die over haar benen zaten slap en de twee andere waren helemaal los en hingen met de gespen op de grond, wat de twee klappen kon hebben veroorzaakt. Daarentegen kon dat op geen enkele manier dat schrapende geluid verklaren. Hij keek om zich heen naar alle instrumenten tegen de wanden, maar kon niets ontdekken wat afweek van het normale. Mogelijk hing de ene EHBO-tas een beetje scheef en zat hij niet helemaal dicht, maar dat was dan ook het enige.

Hij wendde zich weer tot de vrouw en probeerde te begrijpen wat er was gebeurd. Óf er wat was gebeurd. Maar uiteindelijk gaf hij het met een zucht op, boog voorover om de spanband te pakken die om de een of andere ondoorgrondelijke reden was losgegaan, en spande die weer over haar heupen. Toen hij klaar was deed hij haar ziekenhuishemd weer goed. Daarbij kwam hij per ongeluk tegen de binnenkant van haar dij aan.

Of het de zachte warme huid was of het feit dat toch niemand wat zou merken, daar zou hij geen antwoord op kunnen geven. Misschien was het gewoon de ingeving van dat moment waardoor hij voorzichtig haar hemd optilde en eronder keek.

Ze droeg geen broekje, wat hij ook niet had verwacht. Hij wist eigenlijk niet precies wat hij verwacht had. Nou ja, dat ze een behaarde en woeste haardos zou hebben. Ze had ondanks alles toch een behoorlijke tijd vastgegespt gelegen. Maar dat was het niet. Verre van dat. Misschien had ze haar schaamhaar met zo'n laserbehandeling permanent laten verwijderen.

Hij zette zijn verboden gedachten opzij en trok het hemd weer naar beneden. Toen zag hij hem in haar linkerhand. De injectienaald die alles verklaarde. Waarom de EHBO-tas niet helemaal dichtzat en de riemen los waren. Zelfs haar geschoren onderlichaam kreeg een verklaring.

Helaas veel te laat.

III

De sneeuw dwarrelde om de drie sneeuwschuivers met de gele knipperlichten heen die tergend langzaam in de breedte reden en de hele rijbaan versperden. Hij kon er niet langs. Maar dat deed Fabian eigenlijk maar weinig. Hij reed wel in de richting van de stad, maar dat was dan ook alles. Hij wilde voornamelijk met rust gelaten worden.

Het inzicht dat Aïsha Shahin helemaal niet degene was die dood op de vloer in de berging had gelegen, maar Sofie Leander, was als een schok gekomen. Niet alleen voor hemzelf, maar in even hoge mate voor Tomas en Jarmo. Je slachtoffer wekenlang in leven houden alleen om de rol van dader te kunnen spelen in de laatste minuten voor een lichaam koud begint te worden, was zo doortrapt dat zelfs Tomas er bijna de brui aan had gegeven en niets anders had kunnen doen dan telkens weer herhalen dat dit een van de ergste dingen was die hij ooit had meegemaakt.

Pas na ettelijke minuten hadden ze weer enigszins weloverwogen met elkaar kunnen praten en na een aantal mislukte pogingen om in contact te komen met de ambulance hadden ze afgesproken zich op te delen. Tomas en Jarmo zouden zo snel mogelijk naar het Söderziekenhuis gaan om te proberen te achterhalen wat er met de ambulance was gebeurd, en Fabian zou naar huis gaan en vandaaruit met Niva verder werken.

Maar wat moest hij thuis? Als hij Niva nodig had, hoefde hij haar alleen maar te bellen. En zo gauw Tomas en Jarmo bij het ziekenhuis waren aanbeland zou de telefoon toch wel roodgloeiend staan. Hij zag nu pas in dat hijzelf en de drie sneeuwschuivers voor hem Västerbron op reden. Met de snelheid waarmee ze reden zou het wel een paar minuten duren voor ze de brug helemaal over waren. Hij besloot daarom het stopverbod te negeren, zette zijn knipperlichten aan en deed de rugleuning naar achteren.

Na de zelfmoordpoging op het toilet was hij ervan overtuigd geweest dat de zelfmoord op zich haar vluchtweg was. Dat ze klaar was met haar wraak en niets meer had om voor te leven. Maar dat was gewoon een toneelstukje geweest om dat idee juist een boost te geven. Hij moest aan de tekst op de grafsteen denken, en dat de oplossing daar de hele tijd aanwezig was geweest.

Nooit zal ik van iemand anders houden
Nooit zal mijn hart voor iemand anders slaan
Jij en niemand anders
Zolang als ik leef, en tot in de eeuwigheid
Binnenkort ben je weer helemaal geheeld, en ik dan ook.
Dan ontmoeten we elkaar weer
Mijn belofte aan jou

Hij kende het uit zijn hoofd en herhaalde de drie laatste regels bij zichzelf.

BINNENKORT BEN JE WEER HELEMAAL GEHEELD, EN IK DAN OOK... Ze was nog helemáál niet klaar. De organen waren dan wel verzameld, maar pas als die weer waren herenigd met zijn lichaam zou hij, en in het verlengde daarvan zij ook, pas weer helemaal heel zijn. Ze was, met andere woorden, op weg naar het graf.

Maar waar was dat? Betekende dat dat ze met het vliegtuig op weg was naar het buitenland? En zo ja, onder welke naam? Of was ze al aan boord gereden van een van de veerboten naar de Baltische staten? Misschien vluchtte ze via het noorden, over de grens met Finland – dat viel onmogelijk te zeggen. Ze had hem voor de gek gehouden. Niet één keer, maar telkens weer.

Net als met Malin Rehnberg. Hij had haar geloofd, geloofd dat ze het zou vertellen voor het te laat was. Nu wist hij niet meer wat hij moest geloven. 'Zolang ze sliep.' Maar wat zou er gebeuren als ze wakker werd?

Zijn mobiel ging.

'Met Jarmo. De ambulance is nooit bij het Söderziekenhuis aangekomen.'

'En wat is er gebeurd met de ambulancechauffeur en...'

'Het enige wat we op dit moment weten is dat ze verdwenen zijn. Maar die ambulance is uitgerust met een gps-zender, dus Niva is al bezig hem te lokaliseren. Waar zit jij trouwens? Volgens Niva...'

'Ik heb geen tijd om dat uit te leggen.' Fabian drukte het gesprek weg, zette de rugleuning weer recht en belde Niva.

'Wat doe jij midden op Västerbron? Iets spannends, of zit je gewoon vast in de sneeuw?'

'Moet jij geen ambulance lokaliseren?'

'Het een sluit het ander niet uit.'

'Nee, maar tijd is op dit moment het enige wat we niet hebben.'

'Pontonjärgatan 10.'

'Pontonjärgatan. Is dat niet in de buurt van Hantverkargatan?' Dat was slechts een paar minuten van de plek waar hij zich nu bevond, waarop hij meteen zijn knipperlichten uitzette en schakelde.

'Ja, het lijkt erop dat ze terug zijn bij de Black Cat. Maar wacht even...'

'Hè?'

'Wacht, ik moet alleen... Ja, dat klopt.'

'Wát dan?'

'Malin Rehnbergs mobiel staat weer aan en bevindt zich op exact dezelfde plaats.'

Fabian drukte het gesprek weg en belde meteen naar Malin, terwijl hij ook zijn blik op de weg probeerde te houden.

'Dag Fabian. Dat is snel.'

Hij had weinig hoop gehad dat Malin zou opnemen. Toch voelde hij dat de teleurstelling zich als een vergif door zijn lichaam verspreidde. 'Wat heb je met haar gedaan?'

'Zeker die Niva weer?'

'Je had het beloofd en ik vertrouwde je.'

‘Het is aan jou wie jij wilt vertrouwen. Bovendien heb ik niets anders gezegd dan dat zij kon wachten.’

‘Wachten? Hoelang moet ze wachten? Ze is verdomme hoogzwanger.’

‘Tot ik er zeker van kan zijn dat jij mij met rust laat.’

Hij sloeg aan het eind van de brug rechts af, reed om het Rålambshovspark heen en nam Rålambshovsleden in oostelijke richting. Het was nu niet ver meer. Over een paar minuten zou hij er zijn. ‘Hoe weet je zo zeker dat het ooit zover zal komen?’

‘Ik ben niet de enige die dingen beloofd heeft.’

Ze moest zijn gesprek met Anders in het ziekenhuis hebben gehoord. Hoeveel camera’s had ze wel niet geplaatst? ‘En wat gebeurt er als ze wakker wordt?’ Hij sloeg links af naar Polhemsgatan. ‘Je hebt gezegd dat er niets aan de hand was zolang ze sliep.’ Hij verwachtte geen antwoord, maar het belangrijkste was dat hij haar aan de praat hield.

‘Dan staat ze oog in oog met het daadwerkelijke probleem. Laten we daarom maar constateren dat het het beste zou zijn als ze nog een tijdje zou doorslapen.’

‘Welk probleem?’

‘Waar jullie je middelen aan hadden moeten besteden in plaats van op mij te jagen.’

Fabian reed Pontonjärgatan in en zag de ambulance een paar meter verderop staan. ‘Jij hebt minstens vier mensen vermoord. Ze hadden weliswaar een moraal die je in twijfel kunt trekken, maar wettelijk gezien hebben ze geen overtreding begaan. Niets wat ook maar vergeleken kan worden met wat jij hebt aangericht.’

‘Wettelijk gezien? Welke wet? De Zweedse wet die zegt dat het strafbaar is om een gestolen fiets te kopen, maar dat er niets aan de hand is als het om een gestolen orgaan gaat?’

Fabian deed het portier open, liet de motor stationair draaien en stak de straat over naar de ambulance, terwijl hij ondertussen zijn schouderholster opentrok en zijn pistool pakte. ‘Zij hebben niemand gekidnapt, gemarteld of vermoord.’

‘Misschien niet met hun eigen handen, maar hun geld heeft ervoor gezorgd dat het lichaam van Efraïm helemaal vanaf de hals tot onderaan is opengesneden. Het is hún schuld dat hij is geschonden en dat al het leven hem is ontnomen. Dat het enige wat hij bezat, het enige buiten mij wat van hem was, naar de hoogstbiedende is gegaan.'

Fabian kwam bij de bestuurderscabine van de ambulance en constateerde dat die leeg was. 'Ik vind dat ook weerzinwekkend en ik begrijp dat je...'

'Jij begrijpt helemaal niets. Je zult het nooit begrijpen.'

Hij liep langs de ambulance naar de achterkant. 'En waarom zou ik het niet begrijpen?' Hij rukte de ene achterdeur open en richtte zijn pistool recht in het donker.

'Omdat je nog nooit zoveel van iemand gehouden hebt.'

De twee ambulanceverpleegkundigen lagen zo te zien levenloos op de vloer, en op de brancard tussen hen in lag iets wat oplichtte.

'Omdat je überhaupt nooit van iemand gehouden lijkt te hebben. Succes met je belofte.'

Het gesprek werd verbroken. Fabian stapte de ambulance binnen en constateerde dat beide mannen hartslag hadden en ademden, en dat wat op de brancard oplichtte een mobiele telefoon was.

Malins mobiel.

Hij pakte hem op en bestudeerde hem terwijl hij op zijn eigen telefoon een ambulance belde. Plotseling trilde Malins mobiel in zijn hand. Hij riep het sms'je op en las het.

NOBELPARK.

Meer was niet nodig. Fabian begreep het precies.

112

Toen Malin Rehnberg wakker werd schreeuwde ze het uit in het donker. Ze wist pas te kalmeren toen ze inzag dat er niemand anders was dan zijzelf. Verward en onzeker probeerde ze te recapituleren wat er was gebeurd. Het laatste wat ze zich herinnerde, was dat ze in het ziekenhuis op de vloer had gelegen en voor haar leven had gevochten met de schoonmaakster, die de dader bleek te zijn. En dat ze uit bed was gevallen en haar heup zo had bezeerd dat ze zich naar de deur had moeten slepen. Nu lag ze weer in een ziekenhuisbed. Maar dit was een ander model, helemaal nieuw, het plastic zat nog om de zijsteunen.

De kamer was ook anders. Hoewel het zo donker was dat ze geen hand voor ogen zag, ervoer ze deze kamer als kleiner dan de kamer in het Söderziekenhuis. Het had in elk geval heel anders geklonken toen ze het uitschreeuwde. Bovendien vermoedde ze dat er een muur aan de ene zijkant was. In haar oude kamer zat alleen een muur aan het hoofdeinde. Maar het kwam vooral door de geur dat ze zeker wist dat ze niet alleen naar een andere kamer was verhuisd, maar zich ook heel ergens anders bevond.

De geur van nieuw.

En dan natuurlijk de riemen die het haar onmogelijk maakten zich te verroeren. Ze zaten vanaf haar voeten tot over haar borst van links naar rechts gespannen. Hoe meer ze eraan dacht, hoe paniekeriger ze werd, en ze moest zich inspannen om niet weer te gaan schreeuwen en zo onnodige energie te verspillen. Het was juist zaak creatief te denken en opmerkzaam te zijn op details. Zoals dat de druk van de riemen enigszins minder werd als ze de lucht uit haar longen liet lopen. Iets wat er tien minuten later in resulteerde dat ze haar beide armen kon bevrijden.

Maar de vreugde over haar kleine gedeeltelijke zege kreeg een abrupt einde toen ze aan de rechterkant een trap in haar ribben kreeg. Ze begreep eerst niet wat dat was, maar na de derde schop bedacht ze opeens dat ze zeven maanden in verwachting was van een tweeling. Hoe had ze dat kunnen vergeten? Kwam dat door de drugs die ze haar hadden ingespoten? Ze legde haar handen op haar buik en voelde het aan de rechterkant bewegen. Aan de linkerkant was het rustig. Té rustig.

Ze moest daar zo snel mogelijk weg zien te komen. Waar ze zich ook bevond, ze moest zo gauw mogelijk hulp zien te krijgen. Ze probeerde de andere riemen los te maken, maar kon geen knopen of gespen vinden. Ze strekte haar linkerarm en tastte met haar hand de muur af, maar ook daar vond ze niets wat haar kon helpen. Geen contacten, schakelaars of iets anders waar ze op kon drukken. Ze ontdekte daarentegen wel dat het bed telkens een beetje bewoog als ze haar hand tegen de muur duwde.

Het bed stond dus niet op de rem.

Ze plaatste haar linkerhand tegen de muur en zette zich met volle kracht af. Het bed gleed met haar erop door het donker zeker een paar meter weg voordat het tegen de tegenoverliggende muur aan kwam. En daar ergens in het donker vond ze eindelijk het paneel waar ze naar op zoek was geweest, vol knopjes en dergelijke om op te drukken.

Het licht ging flikkerend aan, en net zoals ze voor zich had gezien was alles in de kamer spiksplinternieuw. Op een heleboel plaatsen zat het beschermplastic er nog op, en op de muur rond de deur zaten papiertjes met NAT. De infuuszak die aan haar bed hing was leeg, dus ze trok de canule uit de binnenkant van haar elleboog en drukte met haar duim om het bloeden te stoppen.

Op het paneel boven haar zaten contacten voor internet en telefoon, maar een computer of telefoon was nergens te bekennen. Ze trok zich daarom naar een bovenkast, waar ze onder andere een voorraad kompressen en wondpleisters vond en een verzameling van verschillende scharen. Ze pakte de stevigste en begon de riemen een voor een door te knippen.

Toen ze klaar was deed ze een poging overeind te komen, maar moest die opgeven. De pijn in haar heup was nog zo hevig dat ze het idee had dat alles daarbinnen kapot was en de heupkop zich vrijelijk door haar heupgewricht bewoog zo gauw ze probeerde zich te bewegen. Daarom moest ze het bed blijven gebruiken als kano en zich op die manier naar de deur werken.

De inbouwspots in het plafond gingen in een zachte beweging aan en onthulden dat ze zich in een brede gang bevond met deuren aan beide zijden. Die leidden vermoedelijk naar soortgelijke kamers als waar zij vandaan kwam. Ook hier zaten papiertjes die informeerden dat de deurposten pas geschilderd waren.

Dat ze zich in een ziekenhuis bevond had ze al uitgedokterd. Maar wélk ziekenhuis? Een privékliniek? En waarom waren daar in dat geval dan geen anderen? Eigenlijk maakte het niet uit. Het enige wat er op dit moment toe deed, was dat ze daar zo snel mogelijk weg moest zien te komen.

Zonder ook maar enig idee te hebben in welke richting de uitgang lag, koos ze rechts en begon ze zich langs de muren naar een dubbele deur aan het uiteinde van de gang te trekken. Ze trok aan het touw, waarop de deuren opengingen en ze verder kon rollen. Ook hier gingen de spotjes in het plafond door haar beweging aan en schenen op een blinkend schone operatietafel onder grote lampen die aan het plafond hingen, allerlei verschillende apparaten met snoeren en slangen en spiegelgladde ronde metalen tafels vol operatie-instrumenten. De operatiekamer leek zo nieuw dat het maar de vraag was of deze ooit was gebruikt.

In haar jacht op iets om mee te communiceren verplaatste ze zich verder naar een werkbank met bovenkasten en lades toen ze opeens opgewonden stemmen hoorde vanuit de gang die ze net had verlaten. Ze keek om zich heen of ze ergens weg zou kunnen komen en zag een deur schuin tegenover haar, die op een kier stond.

'Well, you saw the car outside didn't you? And why do you think the lights are on? Ghosts?' hoorde ze een van de stemmen die steeds dichterbij kwamen zeggen.

Malin zette zich met alle kracht die ze kon opbrengen af tegen de operatietafel en rolde in de richting van de halfopen deur. Maar voordat ze daar was, werden de deuren achter haar al open gerukt en kwamen er drie mannen binnenstormen. Ze bleven staan toen ze haar zagen.

'Look. What did I say,' zei de man in het midden, wijzend.

De andere twee vertrokken geen spier.

'Pardon, maar wie bent u en wat doet u hier?' vroeg de man met een sterk accent, en hij haalde zijn vingers door zijn grijze haar.

'Mijn naam is Malin Rehnberg en ik werk bij de rijksrecherche in Stockholm,' zei Malin, die meende de man te herkennen. 'Maar ik heb geen idee waarom ik hier ben. Ik weet trouwens niet eens waar "hier" is. Maar daar kunt u mij misschien mee helpen? En ervoor zorgen dat ik thuiskom.'

'De rijksrecherche... Kijk eens aan.' De man liep op haar af.

'Afdeling Moordonderzoeken.'

'Ik begrijp het...' De man knikte. 'Helaas kan ik u niet helpen.' Hij wendde zich tot de twee andere mannen. *'Take her to room three.'*

'Hoezo niet? Goed, het kan me niet schelen dat dit een geheime plek is. Als ik maar thuis kan komen.'

'Het spijt me enorm.'

Op het moment dat de twee mannen met haar wegreden bedacht ze wie de man was.

113

De sneeuwstorm was nog verder toegenomen, en toen Fabian een paar minuten na middernacht langs Sergels torg reed was de glazen obelisk niet eens te zien, hoewel er miljoenen kronen in werden gestoken om hem te verlichten. NOBELPARK had er in het berichtje van Aïsha Shahin gestaan, en hij had het onmiddellijk begrepen.

Daar werd de Israëlische ambassade naartoe verhuisd.

Hij had gelezen over de protesten van omwonenden in de wijk en dat het uiteindelijke politieke besluit nog steeds niet was genomen. Maar net zoals Carnela Ackerman had aangeduid was er niemand die serieus rekening hield met een afwijzing en alles wees erop dat de verhuizing al in volle gang was. Hij kende het prachtige pand waar het Zweedse Bosbouwinstituut, de latere Hogere Bosbouwschool, vroeger gevestigd was goed omdat hij daar ontelbare keren met Sonja was langsgelopen. In de tijd dat ze elkaars hand nog vasthielden.

Op weg ernaartoe had hij contact opgenomen met Tomas en Jarmo, die zo snel mogelijk zouden aansluiten. Misschien waren ze er al. Ze zaten in het Söderziekenhuis en moesten daardoor van verder komen dan hij. Aan de andere kant hadden ze zowel Söderleden als Centralbron tot hun beschikking, waardoor ze veel minder last hadden van rode verkeerslichten en kruispunten.

Hij passeerde de Koninklijke Motorbootclub aan het eind van Strandvägen, volgde de bocht naar links en zette zijn lichten uit toen hij rechts afsloeg, de heuvel op reed en bovenaan stopte. Eigenlijk had hij verder weg willen parkeren om de plek in alle rust te voet te kunnen verkennen, maar Malin kon elk moment wakker worden. Als ze niet al wakker was. En hoewel hij er geen flauw idee van had wat haar dan te wachten stond, werd hij alleen al bang bij de gedachte.

Hij liep naar het gebouw, dat met zijn toren op een van de hoeken deed denken aan een burcht. Er lagen overal stapels bouwmateriaal in zeildoek gewikkeld, dat de wind met alle moeite probeerde los te rukken. Hij zag de auto van Jarmo en Tomas nergens staan. Hij hoorde daarentegen wel een auto schakelen en afremmen op de motor in de bocht op Strandvägen, en toen hij zich omdraaide zag hij de koplampen van de auto recht omhoog komen, terwijl de duizenden en nog eens duizenden sneeuwvlokken het licht in alle richtingen weerkaatsten.

Hij kon nog net de vraag formuleren waarom ze in godsnaam hun licht niet doofden en daar niet ook bleven staan voordat het antwoord hem duidelijk werd. Dit waren Jarmo en Tomas helemaal niet. In een reflex wierp hij zich in de sneeuw en kroop op handen en voeten achter een stapel planken vlak voordat het licht van de koplampen zich weer op de grond richtte, de auto zijn kant op draaide en op een paar meter bij hem vandaan voor het gebouw tot stilstand kwam. Het geluid van portieren die open- en dichtgingen. Het klonk alsof ze met z'n drieën waren, maar hij kon onmogelijk horen wat ze precies zeiden.

'No, listen to me... the car down there...'

Hij herkende de stem niet, maar een niet al te vergezochte gok zei hem dat dat niemand anders kon zijn dan Gidon Hass – de man die direct onder Aïsha Shahin op zijn lijstje stond van mensen die hij wilde oppakken.

'... alarm doesn't go off by itself...'

De stemmen stierven weg en Fabian zag de personen door een deur naar binnen verdwijnen. Hij kwam overeind en rende ernaartoe, maar de deur was alweer in het slot gevallen. Daarop liep hij naar de achterkant van het gebouw, waar het grootste deel van de gevel in de steigers stond. Er brandde nergens licht, noch op de eerste, noch op de tweede verdieping. Ze moesten dus ergens in de kelder zijn.

Fabian slaagde er zonder handschoenen of echte winterschoenen toch in om langs een van de zijsteunen op de steiger te komen. Eenmaal op de tweede verdieping, waar de windstoten zo hard waren dat de sneeuwvlokken als naalden in zijn gezicht staken, kon hij een raam intrappen en zich naar binnen wurmen. Daar stak hij de zaklamp in zijn mobiel aan en haastte zich door de ongemeubileerde kamer, die vol stond met kwasten en potten verf, naar buiten.

Na een lange hal bracht een brede trap hem naar de eerste verdieping, waar de renovatie leek te zijn gestagneerd. De vloer was opengebroken en er hingen losse kabels uit het plafond. Na een tijdje zoeken vond hij een smalle wenteltrap die naar de kelderverdieping leidde. Hij haastte zich verder door een nauwe gang met afdekfolie op de grond en rook dat er pas was geverfd. Hij bleef ongeveer elke vijf meter staan luisteren, en de derde keer hoorde hij ze.

De voetstappen die steeds luider werden.

Hij deed zijn mobiel uit en tastte met zijn ene hand de muur af tot hij bij een deur kwam, waar hij zo zachtjes mogelijk door naar binnen ging. Hij zag te laat in dat zijn bewegingen de spots in werking stelden, waardoor de kamer binnen een paar seconden in een zee van licht baadde.

Maar dat was niet het ergste. De kamer die er zo blinkend schoon uitzag was niet al te lang geleden gebruikt. Hij liep naar de operatietafel. Die was weliswaar schoongeveegd, maar in allerijl. Zowel aan de onderkant van de randen van de tafel als op een van de poten zaten bloedsporen, en toen hij het geperforeerde deksel van het putje in de vloer een paar meter van de operatietafel optilde en zijn hand in het donkere water van het waterslot stak, kon hij alles opvissen, van grote bloedstolsels tot stukken kraakbeen en plukken haar.

Hij kwam overeind en zijn oog viel op een stapel dichtgeknoopte zwarte vuilniszakken naast een deur naar een aangrenzende kamer, die op een kier stond. Hij vermoedde wat erin zat, maar wist niet zeker of hij het aankon om erin te kijken.

Hij deed een paar stappen naar de stapel zakken, terwijl hij tegelijkertijd voor zich zag dat hij naar het huis in Enskede reed en aanbelde. Anders deed open. Fabian zag meteen aan zijn blik dat hij begreep wat er aan de hand was en Anders stortte voor zijn ogen in. Hij had verwacht dat Anders zou gaan schreeuwen en agressief zou worden, maar in plaats daarvan zakte hij met één hand voor zijn mond in elkaar. Fabian ging op zijn hurken zitten en kon niets anders doen dan zijn armen om hem heen slaan.

Hij knoopte een van de vuilniszakken open en zag dat er twee afgehakte armen en een voet in zaten. In een van de andere zaten stukken van de benen. Maar pas in de vijfde vond hij wat hij zocht.

Het hoofd.

En hoewel het absoluut verboden was, voelde hij toch een grote mate van opluchting.

Opluchting dat het niet te laat was. Dat er nog een kans bestond.

114

Malin Rehnberg schopte zo hard ze kon om hun handen weg te krijgen, terwijl ze met haar armen zwaaide en het uitschreeuwde. Niet vanwege de pijn in haar heup, die nu zo hevig was dat ze er bijna van flauwviel – ze schreeuwde voor haar leven, hoewel ze wist dat het zinloos was en ze er nooit in zou slagen daar weg te komen. Dat de handen van de beide mannen veel te sterk waren en haar zo meteen zo stevig zouden vastpakken dat ze alleen nog haar geschreeuw en de pijn had.

Pas toen wendde de grijsharige, die niemand anders kon zijn dan Gidon Hass, zich tot haar. 'Hier zult u zich wel wat beter door gaan voelen,' zei hij in gebroken Zweeds, en hij hield een injectienaald omhoog.

Malin verzette zich met alle macht in een poging los te komen, maar ze had geen kracht meer. Het zweet liep in straaltjes van haar voorhoofd.

'Turn her around.'

De twee mannen, die nog steeds geen woord hadden gezegd, draaiden haar op haar zij met haar rug naar Hass toe. Ze kon de prik niet voelen, maar het effect was bijna onmiddellijk. De spieren in haar lichaam die ontspanden. De pijn die haar eindelijk met rust liet. Ze had voor het eerst sinds ze wakker was geen pijn.

'Zo, dat is vast een stuk beter. Dat moet u toch toegeven.'

Ze wilde bijna knikken en moest moeite doen om dat niet te doen. Toegeven was het laatste wat ze hem gunde. 'Nu wil ik naar huis. Begrijpt u mij? Ik moet nu naar huis.'

Hass barstte in lachen uit. *'She's saying she needs to get home.'*

De twee anderen begonnen ook te lachen terwijl ze haar handen en voeten met nieuwe riemen aan het bed vastmaakten.

'Wat willen jullie in godsnaam? *What do you want from me?*'

'Leave me with her, and start searching the house.'

De twee mannen knikten en verlieten de kamer.

'Wat ik *wíl*?' Hij legde zijn hand op zijn borst. 'Sorry hoor, maar wie is er nu eigenlijk bij wie binnengedrongen?'

'Ik weet niet eens waar ik ben. Alstublieft...' Ze moest moeite doen om niet in huilen uit te barsten.

'Daar hebben we het al over gehad. Wat ik wil weten, is of er hier nog meer mensen zijn en of dat uw auto is die daarbuiten staat.'

'Ik weet het niet, heb ik toch gezegd. Ik was opgenomen in het Söderziekenhuis en toen heeft de schoonmaakster mij overvallen...'

'De schoonmaakster?'

'Ja, ik had net ingezien dat zij de schuldige was in het onderzoek waar ik...' Malin zweeg. Plotseling begreep ze hoe het zat. 'Ik ben in de ambassade, hè?'

De man knikte kort. 'Dan begrijpt u misschien ook waarom u niet naar huis mag.' Hass keerde haar de rug toe en liep weg om iets te halen.

'Maar wacht even, u kunt toch niet zomaar...'

'Dat is precies wat ik kan.' Hij draaide zich lachend om met een nieuwe spuit in zijn hand. 'En u zou dankbaar moeten zijn. U valt gewoon in slaap en krijgt niet eens de tijd om in te zien dat het voorbij is.'

'Maar de kinderen dan?' Ze kon haar tranen niet langer bedwingen. 'Ik ben wel in verwachting van een tweeling.'

Hass kwam naar haar toe en legde zijn hand op haar buik. 'U *was* in verwachting van een tweeling. Die ene heeft het al opgegeven. Hebt u dat niet gemerkt? Hier hebben we leven.' Hij legde zijn hand op de rechterkant van haar buik en daarna op de linker. 'En hier... *not so much*. Maar wat maakt dat nou uit? U bent toch binnenkort herenigd.'

Zo had het niet moeten eindigen, was het enige wat ze kon denken toen hij de injectienaald neerlegde en een manchet om haar bovenarm gespte. Zo had ze het helemaal niet voor zich gezien. Volkomen weerloos en hoogzwanger. Waar had ze dit aan te danken?

'Hier hebben we een geschikte ader,' zei hij, en hij pakte de injectienaald weer op.

'Wacht. Alstublieft, wacht. Jullie moeten tegen Anders zeggen, mijn man dus, dat ik meer van hem hou dan ooit. Ik heb het al heel lang niet tegen hem gezegd, maar beloof me dat. Alstublieft, dat moet u beloven.'

'Uw man zal nooit wat van ons horen. Hij zal er nooit achter komen wat er is gebeurd. Voor hem bent u op een nacht plotseling verdwenen en nooit meer teruggekomen. Hij zal er natuurlijk wel zo zijn ideeën over hebben, maar hij zal nooit ook maar enigszins in de buurt van de waarheid komen. En in de loop der jaren zal hij er steeds minder aan denken en verdergaan met zijn leven. Misschien met een nieuwe vrouw. Wie weet, misschien zelfs met een tweeling op de koop toe.'

Malin spuugde hem in zijn gezicht. 'Ik hoop dat u zult branden in de hel.'

Hij antwoordde met een afgemeten lachje. 'Ik kan het mis hebben, maar ik heb niet het idee dat u iemand bent die in de hemel en de hel gelooft. Maar wat weet ik ervan? Misschien is dat iets wat verandert als je je in uw situatie be...'

Hass werd onderbroken door een schot en geschreeuw op de gang. Daarna volgden nog twee schoten vlak na elkaar. De stilte die volgde werd pas doorbroken toen er een krakend geluid uit de walkietalkie in zijn borstzak kwam.

'It's safe to come out now.'

115

Tomas Persson was zelden of nooit bang. Maar op dit moment was hij doodsbenauwd. Hij was zó bang dat hij zelfs zijn blaas had geleegd en de urine langs de binnenkant van zijn been omlaag voelde lopen. Het was de eerste keer dat hij door een kogel was geraakt, en hij had verwacht dat het beduidend meer pijn zou doen. Nu voelde hij bijna niets meer dan een kloppende doffe pijn. Misschien was het gewoon de adrenalinekick, en als die eenmaal afnam zou hij ervaren hoe het echt voelde.

De kogel moest recht door zijn rechterdij zijn gegaan, want het bloed had zijn spijkerbroek al donker gekleurd en begon op de wit betegelde vloer te druppelen. Zo hevig dat de ene van de twee mannen die ze op hun knieën had gedwongen en nu druk bezig was Tomas' handen met zijn eigen handboeien op zijn rug vast te binden een voet moest verzetten om geen bloed op zijn schoen te krijgen.

Hij had nooit in een god geloofd, en dat deed hij nu ook niet. Toch herhaalde hij hetzelfde riedeltje telkens weer in zijn hoofd. IK BELOOF EEN BETER MENS TE WORDEN ALS U FABIAN MAAR OP TIJD LAAT KOMEN VOOR HET TE LAAT IS. ALSTUBLIEFT, IK SMEEK HET U. IK BELOOF EEN...

'And what have we got here? More police?'

De twee mannen knikten en Gidon Hass wendde zich tot Tomas en Jarmo, die op hun knieën naast elkaar zaten met hun handen geboeid op hun rug. 'Zijn jullie ook van de rijksrecherche?'

Tomas en Jarmo knikten.

'En zijn er nog meer?'

Tomas en Jarmo keken naar de grond zonder een spier te vertrekken.

'Zijn er nog meer, vroeg ik!'

'Nee. Alleen wij,' zei Jarmo.

'Ja ja, dat zal wel. Jullie collega, Fabian Risk, waar is die?'

Jarmo haalde zijn schouders op. 'Die zit zoals de meeste anderen thuis kerst te vieren met zijn familie. Dat is een belangrijke feestdag in dit land.'

Hass knikte naar de mannen, waarop de ene een stap naar voren deed en Jarmo zo hard in zijn gezicht trapte dat die zijn evenwicht verloor en naar opzij viel.

'Ik weet wat kerst voor iets is. Net zo goed als ik toevallig weet dat Risk niet thuis is bij zijn familie. Ga rechtop zitten!'

Jarmo deed een poging, maar slaagde er niet in overeind te komen.

'Ik zei: "Ga rechtop zitten"!'

De ene man greep Jarmo bij zijn haar en trok hem omhoog.

'Juist. En hoe hadden jullie gedacht dat we dit zouden oplossen?'

'Geef het op, ga met ons mee naar het bureau en beken,' zei Jarmo.

Hass begon te lachen. *'At least he's got a sense of humor*. Nu is het zo dat ik niets te bekennen heb. Ik heb namelijk niets onwettigs gedaan. Zelfs wanneer dit hier *up and running* is, valt er niets te bekennen. Integendeel, ik zal door iedereen die zijn leven terug wil en bereid is daar een kleine vergoeding voor te betalen worden beschouwd als een held. Al die mensen die vandaag de dag genegen zijn naar het buitenland af te reizen, om zich door een of andere gealcoholiseerde arts die zijn bevoegdheid kwijt is in een smerige hotelkamer te laten opereren. En het mooiste van alles is dat een en ander niet eens op Zweeds grondgebied plaatsvindt.' Hass spreidde zijn handen uiteen.

'Dit is dus goedgekeurd door Israël?' vroeg Jarmo.

'Israël...' Hass snoof minachtend. 'Die hebben geen idee wat ze daar in gang hebben gezet. Zij denken dat de behoefte aan gezonde organen verdwijnt alleen omdat ze een of andere flutwet hebben aangenomen die dat verbiedt.'

'U wist waar uw vrouw aan werd blootgesteld,' zei Tomas, en hij wendde zich tot Hass. 'Toch hebt u ervoor gekozen geen contact met ons op te nemen. Dat wordt "achterhouden van informatie" genoemd en is strafbaar volgens hoofdstuk 17 van het Zweedse Wetboek van Strafrecht.'

'O jee. Ik had niet gedacht dat jij iets zou durven zeggen. Iemand die het in zijn broek doet en zo.' Hass ging op zijn hurken voor Tomas zitten. 'Dat is correct, ik had zo mijn vermoedens. Maar waarom dit allemaal riskeren, dingen die jaren aan planning hebben gekost, voor een vrouw die niets anders doet dan klagen en sinds ik grijze haren heb hoogstens één keer per maand haar benen spreidt voor een nummertje in de missionarishouding?'

'Omdat u van haar houdt.'

Hass begon weer te lachen. 'Nog zo'n grapjas. Jullie hadden komiek moeten worden in plaats van politieman.' Hij kwam overeind en wendde zich tot de twee mannen. *'Kill them both.'*

De mannen kwamen naar voren, gingen op een paar meter afstand van Tomas en Jarmo staan, trokken hun pistool, ontgrendelden het en richtten op Tomas' en Jarmo's hoofd.

'No please, don't do it. I'll do whatever you want!' riep Tomas. *'Please! I'm begging you!'*

Jarmo zei niets. In plaats daarvan sloot hij alleen zijn ogen.

Fabian hoorde Tomas gillen voor zijn leven en door de kier van de deur zag hij de twee mannen in pak hun pistool op zijn collega's richten, die met gebogen hoofd op hun knieën zaten. Hij herkende de mannen van de foto die Carnela Ackerman hem in restaurant Gondolen had laten zien voordat ze het restaurant had verlaten. Nu lag zij in stukken gezaagd in een aantal vuilniszakken.

Hij durfde geen heftige bewegingen te maken uit angst dat het licht weer aanging. Uiteindelijk slaagde hij erin zijn ene hand langzaam aan de binnenkant van zijn jack te laten glijden en zijn pistool te trekken. Ook wist hij het te ontgrendelen zonder dat het licht aanging, en terwijl Tomas steeds luider smeekte om zijn leven, deed hij langzaam zijn pistool omhoog en richtte hij het door de kier van de deur. Hij voelde in zijn hele lichaam dat de beslissing nu in zijn handen lag.

Maar zijn handen wilden niet. Of liever gezegd: ze deden niets anders dan steeds heviger trillen. Zijn handen waren volstrekt onbruikbaar geworden en konden niet eens zoiets simpels als de trekker overhalen, hoe wanhopig hij het ook probeerde.

In plaats daarvan zat hij zich daar in het donker schuil te houden. Hij hoorde dat ze een laatste kans kregen te vertellen waar hij was. Hij hoorde dat Jarmo zijn aanwezigheid met klem ontkende, terwijl zowel hij als Tomas er ongetwijfeld van uitging dat hij daar was. Hij hoorde Jarmo's wanhopige smeken om gespaard te blijven toen het hem uiteindelijk duidelijk werd hoe het zou eindigen. Maar toen de kogels hun schedels doorboorden en ze op de grond in elkaar zakten, had Fabian het al opgegeven en zijn pistool omlaag gedaan.

Pas toen de schoten niet meer weergalmden werd het stil.

Volkomen stil.

Dat duurde echter maar even.

Want al spoedig hoorde hij het opnieuw, hoewel hij Tomas en Jarmo met eigen ogen kon zien liggen terwijl het bloed in dusdanige hoeveelheden uit hun achterhoofd gutste dat het zelfs helemaal naar het putje in de vloer een paar meter verderop stroomde.

Het gegil.

Het klonk nu luider dan ooit.

116

'Take them to the embassy and make it look like trespassing and self-defense. Meanwhile I will clean this mess up as soon as I'm ready with the fat one,' hoorde hij Gidon Hass zeggen.

Fabian trilde over zijn hele lichaam en zag door de kier van de deur hoe beide mannen in pak ieder een van zijn collega's bij de benen pakten, hun lichamen over de grond sleepten en door een dubbele deur naar de gang verdwenen.

Het aanhoudende, beschuldigende gegil weigerde echter tot zwijgen te komen. Het nam juist toe in sterkte, waardoor hij uiteindelijk opstond en de kamer een paar seconden later weer in het licht baadde. Zonder na te denken over de gevolgen duwde hij de deur met zijn voet nog een paar centimeter verder open. Hij zag dat Hass met zijn rug naar hem toe stond en bezig was een doorzichtig plastic schort aan te trekken en een vizier opzette. Daarna liep hij naar een kast, pakte een snoerloze chirurgenzaag en koos het krachtigste zaagblad, testte het in de lucht om zich ervan te verzekeren dat de accu opgeladen was, en verdween door dezelfde dubbele deur als de twee andere mannen naar buiten.

Fabian droogde zijn tranen en probeerde zijn gedachten te ordenen, maar dat was onmogelijk. Het gegil van zijn twee geëxecuteerde collega's overstemde al het andere. Het was of de totale mislukking reeds een feit was. Dat de afloop hetzelfde zou zijn, wat hij ook zou doen. En misschien kwam het juist daardoor, door het gevoel dat hij toch niets te verliezen had, dat hij de operatiekamer in liep en de twee bloedsporen naar de dubbele deur volgde. Hij duwde de deuren open en zag de sporen door de verlichte gang verdergaan. Hass was nergens te bekennen en de deuren aan weerszijden van de gang zaten allemaal dicht.

Hij trapte ze een voor een in, zijn pistool in een tweehandsgreep voor zich. Pas geschilderde lege kamers. Sommige ingericht met bedden en nachtkastjes. In andere hingen de snoeren nog steeds uit het plafond omlaag. In de kamer waar Hass met een injectiespuit in zijn hand over Malin heen gebogen stond, zag het er helemaal gerenoveerd uit, buiten de beschermfolie die nog op een deel van de inrichting zat.

'Weg bij dat bed!' hoorde hij zichzelf roepen.

Hass draaide zich om met de chirurgische zaag in zijn hand. 'Risk... Dus je was toch hier.'

'Schiet dan!' riep Malin, die vastgebonden op het bed lag met de spuit los in haar ene arm hangend. 'Waar wacht je in godsnaam op? Schiet hem neer!'

Fabian kon haar door al het gegil bijna niet horen. 'Weg bij dat bed!' riep hij daarom nogmaals, en hij liep de kamer in.

'Ik dacht wel dat jij hier ook ergens zou rondhangen,' zei Hass terwijl hij naar achteren liep.

'Laat die zaag vallen en handen omhoog!'

Hass deed wat hem werd opgedragen, terwijl Fabian snel naar het bed liep, de naald uit Malins arm trok en de riemen rond haar polsen begon los te maken.

'Jij hebt gezien wat er gebeurd is, nietwaar?' vroeg Hass.

Fabian gaf geen antwoord, maar ging door met het loshalen van de strakgespannen riemen, de hele tijd zijn pistool op Hass gericht.

'Dan vraag ik me toch werkelijk af waarom je niets hebt gedaan. Ik bedoel, je hebt overduidelijk een wapen. Een verklaring zou kunnen zijn dat het ongeladen is. Maar zie je, dat geloof ik niet.'

Fabian hield het pistool nu weer met beide handen vast.

'Weet je wat ik denk? Of dat dénk ik niet eens meer, want hoe meer ik erover nadenk, hoe meer ik ervan overtuigd ben. Je kúnt het niet. Heb ik gelijk, of niet?'

'Bek houden!'

'Zelfs niet toen je collega's een pistool tegen hun voorhoofd gedrukt kregen. Zelfs toen kon je het niet.' Hass deed zijn handen omlaag.

'Waar wacht je verdomme nog op?' riep Malin, terwijl ze worstelde om haar andere hand los te krijgen.

'Hij wácht niet. Hij kán het gewoon niet.' Hass boog voorover en pakte de zaag op, die op de grond lag.

'Laat los!' zei Fabian. Zijn handen trilden nu van de inspanning.

'Want anders? Schiet je me dan neer?' Hass kwam overeind met de zaag in zijn hand. 'Ik dacht het niet.' Hij drukte op de schakelaar zodat het gekartelde blad tot leven kwam, en begon er in de lucht mee te vechten. 'Schiet dan! Waarom schiet je niet?'

Fabian was er volkomen op gefocust om zijn trillende handen de trekker te laten overhalen en kon niet bukken voor de zaag die door de lucht kwam aanzeilen. Het gereedschap raakte hem vlak boven zijn haargrens voordat het op de grond viel. Het pistool gleed uit zijn hand toen hij naar zijn voorhoofd greep. Hij voelde dat er een stuk van zijn schedelhuid ontbrak en dat het voorhoofdsbeen was blootgelegd. De bloeding was zo hevig dat het bloed al in zijn ogen stroomde en op de grond begon te druppelen.

De misselijkheid overviel hem met onverbiddelijke kracht en hij moest steun zoeken bij het bed om zijn evenwicht niet te verliezen. Zijn andere hand drukte hij zo hard hij kon tegen de open wond, waar het bloed nu tussen zijn vingers door en verder over zijn gezicht stroomde. En ergens achter zijn eigen hartslag en het gegil van Tomas en Jarmo kon hij ook Malin horen schreeuwen. Maar hij kon niet horen wat.

Hass kroop nu op handen en voeten rond en was naar hem op weg. Alsof hij naar iets zocht. O ja, het pistool. Dat had hij immers laten vallen. Misschien wilde Malin dat hij het zou wegschoppen. Maar hij kon het niet zien. Hij zag bijna niets door al het bloed in zijn ogen.

Toen werd er geschoten.

Eerst één schot en daarna nog drie kort achter elkaar.

Fabian verwachtte pijn in zijn buik en nog meer bloed voordat hij net als Jarmo en Tomas op de grond in elkaar zou zakken. Maar hij zakte niet in elkaar, en hij kon niet eens voelen waar hij was geraakt. Was Hass begonnen met Malin? Die klootzak had Malin neergeschoten. Hij draaide zich om naar het bed, maar dat was leeg.

Fabian begreep er niets van en hij probeerde het bloed uit zijn ogen te vegen om beter te kunnen zien. Maar er kwam telkens nieuw bloed en onder hem was al een grote plas ontstaan. Toen zag hij haar op de grond liggen met het pistool in haar hand.

'Aan de kant!'

Hij hoorde de woorden, maar begreep het toch niet helemaal en draaide zich om naar de schaduw die door de deur naar buiten verdween.

'Hij is geraakt, maar wij moeten hier weg voor hij terug is,' zei Malin. 'Je moet mij op het bed helpen.'

Fabian voelde de energie in hetzelfde tempo wegstromen als zijn bloed, maar slaagde er uiteindelijk toch in haar op het bed te krijgen en dat de kamer uit te duwen. Hij had geen idee welke kant de uitgang was, maar volgde de twee bloedsporen de lange gang door. Hass was in geen velden of wegen te bekennen.

Een lift met een automatische deur bracht ze een verdieping hoger, waarna ze rechtstreeks in de sneeuwstorm belandden. Maar hij voelde de koude wind niet. Opnieuw hoorde hij Malins stem, zonder te horen wat ze zei. Toch begreep hij het en hij stak zijn handen onder haar oksels, trok haar van het bed af dat in de sneeuw was blijven steken, en begon haar de heuvel af te slepen. Hij viel, maar werkte zich weer omhoog, viel opnieuw voordat hij uiteindelijk bij de auto was en haar op de achterbank wist te duwen.

De auto startte bij de eerste poging, en ondanks al het bloed dat uit zijn voorhoofd pompte en het bijna onmogelijk maakte iets te zien, slaagde hij erin de hele heuvel achteruit af te rijden zonder in de sneeuw vast te blijven zitten.

Maar dat was niet iets wat hij zich zou herinneren. Ook niet hoe hij verder over Strandvägen was gereden en vervolgens Hamngatan naar links had gemist, waardoor hij bij het Koninklijk Theater de weg had gevolgd en met veel te hoge snelheid Birger Jarlsgatan in was gereden, in een slip was geraakt en op een even verlaten als ingesneeuwd Stureplan recht op het standbeeld *De havik en de duif* was geknald.

117

God had opnieuw bewezen dat Hij de hele reis bij haar was. Dat Hij ingreep en optrad zo gauw ze Hem nodig had. Of ze zich er nu bewust van was of niet. Zoals de zwangere politievrouw met wie ze wat aan had gemoeten. Als zij er niet was geweest, had ze nooit op Arlanda kunnen komen en daarna via Istanbul naar Tel Aviv kunnen reizen. Fabian Risk had begrepen waar ze naar op weg was, maar zijn zwangere collega had hem geen andere keus gelaten dan haar te laten glippen.

Aïsha Shahin had haar ingecheckte bagage kunnen ophalen en kunnen uitvoeren zonder bij de douane te worden tegengehouden, en voor zover ze kon zien was er niets van het gesmolten ijs gaan lekken. De vooraf geboekte jeep had op haar staan wachten en de reis naar Imatin had iets minder dan vier uur geduurd. Ook dat was zoals gepland. Zelfs de wegversperringen hadden haar doorgelaten, zonder zelfs ook maar te vragen waar ze naar op weg was of met welk doel.

Het was alsof God haar beloonde en de rode loper voor haar had uitgerold. Voor al het werk dat ze al die jaren had gedaan. Alle training en planning. Alle twijfel die ze had moeten overwinnen, terwijl ze zelf eigenlijk niet eens had geloofd dat het zou slagen. Maar met de hulp van God had ze zichzelf overtroffen en was ze nu bijna bij het punt waar ze zo lang van had gedroomd.

Ze parkeerde de auto buiten het dorp en wachtte tot het donker werd. Daarna maakte ze de waterdichte doos in haar koffer open, tilde de plastic zak met de organen die Efraïm weer compleet zouden maken eruit en legde het laatste stuk te voet af, de van tevoren ingepakte rugzak over haar schouder.

De grafsteen lag nog op dezelfde plek als waar ze hem bijna tien jaar geleden had neergelegd, maar de tekst was door de zon verbleekt. Daarom haalde ze allereerst de inkt tevoorschijn en begon ze haar woorden in te vullen. Daarna klapte ze de schop uit en begon te graven. Toen ze diep genoeg was gekomen, borstelde ze de aarde van het plastic dat zijn laatste stoffelijke resten bedekte.

Na een korte pauze met een stukje chocola en een paar slokken water, werkte ze met de schop verder om het graf te verbreden. Hier was de grond aanzienlijk harder, en ze voelde dat ze steeds meer blaren op haar handen kreeg. Maar daar maakte ze zich niet druk om. De pijn was toch maar tijdelijk. Twee uur later stapte ze in het graf, borstelde de laatste aarde weg en vouwde het dikke industriële plastic opzij.

De laatste keer dat ze hier was, had Efraïms litteken met de slordige steken haar vervuld met een bodemloze, zwarte haat. Maar nu was er niets meer van het litteken en van de steken over. De laatste druppel van het zwarte was uit haar weggestroomd, en het enige wat ze nu nog voelde was liefde. Een liefde die zo diep en warm was dat ze het ondanks de lage nachttemperatuur beslist niet koud had.

Ze haalde het opgepropte plastic uit zijn borstkas, die nu vrijwel alleen nog bestond uit zijn ribben, waarna ze de waterdichte zak opensneed.

En even zorgvuldig als voorzichtig schroefde ze de twee dekseltjes van het houdertje voor contactlenzen en nam ze de hoornvliezen eruit. Eerst het linker, en legde dat in de oogholte van de schedel, en daarna het rechter. Alles opdat hij haar weer zou kunnen zien. Daarna pakte ze zijn long en bracht die voorzichtig op zijn plaats onder zijn rechterribben, zodat ze zijn warme adem tegen haar wang zou kunnen voelen. De lever en de twee nieren zouden hun liefde zuiver houden. Ten slotte gaf ze hem zijn hart, dat vanaf nu en tot in de eeuwigheid voor hen zou kloppen.

Toen alle organen op hun plaats zaten, ging ze op haar rug naast hem liggen, zo dicht mogelijk tegen hem aan. Ze hield haar mobiele telefoon in haar hand, drukte op PLAY en legde hem op haar borst. Het nummer dat die keer uit zijn radio was gekomen, en waarnaar ze sindsdien elke avond als ze alleen naar bed ging had geluisterd, stroomde nu de nacht in. Ze pakte het pillendoosje, stopte de pil in haar mond en slikte hem door.

Het zou nu niet lang meer duren. Nu zouden ze elkaar spoedig weer zien, en vanaf dat moment zou niets ze ooit meer kunnen scheiden. Ze keek omhoog naar de sterren, die deze nacht extra fel fonkelden en bedacht dat ze nooit eerder zo gelukkig was geweest als nu.

At last my love has come along
My lonely days are over and life is like a song
At last the skies above are blue
My heart was wrapped up in clovers the night I looked at you
I found a dream that I can speak to
A dream that I can call my own
I found a thrill to press my cheek to
A thrill I've never known
You smiled and then the spell was cast
And here we are in Heaven
For you are mine at last

Epiloog

22 DECEMBER 2009 – 14 APRIL 2010

Dunja Hougaard stapte met gemengde gevoelens in het vliegtuig naar huis, naar Kopenhagen. Tot haar verbazing was er een verklaring geweest voor de vraag waarom de sportwagen op de bodem van de haven van Helsingør op naam stond van de vermoorde Zweedse minister van Justitie. Misschien wat opmerkelijk en omslachtig, maar desalniettemin volstrekt geloofwaardig, waardoor ze nog steeds een concreet argument miste om het onderzoek te mogen heropenen. En of dat nog niet genoeg was, was ze erachter gekomen dat Carsten vreemdging.

Desondanks voelde ze zich sterker dan in jaren toen de wielen slipten op de landingsbaan. Bijna vrolijk. Ze wist niet precies hoe ze het moest aanpakken, maar vanaf nu zou ze haar eigen koers varen. Hierna zou niemand ooit nog over haar kunnen beslissen. Een Hesk niet en een Carsten niet.

Om nog maar te zwijgen over die Eikel van een Sleizner, die ongetwijfeld verwachtte dat ze terug zou kruipen in haar schulp en overplaatsing naar een andere afdeling zou aanvragen. Maar dat was wel het laatste wat ze van plan was. Ze zou juist blijven en het geschiktste moment afwachten. De nagel aan zijn doodskist blijven vormen. En als de mogelijkheid zich uiteindelijk voordeed, was ze van plan met zo'n kracht toe te slaan dat hij niet eens de kans zou krijgen om überhaupt te begrijpen wat er eigenlijk aan de hand was.

Toen Carsten thuiskwam met een boeket dat zo groot was dat hij het amper kon dragen, paste zijn sleutel niet meer in het slot. Iets wat de ongerustheid versterkte die hij de hele dag al had gevoeld. Hij probeerde Dunja te bellen, maar kreeg te horen dat dat nummer niet in gebruik was. Hij ging op de trap zitten wachten. De verklaring kwam ongeveer een uur later, toen zijn moeder uit Silkeborg belde en zich afvroeg waarom er een verhuiswagen met al zijn spullen achteruit hun garageoprit op reed.

Het kostte Malin Rehnberg bij het standbeeld op Stureplan maar liefst 23 minuten voor ze van de achterbank van de auto overeind was gekrabbeld. Het voertuig siste en er kwam rook onder de ingedeukte motorkap vandaan. Daarna duurde het nog eens zes minuten voordat ze Fabians mobiel had gevonden en de alarmcentrale had gebeld. De vrouw aan de andere kant van de lijn twijfelde er in eerste instantie aan of het wel ernstig genoeg was, maar liet zich uiteindelijk overtuigen en stuurde een ambulance.

Hoewel Fabians wond niet erg groot was, had hij meer dan twee liter bloed verloren en daarom was een bloedtransfusie nodig. Hij bleek bloedgroep o-negatief te hebben. Mensen met die bloedgroep kunnen geen bloed van personen met een andere bloedgroep ontvangen.

Normaliter hadden ziekenhuizen juist een grote voorraad o-negatief in huis omdat dat gebruikt kon worden als vervanging voor alle andere bloedgroepen. Maar de afgelopen nacht had ondanks alle waarschuwingen voor gladheid ongewoon veel verkeersslachtoffers geëist, en de voorraad bij het Söderziekenhuis was daardoor op. Fabian moest daarom in slaap worden gehouden tot de juiste bloedgroep gelokaliseerd was en binnenkwam.

In de tussentijd onderging Malin een acute keizersnede, waarna er een klein, bleek jongetje van 2773 gram op haar borst werd gelegd. Anders, die net op tijd was, had de eer de navelstreng door te knippen en al spoedig had het kereltje een gezondere kleur. Na alle eindeloze namendiscussies waren ze het er uiteindelijk over eens geworden dat hij Nils zou heten als het een jongetje werd. Maar toen Malin het warme lijfje tegen haar borst voelde, vroeg ze Anders of hij ermee kon leven dat ze het veranderden in Love. Dat kon hij.

Het meisje dat een paar minuten later uit de baarmoeder werd gehaald woog 1860 gram en heeft nooit een gezonde kleur gekregen. Ze mocht wel een hele tijd naast haar broer op haar moeders borst liggen, terwijl haar ouders het meisje alle namen gaven die ze hadden bedacht. Thindra Siv Elisabeth Rehnberg.

Op maandag 28 december was Fabian voldoende hersteld om het ziekenhuis te kunnen verlaten. Het was toen inmiddels twee uur 's middags, en Herman Edelman had hem gevraagd naar het hoofdbureau van politie te komen. Eigenlijk wilde hij niets liever dan herenigd worden met zijn gezin, maar iets in hem zag uit naar het verhoor waarin hij volledig verslag zou doen van de gebeurtenissen in de nacht van 23 op 24 december. Daarna zou hij samen met de rest van het team een planning maken voor hoe ze verder zouden gaan met de twee politiemoorden en het oppakken van Hass.

Maar er was geen sprake van een verhoor of een planning van hoe ze verder zouden gaan. Ze zouden namelijk niet verdergaan. Volgens Edelman was het onderzoek afgerond, en voor zover hij kon zien was er geen enkele reden om het te heropenen. Daarentegen had de Israëlische ambassade officieel aangifte gedaan van huisvredebreuk en het gebruik van vuurwapens, waarbij niet alleen Jarmo Päivinen en Tomas Persson waren omgekomen, maar ook het eigen ambassadepersoneel gewond was geraakt en een ziekenhuis had moeten bezoeken.

De ambassade had ook kogels opgestuurd, die na analyse uit het dienstwapen van Fabian afkomstig bleken te zijn. Edelman stelde hem daarom zonder een spier te vertrekken voor de keuze zijn ontslagaanvraag te ondertekenen. Zo niet, dan zou de aangifte van de ambassade met betrekking tot huisvredebreuk, hetze tegen een bevolkingsgroep en poging tot moord in behandeling worden genomen. Bij ontslag zou hij een half jaarsalaris meekrijgen.

Fabian was er volkomen van overtuigd dat hij met behulp van getuigenverklaringen van Malin Rehnberg en Niva Ekenhielm zonder meer van alle verdenkingen zou worden vrijgesproken. Ook al was het appartement van Aïsha Shahin in Axelsberg leeggehaald en de hele inhoud vernietigd.

Net zo goed als hij ervan overtuigd was dat ze samen voldoende bewijs konden verzamelen om Hass en zijn neef, de ambassadeur, te laten veroordelen. Een affaire die niet alleen Edelman en grote delen van het ministerie van Justitie zou meetrekken in zijn val, maar waardoor vermoedelijk de hele regering zou moeten aftreden. De waarheid zou aan het licht komen en wat de plannen voor de operatiekamer in de ambassade ook waren, ze zouden nooit ten uitvoer worden gebracht.

Toch besloot hij het aanbod te accepteren en zijn ontslagbrief te ondertekenen. Het maakte niet uit hoe slecht hij over zijn oude mentor dacht. Hoe graag hij hem had willen laten zien dat de waarheid uiteindelijk altijd naar boven kwam. Maar net als waarvoor juist Edelman hem had gewaarschuwd, kon hij de jacht op de waarheid niet ten koste laten gaan van alles wat er eigenlijk toe deed.

Er was bovendien iets wat zei dat dit zijn laatste kans was om Sonja en de kinderen te laten zien waar hij stond. Dat hij als puntje bij paaltje kwam voor hen koos. Hij had geen idee of Sonja nog steeds bereid was hem een laatste kans te geven. Of ze überhaupt zou luisteren naar zijn idee om de boel in Stockholm op te geven en in zijn oude woonplaats Helsingborg een nieuwe start te maken.

Het enige wat hij zeker wist, was dat hij het zichzelf nooit zou vergeven als hij niet minstens een poging zou doen.

Een paar maanden later, eind maart, toen de grootste ophef over het opmerkelijke optreden van de twee politiemensen Tomas Persson en Jarmo Päivinen, wat tot hun dood had geleid, enigszins was geluwd, werd de ambassadeur van Israël teruggeroepen en slechts een paar dagen later al vervangen door een nieuwe. De wisseling kreeg weinig aandacht in de Zweedse media en er was niemand die de officiële verklaring in twijfel trok dat er persoonlijke redenen aan de terugkeer ten grondslag lagen.

Er viel ook nergens te lezen dat de neef van de ambassadeur, Gidon Hass, op hetzelfde moment werd teruggehaald. Een officiële rechtszaak heeft nog niet plaatsgevonden, maar volgens onbevestigde bronnen zouden beide neven naar Camp 1391 zijn afgevoerd – Israëls eigen Guantanamo Bay. Of ze nog in leven zijn, is op dit moment onduidelijk.

X

4 JANUARI 2010

Hij had ze gehoord, maar ze niet geloofd. De geruchten die niemand hardop durfde uit te spreken, maar die zich toch als een lopend vuurtje achter gesloten deuren en dichte gordijnen over het land hadden verspreid. Zelf had hij ze verworpen als verzonnen verhalen, veel te ongeloofwaardig om serieus te kunnen worden genomen. In elk geval de eerste jaren. Op zondag 15 september 2002 was alles anders geworden. Dat was nu meer dan zeven jaar geleden, en hij was er zich inmiddels pijnlijk van bewust dat de geruchten zelfs niet in de buurt kwamen van wat er daadwerkelijk aan de gang was.

Een kennis, echte vrienden had hij nooit gehad, had hem gevraagd of hij deel wilde uitmaken van een groep die in het geheim de verboden op Qi gong geïnspireerde meditatie- en trainingsvorm Falun Gong beoefende. Die beloofde niet alleen geestelijke verlichting, maar ook lichamelijke volmaaktheid.

Op die vraag had hij zoals gewoonlijk de dobbelsteen om raad gevraagd. Dat deed hij al sinds de dag dat hij *De Dobbelman* van Luke Rhinehart had gelezen. Hij had een vier gegooid. Wat een 'ja' betekende, en ook al was het een twijfelachtige vier, hij had geen andere keus gehad dan die te volgen.

Als direct gevolg daarvan bevond hij zich nu in het heropvoedingskamp Masanjia in het Yuhong-district even buiten Shenyang in Noordoost-China. Al zeven jaar, drie maanden en tweeëntwintig dagen had hij het moeten redden met eten dat onmogelijk voedsel kon worden genoemd, in een cel zo klein dat hij zich net kon strekken.

Sindsdien had hij vijftien uur per dag doorgebracht in een van de vele fabriekshallen, waar hij onder strenge bewaking dwangarbeid uitvoerde in de vorm van het afknippen van losse draden van gekopieerde merkkleding of het in elkaar zetten van speelgoed en verlichtingssnoeren voor export naar de VS. Elke fout die hij maakte werd bestraft met brandmerken.

Als het niet omwille van de dobbelsteen was en zijn overtuiging dat die hem op een mooie dag daar weg zou halen, zou hij er naar alle waarschijnlijkheid aan onderdoor zijn gegaan zoals alle anderen om hem heen. Als je eenmaal doorhad wat er eigenlijk aan de gang was, waren er geen andere alternatieven dan instorten en hopen dat de dood niet lang op zich zou laten wachten.

Ze waren daar namelijk niet om te worden gemarteld of om slavenarbeid te verrichten onder omstandigheden die haast onmogelijk te bevatten waren. Daar ging het helemaal niet om. Ze haalden weliswaar een aardige som geld binnen voor de staat, maar dat was niets vergeleken met de inkomsten die binnenkwamen wanneer ze in stukken werden opgedeeld en in delen werden verkocht.

Orgaan voor orgaan.

Dat was de eigenlijke aanleiding voor alle testen en medische onderzoeken die gedaan moesten worden. Dat verklaarde ook waarom de mishandelingen nooit die delen van het lichaam raakten die een voldoende hoge waarde vertegenwoordigden. Of waarom medegevangenen op gezette tijden verdwenen om nooit meer terug te keren. Zelf was hij daarentegen niet in het minst ongerust. Hij was er in de loop der jaren steeds meer van overtuigd geraakt dat dat zijn vrijbrief was om daar weg te komen.

Dat inzicht had hij bijna drie jaar geleden gekregen toen ze voor het eerst zijn cel binnen waren gestormd zonder hem te mishandelen of alles binnenstebuiten te keren. Het was midden in de nacht. Hij werd in de gang op een brancard gelegd en was onder strenge bewaking door alle hekken en deuren heen afgevoerd, helemaal tot buiten alle afzettingen. Het was de eerste keer sinds hij gevangen was genomen dat hij buitenshuis was, en tot op de dag van vandaag kon hij zich herinneren hoe hij zijn longen had gevuld met de heldere nachtlucht en recht naar de klare sterrenhemel omhoog had gekeken in een poging de paar seconden te rekken die verstreken voordat hij in de wachtende ambulance werd geschoven en naar een van de vele medische klinieken van Shenyang werd gereden.

Eenmaal daar was hij onder narcose gebracht en pas weer bijgekomen toen hij met een bebloed verband om zijn romp terug was in zijn cel. Onder het verband zat een slordig aan elkaar genaaid litteken van een paar decimeter lang, over zijn hele linkerzijde, dat ervan getuigde dat ze zijn ene nier hadden uitgenomen. Gewoon zomaar, zonder hem ook maar om toestemming te vragen. Alsof die nier eigenlijk nooit van hem was geweest maar had toebehoord aan de Chinese staat, die hem op elk moment weer kon ophalen om een van zijn andere organen te oogsten.

Sindsdien was er niets meer gebeurd, behalve dat hij na een week of twee naar de fabrieksruimtes was verordonneerd om zijn slavenarbeid weer op te pakken.

Tot nu.

Vier dagen geleden was hij naar een onderzoeksruimte gebracht die hij nooit eerder had gezien. Daar had een arts hem verzocht zijn donkerblauwe uniformjasje uit te trekken en hem met een stethoscoop geconcentreerd beluisterd. Eerst langdurig naar het linkerdeel van zijn rug, en daarna naar zijn borst. Dat kon niets anders betekenen dan dat ze deze keer uit waren op zijn hart.

De kans bestond natuurlijk dat ze al het hart van iemand anders hadden genomen. Dat zijn hart onregelmatig had geslagen of een ander defect had waardoor het ongeschikt was. Maar toch bleef hij constant paraat. Want als ze eenmaal kwamen om hem te halen, was dat beslist zijn laatste kans.

Niemand anders van de tienduizenden mensen die in het kamp gevangen werden gehouden had de kans de situatie in zijn voordeel te keren. Ze waren niet alleen kapotgemaakt en dusdanig gehersenspoeld dat ze zich in sommige gevallen niet eens hun eigen naam konden herinneren, ze waren vooral door en door goede mensen. En daar zat zijn grote voordeel. Zelf was hij namelijk nooit goed geweest.

Er was niemand die dat geloofde als ze hem ontmoetten. De meesten vonden hem juist aardig en attent. Maar ze konden het niet méér bij het verkeerde eind hebben. Zolang hij zich kon herinneren, genoot hij ervan anderen te zien lijden. Als kind had hij dieren gebruikt, later ook mensen. En misschien was dat wel de reden dat hij in tegenstelling tot de meeste anderen geestelijk nog scherp was.

Het had jaren geduurd voor zijn ouders uiteindelijk in de gaten hadden gekregen dat het geen ongeluk was of de schuld van een van de andere kinderen, maar dat hun schattige geadopteerde zoontje gewoon gemeen was. Zijn vader had onmiddellijk zijn handen van hem afgetrokken. Zijn moeder had daarentegen alles geprobeerd wat in haar macht lag, van het inschakelen van verschillende psychologen tot hem naar boksles sturen. Maar toen niets hielp, was de hoop in haar ogen uiteindelijk ook gedoofd. Toen hij een paar jaar later geïnspireerd op Rhinehart de dobbelsteen zijn keuze had laten bepalen voor wat hij na de basisschool zou gaan doen en had verteld dat hij van plan was te vertrekken, hadden ze hun blijdschap haast niet kunnen verbergen.

Er knarste iets. Hij ging rechtop zitten en hoorde nu duidelijk dat het veiligheidshek aan het eind van de gang van het slot werd gedaan en openging. Het was midden in de nacht en dus moesten zij het wel zijn, dat kon niet anders. En net als de vorige keer kon hij horen dat ze met een brancard met piepende wielen aan kwamen rollen.

Hij pakte de dobbelsteen, schudde die in zijn gekuipte handen en opende ze verwachtingsvol, terwijl hij de piepende brancard steeds dichterbij hoorde komen. De worp was precies waarop hij had gehoopt. Twee rijen met elk drie ogen. Stippen waarvan de kleur allang was versleten, zodat alleen de putjes nog te zien waren. Maar het was een zes en niets anders. Een zes die hij graag ten uitvoer wilde brengen.

Ze waren nu bijna bij zijn deur. Over een paar seconden zouden er sleutels in de sloten worden gestoken en worden omgedraaid, en zou hij uit zijn cel worden gehaald en op de brancard worden vastgegespt. Hij stopte snel de dobbelsteen in zijn mond, slikte en stak daarna zijn hand onder zijn kussen en verder omlaag in het gat in de matras, waar hij de schaar uit een van de fabriekshallen al meer dan twee jaar verstopt had.

De deur werd opengerukt en hij keek zo verrast mogelijk toen de bewakers binnen kwamen stormen, hem uit zijn cel loodsten en hem op de brancard wegrolden, door dezelfde verveloze gangen, veiligheidshekken en liften als drie jaar daarvoor. Maar deze nacht straalden er geen sterren. De regen kwam met bakken uit de hemel, de druppels waren zo groot dat hij gewoon zijn dorst kon lessen door zijn mond open te doen in de paar seconden die verstreken voor hij in de ambulance werd geschoven.

Zijn gevangeniskleren waren helemaal doorweekt en zaten nu aan zijn lichaam geplakt, iets waar hij niet op had gerekend. Als een van de bewakers naar zijn rechteronderarm zou kijken, zouden ze onmiddellijk de contouren van de schaar onder de mouw van zijn overhemd zien. Maar geen van de gespannen, onrustige blikken ontdekte iets op weg naar de kliniek, en eenmaal daar nam het ziekenhuispersoneel het over en werd hij verder door met tl-buizen verlichte gangen gereden.

Ze liepen heel snel, dus er was hoogstwaarschijnlijk haast bij, en net als de vorige keer was alles voorbereid toen hij in de operatiekamer kwam. Er stond een team in groene operatiekleren, mondkapjes en latexhandschoenen te wachten, bereid om zijn borstkas open te zagen, zijn hart eruit te halen – en hoogstwaarschijnlijk ook de rest van zijn organen uit te nemen – om hem daarna in een container te dumpen in afwachting van crematie.

De anesthesist tilde zijn linkerhand op en masseerde de handrug om de bloedtoevoer te verbeteren, waarna hij met geoefende bewegingen de naald in de krachtigste ader stak. Tegelijkertijd knipte een van de verpleegkundigen zijn natte overhemd open en begon het gebied rond zijn hart schoon te maken met een naar alcohol ruikende spons die ze aan een lange tang vasthield. Zonder dat hij het had gemerkt, was de canule in zijn hand verbonden met een dunne, doorzichtige slang, die aan de andere kant eindigde in een centraal veneuze katheter. Die was hoogstwaarschijnlijk gevuld met een vloeistof, waardoor hij voor altijd zou verdwijnen zo gauw de vloeistof de hele weg door de slang had afgelegd.

Hij had gehoopt op een gelegenheid waarbij hun aandacht op iets anders gericht zou zijn dan op hem, maar iedereen in de operatiezaal, behalve de man die met zijn rug naar hem toe stond en zijn armen uitstak terwijl er een plastic schort om zijn middel werd geknoopt, had zijn blik op hem gevestigd. Bovendien had de vloeistof in de katheter al een derde van de slang afgelegd.

Het was hoog tijd om aan de gang te gaan, en net zoals hij de laatste jaren elke nacht een uur had geoefend, liet hij zijn rechterarm over de rand van de operatietafel glijden en ving hij de schaar op net voordat die op de grond viel. De anesthesist moest wat hebben gemerkt, omdat hij meteen tegen de anderen begon te schreeuwen.

Hij probeerde zijn linkerarm los te rukken van de slang en rechtop te gaan zitten, maar de handen van de anesthesist hielden zijn arm op zijn plaats en duwden zijn borst omlaag. Zijn rechterarm was echter nog vrij, en als hij nu miste, zou alles te laat zijn.

De steek was precies raak, en ook al kon hij het niet zien, hij voelde dat de punten van de zwoegende schaar aan beide kanten van het strottenhoofd in de hals van de anesthesist drongen, die door bleef schreeuwen alsof hij niet helemaal had begrepen wat er gebeurd was.

Pas toen hij zijn duim en wijsvinger tegen elkaar kneep en de twee bladen van de schaar tegen elkaar sloten, stopte het geschreeuw, om over te gaan in een hees gegorgel. Op datzelfde moment lieten de handen hun grip om hem los en verdwenen ze naar het opengeknipte gat, in een naïeve poging het stootsgewijs gutsende bloed een halt toe te roepen.

Hij kon nu zelf zijn linkerarm lostrekken van de slang en zich op de anderen werpen die hem wilden overmeesteren. Hij richtte zijn steekwapen naar alle kanten waar het het meeste schade aanrichtte. Bloed. Overal bloed. Hij had nooit eerder zoveel bloed gezien. Stromend. Pompend. Spuitend. Het was zoveel dat hij een paar keer bijna uitgleed toen hij naar de man in het plastic schort liep die zijn toevlucht zocht in de richting van de deur. Al toen hij de operatiezaal in was gerold had hij begrepen dat dat de chirurg moest zijn en vermoedelijk de enige in de ruimte die belangrijk genoeg was om niet te worden opgeofferd.

Hij wierp zich op de grond, gleed met zijn voeten naar voren vooruit en schopte de benen onder de man vandaan, zodat die op zijn buik landde en met zijn gezicht op de grond terechtkwam. Tegelijkertijd hoorde hij achter zich dat meerdere van de anderen naar hem onderweg waren. Maar hij was al bij de chirurg en dwong hem overeind te komen door zijn rechterarm achter diens rug in de houdgreep te nemen en de bloederige schaar tegen zijn halsslagader te drukken.

Als op een signaal bleven de anderen staan en kon hij, met zijn gijzelaar in een stevige greep voor zich uit, de operatiekamer verlaten.

Zelfs in de gang buiten bleef het personeel van de kliniek staan en volgde zijn bevelen op om op de grond te gaan liggen en hem te laten passeren. De ambulance stond nog voor de ingang te wachten. De twee bewakers die mee waren gekomen waren daarentegen nergens te bekennen. Misschien zaten die in een of andere personeelskantine koffie te drinken of waren ze al in een andere auto op weg terug naar het concentratiekamp met iemand die net een nier armer was geworden.

Eenmaal bij de ambulance begon de chirurg weerstand te plegen en smeekte hij gespaard te blijven. Maar hij kon alleen zijn hoofd maar schudden en verklaren dat dat niet aan hem was. De dobbelsteen had een zes getoond, en dat was niet iets waar hij – noch iemand anders – wat aan kon doen.

Daarna dwong hij de chirurg op zijn rug, greep de schaar met beide handen beet en stak met zo'n kracht en frequentie recht in diens borst dat het gat groot genoeg werd zodat hij zijn vingers tussen de ribben kon steken, de borstkas kon openbreken en het hart kon blootleggen dat nog steeds vocht voor zijn leven. Zelfs toen hij het uit het lichaam had gerukt en het in zijn hand hield, bleef het kloppen alsof er misschien toch een kleine kans was.

Maar een zes was een zes, en dat was niet iets wat hij in twijfel kon trekken, dacht hij, en hij liet het hart op de grond vallen en verbrijzelde het onder zijn schoen, waarna hij achter het stuur van de ambulance kroop en wegreed, zijn eigen hartslag zo luid dat hij onmogelijk wat anders kon horen.

Eindelijk was hij op weg naar de plaats die de dobbelsteen hem zonder achterom te kijken had doen verlaten. Hij was vijftien jaar weggeweest en had er geen moment over gedacht terug te keren. Maar nu had hij een besluit genomen. Of liever gezegd, de dobbelsteen had een besluit genomen. Die had bovendien telkens hetzelfde gezegd wanneer hij het hem de laatste maanden had gevraagd. Er was, met andere woorden, geen twijfel over mogelijk dat hij zou terugkeren.

Terug naar Helsingborg.

Dank aan

Mi
Omdat je het hebt uitgehouden, en hoewel je eigenlijk vond van niet, zo'n fantastisch grote en noodzakelijke steun voor mij was. Jouw gedachten en opmerkingen waren zo ontzettend veel meer dan een bijdrage tussen alle andere.

Zonder jou... Nee, die gedachte is onmogelijk.

Kasper, Filippa, Sander en Noomi
Omdat jullie begrijpen waarom papa soms heel ergens anders is hoewel hij bij jullie aan dezelfde tafel zit te eten.

Jonas
Voor je tijd en je energie, gedachten en ideeën. Een beter klankbord is er niet.

Adam, Andreas en Sara, en alle anderen bij Uitgeverij Forum
Omdat jullie niet alleen de beste uitgeverij zijn, maar ook de leukste.

Magnus
Omdat je al je medische kennis met mij hebt gedeeld en maar al te graag tijd besteedt aan het bediscussiëren hoe groot een oog is in vergelijking met een zilveruitje.

Lars
Omdat je zo graag vertelt over hoe je een wapen ontgrendelt en over al die andere dingen die achter de schermen plaatsvinden.

Mikael en Jenny
Omdat jullie enkele van mijn allerbeste vrienden zijn en omdat jullie bovendien dertig(!) exemplaren van *Zonder gezicht* hebben gekocht.

Ellen van *Akademibokhandeln* in Helsingborg, evenals Sven-Åke en het hele team bij de boekhandel in winkelcentrum Väla omdat jullie hebben gelezen, het goed vonden, jullie je er positief over hebben uitgelaten en zoveel anderen ertoe hebben aangezet mijn eerste boek te lezen.

En als laatste ben ik u veel dank verschuldigd: alle mensen die *Zonder gezicht* vanaf de zomer van 2014 hebben gekocht, toen niemand er nog van had gehoord. Dankzij u en al uw vrienden die u hebt getipt, en die op hun beurt ook hún vrienden weer hebben getipt, kan ik hier nu aan het derde boek over Fabian Risk zitten schrijven.